조선시대 서학 관련 자료 집성 및 번역·해제 5-1

한국연구재단 토대연구지원사업 총서

조선시대 서학 관련 자료 집성 및 번역·해제 5-1

동국역사문화연구소 편

역주: 배주연, 송요후, 장정란

경인문화사

▮발간사▮

본서는 한국연구재단의 토대연구지원사업에 선정되어 동국대학교 동국역사문화연구소에서 '조선 지식인의 서학연구'라는 주제로 2015년부터 2018년까지 3년에 걸쳐 수행한 작업 결과물이다.

'서학(西學)'은 대항해라는 세계사적 흐름에 의해 동아시아 사회에 등장한 새로운 사상적 조류였다. 유럽 세계와 직접적 접촉이 없었던 조선은 17세기에 들어 중국을 통해 서학을 수용하였다. 서학은 대부분의 조선 지식인들이 신봉하고 있던 유학과는 전혀 다른 것이었다. 조선 지식인들은 처음에는 호기심에 끌려 서학을 접촉했지만 시간이 지나면서 서학에 관심을 갖는 이들이 늘어났다. 18세기 후반에 이르면 서학은 조선 젊은이들 사이에 하나의 유행이 되었다. 이들은 천문·역학을 대표되는 과학적 성과뿐만 아니라 천주교도 받아들였다. 서학의 영향력이 확대되자 정통 유학자들이 척사적 태도를 견지하면서 서학은 사회적·정치적 문제로 비화하였다. 그 결과 서학은 조선후기 사회의 방향성을 결정하는 가장 중요한 변수가 되었다.

중요한 주제인 만큼 서학에 대해서는 그동안 많은 연구가 이루어졌지만 아쉽게도 조선후기 서학을 통괄할 수 있는 작업은 진행되지 못하였다. 이에 동국역사문화연구소에서는 조선후기 서학의 수용 양상을 종합적으로 정리하겠다는 계획 하에 토대연구지원사업에 지원하였는데 운이 좋게도 선정되었다. 본 사업은 크게 ①조선에 수용된 서학서 정리 ②조선 지식인에 의해 편찬된 서학서 정리 ③조선후기 서학 관련 원문 자료 정리라는 세 가지 과제의 수행을 목표로 설정하였고, 3년 동안 차질 없이 작업을 수행하여 이제 그 결과물을 내놓게 되었다.

본서는 많은 분들의 도움과 노력으로 출간될 수 있었다. 우선 본 과제를 선정해주신 심사위원분들께 깊은 감사를 드린다. 많이 부족한 연구계

획서를 높이 평가해주신 것은 의미 있는 결과물을 만들어 학계에 기여할 수 있을 것으로 기대했기 때문이었을 것이다. 연구진은 그러한 기대에 어긋나지 않도록 최선의 노력을 기울였다. 본 연구를 수행하는데 가장 중요한 역할을 한 분들은 역시 전임연구원들이다. 장정란·송요후·배주연 세 분 전임연구원분들은 연구소의 지원이 충분치 못한 환경에서도 헌신적으로 작업을 진행하셨다. 세 분께는 어떤 감사를 드려도 부족하다. 서인범·김혜경·전용훈·원재연·구만옥·박권수 여섯 분의 공동연구원분들께도 깊이 감사드린다. 학계 전문가로 구성된 공동연구원 선생님들은 천주교나 천문·역학 등 까다로운 분야의 작업을 빈틈없이 진행해주셨다. 서인범 선생님의 경우 같은 학과에 재직하고 있다는 죄로 사업 전반을 챙기시느라 많은 고생을 하셔 죄송할 따름이다. 이명제·신경미 보조연구원은 각종 복잡한 행정 업무를 처리하는 것은 물론 해제·번역 작업에도 참여하였다. 두 보조연구원이 없었다면 사업의 정상적인 진행은 어려웠을 것이다. 귀찮은 온갖 일을 한결같이 맡아 처리해준 두 사람에게 정말 고마움을 전한다. 이밖에도 감사를 드려야 할 분들이 더 계시다. 이원순·조광·조현범·방상근·서종태·정성희·강민정·임종태·조한건선생님께서는 콜로키움에서 본 사업과 관련된 더 없이 귀한 자문을 해주셨고 서종태 선생님의 경우는 해제 작업까지 맡아주셨다. 특히 고령에도 불구하고 두 시간 동안 쉬지 않고 강의를 해주시던 이원순 선생님의 모습은 잊을 수 없다. 이제는 고인이 되신 선생님의 영전에 삼가 이 책을 바친다. 마지막으로 사업성이 없는 본서의 출간을 맡아주신 경인문화사 한정희 사장님과 본서를 아담하게 꾸며주신 편집부 분들께 감사드린다.

이렇게 많은 분들의 도움과 노력에도 불구하고 본서에 부족한 점이 있다면 그것은 전적으로 연구책임자의 잘못이다. 아무쪼록 본서가 조선후기 서학 연구 나아가 조선후기 사상사 연구에 기여할 수 있기를 기대한다.

연구책임자 노대환

▌일러두기▐

1. 수록범위

본 해제집은 3년간 진행된 연구의 결과물이다. 연구는 연도별 주제를 선정하여 진행되었고, 각 연도별 수록범위는 아래와 같다.

〈연차별 연구 주제와 수록 범위〉

연차	주 제	수록범위
1차	조선 지식인과 서학의 만남	17세기 이래 조선에 유입된 한문서학서
2차	조선 지식인의 서학에 대한 대응과 연구	조선후기 작성된 조선 지식인의 서학 연구 관련 문헌
3차	조선 지식인의 서학관련 언설	서학 관련 언설 번역

2. 해제

① 대상 자료에 대한 이해를 위해 서지정보를 개괄적으로 기술하였다.
② 해제자의 이름은 대상 자료의 마지막에 표기하였다.
③ 대상 자료의 내용, 목차, 저자에 대해 설명하고 대상 자료가 가지는 의의 및 영향에 대해 기술하였다.

3. 표기원칙

① 한글 표기를 원칙으로 하되, 필요에 따라 한자나 원어로 표기하였다. 한글과 한자 및 원어를 병기하는 경우 한자나 원어를 소괄호( )에 표기하였다.
② 인물은 이름과 생몰연대를 소괄호( )에 표기하고, 생몰연대를 모를 경우 물음표 ?를 사용하였다.
③ 책은 겹낫표『 』를, 책의 일부로 수록된 글 등에는 홑낫표「 」를 사용하였다.
④ 인용문은 " "를 사용하여 작성하고 들여쓰기를 하였다.
⑤ 기타 일반적인 것은「한글맞춤법 규정」에 따랐다.

4. 기타

① 3년간의 연구는 각 1·2권, 3·4권, 5·6권으로 나누어 수록하였다.
② 연구소 전임연구원의 연구결과물은 1·3·5권에, 공동연구원과 외부 전문가의 결과물은 2·4·6권에 수록하였다.
③ 1·2권은 총서-종교-과학, 3·4권은 논저-논설, 5·6권은 문집-백과전서-연행록으로 분류하고 가나다순에 따라 수록하였다.

목차

『嘉梧藁略』

「異域竹枝詞」

余在旃蒙 奉使入燕 遍交名士 臨歸 贐以書籍中有皇清職貢圖一函八册 乃乾隆時所輯 外國人物服飾器械風俗 靡所不載 甚奇觀也 其序曰 統一區宇 內外苗夷 輸誠向化 其衣冠狀貌 各有不同 著沿邊各督撫於所屬苗猺黎獞 以及外夷番衆 仿其服飾繪圖 送軍機處 彙齊呈覽 以昭王會之盛 各該督撫於接壤處 俟公務往來 乘便圖寫 不必特派專員 可於奏事之便傳諭知之 乃按圖訂見於海國圖誌, 籌海圖誌等外洋諸書 不過十之二三 然其大去處 俱載詩以演之 以備攷据 -(中略)-

---

* 『가오고략』은 이유원의 문집이다. 이유원(李裕元, 1814~1888)은 본관 경주(慶州). 자 경춘(景春), 호 귤산(橘山)·묵농(默農). 아버지는 이조판서 계조(啓朝)이다. 1841년(헌종7) 정시문과에 급제, 검열·대교를 거쳐 1845년 동지사의 서장관으로 청나라에 다녀왔다. 고종 초 함경도관찰사를 거쳐 좌의정이 되었으나, 1865년(고종2) 수원유수로 좌천되었다. 그러나 다시 영중추부사가 되었으며, 1873년 대원군이 실각하고 고종이 친정을 시작하자 영의정이 되었다. 1874년 7월 우의정 박규수(朴珪壽)와 함께 일본에서 정한론(征韓論)이 일어나고 있는 상황에서 300년간 유지되었던 한일관계를 서계(書契)의 위격(違格)으로 국교를 단절할 수 없다고 국왕에게 상언하고, 도해역관(渡海譯官)을 쓰시마 섬 또는 일본 수도에 파견하여 외교교섭을 조사하도록 하여 대원군 때의 대일정책을 바꾸었다. 1875년 2월 일본의 외무대승 모리야마(森山茂)가 조선에 도착하여 서계를 제출하자 서계내에 '대일본'·'황상(皇上)'이란 용어가 있었으나 이를 수리하게 했다. 1875년 왕세자 척(拓: 뒤의 순종)의 책봉을 청하기 위해 진주 겸 주청사(奏請使)로 청나라에 다녀왔다. 『嘉梧藁略』은 저자가 공사(公私) 간에 지은 비지류(碑誌類)와 잡술(雜述) 등의 여러 문체를 모은 15책으로 편차가 끝나지 않은 '미정초(未定草)'였는데, 저자의 나이 58세 때인 1871년에 정원용(鄭元容)과 윤정현(尹定鉉)의 서문을 받고 자신의 서문을 붙였다.

大西洋 肌膚雪白鼻高昂 帽折黑氊三角長 螺髮藍鬖珠貫領 香山門澳僑夷洋 大西洋 一稱意大里亞 白皙鼻昂 以黑氊折三角爲帽 婦螺髮爲髻 領懸金珠 僑居香山門澳 歲輸地租 -(中略)-

洋黑鬼奴 黑奴唐代崑崙奴 明史荷蘭役鬼烏 饋以一槽如馬食 手提短棒自相呼 夷人所役黑鬼奴 卽唐時所謂崑崙奴 明史亦載荷蘭所役名烏鬼 夷以食餘傾之一器如馬槽 常握木棒而隨之 -(中略)-

英吉利國 重裙雜色哆囉絨[1] 壺貯鼻煙[2]金鏤中 未嫁女兒腰欲細 生來裝束[3]夙成[4]工 國屬荷蘭 男子多著哆囉絨 婦人未嫁 束腰欲其細 短衣重裙 出行 以金縷合貯鼻烟自隨

法蘭西國 佛郎西卽佛郎機 美洛中分呂宋歸 合勢紅毛閩粵擅 爭雄英吉近衰微 法蘭西 一名佛郎西 屢破呂宋 與紅毛中分美洛居 盡擅閩粵 近與英吉利爭雄稍弱

喘國 禮拜老尊輒脫帽 藤鞭一脚衛身好 衣外束裙雙袂卷 露胸方領金花倒 喘亦荷蘭屬國 脫帽爲禮 執藤鞭衛身 掃方領露胸 衣外束裙 -(中略)-

---

1) 치라융(哆囉絨) : 치라니(哆囉呢; 哆羅呢). 청조(清朝) 초기(初期)에 서구(西歐)의 국가사절(國家使節)이 중국에 올 때, 늘 청나라 황제에게 치라니융(哆羅呢絨)을 진헌(進獻)하였는데, 이 직물은 일종의 비교적 두껍고 폭이 넓은 모직물로 나사(羅紗: 呢子)라고도 칭하여졌다. 일종의 비교적 두껍고 조밀한 모직품으로 제복이나 외투(overcoat) 등을 만드는데 많이 이용되었다.

2) 비연(鼻烟, 코담배, snuff) : 일종의 무연(無煙) 담배 제품을 말한다. 연초(烟草)를 연마(研磨)하여 아주 미세한 분말(粉末)로 만들고 냄새를 맡는 방식으로 비강(鼻腔)으로 흡입해 들여 비강을 경유해서 그 분말 안의 니코틴 성분을 흡수하는 것이다. 그 분말 안에 사향(麝香) 등의 약재를 더하여 넣거나, 화분(花卉) 등을 추출한 것을 사용할 수도 있다. 담배의 맛은 5가지 종류로 나뉘어져 있으며, 비연은 비연호(鼻煙壺) 안에 넣어두면 손쉽게 발효되므로 일반적으로 그것을 밀랍으로 밀봉해서 몇 년 내지 몇 십 년 두었다가 팔 수 있었다.

3) 장속(裝束) : 입고 매고 하여 몸차림을 든든히 갖추어 꾸밈. 또는 그런 차림새.

4) 숙성(夙成) : 나이는 어리지만 정신적(精神的)·육체적(肉體的) 발육(發育)이 빨라 어른스러움

汶萊國 惡殺喜施禁食豕 唐婆羅號西洋起 去鬚底事只留髯 永樂年間隨鄭氏 國本唐時婆羅 東洋盡處 西洋所自起也 永樂間入貢 隨鄭和往因居惡殺喜施 禁食豕 去鬚留髯 -(中略)-

荷蘭國 吉利紅毛一種番 佛郎地近是荷蘭 蔽山大艦輕於鴨 萬水看他陸地安 荷蘭一稱英吉利 又名紅毛番 地近佛郎機 常駕大艦

俄羅斯國 漢代丁令唐戛斯 吉斯元世阿羅思 明三百後康熙貢 大小斯科極北陲[5] 國在極北 漢之堅昆丁令 唐之黠戛斯骨利幹 元之阿羅思吉利吉斯等部 有明三百年 未通中國 至康熙入貢 有八道稱爲斯科 每一斯科 又各分小斯科

【역문】「이역죽지사」[6]

나는 을해(乙亥, 1875)에 사신으로 중국에 들어가 두루 명사(名士)와 사귀었다. 귀국에 임하여 서적을 작별의 선물로 주었는데, 그 가운데 『皇淸職貢圖』1함(函) 8책이 있었다. 이는 건륭(乾隆) 시기에 편찬된 것으로 외국의 인물, 복식(服飾), 기계, 풍속이 실리지 않은 것이 없으니 아주 훌륭하다. 그 서문에 이르기를, 세계를 통일하여 내외의 묘이(苗夷)가 차례로 참으로 교화로 나아갔다. 그 의관(衣冠)과 얼굴 생김새는

5) 북수(北陲) : 北垂. 북쪽 끝. 북쪽 끝의 궁벽한 곳. 북방의 변경.
6) 「이역죽지사(異域竹枝詞)」 : 『가오고략』 책01, 樂府에 수록. 〈琉球國〉, 〈安南國〉부터 〈亞利晩國〉, 〈西藏諸番〉까지 외양(外洋)의 30개 나라에 대해 시(詩)로 읊은 것이다. 저자는 1875년 주청정사(奏請正使)로 연경(燕京)에 갔다가 돌아올 때 외국(外國)의 인물(人物), 복식(服飾), 기계(器械), 풍속(風俗)이 자세히 실려 있는 『皇淸職貢圖』 8책을 선물로 받았는데, 이 가운데 외양의 나라에 대한 기록인 『海國圖志』, 『籌海圖誌』를 근거로 시를 지어 부연 설명한 것이다. 청 고종(高宗) 건륭(乾隆) 28년(1763) 제작된 『황청직공도(皇淸織貢圖)』에 당시 세계인의 모습이 삽화되어 있다. 이유원(李裕元)이 『황청직공도』를 보고 임하필기에 기록한 내용이 「이역죽지사」이다.

각각 다름이 있어서 변경 지역의 각 독무(督撫)는 속해 있는 묘요여동(苗猺黎獞) 및 외이(外夷) 이민족 무리(外夷番衆)에 대해 그 복식(服飾)의 회도(繪圖)를 본을 떠서 군기처(軍機處)에 보내, 이들을 가지런히 모아 보시도록 바쳤으니, 이로써 왕회(王會)의 성(盛)함을 밝혔다. 각 해당 독무는 경계를 접하고 있는 곳에서 공무(公務)로 왕래하기를 기다려 사정이 허락하는 대로 그림을 그려 특별히 전문 인력을 파견할 필요가 없이, 황제께 상주(上奏)함이 가(可)하였다는 것을 전하여 알게 하였다. 이에 『해국도지(海國圖誌)』,[7] 『주해도지(籌海圖誌)』 등 외양제서(外洋諸書)에서 그림을 하나하나 견주어 보고 다만 열 개 중에서 두, 세 곳은 대부분 모두 시(詩)를 실어 풀이함으로써 참고하여 증거로 삼는데 대비한다. -(중략)-

대서양국(大西洋) : 살결이 눈 같이 희고 코가 높다. 모자는 검은 색 융단을 접어 만들었는데, 삼각형으로 길다. 머리털이 곱슬곱슬하며 길고 헝클어져 있고 구슬이 목덜미를 두르고 있다. 향산문오(香山門澳)에는 서양 오랑캐가 거주하고 있다. 대서양은 한편으로 이탈리아라 칭하는데, 피부가 뽀얗고 코가 높다. 검은 색 융단을 삼각형으로 접어 모자로 하고 부인은 곱슬머리를 묶어 상투를 틀고 목에는 금 구슬을 두르고 있다. 향산문오에 거주하며 해마다 토지세(地租)를 보낸다. -(중략)-

서양 흑귀노(黑鬼奴) : 흑인 노예는 당나라 때 곤륜노(崑崙奴)[8]이다.

7) 『해국도지(海國圖志)』 : 중국 청나라 공양학자(公羊學者) 위원(魏源 1794~1856)의 저술로, 1847~1852년에 걸쳐 완간되었다. 각 나라의 지세(地勢)와 산업, 인구, 정치, 풍습 등을 기술하였다. 세계 주요국의 역사, 정치, 지리 등을 망라한 아시아 최초의 국제편람(國際便覽)이었다.

8) 곤륜노(崑崙奴) : 중국 삼국시대(三國時代) 이후, 남해방면(南海方面)의 검은 피부의 노예에 대한 중국인의 호칭이었다. 흑곤륜(黑崑崙), 귀노(鬼奴), 번노(番奴), 승기노(僧祇奴), 오번흑(烏番黑), 소시번(小厮番), 소시(小厮) 등으로도 불렸다.

『明史』에서는, 네덜란드(荷蘭)가 귀오(鬼烏)를 부리는데, 말처럼 구유에 먹이고 손에는 짧은 막대기를 들고 부른다. 이방인(夷)이 부리는 흑귀노는 곧 당나라 때의 이른바 곤륜노이며, 『명사』에 역시 네덜란드가 부린 노예의 이름이 오귀(烏鬼)라고 실려 있다. 이방인은 먹고 남은 것을 말구유 같은 그릇에 기울여 쏟는다. 늘 목봉(木棒)을 쥐고서 그들을 따르며 부린다. -(중략)-

영국(英吉利國) : 긴 치마는 여러 가지 색깔의 두텁고 치밀한 모직물(哆囉絨)로 되어 있다. 비연(鼻煙)을 금으로 아로새겨 장식한 병 안에 담아두고 있다. 아직 시집가지 않은 여아(女兒)는 허리를 가늘게 하고자 하며 평소 몸을 꾸며 차림이 숙성하고, 섬세하다. 나라가 네덜란드와 한 부류이며 남자 대부분이 모직물(哆囉絨) 옷을 입고 부인은 아직 시집가기 전에는 허리를 졸라매어 그것을 가늘게 하고자 한다. 짧은 자켓과 긴 치마를 하고 외출하며 금루합(金縷合)에 비연을 담아 가지고 다닌다.

프랑스(法蘭西國) : 불랑서(佛郎西)는 곧 불랑기(佛郎機)이다. 말루쿠 제도(美洛)[9]를 반으로 나누었고(中分) 여송(呂宋)이 귀속되었다. 네덜란드(紅毛)와 합세하여 민(閩)과 월(粤)을 독점했다. 영국과 패권을 다투었는데 최근에 쇠미해졌다. 불란서(法蘭西)는 일명 불랑서(佛郎西)이다. 누차 여송을 깨뜨리고 네덜란드와 말루쿠 제도(美洛居 Maluku Islands)를 반으로 나누었고 민과 월을 모두 독점했다. 근래에 영국과 패권을 다투는데 약간 약해졌다.

9) 인도네시아의 동부 술라웨시(Sulawesi) 섬과 뉴기니아 사이에 있는 유명한 향료 군도. 총 면적 87,310km^{2}의 군도에는 암본(Ambon)·반다(Banda)·세람(Ceram)·부루(Buru)·오비(Obi)·술라(Sula) 등 여러 섬이 속해 있다. 중국 원대의 『도이지략(島夷志略)』에는 '문노고(文老古)'로, 『명사(明史)』에는 '미락거(美洛居)'로 음사되어 있다. 『明史』卷323 列傳 第211 外國4 美洛居에는 이 지역의 지리와 풍속, 특산물에 대한 설명이 나와 있다.

스웨덴(嗹國) : 어른에게 절을 할 때에는 얼른 모자를 벗는다. 등편(藤鞭) 하나를 갖고 몸을 호위한다. 자켓 밖으로 치마를 묶고 두 소매를 만다. 동정을 모나게 하여 가슴을 드러낸다. 스웨덴 역시 네덜란드의 속국이다. 모자를 벗는 것을 예로 하며 등편을 손에 잡고 몸을 호위한다. 부인들은 동정을 모나게 해서 가슴을 드러내고 자켓 밖으로 치마를 묶는다. -(중략)-

브루나이(汶萊國: Brunei) : 살생을 싫어하고 베풀기를 좋아하며 돼지를 먹는 것을 금하고 있다. 당나라 때에는 파라(婆羅)라 불렀는데, 서양(西洋)이 이로부터 시작된다. 수염을 깎는데, 도대체 무슨 일인지 구레나룻은 남겨둔다. (明나라) 영락(永樂) 연간에는 정씨(鄭氏)를 따랐다. 이 나라는 본래 당나라 때에는 파라(婆羅)였다. 동양(東洋)의 끝이며 서양이 시작되는 곳이다. 영락 연간에 (중국에) 조공을 바쳤다. 정화(鄭和)를 따라 와서 그곳에 그대로 살았다. 살생을 싫어하고 베풀기를 좋아하며 돼지를 먹는 것을 금한다. 수염은 깎고 구레나룻은 남겨둔다. -(중략)-

네덜란드 : 영국과 네덜란드는 같은 종족의 변방국이다. 불란서와 지리적으로 가까운 곳에 있는 것이 네덜란드이다. 산을 가릴 정도의 큰 배도 오리보다 가볍게 몬다. 바다를 보기를 육지 같이 안전하다고 한다. 네덜란드는 한편으로 영국이라고도 칭한다. 또 홍모(紅毛)의 변방국이라고도 이름한다. 위치가 불란서에 가깝고 늘 대함(大艦)을 몰고 다닌다.

러시아 : 한(漢)나라 때에는 정령(丁令), 당(唐)나라 때에는 알사길사(戛斯吉斯)라 했다. 원(元)나라 때 아라사(阿羅思)라 했고 명(明)나라로부터 3백년이 지난 후 (청나라) 강희(康熙) 때 조공을 바쳤다. 크고 작은 사과(斯科)가 북쪽 끝단에 있다. 러시아는 북쪽 끝에 위치해 있다. 한(漢)나라 때의 견곤(堅昆), 정령(丁令)이었고 당나라 때의 힐알사(黠

戞斯), 골리간(骨利幹) 부족이었으며, 원나라 때의 아라사, 길리길사(吉利吉斯) 등의 부(部: 部族)이었다. 명나라 3백년 동안에는 중국과 교통하지 않다가 강희 황제 때에 이르러서야 조공을 바쳤다. 8개의 도(道)가 있으며, 그것을 사과(斯科)라고 한다. 매 사과(斯科)마다 각각 또한 작은 사과(斯科)로 나뉘어져 있다.

「皇明史咏」

-(上略)- 徐光啟 初學天文利瑪竇 晩成大器預樞機 諸般戎械皆心算 萬曆年間始發揮

【역문】「황명사영」[10]

-(상략)- 서광계는 처음에 천문을 마태오 리치에게서 배웠고 만년에 늦게 큰 인물이 되어 천하의 대정(大政)을 맡게 되었다. 제반 융계(戎械)[11]를 모두 마음에 두고 있었는데, 만력(萬曆) 때가 되어서야 비로소 발휘하였다.

10) 『가오고략』 책03
11) 융계(戎械) : 군대에서 쓰는 여러 가지의 무기와 기구; 서방 이민족의 무기, 병기.

「管窺篇」

-(上略)- 西教則教主生於女德亞 卽古大秦國也 生于漢哀帝元壽二年庚申 閱一千五百八十一年 至萬曆九年 利瑪竇泛海九萬里 抵廣州香山澳二十九年入京師 獻天主母圖 有王豊肅, 陽瑪諾 居南京倡敎 官民多從之禮部徐如珂惡之 崇禎間 徐光啟請令其徒羅雅谷, 湯若望較曆法 連陸之種 惟北洋曰俄羅斯 秦漢爲渾庾屈 唐爲骨利幹 元爲吉利吉思 統稱洋人天下大敎四 孔敎, 佛敎, 回回敎, 天主敎也 皆生于亞細亞洲 如準葛爾, 喀爾喀, 蒙古等部奉佛 迦剌國, 馬八兒及海外諸番 皆奉天主 烏什 葉爾羌 喀什葛爾 和闐 退木爾沙奉回回敎 孔敎僅中國而已 南至交趾 東至琉球 日本 朝鮮 -(下略)-

【역문】「관규편」[12]

-(상략)- 서양 종교(천주교) 교주(敎主)는 유대아에서 태어났는데, 곧 옛 대진국(大秦國)이다. 한(漢)나라 애제(哀帝) 원수(元壽)2년(庚申)에 태어나고서 1581년이 지난 만력(萬曆)9년(1581) 마태오 리치가 9만리(萬里) 바다를 건너 광주(廣州)의 향산오(香山澳)에 도달했고 (만력)29년(1601)에 경사(京師: 北京)에 들어가, 천주모도(天主母圖)를 바쳤다. 알폰소 바뇨니(Alfonso Vagnoni. 중국명 王豊肅 또는 高一志)와 디아즈(E. Diaz. 陽瑪諾)는 남경(南京)에 거주하며 천주교를 인도하였고 관민(官民)들이 많이 그를 따랐다. 예부(禮部: 禮部郎中) 서여가(徐如珂)가 이를 미워하였다. 숭정(崇禎) 연간 서광계(徐光啓)가 그 교도(敎徒)인 쟈코모 로(Giacomo Rho. 羅雅谷), 아담 샬(Adam Schall. 湯若望)에게 명

12) 『가오고략』 책13, 雜著

하여 역법을 견주도록 청하였다. 육지로 이어져 있는 종족은 오직 북양(北洋)으로 아라사(俄羅斯)라 일컫는데, 진(秦)·한(漢) 때에는 혼유굴(渾庾屈)이라 했고, 당나라 때에는 골리간(骨利幹), 원나라 때에는 길리길사(吉利吉思)라 했는데, 양인(洋人)이라 통칭되고 있다. 천하의 대종교에는 네 가지가 있으니, 공교(孔敎), 불교, 회회교(이슬람교), 천주교이다. 모두 아세아주에서 나타났다. 준가르(準葛爾), 할하(喀爾喀; Khalkha) 등 부족은 불교를 받들고, 가자국(迦剌國), 마팔아(馬八兒)[13] 및 해외(海外)의 여러 변방국들은 모두 천주(天主)를 받든다. 오십(烏什), 엽이강(葉爾羌), 객십갈이(喀什葛爾), 화전(和闐), 퇴목이사(退木爾沙)는 이슬람교를 받든다. 공교(孔敎)는 다만 중국(中國)일 따름인데 남쪽으로 교지(交趾)에 이르고 동쪽으로는 유구(琉球), 일본(日本), 조선(朝鮮)에 퍼져 있다. -(하략)-

13) 마팔아(馬八兒) : 마팔이(馬八二)라고도 한다. 옛 나라 이름으로 곧 주련국(注輦國. Chola)이다. 주라왕조(朱羅王朝)라고도 이름한다. 1세기부터 13세기까지 인도 반도(半島)의 고국(古國)이다. 최초로 Kaveri강 유역에서 기원하였고 Urayur를 국도(國都)로 하였다.

「玉磬觚賸記」

-(上略)- 楓石作龍尾車記曰 泰西水法爲車者三 筩焉提焉下上焉而激水 謂之玉衡 筩焉柱焉升降焉而趵水 謂之恒升 墻焉圍焉環轉焉挈水 謂之龍尾 而龍尾於河宜 玉衡恒升於井宜 故功用之博 龍尾爲最 三者皆西法 而明太保徐文定之所傳也 叙工精切 駸駸乎考工之亞 炯菴曰 余讀奇器圖說 回互或難解 未若此記之歷歷如覩掌紋也 -(下略)-

【역문】「옥경고승기」[14]

-(상략)- 풍석(楓石) 서유구(徐有矩)[15]가 용미차기(龍尾車記)를 지어 이르기를, "『태서수법(泰西水法)』[16]에서 수차(水車)에는 세 가지가 있

14) 『가오고략』 책14

15) 서유구(徐有矩 1764~1845) : 본관 대구(大邱). 자 준평(準平), 호 풍석(楓石). 증조할아버지는 판서 서종옥(徐宗玉), 할아버지는 대제학 서명응(徐命膺), 아버지는 이조 판서 서호수(徐浩修)이다. 어머니는 한산 이씨(韓山李氏)로 이이장(李彝章)의 딸이다. 재종숙(再從叔) 서철수(徐澈修)에게 입양되었다. 한양에서 출생. 1790년 증광 문과의 병과에 급제하였다. 규장각 대교(奎章閣待敎) 등을 거쳐, 1797년 순창 군수로 부임하였다. 순창 군수로 있을 때 농서(農書)를 구하는 정조의 구언(求言)이 있자 도 단위로 농학자를 한 사람씩 두어 각기 그 지방의 농업 기술을 조사·연구하여 보고하게 한 다음, 그것을 토대로 내각에서 전국적인 농서로 정리·편찬하도록 하자는 방안을 제시하였다. 1805년 성균관 대사성에 올랐으나, 1806년 작은아버지 서형수(徐瀅修)가 김달순(金達淳)의 옥사에 연루됨에 따라 벼슬에서 물러난 뒤 17년간 은거하면서 『林園經濟志』 등 저술에 힘썼다. 1824년 돈녕부도정(敦寧府都正)으로 복직되고, 1833년 전라도 관찰사가 되었다. 전라도 관찰사 재직 당시 흉년을 당한 이 고장 농민의 구황을 위하여 구황 식물인 고구마 보급에 도움이 되도록 『종저보(種藷譜)』를 써서 보급하였다.

16) 한역 서학서(漢譯西學書). 이탈리아 출신의 예수회 선교사 우르시스(Ursis, 熊三拔, 1575~1620)가 서양식 농사법을 중국에 소개하기 위해 저술한 것으로, 1612년 북경(北京)에서 6권으로 간행되었다. 1권에서 5권까지는 여러 가지 관개방법

다. 실린더(筩)에서 피스톤(提)이 위와 아래로 움직이면서 물이 흘러나오게 한다. 이를 일컬어 옥형[17]이라 한다. 실린더 안에 피스톤(提柱)이 달린 축(衡軸)이 있어서 피스톤을 상하운동을 시키면서 물을 올라오게 하는 것을 일컬어 항승이라 한다(筩焉柱焉升降焉而趵水 謂之恒升). 물을 차단하는 스크루의 날(墻)이 물을 위로 올린다. 이 물은 회전축(軸)을 중심으로 세워진 스크루를 둘러싼 판(版)에 의해 둘러싸여 있는데 이를 위(圍)라 한다. 축이 회전하면서 물을 끌어내는 것을 일컬어 용미[18]라고 한다(墻焉圍焉環轉焉絜水 謂之龍尾). 용미는 강에서 적합하고 옥형과 항승은 우물에서 적합하다. 그러므로 쓰임새가 넓음은 용미가 최고이다. 세 가지는 모두 서양에서 온 방법인데, 명나라 때 태보(太保)였던 서문정(徐文定: 徐光啓)이 전한 것이다. 기술을 베풂이(叙工) 정밀(精密)하고 적절(適切)하여 고공기(考工記)[19]에 버금가는 것으로 나아

(灌漑方法)들이 설명되어 있고 6권에서는 관개에 필요한 여러 기계·장비들의 그림과 설계도가 실려 있다. 1640년 서광계(徐光啓)에 의해 『農政全書』라는 제목으로 재간행되었고, 이어 진지룡(陳之龍)에 의해 46권으로 중간되었으며 다시 1742년 청(淸)의 건륭제(乾隆帝)의 명에 의해 『授時通考』라는 제목으로 바뀌어 간행되었고 1843년 다시 원 제목으로 중간되었다. 17세기 중엽 조선에도 소개되어 일부 학자들이 가까이한 책이다.

17) 옥형(玉衡) : 옥형차(玉衡車)라고도 하는데 우물에 고인 물을 푸는 용기이다. 곧, 용미차(龍尾車)와 같은 것이다. 『農政全書 玉衡車記』

18) 용미(龍尾) : 용미차(龍尾車)라고도 한다. 물을 끌어올리거나 물을 빼는 용구(用具)이다. 지금의 양수기와 같은 것인데, 밭에 가뭄이 들면 하천을 끌어들여서 밭에 대고, 장마로 인하여 밭에 물이 차면 이것으로 물을 빼낸다. 서광계의 『農政全書』, 「龍尾車圖說」에 보면, 용미차에 관해, "龍尾者水象也象水之宛委而上升也龍尾之物有六一曰軸軸者轉之主也水所由以下而爲上也二曰牆牆者以束水也水所由上也三曰圍圍者外體也所以爲固抱也四曰樞樞者所以爲利轉也五曰輪輪者所以受轉也六曰架架者所以制高下也承樞而轉輪也六物者具斯成器矣或人焉或水焉風馬牛焉巧者運之不可勝用也."라고 나온다.

19) 주공은 『주례(周禮)』라는 일종의 헌법, 행정법, 민법, 기술법 등을 총괄한 법전을 발행했다. 모두 6편으로 된 이 책은 관제를 천지춘하추동(天地春夏秋冬) 육

감이 썩 빠르다. 형암(炯菴: 李德懋)이 이르기를, 내가 『奇器圖說』을 읽었는데, 복잡하기도(回互) 하고 혹은 이해하기가 어려웠다. 아직 이 같이 기록이 분명함이 손금을 보는 것 같은 것은 없었다. -(하략)-

관으로 나누었다. 천관(天官)은 치관(治官)으로 전 관료를 통제하고, 지관(地官)은 교관(敎官)으로 교육과 재정과 지방행정을 담당하고, 춘관(春官)은 예관(禮官)으로 국가의 의례와 제사를 담당하며, 하관(夏官)은 정관(政官)으로 병마와 군대를 통솔하고, 추관(秋官)은 형관(刑官)으로 국가의 일반 업무와 법을 담당하고, 동관(冬官)은 사관(事官)으로 토목과 공예를 담당한다. 중국의 역대 관제는 이것을 규범으로 삼은 것이 많고 우리나라도 많은 영향을 받았다. 그러나 동관은 현존하지 않아 후대의 『고공기(考工記)』가 보충하고 있다. 이른바 『주례고공기(周禮考工記)』는 도성의 건설·궁궐조영·수레·악기·병기·관개·농기구 등에 관한 기록으로 중국에서 가장 오래된 기술관련 백과사전이다.

「戶曹參判臨淵堂李公墓誌」

-(上略)- 汎覽諸子百家之文 以領其要 旁及歷代典章文物星曆術數田制軍政 默識而周通 究其故而核其實 常曰 天生一箇人 便須管天下事 學問之道 必須格致事物然後 方可盡吾所受之分 士若不專工聖書 酷嗜秘籍則是異端也 近世洋學之害 由正學之不明 遂著說痛斥之 尤精邃於禮說每歎冠昏俗禮之失 援古以述書 少習帖括業 爲親屈也

【역문】「호조참판 인연당 이공 묘지」[20]

-(상략)- 두루 제자백가(諸子百家)의 글을 봄으로써 그 요체를 깨달음이 널리 역대(歷代)의 전장(典章)·문물(文物)·성력(星曆)·술수(術數)·전제(田制)·군정(軍政)에 미쳐 깊이 이해하고 두루 통하였다. 그 연고를 궁구하고 그 실제적인 것을 자세히 대조해 살피는데, 늘 이르기를, "하늘(天)이 사람을 낳았으니 천하의 일을 돌보아야 한다. 학문하는 도는 반드시 사물의 이치를 구명(究明)하여 자기(自己)의 지식을 확고하게 한 연후에야 비로서 내가 받은 바의 직분(分)을 다할 수 있다. 사(士)가 만약 성서(聖書: 유교 경전)에 전념해서 정통하지 못하고 비적(秘籍: 비결)을 심히 좋아한(酷嗜) 즉 이단(異端)이다. 요즘 세상에 양학(洋學)의 해(害)는 정학(正學)이 분명하지 못함에서 말미암은 것이다. 결국 글을 짓고 말을 하여 그것을 심히 꾸짖는다."고 하였다. 더욱 예설(禮說)에 정통하여 관혼속례(冠昏俗禮)의 잘못(失)을 매번 한탄하였다. 옛것을 원용(援用)하여 책을 쓰니, 어려서 배우고 따르며 학업을 궁구(窮究)함이 부친을 위해 뜻을 굽힘이다.

20)『가오고략』 책18, 墓誌

「知敦寧府事貞武申公墓誌」

-(上略)- 當宁甲子 訓局中軍, 漢城府左右尹, 經筵特進官 冬捕將左邊 洋酋十數輩 潛入我境十餘年 人莫有知 公深憂之 乃譏捕而殄戮 東人之染於邪教者 又摘發鋤除 所以斥異之功 推公爲重 -(下略)-

【역문】「지돈녕부사 정무 신공 묘지」[21]

-(상략)- 당저(當宁)[22] 고종(高宗) 갑자(甲子 고종1년, 1864)에 훈국중군(訓局中軍), 한성부좌우윤(漢城府左右尹), 경연특진관(經筵特進官)을 역임했고 겨울에 포장좌변(捕將左邊)에 임하였다. 양추(洋酋) 십수 명이 우리 영역 안에 잠입한 지가 10여 년이 되었는데, 사람들이 알지 못하였다. 공이 그것을 심히 염려하여 그들을 기포(譏捕)[23]해 모조리 다 죽였다. 동인(東人) 중에 사교(邪教)에 물든 자들이 있어서 또한 적발해 제거하였다. 그러므로 이(異)를 배척한 공(功)으로 해서 공을 크게 추대하였다. -(하략)-

21) 『가오고략』 책18, 墓誌
22) 당저(當宁) : '그때의 임금'이라는 의미.
23) 기포(譏捕) : 조선시대 때 강도·절도를 체포하던 일. 포도청(捕盜廳)·오군문(五軍門)에서 이를 맡아보았음.

「知敦寧府事申公謚狀」

-(上略)- 乙丑 抄啓特進官 冬復拜捕將 洋人數十輩 爲其傳道 潛入我境 或出沒關海 或隱匿城闉 人莫有知 公深憂之 乃捕而殄戮之 東人之染於邪敎者 亦皆鋤除之 尋差營建都監堂上

【역문】「지돈녕부사 신공 익장」[24]

-(상략)- 을축(乙丑 고종2년, 1865) 특진관(特進官)에 임명할 것을 초계(抄啓)[25]하였고 겨울에는 다시 포장(捕將)에 임명되었다. 양인(洋人) 수십 명의 무리가 전도(傳道)하고자 우리 영역 안에 몰래 들어와 관해(關海)에 출몰하기도 하고 성(城)안에 은닉해 있기도 했지만 사람들이 알지 못하였다. 공이 그것을 심히 우려하여 곧 체포해 모조리 다 죽였다. 동인(東人) 중에는 사교(邪敎)에 물든 자들이 있어서 역시 모두 제거하였으므로 더하여 (景福宮) 영건도감당상(營建都監堂上)에 임명되었다.

〈역주 : 송요후〉

24) 『가오고략』 책18, 謚狀

25) 초계(抄啓) : 인재(人材)를 가려 뽑아 상주(上奏)함. 조선시대 중엽 당하관(堂下官)의 문신(文臣)에게 다달이 시험을 보여, 학식이 뛰어난 인재를 뽑아 임금에 상주하던 일. 정조(正祖) 때부터 시작되었음.

『艮翁集』

「寄安順菴書」

−(上略)− 俯索天學問答 果嘗有所論著 近聞爲此學者 見而笑之 以爲全不知天學妙處 只從皮膜說過 未知妙處果何如 弟雖未見其全書 略聞數句話 已知其傷倫悖義 一硯之冰 豈不足以知天下之寒哉 正所謂諸人知處良遂摠知 良遂知處 諸人不知者也 儘好一笑 大抵天地間 惟陰陽對待而已 人神雜糅 夷狄亂華 理勢固然 自古如此 何獨叔季爲然 賴有聖人賢人相與扶樹而排擊之 使吾道明邪說熄 降及後世 聖人不作 治敎不明 於是乎侏儒鴂舌之音 盈於中國 雖少東方禮義之俗 猶不免漸染而詿誤 噫其可駭也已 天主之書來我東 不過五六季于玆 而西洋曆法及論天地六合之說流入我東 已數百季矣 其中曆法頗有可採 故世之酷信者 並與他說而盡信之 談天之辨 測土之法 莫不根據於西洋 與程朱先儒之論 一切背馳 弟自童孺時 已爲憂歎 輒料其天主之說 終必誤蒼生 今果不幸有中 其亦運數使然 難容人力而然歟 有天地而後有夫婦 有夫婦而後有父子君臣 聖人之道無他 只脩明此理而已 大經大法 明白平坦 無一虧欠 無一滲漏 而自楊

* 『간옹집(艮翁集)』은 이헌경(李獻慶, 1719~1791)의 저서로 총 24권이다. 이헌경의 본관은 전주(全州). 초명은 성경(星慶), 자는 몽서(夢瑞), 호는 간옹(艮翁). 제화(齊華)의 아들이다. 1743년(영조 19) 진사로서 정시문과에 병과로 급제하여 1751년 정언이 되었고, 그뒤 사서·지평을 지냈으며, 1763년 사간원사간이 되었다가 곧 사헌부집의에 올랐다. 1766년 홍문관수찬이 되었다가 곧 교리로 옮겼으며, 시독관(侍讀官)을 겸임하였다. 1777년(정조 1) 동부승지에 발탁된 뒤 참찬관 등을 거쳐 1784년에 대사간이 되었다. 1788년 연로함을 핑계로 은퇴를 청하였으나 허락되지 않았고, 1790년 한성부판윤이 되어 기로소(耆老所)에 들어갔다.

墨老佛 下至天主之學 其說皆出於無父無君 以禍天下 衛吾道者可不血誠奮發 出死力以攻之耶 且弟每以爲爲天學者 非徒害道賊義 又非養壽命之道也 何則 儒家之對越上帝 乃謂尊敬此心也 非此心之外 又有上帝可以對越也 禪家之學 亦欲使此心虛靜而已 與吾儒所論 不甚相遠 雖以有體無用 有寂無感 致有千里之謬 而猶不若天學之不求上帝於此心 每念上帝於空外 一箇心神 終日飄湯於淸都太一之所居 其覺也與天神相感 其寐也與鬼怪相接 神不守舍 心不歸宅 世豈有精離魄遁而能久壽者乎 其爲不祥甚矣 聞老兄擔著息邪拒詖之功 大費氣力 有所論撰 吾道幸甚 彼之堅守其說 不肯屈下 只爲假金未經火煆 果有如朱子所謂毒手彈駁琉璃缾子 禪幾何不破碎也 嚮所謂天學問答及送別燕使序別紙錄呈 俯賜詳覽 回敎其可不可也 曾見丁愚潭論性理 有曰謂全體中流行者備焉可也 謂流行中全體具焉不可 此言與朱子所謂仁義禮智之禀 豈物之所得而全哉者 自相沕合 故心愛此句 昔季誦之於邵南丈席 則邵南丈以萬物各一太極之說折之極言其不可 弟嘗疑之 終不釋然 故今又擧似於老兄 欲聞的確之論 亦有以復之也 餘不宣

【역문】「안순암(安順菴)[1]에게 붙이는 편지」[2]

찾으시는 「천학문답(天學問答)」은 과연 일찍이 논하여 저술한 바가 있었습니다. 근래 들으니, 이 학문[天學]을 하는 자들이 이 책을 보고

1) 안순암(安順菴) : 안정복(安鼎福, 1712~1791)으로, 자는 백순(百順), 호는 순암, 한산병은(漢山病隱), 우이자(虞夷子), 상헌(橡軒), 본관은 광주(廣州)이다. 이익(李瀷, 1681~1763)의 문인이다. 음직으로 사헌부 감찰·목천 현감·세자익위사 익찬 등의 벼슬을 지내고, 고향으로 돌아와 학문 연구와 후진 양성에 전념하였다. 저서로는 『순암집』 등이 있다. 시호는 문숙(文肅)이다.

2) 『간옹집』 권13, 書

는 비웃으며 "천학(天學)의 묘처(妙處)를 전혀 몰라, 단지 겉 부분만 가지고 설명하여 묘처가 과연 어떠한지 알지 못한다."라고 합니다. 제가 비록 그 전서(全書)를 보지 못하였으나, 몇 마디 말을 듣고서 이미 인륜(人倫)을 상하게 하고 정의(正義)를 거스름을 알았으니, 벼루에 생긴 얼음이 어찌 천하가 춥다는 것을 아는 데 부족하겠습니까? 참으로 이른바 "사람들이 아는 것은 양수(良遂)가 모두 알고, 양수가 아는 것은 사람들이 모른다."라는 경우이니 우습습니다. 대저 천지 사이에는 오직 음(陰)과 양(陽)이 상호작용하고 있을 뿐입니다. 사람과 신이 섞여 있고 이적(夷狄)이 중화(中華)를 어지럽히는 것은 옛날부터 그래왔으니 어찌 말세(末世)에만 그렇겠습니까? 성인과 현인을 의지하여 서로 부지하고 배격하여 오도(吾道)를 밝히고 사설(邪說)을 그치게 하였는데, 후세로 내려오면서 성인이 태어나지 않고 치교(治敎)가 밝아지지 않으니 결국 오랑캐의 알아들을 수 없는 소리가 중국에 가득 찼습니다. 비록 예의(禮義)의 나라인 우리 동방(東邦)이라도 오히려 점점 오염되고 그릇됨을 면하지 못하니, 아! 참으로 해괴할 따름입니다. 천주(天主)의 책은 우리 동방으로 온 지 이제 불과 5, 6년 밖에 되지 않았지만, 서양의 역법(曆法) 및 천지와 육합(六合)을 논한 설(說)은 우리 동방에 유입된 지 이미 수백 년이 되었습니다. 그 가운데 역법이 채용할 만한 점이 많기 때문에 세상에서 굳게 믿는 자들은 다른 설도 아울러 다 믿어 버립니다. 하늘을 담론하는 주장과 땅을 헤아리는 법이 모두 서양에 근거하여 정주(程朱)와 선유(先儒)의 논의와 일체 배치되니, 저는 어릴 적부터 이를 근심하여 천주의 설이 끝내 창생(蒼生)을 그르칠 것임을 짐작하였습니다. 그런데 지금 과연 불행하게도 이 예상이 들어맞으니 그 또한 운수(運數)가 그렇게 만든 것이어서 사람의 힘으로 어떻게 해 볼 수 없기 때문에 그러한 것입니까? 천지(天地)가 있은 뒤에 부부(夫婦)가 있고 부부가 있은 뒤에 부자(父子)와 군신(君臣)이 있으니, 성인의 도는 다른 것이 아니라 이 이치를 닦아서 밝히는 데 있을 뿐입니다. 대경(大經)과 대법(大法)이 명백하고 평탄하여 전혀 흠이 없고 전혀 빈틈이 없거늘 양주(楊朱)와 묵적(墨翟), 노자(老子), 부처가 나타난 뒤로 근래에 천주의 학문에 이르기까지 그 설이 모두 어버이와 군주를 부정하는 데서 나와 천하에 화(禍)를 끼치니 오도(吾道)를 보위하는 자가 진정으로 분발하여 죽을힘을 다하여 공격하지 않아서야 되겠습니까.

또 저는 매번 천학을 하는 것은 도의(道義)에 해가 될 뿐만이 아니라, 또 수명을 기르는 방법이 아니라고 생각하였습니다. 왜냐하면 유가(儒家)에서 상제(上帝)를 대하는 것은 곧 이 마음을 높이고 경건하게 함을 뜻하니, 이 마음 이외에 따로 대할 수 있는 상제가 있는 것이 아닙니다. 선가(禪家)의 학문이 또한 이 마음을 텅 비고 고요하게 하려고 할 뿐이니, 우리 유학에서 논하는 바와 그리 큰 차이가 나지 않습니다. (선가에서) 비록 본체만 있고 작용은 없으며 고요함은 있고 감응함은 없다고 하여 결국 현격한 차이가 나긴 하지만, 그럼에도 천학이 이 마음에서 상제를 구하지 않는 것과는 같지 않습니다. 매번 허공에다가 상제를 생각하여, 하나의 심신(心神)이 종일토록 천제(天帝)가 산다는 청도(淸都)를 헤매고 있습니다. 깨어 있을 때에는 천신(天神)과 서로 감응하고 잠들어 있을 때에는 귀괴(鬼怪)와 서로 접하여 정신이 집을 지키지 않고 마음이 집으로 돌아오지 않으니 세상에 정신이 떠나고 혼백이 달아나고서 능히 장수할 수 있는 사람이 있겠습니까? 그 상서롭지 못함이 심합니다. 노형께서 사설(邪說)을 그치게 하는 일을 짊어져, 크게 기력을 써서 논찬한 책이 있다고 들었으니 오도(吾道)에 큰 다행입니다. 저들이 그 설을 굳게 지켜 굴복하려 하지 않는 것은 다만 가짜 금[假金]을 아직 불에 넣어보지 않았기 때문이어서, 과연 주자(朱子)가 이른바 "독수(毒手)의 탄박(彈駁)을 받은 유리병자선(琉璃缾

子禪)"[3]과 같으니 부서지지 않는 것이 얼마나 되겠습니까? 지난번에 지은 「천학문답」 및 「송별연사서(送別燕使序)」를 별지에 써서 드리니 상세히 보고 회답(回答)하여 그 옳고 그름을 가르쳐 주시길 바랍니다. 일찍이 정우담(丁愚潭)[4]이 성리(性理)를 논한 것을 보니 "전체(全體) 속에 유행(流行)이 갖추어져 있다고 하는 것은 되지만, 유행 속에 전체가 갖추어져 있다고 하는 것은 안 된다."라고 하였으니 이 말은 주자가 이른바 "인의예지(仁義禮智)의 본성(本性)을 받음이 어찌 동물이 얻어 온전히 할 수 있는 것이겠는가?"라고 한 것과 서로 부합합니다. 때문에 이 구절이 마음에 들어 지난해에 소남(邵南)[5] 어른이 계신 자리에서 외었더니 소남 어른이 만물(萬物)이 각각 하나의 태극(太極)이라는 설을 가지고 그 옳지 않음을 극언하셨습니다. 제가 일찍이 이를 의아하게 생각하였으나 끝내 시원하게 해결하지 못하였기에, 지금 또 노

---

3) 독수(毒手)의 ~ 유리병자선(琉璃缾子禪) : 자신의 잘못된 견해를 수정하기 위해 남의 바른 견해를 듣는 다는 뜻이다. 『주자대전(朱子大全)』 권54 「서사원에게 답함[答徐斯遠]」에 "언장은 구설을 지키는 것이 매우 견고하니, 바로 이것은 자기의 견해를 보호하고 아껴 기꺼이 스스로 독수의 탄박을 받으려 하지 않으니, 마치 사람이 거짓 금을 얻고는 감히 그것을 태워보지 못하는 것 같습니다. 이와 같이하면 어떻게 길이 진보할 수 있겠습니까. 승가에 유리병자선이라는 설이 있는데, 바로 이것을 말하는 것입니다. (彦章守舊說甚固, 乃是護惜已見, 不肯自將來下毒手彈駁, 如人收得假金, 不敢試將火煆. 如此如何得長進? 僧家有琉璃瓶子禪之說, 正謂此耳.)

4) 정우담(丁愚潭) : 정시한(丁時翰, 1625~1707)으로, 본관은 나주(羅州), 자는 군익(君翊), 호는 우담·구담(龜潭)·법천(法泉)이다. 이현일(李玄逸), 이유장(李惟樟), 권두인(權斗寅) 등과 교유하였으며, 외암(畏庵) 이식(李栻)의 스승이다. 저서로는 『우담집』이 있으며, 도동서원(道東書院)에 봉안되었다. 『星湖全集 卷60 愚潭丁先生墓碣銘』

5) 소남(邵南) : 윤동규(尹東奎, 1695~1773)로, 본관은 파평(坡平), 자는 유장(幼章), 호는 소남이다. 과거를 포기하고 서울에서 인천으로 이주하여 이익(李瀷)의 문하에서 수학하며 안정복(安鼎福), 권철신(權哲身), 이가환(李家煥) 등과 교유하였다. 저서로 『사수변(四水辨)』 『소남문집』 등이 있다.

형께 보여드려서 적확(的確)한 의론을 듣고 다시 생각해보려 합니다. 나머지는 이만 줄입니다.

「送洪侍郎燕槎之行序」

異端之說 其始也甚微 如涓涔爝火 卒至於滔天燎原而不可禁 惟明者睹其始而絶之 愚俗之見昧焉 楊墨之害 不及於後世 孟氏之功也 其他老佛莊荀之說 不遇如孟氏者遏絶之 故得肆焉 至今禍天下國家 可勝痛哉 今聞爲天主之學者 盛行於中國 雖未得其說之詳 其本出於西洋國 利瑪竇云西洋人工於推步曆象圭臬等器 制作纖巧 絲毫不差 利瑪竇尤其詼詭瑰奇人也 中州之人驟聞而創見之 無不嗟異酷信 駸駸然流入我國 我國學者論天人性命之理者 往往以其說爲宗 而古聖人賢人之論 幾乎弁髦而不知省噫嘻其惑之甚也 盖嘗論之 外夷諸國 其壤地偏側 風氣踈散 故其民多奇巧淫技 葛盧之識牛鳴 犛靬之出眩人 卽其驗也 西洋去中國海道數萬里又其鴂舌之尤者 非可與論於大道 而所能明者 偏曲而已 以其善幻多恠人皆誑惑 使狐魅遇張華 安能遁其形哉 明於推步 亦偏曲之知也 見其如此 遂信其知道可乎 夫穹然在上者天也 以功用謂之鬼神 以主宰謂之上帝存乎人則所賦之性是也 在乎事則當然之理是也 尊性而居謂之敬天 順理而行謂之奉天 神而祭之 不過除地而郊而已 今乃殿宇以嚴之 圖像以明之使上帝之尊 下同於一鬼 其爲慢天褻天孰甚焉 天下之人 一溺於釋迦 再溺於利瑪竇 鬼恠肆行 妖說誣民 幾何不燃臂臠肌以爲事天 而天叙天秩天命天討 古先王大經大法 終至於廢壞而不修 爲吾徒者其可立視其如此而莫之救耶 今我洪侍郎漢師儒者也 讀聖賢書者也 以副价入中土也 余窃有望焉 幸其說之未熾也 以事天之實 在此而不在彼 爲燕之學士大夫 一誦而曉解之 其間豈無悅吾言而從之者歟 設或不從 立一赤幟 使天下之人咸知我國有賢大夫獨守孟氏之傳而不惑, 於邪說 則亦吾道之光也 子其勉乎哉

【역문】「연경(燕京)에 사신으로 가는 홍시랑(洪侍郎)[6]을 전송하는 서문」[7]

이단(異端)의 설(說)이 그 시작은 매우 미약하여 도랑물이나 횃불 같다가, 끝내는 하늘까지 차오르고 들판을 불태워도 막을 수 없으니 오직 밝은 식견을 가진 사람만이 그 시작을 분별하여 끊어낼 수 있습니다. 우매한 속인(俗人)의 식견이 어두움에도 양주(楊朱)와 묵적(墨翟)의 해악이 후세에 미치지 않은 것은 맹자(孟子)의 공입니다. 기타 노자(老子), 부처, 장자(莊子), 순자(荀子)의 설은 맹자처럼 막아서 끊어내는 사람을 만나지 못하였기 때문에 멋대로 퍼져나가, 지금까지 천하와 국가에 해악을 끼치니 분통함을 견딜 수 있겠습니까.

지금 들으니, 천주의 학문을 하는 사람이 중국에 많다고 하는데 비록 그 설을 상세히 알지는 못하나 그 근본은 서양의 나라에서 나온 것입니다. 리마두(利瑪竇)는 "서양인은 역법을 계산하는 것과 해시계[圭臬] 등의 기물에 뛰어나니, 제작하는 것이 섬세하여 조금도 오차가 없다."라고 합니다. 리마두는 그 중에서도 더욱 신기하고 기이한 사람입니다. 중국 사람들이 갑자기 듣고 처음 보고서 조금도 오차가 없자 굳게 믿으니, 차츰차츰 우리나라에도 유입되었습니다. 우리나라의 학자들이 천인성명(天人性命)의 이치를 논하면서 이따금 그 설(說)로 종지(宗旨)를 삼아, 옛 성인과 현인의 의론을 거의 쓸모없는 것처럼 여기면

---

6) 홍시랑(洪侍郎) : 홍양호(1724~1802)로 본관은 풍산(豊山), 자는 한사(漢師), 호는 이계(耳溪). 1747년(영조 23) 진사시에 합격하고, 1752년 정시문과에 병과로 급제해 사헌부 지평, 홍문관 수찬·교리 등을 역임하였다. 1799년에는 홍문관·예문관 양관(兩館)의 대제학을 겸임하였고, 두 차례에 걸쳐 연경(燕京)을 다녀오면서 중국의 석학들과 교유해 문명(文名)을 날렸으며, 고증학(考證學)을 수용·보급하는 데 기여하였다. 『영조실록』·『국조보감』·『갱장록(羹墻錄)』·『동문휘고(同文彙考)』를 비롯한 각종 편찬사업을 주관하기도 했으며, 지방관의 지침서인 『목민대방(牧民大方)』을 저술하였다.

7) 『간옹집』 권19, 序

서도 살필 줄을 모르니 아! 너무도 미혹된 것입니다.

일찍이 논하건대, 외이(外夷)의 여러 나라는 그 땅이 치우쳐 있고 풍기(風氣)가 흩어져 있기 때문에, 그 백성들이 기이한 재주와 요사(妖邪)한 기예가 많으니 갈로(葛盧)가 소의 울음을 알아듣고[8] 이간(犛靬)에서 현인(眩人)이 나온 것[9]이 곧 그 증험입니다. 서양과 중국의 거리가 해도(海道)로 수만 리이고 또 더욱 그 언어를 알아들을 수 없으니 함께 대도(大道)를 논할 수 없고, 밝은 분야라고는 편협한 것들일 뿐입니다. 그들이 요술을 잘 부리고 기괴함이 많기 때문에 사람들이 모두 미치고 미혹되나, 여우도깨비[狐魅]가 장화(張華)[10]를 만나면 어찌 능히 그 형상을 숨길 수 있겠습니까? 계산에 밝은 것 또한 편협한 지혜이니, 이와 같음을 봤다면 끝내 그들이 도를 안다고 믿어서야 되겠습니까.

무릇 둥그렇게 위에 있는 것이 하늘입니다. 공용(功用)의 측면으로 말하자면 귀신(鬼神)이라 하고 주재(主宰)의 측면으로 말하자면 상제(上帝)라 하며, 사람에게 보존된 것은 부여받은 본성(本性)이 바로 이것이고 일에 존재하는 것은 당연한 이치가 바로 이것입니다. 본성을 높여 지내는 것을 경천(敬天)이라고 하고 이치를 따르며 행동하는 것을 봉천(奉天)이라 합니다. 신으로 제사지냄이 땅을 쓸고 교제사(郊祭祀)를 지내는 데 불과하였는데, 지금은 전우(殿宇)를 지어 경건히 하고 도상(圖像)을 그려 분명하게 하여, 높으신 상제를 아래로 일개 귀신과 동

8) 갈로(葛盧)가~알아듣고 : 갈로는 춘추 시대 개국(介國)의 임금 이름이다. 그는 소의 말을 잘 이해했다. 그가 노나라를 예방했을 때, 소가 우는 소리를 들었다. 그리고 "저 소는 세 마리의 새끼를 낳았는데, 세 마리 모두 희생으로 바쳐졌습니다. 저 소의 울음소리가 그렇게 말하고 있습니다."라고 하였다. 노나라에서 확인해 보니 사실이었다고 한다. 『春秋左氏傳 僖公 29年』

9) 이간(犛靬)에서~것 : 이간은 로마제국을 가리키는 말이고, 현인(眩人)은 그 나라 출신의 요술을 부리는 사람이다.

10) 장화(張華) : 232~300. 진(晉)나라 방성(方城) 사람으로, 자는 무선(武先)이다. 학문과 천문, 정치와 잡기에 두루 밝았다.

일하게 만드니 하늘에 태만하고 하늘을 업신여김이 무엇이 이보다 심하겠습니까? 천하의 사람들이 처음에는 석가(釋迦)에게 빠지고 두 번째는 리마두에게 빠져 귀괴(鬼恠)가 횡행하고 요설(妖說)이 백성을 속여 거의 모든 사람이 팔뚝을 불사르고 살을 잘라 하늘을 섬겨, 천서(天叙)와 천질(天秩), 천명(天命), 천토(天討) 및 옛 선왕의 대경(大經)과 대법(大法)이 끝내 파괴되어 닦여지지 않는 지경에 이르니, 우리 유자(儒者)가 서서 이와 같음을 지켜만 보고 구제하지 않아서야 되겠습니까.

지금 우리 한사(漢師) 홍시랑(洪侍郎)은 유자이니 성현의 책을 읽은 사람입니다. 부개(副价)로서 중토(中土)로 들어가니 저는 속으로 희망을 품고 있습니다. 다행히 그들의 설이 아직 왕성해지기 전에, 하늘을 섬기는 실제가 여기에 있고 저기에 있지 않음을 연경의 학사대부(學士大夫)들을 위하여 한 번 외워서 깨우쳐 준다면 그 사이에 어찌 우리의 말을 기뻐하여 따르는 사람이 없겠습니까. 설혹 따르지 않더라도 한 번 기치를 세워 천하의 모든 사람들로 하여금 우리나라에 대현(大賢)이 있어 홀로 맹자가 전한 바를 지켜 사설에 미혹되지 않고 있음을 알게 한다면 또한 오도(五道)를 빛낼 수 있을 것입니다. 그대는 부디 힘쓰십시오.

「日食辨」

先儒謂日月之食 皆有常度 然人事得於下則或當食不食 人事不得於下則當食必食 惟西洋國利瑪竇之說 以爲食有常度 雖堯舜在上 不能使當食不食 所謂當食不食云者 蓋推步者誤 不知其本不當食耳 其書余未之見而今世之士 誦其說如此 靡然信嚮之 而先儒之論廢 余甚痛焉 日月之食以常度言之 一歲兩交當兩食 而春秋二百四十二年之內 日食僅三十六 若曰捨此三十六交 而餘無當食之會則何其間濶也 漢高帝三年十月晦日食十一月晦又食 文帝三年十月晦日食 十一月晦又食 逐月有之 若謂是當食之常度 則又何其頻複也 由此論之 利瑪竇之說 其通乎否乎 春秋日食 或爲夷狄侵中國 臣子犯君父 小人凌君子 陰盛陽微之致也 故孔子書之惟謹以垂世戒 小雅亦曰日有食之 亦孔之醜 又曰日月告凶 不用其行 四國無政 不用其良 其歸咎於人事若是其明且切 今也不信經訓而信邪說 使世主忽於天戒而怠於自修 其亦不仁甚矣 然先儒之說 雖與利瑪竇之說有間 其曰有常度則一也 其說猶爲未備 其曰當食不食者 人勝天地 其曰當食必食者 天之常也 又豈無不當食而食 無責于天而專責於人者哉 當食而或食或不食者 如一歲兩交當兩食之類 是固常度也 其責不專乎人 不當食而食者如漢高帝三年文帝三年 逐月有之之類 是又常度之外也 其責專乎人 天或常或不常 人或專或不專 而日食之說備矣

【역문】「일식(日食)에 관한 변(辨)」[11]

선유(先儒)가 이르기를 "일식(日蝕)과 월식(月蝕)은 모두 일정한 도수(度數)가 있다."라고 하였다. 그러나 인사(人事)가 아래에서 제대로 이

11) 『간옹집』 권21, 辨

루어지면 혹 일식과 월식이 일어나야 하는데도 일어나지 않고, 인사가 아래에서 제대로 이루어지지 않으면 일식과 월식이 일어나야 하면 반드시 일어난다. 그런데 오직 서양의 리마두(利瑪竇)의 설(說)에 "일식과 월식에는 일정한 도수가 있어 비록 요순(堯舜)이 하늘이 있더라도 일어나야 할 일식과 월식을 일어나지 않게 할 수 없다. 그 이른바 '일식과 월식이 일어나야 하는데도 발생하지 않는다.'는 것은 계산이 착오가 있어 원래 당연히 월식과 일식이 일어나지 않는다는 것을 알지 못하기 때문일 뿐이다."라고 하였다. 그 책을 내가 아직 보지 못하였는데, 지금 세상의 선비들이 이렇게 그 설을 외우고서 쏠리듯 믿어 선유의 의론이 폐지(廢止)되니 나는 심히 애통하게 생각한다.

일식과 월식을 일정한 도수로 말해보자면, 한 해에 두 번 교차하면 두 번 일식과 월식이 발생하는 것이다. 『춘추(春秋)』 242년 동안에 일식이 겨우 36번이었으니 만약 "이 36번의 교차를 제외하고 나머지는 마땅히 일식이 일어날 때가 없다."라고 한다면 어찌 그리도 간격이 넓은 것인가? 한 고제(漢高帝) 3년 10월 그믐에 일식이 일어났고 11월 그믐에 또 일식이 일어났으며, 문제(文帝) 3년 10월 그믐에 일식이 일어났고 11월 그믐에 또 일식이 일어났으니 이는 달을 이어 일식이 일어난 것이다. 만약 "이것이 마땅히 일식과 월식이 일어나는 도수이다."라고 한다면 또 어찌 그리 빈번한가?

이것으로 말미암아 논해보건대, 리마두의 설은 그 통하는 것인가? 통하지 않는 것인가? 『춘추』의 일식은 혹 이적(夷狄)이 중국을 침범했기 때문이거나, 신자(臣子)가 군부(君父)에게 반역했기 때문이거나, 소인(小人)이 군자를 능멸했기 때문이거나, 음(陰)이 성하고 양(陽)이 미약하기 때문에 일어난 것이었다. 이런 까닭에 공자(孔子)께서 신중히 기록하여 후세의 경계를 드리운 것이다.

「소아(小雅)」 또한 "일식이 일어나니, 또한 매우 나쁜 일이네."라고 하였고 또 "일월이 흉함을 알려서 바른 궤도를 쓰지 아니하니, 사방의 나라에 정사가 없어서 선량한 사람을 쓰지 않도다."라고 하여 그 잘못을 인사에 귀결시킨 것이 이처럼 명백한데, 지금 경훈(經訓)을 믿지 않고 사설(邪說)을 믿어 군주(君主)로 하여금 하늘의 경계를 소홀히 하게 만들고 자신을 수양하는 데 게으르게 만드니 그 불인(不仁)함이 심한 것이다. 그러나 선유의 설이 비록 리마두의 설과 차이가 있다고는 하나, "일정한 도수가 있다."라고 한 데 있어서는 한 가지이다. 그 설이 미비(未備)함에도 "일식이과 월식이 일나야하는데 일어나지 않는 것은 사람이 천지를 이긴 것이다."라고 하였고, "일식과 월식이 일어나야 하면 반드시 일어나는 것이 천도(天道)의 상리(常理)이다."라고 하였으니 하늘에 책임을 돌리지 않고 오로지 사람에게 책임을 돌린 것이 아니겠는가?

당연히 일식과 월식이 일어나야 하는데도 일어나기도 하고 일어나지 않기도 하는 것은 마치 한 해에 두 번 교차하면 두 번 일식과 월식이 발생하는 것과 같은 부류이니 이는 진실로 일정한 도수여서 그 책임이 전적으로 사람에게 있는 것이 아니고, 일식과 월식이 일어나지 않아야 하는데 일어나는 것은 한 고제 3년과 문제 3년에 달을 이어 일식이 일어난 것과 같은 부류이니 이는 또 일정한 도수의 예외여서 그 책임이 전적으로 사람에게 있다. 하늘은 일정하기도 하고 일정하지 않기도 하며 사람에게 전적으로 책임이 있기도 하고 혹 전적으로 책임이 있지 않기도 하여 일식의 설(說)이 갖추어진 것이다.

「天學問答」

客有問於厠雅軒主人曰 頃年洪尙書漢師之聘於燕也 聞子作序送之 盛斥天主之學 其時天主之書雖行於中國 中國之人不甚尊信 且不流布於東方 則子何以逆料其禍天下而斥之嚴耶 其後數歲其書果來東方 東方之人往往酷信而誦慕之 其勢駸駸然將日熾而月盛 子其有先見者乎 主人曰噫是不難知也 古之人心細而勤於學 後之人心麤而惰於業 聖人之學 理旣平易 而用工辛苦 異端之學 語甚新奇 而用工徑捷 心麤也故每憚辛苦之工業惰也故喜趨徑捷之地 老氏之無爲 佛家之頓悟 適中其好新喜捷之心 故趍之者甚衆 遂使學者眩於趣捨 朱夫子初年亦不免求之於此 而卒返之於六經 然後吾道大明於世 雖以象山之執迷堅固 陽明之悍論強辯 終不得肆行 使後之學者 師尊孔孟 階級庸學者 皆朱夫子之力也 佛氏之學 廣大慈悲 近於吾儒之博施濟衆 入定止觀 近於吾儒之持敬謹獨 而朱夫子以外於人倫 近理亂眞斥之 牖天下之迷 救萬世之溺 朱夫子之功 於斯爲大 當列於大禹孟氏之下 而自夏運漸衰 夷禍益熾之後 有西河毛奇齡者 譏詆朱子不遺餘力 其徒漸盛 朱子之言語文字 皆爲此輩所非議 則於是乎古聖人大經大法 日趨於蕩然 彼好新喜捷之徒 將何所忌憚 將何所不至 老佛之學到今世猶爲陳舊而不新矣 且經先儒之詆斥而不容矣 是故尊信老佛者 幾乎寢息 而好新而不已 則凡有新語 皆將樂聞喜捷而不已 則凡有捷徑 皆將疾走 而天主之學 適倡於此時 吾固知天下之人 必將嬴粮而躍馬矣 其爲書豈止行於中州 而不傳於東土乎 行於一時而不禍於天下後世乎 余自弱冠之歲 已憂此事 適發於洪尙書之行 余豈有先見而然哉 理勢固然 無足怪者 何待明者而後知哉 客曰天主之學 雖甚駭異 書曰惟皇上帝 降衷于下民 作善降之百祥 作不善降之百殃 詩曰上帝臨汝 無貳爾心 此言何謂也 天主之學 實本於此 則子何斥之甚也 主人曰天之主宰 命之曰上帝者 古聖人尊天之辭 而昊天曰朝 及爾遊衍 昊天曰明 及爾出王 則可見上

帝之無不在也 上天之載 無聲無臭 則可見上帝之無形象也 在事物則當行之理 是上帝也 在人心則所賦之性 是上帝也 大學之止至善 乃所以順上帝也 中庸之率性 乃所以事上帝也 安有耳目口鼻 可以圖像 魂魄精爽 可以廟祀乎 古者天地日月五星山川嶽瀆 皆有祀 其祭天也 除地而郊 席用藁秸 牲用繭栗 乃所謂至敬無文也 今也圖像以明之 殿宇以嚴之 使上帝之尊 下同一鬼 其爲慢天褻天孰甚焉 休屠王有祭天 金人出於夷狄之陋而已 中國之人 奈何捨先王之禮 從夷狄之俗也 利瑪竇以鳥獸魚鼈之民 及來中國 見周孔程朱之書 覩禮樂刑政之美 非不濊然心服 而特以別種妖魔之性 挾其細黠小慧之智 敢於聖學之外 刱出奇僻之論 於是天堂地獄之說 蹈襲於佛家 嚴畏上帝之論 依據於經傳 星曆推步之學 推演於璇衡 而談人所易知則人必不驚異 故乃曰天有十二重天 語人所易見則人必不誑惑 故迺曰六合之內 凡有五大州 譬如不肯畫人而喜畫鬼 不肯畫虎而喜畫龍 誠以人與虎易知而難欺 鬼與龍難知而易欺也 惜乎 世無照魅之鏡 莫下其虛實 世無擾龍之人 莫證其眞贋 天下有識之士 其將見欺於瑪竇之凶狡 終莫之省悟耶 誠可痛也 客曰佛氏誠誕妄 而天主之學 專心奉天 勸人爲善 賢於佛氏 不亦遠乎 主人曰否否 釋迦本夷狄之人也 夷狄之人 貪而喜殺 故釋迦倡爲地獄之說 恐嚇而禁制之 雖以虛僞誑誘 見斥於先儒 原其心則出於勸善 禪家寂滅之學 便同槁木死灰 其弊至於絶倫亂俗 而本其意則在於澄慮 雖以是壞人心禍天下 而猶不若天學之專事妄誕 實無所據也 佛老陷天下於夷狄禽獸 天學溺天下於魑魅魍魎 夷狄猶是人類 禽獸亦有形之物 比之魑魅魍魎 固有間也 客曰我國治敎休明 士趍克正 天主書出來之後 臺閣斥之 司寇禁之 雖有一二詿誤之人 今皆釋然改悔 其學更安所售於世 子之爲慮無已過乎 主人曰不然 伐惡木者翦其一榦而惡木猶在 制狂流者塞其一派而狂流自如 今攻天學者亦猶是也 其論十二重天則信之 其論五大州則信之 高談天人之際者 莫不以其說爲眞 一句一話 曾不彷彿於程朱所論 而攘臂大言 略無顧忌 獨於天主一說 以爲不可信 此所

謂只翦一榦而惡木猶在 只塞一派而狂流自如也 衛其根株而翦其枝葉可乎 漑其本原而塞其流波可乎 苟知爲惡木與狂流 則何不伐其根而杜其源乎 盡信其書而獨斥其天主一說 則彼必有辭 我無以自解 今也盡焚其書盡黜其說則可也 不然今雖斥之 終必信之 寧有近脂膏而不浸漬 邇燎火而不灼爛者乎 吾見其日益熾蔓 未見其遏絶也 客曰西洋推步之學 玅 天下曆家皆用其法 此等處其將盡斥之乎 主人曰不然 聖智首出 開物成務 莫尚於羲黃堯舜 西洋人雖善推步 不過因羲黃堯舜之舊法 敷衍爲說 雜之以誕妄妖幻之辯而已 若無羲和閏法 帝舜璇衡 則渠安能範圍天地 曆象日月乎 西洋未通中國之前 司馬遷壺遂等作大初曆 唐一行立歲差法 其後屢百年 皆能造曆頒朔 曾謂不通西洋則曆家更不得措手 天子更不得頒朔乎 厭雞愛鶩 良亦可笑 且蠻夷外國 風氣偏僻 暗於大道 而或能奇巧淫技 古所謂蠻夷之人 多解鳥獸之音者 以此故也 人不能夜視而鵂鶹夜撮蚤 人不識風雨而鴉鵲知風 狐狸知雨 外夷之人或明於一曲 亦鵂鶹鴉鵲狐狸之類而已 設使西洋推步之學 賢於中國 僅明一曲 固不足貴 況其學本不出於中國曆法之外乎 見其如此 遂信其知道則其亦惑之甚矣 客曰西洋去中國九萬里 開闢以來所未通 而利瑪竇始通之 雖未爲聖智 獨不爲神異之人乎 主人曰 利瑪竇之來 果欲壯遊者乎 抑航海遇風而漂者乎 是未可知也 唐時遣玄奘求佛經於西域 則好事者因之爲西遊記 宋時宋江作亂 張叔夜討平之 則好事者因之爲水滸傳 中國多才喜事之人 固多如此之習矣 吾意此等輩人因利瑪竇之來 假托絶國之人 創出荒誕之辯 連編累帙 至於汗牛 上以抗儒書 下以敵佛經 要以玩世愚弄 自騁其弔詭而已 然而埋趣粗淺 已不如佛經之玄奧 文辭俚近 又不如佛經之奇古 必是明末清初輕薄迂怪者所爲也 愚夫愚婦 無惑乎見欺 學士大夫 亦或不免何也 其書甚多 必非瑪竇之所皆論述 以瑪竇爲神異者 吾所未信 以瑪竇爲罪魁者 亦吾所未信也 客曰 天主之書 遍天下 未易盡焚 將以何術而禁之也 主人曰不過明吾道以敎之耳 日暮而燐出 天陰而狐嘯 吾道素明 視若坦路 則左道之惑 邪徑之走

何足慮也 客乃悅服稱謝 捲舌而退

【역문】「천학문답」[12]

어떤 손님이 이아헌 주인에게 물었다. "몇 해 전에 상서 홍한사가 연경에 사신으로 갈 때에 선생께서 글을 지어 전송하면서 천주학을 배척하였다고 들었습니다. 그 때에는 천주학의 책이 비록 중국에는 유포되었지만 중국 사람들이 그다지 심하게 믿지 않았고, 우리나라에는 책이 유포되지도 않았었습니다. 선생께서는 어찌하여 그것이 천하에 화가 될 것을 미리 알고 엄격하게 배척하였습니까? 그 후 몇 해 안에 그 책이 과연 우리나라에 전해 오니 일부 우리나라 사람들이 심하게 믿어 낭송하고 흠모하며 그 세력이 계속해서 날로 치열해지고 성대해졌습니다. 이에 대해 선생은 미리 내다보신 것이 있었습니까?" 주인이 답하였다. "이 그것은 알기 어렵지 않습니다. 옛 사람의 마음은 세밀하여 학문에 근면하였으나, 후세 사람은 마음 씀이 거칠고 학업에 게으릅니다. 성인의 학문은 이치가 평이하지만 공부하기에 힘드는 것이요, 이단의 학문은 말이 아주 신기로와 공부하기가 빠르고 쉽습니다. 오늘날의 사람은 마음 씀이 거칠기 때문에 언제나 힘드는 노력을 꺼리며 학업에 게으르기 때문에 항상 빠른 길을 좇아가기를 좋아합니다. 도가의 무위나 불교의 돈오는 바로 그 새로운 것을 좋아하며 빠르고 쉬운 것을 즐겨하는 마음에 들어맞았습니다. 그러므로 그것을 따르는 사람이 매우 많았으며, 마침내는 배우는 사람으로 하여금 얻는 것과 잃는 것도 모르게 만들었습니다. 주자도 젊어서는 역시 이러한 공부하는 방법을 면치 못하다가 마침내는 육경에 돌아왔으니 그

12) 『간옹집』 권23, 雜著

후 에야 우리 유도가 세상에 크게 밝혀졌습니다. 비록 육상산의 미혹하고 완고함에 굳게 얽매였던 것이라거나 왕양명의 모질고 억센 논변도 마침내 마음대로 행하여지지 멋하게 되었으며, 후세의 배우는 사람에게 공자와 맹자를 스승으로 높이고 중용과 대학의 가르침의 절차를 본받게 만든 것은 모두 주자의 힘이었습니다. 불교의 학문에서 "광대하게 자비를 베푼다는 것은 우리 유교에서 널리 베풀어 백성들을 구제한다"는 것에 가까우며 입정(入定)13)과 지관(止觀)이라는 것은 우리 유교의 "공경한 몸가짐으로 홀로 지냄을 삼간다"는 것에 가까운 것입니다. 그러나 주자는 불교가 인륜에서 벗어나기 때문에 이치에 가까운 듯하나 사실은 진리를 어지럽히는 것이므로 배척하였으며, 천하의 미혹된 이들을 인도해주고 만세에 그릇됨에 빠져 있는 이들을 구해주게 된 것입니다. 이러한 이유로 주자의 공로가 크다는 것이며 마땅히 우임금과 맹자의 아래에 배열하여 모셔야 합니다. 그러나 중국의 운수가 점점 쇠약해지고 오랑캐의 화가 더욱 치열해진 뒤로, 서하(西河)의 모기령(毛奇齡)이라는 자가 주자를 비방하는데 온 힘을 다하였으며, 문도(門徒)가 점점 많아져 주자의 언어문자는 모두 이들 무리에게 비난당하게 되었고, 이러하여 옛 성인의 위대한 경륜과 법도가 나날이 버려지게 되었습니다. 저 새로운 것을 좋아하고 빠르고 쉬운 것을 즐겨하는 무리들이 장차 무엇을 꺼리며 무엇인들 못하겠습니까? 도교나 불교는 이제 와서 이미 낡아서 새로운 것이 못되며, 더구나 옛 선비의 배척을 받아 용납되지 못하고 있습니다. 따라서 도교와 불교를 믿는 자가 거의 없어졌습니다. 그러나 새로운 것을 좋아하는 경향은 그칠 줄을 몰라 새로운 말이 있음 모두 즐거이 들으려 하고, 빠르고 쉬운 것을 즐기는 경향도 그칠 줄을 모르니 빠르고 쉬운 길이 있으

13) 입정(入定) : 불가의 용어. 마음을 한 곳에 집중시키는 것이다.

면 모두 그리로 치닫고자 합니다. 그런데 천주학이 마침 이 때에 제창되니 나는 천하 사람들이 반드시 양식을 가득 싣고 말을 타고 따라가게 될 것이라는 것을 예견하게 되었던 것입니다. 그 책이 어찌 중국에만 유행하는데 그치고 우리나라에 전해오지 않겠으며 일시적으로 유포되는 것에 그치고 후세 천하에 화를 주지 않겠습니까? 나는 젊었을 때부터 이미 이일을 염려하였었습니다. 마침 그것은 홍상서의 행동에 의해 계발(啓發)되었던 것입니다. 나에게 어찌 미리 선견지명이 이었겠습니까만 이치와 형세가 사실 그러하니 괴이하게 여길 것이 없었습니다. 어찌 총명한 사람이어야만 그것을 알 수 있는 것이겠습니까?" 손이 물었다. "천주학은 비록 매우 놀랍고 이상한 것이기는 합니다만, 서경(書經)에 '오직 상제(上帝)께서 백성에게 성품(性品)을 내려주시고 착한 일을 하면 온갖 상서로움을 내려 주시고 나쁜 일을 하면 온갖 재앙을 내려 주신다.'라 하였고 시경에는 '상제께서 너의 앞에 임하여 계시니 네게 두 마음이 없도록 하여라.' 고 하였는데, 이 말들은 무엇을 의미하는 것입니까? 천주학은 실로 여기에 근본을 두었는데 선생은 어찌하여 그렇게 심하게 배척하십니까?" 주인이 답하였다. "하늘의 주재를 이름지어 상제라고 한 것은 옛 성인이 하늘을 높여서 한 말입니다. '호천이 아침에 너와 더불어 놀고 호천이 밝은 날에 너와 더불어 나간다.'고 하였으니 상제가 있지 않는 곳이 없음을 알 수 있습니다. 하늘은 소리도 없고 냄새도 없는 것을 실었다하였으니 상제는 형상이 없다는 것을 알 수 있습니다. 사물에 있어서 마땅히 행해지는 이치는 바로 상제가 행하는 것이며, 사람에게 부여된 성품은 바로 상제가 부여한 것입니다. 대학에서 지극한 선에 머무른다고 한 것은 상제를 따르는 것을 뜻하며 중용에서 성품을 따른다고 한 것은 상제를 섬기는 것을 뜻합니다. 어찌 상제에게 이목구비가 있겠으며 도상으로 그릴 수 있거나 깨끗한 혼백이 있어 사당에 모셔 제가할 수 있겠습니까? 옛날에는 천지, 일월, 오성, 산천, 악독(嶽瀆)[14]에 대하여 모두 제사를 지냈습니다. 하늘에 대한 제사는 들판에 나가 땅을 깨끗이 쓸고 짚자리를 깐 다음 누에와 밤을 제물로 썼으니 이것은 이른바 지극히 공경하는데 있어서는 꾸밈이 필요 없다는 것을 뜻합니다. 이제 도상으로 상제의 모습을 밝히고 전각에 상제를 존엄하게 모셔 상제의 모습을 밝히고 전각에 상제를 존엄하게 모셔 상제의 존엄성을 귀신과 같게 한다 하니 그것은 하늘에 대해 태만히 하고 모욕함이 이보다 더한 것이 있겠습니까? 휴도왕(休屠王)[15]으로 하늘에 제사하는 것은 오랑캐의 누추함에서 나온 짓일 따름입니다. 중국 사람이 어찌하여 선왕의 예를 버리고 오랑캐의 습속을 따라 가는 것입니까? 이마두는 짐승나라의 사람으로서 중국에 들어와서 주공·공자·정자·주자의 서적을 읽고 예악형정이 아름다움을 보고 번거롭지만 마음으로 복종하지 않을 수 없었을 것입니다. 그리하여 특별히 별다른 요마의 성질로 간사하고 간교한 지혜를 짜서 감히 성학 이외의 기벽한 이론을 창립하였습니다. 그의 천당과 지옥의 설은 불교를 답습하였고, 존엄한 상제의 이론은 경전에 의거하였으며, 천문학과 역학은 선형(琁衡)[16]에서 추리하여 연역해 냈습니다. 그런데 사람들이 쉽게 알 수 있는 것을 말하면 사람들이 반드시 놀라지 않을 것이므로 '하늘은 열두 겹으로 되어있다고[十二重天]' 말하였으며, 사람들이 쉽게 알 수 있는 것을 말하면 사람들이 반드시 속아서 미혹되지 않을 것이므로 '육합(六合)[17] 안에 오대주(五大洲)가 있다'고 말하였습니다. 비유로서 말한다면 사람은 그리지 않고 귀신을 그리기 좋아하며, 호랑이를 그리지 않고 용을 그리기 좋아하

14) 악독(嶽瀆) : 큰 산과 강을 말한다.
15) 휴도왕(休屠王) : 석가모니의 다른 이름이다.
16) 선형(琁衡) : 선기옥형(璇璣玉衡)의 준말. 천체를 관측하는 기구. 순임금 때부터 쓰기 시작했다고 한다.
17) 육합(六合) : 상하(上下), 사방(四方), 천하(天下), 우주를 뜻한다.

는 것과 같습니다. 실로 사람과 호랑이는 알기가 쉽게 때문에 속이기 어려우며, 귀신과 용은 알기가 어려우니 속이기가 쉬운 것입니다. 애석하게도 세상에는 마귀를 비치는 거울이 없으니 마귀가 허황한 것인지 실제로 있는 것인지 따질 길이 없으며 세상에는 용을 길들이는 사람이 없으니, 용의 존재가 진실한 것인지 증명할 수가 없습니다. 천하의 지각 있는 선비들이 장차 이마두의 간계(奸計)에 속아 넘어가 끝내 깨닫지 못할 것이니 한심한 일입니다." 손님이 물었다. "불교는 정말로 허황한 것이지만 천주학은 오로지 한 마음으로 하늘을 받들며 사람에게 착한 일을 하도록 권하니 천주학이 불교보다 훨씬 현명하지 않습니까?" 주인이 대답하였다. "그렇지 않습니다. 석가는 오랑캐 땅의 사람입니다. 오랑캐 땅의 사람들은 탐욕하고 죽이기를 좋아하기 때문에 석가는 지옥의 설을 제창하여 사람들을 두렵게 하여 나쁜 일을 못하게 하였던 것입니다. 그러나 거짓과 속임으로 사람들을 꾀었기 때문에 옛 선비들에게 배척받았지만 그 본래의 뜻은 착한 일을 하는 데서 나왔습니다. 선가(禪家)의 적멸(寂滅)의 학문은 마른 나무나 꺼진 재와 같은 것이어서 그 폐단이 인륜을 끊고 풍속을 어지럽히는 데까지 이르렀으나, 본래의 그 뜻은 역시 사려(思慮)를 맑게 하는 데 있습니다. 비록 선학이 사람의 마음을 파괴하고 천하에 화를 준다고 하지만 천주학처럼 허망한 것을 섬기고 아무 근거가 없는 것이 아닙니다. 불교가 천하를 오랑캐와 짐승의 천하로 떨어뜨렸다면 천주학은 천하를 귀신 도깨비의 천하로 빠지게 하고 있습니다. 오랑캐는 그래도 인간의 무리이고 짐승들 역시 형체가 있는 생물이니 귀신 도깨비와 비교한다면 실로 차이가 큰 것입니다." 손님이 물었다. "우리나라는 정치와 교화가 아름답고 밝으며 선비들도 바른 길을 가고 있습니다. 천주학의 서적이 들어온 뒤에 그것을 관청에서도 배척하고 사직 당국에서도 금지하니, 한 두 명의 그릇된 사람이 있었지만, 이제는 모두 깨끗이 뉘우쳐 고쳐졌습니다. 하물며 천주학이 어떻게 다시 세상에 떠돌겠습니까? 선생의 염려가 지나치지 않습니까?" 주인이 대답했다. "그렇지 않습니다. 나쁜 나무를 벨 때에, 그 가지 하나만 잘라 버려도 나쁜 나무는 아직 살아 있게 되며, 아무데로나 흘러가는 물길을 막을 때에 그 한 줄기만 막는다 해도 흘러가는 물길은 여전히 흐르게 됩니다. 이제 천주학을 공격하는 것도 이와 마찬가지입니다. 열 두 겹의 하늘 얘기를 믿고 오대주(五大洲) 얘기를 믿으며, 하늘 사람 사이에 대한 고답적인 이론을 진실이라고 모두 믿으면서 한 마디로 정자나 주자가 논한 바와 비슷한 것이 없는데도 팔을 들어 큰소리를 치며 조금도 꺼리지를 않고 있습니다. 단지 천주하는 한 가지 설에 대해서만 믿을 수 없다고 하니 이것은 이른바 가지 하나만을 잘라도 나쁜 나무는 살아 있고 한 줄기만을 막아도 제멋대로 흐르는 물길은 그대로 있는 것과 같은 것입니다. 그 뿌리와 줄기를 보호하고 가지만을 잘라서야 되겠습니까? 그 흐름의 근원을 터놓은 채 두고 흐르는 줄기만을 막아서야 되겠습니까? 만약 나쁜 나무이거나 제멋대로 흐는 물길인 줄을 알았다면 어째서 그 뿌리를 베거나 근원을 막지 않습니까? 그 책은 모두 믿으면서 다만 천주라는 한 가지 설만을 배척한다면 저들에게는 반드시 할 말이 있을 것이나 우리에게는 스스로 해명할 말이 없게 될 것입니다. 그 책을 모두 태워버리고 그 학설을 모두 추방해야 할 뿐입니다. 그렇지 않으면 지금은 비록 배척한다 하지만 종당에는 반드시 그것을 믿게 될 것입니다. 어떻게 기름 가까이 있으면서 물들지 않고 타오르는 불길 가까이 있으면서 타지 않을 수가 있겠습니까? 내가 보기에 그것은 말로 치열하게 만연하기만 하고 그치거나 끊이지 않을 것입니다." 손님이 물었다. "서양의 천문학은 절묘(絕妙)하여 천하의 역가(曆家)들이 모두 그 방법을 쓰고 있는데 이러한 것들도 다 배척하여야 합니까?" 주인이 대답했다. "그렇지 않습니다. 성스러운 지혜를 가지고 처음에 만물을 열어 일을 이룬 사람 중에 복희(伏羲)·황제(黃帝)·요(堯)·순(舜) 보다 더 훌륭한 이는 없습니다. 서양 사람이 비록 천문학을 잘한다 하나 복희·황제·요·순의 옛 법에 의거하여 부연해서 설명한데 지나지 않으며 그들은 허망하고 요사스런 이론을 거기에 더 섞은 것일 뿐입니다. 만약 희씨(羲氏)와 화씨(和氏)[18]의 윤달법이나 순임금의 선형이 없었다면 저들이 어떻게 천지가 사물을 싸고 있는 법칙과 일월을 역법으로 나타낼 수 있었겠습니까? 서양이 아직 중국과 소통되기 전에 사마천(司馬遷)과 호수(壺遂)가 태초력(太初曆)[19]을 만들었고 당나라의 학자들이 세차법(歲差法)을 세웠으므로 그 후 몇 백 년 동안 책력을 만들고 삭망(朔望)을 반포할 수 있었습니다. 누가 서양을 통하지 않으면 역가(曆家)는 손을 쓸 수 없고 천자(天子)는 삭망을 반포할 수 없다고 하겠습니까? 닭을 미워하고 오리를 좋아하니 정말 우스운 일입니다. 또한 오랑캐 땅인 다른 나라는 풍속이 편벽하여 큰 도리에 어둡습니다. 간혹 기교와 잔재주 에 능한 일이 있기는 하여 옛 사암들이 오랑캐 땅 사람들은 새와 짐승의 소리를 잘 알아듣는다고 얘기한 것이 바로 이런 까닭입니다. 사람은 밤에 볼 수 없으나 부엉이는 밤에 떠돌아다니며 사람은 비나 바람이 올 것을 알 수 없으나 까마귀와 까치는 바람이 불 것을 알고 여우는 비가 올 것을 압니다. 오랑캐 땅의 사람이 한 부분에 밝은 일이 있는데 역시 부엉이나 까마귀, 여우의 무리 같은 것일 뿐입니다. 설령 서양의 천문학이 중국보다 현명한 것이 있다면 겨우 한 부분에 국한된 것일 뿐이니 귀하게 여길 바가 못됩니다. 더구나 그 천문학은 본래 중국의 역법에서 벗어나지 못한 것입니다. 그들이 이와 같은 사실을 알면서도 도리를 알았다고 믿

18) 희씨(羲氏)와 화씨(和氏) : 요임금 밑에서 천지와 사시(四時)를 맡던 관리를 말한다.
19) 태초력(太初曆) : 한(漢) 태초(太初) 원년에 칙명으로 만든 역법(曆法)이다.

는다면 그것은 매우 미혹(迷惑)되어 있는 것입니다." 손님이 물었다. "서양이 중국과 9만 리나 떨어져 있어 천지개벽 이래로 서로 통하지 않다가, 이마두가 처음으로 소통하게 하였으니 비록 성스러운 지혜라고 할 수는 없더라도 신이한 사람이라 할 수 있지 않겠습니까?" 주인이 대답했다. "이마두가 온 것이 과연 장쾌한 유람을 하려고 한 것인지 또는 항해하는 도중 바람을 만나 표류한 것이지 알 수가 없습니다. 당나라 때에 현장(玄奘)을 파견하여 불경을 (佛經)을 구하게 하였는데 호사가(好事家)는 이를 근거로 서유기(西遊記)를 지었으며 송나라 때 송강(宋江)이 난을 일으켜 장숙야(張叔夜)가 그를 토벌하였는데 호사가는 이를 근거로 수호전(水滸傳)을 지었습니다. 중국도 재주 많고 일 좋아하는 사람들이 있었기 때문에 이러한 습성이 많았습니다. 내 생각에도 이러한 사람들이 이마두가 중국에 온 것을 기회로 교통이 끊어진 나라 사람으로 꾸미어 황탄(荒誕)한 얘기들을 지어낸 것으로 보입니다. 그에 관한 글은 부피가 아주 많아 위로는 유교서적에 맞서고 아래로는 불경에 대적할 정도입니다. 그러나 그것은 요컨대 세상을 우롱함으로써 스스로 자기 재주를 믿고 자랑하는 것일 뿐입니다. 그러나 그 이치와 취향이 조잡하고 천박하니 이미 불경(佛經)의 심오함에도 견줄 수 없습니다. 이것을 반드시 명나라 말기나 청나라 초기에 경박하고 더러운 자가 꾸민 짓일 것입니다. 어리석은 일반 사람들이 의심하지 않고 속임을 당하는 것은 물론이지만 학사 대부들 가운데에도 기만을 당하는 자가 없을 수 없습니다. 왜냐하면 그 책은 매우 많아서 반드시 이마두가 모두 논술한 것은 아닐 것입니다. 이마두를 신이(神異)한 사람이라 하는 것도 나는 믿지 않으나 이마두를 죄인들의 괴수(魁首)라고도 믿지 않습니다." 손님이 물었다. "천주학 책이 천하에 널리 퍼져 있어 다 태워버리기가 쉽지 않습니다. 장차 어떤 방법으로 금지해야 하겠습니까?" 주인이 대답했다. "우리 유도(儒道)를 밝히고 가르치는 도리밖에 없습니다. 날이 저물면 반딧불이 나타나며 날씨가 흐리면 여우가 웁니다. 우리 유도는 원래 밝고 평탄한 길 같아서 비뚤어진 길에 대한 의혹이나 사특한 길을 달려감을 스스로 알게 될 것이니 무슨 걱정거리가 되겠습니까?" 손님은 이에 기꺼이 심복(心腹)하여 감사하다고 말하며 입을 다물고 물러갔다.

「家庭聞見錄 [李升鎭]」

-(上略)- 府君自弱冠時 已憂西學之誤蒼生 每嘗憂歎 及耳溪洪尚書之聘于燕也 作序以送 盛斥天主之說 未幾其書果來東方 東方之人多惑信而誦慕之 其勢駸駸將日熾而月盛 人始服其先見之明 其後又著天學問答 斥之甚嚴而闢之廓如也 識者以爲功不在闢楊墨之下 耳溪洪公爲府君作爾雅軒記 以盛斥西學 爲一篇之宗旨 且曰爾者邇也 雅者正也 此中庸之義也 夫邇而易行者 豈非庸乎 正而不偏者 豈非中乎 爾而不雅則流於俗 雅而不爾則病於迂 有能兼之 中庸可幾矣 今公有見乎是 宜其明於審幾而嚴於衛正也 公之爲文章 亦主乎爾雅 斯可以見其學矣云云 嚴於衛正者 蓋指斥西學而衛吾道也

【역문】「가정문견록(家庭聞見錄)」[20] [이승진(李升鎭)][21]

-(상략)- 부군(府君)[22]께서는 약관의 나이 때부터 이미 서학(西學)이 창생(蒼生)을 그르칠 것을 우려하여 매번 탄식하셨는데, 상서(尙書) 이계(耳溪) 홍양호(洪良浩)가 연경(燕京)으로 갈 적에 서(序)를 지어 전송하여, 천주(天主)의 설(說)을 거세게 비판하셨다. 얼마 지나지 않아 그 책이 과연 동방으로 들어와, 동방의 많은 사람들이 미혹되어 외우고 흠모하여 그 형세가 점점 불어나 날이 갈수록 왕성해지니 그제야 사람들이 그 선견지명에 탄복하였다. 그 뒤에 또 『천학문답(天學問答)』을 저술하여 엄하게 배척하고 환하게 터놓으니, 식자(識者)들이 양주

20) 「가정문견록」은 간옹 이헌경의 손자 이승진이 쓴 글로서, 『간옹집』 부록으로 실려 있다.

21) 『간옹집』 권24, 附錄

22) 부군(府君) : 돌아가신 선친이나 조상을 일컫는데 여기서는 간옹 이헌경을 말한다.

(楊朱)와 묵적(墨翟)을 물리친 공(功)보다 뛰어나다고 인정하였다. 이계 홍공(洪公)이 부군을 위하여 「이아헌기(爾雅軒記)」를 지어주면서 서학을 거세게 비판한 것으로 한 편의 종지(宗旨)를 삼았다. 또 거기에 "이(爾)는 가깝다는 뜻이고 아(雅)는 바르다는 뜻이니 이는 중용(中庸)의 의(義)이다. 무릇 가까우면서도 행하기 쉬운 것이 어찌 용(庸)이 아니겠는가? 바르면서 치우치지 않은 것이 어찌 중(中)이 아니겠는가? 가까우면서 바르지 못하면 시속으로 흐르고 바르면서 가깝지 못하면 우활하게 되는데, 능히 이 두 가지를 겸하였으니 중용을 거의 이룰 만하다. 지금 공은 이에 대해 식견이 있으니 기미를 살피는 데 밝고 바름을 지키는 데 엄격한 것이 당연하며, 공이 문장을 짓는 것 또한 이아(爾雅)함을 위주로 하니 또한 그 학문을 알 만한다."라고 하였다. 바름을 지키는 데 엄격하다는 것은 대개 서학을 배척하고 오도(吾道)를 지킨 것을 가리킨다.

〈역주 : 배주연〉

『剛齋集』

「成均生員孟公[1])墓誌銘」

-(上略)- 考諱欽中 號雪岡 文學行誼 見推重於士友 心齋宋先生[2])狀其行 過齋金先生誌其墓 妣安山金氏 朝奉大夫命祚女 孝敬有閨範 以 英廟庚辰六月二十一日未時 生公于金谷里第 容儀雅潔 姿性警敏 雪岡公敎養有法度 使讀書寫字外 不知有他事 及長 華聞甚著 十六冠而聘 過齋金先生 其婦黨也 一與相見 深加期許 又往拜性潭宋先生 自是之後 歲輒一再出入於函丈之間 見識操履 已有過人者 癸卯 丁金夫人憂 戚易兩盡 壬子登上庠遊泮 雅飭通敏 儕流皆以爲不可及 癸丑喪配 甲寅丁外憂 內無主饋[3]) 而躬執饋奠 盡其誠禮 服闋 謝擧業 專讀朱子封事, 栗谷聖學輯要等書 時西學熾蔓 公深憂之 作闢異論以斥之 且致意於禮學 有所疑難 輒以叩質於性潭先生 朴謫善聖源所編禮疑類輯行于世 而印本甚尠 公謀於同堂 俱紙本謄出 以資其講習考訂 -(下略)-

---

1) 성균(成均) 생원(生員) 맹성순(孟性淳 1760~1827).
2) 송환기(宋煥箕. ?~1807). 조선 순조 때의 문신. 자는 자동(子東). 호는 성담(性譚). 혹은 심재(心齋). 시호는 문경(文敬)이다. 본관은 은진. 우암 송시열(尤庵 宋時烈)의 5대손. 이조판서(吏曹判書), 찬성(贊成) 등의 벼슬을 하였다. 학문과 덕망으로 조야(朝野)의 존경을 받았다.
3) 주궤(主饋) : 집안의 안살림에서 음식(飮食)에 관한 일을 맡아 주장(主張)하는 여자. 중궤(中饋; 부엌일. 아내, 처).

【역문】「성균관원 맹공 묘지명」[4]

-(상략)- 맹공(孟公)의 이미 돌아가신 아버님의 휘(諱. 이름)는 흠중(欽中)이고 호(號)는 설강(雪岡)이다. 문학(文學)과 행의(行誼)로 사우(士友)의 추중(推重)을 받았고 심재(心齋) 송선생(宋先生)이 평생 살아온 행적을 적었고 과재(過齋) 김선생(金先生)이 묘에 기록하였다. 이미 돌아가신 모친은 안산(安山) 김씨(金氏)로 조봉대부(朝奉大夫)[5]인 김명조(金命祚)의 딸이다. 부모를 잘 섬기고 공경함에 품격이 있었다. 1760년(英祖36) 6월 21일 미시(未時)[6]에 공(公)을 금곡리 집에서 낳았다. 몸가짐과 태도가 아담하고 깨끗했으며 성품이 민첩하고 슬기로웠다. 설강공(雪岡公)이 기르고 가르침에 법도가 있었으며 독서하고 글을 쓰는 것 외에 다른 일이 있음을 알지 못하게 했다. 성장하면서 화려한 명성이

4) 『강재집』 권08, 養誌

5) 조봉대부(朝奉大夫) : 조선시대 종사품(從四品) 동반(東班) 문관(文官)에게 주던 품계(品階)이다. 종사품의 하계(下階)로서 조산대부(朝散大夫)보다 아래 자리이다. 1392년(태조1) 문산계가 제정된 이후로 문관에게만 주다가, 대전회통(大典會通)에서는 종친(宗親: 임금의 4대손까지의 친족)에게도 이 품계를 주었다. 해당 관직으로는 종친부(宗親府)의 부수(副守), 충훈부(忠勳府)·의빈부(儀賓府)·의금부(義禁府)·개성부(開城府)·강화부(江華府)의 경력(經歷), 돈녕부(敦寧府)·봉상시(奉常寺)·종부시(宗簿寺)·사옹원(司饔院)·내의원(內醫院)·상의원(尙衣院)·사복시(司僕寺)·군기시(軍器寺)·사섬시(司贍寺)·군자감(軍資監)·장악원(掌樂院)·관상감(觀象監)·전의감(典醫監)·사역원(司譯院)·선공감(繕工監)·사도시(司䆃寺)·사재감(司宰監)·제용감(濟用監)·내자시(內資寺)·내섬시(內贍寺)·예빈시(禮賓寺)의 첨정(僉正), 한성부(漢城府)·평안도(平安道)의 서윤(庶尹), 규장각(奎章閣)의 직각(直閣), 홍문관(弘文館)의 부응교(副應敎), 춘추관(春秋館)의 편수관(編修官), 승문원(承文院)의 교감(校勘), 사옹원·전함사(典艦司)·전연사(典涓司)·예빈시·전설사(典設司)의 제검(提檢), 팔도(八道)의 군수(郡守), 숭의전(崇義殿)의 수(守) 등이 있었다. 직각과 편수관은 예겸(例兼)하였다. 처(妻)에게는 영인(令人)의 작호(爵號)가 주어졌다.

6) 미시(未時) : 하루를 십이시로 나눈 여덟째 시(時). 오후(午後) 한 시부터 세 시까지의 동안. 24시의 열다섯째 시(時). 오후(午後) 한 시 반부터 두 시 반까지의 동안.

크게 드러났다. 16세에 관례(冠禮)를 하고 장가들었다. 과재 김선생은 그 부당(婦黨)[7]이다. 한 번 서로 만나보고는 매우 기대를 걸고 촉망하였다. 또한 성담(性潭) 송선생(宋先生)[8]을 찾아가 만나 뵈었다. 이로부터 이후에 해마다 수차례 스승으로 모시고 출입하였고 견식(見識)과 조리(操履)[9]가 이미 보통사람보다 뛰어났다. 1783년(癸卯. 正祖7)에 모친 김씨의 상사(喪事)를 당하여서는 마음껏 슬퍼함과 화려한 의식을 모두 다하였다. 1792년(壬子. 正祖16)에 성균관에 들어갔는데, 단아(端雅)하고 조심성스럽고 깨달음이 민첩하여 동배(同輩)들이 모두 미칠 수 없다고 여겼다. 1793년(癸丑. 正祖17)에 상처(喪妻)하였다. 1794년(甲寅. 正祖18)에 부친상을 당하였다. 집안에 음식에 관한 일을 책임 맡은 아내가 없어서 몸소 음식과 제물을 맡아 다스렸는데 정성스럽게 예의를 다하였다. 상기(喪期)가 끝나 상복을 벗고 나서는 과거(科擧)에 응시하기를 그만두고 오로지 『주자봉사(朱子封事)』,[10] 율곡(栗谷)의 『성학집요(聖學輯要)』등의 책을 읽었다. 당시 서학(西學)이 맹렬하게 확산하자, 공(公)은 그것을 깊이 염려하여 벽이론(闢異論)을 써서 그것을 배

---

7) 부당(婦黨) : 아내와 동성동본인 겨레붙이. 아내와 동성동본인 일가붙이.
8) 성담 송환기(性潭 宋煥箕)
9) 조리(操履) : 마음으로 지키는 지조와 몸으로 행하는 행실.
10) 『주자봉사(朱子封事)』: 『朱子大典』권11부터 권14에 수록된 주자(朱子)의 「封事」 2권, 「奏箚」2권을 조선(朝鮮)에서 정유자(丁酉字)로 간인(刊印)한 것이다. 서(序)·발(跋)이 없어 정확한 간년(刊年)이나 발간의 동기는 알 수 없다. 조선에는 일찍부터 주자서(朱子書)가 들어와 이해되고 있었는데, 1771년(英祖47)에 왕명으로 전라관찰사(全羅觀察使) 윤동승(尹東昇)에 의해 『朱子大全』이 간행된 바 있었다. 이 책은 당시 관리들의 주차(奏箚)에 참고하기 위해 간인(刊印)된 것이 아닌가 한다. 주자의 「봉사」2권과 「주차」2권은 1162년(宋 高宗, 紹興32) 6월, 중국 송나라 효종(孝宗)이 즉위하여 직언(直言)을 구한데 대한 『壬午應詔封事』에서부터 1194년(宋, 光宗 紹熙5) 올린 『乞修三禮箚子』에 이르기까지 「봉사」7편(篇)과 「주차」29편을 싣고 있다. 여기에는 군신관계를 비롯한 주자의 제반 정치적 소신이 잘 나타나 있어 중국 및 조선의 성리학자들에게 한 표준이 되었다.

척하였다. 또한 예학(禮學)에 마음을 두고 의심이 나는 바가 있으면, 언제나 성담선생(性潭先生)에게 질문하였다. 유선(諭善)인 박성원(朴聖源)[11]이 지은 바 『예의유집(禮疑類輯)』[12]이 세상에 떠돌았으나 인쇄본이 심히 적었다. 공(公)이 동학(同堂)과 상의하여 종이를 마련해 베낌으로써 강습하고 살피어 고치는데 도움이 되게 하였다. -(하략)-

11) 박성원(朴聖源 1697~1767) : 본관 밀양(密陽). 자 사수(士洙), 호 겸재(謙齋). 이재(李縡)의 문하에서 수학하였다. 1728년(영조4) 별시문과의 을과에 급제, 사간원정자(司諫院正字)·사헌부감찰(司憲府監察) 등을 역임하였다. 1744년 지평(持平)으로 있을 때 영조가 기로소(耆老所)에 들어감을 반대하다가 남해(南海)에 위리안치(圍籬安置)되었다가 2년 뒤 석방되었다. 세손강서원유선(世孫講書院諭善)이 되어 세손인 정조를 보도(輔導)하였으며, 참판을 끝으로 관직에서 물러나 봉조하(奉朝賀)가 되었다. 박성원의 심성론은 스승인 이간(李柬)의 학설을 지지함으로써 한원진(韓元震) 등의 호론(湖論)을 반박하고 낙론(洛論)에 동조하였다. 박성원은 예서(禮書)의 연구에 힘을 기울여 연구 과정에서 의혹된 점을 일일이 초출하여 조목마다 사견을 첨부하여 『예의유집』을 만들어 후학들의 예서(禮書) 연구에 많은 도움을 주었다.

12) 『예의유집(禮疑類輯)』 : 박성원(朴聖源)이 우리나라 제현(諸賢)의 예설(禮說)을 종류별로 초집한 책이다. 본집 24권, 목록 2권, 부록 2권, 합 28권 15책. 활자본. 1783년(正祖7)에 간행되었다. 권두에 어제서(御製序)와 편자의 자서가 있다. 정조는 어제서문에서 "본조의 열성(列聖)이 유교를 진작한 뒤 300년 동안 예에 밝은 사람이 40~50가에 이르니 예에 대한 고훈과 학설이 각처에 산재하여 한 데 모으기가 어려웠는데, 박성원이 이를 극복하고 종법과 잡례를 총망라해 책을 만든 것이 가상해 교서관에 명해 간행하도록 한다."고 그 간행 경위를 밝혔다.

「澹窩申公13)墓誌銘」

-(上略)- 壬子 外艱 廬制一依前喪 喪禮一遵家禮 而補以沙【沙溪 金長生】尤兩先生定論 練衰祭儀之或所差誤者 一皆更定焉 雖盛暑 未嘗暫脫経帶 侍墓亦如之 毁瘠骨立 猶不進薑桂 此公居憂14)之槩也 公居常渾厚若無圭角 於淑慝之別 忠逆之分 未嘗不嚴 嘗語再從弟校理馥曰 丙午五月之事 今日極變也 德麟十條之疏 先朝惡逆也 而懲討不行於凶善 伸復乃及於賊麟 名義掃地矣 君見帶三司 豈可無言 遂自構疏以給 而竟不得如意 則深加慨歎 西學之大熾也 時相蔡濟恭陰護之 人莫敢斥 執義公適除獻納 公爲之構疏 深討蔡罪 徑遞未果上 公又以黨人之毁淸陰祠 爲花鄕極變

【역문】「담와 신공 묘지명」15)

-(상략)- 1792년(壬子. 正祖16) 부친상(外艱16))을 당하자 모친상 때처럼 여묘(廬墓)살이를 하며 복제(服制)를 마쳤다. 상례(喪禮)는 가례(家禮)를 받들어 지켜 어기지 않았으며 사계(沙溪) 김장생(金長生)과 우암(尤庵) 송시열(宋時烈) 두 선생의 정론(定論: 확정된 의견이나 이론)으로써 보완하여 연최(練衰)의 제의(祭儀) 중에서 잘못된 것은 모두 개정(改定)하였다. 혹서(酷暑) 때라 할지라도 질대(経帶)17)를 일찍이 잠시라도

13) 신혁(申爀 1734~1793) : 송치규의 어머니인 평산(平山) 신씨(申氏)의 종형(從兄). 영조(英祖)50년(1774) 갑오(甲午) 증광시(增廣試)에 합격. 경상도 안동(安東)에 거주.

14) 거우(居憂) : 상제(喪制)로 있는 동안.

15) 『강재집』 권08, 養誌

16) 외간(外艱) : 아버지의 상사(喪事), 또는 아버지가 없을 때의 할아버지의 상사.

17) 질대(経帶) : 상복(喪服)에 두르는 삼베로 만든 (허리)띠.

푼 적이 없었고 시묘(侍墓)[18] 역시 그와 같았다. 너무 슬퍼하여 몸이 바짝 마르고 뼈가 앙상하게 드러났으나, 오히려 강계(薑桂)[19]도 온전히 금하였으니, 이것이 공(公)이 상제(喪制)로 있는 동안의 기풍이다. 공은 평상시에 온화하고 인정이 두터워 모난 곳이 없는 것 같았다. 선행과 악행, 충(忠)과 역(逆)에 대한 분별에 있어서는 엄하지 않음이 없었다. 육촌(六寸) 아우인 교리(校理) 신복(申馥)[20]에게 말하여 이르기를, "1786년(丙午. 正祖10)[21] 5월의 사건은 금일(今日)의 극변(極變)이다. 덕린(趙德鱗)의 십조(十條)의 소(疏)는 선조(先朝) 때의 도리에 어긋난 극악한 행위였으나 응징이 흉악과 선함에 대해 행하여지지 않아 신복(伸復)이 곧 적(賊)인 인(鱗)에 미쳤으니 명분과 의리가 흔적도 없어졌다. 그대가 삼사(三司)를 맡고 있으니 어찌 말을 하지 않을 수 있겠는가?" 드디어 스스로 소(疏)를 지어 주었으나, 결국 뜻대로 될 수 없었으니 즉 심히 개탄하였다. 서학(西學)이 아주 맹렬했는데, 그때 재상인 채제공(蔡濟恭)이 몰래 비호하여 사람들이 감히 배척하지 못하였다. 집의(執義)[22]인 공이 때마침 헌납(獻納)[23]에 제수(除授)되었다. 공

18) 시묘(侍墓) : 부모(父母)의 거상(居喪) 중(中)에, 그 무덤 옆에서 막을 짓고 3년 동안 사는 일.

19) 강계(薑桂) : 생강과 계피로 나이든 이들이 보양제로 먹었다.

20) 신복(申馥, 1753 또는 1754~?) : 본관 평산(平山). 자 영백(英伯). 부 신사각(申思珏), 정조(正祖) 7년(1783) 계묘(癸卯) 증광시(增廣試) 진사(進士) 3등(三等) 6위로 합격.

21) 정조실록 20권, 정조 9년 5월 3일 신해 3번째기사 1785년 청 건륭(乾隆) 50년; 지제교(知製敎)를 선발하다[이조 판서 이명식(李命植)과 대제학 오재순(吳載純)이 신복(申馥) 등 57인을 초계(抄啓)하였다]. 학문에 힘쓸 것과 환곡 과거 등에 대한 정언 신복의 상소: 정조 20권, 9년(1785 을사 / 청 건륭(乾隆) 50년) 12월 5일(경진) 3번째기사 정언(正言) 신복(申馥)이 상소.

22) 집의(執義) : 조선(朝鮮) 시대(時代) 때 사헌부(司憲府)에 딸린 종3품(從三品)의 벼슬 정원(定員)은 1명.

23) 헌납(獻納) : 임금의 잘못을 지적(指摘)하여 고치게 하는 일을 맡은 정5품(正五

은 그 때문에 소(疏)를 지어 채제공의 죄를 심히 책망하였는데 경체(徑遞)[24]하여 상소가 올려지지는 않았다.

品) 벼슬. 고려 때는 도첨의사사·도첨의부(都僉議府)·문하부(門下府)에, 조선시대에는 사간원(司諫院)에 딸리었음.

24) 경체(徑遞) : 벼슬의 임기(任期)가 다 차기 전(前)에 다른 벼슬로 갈려 감.

「過齋金先生25)行狀」

25) 김정묵(金正默. 1739년 영조15~1799년 정조23) : 자 이운(而運), 호 과재(過齋). 사계(沙溪) 김장생(金長生)의 후손. 송환기(宋煥箕) 등과 교유. 『과재선생유고(過齋先生遺稿)』11권 5책 활자본 1928년간(年刊). 저자는 사계 김장생의 후손으로서 예학(禮學)에 밝고 노론(老論)의 의리를 지킨 낙론계(洛論系) 학자로 이름났으나 일족인 김하재(金夏材)의 역옥에 연루되어 유일(遺逸)에서도 삭제된 채 학문에만 전념하였다. 그러나 본래 서술은 많지 않았넌 듯하다. 문인(門人)인 송치규(宋穉圭. 1759~1838)의 편지를 보면 "선사는 평소 부득이한 일이 아니면 저술을 하지 않았기 때문에 도규수록[刀圭隨錄(南塘集箚辨)] 외에는 유문(遺文)이 많지 않은데 아직도 미처 수습하지 못하였으며, 장문(狀文)도 역량이 부족하여 오랫동안 초안(草案)조차 잡지 못하고 있다."(答洪伯膺直弼, 剛齋集 卷3) 하였으니, 1830년대까지 저자의 유문이 정리되지 못하였음을 알 수 있다. 송치규는 순조초(純祖初)에 사림(士林)으로 부름을 받자 스승인 저자의 유일(遺逸)이 회복되지 않았다는 이유로 사양하여 저자의 신분이 회복되도록 노력하였으며 후에 저자의 행장을 지었으나 미완에 그치고 말았다. 그 뒤 송달수(宋達洙)가 1858년에 이세연(李世淵)과 고산사(高山寺)에서 저자의 유문을 교정보았다는 기록(宋達洙年譜, 守宗齋集)으로 보아 저자의 학문을 이은 송씨 집안에서 늦게서야 도규수록을 중심으로 유문을 정리하였던 듯하다. 1880년경에 송병선(宋秉璿)이 지은 묘지명에서 밝힌 가장(家藏)되어 있다는 문집 몇 권은 이때 정리한 유문으로 보인다. 당시 송병선은 저자의 증손(曾孫)인 김영국(金永國)의 요청으로 묘지명을 지었는데 내용의 대부분이 송치규가 짓다 만 행장과 중복되어 이를 바탕으로 작성하였음을 알 수 있다. 저자의 문집 11권 5책은 1928년 충북 영동(永同)에서 6대손 김용계(金容契)가 연활자(鉛活字)로 간행하였다. 『초간본』 구체적인 간행 과정은 관계 기록이 없어 알 수 없으나 송달수가 정리했던 문집을 바탕으로 편차하여 후손들 간에 문집발간을 위해 경비를 거두어 간행한 것이 아닌가 생각된다. 책 끝에 판권지가 있어 간행 연도와 장소를 알 수 있는데 소화(昭和)3년에 영동(永同)의 김과재유고발간소(金過齋遺稿發刊所)에서 김용계가 발행한 것으로 되어 있다. 현재 국립중앙도서관(한46 - 가412, 古3648 - 文10 - 208), 고려대학교 중앙도서관(D1 - A1407), 성균관대학교 중앙도서관(D3B - 77), 연세대학교 중앙도서관 등에 소장되어 있다. 본서의 저본은 1928년 영동에서 연활자로 간행된 초간본으로 국립중앙도서관장본(한46 - 가412)이다. 본 영인저본은 권차(卷次)와 판차(板次)가 잘못된 부분이 많이 나타나고 있으며, 권7의 제4판은 낙장(落張)이어서 동일본인 동관장본(古

-(上略)- 時西洋邪學 熾於國中 先生憂慮不置 朝廷行懲討 誅其魁珍山人尹持忠 自 上特除性潭翁[26]珍山郡守 以爲扶正闢異之地 潭翁固辭有問潭翁不出何義 先生曰 今西學一國風靡 一郡守其於一國何 然西學人皆可以討之 且吾儒命脉 都在性潭 而終無一言 豈非可恨者哉 時河西金文正先生從享 -(下略)-

【역문】「과제 김선생 행장」[27]

-(상략)- 당시 서양의 사학(邪學)이 나라 안에 맹렬하였다. 선생은 우려해 마지 않았고 조정(朝廷)은 징토(懲討)를 행하여 그 괴수인 진산(珍山) 사람 윤지충(尹持忠)을 처형하였다.

임금이 특별히 성담옹(性潭翁: 宋煥箕)을 진산군수(珍山郡守)에 제수하여 이단을 배척하고 바로잡아야 할 땅으로 여겼는데 담옹(潭翁)이 사양(固辭)하였다. 담옹이 나가지 않음에 무슨 뜻이 있는가 하는 질문이 있었다. 선생이 이르기를, "지금 서학(西學)이 한 나라를 휩쓸고 있다.

일개 군수가 한 나라에 어떻게 해야 서학인(西學人)을 모두 토벌할 수 있겠는가?

또한 우리 유(儒)의 명맥은 모두 성담(性潭)에게 있으나 끝내 한 마디 말도 없으니 어찌 한스럽다 할 만하지 않은가?" 그때 하서김문정선

3648 - 文10 - 208)으로 보충하였다. 또 다른 본은 책끝에 판권지가 있으나 본집에는 빠져 있다.

26) 송환기(性潭 宋煥箕, ?~1807). 조선 순조 때의 문신. 자는 자동(子東). 호는 성담(性譚). 혹은 심재(心齋). 시호는 문경(文敬)이다. 본관은 은진. 우암 송시열(尤庵 宋時烈) 의 5대손. 이조판서(吏曹判書), 찬성(贊成) 등의 벼슬을 하였다. 학문과 덕망으로 조야(朝野)의 존경을 받았다.

27) 『강재집』 권13, 行狀

생(河西金文正先生)이 종향(從享)[28]되었다. -(하략)-

〈역주 : 송요후〉

28) 종향(從享) : 배향(配享)이라고도 함. 공신의 신주를 종묘에 모시는 일. 학덕이 있는 사람의 신주를 문묘나 사당, 서원 등에 모시는 일.

『江漢集』

「論佛狼機狀」

訓鍊都監奉聖旨 作佛狼機 下本州以壯兵器 然本州近無礮工 雖武庫有佛狼機 軍民不知佛狼機之爲何礮也 故本州兵器之中 佛狼機最爲難用也 謹案明史 佛狼機在占城南大海中 嘉靖二年 指揮使柯榮破佛狼機於稍州 生禽其將別都盧等四十二人 得大礮而名之曰 佛狼機 指揮副使汪浤進于朝 火礮之有佛狼機 自此始 然明城堡墩臺 用佛狼機而制寇者 府尹未之聞也 周官曰 枉矢 絜矢 利火射 用諸守城 車戰 註曰 枉矢者 取名變星飛行有光 今之飛矛 是也 二者皆可結火以射敵 由此觀之 周之時 亦有火器也 然冬官考工記稱 鍭矢參分 茀矢三分 兵矢五分 兵矢者 枉矢 絜矢也 鐵差短小 蓋火器短小 然後其飛也輕 其行也疾 故枉矢 絜矢之重 曾不若鍭矢之重 茀矢之重 此車戰之所以取勝 城守之所以制敵也 若佛狼機以銅爲之 長六尺 其大者 重千餘斤 其小者 百五十斤 雖求輕飛而疾行不可得也 惡能用於車戰城守邪 自古火器 未嘗不精且巧也 而中國不得禦外侮者 無他 神機運用之法不傳也 明諸鎭所造火器以百數 而佛狼機爲之雄 京師謂之大將軍 及西洋紅夷大礮至中國 天子又賜紅夷號爲大將軍 而紅夷與佛狼機 皆銅重 終無一人善用者 可慨也已 今都監造佛狼機 鉅其

---

* 『강한집』은 황경원(黃景源, 1709~1787)의 문집이다. 황경원은 자 대경(大卿), 호 강한유로(江漢遺老)로, 예학(禮學)에 정통하고 고문(古文)에 밝으며, 서예에도 뛰어난 조선 영조(英祖)·정조(正祖) 시기의 문신 학자이다. 문집 『강한집』은 황경원을 깊이 신임하였던 정조의 명에 따라 죽은 지 3년 만인 1790년 활자본(活字本) 32권 15책으로 간행되었다.

* 역문 : 박재금·이은영·홍학희, 『강한집』, 한국고전번역원 한국문집번역총서, 이화여자대학교 한국문화연구원, 2014~2016.

腹 腹有修孔可以容子礮五介 而力士莫之能動 惟藏之武庫之中 積百年不可一發 府尹所謂難用者 非謬論也 馮應京言 佛狼機體甚重 無以致用 如剄堅木爲礮腹 則一人可挽而走 是應京得火器之妙也 伏惟廟堂窮神機運用之術 議于都監 命礮工以木易銅 使佛狼機 無徒爲貯藥空器 不勝幸甚

【역문】「정부에 올려서 불랑기를 논한 장계」1)

훈련도감에서 성지(聖旨)를 받들어 불랑기(佛狼機)2)를 만들어 본주(本州)3)에 내려보내서 병기(兵器)를 강화시켰습니다. 그러나 본주에는 근래에 화포를 다루는 기술자가 없으니 비록 무기고에 불랑기가 있지만 군민(軍民)이 불랑기가 무슨 화포인지 모르기 때문에, 본주의 병기 가운데 불랑기가 가장 사용하기 어렵습니다. 삼가 『명사(明史)』를 고찰해 보니, 포르투갈은 점성(占城)4)의 남쪽 대해 가운데 있었는데, 가정(嘉靖) 2년(1523)에 지휘사(指揮使) 가영(柯榮)이 포르투갈을 초주(稍

1) 「정부에 올려서 불랑기를 논한 장계」: 『강한집』 卷4, 狀, 上政府에 수록. 조선 후기 주력 대형 화기로 대포의 일종인 불랑기(佛狼機)에 관해 올린 장계(狀啓). 불랑기의 중량이 무거워 군사들이 잘 사용하지 못하니 구리 대신 나무로 주조하자고 건의하고 있다. 본주(本州)라는 표현으로 미루어 1751년(영조 27) 경주(慶州) 부윤(府尹)으로 봉직할 때의 상소문으로 추정된다.

2) 불랑기(佛狼機) : 조선 중기에 제작된 서양식 청동제 화포. 원래 15세기경 서구 제국에서 제작되어 1517년 포르투갈 상선이 중국 광동(廣東)에 처음 전하였고 이를 수입하거나 모방 제조하여 실전(實戰)에 사용하였다. 조선에는 임진왜란 때 명군(明軍)이 갖고 들어왔으며 그 후 조선에서도 만들어 썼다. 불랑기는 프랑크(Frank)에서 유래하는데 중국에서는 포르투갈 인을 지칭하였다.

3) 본주(本州) : 경주(慶州).

4) 점성(占城) : 참파(Champa). 2세기 말 참(Cham)족이 베트남 중부에 세운 나라로 중국에서는 한 말부터 수(隋)까지는 임읍(林邑), 당대에는 환왕국(環王國), 당 말부터 송까지는 점성(占城)으로 불렀다. 발전과 쇠퇴를 거듭하다 17세기 안남(安南)에 병합되었다. 고대로부터 남해와 중국 간 해상교역의 요충지 역할을 하였다.

州)에서 쳐부수고 그 장수 별도로(別都盧)[5] 등 42인을 사로잡고 큰 화포를 얻어 그것을 불랑기라고 이름을 붙였으며, 지휘부사 왕굉(汪浤)이 이것을 조정에 바쳤으니, 화포에 불랑기란 것이 있게 됨은 이로부터 비롯되었습니다. 그러나 명나라의 성보(城堡)와 돈대(墩臺)에서 불랑기를 사용하여 도적을 제압했다는 말은 제가 듣지 못했습니다. 『주관(周官)』에 이르기를, "왕시(枉矢)와 혈시(絜矢)는 불을 이용해서 쏘기에 편리하며 수성(守城)과 거전(車戰)에 사용된다."라고 했습니다. 그 주석에 이르기를, "왕시는 변성(變星)[6]에서 이름을 취한 것으로 날아갈 때 빛이 있으니 지금의 비모(飛矛)가 바로 이것이다. 둘 다 불을 매달아 적에게 쏠 수가 있다."하였습니다. 이것으로 본다면 주(周)나라 당시에도 화기(火器)가 있었던 것입니다. 그런데 「동관고공기(冬官考工記)」[7]에서 말하기를, "후시(鍭矢)는 삼등분, 불시(茀矢)는 삼등분하며, 병시(兵矢)는 오등분한다."라고 했습니다. 병시는 왕시와 혈시로서 쇠가 비교적 짧고 작은데, 대개 화기는 짧고 작아야 나는 것이 가볍고 가는 것이 빠르기 때문입니다. 그러므로 왕시와 혈시의 무게는 후시의 무게나 불시의 무게보다 가볍습니다. 이것이 거전(車戰)에서 승리를 취하는 까닭이요, 수성(守城)에서 적을 제압하는 까닭입니다. 불랑기로 말하자면, 구리로 만들어 길이가 6척입니다. 그 큰 것은 무게가 1천여 근이나 되고 작은 것은 150근이 되므로 비록 가볍게 날고 빨리

---

5) 별도로(別都盧, Pedro Homem Pereira) : 페드로 호멤 페레이라(Pedro Homem Pereira). 1591년 포르투갈 필립 1세에 의해 임명되어 1594년까지 포르투갈령 실론(Ceylon)의 함장이었다. 方豪, 『中西交通史』(下), 臺北, 1996, 667쪽 참조.

6) 변성(變星) : 수성(水星)에서 생성된 혜성(彗星)의 일종.

7) 동관고공기(冬官考工記) : BC 5세기 무렵 저술된 중국의 가장 오래된 기술서적. 『주례』는 주(周) 왕조의 관제(官制)를 기록한 경서로 천(天)·지(地)·춘(春)·하(夏)·추(秋)·동(冬)의 6부서로 나누었는데 그중 동관(冬官) 기록이 없어져서 한(漢) 성제(成帝, 재위: BC33~7) 때 보완한 것이 『고공기』이다. 도성(都城), 궁전, 관개(灌漑) 등 건축과, 차량, 무기, 농기구 등 수공업 제작에 관한 기술서적이다.

가기를 구하여 도 할 수가 없으니, 어찌 거전과 수성에 사용할 수가 있겠습니까. 자고로 화기는 정밀하고도 교묘하지 않은 것이 없었습니다. 그러나 중국이 외침을 막을 수 없었던 것은 다른 것이 아니라 신기(神機)[8] 운용의 방법이 전하지 않기 때문입니다. 명나라의 여러 진(鎭)에서 만든 화기는 백여 개나 되는데, 그 중 불랑기가 가장 거대하므로 경사(京師)에서는 그것을 대장군이라 불렀습니다. 서양의 홍이대포(紅夷大礮)[9]가 중국에 전해오니 천자가 또 홍이포에 대장군이라는 호칭을 하사하셨습니다. 홍이포와 불랑기는 모두 구리쇠의 중량이 무거우므로 끝내 잘 사용하는 자가 한 사람도 없었으니 탄식할 만합니다. 지금 훈련도감에서 만드는 불랑기는 그 복부를 크게 만들고, 복부에는 긴 구멍을 두어서 자포(子砲) 5개가 들어갈 수 있도록 했으니, 힘센 장사도 그것을 잘 움직일 수가 없습니다. 그래서 다만 무기고 속에 보관해 두고서 백 년이 되도록 한 번도 발사하지 못하고 있으니, 제가 사용하기 어렵다고 한 것은 틀린 말이 아닙니다. 풍응경(馮應京)[10]이 말하기를, "불랑기의 몸체가 너무 무거워 실제로 사용할 수가 없다. 만약 단단한 나무를 깎아서 대포의 몸통을 만든다면 한 사람이 끌고 갈 수 있을 것이다."하였습니다. 이것이 바로 응경이 터득한 화기의

8) 신기(神機) : 신기전기(神機箭機). 1451년(문종 1)에 발명된 무기의 대량 발사장치로. 화차의 한 부분인데 한 번에 100발이 발사되며, 세계에서 제작설계도가 남아 있는 가장 오래된 것이다. 한국학중앙연구원, 『한국민족문화대백과』 참조.
9) 홍이대포(紅夷大礮) : 명말(明末) 청초(淸初)에 사용된 서양식 대포. 당시 유럽산 수입 대포와 네덜란드 대포를 모방해 만든 중국 대포를 모두 홍이포라 한다.
10) 풍응경(馮應京, 1555~1606) : 중국 명말의 봉교사대부(奉敎士大夫). 중국에서 활동하던 예수회 선교사 마태오 리치(利瑪竇, Matteo Ricci, 1552~1610)와 교유하며 천주교에 입교하고 서학 수용에 앞장섰다. 리치의 대표 한문서학서 『교우론(交友論)(1595년 출간)』, 『천주실의(天主實義)(1603년 출간)』 등에 서문을 썼고, 1601년에는 무창(武昌)에서 리치의 세계지도 『산해여지전도(山海輿地全圖)』를 풍응경본(馮應京本) 『여지전도(輿地全圖)』로 재간행하였다.

묘리입니다. 삼가 바라옵건대, 묘당에서 신기 운용의 기술을 궁구하시고 도감과 의논하시어 대포 기술자에게 명하여 구리를 나무로 바꾸어서, 불랑기가 단지 화약을 담아두는 쓸모없는 그릇이 되지 않도록 하신다면, 이보다 더한 다행이 없을 것입니다.

「耶穌像災記」

利瑪竇出於西方 倡所謂耶穌之教 上託神天以惑衆 萬曆九年 以耶穌被髮之圖 浮西南海九萬里 獻之天子 留京師二十九年 京師之士 宗耶穌者以百數 耶穌之教入中國 自瑪竇始 然瑪竇稱 漢哀帝元壽二年 耶穌生於大秦國 行敎於西海之外 自元壽至萬曆凡一千五百八十年 耶穌之教 不見於中國之書 豈耶穌出自遠戎 而中國未之聞歟 抑中國聞耶穌之敎也久矣而史不書之歟 抑大秦國 未始有耶穌之敎歟 案大秦一曰拂菻 洪武四年捏古倫 自大秦國入京師 見于太祖高皇帝 而不言耶穌之教 則大秦國未始有耶穌之教 而瑪竇上託神天 以惑中國也無疑矣 夫佛與耶穌之教 俱出西方而亂天下 佛之教 以形爲妄 然詩曰 天生烝民 有物有則 從佛之教 則烝民無物無則也 耶穌之教 以理爲氣 然詩曰 上天之載 無聲無臭 從耶穌之教 則上天有聲有臭也 佛耶穌皆叛於道 而儒者徒知斥佛 不知耶穌之爲異教也 可勝歎哉 自天下尊事耶穌 耶穌盛 而佛不得擅天下 然則耶穌非特叛先王之道也 亦可謂佛之蟊賊也 易曰 其所由來者漸矣 耶穌之教 行於中國六十年 中國大亂 是耶穌被髮之圖 爲之漸也 薊州人圖耶穌像 置諸室 朝夕拜焉 今年室火而像亦災 余謂耶穌主神天 以張其敎 自中國至于海外紅毛之國 皆尊之 然耶穌獲罪神天 則其像烏得無譴邪 遂書之 以記其災

【역문】「예수[耶穌] 초상화 재앙기」[11]

이마두(利瑪竇)[12]가 서방에서 태어나 이른바 야소교를 창도(倡道)하

11) 「예수[耶穌] 초상화 재앙기」: 『강한집』 卷10, 記에 수록. 예수를 섬기는 서양의 종교는 도에 어긋나며 재앙을 불러온다는 내용의 경고문.

12) 이마두(利瑪竇) : 마태오 리치(Matteo Ricci, 1552~1610). 적응주의 전교방법으로

여, 위로 신천(神天)에 의탁하여 대중을 미혹하게 하였다. 만력(萬曆) 9년(1581)에 예수가 머리를 풀어헤친 그림을 가지고 서남해(西南海) 9만 리를 배를 타고 와서 천자에게 바치고 북경에 29년 머물렀는데,[13] 북경의 선비로서 예수를 받드는 자가 백 명이나 되었다. 야소교가 중국에 들어온 것은 마두로부터 시작되었다. 그러나 마두가 말하기를, "한(漢)나라 애제(哀帝) 원수(元壽) 2년(기원전 1년)에 야소가 대진국(大秦國)[14]에서 태어나 서해(西海) 밖에서 가르침을 행하였다."하였다. 원수에서부터 만력에 이르기까지 무릇 1580년인데 야소교는 중국의 서적에서는 보이지 않으니, 아마도 야소가 먼 오랑캐 땅에서 태어나 중국에서는 듣지 못한 것이 아니겠는가. 아니면 중국에서 야소교를 들은 지 오래인데도 사관이 쓰지 않았거나, 아니면 대진국에 처음부터 야소교가 없었던 것이 아니겠는가. 상고하건대 대진(大秦)은 일명 불림(拂菻)[15]이라고도 한다. 홍무 4년(1371)에 날고륜(捏古倫)[16]이 대진국

근대 동양의 그리스도교 개교에 성공한 이탈리아 출신 예수회 선교사. 1583년 중국에 입국하여 수많은 난관을 극복하고 1601년 북경을 전교 근거지로 삼아 많은 유가 사대부들의 후원과 도움을 얻어 그리스도교가 천주교로 뿌리내릴 수 있게 하였다. 『천주실의(天主實義)』를 비롯하여 『교우론(交友論)』, 『서양기법(西洋記法)』, 『이십오언(二十五言)』, 『기인십편(畸人十篇)』 등 다수의 중요 종교서를 한문으로 집필 간행하였고, 중국전교회고록 『Della entrata della compagnia Gesu e christianita nella Cina(예수회에 의한 그리스도교의 중국 전교)』, 세계지도 『곤여만국전도(坤與萬國全圖)』, 수학서 『기하원본(幾何原本)』 등을 저작 혹은 번역함으로써 동서 문화 교류에도 크게 기여하였다. 方豪, 『中國天主教史人物傳』, 권1, 香港, 1970, 72~82쪽 참조.

13) 북경에 29년 머물렀는데 : 저자의 오류이다. 마태오 리치는 1582년 중국에 입국하여 1610년 사망 때까지 29년 동안 중국을 떠나지 않았으나, 북경에는 1601년 입경하여 사망 때까지 10년간만 체류하였다.

14) 대진국(大秦國) : 고대 로마제국.

15) 불림(拂菻) : 중국의 사서(史書)에 기록된 지명으로 다음 3곳을 지칭한다. ① 로마령 서아시아와 동로마제국 수도 이스탄불, ② 현재 아프가니스탄 북부 요충지 푸룸(Purum), ③ 원(元) 왕조 초기에는 이탈리아를 통칭하였다.

으로부터 북경에 들어와 태조(太祖) 고황제(高皇帝)를 뵈었는데 야소교에 대해서는 말하지 않았으니, 대진국에는 야소교가 없었는데 마두가 위로 신천에 의탁하여 중국 사람들을 미혹하게 했음이 틀림없다. 불교와 야소교는 모두 서방에서 나와서 천하를 어지럽게 한다. 불교에서는 형상을 허망하게 여긴다. 그러나 『시경』에 말하기를, "하늘이 백성을 내시니 사물이 있음에 법(法)이 있도다."라고 하였는데 불교를 따른다면 백성에게는 사물도 없고 법도 없다. 야소교에서는 이(理)를 기(氣)로 여긴다. 그러나 『시경』에 말하기를 "상천(上天)의 일은, 소리도 없고 냄새도 없다." 하였는데, 야소교를 따른다면 상천의 일은 소리도 있고 냄새도 있다. 불교와 야소교는 모두 도에 어긋난다. 그러나 유자들이 단지 불교를 배척할 줄만 알뿐 야소교가 이교(異教)가 되는 줄은 알지 못하니 탄식하지 않을 수 있겠는가? 천하에서 야소를 공경하여 받들면서부터 야소교가 성하여져서 불교는 천하를 천단할 수 없게 되었다. 그렇다면 야소교는 단지 선왕의 도에 어긋날 뿐 아니라 또한 불교에도 해독이 된다고 할 수 있다. 『주역』에 이르기를, "그 유래한 바가 점차적으로 된 것이다." 하였다. 야소교가 중국에 전파된 지 60년이 되어 중국이 크게 어지러워졌으니, 이는 야소가 머리를 풀어헤친 그림이 그 점차적인 원인이 된 것이다. 계주(薊州)[17] 사람이 야소의 상(像)을 그려서 집에다 두고 아침저녁으로 절을 하였는데, 올해 집에 불이 나서 야소상도 재앙을 받았다. 내가 생각건대, 야소는 신천(神天)을 주로 삼아 그 가르침을 펼치는데 중국에서부터 해외 서양의

---

16) 날고륜(捏古倫) : 명 태조 홍무제(洪武帝)가 불림국 '상인' 날고륜에게 서신을 주어 고국으로 돌아가 명의 건국을 알리라 하였다고 한다. 이 '상인'은 원 왕조 수도 칸발릭(Khanbaliq)의 가톨릭주교(主教) 니콜라우스 드 벤트라(Nicolaus de Bentra)로 추정한다. Wikipedia, Daqin조 참조.

17) 계주(薊州) : 지금의 중국 하북성(河北省) 천진시(天鎮市) 계현(薊縣).

나라에 이르기까지 모두 그를 받든다. 그러나 야소는 신천에 죄를 얻었으니 그 상이 어찌 벌을 받지 않겠는가. 마침내 그것을 써서 그 재앙을 기록한다.

〈주석 : 장정란〉

『鼓山集』

「答金穉章」

-(上略)- 紙末所慨然傷歎者 誠然誠然 然當此耶蘇邪術禍烈洪水猛獸之時 能任收拾朋儕 引誘後進 聚精會神 大家講明 使之萃其渙 盛其衰 衆其寡 强其弱之責者 並世諸賢 自有其人 今乃一例責之於愚 則愚本非其人矣 況丙辰惠書 尙屬石頭 則愚豈欲悠悠冷冷而乃爾哉 但責之以先施之未能 則愚誠無以自解 愧悚愧悚

【역문】「답김치장」[1)]

-(상략)- 편지 끝(紙末)에서 분개하며 마음 아파하고 슬퍼한 것은 정

---

* 임헌회(任憲晦 1811~1876) : 본관 풍천(豊川). 자 명로(明老), 호 고산(鼓山)·전재(全齋)·희양재(希陽齋). 아버지는 천모(天模)이며, 어머니는 남양홍씨(南陽洪氏)로 익화(益和)의 딸이다. 송치규(宋穉圭)·홍직필(洪直弼) 등의 문인이다. 1858년(철종 9) 효릉참봉(孝陵參奉)에 임명되었으나 부임하지 않았고, 이듬해 다시 활인서별제(活人署別提)·전라도사·군자감정에 임명되었으나 모두 사양하였다. 1861년 조두순(趙斗淳) 등의 천거로 경연관에 발탁되었으나 역시 사직하였다. 1864년(고종 1) 장령·집의·장악정(掌樂正)이 되었고, 이듬해 호조참의가 되었다. 이때 만동묘(萬東廟)의 제향을 폐지하라는 왕명이 내려지자 절대 부당함을 재삼 상소하여 다시 제향하게 하였다. 1874년 이조참판에 임명하고 승지를 보내어 나오기를 청하였으나 상소하여 사직하였다. 그 뒤 대사헌·좨주 등에 임명되었다. 경학과 성리학에 조예가 깊어 낙론(洛論)의 대가로서 이이(李珥)·송시열(宋時烈)의 학통을 계승하여 그의 제자인 전우(田愚)에게 전수하였다. 윤용선(尹容善)의 주청으로 내부대신에 추증되었다. 저서로는 『전재문집』 20권이 있다.

1) 『고산집』 권03, 書

말이다. 이 야소(耶蘇) 사술(邪術)의 화(禍)가 사납기가 홍수맹수(洪水猛獸)[2] 같은 때를 당하여, 친구들을 수습(收拾)[3]하고 후진(後進)을 이끌어(引誘), 전심하여(聚精會神)[4] 모든 것을 강구해 밝히며(講明[5]) 그 흩어진 것을 모으고, 그 쇠한 것을 왕성하게 하며, 무리가 적은 것을 많게 하며 그 약한 것을 강하게 하는 책임을 맡을 수 있는 자는 또한 세상의 제현(諸賢) 중에 당연히 그 능력이 있는 자가 있다. 지금 일례로 나에게 그것을 책임지게 한 즉 나는 본래 그러한 능력이 있는 사람이 아니다. 하물며 병진(丙辰: 1856년)년의 혜서(惠書)[6]에 대해, 또한 석두(石頭)이지만, 내가 어찌 터무니없고 차갑게 이와 같을 수 있는가? 다만 먼저 베풂에 능력이 없음으로 해서 책(責)한 즉, 나는 진실로 스스로를 변명할 것이 없다. 아주 부끄럽고 두렵다.

2) 홍수맹수(洪水猛獸) : 엄청난 위험을 내포하고 큰 재난을 초래할 수 있는 사물. 엄청난 재앙거리.
3) 수습(收拾) : 어수선한 사태를 거두어 바로잡음. 산란(散亂)한 정신을 가라앉히어 바로잡음.
4) 취정회신(聚精會神) : 정신을 집중하다. 전심하다. 열중하다.
5) 강명(講明) : 강구(講究)하여 밝힘.
6) 혜서(惠書) : 貴函. 상대편의 편지를 높여 이르는 말.

「梅山洪先生[7]行狀」

-(上略)- 又痛斥異端流俗之害曰 耶蘇之術 眞是鬼蜮狐魅 幽譎迷誕 不可方物 弗養弗享 上無君父 下無夫婦 淫醜瀆亂 靡所紀極. 寂是胡越同心 相聚成黨 爲越海招寇 開門納賊之圖 直是凶逆劇賊. 不可但以異端言 且上天尊嚴 而邪徒輒稱天而藉口 邪說惑衆 人入得以誅之 况矯誣上天 罪不容誅 爲上天討亂賊 詎容虛忽乎 至若流俗 只是極軟熟 極脂韋[8] 無圭角 無廉恥 苟係進取 不憚爲狗彘之行 不待流弊而已化爲夷狄禽獸 所以三綱淪 九法斁 其害不下於異端 聖人之惡鄕愿 非以是歟 欲捄斯弊 惟在正風俗 立紀綱 崇名檢 黜浮華而已 -(下略)-

【역문】「매산 홍선생 행장」[9]

-(상략)- 또한 이단과 현재 세상에 널리 퍼져 있는 풍속의 해(害)를 호되게 배척하여 이르기를, 야소(耶蘇)의 술(術)은 진실로 귀역(鬼蜮[10]) 호매(狐魅[11])이니 그윽하게 속이며 어지럽게 현혹하여 무엇이라 말할 수 없는 지경에 이르렀다. 어른을 공양하지도 조상에게 제사를 지내

7) 매산(梅山) 홍직필(洪直弼 1776~1852)은 조선 후기의 산림처사로 추앙받았던 낙론계 학자이다. 그는 재능이 뛰어나 7세 때 이미 문장을 지었으며, 17세에 성리학자인 박윤원(朴胤源)으로부터 '吾道有托'이라는 칭송을 받을 만큼 학문이 뛰어났다. 그는 그의 나이 26세(1801, 순조 1)에 부모의 권유로 사마시에 응시하여 초시에 합격했으나 회시(會試)에 실패한 뒤 과업을 포기하고 산림처사로 살면서 학문에 전념하며 수많은 문인을 배출하였다.

8) 지위(脂韋) : 돼지기름 및 부드러운 가죽을 말하며 교활함, 유약함을 형용한다. 脂

9) 『고산집』 권16, 行狀

10) 귀역(鬼蜮) : 귀신과 불여우라는 뜻으로, 음험하여 남몰래 남을 해치는 사람을 비유적으로 이르는 말.

11) 호매(狐魅) : 여우 도깨비.

지도 않는다. 위로는 임금과 아버지가 없고 아래로는 남편과 아내가 없다. 음란하고 추하고 더러움이 끝닿는 바가 없다(靡所紀極[12]; 끝이 없다). 중요한 것은 원수지간인 호(胡)와 월(越)[13]이 합심하여 서로 모여 당(黨)을 이루고 바다 건너 외적을 불러들여 개문납적(開門納賊)[14]의 그림이 되는 것이다. 바로 흉역(凶逆),[15] 극적(劇賊)[16]이다. 단지 이단(異端)으로만 말할 수 없으니, 또한 위로는 존엄(尊嚴)을 꺾고 사도(邪徒)가 문득 하늘을 칭하여 구실로 삼고 사설(邪說)로 무리들을 꾄다. 사람이 들어가면 그를 처형할 수 있는데, 하물며 상천(上天)을 교무(矯誣)[17]하는 죄는 그 죄가 너무 커서 목을 베어도 오히려 부족하다. 상천을 위하여 난적(亂賊)을 토벌하는데, 어찌 틈이 있고 소홀함이 용납되겠는가? 현재 세상에 널리 퍼져 있는 풍속은 지극히 유약하고 지극히 교활하여 드러낼 만한 재주나 능력이 없고 염치가 없으면서 진실로 진취에 관계될 때에는(苟係進取) 거리낌 없이 짐승처럼 행동함에 폐로 흘러 이미 이적금수(夷狄禽獸)로 화하였다. 그러므로 삼강(三綱)의 도리가 영락(零落)하고 구법(九法)[18]이 손상되어 그 해(害)됨이 이단보다 못하지 않다. 성인(聖人)께서 향원(鄕愿)[19]들을 미워함이 이 때문이 아니겠는가. 이 폐해를 바로잡고자 함에 있어서는 오직 풍속

12) 기극(紀極) : 끝장(일이 더 나아갈 수 없는 막다른 상태). 일의 마지막.
13) 호(胡)는 북쪽 오랑캐이고 월(越)은 남쪽 오랑캐로 소원할 뿐 아니라 적대관계를 표현하는 말이다.
14) 개문납적(開門納賊) : "문을 열고 도둑을 맞아들인다."는 뜻으로, 스스로 화(禍)를 불러들임을 이르는 말.
15) 흉역(凶逆) : 임금에게 불충하고 부모에게 불효하는 흉악한 짓, 또는, 그러한 역신이나 역자.
16) 극적(劇賊) : 범행(犯行)의 규모가 큰 도둑.
17) 교무(矯誣) : 이리저리 꾸며 대어서 남을 속임.
18) 구법(九法) : 홍범구주(≪서경≫의 홍범에 기록되어 있는, 우(禹)가 정한 정치 도덕의 아홉 원칙).
19) 향원(鄕愿) : 사이비 선비들

을 바르게 하고 기강(紀綱)을 세우며 명검(名檢)[20]을 숭상하며 부화(浮華)[21]를 물리침에 있을 따름이다. -(하략)-

20) 명검(名檢) : 성인의 가르침에 따라 언행을 윤리에 어긋나지 않게 조심함.
21) 부화(浮華) : 실속은 없고 겉만 화려함.

「與申汝綏」

賤息[22] 旣免喪[23]矣 此歲又不可踰 將於來月 行親事[24] 須以開初納采[25] 旋卽請期[26] 期日親迎[27] 翌日見舅姑[28] 又再翌見祠堂 又其翌 壻當來見婦之父母 伊時新婦 並爲送之 如何 不敢爲久留計者 名以新婦 衣無兼副 又或借着 如是者 何可久留於新宅乎 待明年吉貝豐備 一衣一裳然後當復送之矣 此雖似窮談 而樽酒簋貳之地 不妨實告 想諒之也 婚時不用綾羅錦繡 閔擴齋[29], 吳老洲[30]所行 故愚嘗從之 納幣[31]以細 或以綿

22) 천식(賤息) : 남에게 자기 자식(子息)을 일컫는 말.
23) 면상(免喪) : 부모의 상복을 입는 동안이 끝나는 일.
24) 친사(親事) : 혼인(婚姻).
25) 납채(納采) : 신랑 집에서 신부 집에 혼인을 구함. 또는 그 의례.
26) 청기(請期) : 전통 혼례에서 행하는 여섯 가지 의식(六禮: 내려오는 혼인의 여섯 가지 예법. 납채, 問名, 납길, 납폐, 請期, 친영을 이른다) 가운데 하나. 신랑 집에서 신부 집으로 예물을 보낸 뒤에 신랑 집에서 혼인날을 택하여 그 가부를 묻는 편지를 신부 집에 보낸다.
27) 친영(親迎) : 육례의 하나. 신랑이 신부의 집에 가서 신부를 직접 맞이하는 의식이다.
28) 구고(舅姑) : 시부모.
29) 민치복(閔致福 1766－1814) : 조선 정조·순조 때 문신. 본관 여흥(驪興). 자 원이(元履), 호 확재(擴齋). 대사헌 민우수(閔遇洙)의 증손으로, 할아버지는 민백겸(閔百兼)이고, 아버지는 이조판서 민종현(閔鍾顯)이다. 김양행(金亮行)·이직보(李直輔)의 문인. 호조·공조·형조의 낭관(郎官)을 거쳐 남평현감 등을 역임. 시문에 능하였다.
30) 오희상(吳熙常 1763~1833) : 매산(梅山) 홍직필(洪直弼)이 그의 스승이다. 본관 해주(海州). 자 사경(士敬). 호 노주(老洲). 시호 문원(文元). 1800년(정조 24) 천거로 세자익위사(世子翊衛司) 세마(洗馬)가 되고 장릉(長陵)참봉·돈녕부(敦寧府)참봉·한성부주부·황해도도사·사어(司禦) 등을 지낸 뒤, 1818년 경연관(經筵官)·지평 등에 임명되었으나 사퇴하고 광주(廣州) 징악산(徵嶽山)에 은거하였다. 그 뒤에도 지평·장령·집의·승지, 각 조(曹)의 참의 등 벼슬도 고사하였으며, 1829년 세손부(世孫傅), 1832년 찬선(贊善)에 임명되었으나 모두 사양하였다. 성리학(性理學)을 깊이 연구하여 이황(李滉)과 이이(李珥)의 양설에 절충적 태

布 而不以緞屬[32] 千萬千萬 至於西洋木 出自禽獸無君無父之地 平時猶不可近身 況婚姻 所以正始[33]乎 或曰 是在自己 彼家事 何與於我 是非與人爲善之意也 且一邊從禮 一邊從俗 未免爲半上落下 惡在其正始乎 請期 卽今之涓吉[34] 涓吉之自婦家送之 俗例皆然 而其有乖於陽倡陰隨 養廉[35]遠嫌[36]之義 大矣 此亦有前輩定論[37] 故玆並奉告耳 蓋此等禮節 愚則斷以爲寧不婚 婚當行之乃已 幸深諒之 勿以爲拘儒之事 太怪酸也

【역문】「여신여수」[38]

내 자식이 이미 상복을 입는 기간이 끝났으니, 올해 또 그냥 넘길 수 없어, 혼인을 행할 것이다. 반드시 처음에 납채(納采)하고 얼마 안 있어 곧 청기(請期)한다. 사위가 신부의 부모를 와서 봐야 하는데, 그 때 신부도 함께 보낸다. 기일(期日)에 친영(親迎)하고 다음날 시부모를 뵌다. 또 그 다음날에는 사당(祠堂)을 뵙는다. 또 그 다음날에 사위는 신부의 부모를 뵈러 오는데, 그때 신부를 함께 보낸다. 그런데 아무래도 오래 머무르게 할 생각을 하지 못하는데, 이름이 신부이지만 갈아

도를 취했으나 주리(主理)·주기(主氣)의 양설에 대하여서는 주리설을 옹호하였다. 저서에 『讀書隨記』, 『老洲集』이 있고 이조판서가 추증되었다.

31) 납폐(納幣) : 혼인할 때에, 사주단자의 교환이 끝난 후 정혼이 이루어진 증거로 신랑 집에서 신부 집으로 예물을 보내는 것. 보통 밤에 푸른 비단과 붉은 비단을 혼서와 함께 함에 넣어 신부 집으로 보냈다.

32) 단속(緞屬) : 비단붙이. 비단(緋緞)에 속하는 천.

33) 정시(正始) : 올바른 시초(始初). 시초를 올바르게 함.

34) 연길(涓吉) : ①좋은 날을 가림. ②전통 혼례에서, 사주(四柱) 단자(單子)를 받은 신부 집에서 신랑 집에 택일단자(擇日單子)를 보내는 일.

35) 양렴(養廉) : 청렴결백한 품격을 배양하다.

36) 원혐(遠嫌) : 꺼리고 싫어하는 일을 멀리함. 혐의(嫌疑)스러운 일을 멀리함.

37) 정론(定論) : 어떤 결론에 도달하여 확정된 의견이나 이론.

38) 『고산집』 권04, 書

입힐 옷도 없다. 또 혹시 빌려 입는다고 해도 이렇게 해서 어찌 신댁(新宅)에 오래 머무를 수 있겠는가? 내년에 목화가 풍년이기를 기다려 의상(衣裳)[39]을 갖춘 연후에야 마땅히 다시 보낼 것이다. 이것은 비록 궁색한 이야기(窮談) 같으나 소박한(樽酒簋貳[40]) 곳에서는 사실대로 고해도 무방하다. 양해하기를 바란다. 혼례 때에 능라금수(綾羅錦繡)를 쓰지 않음은 민치복(閔致福), 오희상(吳熙常)이 행한 바이므로 내가 일찍이 따랐다. 납폐(納幣)은 가는 실이나 면포(綿布: 솜을 자아 만든 실로 짠 베. 무명)로 했지, 단속(緞屬[41])으로 하지 않았다. 부디 서양목(西洋木)은 금수(禽獸), 무군무부(無君無父)의 땅에서 나온 것이니 평상시에도 몸에 가까이 해서는 안 되는데, 하물며 혼인에서랴! 이는 시작을 바로 잡고자 함이다. 혹자가 이르기를, 이는 자신과 관계되는 것이니 남의 집일이 나와 무슨 상관인가 하는데, 시비(是非)를 남과 함께 함은 선을 행한다는 뜻이다. 또한 한편으로 예(禮)를 따르면서 또 다른 한편으로 속(俗)을 따름은 반상낙하(半上落下)[42]가 됨을 면치 못하니 어찌 그것이 시작을 바로 잡는 것이겠는가? 청기(請期)는 곧 지금의 涓吉(涓吉)이다. 연길을 신부집에서 보내는 것은 세속의 관례가 모두 그러한데, 그것은 남자가 앞장서고 여자가 뒤따른다는 의(義)와 양렴(養廉)원혐(遠嫌)의 의와 괴리됨이 크다. 이것 역시 선배(先輩)의 정론(定論)이니 이에 함께 받들어 고(告)할 따름이다. 대개 이들 예절은

39) 의상(衣裳) : ①겉에 입는 저고리와 치마 ②의복(衣服). 옷. 모든 옷
40) 준주궤이(樽酒簋貳) : 동이의 술과 궤 둘. 습감(習坎)의 준주궤이용부(樽酒簋貳用缶) : "동이의 술과 궤 둘을 술 그릇으로 사용한다"는 뜻으로 예의 소박함을 강조하는 문구다. 높은 지위의 신하가 험한 때에 소박함으로 군주의 마음을 열어 허물(재앙)이 없음(無咎)을 구하는 것이다. 술통에 술을 담고 궤(기장을 담은 네모 그릇) 둘을 질그릇으로 사용한 것은 질박함을 나타낸 것이다.
41) 단속(緞屬) : 비단붙이(緋緞 - -). 비단(緋緞)에 속하는 천.
42) 반상낙하(半上落下) : 반쯤 올라가다가 아래로 떨어진다는 뜻으로,어떤 일을 처음에는 정성껏 하다가 중도에 그만두어 이루지 못함을 이르는 말.

내가 단연코 생각하기로는, 차라리 혼인을 안 할지언정 혼인에서는 마땅히 그것을 행해야 함은 면할 길이 없다. 깊이 양찰(諒察)하고 유(儒)를 단속하는 일로 여기지 말라. 심히 아주 빼근하다.

「鰲谷洪公墓誌銘」

-(上略)- 儒術不振 由於流俗之漸染 其害甚於異端 將至於洪水猛獸 欲去流俗 在於得賢才 正風俗 崇儉節用 而不革科業之法 則賢才難得 風俗難正 其可以崇儉節用乎 時西洋邪說大熾 公深憂之 以爲此賊 天而有矯誣之罪 國而有凶逆之罪 人而有瀆亂之罪 必殪殄滅之無遺類 可也.

【역문】「오곡 홍공 묘지명」[43)]

-(상략)- 유술(儒術)이 부진함은 유속(流俗)이 점차 더럽혀짐에서 말미암은 것이며 그 해로움은 이단보다 심하니 장차 홍수맹수(洪水猛獸)에 이를 것이다. 유속(流俗)을 제거하고자 함은 현재(賢才)를 얻고 풍속을 바로잡고 숭검절용함에 있다. 그리고 과업(科業)의 법을 고치지 않으면 현재(賢才)는 얻기 어렵고 풍속은 바로잡기가 어려우니 숭검절용할 수 있겠는가? 지금 서양의 사설(邪說)이 크게 왕성함을 공(公)이 심히 우려하여 이를 적(賊)으로 여겼다. 하늘에 대해 속이는(矯誣[44)]) 죄가 있고 나라에 대해 흉역(凶逆)의 죄가 있으며 사람에 대해 독란(瀆亂)[45)]하는 죄가 있으면, 반드시 죽여(殪[46)]) 진멸(殄滅)해서 남는 무리(遺類)가 없게 함이 가하다.

43) 『고산집』 권13, 墓誌銘
44) 교무(矯誣) : 꾸며 대어서 남을 속임.
45) 독란(瀆亂) : 분수를 문란하게 하다.
46) 에(殪) : 쓰러지다. 죽다. 쓰러뜨리다. 죽이다. 다하다. 다 없애다.

「立軒韓公墓碣銘」

-(上略)- 雅言[47]爲學 以讀書明理爲先 居敬力行爲主 四子六經諸子百家 靡不貫穿 而尤用力於庸學 平居 言語簡重 步履安詳 雖在燕閒幽獨之中 欽欽如[48]也 有若對越[49] 常以主忠信 行一不義 殺一不辜 得天下不爲爲畢生究竟法 雅言神州陸沉 洋學流毒 士生斯世 當倍激烈 有時憂歎 幾乎出涕 敎引後進 有苦心[50]眞慈 潛道之速 如方圓應形[51] 及門[52]者 多彬

47) 아언(雅言) : 정언(正言). 중국의 옛 사람들은 각 지방 언어의 통일을 매우 중시(重視)하였고, 이에 "아언(雅言)이 출현하였다. 아언은 바로 중국 최초의 통용어(通用語)로, 의의상으로 볼 때 현재의 중국의 보통어(普通語)에 상당한다. "아(雅)"와 "하(夏)"는 고대(古代)에 상호 통용되었음을 보이는 예증(例證)들이 매우 많다. 여기에서의 "아(雅)"나 "하(夏)"는 분명히 중원(中原)을 가리키는 것이다. 역대 중국의 한족(漢族) 정통왕조(正統王朝)는 모두 온 힘을 기울여서 아언(雅言)을 널리 보급시키고자 하였고, 아언은 당(唐)·송(宋) 시기에 최고봉에 도달하였다. 당시(唐诗)·송사(宋词)의 작품이 대량으로 나타났고, 주변의 국가들은 다투어서 낙양(洛陽)의 아언을 배움으로써 낙양말(洛陽話)을 표준음으로 하는 보통어(普通話)가 4천여년이나 되는 오랜 시간 동안 지속되었고 조선(朝鮮), 월남(越南), 그리고 일본(日本) 모두 그 영향을 받았다.

48) 여(如) : [접미사] 주로 고문(古文)에서 형용사 뒤에 쓰여 어떤 상황이나 상태를 나타냄. "空空如也 텅텅 비어 있다."

49) 대월(對越) : '대월상제(對越上帝)'라는 성구는 주자의『근사록(近思錄)』과「경재잠(敬齋箴)」,『심경부주(心經附註)』 등에 보인다.『심경부주』는 중국 송(宋)나라 때 학자 서산(西山) 진덕수(眞德秀)의『심경(心經)』에 명나라의 정민정(程敏政)이 주(註)를 붙인 책이다, 이 책에는『근사록』의 '대월상제' 성구와「경재잠」이 재인용되어 있다.『심경부주』에 "『시경』에 이르길, 상제께서 너를 굽어보시니 네 마음을 두 가지로 하지 말라. 또 이르길 두 마음을 품지 말고 근심하지 말라. 상제께서 너를 굽어보신다." 하였고, "정자 가로되, 공경하지 않음이 없으면 능히 상제님을 대면할 수 있느니라(程子曰, 毋不敬 可以對越上帝)."고 하였다. 그리고 주자의「경재잠」을 인용하여 "마음을 고요히 하여 언제나 상제님을 모시고 있는 듯이 생활하라(潛心以居 對越上帝)."고 하였다.

50) 고심(苦心) : ①마음과 힘을 다함 ②마음을 태우며 애씀./ 고심하여. 심혈을 기울여.

51) 방원응형(方圓應形) : 갖가지 재능이 있어서 어떠한 일에도 적합함.

彬[53]可觀 -(下略)-

【역문】「입헌 한공 묘지명」[54]

-(상략)- 아언(雅言)을 학문으로 함에는 독서해서 이(理)를 밝힘이 먼저이고 거경(居敬) 역행(力行)을 주(主)로 하면, 사자(四子)[55]·육경(六經)[56]·제자백가(諸子百家)에 관천(貫穿)[57]하지 않음이 없다. 그리고 중용(中庸)과 대학(大學)에 더욱 힘쓰며 평상시에 언어가 간중(簡重)[58]하고 걸음걸이가 안상(安詳)[59]하며 연한(燕閒)[60]유독(幽獨)[61]한 가운데라 할지라도 몸가짐과 언행을 조심하여 삼감에 상제(上帝)를 대하는 듯함이 있어 늘 심지(心地)와 신의(信義)의 주체적 입장을 뚜렷이 세워(진심을 다하고 거짓 없음에 주력하며), 하나라도 불의(不義)를 행하며 한 사람이라도 불고(不辜)[62]를 죽여 천하를 얻는다고 해도 하지 않는 것을 필생(畢生)의 마침내 성취할 법으로 삼아야 할 것이다. 아언(雅言)이 신주(神州)[63]에서 육침(陸沈)[64]하여 양학(洋學)의 해독(害毒)이 세상

52) 급문(及門) : 배우려고 문하생(門下生)이 됨. 정식으로 제자가[문하생이]되다.
53) 빈빈(彬彬) : 고아하다. 점잖고 우아하다.
54) 『고산집』 권12, 墓碣銘
55) 사자(四子) : 사자서(四子書). 대학(大學)·중용(中庸)·논어(論語)·맹자(孟子)..
56) 육경(六經) : 시(詩)·서(書)·역(易)·춘추(春秋)·예기(禮記)·악(樂)의 여섯 경전.
57) 관천(貫穿) : 꿰뚫는다는 뜻으로, 학문에 널리 통함을 이르는 말. 관통하다.
58) 간중(簡重) : 엄숙, 정중하다.
59) 안상(安詳) : 침착하다. 차분하다. 점잖다. 조용하다.
60) 연한(燕閑) : 아무 근심 걱정이 없고 몸과 마음이 한가(閑暇)함.
61) 유독(幽獨) : 쓸쓸한 외로움. 조용히 홀로 있음.
62) 불고(不辜) : 아무 잘못이나 허물이 될 일이 아님. 또는 아무 잘못이나 허물이 없는 사람.
63) 신주(神州) : 중국. 전국 시대 사람 추연(騶衍)이 중국을 '적현신주(赤县神州)'라고 한 것에서 유래함.
64) 육침(陸沈) : 은거하다. 육지가 침몰하다. 나라가 망하다.

에 퍼졌다. 선비가 이 세상을 살아감은 배(倍)로 치열해야 한다. 어떤 때는 근심하여 탄식(歎息)하며 거의 눈물을 흘릴 지경이 되었다. 후진(後進)을 가르쳐 이끎에 마음과 힘을 다하고 진정한 사랑이 있어, 도(道)에 전념함에 그 재능으로 어떠한 일에도 적응하니 제자된 자들이 외견만이 아니라 속도 아주 충실함이 볼 만할 것이다. -(하략)-

〈역주 : 송요후〉

『拱白堂集』

「三家略」

小叙

昔班孟堅[1]叙九家 馬鄱陽列十有二家 條例犁然 頗爲詳備 然雅鄭滚載 儒居其一 君子譏焉 惟儒無對 于以[2]躋之則老氏該其七 佛氏包其十 佛老其異端之魁乎 噫 彼拂蘇流教 後出而益巧 荒於老誕於佛而傳會於儒 其曰知天事天 非吾所謂道也 其曰斅人學人 非吾所謂秉彜[3]也 紫䵷[4]亂眞[5] 稂莠[6]侵畔 亦幾乎三綱淪九法斁 華夏胥入於夷狄 人類不遠於禽獸

* 황덕일(黃德壹, 1748~1800) : 본관 창원(昌原). 자 신수(莘叟), 호 공백당(拱白堂). 아버지는 황이곤(黃以坤)이며, 어머니는 배천조씨(白川趙氏)로 조경채(趙景采)의 딸이다. 어려서는 성품이 호걸스러워 역사서나 병서(兵書) 등을 즐겨 읽었고, 특히 제갈량(諸葛亮)을 사모하였다. 20세가 넘어서 『심경(心經)』을 읽고 깨달은 바가 있어 과거공부를 폐하고 안정복(安鼎福)의 문하에 들어가 성리학에 전념하였다. 그는 "경전을 말하면서 시무(時務)에 어두우면 부유(腐儒)이고, 사공(事功)만 일삼고 천리(天理)에 어두우면 속사(俗士)이다. 오직 천리의 바름에 합하고 시무의 요점을 얻어야 왕도(王道)를 말할 수 있다."고 하였다. 주희(朱熹)의 향약과 선현들의 법도를 따라 동약(洞約)을 만들어 마을 풍속을 바로잡았다. 당시 서학(西學)이 들어와 세상을 풍미하자 안정복의 뜻을 계승하여 『삼가략(三家略)』을 지어 이단을 배척하였다. 저서로는 『역학심전(易學心傳)』·『효경외전(孝經外傳)』·『사서일득록(四書一得錄)』·『춘추부의(春秋附義)』·『사례비요(四禮備要)』·『가례익(家禮翼)』 등이 있다.

1) 맹견(孟堅) : 후한(後漢)의 역사가(歷史家)인 반고(班固)의 자(字).
2) 우이(于以) : 아!(감탄사)
3) 병이(秉彜) : 인심이 지키는 바의 상도(常道). 秉夷.
4) 자와(紫䵷) : "紫䵷耳目"(사람들의 눈과 귀를 어지럽게 하다).
5) 난진(亂眞) : (골동품이나 그림 따위의 가짜를) 진품처럼 보이게 하다.
6) 낭유(稂莠) : 나쁜 사람. 가라지. 곡식을 해치는 잡초.

將以樂天下而禍仁義也 嘗聞始參差而不齊[7] 卒爛熳[8]而同歸[9] 其殆三家者之謂 而西教又其詭恠卑淺之尤甚者也 其言詭恠則過者易入 其行卑賤則愚者滋惑 此所以吾道之不明不行也 古之教人 必於蒙養以正 禁於未發[10]之謂豫[11] 大學之法也 不佞於是 摭其源委 証以先儒之言 目之曰三家略 以告夫家塾諸子云 重光[12]大淵獻[13]玄月[14]上日[15] 書于拱白堂
-(中略)-

西學家

泰西歐羅巴之教 唐貞觀九年 大秦國人傳入中國 其名景教 明天啓三年關中起土 獲一碑於敗墻下 畧記其教及傳其教之事七十二人云 有陝碑大明嘉靖三十年 方濟各[16]至廣東便死 其後利瑪竇以萬曆二十九年至中國 至康熙二十三年 合百餘人 八萬里越海 餽遺[17]不絶云 僿說 按漢書金

7) 불제(不齊) : 길고 짧고 들쭉날쭉하여 가지런하지 아니하다.
8) 난만(爛熳) : (빛깔이) 산뜻하고 아름답다. 화려하다. 찬란하다. 있는 그대로의. 꾸밈없는.
9) 난만동귀(爛漫同歸) : 옳지 않은 일에 부화뇌동(附和雷同)함을 이르는 말.
10) 미발(未發) : 아직 떠나지 않음. 꽃 따위가 아직 피지 않음. 어떤 감정(感情)이 아직 생기지 않음.
11) 예(豫) : "26. 六十四卦 山川大畜"를 볼 것.
12) 중광(重光) : 천간(天干) 신(辛). 고갑자(古甲子) 곧 십간(十干) 속의 신(辛).
13) 대연헌(大淵獻) : 고갑자(古甲子) 십이지(十二支)의 열 둘째. 해(亥)와 같음.
14) 현월(玄月) : '음력(陰曆) 구월(九月)'을 달리 일컫는 말.
15) 상일(上日) : 초하루.
16) 방제각(方濟各) : 스페인 출신의 가톨릭계 수도회인 예수회 선교사 프란시스코 자비에르(Francisco de Xavier 1506~1552)의 한자명이다. 이냐시오, 로욜라와 함께 예수회 창설자의 한사람이며 일본에 최초로 그리스도교를 전파한 사람이기도 하다. 또한 인도 관구장, 교황 특사로서 전동양 일대의 선교와 관리를 책임졌으며, 중국에 선교하려고 광동항(廣東港)에 갔다가 열병으로 죽었다. 스페인어 San Francisco Javier(산 프란시스코 하비에르); 포르투갈어 São Francisco Xavier(상 프란시스쿠 샤비에르)
17) 궤유(餽遺) : 음식물이나 물품을 보냄.

日磾[18]作金人 爲祭天主 天主之號 始見於此 竊意休屠之域 西近洋界 其俗流傳者歟 當時中國之人 視爲夷俗 旣莫之信 至貞觀初 其說雖入 亦不敢售 曁[19]乎明之季 其言始行 蓋世敎漸降 土趨益迷 而邪說易爲之肆也 昔辛有見伊川被髮[20] 知其百年爲戎 況於以夷狄之法 加之先王之敎之上哉 志士於斯乎未嘗不爲之慨歎云 皇明萬曆二十九年二月朔 天津河御用監少監馬當[21] 進大西洋利瑪竇所貢土物 禮部尙書朱國祚疏言會典只有

---

18) 김일제(金日磾. B.C. 134~B.C. 86) : 중국 한(漢)나라 관료. 흉노족 출신. 자(字)는 옹숙(翁叔)으로, 본래 흉노족 장수 휴도왕(休屠王)의 아들로 태어났으며, 부왕이 한무제(漢武帝)와의 전투에서 패하면서 중국으로 끌려왔다. 그 뒤 한 무제로부터 김씨(金氏) 성을 하사 받았다. 흉노족의 번왕(제후) 장수 휴도왕의 장남으로 태어났다. 흉노족은 군주을 선우라고 지칭하였고, 그 휘하 장군을 왕으로 불렀는데, 한나라 관직의 거기장군과 유사한 직책이었다. 휴도왕은 흉노 왕족이 아니라 장수에 하나이므로 김일제가 흉노 태자는 아니다. 한족 문화권에서는 왕(王)을 왕으로 생각하지만, 흉노 문화권에서는 장군(제후, 번왕)이라는 지칭하였던 개념의 차이가 존재하였다. 곽거병(霍去病)은 휴도왕을 토벌하고 14세의 김일제을 포로가 사로잡아 시안(西安)에 복귀하였다. 말 기르는 노예가 된 김일제는 우연히 전한 무제의 눈에 띄어 노예에서 해방되고 마감(馬監)으로 임명되었으며, 이어 시중(侍中), 부마도위(附馬都衛), 광록대부(光祿大夫)에 올랐다. 김일제는 망하라(莽何羅) 등의 한무제 암살 시도를 막아 그 공으로 거기장군(車騎將軍)이 되었고, 휴도왕이 금인(金人)을 가지고 천주(天主)에 제사지냈던 일에서 비롯하여 김씨(金氏)를 성이 하사되었다. 무제가 죽으면서 김일제와 곽광(霍光), 상관걸(上官桀) 등을 함께 어린 아들 유불릉의 후견인으로 지목하여 소제를 보필하기도 했다. 김일제가 병이 들어 죽기 직전 한소제는 곽광과 의논하여 산동성 관할하는 투정후(秺敬侯)에 봉하였고, 자손들이 그 관직을 습직하였다. 사후 중국 흥평시에 한 무제의 묘 옆에 곽거병과 함께 매장되었다. 그의 자손들은 왕망(王莽)과 인척 관계가 있었고, 왕망의 쿠데타에 협력하였기 때문에 후한(後漢) 시기에는 쇠락하였다고 한다.

19) 기(曁) : 미치다. 다다르다.

20) 이천피발(伊川被髮) : 주(周)나라 대부 신유(辛有)가 이천(伊川)을 지날 적에, 머리를 풀어 헤치고 들판에서 제사 지내는 광경을 목도하고는 "백 년이 채 못 가서 오랑캐의 땅이 될 것이다."라고 하였는데, 그 뒤에 과연 진(晉)나라와 진(秦)나라가 육혼(陸渾)의 오랑캐 부족을 이천으로 옮겨 살게 하였다. 『春秋左氏傳』, 僖公 22年.

西洋瑣里國 而無大西洋 其眞僞不可知 又寄住二十年 方行進貢 與遠方慕義獻琛者不同 且貢天主天主母圖 旣屬不經 而行李中有神仙骨 夫旣稱神仙 自能翀擧 安得遺骨 此韓愈所謂凶穢之餘 不宜令入宮禁者也 乞速勑歸國 勿許潛居兩京 與內監交往來 以致別生支節[22] 眩惑愚民 疏進不報 後其徒湯若望以其國曆法 証大曆之差 宮保[23]徐光啓篤信之 天啓中光啓䢦[24]若望等 借首善書院修曆署曰曆局 久之洋人踞[25]其中 更爲天主堂至今不改 院在宣武門內東墻下 錢牧齋謙益曰大秦 今西洋夷僧之黠通文字者 膏唇拭舌[26] 妄爲之辭 雖有妙解名數之可取 其所行敎 不過西夷之事天地日月水火諸神者 明是竺敎之一支下乘寂劣者也/ 按首善書院 卽鄒南皐[27]馮少墟[28]倡立講學之所也 天啓初羣小幷起 刺斥少墟疏 言國家以理學開國 况今外寇侵凌 邪敎猖獗 正當講學以提醒[29]人心 激發忠義 臣等不恤[30]毁譽[31] 冒昧[32]爲此 疏入不報 未幾璫禍[33]起 諸賢斥死[34] 講學

21) 마당(馬堂) : 명나라 때의 환관(宦官). 만력제(萬曆帝) 때 천진세감(天津稅監)으로 파견되어 임청(臨清: 현 山東省 臨清)도 겸관(兼管)하도록 하였다. 임청에 있는 동안, 在臨清期間, 縱容黨徒무뢰(無賴)의 무리 수백명으로 하여금 백주(白晝)에 백성들을 약탈하도록 하여 원근의 상인들로 하여금 파시(罷市)하도록 하고, 거민(居民) 수만 여명이 그 관아를 불태우고 그 무뢰의 무리들 37명을 살해하는 사건이 일어나게 하였다.

22) 지절(支節) : 1. 사지(四肢). 팔다리. 2. 지엽적인 일. 부차적인 일. 중요하지 않은 일. 자질구레한 일. 3. 뜻밖의 번거로움[성가심]. 귀찮은 일.

23) 궁보(宮保) : 직관명. 중국 명·청대 태자(太子)의 스승 중 하나.

24) 솔(䢦) : 거느리다. 좇다. 따르다.

25) 거(踞) : 쭈그리고 앉다. 웅크리다. 걸터앉다. (불법으로) 점거하다. 차지하다.

26) 고순식설(膏唇拭舌) : '膏'는 기름을 바르는 것이고, '拭'은 닦아내는 것이다. 기름을 입술에 바르고 천 조각으로 혀를 닦는다는 말로 언어로 할 수 있는 바를 다해서 사람의 마음을 움직이는 것을 말한다.

27) 추남고(鄒南皐) : 추원표(鄒元標). 중국 명나라 말기 동림파(東林派)의 노신(老臣) 중 한 사람.

28) 풍소허(馮少墟) : 풍종오(馮從吾 1557~1627).

29) 제성(提醒) : 일깨우다. 깨우치다. 주의를 환기시키다. 상기시키다. 조심(경계)시키다.

舊院反爲得之堂 竟使三百年禮樂文物之區 盡入陸沉[35]世界者 寔爲之兆 盖聖學異敎 一替一興 乃華夷盛衰之候也 西洋之人入中國 自利瑪竇始 西洋敎法傳中國 亦自二十五條始 大旨多剽竊釋氏 而文辭尤拙 盖西方之敎 惟有佛書 歐羅巴入取其意而變幻[36]之 猶未能盡離其本 厥後旣入中國 習見[37]儒言 則因緣假借 以其說漸至蔓延支離[38] 不可究詰[39] 自以謂超出三敎上矣 四庫全書下同 利瑪竇撰天主實義 釋天主降生西土來由 使人尊信天主 以行其敎 知儒敎之不可攻則傅會[40]六經中上帝之說 以合於天主 而特攻釋氏 以求勝於天堂地獄之說 與輪回之說 相去無幾[41]也 特少變釋氏之說 而本原則一耳 畢方濟撰靈言蠡勺 論亞尼瑪之學 亞尼瑪者 華言靈性也 言其總歸於敬事天主以求福 其實卽釋氏覺性之說 而巧爲敷演耳 明之季年 禪學盛行西土 明慧因摭[42]佛經而巧變之 以投時好 其說驟行 盖由於此 所謂物必先腐而後虫生焉 是非特持論之巧者也 畸人篇利

30) 불휼(不恤) : 돌보지 않다. 걱정하지 않다. 개의치 않다. 관계하지 않다.
31) 훼예(毁譽) : 남을 비방(誹謗)함과 칭찬(稱讚)함.
32) 모매(冒昧) : 주제넘다. 외람되다. 당돌하다. 경솔하다. 분별없다. 사리(事理)를 따짐이 없이 덮어놓고 하는 모양.
33) 당(璫) : 내시, 환관.
34) 척사(斥死) : 귀양가서 죽다.
35) 육침(陸沉) : 육지(陸地)가 함몰(陷沒)하다. 비유적으로 국토(國土)가 적에게 점령당하다. 좋지 않은 상황에 떨어지다. 강토(疆土)를 상실하다. 신세(身世)가 좋지 않은 상황에 떨어지다.
36) 변환(變幻) : 별안간 나타났다 없어졌다 하여 생각으로 미루어서는 알 수 없는 변화(變化). 종잡을 수 없이 빠른 변화.
37) 습견(習見) : 흔히 보(이)다. 눈에 잘 띄다. 익히 보다. 늘 보다. 눈에 익다.
38) 지리(支離) : 이리저리 흩어지다. 산산조각이 나다. 부서지다. (말이나 글이) 무질서하다. 조리가 없다. 산란하다.
39) 불가구힐(不可究詰) : 더는 파고들어 물을 수 없음을 이르는 말. 究詰: 끝까지 따져 묻다.
40) 부회(傅會) : 억지로 끌어다 붙이다. 견강부회하다. 附會.
41) 상거무기(相去無幾) : 차이가 크지 않음을 이르는 말. 비슷비슷하다.
42) 척(摭) : 줍다. 모으다. 습득하다. 취하다.

瑪竇設爲問答 以申其教 掇釋氏生死無常罪福不爽之說 而不取其輪回戒殺不娶之說 以附會於儒理 使人猶不可攻 以佛書比之 實義猶其禮懺[43] 此則猶其談禪也 星湖李先生曰萬曆間 歐羅巴人利瑪竇 與陽瑪諾, 艾儒略, 畢方濟, 熊三拔, 龎迪我等數人 航海三年始達 其學專以天主爲尊 天主者卽儒家之上帝 而其敬事畏信 猶佛氏之釋迦也 以天堂地獄爲勸懲 以周流導化爲耶蘇 耶蘇者西國救世之稱也 其言曰耶蘇之名 亦自中古起 天主大發慈悲 親來救世 托胎化生於如德亞國 名爲耶蘇 三十三年 復昇歸天 其教流及歐羅巴諸國 耶蘇之世 上距一千有六百有三年 利氏至中國云云 其書凡數十種 所以斥竺乾之教至矣 猶未覺畢竟同歸於幻妄也 但中國自漢明帝以前 死而還生者 幷無天堂地獄之可証 則何獨輪回爲非 而天堂地獄爲是耶 若天主慈悲下民 現幻於寰宇[44]間 或相告語 一如人之施教 則自歐羅巴以東 不聞歐羅巴之教者 又何無天主現迹 不似歐羅巴之種種靈異耶 其種種靈異之跡 不過彼所謂魔鬼誑人之致也 盖中國言其實跡 跡泯而愚者不信 西國言其幻跡 跡眩而愚者愈惑 其勢然也 彼西士尚不離於膠漆盆中 惜哉 順菴安先生上星湖先生書曰西洋書 其說雖精覈 而終是異端之學也 吾儒之所以修己養性行善去惡者 是不過爲所當爲 而無一毫邀福於身後之意 西學則其所以修身者 專爲天臺之審判 此與吾道 大相不同 七克書語多刺骨[45] 然有可疑者 人心之欲 出於自己之形氣 不待外來 而此書皆以爲人之爲惡 魔鬼導之耳 非但與吾儒之論不同 明是異端 答曰西洋諸書 其推步曆數 製造器械 非中國所及 但其學則分明異端文字 公之辨得良是 順菴安先生曰西士之言 雖張皇辨博 都是釋氏之粗跡 是爲聖門之恠魅 儒林之蟊賊 凾出之可也 夫道家之尊老君 釋氏之尊釋迦 西士之尊耶蘇 其義一也 西士之學 後出而欲高於二氏 託言於無上之天主 使諸

43) 예참(禮懺) : 〈불교〉 부처나 보살 앞에 절을 하며 죄과를 참회하는 일.
44) 환우(寰宇) : 환내(寰內). 천자가 다스리는 영토 안의 세계.
45) 자골(刺骨) : (추위가) 뼈를 찌르다. 살을 에이다. (원한 따위가) 뼈에 사무치다.

家莫敢誰何 挾天子令諸侯之意 爲計亦巧矣 聖人不語恠力亂神 恠是希有之事 神是無形之物 指希有無形者而語之不已 其弊何所至底耶 以吾儒事上帝之道言之 上帝降衷[46]之性 天命之性 皆稟於天而自有者也 詩曰上帝臨汝 無貳爾心 曰對越上帝 曰畏天命 無非吾儒戒愼謹獨主敬涵養之工 尊事上帝之道 無過於是 而不待西士而更明也 所可痛者 西士以上帝爲私主 而必也一日五拜天 七日一齋素 晝夜祈懇求免罪過而後 可爲事天之實事 此何異於佛家懺悔之擧乎 吾儒之學 光明正大 如天地之高濶 日月之照耀 無一毫隱曲難見之事 何不爲此 而反以彼爲眞道之所在耶 爲人之道不過修己治人而已 修己治人之事 俱在方冊 若依而行之 則自有可行之道 所謂西學救世之術 豈過於是哉 名雖救世 其實專爲一己之私 則與聖人明德新民之工 公私大小之別 爲如何哉 其流之弊 又將指無爲有 指虛爲實 擧一世而歸幻妄之域 人心煽動 後世所謂蓮社彌勒之徒 必將接跡而起 爲妖賊之嚆矢 亂未有已 作俑[47]之罪 其必有歸矣 况此黨議分裂 彼此伺釁[48] 掩善揚惡之時 設有人爲一網打盡之計 而受敗身汚名之辱 則到此之時 天主其能救之乎 竊恐天堂之樂未及享 而世禍來逼 可不惧哉 可不愼哉

按老氏之道 絶聖棄智 以禮爲禍之首 佛氏之法 棄其父子去其君臣 禁其相生養之道 至若西洋之學則合老佛二家之言 而又爲之假托於吾儒之上帝 自謂之天主 變幻其說 全排三敎 矯誣[49]上帝 殄滅人類 尤爲恠逆邪詖[50] 君子之所不語也 明藝文志列於道家 四庫全書叙於雜學 殆佛老之下

46) 상제강충(上帝降衷) : 『서경(書經)』 탕고(湯誥)에 말하기를 “위대하신 상제께서는 이 땅의 백성들에게 올바른 마음을 내려 주셨고 언제나 변치 않을 사람의 본성을 따르게 하셨다(惟皇上帝 降衷于下民 若有恒性 克綏厥猷 惟后).”
47) 작용(作俑) : 목우인(木偶人)을 만든다는 뜻으로, 좋지 않은 전례(前例)를 만듦을 이르는 말.
48) 사흔(伺釁) : 사극(伺隙). 시간(時間)이나 기회(機會)의 틈을 엿봄.
49) 교무(矯誣) : 꾸며 대어서 남을 속임.
50) 사피(邪詖) : 요사하고 편벽되게 말함. 또는 그 말.

乘也 然邪說肆行 愚夫眩惑 將至於充塞仁義 遏絶彝倫[51] 則其害有甚於二家者矣 固不可削而不論 亦不可置而不闢 故與老佛幷列 謂之三家 以著夫僭竊於吾儒之罪云爾

【역문】「삼가략」[52]

소서(小叙) : 옛날에 반고(班固)는 9가(家)를 진술(陳述)하였고 마파양(馬鄱陽)[53]은 12가를 열거하였다. 각 조목(條目)의 예(例)는 확연하고 대단히 자세하게 갖춰져 있다. 그런데 아(雅)와 정(鄭)[54]이 함께 실려 있고 유(儒)는 그 가운데 하나로 있으니, 군자(君子)가 이를 책(責)하였다. 생각건대 유(儒)에게는 맞수가 없다. 아! 등급을 올린 즉 노씨(老氏)는 일곱 번째이고 불씨(佛氏)는 열 번째에 아울러진다. 불교와 도교는 이단 중 으뜸이다. 아! 저 불극(拂蕀: 拂菻[55]) 같은 종류의 교(敎)는

51) 이륜(彝倫) : 상도(常道), 윤상(倫常).

52) 『공백당집』 권07, 雜著

53) 마파양(馬鄱陽) : 마단림(馬端臨 1254 - 1323). 남송 말, 원나라 초의 성리학자. 자는 귀여(貴與), 호는 죽주(竹洲), 요주(饒州) 낙평(樂平: 현재 江西省 樂平) 출신으로 승상(丞相) 마정란(馬廷鸞)이 그의 부친이다. 주희(朱熹) 학파인 조경(曹涇)의 문인으로 1272년 음보(蔭補)로 승사랑(承事郎)이 되고 20세에 조시(漕試)에 급제하였다. 남송이 멸망하자 원에 벼슬하지 않기로 결심하고 학문 연구와 강학에만 힘썼다. 23년에 걸친 역작인 백과사전 『文獻通考』의 저자로 유명하다. 역대의 천문지(天文志) 및 천문상수학자들의 학설들을 모아 편집한 천문상수서(天文象數書)인 『歷代象緯考』를 조선 숙종대 무렵 왕실의 주도로 재간하였는데(간년미상), 그 권두에 "鄱陽 馬端臨 貴與 著"라는 기문이 있다.

54) 아정(雅鄭) : 아악(雅樂)과 정성(鄭聲). 비유하여 바른 음악과 음란한 음악. 고대 유가(儒家)는 以정성(鄭聲)은 음사(淫邪)한 음(音)으로 여겼다. 그러므로 아정(雅郑)은 정성(正声)과 음사(淫邪)한 음을 가리킨다. 전의(轉義)하여 정(正)과 사(邪), 고아(高雅)와 저열(低劣)을 나타낸다.

55) 불극(拂蕀) : "알레니(艾儒略)의 『직방외기(職方外記)』에 보면, '여덕아국(如德亞國)은 옛날의 대진국(大秦國)인데 불림(拂菻)이라고도 하니, 곧 천주(天主)가

뒤에 나왔는데 더욱 교묘하여 도교와 불교 보다 황탄(荒誕)[56]하며 유(儒)에 부회(附會)[57]하였다. 그것이 '하늘을 안다. 하늘을 섬긴다.'고 말하는 것은 우리가 일컫는 바의 도(道)가 아니다. '사람을 가르치고 사람에게서 배운다.'고 일컫는 것은 우리의 이른바 상도(常道)가 아니다. 어지럽혀서 가짜를 진짜처럼 보이게 하고 가라지가 또한 밭두둑을 침범하니, 거의 삼강(三綱)의 도리가 영락(零落)하고 구법(九法)[58]이 손상되어 화하(華夏)가 오랑캐의 습속에 빠져들어 인류가 금수(禽獸)에게서 멀리 있지 않은 상태에서 장차 온 천하를 통솔함으로써 인의(仁義)에 화(禍)를 끼칠 것이다. 일찍이 들으니, 처음에는 길고 짧고 들쭉날쭉하여 가지런하지 아니한데(參差而不齊), 문득 원만히 함께 돌아간다. 그것은 삼가(三家)를 일컫는 것인데, 서교(西敎) 또한 그 괴이(怪異)하고 비천(卑淺)함이 더욱 심한 것이다. 그 말하는 것이 괴이하니 허물이 있는 자는 쉽게 들어가고, 그 행위가 비천(卑賤)한 즉, 어리석은 자가 미혹되어 문제를 일으킨다. 이것은 우리의 도(道)가 밝지 못하고 행해지지 못한 때문이다. 옛날에 사람을 가르침에는 반드시 어린이에게 올바름을 깨우치게 하고 어떤 감정(感情)이 아직 생기지 않은 때에 금하는 것을 일컬어 예(豫)라고 하는데 대학(大學)에서의 방법(方法)이다. 나는 이 일에 대하여 원위(源委)[59]를 수집하고 선유(先儒)의 말로써 증거로 삼아 그것에 제목을 붙여 '삼가략(三家略)'이라 하였고 이로써 가

하강(下降)한 나라이다.'"라고 『順庵先生文集』 제17권/雜著/天學考 乙巳年條에 있다.

56) 황탄(荒誕) : 말이나 하는 짓이 근거가 없고 허황함.

57) 부회(附會) : 이치(理致)에 닿지 않는 것을 억지로 끌어대어 이치에 맞게 하는 것. 말이나 이론을 억지로 끌어다 붙임.

58) 구법(九法) : 홍범구주. 『서경』의 홍범에 기록되어 있는, 우(禹)가 정한 정치 도덕의 아홉 원칙.

59) 원위(源委) : 자초지종. 전말.

숙(家塾)[60]의 제자(諸子)[61]에게 告한다. 신해년(辛亥年 1791) 9월 초하루 공백당(拱白堂)에서 썼다. -(중략)-

서학가(西學家) : 태서(泰西) 구라파(歐羅巴)의 교(教)는 당(唐) 정관(貞觀)9년(635) 대진국(大秦國) 사람에 의해 중국에 전해졌고 그것은 경교(景教)라 이름하였다. 명나라 천계(天啓)3년(1623)에 관중(關中)에서 땅을 파다가 무너진 담장 밑에서 비석 하나를 얻었다. (거기에는) 그 교(教) 및 그 교를 전(傳)한 일, 그 교의 인물 72인에 관한 글이 대략 기록되어 있다고 한다. 어떤 섬비(陝碑)에는 대명(大明) 가정(嘉靖)30년 방제각(方濟各)[62]이 광동에 도착했다가 곧 죽었고 그후 이마두(利瑪竇 마태오 리치)가 만력29년 중국에 도착했는데, 청(淸) 강희(康熙)23년까지 모두 백여 명이 8만 리나 되는 바다를 건너오면서 궤유(餽遺)[63]가 끊이지 않았다고 한다. 『쇄설(瑣說)』에는 『한서(漢書)』에 김일제(金日磾)[64]가 금인(金人)을 만들어 천주(天主)에 제사 지냈다고 한 것에 의

60) 가숙(家塾) : ①(옛날에) 한 가정이나 일가(一家)끼리 경영하던 개인이 세운 글방. 사숙(私塾). ②주(周)나라의 교육제도. 25가(家)를 여(閭·里)라 하고 그 한동네의 문(門·閭門)의 양쪽에 집을 지어 「숙(塾)」이라고 하여 이중(里重)의 자제(子弟)를 교육하던 곳.

61) 제자(諸子) : 아들 또는 아들과 같은 항렬(行列)이 되는 사람의 통칭.

62) 방제각(方濟各) : 프란시스코 자비에르 Francisco de Xavier (1506~1552) : 스페인 사람으로 카톨릭계 수도회인 예수회의 선교사. 한자명은 방제각(方濟各). 이냐시오, 로욜라와 함께 예수회 창설자의 한사람이며 일본에 최초로 그리스도교를 전파한 사람이기도 하다. 또한 인도 관구장, 교황 특사로서 전동양 일대의 선교와 관리를 책임졌으며, 중국에 선교하려고 광둥항에 갔다가 열병으로 죽었다. 스페인어 San Francisco Javier(산 프란시스코 하비에르); 포르투갈어 São Francisco Xavier(상 프란시스쿠 샤비에르)

63) 궤유(餽遺) : 음식물이나 물품을 보냄.

64) 김일제(金日磾.BC 134~BC 86) : 중국 漢나라 관료. 흉노족 출신. 字는 翁叔으로, 본래 흉노족 장수 休屠王의 아들로 태어났으며, 부왕이 漢武帝와의 전투에서 패하면서 중국으로 끌려왔다. 그 뒤 한 무제로부터 金氏 성을 하사 받았다. 흉노족의 번왕(제후) 장수 휴도왕(休屠王)의 장남으로 태어났다. 흉노족은 군주을

거해, 천주라는 이름은 여기에서 처음 보인다고 했다. 삼가 생각건대 휴도(休屠)[65]의 지경(域)은 서쪽으로 양계(洋界)에 가까워 그 풍속이 전파된 것이다. 당시 중국의 사람들은 오랑캐 풍속이라 여겨서 믿지 않았을 뿐만 아니라, 정관(貞觀) 초에 이르러 그 설(說)이 비록 들어왔지만 역시 행하여지지 않았다. 명말(明末)에 이르러 그 말이 비로소 행해졌다. 대개 세상의 가르침이 떨어지고 선비들의 취향이 갈수록 혼미해져 사설(邪說)이 쉽게 제멋대로 하게 되었다. 옛날에 신유(辛有)가 이천(伊川)의 피발(被髮)을 보고는 백년 내에 망할 것임을 알았는데, 하물며 오랑캐의 법을 선왕의 가르침보다 위에 두는 것에서랴! 지사(志士)는 이같은 것에 대해 개탄하지 않음이 없었다. 황명(皇明) 만력(萬曆) 29년 2월 초하루에 천진하(天津河) 어용감(御用監) 소감(少監)인 마당(馬堂)[66]이 대서양(大西洋)의 마태오 리치(利瑪竇)가 바친 토산물(土

선우라고 지칭하였고, 그 휘하 장군을 왕으로 불렀는데, 한나라 관직의 거기장군과 유사한 직책이었다. 休屠王은 흉노 왕족이 아니라 장수에 하나이므로 金日磾가 흉노 태자는 아니다. 한족 문화권에서는 王을 왕으로 생각하지만, 흉노 문화권에서는 장군(제후, 번왕)이라는 지칭하였던 개념의 차이가 존재하였다. 霍去病은 휴도왕을 토벌하고 14세의 김일제를 포로로 사로잡아 시안에 복귀하였다. 말 기르는 노예가 된 김일제는 우연히 전한 무제의 눈에 띄어 노예에서 해방되고 馬監으로 임명되었으며, 이어 侍中, 附馬都衛, 光祿大夫에 올랐다. 김일제는 망하라(莽何羅) 등의 한무제 암살 시도를 막아 그 공으로 거기장군(車騎將軍)이 되었고, 휴도왕이 금인(金人)을 가지고 天主에 제사지냈던 일에서 비롯하여 金氏를 성이 하사받았다. 무제가 죽으면서 김일제와 霍光, 上官桀 등을 함께 어린 아들 유불릉의 후견인으로 지목하여 소제를 보필하기도 했다. 김일제가 병이 들어 죽기 직전 한소제는 곽광과 의논하여 산동성을 관할하는 투정후(秺敬侯)에 봉하였고, 자손들이 그 관직을 습직하였다. 사후 중국 홍평시에 한무제의 묘 옆에 곽거병과 함께 매장되었다. 그의 자손들은 王莽과 인척 관계가 있었고, 왕망의 쿠데타에 협력하였기 때문에 後漢 시기에는 쇠락하였다고 한다.

65) 휴도(休屠) : 부도(浮屠) 또한 부도(浮圖)라고도 함. 모두 부처에 대한 이역(異譯). 불교도(佛敎徒)를 부도(浮屠)라 했다. 후에는 불탑 역시 부도(浮屠)라 했다.

66) 마당(馬堂) : 명대(明代) 환관(宦官) 만력제 때 천진세감(天津稅監)으로 파견되어

物)을 올렸다. 예부상서(禮部尙書) 주국조(朱國祚)[67]가 소(疏)를 올려 아뢰기를, '『회전(會典)』에는 다만 서양쇄리국(西洋瑣里國)이 있고 대서양은 올라있지 않으니 그 진위(眞僞)를 알 수 없다. 또한 20년이나 들어와 살고 있다가 비로소 조공을 바쳤으니 원방(遠方)에서 의(義)를 사모하여 보물을 바친 것과는 다르다. 또한 천주(天主)와 천주모(天主母)의 그림(圖)을 조공으로 바친 것은 불경(不經)[68]한 것이다. 그리고 짐 중에 신선골(神仙骨)이 있는데, 무릇 신선이라 칭하는 것은 하늘로 날아올라갈 수 있을 터인데 어찌 뼈가 남아있을 수 있겠는가? 이것은 한유(韓愈)가 일컬은 바 흉하고 더러운 그 남은 끝이니 궁에 들여오게 해서는 안 된다. 속히 신칙(申飭)하여 그들 나라로 돌려보낼 것을 간청하고 몰래 양경(兩京)에 머물면서 내감(內監)과 서로 왕래하며 새로운 문제를 일으키고[69] 어리석은 백성들을 현혹하게 함에 이르게 해서는 안 된다.'하였는데, 회답하지 않았다. 후에 그 무리인 아담 샬(湯若望)이

임청(臨淸 지금의 山東省 臨淸) 지역을 겸하여 관할하였다. 임청에 있던 기간에 무뢰(無賴) 수 백명이, 백주에 겁략하도록 눈감아 줌으로 원근 상인들의 파업을 야기시키고 거주민 만 여명이 그 아서(衙署)를 불태우고 그 당도(黨徒) 37명을 살해하는 사건이 일어나게 하였다.

67) 주국조(朱國祚 1559~1624) : 명나라 절강(浙江) 수수(秀水) 사람. 자는 조륭(兆隆)이고, 호는 양순(養淳)이다. 만력(萬曆) 11년(1583) 진사가 되었다. 편수(編修)와 유덕(諭德)을 지냈다. 26년(1598) 예부우시랑(禮部右侍郞)에 발탁되었다. 일찍이 순안어사(巡按御史) 조해(曹楷)에게 글을 보내 호광세감(湖廣稅監) 진봉(陳奉)의 죄상을 고발하게 했는데, 조해가 거의 체포될 뻔했다. 얼마 뒤 부사(部事)를 맡아 수십 차례 국본(國本)에 대해 논쟁하자 신종(神宗)이 결국 태자를 세웠다. 광종(光宗)이 즉위하자 예부상서가 되고, 동각대학사(東閣大學士)를 맡아 기무(機務)에 참여했다. 천계(天啓) 3년(1623) 무영전(武英殿)으로 옮겼다가 사직하고 귀향했다. 시호는 문각(文恪)이다. 저서에 『개석재집(介石齋集)』이 있다.

68) 불경(不經) : 국법(國法)에 따르지 않음. 상도(常道)에 벗어남.

69) 별생지절(別生枝节) : 달리 새로운 문제가 생기다. 枝节: 1. 사지(四肢). 팔다리. 사지의 관절. 팔 다리의 마디뼈. 2. 지엽적인 일. 부차적인 일. 중요하지 않은 일. 자질구레한 일. 3. 뜻밖의 번거로움[성가심]. 귀찮은 일.

자기 나라의 역법으로써 대력(大曆)[70]의 오차(誤差)를 증명하였다. 궁보(宮保)[71]인 서광계(徐光啓)가 천주교를 독신(篤信)하여 천계 년간에 아담 샬 등을 이끌고 수선서원(首善書院)을 빌려 역서(曆署)를 꾸리고 역국(曆局)이라 하였다. 오래 지나 서양인이 그 안을 차지하고는 바꾸어 천주당(天主堂)으로 했는데 지금까지도 고치지 않았다. 서원은 선무문(宣武門) 안의 동쪽 담 아래에 있다. 목재(牧齋) 전겸익(錢謙益)이 이르기를, "대진(大秦)은 지금의 서양 오랑캐이다. 승려 중에 영리하여 문자에 통달한 자가 입술에다 기름칠을 하고 혀를 닦으며 망녕되이 말을 만들었으니, 비록 명수(名數)에 대해서 잘 해석하여 취할 만한 것이 있더라도 그들이 행하는 교(敎)는 서역 오랑캐들이 천지(天地)·일월(日月)·수화(水火)의 여러 신(神)들을 섬기는 것에 불과하며, 분명히 축교(竺敎)의 한 지파로서, 그 중에도 가장 용렬한 하승(下乘)이다." 수선서원(首善書院)에 의거하면, 추남고(鄒南皐)[72]·풍소허(馮少墟)[73]가 발기해 세워 강학(講學)한 곳이다. 천계 초에 군소(群小)[74]들이 함께 일어나 간(諫)하여 배척하였다. 풍소허가 소(疏)하여 말하기를, "국가는 이학(理學)으로써 개국(開國)하였다. 하물며 지금 외구(外寇)가 침릉(侵凌)하고 사교(邪敎)가 창궐하니, 진실로 마땅히 강학함으로써 인심(人心)을 깨우치고 충의(忠義)의 감정이 격렬히 일어나도록 해야 하니, 신(臣) 등은 남의 칭찬과 비방에 개의치 않고 이를 해야 한다." 소(疏)가 들어갔으나 응답이 없었고 얼마 안 있어 환관의 재앙이 일어났다. 제현(諸賢)이 척사(斥死)[75]하였고 강학을 하던 옛 서원은 도리어 오랑캐

70) 官修的历法.
71) 궁보(宮保) : 직관명으로, 태자(太子)의 스승 중의 하나이다.
72) 추원표(鄒元標).
73) 풍종오(馮從吾).
74) 군소(群小) : 일반 서민들. 소인배 무리.
75) 척사(斥死) : 귀양가서 죽다.

천주의 당(堂)으로 되어 필경에는 3백년이나 된 예악문물의 지역이 적에게 점령당하는 세상으로 빠져 들어갈 징조가 되었다. 대개 성학(聖學)과 이교(異教)는 서로 돌아가며 한 번씩 흥하는데, 곧 화(華)와 이(夷)가 성(盛)과 쇠(衰)가 교체하는 때였다.

서양 사람이 중국에 들어온 것은 마태오 리치로부터 시작되었고 서양의 교법(教法)이 중국에 전해진 것 역시 『25조(條)[76]』으로부터 시작되었는데, 주요 내용의 대부분은 불교를 표절하였으며 문사(文辭: 文詞. 문장에 나타난 말)는 더욱 졸렬하다. 대개 서방(西方)의 가르침에는 오직 불서(佛書)만이 있어서, 구라파 사람이 그 뜻을 받아들여 변환(變幻)시켰지만 오히려 그 근본에서 완전히 떠날 수 없었다. 그후 중국에 들어와 유교(儒教)의 말이 눈에 익으면서 이를 계기로 유학(儒學)의 말을 빌렸고 이로써 그 설(說)이 점차 만연하고 조리가 없어져 더 이상은 자초지종을 끝까지 따질 수 없게 되었으니, 스스로 삼교(三教)를 초월했다고 한다. 『사고전서(四庫全書)』 아래도 같다. 마태오 리치는 『천주실의(天主實義)』를 찬(撰)하여 천주가 강생해서 서토(西土)에 온 내력을 풀이해서 사람들로 하여금 천주를 받들어 믿고 그 가르침을 행하도록 했는데, 유교를 공격할 수 없음을 알고는 육경(六經) 중에 나오는 상제(上帝)에 관한 설(說)을 부회(附會)하여 천주와 맞추고 특히 불교를 공격함으로써 천당·지옥(天堂地獄)의 설로 이기기를 구했는데 윤회설과 큰 차이가 없다. 특히 불교의 설을 조금 변화시킨 것이며 본원은 곧 하나일 따름이다. 필방제(畢方濟)는 『영언여작(靈言蠡勺)』을 찬(撰)하여 아니마(亞尼瑪 anima)에 관한 학(學)을 논했는데, 아니마라는 것은 중국말로는 영성(靈性)이라고 한다. 결국은 천주를 공경하고 섬김으로써 복을 구하는 것을 말하여 사실은 불교의 각성(覺性)의 설인

76) 이십오언(二十五言).

데 교묘하게 부연(敷演[77])했을 따름이다. 명나라 말년에 선학(禪學)이 서토(西土)에서 성행(盛行)하였는데, 명나라 혜인(慧因)이 불경에서 취하여 교묘하게 변화시킴으로써 시류에 영합하였다. 그 설이 갑자기 유행하게 된 것은 대개 이로 말미암은 것인데, 이른바 물질이 반드시 먼저 썩고 난 후에 벌레가 생기는 것이니, 지론이 교묘한 것만이 아니다. 『기인편(畸人篇)』은 마태오 리치가 문답을 베풀어서 그 가르침을 폈는데, 불교의 생(生)과 사(死)는 무상(無常)하며 죄(罪)와 복(福)에는 조금도 착오가 없다는 설을 훔치고 불교의 윤회, 살생하지 말라, 장가들지 말라는 설은 취하지 않아 유교의 이치에 부회(附會)함으로써 사람으로 하여금 오히려 공격할 수 없게 하였다. 불서(佛書)와 비교하면, 『실의(實義)』는 불교의 예참(禮懺)[78]과 같고 이것은 불교의 담선(談禪)과 같다. 성호 이익 선생께서 이르기를, "만력(萬曆) 연간에 구라파(歐羅巴) 사람 이마두(利瑪竇)가 양마락(陽瑪諾)·애유략(艾儒略)·필방제(畢方濟)·웅삼발(熊三拔)·방적아(龐迪我) 등 몇몇 사람과 함께 3년을 항해하고서야 비로소 도달하였다. 그 학문은 오로지 천주(天主)만을 높였는데, 천주란 곧 유가에서 말하는 상제(上帝)이지만, 경건히 섬기고 조심하고 두려워하고 믿는 것은 오히려 불씨(佛氏)의 석가이다. 천당과 지옥을 들어서 권면하고 징계하며, 널리 돌아다니면서 인도하여 교화하는 것을 예수(耶蘇)라 한다. 예수란 서국(西國)의 구세주를 말하는 것이다. 예수란 이름을 말하기 시작한 것은 또한 중고(中古) 시대부터였는데, 천주가 크게 자비심을 발하여 친히 세상을 구하려 내려왔다. 동정녀(童貞女)를 택해서 남녀 간의 교감(交感)이 없이 태반(胎盤)을 빌려 인간으로 변해 유대나라(如德亞國)에 태어나고는 이름을 예수라 하

77) 부연(敷演) : 자세히 서술하다. 부연 설명하다. (의론 등을) 전개하다. 강해(講解)하다.

78) 예참(禮懺) : 불교에서, 부처나 보살 앞에 절을 하며 죄과를 참회하는 일.

였고, 33년간 살다가 다시 하늘로 올라 돌아갔다. 그 교가 구라파 여러 나라에 퍼지게 되었는데, 예수가 살았던 때로부터 1603년이 지나서 이씨(利氏)가 중국에 왔다. 그가 쓴 책이 무릇 수십 종인데, 그렇지만 그가 축건(竺乾)[79]의 교를 배척한 바가 지극했으나 필경에는 함께 환망(幻妄)으로 귀결됨을 오히려 깨닫지 못하였다. 중국 사람들이 한(漢) 나라 명제(明帝) 이전까지는 죽었다가 다시 살아난 자가 모두 천당과 지옥을 경험하지 못했는데, 어찌 유독 윤회설만 잘못된 것이고 천당과 지옥에 관한 주장은 옳단 말인가. 만약 천주가 지상의 백성들을 사랑하고 불쌍히 여겨 인간 세상에 환생(幻生)해서 사람들에게 일러주고 말해주는 것이 사람이 가르침을 베푸는 것과 같은 것이라면, 구라파의 교를 전해 듣지 못한 구라파 동쪽의 사람들에게는 어찌하여 천주께서 나타난 자취가 없고 구라파처럼 온갖 영이(靈異)스러운 천주님의 기적이 나타나지 않는 것인가? 그런 갖가지 영이한 자취들은 저 이른바 마귀가 사람을 속인 소치에 불과한 것이다. 대개 중국에서는 실제적인 흔적을 말하므로 자취가 없어지면 어리석은 자들은 믿지 않는다. 서국(西國)은 허환(虛幻)의 자취에 대하여 말하므로 그 자취가 어지러울수록 어리석은 자들이 더욱 미혹에 빠져드니, 그 형세가 그러한 것이다. 저 서사(西士)들이 아직도 그 캄캄한 동이 속에서 벗어나지 못하고 있으니 애석하다." 순암 안정복 선생이 성호 선생께 올린 편지에 이르기를, "서양서(西洋書)는 그 말하는 것이 비록 정핵(精覈)[80] 하나, 결국은 이단(異端)의 학문이다. 우리 유교에서 수기양성(修己養性)하고 선을 행하고 악을 멀리하는 까닭은 다만 그것이 마땅히 해야 하는 바이기 때문이지, 털끝만치도 죽은 후에 복을 불러오고자 하는 뜻이 없다. 서학(西學)이 수신(修身)하는 까닭은 오로지 하늘의 심판을

79) 축건(竺乾) : 천축(天竺)으로 곧 석가를 말한다.
80) 정핵(精覈) : 아주 자세히 조사하여 철저히 밝히다.

위한 것이니 이것은 우리의 도(道)와 서로 같지 않다. 『칠극(七克)』이라는 책의 말은 대부분이 뼈에 사무치지만, 의심할 만한 것이 있으니, 사람 마음의 욕심은 자신의 형기(形氣)[81]에서 나오는 것으로 밖에서 오는 것이 아니라고 하나 이 책은 모두 사람이 악을 행함은 마귀가 이끈 것일 따름이라고 생각한다. 이는 우리 유학의 주장과 다를 뿐만 아니라 분명히 이단(異端)이다." 답신에서 이르기를, "서양의 제서(諸書)에서 그 역수(曆數)[82]를 추보(推步)[83]하고 기계(器械)를 제조(製造)하는 것은 중국이 필적할 수 있는 바가 아니나, 그 학문은 분명히 이단의 글이니 공(公)이 변론한 것이 참으로 옳다." 순암 안정복 선생이 이르기를, 서토(西土)의 말은 비록 길게 늘어놓으며 분명 해박하지만 모두 불교의 조잡한 자취이며 성인의 도(道: 聖門)의 괴이한 요괴(恠魅: 怪魅)가 되어 유림(儒林)을 해치는 것(蟊賊[84])이니 싸서 버리는 것이 가하다. 무릇 도가(道家)가 노군(老君)를 높이고 불교가 석가를 높이며 서사(西士)가 예수를 높이는 것은 그 뜻이 같은 것이다. 서사의 학문은 후에 나왔음에도 도가와 불교보다 높이고자 하며 최고로 높은 천주(天主)를 구실로 삼아 제가(諸家)로 하여금 누구도 감히 어찌하지 못하게 하고 천자(天子)를 끼고서 제후(諸侯)를 부리려는 생각은 그 계략이 또한 약삭빠르다. 성인(聖人)은 괴력난신(怪力亂神)을 말하지 않는다고 하는데, 괴는 드물게 있는 일이며 신은 무형(無形)의 물(物)이니 드물

81) 형기(形氣) : 1. (중국의학) 육체와 정신. 2. 육체 내의 기혈(氣血). 형상(形狀)과 기운(氣運).

82) ①천체(天體)의 운행(運行)과 기후(氣候)의 변화(變化)가 철을 따라서 돌아가는 차례(次例) ②자연(自然)히 정(定)해진 운명(運命) ③해의 수(數)

83) 추보(推步) : 1.천문을 연구하다. 2.천문을 추산하다. 천체(天體)의 운행(運行)을 관측함.

84) 모적(蟊賊) : 벼를 해치는 며루같이 백성의 재물을 빼앗거나 좀먹는 탐관오리를 비유하여 이르는 말.

게 있고 무형의 것을 말하는 것에 그치지 않고 그 폐해는 어디에까지 이를지 모른다. 우리 유학자들이 상제(上帝)를 섬기는 도(道)로써 말하면, 상제가 내려준 올바른 마음의 성(性)은 천명(天命)의 성(性)으로 모두 하늘에서 내려주어 저절로 있는 것이다. 『詩經』에 이르기를, '상제께서 너를 굽어보시니 네 마음을 두 가지로 하지 말라(상제가 너에게 임하시니 네 마음에 의심하지 말지어다).', 이르기를, '上帝를 마주한다.', 이르기를, '천명을 두려워한다.'고 한 것은 우리 유학자들이 계신(戒愼)[85]·근독(謹獨)[86]·주경(主敬)[87]·함양(涵養)[88]하는 일이 아님이 없다. 상제를 높여 섬기는 도는 이에 지나지 않으니, 서사가 다시 밝힐 필요가 없다. 통탄할 만한 것은 서사가 상제를 사적인 주(私主)로 삼아 반드시 하루에 다섯 번 하늘에 절하고 7일에 한 번 채식을 하며 주야로 죄과(罪過)를 면해줄 것을 기도하며 간절히 구하고 나서야 참되게 하늘을 섬긴다고 할 수 있다고 한다. 이것은 불가(佛家)에서의 참회(懺悔)의 행위와 얼마나 다른가? 우리 유학자의 학문은 광명정대함이 천지가 높고 넓으며 해와 달이 조요(照耀)[89]함과 같아서 터럭만큼도 숨고 굽어보기 어려운 것이 없다. 어찌 이것으로 하지 않고 도리어 저것으로써 진정한 도(眞道)가 있는 곳으로 하겠는가? 사람된 자의 도는 수기치인(修己治人)하는 것에 불과할 따름이다. 수기치인에 관한 것은 모두 방책(方冊)[90]에 있으니, 그에 의거해서 행한다면 곧 자연히 행할

85) 계신(戒愼) : 경계하고 삼감.
86) 근독(謹獨) : 혼자 있을 때라도 늘 삼가야 한다는 것/아무도 보지 않는 곳에 혼자 있을 때라도 늘 삼가는 것.
87) 주경(主敬) : 항상 공경함을 제일로 삼음.
88) 함양(涵養) : ①서서히 양성(養成)함. 차차 길러 냄 ②학문과 식견(識見)을 넓혀서 심성(心性)을 닦음.
89) 조요(照耀) : 밝게 비치어서 빛남.
90) 방책(方冊) : 목판(木板)과 죽간(竹簡). 서적.

만한 도가 있을 것이다. 소위 서학(西學)에서 말하는 구세(救世)의 술이 어찌 이보다 우월하겠는가? 명목은 비록 구세라고 하지만 기실은 오직 자기 한 개인의 사사로움을 위한 것인 즉, 성인(聖人)의 명덕(明德)·신민(新民)의 일과 공(公)과 사(私), 대(大)와 소(小)의 차이가 있음을 어찌하겠는가? 그 유파의 폐해는 또한 장차 무(無)를 가리켜 유(有)라 하고 허(虛)를 가리켜 실(實)이라 하여 온 세상을 환망의 영역으로 돌아가게 하고 인심을 선동하여 후세의 이른바 연사(蓮社)·미륵(彌勒)의 무리가 반드시 뒤이어서 일어나 요적(妖賊)의 효시(嚆矢)가 될 것인데, 난이 아직 그치기도 전에 좋지 않은 선례를 만든 죄가 그에게 반드시 돌아감이 있을 것이다. 하물며 지금 당(黨)의 의론이 분열되어 피차 기회를 노리면서 상대편의 좋은 점은 가리고 나쁜 점만을 들추어내는 판국에, 만약 어떤 사람이 일망타진의 계략으로 삼는다면, 몸을 망치고 이름을 더럽히는 욕(辱)을 받을 것인 즉, 이러한 때에 이르러 천주가 구해줄 수 있겠는가? 삼가 천당의 즐거움을 누림에 아직 미치지 않았는데 세상의 화(禍)가 닥치는 것이 아닌가 하니 두려워하지 않을 수 있겠으며 삼가지 않을 수 있겠는가? 노씨(老氏)의 도(道)에 의거하면, 성스럽고자 하는 마음을 끊어버리고, 지혜롭고자 하는 집착을 버리며, 예(禮)로써 화(禍)의 으뜸으로 삼는다. 불교의 법은 그 부자(父子) 관계를 끊어 버리고 그 군신 관계를 떠나며 서로 낳아 기르는 도를 금한다. 서양의 학(學)은 노(老)와 불(佛) 두 종교의 말을 합하고 또한 그것에 우리 유가의 상제에 가탁해서 스스로 그것을 천주라 일컬으며 그 설을 변환시키면서 삼교(三敎)를 전부 배척한다. 상제를 꾸며서 사람을 속여 인류를 진멸(殄滅)[91]하니 더욱 괴이하고 거역하며 요사하고 편벽되어 군자가 말하지 않는 바이다. 『명사(明史)』, 「예문지

91) 무찔러 죽여 없애 버림.

(藝文志)」에서는 도가(道家)에 열(列)해 있고 『사고전서』에서는 잡학(雜學)에서 서술되어 있으니 마땅히 불(佛)과 노(老)의 하승(下乘)[92]이다. 그런데 사설(邪說)이 멋대로 행하여져 어리석은 백성들이 현혹되어 장차 인의(仁義)를 꽉 막고 이륜(彝倫)[93]을 단절시킨 즉 그 해로움이 불과 노보다 심함이 있다. 진실로 제거해 버리고 논하지 아니 할 수 없으며 또한 내버려 두고서 배척하지 아니 할 수 없다. 그러므로 노·불과 나란히 두고서 3가(家)라 일컬음으로써 대저 우리 유(儒)에 대해 참절(僭竊)[94]한 죄를 분명히 드러낼 따름이다.

92) 하승(下乘) : (불교) 小乘. 비유하여, 조악(粗惡)한 것. 수준(질)이 떨어지는 것. 신통치 못한 것.
93) 이륜(彝倫) : 常道, 倫常.
94) 참절(僭竊) : 분에 넘치는 자리를 가짐.

「德谷記聞」

癸巳冬 德壹始拜順菴先生於德谷 先生曰昔年吾與先公 嘗講論爲學之道 每歎其篤志居業 吾儕[95]鮮有及也 今君三舍徒步 遠來從我 其將繼先志乎 德壹起而對曰 德壹早失家庭之訓 長無師友之益 年逾博學 學未知方 先生不以其愚陋而斥之 則叨廁[96]函丈[97]之列 願承教焉 先生曰學者繩尺 當以朱子爲主 欲學朱子 先學退溪 因授以李子粹語[98]曰 孔孟之言如王朝之法令 程朱之言 如嚴師之勅厲 退翁之言 如慈父之訓戒 其爲感發於人者 是書爲尤切 吾有所受矣 德壹曰孔門敎人 雅言詩書執禮 程朱敎人 必先學語孟庸 退溪之門 亦以心經近思錄敎學者 今日丈席[99]之敎亦曰先從粹語爲始者 令初學之人 於明白易曉處 爲有下手用力之地 其義一也 傳曰知遠之近 可與入德 其是之謂歟 先生曰君已喩矣 -(中略)- 問異端之害 從古已然 西洋之書 出於 明季 而中州之人 往往信之 近年以來 其書自燕肆而出 頗盛行 後生輩或有習其說者 大有害正之漸 盖其學非老非佛 而有類乎老佛 其所謂耶蘇降生則似老氏蜀肆青羊[100]之說 其所

95) 오제(吾儕) : 우리네. 우리.
96) 도측(叨廁) : 욕되게(외람되게. 황송하게) 차지하거나 받다(忝居). 그 사이에 몸 담은(참여한, 관여한) 것에 대한 겸사.
97) 함장(函丈) : 스승.
98) 이자수어(李子粹語) : 책 이름. 4권 2책. 조선 영조(英祖) 때 이익(李瀷) 엮음. 후학을 위하여 이황(李滉)의 저서에서 중요한 것을 뽑아 엮은 것이다. 권1에 도체(道體)·위학(爲學), 권2에 궁격(窮格)·함양(涵養)·역행(力行), 권3에 거가(居家)·출처(出處)·치도(治道)·정사(政事), 권4에 교도(敎導)·경계(警戒)·이단(異端)·성현(聖賢) 등으로 나누어 수록하고, 이자수어인용서책(李子粹語引用書册)으로 문집(文集)·삼경석의(三經釋義)·사서석의(四書釋義)·계몽전의(啓蒙傳疑)·이학통록(理學通錄)·서애연보(西厓年譜)·간재계산기선록(艮齋溪山記善錄) 및 여러 언행록을 적고, 답문지구문인록(答問知舊門人錄)에 78인의 성명 등을 기록하였다.
99) 장석(丈席) : 학문과 덕망이 높은 사람.
100) '蜀靑羊肆'의 잘못?

謂靈魂不滅則似佛氏不生不死之說 自以謂力排佛學 而至於天堂地獄之論則全襲釋書 又謂之尊事天主則假托於吾儒之上帝 其爲矯誣上帝者大矣 後出益巧 肆爲誕妄 其害將有甚於老佛者也 先生曰夫三綱 人之大倫也 易曰有夫婦然後有父子 有父子然後有君臣 彼西書則不然 必曰童身則是無夫婦也 無夫婦則父子之倫絶矣 父子之倫絶則移孝之忠 亦安所求乎 其所殄人類滅彛倫[101]者 莫大於此 且其爲說 傅會粗淺 殆老佛之下乘[102]也 錢牧齋己言之云 問數法於先生 先生曰聾窩朴丈精於數學 第問之 時朴丈在先生季氏家 德壹請受其法 朴丈樂告之 德壹旣曉其槩 方欲精治之先生曰康節爲數學之宗 程子同里巷居三十年餘 世間事無所不問 惟未嘗一字及數 朱子謂康節亦不可謂不雜 吾儒大事業 儘不在於數學 雖精通方程句股之法 致其微密 於己分有何所益 於世敎有何所補 君方致力於下學窠地 愼毋役心於旁技小藝 枉費了工力 虛度了歲月也 德壹曰致遠恐泥君子不爲也 先生曰然

【역문】「덕곡기문」[103]

계사년(癸巳 1773) 겨울 공백당(拱白堂) 황덕일(黃德壹)[104]이 덕곡(德谷)에서 비로소 순암 선생(1712~1791)에게 절하였다. 선생이 이르기를, "여러 해 전에 나와 선공(先公)이 일찍이 학문하는 도에 대해 강론

101) 이륜(彛倫) : 상도(常道), 윤상(倫常).
102) 하승(下乘) : (불교) 소승(小乘). 조악(粗惡)한 것. 수준이 떨어지는 것. 신통치 못한 것을 비유.
103) 『공백당집』 권04, 雜著
104) 순암 역시 일생에 걸쳐 자신의 집안에 대한 가례 규범을 마련했다. 그는 가례(家禮)에 관하여 『家禮註解』, 『家禮翼』을 저술하고, 1781년에는 공백당 황덕일 등과 함께 『家禮集解』를 완성한다. 그러나 이들 저서는 현재 간행된 순암 관계 저술에는 보이지 않는다.

했는데, 매번 독실한 뜻이 학업에 있음을 감탄하였다. 우리는 견줄 수 없었다. 지금 그대는 먼 거리(三舍[105]))를 도보로 나를 좇아 왔는데, 그것은 장차 돌아가신 아버지의 뜻을 잇고자 함인가?" 덕일이 일어나 응답해서 이르기를, "덕일은 일찍이 가정(家庭)의 가르침(訓)을 잃었고 오랫동안 스승과 벗의 도움이 없었다. 나이를 먹으면서 박학(博學)해졌지만 배움에 아직 방향을 모른다. 선생께서 그 우매하고 비루(鄙陋)한 것으로써 물리치지 않으신 즉, 스승의 열(列)을 욕되게 차지하고서 가르침을 받들기를 원한다." 선생이 이르기를, "배우는 자의 승척(繩尺)[106]은 마땅히 주자(朱子)로써 기본을 삼아야 하는데, 주자를 배우고자 하면, 먼저 퇴계(退溪)를 배운다. 그러므로 『李子粹語』로써 가르쳐 이르기를, '공맹(孔孟)의 말은 왕조(王朝)의 법령과 같고 정주(程朱)의 말은 엄(嚴)한 스승의 꾸짖음이 준엄함(勅厲)과 같고 퇴옹(退翁)의 말은 자애로운 아버지의 훈계와 같다.' 사람으로 하여금 마음이 느껴 움직이게 함에 이 책이 더욱 간절한데 나는 (이 책을) 받은 바가 있다." 덕일이 이르기를, "공자의 문하(孔門)에서 사람들에게 가르치는 것으로는 아언(雅言)[107]·시(詩)와 서(書)·예를 지키는 것(執禮)[108]이고 정주(程朱)가 사람을 가르침에는 반드시 먼저 논어(論語)·맹자(孟子)·중용(中庸)을 배운다. 퇴계의 문하 역시 심경(心經)·근사록(近思錄)으로써 가르치고 배우는 것은 오늘날 장석(丈席)의 가르침이다." 또한 이르기를, "먼저 『수어(粹語)』로부터 시작하는 것은 처음 배우는 사람으로 하여금 아주 뚜렷하고 환하여 쉽게 이해할 수 있는 곳에 대하여 하수(下

---

105) 삼사(三舍) : 중국(中國)에서 군대의 3일간의 행정(行程). 하루 30리를 보통 행정으로 함.

106) 승척(繩尺) : ①먹줄과 자. ②일정한 규율이나 규칙. ③측량할 때 쓰는 노끈으로 만든 긴 자. 한 자 만큼씩 표를 함

107) 아언(雅言) : 평소에 하신 말씀을 뜻한다.

108) 집례(執禮) : 집(執)은 수(守)로 예를 지키는 것을 말한다.

手)가 힘을 쓰는 곳이 있게 함이 그 뜻의 하나이다. 전(傳)에 이르기를, '아무리 먼 것도 매우 가깝게 알고서야 함께 덕(德)에 들어갈 수 있다고 했는데, 그것은 이것을 일컬음이다." 선생이 이르기를, "그대는 이미 깨우쳤다."고 하였다. -(중략)- (공백당 황덕일이) 묻기를, 이단(異端)의 해(害)는 예로부터 이미 그러하였다. 서양의 책은 명말에 나왔는데, 중주(中州)[109]의 사람이 왕왕 이를 믿었다. 근년 이래 그 책들이 연사(燕肆)[110]로부터 나와 대단히 성행하고 있다. 젊은 후배들 중에 혹시 그 설(說)을 배우는 자들이 있어 정도(正道)를 해칠 조짐이 크게 있었다. 대개 그 학(學)은 노(老)도 아니고 불(佛)도 아니나 노·불(老佛)과 비슷함이 있다. 이른바 예수 강생(降生)[111]은 도가(道家: 老氏)에서 말하는 촉(蜀)의 청양사(靑羊肆)[112]의 설(說)과 유사하다. 이른바 영혼불멸은 불교의 불생불사(不生不死)의 설과 유사하여 스스로 일컫기를 힘써 불학(佛學)을 배척한다고 하나 천당·지옥(天堂地獄)에 관한 논(論)에 이르러서는 완전히 불서(佛書)를 그대로 이어받았다. 또한 천주(天主)를 받들어 섬긴다고 일컫고는 우리 유기(儒家)의 상제(上帝)에

109) 중주(中州) : 1. 중국 하남(河南)의 옛 이름으로, 구주(九州)의 중간에 있다 하여 붙은 이름. 2. 중원 지역.

110) 연사(燕肆) : 연경(燕京)의 서점(書店). 연경은 지금의 중국 북경을 이른다.

111) 강생(降生) : 신이 인간으로 태어남을 말한다.

112) 중국 사천성(四川省) 성도시(成都市) 청양구(青羊區)의 도교사원인 청양궁(青羊宮)에 대하여, 도가의 시조인 노자의 출생지로 주나라 때 창건되었다는 전설이 있다. 노자가 이곳에서 윤희(尹喜)에게 『道德经』을 가르쳤고 노자가 『도덕경』을 전해준 윤희를 다시 만난 곳이 청양사(青羊肆)라고 하며 청양사는 삼국시대에 청양관(青羊觀)으로 바뀌었다. 당나라 초에 다시 현중관(玄中觀)으로 바뀌었으며 현존 건축은 청대에 꾸준히 보수한 것이고 전하는 바에 따르면 당 말기인 서기 880년 황소(黃巢)가 반란을 일으켰을 때 당 희종(僖宗)이 촉(蜀)지역으로 피난하던 중 이곳을 행궁(行宮)으로 삼았으며 장안(長安)으로 돌아간 후 조서를 내려 궁(宮)으로 격상시켜 청양궁이라는 명호를 하사하였고 오대(五代) 때 청양관으로 개칭하였다가 송대(宋代) 청양궁으로 다시 바뀌어 현재에 이르고 있다.

가탁(假託)했으니, 상제를 꾸며 사람들을 속임이 크고 후에 갈수록 더욱 교묘해지고 방자하게 허탄하고 망령되니 그 해(害)됨에 장차 노·불(老佛)보다 심함이 있을 것이다. 선생이 이르기를, "무릇 삼강(三綱)은 인간의 대륜(大倫)[113]이다. 『역(易)』에 이르기를, '부부(夫婦)가 있고 난 연후에 부자(父子)가 있고 부자가 있고 난 연후에 군신(君臣)이 있다.' 고 했다. 저 서양의 책은 그러하지 않아서, 반드시 이르기를, '동정(童貞)의 몸인 즉, 부부(夫婦)가 없다. 부부가 없은 즉, 부자의 인륜이 끊어진다. 부자의 인륜이 끊어진 즉, 부모에게 효도하듯 하는 충(忠)은 또한 어디에서 구(求)할 것인가?' 인류(人類)를 멸절시키고 이륜(彝倫)을 멸함이 이것보다 큰 것은 없다. 또한 그 말하는 것이 조천(粗淺)[114]을 부회(附會)하여 거의 노·불보다 조악(粗惡)한 것이다. 전목재(錢牧齋)가 이미 이것을 말했다고 한다.

(덕일이) 수법(數法)을 선생에게 물으니, 선생이 이르기를 농와 박장(聾窩 朴丈)[115]이 수학(數學)에 정통하니 그에게 물어보라고 했다. 그때 박장은 선생의 동생 집에 있었다. 덕일이 그 법을 받기를 청하였다. 박장은 기꺼이 알려주었고 덕일은 그 대강을 깨닫고서 비로소 자세하게 배우고자 하였다. 선생이 이르기를, "강절(康節)[116]은 수학의 으뜸

113) 대륜(大倫) : 인륜(人倫)의 대도(大道). 사람으로서 행해야 할 중요한 도리.
114) 조천(粗淺) : 학문이나 생각이 거칠고 얕음. 허술하다. 얄팍하다. 심오하지 못하다.
115) 박사정(朴思正 1713~1787). 자 자중(子中), 호 농와(聾窩), 관향 무안(務安)이다. 안정복이 쓴 「통덕랑 농와 박공 묘지명(通德郎聾窩朴公墓誌銘)」에는, 박사정이 "수학(數學)에 깊은 조예가 있어 곱하고 나누고 더하고 빼는 것으로 시작하여 천원(天元), 개방(開方), 정부(正負), 구고(句股)의 산술에까지 환하게 살펴서 정확하게 계산해냈다."고 한다.
116) 강절(康節) : 이름은 소옹(邵雍). 중국 송(宋)나라 때의 유학자(儒學者). 자는 요부(堯夫), 강절은 시호(諡號). 하남(河南) 사람. 이정지(李挺之)에게 도가의 도서선천상수(圖書先天象數)의 학을 배워 신비적인 수리 학설(學說)을 세웠음. 저서로는 『皇極經世書』 『擊壤集』이 있다.

이다. 정자(程子)가 30여 년을 같은 동리에서 살면서 세간의 일에 대해 묻지 않은 것이 없지만 오직 일찍이 단 한 자(字)도 수(數)에는 미치지 않았다. 주자(朱子)는 이르기를 강절 역시 잡스럽지 않다고 일컫지 않을 수 없다고 했으니, 우리 유학자의 대사업은 전혀 수학에 있지 않다. 비록 방정(方程)·구고(句股)의 법(法)에 정통해서 그 정묘하고 치밀함을 이룰지라도 자신의 직분에 무슨 이익되는 바가 있으며 세상의 가르침에 무슨 도움이 되는 바가 있겠는가? 그대는 초학자로서 알아야 할 것과 실질적인 것에 힘쓰고 삼가 곁가지의 작은 기예(技藝)에 마음을 쏟아 공력(工力)[117]을 소모하며 헛되이 세월을 보내지 말도록 하라." 덕일이 이르기를, "먼 길을 가려는데 진흙에 빠질 것을 염려하여 군자(君子)는 자잘한 것에 관심을 두지 않는다."고 하니, 선생이 이르기를, "그러하다."고 하였다.

117) 공력(工力) : 실력. 재량. 기술. 능력. 기술과 힘. 재간과 역량. 작업에 필요한 인력. 노동력.

「與愼文玉書」

某[118]聞傳曰君子一言以爲知 一言以爲不知 言不可以不愼也 昔韓愈論孟子之文 並列於屈原, 相如之倫 朱子譏其無見識 蘇軾論孟子之功 繼敍以司馬遷, 李白之徒 朱子斥其不成議論 嗚呼 朱子豈欺我哉 盖韓蘇二氏 文學自任[119] 大有時望 其原道篇佛骨疏 見稱[120]於世 中和院大悲閣等記 間有詆斥[121]釋敎之語 然跡其所寄 不越乎言語文字之間 自昧乎道體[122]之大本大原 宜其見識之差 論議之謬 故朱子嘗誠其杯水車薪[123]之救 束蘊[124]灌膏之赴 愚每尙論[125]古今 未嘗不爲二氏惜之也 近年以來吾道益衰 士趨漸乖 壞於詞章者有之 誘於名利者有之 尤其卑畀則往往入於詖邪[126]之辭 矯誣[127]上帝 斁敗[128]民彝[129] 近理亂眞 殆有甚於老佛識者之憂 容有旣乎 竊觀尊兄[130] 自任闢邪 直前擔當 發諸言議 形諸書讀 振拔[131]頹俗[132]之涔[133] 自負世道[134]之責 豈不稱毅然[135]大丈夫哉

118) 모(某) : 자기(自己)의 겸칭(謙稱).
119) 자임(自任) : 임무를 자기가 스스로 맡음. 어떤 일에 대하여 자기가 적임이라고 자부하다.
120) 견칭(見稱) : 이름(정평)이 나다. 사람들의 칭찬을 받다.
121) 저척(詆斥) : 꾸짖다. 견책하다. 질책하다. 남을 헐뜯어 말하여 배척함.
122) 도체(道體) : 도를 닦는 몸이라는 뜻으로, 한문 투의 편지 따위에 쓰여 상대를 높여 이르는 말.
123) 배수거신(杯水車薪) : 한 잔의 물을 한 수레의 장작불에 끼얹는다는 뜻으로, 아무 소용없음을 비유해 이르는 말.
124) 속온(束蘊) : 속온걸화(束蘊乞火). 풀단을 들고와 불을 구한다는 뜻.
125) 상론(尙論) : 고인(古人)의 일을 평론(評論)함.
126) 피사(詖邪) : 공정하지 못하다.
127) 교무(矯誣) : 꾸며 대어서 남을 속임.
128) 두패(斁敗) : 무너져서 결딴남.
129) 민이(民彝) : 백성의 상도(常道). 떳떳한 도리.
130) 존형(尊兄) : 같은 또래의 친구 사이에서 상대를 높여 부르는 말.
131) 진발(振拔) : (곤경으로부터) 벗어나다. 발을 빼다.
132) 퇴속(頹俗) : 쇠퇴하여 퇴폐한 풍속. 퇴풍.

槩聞尊兄抵[136]尹士眞甫[137]書 論順菴先生闢異一段 繼之以艮翁李判尹[138]所著文 對擧幷叙 有若一體而同道者 何其擇之不精 語之不詳也 惟我先生 承星門之嫡傳 接陶山之遺統 道巍而德尊 業廣而功崇 發揮經傳之旨 繼往開來[139]之功 近世諸儒名家專門 莫能造其閫域 凡至異端雜學之流 靡不究其源委[140] 辨其紫鼃[141] 若天學考辨及答問等篇 參古訂今 明白詳備 其義質鬼神而無疑 其言俟百世而不感[惑?][142] 使斯世斯人 曉然發蒙 復知有聖賢禮義之敎 不至於夷狄禽獸之域者 卽先生衛道[143]之功也 孟子

133) 오(洿) : 진흙, 진흙탕.
134) 세도(世道) : 사회 상황. 사회 분위기. 사회 풍조. 세상 형편.
135) 의연(毅然) : 의지(意志)가 강하여 사물(事物)에 동하지 않은 모양.
136) 저(抵) : 대립하다.배척하다.
137) 보(甫) : 남자 이름 뒤에 붙이던 미칭(주로 字 뒤에 쓰임). 남의 字를 높여 부를 때 쓰임.
138) 판윤(判尹) : 조선시대 한성부(漢城府)의 으뜸 벼슬. 정2품. 초기에는 판사(判事)라 했다가 세조 때 부윤(府尹)으로 바뀌었으며, 예종1년(1469) 판윤으로 개칭했음. 그 후 고종31년(1894) 관제(官制) 개혁에 따라 부윤으로 고쳤고, 건양1년(1896) 다시 판윤, 광무9년(1905)에 부윤으로 또 다시 변경했음.
139) 개래(開來) : 옛 성인들의 가르침을 이어받아서 후세의 학자들에게 가르쳐 전함. 성현의 가르침을 이어받아 후손에게 가르쳐 전함. 이전 사람의 사업을 계승하여 앞길을 개척하다. 지나간 것을 이어받아 앞날을 개척·창조하다.
140) 원위(源委) : 일의 본말(본말). 자초지종. 전말.
141) 자와(紫鼃) : "夫作稗史者, 巧覘正史之有疑案處, 便把作話柄, 李師師之游幸, 則「忠義水滸傳」, 有宋江夜謁娼樓之語. [⋯中略⋯] '紫鼃耳目者, 罪固大矣'. 패사(稗史)를 짓는 사람들은 정사(正史)의 애매한 부분을 교묘하게 이야깃거리로 만드는데,『충의수호전』의 경우에는 이사사(李師師)의 유행(游幸)이 송강(宋江)이 밤에 기생집에서 찾아갔다는 이야기로 만들어졌다고 한다. 이처럼 오랜 세월이 지난 뒤에 사실과 소설의 구분이 어렵게 되니 '사람들의 이목(耳目)을 어지럽게 하는 것은 큰 죄'이다."
142) "故君子之道 本諸身 徵諸庶民 考諸三王而不謬 建諸天地而不悖 質諸鬼神而無疑 百世以俟聖人而不惑[그러므로 군자의 도는 몸에 근본하여 서민에게 고증하며, 삼왕(夏·殷·周)에게 고증하여 어긋나지 아니하며, 천지에 세워도 어그러지지 않으며, 귀신에게 질정을 해도 의심이 없으며, 백세(3천년)에 걸쳐 성인을 기다려도 의혹되지 않는 것이다.]"『中庸』第29章.

距楊墨 程朱闢老佛 而先生斥西學 前聖後賢其揆一也 若至李公 其文宗馬也 其詩學杜也 闢異一書 辭意見得 亦可尙也 爲後進者 讀其文誦其詩而稱其人曰 文苑巨匠可也 近世名宰亦可也 然如其比列於斯文宗師[144]則固不可同年而語[145]也 若統言其道學地位則何曾比於是也 若專言其闢異事業 則近日吾黨諸人 或私自著述而排之 或謄諸章奏而斥之者 指不可勝屈[146] 則其可以一升擬議[147]於先生耶 盖其措辭[148]命意[149] 謂之如陰陽消長之對待者 不然也 謂之如尊卑大小之雙關[150]者 不然也 或謂之如君子小人善惡之分 一褒一貶 兩邊說去 則尤無着落[151] 大不然也 竊嘗求其說而不得也 晉之裴頠[152]著崇有論以斥老莊 唐之傅奕[153]上闢佛疏以

143) 위도(衛道) : 주도적인 지위에 있는 사상 체계를 수호하다. 정통 사상을 지키다. 전통 윤리를 옹호하다.
144) 종사(宗師) : 모든 사람들이 높이 우러러보는 스승.
145) 동년이어(同年而語) : 서로 다른 두 물건이나 사람을 똑같이 봄을 이르는 말.
146) 승굴(勝屈) : 손가락을 다 꼽을 수 없다는 뜻으로, 수효가 매우 많음을 이르는 말.
147) 의의(擬議) : 일의 시비곡직(是非曲直)을 헤아려 그 가부를 의논하는 일.
148) 조사(措辭) : (말이나 글에서) 단어나 어휘를 문맥에 맞게 골라 쓰다. 말이나 글에서 골라 쓴 단어나 어휘. 사용 어휘, 어휘 선택, 어휘 사용.
149) 명의(命意) : (작문이나 그림의) 주제를 정하다. 주제. 함축. 내포. 암시. 언외의 의미.
150) 쌍관(雙關) : (하나의 말이) 두 가지의 의미를 가지다. 두 가지 관련된 뜻.
151) 착낙(着落) : 의지할 곳(사람·사물). 귀결점. 귀착점.
152) 배외(裴頠 267~300) : 중국 서진(西晉) 때의 인물. 자는 일민(逸民). 배수의 막내 아들로 부인은 왕융의 딸. 271년에 배수가 죽으면서 형인 배준이 후사를 계승했지만 일찍 죽는 바람에 배외의 이모부인 가충이 배수는 큰 공이 있지만 불행히도 장남은 죽고 손자는 연약하며, 배외는 재주와 덕행이 있어 국사를 융성하게 할 만한 인물이라고 상소하자 배외는 작위를 이어받을 것을 명령받았다. 배외는 이를 거부했지만 사마염이 허락하지 않았으며, 281년에 태자중서자, 산기상시가 되었다가 290년에 사마충이 즉위하자 국자좨주와 우군장군을 겸임했다. 300년에 팔왕의 난으로 조왕 사마윤이 가남풍과 이에 연루된 조정의 고관들을 죽일 때 상서좌복야로 있던 배외도 살해되었다. 사상가로써 하안이 주장한 천지 만물은 무(無)를 근본으로 삼는다는 것을 반박하는 숭유론(崇有論)을 주장했으며, 그의 아들로는 배작(裴綽)이 있다.

汰僧尼 當世稱之 史氏記之 然未嘗與孟程朱諸大賢圖說出 比其功而幷其武 若如尊兄所論 則是所謂不齊其本而齊其末則 方寸之木 可使高於岑樓[154]者也 今之吾黨後進 未必皆謂之德谷[155]丈席[156]講業傳受之士 而若

153) 부혁(傅奕 554~639) : 당(唐) 고조(高祖) 때 태사령(太史令)으로 상소하여 불교를 극력 반대한 사람이다. 고조 때 이미 불교에 대한 강력한 공격이 부혁에 의해 한 차례 행해진 바 있었다. 이 부혁이 올린 표에 다음과 같은 내용이 들어 있다. “널리 가람을 설치하니 장려함이 하나 둘이 아닙니다. 공장(工匠)을 부려서 오직 불상(泥胡)를 앉힙니다. 화하(華夏)의 큰 종을 쳐서 오랑캐 승려들의 거짓 대중들을 모으고, 순박한 백성들의 이목을 움직여서 사사로이 재물을 구합니다. 여공들의 비단은 잘라서 음사의 깃발을 만들고, 솜씨 좋은 장인의 금은은 흩어져서 사리탑에 새깁니다. 찹쌀과 기장, 국수, 멥쌀로는 방자하게 승니들의 모임이나 열고, 향과 기름 그리고 양초로는 그릇되게 호신의 법당을 비추느라 백성의 재물을 착취하고 국가의 저축을 분할합니다. 조정의 귀한 신하들도 일찍 깨닫지 못하니 진실로 애통합니다.” 무덕(武德) 7년(624년)에 부혁이 불교를 일소하라는 상소를 올렸을 때, 당 고조는 조정 대신들을 모아 이 일을 회의에서 거론하게 했다. 부혁의 상소에 대해 대부분의 대신들은 반대 의견을 표시했다. 중서령 소우가, “부처는 성인입니다. 부혁이 주장하는 것처럼 성인이 아니라면, 가르침(法)도 없을 것입니다. 청하건대 엄벌하십시오.”라고 하였다. 부혁은, “예(禮)라는 것은 부모를 섬기는 데서 시작해 임금을 받드는 데서 마치게 됩니다. 이것으로서 곧 충과 효의 도리가 드러나고, 신하와 자식의 행함이 이뤄집니다. 그러나 부처는 궁궐을 나와 출가해 그 부모를 등지고 도망갔으니 필부로써 천자에게 항거한 것이고, 육체를 물려받고서도 부모와의 관계를 어그러뜨렸습니다. 소우는 부모 없이 세상에 태어난 것도 아닌데, 부모가 없다는 가르침을 따르는 것입니다. 신(臣)이 듣건대, 효도하지 않는 자는 부모가 없다고 했으니, 그것이 소우를 일컫는 것입니다.”라고 하였다. 소우가 대답하지 못하고, 다만 합장하며 말했다. “지옥을 만드는 것이 바로 이 사람입니다.” 고조가 부혁의 말을 따랐다.”(『舊唐書』권79 「傅奕傳」)

154) 孟子 告子章句下

155) 안정복(安鼎福, 1712~1791) : 호 순암(順菴). 숙종 후반기에서 정조 중반기를 살다간 인물로, 학문적으로 성호 이익을 중심으로 한 근기 남인의 학맥을 계승한 인물이다. 그의 가문은 18세기이후 재야의 정치세력으로 머물렀다. 울산부사를 역임한 할아버지 안서우(安瑞羽)는 영조가 즉위한 후 노론의 배척을 받아 파직당했고, 전라도 무주에 은둔하였다. 무주에서 성장했던 안정복은 후일 부친 안극(安極)을 따라 25세 때에 경기도 광주(廣州) 덕곡리(德谷里)로 옮겨왔다. 안정

一造覿德[157]則當置及門之列 百世聞風則當在私淑[158]之徒 毋論知愚賢不肖 莫不曰星湖後一人而已 人雖或知之有精粗 見之有大小 不可以一槩言之 然猶諉諸不得其門而入者也 至夫肆然貶薄[159] 置諸詞章小技之列者從今而溯而上之 未之有聞也 夫物必先腐而虫生之 人必內羸而病售之 吾道不尊而後異端闖而入[160]焉 荀況[161]以思孟[162]敘於十二子 而申韓[163]皷其說而從之 李贄以程朱列於五經之儒 而王氏倡其學而導之 若況若贄 自爲異端之嚆矢 則雖欲原情[164]差罪[165] 稍從末減之科[166]而不可得也 朱子嘗言致一吾宗 苟不知宗乎一 則是二本也 吁可戒也 又何以效尤[167]也 尊書一出 旣曰闢異 則播傳人口 人或以爲其言之可信也 竊恐後之說者 由

복은 일찍이 『성리대전』에 접하면서 성리학에 침잠하였다. 29세에 자신의 학문적 입장을 정립한 『下學指南』을 편찬했고, 35세에 평생의 스승으로 모시게 되는 성호 이익을 방문하여 제자의 예를 올렸다. 이익의 졸 후 안정복은 천주교에 대한 비판에 앞장서 일부 후배들의 급진적인 학풍을 견제하기도 하였다. 이러한 그의 활동은 순조 초년 천주교 사옥의 혼란 중에서 성호학파의 명맥을 지키는데 큰 역할을 담당했다.

156) 장석(丈席) : 학문과 덕망이 높은 사람.

157) 적덕(覿德) : 덕을 보다.

158) 사숙(私淑) : 직접 가르침을 받지는 않았으나 마음속으로 그 사람을 본받아서 도(道)나 학문을 배우거나 따름.

159) 폄박(貶薄) : 남을 헐뜯고 얕잡음

160) 틈입(闖入) : 기회를 타서 느닷없이 함부로 들어감.

161) 순황(荀況 B.C.298~B.C.238) : 중국 춘추전국시대 조(趙) 나라의 학자. 성악설(性惡說)을 주장해 유자(儒者)들의 비판을 받았고, 강력한 예치주의(禮治主義)를 주장함.

162) 예로부터 향교에서는 공자 사당에는 '안증사맹(顔曾思孟)'이라 하여 안자(顔子), 증자(曾子), 자사(子思), 맹자(孟子)의 사현(四賢)을 공자의 좌우로 배향하고 모두 오성현(五聖賢)이라 하였다.

163) 신한(申韓) : 신불해(申不害)와 한비(韓非).

164) 원정(原情) : 사정(事情)을 하소연함.

165) 차죄(差罪) : 따라한 죄업(계를 받은 뒤 지키지 않은 죄).

166) 과(科) : 죄, 형벌.

167) 효우(效尤) : 알면서도 잘못된 행위를 흉내내다. 나쁜 줄 알면서 따라 하다.

是而不得聞尊師之義 謂是固然 恬不知恠 視之若騷人[168]韻士[169]輩 不幾於斯文喪而吾道失其傳乎 當是時 有有識者出 而推原其始 謂之作俑[170]則固有所不得辭其責也 先集之霰 知其雨雪 寸膚之雲 至於漫天 微不可不防也 漸不可不杜也 君子必於是乎三致誠焉 某雖不武 敢不直截剖析極力而明辨之乎 山頹[171]以後 世之知先生之學 尊先生之道者 蓋鮮矣 邪說詖行之作 無足恠也 伊川之爲明道墓碑曰 學者知所向然後見斯人之爲功 知所之然後知斯名之稱情 誠使吾黨之士 有能言先生言行先生行 學先生之心法 則庶或知先生道學[172]功業 追配[173]古賢而無遜也 惟彼異言者亦不敢肆 如雪見晛 抑亦爲世道[174]之幸也 某之平日所聞者 惟在乎上不得罪於聖訓 下不流害於後學 是乃先生第一等關廓底道理 某愚昧蔑裂 不能闡明師敎 竟使賢如尊兄者 猶未免自墮於韓蘓輩一套裏 每一念至 自不覺愧汗[175]沾衣也 頃者城偶奉還 旣討其槩 巽言繹之 法語改之 古之訓也未知曾入之思擬 不以腐儒迂言[176]而斥之 何幸如之 不任悚仄[177]之至

168) 소인(騷人) : 시인(詩人).
169) 운사(韻士) : 운치(韻致)가 있는 사람
170) 작용(作俑) : 목우인(木偶人)을 만든다는 뜻으로, 좋지 않은 전례(前例)를 만듦을 이르는 말.
171) 산퇴(山頹) : 많은 사람의 존경을 받는 인물이 사망함을 이르는 말.
172) 도학(道學) : 도덕(道德)에 관한 학문. 유학(儒學), 특히 송대의 정주(程朱) 학파의 학. 곧, 심성(心性)·이기(理氣)의 학. 송학(宋學). 심학(心學)의 별칭.
173) 추배(追配) : 추가하여 배향(配享)함.
174) 세도(世道) : 사회 상황. 사회 분위기. 사회 풍조. 세상 형편.
175) 괴한(愧汗) : 부끄러워서 흘리는 땀.
176) 우언(迂言) : 그때그때의 세상이나 사정에 밝지 못한 말.
177) 송측(悚仄) : 두려워하여 몸을 움찔움찔함.

【역문】「여신문옥서」[178]

모(某)가 들으니, 전(傳)에 이르기를, 군자는 한 마디 말에 지혜롭게 되기도 하고 한 마디 말로 지혜롭지 못하게 되기도 하므로, 말은 삼가지 않을 수 없는 것이다. 옛날에 한유(韓愈)가 맹자(孟子)의 문(文)을 논하여 굴원(屈原)과 상여(相如)의 무리(倫)에 나란히 벌여 세웠는데, 주자(朱子)가 그것은 견식(見識)이 없는 것이라고 비웃었다. 소식(蘇軾)은 맹자의 공(功)을 논하면서 사마천(司馬遷)과 이백(李白)의 무리를 이어서 서술하였다. 주자는 그것은 의론(議論)이 되지 않는다고 배척하였다. 아! 주자가 어찌 우리를 속이겠는가? 대개 한유와 소식 두 사람은 문학(文學)임을 자임하여 크게 당시에 우러름을 받았다. 원도편(原道篇)과 불골소(佛骨疏)는 세상 사람들에게서 칭찬을 받았다. 중화원(中和院), 대비각(大悲閣) 등에 대한 기(記)에는 그 사이에 불교를 질책하고 배척하는 말이 있다. 그런데 그 의탁한 바를 살펴보니, 언어나 문자 이상을 넘지 못하고 있다. 도체(道體)의 대본원(大本原)에 대해 이해하지 못하였으니, 마땅히 그것은 견식의 과오이며 론의의 잘못이다. 그러므로 주자는 일찍이 한 잔의 물로 한 수레의 장작불에 끼얹어 구하려는 시도와 풀단을 들고 기름을 부으며 (불로) 달려가는 것을 경계하였다. 내가 매번 고금의 일을 평론할 때마다 불(佛)·노(老) 두 씨(氏)로 해서 애처롭게 여기지 않음이 없었다. 최근 몇 년 이래 우리의 도는 더욱 쇠하였고 선비들이 추구하는 것은 점차 삐뚤어졌다. 사장(詞章: 文章과 詩歌)으로 인해 무너지는 자가 있고 명리에 유혹되는 자가 있다. 더욱 그 비루함에 던져진(尤其卑畀) 즉, 때때로 공정하지 못한 말에 들어가 상제(上帝)로 사람을 속이고 백성의 상도(常道)를 무너뜨리며 이치에 가까우면서 참을 어지럽힘이 거의 노·불보다 심함이 있

178)『공백당집』권02, 書

으니, 식자(識者)의 근심이 어찌 다할 수 있겠는가? 삼가 존형(尊兄)을 보니 벽사(闢邪)를 자임(自任)하고 곧 바로 힘써 나아가 담당하여 여러 말을 내어 의논하고 여러 책들을 대조해서 읽어 퇴폐한 풍속의 진흙탕에서 벗어나며 세도(世道)의 책임을 스스로 졌으니, 어찌 의연(毅然)한 대장부라 칭하지 않겠는가? 대개 들으니 존형은 윤사진(尹士眞)의 서(書)를 배척하고 순암(順菴) 선생의 벽이(闢異)의 일단(一段)을 논하며 간옹(艮翁) 이판윤(李判尹)[179]이 지은 글을 이어서 서로 마주들어 함께 서술해서 한 몸이며 동도자(同道者)인 것 같다. 얼마나 그 택한 것이 면밀하지 못하고 말이 자세하지 못한가? 다만 나의 선생만이 성호(星湖) 학문의 적전(嫡傳)을 계승해서 도산(陶山)의 남겨진 계통(遺統)을 이어, 도(道)는 높고 크며 덕은 높으며 학업은 넓고 공적은 높다. 경전(經傳)의 뜻(旨)을 떨쳐드러내고(發揮) 성현의 가르침을 이어받아 후세의 학자들에게 가르쳐 전한 공은 근세 제유(諸儒) 명가 전문도 그러한 경지를 만들어낼 수 없었다. 무릇 이단 잡학의 류에 이르러서는 궁구하지 않음이 없는데, 그 자초지종을 분별하고 그 어지럽히는 것을 분별하였다. 『天學考辨』 및 『(天學)答問』 등의 편(篇)은 옛 것을 참고하여 현재의 것을 고침이 분명하고 상세하게 갖춰져 있다. 그 뜻(義)은 천지조화의 생명력인 귀신에게 물어보아도 의심될 만한 것이 없고 그 말은 백 세대, 3천년이 지나도록 기다려도 미혹함이 없을 정도로

179) 이헌경(李獻慶 1719~1791) : 본관 전주(全州). 초명은 성경(星慶), 자 몽서(夢瑞), 호 간옹(艮翁). 이제화(李齊華)의 아들. 1743년(영조19) 진사로서 정시문과에 병과로 급제. 1751년 정언이 되었고, 그 뒤 사서·지평을 지냈다. 1763년 사간원 사간이 되었다가 곧 사헌부 집의에 올랐다. 1766년 홍문관 수찬이 되었다가 곧 교리로 옮겼으며, 시독관(侍讀官)을 겸임하였다. 1777년(정조1) 동부승지에 발탁된 뒤 참찬관 등을 거쳐 1784년에 대사간이 되었다. 1788년 연로함을 핑계로 은퇴를 청하였으나 허락되지 않았고, 1790년 한성부판윤이 되어 기로소(耆老所)에 들어갔다.

완벽하여 이 세상과 사람들로 하여금 똑똑하고 분명하게 계몽하여 성현의 예의지교가 있음을 아는 것을 회복하게 하여 이적(夷狄), 금수(禽獸)의 경지에 이르는 일이 없게 했다. 이러한 것은 곧 선생이 정통사상을 수호한 공이다. 맹자가 양·묵(楊墨)을 거부하고 정·주(程朱)가 노·불(老佛)을 배척했는데, 선생이 서학(西學)을 물리친 것은 전성후현(前聖後賢)에게서 그 법도는 하나로 똑 같다. 이공(李公: 李瀷?)에 있어서 문장은 사마천을 으뜸으로 여겼고 시(詩)는 두보(杜甫)에게서 배웠는데, 벽이(闢異)에 관한 글은 그것에 나타난 뜻을 분명하게 깨달을 수 있으니 또한 숭상하여 높일 만하다. 후배된 자들은 그 문장을 읽고 그 시를 읊으며 그 사람을 칭하여 이르기를, 문학계의 거장이라 해도 가하다. 근세의 명재상(名宰相)도 가하다. 그런데 만약 그를 유학계의 종사로 견주어 세운다면, 진실로 그 둘을 똑같이 볼 수 없다. 만약 도학의 지위를 통틀어 말한다면, 어찌 일찍이 이것에게 비하는가? 만약 오로지 그 벽이 사적(事績)만을 말한다면 최근에 우리 당(黨)의 여러 사람들이 어떤 이는 개인적으로 스스로 저술하여 배격하고 어떤 이는 여러 장주(章奏)를 필사해 물리친 자가 있는데, 손가락을 꼽을 수 없이 많은 즉, 모두 함께 통틀어 선생에게 시비를 헤아려 가부를 논할 수 없다. 대개 그 어휘와 함의는 그것을 음양의 소장(消長)의 대응과 같은 것으로 일컬은 것이 있는데 그렇지 않다. 그것을 존비대소의 관련으로 일컬은 것이 있는데, 그렇지 않다. 혹은 그것을 일컬어 군자·소인, 선과 악으로 나누어 하나는 기리고 하나는 내치며 양극 간으로 나누어 설(說)한 즉, 더욱 귀착점이 없으니, 크게 그렇지 않다. 삼가 일찍이 그 말씀을 구(求)했으나 얻지 못했다. 진(晉)의 배위(裴頠)는 『崇有論』을 지어 노(老)·장(莊)을 배척했고 당(唐)의 부혁(傅奕)은 불교를 배척하는 상소를 올려 승니(僧尼)를 도태시킨 것으로 당세(當世)에 칭하여졌다. 사씨(史氏)는 그것을 기록하기를, 그러나 아직 일찍이 맹(孟)·정

(程)·주(朱)의 제대현(諸大賢)을 온전하게 말하지 못했으니, 그 공을 비교하고 그 무(武)를 아무르면 존형이 논한 바와 같은 즉, 이것이 이른바 그 바탕을 가지런히 하지 않고 그 끝을 가지런히 한다면 한 치의 나무도 잠루(岑樓)[180]보다 높게 할 수 있다는 것이다. 지금 우리 당의 후진은 모두 덕곡리(德谷里) 장석(丈席)이 학문을 논한 것을 전수(傳受)한 사(士)라고 반드시 일컬을 수 없다. 만약 하나라도 양성하여 덕을 본 즉, 마땅히 문도의 열에 두고 후세에까지 오래도록 소문을 들은 즉, 사숙(私淑)의 도(徒)에 있어야 한다. 지(知)·우(愚)와 현(賢)·불초(不肖)를 막론하고, 성호(星湖)의 후계자의 한 사람이라고 이르지 않는 자가 없다. 사람에는 비록 혹시 정조(精粗)가 있음을 알고 대소(大小)가 있음을 봐서 일률적으로 말할 수 없음에도 오히려 그 문도로 들어올 수 없는 여러 사람들을 핑계대서 무릇 멋대로 남을 헐뜯고 얕잡음에 이르러 여러 사장(詞章)에 조금이라고 기예가 있는 자들은 내버려두고 지금으로부터 위로 거슬러 올라가는 것은 아직 듣지 못하였다. 무릇 물질이 반드시 먼저 썩고서 벌레가 발생하는 것이니 사람이 반드시 안으로 쇠약해지고서 병(病)이 난다. 우리의 도(道)가 높임을 받지 못하고 나서 이단이 틈입한다. 순황(荀況)은 자사(子思)·맹자(孟子)를 12학파에서 썼다 그리고 신불해(申不害)·한비(韓非)는 순황의 설을 부추기고 따랐다. 이지(李贄)는 정(程)·주(朱)를 5경(經)의 유(儒)에 열(列)하였다. 그리고 왕(王)씨가 그 학(學)을 제창하고 이끌었다. 순황처럼 리지처럼 스스로 이단의 효시가 된 즉, 따라한 죄의 사정을 하소연하여 죄과를 조금이라도 가벼운 죄에 처하도록 하고자 했으나 할 수 없었다. 주자가 일찍이 말하기를, 유학을 전적으로 연구하고도 만약 유학이 하나에서 나온 것임을 모른다면, 근본이 두 개인 것이니 아! 아! 경

180) 『孟子』 告子章句下에 나오는 말임.

계해야 한다. 또한 어찌 나쁜 줄을 알면서도 따라하겠는가? 귀서(貴書)가 한 번 나와 이미 벽이를 말한 즉, 뭇사람들의 입으로 전파되어 사람들이 그 말이 믿을 만하다고 여기는데 삼가 혹시 후에 말하는 자는 이로부터 존사(尊師)의 뜻을 들을 수 없는 것이 아닌가 한다. 정말로 그러하다고 일컫는다. 편안해서 괴이쩍음을 알지 못한다. 시인(詩人), 운사(韻士)의 무리 같이 보인다. 얼마 지나지 않아 유학이 망하여 우리의 도(道)가 전해 내려오지 않게 되겠는가? 이러한 때를 당하여 유식한 자가 나와 그것이 시작된 근원을 헤아리고 그것을 일컬어 좋지 않은 전례를 만든 것이라고 한 즉, 진실로 그 책임을 피할 수 없는 바가 있다. 먼저 싸락눈이 내리는 것을 보고서 눈이 내릴 것을 안다. 작은 조각의 구름이 온 하늘에 가득하기에 이른다. 그러니 작아도 막지 않을 수 없고 점차 더하지 않도록 막아야 한다. 군자는 반드시 이에 세 번 경계를 다해야 한다. 모씨가 비록 무예도 못한다고 할지라도 감히 단호하게 상세히 분석하고 온 힘을 다해 분명히 가려야 하지 않겠는가? 산이 무너진 이후 세상에서 선생의 학문을 알고 선생의 도(道)를 우러러보는 자는 대개 드물다. 사설(邪說)이 편벽된 행위를 하는 것은 괴이해 하기에 족하지 않다. 이천(伊川)이 명도(明道)를 위한 묘비에 이르기를, 학자는 향하는 바를 안 연후에 그 사람이 공을 이룰 것을 알 수 있다. 도달한 바를 안 연후에 그 명성이 상황에 맞는지를 안다. 진실로 우리 당의 선비들로 하여금 선생이 말한 것을 말하며 선생이 행한 것을 행하여 선생의 심법(心法)[181]을 배울 수 있도록 한 즉, 대체로 선생의 도학(道學)의 큰 공로가 고현(古賢)으로 추배(追配)해도 손색이 없다는 것을 알게 될 것이다. 그렇게 되면 저 이단을 말하는 자 역시 감히 멋대로 행하지 못할 것이다. 마치 눈이 햇살을 만난 것과 같

181) 심법(心法) : 스승이 제자에게 전수하는 깨달음이나 방법.

을 것이니 문득 또한 세상(世道[182]))의 행운이 된다. 모(某)가 평일에 들은 바로는 다만 위로는 성훈(聖訓)에 죄를 짓지 않고 아래로는 후학(後學)에게 해를 끼치지 않음은 곧 선생이 제일 앞장서서 (西學을) 깨끗이 물리치고 도리에 도달한 것이다. 모(某)는 우매하고 보잘 것 없어 스승의 가르침을 천명할 수 없다. 필경에는 현명하기가 존형 같은 자로 하여금 오히려 한유, 소식과 같은 무리 속에 스스로 떨어짐을 면치 못하게 한다. 매번 생각이 미칠 때마다 저절로 나도 모르게 부끄러워서 흘리는 땀이 옷을 적신다. 요즈음 이미 그 대강을 탐구했는데 칭찬하는, 귀에 거슬림이 없는 부드러운 말에 대해 그 실마리를 캐어보고 법에 따라 해주는 권위 있는 말에 따라 자신의 잘못을 고치라는 것이 옛 교훈이다. 일찍이 들어온 생각과 말을 아직 모르는 것은 아닌지? 썩은 유학자의 우언(迂言)으로써 배척한 것이 아니니 몹시 다행한 일이다. 너무도 송구한 마음 가눌 길이 없습니다.

182) 사회 상황. 사회 분위기. 사회 풍조. 세상 형편.

「上順菴先生書」

拜違[183]丈席[184] 遽已八箇月矣 自昨冬無日不欲晉拜承誨 而汩汩憂患訖至于今 向者重吉[185]之還 將與之偕 又未果也 辜負[186]前教 悚歎殊深今因戚從 奉探靜養[187]軆候[188]順時康迪[189] 區區[190]伏慰 德壹親癠[191]閱歲[192]沉綿[193] 寧日常少 近以兒憂[194]浹朔[195]濱危[196] 私悶何達近年以來一種西學 鼓簧邪說[197] 朱紫[198]亂眞 爲吾道之蟊賊[199] 亦云稔矣 獨幸吾

183) 배위(拜違) : 이별을 고하다. 삼가 작별을 고하다.
184) 장석(丈席) : 학문과 덕망이 높은 사람.
185) 중길(重吉) : 조선 李潤慶의 字/ 조선 金鼎鉉의 자.
186) 고부(辜負) : (호의·기대·도움 등을) 헛되게 하다. 저버리다. 직접·간접으로 도와줌에도 달갑게 여기지 않고 본의나 기대에 어긋나는 짓을 함
187) 정양(靜養) : 안정을 취하다. 정양하다. 몸과 마음을 편하게 하여 피로나 병을 요양함.
188) 軆候(軆候) : 남에게 안부를 묻는 경우 그의 기거(起居)를 높이어 일컫는 말. 건강 상황. 타인이 건강을 묻는 경어(敬語)로 사용됨.
189) 체리강적(體履康迪) : 건강을 되찾다.
190) 구구(區區) : (겸어) 저. 소인.
191) 제(癠) : 앓다. 병들다.
192) 열세(閱歲) : 여러 해를 지내다.
193) 침면(沈綿) : 병이 오래 끌다. 병이 오랫동안 낫지 않다.
194) 兒憂(兒憂) : 자기의 어린 아들의 병을 남에게 일컫는 말.
195) 협삭(浹朔) : 협순(浹旬: 挾旬)은 열흘 동안을 말한다. 십간(十干)을 날짜에 배당하여 갑(甲)에서부터 마지막 계(癸)에 이르는 날수를 뜻한다. '挾日'과 같은 말이다. "今年夏 智齋金公浹朔來寓於鉢山(금년 여름에 지재 김공이 발산에 우거하다가 꼬박 한 달 만에 왔다.)"
196) 빈위(濱危) : 사경을 헤매다. "去年秋冬 我遘重疾 經歲濱危 厚貽夫人之憂(지난 가을과 겨울에 내가 중병에 걸려 해를 넘기고 사경을 헤매어서 부인에게 깊은 심려를 끼쳤소.)"
197) 고황사설(鼓簧邪說) : 사설을 불어대다. 현혹하는 사설.
198) 주자(朱紫) : 붉은빛과 자줏빛을 아울러 이르는 말. 바른 것과 바르지 못한 것. 또는 선한 사람과 악한 사람. 주(朱)는 정색(正色)으로 정(正)을, 자(紫)는 간색(間色)으로 사(邪)를 표현한다. 『孟子』 盡心 下에 "자(紫)가 주(朱)를 혼동시키는

道一脈 賴而不墜者 惟先生講明[200]師門[201]之道 排闢異端之說 眷眷[202]累發於敎席 故後生[203]學子[204]有所矜式[205] 雖以壹之愚蒙 亦幸與有聞焉者也[206] 日前尹老兄愼於李丈趾漢家 見一冊子 卽徐祖修[207]所著文字也 其言曰"李星湖, 柳磻溪 甘[208]爲利氏之徒云云" 夫西學之東來 在磻溪世未之著聞 則磻溪一句語 不足卞[209]也 若吾星湖先生 奮起絶學之後 直紹[210]陶山之緖[211] 造道門路 人無間然[212] 平生著述 闢廓[213]西士之學 昭載遺集中 然而彼輩中反有此邪說之見誣 若彼之一言 固不足爲損益輕重 而抑其說似有所傳聞而籍口[214]者 且彼中安知不有甚於此者乎 從今以

것을 미워한다."고 하였다.

199) 모적(蟊賊) : 벼를 해(害)치는 며루같이 백성의 재물을 빼앗거나 좀먹는 탐관오리를 비유하여 이르는 말. 국가나 국민에게 해를 끼치는 사람. 사회의 해충. 악당. 인간쓰레기. 망나니.

200) 강명(講明) : 강구(講究)하여 밝힘. 분명하게 이야기하다. 확실하게 말하다.

201) 사문(師門) : 스승의 문하. 선생. 스승. 사부.

202) 권권(眷眷) : (가엾게 여기어)늘 마음속에 잊지 않고 있는 모양. 연모(戀慕)하는 모양. 헤어지기를 못내 아쉬워하는 모양.

203) 후생(後生) : 후배.

204) 학자(學子) : 학생.

205) 긍식(矜式) : 조심해서 법을 지킴.

206) 子曰 後生可畏 焉知來者之不如今也 四十五十而無聞焉 斯亦不足畏也已: 공자가 말하기를 "후생이 두려워 할만하니 후생이 (그의 미래가) (나의) 지금만 같지 못할 줄을 어찌 알리요. (그러나) 사십 오십이 돼도 들리는 (훌륭한) 소문이 없으면 이 또한 두려워하기에 부족한 사람이니라."(『論語』 子罕篇)

207) 1788년 6월에 서조수(徐祖修)가 이익(李瀷)이 서학(西學)을 하였다고 배척한 일을 스승인 안정복에게 황덕일이 편지로 알렸다.(주호식, 「順菴 安鼎福의 天學設問과 天學考·天學問答에 관한 연구」, 『교회사연구』제41집, 2013년 6월)

208) 감(甘) : 흔쾌히 …하다. 서슴없이 …하다. 기꺼이 …하다. 달갑게 …하다.

209) 변(卞) : 辯

210) 소(紹) : 계승하다. 이어가다.

211) 서(緖) : 계통, 줄기.

212) 간연(間然) : 이의(異義)를 제기(提起)함. 비판함, 나무라다.

213) 벽곽(闢廓) : 배척해 쓸어버리다. 제거하다.

214) 적구(籍口) : 구실. 핑계. 구실로 삼다. 핑계를 대다. 빙자하다. '적(籍)'은 '자

往 此說傳播 訛以傳謁 肆然無憚 則末流[215]之弊 有不可勝言者矣 昔李泰伯[216]鄭叔友[217]之徒 著常語[218]折衷[219]等書 詆斥[220]孟子 肆其醜詆 至比於市井販夫 詩禮發冢[221]之類 朱子嘗著爲文字 逐條明辨 不遺餘力 陸子靜[222]常謂周子[223]圖說[224]出於老氏莊氏之說 朱子以爲發前聖未發

(藉)'와 통용. 자구(藉口). 차구(借口).

215) 말류(末流) : 하류(下流). 말세. 보잘것없고 되잖은 유파(流派).

216) 이구(李覯 1009~1059) : 북송(北宋) 건창(建昌) 군남성(軍南城, 강서성 瀘溪) 사람. 자는 태백(泰伯)이고, 우강선생(盱江先生) 또는 직강선생(直講先生)으로 불렸나. 인종(仁宗) 경력(經曆)2년(1042) 무재이등(茂才異等)으로 천거되었지만 과거에서 떨어졌다. 범중엄(范仲淹) 등과 친했고, 경력신정(經曆新政)을 지지했다. 우강서원을 창립하자 따라 배우는 사람이 수백 명에 이르렀다. 황우(皇祐) 초에 친구 범중엄의 천거로 태학조교(太學助教)에 올랐다. 태학설서(太學說書)와 권동관구태학(權同管勾太學)을 지냈다. 문장으로 명성이 있었고, 경술(經術)에 정통했다. 평소『맹자(孟子)』를 좋아하지 않았고, 도교와 불교를 극력 배척하면서 유가의 입장에서 문이재도(文以載道)를 실천했다. 농업 생산을 중시했다. 문집에『직강이선생문집(直講李先生文集)』이 있고, 저서에『예론(禮論)』을 비롯하여『역론(易論)』과『주례치태평론(周禮致太平論)』,『잠서(潛書)』,『산정역도서론(刪定易圖序論)』 등이 있다.

217) 정후(鄭厚 1100~1160) : 자 경위(景韋), 숙우(叔友). 정초(鄭樵)의 종형(從兄). 보전(莆田) 광업이하계(廣業裏霞溪: 白沙廣山) 사람. 학자들은 그를 "계동선생(溪東先生)", "상향선생(湘鄉先生)"이라 칭하였다. 역사적으로 그는 맹자를 비판함이 가장 극렬했다고 한다. 정후(鄭厚)와 정초(鄭樵)를 "보양이정(莆陽二鄭)"이라 호칭하였다. 정후는 일생 동안 아주 많은 저술을 했지만, 맹자를 비판한 사건으로 그 책의 대부분이 훼손되었고 지금은 대부분이 남아 있지 않다. 맹자를 비판한 그의 저술인『藝圃折衷』은 여윤문(余允文)과 주희(朱熹)의 비판을 받았다.

218) 상어(常語) : 이구(李覯)가 지은 책. 맹자를 비방하여 여윤문(余允文)의『존맹변(尊孟辨)』에서 정후(鄭厚)의『藝圃折衷』과 함께 비판을 받았다.

219) 절충(折衷) :『藝圃折衷』으로 정후(鄭厚)가 지은 책이다.

220) 저척(詆斥) : 남을 헐뜯어 말하여 배척함.

221)『莊子(雜篇)』第26篇 外物4에 나오는 글이다. 유학자가『詩經』과『禮記』를 근거로 하여 남의 무덤을 도굴했다는 것으로, 지식을 이용해 교묘하게 더 나쁜 짓을 한다는 의미이다.

222) 육구연(陸九淵 1139~1193) : 자 자정(子靜). 무주(撫州) 금계(金溪: 현 江西省 金溪縣) 사람. 남송대(南宋代) 육왕심학(陸王心學) 대표 인물. 서재(書齋)의 이름을

之論 往復諸書 至於連編累牘而不止 故孟子周子之道 到于今不湮於世者 寔賴朱子辛苦用力而爲之扶持之功也 況今去聖益遠 異端肆行 又重之以誣賢曲說[225]鼓倡於其間 則焉知其爲吾道之害者 不有甚於鄭李陸氏者耶 吾黨之士 固不可恬然聽之而已 顧此愚陋[226] 其言不足爲一世信重 竊有志於斯而未能也 伏願[227]先生著之不刊之籍 以明師道之正 使後之學者有所尊信 則不獨彼輩誣賢之說 得以辨破 而近日邪學之惑世誣民者 亦可以排闢 自知吾道之正矣 竊不勝千慮之愚 不敢自外 玆以奉煩[228] 恕其攣爾之言而垂察[229]焉 星湖遺書中排西學文籍 猶未盡窺 如有所存者 一一下示[230] 使之表章 如何如何 書不盡言 唯在咸從口達耳 不備

'존(存)'이라 하여, 세상에서는 존재선생(存齋先生)이라 칭하였다. 또한 상산서원(象山書院)에서 강학(講學)했으므로, 상산선생(象山先生)이라 칭하여졌다. 학자들은 그를 늘 육상산(陸象山)이라 칭하였다. 효종(孝宗) 건도(乾道)8년(1172) 진사에 급제하였다. 進士, 육구연은 송·명대 양대의 심학(心學)을 연 인물이다. 심즉리(心即理) 설을 주장했고, "우주가 곧 나의 마음이며, 나의 마음이 곧 우주이다(宇宙便是吾心, 吾心即是宇宙)"라고 하였다. 또한 "六經皆我注脚(6경은 모두 나의 註脚에 불과하다)"고 하였다. 명대 왕수인(王守仁)이 이를 계승, 발전시켜 육왕학파(陸王學派)를 이루어, 후세에 아주 큰 영향을 끼쳤다.

223) 주자(周子) : 주렴계(朱濂溪).

224) 도설(圖說) : 太極圖說.

225) 곡설(曲說) : 편벽되고 그른 이론.

226) 우루(愚陋) : 어리석고 고루(固陋)함.

227) 복원(伏願) : 주로 편지에서 엎드려 원한다는 뜻으로, 상대방을 높여서 공손히 원함을 이르는 말.

228) 봉번(奉煩) : (남에게 일을 부탁할 경우) '폐를 끼치겠습니다.'는 뜻이다.

229) 수찰(垂察) : 심찰(審察)을 간청한다는 뜻으로, 편지 등에서 사용되는 상용어이다.

230) 하시(下示) : 가르침, 지시

【역문】「상 순암선생 서」[231]

장석(丈席)과 작별을 고하고 나서 세월이 바삐 지나 이미 8개월이 되었다. 지난 겨울부터 찾아뵙고 가르침을 받들고자 하지 않은 날이 없었으나 갑작스런 우환들이 마침내 지금에 이르렀다. 지난번 중길(重吉)이 돌아갈 때 더불어 함께 하려 했는데 또한 실현하지 못했다. 이전의 가르침에 어긋나는 행동을 하여 송구스럽고 한탄함이 특히 심하다. 지금 함종(咸從)[232]에서 문안하니, 정양하여 몸이 때맞추어 건강을 되찾으셨다고 하므로 저는 머리 숙여 위안이 됩니다. 황덕일 나 자신이 병들어 여러 해가 지나도록 낫지 않아 편안한 날이 늘 적었다. 최근에는 어린 아들이 꼬박 한 달 간 병을 앓아 사경(死境)을 헤매었으니 사사로운 번민들을 어찌 다 아뢰겠습니까?

근년(近年) 이래 서학(西學)이라는 것이 사설(邪說)을 불어대고 있다. 정(正)과 사(邪)로 해서 진리가 어지럽혀지고 있다. 우리의 도에 대한 해충이 되어 따라 하는 것이 낯에 익다. 그래도 다행히 우리 도의 한 가닥 명맥이 힘입어 무너지지 않은 것은 오직 선생께서 스승의 도를 강명(講明)[233]하며 이단(異端)의 설을 배척함을 마음속에 잊지 않고 누차 가르침의 자리에서 표하였기 때문이다. 그러므로 후배 학생들이 조심해서 지키는 바이다. 비록 황덕일이 무지몽매하지만, 역시 다행히 더불어 명성이 들리는 것이 있다. 일전(日前)에 노형(老兄) 윤신(尹愼)[234]

231) 『공백당집』 권02, 書

232) 함종(咸從) : 평안남도 강서지역의 옛 지명. 본래 고구려의 땅으로 고려초에 아선성(牙善城)이라 하였고 그 뒤 함종이라 하고 현령을 두었다. 원종 때 원나라가 이곳을 점령하여 황주(黃州)의 영현(領縣)으로 삼았다가 충렬왕 때 고려에 되돌려주었다. 조선 초기평양부에 예속되었고 경종 때 도호부로 승격하였다. 1895년 군이 되었고 1914년 행정구역개편 때 강서군에 편입되어 함종면이 되었다.

233) 강구(講究)하여 밝힘. 분명하게 이야기하다. 확실하게 말하다.

이 이지한(李趾漢)의 집에서 한 책자(冊子)를 보았는데, 그것은 서조수(徐祖修)가 저술한 것이었다. 그 책에서 말하기를, "이성호(李星湖), 유반계(柳磻溪)는 자진하여 마태오 리치(利瑪竇)의 무리(徒)가 되었다. 등등." 무릇 서학이 조선으로 전래된 것은 반계의 시기에 있었고 반계의 시절에는 아직 널리 알려지지 않았은 즉, 반계라는 한 마디 말은 바로 잡기에 족하지 않다. 이에 우리 성호선생은 분발하여 일어나 절학(絕學)한 후에 도산(陶山)의 학통을 계승하여 도문(道門)의 길을 만들었다는 것에는 다른 말 하는 사람이 없었다. 평생을 저술하며 서사(西士)의 학(學)을 배척해 쓸어버렸음은 분명하게 유집(遺集) 중에 실려 있다. 그러나 저 무리들 중에는 도리어 이러한 사설(邪說)이 있다고 모함하는 자들이 있다. 저러한 한 마디 말은 정말로 손익을 헤아리고 경중을 가늠하기에 족하지 않다. 그러나 그 설은 소문으로 전해지고 구실로 삼는 경우가 있으니 또한 저 중에 이것보다 심함이 있지 않다고 어찌 알겠는가? 지금부터는 이미 이러한 말이 전파되어 와(訛)로써 와(訛)를 전하며 거리낌 없이 멋대로 한 즉, 말류(末流)의 폐에는 이루 다 말할 수 없음이 있다. 옛날에 이구(李覯), 정후(鄭厚)의 무리가 『常語』·『折衷』

234) 윤신(尹愼)은 자가 사진(士眞)이고, 호가 치암(致庵)이다. 당시에 문장으로 이름났다고 한다. 1801년(순조1) 목만중(睦萬中)과 홍낙안(洪樂安)이 정약용(丁若鏞) 형제와 이가환(李家煥) 등이 서학(西學)을 신봉하고 있다며 천주교도들을 탄압한 '신유박해(辛酉迫害)'를 일으켰다. 이때 오석충은 서학의 무리로 지목되어 국청에서 조사를 받게 되었고, 결국 영광군(靈光郡) 임자도(荏子島)에 정배(定配)되었다. 이 일에 대해 정약용은 『다산시문집(茶山詩文集)』제15권 「매장(梅丈) 오석충(吳錫忠)의 묘지명」에서 "1795년(정조 19) 목만중이 이가환을 모함하여 죽이려 할 때 오석충이 윤신(尹愼)에게 편지를 보내어 가환의 무죄를 밝혔다가 불량배들에게 크게 미움을 샀다"고 적고 있다. 또한 1801년(순조1) 신유박해 때 목만중 등의 무리들이 오석충이 금방 풀려날 것을 알고 은밀히 다른 죄수의 집에서 압수한 서학책(西學冊) 한 권을 오석충의 서가(書架)에 끼워 놓았는데, 이를 증거로 삼아 오석충을 임자도로 유배시켰다고 기록하고 있다.

등의 책을 저술해서 맹자를 비판, 배척하며 제멋대로 미워하고 비방하여 시장의 행상인, 『시경(詩經)』과 『예기(禮記)』를 근거로 하여 타인의 무덤을 도굴한 부류에 비유되기에 이르렀다. 주자(朱子)가 일찍이 글을 써서 낱낱이 변론해 밝히는데 온 힘을 다 기울였다. 육구연(陸九淵)은 늘 말하기를, 주렴계(朱濂溪)의 『太極圖說』이 노씨(老氏)·장씨(莊氏)의 설에서 나왔다고 했다. 주자는 옛 성현께서 미처 내놓지 못한 설을 내놓았다고 여기고서 여러 차례 편지가 왕복하고 많은 문장과 서신이 그치지 않음에 이르렀다. 그러므로 맹자·주렴계의 도(道)가 지금에 이르기까지 인멸(湮滅)하지 않은 것은 진실로 주자가 모진 고생을 하며 힘을 써서 그것을 지지한 덕분이다. 하물며 지금은 성현들과 시간적으로 떨어진 것이 더욱 멀어져 있어 이단이 제멋대로 행동하는데 더욱, 뿐만 아니라 성현을 모함하고, 편벽(偏僻)되고 그른 이론(理論)으로써 그 사이에 부추기고 이끌어나간 즉, 그것이 우리의 도에 해(害)가 됨이 정(鄭)·이(李)·육씨(陸氏)보다 심함이 없을지 어찌 아는가? 우리 당(黨)의 선비들은 결단코 태연히 듣기만 할 따름이어서는 안 된다. 이렇게 어리석고 고루함을 돌아보니 그 말은 한 시대에 신뢰를 두터이 받기에는 족하지 않다. 삼가 이것에 뜻이 있더라도 할 수 없다고 생각한다. 엎드려 원하옵건데, 선생이 저술했는데 간행하지 못한 서적으로써 사도(師道)가 올바르다는 것을 밝혀 .후대의 학자들로 하여금 존경하고 믿는 바가 있도록 한 즉, 다만 저들이 성현을 모함한 설을 분별하여 깨뜨릴 수 있을 뿐만 아니라 최근 사학(邪學)이 혹세무민하는 것 역시 배척할 수 있고 저절로 우리의 도가 바르다는 것을 알게 된다. 삼가 어리석은 자라 하더라도 생각을 거듭하면 좋은 수를 생각해 낼 수 있다는 것을 생각해서 감히 다른 사람에게 말하지 않고 이에 폐를 끼쳐드리니 그 경솔한 말을 용서하고 자세히 살펴주시기를 간청합니다. 성호의 유서(遺書) 가운데 서학(西學)을 배척하는 문적(文籍)은 오히려 아직 다 살펴보지 못하였다. 만약 존재하는 것이 있어서 하나하나의 가르침을 표장(表章)토록 한다면 어떻겠습니까? 어떻든 편지로 다 말하지 못하니 다만 함종(咸從)에서 말로 전달할 따름입니다. 간단히 아뢥니다.

「與沈士潤[235]書」

問聞頗閡 未審[236]比日[237]淸和[238] 孝履[239]支安 奉溯[240]之摯[241] 德壹親候[242]欠寧[243] 久未復常 焦悶[244]何言 惟我星湖先生倡道[245]於絶學之餘 近紹陶山 遠述紫陽[246] 其入道造德 正大光明[247] 吾黨之所共宗師[248]也 近聞有一彼輩人 私自箚記[249] 詆誣[250]先生 斥以洋學 跡其語脈[251]極爲陰險[252]矣 前見先生遺集中 論洋學則斥以瓦礫[253] 譏以膠㭨[254] 闢

235) 안정복은 『天學設問』의 두주(頭註)에서 『天學設問』은 심사윤(沈士潤)이 천주교에 대해 물어서 그에 대한 답변으로 써 준 것이라고 하였다. 심사윤은 이기경(李基慶)의 외사촌 형인 심유(沈滶)로, 이승훈(李承薰) 등과 학문적 교류를 하였으나 정통 유학을 따르는 온건한 사람이었다.

236) 미심(未審) : 일이 확실하지 아니하여 늘 마음을 놓을 수 없는 데가 있음. 아직 깨닫지 못하는 사이.

237) 비일(比日) : 요즈음.

238) 청화(淸和) : 날씨가 맑고 화창하다.

239) 효리(孝履)::효후(孝候). 부모의 상중(喪中)에 있는 사람의 안부(安否)를 묻는 경우 그의 기거(起居)를 높이어 일컫는 말.

240) 봉소(奉溯) : 돌아보다. 궁금하다.

241) 지(摯) : 지극하다. [정이]도탑다.

242) 친후(親候) : 주로 편지글에서, 부모의 건강 상태를 높여 이르는 말. 아버님. 자신의 건강 상태를 말하는 것으로 보임.

243) 흠녕(欠寧) : "再從弟親候勞攘之餘 尤多欠寧 伏切煎悶": "저는 아버지가 과로하신 뒤로 건강이 좋지 않으셔서 안타까움과 걱정이 큽니다."

244) 초민(焦悶) : 속이 타도록 몹시 고민(苦悶)함, 또는 그 고민.

245) 창도(倡道) : 앞장서서 외침. 또는 솔선하여 말하거나 주장함.

246) 자양(紫陽) : 朱子.

247) 정대광명(正大光明) : 사람이나 그 말과 행동이 정당하고 떳떳하다.

248) 종사(宗師) : 모든 사람들이 높이 우러러보는 스승.

249) 차기(箚記) : 독서하여 얻은 바를 그때그때 적어 놓은 책.

250) 저무(詆誣) : 없는 허물을 있는 것처럼 꾸며서 헐어 말함.

251) 어맥(語脈) : 낱말이 서로 연결되어 있는 앞뒤의 유기적(有機的)인 관계.

252) 음험(陰險) : 내흉스럽고 우악함.

253) 와력(瓦礫) : 깨진 기와 조각, 또는 기와와 자갈이라는 뜻으로 하찮은 것을 비유

其天主鬼神之說 不有餘力 平日著述 斥邪說衛正道者 十分純粹 深切著明 而若彼之見誣 乃反如是 則吾師門私淑[255]之人 豈可晏然[256]而受其誣也 西書之東出 在柳磻溪百年之後 而彼乃幷誣磻溪 則其言率是虛妄 固不足掛牙間[257]也 尊哀平時排闢西學 顧此愚陋者 亦願爲孟子所謂聖人之徒者也 彼輩誣告師門 歸之異端 此無乃[258]吾輩之不能眞知實踐 闡明斯道之責歟 環顧一世[259] 士趍迷方 非尊哀則無可告語者 玆乃仰布悃所 未知尊哀以爲如何 雖然須是吾學旣明 洞見[260]大本 因彼非而以察吾道之正 無使徒爲譊譊[261]相訾[262] 免於自弊之譏者 如朱子之訓然後庶或可也已 此正是吾輩自反處[263]也 前見丌上有四七往復書新刊者 暫借如何 四七之辨 亦爲學之切問[264]近思[265]者也

하여 이르는 말.

254) 교칠(膠柒) : 擧一國之人而盡入於膠柒盆中(윤기 무명자집 7책/책(策/ 시체[時體]) : “온 나라 사람을 아교와 칠 속에 모조리 집어넣은 것 같아,”/ 氷炭之交 膠柒之合: “빙탄(氷炭)이 교차하는 것과 같고, 교칠(膠漆)이 달라붙는 것과 같을 것이니,”

255) 사숙(私淑) : 직접 가르침을 받지는 않았으나 마음속으로 그 사람을 본받아서 도(道)나 학문을 배우거나 따름.

256) 晏然(晏然) : 마음이 편안하고 침착한 모양.

257) “치아 사이에 두기에는 부족하다”는 말로, 대꾸할 만한 가치가 없다는 뜻. 즉, 입에 올릴 가치도 없다는 뜻이다. 상대편의 말에 대답하거나 논평할 가치가 없을 때 하는 말이다. 『史記』 劉敬 叔孫通列傳에 나오는 말이다.

258) 無乃(無乃) : 어찌 …하지 않은가? 어찌 …이(가) 아니겠는가? [주로 반어로 쓰임]./ 無乃不可乎?: 어찌 불가하지 않을까?

259) 환고일세(環顧一世) : ‘세상)에 쓸 만한 사람이 없음을 탄식(歎息)함’을 이르는 말.

260) 동견(洞見) : (앞일을) 환히 내다 봄. 속까지 꿰뚫어 봄. 꿰뚫어보다. 통찰하다.

261) 요요(譊譊) : 왁자지껄. 아옹다옹(말다툼하거나 떠들어대는 소리). “誰在這裏譊譊?(누가 여기서 떠드느냐?)”

262) 상자(相訾) : 서로 헐뜯다. 비방하다.

263) 반처(反處) : 자신이 한 행동에 대하여 스스로 돌이켜 보아서 살필 점.

264) 절문(切問) : 간절하게 물음.

265) 근사(近思) : 높고 먼 이상(理想)보다 자기 몸 가까운 곳을 생각함.

【역문】「여 심사윤 서」[266]

요즈음 날씨가 맑고 화창한데, 상중(喪中)의 체후가 평안하신지 대단히 궁금합니다. 덕일(德壹)은 아버님의 건강이 좋지 않은 것이 오랜 동안 아직 회복하지 못하시어 속이 타는 고민을 어찌 말하겠습니까? 생각건대, 우리 성호(星湖) 선생께서 절학(絕學)하신 뒤에 앞장서셔서 가까이로는 도산(陶山)을 계승하고 멀리로는 자양(紫陽: 朱子)을 계승하였다. 도(道)에 들어가 덕(德)에 도달한 경지가 그 말과 행동이 정당하고 떳떳하여 우리 당이 공경하는 종사(宗師)이다. 근래 듣자하니 상대편의 한 무리들이 사적으로 스스로 차기(箚記)하여 선생을 헐뜯어 무고하며 양학(洋學)으로써 배척하는데, 그 어맥(語脈)을 좇아보면 극히 음험하다. 전에 선생의 유집(遺集) 중에서 양학을 논한 것을 본 즉, 와력(瓦礫)으로 배척했고 교칠(膠漆: 아교와 칠)로 비꼬면서 비방하였다. 천주귀신(天主鬼神)의 설(說)을 반박하는데 온 힘을 기울였다. 평상시 저술에서 사설(邪說)을 배척하고 정도(正道)를 보위하는 것이 아주 순수하고 감정이 절절하며 뚜렷하고 분명하였다. 그러나 저들의 모함은 이와 반(反)하니 우리 스승의 문하(門下)와 사숙(私淑)의 사람들이 어찌 편안하게 그 무고를 받고만 있을 수 있겠는가? 서양의 서적이 동쪽(朝鮮)으로 온 것은 반계 유형원이 살던 시대로부터 100년 이후나 되어서인데 저들은 반계와 함께 더불어 무고하니 그 말은 대개 허망하며 진실로 대꾸할 만한 가치가 없다. 존애(尊哀)[267]는 평시에 서학(西學)을 배척하고 반박했다. 이 어리석고 고루한 자를 돌아보니 역시 맹자가 이른 바 성인(聖人)의 제자가 되기를 원하고 있다. 저 무리들이 사문(師門)을 무고(誣告)해서 이단(異端)으로 돌리는데, 이것은 우리들이 유

266) 『공백당집』 권02, 書
267) 존애(尊哀) : 상(喪)을 당한 자를 높여 이른 말. 여기에서는 심사윤(沈士潤)을 가리키는 것.

학을 실천하고 천명할 책임을 어찌 진정으로 모를 수 있다는 것이 아니겠는가? 주위를 둘러보니 선비들은 미혹된 쪽으로 달려가고 있는데, 존애(尊哀)가 아니면 말하여 알릴 수 있는 자가 없다. 이에 㤥하는 바를 우러러 폈는데(?) 존애(尊哀)는 어떻게 생각하시는지 모르겠다. 비록 우리의 학(學)은 이미 명료하게 드러나 있고 크고 중요한 근본을 통찰하는 것인데 저들이 우리 도의 올바름을 살피지 않으니 헛되이 분분하게 서로 헐뜯어 비방하도록 함이 없게 함으로써 자신에게 스스로 해를 끼쳐 비웃음을 받는 것을 면해야 한다. 만약 주자(朱子)가 훈(訓)한 연후에야 혹시 그칠 수 있기를 바란다면, 이것은 정말로 우리 무리들이 스스로의 행동에 대해 돌이켜보아야 할 점이다. 전에 책상 위에 사단칠정론(四端七情論)과 관련해 오고간 편지를 새로이 발간한 것을 보았는데, 잠시 빌리면 어떤지요? 사단칠정론에 대한 변(辨) 역시 학문 중에서 절문(切問)하고, 근사(近思)해야 할 것이다.

「答吳幼源[268]書」

謹拜[269]惠復 披翫[270]累過 竊有所訝惑[271]者 玆敢荐溷 往年弟自忠江歷拜順菴先生於德谷 先生謂曰近日新學漸熾 士趍靡靡 年少輩多叛去者洛下[272]惟吳幼源，沈士潤能駐足[273]於萬馬駈馳[274]之中 他日衛正闢異之責 汝須與若人共勉之 不佞[275]到于今不敢忘焉 前書之托 吾有所受者也來喩[276]中恠恠[277]名目等說 是何言也 方今 邦令申嚴[278] 異言者誅 風厲[279]學者 修明[280]先生之道 其間雖有一二汚染之徒 苟能戴圜履方[281]於

268) 오석충(吳錫忠 미상~1806) : 오유원(吳幼源). 조선 후기 문신. 자 유원(幼源). 호 매장(梅丈). 본관 동복(同福). 문간공(文簡公) 오식(吳軾)의 후손으로, 증조부는 사헌부대사헌(司憲府大司憲)·의정부우의정(議政府右議政) 등을 지낸 오시수(吳始壽)이고, 조부는 진사(進士) 오상부(吳尙溥)이며, 부친은 오기운(吳箕運)이다. 오석충은 1783년(정조7) 증조인 오시수의 원한을 풀어달라고 격쟁(擊錚)하여 다음해에 오시수의 관작이 회복되었다. 1801년 신유박해가 일어났을 때, 오석충은 서학의 무리로 지목되어 국청에서 조사를 받게 되었고, 결국 영광군(靈光郡) 임자도(荏子島)에 정배(定配)되었다. 성격이 기이(奇異)하고 9척의 장신에 체격이 준수(俊秀)하여 음성이 우렁찼으며, 비록 가난하였으나 뜻이 크고 기개가 드높아 조금도 비굴함이 없었다고 한다. 또한 비록 평민의 신분을 유지하였으나 사림(士林)의 영수로서 항상 언론이 준엄하였다고 한다.
269) 근배(謹拜) : "삼가 절한다."는 뜻으로, 편지 끝의 이름 아래 쓰는 말.
270) 피완(披翫) : 펼쳐보다.
271) 아혹(訝惑) : 괴이(怪異)하고 의심스러움.
272) 낙하(洛下) : 경기(京畿) 지역.
273) 주족(駐足) : 걸음을 멈추다.
274) 구치(駈馳) : 말에 채찍질을 가하며 질주하다. 부리다. 일을 시키다.
275) 불녕(不佞) : 재주가 없다. 무능하다. [겸어] 소생. 소인. 저(자기에 대한 겸칭).
276) 내유(來喩) : 남이 보내 온 편지를 높이어 이르는 말. 내회(來誨).
277) 괴괴(怪怪) : 이상야릇함.
278) 신엄(申嚴) : 거듭 타이름, 더욱더 엄하게 함.
279) 풍려(風厲) : 썩 부지런하여서 게으르지 아니함.
280) 수명(修明) : 드러내어 밝히고 널리 발양하다.
281) 대환이방(戴圜履方) : 인간 세상에서 살아감을 이르는 말.

斯世 而有一分秉彝之天[282] 則猶知競自濯磨[283] 悔罪維新[284]之不暇也 況如尊兄[285]者 孰肯以是爲玷耶 憎玆多口[286] 從古已然 不虞之毁 君子之所不足恤也 昔韓昌黎一生以闢佛自任 身竄南荒 猶有傳之者 妄或以爲愈信奉釋敎 然昌黎不以此少沮其心 當時之人 後之論者 亦不以此少貶其道 尊兄何爲以自遜於一昌黎氏也 今日之事 乃所以明吾道也 其孰曰爲自明也 言可信則可質於鬼神 而況於人乎 尊兄之慮 過矣過矣 嗣今以往 強脊擔負[287] 毋以謙謙[288]自居[289] 正色[290]以拒之 嚴辭以斥之 使後生輩迷不覺悟者 知其改轍[291]而返架 則抑亦爲世道[292]之幸也 且世有名聲不聞 沒沒無稱者 不足數也 若尊兄則地望[293]攸歸 而衆責亦從而萃矣 苟或泯默[294]因循[295] 一如[296]從前樣子[297] 則無以見孚[298]於人 人言之來 恐有滋蔓[299]而不熄 固不足恠而不可尤也 士潤[300]亦同志人也 當如

282) 병이(秉彝) : 타고난 천성. 타고난 성격.
283) 탁마(濯磨) : 씻고 갈다.
284) 유신(維新) : 모든 것이 개혁되어 새롭게 됨. 묵은 제도를 아주 새롭게 고침.
285) 존형(尊兄) : 같은 또래의 친구 사이에서 상대를 높여 부르는 말.
286) 『孟子』 盡心 下 19장: "貉稽曰稽大不理於口. 孟子曰無傷也 士憎玆多口": "맥계가 가로대, '계는 사람들에게 크게 헐뜯기는 바가 되었나이다.' 맹자 가라사대, '속상해하지 말라. 선비는 더욱 구설이 많으니라.'"
287) 담부(擔負) : (책임·비용·사업 등을) 부담하다. 맡다. 지다.
288) 겸겸(謙謙) : 겸손하고 공경하는 모양.
289) 자거(自居) : 자처하다. …로 행세하다.
290) 정색(正色) : 안색(顔色)을 바르게 함. 얼굴에 나타난 엄정(嚴正)한 빛.
291) 개철(改轍) : 고치다. 바꾸다. 바로잡다. 개정하다. 수정하다.
292) 세도(世道) : 사회 상황. 사회 분위기. 사회 풍조. 세상 형편.
293) 지망(地望) : 지위와 명망.
294) 민묵(泯默) : 잠자코 있다.
295) 인순(因循) : 어물거리다. 그대로 답습하다. 낡은 구습(舊習)을 버리지 못함.
296) 일여(一如) : (어떤 상황과) 완전히 같다. 똑같다.
297) 양자(樣子) : 모양. 형태. (사람의)모습. 태도. (사물의)상황. 동향. 상태.
298) 견부(見孚) : (남에게서)신용(信用)을 받음.
299) 자만(滋蔓) : 점점 늘어서 퍼짐. (풀 등이) 만연하다. 무성히 자라다.
300) 沈士潤.

示有書耳 不宣[301]

【역문】「답 오유원 서」[302]

삼가 보내주신 답장을 펼쳐 보기를 되풀이했다. 삼가 생각건대, 괴이하고 의심스러운 것이 있다. 이에 감히 어지럽게 말을 늘어 놓습니다. 저는 충강(忠江)으로부터 해서 덕곡(德谷)에서 순암(順菴)선생을 찾아뵈었다. 선생께서 이르기를, 최근에 신학(新學)이 갈수록 크게 일어나 선비들이 퇴폐로 치닫고 젊은 무리들이 대부분 배반하였다. 경기지역에서는 오직 오유원(吳幼源), 심사윤(沈士潤)만이 만마(萬馬)가 질주하는 가운데에서 걸음을 멈출 수 있으니 훗날 위정벽이(衛正闢異)의 책무를 너는 이 사람과 함께 더불어 힘써야 한다고 하셨는데, 나는 지금까지도 잊지 못한다. 전서(前書)의 부탁으로 내가 받은 바가 있다. 편지(來喻) 가운데에서 이상야릇한 명목의 이야기들은 무슨 말인가? 지금 국가에서 명령을 내려 더욱 엄하게 외도(外道)를 말하는 자는 처형한다고 타일렀다. 부지런하여 게으르지 아니 한 학자는 선생의 도를 드러내고 선양하는데 그들 가운데에는 비록 한, 두 명의 오염된 제자가 있어 구차하게 이 세상에서 살아갈 수 있지만 하늘의 떳떳한 이치가 조금이라도 있으면, 오히려 다투어 스스로를 씻고 갈고 죄를 회개하며 유신(維新)하는데 눈코 뜰 새 없이 바쁘다는 것을 오히려 알 것이다. 하물며 존형(尊兄)과 같은 자는 누가 이것으로써 흠으로 삼고자 하겠습니까? 더욱 구설이 많음은 예부터 이미 그러하였다. 예기치 못한 비방에 군자는 근심하기에 족하지 않다. 옛날에 한창려(韓昌黎)

301) 불선(不宣) : '아직 쓸 말은 많으나 다 쓰지 못했음'의 뜻으로, 아랫사람에게 보내는 편지 끝에 쓰는 말. 더 상세하게 얘기지 않다. [주로 서신 말미에 사용함]
302) 『공백당집』, 권02, 書

는 일생(一生)을 불교를 배척하는 것으로 자임하다가 몸소 남쪽 변방으로 귀양을 갔는데, 오히려 전하여지기는 망령되어 어떤 이는 석교(釋敎)를 더욱 신봉했다고 여겼다. 그런데 창려는 이것으로 해서 조금도 그 마음이 의기소침해지지 않았다. 당시의 사람이나 이후의 논자들도 역시 이것으로써 조금도 그 도를 깎아내리지 않았다. 존형께서는 어찌 스스로를 일개 창려씨보다 못하다고 합니까? 지금의 상황은 곧 우리의 도를 밝힌 바이니 그 누가 스스로 밝히라고 할 수 있겠습니까? 말을 믿을 수 있은 즉, 귀신에게 대답할 수 있으니 하물며 사람에게서랴! 존형의 염려는 지나치고 지나치다. 이후에는 이왕의 부담을 지고 있는 강한 등이 겸손을 자처하지 말고 정색을 하고 그것을 거부하고 엄한 말로써 그것을 배척하여 후배들로서 미혹되어 깨닫지 못하는 자들로 하여금 바로잡아 모난 것을 돌이킬 줄을 알게 한 즉, 혹 또한 세도(世道) 가운데서 다행이 아닌가 한다. 또한 세상에는 명성이 알려지지 않아 전혀 일컬어지지 않는 자가 있음은 일일이 열거하기에 족하지 않다. 존형과 같은 이라면 지위와 명망이 따르는 바이며 무리들의 헐뜯음 역시 따라서 모여든다. 진실로 혹시 잠자코 머뭇거리며 종전의 모습과 똑같은 즉, 남에게서 신용을 받지 못하고 사람들의 비난이 혹 점점 퍼져 종식되지 않더라도 진실로 괴이하다고 하기에 족하지 않으며 탓할 필요가 없다고 생각한다. 심사윤(沈士潤) 역시 뜻을 함께 하는 사람이다. 당연히 편지에 보이는 것과 같을 따름이다. 이만 줄입니다.

〈역주 : 송요후〉

『過齋遺稿』

「半藁【門人宋穉圭】」

–(上略)– 時西洋邪學 熾於國中 先生憂慮不置 朝廷行懲討 誅其魁珍山人尹持忠 自 上特除性潭翁[1]珍山郡守 以爲扶正闢異之地 潭翁固辭 有問潭翁不出何義 先生曰 今西學一國風靡 一郡守其於一國何 然西學人皆可以討之 且吾儒命脉 都在性潭而終無一言 豈非可恨者哉 –(下略)–

【역문】「반고【문인 송치규】」[2]

–(상략)– 당시 서양(西洋)의 사학(邪學)이 나라 안에서 기세가 왕성하였다. 선생이 우려해 마지않았다. 조정(朝廷)이 징토(懲討)[3]를 행하여 그 괴수인 진산(珍山) 사람 윤지충(尹持忠)을 처형하였고 임금께서 특별히 성담옹(性潭翁)을 진산 군수(郡守)로 제수(除授)함으로써 정학(正學)을 수호하고 이단(異端)을 물리치는 땅으로 삼으셨다. 담옹(潭翁)은 굳이 사양하였다. 담옹에게 출사(出仕)하지 않음은 무슨 뜻이 있는

* 김정묵(金正默 1759~1838) : 조선 순조 때의 문신·학자. 자는 기옥(奇玉). 호는 강재(剛齋). 형조 판서를 지냈으며, 김두묵(金斗默)의 문인으로 이이, 김장생 등의 학문을 계승하였다. 저서에 『강재집(剛齋集)』이 있다.

1) 성담옹(性潭翁) : 성담 송환기(性潭 宋煥箕 ?~1807). 조선 순조 때의 문신. 자는 자동(子東). 호는 성담(性譚). 혹은 심재(心齋). 시호는 문경(文敬)이다. 본관은 은진. 우암 송시열(尤庵 宋時烈)의 5대손. 이조판서(吏曹判書), 찬성(贊成) 등의 벼슬을 하였다. 학문과 덕망으로 조야(朝野)의 존경을 받았다.
2) 『과재유고』 권11, 附錄, 行狀, 半藁
3) 징토(懲討) : 적 따위를 정벌하여 침.

가 하는 질문이 있었다. 선생이 이르기를, “지금 서학(西學)이 한 나라를 휩쓸고 있는데, 한 나라의 일개 군수가 어떻게 모든 사람을 토벌할 수 있겠는가? 또한 우리 유학의 명맥(命脈)이 어찌 오직 담옹에게만 달려 있겠는가?”라고 하였다. -(하략)-

「墓誌銘 並序【後學宋秉璿】」

-(上略)- 時洋學大熾 先生憂慮不置 朝廷誅魁懲討 特除性潭宋文敬公爲珍山郡守 固辭 有問其出處[4]之義 先生曰 今西學一國風靡 一郡守其於一國 何然人皆可以討之 且吾儒命脉 獨不在潭翁乎 -(下略)-

【역문】「묘지명 병서【후학 송병선】」[5]

당시 양학(洋學)의 기세가 왕성하여 선생이 우려해 마지않았다. 조정에서는 괴수를 처형해 징토하였고 특별히 성담(性潭) 송문경공(宋文敬公)을 진산(珍山) 군수(郡守)에 제수(除授)했지만 군이 사양하였다. 그러한 출처(出處)의 뜻에 대해 질문이 있었다. 선생이 이르기를, "지금 서학(西學)이 한 나라를 휩쓸고 있는데, 한 나라의 일개 군수가 어떻게 모든 사람을 토벌할 수 있겠는가? 또한 우리 유학의 명맥(命脈)이 어찌 오직 담옹(潭翁)에게만 달려 있겠는가?"라고 하였다.

〈역주 : 송요후〉

4) 출처(出處) : 벼슬에 나아감과 물러남. 출처진퇴(出處進退). 문행출처(文行出處) : 문인의 학문과 품행, 출세와 은퇴를 정확히 대하는 태도를 이르는 말.

5) 『과재유고』 권11, 附錄

『果齋集』

「丁未(1847)封事」

-(上略)- 洋學之爲亂賊 卽天地剖判[1]後所未有之極變怪也 伏聞去年夏洪州島異㨾船 而彼以潛越洋人之見誅於邪獄者 謂我戕殺云爾 則其辭有不足辨也 而噫嘻 我人邪黨之爲賊窩主[2]者 形已具矣 迹已露矣 此不可一日容貸 則所宜更起邪獄 窮覈情節 以嚴霜氷之幾 而朝廷寬大 只是爲吾所當爲 而治之以不治者 庶有萬里明見 七旬來格之化矣 奈之何賊謀之潛滋暗長 而禍亂之交結醞釀 以至有今者古羣山洋船事耶 道啓攸登 邸報攸播 人莫不傳告 亦莫不驚惑者 此義理之忿 同出於彝性[3]者也 以臣踈逖 未詳文蹟[4] 此果漂船乎 海賊乎 其待之以漂船 柔之若遠來者 其必有

* 성근묵(成近默 1784~1852) : 본관 창녕(昌寧). 자 성사(聖思), 호 과재(果齋). 성혼(成渾)의 8세손. 아버지는 부여 현감과 금구 현령을 지낸 성정주(成鼎柱)이다. 1809년(순조9) 사마시(司馬試)에 합격하였다. 1838년(헌종9) 양근군수 재임시에 이조로부터 재학(才學)이 뛰어난 인물로 추천을 받아 경연관(經筵官)을 거쳐 1839년 사헌부 장령으로 발탁되었고 1841년 사헌부 집의로 승진하였다. 1847년(헌종13) 외국 배가 우리나라 연해에 자주 출몰하자 그에 대한 단호한 조처를 취할 것을 상소하였다. 1852년(철종3) 형조참의로 임명되었는데, 그 해에 죽었다. 성근묵은 성혼 이후 윤선거(尹宣擧), 윤증(尹拯)을 거쳐 윤광소(尹光紹), 강필효(姜必孝)로 이어지는 학통(學統)을 계승하였으며, 당색은 소론이다. 청렴강직하기로 이름을 떨쳤다. 사후에 이조판서에 추증되었다. 시호는 문경(文敬). 문집인 『과재집(果齋集)』은 1883년(고종20) 손자 성두호(成斗鎬)가 간행하였다.

1) 부판(剖判) : 둘로 갈라져 열림, 또는 둘로 갈라서 엶.
2) 와주(窩主) : 도둑이나 노름꾼 등을 거느리는 우두머리. 장물아비. 장물 은닉처. 범인·뇌물·장물 등을 보관하는 사람(집).
3) 이성(彝性) : 선천적으로 타고난 떳떳한 성품.
4) 문적(文蹟) : 나중에 상고(詳考)할 문서(文書)와 장부(帳簿).

應變之奇策 而若適所以自侮[5] 則得非所謂披心腹露情實 而示之以弱者哉 賊之來也必有所以 其留也必有所恃 邪黨之爲窩主者必有其人 而付之勿問[6] 則古今天下 寧有是耶 其必措處之嚴密 而外人不可得以聞之也 噫 彼洋賊 何可使幾多[7]日容接我土地 而彼邪黨者 其可一日共戴天也耶 廟籌朝論 非臣所敢知也 而臣之一知半解[8] 惟是義理上得失也 或者士氣士論之有先獲者乎 虜使請斬 其無人於今日乎 弘立[9]鄉導 將復見於今日乎 洋賊雖非虜使之類 而彼邪黨者 恐不知爲幾弘立也 我之料敵 反不如賊之覘[10]國 而若徒見誑於妖術 見陵於邪賊 惟以保養妖邪 爲緩禍之長策[11]而已 則將見我小中華一域 淪胥爲妖獸怪鳥而莫之救也耶 噫 從古戎狄之禍 豈有善惡之可辨 而至於此賊 則俑厥無前之異端 以威脅聖人之道 此華夷人獸之大關捩[12] 臣雖不學 請痛陳[13]之 噫 中夏[14]羣聖所以繼天立極者 要不過惇典庸禮命德討罪[15]等數者 而治平[16]之道 必本乎誠正一

---

5) 자모(자모) : 스스로 자신을 업신여김. 자기를 모욕함.
6) 물문(勿問) : 내버려 두고 다시 묻지 아니함.
7) 기다(幾多) : 딱 밝혀 말하기는 어려워도 꽤 많음. 몇. 얼마.
8) 일지반해(一知半解) : 하나쯤 알고 반쯤 깨달음이라는 뜻으로, 곧, 지식이 적음, 아는 것이 적음. 많이 알지 못하다. 아는 게 별로 없다. 제대로 알지 못하고 조금만 알다.
9) 강홍립(姜弘立, 1560년~1627년)은 조선의 문관, 군인이다. 광해군 때 명나라에 지원병을 이끌고 참전했으나 청나라와의 교전을 피하다가 투항했다. 자 군신(君信), 호 내촌(耐村), 본관은 진주(晉州)이다.
10) 첨(覘) : 엿보다. 살펴보다. 관찰하다.
11) 장책(長策) : 좋은 계책. 장기적 책략. 원대한 책략.
12) 관려(關捩) : 핵심을 이루는 중요한 부분.
13) 통진(痛陳) : 간곡히 진술하다.
14) 중하(中夏) : 중화(中華). 중국(中國) 사람이 자기 나라를 높여 이르는 말.
15) 돈전용례명덕토죄(惇典庸禮命德討罪) : 돈독한 오전(五典)과 떳떳한 오례(五禮). 고요(皐陶)가 순(舜)에게 아뢴 말에서 유래하는 것인데, 오전은 곧 인간의 오륜(五倫)을 말하고 오례는 오륜에 대한 예절을 말한다; 고요가 오륜과 오례의 질서를 바로잡고 덕있는 자를 명하고 죄진 자를 벌하게 한 것을 말한다.
16) 치평(治平) : 치국평천하(治國平天下).

心 治亂之幾 不出於賢邪[17]兩途 總以論之 則上自堯舜周孔 下至濂洛羣賢[18] 以是爲天下之正法 明天下之正道 得之者王 假[19]之者覇 修[20]之者吉 悖[21]之者凶 卽古今龜鑑之不差毫髮者也 維我朝鮮之穪[22]小中華者以仁聖[23]舊邦 獨傳周孔之道 而 列聖朝所以建立根基 諸先正[24]所以羽翼[25]扶持[26]者 天下之所共知也 舟車所至 人力所及 天之所覆 地之所載 凡有血氣者 莫不尊親 此先聖遺風之百世興起者也 親其親 而賢其賢 樂其樂而利其利 此以沒世不忘者[27] 我 聖朝遺澤[28]之百世不斬[29]者也 噫 彼西洋必欲禍先聖之道 則獨非血氣之類乎 況此邪黨必欲禍父母之國 則獨非遺黎裔胄乎 此其道無父無君故也 此天下之所共誅 非獨我國之亂賊也 楊墨之道 亦非身親爲亂臣賊子之事者也 孟子猶曰 無父無君 是禽獸

---

17) 현사(賢邪) : 군자(君子)와 소인(小人).
18) 염락군현(濂洛羣賢) : 주돈이(周敦頤)와 이정(二程: 程顥와 程頤)의 여러 현자. 염락관민(濂洛關閩) : 송(宋)나라의 유학자인 주돈이(周敦頤)·정호(程顥)·정이(程頤)·장재(張載)·주희(朱熹)를 말하는데 이들이 살던 지역의 명칭을 따서 부르는 것임.
19) 가(假) : 구실로 삼다. 빙자하다.
20) 수(修) : 갖추다. 익히다. 행하다. 닦다.
21) 패(悖) : 거스르다. 어지럽히다.
22) 穪: 칭(稱). 일컫다. 부르다.
23) 인성(仁聖) : 어질고 덕망이 있는 성인.
24) 선정(先正) : 조선시대에 선대(先代)의 어진 이를 일컫던 말.
25) 우익(羽翼) : 윗사람을 도와서 일하는 사람. 보좌하는 일.
26) 부지(扶持) : 돕다. 지지하다. 보살피다.
27) "詩云 於戲 前王不忘 君子 賢其賢而親其親 小人 樂其樂而利其利 此以沒世不忘也"; "시경에 이르기를 '아아, 이전의 왕(문왕과 무왕)을 잊지 못하겠네!' 라고 하였다. 군자는 이전의 왕이 지혜로운 이에게는 지혜롭게, 흉허물 없는 이에게는 흉허물 없게 대하셔서 못 잊는다. 소인은 이전의 왕이 즐거움을 좇는 이에게는 즐거움을, 이익을 좇는 이한테는 이익을 주셨기에 못 잊는다. 이런 이유로 (군자건 소인이건) 이전 왕께서 세상을 떠나도 잊지 못하는 것이다."
28) 유택(遺澤) : 후세(後世)까지 남아 있는 은혜. 남아 있는 은덕(恩德).
29) 참(斬) : 끊기다. 다하다.

也 楊墨之道不息 孔子之道不著 是邪說誣民 充塞仁義 仁義充塞則率獸食人[30] 又曰 戎狄是膺 荊舒是懲 無父無君 是周公所膺也 能言距楊墨者聖人之徒也 朱子論此曰 孟子與楊墨有甚怨惡 而其闢之 如不共戴天之讎 此如人逐賊 若說道賊當捉當誅 這便是主人邊人也 若說道賊可捉也可恕也 這便是賊邊人也 今邪類於我眞是讎賊也 我不敢以聖人之徒自強 而甘自歸於賊邊人者 是可忍乎 丘文莊公[31]論佛氏始入中國曰 漢明帝爲中國主 乃黨外夷 開玆大釁[32] 以爲中華千萬年無窮之禍害 豈非名教[33]之罪人哉 今洋賊之禍亂 百倍於佛氏 其可基禍於今日 使聖朝蒙百世難雪之耻耶 且今之言 或以爲我於佛則厚 而於洋何其甚也云 噫 誰爲此言 其邪論之詿誤[34]者乎 蓋佛固不當厚者 而洋學則殺無赦者也 何者 喪親無服 報本無祭 只此一事 是禽獸也 而又不若者也 况其妖術 易以惑人 則豈佛氏比也 吾道與邪教 勢不兩立[35] 其可容之如佛家而已乎 彼果挾[36]厥巧智謂天可誣 矜厥妙技 謂天可逆 至於使船如馬 橫行大海 則此殆虎而翼者疑若無與爲敵 然售妖負力而無敵於天下 未之前聞也 蓋妖不勝德 邪不勝正 卽建天地之常理也 今若天地壞而人類盡則已 苟非然者 安有以堯舜周孔之道 爲海外妖邪之賊所僇辱也耶 苟無遠慮[37] 必有近憂[38] 今所以備

---

30) 인의충색즉솔수식인(仁義充塞則率獸食人) : 폭정으로 백성들에게 고통을 줌.
31) 구준(丘濬 1420~1495) : 중국 명(明) 나라 영종(英宗)~효종(孝宗) 때의 문신·학자. 문장이 매우 웅장하고 전례(典例)와 고사(故事)에 정통함. 『英宗實錄』·『憲宗實錄』을 편찬하고 『大學衍義補』를 저술함.
32) 흔(釁) : 분쟁(紛爭)의 발단(發端).
33) 명교(名教) : 지켜야 할 인륜의 명분(名分)을 가르침. 또는, 그런 가르침. 유교(儒教)를 달리 일컫는 말.
34) 괘오(詿誤) : 그릇되거나 잘못됨. 남의 죄에 연루되다.
35) 세불량립(勢不兩立) : 비슷한 두 세력은 동시에 존재할 수 없다는 뜻으로, 자웅을 겨루는 두 세력 사이에 화친이 있을 수 없음을 이르는 말. 한 집에 주인이 둘 있을 수 없음을 이르는 말.
36) 협(挾) : 믿다. 의지하다.
37) 원려(遠慮) : 앞으로 올 일을 헤아리는 깊은 생각.

遠慮而銷近憂者 必有其道矣 然於敵彼也 不懋德不守正 而惟妖邪是畏 則志分氣奪 竟將俯首乞憐 尙何勝負之可論 一盃之水 不可救車薪之火 五穀之不實 反不如稊稗[39]之熟 此其大小虛實之勢然也 然則我所謂德也 正也 小之猶一盃之水 虛之猶不實之穀 而責吾之不能勝彼則豈理也哉 然則懋德守正 固不可猝然襲取 而若論誠力所到 則亦非七年病三年艾[40]之謂也 夫以宋公之一言 猶見熒惑之退舍[41] 魯連之片言 能致新垣之屛

38) 근우(近憂) : 눈앞에 닥쳐온 근심.

39) 제패(稊稗) : 피. 볏과의 한해살이풀.

40) 삼년애(三年艾) : 큰 질병을 치료할 수 있는 양약(良藥)을 이른다. 7년 동안 앓아 온 큰 병에 뜸질을 하기 위해 3년 묵은 약쑥을 구한다는 데서 온 말이다.(『孟子』 離婁上: 맹자가 이르기를, "지금 천하의 군주 중에 인(仁)을 좋아하는 사람이 있다면 다른 어질지 못한 제후 모두 그에게 백성을 몰아 넣어준다. 그렇기 때문에 그가 임금노릇 하지 않으려 해도 어쩔 수 없이 하게 된다. 지금 임금노릇하기 원하는 사람은 칠년 동안 병을 앓은 자가 삼년 묵은 쑥을 구하는 것과 같다. 쑥을 평소에 쌓아 두지 않았다면 종신토록 삼년 묵은 쑥을 사용하지 못한다. 평소에 인에 뜻을 두지 않았다면 평생 근심과 모욕 속에 죽음에 이르고 만다."; 孟子曰 今天下之君有好仁者 則諸侯皆為之驅矣 雖欲無王 不可得已 今之欲王者 猶七年之病求三年之艾也 苟為不畜 終身不得 苟不志於仁 終身憂辱 以陷於死亡)

41) "中溪張氏曰 宣王 周盛世之君也 遇災而懼 側身脩行 景公 宋小國之君也 反身脩德 熒惑亦爲之退舍 此 皆恐懼而能脩省者也(『周易大典』, 震卦, 象傳); 중계장씨가 말하였다 : 선왕(宣王)은 주나라가 융성할 때의 임금인데도 재이를 만나면 두려워하고 몸을 조심하여 수행하였고, 경공(景公)은 송(宋)이라는 작은 나라의 임금인데도 스스로를 돌이키고 덕을 닦아 형혹성도 그 때문에 물러났으니, 이 모두 두려워하여 닦고 살필 줄 아는 분들이었다." 『史記』「宋微子世家」: 송(宋)나라 경공(景公) 때 형혹성(熒惑星)이 심성(心星)을 범하자, 자위(子韋)에게 그 까닭을 물었다. 자위가 "임금이 화를 당합니다만, 재상에게 떠넘길 수 있습니다."하였다. 경공이 "재상은 나의 팔과 다리이다."라고 하자, 자위가 "백성에게 떠넘길 수 있습니다."라고 하였다. 경공이 "임금은 백성에게 의지하는 법이다."라고 하자, 자위가 "다음 해로 옮길 수 있습니다."하고 하였다. 경공이 다시 "흉년이 들면 백성들이 굶어 죽는데, 임금이 되어서 백성을 죽인다면 누가 나를 임금이라 하겠는가?"라고 하였다. 자위가 "하늘은 높아도 낮은 곳의 소리를 잘 들으니, 임금께서 이렇게 임금답게 말씀하시니, 형혹성을 물러가게 할 것입니다."라고 하였다. 과연 형혹성이 3사(舍)를 옮겨서 물러났다.

氣[42] 則此其德勝妖正勝邪之在誠不在僞故也 然則至誠所感 天地可格 居室言善 千里斯應 夫以一人之尊 存一哉之心 發大哉之言 則雖一日之內亦有感應之神妙 况積以時日之久 而何有於海外妖術國內邪賊也邪 董子云正朝廷以正百官 正百官以正萬民 正萬民以正四方者 本之於君心之先正也 正君心 宜何術也 捨聖賢之道聖賢之學 奚以哉 修吉悖凶之古今龜鑑 已言之于前矣 敬勝怠欲[43]勝義[44] 治同道亂同事[45]之爲大要 臣於辛丑疏 有所尾陳 今亦不外乎此矣 苟欲敬勝怠而吉 治同道而興也 則立志好學 爲主敬[46]之要 求言用人[47] 爲救亂之要 以臣不學 何敢妄論聖學 而姑誦其一二謏聞 可乎 從古人君之有大有爲之志者 必有學而知之實焉 其志其學 布在於典謨訓命[48] 具載於論孟庸學 而讀書之要 則朱子之行宮奏

---

42) "노련지편언 능치신원지병기"(魯連之片言 能致新垣之屛氣) : 노련(魯連子)는 전국(戰國)시대 제(齊)나라 고사(高士)인 노중련(魯仲連)을 가리킨다. 그가 조(趙)나라에 가 있을 때 진(秦)의 군대가 조의 서울인 한단(邯鄲)을 포위했다. 곧 조나라 효성왕(孝成王) 때 진(秦)의 장군 백기(白起)를 시켜 장평(長平)에서 조나라 군사 40만을 격파하고 조의 수도 한단을 포위하였다(『史記』 83 「魯仲連列傳」). 이때 위(魏)나라가 장군 신원연(新垣衍)을 보내 진의 왕을 천자로 섬기면 포위를 풀 것이라고 하였다. 이에 노중련이 "진나라가 방자하게 천자를 참칭(僭稱)한다면 나는 동해를 밟고 빠져 죽겠다."고 하니, 진의 장군이 이 말을 듣고 군사를 후퇴시켰다 한다. 노중련은 진의 왕을 황제로 섬기자고 주장한 신원연(新垣衍)에게 "진나라가 방자하게 황제가 되어 천하를 다스린다면 나는 동해에 빠져죽을지언정 차마 백성이 될 수는 없다."라고 하였다(『史記』 卷83 「魯仲連列傳」).

43) 욕(欲) : 물건을 소중히 함.

44) 의(義) : 일의 바름을 소중히 여긴 것.

45) "書曰 與治同道 罔不興 與亂同事 罔不亡"; 『서경(書經)』에 이르기를, "옛사람 중의 다스린 자와 도를 같게 하면 흥하지 않음이 없고, 어지러운 자와 일을 같게 하면 망하지 않음이 없다."

46) 주경(主敬) : 항상 공경함을 제일로 삼다. 공경함을 중요하게 여기다.

47) 구언용인(求言用人) : 널리 직언을 구하며 사람을 쓰는 일.

48) 전모훈명(典謨訓命) : 『書經』은 일명 『尙書』라고 한다. '尙'은 '上'과 통하는바 『尙書』란 '상고시대(上古時代)의 글'이란 뜻이며, 또 이제(二帝)·삼왕(三王)의 훌륭한 말씀과 선정(善政)의 내용이 담겨있어 높일 만한 글이란 뜻이라고도 한

翦 已詳之矣 然則緝熙之學 講討之勤 皆所以治心養性而施之於政事者也 六馬易調 一念易差 故內存兢畏之心 外著皇穆之容 無時不敬 無處不敬 此所以王敬作所之不可蹔離者也 從古敗亡者 未有不以怠荒[49]致之 怠荒云者 非必聲色[50]游畋[51]之謂也 雖一念之懈 一事之忽 而其害終至於違天命失民心 此疾敬[52]止敬之爲無怠無荒之道者也 是故在輿有旅賁[53]之規 位宁有官師之典 倚几有誦訓[54]之諫 臨事有瞽史[55]之導 居寢有暬御[56]之箴 史不失書 矇不失誦 此古昔盛規也 雖欲怠荒 其可得乎 今日聖志之在勤學 聖學之在主敬 不可得以議也 而至於闕遺之有無 惟在乎睿念之反省 過則如日月之更 善則如風雷之遷 於不盛哉 卽此 睿念之誠不誠 聖志之定不定 而吉凶治亂繫焉 可不懼哉 至於與治同道罔不興 與亂同事罔不亡之爲萬世柯則 至矣盡矣[57] 道何如而治 與夫事何如而亂 稽

다. 중국 고전 중 가장 오래된 경전이라 할 것이다. 우(虞)·하(夏)·은(殷: 商)·주(周)의 네 왕조에 걸쳐 전(典)·모(謨)·훈(訓)·고(誥)·서(誓)·명(命)의 여섯 가지 문체(文體)로 이루어졌다. 사서(四書)·육체(六體)라고 하며 여기에 정(征)·공(貢)·가(歌)·범(範)을 더하여 십례(十例)라 하기도 한다. 시대는 요(堯)·순(舜)시대로부터 춘추(春秋)시대, 노(魯)·진(秦) 등의 열국(列國)에 이르기까지 다양하게 수록되어 있다.

49) 태황(怠荒) : 게으름을 피우면서 일을 하지 않다. 일에 게으름. 단정치 못함.
50) 성색(聲色) : 가무와 여색
51) 유전(游畋) : 사냥.
52) 질경(疾敬) : 『書經』「召誥」에 "왕은 빨리 덕을 공경하소서(王其疾敬德)."라고 하였다.
53) 여분(旅賁) : 주관(周官)의 이름. 즉 무용(武勇)으로써 재해(災害)를 막는 일을 관장했다고 한다(『周禮』 夏官 司戈盾). 『周禮』에 "여분씨(旅賁氏)는 창과 방패를 가지고, 수레를 호위하여 나가는 일을 맡았다. 수레가 멈추면 수레바퀴를 버틴다."고 하였다.
54) 송훈(誦訓) : 글 외는 일을 맡은 벼슬이다.
55) 고사(瞽史) : 고(瞽)·사(史)는 천도(天道)를 아는 자이다.
56) 설어(暬御) : 가까이서 모시는 사람이다.
57) 지의진의(至矣盡矣) : 완전하다. 완벽하다. 주도면밀하다. 더할 나위 없이 충분히 완비되어 있다.

之於經 驗之於史 聖鑑[58]已昭然[59]矣 顧今日所同之如何 亦惟在於 睿念之反省而已 臣不敢議也 而其要恐在於求言用人二者 蓋聖不欲自用[60]而小 聖不可獨運於上 故容諫拒諫而治亂分焉 任賢簡賢而興亡隨焉 以臣蔑識 雖未能歷陳 而若 聖志知止[61] 聖學克明[62] 則言何如而可容可違 人何如而可好可惡 其所敷奏[63]而明試[64] 審擇而用舍者 悉合於先王之大道矣 有人然後 斯可有言 臣請以用人之方 冒死陳之 今日之論國事者 未有不以危亂[65]爲懼 則扶危救亂 其忍伈泄[66]而已乎 言者曰 今者人物眇然 是豈然乎哉 天生一時人 足了一時事 千里之國 八域之廣 豈眞無人乎哉 今者限以門地 拘於偏黨[67] 所試者戲劇之科制 所用者偪仄[68]之闤闠[69] 而無人之歎 發於臨朝 擇人之命 歸於濟私 則朝廷上 爭名爭利者紛然[70] 而巖穴[71]間 避色避世者邈然[72]矣 上下之所征者利 長幼之所導者慾 而利

58) 성감(聖鑑) : 임금의 감식(鑑識).
59) 소연(昭然) : 일이나 이치(理致)에 밝음.
60) 자용(自用) : 자신만이 옳다고 생각하다. 독선적이다. 자신이 최고라고 생각하다.
61) 지지(知止) : 자기 분에 지나치지 않도록 그칠 줄을 앎.
62) 극명(克明) : 속속들이 잘 밝힘. 똑똑히 밝힘.
63) 부주(敷奏) : 윗사람에게 아룀. 천자에게 일을 아뢰는 것.
64) 명시(明試) : 명확하게 시험하다. "명시이공(明試以功) : 공로를 통해서 명확하게 시험한다. 인물됨을 알기 위해서는 그 사람이 행한 일의 성적을 조사한다. 功은 일하는 태도."
65) 위란(危亂) : 나라가 위태(危殆)하고 어지러움.
66) 심설(伈泄) : 는지럭거리다(물체가 심하게 물크러질 정도로 자꾸 힘없이 축 처지거나 물러지다. 말이나 행동 따위를 몹시 굼뜨고 느리게 하다). "然而一日二日 伈泄度年 三尺無所用 亂賊無所懼: 하루 이틀 는지럭거리며 해를 넘겨서, 국법이 소용없고 난적이 두려워하는 것이 없다."
67) 편당(偏黨) : 한편의 당파. 한 당파에 치우침.
68) 핍측(偪仄) : 매우 가깝다는 뜻이다.
69) 환궤(闤闠) : 시장(市場)의 울타리와 문. 저자. 상가(商街).
70) 분연(紛然) : 실같이 얽히고설켜 가닥을 잡을 수 없다.
71) 암혈(巖穴) : 바위에 뚫린 굴.
72) 막연(邈然) : 漠然. 아득하여 분명하지 않은 모양. 요원하다. 아득하게 멀다. 개의치 않는 모양. 무관심한 모양. 냉대하는 모양.

慾橫流 天理斁晦 有不可勝言者 然則矯弊捄亂之道 豈非崇德之爲急務也耶 噫 人君雖侯邦之小 而居寶位之大 孰令而不從 誰憚而不爲 何可以上天[73]付予之重且大[74] 而遽割裂[75]以狹小之 使用人之路不廣乎 苟有上等人可用者 而不與代天工[76]共天職也 是豈畏天命得民望之道哉 方今以聖賢之學求之 則未知有上等人也 而抑其次豪俊[77]之流 其必在隱淪[78]韜晦[79]之中乎 若 聖志之攸立 聖學之攸好 先有仁聲之感人[80] 繼以 綸綍[81]之曉人 使斯人莫不仰 聖心之克享天心 則或者有應旨[82]進言之 不嫌沽衒[83]者乎 然求之不以至誠 用之不以至誠 則亦恐求之而不至 何可得而用之哉 噫 言路之開不開 賢路[84]之防不防 時之先後 悔之早晚 所繫顧何如

---

73) 상천(上天) : 하늘. 하나님. 사천의 하나로 겨울 하늘. 하늘로 올라감.
74) 중차대(重且大) : 매우 중요하고 또 큰 일임.
75) 할열(割裂) : (본래 통일되어 있거나 서로 연관된 것을) 가르다. 나누다. 분리하다. 떼어 놓다.
76) 대천공(代天工) : 『書經』「皐陶謨」에 "서관(庶官)을 폐하지 말라. 사람이 하늘의 일(天工)을 대신하는 것이니……"라는 대목에서 인용된 말이다. "代天工修天職": 『書經』에 "모든 관직을 비우지 말라. 관직이라는 것은 하늘의 할 일(天工)을 사람이 대신함이다"라고 하였다.
77) 호준(豪俊) : 재주와 지혜가 뛰어난 사람.
78) 은륜(隱淪) : 세상을 피하여 숨는 것.
79) 도회(韜晦) : 도광양회(韜光養晦). 도광(韜光)은 '빛을 숨기고', 양회(養晦)는 '어둠을 키운다.'라는 뜻. 도회지계(韜晦之計) : "재능을 숨기고 속으로 실력을 키우는 계략"이라는 뜻.
80) "孟子曰 仁言 不如仁聲之入人深也": 맹자께서 말씀하셨다. "인언(仁言)은 인성(仁聲)이 사람에게 깊이 들어가는 것만 못하다." 정자(程子)가 말씀하였다. "인언(仁言)은 인후(仁厚)한 말로서 백성들에게 가함을 이른다. 인성(仁聲)은 인문(仁聞)을 말하는 것이니, 인(仁)의 실체가 있어서 대중으로부터 칭송받는 것을 이른다. 이는 더욱 덕(德)이 밝게 드러남을 볼 수 있는 것이다. 그러므로 사람을 감동시킴이 더욱 깊은 것이다(程子曰 仁言 謂以仁厚之言 加於民 仁聲 謂仁聞 謂有仁之實 而爲衆所稱道者也 此尤見仁德之昭著 故其感人 尤深也).
81) 윤발(綸綍) : 윤음(綸音).
82) 응지(應旨) : 임금의 명령에 응함.
83) 고현(沽衒) : 과시하여 잘 보이려는 것.

可不懼哉 或曰習俗難變 時運難回 而以臣淺見 恐未必然也 挽近[85]以來上天之警告以災異者屢矣 下民之顒望[86]其德澤者久矣 斯可見天心之仁愛 民心之眷戀[87]也 其所以仰答天警 恩結民心之方 失今不圖 則恐天意更無所示警 而民心更無所懸望 此臣之所大懼者也 向所陳利慾橫流 天理斁晦云者 臣亦不免乎同浴譏裸 而請申論之 竊伏聞[88]天地人之幷立爲三者 以氣化人事之相參也 故人道息[89]則氣化隨以汙[90]焉 其理然也 上天豈不欲悠久爲生成之仁 而其於自作而自絶何 聖人豈不欲敷錫[91]厥皇極[92]之福 而其於自暴而自棄何哉 然而人君卽一天也 其所以陶鑄[93]一世 至誠變化者 只是一心上轉移間耳[94] 程子論奪造化三事 修養之所以引年[95]國祚[96]之所以祈天永命[97] 學而至於聖人是也 爲人君者 爲可兼斯三者夫以君師之位 極學問之功 克己復禮[98] 全其天理 于以綏民 猷誠民心 則德合聖人 迓續[99]休命[100] 而倬彼雲漢[101] 壽齊天地 豈止修養家吐納[102]

---

84) 현로(賢路) : 어질고 재능이 있는 사람이 관리에 임용되는 기회.
85) 만근(挽近) : 몇 해 전으로부터 최근까지.
86) 옹망(顒望) : 크게 우러러 바람.
87) 권련(眷戀) : 간절하게 생각하며 그리워함. 사모하다. 미련을 두다.
88) 복문(伏聞) : 삼가 듣자오니. 자기가 남에게서 들은 말의 내용을 윗사람에게 글로 적어서 알릴 경우에, 첫머리에 쓰는 말이다.
89) 식(息) : 망하다. 멸하다.
90) 오(汙) : 더럽다. 추하다. 더럽히다. 더러워지다.
91) 부석(敷錫) : 임금이 교령(敎令)을 널리 반포함.
92) 황극(皇極) : 제왕(帝王)이 나라를 다스리는 표준이 될 만한 지극(至極)히 올바른 법.
93) 도주(陶鑄) : 도기 또는 주물을 만들다. 인재를 양성하다. 연마하다.
94) "今日之計 其惟在陛下一轉移間耳(오늘의 계책은 폐하께서 마음을 한 번 바꾸는 데 달려 있다 하겠습니다.)"
95) 인년(引年) : 노령으로 은퇴하다. 수명을 연장하다.
96) 국조(國祚) : 국운(國運).
97) 기천영명(祈天永命) : 오래오래 살기를 하늘에 빌다.
98) 극기복례(克己復禮) : 욕망이나 사(詐)된 마음 등을 자기자신의 의지력으로 억제하고 예의에 어그러지지 않도록 함.

呴噓[103]之功也哉 蓋一念之微 而天理勝則私欲消 一身之大 而元氣勝則邪疾祛 苟以是推而極之 則其驗有不可誣者 况威福[104]之權 風動[105]四方者乎 今日 聖德日新 以新斯民 以新一世之耳目 則天命豈不維新[106]也哉 然則所謂勝妖勝邪之效 初非異常物件事也 君相之造命[107]者正 遠邇[108]之歸化者正 正論大行 正氣盛壯[109] 如大明中天 萬物咸覩 則彼陰邪者不敢干於其間 尚何洋學之可憂 邪黨之可畏也哉 其餘節目[110]間事 臣不敢指陳[111] 而今因是而於國事 聖學 苟有絲毫之補 則臣死復何恨焉 仍伏念臣旣以自絕[112] 聖世爲言 而所論者非徒僭分[113] 反涉沽名[114] 然而其情有可憾者 嗚呼 人之大倫[115]有五 而顧臣身兼三窮 家無一樂 尚何師友之可論 平生身世[116] 無非一虛字也 所存者惟君臣大義一節 而上之所知者虛 下之所冒者虛 則幷此大義而亦歸於虛矣 生固罔也 死尚何歸 此臣

---

99) 아속(迓續) : 끊이지 아니하게 이음.
100) 휴명(休命) : 하늘의 명령. 임금의 명령.
101) "倬彼雲漢 昭回于天(환한 저 은하수가 하늘에 밝게 둘러 있네)."
102) 토납(吐納) : 입으로 더러운 기를 토하고 코로 신선한 기를 마심.
103) 구허(呴噓) : 숨을 토하고 마시다. [도가(道家)의 단련 방법을 말함]
104) 위복(威福) : 위압(威壓)과 복덕(福德). 때로 위압을, 때로 복덕을 베풀어 사람을 복종시킴.
105) 풍동(風動) : 바람이 붊. 바람에 불려 물건이 움직이듯 쏠려 좇음. 감화(感化)됨.
106) 유신(維新) : 모든 것이 개혁되어 새롭게 됨. 묵은 제도를 아주 새롭게 고침.
107) 조명(造命) : 운명을 지배하는 신(神). 운명의 주재자(主宰者). 운명을 개척해 나가다.
108) 원이(遠邇) : 원근(遠近).
109) 성장(盛壯) : 힘이 왕성(旺盛)함. 혈기(血氣)가 왕성함.
110) 절목(節目) : 조목(條目). 목록. 항목.
111) 지진(指陳) : 설명하다. 지적하여 개진(開陳)하다.
112) 자절(自絕) : 스스로 목숨을 끊음.
113) 참분(僭分) : 신분에 맞지 않는 분수. 신분에 넘침.
114) 고명(沽名) : 명예를 구하려고 함. 명예를 탐냄. 명예를 팖.
115) 대륜(大倫) : 인륜의 대도(大道). 사람으로서 행해야 할 중요한 도리.
116) 신세(身世) : 일신 상의 처지와 형편. 남에게 도움을 받거나 괴로움을 끼치는 일.

所以冒犯[117]僭猥[118]之誅 畢暴欺誣[119]之實 而至於妄效愚忠[120]者 只欲於未死之前 少紓[121]不瞑之恨者也 天日在上 臣安敢欺罔 更伏願 聖明[122]察臣所懇 下臣此章 詳核譽毁之虛實 深軫[123]朝廷之羞耻 如右所請而明正[124]罪名 無拘當例焉 况臣是滓累人也 心疾[125]人也 狂奔浪走 無所常居 尙何 恩批[126]之敢辱 若得妄言之罪 嶺海爲歸[127] 則臣不勝幸甚[128] 臣無任[129]感畏震越[130]憂愛[131]怵惕[132]之至 答曰 省疏具悉爾懇異船之課歲[133]來到 甚是駭訝 今見爾疏 闢邪之論 痛切明快 若使匪類聞之 足可以革心[134]而斂跡[135] 餘他陳勉諸條 殆近屢千言 有以知憂愛惓

---

117) 모범(冒犯) : 일부러 불법한 말이나 행동을 함. 무례한 짓을 하다. (언어나 행동에 예의가 없어) 상대방의 기분을 상하게 하다. 실례하다.
118) 참외(僭猥) : 참람하고 외람됨.
119) 기무(欺誣) : 거짓으로 꾸며 남을 속이다.
120) 우충(愚忠) : 시비를 따지지 않는 맹목적인 충성. 자기의 성의(誠意). 우충우효(愚忠愚孝) : 오직 한마음으로[외곬으로] 충효에 힘쓰다.
121) 서(紓) : 늦추다. 풀다. 해제하다. 펴다. 발산시키다.
122) 성명(聖明) : (천자가) 현명하다. 비범하고 총명하다. 사리에 밝다. 임금. 천자(天子).
123) 진(軫) : 슬퍼하다. 마음 아파하다.
124) 명정(明正) : 흑백을 분명히 하다. 옳고 그름을 결정짓다.
125) 심질(心疾) : (근심, 울파로 인한) 가슴앓이.
126) 비(批) : 상소(上疏)에 대한 임금의 대답(對答). 비답(批答).
127) 영해위귀(嶺海爲歸) : 영해지행(嶺海之行: 험한 재와 깊은 바다로 간다는 뜻으로, 귀양 가는 것을 이르는 말)
128) 행심(幸甚) : 매우 다행이다.
129) 무임(無任) : 매우. 대단히. 맡은 직무를 감당할 수 없다. 無任歡迎: 매우 환영하다. 無任感荷: 어떻게 감사해야 좋을지 모르겠다. 無任企祝: 축하해 마지않다.
130) 진월(震越) : 몹시 두려워서 얼이 빠짐.
131) 우애(憂愛) : 근심과 애착. 人爲恩愛惑 不能捨情欲 如是憂愛多 潺潺盈于池(사람이 은애에 미혹되어 감각적인 욕망을 버리지 못하면 근심과 애착은 날로 불어난다. 잔잔한 물방울이 연못을 채우듯이).
132) 출척(怵惕) : 두려워하다. 벌벌 떨다. 머뭇머뭇하다. 두려워서 조심함.
133) 과세(課歲) : 해마다 꼭꼭 함.
134) 혁심(革心) : 마음을 고쳐 바꿈. 마음을 고치다. 마음을 새롭게 하다.
135) 염적(斂跡) : 발을 끊다. 종적을 감추다. 언행을 삼가다. 행동을 조심하다. 물러

惓136)之意 曷不服膺137) 秋凉138)漸生 爾其從近簉朝 補予不逮 予方側席而待之

【역문】「정미봉사」139)

양학(洋學)이 난적(亂賊)이 된 것은 곧 천지(天地)가 열린 후에 아직 한 번도 없었던 최고의 변괴(變怪)이다. 듣자옵건대, 지난해 여름 홍주도(洪州島)에 온 이양선이 이미 흉서(凶書)를 보내어 몰래 국경을 넘어온 양인(洋人)으로서 사옥(邪獄) 때에 주살(誅殺)된 자를 우리가 죽였다고 하였다 하니, 그 사연은 변명할 것도 못된다. 그러나 우리나라 사람의 사당(邪黨)이 적의 와주(窩主)가 되었다는 것은 형적이 이미 모두 드러났으니, 이것은 하루라도 용서할 수 없은 즉, 마땅히 다시 사옥을 일으켜 상황을 궁극히 핵사해서 엄하게 처리하는 계기로 삼았어야 할 것이다. 그럼에도 조정(朝廷)에서 관대했던 것은 다만 우리가 해야 할 것을 하고 불치(不治)로 다스린 것이니, 만리(萬里) 밖에서 밝게 보고 70일 만에 와서 귀화하는 일이 있을 것인데, 어찌하여 적모(賊謀)가 날로 몰래 점점 더하고 화란(禍亂)을 교결(交結)하여 빚어내어 이번에 고군산(古群山)에서 양선(洋船)이 온 일이 있게 되었습니까? 도계(道啓)가 올라오고 저보(邸報)가 퍼져 사람들이 전달하지 않음이 없었고 또한 놀라고 당혹하지 않음이 없었다. 이러한 의리(義理)의 분한 마음은 본래 타고난 떳떳한 성품에서 모두 함께 나온 것입니다. 신(臣)은 멀리

나 은거하다.

136) 권권(惓惓) : 정성스럽다. 충성스럽다. 간절하다.

137) 복응(服膺) : 교훈 같은 것을 늘 마음에 두어 잊지 아니함. (도리·격언 등을) 마음에 새겨 잊지 않다.

138) 추량(秋凉) : 가을의 서늘하고 상쾌한 기운(날씨).

139) 『과재집』 권03, 疏啓

있어서 문서들에 대해 자세히 알지 못하는데, 이것이 과연 표류한 배이겠습니까? 해적이겠습니까? 표류하여 온 배로 대우하여 마치 먼데서 온 것처럼 회유한 것에는 반드시 응변(應變)하는 기책(奇策)이 있기는 하나, 만약 오로지 스스로를 업신여기는 바라면, 이른바 심복(心腹)을 드러내고 정실(情實)을 드러내어 약한 것을 보이는 것이 아닐 수 있겠습니까? 적이 오는 것에는 반드시 그 까닭이 있다. 그 머무름에도 반드시 믿는 바가 있는 것이다. 사당(邪黨)으로서 와주(窩主)가 된 자 중에 반드시 그 사람이 있을 것인데, 그것을 불문에 부친 즉, 고금천하에 어찌 이러한 일이 있겠습니까? 그 조처가 엄밀해야 함은 외인이 들을 수 있어서는 안 된다. 아! 저 양적(洋賊)이 얼마나 많은 날을 우리의 땅에 접할 수 있게 했는가? 저 사당(邪黨)의 무리들은 하루라도 하늘 아래에서 함께 할 수 있겠습니까? 조정(朝廷)의 계책과 조정의 공론(公論)은 신(臣)이 감히 아는 바가 아니나 신이 알고 있는 작은 지식은 다만 의리상(義理上)의 득실입니다만, 혹 사기·사론(士氣士論)에서 먼저 할 수 있는 것이 있는 것이 아닌가 합니다. 노사(虜使)를 베기를 청한 것과 같이 청할 사람이 어찌 없겠으며, 강홍립(姜弘立)이 향도한 것과 같은 일을 오늘날에 다시 보겠습니까마는 양적(洋賊)이 노사와 같지는 않더라도 저 사당(邪黨)은 강홍립과 비슷하다는 것을 혹시 모르는 것이 아닌가 합니다. 우리가 적에 대해 헤아리는 것은 도리어 적이 우리나라에 대해 엿보는 것만 못한데, 만약 무리들이 요술(妖術)에 의해 기만당하고 사적(邪賊)에게 모욕당하여 다만 요사(妖邪)를 보양(保養)하는 것으로 화(禍)를 늦추는 장책(長策)으로 삼을 따름이라면, 장차 우리 소중화(小中華)의 온 영역이 모두 멸망하여 요수(妖獸)·괴조(怪鳥)가 되는 상황에 빠져도 구제할 수 없을 것입니다. 아! 예전부터 융적(戎狄)의 화(禍)에 어찌 선악(善惡)을 분별할 만한 것이 있었겠는가? 이 적(賊)에 이르러서는 전(前)에 없었던 이단(異端)을 만들어냄으로써 성인(聖人)의 도를 위협하니 이것은 화(華)·이(夷)와 인(人)·수(獸)를 구분함에 있어서 큰 요점이다. 신은 비록 배우지 못했으나 간절히 말씀드리는 것입니다. 아! 중하(中夏)의 군성(群聖)이 하늘을 이어받아 임금의 자리에 선 까닭은 오륜과 오례의 질서를 바로잡고 덕이 있는 자를 명하고 죄진 자를 벌하고자 한 것에 불과합니다. 치국평천하의 도는 반드시 진실되게 마음을 바르게 함에 근본을 두어야 합니다. 나라가 다스려지느냐 어려워지느냐 하는 계기는 군자와 소인의 양도에서 나오지 않는다. 총괄적으로 논하면, 위로는 요(堯)·순(舜)·주공(周孔)으로부터 아래로는 염락군현(濂洛羣賢)에 이르기까지 이것으로써 천하의 정법(正法)과 천하를 밝히는 정도(正道)로 삼는다. 이를 얻는 자는 왕이 되고 그것을 빙자하는 자는 패자(覇者)가 되며 익히는 자는 길하고 거스르는 자는 흉한 것이 고금에 귀감이 됨에는 조금도 차이가 없는 것입니다. 생각건대 우리 조선이 소중화라고 불리는 것은 인성(仁聖)의 구방(舊邦)으로 홀로 주공(周孔)의 도(道)를 전함으로써 열성조가 기초를 건립하는 바가 되었고, 제선정(諸先正)이 보좌하며 지지하는 바가 된 것은 천하가 모두 아는 바입니다. 배와 수레가 이르는 곳, 사람의 힘이 미치는 곳, 하늘이 만물을 뒤덮고 땅이 일체 만물을 받아들이는 곳에서 무릇 혈기(血氣)가 있는 자는 부모를 공경하지 않음이 없다. 이것은 선성(先聖)의 유풍(遺風)이 백대에 걸쳐 흥기한 것이다. [군자는] 친한 이에게는 친하게 대하고 현명한 이를 현명하게 여기고 [소인(백성)들은] 그 즐겁게 해 준 바를 즐거움으로 여기고, 그 이롭게 해 준 바를 이로움으로 여긴다. 이 덕분에 세상을 떠났지만 잊지 못하는 것이며 우리 성조(聖朝)의 남아 있는 은덕이 백세(百世)에 걸쳐서도 끊어지지 않는 것이다. 아! 저 서양은 반드시 선성의 도에 화를 입히고자 하는 즉, 어찌 혈기의 류가 아니겠는가? 하물며 이 사당(邪黨)은 반드시 부모의 나라에 화를 입히고자 하는 즉, 어찌 백성의 후손들이 아니란 말인가? 이것은 그 도(道)가 무부무군(無父無君)이기 때문이다. 이것은 천하가 함께 처형하는 바이니 유독 우리나라의 난적이기만 한 것이 아니다. 양·묵(楊墨)의 도는 또한 몸소 친히 난신적자가 되는 일이 아니나 맹자는 다만 이르기를, 아비도 없고 군왕도 없으면 짐승의 세계이다. 양묵의 도가 그치지 아니하면 공자의 도는 드러나지 못하리니 사설(邪說)이 온 나라 백성을 속이고 인의의 길을 가로막아 버리는 것이다. 인의의 길이 가로막혀지면, 짐승을 몰아다가 사람을 먹게 하는 것이다. 또 이르기를, 서융북적의 오랑캐를 정벌하니 남쪽 형·서 패들이 다스려진다고 했는데, 아비도 없고 군왕도 없으면 이는 주공이 버릇을 고쳐주자는 무리들인 것이다. 양·묵을 막는다고 말할 수 있는 자는 성인(聖人)의 무리이다. 주자(朱子)가 이것을 논하여 이르기를, 맹자는 양·묵에게 심한 원오(怨惡)이 있어서 그것을 배척함이 한 하늘 아래서는 같이 살 수가 없는 원수 같다. 이것은 사람이 적(賊)을 쫓아내는 것과 같다. 적은 마땅히 잡아 죽여야 한다고 말한다면, 이것은 곧 이편(主人편)에 있는 자이다. 만약 적은 잡을 수도 있고 용서할 수도 있다고 한다면, 이것은 곧 적의 편에 있는 자이다. 지금 사류(邪類)는 나에게 진실로 원수이며 도둑이다. 우리가 감히 성인의 무리로써 스스로 힘쓰지 않고 기꺼이 스스로 적의 편으로 돌아가는 것을 참을 수 있는가? 구문장(丘文莊)이 불교가 처음으로 중국에 들어온 것에 대해 논하여 이르기를, "한(漢)나라 명제(明帝)는 중국의 주(主)인데 외이(外夷)를 접하고서 이에 큰 분쟁의 발단을 열었고 이로써 중화(中華)에게 천만년의 무궁한 재난(災難)이 되었으니 어찌 명교(名教)의 죄인이 아니겠는가?"라고 하였다. 그런데 지금 양교(洋教)의 화란(禍亂)은 불교보다 백배나 된다. 금일에 그것으로부터 화(禍)가 비롯될 수 있다. 성조(聖朝)로 하여금 백세에 걸쳐서도 씻기 어려운 치욕을 입힐 수 있다. 또한 지금 말에, 혹자는 우리가 불교에 대해서는 후하고 서양에 대해서는 어찌 그리 심한가라고 한다. 아! 누가 이러한 말을 하는가? 그 사론(邪論)의 잘못됨은 대개 불교라도 후하게 대해서는 안 된다. 그러니 양학(洋學)에 대해서는 죽이고 절대로 용서가 없다. 어째서인가? 부모가 돌아가셨는데 상복을 입지 않고 근본에 보답함에 제사를 지내지 않는다. 단지 이 한 가지 것은 금수(禽獸)이고 더욱 그보다 못한 것이다. 하물며 그 요술이 쉽게 사람을 미혹한 즉, 어찌 불교에 비하겠는가? 우리의 도와 사교는 한 세력권 안에서 함께 존재할 수 없다. 그 용납할 수 있음이 불교 같을 따름이겠는가? 그가 과연 그[오랑캐] 교지(巧智)에 의지하여 하늘을 속일 수 있다고 일컫고 오랑캐의 묘기를 뽐내며 하늘을 거스를 수 있다고 한다. 배를 말처럼 부려 대해(大海)를 횡행(橫行)한 즉, 이는 거의 범에 날개가 달린 듯하여 더불어 대적할 자가 없을 듯하나, 요사를 부리고 제 힘을 믿는데도 천하에 적이 없다는 것은 신이 전에 듣지 못한 것입니다. 대개 요(妖)가 덕(德)을 이기지 못하고 사(邪)가 정(正)을 이기지 못하는 것은 천지를 세운 상리(常理)이다. 이제 천지가 무너지고 인류가 다한다면 그만이겠으나, 그렇지 않다면 어찌 요(堯)·순(舜)·주공(周孔)의 도가 해외(海外)의 요사한 적에게 욕을 보게 되는 일이 있겠습니까? 먼 앞날에 대한 생각(遠慮)이 없으면 반드시 눈앞에 근심이 닥쳐온다(近憂)고 했으니 지금 먼 앞날의 염려(遠慮)에 대비하며 눈앞의 근심(近憂)를 사라지게 함에는 반드시 그 방도가 있다. 그런데 저것에 맞섬에 있어서 덕(德)에 힘쓰지 않고 정(正)을 지키지 않으며 다만 요사(妖邪)를 두려운 것으로 생각한 즉, 뜻이 나뉘고 기세를 잃어버린다. 필경은 장차 머리를 숙이고 동정을 구걸하게 될 것이니, 또한 어찌 승부를 논할 수 있겠습니까? 한 잔의 물로 한 수레의 장작더미에 붙은 불을 구할 수 없다. 오곡이 여물지 않음은 도리어 피가 여물은 것만 못하다. 이것은 그 대소(大小), 허실(虛實)의 세(勢)가 이와 같다. 그런 즉, 우리는 이른바 덕(德)이고 정(正)인데 작아서 한 잔의 물과 같고 허(虛)하여 부실한 곡식과 같고서 우리가 저를 이길 수 없음을 책망한다면 이것이 어찌 이치에 맞는 일이겠는가? 그런 즉, 덕에 힘쓰고 정(正)을 지키는 것은 결단코 돌연히 답습할 수 없으니, 만약 성력(誠力)이 도달하는 바를 논한다면, 또한 칠년 동안 병을 앓은 자가 삼년 묵은 쑥(良藥)을 구하는 것을 일컬음이 아니다. 무릇 송공(宋公)의 말 한 마디로써 형혹성(熒惑星)이 물러나는 것을 보았다. 노련(魯連)의 몇 마디 간단한 말이 신원(新垣)으로 하여금 숨을 죽이고 가슴을 죄게 하였은 즉, 이것은 덕(德)이 요(妖)를 이기고 정(正)이 사(邪)를 이긴 것이 성(誠)에 있고 거짓(僞)에 있지 않은 까닭이다. 그런 즉 지성(至誠)에 감동된 바 천지를 감동시킬 수 있다. [군자와 현인의 말은] 방안에서 한 말이지만 그 말이 선(善)함으로 천리 밖에서까지 호응한다. 무릇 한 사람의 존대함에 참으로 전일한 마음이 존재하며 참으로 큰 말씀을 발한 즉, 단 하루만에라도 또한 감응의 신묘함이 있는데 하물며 시일이 오래 쌓이매 어찌 해외에 요술이, 국내에 사적이 있겠는가? 董仲舒는 이르기를, 조정을 바르게 함으로써 백관을 바르게 하고, 백관을 바르게 함으로써 만민을 바르게 한다. 만민을 바르게 함으로써 사방을 바르게 하는 것인데, 그 근본은 임금의 마음이 먼저 바르게 되는 것에서 나온다고 하였습니다. 임금의 마음을 바르게 함에는 어떤 방법을 써야 하는가? 성현의 도와 성현의 학을 버리고서 무엇으로써 하겠는가? 거스르고 닦는 것에 길흉이 갈린다는 고금의 귀감은 이미 앞에서 말했다. 공경함이 태만함을 이긴다는 것과 욕심이 의로움을 이긴다는 것, 다스린 자와 도를 같게 함과 어지러운 자와 일을 같게 함이 대요(大要)가 된다. 신(臣)은 신축년(辛丑年 1841)의 소(疏)에서 말미 부분에 진술한 바가 있는데 지금 역시 이와 다름없다. 진실로 공경함이 태만함을 이기면 길하고 다스린 자와 도를 같게 하면 흥한 즉, 호학(好學)으로 뜻을 세움이 공경함을 제일로 삼는 것의 요체이며, 널리 직언을 구하며 사람을 쓰는 것이 난세를 구하는 요체이다. 신(臣)이 학문을 하지 않으면서 어찌 감히 성학(聖學)을 망령되이 논하며 잠시라도 그 한, 두 아첨하는 소문을 읊는 것이 가하겠습니까? 옛날부터 인군(人君) 중 크며, 유능하며 쓸모 있는 뜻이 있는 자에게는 반드시 학문이 있었고 앎의 실이 있었다. 그 뜻과 그 학은 전모(典謨)[140]훈명(訓命)[141]에 분포되어 있다. 모두 논어 맹자 중용 대학에 실려 있으며 독서의 요체인 즉, 주자의 행궁주차(行宮奏箚)에서 이미 그것을 상술하였다. 그런 즉, 성상의 밝은 [緝熙] 학문, 강토(講討)를 부지런히 함은 모두 마음을 다스리고 품성을 길러 그것을 정사(政事)에 베풀기 위한 것이다. 여섯 마리의 말이 끄는 마차를 모는데 쉽게 조화를 이루게 함에 생각 하나에도 쉽게 잘못이 있을 수 있으니 그러므로 안으로는 삼가고 두려워하는 마음이 있고 밖으로는 훌륭한 천자의 모습을 드러내며 공경하지 않는 때가 없고 공경하지 않는 곳이 없다. 이것이 왕이 공경함을 처소로 삼아 잠시라도 떠날 수 없는 까닭이다. 옛날부터 패망한 자는 태황(怠荒)으로써 말미암지 않음이 아직 없었다. 태황이라고 하는 것은 반드시 가무와 여색, 사냥(游畋)을 일컫는 것이 아니다. 비록 한 번의 생각의 해이함, 안 가지 일에 대한 소홀함이라 해도 그것으로 해서 그 해(害)가 결국 천명을 어기고 민심을 잃음에 이르렀다면, 이 빨리 공경함(疾敬), 오직 공경함(止敬)이 무태무황(無怠無荒)의 도(道)가 된다는 것이다. 이러므로 수레에 있을 때에는 여분(旅賁)의 규정(規定)이 있게 하고 뜰(宁)에 있을 때에는 관사(官師)[142]의 법(典)이 있게 하고, 안석(几案)에 기대

140) 『서경(書經)』의 「요전(堯典)」, 「순전(舜典)」과 함께 「대우모(大禹謨)」, 「고요모(皐陶謨)」, 「익직(益稷)」의 각 편을 통틀어 이르는 말. 이것은 내용이 모두 제왕의 도리와 治國의 大道를 논하였다. 일반의 經傳을 말하기도 한다.

141) 명(命)은 설명(說命)을 말한다.

있을 때에는 송훈(誦訓)의 간(諫)함이 있고 일에 임했을 때에는 고(瞽)·사(史)의 인도가 있게 하며, 침소(寢所)에 거(居)할 적에는 설어(暬御)의 주의(箴)가 있고, 사관(史)이 하나도 빠뜨리지 않고 쓰고 눈먼 이(矇)는 외우는 데에 실수하지 않는다면, 비록 태황하고자 해도, 그것이 가능하겠는가? 금일 성지(聖志)는 근학(勤學)에 있고, 성학(聖學)은 주경(主敬)에 있음은 의논할 것이 없다. 빠진 것의 있고 없음에 이르러서는 오직 예념(睿念)의 반성에 있다. 허물이 있은 즉, [반성을 하면] 마치 해와 달이 일식 월식이 끝나 원상이 회복되는 것과 같고[해와 달이 빛을 다시 발하다] 선한 즉, 익괘(益卦)를 본받아 개과천선을 한 것과 같으니 어찌 훌륭한 일이 아니겠습니까? 이처럼 예념의 성실함과 불성실함, 성지의 확고함과 그렇지 않음이 길흉, 치란(治亂)과 관련되어 있으니 두려워하지 않을 수 있는가? 다스린 자와 더불어 도를 함께 하면 흥하지 않음이 없고, 어지러운 자와 더불어 일을 함께 하면 망하지 않음이 없다는 것이 만세(萬世)의 법칙이 됨에 이르러 지극하고 완벽한 것이다. 도는 어찌하여 다스리는가 하는 것과 사(事)는 어찌하여 어지러운가 하는 것은 경(經)에서 상고(詳考)하고 사(史)에서 증험(證驗)하니 성감(聖鑑)은 이미 밝아졌다. 금일(今日) 어떠한가를 돌아보니 역시 오직 예념의 반성에 있을 따름이다. 신(臣)이 감히 의논하지 못하나 그 요점은 널리 직언을 구하며 사람을 쓰는 일의 두 가지에 있는 것이 아닌가 한다. 대개 성인은 자기 생각만 고집하여 옹색해지고자 하지 않으며 성인은 위에서 혼자 이끌어 갈 수 없다. 그러므로 간언을 받아들임과 간언을 거부함으로 치와 난이 나뉜다. 현인에게 맡기는 것과 현인을 깔보는 것으로 흥과 망이 따른다. 신은 무식하여 두루 진술할 수 없으나 성지(聖志)가 그칠 줄을 알고 성학(聖學)이 극명(克明)

142) 관사(官師) : 중하(中下) 계급의 관리이다.

한 즉, 말(言)이 어찌 용납할 수도 있고 거스를 수도 있으며 사람이 어찌 좋을 수도 있고 나쁠 수도 있겠는가? 임금께 아뢰는 바로 해서 명확하게 인물됨을 검증해서 바르게 선택해 사람을 쓰고 버리는 것이 모두 선왕(先王)의 대도(大道)에 맞는다. 사람이 있은 연후에야 이렇게 말이 있을 수 있다. 신은 청컨데 사람을 쓰는 방법을 죽음을 무릅쓰고 진술합니다. 오늘날 국사(國事)를 논하는 자에는 위란(危亂)으로써 두려움으로 하지 않음이 없은 즉, 나라가 위태하고 어지러움에 처한 상황을 돕고 구함에 어찌 차마 는지럭거릴 따름이겠는가? 말하는 자가 이르기를, "요즈음 인물이 너무나도 작음은 어찌 그러한가?" 하는데, 하늘이 한 때의 사람을 태어나게 함은 한 때의 일에 족하게 함이니 천리나 되는 나라 팔역(八域: 八道)의 넓은 땅에 어찌 진정으로 사람이 없겠는가? 요즈음 문벌로 제한을 받고 편당에 구애되어 시험을 보는 것이 희극(戲劇)의 과거제도이며 발탁되는 자는 매우 가까운 울타리와 문 안에 있는 자이면서 사람이 없다는 탄식이 임금 앞에서 나온다. 사람을 발탁하라는 명이 자기 잇속을 도모하는 것으로 돌아간 즉, 조정(朝廷)에서는 명리(名利)를 다투는 자들이 어지럽게 얽혀 있고 바위 굴 속에는 무례한 사람을 피하고 도가 행해지지 않는 세상을 피하는 자들이 무관심하게 있다. 상하가 취하는 바는 이익이고 장유(長幼)를 이끄는 것은 욕심이다. 이욕(利慾)이 흘러넘치니 천리(天理)가 손상되고 어두워짐이 이루 말할 수 없다. 그런 즉 폐를 바로잡고 난을 구원하는 도는 어찌 덕을 숭상함이 급무가 아니겠는가? 아! 임금이 비록 제후의 봉토처럼 작은 나라라고 할지라도 임금의 지위는 크니 누가 명령에 따르지 않고, 누가 꺼리어 행하지 않겠는가? 무엇이 하늘이 부여한 중차대한 것을 쪼개어 협소하게 하여 사람을 발탁하는 길을 넓지 않게 할 수 있겠는가? 진실로 상등인으로 쓸 만한 자가 있으나 하늘의 할 일을 대신하여 천직(天職)을 받들도록 주지 않으니 이것이 어찌 천명

(天命)을 두려워하며 백성들의 바램을 얻는 도(道)이겠는가? 지금 성현의 학으로써 구(求)한 즉, 상등인이 있음을 모르는데 또한 그 다음의 호준(豪俊)의 류(流)는 반드시 세상을 피해 숨어 있으면서 재능을 숨기고 실력을 키우는(韜晦) 중일까? 만약 성지(聖志)를 세우고 성학(聖學)을 베풂을 좋아함에 먼저 인성(仁聲)이 사람을 감동시킴이 있고 이어서 윤음(綸音)이 사람을 깨우침이 사람으로 하여금 우러르지 않음이 없게 하고 성심(聖心)이 하늘의 마음을 잘 받들 수 있은 즉, 혹 지(旨)에 응해 진언(進言)하는 자가 있어 과시하며 잘 보이려는 자라고 미워하지 않겠는가? 그런데 인재를 구함에 지성(至誠)으로 하지 않고 인재를 씀에 지성으로 하지 않은 즉, 또한 혹시 구해도 구하지 못하니 어떻게 얻어서 쓸 수 있겠는가? 아! 언로(言路)가 열리고 열리지 않음, 언로(賢路)를 막는 것과 막지 않는 것, 때의 선(先)과 후(後), 뉘우침의 이름과 늦음이 관계되는 바가 어떠한지를 돌아보면 두려워할 만하지 않은가? 혹자가 이르기를, 습속은 바꾸기 어렵고 시운은 만회하기가 어렵다고 하는데, 신의 천박한 견해로는 혹시 반드시 그렇지 않은 것은 아닌가 합니다. 몇 해 전부터 이래로 하늘이 재이(災異)로써 경고한 것이 여러 차례이다. 백성들이 그 덕택을 크게 우러러 바란 지가 오래되었다. 이것은 천심의 인애(仁愛)이며 민심이 간절히 사모한(眷戀) 것임을 알 수 있다. 하늘의 경고에 우러러 답하고 민심을 은혜와 사랑으로 맺는 방법은 이제 정신을 차려 계획을 세우고 대책을 마련하지 않으면 하늘의 뜻이 경계를 보이는 바가 다시는 없고 민심이 다시는 희망을 걸 곳이 없을 것이 두렵다. 이것이 신이 크게 두려워하는 바이다. 앞에서 진술한 바, 이욕이 흘러넘치고 천리(天理)가 손상되고 어두워졌다고 한 것은 신(臣) 또한 함께 목욕하면서 남을 벌거숭이라고 비웃는 짓임을 면치 못하나, 거듭해서 논하기를 청한 것이다. 삼가 듣자오니 천·지·인(天地人) 삼자가 병립함으로써 기화(氣化)·인사(人事)가

서로 돕는다. 그러므로 인도(人道)가 망한 즉 기화(氣化)도 따라서 더러워진다. 하늘이 어찌 생성(生成)의 인(仁)을 유구하게 하고자 하지 않겠는가? 그것을 자초해서 스스로 끊으니 어찌하겠는가? 성인이 어찌 그 황극(皇極)의 복을 널리 펴고자 하지 않겠는가? 그것을 자포자기하니 어찌하겠는가? 그러나 인군(人君)은 곧 온하늘(天下)이니 그가 일세(一世)를 도주(陶鑄)[143]하여 지성(至誠)으로 변화시키는 것은 다만 한 번 마음이 바뀌는데 달려 있을 따름이다. 정자(程子)는 조화(造化)를 빼앗는 세 가지를 논했다. 수양으로 수명을 연장하는 것, 국운이 오래 지속되도록 하늘에 비는 것, 배워서 성인(聖人)에 이르는 것이 이것이다. 인군(人君)된 자는 이 세 가지를 동시에 할 수 있다. 무릇 군사(君師)[144]의 위치로 자리매김함으로써 학문의 업적을 극진하게 하고 극기복례(克己復禮)하여 그 천리(天理)를 온전하게 하며 백성을 편안하게 함으로써 민심이 하늘의 뜻과 잘 맞게 되기(和同)를 꾀한 즉, 덕(德)이 성인(聖人)에 합(合)하고 하늘의 아름다운 명(命)을 끊이지 아니하게 이어 환한 저 은하수가 천지를 축수하며 질서정연하게 하니 어찌 수양(修養)이 집에서 토납(吐納)[145]·구허(呴噓)[146]하는 성과에 그치겠는가? 대개 하나의 생각은 미미하나, 천리가 이긴 즉 사욕이 사라지고 일신(一身)이 크나, 원기가 이긴 즉 나쁜 질병이 떨쳐진다. 진실로 이로써 미루어 끝까지 나아간 즉, 그 증험에 속일 수 없는 것이 있다. 하물며 위복(威福)의 권(權)이 사방(四方)을 감화시킴에서랴! 요즈음 성덕(聖德)이 날로 새로워져 이 백성을 새롭게 하고 일세(一世)의 이목(耳目)을 새롭게 한 즉, 천명이 어찌 유신(維新)되지 않겠는가? 그런 즉 이

143) 도주(陶鑄) : 도기 또는 주물을 만들다. 인재를 양성하다. 연마하다.
144) 군사(君師) : 임금(君)과 스승(師). 정치와 학문을 주도하는 존재.
145) 토납(吐納) : 입으로 더러운 기를 토하고 코로 신선한 기를 마심.
146) 구허(呴噓) : 숨을 토하고 마시다. [도가(道家)의 단련 방법을 말함]

른바 요(妖)를 이기고 사(邪)를 이기는 공로(功效)는 애초 이상(異常)한 특이한 일이 아니다. 군상(君相)이 조명(造命)하는 것이 바르면 원근에서 귀화(歸化)하는 자가 바르며 정론(正論)이 크게 행해지고 정기(正氣)가 왕성함이 대명(大明)이 하늘 한가운데 있는 것 같다. 만물이 모두 본 즉, 저 음사(陰邪)한 것은 감히 그 사이에 간여하지 못한다. 또한 양학(洋學)이 어찌 우려할 만하고 사당(邪黨)이 두려워할 만하겠는가? 그 나머지 절목의 일에 대해서는 신이 감히 진술하지 않습니다. 그리고 지금 이로 인하여 국사(國事), 성학(聖學)에 대하여 조금이라도 도움이 있은 즉, 신이 거듭 죽더라도 어찌 한이 되겠습니까? 이에 엎드려 생각건대 신이 목숨을 끊음으로써 성세(聖世)에 말을 하여 논한 바가 헛되이 분에 넘치는 것이 아니며 도리어 명예를 구하는 것에 관계된다. 그러나 그 정(情)에는 슬퍼할 만한 것이 있다. 아! 인간의 대륜(大倫)에는 다섯 가지가 있는데 신의 몸에 세 가지 궁(窮)을 겸하고 있고 집에는 한 가지 낙(樂)도 없으니, 또한 어찌 사우(師友)를 논할 수 있겠습니까? 평생의 신세(身世)는 하나도 헛되지 않은 것이 없고, 있는 것이라고는 군신(君臣)의 대의(大義) 일절(一節)뿐이다. 상(上)께서 아는 바가 허(虛)이고 아랫 것들이 고민하는 것이 허인 즉, 이 대의(大義)도 아울러서 허로 돌아간다. 삶이 참으로 실망스러운데, 죽어서는 또한 어디로 돌아갈까? 이 신이 참외(僭猥)[147]를 범하여 처형을 받는다고 해도, 반드시 그 속였다고 한 것이 사실임이 드러날 것이다. 우충(愚忠)을 망령되이 본받음에 이르러서는 단지 아직 죽기 전에 눈을 못 감을 한을 조금이라도 풀고자 함이다. 하늘에 떠 있는 해가 위에 있는데, 신이 어찌 감히 기만(欺瞞)하겠는가? 다시 엎드려 원하건대 성명(聖明)께서는 신이 간청하는 바를 살피심에 신하에게 이 글을 내리셔

147) 참외(僭猥) : 참람하고 외람됨.

서 칭찬과 비방의 허실을 상세히 조사하셔서 조정(朝廷)의 수치를 깊이 마음아파하고 앞에서 청한 바처럼 명백하게 죄명(罪名)을 밝혀 법을 적용함에 구애받지 마십시오. 하물며 신은 더러움이 쌓여 있는 사람이며 가슴앓이를 하고 있는 사람입니다. 미친 듯이 달리며 제멋대로 뛰어 상시(常時) 거주하는 곳이 없습니다. 또한 어찌 임금의 비답(批答)을 감히 욕되게 하겠습니까? 만약 망언(妄言)한 죄를 얻어 귀양을 간다면, 신은 매우 다행입니다. 신은 두려움을 느껴 몹시 두려워 얼이 빠지고 걱정과 애착으로 머뭇머뭇해 마지않습니다. 비답에 이르기를, "상소를 보고 네 간청을 잘 알았다. 이선(異船)이 해마다 내도(來到)하는 것은 심히 놀랍고 의아하다. 지금 너의 상소를 보니 벽사(闢邪)를 논한 것이 통절하고 명쾌하다. 만약 비류(匪類)들로 하여금 듣게 한다면, 족히 마음을 고쳐 종적을 감추게 할 수 있다. 여타의 권면한 여러 조목들이 거의 수천언(數千言)에 가까운데 걱정과 애착이 간절한 뜻을 이로써 알 수 있으니, 어찌 가슴속에 품어두지 않겠는가? 가을의 서늘한 기운이 점차 일어나는데 네가 곧 조정(朝廷)에 나와 나를 돕는데 미치지 못하니 내가 막 옆 자리를 마련해 놓고 기다리고 있다."

〈역주 : 송요후〉

『屐園遺稿』

「討邪學頒敎文」

王若曰[1] 惟我皇天列祖 嘿[默]佑邦家[2] 迺玆元惡[3]巨魁[4] 湍伏典憲[5] 祇告宗社陟降[6] 誕諭[7]卿士庶民 八域[8]同慶之休 萬民[代]彝倫[9]之敘[10] 念箕封方數千里 而昇平垂四百年 其民士農工商 其文詩書禮樂 所誦法者 堯舜禹湯文武孔孟周程之訓 所修明者君臣父子夫婦長幼朋友之倫 盖我列祖相承 二南[11]之化興而三物[12]之敎作 亦賴羣賢輩出 六經[13]之旨闡而

---

* 이만수(李晩秀 1752~1820) : 자는 성중(成仲). 호는 극옹(屐翁)·극원(屐園). 벼슬은 호조 판서를 거쳐 평안도 관찰사에 이르렀으나, 순조 11년(1811) 홍경래의 난이 일어나자 지방의 치안을 유지하지 못한 죄로 파직되었다. 문학에 뛰어났고, 특히 변려문에 특출하였으며 글씨도 능하였다. 저서로 『극옹집』이 있다.

1) "王若曰": 『순조실록』에는 "若曰".
2) 방가(邦家) : 일정한 영토와 국민과 독립된 주권(主權)을 갖추고 있는 사회의 정치 조직. 국가. 나라.
3) 원악(元惡) : 악한 일의 주모자. 매우 악한 사람. 원흉. 대악당. 죄악의 근원.
4) 거괴(巨魁) : 악당의 괴수(魁首). 악당의 두목.
5) 전헌(典憲) : 전범(典範). 전형적인 법이나 규범.
6) 척강(陟降) : 오르내리다. 오르락내리락함, 또는 그 오르내림.
7) 탄유(誕諭) : 널리 효시(諭示)하다.
8) 팔역(八域) : 팔도(八道)와 같다.
9) 이륜(彝倫) : 변치 않는 도덕. 만민의 떳떳한 도리.
10) 『書經』「洪範」 제1장 "我不知其彝倫攸敘": "나는 그 떳떳한 윤리의 펼칠 바를 알지 못하오."
11) 이남(二南) : 『詩經』의 「周南」과 「召南」의 두 편명을 말한다. 문왕(文王)의 아들인 무왕(武王)에 이르러 다시 도읍을 호(鎬) 땅으로 옮기고, 마침내 상(商)나라를 이기고 천하를 소유하였다. 무왕이 죽고 성왕(成王)이 즉위하자, 주공(周公)이 성왕을 보필하여 예악(禮樂)을 제정하였다. 이는 선왕(先王)의 풍속의 융성함을 밝혀서 후세에 수신제가치국평천하(修身齊家治國平天下)하는 자가 법으로

千聖之心傳 洪惟我先王二紀光臨 一念正學 崇儒重道 表章[14]朱夫子全書 尊華攘夷 昭揭魯春秋大統[15] 一國興孝 推躬行心得之餘 四海歸仁 有過化存神[16]之妙 詎意極西方陰沴[17]之氣 闖入[18]小中華禮義之邦 敢欲滓濊太淸[19] 所事者蛇神牛鬼[20] 幾至誑惑半世 其說則地獄天堂 神父敎主之稱 崇奉過於尸祝[21] 十誡七克之目 誕妄類於讖符[22] 喜生惡死人情也 而視刀鋸[23]如袵席 追遠報[執]本天理也[24] 而以烝嘗[25]爲弁髦[26] 若敎之鬼

삼도록 하기 위함이었다. 대개 그 국중(國中)의 것은 남국(南國)의 시(詩)를 섞어서 '주남(周南)'이라 하였고, 남국에서 얻은 것은 다만 '소남(召南)'이라고 하였는데, 이는 방백(方伯)의 나라로부터 남방에 입혀져서 감히 천자의 나라에 소속시킬 수 없었기 때문이다.

12) 삼물(三物) : 백성을 가르치는 세 가지 일로, 지(知)·인(仁)·성(聖)·의(義)·충(忠)·화(和)의 육덕(六德)과 효(孝)·우(友)·목(睦)·인(婣)·임(任)·휼(恤)의 육행(六行), 그리고 예(禮)·악(樂)·사(射)·어(御)·서(書)·수(數)의 육예(六藝)를 말한다.
13) 육경(六經) : 『易經』·『書經』·『詩經』·『春秋』·『禮記』·『樂記』.
14) 표장(表章) : 현양(顯揚), 표양(表揚). 받들다.
15) 대통(大統) : 국가를 하나로 통일하는 사업을 가리킨다.
16) 과화존신(過化存神) : 성인(聖人)이 지나가는 곳에는 백성이 그 덕에 화(化)하고, 성인이 있는 곳에는 그 덕화(德化)가 신묘(神妙)하여 헤아릴 수 없다는 말.
17) 음려(陰沴) : 자연계의 변괴로 말미암아 일어나는 재앙.
18) 틈입(闖入) : 뛰어들다. 느닷없이 난폭하게 들어가다. 기회(機會)를 타서 느닷없이 함부로 들어감
19) 태청(太淸) : 하늘. 천리(天理).
20) 사신우귀(蛇神牛鬼) : '우귀(牛鬼)'는 소의 머리를 한 귀졸(鬼卒)로 이름은 아방(阿傍), 혹은 우두아방(牛頭阿傍)이라고도 한다. '사신(蛇神)'은 사람 얼굴에 뱀의 몸을 한 귀신이다. 둘 다 불교에서 저승을 지키는 귀졸이다. '牛神蛇鬼' 또는 '蛇神牛鬼'라고도 한다.
21) 시축(尸祝) : 제사를 주관하는 제주(祭主). 제문(祭文)을 읽는 사람. 제사. 숭배하다. 신주와 제문.
22) 참서(讖書) : 미래의 일에 대한 주술적 예언을 기록한 책.
23) 도거(刀鋸) : 칼과 톱. 옛날에 사람을 처형하는데 쓰던 형구(刑具). 형벌.
24) "追遠執本天理也"[『순조실록』 3권, 순조 1년 12월 22일 갑자 1번째기사 1801년 청 가경(嘉慶) 6년]
25) 증상(烝嘗) : 약사증상(禴祠烝嘗). 조상에게 지내는 제사. 약(禴)은 여름 제사, 사(祠)는 봄 제사, 증(烝)은 겨울 제사, 상(嘗)은 가을 제사를 말한다.

不其餒而[27] 中冓之言[28]亦可醜也 糾結錮族廢孽怨國失志之輩 藉聲勢而植黨援[29] 嘯聚市井駔儈[30]農夫紅女[31]之流 混名分而瀆[黷]風敎 或以數字謎語 各立標名 或以半幅邪圖 暗藏[粧]巢窟 或聚首講誦於深夜密室之內 或揚言煽動於白日大都之交 知百年爲戒[戎] 殆甚伊川之被髮[32] 苟一日有變 奚啻潢池之弄兵[33] 承薰隨燕槎而購來邪書 入洋堂而師事異類[34]

---

26) 변모(弁髦) : 옛날 아이들의 관(冠)과 머리채. 무용지물. 쓸모없는 것. 경시하다.
27) 약오귀뇌(若敖鬼餒) : 약오(若敖)씨의 귀신이 굶어 죽다. 자손이 없어 제사 지내줄 사람이 없음을 비유함. 『春秋左傳』 선공(宣公) 4년에, "鬼猶求食 若敖氏之鬼不其餒而(귀신이 먹는 것을 구한다면, 약오씨의 귀신이 어찌 굶주리지 않겠는가!" 월초(越椒)는 초(楚) 나라 사람 투초(鬪椒)의 자(字)인데, 태어나면서 웅호(熊虎)의 모습에 시랑(豺狼)의 소리를 내었으므로 그를 죽이지 않으면 그의 종족 약오씨(若敖氏)가 멸하게 될 것이라는 말이 있었다. 후에 과연 초왕(楚王)을 공격하였다가 실패하여 약오씨가 전멸당함으로써 제사지낼 후손이 끊겨 그 귀신들이 굶주리게 되었던 것을 말한다.
28) 중구(中冓)는 깊숙한 방, 밀실을 말하며, 음사(淫事)를 비유한다. '중구지언(中冓之言)'은 매우 방탕하고 상스러운 이야기를 이르는 말이다.
29) 당원(黨援) : 편들다. 동료를 돕다.
30) 장쾌(駔儈) : 말의 거간꾼. 거간꾼. 중개인. 중개상. 브로커.
31) 홍녀(紅女) : 일하는 여자. 베 짜는 여자. 길쌈하는 여자. 홍(紅)은 공(工)과 통함.
32) 이천지피발(伊川之被髮) : 이천(伊川)에서 어떤 자가 머리털을 풀어헤치고 제사지내는 것. 이천은 주(周)나라 지명이다. 『左傳』 희공(僖公)22년조에 "신유(辛有)가 이천(伊川)에 가서 피발(被髮)하고 들에서 제사지내는 사람을 보고 '이곳이 백년이 못가서 오랑캐가 되겠다. 그 예(禮)가 먼저 없어졌기 때문이다.'고 말하였다."는 고사(故事)가 있다.
33) 황지농병(潢池弄兵) : 농병황지(弄兵潢池). 황지는 '사수(死水)가 괴어 있는 못', '물이 괸 곳', '연못'으로, 아이들이 물이 괴어 있는 못에서 병기를 가지고 장난하는 것과 같다는 말이다. 하는 일이 아이들 장난처럼 대수롭지 않거나 몹시 소란스러운 것을 비유하는 말이다. 『漢書』「循吏傳」龔遂에 나오는데, 전한(前漢) 선제(宣帝) 때 발해군(渤海郡)에서 일어난 백성들의 반란을 두고, 아이들의 장난에 비유한 공수(龔遂)의 말이다. 민란을 무력보다는 회유책으로 진정시킨다는 뜻이다
34) 이류(異類) : 1. 다른 종류, 2. 인간 이외의 식물·짐승·귀신. 視爲異類(사람으로 보지 않다) 3. 이족. 다른 종족. 다른 겨레.

若鍾之全家並染 難弟難兄 哲身之一鄕皆迷 尒[爾]姻尒[爾]戚 昌顯以僖[禧]賊餘孽[35] 最稱護法沙門 樂敏以法從[36]近班[37] 甘爲傳[傳]令軍卒 背國恩而怙終[38]舊習 恭昌之中毒尤深 毁家廟而斁絶[39]彜倫[倫彝] 忠然之稔惡[40]先著 痛矣忠藎[41]之華冑[42] 又出[有]健伯之悖孫 舍詩禮而習妖言 甚至撫頂受號 援經傳而證左道 必欲引頸受[就]刑 家煥厚沐兩朝洪恩 濫躋二品峻秩 蟲彫[雕]篆刻[43]薄技 終歸於詖淫[44] 蜂目豺聲[45]素性 莫掩其陰譎[46] 指揮排布之寀[實]主 逆甥則薰 翻謄誦[傳]習之與同死友惟蘖[檗] 凡一隊[代]眞湖[胡]種子 皆其門徒 爲四方逋逃[47]藪淵 隱若渠帥 最是濟恭一國之聲討已久 再造之恩[48]渥何如 丹書[49]載名 自有三大罪昭著 黃

35) 여얼(餘孽) : 잔당(殘黨). 잔여 세력.
36) 법종(法從) : 임금의 수레를 수행하는 사람이다. 임금의 행차에 임금이 탄 수레인 거가(車駕)를 모시어 좇는 일을 말한다.
37) 근반(近班) : 근신(近臣)의 반열(班列)이라는 뜻이다. 근신은 임금을 직접 대면하는 신하들을 말한다. 근습(近習), 신린(臣隣), 설어(褻御)라고도 한다. 즉 임금이 근정전(勤政殿)에 앉았을 때에 근신과 시위관(侍衛官) 등이 동서(東西) 문으로 갈라 들어와서 땅에 엎드리기 때문에 붙인 말이다. 근신들은 모자에 금초(金貂)의 장식을 하였고, 신발 위에 끈을 맬 수 있도록 장식, 즉 사구(絲絇)를 하기도 하였다. 품계가 낮거나 지방직일 경우 대개 원신(遠臣)이라 하였다. 품계나 직위보다는 왕과 얼마나 자주 의사소통에 관계하느냐가 중요하다는 말이다.
38) 호종(怙終) : 전의 허물을 뉘우치지 않고 다시 죄를 저지름.
39) 두절(斁絶) : 무너져서 아주 없어짐.
40) 염악(稔惡) : 악을 쌓다.
41) 충신(忠藎) : 나라의 일에 충성을 다하다.
42) 화주(華冑) : 왕족(王族)이나 귀족의 자손. 중국의 후예. 한족(漢族).
43) 충조[조]전각(蟲彫[雕]篆刻) : 篆刻蟲彫[雕]. 유지소기(喩指小技). 자잘한 기예를 비유적으로 가리키는 것.
44) 피음(詖淫) : 편벽되고 방탕함.
45) 봉목시성(蜂目豺聲) : 벌침 같은 예리한 눈과 승냥이 같은 날카로운 소리. 흉악한 모습과 무서운 목소리.
46) 음휼(陰譎) : 성질이 음흉하고 간사하다.
47) 포도(逋逃) : 죄를 짓고 도망하다. 도망한 죄인. 도망자.
48) 재조지은(再造之恩) : 거의 멸망하게 된 것을 구원하여 도와 준 은혜. 주로 커다

扉[50]窃[竊]柄 素爲羣不逞依歸 萼[51]之餘論[52]是崇[璁·萼[53]之餘論是崇]角立名義 冀溫[54]之將心漸露 眼無國家 遂乃斥邪說者視若仇讎 附卤黨者力加扶植 當廷臣討二卤之日 却步者誰 逮頃年亷三賊之辰[却步者誰逮頃年亷三賊之辰] 滅口[55]乃已[巳] 瓜葛之結近在門庭[56] 衣鉢[57]之傳至及孽屬 陽言存昌等小竪[58] 皷舌如簧 陰護家煥輩卤徒 挺身立幟 雖山藪包荒[59]之度 姑寬顯誅 而日月照臨之明 畢燭奸狀[60] 時則所謂周文謨者 自托洋敎中來 幾年關通 塞北之呼吸直接 萬里咫尺 江南之踪[從]跡誰知 邊門失鎖鑰[61]之嚴 蜂蠆入袖 輦轂有羗[羌]胡之伏 蜮弩[62]含沙 若璜若一羽

란 은혜에 감격을 표시할 때 씀. 재조(再造)는 '다시 이 세상에 태어나다. 부흥하다. 재건하다. 재생하다'라는 뜻.

49) 단서(丹書) : 죄명(罪名)을 붉게 쓴 형서(刑書).

50) 황비(黃扉) : 재상(宰相)의 거소(居所). 문하성(門下省)

51) 계악(桂萼 ?~1531) : 자(字) 자실(子實). 호(號) 현산(見山) 강서성(江西省) 여강현(餘江縣) 금강진(錦江鎮) 사람. 명(明) 정덕(正德)6년(1511) 진사(進士)에 합격. 단도(丹徒), 무강(武康), 성안(成安) 등 현(縣)의 지현(知縣)을 역임. 그는 임지에서 풍속을 단정(端正)하게 하고 호강(豪强)을 억제하는 등 정치적 업적이 현저하여 세종(世宗) 가정(嘉靖)2년(1523) 남경형부복건사주사(南京刑部福建司主事)로 승진하였다. 대례(大禮)의 문제를 가정제의 뜻에 맞게 비교적 잘 해결했기 때문에 한림원학사(翰林院學士)를 거쳐 예부좌시랑(禮部左侍郞), 예부상서(禮部尙書), 이부상서(吏部尙書)에 올랐고 태자태보(太子太保)의 직함을 더하였다.

52) 여론(餘論) : 골자를 논의하고 난 뒤의 나머지 논의.

53) 총악(璁萼) : 장총(張璁)과 계악(桂萼).

54) 기온(冀溫) : 양기(梁冀)와 환온(桓溫).

55) 멸구(滅口) : 비밀의 누설을 막다(막기 위해 그 비밀을 아는 사람을 죽이다). 비밀(秘密)이 드러나지 않게 하려고 그 비밀(秘密)을 아는 사람을 죽이거나 거두거나 쫓아냄.

56) 문정(門庭) : 대문(大門)이나 중문 안에 있는 뜰.

57) 의발(衣鉢) : 사부(師父)가 제자에게 전하는 도법(道法).

58) 소수(小竪) : 궁중(宮中)의 나이 젊고 지위가 낮은 환관(宦官). 애숭이.

59) 포황(包荒) : 감싸주다. 두둔하다. 편들다. 관용하다.

60) 간상(奸狀) : 간사(奸邪)한 행위의 실상(實相). 간사한 모양

61) 쇄약(鎖鑰) : 자물쇠와 열쇠. 요해지(要害地)를 일컫는 말.

62) 역노(蜮弩)蜮弩: 물여우가 사람에게 모래를 쏘아 해를 입히는 쇠뇌라는 뜻으로,

翼於前 若沁若禧 紹介於後 完淑則天生妖女 爲居停主人 仁吉則身代邪魁 爲應募死士[63] 於是以逆宗爲奇貨[64] 以賊任爲外援 脫身囚山 家人之腸肚[65]相接[共貫] 假息瀛海 賊邊之聲氣暗連 敢曰華人之假稱 權凶[66]之慝謀始綻 至比楚獄[67]之多濫 奸壬之悖說又行 方冲年[68]嗣服之初 奈彼猖獗 自仙馭[69]賓天[70]之後 惟意跳踉 嗟 亂萌之有由 嚴乎十手所指[71] 乃逆變之至此 凜若一髮之危[72] 至若嗣永 狼獷心腸 狐魅[73]面目 都門[74]甲子 久托符水之名 天津[75]落暉[76] 敢逃草莽[77]之命 書出一片素帛 設爲三

은밀히 남을 해치려고 하는 간사한 사람의 흉계를 비유하여 이르는 말.

63) 사사(死士) : 죽음을 각오한 사람.

64) 기화(奇貨) : 아주 귀한 물건. 못되게 이용하는 기회(機會).

65) 장두(腸肚) : 마음속. 마음씨. 심보. 근성. 의지. 인정.

66) 권흉(權凶) : 권흉(權凶). 권세(權勢)를 함부로 휘두르는 나쁜 사람.

67) 초옥(楚獄) : 후한(後漢) 명제(明帝) 때 있었던 초왕(楚王) 영(英)의 옥사(獄事)로 수천 명이 애매하게 연좌되어 억울하게 죽은 대표적인 원옥(冤獄)이다. 수시어사(守侍御史) 한랑(寒朗)이 삼부(三府)의 이속(吏屬)과 함께 초옥(楚獄)의 안충(顔忠)·왕평(王平)을 고험(考驗)하였는데 옥사가 경건(耿建)·유건(劉建) 등에게 관련되었다. 유건 등은 안충 등과 상면한 적도 없었으나 당시 명제의 노여움이 심하므로 관리들이 관련된 사람을 일체 수금하였다. 한랑이 그들의 무고함을 알고 명제에게 원옥을 쟁변하여 1천여 인이 풀려나게 되었다. 『후한서(後漢書)』 권41 한랑전(寒朗傳).

68) 충년(冲年) : 충년(沖年). 열 살 안팎의 어린 나이.

69) 선어(仙馭) : 붕어(崩御).

70) 빈천(賓天) : 천자(天子)가 죽음.

71) "십목소시, 십수소지(十目所視, 十手所指)": 열 사람이 보고 열 사람이 손가락질 하는 바다; 감독하는 사람이 많아 부정을 저지를 수가 없으며, 설사 저질렀어도 숨길 수 없다.

72) 일발지위(一髮之危) : 위기일발(危機一髮). 머리털 하나로 천균(千鈞)이나 되는 물건을 끌어당긴다는 뜻으로, 당장에라도 끊어질 듯한 위험한 순간을 비유해 이르는 말

73) 호매(狐魅) : 여우 도깨비. 꼬리를 쳐서(알랑거려서) 미혹하다.

74) 도문(都門) : 도성(都城). 수도. 도읍지.

75) 천진(天津) : 별자리 이름(星名). 은하(銀河) 가운데 가로로 걸쳐 있으며, 북방(北方) 7숙(七宿) 가운데 여숙(女宿)의 북쪽에 위치해 있다.

條凶謀 忍於三百州名敎之鄕 開門納賊 招來九萬程洋海之舶 指日犯疆 指斥詬罵則百倍逆鍾 交通往復則一串賊沁 啓欽皷吻於萊府 恒儉攘臂[78] 於湖州 散盡千金 邪黨之部署已定 如印一板[79] 凶書之根窩可尋 此誠适璉麟亮之所不敢萌 雲海夏恭之所不敢道 尒亦林葱蠢動中物 胡寧忍斯 粤自檀箕羅麗以來 未曾聞者 惟我慈聖[80] 以先王之志爲志 以宗國[81]之安爲安 炳幾折奸 偉媧皇補天[82]之烈 發號出令 儷女堯[83]臨朝之儀 鈇鉞關和[84] 明義理於天下後世 雨露霜雪[85] 尊朝廷於大中至公 穆然念肘腋危機 渙乎發日星明旨 乃於本年三月 命義禁府開鞫按覈 持忠尚然仁吉潢有一等 前已伏法 䄄之妻若婦賜死 家煥哲身杖斃 文謨令軍門梟首示衆 承薰若鍾昌顯樂敏建淳伯淳必恭存昌完淑及外此邪黨敎萬宗敎喜英弼周範

76) 낙휘(落暉); 지는 태양빛. 석양빛. 낙조.
77) 초망(草莽; 草莽) : 초원, 넓은 들. 풀숲, (조정 또는 당시의 정부에 대하여) 재야(在野), 민간, 초야(草野).
78) 양비(攘臂) : 팔소매를 걷어 올리다. (흥분하거나 화난 것을 표시하는 데 쓰이는 말). 분기(奮起)하다.
79) 여인일판(如印一板) : 한 판에 찍어 낸 듯이 조금도 서로 다름이 없음.
80) 자성(慈聖) : 임금의 어머니.
81) 종국(宗國) : 예속된 나라가 종주(宗主)로 받드는 나라.
82) 와황보천(媧皇補天) : 태고(太古) 시대에 여와씨(女媧氏)가 하늘이 뚫린 것을 보고 오색(五色)의 돌을 불려서 하늘을 메웠다는 전설. 천연적인 결함을 인위적으로 보충했다는 말. 즉 국가에 큰 공이 있음을 이름.
83) 여요(女堯) : 중국 송(宋)나라 철종(哲宗)의 모후(母后)인 선인태후(宣仁太后)를 말함. 철종이 어려서 선인태후가 섭정할 때 왕안석(王安石)을 물리치고 사마광(司馬光)을 등용하여 원우(元祐)의 치(治)를 이루었으므로, 여자 중의 요(堯), 순(舜)이라고 세상 사람들의 칭송을 받았음.
84) 관화(關和) : 관석화균(關石和鈞)의 준말로, 120근(斤)인 석(石)을 유통시키고 30근인 균(鈞)을 공평하게 한다는 뜻임. 곧 백성이 사용하는 저울을 공정하게 하여 법도(法度)를 잘 지키도록 해야 한다는 뜻으로, 여기서의 관화(關和)는 공정한 법 집행을 말함.
85) 상설(霜雪) : 청결함과 밝음, 즉 사심(私心)이 없음을 비유한다. 정의(正義)나 희망(希望)을 비유한다.

禹等 邪女景福福惠雲惠新愛等 凡締結沈溺之諸賊 後先正法 嗣永就捕與恒儉持憲沁千禧等 並明正典刑[86] 其訛惑諸道者 下送本地方正刑[87]大臣三司 以除惡祛本 齊聲力請 乃命濟恭追奪[88]官爵 天綱不失[89] 乾道[90]孔昭 禹鼎[91]懸而魑魅[92]莫逃 軒車[93]指而氛翳廓掃 妖腰亂領 次第殲夷 禍本凶窩 到底劈破 雖彼婦孺輿儓之賤 人得以共誅 倘非天地祖宗之靈 國安有今日 予寡人嘗聞之 形體謂之天 主宰謂之帝 性情謂之乾 功用謂之神 四時行而百物成 何嘗諄諄然命 三光[94]明而六氣[95]運 蓋亦昭昭之多 張子之父乾母坤 只言分殊理一 戴記之先河後海[96] 所貴返本溯源惟上天無聲無臭[97] 噫 彼賊是誣是矯 又况其道則至詭至賤 其跡則至憯[98]至妖 談空說靈 掇拾釋氏之糟粕 粧[粧]神幻鬼 髣髴巫史[99]之派流 以

86) 명정전형(明正典刑) : 법에 따라 극형(極形)에 처하다.
87) 정형(正刑) : 죄인을 사형(死刑)에 처하는 큰 형벌. 정법(正法).
88) 추탈(追奪) : 추삭(追削). 죽은 사람의 죄를 논하여 살았을 때의 벼슬 이름을 깎아 없앰.
89) 천강부실(天綱不失) : "천강회회 소이부실(天綱恢恢 疏而不失)." 하늘의 그물은 넓고 넓어 성긴 듯하나 놓치는 것이 없다.(老子, 『道德經』)
90) 건도(乾道) : 하늘의 도.
91) 우정(禹鼎) : 우(禹)임금이 9주(州)의 금(金)을 거두어들여 주조(鑄造)한 솥으로, 하(夏)·은(殷)·주(周) 이래 왕위(王位) 전승(傳承)의 보기(寶器)임. 곧 왕위를 가리키는 뜻임.
92) 이매(魑魅) : (전설 속에 나오는) 사람을 해치는 숲 속의 괴물(도깨비). 사람을 해치는 온갖 귀신.
93) 헌차(軒車) : 황제(黃帝)가 만들었다는 지남차(指南車).
94) 삼광(三光) : 일(日)·월(月)·성신(星辰).
95) 육기(六氣) : 천지간(天地間)의 여섯 가지 기운. 음(陰)·양(陽)·풍(風)·우(雨)·회(晦)·명(明).
96) 선하후해(先河後海) : '河'는 황하(黃河)를 가리킨다. 옛날 중국의 왕들은 강을 바다의 근원으로 생각하여 먼저 황하에 제사지낸 뒤에 바다에 제사지낸 데서 나온 말. '先河'는 그 근원을 더듬어 맨 앞이라는 뜻으로, '시작', '효시'라는 의미를 갖는다.
97) 무성무취(無聲無臭) : 자연(自然)의 도(道)는 알기 어려워서 들어도 소리가 없고, 맡아도 냄새가 없다는 말.

至誑民惑世之書 滅倫敗常之變 在三代盛際 可但水火投諸 具一段秉彝[100] 皆知狗彘不若 然且抵死沈溺 豈常理之可推 試觀積年經營 固亟肚之別有 是蓋外托邪術 內懷異圖 始也假托神教 潛釀滔天之禍 終焉讎視君父 公肆射日之謀 火燒草生之憂 夫豈一朝一夕 河決魚爛[101]之患 殆將不奪不饜 玆者薄施五用[102]之章 益念一變之道 龍蛇咸化 昔寧考[103]以人治人 鯨鯢[104]駢誅 今小子惟辟止辟 爲民父母 詎無下車泣之心[105] 哀我黔黎 庶知解網祝之意[106] 人情屬懲刱[107][創]之會 世道[108]有挽移之漸 咨

98) 참(憯) : 慘.
99) 무사(巫史) : 신에게 빌어서 점을 보는 일을 하던 사람을 '무'라 하고, 천문(天文)·성상(星象)·역수(曆數)·사책(史册)을 담당하던 사람을 '사'라 한다. 이런 일을 한 사람이 겸임하면 무사라 한다.
100) 병이(秉彝) : 인간의 마음이 지키는 바의 상도(常道).
101) 하결어란(河決魚爛) : 사물이 망가짐이 극점에까지 이르러 수습할 수 없는 상태를 말한다.
102) 5용(五用) : 5형(五刑).
103) 영고(寧考) : 선왕(先王).
104) 경애(鯨鯢) : 수고래와 암고래. [비유] 악인, 죄인. 흉포한 악인. 흉악한 적. 악인의 우두머리. 해적.
105) "백성의 부모가 되어서 어찌 수레에서 내리어 울 마음이 없겠는가?": 우(禹)임금이 출타하다가 죄인을 만났는데, 수레에서 내려 그 사유를 묻고 나서 눈물을 흘리며, "요·순(堯·舜) 시대의 사람들은 요·순의 마음을 가졌었는데, 내가 임금이 되자 백성들이 각자 제 마음을 가지고 있으니, 나는 마음 아파한다."라고 한 고사(故事)에서 나온 말이다.
106) "그물을 풀고 축원하는 뜻": 들에서 수렵(狩獵)하는 자가 사방을 막은 그물을 쳐놓고 축원하기를, "천하 사방에서 다 내 그물에 걸리라."고 하는 것을 탕(湯)임금이 보고 말하기를, "아! 다 없어질 것이다." 하고 이어 3면의 그물을 풀게 하고는 축원하기를, "왼쪽으로 가고 싶으면 왼쪽으로, 오른쪽으로 가고 싶으면 오른쪽으로 가라. 내 명령을 따르지 않는 것만이 내 그물로 들어오라."고 한 고사(故事)에서 나온 말이다.
107) 징창(懲刱); 懲創. 허물이나 잘못을 뉘우치도록 벌을 주거나 꾸짖어서 경계함. 처벌하다. 징계하다.
108) 세도(世道) : 세상을 바르게 다스리는 도리. 세상의 도의(道義). 세상살이. 세상 형편. 사회 상황.

爾有衆 靜聽斅心之音 率囿會極之治 臣思忠而子思孝 出而講尊主庇民之方 女則織而男則耕 入而勉愛親敬長之節 楚茨鳧鷖[109]之什[110] 禮先蘋蘩[111] 關雎麟趾[112]之詩 風行[113]江漢[114] 芻豢[115]菽粟[116] 章程乎濂洛關閩[117] 俎豆[118]冠裳[119] 步武[120]乎庠序[121]學校 毋失天畀之德 不離日用之常 顧一種好新之風 卽近世蠱俗之習 動稱考證名物[122] 必欲與先儒背馳[123] 競倣艷異傳奇[124] 靡然是小品[125]口氣[126] 一傳而作索隱行怪[127]

---

109) 초자(楚茨)·부예(鳧鷖) : 『詩經』의 편명. '楚茨'는 小雅 谷風之什의 10편 중의 하나이며, '鳧鷖'는 大雅 生民之什의 10편 중의 하나이다.
110) 십(什) : 詩篇(詩經 중의 雅,·頌)을 10편 단위로 묶어 '什'라 한 데서 유래된 말.
111) 빈번(蘋蘩) : 마름과 다북쑥으로, 변변치 못한 제수(祭需, 祭羞)를 비유적으로 이르는 말. 『左傳』은공(隱公) 3년에 "신의가 없으면 볼모를 잡아도 아무 이익이 없는 것이니, 예의를 지킨다면 볼모가 없은들 누가 이간하랴. 진실로 신의만 있다면 빈번온조(蘋蘩薀藻)의 채소와 행료(行潦)의 물도 귀신에게 올리고 왕공(王公)에게 공궤할 수 있다."고 하였다.
112) 관저(關雎)·인지(麟趾) : '麟趾'는 '麟之趾'.'關雎'와 '麟之趾'모두 『詩經』國風 周南에 들어 있다.
113) 풍행(風行) : 풍미하다. 널리 퍼지다, 유행하다, 성행하다.
114) 강한(江漢) : 장강(長江)과 한수(漢水), 장강과 한수 사이와 그 부근 지역.
115) 추환(芻豢) : 芻豢. 풀을 먹는 마소나 곡식을 먹는 개·돼지 등을 통틀어 이르는 말. 가축을 기르는 일. 썩 잘 차린 음식을 이르는 말.
116) 숙속(菽粟) : 사람의 상식(常食)인 콩과 좁쌀. 양식, 식량. 매일 먹는, 느끼하지 않고 산뜻한 음식을 이르는 말.
117) 염락관민(濂洛關閩) : 송학(宋學)의 4파(派). 중국 송나라 때의 주돈이(周敦頤)·정호(程顥)와 정이(程頤)·장재(張載)·주희(朱熹) 등이 주장한 성리학. 그 각각의 출신 지명을 따서 붙인 이름임.
118) 조두(俎豆) : 적대(炙臺)와 접시. 제기(祭器). 제사(祭祀). 제사 때, 신 앞에 놓는 나무로 만든 그릇의 한 가지.
119) 관상(冠裳) : 의관.
120) 보무(步武) : 짧은 거리(옛날에 5尺을 '步', '半步'를 '武'라 했다). 남을 따라 걷다. (비유)본받다.
121) 상서(庠序) : 향교(鄕校)를 주(周)나라에서는 '庠', 은(殷)나라에서는 '序'라고 부른 데서 나온 말이다. 학교(學校). 고대의 지방 학교를 말한다.
122) 명물(名物) : 사물의 이름과 형상(形狀). 금수, 초목(草木), 운우의 이름과 형체(形體).
123) 배치(背馳) : 배치하다. 시세(時勢)에 역행하다. 서로 반대 방향으로 나가다.

其弊漸滋 再轉而爲異端不經 其機可畏 非六藝之科孔子之術 皆宜去之 此五倫之書 鄉禮之編所以作也 于以明天理而淑人志 于以闡聖學而尊王綱[128] 自本月云云 雷雨作解[129]之仁 與百姓更始 乾坤回泰之慶 曠千古初逢 雖大德之曰生 眚灾[130]是赦 苟邪學之不悛 剿殄無遺 於戲[131] 燕謨[132]不忘 象魏[133]在彼 一陽之消息纔至 天心驗剝復[134]之機 萬年之基命[135]維新 邦運增磐泰之勢 王言宜簡 豈欲播告之脩 海宇[136]旣淸 更冀於變之美 故玆敎示 想宜知悉

---

124) 전기(傳奇) : 기이(奇異)한 사실(事實)을 취재(取材)한 소설이나 희곡. 기이한 일을 세상에 전함.

125) 소품(小品) : 간단한 잡문(雜文)·수필·평론 따위. (원래는 불경의 간략본을 말함)

126) 구기(口氣) : 어조. 말투.

127) 색은행괴(索隱行怪) : 은밀한(窮僻스러운) 것을 캐내고 이상한 행동을 함을 이르는 말.

128) 왕강(王綱) : 천자(天子)의 정치 강령. 주권(王權)이 집행되는 제도와 질서.

129) 뇌우작해(雷雨作解) : 『周易』「雷水解」에, "상(象)에 이르기를, '우레와 비가 일어나는 것'이 解이다. 군자는 이것을 응용하여 허물을 용서하고 죄를 관대하게 하는 것이다(象曰雷雨作解 君子以 赦過宥罪)"라고 있다. 해괘(解卦)의 뜻을 풀어놓은 글을 보면, "단(彖)에 이르기를, 解는 험한 곳에서 움직이는 것이나 움직여 험난한 것을 면하는 것이 解이다. …… 하늘과 땅이 풀려 우레와 비가 일어나며 우레와 비가 일어나면 모든 과일의 풀과 나무가 다 새싹을 틔우는 것이다. …"

130) 생재(眚灾) : 과실(過失)과 재난(災難).

131) 어희(於戲) : 글에 쓰이어, 감탄하거나 탄미할 때 '아' 또는 '어허'의 뜻으로 내는 소리.

132) 연모(燕謨) : 편안하게 할 계획.

133) 상위(象魏) : 『周礼』 천관(天官), 대재(大宰) (「象」은 법률, 「魏」는 높다는 뜻). 중국 고대의 궁성의 문. 이 2층짜리 문 위에 법령을 게시했다. 변하여, 법령이라는 뜻.

134) 박복(剝復) : 『易經』의 괘명으로, 剝은 1양(陽)이 5음(陰)의 위에 있어 음이 커져서 양이 없어지는 모양이고, 復은 1양이 5음 밑에 있어 양이 커져 가는 모양. 즉 난세(亂世)가 극도에 달하면 치세(治世)가 되어간다는 뜻. 박극필복(剝極必復).

135) 기명(基命) : 명을 다지다. 터를 잡아 정하는 명령.

136) 해우(海宇) : 한 나라 안. 사해(四海)의 안.

【역문】「토사학반교문」[137]

왕이 이에 이르기를, "생각건대, 우리 넓은 하늘과 열조(列祖)께서 나라를 고요히 도와 지난번 악한 일의 주모자, 악당의 괴수가 법에 신속히 복주(伏誅)되어, 공경히 종사(宗社)의 오르내리는 영령(英靈)에 고(告)하고 경사(卿士)와 서민(庶民)에게 유시(諭示)하노니, 이는 팔도(八道)가 함께 기뻐하는 아름다움이며 만민(萬民)의 떳떳한 도리가 차례로 펼쳐진 것이다. 생각건대, 우리 조선(朝鮮) 수천 리 지방에 승평(昇平)한 세월이 4백 년이나 내려왔다. 그 백성은 사·농·공·상(士·農·工·商)이었고, 그 글은 시·서·예·악(詩·書·禮·樂)이었다. 읽으며 본받은 바는 요·순·우·탕·문왕·무왕·공자·맹자·주렴계·정자(堯·舜·禹·湯·文王·武王·孔子·孟子·周濂溪·程子)의 교훈이었고, 닦아서 밝혔던 것은 군신·부자·부부·장유·붕우(君臣·父子·夫婦·長幼·朋友)의 인륜이었다. 대개 우리 열조께서 서로 계승하여 이남(二南)의 덕화(德化)가 흥기되어 삼물(三物)에 대한 가르침이 일어났고 또한 많은 현인(賢人)들의 배출에 힘입어 육경(六經)의 뜻이 밝혀지고 많은 성인(聖人)의 마음이 전수되었다. 크게 생각하건대, 우리 선왕(先王)께서는 24년 동안 자리에 임(臨)하시면서 한결같이 바른 학문(正學)에 마음을 두시어, 선비를 존숭하고 도(道)를 소중히 여겨 주부자(朱夫子)의 전서(全書)를 받들었으며 중화(中華)를 높이고 이적(夷狄)을 물리쳐 노(魯)나라 『春秋』의 대통(大統)을 환하게 드러내었다. 온 나라가 효(孝)를 일으킨 것은 미루어 보건데, 몸소 실천하여 마음으로 체득한 나머지이며 사해(四海)가 인(仁)으로 돌아간 것에는 성인의 덕화(德化)의 신묘(神妙)함이 있었던 것인데, 극변 서방(西方) 세계의 재앙의 기운이 소중화(小中華)인 예의(禮義)의 나라에 느닷없이 함부로 들어오리라고 어찌 생각하였겠는가? 감히

137) 『극원유고』 권05, 頒教文

천리(天理: 하늘)를 더럽히고자 하여 섬기는 것이 사신(蛇神)과 우귀(牛鬼)이니 거의 반세상(半世上)을 속여 미혹시키기에 이르렀다. 그 말하는 것은 지옥(地獄)과 천당(天堂)이며 신부(神父)와 교주(敎主)로 칭하여지는 자들을 거룩히 여겨 떠받듦이 제사를 주관하는 제주(祭主)보다 지나고 십계명(十誡命)과 칠극(七克)의 조목은 허탄하고 망령됨이 참부(讖符)와 유사하였다. 살기를 즐거워하고 죽기를 싫어하는 것은 사람의 심정인데, 형벌(刀鋸) 보기를 이부자리 같이 여기면서, 조상의 지나간 일을 생각하여 근본에 보답하는 것이 천리인데도 조상에 대한 제사(烝嘗)를 쓸모없는 것으로 여기니, 약오씨(若敖氏)의 귀신, 즉 조상은 장차 굶주릴 것이고 방탕하고 상스러운 말은 또한 추악하다고 할 만하다. 여러 해 동안 벼슬을 못한(廢錮) 족속과 서얼로 국가를 원망하고 뜻을 잃은 무리들을 규합하여 결탁하고는 성세(聲勢)를 빙자해서 당(黨)을 부식하고 도왔으며, 시정(市井)의 거간꾼과 농부, 직녀(織女)의 부류까지 불러 모아 명분(名分)을 혼란시키고 풍교(風敎)를 더럽혔다. 혹은 몇 글자로 된 미혹케 하는 말로 각각 현판(標名)을 세우거나 혹은 반(半) 폭의 사특한 그림으로 몰래 소굴을 은폐하였으며, 혹은 깊은 밤에 밀실(密室) 안에 모여 강독하여 외우고 혹은 대낮에 큰 도시의 왕래하는 곳에서 소리 높여 공공연히 선동하였다. 백년 뒤에 오랑캐가 될 것을 경계했던 일을 아는데, 거의 이천(伊川)에서 어떤 자가 머리털을 풀어헤치고 제사지내는 것보다 심하고 진실로 하루 만에라도 변(變)이 있으니, 어찌 아이들이 물이 괴어 있는 못에서 병기를 갖고 장난하는 것과 같을 뿐이겠는가? 이승훈(李承薰)은 연경(燕京)에 가는 사행(使行)을 따라가서 사학(邪學)의 서적을 구입해 왔고 양인(洋人)의 천주당에 들어가서 이상한 무리들을 스승으로 섬겼다. 정약종(丁若鍾)의 온 가족은 모두 감염되어 누구를 낫다고 하기 어렵고, 권철신(權哲身)의 온 마을이 다 미혹되었는데 모두가 그의 인척(姻戚)들이었다.

최창현(崔昌顯)[138]은 역적 옥천희(玉千禧)[139]의 잔당(殘黨)으로 가장 충실히 교법(敎法)을 지키는 교인(敎人: 沙門)으로 일컬어졌고, 홍낙민(洪樂敏)[140]은 임금을 호종(扈從)하는 근시(近侍)의 반열로서 전령(傳令)하

138) 최창현(崔昌顯 1754~1801) : 호 관천(冠泉). 세례명 요한. 역관(譯官) 출신 가정에서 태어났다. 어려서부터 학문을 좋아하여 이승훈(李承薰)·이벽(李檗) 등 남인학자들과도 교유하다가 천주교 서적을 얻어 보게 되어 1784년(정조8) 겨울에 입교하였다. 성격이 온순하면서도 활동적이었기 때문에 신자들의 신망을 얻어 총회장이 되어서 20년 동안 천주교를 뿌리내리게 하는 데 공헌하였다. 전교(傳敎)의 불편을 해소하기 위해 『聖經直解』를 우리말로 옮겨 신자들에게 보급했다. 『성경광익』, 『성경직해광익』 등도 그의 번역으로 알려져 있다. 권일신(權日身)·이벽·정약종(丁若鍾) 등과 함께 교회창립에 주동적 역할을 하였으며, 성직자 영입을 위하여도 앞장서서 활동하였다. 형조(刑曹)에서는 일찍부터 그를 체포하고자 혈안이 되었는데, 그는 피신하여 체포를 모면하였으나 도피생활중 병을 얻어 집에 돌아왔을 때 배교자의 밀고로 잡히고 말았다. 포청에서 혹독한 고문에 못 이겨 처음에는 배교하였으나, 국청(鞫廳)에 넘겨진 뒤로는 배교를 취소하고 호교문(護敎文)까지 지어 끝까지 신앙을 고수하다가 정약종과 함께 순교하였다.

139) 옥천희(玉千禧 1767~1801) : 세례명 요한. 평안도 선천(宣川) 태생. 집이 가난하여 1794년부터 매년 동지사(冬至使)의 마부로 북경을 왕래하며 장사를 하였다. 1798년 사행(使行) 때 황심(黃沁)을 알게 되어, 그와 교류하게 되었고 1799년 10월 황심의 권유로 다시 북경에 가게 되었다. 북경에 머무는 동안 그는 황심과 함께 구베아(Gouvea, 湯士選) 주교를 방문하여 교리를 배우고 세례도 받았다. 옥천희는 1800년 서울로 올라와 현계흠(玄啓欽)의 약국에서 황심과 황사영(黃嗣永)을 만난 다음 강완숙(姜完淑)의 집에서 주문모(周文謨) 신부를 만났다. 옥천희는 1800년 겨울 황심으로부터 주문모 신부의 편지를 받아 동지사를 따라 북경에 들어가, 구베아 주교에게 편지를 전하였다. 구베아 주교는 그에게 『敎要序論』을 선물로 주었다. 이듬해 귀국한 옥천희는 의주에서 천주교 박해 소식을 들었다. 그는 다시 사은사(謝恩使)를 따라 북경에 들어가 구베아 주교에게 박해 소식을 전하였다. 1801년 6월 귀국하다가 의주에서 체포되어 포도청으로 압송되었다. 옥천희는 황심과의 관계를 발설하여 황심이 체포되고 황심의 실토로 황사영이 체포되면서, 1801년의 겨울 박해인 동옥(冬獄)이 일어났다. 황사영은 백서(帛書)를 옥천희를 통해 북경 주교에게 전달하려 하였다가 수포로 돌아갔다. 옥천희는 1801년 11월 5일 황사영·현계흠 등과 함께 순교하였다.

140) 홍낙민(洪樂敏 1751~1801) : 본관 풍산(豊山). 교명 누가. 자 성눌(聖訥). 예산 출신. 일찍이 진사시에 합격하고 최초의 영세교인 이승훈(李承薰) 등과 교유하였

는 졸개가 되기를 달갑게 여겼다. 국은(國恩)을 배반하여 옛 습성을 뉘우침이 없이 재차 죄를 범하니 최필공(崔必恭)[141]·최창현의 중독이 더욱 깊었다. 가묘(家廟)를 헐어 이륜(彝倫)을 무너뜨려 없앴으니 윤지충(尹持忠)[142]·권상연(權尙然)[143]이 악(惡)을 쌓은 것이 먼저 드러났다.

으며, 1784년(정조8) 경에 천주교에 입교하였다. 1791년 신해박해 때 배교하였다가, 1795년 주문모(周文謨)신부로부터 보례(補禮)를 받고 고해(告解)를 준비하던 중 한영익(韓英益)의 밀고로 교도임이 탄로났다. 다시 왕명으로 배교를 선언하였으나, 1799년에 모친상을 당하여 신주를 모시지 않았다. 1801년 신유박해 때 이승훈·정약종(丁若鍾)과 함께 순교하였다.

141) 최필공(崔必恭 1744~1801) : 세례명 토마스(혹은 마티아). 최필제(崔泌悌)의 사촌 형이자, 최창현(崔昌顯)과 정인혁(鄭仁赫)의 친척. 서울의 중인(醫院) 집안에서 태어나 46세 때인 1790년에 사촌 동생 최필제와 함께 이존창(李存昌)에게 교리를 배워 입교하였다. 1791년 신해박해 때 최필공은 몇몇 지도층 신자들과 함께 체포되었다. 함께 체포된 동료들은 대부분 배교하고 석방되었지만, 그는 신앙을 고수하다가 정조의 배려로 풀려났다. 석방된 후 최필공은 평안도 지방의 심약(審藥: 조정에 올리는 약제를 검사하는 직책)에 임명되었고, 정조의 도움으로 결혼까지 하였다. 그는 3년 후 심약 자리를 사임하고 서울로 돌아왔다. 주문모(周文謨) 신부가 조선에 입국하자 그로부터 성사를 받고 교회 활동에 적극 참여하였다. 1799년 8월에 다시 체포되었지만, 역시 정조는 그를 석방해 주도록 하였다. 1801년 신유박해가 시작되기 전인 1800년 12월 17일 형조는 최필공을 다시 체포하고, 동생 최필제와 오현달(吳玄達)도 체포되었다. 1801년 순교하였다.

142) 윤지충(尹持忠 1759~1791) : 세례명 바오로. 해남 양반가의 후손으로 정약용(丁若鏞)의 외사촌이다. 1783년(정조7) 진사시에 합격했다. 1784년 김범우(金範禹)의 집에서 『天主實義』·『七克』을 빌려보았으며, 3년 뒤 정약전(丁若銓)으로부터 교리를 배운 후 천주교에 입교했다. 1791년 어머니 권씨가 죽자, 문상을 받고 장례를 치렀지만 신주를 불사르고 제사를 지내지 않았다. 이 때문에 친척과 유림으로부터 불효자라는 비난을 받게 되었고, 윤상을 해쳤다는 죄목으로 홍낙안(洪樂安) 등에 의해 고발되었다. 체포명령이 내려지자 도망갔으나 삼촌이 볼모로 잡혔다는 소식을 듣고 관아에 자수했다. 진산군수 신사원이 이단을 버리라고 설득했지만 굴복하지 않았다. 이에 그로부터 천주교리를 배워 입교한 고종사촌 권상연(權尙然)과 함께 전주감영에 이송되었고, 끝내 교리의 타당함을 주장하며 신앙을 지켰다. 조정에 죽이라는 상소가 빗발치는 가운데 좌의정 채제공(蔡濟恭) 등이 사형을 청하여 참수되었으며, 진산군은 5년간 현으로 강등되었

고 군수는 파직되었다. 이를 신해사옥 또는 진산사건이라 한다.

143) 권상연(權尙然 1751~1791) : 세례명 야고보. 진산 사람으로 원래 유학을 공부하다가 고종사촌 윤지충(尹持忠)에게서 천주교 교리를 배워 입교하였다. 1791년 윤지충의 어머니인 고모가 세상을 떠나자 윤지충이 교리에 따라 제사를 올리지 않았는데, 그도 종래의 신주를 불사르고 제사를 지내지 않았다. 이 일로 친척과 친지들의 욕설과 비난을 받았다. 그 해 10월 무군무부(無君無父)의 역도로 몰려 윤지충이 체포되었으며, 그에게도 체포령이 내렸다는 소식을 듣고 진산관아에 자진 출두하여, 자신들이 믿는 교는 무군무부의 도가 아님을 항변하였으나 받아들여지지 않았다. 그 해 10월 28일 전주감영으로 이송되어 혹독한 고문을 받으면서 배교를 강요당하였으나, 끝까지 굴하지 않고 12월 8일 윤지충과 함께 참수되었다. 그 때 정조는 사형집행을 유예시키려 하였으나 이미 집행이 끝난 뒤였다. 이로써 그와 윤지충은 최초의 천주교 순교자가 되었다.

144) 김건순(金建淳 1776~1801) : 세례명 요사팟. 그는 병자호란 당시 척화파의 상징적 인물이었던 청음(淸陰) 김상헌(金尙憲 1570~1652)의 후손으로 김이구(金履九)의 아들이다. 서울의 노론 가문 출신으로 경기도 여주의 종갓집에 입양되었으나, 1801년 신유박해로 순교하자 파양되었다. 14세 때 집안에 있던『畸人十篇』,『敎要序論』등의 천주교 서적을 읽고『天堂地獄論』을 저술하였으며, 유학은 물론이고 불교, 도교, 병가의 서적까지 섭렵하였다. 18세 때 양부(養父)가 죽자,『朱子家禮』의 상례(喪禮)가 맞지 않는다고 거절하여 사대부들의 비난을 받았다. 그러나 자신의 견해를 피력한 글을 지어 반박했는데 당시 남인의 학자인 이가환(李家煥)이 감탄할 정도였다. 양근의 남인 학자였던 권철신(權哲身)을 찾아가 천주교를 배운 김건순은 1797년(정조21) 음력 6월 주문모(周文謨) 신부를 만나 천주교에 입교하였다. 이때 그는 생사를 같이 하기로 결심한 대여섯 사람과 함께 바다로 나가 중국 남쪽 강절(江浙) 지방을 거쳐 북경에 가서 서양 사람을 직접 만나보고 이용후생(利用厚生)의 방도를 학습하여 본국에 전하였다. 그는 경기도 여주 지역의 천주교세 확장에 크게 기여하였으나 1801년 순교하였다.

145) 김백순(金伯淳 ?~1801) : 세례명 미상. 본관은 안동. 노론 집안 출신으로 김건순(金建淳)의 사촌 형. 병자호란 당시 척화를 주장했던 김상헌(金尙憲)의 후예. 그는 천주교 신자들과 교류하면서 천주교 서적을 연구하여 입교하였고, 모친에게도 교리를 가르쳐 입교하도록 하였다. 그의 외숙부는 그가 천주교에 입교한 것을 알자 배교케 하려고 의절(義絶)을 선언했으나, 그는 이를 두려워하지 않고 신자임을 공공연히 밝히고 다녔다. 신유박해가 일어난 뒤인 1801년 3월 29일 참수형을 받고 32세로 순교하였는데, 세례를 받지 않은 채 순교하였으므로 그의 순교는 혈세(血洗)가 된다.

같은 인륜을 어긴 후손이 나왔다. 시서(詩書)를 버려 두고 요망한 말을 익혀서 심지어 이마를 어루만지며 명호(名號)를 받았고 경전(經傳)을 원용하여 좌도(左道)를 증명하고 반드시 목을 늘여 빼며 형벌을 받고자 하였다. 이가환(李家煥)[146]은 양조(兩朝)의 큰 은혜를 두텁게 입어 외람되게 2품(品)의 높은 벼슬에 올랐는데, 하찮고 얕은 재능들은 마침내 편벽되고 방탕함으로 귀착되었고 흉악한 모습과 무서운 목소리의 본성은 그 음흉하고 간사함을 숨기지 못하였다. 배포(排布)[147]를 지휘한 실제 주관자는 반역자인 생질(甥姪) 이승훈(李承薰)[148]이고 번

146) 이가환(李家煥 1742~1801) : 본관 여주(驪州). 자 정조(廷藻), 호 금대(錦帶)·정헌(貞軒). 이익(李瀷)의 종손이다. 아버지는 이용휴(李用休)이며 이승훈(李承薰)의 외숙이다. 학문적 교우로는 정약용(丁若鏞)·이벽(李檗)·권철신(權哲身) 등 초기 천주교 신자가 많았다. 1771년(영조47) 진사가 되고, 1780년 비인현감이 되었다. 1784년 생질인 이승훈이 북경에서 돌아오고 동료 학자들이 서학에 관심을 가졌을 때, 천주교에 대한 학문상의 관심과 우려로 이벽과 논쟁을 벌이다가 설득되어 천주교인이 되었다. 이벽으로부터 서학 입문서와 『聖年廣益』 등을 빌려 탐독하고, 제자들에게도 전교하는 열렬한 신자가 되었다. 그러나 1791년 신해박해 때에는 교리 연구를 중단하고, 광주부윤(廣州府尹)으로서 천주교를 탄압하였다. 그 뒤 대사성·개성유수·형조판서를 지냈고, 1795년 주문모(周文謨) 신부의 입국사건에 연루되어 충주목사로 좌천되었다. 그곳에서도 천주교인을 탄압하다가 파직되었다. 그 뒤 다시 천주교를 연구해 1801년 이승훈·권철신 등과 함께 옥사로 순교하였다. 정조로부터 정학사(貞學士)라 호칭될 만큼 대학자였다. 특히 천문학과 수학에 정통해, 스스로 "내가 죽으면 이 나라에 수학의 맥이 끊어지겠다."라고 할 만큼 수학의 대가였다. 저서로는 『錦帶遺稿』가 있다.

147) 배포(排布) : 생각을 해서 일을 조리 있게 계획함, 마음속에 가지고 있는 계획; 배치(排置).

148) 이승훈(李承薰 1756~1801) : 세례명 베드로. 본관은 평창(平昌). 자는 자술(子述), 호 만천(蔓川). 아버지는 참판 동욱(東郁)이며, 어머니는 이가환(李家煥)의 누이이다. 정재원(丁載遠)의 딸을 아내로 맞아 정약전(丁若銓)·약현(若鉉)·약종(若鍾)·약용(若鏞)과 처남매부 사이가 되었다. 이벽(李檗)과 친교를 맺어 천주교를 알게 되었다. 1783년 동지사의 서장관으로 떠나는 아버지를 따라 북경에 들어가 약 40일간 그 곳에 머물면서 선교사들로부터 필담으로 교리를 배운 뒤, 그라몽(Gramont) 신부에게 세례를 받아 한국인 최초의 영세자가 되었다. 1784년

역하고 등서(謄書)하여 함께 송습(誦習)한 자는 더불어 함께 죽은 친구인 이벽(李蘗)[149]이었다. 무릇 한 무리의 진짜 오랑캐 종자가 모두 그의 문도(門徒)였고 사방에서 죄를 짓고 도망한 자들이 모이는 곳이 되어 은밀히 그들의 두목이 된 듯하였다. 그중에서 가장 으뜸인 채제공(蔡濟恭)[150]은 온 나라에서 성토(聲討)한 지가 이미 오래 되었는데 다

명례동의 김범우(金範禹) 집을 신앙집회소로 정하고 정기적인 신앙의 모임을 가짐으로써 비로소 한국천주교회가 창설되었다. 1785년 을사추조적발사건(乙巳秋曹摘發事件)으로 한때 배교하였지만, 곧 교회로 돌아가 신자들에게 세례와 견진성사(堅振聖事)를 집전하는 등 가성직제도(假聖職制度)를 주도하였다. 뒤에 가성직제도가 교회법에 어긋난 행위임을 알고는 성직자영입운동을 추진하였다. 1795년 주문모(周文謨) 신부를 체포하려다 실패한 을묘실포사건(乙卯失捕事件)이 일어나 성직자영입운동에 관계했던 혐의로 다시 체포되어 충청남도 예산으로 유배되었다가 곧 풀려났다. 그러나 순조가 즉위한 1801년 신유박해로 이가환·정약종·홍낙민(洪樂民) 등과 함께 체포되어 대역죄로 참수되었다. 문집으로 『蔓川遺稿』를 남겼다.

149) 이벽(李蘗 1754~1785) : 본관 경주(慶州). 자 덕조(德操), 호 광암(曠菴). 세례명은 세자요한. 세거지인 경기도 포천 출신. 무반으로 이름 높은 가문의 후손으로, 아버지는 이부만(李溥萬)이다. 정약현(丁若鉉)의 처남이다. 이익(李瀷)을 스승으로 하는 남인 학자의 일원이었으며, 이가환(李家煥)·정약용·이승훈(李承薰)·권철신(權哲身)·권일신(權日身) 등과 깊은 교우 관계를 맺었다. 1777년(정조1) 권철신·정약전(丁若銓) 등 기호 지방의 남인 학자들이 광주의 천진암(天眞庵)과 주어사(走魚寺)에서 실학적인 인식을 깊이 하고 새로운 윤리관을 모색하려는 목적으로 강학회를 열었다. 이때 이벽이 천주교에 대한 지식을 동료 학자들에게 전하여, 후일 우리나라에서 자생적으로 천주교 신앙운동이 일어나게 되는 계기를 만들었다. 이벽은 서울 수표교(水標橋)에 집을 마련해 교리를 깊이 연구하는 한편, 교분이 두터운 양반 학자와 인척들 및 중인 계층의 인물들을 일일이 찾아다니면서 천주교를 전교하였다. 이때 세례를 받은 사람들이 권철신·권일신·정약전·정약종·정약용·이윤하(李潤夏) 등 남인 양반 학자들과 중인 김범우(金範禹) 등이었다. 1785년 을사추조적발사건(乙巳秋曹摘發事件)을 계기로 천주교 신앙에 대한 아버지의 결사적인 반대를 받아, 당시 사회에서는 포기할 수 없는 효정신(孝精神)의 윤리관과 새로운 진리로 체득한 천주교 사상 중에서 양자택일을 해야 하는 심각한 갈등 속에서 고뇌하다가 페스트에 걸려 죽었다.

150) 채제공(蔡濟恭 1720~1799) : 청남(淸南) 계열의 지도자로 사도세자의 신원 등을

시 살도록 한 두터운 은택이 어떠하였던가? 단서(丹書)에 이름을 실은 것은 저절로 세 가지의 큰 죄가 밝게 드러난 것이 있었음이고 재상(宰相)의 권력을 절취하여서는 평소 여러 불량배들이 의뢰하는 곳이 되었다. 계악(桂萼)의 중요치 않은 주장이 숭상되어 서로 명의(名義)를 굽히지 않고 다투었고 양기(梁冀)와 환온(桓溫)은 모역(謀逆)의 마음을 점차 드러냄에 국가는 안중에도 없었다. 마침내 사설(邪說)을 배척한 자를 원수와 같이 여겼고 흉당(凶黨)에 빌붙은 자를 더욱 부식시키는데 힘썼다. 정신(廷臣)이 두 흉도(二凶)를 토죄(討罪)하던 날에 뒤로 걸으며 물러선 자가 누구였던가? 몇 해 전에 세 적(三賊)을 조사할 때에는 비밀을 막도록 죽이고야 중단하였다. 인척(姻戚) 관계를 맺어 가까이 문정(門庭)에 두고서 의발(衣鉢)을 전수함에는 심지어 얼속(孼屬)에게까지 미쳤다. 이존창(李存昌)[151] 등 애송이들을 속임에는 혀 놀리기를

상소했고, 정조의 탕평책을 추진한 핵심 인물이다. 정조가 즉위한 후부터 정조의 개혁 정치를 충실히 보좌했다. 규장각이 설치되자 김종수와 함께 규장각 제학에 임명되어 규장각직제를 완성했다. 1778년에는 사은사 겸 진주 정사로 중국 연경에 다녀왔다. 사족 우위 및 적서의 구별을 엄격히 함으로써 사회 안정을 꾀하고자 했다. 대상인의 특권을 폐지하고 소상인의 활동 자유를 늘리는 조치인 신해통공을 주도하는 등 제도의 운영을 통해 사회적 갈등을 해소하고자 했다. 채제공이 죽은 지 3년 후인 1801년, 정권을 잡은 벽파가 그의 후계자들 가운데 서학의 신봉자가 많다는 것과 청과 서양의 힘을 빌려 조선을 압박하려 기도한 황사영 백서 사건을 이유로 그의 관직을 박탈했다. 생전 채제공은 서학을 이단 사상이라고 판단했으나 서학을 다스리는 데 있어서는 교화를 우선시했다. 그는 가정이나 국가를 다스리는 데 좋은 영향을 줄 수 있는 사상이라면 이단이라 할지라도 잘 사용하기만 하면 된다는 입장이었다. 때문에 그가 재상으로 있는 동안에는 천주교도에 대한 박해가 확대되지 않았다. 그의 관직은 1823년 「영남만인소」가 받아들여지면서 회복되었다.

151) 이존창(李存昌 1752~1801) : 세례명 루도비코. 이단원(李端源)이라고도 한다. 충청남도 예산 출신. 초기 천주교회 창설자인 권일신으로부터 교리를 배워 입교하였다. 그 뒤 가성직제도(假聖職制度) 하에 신부가 되어 충청도 지방을 맡아 전교에 힘써 내포(內浦)의 사도로까지 불렸다. 1791년 신해박해 때 체포되어 혹

피리 부는 것같이 하였고, 이가환 무리의 흉도(凶徒)들을 은밀히 보호함에는 앞장서서 기치(旗幟)를 세웠었다. 비록 산과 늪을 포용하는 도량을 잠시 드러내어 주륙(誅戮)할 것을 관대히 용서하였으나 일월(日月)이 위에서 내려 비치는 밝음에 임하여 반드시 간악한 행위의 실상을 모두 간파하였다. 이때에는 이른바 주문모(周文謨)라는 자가 스스로 양교(洋敎) 중에서 왔다고 핑계를 삼아 몇 해관문을 내왕했는데, 변방 북쪽에서 손발이 맞음이 마치 만리(萬里)가 지척(咫尺)인 것 같았으니 강남(江南)에서 그 종적을 누가 알았으랴? 변문(邊門)에서 요충지의 엄함을 잃어 벌과 전갈 같은 독충(毒蟲)이 소매 속으로 들어왔고 서울에 오랑캐가 들어와 잠복해 있는 것이 물여우가 쏘려고 모래를 머금은 것과 같았다. 지황(池潢)과 윤유일(尹有一)[152] 같은 자는 앞에서 보

심한 고문에 못 이겨 한 때 배교하여 홍산 으로 이사 갔다. 후에 배교를 뉘우치고 더욱 열심히 전교함으로써, 내포와 그 인근지방은 다른 어느 고장보다도 천주교가 가장 성하였다. 우리나라 최초의 신부인 김대건(金大建)의 할머니는 그의 조카딸이고, 최양업(崔良業)신부는 그의 생질의 손자로 전교에 있어서 그가 끼친 공헌은 지대하였다. 1795년 말에 다시 체포되어 천안에서 6년 동안 연금생활을 하던 중 1801년 신유박해가 일어나자 서울로 압송되었다가, 사형선고를 받아 공주감영으로 이송, 참수되었다.

152) 윤유일(尹有一 1760~1795) : 경기도 여주 출생. 권철신·권일신 형제와 가까이 지내다 입교했다. 세례명은 바오로. 리승훈·권일신 등이 가성직제도를 만들어 교회 활동을 하다가 북경주교에게 교회법상의 유권해석을 구하기 위해 1789년 밀사를 보낼 때 이 일을 맡아 회답을 받아왔다. 이때 북경에서 조건 영세와 성체성사 및 견진성사를 받았으며, 그가 가져온 회답에 따라 조선교회는 가성직제도를 해체하고 성직자 영입운동을 펴나가게 되었다. 이에 따라 1790년 또 다시 성직자 파견을 요청하는 밀사로 북경에 들어가 파견약속을 받고 돌아왔다. 이때 조상에 대한 제사가 천주교에서 금지되고 있다는 것을 신자들에게 알려줌으로써 신자들의 커다란 동요를 일으켰다. 1792년 세 번째로 북경교회에 들어가 선교사파견을 재요청, 1794년 주문모 신부가 입국할 때 지황(池潢)과 함께 안내를 맡아 서울로 잠입했다. 1795년 '을묘실포사건'으로 주문모 신부의 입국에 도움을 준 인물들이 밝혀져 지황·최인길(崔仁吉) 등과 함께 체포되어 그 해 6월 28일에 순교했다.

좌하였고 황심(黃沁)[153]과 옥천희 같은 자는 뒤에서 관계를 맺어주었다. 강완숙(姜完淑)[154]은 하늘이 낸 요녀(妖女)로 숙박시키는 주인이 되었고 최인길(崔仁吉)[155]은 몸소 사교(邪敎)의 괴수를 대신해서 죽을 자

---

153) 황심(黃沁 1756~1801) : 세례명 토마스. 본명 인철(寅喆). 충청남도 예산군 덕산(德山) 출생. 이존창에 의해 가톨릭 신자가 된 후, 지황·윤유일과 함께 중국의 북경(北京) 주교와의 연락업무를 맡아보았다. 1794년(정조18)말 신부 주문모를 북경에서 영입해 오는 일을 하였는데, 그 일이 탄로나 이듬해 지황·윤유일이 체포되어 죽자 그후 자신이 옥천희(玉千禧)·김유산(金有山) 등과 함께 북경과 연락하였다. 1796년에는 동지사(冬至使)의 하인으로 위장, 북경 주교에게 주문모의 서한을 전달하였다. 1801년 신유박해가 일어나자 강원도 춘천으로 피신하였는데, 황사영이 충청북도 제천에 피신해 있다는 연락을 받자 그를 찾아가 주문모의 순교 사실을 알리고, 사후대책을 논의하였다. 그리하여 북경 주교와 면식이 있는 황심의 이름으로 백서를 써, 옥천희를 시켜 주교에게 전하기로 하고 황사영이 백서를 썼다. 그러나 옥천희·황심·황사영은 당국에 체포되어 10월 26일 서소문 밖 형장에서 참수되었다.

154) 강완숙(姜完淑 1760~1801) : 충청남도 예산 출생. 양반 집안의 딸로 태어났으나 어릴 때부터 비상한 재주를 보여 이를 걱정한 부모가 아들이 있는 홀아비 홍지영(洪芝榮)에게 시집보냈다. 1786년 이단원(이존창)이 예산에 내려와 천주교를 전하자 입교했다. 1791년 신해박해 때 투옥되어 고난을 겪었다. 이후 남편과 이혼하고 시어머니·아들·딸과 함께 서울로 거처를 옮겼다. 1795년 황사영과 더불어 주문모에게 세례를 받고 '골롬바'라는 영세명을 얻었다. 1795년 한영익(韓永益)의 밀고로 주문모에 대한 체포령이 내려지자 6년 동안 그를 자기 집에 숨기고 기거하게 하면서 전교활동에 힘썼다. 주문모는 그녀의 집에 명도회(明道會)를 설립하여 교리교육에 힘쓰고, 그녀를 부녀회장으로 삼아 부인들에 대한 전교를 담당하도록 하여 왕족의 부녀자들을 입교시키기도 했다. 1801년 최필공·이단원·정약용·이승훈 등과 함께 체포되어 서대문 밖에서 처형되었다.

155) 최인길(崔仁吉 1765~1795) : 세례명은 마티아. 서울의 중인(역관) 집안 출신. 이벽으로부터 천주교 교리를 배워 입교하였다. 1790년 윤유일이 북경 교회를 방문하고 돌아온 뒤에는 성직자 영입운동에도 참여하였다. 최인길은 성직자가 은처할 거처를 마련하는 일을 맡았는데, 이 임무를 위해 북악산 아래의 계동(현 서울시 종로구 계동)에 집을 마련하고 그곳으로 이주해 살았다. 1794년 겨울 주문모 신부가 조선에 입국하자 통역을 맡았고, 이듬해 초에는 계동의 새 집으로 주 신부를 인도하였다. 1795년 한영익의 밀고로 주문모 신부에 대한 체포령이 내려졌다. 이 사실을 알게 된 최인길은 주문모 신부가 피신할 시간을 벌어 주기

로 응모(應募)하였다. 이에 역적의 종실을 못되게 이용하는 기회로 삼았고 역적 홍낙임(洪樂任)[156]을 밖에서 도움을 주는 것으로 삼았다. 몸을 피해서 산에 숨어 갇혀서는 가족들의 마음속이 서로 잇닿아 있었고, 바다(瀛海)에 잠시 머물러서는 역적 편의 성세(聲勢)와 몰래 연락하였다. 감히 중화(中華) 사람이라고 거짓 일컬으니 권흉(權凶)의 사특한 모략이 비로소 파탄이 났고, 후한(後漢) 명제(明帝) 때 초왕(楚王) 영(英)의 옥사(獄事)에서의 너무 지나침과 비교하기에 이르러 간악한 자들의 사리에 어그러진 말이 또 행하여졌다. 바야흐로 어린 나이에 왕위(王位)를 계승한 초기에 어찌 저들이 창궐하게 되었는가? 선왕께서 승하(昇遐)하신 뒤로는 오직 발호하기만을 생각하였다. 아! 변란의 싹에는 연유됨이 있으니 엄중하게 누구나 다 손가락질했었는데, 이에 역변(逆變)이 이 지경에 이르니, 마치 한 가닥의 머리털로 무거운 물건을 끌어당기는 것 같이 위태로운 것 같아 두렵다. 황사영(黃嗣永)에 있어서는 사나운 이리의 심장(心腸)과 사람을 홀리는 여우의 낯짝으로,

위해 자신이 신부로 위장하고 포졸들을 기다렸다. 그 덕택에 주 신부는 신자들의 도움을 얻어 강완숙의 집으로 피신할 수 있었다. 최인길은 포도청으로 압송된 후 뒤이어 체포된 윤유일·지황과 함께 1795년 6월 28일 사정없이 매를 맞아 숨을 거두었고 그들의 시신은 강물에 던져졌다.

156) 홍낙임(洪樂任 1741~1801) : 본관 풍산(豊山). 자 숙도(叔道). 영조 때 영의정을 지낸 봉한(鳳漢)의 아들이며 혜경궁 홍씨의 동생, 정조의 친외삼촌이다. 1769년(영조45) 정시문과에 장원으로 급제하여 홍문관에 등용되었다. 그 뒤 정언·문학·사서 등을 두루 거쳐 승지에 올랐다. 영조 때 정조의 외조부인 홍인한(洪麟漢)은 세손(世孫)은 왕이 될 수 없다고 노골적으로 주장하였다. 어려움을 이기고 왕이 된 정조에게 외가(外家)는 극복해야 할 대상이었다. 정조 즉위 직후 사도세자의 서자인 은전군 이찬을 왕으로 추대하려는 무리들의 대장(大將) 역할을 맡아 체포되었으나 정조의 하교로 방면되었다. 그러나 정조가 무죄를 선언했던 홍낙임은 1801년 순조 즉위와 함께 정순왕후(貞純王后)가 수렴청정을 하면서 신유박해가 일어나고 다시 역적으로 몰려 제주도로 유배되었다가, 그 해 5월 사사(賜死)되었다.

서울에 오래 머물러 있는 동안에는 오래도록 부수(符水)라는 이름을 빙자하였고, 나루터(天津)에서 해가 저물매 감히 풀숲 속으로 목숨을 도피하였었다. 한 조각의 흰 명주에 써내어 세 조목의 흉모(凶謀)를 늘어놓았다. 차마 3백개 주(州)의 명교(名教)의 지방의 문을 열어 적을 맞아들이었고 9만 리나 떨어져 있는 서양 바다의 선박을 불러와 날짜를 지정하여 강토를 침범시키려 하였다. 질책하고 나무란 것이 역적 정약종의 백 배나 되었고 서로 교통하고 왕복한 것은 역적 황심(黃沁)과 한 패가 되었다. 현계음(玄啓欽)[157]은 동래부(東萊府)에 대해 입술을 놀렸고 유항검(柳恒儉)[158]은 전주(全州)에서 팔소매를 걷어 올리고 천

157) 현계흠(玄啓欽 1763~1801) : 세례명 바오로. 1839년의 순교자 현경연(玄敬連)과 1846년의 순교자 현석문(玄錫文)의 부친. 한양의 역관 집에서 태어났으나, 약국을 운영하며 살았다. 한국 천주교회가 창설된 지 얼마 안 되어 천주교 신앙을 받아들였으며, 1791년의 신해박해 때 체포되었다가 석방되었다. 1794년 말 주문모 신부가 조선에 입국한 뒤에는 동료 신자들과 함께 열심히 교회 일에 참여하였다. 주문모 신부가 박해로 피신하게 되자 자신의 집을 피신처로 제공하기도 하였다. 당시 그의 집은 명도회의 하부 조직인 '육회(六會)'의 하나로 선정되어 있었다. 1797년 9월에 현계흠은 아우가 살고 있는 경상도 남쪽의 동래 지방에 갔다가 영국 배를 보게 되었는데, 훗날 황사영을 만나 그에게 당시의 상황을 자세히 이야기해 주었다. 1801년 신유박해로 피신했으나 일가친척들에게 시달림을 받는다는 소식을 듣고는 4월 포도청에 자수하였다. 황사영의 문초 과정에서 그의 이름이 나오게 되자, 다시 혹독한 형벌을 받아야만 하였다. 1801년 12월 순교하였다.

158) 유항검(柳恒儉 1756~1801) : 전주 양반 집안 출신. 세례명 아우구스티노. 1784년 한국 천주교회가 창설된 직후에 천주교 교리를 배워 입교하였다. 전라도 지역 최초의 신자가 되었다. 그는 경기도 양근 권일신에게서 교리를 배웠다. 이승훈에게 세례를 받은 뒤 고향으로 내려와 복음을 전하였다. 가족과 친척은 물론 그의 집에 있던 종들도 모두 그의 전교 대상이 되었다. 1786년 그는 전라도 지역의 신부로 임명된 후 고향으로 돌아와 신자들에게 성사를 주거나 그들을 모아놓고 미사를 집전하였다. 1790년 북경의 구베아 주교가 조선 교회에 제사 금지령을 내리자, 그는 신주를 땅에 묻고 제사를 지내지 않았다. 그러나 이듬해 이종사촌 윤지충이 제사를 폐지한 죄로 체포된 후, 일시 다른 곳으로 피신하였다가 전주 감영에 자수하여 형식적으로 배교를 선언하고는 석방되었다. 1794년

금(千金)을 흩뿌렸으니, 사당(邪黨)의 부서(部署)가 이미 정해진 것이 한 각판(刻板)에서 찍어낸 듯하여 조금도 차이가 없고 흉서(凶書)의 근원과 소굴을 찾을 수 있었다. 이는 진실로 이괄(李适)·한명련(韓明璉)·이인좌(李麟佐)·정희량(鄭希亮)도 감히 마음에서 일어나지 못했던 바이고, 신치운(申致雲)·이천해(李天海)·박하원(朴夏源)·채제공(蔡濟恭)도 감히 말하지 못했던 바이나, 그 역시 총총한 수풀처럼 법석을 떨고 있는 자들이니, 어찌하여 이렇게 어렵게 하는가? 이르기를, 단군 조선(檀君朝鮮)·기자 조선(箕子朝鮮)·신라·고려 이후로 일찍이 듣지 못했던 것이다. 생각건대 우리 자성(慈聖)께서는 선왕의 뜻을 뜻으로 삼고 종주국(宗國)의 편안함을 편안함으로 삼아서, 그러한 기미(幾微)를 밝혀내고 간사한 것을 꺾되 여와씨(女媧氏)가 하늘을 메운 공적보다 위대하고 호령(號令)을 내린 것은 여요(女堯)가 국정을 맡을 때의 위의(威儀)보다 더 근엄하시었다. 부월(鈇鉞)의 형벌과 공정한 법의 집행으로 의리를 천하 후세에 밝혔다. 우로(雨露) 같은 은택과 상설(霜雪) 같은 깨끗함과 정의로움으로 조정을 크게 치우치지 않아 지극히 공평하도록 높여 놓았다. 아주 가까운 곳에서 생긴 위기(危機)를 조용히 생각하시고 일성(日星)과 같이 밝은 분부를 발하였다. 이에 본년 3월에 의금부에 국청을 열어 안핵(按覈)하도록 명하였다. 윤지충·권상연·최인길·지황·윤유일 등은 전에 이미 처형되었고, 이인(李䄄)[159]의 처와 며느리는

말 주문모 신부가 조선에 입국하자, 그는 아우 유관검을 신부에게 보내 전라도 순방을 요청하였다. 주 신부는 전주 그의 집을 방문하여 인근의 신자들에게 성사를 집전하였다. 주문모 신부는 이후 북경의 구베아 주교에게 선교사를 태운 서양 선박을 조선에 파견해 주도록 요청하는 계획을 세웠고, 그가 앞장서서 이 계획을 도왔으나 결실을 맺지 못하다. 1801년의 신유박해가 일어나자 유항검은 전라도 교회의 우두머리로 지목되어 체포되었다. 그는 전주에서 한양으로 압송되어 심문을 받은 후 다시 전주로 옮겨져 같은 해 10월 순교하였다.

159) 이인(李䄄 1754~1801) : 본관 전주(全州). 아버지 사도세자(思悼世子), 어머니 숙빈임씨(肅嬪林氏)이다. 10세에 은언군(恩彦君)의 작호(爵號)를 받고, 13세에 유

사사(賜死)되었으며, 이가환·권철신은 장폐(杖斃)되었고, 주문모는 군문(軍門)을 시켜 효수(梟首)하여 사람들에게 보이도록 했다. 이승훈·정약종·최창현·홍낙민·김건순·김백순·최필공·이존창·강완숙 및 이 밖의 사당(邪黨)인 홍교만(洪敎萬)[160]·김종교(金宗敎)[161]·이희영(李喜

학 송낙휴(宋樂休)의 딸과 혼인하였다. 홍국영(洪國榮)이 정조(正祖)의 비 효의왕후(孝懿王后)가 후사가 없자 누이동생을 빈(嬪. 元嬪)으로 들여 왕세자를 낳게 하려 하였으나 1780년(정조4)에 죽자, 대신에 은언군의 맏아들인 이담(李湛)을 원빈의 장례 때에 대존관(代尊官)을 시켜 양자로 삼았다. 그리고 완풍군(完豊君)이라 부르면서 왕위를 잇게 하려는 계책을 세웠다. 그러나 일이 탄로될 우려가 있자, 1786년(정조10) 이담을 독살시켰다. 이 사건의 조사 과정에서 은언군도 연루되어 죽을 뻔했으나, 정조가 대신들의 요구를 뿌리치고 강화도에 처자와 함께 유배시켰다. 그 뒤 벽파(僻派) 대신들과 왕대비 정순왕후(貞純王后)로부터 역모의 화근으로 지목되어 끊임없이 생명의 위협을 받았으나 정조의 비호로 무사하였다. 정조가 죽고 순조가 즉위해 정순왕후가 수렴청정 하자, 1801년 신유사옥 때 처 송씨와 며느리 신씨(이담의 처)가 청나라 신부 주문모로부터 영세받은 사실이 발각되어 도주하다 붙잡혀, 송씨·신씨와 함께 강화도에서 사사되었다. 1849년(헌종 15) 손자인 덕완군(德完君)이 철종으로 즉위하자 곧 작위가 복구되었고, 그 해 대왕대비 순원왕후(純元王后)의 명으로 은언군가의 역모에 관한 일을 적은 모든 문적(文蹟)이 세초(洗草)되었다. 1851년(철종2)에는 대제학 서기순(徐箕淳)에 의해 신유사옥 때 은언군의 무죄를 변증하는 주문(奏文)이 올려졌다.

160) 홍교만(洪敎萬 1738 - 1801년) : 세례명 프란치스코 사베리오. 경기도 포천(抱川) 출신. 권일신으로부터 교리를 배워, 즉시 입교하지는 않았으나, 그의 아들 홍인(洪鏔)의 권고로 주문모 신부에게서 세례를 받아 입교하였다. 입교한 뒤 더욱 열심히 믿음을 지켰을 뿐 아니라, 전교에도 힘써 교회 발전에 공헌하였다. 박해가 일자 그는 1800년 12월 아들과 함께 서울로 피신하였는데 1801년 2월 14일에 집으로 돌아가는 길에서 서울 포졸들에게 잡히는 몸이 되었다. 그는 무수한 고문으로 배교를 강요당했으나 조금도 굴하지 않았으므로 1801년 4월 8일 정약종(丁若鍾), 홍낙민(洪樂敏), 최창현(崔昌顯) 등과 함께 서소문 밖에서 참수되어 순교하였다.

161) 김종교(金宗敎 1753~1801) : 세례명 프란치스코. 일명 치희. 중인 의원 집안 출신. 1784년 金범우의 집에서 천주교 서적을 빌려 읽었으나 입교하지는 않았다. 1785년 주문모 신부가 입국하자 최인길(崔仁吉)의 집에 유숙하던 그를 만났으며, 최인길, 최창현, 최필공 등과 함께 교리를 공부하였다. 그러던 중 같은 해

英)[162]·홍필주(洪弼周)[163]·김범우(金範禹)[164] 등과 사녀(邪女)인 경복(景福)[165]·복혜(福惠)[166]·운혜(雲惠)·신애(新愛)[167] 등의 대저 서로 결당하

을해박해로 체포되었다가 배교하고 석방된 후, 자신의 나약함을 뉘우치고 주문모 신부를 만나 영세를 받고 입교하였다. 이때부터 그는 다시 신앙생활에 전념하였다. 1801년 신유사옥 때 형조로 이송되어서는 배교를 취소하고 사형 선고를 받았다. 홍필주(洪弼周)와 함께 서소문 밖 형장에서 참수당하였다.

162) 이희영(李喜英 1756 - 1801) : 조선 후기의 문인화가이며, 천주교인으로, 성화(聖畵)·영모화(翎毛畫)·산수화 등을 즐겨 그렸으며, 신유박해 때 순교하였다. 본관은 양성(陽成). 자 추찬(秋餐). 교명(教名)은 누가이다. 천주교 교리가 진리라고 여기게 된 그는 처음에는 여주(驪州)에서 살았으나 후에 한양으로 올라와서 노론 출신의 유일한 천주교 신자인 김건순의 집에서 살게 되었다. 그 뒤 주문모 신부에게 세례를 받고 입교했다. 이희영은 당대에 이미 성화와 상본을 그린 작가로도 유명했다. 그의 성화는 오늘날 전해지고 있지 않다. 예수의 상 세 폭을 그려 황사영에게 보낸 일이 발각되어 1801년 신유박해 때 조카 이현(李鉉)과 함께 참수되었다고 한다. 성화가로서 이희영은 대역죄인이라는 죄명을 쓰고 죽었는데 순교 여부는 아직도 확인되어 있지 않다.

163) 홍필주(洪弼周 1774~1801) : 강완숙의 의붓아들이며, 홍익만(洪翼萬)의 사위. 충청도 덕산 양반 집에서 태어나 1790년경 이존창으로부터 교리를 배워 입교. 먼저 신앙을 받아들인 모친 강완숙과 함께 신앙생활을 하였다. 부친이 천주교를 싫어하여 1791년의 신해박해를 겪은 뒤 조모, 모친과 함께 상경하여 열심히 교회 일에 참여하였다. 1795년 5월 주문모 신부가 자신의 집으로 피신해 오자 신부의 미사와 지방 순회 등을 도왔다. 당시 그의 집은 조선 천주교회의 중심지요 신부의 주된 거처로, 성당은 물론 과부와 동정녀들의 공동체로 이용되고 있었는데, 그와 모친 강완숙은 신부와 공동체의 안전을 위해 이러 저리 집을 옮겨 다녀야만 하였다. 이러한 활동으로 그와 모친의 이름이 널리 드러나게 되었고 신유박해 때 체포되어 순교하였다.

164) 김범우(金範禹 ?~1786) : 세례명 토마스. 역관(譯官) 집안 출신. 1784년 이벽의 권고로 천주교에 입교하였고 이승훈으로부터 세례를 받았다. 장예원(掌禮院) 앞 그의 집에서 천주교 집회를 자주 가졌다. 1785년 봄에 일어난 을사추조적발사건에서 사대부의 자제들은 풀려났지만 김범우만 단양으로 유배되었다. 그가 소장했던 책자를 모두 형조의 뜰에서 불사르고 서학을 금하는 효유문을 전국에 돌렸는데, 이것은 천주교를 공공연하게 공격하고 금한 최초의 공문서가 되었다. 그는 장형(杖刑)을 당한 상처의 악화로 유배된 지 1년 만에 죽었다.

165) 강경복(姜景福) : 폐궁(廢宮)의 나인(內人)으로 강완숙의 집에 왕래하면서 주문

여 깊이 빠져 든 여러 역적들은 선후하여 사형(死刑)을 집행하였다. 황사영이 붙잡히게 되자 유항검·윤지헌(尹持憲)[168]·황심·옥천희 등과 함께 더불어 법에 따라 극형에 처하였는데, 여러 도(道)에서 속이고 미혹시킨 자는 출신 지방으로 내려 보내어 사형(死刑)에 처하였다. 대신

모 신부에게서 선아(仙娥)라는 호를 받았다고 한다.

166) 윤점혜(尹占惠 1778?~1081) : 세례명 아가타. 1778년경 경기도에서 태어나 양근에서 살았고, 어머니 이씨로부터 천주교 교리를 배워 입교하였다. 1795년에 순교한 윤유일은 사촌 오빠이고, 1801년에 순교한 윤운혜는 동생이다. 그녀는 자신을 온전히 하느님께 바치기 위해 동정 생활을 하기로 결심하였다. 그녀는 몰래 집을 떠날 결심을 하고는 어머니가 마련해 둔 혼수 옷감으로 남장을 지어 숨겨둔 뒤에, 어느 날 남장을 하고 윤유일의 집에 가서 숨었다가 질책을 받은 일도 있었다. 1795년 주문모 신부의 입국 소식에 어머니와 함께 한양으로 이주해 결혼한 과부처럼 행세하며 동정을 지켜나갔고, 2년 뒤에는 주 신부에게 세례를 받았다. 어머니 사후에는 강완숙의 집으로 가 함께 생활하였다. 또 주 신부의 명에 따라 동정녀 공동체를 만들고, 그 회장에 임명되어 다른 동정녀들을 가르쳤다. 이후 그녀는 아가타 성녀처럼 순교하기를 간절히 기원하였다. 1801년 신유박해 때, 윤점혜는 체포되고 갖가지 형벌에도 신앙을 굳게 지키면서 밀고와 배교를 거부하였다. 그녀가 1801년 5월에 순교했을 때, 그녀의 목에서 우유 빛이 나는 흰색의 피가 흘렀다고 한다.

167) 한신애(韓信愛) : 세례명 아가타. 1800년 강완숙으로부터 교리를 배워 입교하였고 주문모 신부에게서 세례를 받았다. 조시종(趙時鍾)의 처로, 신유박해 때 그의 집에서 많은 성서와 성물 성화 등이 발견됨으로써 체포되었는데, 이는 박해 때 발각된 성서 성물 중 가장 많은 비중을 차지하였다. 한신애는 강완숙 등 4명의 부인들과 함께 간히어 끝까지 배교하지 않고 1801년 7월 2일 서소문 밖에서 처형되어 순교하였다.

168) 윤지헌(尹持憲 1764~1801) : 세례명 프란치스코. 전라도 진산군 출신. 정약종의 외사촌. 1789년 그의 형 윤지충으로부터 교리를 배우기 시작 했다. 1791년 12월 8일 그의 형이 순교하자, 고향을 떠나 전라도 고산으로 피해 살았는데, 1795년 이존창의 집에서 주문모 신부를 만나 세례를 받았다. 1801년 신유박해가 일어나자 4월 26일 체포되어 전주 감영에서 문초를 받다가 서울 의금부로 이송되어 사형선고를 받았다. 전주로 다시 이송되어 순교하였다. 또한 그의 부인은 흑산도(黑山島)로 아들은 해남(海南)으로 딸은 평안도 벽동(碧潼)으로 각각 유배되어 온 가족이 이산되었다.

(大臣)과 삼사(三司)에서 악(惡)을 근본적으로 제거하라고 일제히 한 목소리로 힘껏 청하므로 이에 채제공의 관작을 추탈(追奪)하라고 명하였다. 하늘의 그물이 광대하여 엉성한 듯 보여도 인간의 죄는 결코 놓치는 일이 없어 그 그물을 빠져나가지 못함은 하늘의 도(乾道)가 대단히 밝음이다. 우정(禹鼎)을 높이 다니 온갖 귀신들이 도망하지 못하였고, 헌거(軒車)가 앞을 가리키니 가리고 있던 나쁜 기운이 말끔히 사라져 요망한 난적(亂賊)들이 차례로 섬멸되었고, 화(禍)의 근본과 흉도의 소굴을 마침내 깨뜨리었다. 비록 저 부녀자나 어린아이와 하인(下人)의 천한 자라도 함께 주토(誅討)되었다. 만약 천지(天地)와 조종(祖宗)의 영령(英靈)이 아니었다면 나라에 어찌 오늘이 있겠는가? 나 과인(寡人)이 일찍이 듣건대 (道는 天인데, 천을 나누어 말하면) 형체(形體)로서는 하늘이라 이르고, 주재(主宰)로서는 제(帝)라 이르며, 성정(性情)으로서는 건(乾)이라 이르고, 공용(功用)으로서는 (鬼神이요, 妙用으로서 말하면) 신(神)이라 한다. 사시(四時)가 운행하여 온갖 사물(事物)이 이루어졌으니 어찌 일찍이 간곡하게 명(命)한 것이겠는가? 삼광(三光)의 밝음과 육기(六氣)의 운행은 대개 또한 일점일점(一點一點)의 광명(光明)이 모여 쌓임에서 말미암은 것이다. 장자(張子)의 '부건 모곤(父乾母坤)[169]'은 단지 분(分)은 다르나 이(理)는 하나라는 것을 말한 것이며 대기(戴記)의 '선하 후해(先河後海)'는 근본으로 거슬러 올라 돌아감을 귀하게 여겼던 바이다. 오직 상천(上天)께서 하시는 일은 소리도 냄새도 없는데, 아! 저들 역적은 속이는 것만을 일삼았다. 또 더구나 그 도(道)는 대단히 괴이하고 천박하며, 그 종적은 대단히 흉악하고 요사(妖邪)하여 터무니없고 불가사의함을 말하니 불가(佛家)의 찌꺼기를 주워 모았고, 귀신으로 꾸며서 현혹시키니 무사(巫史)의 파류(派流)와 유사하다.

---

169) '하늘을 아버지로 하고 땅을 어머니로 한다.'는 뜻.

백성을 속이고 세상을 미혹시키는 글과 인륜과 상도(常道)를 무너뜨린 변고에 이르러서는 옛날 삼대(三代) 의 번성했던 때에 있어서도 어찌 단지 그것을 수화(水火)에 던지겠는가? 비록 일단(一段)의 상도(常道)를 갖추었더라도 개·돼지만도 못한 것을 모두 안다. 그러나 또 죽기를 각오하고 저항하면서 빠져 드니 어찌 상리(常理)로 헤아릴 수 있겠는가? 여러 해 동안 꾀했던 것을 살펴보니, 진실로 흉험(凶險)한 뱃속을 별도로 가졌다. 이는 대개 겉으로는 사술(邪術)을 빙자하지만 속으로는 반역(叛逆)하려는 의도(意圖)를 품은 것이다. 처음에도 신교(神敎)라고 사칭하며 남몰래 하늘까지 닿을 재앙을 빚어내더니 마지막에는 군부(君父)를 원수같이 보아 드러내놓고 임금을 저해하려는 모략을 저질렀다. 불탄 데에 풀이 무성하게 나는 우려가 어찌 일조일석(一朝一夕)의 일이겠는가? 수습할 수 없을 정도로 사태가 극히 나빠지면 장차 빼앗지 않고는 만족해 하지 않을 것이다. 이에 오형(五刑)의 법률을 가볍게 시행하고 더욱 일변(一變)시킬 방도를 생각하여 용사(龍蛇)를 모두 덕화(德化)시키고자 하였다. 예전에 선왕(先王)께서는 사람으로서 사람을 다스리심에도 흉악한 적들을 늘여놓고 주륙하였다. 지금 소자(小子)가 다만 임금으로서, 백성의 부모가 되어서 어찌 수레에서 내리어 울 마음이 없겠는가? 불쌍한 우리 백성들은 3면의 그물을 풀어 축원한 뜻을 알기를 바란다. 인정(人情)은 마침 징계하는 데로 모이고 세상의 형편은 서서히 만회되어 가고 있으니, 너희 무리들은 마음을 널리 펴는 윤음(綸音)을 조용히 듣고 극(極)에 모이는(會極: 표준에 모이는) 다스림에 좇아 모여들도록 하라. 신하는 충성을 생각하고 아들은 효도를 생각하여 조정에 나와서 임금을 높이고 백성을 비호할 방도를 꾀하며, 여자는 길쌈을 하고 남자는 밭갈이하여 (집에) 들어가서 어버이를 사랑하고 어른을 존경하는 품행에 힘쓰도록 하라. 초자(楚茨)·부예(鳧鷖)의 시편(詩篇)은 예의를 빈번(蘋蘩)보다 앞서는 것으로 하였다.

관저(關雎)·인지(麟趾)의 시(詩)는 장강(長江)과 한수(漢水) 지역에 유행하여 추환(芻豢)·숙속(菽粟)은 염·락·관·민(濂洛關閩)을 장정(章程)으로 하였고, 제사(俎豆)·의관(冠裳)은 상·서의 학교(庠序學校)에서 본받아 하늘이 수여(授與)한 덕(德)을 잃지 않고 일용(日用)의 상도를 떠나지 않도록 한다. 돌아보건대 일종의 새로운 것을 좋아하는 풍조는 곧 최근의 백성의 습속을 미혹시키며 걸핏하면 고증명물(考證名物)[170]을 입에 올리는데, 반드시 선유(先儒)와 서로 반대 방향으로 나아가, 다투어 기이한 전기(傳奇)를 모방하고 부러워한다. 만연한 것은 소품(小品)의 말투이니, 한 번 전해지자 은밀한 것을 캐고 괴상한 짓을 행하여 그 폐단이 점점 불어나고 다시 바뀌어서는 불경(不經)[171]한 이단(異端)이 되어, 그 기미가 가히 두려워할 만하다. 육예(六藝)의 과목과 공자(孔子)의 학술이 아니면 다 버리는 것이 마땅할 것이니, 이것이 오륜(五倫)의 책과 향례(鄕禮)의 편(編)이 만들어진 까닭이다. 이로써 하늘의 이치를 밝히고 사람의 뜻을 깨끗하게 하였으며, 이로써 성학(聖學)을 넓히고 임금의 기강을 높였다. 본월(本月)부터 ……(云云). '우레와 비가 일어나는 것이 해(解)'라는 인(仁)을 백성과 더불어 다시 시작하니 온 세상(乾坤)이 다시 태평해지는(回泰) 경사는 천고(千古)에도 없었는데 처음으로 만났도다. 비록 큰 덕을 가진 사람(大德)은 과실과 재난을 낳더라도 사면할 것이나 진실로 사학(邪學)은 잘못을 뉘우치지 않는다면 베어 멸망시키고 자손도 남기지 않을 것이다. 아! 편안하게 할 계

170) 고증명물(考證名物) : 명물학의 개념은 다양하였지만 핵심은 외부 대상에 대한 정보를 파악하는 것이라고 할 수 있다. 성리학은 인간 내면의 탐색에 주력하였기 때문에 그간 외부 대상에 대한 관심은 상대적으로 부족하였는데 18세기에 들면서 그러한 외부 대상의 정보를 수집하고 취합한 정보를 정리하는 작업이 활발히 진행되었다. 명물학은 관심의 초점을 외부 세계로 돌렸다는 점에 의미가 있는 것이었다.(노대환, 「18세기 후반~19세기 전반 名物學의 전개와 성격」

171) 불경(不經) : 국법(國法)에 따르지 않음. 상도(常道)에 벗어남.

획을 잊지 말라. 법령(法令)이 저기에 게시되어 있다. 일양(一陽)의 소식이 겨우 이르니 천심(天心)은 박복(剝復) 의 기미를 징험하고 만년(萬年)의 기명(基命)을 더욱 새롭게 하니, 국운(國運)이 반석 위에 있는 형세를 더하였다. 임금의 말은 간결함이 마땅한데, 어찌 널리 고함을 길게 하고자 하겠는가? 나라 안이 이미 깨끗해졌으니 더욱 변화된 아름다움을 기대하겠노라. 그러므로 이에 교시(教示)하니 마땅히 잘 알았을 것으로 생각한다."

「討邪學頒敎文 當洗○辛酉」[172]

王若曰[173]慈旨[174]誕降 奠宗祊[175]於萬年 天討夬行 播脩告於八域 格爾有衆 聽我無譁 夫義理之於國家 如元氣[176]之在天地 一毫差而千里謬所貴乎善善惡惡是是非非 三綱立而九法明 夫然後君君臣臣父父子子 大易謹霜氷之戒 聖人先審其幾[177] 夫子著春秋之書 亂賊咸知所懼 惟我先王 以高百王之德 有大一統之權 險阻艱難[178]之備嘗 殷憂啓聖[179] 禮樂刑政之畢具 精義[180]入神[181] 十行初元[182]之綸 象魏[183]懸法 一部明義之錄 斧鉞[184]飾威 雖二紀間治規[185] 風霆[186]雨露之或異 若一心上秉執[187]

172) 『극원유고』 권5에는 玉冊文 4편, 頒敎文 8편, 致詞 2편, 親祭文 8편, 祝文 2편, 告由文 4편, 祭文 18편, 進香文 2편, 箋 45편, 賜祭文 18편, 敎書 10편, 啓辭 3편, 問啓 1편이 실려 있다. 옥책문은 정순왕후(貞純王后)에게 존호와 시호를 올리고, 중궁전에게 왕비를 책봉할 때의 것이다. 반교문 가운데 신유년에 지은 「討逆頒敎文」은 1801년 5월 29일, 신유사옥 때 은언군(恩彦君) 이인(李䄄)과 홍낙임(洪樂任)을 사사(賜死)한 뒤에 내린 글로서, 제목 아래에 세초(洗草)해야 한다는 '當洗'라는 주석이 달려 있다.

173) "王若曰" : 『순조실록』에는 "若曰".

174) 자지(慈旨) : 임금의 어머니의 전교(傳敎).

175) 종팽(宗祊) : 종사(宗祀), 종묘(宗廟),

176) 원기(元氣) : 타고난 기운(氣運), 만물의 근본인 힘, 심신의 활동력.

177) 기(幾) : 기미(幾微), 기미(機微), 낌새. 조짐, 징조.

178) 험조간난(險阻艱難) : 매우 험난하고 어려움을 이르는 말.

179) 은우(殷憂) : 깊은 근심, 시름. "은우계성(殷憂啟聖)"의 뜻은 사람에 대하여 말하는데, 범사에 대해 깊이 생각하고 반복하여 세심하게 따져보아야 하며, 또한 시종 이러한 위기(우환) 의식을 보지한 즉, 부단하게 인간의 지혜와 잠재능력을 격발시킬 수 있고 이리하여 한바탕의 사업을 성취하고 '성인(聖人)'을 이룰 수 있다는 것으로, 깊은 사려(思慮: 思考)를 하면 지혜(心智)를 촉발시킨다는 것이다.

180) 정의(精義) : 깊고 오묘한 이치(도리). 요체.

181) 입신(入神) : (기술·기교 따위가) 절묘하다. 매우 뛰어나다. 빼어나다.

182) 초원(初元) : 임금의 첫 등극(登極). 원년(元年).

183) 상위(象魏) : 『周礼』 천관(天官), 대재(大宰) (「象」은 법률, 「魏」는 높다는 뜻). 중국 고대의 궁성의 문. 이 2층짜리 문 위에 법령을 게시했다. 변하여, 법령이라는 뜻.

賢邪忠逆之必嚴 嗟往事有不忍詳 顧亂萌所由來漸 始以休戚與共[188]之地 反同魯僖之凶圖 終焉翻覆自全之謀 敢習蕚之餘論 肆悖奏於宮筵咫尺 危脅儲君[189] 倡邪說於戚里[190]搢紳[191] 眩惑[192]擧世 凡怙鬼不逞[193]之輩 匍匐[194]而歸 與怨國失志之流 醞釀[195]旣久 粤自丙丁以後 百怪層生 蓋其根窩則存 一串相貫 倘非英考大度 曁我先王聖明 猗歟辛卯(1771?)之大處分 陰沴[196]乃霽[197] 昭乎日月之高照耀[198] 魑魅[199]莫逃 宗國之安危未可知也 賊勢之熾盛果何如哉 䄄[200]豈意魯衛之近親[201] 潛懷滜倫之異志 兩朝特置崇秩[202] 罔念圖報之方 頃年薄竄[203]炎荒[204] 全無畏罪之意

184) 부월(斧鉞) : 작은 도끼와 큰 도끼. 사형. 형륙(刑戮). 중형(重刑).
185) 치규(治規) : 정치 규범.
186) 풍정(風霆) : 풍뢰(風雷).
187) 병집(秉執) : 지조를 지키다.
188) 휴척여공(休戚與共) : 동고동락(同苦同樂)하다. 휴척(休戚) : 기쁨과 걱정, 화복
189) 저군(儲君) : 왕세자(王世子), 황태자(皇太子).
190) 척리(戚里) : 임금의 내척과 외척(外戚)
191) 진신(搢紳) : 벼슬아치의 통틀어 일컬음. 관리 또는 퇴관한 사람. 청대(淸代)의 세습 관리. 지위(地位)가 높고 행동(行動)이 점잖은 사람.
192) 현혹(眩惑) : 어지러워져 홀림. 어지럽게 하여 홀리게 함.
193) 불령(不逞) : 원한이나 불평불만을 품고 국가의 구속에서 벗어나 제 마음대로 행동함.
194) 포복(匍匐) : 수족을 땅에 대고 기어가다, 비유적으로 급거(急遽), 진력(盡力).
195) 온양(醞釀) : (어떤 생각을 가슴속에)은밀히 품고 있음. 내포하다. 배태하다. 양성(釀成)하다.
196) 음려(陰沴) : 자연계의 변괴로 말미암아 일어나는 재앙.
197) 제(霽) : (비나 눈이 그치고) 날이 개다. 노여움이 풀리다.
198) 조요(照耀) : 밝게 비추다. 눈부시게 비치다.
199) 이매(魑魅) : 사람을 해치는 온갖 귀신.
200) 인(䄄) : 정조의 이복동생 은언군(恩彦君) 이인(李䄄)
201) 노위지근친(魯衛之近親) : 중국 노나라의 시조는 주공(周公)이고 위나라의 시조는 강숙(康叔)인데, 이 두 사람이 형제인 데서 온 말이다. "정여노위(政如魯衛)"는 "두 나라의 정치가 서로 비슷함"을 이르는 말이다.
202) 숭질(崇秩) : 품계가 높은 벼슬.
203) 박찬(薄竄) : 가볍게 귀양 보내다. 가볍게 귀양 보내는 (형)벌.

締結[205]當國之柄相[206] 將欲何爲 嘯聚[207]嗜利之凶徒 恣行不法 况逆湛[208]是父是子 噫其計不奪不饜 某摖(樣)道理之章 榮德逞移國[209]之手顧瞻[210]他日之供 宇愷作結婚之階 域中之讐怨方深 忍說五九月慘變轂下[211]之羌胡猝起 痛矣二十年元戎[212] 當賊氛猖獗之辰 或以事輒詆押還[213]之擧 逮廷臣沐浴之日 或以奉承[214]售營護[215]之心 惟彼諸賊 後先鑄張 表裏排布[216] 聲氣[217]臭味之若不相合 情節脉絡之沕然交符 莫不以逆裀[218]爲凶窩 視逆裀爲奇貨[219] 漢賊不兩立 神人所共誅 樂任[220]天生

204) 염황(炎荒) : 남방의 황야(荒野). 남방의 황폐하고 먼 지방.
205) 체결(締結) : 얽어서 맴.
206) 병상(柄相) : 권력을 잡고 있는 정승.
207) 소취(嘯聚) : (주로 도둑, 산적 따위가) 패거리를 규합하다(불러 모으다).
208) 담(湛) : 정조(正祖)의 서제(庶弟)인 은언군 이인의 아들 완풍군(完豊君)을 말한다. 후일 홍국영(洪國榮)이 이 완풍군을 "내 조카"라고 부르며 그를 통해 대계를 저지하려 했다는 기록이 있다. 이 완풍군 준(濬)은 홍국영의 몰락 후, 상계군(常溪君) 담(湛)으로 개명(改名), 개봉(改封)되며 왕실 세력들의 견제를 받았다. 결국 5년 후인 정조10년(1786년)에 생을 마감했다.
209) 이국(移國) : 나라를 찬탈하다. 정권(政權)을 절취(竊取)하다.
210) 고첨(顧瞻) : 두루 돌아봄. 돌아보다. 돌이켜 보다.
211) 곡하(轂下) : 연곡하(輦轂下). 천자가 타는 수레 밑. 비유하여, 제도(帝都). 왕도(王都). 각하(閣下).
212) 원융(元戎) : 최고사령관. 주장(主將). 통수자. 원수.
213) 압환(押還) : 본디 있던 곳으로 강제로 돌려 보냄.
214) 봉승(奉承) : 웃어른의 뜻을 받들어 이음. 명을 받들다. 아첨하다. 알랑거리다. 비위를 맞추다.
215) 영호(營護) : 죄를 지은 사람을 구원하고 보호함.
216) 배포(排布) : 생각을 해서 일을 조리 있게 계획함, 마음속에 가지고 있는 계획; 배치(排置).
217) 성기(聲氣) : 소식. 정보. 말투, 목소리, 음성, 의기. 마음. 기맥.
218) 裀: 영조비 貞聖王后가 죽자 1759년(영조 35) 15세로 51세 연상인 영조(66세, 사도세자 25세)와 결혼하여 왕비로 책봉되었다. 친정이 노론의 중심가문이었음에 비해 사도세자는 소론에 기울어져 노론에게 비판적이었고, 그 내외가 어머니뻘인 자기보다 10세나 연상인 데서 빚어지는 갈등 때문에 1762년 영조가 사도세자를 뒤주에 가두어 죽이는 데 적지 않은 역할을 했다고 전해진다. 오빠 金龜柱

孔壬[221] 世濟[222]元惡 時有嚴公子之目 席父勢而盜弄朝權 罪浮南小人[223]之奸 變國是而臧害善類 自知見棄[224]於清議 角立[225]門庭 深憚則哲之聖聰 力抗君父 迨當堯倦舜攝之際 益著鴟張[226]豕突[227]之形 溫室

가 이끄는 세력이 영조 말년에 사도세자의 장인인 洪鳳漢 중심세력과 맞서고, 친정인물들을 중심으로 하는 僻派가 정조대에 時派와 대립하는 데 중요한 정치적 배경이 되었다. 1800년 순조가 11세로 즉위하자 신료들의 요청을 받아들이는 형식으로 수렴청정을 실시하였는데, 스스로 여자국왕〈女主·女君〉을 칭하고 신하들도 그의 신하임을 공언하는 등 실질적으로 국왕의 모든 권한과 권위를 행사하였다. 과감하게 국정을 수도하여 조정의 주요 신하들로부터 개인별 충성서약을 받았으며, 정조의 장례가 끝나자마자 사도세자에게 동정적이었던 시파 인물들을 대대적으로 숙청하였다. 이때 정조의 이복동생 恩彦君 䄄과 정조의 친모 惠慶宮洪氏의 동생인 洪樂任 등은 처형되었다. 다음해에는 천주교 탄압을 일으켜 丁若鏞 등의 南人들을 축출하고, 壯勇營을 혁파하는 등 정조가 수립한 정치질서를 부정하였다. 이러한 정책들은 친정인물인 金觀柱·金日柱·金龍柱 및 영의정 沈煥之 등이 뒷받침하였다. 그러나 시파 金祖淳이 벽파의 방해에도 불구하고 정조의 결정대로 딸을 純祖의 비로 들여 국왕의 장인이 된 상황에서 1803년 12월에 수렴청정을 그치게 되자, 정세가 바뀌어 벽파가 조정에서 숙청되고 친정인물들도 대부분 도태되었다.

219) 기화(奇貨) : 아주 귀한 물건. 못되게 이용하는 기회.

220) 낙임(樂任) : 洪鳳漢(1713~1778)의 아들. 洪樂任(1741~1801). 정조의 모친인 혜경궁 홍씨에게는 洪樂仁, 洪樂信, 洪樂任, 洪樂倫 등의 남형제가 있었다. 순조 1년 5월 29일 동생 홍낙임이 천주교 신자라는 죄목으로 賜死당했다. 본관은 豊山. 자는 叔道. 영조 때 영의정을 지낸 봉한(鳳漢)의 아들이다. 1769년(영조 45) 정시문과에 장원으로 급제하여 홍문관에 등용되었다. 그 뒤 정언·문학·사서 등을 두루 거쳐 승지에 올랐다. 1801년에 신유박해 때 체포되어 제주도로 유배되었다가 그 해 5월 賜死되었다.

221) 공임(孔壬) : 매우 간사(간악)한 사람. 흉악하기 그지없는 사람.

222) 세제(世濟) : 대대로.

223) 남소인(南小人) : 중종(中宗) 때 조광조(趙光祖)가 소인을 배척했는데, 남곤(南袞)은 '남소인(南小人)'이라 불렸다.

224) 견기(見棄) : 남에게 버림을 받음.

225) 각립(角立) : 뛰어남. 맞버티어 굴복하지 않음.

226) 치장(鴟張) : (올빼미가 날개를 활짝 편 것처럼) 위세를 부리고 방자하다.

227) 시돌(豕突) : 돼지처럼 (앞뒤 가리지 않고) 돌진하다(뛰어다니다). 앞일을 생각

樹[228]之函書 主張袖草[229] 桐宮篇[230]之講會 擬議戎垣 有十目難掩之情 王府之鐵案昭載 爲三塗作逆之本 國人之輿憤[231]沸騰 然惟大德曰生 久矣曲貸[232]其死 沁城[233]近島 至許與妻孥[234]同居 敦府[235]華啣 有若待[236]戚畹[237]故事 縱大聖因心之友 常欲源源而來 而羣凶聚首[238]之謀

않고 일을 처리하다. 무모하게 행동하다.

228) 온실수(溫室樹) : 중국 한(漢)나라 궁중(宮中)에서 온실(溫室)이라는 집이 있었고, 그 앞에 서 있던 나무를 온실수라 한 데서, '대전(大殿: 임금이 거처하는 궁전) 가까운 곳'을 일컫는 말

229) 수초(袖草) : 초(草)한 상소문을 소매 속에 넣다. 소매 속에 넣은 초한 상소문.

230) 동궁편(桐宮篇) : "동궁에서 잘못을 회개함(桐宮悔過)"이라는 말이 있다. 『史記』에 의거하면, 중국 상(商)나라 태종(太宗) 태갑(太甲)이 재위 초년에 이윤(伊尹)을 재상으로 임용하였다. 상나라는 비교적 강성했으나 태갑3년 때, 태갑은 잔폭한 수단으로 백성과 노예를 대하자, 이윤이 태갑을 동궁으로 방축하였다. 태갑은 동궁에 있으면서 개국의 군주인 조부(祖父)가 수많은 어려움 속에서 창업하고 인후(仁厚)하고 근검한 삶을 살았던 옛일을 알게 되면서 자신이 저질렀던 행실들이 잘못된 것임을 깨닫고 행실을 바로 잡기로 결심하였다. 3년 후 이윤은 태갑이 진심으로 잘못을 회개했음을 알고 그가 박도(亳都)로 돌아오는 것을 영접하였다. 이후 태갑은 정치에 힘쓰고 백성을 사랑하며 탕왕이 세운 법률을 준수하여 상왕조가 더욱 번영해 일어났다. 이윤은 이를 보고 『太甲(訓)』을 써서 태갑을 찬양하고 그를 태종(太宗)이라 칭하였다. 『太甲訓』은 3편으로 되어 있다. 태갑이 처음 제(帝)로 세워진 때로부터 동궁으로 방축된 때까지, 또 동궁으로부터 국도인 박(亳)으로 돌아오고부터 이윤은 늘 태갑에게 진언하며 타일러 훈계하였다. 사관(史官)이 훈사(訓辭)를 기술할 때 '방축동궁(放逐桐宮)' 부분을 상편(上篇)으로 하였고, 동궁으로부터 박으로 돌아온 것을 중, 하 두 편으로 나누어, 3편으로 구성되어 있다. 『太甲(訓)』 3편은 금문(今文)에는 없고 고문(古文)에 있다.

231) 여분(輿憤) : 여러 사람들이 통분하게 여김.

232) 곡대(曲貸) : 법을 왜곡시켜가며 애써 용서함.

233) 심성(沁城) : 성 내에 스며들다. 江華(?). 백화산성(?)

234) 처노(妻孥) : 처와 자녀

235) 돈부(敦府) : 돈녕부(敦寧府). 조선시대에 왕실의 친척들의 친목을 위한 관아(官衙). 조선시대 종친부에 속하지 않은 종친과 외척을 위해 설치되었던 관서.

236) 약대(若待) : 고대하다.

237) 척원(戚畹) : 외척(外戚)을 말한다.

奈彼耽耽[239]而視 眇[240]予小子 叨[241]承丕基[叨承丕緖] 雲鄕之仙馭寢遐[雲鄕之仙馭莫攀] 益切見墻之慕[242] 玉几之遺音[243]如在 那忍負扆而朝 惟耿然一心 思繼志述事之義 每怵焉四顧 有臨深履薄之危 于斯時也 亂本偃息[244]王畿[245] 凶魁讐視宗國[246] 暗地[247]和應[248] 一帶之水相連 幾年揣摩[249] 三窟之營[250]益急 崩天之痛[251]益切 謂機會之可乘 揭日之義莫嚴[252] 欲漫漶[253]而乃已 傳襲之邪論未售 公肆誣聖之言 背馳之賊形已

238) 취수(聚首) : 모이다.
239) 탐탐(耽耽) : 위엄 있게 주시하는 데가 있다. 깊고 으슥하다.
240) 묘(眇) : 아주 작다. 미소(微小)하다.
241) 도(叨) : 외람되이, 황송하게, 욕심부리다. 탐내다.
242) 殿下慕深見墻 念切肯搆[전하께서는 담장에서 그 모습 뵙는 듯 사모하는 마음이 깊고](「陳勉하는 領府事 鄭元容 등의 啓」, 철종 11년 1860년 음력 09월27일); 見墻之慕益切, 何安龍袞之加身, 位宁之禮雖遵, 忍對鵷班之稽首?(사모하는 마음이 더욱 간절하니 어떻게 태연히 袞龍袍를 몸에 더할 수 있으며, 當宁에 자리하는 禮를 비록 따르기는 하였으나 班列에서 머리 조아리는 신하들을 어떻게 차마 대하겠는가?『순조실록』1권, 순조 즉위년 7월 4일 갑신 2번째 기사 1800년 淸 嘉慶 5년「등극 반교문」)
243) 玉几之遺音: "唉 群生之無祿 遽承玉几之音"(아! 군생(群生)들은 복록(福祿)이 없어 갑자기 옥궤(玉几)의 부음을 듣게 되었으며:『순조실록』1권, 순조 즉위년 7월 4일 갑신 2번째 기사 1800년 청 가경(嘉慶) 5년「등극 반교문」). 遺音: 남긴 所聞. 遺言. 玉几: 옥으로 만든 案席(앉아서 몸을 뒤로 기대는 데 사용하는 방석). 옥으로 만든 책상. 훌륭한 탁자.
244) 언식(偃息) : 걱정이 없어 便安하게 누워서 쉼. 쉬다. 휴식하다. 멈추다. 그만두다. 중지하다.
245) 왕기(王畿) : 왕이 있는 서울 부근의 땅.
246) 종국(宗國) : 조국(祖國).
247) 암지(暗地) : 암암리에, 남몰래, 내심.
248) 화응(和應) : 화답(和答)하여 응(應)함.
249) 췌마(揣摩) : 남의 마음을 미루어 헤아리다. 추측하다. 짐작하다. 생각하다. (의도 따위를) 반복하여 세심하게 따져보다. 헤아리다. 사색하고 탐구하다.
250) 토영삼굴(兎營三窟) : 「토끼는 숨을 수 있는 굴을 세 개는 마련해놓는다」는 뜻으로, 자신의 안전을 위하여 미리 몇 가지 술책을 마련함을 비유하는 말.
251) 붕천지통(崩天之痛) : 「하늘이 무너지는 슬픔」이라는 뜻으로, 아버지가 돌아가신 슬픔을 이르는 말

成 潛蓄稱亂之計 國勢殆哉[254]岌岌[255] 禍萌伏於冥冥 邪術肆行圻湖之間 權奸[256]藉弄[257]城社[258]之勢 誑愚氓而皷左道 安知無白蓮黃巾 矯先旨而辭淸朝 殆甚於蒼蠅[259]貝錦[260] 忍見箕封[261]禮義之俗 自乖倫常 不意奎璧[262]邇密[263]之班 又出妖孽 假托洋湖之設敎 寫窟[264]直接其家人 引喩

---

252) 막엄(莫嚴) : 몹시 엄함. 莫嚴之地: 막엄(莫嚴)한 곳. 곧, 임금이 거처(居處)하는 곳이나 임금의 앞을 뜻함

253) 만환(漫漶) : (나무나 돌 등에 새겨 놓은 글자·그림 등이) 너무 오래 되어 희미하다(분명치 않다). 전의(轉義)하여, 사물을 망가뜨려 분변(分辨)할 수 없게 하다.

254) 태재(殆哉) : 몹시 위태(危殆)로운 일.

255) 급급(岌岌) : 산이 높고 깎아지른 듯 가파름; 형세(形勢)가 아슬아슬하게 위급(危急)함.

256) 권간(權奸) : 권력과 세력을 가진 간신(奸臣).

257) 자롱(藉弄) : 우롱하다.

258) 성사(城社) : '성호사서(城狐社鼠)'의 준말. '사서성호(社鼠城狐)'라고도 함. 성벽에 굴을 파고 사는 여우나 사중(社中)의 쥐가 안전한 곳에서 나쁜 짓을 하듯이, 소인(小人)이 임금의 측근에 있으면서 간사한 짓을 하는 것을 비유한 말이다. 권세를 빙자하여 몰래 나쁜 짓을 하는 사람. 임금 곁에 있는 간신의 무리. '성사호리(城社狐狸)'는 성벽과 사당의 틈에 굴을 뚫고 서식하는 여우와 살쾡이처럼, 임금의 곁에서 보호를 받으며 온갖 못된 짓을 자행하는 간신(奸臣)을 뜻하는 말이다.

259) 창승(蒼蠅) : 파리. 쉬파리.

260) 패금(貝錦) : 고운 비단. 다른 사람을 무함해서 없는 죄를 엮어 내는 것을 말한다. 남을 교묘하게 중상하여 죄를 씌운다는 뜻. 『詩經』小雅 巷伯에 "얼룩덜룩 조개무늬 비단을 짜듯, 남을 참소하는 저 사람이여 또한 너무 심하도다(萋兮斐兮 成是貝錦 彼譖人者 亦已大甚)."라고 하였다.

261) 기봉(箕封) : 기방(箕邦). 기자(箕子)의 나라라는 뜻으로, 우리 나라를 가리켜 이르는 말.

262) 규벽(奎璧) : 경서(經書)를 줄여 박은 책. 자그마한 글자로 박아서 부피를 작게 했음; 옛날 중국(中國)에서 제후(諸侯)가 천자(天子)를 만날 때 가지던 구슬; 28숙(二十八宿)에 들어 있는 두 별인 규수(奎宿)와 벽수(壁宿)의 이름이다. 규는 서쪽 백호칠수(白虎七宿)의 첫째 별이고 벽은 북쪽 현무칠수(玄武七宿)의 마지막 별이다. 규성(奎星)은 문장(文章)을 주관하고 벽성(壁星)은 문서(文書)를 주관한다고 한다. 화려한 문장을 말한다.; 임금을 대신하여 글을 짓는 것을 말한다.

263) 이밀(邇密) : 측근. 왕 가까이서 삼가고 비밀을 지킴.

漢文之少恩 肝肺[265]如見於筵席[266] 况今加棘[267]之輕典[268]纔擧 跋扈之危機闖生 時値黑夜三更 重關之警備莫禦 地接瀛海萬里 一帆之信息可通 如鬼蜮[269]之含沙 願察其影 若虎兕之出柙 何變不圖 逍遙城之豺聲[270]益彰 武安侯之狡謀已綻 今若當斷而不斷 有非期刑于無刑 惟我慈聖 夙著周太姜胥宇[271]之功 誕敷宋宣仁[272]垂簾之治 以母儀[273]而兼君道 雷動[274]風行[275] 推先思以勖寡人 春溫秋肅 想乙未保翊之日 聖船幾危而乃安 追五晦[276]惻怛[277]之音 大義將翳而復闡 於是永念滋蔓之禍 渙發[278]如綍[279]之言 苟探本而溯源 是豈一朝一夕之故 終包啇而稔惡 自歸無父

264) 와굴(窩窟) : 소굴. 도적 따위와 같이 해를 끼치는 무리가 활동의 근거지로 삼고 있는 곳.
265) 간폐(肝肺) : 간장과 폐. 성의, 진심.
266) 연석(筵席) : 임금과 신하가 모이어 자문하고 주답(諮問奏答)하던 자리.
267) 가극(加棘) : 죄가 중한 경우에 행하는 형벌의 하나. 귀양살이하는 사람이 있는 집의 담이나 울타리에 가시나무를 밖으로 둘러치는 일.
268) 경전(輕典) : 가벼운 벌.
269) 귀역(鬼蜮) : 귀신과 유령. 요괴, 도깨비. 음험하게 남을 해치는 사람. 악의 화신.
270) 시성(豺聲) : 승냥이 소리.
271) 서우(胥宇) : 『詩經』에, "고공단보(古公亶甫)가 쫓길 때에, 아침 일찍 말을 몰아 달리시어, 서쪽 물가를 따라, 기산 밑에 이르렀다. 여기서 강녀(姜女)와 함께 사이좋게 지내셨네(聿來胥宇)."
라고 하였다.
272) 송선인(宋宣仁) : 송나라 영종(英宗)의 후(后) 고씨(高氏). 송(宋)나라의 선인 황후(宣仁皇后)는 여중 요순(女中堯舜)이라고 칭하여졌다.
273) 모의(母儀) : 어머니로서 갖추어야 할 도리(道理).
274) 뇌동(雷動) : 진동하다. 우레와 같이 울려 퍼지다.
275) 풍행(風行) : 널리 퍼지다. 유행하다. 성행하다.
276) 오회(五晦) : 오회연교(五晦筵敎). 1800년(정조24) 5월 30일 그믐날에 정조가 경연(經筵) 석상에서 내린 긴 하교(下交: 명령)를 말한다. 이때 정조는 신하들에게 영조대 이후 주요 시기마다 있었던 정치 의리의 의미 및 변화상을 설명한 후, 당파의 사적(私的) 의리를 관철시키기 위해 군주에게 맞서는 일부 신료들을 향하여 경고하며 군주가 천명하는 정당한 의리에 적극 호응하라고 촉구하였다.
277) 측달(惻怛) : 불쌍히 여기어 슬퍼함.
278) 환발(渙發) : 임금의 명령을 천하에 널리 선포함.

無君之科 雖先祖必欲全之德 其奈罪惡之貫盈 以慈宮不揜公之明 深念恩法之輕重 一國皆曰可殺 三尺不容久稽 乃於五月二十九日 祻及樂任賜死 旣擧上告之儀 寧無下布之典[280] 宗社[281]陟降 洋洋監臨 婦孺輿儓[282] 欣欣胥告 邦基增鞏 不啻若磐石泰山 海宇[283]底平 從此去洪水猛獸 凡我四百年喬木之族[284] 粤若數千里同胞[285]之民 自乃祖乃父 克勤王家 予方圖任于舊 恐匹夫匹婦不獲其所 爾惟胥匡以生[286] 扶正斥邪 恒存稂莠亂苗之戒 尊君討賊 孰無鷹鸇逐雀[287]之誠 譬若外攘內修 聖學明而異端熄 固知陰消陽長 壬人[288]遠則君子進 宋朝方昌 何憂章蔡[289]之復起 周家多難 尚賴文武之相承 宜念聚精而會神[290] 奚但明目而張膽[291] 於戱 事在肘腋[292] 呼吸之頃 何幸掃除 變生骨肉肺腑[293]之間 秪益傷惋 正義伸法 寔

279) 발(綍) : 윤음(綸音).

280) 상고하포(上告下布) : 나라에 중대한 일이 있을 때에 위로는 종묘(宗廟)에 제(祭)를 지내어 고(告)하고, 아래로는 백성에게 공포(公布)하던 일.

281) 종사(宗社) : 종묘(宗廟)와 사직(社稷). 넓게 국가를 가리킨다.

282) 여대(輿儓) : 고대 중국에서 열 등급으로 나눈 백성들 중 가장 아래의 두 등급에 속하는 천민(賤民) 계급을 말한다.

283) 해우(海宇) : 한 나라 안, 국내. 사해(四海)의 안.

284) 교목지족(喬木之族) : 대대로 나라의 녹봉을 먹은 족속.

285) 동포(同胞) : 친형제자매. 친동기. 동포. 한민족. 같은 겨레.

286) 서광이생(胥匡以生) : 서로 구원하며 살다. 서로 바로잡아 주며 살다. “백성은 임금이 아니면 서로 바로잡아 주며 살 수가 없으며, 임금은 백성이 아니면 세상을 다스릴 수가 없습니다(民非后 罔克胥匡以生 后非民 罔以辟四方).”

287) 응전축작(鷹鸇逐雀) : 새매가 참새를 쫓는 것은(鷹鸇逐雀), 그저 부리와 발톱 때문이 아니라(匪止觜距). 그 성품이 강직해서라네(其性卽剛).

288) 임인(壬人) : 지조가 없고 간사한 사람. 간사하고 아첨 잘하는 소인(小人).

289) 장채(章蔡) : 중국 북송 시대의 소인(小人) 재상(宰相)으로 일컬어지는 장돈(章惇)과 채경(蔡京)을 합칭한 말이다.

290) 취정회신(聚精會神) : 정신을 가다듬어 모음. 정신을 집중하다. 전심하다. 열중하다. 온 마음을 다 기울이다. 전심전력으로 몰두하다.

291) 명목장담(明目張膽) : 눈을 크게 뜨고, 담력(膽力)으로 아무것도 두려워하지 않는다는 뜻으로, 곧 두려워하지 아니하고 용기를 내어 일을 함.

292) 토액(肘腋) : 팔꿈치와 겨드랑이. 사물이 자기 가까이에 있음. 지극히 가까운 곳.

天理之不誣 稱慶推恩[294] 豈予心之可■ 是謂擧措之得[295] 豈無河北軍投戈[296] 思見德化之成 必有山東民扶杖[297] 爰推夏后泣辜之意 庸敷般庭籲衆[298]之辭 故玆敎示 想宜知悉

【역문】「토사학반교문 당세○신유」[299]

왕이 이에 이르기를, "자지(慈旨)가 널리 내려져 장구하게 종묘(宗廟)에 제사지내고 시원하게 처벌했음을 팔도(八道)에 널리 길게 고하였다. 이리오라. 너희 무리들아. 떠들지 말고 나의 말을 들어라. 무릇 국가에게 있어서 의리(義理)는 원기(元氣)가 천지에 있는 것과 같다. 한 터럭(一毫)의 차이(差)로 해서 천리(千里)의 어긋남(謬)이 나오니, 선한 것을 선하다고 하고 악한 것을 악하다고 하며 옳은 것을 옳다고 하고 그른 것을 그르다고 하는 것보다 귀한 것은 삼강(三綱)을 세우고 구법(九法)[300]을 밝히는 것이다. 무릇 그렇게 한 후에 임금이 임금답고 신하가 신하답고 아버지가 아버지답고 자녀가 자녀답다. 대역(大易)[301]

293) 폐부(肺腑) : 곧 골육(骨肉)의 지친(至親)이라는 말.
294) 추은(推恩) : 시종(侍從)이나 병사(兵使)·수사(水使) 따위의 벼슬자리에 있는 사람의 아버지로 나이가 70이 넘은 사람에게 가자(加資)하던 일.
295) 거조(擧措) : 행동거지. (대응) 조치.
296) 하북군투과(河北軍投戈) : 거록(巨鹿)의 싸움에서 초(楚)나라 상장군인 항우(項羽)가 진(秦)나라 장군 장한(章邯)의 수하인 왕리(王離)가 이끈 하북군(河北軍)을 격파하고 이후 결국 장한이 항우에게 항복한 사건. 이로써 秦나라는 사실상 멸망한 것이나 다름없게 되었다.
297) 부장(扶杖) : 지팡이에 의지하여 걷다. 지팡이를 짚다.
298) 유중(籲衆) : 『書經·盤庚』 : 盤庚, 遷于殷, 民不適有居, 率籲衆慼, 出矢言(반경[盤庚]이 근심하는 무리들을 불러 맹세한 일).
299) 『극원유고』 권05, 頒敎文
300) 구법(九法) : 홍범구주(洪範九疇).
301) 대역(大易) : 『周易』.

은 상빙지계(霜氷之戒)[302]로써 삼가게 하였으니, 성인(聖人)은 먼저 기미를 살핀다. 공자(孔子)는 『春秋』라는 책을 써서, 난적(亂賊)은 모두 두려워할 바를 알게 하였다. 오직 나의 선왕(先王)께서는 높으신 대대의 임금의 덕으로써 대일통(大一統)의 권세(權勢)를 갖고 매우 험난하고 어려움을 두루 겪어 위기의식을 갖고 지혜와 잠재능력을 부단하게 계발하여 업적을 이루고 성인(聖人)이 되었다. 예악(禮樂)과 형정(刑政)이 반드시 갖추어지니 깊고 오묘한 이치가 절묘하다. 10줄의 등극 원년의 윤음(綸音)은 궁성 2층의 문 위에 걸려 있는 법령이며 하나의 의(義)를 밝힌 글이니 형벌(重刑)은 위엄을 갖추고 있다. 비록 24년간의 정치 규범이라 하더라도, 바람, 우뢰, 비와 이슬이 혹시 괴이하여 만약 한마음(一心)으로 지조를 지키고 현·사(賢·邪)와 충·역(忠·逆)의 구별이 반드시 엄밀하면, 아! 지난 일에 대해 차마 상세하게 밝히지 못함이 있다. 돌아보니 난의 싹은 말미암아 오는 바가 점진적이다. 처음에는 동고동락하는 땅이었는데, 도리어 노(魯) 희공(僖公)의 흉도(凶圖)와 함께 번복해 자전(自全)하기를 도모하여 감히 계악(桂萼)의 중요치 않은 주장(桂萼之餘論)[303]을 배워 궁연(宮筵)의 지척에서 멋대로 어지럽게 주(奏)하여 왕세자를 위협하고 왕의 친척과 관료들에게 사설(邪

302) 상빙지계(霜氷之戒) : "'서리를 밟으면 두꺼운 얼음이 얼게 된다.'는 경계"로 서리가 얼음이 되고 작은 잘못이 큰 잘못이 된다는 것으로, 모든 일의 추세가 순차적으로 자라난다는 것을 말하는 것이다. 즉, 천하의 일은 쌓여서 이루어지지 않은 것이 없으니, 현명한 사람은 차츰차츰 이루어지는 것이 자라나게 해서는 안 되고 작은 것이 쌓여 큰 것이 됨을 알아 미리 다스려서 이어지며 자라나지 못하게 해야 한다는 뜻이다.

303) 장총(張璁)·계악(桂萼) : 명나라 세종(世宗) 때 사람. 이 두 사람은 소생 부모를 추존하려는 세종의 뜻에 영합, 반대하는 정신(廷臣)들의 의논을 꺾고 효종(孝宗)을 황백고(皇伯考), 홍헌제(興獻帝)를 황고(皇考)라 칭하자고 소청(疏請)하여 세종의 지우(知遇)를 받았음. '여론(餘論)'은 '골자를 논의하고 난 뒤의 나머지 논의'라는 뜻임.

說)을 제창하며 온 세상을 현혹시켰다. 무릇 괴이하고 음험한 못된 무리들이 급히 서둘러 돌아와 나라를 원망하며 뜻을 잃은 부류들과 함께 은밀하게 (반역을) 양성(釀成)한 지가 오래되었다. 병정(丙丁) 이후 백 가지 괴상한 재난이나 사고가 층층으로 발생함은 대개 그 근거가 되는 소굴이 곧 존재하며 한 꿰미로 서로 꿰어져 있어서 만약 영조 대왕의 큰 도량 및 나의 선왕의 성명(聖明)[304]이 아니라면, 아! 신묘년(辛卯 1771)의 대처분(大處分)[305]으로 재앙이 그치고 일월(日月)이 높이서 밝게 비춤으로 훤하여 요괴들이 도망치지 못하였는데, 나라(宗國[306])의 안위(安危)는 알 수 없었을 것이다. 역적 세력의 왕성함이 과연 어떠하였는가? 제사를 지냄에 어찌 비슷함을 생각했겠는가? 비륜(淚倫)의 이지(異志)[307]를 몰래 품고 있었음에도 두 왕 때에 높은 벼슬에 특

---

304) 성명(聖明) : ①임금의 총명(聰明) ②덕이 거룩하고 슬기가 밝음.

305) 신묘년에 김한록이 "죄인의 아들은 왕이 될 수 없다"는 흉언을 퍼뜨리며 세손(正祖) 대신 은전군 이찬(사도세자의 서자)을 추대하려 하자 홍봉한이 가마를 꾸려 보낸 죄로 파면되었다. 정조가 즉위하여 죄인 홍인한(洪麟漢: "정조대왕이 洪樂任을 특별히 방면하라는 하교"에 보면, 홍인한의 죄는 진실로 용서하기 어려운 것이었으나 처음에는 오히려 가까운 지역으로 가벼이 귀양을 보내었다가 尹泰淵의 상소가 올라오고 李商輅의 글이 나옴에 미쳐서 부득이하게 섬에 위리안치[圍籬安置]하고 賜死하였다.)을 賜死하시자 한강 건너 도주하여 전전긍긍 두문불출하였다. 정조가 혜경궁 홍씨가 불안해 하실 것을 걱정하시어 여러 차례 사관을 보내 도탑게 이끌었으나 끝내 한강을 건너오지 않고 병으로 죽었다; 1762년 7월 12일(음력 윤5월 21일)에 영조는 장헌세자가 죽었다는 소식을 듣고는 그에게 왕세자의 호를 회복시켜 주었으며 사도(思悼)라는 시호를 내렸다. 그리고 헌경왕후에게는 혜빈(惠嬪)이라는 존호를 내려주었다. 그리고 이듬해 헌경왕후의 부친인 홍봉한(洪鳳漢)을 영의정으로 임명하였고, 그가 1771년 김구주(金龜柱) 등의 탄핵을 받아 벼슬을 빼앗기고 도성에서 내쫓겼다. 1년 뒤에 서용하여 관직을 되찾고 도성으로 돌아올 수 있었던 것은 헌경왕후를 배려한 것이었다. 1776년 정조는 즉위한 뒤에 혜빈궁(惠嬪宮)의 명칭을 혜경궁(惠慶宮)으로 바꾸었다.

306) 종국(宗國) : 조국(祖國).

307) 이지(異志) : 딴 생각. 딴 마음. 배반(背反)하려는 마음

별히 임명하였다. 보답할 방도를 도모할 것을 생각하지 않고 근년(近年)에 남쪽 지방으로 가볍게 귀양을 보내도 전혀 죄를 두려워하는 생각이 없었다. 나라를 책임지고 있는 정승을 얽히게 해서 장차 무엇을 하고자 함인가? 이익을 탐하는 흉도들을 규합하여 불법을 자행하고 하물며 반역이 깊어져 아버지라 하고 아들이라 하니, 아! 그 계략이 빼앗지 않고는 만족하지 않는 것은 무슨 도리인가? 영덕(榮德)은 정권을 몰래 빼앗고자 손을 펼쳤다. 지난 날의 공(供)을 돌이켜보니, 우개(宇愷)는 결혼의 인연을 만들었다. 성중(城中)의 원수됨이 널리 깊었다. 5월과 9월의 참변을 차마 말하면, 왕도(王都)의 오랑캐가 갑자기 일어났다. 애석하다. 20년 원융(元戎), 적(賊)의 기세가 창궐한 때를 당하여, 혹은 오로지 있던 곳으로 돌려보낸(押還) 거(擧)를 꾸짖음으로써 정신(廷臣)이 몸을 깨끗이 하는 날에 이르거나, 혹은 아첨하여 구원해 보호할(營護) 마음을 삼으로써 다만 저 제적(諸賊)들은 앞뒤로 주장(譸張)하고 안팎으로 배치(排布)하여 기맥과 의기가 서로 맞지 않은 것 같으나 상황(情節[308]))과 맥락(脉絡)이 깊고 아득하게 서로 들어맞고 있다. 역적인 이인(李䄄)을 흉도의 소굴(凶窩)로 하지 않음이 없다. 역적 이인을 목적을 위해 쓸 만한 것으로 여겨졌지만 역적 홍봉한(洪鳳漢)과 양립하지 못하였고 신인(神人)에 의해 모두 주살 당하였다. 홍낙임은 태어날 때부터 아주 간악한 사람이며 대대로 주모자(元惡[309]))이다. 때로는 엄숙한 공자(公子)의 눈이 있으나 아버지의 세력에 의지해서 조권(朝權)를 훔쳐 멋대로 다루었으니, 죄가 남소인(南小人)의 간악함(奸)을 초과하였다. 국시(國是)를 변경하고 선한 사람들(善類[310]))을 해치고(藏害) 스스로 청의(淸議)에게서 버림을 받았음을 알고 문정(門庭)

308) 정절(情節) : 사건의 내용과 경위. (작품의) 줄거리. 구성. 사정. 상황.
309) 원악(元惡) : 악한 일의 주모자. 원흉. 대악당. 죄악의 근원.
310) 선류(善類) : 선량한 사람, 선량한 인사.

에 버티어 서서 굴복하지 않으며 성총(性聰)을 깨우치는 것을 심히 꺼리며 막았고 힘써 군부(君父)에 항거하였다. 요(堯)임금이 연로하여 정사에 힘쓰지 못하자 순(舜)임금이 섭정(攝政)할 때에 미쳐서 더욱 방자함과 무모한 형세를 드러내었다. 임금이 거처하는 궁전 가까운 곳의 흉서(凶書)는 수초(袖草)[311]라 주장하였다. 동궁편(桐宮篇)에 대한 강회(講會)에서는 융원(戎垣)[312]을 의논하려 했는데, 여러 사람이 보고 있어서 감출 수 없는 사정이 있고 왕부(王府)[313]의 철안(鐵案)[314]에 분명히 실려 있는데, 삼도(三途)[315]를 거스른 근원이 되어, 나랏 사람들의 통분이 비등하였다. 그런데 다만 대덕(大德)이 이르기를, "오래 살았도다. 사형시켜야 할 것을 법을 왜곡시켜 가며 용서하였다. 강화(江華)와 가까운 섬에서 처자 및 자녀와 동거하는 것을 허락하였다. 돈부(敦府)의 화려한 직함에는 외척에서 고사(故事)를 기대함이 있다. (이것은) 비록 대성(大聖)께서 마음에서 우러난 형제간의 우애이기 때문에 늘 끊이지 않고 오게 하고자 하지만, 흉악한 무리들이 모여서 모의함에 어찌 저들은 가만히 기회를 엿보고 있다. 미천한 이 몸이 외람되게도 크나큰 왕업의 터전을 이어 정조(正祖)가 승하한 후, 담장에서 그 모습 뵙는 듯 사모하는 마음이 더욱 간절하니 옥궤(玉几: 임금이 앉은 옥으로 만든 案席. 임금)의 유언(遺言)이 있는 것 같다. 저 차마 의(扆)[316]를 지는 아침에 다만 온 마음으로 슬퍼하며, 선왕의 유지(遺旨)를 계승하

311) 수초(袖草) : 초(草)한 상소문을 소매 속에 넣다. 소매 속에 넣은 초한 상소문.
312) 융원(戎垣) : 군대(軍隊)에서 대장의 자리.
313) 왕부(王府) : 조선시대 때 義禁府를 달리 일컫던 말.
314) 철안(鐵案) : 변하지 않는 단안. 증거가 확실하여 뒤집을 수가 없는 사건(사안).
315) 삼도(三塗) : 사람으로서 부모를 섬겨야 할 세 가지 도리. 곧 부모가 생존했을 때 잘 봉양하고, 돌아간 후 근신하여 상제(喪制) 노릇을 제대로 하고, 제사를 정성껏 받드는 일. 삼행(三行).
316) 의(扆) : 옛날, 천자의 거처에 치던, 도끼 모양을 수놓은 병풍.

고(繼志)·일을 계승하는(述事) 도리(義)를 생각함에 매번 두려워 사방을 둘러보니 깊은 곳에 임하고 얇은 얼음을 밟는 듯한 위태로움이 있다. 이러한 때에도 난(亂)의 근원이 왕기(王畿)에서 쉬고 있다. 흉악한 괴수가 나라를 원수로 여기며 암암리에 화답해 응하여 일대(一帶)가 불가분의 관계로 서로 잇닿아 있다. 몇 년 세심하게 따져보니 몇 가지 술책을 마련해 놓은 것이 더욱 급하다. 선왕(正祖)께서 돌아가신 슬픔이 더욱 간절한데 일컫기를 기회를 탈 만하니 해(日)를 추켜세우는 의리가 매우 엄하다고 하고는 깨지고 파괴(敝壞)되고서야 그만두고자 한다. 전습(傳襲)된 사론(邪論)이 아직 실현되지 않았지만 드러내 놓고 멋대로 성인(聖人)의 말을 왜곡하며 어긋나 역적의 형세가 이미 이루어졌고 난(亂)에 상응하는 계략을 몰래 쌓아 왔다. 국세(國勢)가 몹시 위태롭고 아슬아슬한데 화(禍)의 싹이 어둠 속에 숨어 있다. 사술(邪術)이 기호(圻湖)[317] 간에서 멋대로 행해지고, 권간(權奸)이 우롱하고 임금 곁의 간신의 무리들의 세력은 어리석은 백성을 속이고 좌도(左道)를 부추기고 있으니, 백련·황건(白蓮·黃巾)이 없는지 어찌 알겠는가? 선왕의 유지(遺旨)라고 거짓말하고 청조(清朝)를 마다함이 쉬파리와 조개무늬 비단(貝錦)보다 반드시 심하다. 기자(箕子)의 나라로서의 예의(禮義)의 풍속이 윤상(倫常)과 진실로 어그러짐을 차마 보고, 측근에서 문장과 문서를 주관하는 무리들(班)에서 또한 악한 자들(妖孼)을 내어 서양 오랑캐의 설교(設教)를 빙자하여 소굴에 있는 사람들은 바로 한 가족으로 여기고 한문(漢文)의 사소한 은택(恩) 적절하게 인용(引喻)하는데, 그 성의는 연석(筵席)에서 보는 것과 같다. 하물며 지금 가자(加棘)의 가벼운 벌은 겨우 행해졌지만 발호(跋扈)의 위기(危機)는 느닷없이 일어난다. 캄캄한 밤(黑夜) 삼경(三更)과 같은 때를 당하여

317) 기호(圻湖) : 기호(畿湖). 경기, 충청 지방

중요한 관소(關所)에서의 경비(警備)가 막지 못하고 땅이 만리(萬里)나 되는 먼 바다와 접해 있어 돛단배 한 척의 소식도 통할 수 있으니, 귀역(鬼蜮)이 모래를 머금고서(含沙) 그 그림자를 살피기를 원하는 것[318] 처럼. 호랑이나 코뿔소가 우리 밖으로 뛰쳐나오는 것처럼, 무슨 변(變)이든 꾀하지 않겠는가? 성(城)에서 소요(逍遙)하는 승냥이 소리가 더욱 뚜렷하고 무안후(武安侯)의 교활한 모의(狡謀)는 이미 탄로가 났다. 지금 마땅히 끊어야 하나 끊지 않음에는 형벌(刑罰)을 무형(無刑)으로 하는 것을 목적으로 삼는 것이 아니다.

오직 우리의 자성(慈聖)[319]은 평소에 주(周)나라 태강(太姜)[320]이 사이좋게 지낸 공(功)을 드러내고 송(宋)나라의 선인황후(宣仁皇后)의 수렴(垂簾) 정치를 크게 베푸시어 어머니로서 갖춰야 할 도리에 군도(君道)를 겸하신 것이 널리 퍼지고 성행하여 선왕의 생각에 미루어서 과인(寡人)을 권면함이 봄 같이 따뜻하면서도 가을 같이 엄숙하였다. 을미년(乙未年 1799) 보익(保翊)한 날을 생각하면, 성궁(聖躬)[321]이 위태로울 뻔했으나 겨우 안전하였다. 1800년(정조24) 5월 30일 그믐날에

318) 함사사영(含沙射影) : 모래를 머금고 그림자에 내뿜다. [진(晉)나라 간보(干寶)의 『수신기(搜神記)』에서, 물 속에 역(yù)이라는 괴물이 사는데, 사람의 그림자를 보면 모래를 내뿜으며, 그림자에 모래를 맞은 사람은 병이 나거나 죽었다는 고사에서 유래함] . 둘러서 암암리에 남을 공격하다[모함하다]. 암암리에 남을 헐뜯다[비방하다·중상하다].

319) 자성(慈聖) : 임금의 어머니.

320) 태강(太姜) : 기원전 1052년 산시(陝西)성을 근거로 한 무왕(武王) 희발(姬發)과 군사(軍師) 강상(姜尙)이 지휘하는 주나라와 소방(召方), 羌, 蜀, 庸, 彭, 微 등의 동맹군 40만 명이 황허의 흐름을 타고 내려가 황허 중류 나루터인 허난(河南)성 孟津까지 진출했으나 商나라 군에 패해 회군했다. 소방은 상나라의 침략을 받아 영토의 일부를 빼앗긴 적이 있으며, 오늘날 쓰촨(四川)성과 칭하이(靑海)성 등에 잔존한 강족은 상나라에 노예로 잡혀 제물이 되곤 하던 부족으로 주나라의 외가였다. 희발의 증조모는 太姜이라 하는데 강족 출신이다.

321) 궁(躬) : 몸, 신체, 자기, 자신, 몸소, 스스로, 직접.

정조께서 내리신 측달한(惻怛) 말씀은 대의(大義)가 장차 가려졌다가 다시 밝혀질 것이라고 하였다.

이에 만연해 있는 화(禍)를 늘 염두에 두고 윤음(綸音)의 말씀처럼 전국에 널리 선포하여 진실로 근원을 찾아 거슬러 올라가니, 이것이 어찌 일조일석에 말미암은 것이겠는가? 마침내 흉악을 품어 악을 여물게 하니 저절로 무부무군(無父無君)의 죄(科)로 귀결된다. 비록 정조(正祖: 先朝)께서는 반드시 덕을 온전케 하고자 하셨으나, 그것이 죄악이 관영(貫盈)함을 어찌 하겠는가? 자궁(慈宮)[322]은 공명(公明)함을 숨기지 않고 법의 경중(輕重)으로 은혜를 베풀 것을 깊이 염두에 두고 있었지만 온 나라 사람들이 모두 이르기를, "죽일 만하다. 법이 오래 논의하는 것을 용납하지 않는다."고 하였다. 이에 5월 29일 이인(李裀)과 홍낙임(洪樂任)을 사사(賜死)하였다. 이미 상고(上告)의 의례는 행하였는데, 어찌 하포(下布)의 예(禮)가 없겠는가? 종묘사직의 신들이 (하늘과 땅을) 오르내리며 즐거이 감림(監臨)하시고 아녀자와 어린아이 그리고 천민들이 매우 기뻐하며 모두 요청하니, 나라의 기초가 한층 더 굳어짐이 반석(盤石)과 태산(泰山) 같을 뿐만 아니라 나라의 내부가 편안해져 이로부터 엄청난 재액(災厄)이 제거되었다. 무릇 우리 4백년 대대로 나라의 녹봉을 먹은 족속은 수천리 친동기 같은 백성으로 너희 조(祖)와 너희 부(父)로부터 왕가(王家)에 충성을 다해왔다. 나는 이제 막 옛 신하를 기용하려 하는데, 혹시 필부필부(匹夫匹婦)가 그 마땅한 자리를 얻지 못하는 것이 아닌가 한다. 너희는 다만 서로 바로잡아 주며 살아 바르고 옳은 것을 세우고 사악함을 물리치며 가라지가 벼의 모를 어지럽힌다는 戒를 항상 마음에 품고 임금을 받들어 역적을 토벌하니, 누구에게라도 새매가 참새를 쫓는 정성(誠)이 없겠는가?

322) 자궁(慈宮) : 왕세자가 왕위에 오르기 전에 죽고 왕세손이 즉위하였을 때, 그 죽은 왕세자의 빈(嬪)을 이르던 말.

비유하자면 외세를 물리치고 내정을 가다듬음과 같다. 성학(聖學)이 밝히 드러나면 이단(異端)이 소멸하여 진실로 음의 기운이 소멸되고 양의 기운이 강해짐을 알 것이고 간사한 자들을 멀리한 즉 군자가 나아온다. 송(宋)나라가 막 번창해 일어남에 어찌 장돈(章惇)과 채경(蔡京)이 다시 일어날 것을 염려하겠는가? 주(周) 왕실이 다난(多難)했지만 오히려 문왕(文王), 무왕(武王)으로 법이 이어져나간 것에 힘입고 정신을 가다듬어 모음에 과연 마음을 두니 어찌 다만 두려움 없이 용기를 내어 일을 하지 않겠는가? 아! 사단(變故, 事故)은 아주 가까운 곳에 있었는데 순식간에 (아주) 다행하게도 소탕하였고, 변(變)이 골육지친 사이에서 일어나 다만 안타까워하고 탄식을 하였다. 정의(正義)로 법(法)을 펴는 것은 천리(天理)를 속이지 않는 것이니 경사가 났다고 하여 추은(推恩)함에 어찌 나의 마음이 ○ 이를 일컬어 모든 조치가 마땅했다고 하는데, 어찌 하북군(河北軍)의 항복이 없이 덕화(德化)가 이루어진 것을 보기를 생각하겠는가? 반드시 산동민(山東民)의 부장(扶杖)이 있을 것이니, 이에 하후(夏后)[323] 읍고(泣辜)[324]의 의(意)를 미루어서 반경(盤庚)이 은정(殷庭)에서 근심하는 무리들을 불러 맹세한 말을 선포하는 바이니 이에 교시를 마땅히 잘 알기를 바란다.

---

323) 하후(夏后) : 우(禹). 순(舜)의 선양(禪讓)을 받아 왕이 되어 하왕조(夏王朝)를 창시함. 하우(夏禹).

324) 읍고(泣辜) : 하차읍고(下車泣辜). 우(禹) 임금이 죄인을 보고 자신이 백성을 교화시키지 못한 죄책감을 느껴 수레에서 내려 울었다는 고사.

「健陵行狀」

-(上略)- 冬湖南道臣以尹志忠, 權尙然父死不祭 燒毁祠版[325]啓 時一種邪徒 潛襲西洋, 耶蘇之術 購書燕肆 轉相敎習 其法誣天慢神 背君遺親 斁滅倫紀 混淆名分 誘惑蚩氓 交結黨與 畿甸[326]兩湖[327]之間 日盛月熾 李家煥, 丁若鏞, 李承薰, 權日身其尤著者 而崔必恭, 李存昌亦下流中最稱沈溺 有司執以奏 王曰齊之以刑 不如道之以德 予將火其書而人其人 命京外家藏西洋書者 自首于官 聚以火之 譴斥[328]家煥, 若鏞, 承薰 使之自新[329] 致日身, 必恭於秋曹 囚存昌於湖獄 以刑以諭 期於感化 至是王見道啓 驚曰不圖悖逆之至於斯也 志忠, 尙然 幷用大辟[330] 又敎曰陽剛衰而陰沴[331]作 邪說之肆行 由於正學不明 命廟堂及諸道 各擧經明行修[332]之士 又飭明末淸初稗官小品之學 申嚴燕行購書之禁 以嶺土人士獨不染邪學 卽先正[333]遺風 賜祭[334]玉山陶山書院 樂通[335]成 王嘗以朱

325) 사판(祠版) : 신주(神主).
326) 기전(畿甸) : 기내(畿內). 국도(國都) 부근의 땅.
327) 양호(兩湖) : 호남(湖南)과 호서(湖西). 곧 전라도와 충청도를 아울러 이르는 말.
328) 견척(譴斥) : 꾸짖어 내침.
329) 자신(自新) : 갱생하다. 스스로 잘못을 고치고 새롭게 행동하다.
330) 대벽(大辟) : 옛날 중국에서 행하던 다섯 가지 형벌의 하나. 목을 베는 형벌을 이른다. 사형(死刑).
331) 음려(陰沴) : 자연계의 변괴로 말미암아 일어나는 재앙.
332) 경명행수(經明行修) : 경학(經學)에 밝고 행실(行實)이 착함.
333) 선정(先正) : 조선시대에 선대(先代)의 어진 이를 일컫던 말.
334) 사제(賜祭) : 대신이 죽어 황제가 특사를 보내, 제물을 선사하고 제사를 지내 주다.
335) 악통(樂通) : 조선 정조(正祖)15년(1791)년에 정조가 우리나라의 음악(音樂)을 고악(古樂)으로 다시 일으키려고 펴내게 한 음악 이론서로 1책의 필사본이다. 서문과 발문(跋文)이 없으며 편자가 누구인지 알 수 없다. 다만 서문격(序文格)에 해당하는 총론(總論)에서 그 편찬 동기를 알 수 있다. 우리나라 음악은 세종조에 박연(朴堧), 맹사성(孟思誠) 등이 정리했는데, 명제(明制)를 따른 것이고 이는 송(宋)의 대성악(大晟樂)이어서 고악(古樂)이 아니라고 하였다. 홍무(洪武) 연

蔡[336]之律呂[337] 未及被之管絃爲恨 檃括[338]爲書 -(下略)-

【역문】「건릉행장」[339]

-(상략)- 겨울 호남(湖南) 도신(道臣)[340]은 윤지충, 권상연이 부친이 사망했는데 제사를 지내지 않고 신주(神主)를 태워 훼손한 일로써 계(啓)[341]를 올렸다. 당시 한 부류의 사도(邪徒)가 서양(西洋) 예수(耶蘇)의 술(術)을 물려받아 북경의 책방에서 책을 사와 서로 돌려가며 교습(敎習)[342]하였다. 그 교법(敎法)은 하늘을 속이고 신(神)을 업신여기며 임금을 배반하고 어버이를 돌보지 않고 멀리 하니 윤기(倫紀)를 무너뜨리고 명분(名分)을 어지럽혔으며 어리석은 백성들을 꾀어 미혹시키고 당여(黨與)를 맺어 어울렸다. 기내(畿內)와 양호(兩湖) 사이에서 나날이 번성하고 치열해졌다. 이가환, 정약용, 이승훈, 권일신은 그 중에서도 더욱 두드러진 자들이었고, 최필공과 이존창 역시 비천한 부류들 중에서 깊이 빠졌다고 칭하여졌다. 관원(有司)이 잡아 상주(上奏)하

간의 냉겸(冷謙)과 만력(萬曆) 연간의 주재육(朱載堉)만이 고악을 아는 인물이라 하며 우리의 음악을 이로 복귀시켜야 한다고 하였다. 그래서 『律呂正義』와 『新法律數』를 바탕으로 여러 악서를 창고하여 편찬하다고 하였다. 정조의 문집인 『弘齋全書』에도 『樂通』이 수록되어 있는데 정조는 『群書標記』에서 주자(朱子)와 채원정(蔡元定)의 율려가 관현에 적용되지 않은 것을 한으로 여겨 이 책을 편찬하게 하였다고 했다. 정조는 주자의 설을 음악에 실제로 활용할 목적으로 이 책을 편찬케 한 것이다.

336) 주채(朱蔡) : 주자(朱子)과 채원정(蔡元定)을 가리킴.

337) 율려(律呂) : 음악(音樂)이나 음성(音聲)의 가락.

338) 은괄(檃括) : 고쳐 바로 잡음.

339) 『극원유고』 권07, 玉局集

340) 도신(道臣) : 관찰사(觀察使)의 딴 이름.

341) 계(啓) : 상주(上奏)하는 글.

342) 교습(敎習) : 가르쳐서 익히게 하다.

니, 왕이 이르기를, "형(刑)으로써 다스림이 덕(德)으로써 인도함만 못한데, 나는 장차 그 책을 불태우고 그들은 다시 사람답게 만들겠다."[343] 라고 하고 서울과 지방(京外)에 서양서(西洋書)를 집에서 소장하고 있는 자들로 하여금 관(官)에 자수(自首)토록하고 그것들을 모아 불태웠다. 리가환, 정약용, 이승훈을 꾸짖어 과오를 뉘우치고 새사람이 되도록 하였고, 권일신, 최필공은 형조(刑曹)로 송치하였으며 이존창은 호서 감옥(湖獄)에 가두어 형벌을 가하기도 하고 타이르기도 하여 감화(感化)하기를 기대하였다. 그런데 왕께서 관찰사의 보고서(道啓)를 보게 됨에 이르러, 깜짝 놀라 이르기를, "패역함이 이러하리라고는 생각하지도 못했다. 윤지충과 권상연은 모두 대벽(大辟)으로 다스려라."고 하였다. 또한 하교하여 이르기를, "양(陽)의 기운이 막 쇠하니 음(陰)의 악한 기운이 고개를 들듯이 사설(邪說)이 제멋대로 행해지는 원인은 정학(正學)이 밝지 않아서인 것이다."하고, 묘당(廟堂)[344]과 각도(各道)에 명하여 경학에 밝고 행실이 올바른 선비들을 각기 천거하도록 하였으며, 또 명말(明末)·청초(淸初)의 패관(稗官)의 변변치 못한 글들(小品)과 관련된 학문을 경계하도록 단속하고, 연경(燕京)에 가서 서적 구입을 못하도록 금법을 더욱 더 엄하게 하였다. 그리고 영남 선비들이 사학(邪學)에 물들지 않은 것은 바로 선정(先正)들의 유풍(遺風) 때문이라 하여 옥산(玉山)·도산(陶山) 등 서원(書院)에 제사를 지내주기도 하였다. 『악통(樂通』이 완성되었다. 왕은 일찍이 주자(朱子)와 채원정(蔡元定)의 『율려신서(律呂新書)』가 미처 관현(管絃)에 올려지지 못

343) 정조는 1791년 천주교에 대한 금교령(禁敎令)을 내렸지만, 천주교 신앙에 빠져든 사람들은 백성으로 인정하여 깨우쳐 돌아오게 이끌어 가면서 서학 서적은 불태우겠다는 교화 중심의 입장을 밝힌 것.

344) 묘당(廟堂) : 나라와 정치를 다스리는 조정(朝廷). 조선시대에 가장 높은 행정 관청. 의정부(議政府).

한 것을 늘 한스럽게 여겨 그를 고쳐 바로잡아 책으로 만들었던 것이다.
-(하략)-

「諡狀(奉朝賀洪公[345])諡狀)」

-(上略)- 公在統禦使[346] 晩秀之先君子[347]時居留沁都[348] 沁之距桐[349] 一葦可抗 筆札報訊無虛月 先君子嘗曰文學才猷如某者 今世罕比 可惜用之不究也 後因論斥蔡濟恭金鍾秀之罪 積被衆憾 媒孽[350]百端 而賴上曲護[351] 得免中傷[352] 一種邪穢不逞[353]之徒[354] 倡習洋學 潛圖不軌 其類寔繁 禍且不測 公乃炳幾燭奸 義形於色[355] 仇敵滋世 毅然不惧 及羣凶

345) 홍수보(洪秀輔 1723 경종3~?)일 가능성이 크다. 홍수보는 조선 후기 문신으로 본관 풍산(豊山), 자는 군실(君實)이다, 홍주문(洪柱文)의 증손, 할아버니는 황만기(洪萬紀)이고 아버지는 예조판서 홍중후(洪重厚)이며, 동생인 홍중효(洪重孝)에게 입양되었다. 영조 때인 1758년 승지에 발탁되었다. 1769년에 사간에 올랐다. 정조가 즉위하자 경기수군절도사(京畿水軍節度使)로 파견되었다가 1781년 대사간에 임명되고 이어 동지부사(冬至副使)로 중국에 다녀왔다. 대사헌으로 재직할 때에는 시파의 영수이던 채제공을 탄핵해 배척하였다. 경기관찰사로 있을 때인 1788년 정조의 화성 행차 때 선창(船艙) 축조가 부진한 책임 소재에 대한 우의정 채제공의 탄핵으로 파직, 정배되었다가 그 해 말에 방면되었다. 그 뒤 1793년(정조17)에는 의정부좌참찬에 올랐다. 이듬해 판의금부사에 임명되었다가 1795년 벼슬에서 물러난 뒤 봉조하(奉朝賀)가 되었다.
346) 삼도통어사(三道統禦使) : 조선시대 때 경기·충청·황해 삼도의 수군(水軍)을 통솔하던 무관직(武官職), 또는 그 자리에 있던 사람. 경기의 수군절도사(水軍節度使)가 겸했음. 16대 인조(仁祖)11년(1683)에 베풀어 26대 高宗30년(1893)에 없앰.
347) 선군자(先君子) : 남에게 돌아가신 자기 아버지를 이르는 말.
348) 심도(沁都) : 강도(江都), 곧 강화도(江華島)를 이르는 말.
349) 동(桐) : 교동도(喬桐島). 인조 때 남양에 있던 경기수영을 교동도로 옮기면서 교동도는 도호부로 승격되고, 그곳에 삼도통어사가 설치되었다.
350) 매얼(媒孽) : 죄를 양성하여 모해(謀害)함.
351) 곡호(曲護) : 간곡(懇曲)히 보호하다.
352) 중상(中傷) : 중상하다. 헐뜯다. 중상모략하다. 사실(事實) 무근의 말로 헐뜯어 남의 명예(名譽)나 위신(威信)·지위(地位) 등을 손상시키는 일. 누명 씌우기. 헐뜯기.
353) 불령(不逞) : 원한이나 불평불만을 품고 국가의 拘束에서 벗어나 제 마음대로 행동함.
354) 불령지도(不逞之徒) : 분별없이 멋대로 행동하는 무리. 못된 놈. 불량배.
355) 의형어색(義形於色) : 정의롭고 엄숙한 기색이 얼굴에 나타나다.

伏誅 人始服公之明 -(中略)- 公之先逝 其視未死諸臣蓐蟻[356]之願何如也 竊觀公居家篤孝友之行 莅官勵廉直之操 事君則慮公忘私 爲學則衛正闢邪 文可以黼黻[357]王猷 才可以經緯時務[358] 官高上卿[359] 壽躋八耋[360]乞身[361]明時[362] 克紹先業 寬樂高朗[363] 令名永世 稽之古謚法 皆可書晩秀識淺辭荒 不足以狀公德美 謹推廣我寧考[364]特達[365]之眷 先君子疇昔之訓 叙次公遺事[366] 以諗太常[367]氏

---

356) 욕의(蓐蟻) : 죽은 임금을 따라 죽어 황천에서 봉사한다는 뜻.

357) 보불(黼黻) : 무의를 수놓은 예복의 하나. 흔히 미사여구를 가리킴. 예전에, 임금이 예복으로 입던 하의(下衣)인 곤상(袞裳)에 도끼와 '亞' 자 모양으로 꾸며 놓은 수를 이르던 말. 임금의 곤복(袞服)에 수놓은 문양을 말한다. 보(黼)는 도끼의 모양을 흑백색(黑白色)으로 수놓았으며, 불(黻)은 기자형(己字形)을 등을 보인 형태인 아(亞)자 모양으로 검정과 파란색으로 수놓았다. 면복의 하상(下裳)에 수놓아 표현하는 12장문(章文)에 속하는 문양. 왕이 대례복과 제복으로 입는 면복의 하상에 수놓아 표현하는 문양이다. 보문(黼紋)은 도끼 모양의 무늬이며, 불문(黻紋)은 아자(亞字) 형태의 대칭형 기하문이다. 보문과 불문을 합하여 '보불(黼黻)'이라고 할 때에는 문장(文章)의 찬란함을 비유하기도 한다. 전하여 유창하고 화려한 文章의 비유로 쓰인다.

358) 시무(時務) : 그 시대에 중요한 정무(政務)나 사무(事務). 당세(當世)의 급무(急務)

359) 상경(上卿) : 조선시대에 정일품(正一品)과 종일품(從一品)의 판서(判書)를 일컬음.

360) 팔질(八耋) : 나이 여든 살을 이르는 말.

361) 걸신(乞身) : 옛날에는 임관(任官)하는 것을 국군(國君)에게 몸을 맡기는 것이라 여겼으므로 관원이 이직(離職)을 자청(自請)하는 것을 칭하여 "乞身"이라 하였다. "걸해(乞骸)", "걸해골(乞骸骨)"이라고도 하였다. 「원말은 원사해골(願賜骸骨)로서 해골(骸骨)을 빈다」는 뜻으로, 늙은 재상(宰相)이 연로하여 조정(朝廷)에 나오지 못하게 될 때에 왕에게 사직(辭職)을 주청(奏請)함을 이르는 말.

362) 명시(明時) : 치세(治世), 정치(政治)에 법도가 있으며 천하태평한 시대.

363) 고랑(高朗) : (마음이나 풍격 따위가) 고상하다. 명랑하다. (소리가)높고 우렁차다. (하늘이)청량하다. 높고 맑다. 높고 크고 명랑하다.

364) 영고(寧考) : 세상을 편안하게 하고 돌아간 아버지라는 뜻으로, 임금이 자기의 선고(先考)를 높이어 이르는 말.

365) 특달(特達) : 특별히 통고하다. 매우 걸출하다. 특히 뛰어나다.

366) 유사(遺事) : 유업(遺業). 전해 내려오는 史蹟.

367) 태상(太常) : 태상은 봉상시(奉常寺)의 별칭이다. 조선시대 국가의 제향(祭享) 및

【역문】「익장(봉조하홍공익장)」368)

-(상략)- 공(公)은 삼도통어사에 있었다. 이만수(李晩秀)의 부친은 그 때 강화도에 머물러 있었다. 강화도에서 교동도(喬桐島) 사이는 한 조각배로 항해해 갈 수 있는 거리여서 필찰(筆札)로 통보, 방문(報訊)함에 허송세월함이 없었다. 부친은 일찍이 이르기를, "문학의 재능은 아무개(某者) 같아 지금 세상에서 견줄 만한 사람이 드문데, 안타깝게도 쓸데를 추구하지 않았다."고 하였다. 후에 채제공과 김종수(金鍾秀369))의 죄를 논하여 지적했기(論斥) 때문에 오랫동안 대중의 원한을 받았고 갖가지로 화를 덮어씌웠는데, 임금께서 간곡히 보호한 덕분에 중상모략을 면할 수 있었다. 한 부류의 사악하고 더러운 불량배들이 양학(洋學)을 앞장서서 이끌어 배우며 몰래 모반을 획책했는데, 그 무리들은 참으로 수가 많아 재앙을 또한 예측할 수 없었다. 공은 이에 (임기응

시호(諡號)를 의론하여 정하는 일을 관장하기 위해 설치되었던 관서이다.

368) 『극원유고』 권10, 玉局集

369) 김종수(金鍾秀 1728 영조4~1799 정조23) : 본관 청풍(淸風). 자 정부(定夫), 호 진솔(眞率) 또는 몽오(夢梧). 서울 출신. 우의정 김구(金構)의 증손으로, 할아버지는 참판 김희로(金希魯)이고, 아버지는 시직(侍稷) 김치만(金致萬)이다. 벽파의 영수이다. 노론 벽파의 강경파였던 선조들과는 노선을 달리하여 당숙 김치인과 함께 노론온건파에 가담하였다. 세손 시절의 정조의 사부이기도 했다. 대의명분에 입각한 군사부일체론을 주창하였다. 1768년(영조 44) 안산군수로서 식년문과에 급제하여 예조정랑·홍문관부수찬 등을 거쳤다. 1772년(영조 48) 청명을 존중하고 공론을 회복하여 사림정치의 이상을 실현하려는 청명당을 만들었다. 척신당을 비판하다 당폐를 일으켰다는 죄목으로 기장현에 유배되었다가 다음해에 풀려났다. 영조가 죽은 뒤 승지·경기도관찰사·평안도관찰사·이조판서·우참찬·병조판서에 올랐다. 1780년 이조판서로서 홍국영(洪國榮)의 죄를 논하여 그를 축출했다. 1781년 대제학, 1789년 우의정에 올랐다. 1792년 상소를 올려 사도세자를 위해 역적을 토벌하자는 영남만인소를 물리쳐 가라앉혔다. 1793년 좌의정에 올랐으나, 이듬해 다시 사도세자 문제를 들고 나온 채제공(蔡濟恭)을 반대하다가 평해로 유배되었다. 남해로 옮겨졌다가 치사했다. 저서에 『몽오집』이 있다.

변하여) 기미(幾微)를 밝게 살피고 간사함을 밝게 비추어 정의롭고 엄숙한 기색이 얼굴에 나타났다. 원수가(적이) 세상에 넘쳤지만 의연(毅然)하게 두려워하지 않았다. 흉도의 무리들이 처형당함에 이르러서야 사람들이 비로소 공이 통찰력이 있음에 탄복하였다. -(중략)- 공(公)이 먼저 세상을 떠났는데, 아직 죽지 않은 것으로 간주하니 제신(諸臣)이 황천에서라도 임금께 봉사하고자 하는 소원이 어떠하겠는가? 삼가 공이 집에 계실 때에는 독실하게 효우(孝友)[370]을 행하고, 관직에 임해서는 청렴결백한 품행에 힘쓰고, 임금을 섬긴 즉 공적(公的)인 것을 염려하고 사적(私的)인 것을 잊었으며, 학문을 함에는 정학(正學)을 지키고 사학(邪學)을 배척하였다(衛正闢邪). 문장은 유창하고 화려하여 왕의 계책을 도울 수 있고 재능은 시무(時務)를 기획하고 처리할 수 있다. 관직은 높이 판서(判書)에 오르고 장수하여 80세가 되도록 살았으므로 평화로운 치세에 관직에서 물러나기를 주청(奏請)하였다. 조업(祖業)을 계승함에 너그럽고 화락하고 고상하고 밝아 명성이 대대로 이어지게 하였다. 예전의 시법(諡法)을 살펴보니, 모두 글로 쓸 수 있는데, 이만수(李晩秀)는 지식이 천박하고 문체가 거칠어 공의 덕(德)의 아름다움을 기록하기에 족하지 않다. 삼가 나의 부친의 특별한 은총과 선고(先考)의 옛날의 가르침을 널리 확대하고자 공의 유사(遺事)를 차례대로 진술함으로써 봉상시(奉常寺)에게 고(告)한다.

370) 孝友: 부모에게 효도하고, 형제간에 우애가 있다.

「奏(討邪逆奏文)」[371]

謹奏爲小邦不幸 邪賊煽亂 歷陳誅討顚末 仰塵皇覽事 竊以小邦自殷師東來 以禮義忠順 見稱中朝 而國俗敦尙儒術 搢紳[372]韋布[373] 非洙泗洛閩[374]之書 未嘗傳信而講習 雖閭巷婦孺 皆能知五倫三綱之爲日用常行之道 至於左道異端 初未之聞焉 忽於數十年間 一種凶醜匪類 倡爲西洋之學 慢天侮聖 背君蔑父 廢其祭禮 毁其祠版 以堂嶽[獄]之說 誑惑愚氓 以領洗之法 嘯聚凶黨 潛藏私書則同符讖之術 廣結女流[375]而有禽犢之行[376] 或曰神父 或稱敎友 變換姓名 各立標號 如黃巾白蓮之賊 而暗相物色[377] 公肆煽動 內自國都 外至忠淸全羅諸道 其說轉熾 其徒寔繁 先臣恭宣王[378]洞察其機 嚴加禁防 乾隆辛亥 邪黨尹特[持]忠, 權尙然等廢祭毁祠事發 旋卽被誅 及昨年國有喪禍 臣冲[沖]年[379]襲封 庶事草創 邪

371) 『순조실록』3권 순조1년 10월 27일 경오 세 번째 기사.

372) 진신(搢紳) : 벼슬아치를 통틀어 일컫는 말. 지위가 높고 행동이 점잖은 사람.

373) 위포(韋布) : 위대포의(韋帶布衣), 거칠고 천한 의복을 가리킴. 위대(韋帶)와 포의(布衣). 부들부들한 가죽 허리띠를 매고 베옷을 입은 선비라는 뜻으로, 빈천한 사람을 이르는 말

374) 수사낙민(洙泗洛閩) : 수사(洙泗)는 공자와 맹자가 제자들에게 도를 가르치던 곳에 있는 수수(洙水)와 사수(泗水)를 가리키며 공자와 맹자를 뜻하는 것이고, 낙민(洛閩)은 송대(宋代) 정호·정이(程顥·程頤) 형제가 살던 낙양(洛陽)과 주희(朱熹)가 살던 민중(閩中)을 말한 것으로 정호·정이와 주희의 학파를 가리키는 말이다.

375) 여류(女流) : 부녀(婦女)를 범칭하는 말. 경시하는 의미가 내포되어 있다.

376) 금독지행(禽犢之行) : '새나 송아지의 행동'이라는 뜻으로, 친척 사이에서 발생하는 음탕한 짓.

377) 물색(物色) : 생김새나 복색(服色)으로 찾는다는 뜻에서 어떤 기준(基準)에 맞는 사람이나 물건을 고름.

378) 공선왕(恭宣王) : 정조(正祖)에게 청(淸)나라에서 내린 시호(諡號)로 청나라와의 외교문서(外交文書)에서만 사용되었다.

379) 충년(冲年) : 沖年. 열 살 안팎의 어린 나이.

黨等認[忍]謂此時可乘 京外響應 益相締結 漫漫炎炎 日漸滋蔓 本年三月漢城府糾得邪黨往復書札及邪書以告 據此始行鞫覈 着[380]議政大臣與義禁府司憲府司諫院諸臣 會坐推問 伊書宲[實]係邪黨丁若鍾所著所鳩 若鍾供 原初李蘗聞有西洋學 裝送李承薰 隨其父東郁貢使之行 入往洋人所居之堂 與洋人結識 購得洋書以歸 與李蘗及伊之兄弟若銓, 若鏞, 李家煥等 同與講讀師法 遂乃棄父母結徒黨 思以是術易一國之俗 及夫邦禁申嚴怨懟詬罵 謀逆是宲[實] 蘗前此已死 若銓, 若鏞, 承薰, 家煥供 與若鍾供同 而家煥薄有文藝 官經二品 冣[最]爲邪黨之所推服 承薰之購來邪書 諺翻而廣傳 家煥實主之 洪樂敏, 金健淳, 金伯淳, 崔昌顯, 李喜英, 洪弼周, 崔必恭, 李存昌等 次第逮覈 皆係若鍾輩血黨 一一輸欵[款][381] 外此士族賤蘗[孽]市井編戶[382]之蛇 盤蚓結 殆過數百餘人 而女流沈溺者 洪弼周母姜完淑爲其魁 先是戚臣洪樂任以逆賊洪獜漢之侄 乾隆丙申 與洪啓能等關通逆謀 先臣謂其近戚 曲加寬貸[383] 樂任益稔凶圖 與李家煥輩聲援相附 宰臣尹行恁又力護樂任之罪 啚緩治邪之獄 爭抗國論 眩亂羣群聽 大抵諸賊之滅絶倫彝 讐視國家 包藏醞釀 固已久矣 夷考其實 則外托邪學內懷異啚 欲售其伺釁[384]稱亂之計 最後覈得邪黨所稱神父之周文謨者 窩藏於姜完淑家 而姓名居住 隨問變詞[亂] 恍惚詭慝 千百其狀 屢加拷訊[385] 抵死[386]牢諱 而邪黨之排布和應 無不以文謨爲歸 擧欲爲文謨一死

---

380) 착(着) : 파견하다. 사람을 보내다.

381) 수관(輸款) : 성의를 베풀다. 자복하다. 司啓曰, 頃見平安監司徐能輔狀達, 則犯越罪人朴才昌, 本是慶興居民, 延弼元, 本名大顯, 而亦 以甲山居民, 去五月自茂山府三峯山都灘, 流入彼 界, 竟至被捉, 屢經盤覈, 已爲輸款爲辭, 而觀於咸營 移文之往復箕營者, 則越去地方, 猶無的據,

382) 편호(編戶) : ①호적(戶籍)을 편성(編成)함 ②호적(戶籍)에 편입(編入)함. 또는, 그 집.

383) 곡대(曲貸) : 곡가관대(曲加寬貸). 법을 왜곡시켜 가며 애써 용서함.

384) 사흔(伺釁) : 사극(伺隙). 시간(時間)이나 기회(機會)의 틈을 엿봄.

385) 고신(拷訊) : 고문(拷問).

顧其勢有呼吸存亡之虞 除惡祛本 事不容緩 周文謨, 丁若鍾, 李承薰, 洪樂敏, 金健淳, 金伯淳, 崔昌顯, 李喜英, 姜完淑, 洪弼周, 崔必恭, 李存昌正刑[法] 李家煥杖斃[387] 丁若銓, 丁若鏞及株連諸黨 分等酌决 方其諸賊之盤聚也 有邪黨黃嗣永者 知機逃匿 九[十]月始詗捕[388] 嗣永供"自李承薰往受洋學之後 諸賊募得金有山, 黃沁, 玉千禧等 每因朝京使行 傳書洋人 潛受邪術方略 乙卯春粧來所謂周文謨者 約會邊境 扮作驛夫 晝伏夜行 混[闖]入[389]國都 多年匿置 作爲伊[等]之渠帥 文謨實江南省蘇州府人"云 又搜撿[驗]其夾持文字[390] 有一帛書 約黃沁, 玉千禧 藏之衣縫 蜜[密]傳洋人 未果行而被捉 通書人名字 稱以多默等 多默卽黃沁之標號也 書中以二條凶計 乞援於洋人 將欲傾覆小邦 其一曰轉報太西諸國 請來海舶數百艘 精兵五六萬 多載大[火]砲等利害兵器 直抵海濱 殄滅此邦 其一曰粧送敎中一人 移家開鋪[舖]於柵門之內 要作伊等交通書信指畫謀議之階 金有山 黃沁 玉千禧供同 屬[同屬]又邪黨柳恒儉尹持憲等供 亦有請來洋舶 一塲[場]鏖决之計 而李家煥等各出銀貨 潛圖不軌 與嗣供沕[脗]合 噫西洋之國 與小邦本無恩悉[怨] 推諸常理 豈有航十萬里海 謀危小邦之心而只緣伊賊等勢急困獸 依附涯角[391] 乃生此越海招冦開門獻國之計 臣與一邦臣民 凜[懔]然驚憤 心骨俱顫 黃嗣永, 柳恒儉, 尹持憲, 金有山, 黃沁, 玉千禧 並卽正刑 第伏念小邦僻處海隅 厚沐皇恩 歲執常貢 自同內服[392] 凡國有大事 悉行專价[393]馳奏 實出至誠事大之義 况今無前之逆變

---

386) 저사(抵死) : 죽기를 각오하고 굳세게 저항함. 결사적으로, 결사코, 한사코, 끝까지.
387) 장폐(杖斃) : 장형(杖刑)으로 말미암아 죽음.
388) 형포(詗捕) : 형착(詗捉). 염탐(廉探)해서 붙잡아 옴.
389) 혼입(混入) : (한데) 섞여들다. 잠입하다. 숨어들다.
390) 문자(文字) : 글자. 문자, 글, 문장, 문서. 증서.
391) 애각(涯角) : 궁벽(窮僻)하고 먼 땅.
392) 내복(內服) : 천하를 오복(五服)으로 나누었는데 그 가운데 요복(要服) 이내를 말하는 것으로, 중국과 똑같이 여겼다는 뜻.
393) 전개(專价) : 專介와 같다. 어떤 일을 전적으로 위임하여 보내는 사자(使者).

迅掃 幾[394]危之國勢復安 莫非皇靈攸曁 理合具由陳聞 又況邪魁雖已鋤除 餘蘗[孽][395]或恐隱漏 方來之慮 難保其必無 嗣後或有邪賊徒黨潛入邊門者 乞有[命所]司 亟賜拿還 則庶可以仰藉皇威 奠安藩服 敢恃字小之洪私 冒陳先事之微懇 僭猥之極 不勝兢惶 至若周文謨事 自初逮問時 衣服言語容狀 與本國人無小差殊 只認以邪黨巨魁 與諸賊等 並施邦刑 今於黃嗣永之供 猶不無疑信未定 眞假莫測之慮 而上國人之說 旣發於賊供 則勿論其言之虛實 在小邦恪守侯度之道 不敢不劃卽上聞 語雖煩瀆[396]誠切披露 北望雲天[397] 隕越于下[398] 緣係小邦不幸 邪賊煽亂 歷陳誅討顚末 庸[仰]塵皇覽事理 爲此謹具奏聞

竊念禮待王人[399] 自是小邦之微悃[400] 不腆幣物[401] 亦係賓之常儀 以餽以贐 其却其受 顧不足仰煩聖念 而天使辭陛[402]之初 旣勤飭諭 皇華[403]返面之日 又申査明 優之以軫恤[404]之至 示之以事體之正 眷意[405]

---

394) 기(幾) : 위태하다. 위태롭다. 기태(幾殆) : 위태롭다.
395) 여얼(餘孽) : 잔당(殘黨). 여당(餘黨). 잔도(殘徒). 잔여 세력.
396) 번독(煩瀆) : ①너저분하게 많고 더러움 ②개운하지 못하고 번거로움.
397) 운천(雲天) : 높은 하늘.
398) 운월우하(隕越于下) : 『春秋左傳』 僖公元年 傳. "對曰, 天威不違顏咫尺, 小白余敢貪天子之命, 無下拜. 一恐隕越于下, 以遺天子羞, 敢不下拜. 下拜, 登受(대답하여 말하였다. '천자의 위엄이 얼굴에서 지척간도 되지 않사오니, 소백, 제가 감히 천자의 명을 탐하여, 내려가 절을 하지 않겠습니까? 아래로 떨어져, 천자께 수치를 끼쳐드릴까 두렵사옵니다. 감히 내려가서 절을 하지 않겠습니까?' 내려가서, 절을 하고, 올라와, 받았다.)" 여기에서 '隕越于下'는 '아래로 떨어진다.'고 해석되는데, 그 의미는 '내려가 절을 하지 않으면 떨어질까 두렵다.'는 말이다. 제(齊) 후(侯)의 주(周)나라 천자(天子)에 대한 말이다.
399) 왕인(王人) : 왕의 사신.
400) 미곤(微悃) : 조그마한 정성이라는 뜻으로, 남에게 대한 자기의 정성을 겸손하게 이르는 말.
401) 폐물(幣物) : 선사(膳賜)하는 물건. 부전폐물(不腆幣物) : 변변치 못한 선물.
402) 사폐(辭陛) : 먼 길을 떠날 사신(使臣)이 임금께 하직(下直) 인사를 함.
403) 황화(皇華) : '중국 사신(中國 使臣)'의 높임말.
404) 진휼(軫恤) : 불쌍하고 가련(可憐)하게 여김. 가엾이 여겨 동정함. 연민(憐憫).

委曲 辭旨隆渥[406] 此實皇上仰體先朝字恤[407]小邦之德 特惟初元[408]柔懷遠人之化 有此曠世[409]之恩言異數[410] 至於兩使之嚴加堅辭[411] 不收非旨而議處事 實由我禮物之疆內賫[412]隨 初不煩駟 而俾毋責罰 恩及賤差 如日臨照 如天庇覆 龍光所被 萬里咫尺 不知海外偏邦[413] 何以得此於聖朝也 瞻望[414]宸極[415] 感愧[416]攢祝[417] 餘謹依云云

【역문】「주(토사역주문)」[418]

405) 권의(眷意) : 돌보는 마음, 관심을 갖고 베푸는 마음.
406) 융악(隆渥) : (정이) 깊고 두텁다.
407) 자휼(字恤) : 백성을 어루만져 사랑함.
408) 초년(初元) : ①원년(元年) ②임금의 첫 등극(登極).
409) 광세(曠世) : 세상(世上)에 매우 드묾. 당대(當代)에 견줄 만한 바가 없다. 당대에 견줄 만한 것이 없다. 불세출이다.
410) 이수(異數) : 특별한 대우(待遇)나 혜택. 보통이 아닌 특별한 예우(禮遇).
411) 견사(堅辭) : 굳이 사양하다(거절하다). 고사하다.
412) 재수(賫隨) : 갖고서 따라가다. 賫: 帶着
413) 편방(偏邦) : 편국(偏國). 멀리 외따로 동떨어져 있는 나라.
414) 첨망(瞻望) : ①바라 봄.멀리서 우러러봄 ②앙모함.
415) 신극(宸極) : 북극성(별 중에 가장 존귀한 것이라는 뜻). 천자(天子)의 존위(尊位).
416) 감괴(感愧) : 부끄러움을 느낌. 감사하면서도 송구스럽다. 황송하다. 감사의 마음과 부끄러운[죄송한] 마음. 감사와 부끄러움.
417) 찬축(攢祝) : 찬축. 두 손을 모아서 빌다. "而另飭構奠之方, 回枯爲蘇, 德意洋溢, 哀彼蕩析扶携之民, 感戴攢祝(감격하여 두 손을 모아 경축하는 것) 當復何如."
418) 『극원유고』 권12, 輶車集에 수록된 글. 유거집은 1783년의 심양(瀋陽)과 1803년의 연경(燕京) 사행길에 지은 시문을 엮은 것이 다. 권12는 유거집(輶車集)으로 시(詩) 300제, 서(序) 1편, 계(啓) 1편, 주(奏) 4편, 자(咨) 4편, 표(表) 2편, 반교문(頒教文) 1편이 실려 있다. 유거는 사신(使臣)이 타는 가벼운 수레로서 사행을 의미한다. 저자는 1783년에 심양문안정사(瀋陽問安正使)인 부친을 따라 타각군관(打角軍官)으로 심양까지 배행(陪行)하였고, 1803년 7월에는 곤전책고사은정사(坤殿冊誥謝恩正使)가 되어 연경으로 출발하여 11월 15일에 복명(復命)하였는데, 이 두 차례 사행 때 지은 시를 모아서 연대순으로 편차하여 만든 것이 유거집이다. 그런데 문(文)은 심양에 갈 때 지은 〈유곤진서(裕昆眞序)〉를 제외하고

황제께 삼가 아룁니다. 소방(小邦)이 불행하여 사적(邪賊)이 난(亂)을 선동하였기에, 죄를 들어 토벌한 전말(顚末)을 상세하게 조목조목 진술하오니 우러러 황제께서 보시는 것을 더럽히게 되었습니다. 삼가 생각건대, 소방은 은사(殷師[419])가 동래(東來)한 이래로 예의(禮義)와 충순(忠順)으로 중국 조정에 정평이 났고 나라의 풍속이 유술(儒術)을 도탑게 숭상하여 진신(搢紳)과 위포(韋布)가 수사 낙민(洙泗洛閩)의 글이 아니면 일찍이 전신(傳信)하여 강습하지 않았으므로, 비록 여항(閭巷)의 부녀자나 어린애라도 모두 능히 오륜(五倫)과 삼강(三綱)이 일상적인 행동의 도(道)가 되는 것을 알았으니, 좌도 이단(左道異端)에 이르러서는 처음부터 듣지를 못했었는데, 갑자기 수십 년 사이에 한 부류의 흉추(凶醜)와 도둑 떼들이 서양(西洋)의 학(學)을 제창하여 하늘과 성인(聖人)을 업신여기고 군부(君父)를 배반해 멸시하여 그 제례(祭禮)를 폐지하고 그 신주(神主)를 훼손하였습니다. 천당·지옥(堂獄)의 말로 어리석은 백성을 속여 미혹시키고 영세(領洗)의 법으로써 흉당을 불러 모아, 사서(私書)를 몰래 감추기를 부참(符讖)의 술법과 같이 하고 부녀들과 널리 결탁하여 금독(禽犢)이 있었으며, 혹은 신부(神父)라 말하고 혹은 교우(敎友)라 일컬으면서 성명(姓名)을 바꾸어 각기 세례명(標號[420])를 세운 것이 황건적(黃巾賊)·백련교(白蓮敎)의 적(賊)과 같았는데, 몰래 서로 물색하고 공공연하게 멋대로 선동하여 안으로 국도(國

는 사행 때 지은 글이 아니다. 예컨대 〈방물별주(方物別奏)〉는 1790년 내각(內閣) 지제교(知製敎) 때 지은 글이며, 반교문은 1801년 문형(文衡)으로 있을 때 지은 글이다. 다만 〈토사역주문(討邪逆奏文)〉처럼 중국에 아뢰는 글이기 때문에 시기에 관계없이 유거집에 편차한 것으로 보인다. 순조실록 3권, 순조 1년(1801년 청 嘉慶6) 10월 27일 경오 3번째 기사로 대제학 이만수(李晩秀)의 토사주문(討邪奏文)인데, 순조실록에는 없는 글도 함께 섞여 있다.

419) 은사(殷師) : 기자(箕子)를 이름.

420) 표호(標號) : 세례명을 말하는 것으로 생각됨.

都)로부터 밖으로는 충청·전라의 여러 도(道)에 이르기까지 그 교설(教說)이 더욱 더 왕성하고 그 도당(徒黨)이 이에 번성하므로, 세상을 떠난 신하(先臣) 공선왕(恭宣王)께서 그 기미(幾微)를 통찰하고 엄히 금지하여 막았고 건륭(乾隆) 신해년(辛亥年)[421]에 윤지충(尹持忠)·권상연(權尙然) 등이 제례를 폐(廢)하고 신주를 훼손한 사건이 발생하여 곧바로 주살(誅殺)당하였습니다. 작년 나라에 상화(喪禍)가 있음에 미쳐, 신(臣)이 어린 나이에 세습 봉작(世襲封爵)을 계승하여 모든 일을 처음 시작하였는데, 사당(邪黨) 등이 이때를 틈탈 만하다 인정하고는 서울과 지방에서 호응하여 더욱 서로 단단히 결속해서 끝없이 넓은 벌판에 불꽃이 이글거리듯이 날로 점점 만연하므로, 본년 3월에 한성부(漢城府)에서 사당의 왕복한 서찰과 사서(邪書)를 들춰내 획득해서 고해 왔으므로, 이에 의거하여 비로소 국문하여 죄상을 캐어 밝히게 되었습니다. 의정 대신(議政大臣)과 의금부(義禁府)·사헌부(司憲府)·사간원(司諫院)의 여러 신하들을 보내 한 자리에 모여 앉아 심문(審問)하게 하였더니, 이 글의 내용은 실로 사당에 관계된 것으로서 정약종(丁若鍾)이 짓고 모은 것이었습니다. 정약종이 공초(供招)하기를, "맨처음에 이벽(李蘗)이 서양학(西洋學)이 있다는 것을 듣고 이승훈(李承薰)을 그 아비 이동욱(李東郁)의 공사(貢使) 행차에 따라가도록 행장(行裝)을 꾸려 보내어 양인(洋人)이 거처하는 천주당(天主堂)에 들어가 양인과 더불어 친교를 맺고 양서(洋書)를 구입하여 돌아왔는데, 이벽 및 약종의 형제인 정약전(丁若銓)·정약용(丁若鏞)과 이가환(李家煥) 등으로 더불어 함께 강독하며 교법(教法)으로 삼고는 마침내 부모(父母)를 버리고 도당을 맺어서 이 술법으로 온 나라의 풍속을 바꾸려고 생각하다가 나라의 금(禁)이 더욱 더 엄하게 됨에 미쳐 원망하고 비방하였으니, 모역

421) 1791년.

(謀逆)한 것이 사실입니다."라고 하였습니다. 이벽은 이보다 앞서 이미 죽었고, 정약전·정약용·이승훈·이가환의 공초도 정약종과 더불어 같았는데, 이가환은 보잘 것 없지만 문예(文藝)가 있고 관직(官職)이 2품을 겪었으므로 사당(邪黨)이 가장 복종하는 바가 되었으며, 이승훈이 구입해 온 사서(邪書)를 언문(諺文)으로 번역하여 널리 전파한 것은 이가환이 실제 주관하였습니다. 홍낙민(洪樂敏)·김건순(金建淳)·김백순(金伯淳)·최창현(崔昌顯)·이희영(李喜英)·홍필주(洪弼周)·최필공(崔必恭)·이존창(李存昌) 등을 차례로 체포해 조사하니, 모두 정약종 무리의 혈당(血黨)이라고 일일이 자복하였습니다. 이 밖에 사족(士族) 중 미천한 서얼(賤孼)과 시정(市井)의 평민 중 뱀 같이 서리고 지렁이처럼 얽힌 것이 거의 수백여 명이 넘었으며, 부녀로서 거기에 빠진 자는 홍필주의 어미 강완숙(姜完淑)이 그 괴수가 되었습니다.

[이보다 앞서서, 홍낙임(洪樂任)은 역적 홍인한(洪獜漢)[422]의 조카로서, 건륭(乾隆) 병신년(丙申年: 1776)에 홍계능(洪啓能) 등과 서로 왕래하며 역모를 하였으나 선신(先臣)인 정조(正祖)는 그를 근척(近戚)이라 생각해서 애써 너그럽게 용서하였습니다. 홍낙임은 흉악한 계획을 더욱 추진하여 이가환의 무리와 서로 기세를 북돋고 응원(聲援)하며 의탁하였습니다. 재상(宰相)인 윤행임(尹行恁) 또한 홍낙임의 죄를 힘써 옹호하여 사악한 무리들의 죄를 다스리는 판결을 늦추고자 꾀하였으며 국론(國論)과 다투어 대항함으로 대중의 이목(耳目)을 어지럽혔습니다. 대체로 여러 역적들이 윤상(倫常)을 멸절시키고 국가를 원수로 여기는 마음을 드러나지 않게 간직하며 양성(釀成)해 온 지가 진실로 이미 오래되었습니다. 그 실상을 공평하게 상고해보면, 밖으로 사학(邪學)에 의탁하여 안으로 반역의 의도를 품고서 틈을 노려 반란을 거행

422) 홍인한(洪麟漢).

하려는 계획을 실현하고자 하였습니다.: 실록에 없는 부분]

최후에 실상을 조사하여 알았던 일이지만 사당(邪黨)이 신부(神父)라고 칭한 주문모(周文謨)란 자는 강완숙의 집에 은닉하고는 성명과 거주지를 묻는 데에 따라 바꾸어 말해 흐리터분하면서 요망하고 간특하여 그 모습이 천 가지 백 가지로 달랐다. 누차 고문(拷問)을 더하였으나, 결사적으로 숨겼는데 사당이 마음속에서 계획하고 함께 화답하여 응한 것이 주문모로 귀결되지 않은 것이 없어 온통 주문모를 위하여 한 목숨을 버리고자 하였다. 그 기세를 돌아보건대, 순식간에 존망(存亡)에 대한 우려가 있어서 악(惡)의 근원을 제거함에 있어서 일을 늦출 수가 없기에, [홍낙임(洪樂任)·윤행임(尹行恁)은 사사(賜死)하였고: 실록에 없는 부분] 주문모·정약종·이승훈·홍낙민(洪樂敏)·김건순(金健淳)·김백순(金伯淳)·최창현(崔昌顯)·이희영(李喜英)·강완숙(姜完淑)·홍필주(洪弼周)·최필공(崔必恭)·이존창(李存昌)은 사형(死刑)에 처하였고, 이가환은 장형(杖刑)으로 말미암아 죽었으며, 정약전·정약용 및 연루된 여러 사당(邪黨)의 사람들은 등급을 나누어 참작하여 처결하였습니다. 바야흐로 그 여러 역적들을 자세히 캐어물을 즈음에 사당 황사영(黃嗣永)이란 자가 기미를 알고서 도망하여 숨었었는데, 9월에 비로소 염탐하여 체포하였습니다. 황사영이 공초하기를, "이승훈이 양학(洋學)을 가서 받아 온 후로부터 여러 역적들이 김유산(金有山)·황심(黃沁)·옥천희(玉千禧) 등을 모집하여 매번 조경(朝京)의 사행(使行) 때마다 서양인에게 편지를 전달하고 사술(邪術)과 방략(方略)을 몰래 받아왔습니다. 을묘년(乙卯年: 1795 正祖19) 봄에 변장하고 온 이른바 주문모라는 자와 변경(邊境)에 만나기로 약속하고 역부(驛夫)로 분장하고서 낮에는 숨고 밤에는 길을 가서 국도(國都)에 숨어들었는데, 여러 해 숨겨 두고 저희들의 우두머리를 삼았습니다. 주문모는 실은 (中國) 강남성(江南省)의 소주부(蘇州府) 사람입니다."라고 하였습니다. 또한 그가 함께 갖고 있던 문서(文字)를 수색하여 조사해 보니 하나의 백서(帛書)가 있었는데, 황심(黃沁)·옥천희(玉千禧)와 약속하여 옷 솔기에 감추고서 양인에게 은밀히 전하려 하다가 결국 실행하지 못하고 붙잡히게 되었으며, 백서를 두루 보면 사람의 이름자를 다묵(多默: Thomas. 토마스, 도마) 등이라고 일컬었는데, 다묵이란 곧 황심의 세례명(標號)이었습니다. 백서 안에는 두 조항의 흉계(凶計)로써 양인(洋人)에게 구원을 청하여 장차 소방(小邦)을 뒤집어엎으려고 하였는데, 그 하나는 서양(太西) 여러 나라에 전하여 알려서 선박(船舶) 수백 척에 정병(精兵) 5, 6만과 대포(大砲) 등 무서운 병기(兵器)를 많이 싣고 직접 바닷가에 다다라 이 나라를 진멸시켜 줄 것을 청하였고, 다른 하나는 교인(教人) 중의 한 사람을 변장해 보내어 집을 옮겨 책문(柵門) 안에 점포(店鋪)를 개설하고는 저들과 서신(書信)을 왕래하고 모의(謀議)를 지시하고 계획할 실마리로 삼고자 하였습니다. [김유산: 문집에는 없음]·황심·옥천희의 공사(供辭)도 같은 종류의 것이었고, 또한 사당의 유항검(柳恒儉)·윤지헌(尹持憲) 등의 공사에도 역시 서양의 선박을 오도록 청하여 한바탕 격전을 벌여 결판을 지으려는 계획이 있었다 하였으며, 이가환 등이 각각 은화(銀貨)를 내어 몰래 불궤(不軌)를 도모했던 것은 황사영의 공사와 꼭 맞았습니다. 아! 서양의 나라가 소방과는 본래 은혜나 원한이 없었으니, 여러 상리(常理)로 미루어 보더라도 어찌 10만리 해로(海路)를 항해하여 소방을 위태롭게 모의할 마음이 있겠습니까? 그런데 단지 저 역적들이 형세가 급하고 곤란해진 짐승이 아주 먼 궁벽한 곳에 의지하여 붙으려 하는 것에 의거하여 이에 바다를 건너 도적을 불러들이고 문을 열어 나라를 바칠 계획을 만들어 냈으니, 신과 온 나라의 신민(臣民)은 늠름하게 놀래고 분개하여 가슴과 뼈가 함께 떨립니다. 황사영·유항검·윤지헌·김유산·황심·옥천희는 모두 곧 사형(死刑)에 처하였습니다. 다만 엎드려 생각하건대, 소방은 궁벽하게 바다의 한 구석에 처해 있는데, 황은(皇恩)을 두텁게 입어 해마다 상공(常貢)을 받들어 올리기를 스스로 속국(內服)과 같이 하여 무릇 나라에 큰 일이 있으면 사신을 보내어 급히 상주(上奏)함을 빠짐없이 행했던 것은 실로 지극한 정성으로 사대(事大)하는 의리에서 나온 것이었습니다. 더군다나 지금 이전에 없었던 역변(逆變)을 신속하게 소탕하여 위태로웠던 국세(國勢)를 다시 편안하게 하였으니 황령(皇靈)이 미친 바가 아님이 없겠기에, 도리로서 마땅히 사유를 갖추어 진문(陳聞)해야 할 것입니다. 또 더군다나 사당의 괴수는 비록 이미 제거되었다 하더라도 잔당(餘孽)이 혹시 숨어 있다가 바야흐로 닥칠 염려가 반드시 없을 것이라고는 보장하기 어려운 것이 아닌가 합니다. 이후 혹시 사악한 역적의 도당(徒黨)으로 변문(邊門)에 몰래 들어간 자가 관사(官司)에 목숨을 구걸하는 자가 있을 때는 빨리 붙잡아서 돌려보내 주신다면, 황위(皇威)를 우러러 의뢰하여 번속국(藩服)을 안정되게 해주실 수 있기를 바라서, 감히 소국(小國)을 사랑하는 큰 사정(私情)을 믿고 일이 일어나기에 앞서 보잘 것 없는 간청(誠心)을 함부로 진주(陳奏)하게 되니, 참람하고 외람됨(僭猥)이 너무 심하여 떨리고 두려움(兢惶)을 이기지 못하겠습니다. 주문모의 일에 이르러서는 처음부터 체포하여 국문할 때에 의복·언어·얼굴 모양(容狀)이 본국 사람과 조금도 다름이 없었으므로 단지 사당의 두목(巨魁)으로만 인식하고 [여러 역적들과 함께: 실록에 없는 부분] 더불어서 방형(邦刑)을 시행하였는데, 지금 황사영의 공사(供詞)에서도 오히려 반신반의하며(疑信) 정하지 못하고 참인지 거짓인지(眞假)를 헤아릴 수 없는 염려가 없지 않았으나, 중국 사람이란 말이 이미 역적의 공사에서 나왔은 즉, 그 말의 허실(虛實)을 논할 것 없이 소방에서 제후의 법도를 정성껏 지키는 도리상(道理上) 감히 명확하게 즉시 상문(上聞)하지 않을 수 없습니다. 말은 비록 번독(煩瀆)하나 정성스럽고 간절하게 속마음을 드러내며, 황제께서 계신 구름이 자욱한 북쪽 하늘을 바라보니 밑으로 굴러 떨어질까 두렵습니다. 소방이 불행하여 사적(邪賊)이 난을 선동한 것과 연계해서 주토(誅討)한 전말(顚末)을 낱낱이 진주(陳奏)하니 황람(皇覽)을 우러러 더럽히게 되었으나, 사리(事理)가 이러하기에 삼가 사유를 갖추어 주문(奏聞)합니다.

[왕인(王人)을 예우(禮遇)하는 것을 삼가 생각컨대, 이 소방(小邦)의 조그마한 정성에서 나온 변변치 못한 선물 역시 손님에 대한 일상적인 예의(常儀)입니다. 음식을 제공하고 선물을 주는데, 그 거절하고 수용함에서, 돌아보니 우러러 황제의 마음을 번거롭게 하기에 충분하지 않습니다. 천자(天子)의 사신(使臣)이 본국으로 돌아가기 위해 왕께 하직인사를 하기 시작할 때, 이미 칙유(飭諭)로 수고를 치하하였고 황제의 사신이 돌아가는 날에 또한 조사해 밝힌 것을 말하며 지극한 연민으로 도타운 정을 나타내면서도 사태(事體)가 올바르게 처리되었음을 보였으니 돌보는 마음이 곡진(曲盡)하고 언사에 나타난 정이 깊고 두텁습니다. 이것은 실로 황제(皇上)께서 선황(先皇)이 소방을 어루만져 사랑한 덕(德)을 받듦입니다. 특히 생각건대, 즉위하면서부터 원방(遠方)의 사람들을 부드럽게 품어 교화(敎化)함에는 이러한 당대(當代)에 견줄 만한 바가 없는 은혜로운 말과 특별한 혜택이 있습니다. 양측 사신(使臣)이 엄하게 고사하여 받지 않고 명령받은 것이 아니라고 처분을 심의한 일에 이르러서는 실로 우리 예물(禮物)은 강역 안에서는 갖고서 따라가니 처음에는 역말을 번거롭게 함이 없었고 책벌(責罰)함이 없게 해서 은덕이 천차(賤差)에 미침이 해가 비침과 같았고 하늘이 덮고 있는 것과 같았습니다. 용광(龍光)에 쪼인 바 아무리 먼 거리(萬里)도 아주 가까운 거리(咫尺)와 같으니, 알지 못하는 해외(海外)의 편벽한 나라가 어찌 이것을 성조(聖朝)에게서 얻을 수 있겠습니까? 천자의 존위를 우러러보며 감사와 부끄러움으로 두 손을 모아 경축하오며 나머

지는 삼가 의거합니다. 운운(云云)

〈역주 : 송요후〉

『近寫集』

「立齋先生遺事」

-(上略)- 嘗曰異端之害 自古有之 而其陷溺良心 滅絶彛倫[1]者 至於今日西學而極矣 朝廷不得不用之刑戮[2] 然彼乃甘心刑戮 視死如歸則刑戮亦不能禁之也 孟子曰 君子反經而已 今日闢邪之道 莫如講明正學 使彼革心 眞知其說之邪枉[3] 然後乃可以遏其禍也 惟幸吾嶺超然獨免者 亦無他焉 以嶺中眞儒[4]輩出 正學素明故也 今之嶺人 雖未必盡爲君子 而於此學猶能耳擩目染[5] 不爲他歧之惑 斯豈非先賢之遺澤[6]耶 巫覡[7]祈禱之事 一切嚴禁 不接門庭

* 유식(柳栻 1775~1822) : 본관 진주(晉州), 자 경보(敬甫), 호 근와(近窩). 정종로(鄭宗魯)의 문인. 남한조(南漢朝), 남한호(南漢皜), 황용한(黃龍漢), 조승수(趙承洙) 등과 교유하였다. 정조14년(1790) 진사시에 합격하였다.

1) 이륜(彛倫) : 상도(常道), 윤상(倫常).
2) 형륙(刑戮) : 죄지은 사람을 형벌에 따라 죽임.
3) 사왕(邪枉) : 사곡(邪曲). 바르지 않다. 옳지 않다.
4) 진유(眞儒) : 참된 선비. 유도(儒道)를 참되게 체득한 유학자(儒學者)
5) 이유목염(耳擩目染) : 목유이염(目濡耳染). 자주 보고 자주 들으면 자기도 모르는 사이에 영향을 받음을 이르는 말.
6) 유택(遺澤) : 후세까지 남아 있는 은혜. 남아 있는 은덕. 후세까지 남긴 은혜. 여택(餘澤).
7) 무격(巫覡) : 무당과 박수.

【역문】「입재선생유사」[8]

-(상략)- 일찍이 이르기를 이단(異端)의 해(害)는 옛날부터 있었다고 하는데, 그 양심(良心)을 못된 구렁에 빠지게 하고 윤상(倫常)을 멸절시키는 것으로는 금일의 서학(西學)에 이르러서 가장 심하니 조정(朝廷)이 형륙(刑戮)을 쓰지 않을 수 없다. 그런데 저들은 오히려 형륙을 달가워하고 죽음을 돌아가는 것 같이 여긴 즉, 형륙 역시 그것을 금할 수 없다. 맹자(孟子)가 이르기를, "군자는 바른 길로 돌아야만 할 따름이다."라고 했는데, 금일에 사학(邪學)을 물리치는 길은 정학(正學)을 분명하게 밝혀 그들로 하여금 마음을 새롭게 하고 그 설(說)이 옳지 않음을 참으로 알게 하는 것 만한 것이 없다. 그런 후에야 비로소 그 화(禍)를 막을 수 있다. 다만 다행스럽게도 우리 영남(嶺南)만이 초연하게 홀로 면(免)한 것은 또한 다름이 아니라 영남 중에서 참된 유학자들이 배출되어 정학이 평소에 숭상되었기 때문이다. 지금의 영남 사람들은 비록 전부 다 군자(君子)는 아니라고 할지라도, 유학에 대해서 자주 보고 들으면서 모르는 사이에 영향을 받아 다른 학(學)에 의해 미혹되지 않으니, 이것이 어찌 선현(先賢)의 유택(遺澤)이 아니겠는가? 무당과 박수가 비는 일은 일체 집안에 접근하지 못하게 엄금하고 있다.

〈역주 : 송요후〉

---

8) 『근와집』 권7, 遺事.

『金陵集』

「聽鐵琴」

銀漢耿耿霜稜稜 西樓月色明如練 江干一叩銅線絃 萬籟[1]飅飅菰葉戰 於虖庖犧[2]忽焉歿[3] 尼父文王懷不見 此琴初傳利瑪竇 來自西洋萬里國 宮商太羽徵激 振如鳴金如戛玉 花底鶯語泉聲咽 谷裏猿嘯木葉落 刀鎗突迸鐵騎馳 百萬金鈴碎玉盤 餘音[4]轉作殺伐聲 曲終歎息淚闌干 卽今中國混夷狄 腥羶滿目禮樂崩 師襄[5]舊譜邈不傳 羯鼓[6]蘆笳[7]哀弗勝 西方主殺

---

* 남공철(南公轍 1760~1840) : 본관 의령(宜寧). 자 원평(元平), 호는 사(思穎)·금릉(金陵). 서울 출신. 할아버지는 남한기(南漢記)이고, 아버지는 대제학 남유용(南有容), 어머니는 김석태(金錫泰)의 딸이다. 1780년(정조4) 초시에 합격하고, 1784년에 아버지가 정조의 사부였던 관계로 음보로 세마를 제수받았고, 이어 산청과 임실 현감을 지냈다. 1792년 친시 문과에 병과로 급제했다. 홍문관부교리·규장각직각에 임명되어 『奎章全韻』의 편찬에 참여하면서 정조의 지극한 우대를 받았다. 초계 문신에 선임되었으며, 친우이자 후일의 정치적 동지인 김조순(金祖淳)·심상규(沈象奎)와 함께 패관문체를 일신하려는 정조의 문체반정 운동에 동참했고 그 뒤 순정한 육경고문(六經古文)을 깊이 연찬함으로써 정조 치세에 나온 인재라는 평을 받았다. 정조 때에는 주로 대사성으로서 후진교육 문제에 전념했다. 순조 즉위 뒤 아홉 번이나 이조판서를 제수받았다. 1807년(순조7)에는 동지정사로서 연경에 다녀왔고, 1817년에 우의정에 임명된 뒤 14년간이나 재상을 역임했으며, 1833년 영의정으로 치사해 봉조하가 되었다. 평소 김상임(金相任)·성대중(成大中)·이덕무(李德懋) 등과 친하게 지내면서 독서를 좋아했고, 경전의 뜻에 통달했다. 순조·익종의 『列聖御製』를 편수했고, 저서로는 『高麗名臣傳』, 시문집으로 『歸恩堂集』·『金陵集』·『穎翁續藁』·『穎翁再續藁』·『瀛隱文集』 등이 있다.

1) 만뢰(萬籟) : 자연계(自然界)에서 일어나는 여러 가지 소리. 만물의 소리. 온갖 소리.

2) 포희(庖犧) : 복희(伏羲). 전설 속의 고대 제왕.

3) "神農虞夏, 忽焉歿, 我安歸.(신농·우임금의 하나라의 시대가 홀연히 사라져 버렸으니, 나는 어디로 돌아갈거나)" 백이·숙제의 「채미가(采薇歌)」의 일부분이다.

4) 여음(餘音) : 소리가 사라지거나 거의 사라진 뒤에도 아직 남아 있는 음향(音響).

金屬刑 陽消陰長驗至理 聖人制作何偉哉 大音洋洋四海治 琴兮琴兮關盛衰 緩絃促柱[8]隨正變 已矣西周覩雅樂[9] 煩君停彈重罷宴

【역문】「청철금」[10]

은하수는 반짝반짝하고 서리는 쭈뼛뿌뼛하게 내렸다. 서루(西樓)의 달빛(月色)은 흰 명주필 같이 밝다. 강변에서 동선현(銅線絃)을 뜯으니 온갖 소리가 쏴아쏴아(으시시) 나며 외로운 나뭇잎이 떤다. 아! 복희(伏羲)가 홀연히 사라져 버렸다. 공자와 문왕이 그리워도 보이지 않는다. 이 철금(鐵琴)은 처음에 마태오 리치(利瑪竇)가 전해주었으니, 서양

5) 사양(師襄) : 중국 춘추(春秋)시대에 노(魯)나라의 악관(樂官). 또한 위(衛)나라의 악관 역시 사양자(師襄子)라 칭하였다는 설도 있다.
6) 갈고(羯鼓) : 아악(雅樂)의 타악기의 하나. 장구와 비슷하되 양쪽 마구리를 다 말가죽으로 메어 대(臺) 위에 올려 놓고, 좌우 두 개의 채로 치는 데, 합주(合奏) 때에 빠르기를 조절함. 북의 일종으로 어깨에서 앞으로 늘어뜨리고 양손으로 북채를 가지고 양면을 침. 갈족(羯族)이 전했다고 함.
7) 노가(蘆笳) : 중국 고대(古代) 관악기(管樂器)의 일종. 갈대의 잎(蘆葉)으로 관(管)을 만들고 관구(管口)에는 초황(哨簧)이 있었다. 관면(管面)에는 음공(音孔)이 있었다. 하단(下端)에는 구리(銅)로 나팔의 주둥이(喇叭嘴) 모양으로 주조(範; 鑄造)하였다. 불 때에는 손가락으로 음공을 열고 닫아서 음조(音調)를 조절하였다. 청대(清代) 병영(兵营)에서는 순찰병(巡哨)이 많이 사용하였다.
8) 촉주(促柱) : 금주(琴柱)의 간격을 가깝게 하다.
9) 아악(雅樂) : 아(雅)는 정(正)이라는 뜻이다. 아악(雅樂)은 곧, 전아(典雅)하고 순정(純正)한 음악(音樂)이라는 것이다. 중국 고대(古代)의 전통 궁정음악(宮廷音樂)의 일종으로, 제왕(帝王)의 조하(朝賀)·천지(天地)에의 제사(祭祀) 등의 대전(大典) 사용된 음악을 가리킨다. 아악의 체계(體系)는 서주(西周) 초에 제정(制定)되었는데, 법률(法律)·예의(禮儀)와 함께 귀족통치의 내외(內外)의 지주(支柱)를 구성하였다. 이후 줄곧 동아시아 악무문화(樂舞文化)의 중요한 구성부분이 되었다. 궁정아악(宮廷雅樂)은 중국에서는 이미 그 전통이 사라졌지만, 한국·일본·월남에서는 아직도 보존되어 있다.
10) 『금릉집』 권02, 詩

의 만리(萬里)나 떨어져 있는 나라에서 온 것이다. 궁·상·태우·치(宮·商·太羽·徵)의 맑은 소리는 진동함이 징을 치는 것 같고 옥(玉)을 두드리는 것 같다. 꽃가지 사이 꾀꼬리 소리 같고 샘물이 목메어 흐느끼는 듯한 소리를 낸다. 골짜기 아래에서 원숭이 울음소리에 나뭇잎이 떨어진다. 칼과 창이 갑자기 솟아나고 철기(鐵騎)가 내달리듯, 백만(百萬)의 금령(金鈴)이 옥쟁반을 깨는듯하다. 잔향(殘響)이 맴돌면서 거스르는 소리를 없앤다. 곡이 끝나자 난간에서 탄식하며 눈물을 흘린다. 지금 현재 중국은 이적(夷狄)과 뒤섞여 살아가고 있어서 비린내와 노린내가 나고 눈에 뜨이는 모든 것에서 예악(禮樂)이 무너져 있다. 사양(師襄)의 옛 악보는 아득하게 먼 옛날로 전해져 오지 않고 있다. 갈고(羯鼓), 노가(蘆笳)는 슬픔을 이기지 못하고 있다. 서방(西方)은 주로 금속 형구(刑具)로 죽인다. 양(陽)이 쇠하면 음(陰)이 성하는 것이 지극한 이치임을 입증하고 있다. 성인(聖人)이 정하여 만들어 놓은 것이 얼마나 위대한가? 큰 소리는 가득하고 충만하여 온 천하(四海)를 다스린다고 했으니, 금(琴)이여! 금이여! 흥하고 망함이 이와 관계가 있구나. 거문고의 현을 늦추고 주(柱)를 당겨 거문고를 탐에 있어서 옛것과 지금 것에 따랐으니, 다 끝났다. 서주(西周)에서는 아악(雅樂)을 알았는데, 그대여 거문고 연주를 멈추고 더하여 연회를 마치라.

「圓明園燈戲」

沉香欄下畫龍床 錦幔風披炫晩粧 天子太平洪福字 當中羊角萬燈光 回子銀箏迭奏前 西洋巧伎看鞦韆 綵繩[11]流火俄如電 匝地砲聲霧漲天 毺鮮赤染猩猩 繡障銷金[12]翡翠翎 螺盒開時紅燼落 忽然樓閣忽銀屛 鴉靑[13]緞子[14]賜蕃時 黃帕擎來玉侍兒 箱車更向紅欄去 明月初高太液池

【역문】「원명원등희」[15]

침향란(沈香欄) 아래에 용상(龍床)이 장식되어 있다. 비단 장막이 바람에 펄럭이고 저녁 붉은 빛에 눈이 부시다. 천자태평홍복(天子太平洪福) 글자 정 가운데에 양각(羊角)으로 만든 만(萬) 개의(수많은) 등(燈)이 빛나고 있다. 회족(回族)이 은쟁(銀箏)을 경쾌하게 번갈아 울리며 연주하기 전에 서양(西洋)의 기술자는 그네를 살피고 채승(綵繩)에 불이 붙어 나아가는 것이 홀연히 번개 같다. 곳곳에서 포성(砲聲)이 나며 연기가 하늘에 가득 퍼진다. 깔린 담요는 새빨간데, 성성이(猩猩)의 피로 물들인 것이다. 비단 장막에는 금박이 입혀져 있고 비취로 만든 공작 깃털이 장식되어 있다. 나합(螺盒)이 열릴 때 붉은 불똥이 떨어진다. 갑자기 누각(樓閣)이 있다가 느닷없이 은병(銀屛)이 나온다. 검푸른 빛깔의 단자(緞子)를 변방 국가에게 줄 때, 황파(黃帕)[16]를 쓰고 옥

11) 채승(綵繩) : 오색 비단실로 가늘게 꼰 줄.
12) 소금(銷金) : (人物을 그릴 때) 그 옷에 금박으로 무늬를 그림. 금박이나 금줄을 올림. 금박을 입히다. 도금하다. 금전을 소비하다. 금을 녹이다. 녹인 금.
13) 아청(鴉靑) : 검은 빛을 띤 푸른 빛. 검푸른 빛.
14) 단자(緞子) : 생사(生絲) 또는 연사(鍊絲)로 짠 광택이 많고 두꺼운, 무늬 있는 수자(繻子) 조직(組織)의 견직물.
15) 『금릉집』 권04, 詩

으로 만든 시녀를 받들어 갖고 온다. (짐을 실을 수 있게) 상자를 짜서 올린 달구지는 다시 홍란(紅欄)을 향해 간다. 밝은 달이 막 태액지(太液池) 위로 떠올랐다.

16) 황파(黃帕) : 누런 색의 머리띠.

「請明正學 仍論科試講規啓」

臣等以先朝近臣 朝夕香案[17] 承聆玉音[18] 每以明正學爲斥邪術之本 萬機之暇 課讀五經 頒五倫之書 行鄉飮之禮 表章朱夫子書 廣布京外學宮[19] 又將裒輯[20]一統文字 用述漳洲故事 使一世之人 非洙泗洛閩之書 則毋或寓目而留心 此莫非崇奬吾道 扶植世敎 俾無陷於匪彛[21]不軌之科 與魯聖春秋內修外攘之義 其揆一也 不幸近年以來 所謂耶蘇之學 出自西洋 內自京闉 外至八域 一種不逞之徒 相率入於無父無君之域 惟我先王嘗以此深憂遠慮 而姑置之不治治之科 雖國人皆曰可殺 惟天地本自好生 渠輩若有一分人心 宜乎知懼知感 革心改面 而忍於仙馭[22]賓天[23]之後 妖憯之說 肆然無忌 王府[24]按鞫 情節畢露 此實天地之大變 臣子之同讎 國有常法 妖腰亂領 自當次第伏誅 而此類之尙梗王化 卽正學不明之故也 欲明正學 莫先於招延[25]山林宿德之士 以爲風動[26]規箴之地 雖以我朝故事言之 中宣孝肅之際 羣賢輩出 經術大明 當時未聞有異端邪說之若是猖獗也 此實聖祖[27]聲明之化 而諸先正[28]之功 亦不可誣也 在外儒臣 前雖

17) 향안(香案) : 제사(祭祀) 지낼 때에 향료(香料)나 향합을 올려 놓는 상(床).
18) 옥음(玉音) : 천자의 말씀.
19) 학궁(學宮) : ①유학(儒學)의 교육(敎育)을 맡아보던 관아. 고려 충렬왕(忠烈王)24(1298)년에 국학을 성균감(成均監)으로 고쳐 부르게 되었고, 같은 왕 34(1308)년부터 성균관(成均館)으로 고쳐 조선시대 말까지 존속했는데, 문묘(文廟)도 모셨다. 성균관. ②고을에 있는 문묘와 거기 딸린 학교. 고려 이후 조선에 이르러 크게 성했음. 향교(鄕校).
20) 부집(裒輯) : 모아서(彙集) 편집(編輯)하다. 수집하여 기록하다(輯錄).
21) 비이(匪彛) : 윤상(倫常)에 위배되는 행위.
22) 선어(仙馭) : 붕어(崩御).
23) 빈천(賓天) : 천자(天子)가 죽음.
24) 왕부(王府) : 조선시대에 의금부(義禁府)의 다른 이름.
25) 초연(招延) : 사람을 불러 끌어들임.
26) 풍동(風動) : ①바람이 붊 ②바람에 불려 물건이 움직이듯 쏠려 좇음. 감화(感化)됨.

屢勤敦召 益加緇衣[29]之誠 勉回東岡[30]之志 此外經明行修之士 廣加蒐訪 布列朝著 使庠塾縫掖[31]之士 家朱程而戶墳典[32] 五品[33]修而三綱揭 則彼夷狄禽獸之一法 特見晛之雪耳 且國朝用人 專爲科目 爲士子者所講所習 只一功令[34]文字 今欲使一世操觚[35]之人 猝棄素業 則有非時月間可期 依英廟朝己卯定式 監試[36]小學 庭試增廣一經講 自明年復舊設行 專尙經學 毋循句讀 係是目下要道 我先朝亦嘗屢詢於筵席 未及行焉者也 臣等以承聆於先朝者 仰誦於今日 而事係科制變通 伏願下詢大臣處之焉

【역문】「청명정학 잉론과시강규계」[37]

신 등은 선왕(先王)의 근신(近臣)으로 조석(朝夕)으로 향안(香案)에서 옥음(玉音)을 들었는데, 매번 정학(正學)을 밝히는 것으로서 사술(邪術)을 배척하는 근본으로 삼으셔서 여러 가지 정무(政務)를 보살피시는 중에도 틈틈이 오경(五經)을 공부해 읽으시고 오륜(五倫)에 관한 책을

27) 성조(聖祖) : 거룩한 조상(祖上). 성인(聖人)이나 성왕(聖王)의 조상.
28) 선정(先正) : 조선시대에 선대(先代)의 어진 이를 일컫던 말.
29) 치의(緇衣) : 『詩經』「鄭風」의 편명(篇名). 정 무공(鄭武公)이 현인(賢人)을 좋아하는 것을 칭찬한 시(詩).
30) 동강(東岡) : 사림(士林). 은둔.
31) 봉액(縫掖) : 봉액지의(縫掖之衣). 선비가 입던, 옆이 넓게 터진 도포(道袍).
32) 분전(墳典) : 삼황(三皇)의 글은 삼분(三墳)이고 오제(五帝)의 글은 오전(五典)임.
33) 오품(五品) : 부자(父子)·군신(君臣)·부부(夫婦)·장유(長幼)·붕우(朋友)의 다섯 가지 명위(名位)를 이르는 말로, 『書經』「舜典」에 이르기를, "순임금이 말씀하기를, '설(契)아! 백성이 친목하지 못하며 오품이 순조롭지 못하기에 너에게 사도(司徒)의 책임을 맡기노니, 다섯 가지 인륜을 공경하여 펴되, 너그럽게 하라.' 하였다."고 함.
34) 공령(功令) : 과문(科文). 문과(文科) 과거(科擧)에서 보던 문체(文體).
35) 조고(操觚) : 붓을 잡아 글을 쓰다. 글을 짓다. 문필 활동에 종사하다.
36) 감시(監試) : 국자감시(國子監試)
37) 『금릉집』 권06, 啓

반포하며 향음주례(鄕飮酒禮)를 행하고 주자(朱子)의 서(書)를 표창(表彰)해 경외(京外)의 학궁(學宮)에 널리 배포하셨다. 또한 집록(輯錄)하는데, 통일된 문자를 장주고사(漳洲故事)를 서술하는데 써서 세상 사람들로 하여금 수사낙민(洙泗洛閩)[38]의 책이 아니면 혹시라도 훑어보고 마음에 두지 않도록 하셨다. 이렇게 우리의 도(道)를 널리 권장하고 세상의 가르침을 바로 세움은 윤상(倫常)에 위배되는 행위와 반역의 죄에 빠지는 일이 없게 하는 것이니, 공자(孔子)의 내수외양(內修外攘)의 법도(義)와 그 도리는 하나이다. 불행하게도 최근 몇 년간 이른바 예수(耶蘇)의 가르침이 서양(西洋)으로부터 나와서 안으로는 도성으로부터 밖으로는 8도(道)에 이르고 한 무리의 반역적인 생각을 하고 있는 무리들이 잇따라서 무부무군(無父無君)의 지경에 들어갔다. 생각컨대, 우리의 선왕(先王)께서는 일찍이 이 문제로 먼 장래를 내다보고 깊이 염려하셨으나 그것을 처벌하지 않은 것과 처벌한 죄를 잠시 내버려 두셨다. 비록 나라 사람들이 모두 죽일 만하다고 했지만, 천지의 본래 살리기를 좋아하는 덕을 생각컨대, 저들에게 만약 조금이라도 인간의 마음이 있다면, 두려움과 감사함을 알아 마음을 바르게 고치고 면모를 바꿈 마땅하나 임금께서 승하하기를 참고 기다렸다가 요망하고 흉악한 말을 멋대로 하며 꺼리지 않았다. 의금부(義禁府)의 국문(鞫問)에 의해 상황이 다 드러났는데, 이것은 실로 천지의 큰 변고이니 신하도 역모에 동참하였다. 나라에는 상법(常法)이 있어서 간사한 무리의 핵심은 마땅히 차례대로 처형을 당해야 하나 이러한 부류에게 아직도 임금의 덕화(德化)가 통하지 않은 것은 곧 정학(正學)이 밝지 못한 때

---

38) 수사낙민(洙泗洛閩) : 수사는 공자와 맹자가 제자들에게 도를 가르치던 곳에 있는 수수(洙水)와 사수(泗水), 곧 공자와 맹자를 뜻하는 것. 낙민은 송(宋)나라 때의 학자 정호(程顥)·정이(程頤) 형제가 살던 낙양(洛陽)과 주희(朱熹)가 살던 민중(閩中)을 말한 것.

문이다. 정학을 밝히고자 함에는 재야에서 오래 덕을 쌓은 선비를 불러들여 감화되고 스스로를 경계하는 바탕으로 삼는 것보다 앞서는 것은 없다. 비록 우리 왕조의 고사(故事)로써 말할지라도, 중종(中宗), 선조(宣祖), 효종(孝宗)과 숙종(肅宗) 때 군현(群賢)이 배출(輩出)되어 경서(經書)에 관한 학술(學術)이 크게 밝아져 당시에는 이단(異端)과 사설(邪說)이 이처럼 창궐(猖獗)함이 있었다고는 듣지 못하였다. 이것은 실로 성조(聖祖)께서 밝히신 교화와 여러 선정(先正)의 공(功)임에 또한 속임이 없다. 외방에 있는 유신(儒臣)이 전에 비록 누차 돈소(敦召)에 힘써 치의(緇衣)의 성심을 더욱 더하여 사림(士林)으로 은둔하려는 뜻을 돌리게 하고자 힘썼는데, 이외에도 경학(經學)에 밝고 행실(行實)이 착한 선비를 널리 더욱 찾아내어 조정(朝廷)에 널리 참렬(參列)시켰으며 학교와 서당의 선비들로 하여금 가호(家戶)마다 주자(朱子)와 정자(程子) 그리고 분전(墳典)으로 부자(父子)·군신(君臣)·부부(夫婦)·장유(長幼)·붕우(朋友)의 다섯 가지 인륜을 닦고 삼강(三綱)을 높이 올린 즉, 저 이적(夷狄)과 금수(禽獸)의 법은 다만 햇살을 본 눈일 따름이다. 또한 나라의 조정(朝廷)이 사람을 쓰는 데에는 오로지 과거(科擧)에 의거하여 선비된 자가 배우고 익히는 바는 오로지 과거 문체(文體)의 글인데, 지금 세상에 글을 쓰는 사람들로 하여금 갑작스럽게 평소의 업(業)을 버리게 하는 것은 짧은 시일 사이에 기(期)할 수 있는 것이 아니니, 영조(英祖) 기묘년(己卯年, 영조35년, 1759년)에 정한 조례대로 소학(小學)을 국자감시(國子監試)에서 보고 정시(庭試)[39]에서 경서(經書)

39) 정시(庭試) : 수시로 보았던 부정기적인 시험으로 알성시와 마찬가지로 문과·무과만 있었으며, 단 1번의 시험으로 급락이 결정되었다. 본래 매년 봄·가을에 성균관 유생을 전정으로 불러 시험보아 우수한 사람에게 전시에 직접 응시할 수 있는 자격을 주거나 급분하던 특별시험이었다. 그런데 이것이 1583년(선조16)부터 하나의 독자적인 과거시험으로 승격되었다. 주로 국가의 경사가 있을 때 실시되었다. 시간이 많이 걸리는 경서시험은 보지 않았고, 표(表)·부(賦)·책(策)·

하나를 더 고강(考講)[40]하게 하는 것을 내년부터 구례(舊例)를 회복해 실시하는데, 마음대로 경학(經學)을 숭상해 구두(句讀)를 따르도록 하지 않는 것이 바로 지금의 중요한 도리이다. 우리의 선왕(先王)께서 역시 일찍이 누차 연석(筵席)에서 상의(商議)했으나 아직 행함에 미치지 못한 것이다. 신(臣)들이 선왕에게서 들은 것을 오늘 앙송(仰誦)하오나 일이 과거 제도의 변통(變通)과 관계되는 것이니 삼가 대신(大臣)에게 물어 처리하시기를 원하옵나이다.

잠(箴)·송(頌)·명(銘)·조(詔) 가운데 한 과목을 선택해 시험을 보았는데 주로 표와 부를 많이 냈다. 당일 시험의 합격이 결정되고 상피제도도 없었기 때문에, 시관의 협잡이 많았고 응시자도 많았다. 결국 1743년(영조 19)부터는 정시를 초시와 전시로 나누고, 1759년에는 초시합격자에게 다시 3경 가운데 자신이 원하는 경서 하나를 배강하게 하는 회강을 실시하기에 이르렀다.

40) 고강(考講) : 과거(科擧)의 강경과(講經科)에서 시험관이 지정한 경서(經書)를 외는 것으로 치르는 시험을 이르던 말.

「文學」

利瑪竇倡所謂耶蘇之教 爲吾道之蟊賊[41] 而獨我國以禮義之邦 士大夫尊信孔孟 而不爲異端所惑 近有一種邪學 傅會其說 傷教而敗倫 殘民而害生 其禍至憯也 而其所謂廢祭之說 尤有不忍言者 然則論語所稱祭如在祭神如神在者 其將東閣之耶 闢異端之道 莫如正學之扶植 此今日士大夫之所當怵畏而勉焉者也 以上丁巳錄 近來精力漸覺衰邁[42] 經書輪誦之工不能如曏時之專着 乃取五經 選百而印之 務從簡便於看讀 鈔定之役 而必準百數者 竊取夫子删書之義也 書旣成 命名曰五經百選 更思之 選是揀別去就之謂也 故改選以篇 詩曰威儀棣棣 不可選也 威儀旣棣棣矣 豈可選哉 五經百篇成 筵臣有以御製序跋爲請者 敎曰 此事終有汰哉之嫌不敢爲也 今欲於九十八篇之下 附以紫陽庸學序 以示接統考亭之大義爾古人稱吾於朱子 受罔極之恩 又曰 幸生朱子之後 學問庶幾不差 予嘗三復而深味之 於朱子事 雖文字鈔校之役 苟有可以服勞者 予何辭焉 以上戊午錄

【역문】「문학」[43]

마태오 리치(利瑪竇)가 창도(倡導)한 이른바 예수교는 우리 도(道)에 해가 되는 것이나 오직 우리나라는 예의(禮義)의 나라로서 사대부는 공맹(孔孟)을 존경하여 믿어 이단(異端)에 의해 미혹되지 않았다. 최근에 한 사학(邪學)이 있어 그 설(說)을 부회(附會)해서 가르침을 해치고

41) 모적(蟊賊) : 벼를 해(害)치는 며루같이 백성의 재물을 빼앗거나 좀먹는 탐관오리를 비유하여 이르는 말. 국민이나 국가에 해가 되는 사람.
42) 쇠매(衰邁) : 늙어서 힘이 없다. 늙어서 맥을 못 쓰다. 쇠약해지다.
43) 『금릉집』 권20, 日得錄

윤상(倫常)의 도덕을 무너뜨려 백성에게 고통을 주고 생령(生靈)을 해롭게 하였으니 그 화(禍)가 매우 참혹하다. 그리고 그 이른바 제사(祭祀)를 폐(廢)한다는 설은 말로 옮기기가 어려운 바가 있다. 그런 즉, 논어(論語)에서 칭한 바 "선조(先祖)께 제사(祭)하되 선조가 계신 듯이 하시고, 신(神)께 제사하되 신이 계신 듯이 하시었다"[44]라고 했는데 그것을 장차 묶어서 높은 시렁위에 올려 두고 방치하려는 셈인가? 이단을 물리치는 도는 정학(正學)을 부식(扶植)하는 것 만한 것이 없으니 이는 금일 사대부가 마땅히 두려워하고 힘써야 할 바이다. 이상은 정사(丁巳, 1797년)[45]에 기록되어 있는 것이다. 근래 정력(精力)이 쇠약해짐을 점차 깨닫는다. 경서(經書)를 윤송(輪誦)하는 일은 종전 때처럼 집중할 수 없었는데, 곧 5경(經)에서 백 개를 뽑아 인쇄함에 간독(看讀)에 간편하도록 하기에 힘썼다. 선정하는 작업에 있어서 반드시 백(百)이라는 수(數)에 의거한 것은 공자(孔子)께서 산서(刪書)[46]한 뜻을 취한 것으로 삼가 생각한다. 책이 이미 만들어져서 『오경백선(五經百選)』이라 명명(命名)하였는데, 다시 생각하니, 선정한다는 것은 선별해 버리거나 취함을 일컫는 것이다. 그러므로 '선(選)'을 '편(篇)'으로 바꾸었다. 『시경(詩經)』에 이르기를, "위의가 풍부하고 익숙하도다. 더 선택할 여지가 없구나(威儀棣棣 不可選也)"라고 했는데, 위의가 이미 풍부하고 익숙하니, 어찌 선택할 수 있겠는가? 『오경백편(五經百篇)』이 만들어지니, 연신(筵臣)[47] 중에 서발(御製序跋)을 어제(御製)하실 것을 청하는 자가 있었는데, 교서(敎書)[48]에 이르기를, "이러한 것은 결국 지

---

44) 『孔子』, 「八佾篇」
45) 『弘齋全書』卷165, 「日得錄」 五, 丁巳,
46) 공자(孔子)가 『서경(書經)』을 간추려 120편으로 산정(刪訂)한 것.
47) 연신(筵臣) : 임금과 신하가 모여서 국사를 자문하고 주고받는 자리에 참석한 신하.
48) 교서(敎書) : 국왕이 내리는 명령서를 교서라고 한다. 황제가 내릴 경우엔 조서(詔書) 또는 칙서(勅書)라고 불렀다. 왕세자가 왕을 대신하여 내릴 때는 영서(令

나치다는 혐의가 있으니 감히 하지 않는다." 이상은 무오(戊午)에 기록되어 있는 것이다.

〈역주 : 송요후〉

書)라고 했다.

『蘿山集』

「書-上都堂」

竊嘗聞程子[1]之言曰道之不明 異端害之也 蓋正道行則邪說熄 邪說熾則正道不明 陰陽淑慝 交相勝負 此必然之理也 恭惟我聖朝 尊尚朱子之學 誕宣明敎 頒示八方 此正春秋大一統之義 庶幾人無異論 家無異學 擧一世咸囿於大道 而惟彼邪學之徒 肆其誣惑 浸淫漸染 莫可捄止 朝家所以究治者 非不甚嚴 而獸心人面 隨處闖發 陰翳敢干於太陽 魑魅[2]肆行於白日 其所爲害 何可勝言耶 其徒槩皆背父忘祖 戕敗彝倫[3] 不葬不祭 蔑棄禮法 混亂男女 行同狗彘 雖楊墨之無父無君 佛氏之滅絶人倫 其悖亂無理 未必若是之甚也 而入其說者 稱以耶蘇之學 口傳心授 惟恐或後 波流[4]浸廣 延及漸多 不惟愚夫愚婦之爲其所惑 往往有通籍之人能文之士 亦且崇信蠱惑 迷不知返 自一村一里 以至闔境[5]之靡然向之 幾何而

---

* 조유선(趙有善 1731~1809) : 본관 직산(稷山), 자 자순(子淳), 호 나산(蘿山). 김원행(金元行)의 문인. 이정인(李廷仁), 박윤원(朴胤源), 김이중(金履中) 등과 교유. 1771년(영조47) 사마시에 합격했다. 성현의 학문에 뜻을 두어 개성 나산에 숙을 세우고 학자들과 교유하면서 유교경전을 공부했다. 1788년(정조12) 혜릉참봉에 임명된 뒤 서부봉사·청하현감·익산군수·진산군수 등을 거치면서 학문을 장려하고 예의를 가르쳤으며 관리의 법도 확립에 힘썼다. 그는 스승인 김원행의 학설을 이어받아, 명덕과 인물성동이론에 대해서 낙론의 입장을 지지하면서 호론을 비판했다. 당시 이른바 '서경수백년래일인(西京數百年來一人)'이라는 평을 받았다. 죽은 후 좌승지에 추증되었다.

1) 정자(程子) : 정명도(程明道). 정호(程顥).
2) 치미(魑魅) : (전설 속에 나오는) 사람을 해치는 숲 속의 괴물(도깨비).
3) 이륜(彝倫) : 常道, 倫常.
4) 파류(波流) : 流行於社會上的風俗習慣.
5) 합경(闔境) : 지경(地境) 안의 전부(全部). 구역(區域) 안의 온통.

不毒遍一國耶 正所謂率獸食人 人將相食者 豈不大可憂哉 孟子以闢楊墨當一治之運 苟使此輩一任其流毒遠近 而莫之距息 何以明斯道於一世 躋聖治於隆古[6]耶 伏惟閤下居具瞻之地 任匡濟之謨 斯道之興衰 治化之汙隆 有不得辭其責者 當此異說橫流 人心陷溺之日 豈容坐視其然而莫之捄正耶 人不爲人 天理晦蝕 其禍有甚於洪水猛獸 苟使孟程之盛德苦心 居今日廟堂之上 其所以明天理淑人心 斥邪扶正者 想必汲汲皇皇 不啻如捄焚拯溺矣 竊念天下之事 有本有末 先其本者 雖若迂遠而實易爲力 崇奬正學 躬𢬵化下者 實息邪距詖之本也 我聖朝治化休明 學術純正 所以闢聖贒之門路 示學者之標的者至矣 因此而益加闡明 爍然煥然 如日麗天則孰敢不囿化遵教 以同歸於陶甄之中也哉 目今急先之務 恐無過於此矣抑又有一說 我國禮教素明 曾無異說之惑人者 一自邪學之出 有何許妖書而見之者惶惑眩亂 自然心醉 有如蠱毒[7]之中焉 其可恠可愕 莫此之甚謂宜自廟堂稟旨頒喩 明飭所在官司 凡妖書之藏在人家者 一一搜取 付諸烈火 以絶其亂常惑衆之源 則邪說不期熄而自熄 世道不期正而自正矣 且夫制世之要 固主於敎化 而刑憲亦不可偏廢 凡首倡作俑者 迷溺不返者及其匿書不出者 一倂繩以重辟 懲其一而勵其百 則彼雖云不畏刑戮 是亦人也 安得不知所懲而反之正哉 其尚德尚刑 輕重操縱 惟在廟堂裁處之如何耳 有善忝在具僚之末 不能無過計之憂 敢以芻蕘[8]之說 干冒威尊 伏願閤下恕其僭而察其愚焉

6) 융고(隆古) : 옛날, 번성했던 시대
7) 고독(蠱毒) : 뱀·지네·두꺼비 등(等)의 독(毒). 이러한 독으로 만든 독약을 사람에게 몰래 먹여서, 배앓이·가슴앓이·토혈(吐血)·하혈(下血)·부종(浮腫) 등의 증세를 일으켜 점차 미치거나 실신(失神)하여 죽게 만드는 일.
8) 추요(芻蕘) : 꼴과 땔나무라는 뜻으로, 芻蕘之說은 고루하고 식견이 없는 촌스러운 말을 뜻한다.

【역문】「상도당」[9)]

삼가 일찍이 들으니, 정자(程子)의 말에 이르기를, "성인(聖人)의 도(道)가 똑똑하게 드러나지 않는 것은 이단이 그것을 방해해서 이다." 대개 정도(正道)가 행하여진 즉, 사설(邪說)이 소멸되고 사설이 성(盛)한 즉, 정도는 똑똑하게 드러나지 않는다. 음과 양 그리고 선(善)과 악(惡)이 서로 번갈아 가며 이기고 지는 이러한 것은 필연적인 이치이다. 삼가 생각건대, 우리 조정(朝廷)은 주자(朱子)의 학문을 존숭(尊崇)하여 널리 펴 가르침을 밝히고 팔방으로 반포해 두루 알렸으니, 이것이 바로 『춘추(春秋)』에서 말하는 대일통(大一統)의 뜻이다. 사람들에게 이론(異論)이 없고 집안에 이학(異學)이 없으며 온 세상이 모두 대도(大道)에 모여들기를 바란다. 그러나 다만 저 사학(邪學)의 무리들은 속여 미혹시키기를 멋대로 하니 차차 젖어들고 점차 오염되어 감을 멈추게 할 수 없다. 조정(朝廷)이 추궁하여 처벌함에는 매우 엄하지 않은 바가 아니나, 짐승의 마음에 사람의 얼굴을 하고서 곳곳에서 기회를 타고 일어나 하늘에 구름이 덮여 어두움이 감히 태양을 범하고 도깨비가 백주 대낮에 멋대로 행동하니, 그 해되는 바를 어찌 이루 마말할 수 있겠는가? 그 무리들은 대개 모두 어버이를 배반하고 조상을 무시하며 상도(常道)를 상하게 하며 해쳐 장사(葬事)를 치르지 않고 제사를 지내지 않아 예법(禮法)를 멸시하여 폐기하며 남녀가 어지럽게 뒤섞여 행동하는 것이 개·돼지와 같다. 비록 양주(楊朱)·묵적(墨翟)이 무부무군(無父無君)하며 불교가 인륜을 멸절(滅絕)하였지만, 사회의 질서를 어지럽히고 도리나 이치에 맞지 않음에서 반드시 이것처럼 심한 것이 아니었다. 그러나 그 설(說)에 들어간 자는 예수의 가르침이라 칭하고서 말과 마음으로 전하여 가르치는데, 다만 혹시 후에 사회의

9) 『나산집』 권03, 書

풍속에 유행하며 널리 스며들어 점차 많이 퍼지는 것이 아닌가 한다. 다만 어리석은 백성들만 그것에 미혹될 뿐만 아니라, 때때로 궁문의 출입을 허락받은 자와 글솜씨가 좋은 선비들도 역시 숭배하여 믿고 홀려 정신을 못 차리며 미혹되어 돌아올 줄을 모르는 경우가 있다. 하나의 촌(村)과 하나의 이(里)로부터 나라의 전 지경에 미쳐 풍미(風靡)하듯이 쏠리니, 얼마나 되어야 독이 나라에 퍼지지 않겠는가? 바로 이른바 짐승을 몰고 가 사람을 잡아먹게 하고 사람이 장차 서로 잡아먹는 것이니 어찌 크게 근심할 만하지 않은가? 맹자는 양주·묵적을 배척하는 것으로써 태평시대의 운세에 마땅하다고 하였다. 진실로 이 무리들로 하여금 원근에서 독을 퍼뜨리도록 내버려두고 물리쳐 그치게 함이 없다면 어떻게 유도(儒道)를 온 세상에 밝혀 그 옛날 번성했던 시대의 성인의 태평시대에 오르게 할 수 있겠는가? 삼가 생각하건대, 합하(閤下)[10]께서는 모든 사람이 우러러보는 위치에 계시고 백성들을 바르게 고치고 구제(救濟)하는 계책을 맡고 계시니 유도(儒道)의 흥쇠와 백성을 다스리고 이끎의 잘 되고 못 됨에는 그 책임을 피할 수 없습니다. 이러한 이설(異說)이 이리저리 마구 넘치고 인심이 이에 빠져들어 가 있는 시기를 당하여 어찌 그대로 용납해 좌시(坐視)하고 그릇된 것을 바로잡음이 없겠습니까? 사람이 사람되지 못하고 천리(天理)가 가려지고 침식(侵蝕)된다면 그 화(禍)는 홍수맹수(洪水猛獸)[11]보다 심함이 있으니, 진실로 맹자와 정자(程子)의 크고 훌륭한 덕과 마음을 태우며 애씀이 지금의 묘당(廟堂)[12]에 있다 하더라도, 천리를 밝히고 인심을 깨끗하게 하는 까닭은 사학(邪學)을 물리치고 정학(正學)을

10) 합하(閤下) : 정1품(正一品) 벼슬아치를 높이어 이르는 말.
11) 홍수맹수(洪水猛獸) : (비유) 엄청난 재액(災厄). 백성을 괴롭히는 사람이나 사물.
12) 묘당(廟堂) : 나라와 정치를 다스리는 조정(朝廷). 조선시대 가장 높은 행정 관청 의정부(議政府).

받드는 것이 반드시 절박하고 시급함이 물에 빠진 사람과 불에 타는 사람을 구하는 것과 같다고 생각하기 때문이다. 삼가 생각컨대, 천하의 일에는 주요한 것과 부차적인 것이 있으니, 주요한 것을 먼저 함이 비록 우원(迂遠)[13]한 것 같아도 실제로는 힘을 쓰기에 쉽다. 정학(正學)을 널리 권장(勸奬)하고 몸소 따르면서 아랫사람들을 교화하는 것은 실로 사악한 말을 종식시키며 편벽된 행동을 막는 근본이다. 우리 조정(朝廷)은 정치와 교화가 밝아지고 학술이 순정(純正)[14]하니 그러므로 성현(聖賢)으로의 길을 열어 학자(學者)의 표적(標的)을 보이는 자가 이를 것이다. 이로 인하여 더욱 더 (정학이) 밝혀지고 찬란하고 환하게 빛남이 해가 하늘에서 빛남과 같은 즉, 감히 누가 교화를 입어 가르침을 좇음으로써 교화된 자들 가운데로 함께 돌아가지 않겠는가? 현재 가장 급히 먼저 해야 할 일은 이것을 벗어남이 없는 것이 아닌가 한다. 문득 또 한 마디 말할 것이 있는데, 우리나라는 예교(禮教)가 본디 밝아서 일찍이 이설(異說)이 사람들을 미혹시킨 일이 없었다. 한 번 사학(邪學)이 출현하고부터 어떠한 요서(妖書)가 있어서 그것을 본 자는 어찌 할 바를 모르고 정신을 차리지 못할 정도로 저절로 심취되어 독기(毒氣)가 퍼진 것 같으니, 그 괴이하고 놀라운 것이 이렇게 심한 것이 없다. 이르기를, 마땅히 묘당(廟堂)[15]에서 왕에게 아뢰어 왕명을 받아 반포해서, 소재의 관아(官衙)는 무릇 요서(妖書)를 집에 숨겨두고 있는 자를 일일이 찾아내어 맹렬하게 타는 불에 태워버림으로써 상도(常道)를 어지럽히고 백성을 미혹하게 하는 근원을 끊어 버린 즉, 사설

13) 우원(迂遠) : 세상일에 어둡고 융통성·적응성이 없어 쓸모없다. 현실과는 거리가 멀다.
14) 순정(純正) : 조금도 다른 것이 섞임이 없음을 말함.
15) 나라와 정치(政治)를 다스리는 조정(朝廷). 조선(朝鮮) 시대(時代)에, 가장 높은 행정(行政) 관청(官廳). 의정부(議政府)

(邪說)이 소멸되기를 기약하지 않아도 저절로 소멸되며 세상의 도의(道義)가 바르게 되기를 기약하지 않아도 저절로 바르게 될 것이다. 또한 무릇 세상을 바로잡는 관건은 교화(敎化)를 주된 것으로 삼아야 하지만 형법(刑法) 역시 똑같이 중시하여 소홀히 해서는 안 되니, 무릇 수창(首倡)하여 좋지 못한 선례를 만든 자, 깊이 미혹되어 빠져 돌이키지 않는 자 및 서적을 숨기고서 내놓지 않는 자들은 함께 중죄(重罪)로 제재하고 그 하나를 징계함으로써 그 백 명을 권면한 즉, 저들이 비록 형륙(刑戮)[16]을 두려워하지 않는다고 할지라도, 역시 사람이니 어찌 징계하는 바를 모르고 올바른 것에 거스를 수 있겠는가? 덕(德)을 숭상하든가 형벌을 숭상하는 것, (형벌의) 경중(輕重)을 조종하는 것은 오직 묘당(廟堂)이 어떻게 판단하여 처리하는가에 달려 있을 따름이다. 기껏해야 외람되게 모든 관료의 끝에 있으면서 지나친 계책에 대한 걱정이 없을 수 없어 감히 고루하고 식견이 없는 말로써 위존(威尊)[17]을 범하였으니, 엎드려 원컨대, 합하(閤下)께서 참람(僭濫)함을 용서하시고 어리석음을 살피시옵소서.

16) 형륙(刑戮) : 죄지은 사람을 형벌(刑罰)에 따라 죽임
17) 위엄(威嚴)과 같은 말.

「行狀【弟芝山有憲撰】」

-(上略)- 甲寅 五月拜益山郡守 淸河士民 相顧失色曰賢太守去矣 至有擁馬流涕者而立碑頌之 旣到官 其賑救凋瘵 一如淸河時 丙辰冬 監司請與珍山相換 自上以無端相換不當 監司推考 監司以衰病有妨振刷 更啓蒙允 吏曹啓以年限已過 不合移拜 上曰勿拘 實特恩也 丁巳赴珍山 六月罷歸 戊午以珍山檢官事就理 府堂以詐不以實勘律 傳曰勘律太不當 以公罪放送 亦特恩也 珍山相換時 益山士民或籲於籌司 或訴於銓曹 至於上言 而竟不得徹 時耶蘇之學大熾 士民奔波 先生深憂之 朝禁未伸之前 呈書廟堂 請其嚴禁 日以講明舊學爲事 一方人士之抱經請業者甚衆 每月朔設講會 答問義理 不以衰耗而廢焉 當宁[18]九年己巳五月五日 考終于蘿山正寢 享年七十九 -(下略)-

【역문】「행장【제지산유헌찬】」[19]

-(상략)- 갑인(甲寅. 1794년) 5월 (淸河 縣監에서) 익산(益山) 군수(郡守)에 임명되었다. 청하현의 사민(士民)이 서로 마주 보며 놀라 얼굴빛이 변해 이르기를, "어진 태수(太守)께서 떠난다."라고 하였다. 말이 지나가는 것을 막고 눈물을 흘렸으므로 비석을 세워 이를 기렸다. 관에 부임해서 피폐한 민생을 진휼(賑恤)함이 청하 현감으로 있을 때와 똑같았다. 병진년(丙辰年. 1796) 겨울에 관찰사(觀察使. 監司)가 진산(珍山) 군수와 바꾸기를 청하였는데, 임금께서는 아무 사유가 없이 서로 바꾸는 것은 이치에 맞지 않으니, 감사는 추고(推考)[20]하도록 하였다. 감

18) 당저(當宁) : 그때의 임금.
19) 『나산집』 권12, 附錄
20) 정약용의 『雅言覺非』에 추고(推考)에 대해 다음과 같이 나온다: "推考란 죄의

사는 늙고 쇠약하여 든 병으로 분발하여 근무하는데 장애가 됨이 있다는 것으로써 다시 임금께 허락해 주실 것을 장계(狀啓)하였다. 이조(吏曹)가 계(啓)를 올리기를, 근무 햇수가 이미 넘어서 옮겨 임명하는 것은 맞지 않는다고 하였으나, 임금께서 이르기를, "구애받지 말라."고 하였으니, 실로 특별한 은택이었다. 정사년(丁巳年. 1797)에 진산에 부임하고 6월에 관직에서 물러나 귀향하였다. 무오년(戊午年. 1798)에 진산(珍山)에 대해 관청에서 행한 일을 조사하여, 취리(就理)[21]하였는데, 부당(府堂; 의정부 당상관)은 사실에 의거하지 않고 거짓에 의거해 감률(勘律)[22]하였다. 소문에 이르기를, "감률(勘律)이 지나치게 부당했다."고 하여, 공(公)은 죄에서 풀려나게 되었으니, 역시 특별한 은택이었다. 진산(珍山)과 서로 바꿀 때, 익산(益山)의 사민(士民) 중 어떤 이는 주사(籌司)[23]에 억울함을 하소연하였고, 어떤 이는 전조(銓曹)[24]에 호소하였다. 상언(上言)[25]하기에 이르렀으나 마침내 관철될 수 없었

실상을 조사해서 사실을 검증하는 것이고, 問備라는 것은 대관들이 질문을 하면 질문을 받는 자가 사실을 갖추어 진술하는 것이다. 명나라 제도에 揭帖(문서를 게시하는 것)하여 질문을 하는 것이 있었는데, 바로 백관들이 서로 규간하는 의미이다.【揭帖은 여러 문집에서 보인다.】 우리 조정의 朝問하는 법은 백관이 무릇 잘못이 있으면 臺官이 반드시 문서로써 질문을 하는데 이를 緘辭라 하고, 질문을 받은 자가 도한 문서로써 사실을 진술하는데【그 사실을 낱낱이 진술한다.】, 혹 굴복함을 드러내거나 혹 스스로 폭로하게 되면 그것을 緘答이라고 하니【僿說에 보인다.】, 이것을 일러서 推考라고 한다. 오늘날 推考라 하는 것은 空言일 뿐이다. 그중에 중요한 것은 별도로 緘辭推考가 있는데【고례와 같다.】, 실제로는 推考는 반드시 緘辭를 하게 되니, 緘辭를 하지 않는 것은 推考가 아니니다."

21) 취리(就理) : 죄를 지은 벼슬아치가 의금부(義禁府)에 나아가 심리(審理)를 받던 일.
22) 감률(勘律) : 죄의 경중을 따지어 적용할 형률을 정함.
23) 주사(籌司) : 비변사(備邊司)의 딴 이름.
24) 전조(銓曹) : 조선시대에 문관(文官)의 전형을 맡아보던 이조(吏曹)와 무관(武官)을 맡아보던 병조(兵曹)를 두루 이르던 말.
25) 상언(上言) : 백성이 임금에게 글을 올림. 신하(臣下)가 사사(私事)로운 일로 임금에게 글을 올림.

다. 당시 예수의 가르침이 크게 성(盛)하여 사민(士民)이 분주히 돌아다녔다. 선생께서는 이를 심히 염려하여 조정(朝廷)의 금(禁)이 아직 펼쳐지기 전에 묘당(廟堂)에 서신을 올려 엄금할 것을 청하고 매일 구학(舊學)을 강고(講究)해 밝히는 것을 일로 삼았다. 한 무리의 인사(人士)들이 경서(經書)를 품고 와서 학문을 청하는 자들이 매우 많았으므로 매월 초하룻날에 강회(講會)를 열어 의리(義理)에 관해 문답(問答)하였는데, 기력이 쇠했다고 해서 그만두지 않았다. 순조(純祖) 9년(1809) 5월 5일 천수(天壽)를 다하고 라산(蘿山)의 집안에서 죽었다. 향년 79세였다. -(하략)-

「年譜」

○ 閏月以耶蘇學事 呈書都堂不報 書見集中 六月 二十八日正宗大王昇遐 入舘庭擧哀[26] 成服如之 十月因山[27]時入京參外班[28] 芝山公偕行

【역문】「연보」[29]

윤달(閏月)에 예수의 학(學)에 관한 일로 도당(都堂: 議政府의 별칭)에 서신을 올렸음에도 보고되지 않았는데, 그 서신은 『蘿山集』에서 볼 수 있다. 6월 28일 정조(正祖) 대왕께서 승하하셨다. 관사 안 정원에 들어가 발상(發喪)하고 상복(喪服)을 똑같이 입었다. 10월에 장례 때에는 입경(入京)해 외반(外班)에 참여하였는데, 지산공(芝山公)이 함께 갔다.

---

26) 거애(擧哀) : 발상(發喪). 상례에서, 죽은 사람의 혼을 부르고 나서 상제가 머리를 풀고 슬피 울어 초상난 것을 알리는 것을 말한다.
27) 인산(因山) : 조선 시대, 태상왕(太上王)과 그 비(妃), 왕과 왕비, 왕세자와 그 빈(嬪), 왕세손(王世孫)과 그 빈의 장례.
28) 외반(外班) : 대궐 안의 모든 문관과 무관이 늘어서는 반열의 바깥 언저리.
29) 『나산집』 권11, 附錄

「墓誌銘 並序【梅山洪直弼撰】」

-(上略)- 時値耶蘇邪說漸熾 憂其流禍有洪水猛獸之害 呈書廟堂 請其闢廓 其衛道之嚴 見幾之明 有如此者 深究五服之制 旁及師友之喪王朝之禮 彙成一編 名曰五服通考 又有文集幾卷藏于家 壬午鄕人士 就公攸芋 建祠腏享 又擧道學事功之實 疏請褒贈 甲申領議政南公公轍回啓曰趙某傳習師訓 居敬窮理 工夫刻苦 固窮安貧 操行修潔 雖其求道自晦 而衛正斥邪之功 遠近歸嚮 粤自先朝 屢加褒獎曰已知其有所守 莅邑多惠政則又許以循良之治 如此者不可但以一鄕善士論者也 多士請褒 益驗公議僉然 請贈承宣 上可之 贈左承旨 -(下略)-

【역문】「묘지명 병서【매산홍직필찬】」[30)]

-(상략)- 당시 예수 사설(邪說)의 세력이 점차 왕성해져 가고 있는 때를 당하여, 그 화(禍)가 퍼져 나감에 엄청난 재앙과 같은 해(害)를 끼칠 것을 염려하여 묘당(廟堂)에 서신을 올려 이단(異端)을 물리쳐 바로잡음과 정도(正道)를 지킴이 엄하기를 청하였으니, 기미를 보는 밝음이 이 같았다. 오복(五服) 제도를 깊이 궁구(窮究)하면서, 사우(師友)의 상(喪)과 왕조(王朝)의 예(禮)를 아울러 다루어 모아 하나로 엮어 책 이름을 『오복통고(五服通考)』라 하였고 또한 문집 몇 권이 집에 소장되어 있었다. 임오년(壬午年, 1822)에 고향 지역의 인사들이 공(公)이 높고 크게 거처할 곳에 사당(祠堂)을 세워 배향(配享)하였고 또한 도학(道學)과 사공(事功)의 실상을 들어 포증(褒贈)[31)]할 것을 소청(疏請)하였

30) 『나산집』 권12, 附錄
31) 포증(褒贈) : 벼슬아치의 공로를 인정하여 관계를 높여 주던 일.

다. 갑신년(甲申年, 1824)에 영의정 남공철(南公轍)이 회계(回啓)[32]하여 이르기를, "조모(趙某)는 스승의 교훈을 전습(傳習)하여 거경궁리(居敬窮理)[33]의 공부(工夫)에 몹시 애를 썼으며 곤궁을 달게 여겨 궁색함에 구속되지 않고 평안하였고 품행을 바르게 길렀다. 비록 구도(求道)하면서 스스로를 감추어 나타내지 않았지만, 위정척사(衛正斥邪)의 功은 원근(遠近)에서 붙좇아 응하였다. 지난 선조(先朝) 때부터 여러 차례 포장(褒奬)을 하고 이르시기를, '이미 지킬 바가 있음을 알았고 고을을 다스림에는 혜정(惠政)을 많이 베풀었으니, 또한 어진 정사(政事)를 편 것으로 허여한다. 이러한 사람을 다만 한 고을의 훌륭한 인물로만 논할 수 없다.'고 하셨습니다. 많은 선비들이 포장(褒奬)하기를 청하였으니, 그 공의(公議)가 일치함을 더욱 증험할 수 있습니다. 승선(承宣)[34]에 추사(追賜)할 것을 청합니다."[35]라고 하니, 임금께서 허락하였고 좌승지(左承旨)[36]에 추사(追賜)하였다. -(하략)-

32) 회계(回啓) : 임금의 물음에 대하여 신하들이 대답함
33) 거경궁리(居敬窮理) : 朱子學의 수양의 두 가지 방법인 거경(居敬)과 궁리(窮理)를 말한다. 거경이란 內的 修養法으로서 항상 몸과 마음을 삼가서 바르게 가지는 일이며, 궁리란 외적 수양법으로서 널리 사물의 이치를 窮究하여 정확한 知識을 얻는 일이다.
34) 승선(承宣) : 승정원(承政院) 승지(承旨)를 달리 이르는 말.
35) 이 인용문은 『備邊司謄錄』212冊, 純祖24년 10월 27일(음). 趙有善 형제 등을 褒贈하는 문제 등에 대해 논의한 내용을 간략하게 정리한 것이다.
36) 좌승지(左承旨) : 조선시대 때 승정원(承政院)에 딸린 정3품의 벼슬 3대 太宗1년(1401)에 좌대언(左代言)으로 고쳤다가 뒤에 다시 이 이름으로 함.

「請褒疏 己卯五月【洪梅山代府儒作】」

-(上略)- 當耶蘇邪術漸熾之日 以爲邪說之害 甚於洪水猛獸 乃於朝禁未申之前 呈書都堂 力請闢廓 其衛道之正 斥邪之嚴 比之於前賢而無遜也 夫其表裏交養 德業兼該 至於如此 故雖退然自居而聞望日隆 遠近歸嚮 問訊講質 相織於其門 -(下略)-

【역문】「청포소 기묘오월【홍매산대부유작】」[37)]

-(상략)- 예수의 사술(邪術)이 갈수록 왕성해지고 있는 때를 당하여, 사설(邪說)의 해악이 홍수맹수(洪水猛獸)[38)]보다 심하다고 여기고서 곧 조정의 금령이 펴지기 전에 도당(都堂)에 서신을 보내 이단(異端)을 물리쳐 바로잡고 정도(正道)를 올바르게 지키고 사설을 엄하게 배척할 것을 힘써 청하였는데, 이를 이전의 현사(賢士)들과 비교해도 손색이 없었다. 무릇 그 몸과 마음을 서로 함양하고 인덕(仁德)과 공업(功業)을 겸하여 갖춤이 이와 같으므로 비록 겸허하고 조용하게 스스로 만족하며 살았으나 이름이 널리 알려져 숭앙을 받음이 날로 성(盛)하여졌다. 원근에서 붙좇아 응하여 방문해서 강의하고 질문함이(하는 자들이) 그 문에 줄지었다. -(하략)-

37) 『나산집』 권12, 附錄

38) 홍수맹수(洪水猛獸) : 엄청난 災厄을 비유하는 말이다.

「請加贈賜謚文」

-(上略)- 旣歸而家居也 好學一念 老而彌篤 以至於臨歿而亹亹乎其進而未見其止也 其論心性則引程朱定論 以訂或說之非是 其斥邪衛正則當耶蘇學漸熾 朝禁未申之前 呈書都堂 力請闢廓 -(下略)-

【역문】「청가증사익문」[39]

-(상략)- 이미 귀향하여 집에 머물렀다. 전심(專心)으로 학문을 좋아하여 늙어서도 학문에 대한 정이 더욱 도타웠으므로, 사망할 때에 임해서도 그 진보하는데 힘썼으니, 그 멈추는 것을 보지 못하였다. 심성(心性)을 논함에는 정주(程朱)의 정론(定論)을 인용함으로써 혹자의 학설(或說)의 옳고 그름을 바로잡았다. 위정척사(衛正斥邪)에 있어서는 예수학(學)이 갈수록 왕성해지자 조정(朝廷)이 금하는 조치를 펴기 전에 도당(都堂)에 서신을 올려 배척해 바로잡을 것을 힘써 요청하였다. -(하략)-

39) 『나산집』 권12, 附錄

「墓表【趙鼎休】」

-(上略)- 時耶蘇學漸熾 自在郡時 按問懲治 而朝禁未伸矣 先生憂其流禍 甚於洪水猛獸 呈書廟堂 請其闢廓 其斥邪衛正之嚴類此也 純祖己巳五月五日 考終于正寢 春秋七十九 -(下略)-

【역문】「묘표【조정휴】」[40]

-(상략)- 그때 예수학(學)이 갈수록 왕성해지자 군(郡)을 다스리고 있을 때부터 안문(按問)[41]해 징치(懲治)하였으나 조정(朝廷)은 아직 금하는 조치를 펴지 않았다. 선생은 그것이 사방으로 화(禍)를 끼침이 홍수맹수(洪水猛獸)[42]보다 심할 것을 우려하여 묘당(廟堂)에 서신을 올려 배척해 바로잡을 것을 요청하였으니, 그 위정척사(위정척사)의 엄함이 이와 같았다. 순조(純祖) 기사(己巳, 1809) 5월 5일에 천수(天壽)를 다하고 집안에서 세상을 떠났는데, 연세가 77세였다. -(하략)-

---

40) 『나산집』 附錄, 拾遺
41) 안문(按問) : 법에 따라 조사하여 증거를 내세워 신문(訊問)하다.
42) 홍수맹수(洪水猛獸) : 엄청난 재액(災厄)을 비유하는 것. 백성을 괴롭히는 사람이나 사물을 말한다.

「時務策」

-(上略)- 所謂西學未知出自何人 而無倫無義 拂人常性 葬埋祭祀 禮之大節 而自甘壞廢 好生惡死 人之常情 而皆願速化 彝倫斁矣 人理絶矣 自古異端邪說之惑民誣世者多矣 未有若此之甚者也 彼愚蠢無識者 固不足責 名爲士大夫而亦或駸駸以入 其爲世道之害 尤當如何也 此等弊俗不可一二毛擧 而其在爲治之道 皆宜亟有以正之也 蓋風俗不正則敎化不行 敎化不行則紀綱不立 百度壞而萬事隳 風俗之有關於治道 顧不大歟 賈子曰移風易俗 非俗吏之所能爲 今朝廷施措 出尋常萬萬 旣下愼擇守令之敎 繼頒明禮敦倫之書 尙矣無以復加 惟在守土之臣 奉行之如何耳 -(下略)-

【역문】「시무책」[43)]

-(상략)- 이른바 서학(西學)이 누구로부터 나왔는지 모르는데, 윤리가 없고 도의가 없으며 인간의 항심(恒心)을 거슬러서 장사(葬事)를 치르고 제사(祭祀)를 지내는 것이 예(禮)의 핵심이나 무너뜨리고 폐(廢)하기를 스스로 달가워한다. 살기를 좋아하고 죽기를 싫어하는 것이 인간의 상정(常情)이나, 모두 빨리 죽기를 원하니 인륜(人倫)이 무너지고 사람이 지켜야 할 도리가 끊어졌다. 옛날부터 이단사설(異端邪說) 중에 백성을 미혹시키고 세상을 속인 것이 많았지만, 이처럼 심한 것은 아직 없었다. 저 어리석고 무식한 자는 진실로 꾸짖기에(責) 족하지 않으나 명색이 사대부이면서 역시 어떤 자들이 아주 빨리 가입하였으니 그것이 세상에 해가 됨을 더욱 어찌 하겠는가? 이들 폐속(弊

43) 『나산집』 권09, 雜著

俗)은 한, 두 건의 사소한 것으로 하기에는 일일이 다 거론할 수가 없으니, 그 다스리는 방책에 있어서 모두 마땅히 긴급하게 바로잡아야 한다. 대개 풍속이 바르지 않으면, 교화가 행해지지 않으며 교화가 행해지지 않으면 기강(紀綱)이 서지 않으니, 온갖 법률과 제도가 망가지고 만사 온갖 일들이 무너진다. 풍속과 통치 방책 사이의 관련은 생각건대 크지 않은가? 賈子[44]는 이르기를, "나쁜 풍속으로 좋은 쪽으로 바뀌게 하는 것은 범용(凡庸)한 관리(官吏)가 할 수 있는 바가 아니다."라고 했는데, 지금 조정(朝廷)의 조치는 심상한 데에서 만만번 벗어나서 수령(守令)을 신중하게 가리라고 하는 교시(教示)를 이미 내렸고 이어서 예(禮)를 밝히고 윤리(情誼)를 두텁게 하는 서적을 반포하였으니, 다시 더할 것이 없다. 다만 지방 관원들이 봉행(奉行)이 어떠한가에 달려 있을 따름이다. -(하략)-

〈역주 : 송요후〉

44) 가자(賈子) : 가의(賈誼). 가의(賈誼)는 낙양(洛陽) 출신으로 B.C. 200년에 태어나 B.C. 168년에 죽은 西漢 초기의 정치가이자 문장가이다. 屈原의 뒤를 이은 초사의 작가이며 33살의 젊은 나이로 요절했다. 대표작으로 진나라가 멸망한 원인을 분석한 과진론(過秦論)과 굴원의 죽음을 애도한 조굴원부(弔屈原賦)라는 시가가 있다.

『南塘集』

「答姜甥 辛亥正月」

-(上略)- 聖人未嘗極論天地之外 故只就地之上面人所見處而言之耳 彦明之爲此說 盖有由矣 世傳西洋國人利瑪竇之說 以爲地之上下四旁六面 皆有世界 而逐面世界 皆有山川人物 一如地上世界 申伯謙首先惑其說 而彦明永叔隨風而靡矣 人或難之者曰 地之下面世界 山川人物 皆倒立倒行 四旁世界 山川人物 皆橫立橫行 永叔之所以辨者乃曰 地之上下四旁 元無定位 此世界之人 固指彼世界 以爲下與四旁 而彼世界之人 卽便以此世界 爲下與四旁矣 其言誠無倫理 不足多辨 然惑之者衆 則又不得不索言之 上下苟無定位 則凡物之騰在空中者 其腹背頭足 亦無定向 而或上或下 無所不至矣 今鳶之戾天者 以背負天 而未嘗腹天而背地 以水注於空中 亦必下落於地 而未嘗上至於天何也 上下旣有定位 則四旁又可知矣 彦明於此說也 雖不敢開口大說 心實主之 故地下有水之說 必深排而力觝之 盖以地下有水 則不得有世界故也 故於朱子之定論 非不見不聞 而不合於己見 則輒皆歸之於不可信 此不須深與之辨矣 鬼神說問目

---

* 한원진(韓元震 1682 숙종8~1751 영조27). 조선 후기의 학자. 자 덕소(德昭), 호 남당(南塘). 시호 문순(文純). 권상하(權尙夏)의 문인으로 강문팔학사(江門八學士) 중 한 사람이다. 호락논쟁(湖洛論爭)에서 호론(湖論)인 인물성이론(人物性異論)을 주장한 대표적 인물이다. 이이·송시열·권상하로 이어지는 학통을 계승하여 기발이승일도설을 지지하였고, 『주역』을 중심으로 하는 역학에도 관심을 가졌다. 저서에 『南塘集』『朱子言論同異考』 등이 있다. 1741년 저술한 『주자언론동이고(朱子言論同異攷)』는 송시열과 권상하를 거쳐 50년 만에 완성된 한국 성리학사상의 거작이다. 그는 성리학설에 정통하였을 뿐만 아니라, 율려(律呂)·천문·지리·병가·산수 등의 서적까지도 깊이 연구하였다.

今始得見 而前答已盡 今無可說矣 兼言鬼神則皆以氣言 單言神字則或以理言者 前日下此語時 自謂語約而義盡 千古說鬼說神者 可從此定矣 今見來說 不約而合 未易見得到此矣 先師初說 果有如信夫所聞者 而晩來議論 却與愚說同 以此記聞錄中先師付籤處[1]頗有之 而至於鬼神條 不爲付籤 此可見矣 信夫所聞者 乃在先生易簀之歲 則固當爲最晩說 然雖如此 恐或疾患沉困[2]之中 偶記舊說而未及點檢耶 此生無復就質 慟恨而已 問目四條 君見皆是 中二條 反改正見以從他說 何也 此盖所知不眞 故易爲人言所動耳 此所以學貴於致知 而知又貴於眞知矣

【역문】「답강생[3] 신해정월」[4]

-(상략)- 성인(聖人)은 일찍이 천지 밖의 것에 대해 극력(極力)으로 논하지 않았다. 그러므로 다만 땅 위의 사람들이 본 바의 곳에 관해서 말했을 따름이다. 현상벽(顯尙璧[5])이 이에 대해 말을 한 것에는 대개

1) 역책(易簀) : 증자(曾子)가 죽을 때를 당하여 삿자리를 바꾸었다는 옛일에서, 학식과 덕망이 높은 사람의 죽음이나 임종(臨終)을 이르는 말.
2) 침곤(沉困) : 원기를 잃고 지치다. 원기를 잃고 괴롭다.
3) 한원진의 조카.
4) 『남당집』 권22, 書
5) 현상벽(顯尙璧, 1673 현종14~1731 영조7) : 당대에 이름난 성리학자로 손꼽혔다. 자는 언명(彦明), 호는 관봉(冠峰). 관봉문답(冠峰問答), 관봉유고(冠峰遺稿)등 많은 저서를 남겼다. 벼슬이 장릉 참봉(종9품), 익위사세마(翊衛司洗馬: 왕세자(王世子)를 모시고 경호하는 일을 맡았던 관청으로, 1392년(태조1) 세자관속(世子官屬)을 설치해 세자를 위한 강학(講學)과 시위(侍衛) 임무를 함께 맡겼으며, 세마는 정9품)를 지냈고, 강문 8학사의 한사람으로 예론(禮論)에 정통했다. 조선 후기 학자로 시(詩)에 뛰어났으며, 성리학에 일가를 이뤄, 인(人)과 물(物)의 성(性)이 같다고 주장했다. 이이(李珥)의 이통기국설(理通氣局說)을 계승 발전시켰다. 權尙夏의 門人. 江門八學士(韓元震, 李柬, 玄尙璧, 尹鳳九, 蔡之洪, 李頤根, 崔徵厚, 成晩徵)의 한 사람. 尹鳳九, 李柬과 교유.

그 까닭이 있다. 세상에 전해지고 있는 마태오 리치(利瑪竇)의 설에서는 땅의 상·하와 전후좌우의 사방의 6면(面)에 모두 세계가 있고 면마다의 세계에 모두 산천(山川)과 인물(人物)이 있어 하나 같이 지상세계(地上世界)와 같다고 여겼다. 신백겸(申伯謙)[6]이 제일 먼저 그 설에 미혹되었고 언명(彦明: 현상벽)과 영숙(永叔)이 풍조에 휩쓸려 따라갔다. 사람 중 혹 그것을 힐난하는 자가 이르기를, "땅 아래의 세계에서는 산천(山川), 인물(人物)이 모두 거꾸로 서서 거꾸로 가고, 사면(四面)의 세계에서는 산천, 인물이 모두 가로로 서서 가로로 간다."고 했다. 영숙(永叔)이 변론하여 이르기를, "땅의 위와 아래와 사방은 원래 정해진 위치가 없다. 이 세상의 사람은 저 세상을 가리켜 땅 아래와 사방이라 한다. 그리고 저 세상의 사람은 곧 이 세상을 땅 아래와 사방이라 하여, 그 말에는 진실로 윤리(倫理)가 없어 다변(多辨)하기에 족하지 않은데, 그에 미혹된 자가 많은 즉 또한 사실을 따져 보지 않을 수 없다. 위와 아래는 진실로 정해진 위치가 없은 즉, 무릇 사물이 올라가 공중(空中)에 있는 것은 그 등과 배, 그리고 머리와 다리 역시 정해진 방향이 없어 혹은 위로 향하고 혹은 아래로 향하여 이르지 않는 곳이 없다. 지금 연이 하늘에 닿는다고 생각할 정도로 높이 솟아오르는 경우 등으로 하늘을 지는 형상이지, 배가 하늘을 향하고 등이 땅을 향한 적은 없다. 물을 공중에 물을 쏘면 역시 반드시 땅으로 떨어지지 위로 하늘에 도달한 적이 없는 것은 어째서인가? 위와 아래에는 이미 정해지 위치가 있은 즉, 사방 또한 알 수 있다." 언명(彦明)은 이 말에 대해서 비록 감히 큰 소리로 떠벌리지 않더라도 마음에서는 실로 그것을 주장하였다. 그러므로 지하에 물이 있다는 설을 반드시 심히 배척하

6) 신백겸(申伯謙 1673~1706) : 신유(申愈). 조선 숙종(肅宗) 때의 학자. 본관은 평산(平山). 송시열(宋時烈)·권상하(權尙夏)의 문인으로, 문장이 뛰어났음. 일생을 처사(處士)로 지냈다.

고 그에 힘써 맞섰던 것은 대개 지하에 물이 있은 즉, 세계가 있을 수 없기 때문이었다. 그러므로 주자(朱子)의 정론(定論)에서 보지 못하고 듣지 못한 것이 아니나 자기의 견해와 맞지 않은 즉, 문득 모두 믿을 수 없다고 돌린 것이니, 이것은 깊이 더불어 변론할 필요가 없다. 귀신설(鬼神說)에 대한 의문되는 조목은 지금 비로소 볼 수 있었는데, 전에 이미 답을 다해서 지금은 말할 수 있는 것이 없다. 귀(鬼)와 신(神)을 아울러 말한 즉, 모두 기(氣)로 말하는데, 오직 신(神) 자(字)만을 말한 즉, 혹자는 이(理)로 말한다. 예전에 이 말에 대해 견해를 드러낼 때에 스스로 일컫기를, 말은 간략하나 뜻을 다하였으니 영원히 귀(鬼)를 말하고 신(神)을 말하는 자는 이렇게 정해진 것을 따를 수 있다고 하였다. 지금 앞으로의 말을 보니, 기약하지 않아도 절로 합당하게 될 것인데, 이에 도달할 수 있는 것을 아직 쉽게 보지 못하였다. 선사(先師)[7]께서는 처음에 말씀하시기를, "과연 믿는 자(信夫)가 들려준 바와 같은 것이 있겠는가?"라고 하였으나, 늘그막(老年)에 의론(議論)할 때에는 도리어 어리석은 자와 말이 같았다. 이로써 들은 것을 적은 기록 중에 선사(先師)가 표시를 해 놓은 곳이 상당히 많이 있었는데, 귀신(鬼神) 조목에 이르러서는 표시를 해 놓지 않았으니 이것을 알 수 있다. 믿는 자가 들려준 것은 곧 선생께서 임종한 해에 있어서, 곧 가장 만년의 말이 될 것인데, 비록 이와 같더라도, 혹시 질환(疾患)으로 원기를 잃고 지쳐 계신 중에 우연히 옛 이야기를 기록하고는 아직 점검이 미치지 못한 것은 아닌가 한다. 이생에서 다시 곧 바로 묻지 못하니 애통하며 한탄할 따름이다. 의문되는 점들 네 개의 조목들을 그대는 모두 옳다고 보는데, 그 가운데 2개 조목은 도리어 정견(正見)을 바꾸어 그의 설을 따름은 어째서인가? 이것은 대개 아는 바가 참되지 못

7) 선사(先師) : 세상을 떠난 스승. 先聖.

하므로 쉽게 남이 말하는 바에 의해 움직일 따름이다. 이것이 학문을 함에 치지(致知)[8]를 귀히 여기는 까닭이고 앎은 또한 참된 앎을 귀히 여기는 까닭이다.

〈역주 : 송요후〉

8) 치지(致知) : 주자학에서 사물의 도리(道理)를 연구하여 지식을 밝히는 일.

『陶谷集』

「往觀天主堂六疊」

聞有天主堂 乃在隣近衕 淸晝命駕出 微塵拂長鞚
寒風帖餘威 朔氣斂新凍 入門忩眄矚 架構紛以衆
云昔康熙主 創設爲瓌弄 盖出西洋道 誕謾如幻夢
碧眼高鼻人 開軒勤迓送 要我看正室 丹雘爛彩鳳
飛栱上磨空 飄若雲中羾 回視俗間居 殆同伏小甕
異敎方熾蔓 俯仰增慨痛 吾儒所宜闢 哦詩寓曉諷

【역문】「천주교 성당을 찾아가 구경하고 여섯 번째 거듭 운을 맞추어 쓰다」[1)]

듣자하니 천주당[2)]이 聞有天主堂

* 『도곡집』은 조선 후기 숙종(肅宗) 영조(英祖) 시기 문신 이의현(李宜顯, 1669~1745)의 문집이다. 이의현은 자 덕재(德哉), 호 도곡(陶谷)으로, 문학(文學)에 뛰어나, 숙종 때 대제학(大提學) 송상기(宋相琦)에 의해 당대 명문장가로 천거되기도 하였다. 저자는 생전에 시문을 스스로 수습하였는데 그의 사후 1766년 활자본 32권 16책으로 간행되었다. 서문과 발문은 없으며, 권두에 총목록이 있고 각 권별로 권목록이 있다.
* 역문: 김창효 등, 『도곡집』, 한국고전번역원 한국문집번역총서, 성신여자대학교 고전연구소·해동경사연구소, 2014~2015

1) 「往觀天主堂六疊」: 천주교 성당을 찾아가 구경하고 여섯 번째로 거듭 운(韻)을 맞추어 쓴 시(詩). 이의현의 700여수 시 중, 1720년과 1732년 사신(使臣)으로 연경에 다녀오며 지은 연작시 20수 중 하나이다. 『도곡집』권3에 수록되어 있다.
2) 천주당 : 천주교 성당(聖堂). 당시 북경에 있던 네 개 천주당 중 선무문(宣武門)

바로 가까운 거리에 있다 하기에	乃在隣近衕
맑은 오후에 수레를 타고	淸晝命駕出
먼지 날리며 말을 몰았네	微塵拂長鞚
찬바람은 여전히 맹위를 떨치지만	寒風帖餘威
북방의 한기는 얼음이 얼 정도는 아니었네	朔氣斂新凍
문으로 들어가 여기저기 구경하니	入門恣眄矚
기둥들 어지러이 많기도 하여라	架構紛以衆
전하기를 옛날 강희제(康熙帝)가	云昔康熙主
창설하여 현란하게 만들었다 하네	創設爲瓌弄
이는 서양의 도(西洋道)에서 나왔으니	盖出西洋道
사람을 현혹하는 것이 환몽과 같다오	誕謾如幻夢
푸른 눈에 코가 높은 서양인[3]이	碧眼高鼻人
문을 열고 다정하게 맞이하고 전송하네	開軒勤迓送
나에게 정당(正室)[4]을 보여 주었는데	要我看正室
붉은 칠에 아름다운 봉황을 그려 놓았다오	丹雘爛彩鳳
날아오를 듯한 두공(栱)[5]은 공중에 닿을 듯하니	飛栱上磨空
시원함이 구름 속을 나는 것 같네	飄若雲中狉

안의 남당(南堂)이 외국사신 숙소인 옥하관(玉河館)과 가까운 곳이어서 조선 사신들의 주요 방문지였다.

3) 서양인 : 천주교 사제(司祭).

4) 정당(正室) : 성당 본당.

5) 두공(栱) : 목조건물의 기둥 위에 지붕을 받치며 치레로 짜 올린 방형(方形) 목재(木材).

세속에 사는 사람들 돌아보니	回視俗間居
거의 작은 독에 엎드려 있는 듯하여라	殆同伏小甕
이단의 가르침 막 치성해지니	異教方熾蔓
굽어보고 우러러봄에 개탄만 더하누나	俯仰增慨痛
우리 유자(儒)가 물리쳐야 할 이단이니	吾儒所宜闢
시를 읊어 풍자하는 뜻을 붙이노라	哦詩寓曉諷

「聞山東御史以鉅野縣產麟報禮部十疊」

山東牒禮部 麟出鉅野衕 祥符信非偶 報慶亟飛鞚
聞說牛産此 灾同夏水凍 乃反大崇飾 要以惑人衆
神明不難罔 僞主更欲弄 盖因尊瑪竇 擧國墮昏夢
連連送誑誘 擾擾紛馳送 昔在聖王時 應運來麟鳳
麟固不徒見 鳳亦豈漫𩇢 况此四海內 腥羶作大甕
以灾誣稱瑞 寧不爲駭痛 誰爲正俗人 引義極諭諷

【역문】「산동의 어사가 거야현에서 기린이 태어났다고 예부에 알린 것을 듣고서 열 번째로 거듭 운을 맞추어 쓰다」[6]

산동의 어사가 예부에 통첩하여	山東牒禮部
기린이 거야현에서 나왔다 하네	麟出鉅野衕
상서로운 조짐 진실로 우연이 아니니	祥符信非偶
경사로움 알리러 급히 말을 달려왔네	報慶亟飛鞚
듣자하니 소가 이 기린을 낳았다고 하니	聞說牛産此
여름에 물이 어는 것과 같은 재앙인데	灾同夏水凍
도리어 크게 높이고 꾸며	乃反大崇飾
사람들 현혹시키려 하는구나	要以惑人衆

6) 「聞山東御史以鉅野縣産麟報禮部十疊」: 산동의 어사가 거야현(鉅野縣; 중국 산동성(山東省) 연주부(兗州府)에 속한 고을)에서 기린이 태어났다고 예부에 알렸다는 것을 듣고서 열 번째로 거듭 운(韻)을 맞추어 쓴 시(詩). 『도곡집』권3에 실린 시.

천지신명은 속이기 어렵지 않으니	神明不難罔
가짜 군주[7]를 다시 희롱하려 하네	僞主更欲弄
이는 이마두(瑪竇)[8]를 존숭한 까닭에	盖因尊瑪竇
온 나라 혼몽한 데에 떨어진 때문이라오	擧國墮昏夢
끊임없이 번갈아 속이고 유인하며	連連迭誑誘
요란스레 어지러이 보내오네	擾擾紛馳送
옛날 성왕이 재위하실 적에는	昔在聖王時
운수에 응하여 기린과 봉황이 나왔었지	應運來麟鳳
기린은 본래 아무 일 없이 나타나지 않고	麟固不徒見
봉황 또한 어찌 아무렇게나 날아오겠나	鳳亦豈漫狃
더욱이 사해(四海)의 안이	况此四海內
오랑캐 누린내 나는 큰 항아리(大甕)[9] 되었음에랴	腥羶作大甕

7) 가짜 군주 : 만주족 출신 청(淸) 황제를 비하해 지칭한 것.

8) 이마두(瑪竇) : 마태오 리치(Matteo Ricci, 1552~1610). 적응주의 전교방법으로 근대 동양의 그리스도교 개교에 성공한 이탈리아 출신 예수회 선교사. 1583년 중국에 입국하여 수많은 난관을 극복하고 1601년 북경을 전교 근거지로 삼아 많은 유가 사대부들의 후원과 도움을 얻어 그리스도교가 천주교로 뿌리내릴 수 있게 하였다. 『천주실의(天主實義)』를 비롯하여 『교우론(交友論)』, 『서양기법(西洋記法)』, 『이십오언(二十五言)』, 『기인십편(畸人十篇)』 등 다수의 중요 종교서를 한문으로 집필 간행하였고, 중국전교회고록 『Della entrata della compagnia Gesu e christianita nella Cina(예수회에 의한 그리스도교의 중국 전교)』, 세계지도 『곤여만국전도(坤與萬國全圖)』, 수학서 『기하원본(幾何原本)』 등을 저작 혹은 번역함으로써 동서 문화 교류에도 크게 기여하였다. 方豪, 『中國天主教史人物傳』, 권1, 香港, 1970, 72~82쪽 참조.

9) 오랑캐 누린내 나는 큰 항아리(大甕) : 우유 발효 식품을 담는 큰 항아리. 유목민인 만주족이 중국을 정복하고 다스리는 것을 비하해서 표현한 것이다.

재앙을 상서라고 속여 말하니	以灾誣稱瑞
어찌 놀랍고 통탄스럽지 않은가	寧不爲駭痛
누가 풍속 바로잡는 사람 되어서	誰爲正俗人
의리(義)를 끌어다가 극진히 타이르고 일깨워줄까	引義極諭諷

「庚子燕行雜識」 下

唯天主臺 置西洋國主像 中有日影方位自鳴鍾等物 頗奇巧可觀 在領賞歸路 易於歷見 而亦因事勢緯繣未果 殊可恨歎 至於望海亭角山寺之未登 尤爲平生一大恨矣

【역문】「경자연행잡지」 하[10)]

천주대(天主臺)[11)]에는 서양국(西洋國) 천주의 상(像)을 설치하였고, 그 안에 해의 그림자에 따라서 방위를 보는 것[日影方位][12)]과 자명종(自鳴鍾) 시계 등의 물건이 있는데, 자못 기이하고 공교하여 볼만하였다. 상품(賞品)을 받고 돌아오는 길에 쉽게 두루 둘러 볼 수 있었는데 사정이 여의치 않아 결국 보지 못하였으니, 매우 한탄스럽다. 그리고 망해정(望海亭)과 각산사(角山寺)[13)]에 올라가지 못한 것은 더더욱 평생의 크나큰 한이 될 것이다.

---

10) 「庚子燕行雜識」下 : 경자년 연행에서 알게 된 여러 상식.『도곡집』권29~30은 雜識 2편으로 권29에는 「庚子燕行雜識 上」이, 권30에는 「庚子燕行雜識」下와 「壬子燕行雜識」이 실려 있다. 「庚子燕行雜識」은 이의현이 1720년(숙종 46) 동지겸정조성절진하(冬至兼正朝聖節進賀) 정사(正使)로 중국 사행을 다녀올 때의 기록이다.

11) 천주대(天主臺) : 천주교 성당.

12) 해의 그림자에 따라서 방위를 보는 것[日影方位] : 해의 그림자를 이용해 시간을 재는 해시계.

13) 망해정(望海亭)과 각산사(角山寺) : 산해관(山海關)에 위치한 누각과 사찰. 산해관 남쪽에 망해정, 산해관 북쪽에 각산사가 있다.

「壬子燕行雜識」

往見天主堂 堂卽西洋國人所創也 西洋之道 以事天爲主 不但與儒道背異 亦斥仙佛二道 自以爲高 康熙甚惑之 象天上 作是廟 中間毁壞 雍正又新創之 在所住數十武 不勞歷覽 故往賞之 入門 便覺丹碧眩耀 目難定視 旣是象天上者 故其高幾摩星漢 其畵日月星辰固也 壁上多畵陰鬼 有同禪房十王殿 見之 幽闇無陽明氣象 可怪也 守直人費姓者 西洋國人也 出見 持茶以待之 年今六十 碧眼高鼻 鬚髯屈盤 披髮圓冠 闊袖長衣 問其國距北京幾里 答曰 海路爲九萬里 陸路五六萬里 與大鼻缝子地界相接云 -(中略)- 天主堂主胡費姓人 送三山論學記, 主制羣徵各一冊, 彩紙四張, 白色紙十張, 大小畵十五幅, 吸毒石一箇, 苦果六箇 以若干種爲答禮 所送二冊 卽論西洋國道術者也 所謂吸毒石 其形大小如拇指一節而匾長 色青而帶黑 其原由則小西洋 有一種毒蛇 其頭內生一石 如扁豆仁大 能拔除各種毒氣 此生成之吸毒石也 土人將此石捶碎 同本蛇之毒及本地之土 搗末和匀 造成一石 式如圍棊子 乃造成之吸毒石也 其用法則此石能治蛇蝎蜈蚣毒虫傷嚙 並治癰疽一切腫毒惡瘡 其效甚速 若遇此患 卽將吸毒石 置于傷嚙處及癰疽惡瘡之上 此石便能吸拔其毒 緊粘不脫 俟將毒吸盡時 方自離解 是時急持吸毒石 浸于乳汁之內 浸至乳略變綠色爲度 後將此石取出 以清水洗淨抹乾 收貯以待後用 其所浸之乳汁 旣有毒在內 須掘地傾掩 免傷人物 如傷毒及瘡毒或未盡 仍置吸毒石吸拔之 其法如前 若吸毒石離解不粘 是其毒已盡 患可徐痊 乳汁須預備半鍾爲要 或人乳或牛乳俱可 倘是時無乳汁可浸 或浸之稍遲則此石受傷 後不堪用矣 所謂苦果 其形或圓或長 色黃黑 其大不過一寸 用法則能療內外之患 一治婦人難産 用清水磨服 卽産 一治癨亂吐瀉 用清水磨服 一治瘧疾 用清水磨服 一治食積 用清水磨服 一治凡諸火證 用清水磨服 一治凡諸瘡毒 用乾燒酒磨敷 卽能止疼痛 徐徐自愈 更有他用 其功不能盡述 此果大者可作十

服 小者可作七八服

【역문】「임자연행잡지」[14]

천주당(天主堂)을 가서 보았는데, 천주당은 서양 사람이 창건한 것이다. 서양의 도(道)는 하느님을 섬기는 것을 중시하여, 비단 우리 유도(儒道)와 어긋날 뿐만이 아니라 선도(仙道)와 불도(佛道)도 모두 배척하여 스스로를 높이 여겼다. 강희제(康熙帝)가 그 교리에 심히 미혹되어 천상(天上)을 형상해서 이 천주당을 지었는데, 중간에 허물어졌던 것을 옹정제(雍正帝)가 다시 세웠다.[15] 머물고 있는 곳에서 수십 보 거리에 있어 두루 둘러보기에 수고롭지 않으므로 가서 구경하였다. 문에 들어가자 단청이 현란하여 눈을 똑바로 뜨고 보기 어려웠다. 천상을 형상하여 지은 것이었으므로 높이가 거의 은하(銀河)에 닿을 정도로 높았다. 해와 달과 별을 그린 것은 당연하지만, 벽에 음귀(陰鬼)를 많이 그려서 마치 선방(禪房)의 시왕전(十王殿)[16]과 같아 보기에 어두침침하여 양명(陽明)한 기상이 없으니, 괴이한 일이다. 이 성당을 수직

---

14) 「壬子燕行雜識」 : 임자년 연행에서 알게 된 여러 상식. 1732년(영조 8)에 사은사(謝恩使)로 북경(燕京)을 다녀온 견문기록. 『도곡집』 권30에 실려 있다.

15) 오류이다. 사신 숙소에서 가까운 천주당은 남당(南堂)이다. 1650년 순치제(順治帝, 재위:1644~1661)가 당시 흠천감감정(欽天監監正) 아담 샬(Adam Schall von Bell 湯若望, 1592~1666)에게 선무문(宣武門) 내에 교회 신축 부지를 하사하자 아담 샬이 설계해 1652년 완공된 중국 최초의 서양식 성당이다. 이때 순치제는 '흠숭천도(欽崇天道)'의 친필 금자(金字) 편액을 하사하였다. 아담 샬의 라틴어 회고록 Historica Relatio (Ratisbonae, 1672)에 그 경위가 상세히 기록되어 있다. 장정란, 『그리스도교의 중국 전래와 동서문화의 대립』, 부산교회사연구소, 1997, 62~67쪽 참조.

16) 선방(禪房)의 시왕전(十王殿) : 불교에서 사후 심판관인 열 명의 대왕(十王)을 모신 사찰 내 전각.

하고 있는 사람은 비씨(費氏) 성을 가진 서양인인데[17], 나와 보고는 차를 가지고 와서 대접하였다. 올해 나이가 60세로, 눈이 푸르고 코가 높고 꼬불꼬불한 수염에 머리를 풀어 헤치고 둥근 관(冠)을 썼으며 넓은 소매의 긴 옷을 입고 있었다. 그의 나라가 북경과 얼마나 먼 지 물었더니, 대답하기를, "바닷길로는 9만 리이고 육로로는 5, 6만 리가 되는데, 대비달자(大鼻韃子)[18]와 국경이 맞닿아 있습니다."라고 하였다. -(중략)- 비씨(費氏) 성을 가진 오랑캐 천주당(天主堂) 주인[19]이, 『삼산논학기(三山論學記)』[20]와 『주제군징(主制群徵)』[21] 각각 한 책과 채색 종이 4장과 백색 종이 10장과 크고 작은 그림 15폭과 흡독석(吸毒石) 1개와 고과(苦果) 6개를 보내주기에, 약간의 물건으로 답례하였다. 그가 보내준 두 책은 바로 서양 나라의 도술(道術)을 논한 것이었다. 이른바 '흡독석'이라는 것은 크기가 엄지손가락 한 마디만 한데 납작하고 길며, 색은 푸른빛에 검은빛을 띠고 있었다. 그 유래를 살펴보면, 소서양(小西洋)[22]에 독사(毒蛇) 한 종류가 있는데, 그 머리 안에 편두인(扁豆仁)[23]만 한 크기의 돌 하나가 자라나서 각종 독기를 뽑아 제거할 수 있으니, 이것이 천연적으로 생성된 흡독석이다. 이 지방 사람들이

---

17) 비은(費隱) : 오스트리아 출신 예수회 선교사 하비에르 프리델리(Xavier Fridelli, 1673~1743). 강희제가 선교사들에게 의뢰한 중국 전역의 지리적 측정과 지도그리기 사업에 참여하여 『황여전람도(皇輿展覽圖)』완성에 크게 기여하였다. 方豪, 앞의 책, 권2, 香港, 1970, 298~306쪽 참조.

18) 대비달자(大鼻韃子) : 러시아. 러시아인의 큰 코 때문에 중국인들이 붙인 호칭.

19) 비씨(費氏) 성을 가진 오랑캐 천주당(天主堂) 주인 : 비은(費隱).

20) 『삼산논학기(三山論學記)』 : 이탈리아 출신 예수회 선교사 알레니(Aleni, J. 艾儒略, 1582~1649)가 저술해 1625년 항주(杭州)에서 간행한 천주교 교리서(敎理書).

21) 『주제군징(主制群徵)』 : 독일 출신 예수회 선교사 아담 샬(Adam Schall von Bell 湯若望, 1592~1666)이 저술해 1623년 강주(絳州)에서 간행한 천주교 교의서(敎義書).

22) 소서양(小西洋) : 서인도양.

23) 편두인(扁豆仁) : 넝쿨콩의 일종인 한약재.

이 돌을 가져다가 빻고, 본래 그 독사의 독과 본토(本土)의 흙으로 가루를 내어 똑같이 섞어서 생김새가 바둑알과 똑같은 돌 하나를 만드는데, 이것이 바로 사람이 만든 흡독석이다. 그 용도는, 이 돌로 독사와 전갈, 지네[蜈蚣]또는 독충에게 물린 상처를 치료할 수 있고, 아울러 모든 종기와 일체의 독종(毒腫)과 악창(惡瘡)을 치료하는데, 그 효과가 매우 신속하다. 이런 질병이 『생기면 즉시 흡독석을 가져다가 물린 곳이나 종기나 악창이 난 곳에 놓으면 이 돌이 곧바로 독을 빨아들이는데, 떨어지지 않고 꽉 붙어 있다가 독기를 거의 다 빨아들일 때가 되어서야 비로소 저절로 떨어진다. 이때 빨리 흡독석을 가져다가 유즙(乳汁)에 담그는데, 유즙의 빛깔이 약간 녹색으로 변할 때까지 담가 둔다. 그 다음 이 돌을 꺼내어 맑은 물로 깨끗이 씻어 말려 보관해서 후일의 사용에 대비한다. 그리고 돌을 담갔던 유즙은 이미 그 안에 독이 퍼져 있으므로 반드시 땅을 파고 묻어서 사람과 물건을 상하지 않게 해야 한다. 만일 독사나 독충에게 물린 상처나 창독(瘡毒)이 혹 채 다 낫지 않았으면, 그대로 흡독석을 상처에다 올려놓아 독을 빨아들이게 하는데, 그 방법은 전과 같다. 만약 흡독석이 붙어 있지 않고 떨어지면 그 독이 이미 다한 것이니, 환부가 서서히 낫게 마련이다.

유즙은 모름지기 반 종지를 미리 준비하는 것이 중요한데, 사람의 젖이든 우유든 모두 괜찮다. 만일 이때에 담글 유즙이 없거나 혹 조금이라도 늦게 담그면 이 돌이 손상을 입어서 뒤에 다시 쓸 수 없게 된다. 이른바 '고과(苦果)'라는 것은, 그 모습이 혹은 둥글기도 하고 혹은 길쭉하기도 하며 빛깔이 검고 누런데 크기가 한 치를 넘지 않는다. 용도는 내외의 환부를 치료할 수 있는데, 부인의 난산(難產)을 치료하여, 갈아서 맑은 물에 먹으면 즉시 출산을 한다. 또 토사곽란(吐瀉癨亂)을 치료하는데 이 경우에도 갈아서 맑은 물에 먹는다. 또 하나는 학질(瘧疾)을 치료하는데 이 경우에도 갈아서 맑은 물에 먹으며, 또 하나는 체증을 치료하는데 이 경우에도 갈아서 맑은 물에 먹는다. 또 하나는 모든 화증(火症)을 치료하는데 이 경우에도 갈아서 맑은 물에 먹는다. 또 하나는 모든 창독(瘡毒)을 치료하는데, 이 경우에는 말린 것을 갈아 소주에 섞어 붙이면 즉시 통증이 그치고 서서히 저절로 낫는다. 이것 말고도 또 다른 용도가 있으나, 그 효험을 다 기록할 수가 없다. 이 과일은 큰 것은 열 번 복용할 수 있고, 작은 것도 7, 8번 복용할 수 있다.

〈주석 : 장정란〉

『東谿集』

「又與泰宇禪師書」

平日聞師法門朴實 直截不煩 前三後四 此眞作佛作祖底大根基 今收覆書 所以自謙者太過 謙固美德 抑亦前書所謂世俗事 非所望於師也 龜年幼時 略涉儒家辨異端文字 便謂佛道 秖是以寂滅學 駕因果說耳 比來閑居 頗繙閱內典 參證本末 始知紛紜指斥者 類多罵東向西 以龜所見 佛秖是儒耳 其所謂了妄卽眞者 卽吾儒之遏慾存理也 其所謂觀慧止定者 卽吾儒之省察存養也 於念無念 於動無動 無住無着者 正與周易何思何慮 論語無意無必無固無我 一般消息 而入得世間出世 無餘智者 亡心不除境

* 조구명(趙龜命, 1693~1737) : 조선 중기의 문신. 본관은 풍양(豊壤). 자는 석여(錫汝)·보여(寶汝), 호는 건천자(乾川子)·동계(東谿). 조부는 우의정(右議政) 조상우(趙相愚)이고, 아버지는 첨정(僉正) 조태수(趙泰壽)이다. 모친은 청송심씨(青松沈氏) 심권(沈權)의 딸이다. 1705년(숙종31) 13세의 어린 나이에 과거에 응시하여 수천 언(言)의 대책(對策)을 지었다. 1727년(영조3) 정미증광문과(丁未增廣文科) 회시(會試)에 참여하였으나 주고관(主考官) 정형익(鄭亨益)이 문체가 맞지 않는다는 이유로 빼버리니 이후 과거에 응시하지 않았다. 그의 가문은 소론(少論)의 명문이었지만 정치에 큰 관심이 없었다. 또 자주 병고에 시달리면서 성리학(性理學)에서 벗어나 노장(老莊)과 불교(佛敎)에 심취하고 문장가(文章家)로 자처하여 소식(蘇軾)의 의기(意氣)를 사모하였기 때문에 당시 문단(文壇)에서 이단시된 경향마저 있었다. 1735년(영조11) 동몽교관(童蒙敎官)이 되었다. 송인명(宋寅明)이 조구명을 문학(文學)이 있는 선비로 천거하여 사축서별제(司畜署別提)에 오르고, 공조좌랑(工曹佐郎)이 되었다. 태인현감(泰仁縣監)과 개령현감(開寧縣監)으로 제수되었으나 부임하지 않았다. 1737년(영조13) 9월 영조가 그에게 외읍(外邑)에 시험해 보도록 명했으나 27일에 사망했다. 그의 문집인 『동계집(東谿集)』은 그의 종조형(從祖兄)인 조현명(趙顯命)이 편찬하고 간행하였다. 모두 12권 6책이다. 문집에 〈독노자(讀老子)〉에서 노자와 장자의 차이를 강조하였다. 장자는 논심(論心)에 묘(妙)하고, 노자는 관물(觀物)에 깊은데 노자의 학이 더 우수하다고 평하였다.

則又何嘗捨器界而爲道 如儒家所譏惡濁而棄水 求照於無物之地者耶 釋迦老子三十三祖 秖是多口饒舌 權敎實敎漸敎頓敎 五千軸修多羅 八萬四千法門 秖是東塗西抹[1] 其歸不過欲驅迷而逐物底凡夫 返諸明而應物底本色耳 然則却爲何剃髮披緇 却爲何離家出世 却爲何不蓄妻不育子 生育之理旣絶 却於何施敎轉化 世界旣空 却向誰拈, 搥竪拂 是則名爲不求斷滅 而反求斷滅道 欲不滯苦空 而乃滯苦空 行與言違 事與法悖 夫天主襲佛之粗者 區區乎天堂之說 而猶有患於此 則從而爲法 使民半爲嫁娶 半入耶穌之會 其言曰 譬諸斂穀 必將擇其一以貢君 一以藝稼 爲明年之穡 此正兒童之見 君子以身揭爲標的 中立於天下 尙恐人之不從 烏有己則燕轅 而使僕御趨越者哉 諸佛諸祖 於此 必有以處之 自家屋裏 究竟事 想師參覈了停當 試下一語明明地道破 不然 一任疑去三千年 無由自悟 且置是事

【역문】「우여태우선사서」[2]

평소에 선사(禪師)의 법문(法門)[3]은 박실(朴實)[4]하며 직절(直截)[5]하여 번잡하게 전삼후사(前三後四)[6]하지 않는다고 들었다. 이것은 진실로 미혹한 중생을 전인적 인격자인 부처로 만들고 불교적 바탕이 없는 범부를 위대한 조사로 만드는데(成佛作祖) 큰 토대를 이룬다. 지금

1) 동도서말(東塗西抹) : 문사에 종사하는 사람이 자기를 낮추어 이르는 말. 마음대로 써 갈기다. 여기저기 뜯어고치면서 힘들게 글을 짓다.
2) 『동계집』 권08, 論禪諸篇
3) 법문(法門) : '부처의 교법(敎法)'을 중생(衆生)을 열반(涅槃)에 들게 하는 문이라는 뜻으로 일컫는 말. 학문이나 수행(修行)따위의 방법.
4) 박실(朴實) : 소박하다. 검소하다. 꾸밈이 없다. 정성스럽다. 성실하다.
5) 직절(直截) : 직선적(直線的)이어서 에두르거나 모호(模糊)함이 없음.
6) 전삼후사(前三後四) : 이것저것 생각하다. 이 궁리 저 궁리 하다. 앞뒤가 다르다.

복서(覆書: 답장)를 받았는데 자신을 낮춤이 너무 지나치지만 겸손은 진실로 미덕(美德)이며 또한 지난번의 편지에 이른바 세속사(世俗事)는 선사(禪師)에게서 기대하는 바가 아니다. 제가 나이가 어렸을 때 대략 유가(儒家)가 이단(異端)에 대해 변론(辯論)하는 글을 섭렵하였는데, 곧 불도(佛道)를 일컬어, 다만 적멸(寂滅)을 배우고 인과설(因果說)을 부릴 따름이라고 한다. 요즈음에 하는 일이 없이 한가하게 있어 자못 되풀이하여 내전(內典)[7]을 읽으며 본말(本末)을 참조, 검증하고서야 비로소 분분(紛紛)하게 지탄하는 것이 서쪽을 향하고서 동쪽을 꾸짖는 것과 아주 같음을 알게 되었다. 제가 보는 바로는, 불교는 단지 유교일 따름이다. 그것이 일컫는 바 요망즉진(了妄卽眞)[8]은 곧 우리 유교의 인욕(人慾)을 막고 천리(天理)를 보존함(遏慾存理)이다. 그것이 일컫는 바 관혜지정(觀慧止定)[9]이라는 것은 곧 우리 유교의 성찰존양(省察存養)[10]이다. 생각에서 생각이 없고(於念無念) 움직임에서 움직임이 없으며(於動無動) (일체에) 머무르지 않고 애착하지 않는 (한없이 맑고 투명한 무

7) 내전(內典) : 불교의 경전.

8) 요망즉진(了妄卽眞) : 허망한 것인 줄 깨달으면 곧 참됨. "了眞卽妄, '了妄卽眞'. 眞妄俱泯, 無別有法"(진짜라고 붙든 것이 망령된 것이고, '망령된 것이 기실 진짜라는 것을 알아', 진짜와 망령이 함께 스러져 다시 다른 구분이 없다.)

9) 관혜지정(觀慧止定) : 지(止 사마타 samatha)는 생각이 평온한 단계로 하나의 수행방법이라 할 수 있다. 정(定 삼마디 sammadhi: 삼매)은 하나의 대상에 집중하는 것을 말하며 사마타 수행의 결과라 할 수 있다. 정(定)에는 욕계정, 색계정과 무색계정의 단계가 있는데, 부처는 색계정과 무색계정 그리고 고행을 하지만 남아 있는 번뇌찌꺼기까지 업애 버릴 수 없어서 보리수 아래 앉아 개발한 수행법이 관(觀 위빠사나 vipassana)으로 이는 사물을 있는 대상 그대로 바라보고 알아 차리는 것이다. 즉 제행이 무상함을 깨닫는 것이다. 이로써 무아(無我)를 말하는 것이다. 혜(慧 프라즈냐 prjna: 반야)는 수행의 결과를 말한다. 부처는 위빠사나 수행을 통해 제행무상(諸行無常)함을 보고 무아(無我)를 체득했는데, 무아는 공(空)이다.

10) 성찰존양(省察存養) : 나쁜 마음이 스며들 때에 이를 잘 살펴 단호하게 물리침으로써 양심을 보존하고 본성을 함양한다는 뜻.

심경지)는 바로 『주역(周易)』의 (천하가) 무엇을 생각하고 무엇을 염려하리오(何思何慮)[11], 『논어(論語)』의 사사로운 의사가 없음·반드시 하겠다는 억지가 없음·자기 뜻만 이루려는 억지가 없음·자기를 내세우는 집착이 없음(無意無必無固無我)[12]과 같은 소식(消息)[13]이라 세간(世間)에 들어가서 세간을 벗어남에 남음이 없고 지혜로운 자는 자기 마음은 비우고 경계를 없애려고 하지 않으니(亡心不除境[14]), 그런 즉, 또한 어떻게 일찍이 기계(器界)[15]를 버리고 도(道)를 이루겠는가? 유가(儒家)가 더럽고 탁함을 싫어하여(비방하여, 탓하여) 버린 바의 물에 공계(空界: 無物)의 세계를 비추기를 구함과 같다. 석가(釋迦)·노자(老子)·33조사(祖師)[16]는 다만 많은 사람들이 혀를 놀린 것으로, 권교(權

11) 『주역(周易)』繫辭傳下에 나오는 것이다. "子曰 天下何思何慮 天下同歸而殊塗 一致而百慮 天下何思何慮"(공자께서 말씀하시기를, 천하가 무엇을 생각하고 염려하리오. 천하가 돌아가는 곳이 동일하지만 길이 다를 뿐이며 한 곳으로 이르지만 생각이 여러 가지니 천하가 무엇을 생각하고 염려하리오.)

12) 『논어(論語)』子罕篇. "子絶四, 無意, 無必, 無固, 無我."(공자는 네 가지를 끊어 버렸으니, 일이 다 이루어지기도 전에 억측하는 일이 없었고, 또 반드시 그렇게 되리라고 기필(期必)하는 일도 없었고, 다 이루어진 뒤에도 반드시 그렇다고 고집(固執)하는 일이 없었고, 또 자기를 내세우는 일도 없었다.)

13) 소식(消息) : 천지(天地) 시운(時運)이 돌고 돌아 자꾸 변화함. 일월(日月)의 내왕(來往). 때의 변천(變遷). 영고(榮枯)와 성쇠(盛衰). 소식. 메시지

14) 愚人除境不忘心 智者亡心不除境 於一切處無心則種種差別境界自無矣: "어리석은 사람은 경계만 제거하려하고 자기 마음은 없애지 않는다. 그러나 지혜로운 자는 자기 마음은 비우고 경계를 없애려 하지 않으니 모든 곳에 무심한 즉 가지 가지 차별 경계가 자연히 없어지리라."(龍牙居遁 禪師)

15) 기계(器界) : 불교 용어. 또는 기세계(器世界)·기세간(器世間)·유정세간(有情世間)·중생세계(衆生世界). 중생을 포용(包容)하여 살게 하는 국토 세계. 우리가 머물러 살고 있는 산하(山河), 대지(大地) 따위의 세계. 2종 세간, 3종 세간 중 하나. 중생이 살고 있는 세상으로서, 산하(山河), 대지(大地), 초목(草木) 등을 포함한 세계 전체를 가리킴.

16) 33조사(祖師) : 부처가 열반에 든 후 법등을 이어온 33명의 조사(祖師)를 말한다. 서건(西乾: 인도) 출신 28명, 동진(東震: 중국) 출신 6명인데, 달마조사는 인

敎)[17]·실교(實敎)[18]·점교(漸敎)[19]·돈교(頓敎)[20]와 오천축(五千軸)의 수다라(修多羅)[21], 그리고 8만 4천의 법문(法門)[22]은 다만 마음대로 써 갈긴 것이다. 그 귀착점은 미혹과 물욕을 구축(驅逐)하여 범부(凡夫)에 도달하고자 함에 불과하며 밝음에 돌이켜서 만물(萬物)에 응해 본색(本色)에 도달할 따름이다. 그런 즉, 도대체 무엇을 위해 집을 떠나 세상을 버리는가? 도대체 무엇을 위해 처(妻)를 두지 않고 자녀를 양육하지 않는가? 생물이 낳아서 길러진다는 이치가 이미 끊어졌으니 도대체 무엇에게 가르침을 베풀어 감화(感化), 변화시킨다는 것인가? 세

도의 마지막 조사이면서 중국의 초조이므로 두 번 셈하여지고 있다.

17) 권교(權敎) : 대승(大乘)에 들어가는 계제가 되는 방편(方便)의 교(敎).

18) 실교(實敎) : 대승(大乘)의 교법(敎法).

19) 점교(漸敎) : 불교의 교리를 점(漸)·돈(頓)·원(圓)의 세 가지로 나눈 중의 첫 단계. 곧, 간단한 가르침으로부터 차차 심오한 지경으로 들어가는 첫 법문(法門). 또는, 점차로 수행(修行)하여 불과(佛果)에 이르는 법문(法門).

20) 돈교(頓敎) : 점차로 수행하지 않고 단도직입적으로 불과(佛果)를 성취하고 오입(悟入)하는 교(敎). 화엄(華嚴)·천태(天台)·진언(眞言)·선(禪) 등을 말한다.

21) 수다라(修多羅) : 수트라의 음역. 수트라는 본래 실이나 끈을 의미하며, 선(線), 규칙, 경구(警句), 강요서, 경전 등을 뜻함. 고래로부터 인도에서는 종교와 철학 및 학문의 기본적인 내용을 간단한 문장으로 정리해 놓은 것을 수트라, 곧 경(經)이라 불렀다. 이에 따라 부처님의 가르침을 정리해 놓은 것도 경이라 부르게 된 것이다. 인도에서는 그러한 경을 야자수 잎사귀 등에 적어서 실로 꿴 다음 바구리에 담아 놓았는데, 그처럼 실로 꿴 경을 한데 모아 놓았다는 뜻에서 경장(經藏)이라고 한다. 수투로(修妬路)·소다라(蘇多羅)·수단라(修單羅)라고도 쓰며, 계경(契經)·직설(直說)·성교(聖敎)·법본(法本)·선어교(善語敎) 등이라 번역. ① 12부경의 하나: 경문에서 "여시아문(如是我聞)"으로부터 "환희봉행(歡喜奉行)"까지의 산문체로 된 『아함경』과 대승의 모든 경전. ② 3장(藏)의 하나: 12부경의 총칭 또는 논의경 『우바제사』를 제한 11부경. ③ 3장 밖의 대승의 여러 경전: 3장중의 수다라는 아난이 송출(誦出)한 것이고, 이것은 따로 결집한 것을 가리킴.

22) 8만 4천 법문(八萬四千法門) : 8만 4천 갈래의 법문(法門). 8만 4천의 번뇌로 인하여 중생이 피로하므로 부처는 이것을 다스리기 위하여 8만 4천 법문을 설하였다고 한다.

계(世界)가 이미 비었는데(空), 도대체 누구에게 점추수불(拈搥竪拂)[23] 하겠는가? 이것은 곧 명목은 끊어져 멸망함을 구하지 않음이나 도리어 도(道)를 끊어 멸망시키기를 구함이며, 괴롭고 허무한 것에 얽매이지 않고자 하나 괴롭고 허무한 것에 얽매이니, 행위와 말이 어긋나며 실제 일과 법(法)[24]이 어그러진다. 무릇 천주(교)는 불(교)를 계승한 것 중에서도 조잡한 것이다. 천당(天堂)이라는 설(說)로 득의(得意: 의기양양)하나 오히려 이것에 화(禍: 재앙)가 있은 즉, (그것을) 따라서 법으로 삼아 백성의 반은 장가들고 시집가게 하고 반은 예수의 수도회(耶穌之會)에 들어가게 하는 것에 대해 말하여 이르기를, "곡식을 거두는 것으로 비유하면, 반드시 그 일부를 택해 임금께 세금으로 바치고 일부는 종자로 심고 길러서 다음 해에 수확할 것이다."라고 한다.[25] 이것은 정말로 어린애 같은 소견으로 군자(君子)는 몸을 높이 들어 표적(標的)이 되어 천하에서 어느 쪽으로도 치우치지 않고 공정(公正)하나 또한 사람이 따르지 않을 것을 두려워한다. 자기의 연원(燕轅[26])이라고 하여 복어(僕御)[27]로 하여금 추월(趨越)하게 하는 자가 어찌 있겠는가? 제불(諸佛), 제조(諸祖)는 여기에서 반드시 처리됨이 있

23) 점추수불(拈搥竪拂) : 수불점추(竪拂拈搥). 불자(拂子) 즉 총채를 곧추세우고 몽둥이질을 한다는 말로, 선가(禪家)에서 사용하는 하나의 방편(方便)이다.

24) 불교에서 말하는 진리(眞理).

25) 『天主實義』第八篇 「總擧大西俗尙 而論其傳道之士以不娶之意 并釋天主降」에 나오는 내용이다. 여기에서 조구명이 논한 것은 '서양의 성직자가 결혼하지 않는 까닭의 의미'이다. 원문에서는, "오곡(五穀) 만 섬을 수확하는 것으로 비유하면, 수확한 만 섬의 곡식을 모두 밭 가운데 파종하여 곡식의 종자로 삼는 사람은 없다."고 하고 이어서 위 본문의 말이 나온다. 그리고 위 본문에 뒤를 이어서, "어찌하여 유독 인간만이 수많은 자식들을 모두 자식 낳는데 통틀어 써야 하고 다른 용도로 쓰기 위해 온전하게 남겨 두는 일은 없어야 하는가?"라고 한다.

26) 원(轅) : 긴 막대기(長柄)라는 뜻. 마차(馬車)·우마(牛車) 등의 앞쪽으로 길게 돌출해 있는 두 개의 막대기. 앞쪽에 소나 말에게 멍에를 지워 끌게 한다.

27) 복어(僕御) : 말을 다루는 사람. 마차 앞에 타고 말을 모는 하인(下人).

어야 한다. 자기집에서 일이 종결되어야 하는데 선사(禪師)께서 사리에 합당하게 참핵(參覈)하시기를 바란다. 잠시 한 마디 말로 아주 분명하게 상대편의 진상을 드러내었다. 그렇지 않으면 의심스러운 채로 내버려두어 3천년이 지나도 스스로 깨달을 길이 없이 또 이 일을 내버려둔다.

〈역주 : 송요후〉

『東林集』

「感懷雜詩」

-(上略)- 又以爲異端之違天亂倫 至於所謂西洋之學而極矣 漸染浸漬於畿湖之間 國家芟刈殆盡 而根株猶有不絶 爲他日無窮之憂 遂著斥洋一篇 -(下略)-

【역문】「감회잡시」[1)]

-(상략)- 또한 이단이 천륜(天倫)을 어기며 어지럽힘을 생각하건데, 이른바 서양의 학에 이르러 아주 극심하다. 점차 오염되어 기호(畿湖)지역에서는 잠겨 있다. 국가가 거의 완전하게 베어 버렸지만 그 뿌리는 오히려 근절되지 않아 후일에 무궁한 근심거리가 될 것이니 척양

---

* 류치호(柳致皜 1800 정조24~1862 철종13) : 조선 후기 안동 출신의 유생. 본관 전주(全州). 자 탁수(濯叟), 호 동림(東林). 정재(定齋) 류치명(柳致明)의 문하에서 수학했다. 천문(天文), 지리(地理), 율력(律曆), 산수(算數), 노장(老莊)에 이르기까지 두루 통달했으나 그런 글들이 실학(實學)에는 보탬이 없다하여 송학(宋學)과 퇴계학(退溪學) 등에 전심하였다. 1845년(헌종 11)에 학행(學行)으로 천거되어 태릉참봉(泰陵參奉)이 제수되었으나 곧 사직하였다. 1856년(철종 7)에 순상(巡相)인 신석우(申錫愚)가 도내(道內)에서 선비를 모아 여강서원(廬江書院)에서 강회(講會)를 할 때에 류치명이 좌수(座首)가 되고 류치호와 김대진(金岱鎭)이 빈주(賓主)가 되어 향음례(鄕飮禮)를 행하였다. 양학(洋學)이 점점 성해지자 양학의 폐단을 비판하였다. 서산(西山) 김흥락(金興洛)이 류치호의 묘갈명을 지었다. 문집인 『東林集』이외에 주돈이(周敦頤)의 「太極圖說」을 쉽게 풀이한 『太極或問』과 주희(朱熹)의 「敬齋箴」에 대한 여러 학설을 채집하여 편집한 『敬齋箴集解』가 있다.

1) 『동림집』 권02, 詩

(斥洋)이라는 글 한 편을 짓는다. -(하략)-

「遺事【柳健欽】」

-(上略)- 値己亥庚子之際 所謂西洋之學 漸染畿湖間 國家芟鉏殆盡 而府君猶懼其根株不絶 爲他日世道無窮之憂 遂著論洋學一篇 每語及異端違天亂倫之事 其痛嫉之深 憂慮之切 形於色辭 -(下略)-

【역문】「유사【류건흠】」[2)]

-(상략)- 기해(己亥 1839), 경자(庚子 1840)년을 맞아 이른바 서양(西洋)의 학이 점차 기호(畿湖) 지역에 오염되어 국가가 거의 완전하게 베어 버렸지만 부군(府君)은 오히려 두려워하여 그 뿌리는 근절되지 않아 후일에 무궁한 근심거리가 될 것이니 았다. 양학(洋學)을 논하는 글 한 편을 지었는데, 말이 이단(異端)이 천륜(天倫)을 어기며 어지럽힌 일에 미칠 때마다 그 증오의 깊이와 우려의 절박함이 얼굴빛과 말에 드러났다. -(하략)-

〈역주 : 송요후〉

2) 『동림집』 권11, 附錄

『晩覺齋集』

「行狀 朴光錫」

-(上略)- 又曰異端之害 自古有之 而楊墨則孟子闢之 老佛則朱子斥之 近又西學者出焉 卽邪說之改頭換面者耳 作斥邪說以拒之 -(下略)-

【역문】「행장 박광석찬」[1)]

-(상략)- 또 이르기를, "이단(異端)의 해(害)는 옛날부터 있었는데, 양자(楊子)·묵자(墨子)는 맹자(孟子)가 배척하였고 노(老)·불(佛)은 주자(朱子)가 물리쳤다. 최근에 또한 서학(西學)이라는 것이 나왔는데, 이는 곧 사설(邪說)이 그 겉모습만 바꾼 것일 따름이니, 척사설(斥邪說)을 지어 그에 대항한다." -(하략)-

---

* 이동급(李東汲 1738년 영조14~1811년 순조 11) : 조선 후기 칠곡 출신의 유생. 본관은 광주(廣州). 자 진여(進如), 호 만각재(晩覺齋). 성리학에 조예가 깊었다. 이만운(李萬運), 정종로(鄭宗魯), 이埼(李埼) 등과 교유하였다. 달성(達城), 파산(巴山)에 이락서당(伊洛書堂)을 창건하다. 주자(朱子)의 창주방유(漳州榜諭) 및 여씨향약(呂氏鄕約), 칠곡(漆谷)의 옛 제도를 참작하여 읍규절목)邑規節目)을 강정(講定)하였다. 주자학의 연구에 힘썼는데, 주자서(朱子書)의 요점을 초록한 「朱書抄節」의 편찬을 시도한 바 있고, 「朱子大全」 중 문답과 관련된 부분을 「語類」의 체재를 모방하여 내용별로 분류한 「朱門書類」를 편찬하였다.

1) 『만각재집』 권6

「遺事 李芳運」

-(上略)- 嘗以爲自古以來 道之不明 異端害之也 異端固不一 而其尚奇好怪則特一類耳 楊墨起而孟子闢之 老佛熾而朱子辨之 使其詖行誕說靡然同歸於明教之內矣 不幸近者 又有所謂邪說者出焉 其名雖殊 皆是尚奇好恠之說 改頭換面者 而其爲害則尤爲慘烈 今世固難得孟子朱子 然其正言至論 著在方冊 必也尊信之盡其道 彰明之極其方 使誕妄之類 無所走作而歸于正 然後不刑一人而可復三代之美俗 竊念我 朝建極之初 立官設教 一依三代 故異端自滅 正學大行 鴻儒碩德 相繼迭興 今者邪說之橫行專由於世代寖遠 教法漸弛之故也 爲今日計 莫如修復古制 敦尚學術 遂著爲說以示志 -(下略)-

【역문】「유사 이방운」[2)]

-(상략)- 옛날부터 정도(正道)가 분명하지 않으면 이단(異端)이 해를 끼친다고 일찍이 생각하였다. 이단은 원래 하나가 아니니 기이한 것을 숭상하고 괴이한 것을 좋아한 즉, 특이한 한 부류일 따름이다. 양자(楊子)와 묵자(墨子)가 일어나자 맹자(孟子)가 배척하였고 도교(道教)와 불교(佛教)가 왕성하게 일어나자 주자(朱子)가 분별하여 정당하지 못하고 한쪽으로 치우친 행위와 황당한 설(說)로 하여금 바람에 쏠리듯이 모두 밝은 가르침(明教)의 안으로 귀착되게 하였다. 불행하게도 최근에 또한 이른바 사설(邪說)이라는 것이 나왔다. 그 이름은 비록 다르나 모두 기이한 것을 숭상하고 괴이한 것을 좋아하는 설(說)이 단지 그 겉만 바꾼 것이나, 그 해(害)가 됨은 더욱 끔찍하다. 지금 세상에서

2) 『만각재집』 권6

는 진실로 맹자와 주자 같은 사람을 얻기 어렵지만 그 도리에 어긋나지 않은 바른 말과 지당한 의론은 서책에 기록되어 있으니 반드시 그 도(道)를 존경하여 믿기를 다하며 그 방책을 드러내어 밝히기를 지극해야 허탄하고 망령된 부류로 하여금 방황하고 헤매는 일 없이 정도(正道)로 돌아가게 한다. 그러한 후에 한 사람도 형벌을 받지 않고 삼대(三代)의 아름다운 풍속을 회복시킬 수 있다. 삼가 생각컨대, 우리 왕조가 세워진 초기에는 관직을 세우고 가르침을 베풂이 모두 삼대(三代)에 의거하였으므로 이단이 저절로 멸(滅)하고 정학(正學)이 성행하였으며 거유(巨儒)와 덕이 높은 사람이 잇달아 흥기하였었다. 지금에 이르러 사설(邪說)이 횡행(橫行)함은 오로지 세대(世代)가 오래되어 교법(敎法)이 점차 이완된 때문이다. 오늘날의 계책으로는 고제(古制)를 본래의 모습과 같게 만드는 것 만한 것이 없으니 학술을 돈독하게 숭상하여 마침내 저술하여 설(說)로 삼음으로써 뜻을 보인다. -(하략)-

「斥邪問答」

我國素稱禮義之邦 禮樂文物 比隆於三代 近年以來 邪學漸熾 名門士大夫 間有浸溺 死而不悔 余嘗以是爲憂 思所以斥邪而救其弊 日客有問於余曰 邪正之分 自不難辨 而陷入者衆 其故何也 余答曰吾雖未見其書 因流傳之言 聞其大槩 則以天地爲大父母 以父母爲逆旅 父母死而不服其喪不祭其神 以四海爲兄弟而通其貨 以陰陽無正配而通其色 其他天堂天獄荒恠誕妄之說 直欲掩耳而不忍聞 噫 人之所以異於禽獸者 以其有人倫也 而無父子之親/君臣之義/夫婦之別 三綱斁矣 是禽獸也 禽獸又何難焉 曰西銘曰乾稱父坤稱母 朱子以爲是仁之體 彼大父母之說 不與西銘之旨相合耶 曰西銘一篇 皆理一分殊之意也 何者 天以至健而始萬物則有父道焉 地以至順而生萬物則有母道焉 以乾爲父 以坤爲母者 有生之物 莫不同然 此所謂理一也 人物之生 混然中處 血脉之屬 同胞之義 不得無遠近親踈之等 此所謂分殊也 然則乾坤者 萬物之父母也 父母者 一己之父母也 遠近有序 親踈有分 親親之施 自有差等而不可亂 故張子因其分之立而明其理之一 特借此而喩彼而已 徒知理一而不知分殊 則將至於墨氏之兼愛 而卒陷於無父無君之域矣 噫 父兮生我 母兮育我 欲報之德 天地罔極 故生而致其養 歿而服其喪 祭而報其本 孟子曰生事之以禮 死葬之以禮 祭之以禮 可謂孝矣 人之孝於親者 報其生育之恩 而彼以生育之父母歸之於逆旅 遽謂之致孝於萬物之同父母者 豈非悖理之甚者乎 曰鬼神之理 冥然漠然 見而不見其形 聞而不聞其聲 神之格思 不可度思 則祭祀之道 果有歆饗之理耶 曰禮曰祭之日 思其居處 思其志意 思其嗜好 思其笑語 致慤則著 致愛則存 齊三日 乃見其所爲齊者 而焄蒿悽愴 其氣發揚洋洋乎如在其上 如在其左右 僾然出戶 如有聞乎其容聲 則此乃神理之最著而發顯者 不可誣也 人子至情 當其祭曰 極我誠虔 潔我酒饌 庶幾歆格者 人情之所不能已也 故聖人酌其人情 設爲祭祀者 非徒明知其歆格之義

不如是無以盡孝子報本之誠 此乃民彛物則之根於天理者 而彼則謂祭無益而燒其神主 此乃不父其父 不母其母者也 何足道哉 曰四海兄弟之說 卽乾父坤母之例也 子已洞下其分殊之義 而陰陽無正配之說 亦可以有下乎 曰乾爲陽坤爲陰 乾坤對待 陰陽相配 人道之陰陽 亦如乾坤之對待 二姓相合 一定不易 故乾坤天道之正始也 咸恒人道之正始也 若使陰陽無正配 則此乃禽獸之行也 又何足道哉 曰堂獄之說 信有理乎 曰人於世間 氣聚而生 氣散而死 是乃所謂原始反終之理也 復焉有別般境界 而以之苦樂之哉 惟彼異端 每反於常行平易之處 而必托於杳茫荒恠之地 思欲誘愚俗而衆其黨也 曰擧國皆有是學 而嶺南獨無 其故何也 曰領南 東方之濂洛關閩也 圃隱先生倡性理之學 寒暄一蠹晦齋三先生相繼而作 儒化大行 及退陶先生出 蔚然爲東方之夫子 今日嶺之所謂以儒名者 孰非先生門下之後裔哉 是故家庭之學 目擩耳染 根基已固 操守堅確故耳 曰彼以邪惡之道 亂禮義之俗 其罪不可不戮 而彼之道以刑戮爲樂 死而不懼 夫刑戮者所以畏懼懲戢之具 而反以爲樂 則是以其所樂者 治其罪也 抑懲戢之別有其道乎 曰刑戮者 乃禁之之法 非化之之也 夫人之秉彛 賢愚同得 而物累交蔽 昏明各異 變其習而復其性者 無出於讀書明理 而亦在乎導率之得其方也 何者 我東自羅麗以來 專尙釋敎 不知儒 上自王公巨卿 下至閭巷婦孺 無不崇法釋氏 及至我朝 闡明理學 尊尙文敎 家有塾黨有庠 邑置訓導之官 朝設敎授之職 釋義而取士 明經而通籍 敦尙禮俗 奬拔士林 於是乎羣賢輩出 儒敎大明 釋氏之敎 不刑而自化 儒釋殊塗 貴賤懸截 前朝之所尊貴者 反爲我朝之所賤惡 則此是已然之驗 而敎化之效 不可誣也 不幸世代寖遠 習俗漸弊 敎官學職 名存實無 彼邪學之闖入於其間者 蓋有由於吾徒之不貴學術而然 自今以後 修復古制 上自京師五部 下至八道各邑擇經明行修之士 立訓導之職 資其廩祿 主鄕校書院 如朱夫子之主嶽麓書堂 案錄一邑大小儒生 敎以大學語孟中庸 次以詩書易春秋心近濂洛之書以爲造道成德之具 而各面各里差出訓長 輪回考講 若有秀才異寺 訓導薦

于營門 營門薦于該曹 以爲筮仕之階 無文而業武者 亦立武學訓導 輪回習射 一如儒生之考講 其外不文不武者 農工賈而已 亦立勸農檢察之任 士農工賈 各因其業而訓導之 則其爲四民者 自無他歧之惑 而其或有已染於邪學者 亦必改頭革面 僶勉向道 不待刑戮而自然融化矣 此是朝廷大君子之所施爲 而乃以草野腐儒 肆口妄言 難免僭越之罪 然亦是漆室之憂也 玆錄其問答如右云爾

【역문】「척사문답」[3)]

우리나라는 원래 예의(禮義)의 나라로 칭하여져 예악문물(禮樂文物)이 삼대(三代)와 융성함을 겨루었으나, 근년 이래 사학(邪學)이 점차 왕성해져 명문(名門)의 사대부에도 깊이 빠져 죽어도 후회하지 않는 자가 있다. 나는 일찍이 이것이 근심이 되어 사(邪)를 배척하여 그 폐해에서 구(救)할 바를 생각하였다. 일객(日客)들 중에 나에게 물어 이르기를, "사(邪)와 정(正)을 분별해 주는 것은 어렵지 않으나 깊이 빠져든 자들이 많은 것은 어째서인가?" 내가 답하여 이르기를, "내가 비록 그 책들을 아직 보지 못하였으나 세상에 널리 전해지고 있는 말을 통해 그 대강을 들은 즉, 천지(天地)를 대부모(大父母)로 삼아서 부모는 여인숙이므로 부모가 죽어도 거상(居喪)을 입지 않고 그 신(神)에게 제사를 올리지 않으며, 온 천하 전체를 형제라 하고 그 재화를 서로 융통한다. 남녀가 정식으로 예를 갖추어 부부가 되지 않고 무분별하게 정을 통하며 그 외에 천당(天堂)과 지옥(地獄)이라는 황당무계하며 괴이하고 망령된 설(說)은 정말로 귀를 틀어막고 차마 들을 수가 없다. 아아! 사람이 금수(禽獸)와 다른 까닭은 인륜(人倫)이 있기 때문인데, 부자(父

3) 『만각재집』 권3

子) 간에는 친애(親愛)가, 군신(君臣) 간에는 의리(義理)가, 그리고 부부(夫婦) 간에는 분별(分別)이 없어 삼강(三綱)이 무너졌으니 금수이다. 금수에 대해서야, 더하여 비난(非難)해서 어쩌겠는가?" 이르기를, "『西銘』에서 이르기를, '하늘을 아버지라 부르고, 땅을 어머니라 부른다'고 했는데, 주자(朱子)는 이것이 인(仁)의 체(體)라고 생각하였다. 저들의 대부모(大父母)라는 설(說)은 『西銘』의 취지와 서로 맞지 않는가?" (내가 답하여) 이르기를, "『西銘』 한 편(篇)은 모두 이일분수(理一分殊)[4]에 관한 뜻이다. 어째서인가? 하늘은 지극히 굳세며 만물의 시초인 즉, 부도(父道)가 있다. 땅은 지극히 유순하여 만물을 낳은 즉, 모도(母道)가 있다. 건(乾)을 부(父)로 하고 곤(坤)을 모(母)로 하는 것은 생명이 있는 물체는 모두 그러하니, 이것이 이른바 이(理)는 하나라는 것이다. 인간을 포함한 세상의 모든 것들은 혼연하게 그(天地) 가운데에 처하여 있는데, 혈맥(血脈)에 속한 것들 그리고 형제(同胞)의 의(義)에는 원근(遠近)과 친소(親疎)의 차등이 없을 수 없으니 이것이 이른바 나뉘어

4) 주희의 『朱子語類』 권1에, "임기손이 이와 기에 관해 물었다. 선생이 말하기를, '(이와 기에 관해서는) 이천 선생이 이는 하나이지만 나뉘면 달라진다(理一分殊).'고 잘 설명하셨다. 천지만물을 통괄하여 말하면 단지 하나의 이가 있을 따름이지만, 사람의 경우를 말하자면 한 사람 한 사람에게 각각 이가 구비된다."라고 있다. 정이천(程伊川)은 '이일분수'와 관련하여, "『西銘』이라는 책은 이를 궁구하여 의(義)를 보존하고 이전의 성인들이 아직 개발하지 못한 곳을 넓혔다. 맹자의 성선설, 양기론(陽氣論)과 그 공이 같다고 할 수 있다. 그 두 가지 역시 이전의 성인들이 아직 개발하지 못한 상태였다. 어찌 묵씨(墨氏)와 비교하겠는가? 『西銘』은 '이(理)는 하나이면서 분(分)은 다르다는 것'을 밝혔다. 묵자(墨子)는 근본을 둘로 하여 분이 없다(『이천문집』권5 「답양시서명서」). 주희는 윤리적 지평에 머물러 있던 정이천의 '이일분수'를 더욱 확대하여 존재 일반의 모습을 규정하는 공리로 새롭게 해석하였다. 그에게 있어서 '이일분수'는 궁극적 이는 하나이면서 그것이 완전한 채로 만물 속에 구유되어 있음을 말한다. 비유하자면, 달 그림자는 수만 개의 강에 흩어져 비춰져 있어도 본래의 모습은 나뉘지 않는다는 것이다.

져 다름(分殊)이다. 그런 즉, 건곤이라는 것은 만물의 부모이다. 부모라는 것은 자기 한 몸의 부모이다. 원근에는 차서(次序)가 있고 친소에는 나뉨이 있으니, 마땅히 가깝게 지내야 할 사람에게 친함을 베풂에는 자연히 차등(差等)이 있는 것이니 이를 어지럽혀서는 안 된다. 그러므로 장재(張載)가 나누어진 것이 적립된 것에서 이치가 하나인 것을 밝히고 특별이 이것을 빌려서 저것을 깨우쳐줄 따름이다. 다만 이치가 하나임을 알고 나뉘어 다름(分殊)을 모른 즉, 장차 묵씨(墨氏)의 겸애(兼愛)에 도달하고 마침내 무부무군(無父無君)의 지경에 빠질 것이다. 아아! 아버지 날 나으시고 어머니 날 기르셨으니, 그 은덕(恩德)을 갚으려면 저 넓은 하늘과 땅처럼 끝이 없다. 그러므로 살아 계실 때 봉양하기를 다하고 돌아가신 뒤에는 거상(居喪)을 입고 제사를 지내 자기의 태어난 근본을 잊지 않고 은혜를 갚아야 한다. 맹자가 이르기를, '부모가 살아 계실 때 예를 다해 섬기고 돌아가시면 예로써 그들을 장사지내고 제사 지낼 때에도 예를 다하고서야 효(孝)라 일컬을 수 있다.'고 하였다. 사람이 부모에게 효함은 그 낳아 기른 은혜에 보답하는 것이다. 그런데 저 (천주교)는 낳아 기른 부모를 여인숙과 같은 것으로 돌리고 갑자기 일컫기를, 만물에 효를 다하기를 부모와 같이 하라고 하는 것은 어찌 이치에 어그러짐이 심한 것이 아니겠는가?" 이르기를, " 귀신(鬼神)의 이치는 아득하고 막막하여 보고자 하나 그 형상을 보지 못하고 듣고자 하나 그 소리를 듣지 못한다. 신의 강림하심은 그 형상을 헤아려 알 수 없는 것인 즉, 제사(祭祀)의 도(道)에 과연 흠향(歆饗)[5]이라는 이치가 있겠는가?" (내가 답하여) 이르기를, "예기(禮記)에 이르기를, '제사지내는 날에는 그 생전의 거처(居處), 그 뜻하시던 것(志意), 그 좋아하시던 것, 그 웃으며 말씀하신 것(笑語)을 생각하

5) 흠향(歆饗) : 천지의 신령이 제물을 받아서 그 기운을 먹음.

면서, 정성이 지극하면 뚜렷이 드러나고 애정이 지극하면 마음속에 간직되나니, 이렇게 사흘간 재계(齊)하면 어버이의 생전 모습이 눈에 보이듯 선하고, 향의 연기가 가물가물 올라가는 그 모습은 사람의 마음을 슬프게 한다. 그 숨결이 발양(發揚)하니, 신령스러움이 그 위에 있는 것 같기도 하고 그 좌우(左右)에 있는 것 같기도 하다. 어렴풋이 방문을 나섬에 그 너그러운 소리를 들음이 있는 것 같은 즉, 이것이 신리(神理)[6]가 가장 현저하게 발현(發顯)한 것이니 속일 수 없다. 사람의 자식으로서의 지극한 정(情)은 그 제사의 날에 나의 정성과 공경을 극진히 하고 나의 술과 안주를 청결하게 해서 신령이 감응하기를 바라는 것은 인정(人情)이 어쩔 수 없는 바이다. 그러므로 성인(聖人)께서 그 인정(人情)을 헤아려서 제사(祭祀)를 마련한 것은 그 신령이 감응하는 뜻(義)만을 명지(明知)하고 있는 것이 아니다. 이러하지 않으면 효자가 근본에 보답함에 성실함을 다할 수가 없다. 이것은 곧 사람의 본성과 사물의 법칙이 천리(天理)에 근거한다는 것인데, 저들은 곧, 일컫기를 제사는 무익(無益)하니 그 신주(神主)를 태운다고 한다. 이것은 그 아버지를 아버지라 하지 않고 그 어머니를 어머니라 하지 않는 것이니, 어찌 올바른 도리라고 할 수 있겠는가?" 이르기를, "천하(天下)의 뭇사람들은 모두 동포(同胞)요, 형제(兄弟)라는 설(說)은 곧 하늘(乾)이 아버지이고 땅(坤)이 어머니라는 것의 한 예(例)이다. 그대는 이미 그 분수(分殊)의 뜻(義)에 대해 환히 밝혔는데, 남녀가 정식으로 예를 갖추어 부부가 되지 않는다는 설(說) 역시 환히 밝힐 수 있는가?" (내가 답하여) 이르기를, "하늘(乾)은 양(陽)이고 땅(坤)은 음(陰)이다. 건곤이 마주하며 음양이 서로 짝이 지어지는데, 인도(人道)의 음양 역시 건곤이 서로 마주하는 것과 같아 이성(二姓)이 상합(相合)함은 한 번 정해

6) 신리(神理) : 보이지 않는 곳에서 무상(無上)의 위력을 발휘하며 재앙과 화복을 내리는 신령의 도를 말한다.

지면 바꿀 수 없는 것이다. 그러므로 건곤(乾坤)은 하늘의 도(天道)가 바로 시작되는 것이며 함항(咸恒)[7]은 인간의 도(人道)가 바로 시작하는 것이다. 만약 남녀가 정식으로 예를 갖추어 부부가 되게 하지 않는다면, 이것은 곧 금수(禽獸)의 행위이니 또한 어찌 올바른 도리라고 할 수 있겠는가?" 이르기를, "천당과 지옥의 설은 믿기에 사리상(事理上) 타당함이 있는가?" (내가 답하여) 이르기를, "사람은 세상(世上)에서 기(氣)가 모이면 태어나고 기가 흩어지면 죽어 없어진다. 이것이 이른바 '(삶은 세상에 잠시 몸을 맡기는 것이요), 모든 것은 (죽어) 시작된 근원으로 다시 돌아간다(原始反終)'는 섭리이다. 다시 어찌 별다른 경지(境地)가 있어서 이로써 고통을 당하고 즐거움을 누리고 하겠는가? 생각건대 저 이단(異端)은 일상적인 삶의 행위의 평이(平易)한 곳에 대해 늘 거슬러서 반드시 아득하고 황당무계하며 괴이한 땅에 의탁해서 어리석은 속인들을 꾀어서 그 무리를 많아지게 하고자 생각하고 있다." 이르기를, "온 나라 전체에 이 가르침이 있으나 영남(嶺南) 지역에만 없는데, 그 까닭은 무엇인가?" (내가 답하여) 이르기를, "영남(嶺南)은 동방(東方)의 염락관민(濂洛關閩)[8]이다. 포은(圃隱)[9] 선생께서 성리학

---

7) 함항(咸恒) : 『周易』의 31번째와 32번째 괘 이름으로, 人事를 다룬 〈下經〉의 시작하며 〈上經〉의 시작인 乾坤의 道를 이어 받은 부부관계를 밝히고 있다.

8) 염락관민(濂洛關閩) : 송학(宋学)의 4개 파(派)를 총칭하여 염락관민지학(濂洛關閩之學)이라 하는데, 송대 이학(理學)의 시조인 주돈이(周敦頤)는 도주(道州) 영도(營道) 염계(濂溪)에 원거(原居)했으므로 염계선생(濂溪先生)이라 칭하여졌고 정호(程顥)·정이(程頤)의 스승이다. 정호·정이는 하남(河南) 낙양(洛陽) 출신으로 낙학(洛學)이라 칭해졌고, 장재(張載)는 섬서(陝西) 관중(關中) 출신으로 관학(關學)이라 칭해졌다. 주희(朱熹)는 일찍이 복건(福建) 고정(考亭)에서 강학(講學)했기 때문에 민학(閩學)이라 칭하여졌다.

9) 포은(圃隱) : 정몽주(鄭夢周 1338~1392). 고려 말의 학자. 경상북도 영천(永川) 태생. 본관 영일(迎日: 지금의 경상북도 포항). 자 달가(達可), 호 포은. 당시 풍속이 모든 상제(喪祭)에 불교의식을 숭상했는데, 사서(士庶)로 하여금 『가례(家禮)』에 의해 사당을 세우고 신주를 만들어 제사를 받들게 하도록 요청해 예속이 다시

(性理學)을 창도(唱導)하였고 한훤(寒暄)[10], 일두(一蠹)[11], 그리고 회재(晦齋)[12] 세 선생이 잇달아 일으켜 유교에 의한 교화가 크게 행해졌으며 퇴도(退陶)[13] 선생이 나와 크게 성하여 동방의 공자(孔子)가 되었다. 오늘날 영남에서 이른바 유자(儒者)라 지칭하는 자치고 누가 선생 문하의 후예가 아니겠는가? 이 때문에 가정(家庭)의 가르침으로 자주 보고 들음으로써 모르는 사이에 영향을 받아 기초가 이미 견고하고 지조(志操)를 지킴이 확고부동하기 때문일 따름이다." 이르기를, "저들

일어날 수 있도록 힘썼다. 서울에는 오부학당(五部學堂)을 세우고 지방에는 향교를 두어 교육의 진흥을 꾀하였다. 대사성(大司成) 이색(李穡)은 정몽주를 높이 여겨 '동방 이학(理學)의 시조'라 하였다.

10) 한훤(寒暄) : 김굉필(金宏弼 1454~1504). 서흥김씨. 자 대유(大猷), 호 사옹(蓑翁), 한훤당(寒暄堂), 시호 문경(文敬). 김종직(金宗直) 문하에서 배웠고, 특히 소학(小學)에 깊이 빠져 "소학동자"라 자칭하였다. 무오사화로 유배되어 유배지에서 조광조(趙光祖)를 만나 학문을 전수하였다.

11) 일두(一蠹) : 정여창(鄭汝昌 1450~1504). 자 백욱(伯勗), 호 일두(一蠹). 본관 하동(河東). 시호 문헌(文獻). 김종직(金宗直)의 문인. 1498년(연산군4) 무오사화에 연루되어 종성부(鍾城府)에 유배되었고 1504년 유배지에서 사망하였다. 같은 해 10월에 사화가 일어나 부관참시되었다.

12) 회재(晦齋) : 이언적(李彦迪 1491 성종22~1553 명종8). 경상북도 경주 출신. 본관은 여강(驪江, 지금의 驪州). 초명은 이적(李迪)이었으나 중종의 명으로 언(彦)자를 더하였다. 자는 복고(復古), 호는 회재(晦齋)·자계옹(紫溪翁). 회재라는 호는 회암(晦菴: 주희의 호)의 학문을 따른다는 견해를 보여준 것이다. 조선시대 성리학의 정립에 선구적인 인물로서 성리학의 방향과 성격을 밝히는 데 중요한 역할을 하였고, 주희(朱熹)의 주리론적 입장을 정통으로 확립하여 이황(李滉)에게 전해주었다.

13) 퇴도(退陶) : 퇴계(退溪) 이황(李滉 1501~1570). 본관 진성(眞城). 시호 문순(文純). 자 경호(景浩). 호 퇴계(退溪)), 퇴도(退陶), 도수(陶叟), 청량산인(淸凉山人). 저서인 전습록변(傳習錄辨)을 통해 양명학의 지행합일설을 비판한 적이 있는데, 이 때문에 한동안 조선 유학에서 양명학이 자리잡지 못하는 결과를 낳기도 했다. 동방의 주자라는 칭호를 받으면서 다른 나라에서도 그의 가르침을 받기 위해서 찾아왔고, 일본에도 영향을 끼쳐서 메이지 시대의 교육 이념에까지 영향을 미쳤다.

은 사악(邪惡)한 도(道)로써 사람이 지켜야 할 예절과 의리의 풍속을 어지럽히니 그 죄(罪)는 죽이지 않을 수 없으나 저들의 도(道)는 형벌로써 죽임을 당하는 것을 즐거워하여 죽음도 두려워하지 않는다. 무릇 형벌로 죽이는 것은 두려워하도록 징계하고 단속하는 수단이 되기 때문인데, 도리어 즐겁다고 여긴 즉, 이것은 그 즐거워하는 바로써 그 죄를 다스리는 것인지, 그렇지 않으면 징계하고 단속함에 별도의 방법이 있는 것인가?" (내가 답하여) 이르기를, "형벌로 죽이는 것은 그것을 금지시키는 방법이지 그것을 교화시키는 것이 아니다. 무릇 인간의 타고난 천성은 현명한 자나 어리석은 자나 똑 같이 받으나 물루(物累)[14]에 의해 서로 가리어져 어둡고 밝음이 각기 달라 그 습관을 변화시키고 그 본성을 회복하는 것은 독서(讀書)하여 이치에 밝음보다 나은 것이 없고 또한 지도하고 이끎에 그 방도를 얻음에 있다. 어째서인가? 우리 동방은 신라(新羅)와 고려(高麗) 이래로 오로지 불교(佛敎)만을 숭상(崇尙)하고 유학(儒學)을 몰랐다. 위로 왕공(王公)·거경(巨卿)으로부터 아래로 시골 마을의 부녀자와 어린이에 이르기까지 불교를 숭상하고 본받았다. 우리 왕조(王朝)에 이르러서 성리학을 천명(闡明)하고 문교(文敎)를 존중(尊重)하여 집에는 숙(塾)이 있고 향리(黨)에는 상(庠: 鄕學)이 있고 읍(邑)에는 훈도(訓導)의 관(官)을 두고 조정(朝廷)에는 교수(敎授)의 직(職)을 설치하였다. 문의(文義)를 해석하는 것으로 취사(取士)하고 명경(明經)[15]으로 통적(通籍)[16]하며 예속(禮俗)을 힘써

14) 물루(物累) : 채근담(채근담)에서 나온 말로서 명예나, 이익에 따라 몸이 구속되어서 마음의 고통을 받는 일을 말한다. 세상에 얽매인 여러 가지 관계. 몸을 얽매는 세상의 온갖 괴로운 일. 물질(사물)에 얽매임. 외부 세계와의 관계로 인하여 자기에게 주어지는 온갖 번민·부담·책임 따위. 세상사의 번거로움

15) 명경(明經) : 조선 시대에, 과거의 강경과에서 시험관이 지정하여 주는 경서의 대목을 외던 일.

16) 통적(通籍) : 궁문(宮門)의 출입(出入)을 허락(許諾)하는 일. 옛날에 관리들은 모

숭상하고 사림(士林)을 칭찬하고 장려하여 뽑아 썼다. 이에 많은 현사(賢士)들이 배출되고 유교(儒教)가 크게 밝혀졌으니, 불교의 가르침은 형벌을 가하지 않아도 스스로 교화되었다. 유교와 불교는 가는 길이 다르며 귀하고 천함이 현격하여 이전 왕조에서 존귀하게 여겨지던 것이 우리 왕조에 의해 도리어 천시되고 미움을 받은 즉, 이것은 그 징험이며 교화(教化)의 효과는 속일 수 없다. 불행하게도 세대(世代)가 오래되어 습속(習俗)이 점차 쇠퇴해져 교관(教官)이라는 학직(學職)[17]이 이름만 있고 실제가 없어졌다. 저 사학(邪學)이 그 사이를 침범해 들어온 것에는 대개 우리들이 학술(學術)을 귀히 여기지 않음으로 말미암아 그런 것이니, 지금부터 이후에 옛 제도를 본래의 모습과 같도록 손질하여 위로 경사(京師)의 5부(五部)로부터 아래로 8도(八道)의 각 읍(邑)에 이르기까지 경학(經學)에 밝고 품행이 방정(方正)한 선비를 선발해 훈도(訓導) 직(職)에 세우고 녹미(祿米)를 주어 향교(鄕校)·서원(書院)을 주관(主管)하도록 하는데, 주자(朱子)가 악록서당(嶽麓書堂)을 주관한 것처럼, 한 읍의 대소(大小) 유생(儒生)들의 명부(名簿)를 작성하고 『大學』·『論語』·『孟子』·『中庸』을 가르치고 이어서 『詩經』·『書經』·『易經』·『春秋』·『心經』[18]·『近思錄』·염락(濂洛)[19]의 저서로써 도에 나아가 덕을 이루는(造道成德)의 수단으로 삼는다. 그리하여 각 면(面) 각 이(里)마다 훈장(訓長)을 선발하여 차례로 돌아가면서 경서(經書)를 외우는 것을 시험(試驗)하여 만약 수재(秀才)가 이단(異端)의 사(寺)에 있다

두 권 아래에 적(籍)을 두고 출입할 때에 대조하였는데, 이것을 통적(通籍)이라고 한다. 임금의 명령, 정책을 수행한 사람.

17) 학직(學職) : 학교의 책임을 맡은 직책.

18) 심경(心經) : 중국 송(宋)나라 진덕수(眞德秀)가 경전과 도학자들의 저술에서 심성 수양에 관한 격언을 모아 편집한 책을 말한다.

19) 염락(濂洛) : 송대 이학(理學)의 시조인 주돈이(周敦頤)와 정호(程顥)·정이(程頤)를 가리킨다.

면 훈도(訓導)가 영문(營門)[20]에 추천하고 영문은 해당 관청에 추천하여 벼슬길로 나가는 실마리로 삼는다. 글을 모르나 병법을 닦는 데에 마음과 힘을 기울인 자들 역시 무학훈도(武學訓導)로 세워 돌아가며 활쏘기를 연습시키는 것은 유생(儒生)을 경서를 외우는 것으로 시험하는 것과 똑 같다. 그 외에 글도 모르고 무술도 모르는 자들은 농민, 수공업자(工), 상인(賈)일 따름이다. 역시 권농·검찰(勸農檢察)의 직무를 세워 선비, 농민, 수공업자, 그리고 상인 각각에 대해 그 업(業)에 따라서 가르쳐 이끈(訓導) 즉, 그 사민(四民)된 자들은 자연히 다른 길로 미혹됨이 없고, 그 가운데 혹시 이미 사학(邪學)에 물든 자들이 있다면, 역시 반드시 철저하게 새사람이 되어 도(道)로 나아가도록 애써 형벌(刑罰)을 주기를 기다리지 않고서도 저절로 융합(融合)하여 어울리게 된다. 이것이 조정(朝廷)의 벼슬이 높은 자들(大君子)이 베풀어야 할 바이나, 초야(草野)의 썩은 유생(儒生)들이 입에서 나오는 대로 허튼 소리를 함은 분수에 지나친 행동을 한(僭越) 죄를 면하기 어려운데, 또한 이것은 칠실지우(漆室之憂)[21]이다." 이에 위와 같이 문답(問答)으로 말한 것을 기록하였다.

〈역주 : 송요후〉

20) 영문(營門) : 관찰사(觀察使)인 감사(監司)가 일을 보던 관아(官衙).
21) 칠실지우(漆室之憂) : 중국 노(魯)나라 칠실(漆室)에 사는 한 여인의 근심이라는 뜻으로 나랏일을 걱정하는 것을 말한다. 제 분수에 맞지도 않는 근심을 이르거나, 자기 분수에 넘치는 일을 근심함을 이르는 말이다.

『無名子集』

「感懷」

太極分兩儀 一陰而一陽 白黑判五色 南北辨四方
有薰斯有蕕 生苗更生稂 元來正甚弱 况又邪必強
荊棘掩芝蘭 鴟梟逐鳳凰 君子不勝孤 小人常自昌
所以消長際 大易垂訓詳 躑躅孚羸豕 堅氷戒履霜
聖道如日月 粤自羲農黃 協華舜紹堯 執中禹傳湯
文武暨周公 集成有素王 顏曾實傳統 思孟繼其光
伊後千餘載 墜緖空茫茫 奎運啓一治 輩出周程張
猗歟紫陽翁 直接夫子墻 天高復海濶 萬古開冥倀
哀哉彼異端 胡爲恣猖狂 疑仁兼愛墨 似義爲我楊
刑名號申韓 虛無標老莊 堅白孰同異 神仙誠荒唐
百家與衆技 更迭爭騰驤 最是佛害甚 迎來自漢皇
寺刹遍名山 蟠據巍相望 象教被大界 梵音滿道場
慈悲花雨天 寂滅旃檀香 彌近乃大亂 正道日淪亡

* 『무명자집』은 윤기(尹愭, 1741~1826)의 문집이다. 윤기는 자 경부(敬夫), 호 무명자(無名子)이며 조선후기 학자, 문신으로 이익(李瀷)의 문인(門人)이다. 『무명자집』은 「시고(詩稿)」6책, 「문고(文稿)」13책의 총19책으로 이루어져 있다. 「시고」는 1745년부터 1810년 사이에 지은 시 1,064수가 연대순으로 편차되어 있고, 「문고」는 1759년부터 1826년 사이에 지은 여러 문체의 글이 역시 연대순으로 편차되어 있다. 서문과 발문, 목록은 없다. 『무명자집』의 필사연도와 간행연도는 미상이다.
* 역문 : 강민정 등, 『무명자집』, 한국고전번역원 한국문집번역총서, 성균관대학교 대동문화연구원, 2013~2016

洛閩幸天挺 排闢其說長 距詖牖世迷 衛聖扶陽剛

簡策炳丹青 窮宙垂煌煌 在人不墜地 至今猶彝綱

功豈在禹下 微聖吾其羗 矧今明明后 治教夙丕彰

開筵講唐虞 建閣名奎章 邪淫絶閭巷 絃誦溢黌庠

是盖一遵宋 庶不專美商 豈意近年來 邪說劇劻勷

命曰天主學 其源自西洋 瑪竇賢姬孔 耶穌高風姜

思以易天下 鴟張勢莫當 漸染及中國 久矣其濫觴

東軺載禍歸 有書動盈箱 借問書中旨 如沸復如螗

敬天以爲名 其實瀆且荒 輒引聖經訓 厭然事掩藏

自謂窮深微 不知背倫常 泯俗旣愚惑 才雋亦趍蹌

撥拾竺家語 地獄與天堂 作法更念呪 妖邪眞不祥

無父又無君 禽獸其心腸 侮聖情如蜮 誘世言巧簧

聞風惟恐後 奔波競贏糧 流弊一至此 嗚呼不可襄

吾聞至治世 聲敎致梯航 侏離慕風謠 鱗介化冠裳

未聞變於夷 反爲所膏肓 異敎雖多端 厥害莫與伉

幸値我聖主 全撫父師疆 崇正示趍向 斥邪嚴隄防

渠魁誠難赦 誅竄俾罹殃 其餘聽自新 曉諭遍京鄕

要使盡悔悟 何必大懲創 挺身攻擊者 得無有所妨

小臣竊有憂 藥石異肉粱 聖徒能言距 鄒氏豈欺卬

亦有喚賊邊 鉞毫揭臨漳 不嚴惟是懼 包容則何嘗

况玆叔季世 人心捻僞佯 先入易爲主 宿處定難忘

中心豈感化 外面徒飾粧 縱未顯授受 也應潛扇揚

萌糵在種子 怨毒歸善良 滔天與燎原 畢竟焉可量

賢者貴審幾 明廷孰對敭 讀書學何事 徒使我心傷

塡海藐精衛 拒轍嗟螳蜋 正路日益蕪 臧穀俱亡羊

培覆理顚倒 何由質彼蒼 春秋二三策 大義在尊攘

誰言天地大 瞰日獨扶桑 有志惜未就 歲暮空徜徉

【역문】「감회」[1]

태극(太極)이 양의(兩儀)로 나뉘고	太極分兩儀
음양(陰陽)이 번갈아 소장(消長)하여	一陰而一陽
흑백이 오색(五色)으로 나뉘고	白黑判五色
남북이 사방(四方)으로 갈렸네	南北辨四方
향초가 있으면 악취 나는 풀도 있고	有薰斯有蕕
곡식이 싹트면 가라지도 싹트네	生苗更生稂
바른 것은 본디 매우 약한데	元來正甚弱
하물며 삿된 것은 반드시 강함에랴	況又邪必強
가시나무가 지초(芝草)와 난초를 덮고	荊棘掩芝蘭
솔개와 올빼미가 봉황을 쫓아내니	鴟梟逐鳳凰
군자는 외롭기 그지없고	君子不勝孤
소인은 늘 절로 창성하네	小人常自昌
이 때문에 음양(陰陽)의 소장(消長)에 대해	所以消長際

1) 「感懷」: 「시고」 책2에 수록된 총 800자(字) 오언(五言) 장편 시. 1791년 신해년(辛亥年) 10월 발생한 진산사건(珍山事件)이 마무리된 후 짓기 시작해 같은 해 연말 완성한 것으로 추정된다. 이단을 배척하는 유가(儒家)의 전통, 천주학의 사악(邪惡)한 설에 대한 반감, 천주교 전래 과정과 만연한 근래 상황, 그에 대처하는 조정의 미온적 조치에 대한 우려, 이단 배격을 하지 못하는 데 대한 자괴감 등의 내용을 서술하였다.

『주역(周易)』에서 상세히 가르쳤으니 大易垂訓詳
"약한 돼지가 날뛰고 싶은 마음을 품고 있다"[2]하였고 蹢躅孚羸豕
서리가 처음 밟힐 때부터 두꺼운 얼음을 경계하였네[3] 堅氷戒履霜

일월(日月) 같은 성인의 도(道)가 聖道如日月
복희씨(伏羲氏) 신농씨(神農氏) 황제(黃帝)에서 비롯되어 粤自羲農黃
훌륭하신 순(舜) 임금이 요(堯) 임금을 이으시고 協華舜紹堯
중도(中道) 지킨 우(禹) 임금이 탕(湯) 임금께 전하시고 執中禹傳湯
문왕(文王) 무왕(武王)과 주공(周公)을 거쳐 文武暨周公
소왕(素王)[4]이 집대성하시고 集成有素王
안자(顏子) 증자(曾子)가 실로 도통을 전수하시고 顏曾實傳統
자사(子思) 맹자(孟子)가 그 빛을 이으셨네 思孟繼其光

그 후로 천여 년 동안 伊後千餘載
도통이 끊겨 아득하다가 墜緖空茫茫
문운(文運)이 다시 열려 세상이 태평하자 奎運啓一治
주자(周子) 정자(程子) 장자(張子)가 무리지어 나왔네 輩出周程張

2) 소인(小人)이 아무리 미약하여도 군자(君子)를 해하려는 마음은 변하지 않으니 늘 경계하라는 의미.
3) 조짐만 보고서도 미리 후일에 대비하라는 교훈.
4) 소왕(素王) : 공자(孔子).

아, 자양옹(紫陽翁)[5]이　　猗歟紫陽翁
공자의 도통을 올곧게 계승했으니　　直接夫子墻
하늘처럼 높고 바다처럼 넓은 공덕으로　　天高復海濶
캄캄하던 세상을 만고에 밝게 여셨어라　　萬古開冥倀

슬프다, 저 이단(異端)[6]은　　哀哉彼異端
어찌하여 제멋대로 날뛰는가　　胡爲恣猖狂
묵적(墨翟)은 인(仁)과 비슷해 보이는 겸애(兼愛)를[7]　　疑仁兼愛墨
양주(楊朱)는 의(義)와 비슷해 보이는 위아(爲我)를 주장하고[8]　　似義爲我楊
신불해(申不害)와 한비자(韓非子)는 형명학(刑名學)을 부르짖고[9]　　刑名號申韓
노자(老子)와 장자(莊子)는 허무주의를 표방하였네[10]　　虛無標老莊
단단한 돌과 흰 돌이 어찌 완전히 다르거나 완전히 같으랴[11]　　堅白孰同異

---

5) 자양옹(紫陽翁) : 호가 자양(紫陽)인 주자(朱子)를 높여 이르는 명칭.
6) 이단(異端) : 천주학(天主學).
7) 중국 전국시대 초기에 수공업자 출신 묵적(墨翟)이 유가의 인문주의적 경향에 반대하여 실용주의적 관점에서 유가의 허례허식을 배격하며 겸애(兼愛)를 주장한 묵가 사상.
8) 중국 전국시대 초기에 양주(楊朱)가 묵자의 겸애(兼愛)를 반대하며 자신을 중시하고(重己) 자기만의 쾌락을 추구하면 모든 것에 이룹다는 위아설(爲我說)을 주장한 양가 사상.
9) 중국 전국시대 초기에 신불해, 한비자, 상앙(商鞅) 등이 법(法)으로 나라를 다스려야 한다고 주장한 법가 사상.
10) 노자와 장자의 도가(道家) 사상.
11) 중국 전국시대 명가(名家)의 대표 사상가 공손룡(公孫龍)과 혜시(惠施)가 사물의 차별성과 동질성을 단단한 돌과 흰 돌로 구분하며 펼쳤던 상반된 견해는 모두 그르다는 뜻.

신선술도 참으로 황당하네　　神仙誠荒唐

온갖 학파와 각종 기예가　　百家與衆技
서로 다투며 번갈아 치성한 중에　　更迭爭騰驤
폐해가 가장 심한 건 불가(佛家)였는데　　最是佛害甚
불교를 처음 맞이해 온 건 한(漢)나라 황제[12]였네　　迎來自漢皇

사찰이 명산에 두루 세워져　　寺刹遍名山
우뚝 서린 모습이 어디서나 보이는데　　蟠據巍相望
부처의 가르침이 주변을 뒤덮고　　象敎被大界
염불 소리가 사찰에 가득하네　　梵音滿道場

자비로운 설법에 하늘에서 꽃비 내리고　　慈悲花雨天
전단(栴檀)[13] 향불 속에 열반(涅槃)에 들었다 하네　　寂滅旃檀香
근리(近理)하여 마침내 세상을 크게 어지럽히니　　彌近乃大亂
정도(正道)가 나날이 쇠퇴하였네　　正道日淪亡

다행히 하늘이 정자(程子)와 주자(朱子)를 내어　　洛閩幸天挺
논파하신 말씀이 뛰어났으니　　排闢其說長
편벽된 말 배격하여 혼미한 세상 깨우치시고　　距詖牖世迷
성인의 도를 지켜 떳떳한 윤리(倫理) 붙드셨네　　衛聖扶陽剛

그림처럼 빛나는 서책 속의 말씀　　簡策炳丹靑
세상이 끝나도록 찬란히 전해지리니　　窮宙垂煌煌

12) 한(漢)나라 황제 : 한 애제(哀帝, 재위: BC 7~1).
13) 전단(栴檀) : 인도(印度) 특산의 부처를 공양할 때 피우는 최고급 향.

땅에 떨어지지 않고 사람에게 남아 있어　　在人不墜地
지금도 떳떳한 인륜 되었네　　至今猶彝綱
그 공이 어찌 우(禹) 임금보다 낮으랴　　功豈在禹下
성인(聖人)의 학문이 없었다면 우린 아마 오랑캐가 되었으리　　微聖吾其羌

더구나 지금은 현철하신 임금[14]께서　　矧今明明后
정치와 교화를 일찌감치 크게 밝혀　　治敎夙丕彰
경연(經筵)에서 요순 시대 논하고　　開筵講唐虞
규장각(奎章閣)[15]을 세웠음에랴　　建閣名奎章

여염에 사벽함이 끊기고　　邪淫絶閭巷
학당에 글 읽는 소리 넘치네　　絃誦溢黌庠
이는 오직 송(宋)대의 학풍[16]을 따름이니　　是蓋一遵宋
상(商)대의 학문[17]만 아름답지는 않았네　　庶不專美商

어찌 생각이나 했으랴 근년 들어　　豈意近年來
사벽한 학설이 몹시 창궐할 줄을　　邪說劇劻勷
이름하여 천주학으로　　命曰天主學
그 근원은 서양에서 시작됐는데　　其源自西洋
이마두(利瑪竇)[18]가 주공(周公) 공자(孔子)보다 어질다 하고

14) 임금 : 조선 제22대 왕 정조(正祖, 재위: 1776~1800).
15) 규장각(奎章閣) : 1776년 정조 즉위년에 궐내에 설치한 조선시대 왕실 도서관 겸 학술 및 정책 연구 기관.
16) 송(宋)대의 학풍 : 성리학(性理學).
17) 상(商)대의 학문 : 원시유학(原始儒學).
18) 이마두(利瑪竇) : 마태오 리치(Matteo Ricci, 1552~1610).

	瑪竇賢姬孔
예수[耶穌]가 복희씨 신농씨보다 훌륭하다 하네	耶穌高風姜
천하를 바꾸려 생각하면서	思以易天下
당해낼 수 없는 기세로 활개를 치며	鴟張勢莫當
중국까지 점차로 물들였으니	漸染及中國
중국에 전파된 지 오래되었네	久矣其濫觴
우리나라 사신들 귀국 길에 재앙을 싣고 와서[19]	東軺載禍歸
천주학 서적이 상자에 가득한데	有書動盈箱
시험 삼아 책 속의 뜻 물어보면	借問書中旨
물이 끓듯 매미 울듯 어지럽기만	如沸復如螗
하늘을 공경한다 말은 하지만	敬天以爲名
실상은 무엄하고 거칠기만 해	其實瀆且荒
걸핏하면 경전(經傳)을 인용해다가	輒引聖經訓
몰래 본색 숨기기 일삼곤 하네	厭然事掩藏
깊은 이치 궁구한다 자부하면서	自謂窮深微
인륜에 어긋남을 알지 못하니	不知背倫常
어리석은 백성 이미 현혹되었고	氓俗旣愚惑
영특한 선비들도 휩쓸리누나	才雋亦趍蹌
불가(佛家)의 말 주워모아	撥拾竺家語

19) 중국에 갔던 조선 사신(使臣)들이 서양선교사들의 한문서학서(漢文西學書)를 반입했다는 뜻.

지옥 천당 운운하고 地獄與天堂
기도문 암송하는 방법을 쓰니 作法更念呪
참으로 요사하여 상서롭지 못하네 妖邪眞不祥

아비도 무시하고 임금도 무시하니 無父又無君
저들의 심보는 금수와 같네 禽獸其心腸
성인을 업신여기는 마음 물여우[20] 같고 侮聖情如蜮
세상을 현혹하는 언설 교묘하누나 誘世言巧簧

사람들이 전해 듣고 남보다 뒤질세라 聞風惟恐後
앞다투어 양식 싸들고 파도처럼 몰려드니 奔波競贏糧
말류의 폐단이 끝내 이런 지경이라 流弊一至此
아아, 이젠 쓸어낼 수 없게 되었네 嗚呼不可襄

내 듣기로 지극히 태평한 세상에선 吾聞至治世
교화가 머나먼 변방에까지 미쳐 聲敎致梯航
오랑캐가 바른 풍요(風謠)를 동경하고 侏離慕風謠
미개한 종족이 문명(文明)에 동화된다네 鱗介化冠裳

중화(中華)가 오랑캐로 변하여[21] 未聞變於夷
깊은 병폐 된단 말은 못 들었는데 反爲所膏肓
이단의 가르침이 여러 가지이지만 異敎雖多端
천주학의 폐해가 둘도 없이 심하네 厥害莫與伉

---

20) 물여우(蜮) : 모래를 입에 넣어두었다가 사람에게 독처럼 뿜어낸다는 여우.
21) 중화(中華)가 오랑캐로 변하여 : 만주족(滿洲族)이 청(淸)왕조를 건국하여 중국을 통치하고 있는 것을 뜻한다.

지금은 다행히 성스러운 임금[22)]께서	幸値我聖主
아비처럼 스승처럼 온 나라를 어루만지며	全撫父師疆
바른 것을 숭상하여 지향점을 보이시고	崇正示趍向
사설(邪說)을 배척하여 엄중히 막으시네	斥邪嚴隄防
주동자는 참으로 용서하기 어려우니	渠魁誠難赦
처형이나 귀양의 벌을 내리되	誅竄俾罹殃
나머지는 뉘우치면 용서한다고	其餘聽自新
경향(京鄕)에 두루 효유하셨네	曉諭遍京鄕
"모두 뉘우치게 함이 중요하니	要使盡悔悟
심하게 징계할 것 무에 있으랴	何必大懲創
분연(憤然)히 공격한다면	挺身攻擊者
부작용이 없을 수 있으랴"	得無有所妨
나는 내심 걱정 되니	小臣竊有憂
치료약과 보양식은 용처(用處)가 다르네	藥石異肉粱
이단을 배격하면 성인의 무리라는	聖徒能言距
맹자의 말씀이 어찌 우릴 속인 것이랴	鄒氏豈欺卬
도적을 용서해도 된다 하면 도적 편이라 부른다며	亦有喚賊邊
엄중한 글귀를 임장(臨漳)[23)]에 걸고	鉞毫揭臨漳
엄히 배격하지 못할까 그것만을 염려했으니	不嚴惟是懼

22) 성스러운 임금 : 정조(正祖).
23) 임장(臨漳) : 주자(朱子)가 말년에 죽림정사(竹林精舍)를 세우고 강학했던 임장현. 지금의 복건성(福建省) 건양시(建陽市) 서남 고정촌(考亭村).

주자가 그 언제 이단을 포용한 적 있었으랴　　包容則何嘗

더군다나 지금 같은 말세에는　　況玆叔季世
인심이 모두 거짓됨에랴　　人心揔僞佯
먼저 들은 말이 쉽게 주견(主見)이 되고　　先入易爲主
익숙해진 것은 정말 잊기 어렵네　　宿處定難忘

저들이 어찌 진심으로 감화됐으랴　　中心豈感化
겉으로만 부질없이 꾸밀 뿐이네　　外面徒飾粧
내놓고 언설을 주고받진 않지만　　縱未顯授受
틀림없이 남몰래 퍼뜨리고 있으리라　　也應潛扇揚

움싹이 씨앗 속에 잠재했다가　　萌蘖在種子
원망과 독기를 선량한 이들에게 돌려　　怨毒歸善良
하늘까지 차오르고 들불처럼 번지리니　　滔天與燎原
필경의 사태를 어찌 헤아릴 수 있으랴　　畢竟焉可量

현자(賢者)는 기미를 중시해 잘 살피는데　　賢者貴審幾
조정에서 그 누가 바른 도리 아뢰는가　　明廷孰對敭
글공부로 배운 일 무엇이런가　　讀書學何事
부질없이 마음만 상하게 하네　　徒使我心傷

정위(精衛) 새[24]가 바다를 메우기는 까마득하고　　塡海藐精衛

---

24) 정위(精衛) 새 : 중국 신화(神話)에 나오는 새 이름. 신화에 따르면 염제(炎帝)의 딸이 동해(東海)로 놀러갔다가 빠져죽었는데 그 영혼이 정위로 변했다고 한다. 북쪽 발구산(發鳩山)에 살았는데, 생명을 앗아간 바다를 원망하며 서산(西山)의

수레바퀴 막으려는 사마귀[25]는 딱할 뿐이네 拒轍嗟螳蜋
바른 길이 나날이 거칠어지니 正路日益蕪
모두가 정도를 잃어버렸네 臧穀俱亡羊

북돋아주고 엎어버리는 이치가 뒤바뀌었는데 培覆理顚倒
무슨 수로 저 하늘에 그 까닭 물어볼꼬 何由質彼蒼
『춘추(春秋)』의 두세 쪽만 읽어보아도 春秋二三策
중화(中華)를 존중하고 오랑캐를 배척함이 대의(大義)이거늘 大義在尊攘

그 누가 천지가 크다고 하나 誰言天地大
밝은 해는 부상(扶桑)[26]에만 떠오르는 걸 暾日獨扶桑
뜻은 있으나 슬프게도 이루지 못해 有志惜未就
세밑에 부질없이 배회하노라 歲暮空徜徉

작은 돌멩이와 나뭇가지들을 물어다 동해에 던져 그 넓은 바다를 메우려 했다고 한다. 문화콘텐츠닷컴(편), 『문화원형 용어사전』, 한국콘텐츠진흥원, 2012 참조.

25) 수레바퀴 막으려는 사마귀 : 제 분수도 모르고 무모하게 덤비는 모습.

26) 부상(扶桑) : 중국 신화에서 동쪽 바다 해 뜨는 곳에 있다는 신성한 나무.

「贈人覓眼鏡」

老夫平生癖於書 焚膏繼晷恣卷舒
抄謄又作蠅頭字 細入毫芒日無虛
嘔肝弊精勞三彭 揩昏拭曉祟五車
直至于今五十年 矻矻豕亥與魯魚
邇來漸覺視茫茫 每對牙籤還欷歔
一點一畫幻二三 千看萬看愈趑趄
寶鑑埋塵孰更磨 玄花滿地無由鋤
縱欲收拾志勵壯 其奈遲暮心負初
有時發狂欲大叫 眼明少年爭笑余
巧思誰刱雙圓鏡 玻瓈瀅澈青天如
不勞金篦刮膜翳 能察秋毫同薪輿
朝暮若令置几案 寶愛奚翅獲瓊琚
我欲求之不可得 世人兼蓄徒深儲
煩君爲覓西洋品 免敎眵昏送三餘

【역문】「어떤 사람에게 안경을 부탁하며」[27)]

이 늙은이 평생토록 책에 미쳐서 老夫平生癖於書
등불 밝혀 낮을 이어 맘껏 읽었네 焚膏繼晷恣卷舒

베낄 때엔 파리머리만 한 글씨를 써서 抄謄又作蠅頭字

27) 「贈人覓眼鏡」: 「어떤 사람에게 안경을 부탁하며」 53세에 지은 28구의 칠언고시. 「시고」 책3에 수록.

정밀하게 붓끝에 담아 허송한 날 없었네　細入毫芒日無虛

노심초사 정신 소모하여 삼팽[28]을 괴롭히고　嘔肝弊精勞三彭
아침저녁 눈 비비는 건 오거서[29] 때문이라　揩昏拭曉祟五車

지금까지 줄곧 오십년 세월　直至于今五十年
부지런히 글자들 분변했어라　矻矻豕亥與魯魚

근래 점차 눈이 가물가물하여　邇來漸覺視茫茫
서첨을 대할 때면 한숨만 나오네　每對牙籤還欷歔

한 점 한 획이 두셋으로 보여　一點一畫幻二三
보면 볼수록 더더욱 헷갈리네　千看萬看愈趑趄

먼지 앉은 거울을 누가 다시 닦을까　寶鑑埋塵孰更磨
온 세상 현화[30]를 캐낼 길 없어라　玄花滿地無由鋤

수습하여 뜻을 씩씩하게 가다듬으려 하려도　縱欲收拾志勵壯
늘그막에 초심 저버린 것을 어이하랴　其奈遲暮心負初

---

28) 삼팽 : 도교(道敎)에서 말하는 세 마리 벌레 팽거(彭倨)·팽질(彭質)·팽교(彭矯). 삼시(三尸)라고도 한다. 사람 몸속에 있으며 수명·질병·욕망 등을 좌우하는 이 벌레는 경신일(庚申日) 밤이면 몸에서 몰래 빠져나가 천제(天帝)에게 사람의 잘못을 일러바치는데 이를 막기 위해서는 잠을 자지 않고 지키는 방법이 있다고 하였다. 즉 필자는 잠도 자지 않고 독서에 열중했다는 뜻. 세종대왕기념사업회, 『한국고전용어사전』, 2001 참조.

29) 오거서 : 다섯 수레에 실을 만한 많은 책.

30) 현화 : 노안으로 눈이 어둡고 가물거림.

때때로 미치도록 절규하고 싶으니	有時發狂欲大叫
눈 밝은 소년들 다투어 비웃네	眼明少年爭笑余
기발한 생각, 누가 쌍안경 발명했나	巧思誰刱雙圓鏡
투명한 파려[31]가 하늘처럼 맑도다	玻瓈瀅澈靑天如
금비[32]로 흐린 망막 긁어낼 필요 없이	不勞金篦刮膜翳
가을 터럭을 나뭇단처럼 살필 수 있네	能察秋毫同薪輿
아침저녁으로 서안에 놓아둔다면	朝暮若令置几案
보배를 얻은 것보다 귀하게 여겨지리	寶愛奚翅獲瓊琚
나는 구하려도 구할 수 없건만	我欲求之不可得
사람들은 몇 개씩 보관하고만 있다네[33]	世人兼蓄徒深儲
그대에게 부탁하여 서양 물건 구하노니	煩君爲覔西洋品
눈 어두워 삼여[34] 허송함을 면하게 해주오	免教眵昏送三餘

31) 파려 : 수정(水晶).
32) 금비 : 눈병을 치료하는 데 쓰는 칼 형태로 만든 쇠붙이 기구.
33) 서양에서 건너온 물건인 안경이 부귀한 사람들에게는 완상용으로 여러 개 있으나 필자는 소장할 수 없으니 학문하는 데에 긴요한 자신에게 빌려달라고 청하는 글. 윤기는 서학은 강하게 배척하였으나 유용한 서양물품은 인정하는 태도를 보여주는 글이다. 강민정 역주 참조.
34) 삼여 : 학문하기에 가장 좋은 여유 시간. 즉 한 해 중 겨울(歲之餘), 하루 중 밤(日之餘), 시간 중 비오는 때(時之餘) 등이 이에 해당한다.

「和族兄 愼 回甲壽席韻」

鴻光偕老太平時 有子何曾羡五之
外物由來輕組冕 韶顔自可享頤期
千編靜坐繩先武 一葦橫流慰我思
花甲喜成花樹會 莫辭鷞鵜與鸕鷀
* 坡詩云羲之有五之 族大父邵南公平生讀書樂道 近來有西洋學邪說惑世誣民 族兄能以辭闢自任 故五六云

【역문】「족형 신(愼)의 회갑 수석연의 시에 화운하여」[35]

태평 시대에 해로한 것도 큰 영광인데 鴻光偕老太平時
아들 있으니 오지[36]가 무어 부러우랴 有子何曾羡五之

높은 벼슬은 본래 외물이니 가벼이 여겼고 外物由來輕組冕
얼굴의 혈색 좋으니 장수 누릴 수 있겠네 韶顔自可享頤期

고요히 앉아 천 권의 책 읽어 선대의 가업 계승하였고 千編靜坐繩先武
작은 조각배로 거친 물결 건너시어 나의 근심 위로하셨네 一葦橫流慰我思

35) 「和族兄 愼 回甲壽席韻」: 「족형의 회갑 수석연의 시에 화운하여」의 족형은 윤신(尹愼)이다. 58세에 지은 칠언율시로 「시고」 책3에 수록되어 있다.
36) 오지 : 족형에게 가업을 이을 훌륭한 아들이 있으니 왕희지의 다섯 아들이 부럽지 않다는 뜻.

화갑 날이 기쁘게도 화수회 되었으니　　花甲喜成花樹會
앵무배와 노자표[37]를 사양치 마십시오　　莫辭鸚鵡與鸕鶿

* 소동파의 시에 "왕희지에게 오지(五之)의 아들 있었네.[羲之有五之]" 라고 하였다. 족대부 소남공(邵南公)이 평소 독서를 하며 안빈낙도하였다. 근래에 서양학의 사설(邪說)이 혹세무민하자 족형이 사설을 물리치는 것으로 자임하였다. 이 때문에 5구와 6구에서 언급하였다.

37) 앵무배와 노자표 : 앵무새와 가마우지 형태의 고급 술잔. 필자가 족형에게 올리는 축수의 술잔을 표현.

「人有賦闢邪行者 乃次之」

山經職方多記載 未聞西洋在宇內

梯航雖復窮殊域 狐魅詎敢累昭代

邇來邪學染左海 坐令倫彝入盲晦

從風奔波氣味際 躍馬贏糧才俊輩

貴賤混淆禮失分 男女雜亂德聞穢

洪流汎濫孰決排 荊棘滋蔓難剪刈

厲階主教作窩窟 禍首購書入邊塞

惑世誣民遂至此 空令志士增歎慨

最是弗祀滅厥廟 問爾其有三年愛

萬古四海皆兄弟 遺親後君曾無礙

頂禮誦呪眞至妖 好死惡生尤絶悖

亦知聖世所難容 厭然外揜心不悔

儒名墨行甚穿窬 小品瑣調溢闤闠

白蓮黃巾有前鑑 異日安知禍不再

聖主但欲人其人 任他揚揚廁簪珮

此輩政好反醜正 指以禍心其可耐

春秋有法亂賊誅 大易垂戒慢藏誨

靑丘不意入淪胥 白簡何人激慷慨

無奈陰長陽卽消 謾思賢進邪自退

安得廓淸慢天徒 大明吾道元后戴

【역문】「사교[38]를 물리쳐야 한다는 시에 차운하여」[39]

『산해경』[40]과 〈직방〉[41]에 기록된 나라 많지만	山經職方多記載
이 세상에 서양이 있다는 말 들어보지 못했네	未聞西洋在宇內
궁벽한 이역까지 다시 왕래를 텄다지만	梯航雖復窮殊域
불여우가 감히 성대에 누를 끼칠 수 있으랴	狐魅詎敢累昭代
근래에 예수교가 조선을 물들여	邇來邪學染左海
인륜을 어둠 속으로 빠뜨렸네	坐令倫彝入盲晦
바람과 물결에 휩쓸리는 분위기 형성되어	從風奔波氣味際
준재들이 말을 타고 양식 싸들고 모여드네	躍馬贏糧才俊輩
귀천이 뒤범벅되어 예법은 분수를 잃었고	貴賤混淆禮失分
남녀가 마구 섞여 덕은 더럽다 소문났네	男女雜亂德聞穢
범람하는 홍수를 누가 막을까	洪流汎濫孰決排
번지는 가시덤불[42]을 베어내기 어려워라	荊棘滋蔓難剪刈
재앙의 단서인 교주는 와굴[43]이 되었고	厲階主教作窩窟
화의 근원인 서학서는 변경으로 들어오네	禍首購書入邊塞
혹세무민이 마침내 이 지경에 이르러	惑世誣民遂至此
공연히 지사(志士)로 하여금 개탄만 더하게 하네	空令志士增歎嘅
가장 못된 짓은 사당 허물고 제사 거부하는 일	最是弗祀滅厥廟
물어보자 너희에게 삼 년의 사랑은 있었더냐[44]	問爾其有三年愛

38) 사교 : 천주교.
39) 「人有賦闢邪行者 乃次之」: 「사교를 물리쳐야 한다는 시에 차운하여 (어떤 이가 사교(邪敎)가 횡행하는 것을 물리쳐야 한다는 시를 읊었기에 차운하다.)」- 세교(世敎)에 크게 관계된 것이다. 59세에 지은 칠언고시. 20운 20구이다.
40) 『산해경』: 중국의 가장 오래된 지리서.
41) 〈직방〉: 천하의 지리와 지도를 관장하던 주대(周代)의 관직 직제.
42) 번지는 가시덤불 : 천주교 교세가 확장되고 있는 것을 뜻한다.
43) 교주는 와굴 : 사제들이 구심심이 되어 천주교 전파의 소굴을 형성하였다는 뜻.
44) 자식은 태어나 삼년은 지나야 부모 품을 벗어날 수 있는데, 천주교인들이 사당

만고와 사해를 모두 형제라고 하면서 萬古四海皆兄弟
어버이와 군주를 거리낌 없이 무시하네 遺親後君曾無礙
예배와 기도란 것은 지극히 요사하고 頂禮誦呪眞至妖
죽음이 영광이란 말은 더욱 패려하구나 好死惡生尤絶悖
성세에 용납받지 못할 줄을 저희도 잘 알아 亦知聖世所難容
겉으로는 가리지만 속마음은 뉘우치질 않네 厭然外揜心不悔
선비의 이름 내걸고 사교를 행하는 것이 도둑질보다 심하고
儒名墨行甚穿窬
쇄세한 소품문이 도성에 넘쳐나네 小品瑣調溢闤闠
백련교도와 황건적의 전례 있으니 白蓮黃巾有前鑑
뒷날 다시 화가 아니 된다 어이 보장하랴 異日安知禍不再
성상[45]께선 그들을 사람으로 만들고자 하실 뿐 聖主但欲人其人
양양하게 조정에 발 들이도록 버려두시네 任他揚揚厠簪珮
이들은 반역을 좋아하고 정도를 싫어하여 此輩政好反醜正
도리어 군자를 가리켜 화심 품었다고 지목하니 어찌 참을 수 있나
指以禍心其可耐
난적[46]을 주벌함은 『춘추』대법이요 春秋有法亂賊誅
만장회도[47]는 『주역』의 경계일세 大易垂戒慢藏誨
청구[48]의 강토가 뜻밖에 사교에 빠졌으니 靑丘不意入淪胥
누가 탄핵하여 강개함을 격분시키려나 白簡何人激慷慨

을 허물고 제사를 거부하니 과연 그들이 길러준 부모 은혜를 알기는 하는가라는 질책.

45) 성상 : 정조(正祖).

46) 난적 : 난신적자(亂臣賊子). 즉 나라를 어지럽히는 신하와 어버이를 해하는 자식, 곧 국가와 사회를 혼란시키는 무리.

47) 만장회도 : 관리를 소홀히 하여, 사람으로 하여금 도둑질하게 유혹한다는 뜻.

48) 청구 : 중국에서 우리나라를 일컬었던 말.

음기가 융성하면 양기가 위축되는 것은 어쩔 수 없으니 無奈陰長陽卽消

군자가 등용되고 사교가 물러나기만을 속절없이 바라네 謾思賢進邪自退

어떡하면 하늘 능멸하는 사교도를 시원히 쓸고 安得廓清慢天徒

우리 유도 크게 밝혀 성상을 받들 수 있을까 大明吾道元后戴

「闢異端說」

異端者何 異乎聖人之道而別爲一端者也 闢之者何 開其蔽塞而使之廓如也 異乎聖人之道 則必害乎聖人之道 爲聖人之道者 惡可不辭而闢之乎 夫子曰 攻乎異端 斯害也已 當是時 異端之害 似若有不甚可憂者 而聖人之言如此 其爲後世慮 至深遠矣 故程伯子有言曰 道之不明 異端害之 闢之而後 可以入道 異端之不可不闢也 有如是夫 在昔戰國之時 楊墨以爲我兼愛爲異端 而孟子以爲無父無君 又曰能言距楊墨者 聖人之徒也 其闢之之嚴 蓋如此 及孟子沒 而異端之說 日新月盛 咸能惑世誣民 充塞仁義 而又未有若老佛之彌近理而大亂眞 故其所以陷溺人心 爲吾道害者 至此而極 然自漢以來 未有能闢之者 至唐韓昌黎始奮然筆之於書 以闢老佛爲己任 偉矣哉 自是厥後 又寥寥未之聞焉 至于宋 程夫子兄弟者出 而傳千載不傳之緖 斥二家似是之非 朱夫子又繼起而闢之 使聖人之道 粲然復明 而葱嶺伊蒲塞氣味 遂不敢肆 譬如太陽亭午而魑魅遁 春風和暢而陰氷消 天下後世之人 皆知一染異端 便作吾道之罪人 趣舍有定 路徑無歧 昌黎子有言曰 孟子之功 不在禹下 愚亦曰朱子之功 不在孟子之下 惟我東國 雖僻在海外 素被父師之敎 獨傳禮義之俗 至于我朝 聖神相繼 崇儒重道 一洗羅麗之陋習 制度文物 郁郁乎不讓姬周 里皆絃誦 門成鄒魯 人非孔子之道 不習也 士非朱子之言 不從也 無論楊墨老佛 卽權謀術數百家衆技之流 一切皆鄙夷之 不待闢而自無所容於世 詩曰周道如砥 其直如矢 君子所履 小人所視 其此之謂乎 余雖有生晩之歎 猶以遭値斯世爲幸 閉門讀聖賢書 于今四十年矣 雖時復應擧 而病且懶 不能出入交遊 人亦無肯顧之者 每恨離索窮陋 不能有以盡其切磋講劘之方矣 近日客有來者曰 子亦聞所謂天主學乎 曰未也 何以謂之天主學也 客曰其學本出於西洋國利瑪竇 其書有所謂天主實義等十許目 而中國人有治之者 年前我國使行時購其書以來 輕俊之士 見而悅之 多學焉者矣 余曰其學之宗旨云何 請

無問其詳 且問其略 客曰其學專事天主 天主者上帝也 大意以爲人雖生於父母 特不過偶然形化 則所可尊奉者 惟天主是已 於是模出天主之像 有若眞有形體之可象者 而朝夕頂禮 以致虔誠 一此弗懈 則升彼天堂 享受快樂 雖身犯大戾 手足異處 亦無害也 小或怠忽 及有斥其說者 必入地獄日夜所冀者 惟在乎肉身速蛻 魂靈返眞 所講者不過乎眞道自證教要序論等書 其於儒家則所不敢毁者惟孔子 而自孟子以下不取也 至於程朱則攻斥之甚至 此又淸人毛奇齡之言也 其大致如此 他餘奇詭之說 不一而足子以爲何如 余曰此異端中之尤無倫而絶悖理者也 顧何足多辨也 蓋自古異端 雖其所以爲說者 各自不同 亦皆有把捉論辨之義 如楊之似義 墨之似仁 老之淸淨無爲 佛之寂滅頓悟 擧足以惑天下之人 而至於佛氏之法尤爲近理 故漢唐以來 高才明智之人 率多逃焉 此程朱所以極力辨破 而其有功於聖門 不可勝言者也 今子所謂天主學 是果何義何說也 此蓋佛家之劣乘 而其陋悖之說 又佛之所不道也 苟粗有知覺者 必笑而不答矣 又何足以惑之哉 吾聞利瑪竇於天文地理及天下之事 無所不通 自謂四海萬國 跡無不及 故其星曆推步之術 最極精妙 至今天下遵用其法 雖在外夷絶域 亦可謂神智之人也 不佞平日每論及此事 未嘗不想像而奇歎之 豈料更爲此一種杜撰之學 而遺風餘波 至及於一片禮義之邦耶 嘗試思之 自古有才智者 類不肎循蹈前人之迹 而必欲別立門戶 以自壽其名於千秋 故常反前人之爲而爲之 如蘇秦旣合從 則張儀反之爲連橫 楊朱旣爲我 則墨翟反之爲兼愛 此其意以爲已然之迹 不足以新一世之耳目 而使之靡然從之也 故必也飜案出來 換做名目 以爲拔趙白旗 立漢赤幟之計耳 彼瑪竇者挾才多智 自以爲超古今騁寰海 而獨立萬物之表也 必將以神聖自處 剏出萬古所未道之語 以作萬古所未有之人 而乃以伏羲神農黃帝堯舜禹湯文武之繼天立極者 爲庸常而不足述也 周公孔子顔曾思孟之立言垂後者 爲陳腐而不足師也 程子朱子繼往開來衛道距邪之千言萬語 則又卑之 且惡之而斥之 將欲異乎此而別爲一端 則凡異乎此者 從古不爲不多矣 皆已經

羣聖賢勘破 五尺之童羞稱之 是不可以自立標榜 欺天下後世 於是乎拈出至高無上至尊無對底天之一字 暗依經傳中上天上帝等語 而又不欲用儒家文字 乃以天主二字 爲其尊事之目 而尊事天主而已 則又不足以誑惑愚民 故復爲肉身魂靈天堂地獄之說 要以神其說而歆動恐懼之 旣又慮其混於浮屠之流 乃更外爲詆毁竺敎之論 以別其指 原其情狀 盖亦巧矣 而自我觀之 可笑不足怒 可哀不足戰也 至若其說之是非邪正 譬若白黑之易分玉石之不混 不待辨析而自無所逃 又何足費辭呶呶也 客曰子之言誠然矣然而今世之士大夫子弟 已多爲此學者 惡在其不足辨也 余曰恒人之情 好新而喜奇 且苟非持守有素 則鮮有不動於禍福者 此所以驟見而悅之者也然而人誰無良知良能 而甘自入於外倫常沒義理之敎哉 如或有酷好而甚信 終迷而不返者 斯乃失其常性者耳 又豈多乎哉 此固不足慮也 又况聖明在上 尊崇儒道 非若他時之人各異師 士不同道 百家騰躍 萬匠驅馳 致有邪害正非勝是之患也 設或有詿誤漸染之弊 則必有嚴斥痛禁之美 子姑待之 且子如見爲此學者 爲我語之曰人無無父母而爲人者 士無無聖人而爲士者 天不可誣 道不可二 火其書洗其心 無惑西胡之邪說 無爲吾道之罪人 客去 乃記其說 以示兒輩

[後記] 余旣爲此說 以爲不足辨 而私又咄咄曰 異哉自朱子以後 庶無更有異端之惑人者 而於今忽有之 稍有才而尤好奇者 率多歸焉 直欲使西土高於華夏 瑪竇賢於仲尼 揚揚焉得得焉 自喜自足 若將蹈水火而不顧 此何故也 無乃運氣之所使然耶 不然何其不當惑而惑之 一至此也 居亡何朝廷治逆獄 株連於爲其學者 司寇因捕其敎授者 刑而流之 其徒初或願與之同死矣 後遂不敢復言 其他同學之類 恐其連及 紛紛然爭迭呈文 以自明其不爲 又太學發文以斥之 其人或反自署其名 以示共擯之意 其情可憐還可笑也 盖其初悅而學焉者 專爲禍福所動 故及其利害所關 曾不移時而爭相投降 惟恐人之指以爲爲其學者 此必然之勢也 余於是喜其前言之幸

而驗也 更書于後

【역문】「이단에 대한 반박」49)

이단이란 무엇인가? 성인(聖人)의 도(道)와 길을 달리 하는 이론이다. 논박[闢]하는 것은 어째서인가? 막힌 곳을 틔워주어 안목을 넓혀주기 위함이다. 성인의 도와 다르면 반드시 성인의 도를 해치게 되는데, 성인의 도를 공부하는 사람이 어찌 이단을 논박하지 않을 수 있겠는가? 공자(孔子)는 다음과 같이 말하였다. "이단을 전공하면 해로울 뿐이다[攻乎異端 斯害也已]" 공자 당시는 이단의 해악이 그리 걱정할 만한 정도는 아니었을 것이다. 그런데도 성인의 말씀이 이와 같았으니, 후세를 위한 염려가 지극히 깊었다 하겠다. 그래서 정백자(程伯子 정호(程顥))는 다음과 같이 말하였다. "도(道)가 밝지 않은 것은 이단이 해치기 때문이다.[道之不明 異端害之]" "이단을 논박한 뒤에야 도(道)로 들어갈 수 있다.[闢之而後 可以入道]" 이단을 논박하지 않아서는 안 되는 이유가 이와 같다. 옛날 전국(戰國) 시대에 양주(楊朱)와 묵적(墨翟)이 개인주의[爲我]와 겸애주의[兼愛]를 주장하는 이단이었는데, 맹자(孟子)가'부모를 도외시하고[無父]''임금을 도외시한다[無君]'라고 규정하고 다음과 같이 말하였다. "양주와 묵적을 배격하는 사람은 성인의

49) 「벽이단설」: 「문고(文稿)」 책1에 수록된 6편의 설(說) 중 천주교(天主教)를 이단으로 규정하고 배척한 논설(論說). 본설(本說)과 뒤에 붙인 후기(後記)로 구성되어 있는데, 각각 시기를 달리해 집필하였다. 본설은 1784년 이승훈(李承薰)이 북경에서 세례를 받고 돌아오며 조선천주교회가 창설되었고 이때를 전후해 천주교에 대한 사회적 관심과 논의가 활발했을 무렵 쓴 것으로 추정된다. 후기는 1801년 천주교에 대한 최초의 공식 신유박해(辛酉迫害) 후 쓴 글로 판단된다. 『無名子集』「文稿」제1책에 수록되어 있는데, 본설은 한 줄 28자씩 총 71행, 후기는 한 줄 27자씩 총 10행이다.

무리이다.[能言距楊墨者 聖人之徒 也]" 맹자는 이처럼 엄중하게 이단을 배격하였다. 맹자 사후에는 이단의 설이 나날이 새로워지고 다달이 성해져서 모두 다 혹세무민하여 인의(仁義)를 해쳤다. 하지만 다른 어떤 것도 노장(老莊)과 불가(佛家)처럼 매우 근리(近理)하여 참된 도를 크게 어지럽히지는 못했으니, 사람의 마음을 빠져들게 하여 우리 유가의 도를 해치는 일은 노장과 불가가 성행함에 이르러 극에 달하였다. 그러나 한(漢)나라 이후로 이들을 반박한 사람이 없다가 당(唐)나라 한창려(韓昌黎 한유(韓愈))에 와서야 비로소 분연(奮然)히 글을 써서 노장과 불가에 대한 반박을 자신의 소임으로 삼았으니 위대하다. 그 뒤에는 이단을 논박하는 사람이 없어 다시 잠잠하다가 송(宋)나라에 이르러 정부자(程夫子 정호(程顥)와 정이(程頤)) 형제가 나와서 천년 동안 단절되었던 도(道)를 전하여 노장과 불가의 옳은 듯하나 그른 학설을 논파하였다. 또 그 뒤를 이어 주 부자(朱夫子 주희(朱熹))가 나와서 이들을 반박하여 성인의 도가 다시 찬란히 밝아지고 불교의 기풍이 감히 유행하지 못하였으니, 이는 마치 태양이 중천에 뜨자 도깨비가 도망가 숨고, 봄바람이 따스하게 불자 얼음이 녹는 것과 같았다. 그 덕분에 천하 후세 사람들이 모두 이단에 한번 물들고 나면 우리 도(道)의 죄인이 된다는 사실을 알고, 지향할 것과 지양할 것을 확고히 정하여 단일한 길을 따르게 되었다. 한창려가 "맹자의 공이 우(禹) 임금 못지않다.[孟子之功 不在禹下]"고 하였는데, 나는 주자(朱子)의 공이 맹자 못지않다고 생각한다. 우리 동국(東國)이 비록 바다 너머 궁벽한 곳에 있기는 하나 본디 기자(箕子)의 가르침을 받아 유일하게 예의(禮義)의 풍속을 전수해 왔다. 조선조에 와서는 성스러운 임금이 계속 나와서 유도(儒道)를 존숭하여 신라와 고려의 저열한 풍습을 깨끗이 씻어냈으니, 제도와 문물이 융성하여 주(周)나라에 못지않게 되었다. 마을마다 글 읽는 소리가 들리고 집집마다 예의를 알아서 사람들은 공자의 도가 아니면 익히지 않고, 선비들은 주자의 말이 아니면 따르지 않는다. 양주와 묵적, 노장과 불가는 말할 것도 없고 권모술수와 백가(百家)와 뭇 기예 등을 일체 다 저속한 것으로 경시하니, 반박하지 않아도 이단은 저절로 세상에서 용납받지 못한다. 『시경(詩經)』에 이런 말이 있다. "큰길이 숫돌 같으니, 곧기가 화살 같구나. 군자는 이 길을 걸어다니고, 소인은 이 길을 우러러보누나." 이는 지금 우리나라와 같은 경우를 말한 것이리라. 나는 뒤늦게 태어난 것이 한스럽기는 하나, 그래도 다행히 지금 같은 시대를 만나서 40년 동안 집 안에 들어앉아 성현의 글을 읽을 수 있었다. 이따금 과거에 응시하기는 하나 병들고 나태하여 밖으로 나다니며 사람들과 교유하지 못하니, 사람들도 나를 찾는 이가 없다. 그런데 이렇게 혼자서 쓸쓸하게 지내다 보니 벗들과 함께 강론하며 절차탁마하는 방도를 다하지 못하는 것이 늘 한탄스러웠다. 근자에 어떤 객(客)이 와서 물었다. "자네도 천주학(天主學)이란 걸 들어 보았는가?" "아니요. 어째서 천주학이라고 부르는 게요?" "천주학은 본디 서양의 이마두(利瑪竇)에게서 나왔는데, 천주학 서적은 『천주실의(天主實義)』 등 10여 종이 있네. 중국인 중에 이를 공부한 사람이 있는데, 우리나라도 연전에 사행(使行)을 다녀오면서 이 책을 구입해 왔네. 그러자 재주는 있으나 진중하지 못한 선비들이 보고 좋아해서 배우는 자들이 많네." "천주학의 종지(宗旨)는 무엇이오? 상세한 것을 묻는 것이 아니라 대강을 듣고 싶소." "천주학은 오로지 천주(天主)만을 섬기는데 천주는 상제(上帝)라네. 천주학의 대의는 다음과 같네. 사람이 부모에게서 태어나긴 하지만 이는 우연히 형체를 받은 것에 불과하니, 높이 받들어야 할 분은 오직 천주뿐이라고 하네. 그들은 천주가 마치 본뜰 만한 형체가 참으로 있는 것처럼 그 형상을 만들어 세워 놓고 아침저녁으로 지극히 경건하고 정성스러운 태도로 기도를 올린다네. 게으름 부리지 않고 한결같이 기도하면 천당에 올라가서 즐거움을 누리게 되니, 비록 몸이 큰죄를 지어 수족이 잘리더라도 무방하다고 하네. 그러나 조금이라도 기도를 게을리하거나 교리를 비난하는 사람은 반드시 지옥에 떨어진다는군. 그들이 밤낮으로 바라는 것은 오로지 육신을 빨리 벗어 버리고 영혼이 참된경지로 돌아가는 것이고, 강습하는 책은 『진도자증(眞道自證)』[50]과 『교요서론(教要序論)』[51]등의 책에 지나지 않네. 그들이 유가(儒家)에서 감히 비방하지 않는 사람은 오직 공자뿐이니, 맹자 이하는 취하지 않고 정자와 주자에 대해서는 철저히 공격한다네. 이는 청나라 사람 모기령(毛奇齡)[52]의 말이네. 천주학의 대체는 이와 같은데, 이 밖에도 기괴한 말이 한두 가지가 아니네. 자네는 어떻게 생각하는가?" 내가 대답하였다. "이는 이단 중에서도 이치에 어긋나기 짝이 없는 것이니, 많은 말로 변파(辨破)할 것이 무에 있겠소. 예로부터 이단의 설(說)이 여러 가지였지만 모두 핵심적으로 내세운 논리가 있었으니, 예컨대 양주는 의(義)에 가까웠고, 묵적은인(仁)에 가까웠으며, 노장은 청정(淸淨)과 무위(無爲)를 주장하고, 불가는 적멸(寂滅)과 돈오(頓悟)를 주장하여 천하 사람들을 현혹하기에 충분하였소. 그중에 불가의 법은 특히 더 근리(近理)하였기 때문에 한당(漢唐) 이래로 재주가 높고 지혜가 명민한 사람들이 대부분 빠져들었소. 이 때문에 정자와 주자가 불가를 극력 논파하여 유가에 세운 공이 이를 데 없이 크다고 하는 것이오. 지금 그대가 말한 천주학은 과

50) 『진도자증(眞道自證)』 : 중국에서 활동하던 프랑스 출신 예수회 선교사 샤바냑(Emericus de Chavagnac, 沙守信, ?~1717)이 한문으로 저술해 1718년 간행한 천주교 교리서.

51) 『교요서론(教要序論)』 : 중국에서 활동하던 벨기에 출신 예수회 선교사 페르비스트(Ferdinand Verbiest, 南懷仁, 1623~1688)가 한문으로 저술해 1670년 간행한 천주교 입문 교리서.

52) 모기령((毛奇齡, 1623~1716) : 명말청초의 학자, 문인화가. 문집으로 저술을 모두 모은 『서하합집(西河合集)』400여 권이 있다. 『중국역대인명사전』, 이화문화사, 2010, 「모기령」 참조

연 어떤 논리를 내세우고 어떤 설을 주장하고 있소이까? 이는 불가의 소승(小乘)[53]과 유사한데, 그 저열(低劣)하고 사리에 어긋나는 설들은 불가에서도 말하지 않는 것이오. 조금이라도 지각이 있는 사람이라면 분명 웃어넘기고 답하지 않을 것이니, 또 어찌 현혹될 리가 있겠소. 나는 이마두가 천문·지리를 비롯하여 천하의 모든 일에 대해 모르는 것이 없다는 말을 듣고, 그는 사해 만국을 다 돌아다녔기 때문에 책력을 추산하는 방법이 매우 정밀하고 오묘하여 지금까지 천하가 그 법을 준용하고 있는 것이라 생각하였소. 그래서 그가 비록 머나먼 서양 사람이기는 하나 신묘한 지혜를 지닌 사람이라고 이를 만하다고 여겼소. 나는 평소에 이 일을 논할 때마다 이마두가 어떤 사람일까 상상하며 탄복하곤 하였으니, 어찌 이처럼 터무니없는 학문을 주장하여 조그마한 우리 예의지국(禮儀之國)까지 그 영향을 받게 되리라고 생각이나 했겠소이까? 생각해 보면, 예로부터 재주와 지혜가 있는 사람들은 대체로 이전 사람의 자취를 답습하려 하지 않고 반드시 독특한 노선을 세워 천추에 이름을 전하려고 하였소. 그래서 늘 이전 사람이 한 것과 반대로 했으니, 예컨대 소진(蘇 秦)이 합종(合從)을 주장하자 장의(張儀)는 반대로 연횡(連橫)을 주장하였고[54] 양주가 개인주의[爲我]를 표방하자 묵적은 반대로 겸애주의[兼愛]를 표방하였소. 이는 과거에

53) 소승(小乘) : 불교의 창시자 석가 입멸 약 100년 후(기원전 3세기 중반 무렵)부터 교단은 20개 정도 부파로 분열해 논쟁했는데 이 시대 불교를 소승불교라 한다, 산스크리트어로 히나야나(Hīnayāna, 작은 타는 것이라는 뜻)인데, 석존의 가르침에 충실하고자 하여 그 결과 출가중심주의가 되어 대승불교의 흥기를 촉진하였다. 서양 중세 그리스도교의 스콜라철학에 비견된다. 한국사전연구사(편). 『종교학대사전』, 1998. 참조.

54) 합종(合從)과 연횡(連橫) : 중국 전국시대에 진(秦)나라에 대항하기 위해 주장된 외교술. 남북으로 합작해 방위동맹을 맺어 진나라에 대항하는 것이 공존공영의 길이라는 '합종책'은 소진이, 진나라와의 연합책 만이 안전한 길이라는 '연횡책'은 장의가 주장하였다.

이미 드러난 자취로는 사람들의 이목(耳目)에 참신한 충격을 주어 일세를 풍미하기에 역부족이라고 생각했기 때문이오. 그래서 반드시 의제(議題)를 뒤집고 명목(名目)을 바꾸어, 옛날 회음후(淮陰侯) 한신(韓信)이 조(趙)나라 군대와 싸울 적에 조나라의 흰 깃발을 뽑아 버리고한(漢)나라의 붉은 깃발을 세워 조나라 군대로 하여금 전의(戰意)를 잃게 만든 것처럼 하려는 것이오. 저 이마두는 재주가 있고 지혜가 많아서 자신이 고금에 뛰어나고 세상에 뚜렷한 존재로 만물 위에 우뚝 서 있다고 생각하고 있으니, 아마도 신성함을 자처하며 지금까지 아무도 하지 않은 말을 창안해 내어 만고에 다시없는 사람이 되려는 것이오. 그래서 천도(天道)에 입각하여 문명의 표준을 세운 복희(伏羲)·신농(神農)·황제(黃帝)·요(堯)·순(舜)·우(禹)·탕(湯)·문왕(文王)·무왕(武王) 같은 분들을 범상하여 계승할 가치가 없다고 폄하하고, 훌륭한말을 남겨 후세에 전한 주공(周公)·공자·안연(顔淵)·증자(曾子)·자사(子思)·맹자 같은 분들을 진부하여 본받을 가치가 없다고 하며, 옛 성현의 정통을 잇고 후세 학자들이 나아갈 길을 열어 정도(正道)를 보호하고 사도(邪道)를 배격한 정자(程子)·주자(朱子)의 천 마디, 만 마디 말씀을 하찮게 여기고배척하는 것이오. 이렇게 함으로써 옛 성현들과 노선을 달리하여 독특한 이론을 세우려는 것이지요. 그러나 옛 성현과 노선을 달리한 학설이 예로부터많았지만 모두 뭇 성현들에게 논파당하여 삼척동자도 입에 담기를 수치로 여기니, 이러한 학설을 표방하여 천하 후세를 속일 수는 없소.

그는 이 때문에 지극히 높아 더 높은 것이 없고 지극히 존귀하여 상대할 자가 없는 '하늘[天]'이란 말을 집어들어 암암리에 경전 속의 '상천(上 天)'·'상제(上帝)' 등의 말에 의거하는 한편, 유가(儒家)의 용어를 사용하고 싶지는 않아서 '천주(天主)' 두 글자를 가지고 높이 받드는 대상을 지칭하는 말로 삼았소. 그런데 천주를 높이 받들 뿐이라면 어리석은 백성을 속이고 현혹하기에 부족하오. 그래서 또 육신이니 혼령이니 천당이니 지옥이니 하는 말들을 만들었으니, 이는 자신의 말을 신비롭게 하여 사람들의 마음을 동하고 두렵게 만들려는 것이오. 이마두는 또 자신의 학설이 불가의 부류와 혼동될까 염려하여 불가를 비판하는 주장인 것처럼 겉모습을 바꾸었는데, 그 정상(情狀)이 교묘하기는 하나 내가 보기엔 우스꽝스러워 성낼 가치도 없고, 애처로워 싸울 가치도 없소. 그 학설의 시비(是非)와 사정(邪正)은 흑백처럼 쉽게 구분되고 옥석(玉石)처럼 혼동의 여지가 없어서 자세히 따지지 않아도 저절로 드러나니, 또 어찌 많은말을 지껄일 것이 있겠소?" 객이 말하였다. "그대의 말이 참으로 맞기는 하나 요즘 사대부 자제들 중에도 천주학을 연구하는 사람이 이미 많으니, 따질 가치도 없다는 말이 무색하지 않소?" 내가 말하였다. "사람들은 흔히 새롭고 기이한 것을 좋아하오. 그리고 정말로 평소에 지조 있는 사람이 아니면 화복(禍福)에 마음이 흔들리지 않기란 어려운 법이오. 이 때문에 사람들이 천주학을 얼핏 보고 좋아하는 것이오. 그러나 인간 고유의 지혜[良知]와 능력[良能]이 없는 사람이 누가 있겠소? 그러할진대 누가 기꺼이 인륜을 도외시하고 도리를 무시하는 가르침으로 스스로 들어가려 하겠소? 만약 천주학을 몹시 좋아하고 깊이 믿어 끝내 방향을 잃고 돌아오지 않는 사람이 있다면 그런 사람은 정상적인 본성을 잃은 자일 게요. 하지만 그런 경우가 어찌 많겠소? 이는 걱정할 것이 못 되오. 게다가 지금은 성스러운 임금이 위에 계시어 유도(儒道)를 존숭하시니, 사람들이 저마다 다른 스승을 섬기고 선비들이 제각기 다른 도(道)를 추구하여 백가(百家)의 학설이 난무하는 가운데 사도(邪道)가 정도(正道)를 해치고 그른 것이 옳은 것을 이기는 때와는 다르지 않소? 만약 유학이 천주학에 점차 물들어 왜곡되는 문제가 발생한다면 필시 엄중히 배격하고 철저히 금지하는 조처가 있을 것이니, 그대는 일단 기다려 보시게.

그리고 천주학을 연구하는 사람을 보게 되거든 다음과 같이 일러 주시게. '부모가 없으면 사람으로 태어날 수 없고 성인이 없었으면 선비가 나올 수없는 법, 하늘은 속일 수 없고 도는 두 가지일 수 없다. 지금 보고 있는 천주학 책을 태워 버리고 천주학에 쏠린 마음을 씻어낼 지니, 서양 오랑캐의 사설(邪說)에 현혹되어 우리 유도의 죄인이 되지 말라.'라고." 객이 떠나고 나서 이 일화를 기록한다. 아이들에게 보여주기 위함이다.

[후기] 나는 이 설(說)에서 천주학은 세세히 따질 가치도 없다고 하였다. 그러나 내심으로는 또 탄식하며 다음과 같이 생각하였다. '이상하다. 주자 뒤에 다시는 이단이 사람들을 현혹하지 못할 것 같더니 지금 갑자기 이단이 나타나 재주가 좀 있으면서 기이한 것을 좋아하는 사람들이 대부분 빠져들고 있다. 그들은 곧장 서양을 중국보다 높이고 이마두를 공자보다 어진 사람으로 평가하면서 의기양양하게 스스로 기뻐하고 스스로 만족하여 물속에 빠지고 불구덩이에 빠지면서도 돌아보지 않을 듯이 행동하는데, 이는 무슨 까닭인가? 천운(天運)이 이렇게 만든 것이 아니겠는가? 그렇지 않다면 현혹될 만한 것도 아닌데 어찌 이리 현혹된단 말인가?' 얼마 지나지 않아 조정에서 역옥(逆獄)[55]을 다스렸는데, 천주학을 연구하는 사람들이 연루되었다. 형조에서 천주교 신부[56]를 붙잡아 형문(刑問)하고 귀양 보내자, 문도(門徒)들이 처음에는 함께 죽겠다고 하다가 나중에는 그런 말을 감히 더 하지 못하

55) 역옥(逆獄) : 1801년 천주교에 대한 조선 최초의 공식적 신유박해(辛酉迫害).

56) 천주교 신부 : 주문모(周文謨, 1752~1801) 신부, 중국 북경교구장 구베아(Gouvea 湯士選) 주교(主敎)의 명에 따라 1794년 조선에 파견되어 1801년 순교할 때까지 활동한 조선 최초의 천주교 사제. 전교에 성공을 거두어 주 신부 입국 당시 3천명에 불과하던 신도가 5년 후에는 1만 명으로 늘었다. 그러나 1801년 신유박해가 일어나며 많은 신자들이 순교하자, 자수하고 한강변 새남터에서 순교하였다. 무명자가 귀양 보냈다고 쓴 것은 오류이다.

였다. 그 밖에 함께 공부하던 자들은 연좌될까 두려워 앞 다투어 분분히 글을 올려서 자기는 천주학을 배우지 않았다고 해명하였다. 또한 성균관에서 천주학을 배척하는 글을 발표할 때 스스로 연명에 참여하여 자신도 천주학을 배척한다는 뜻을 보이기도 하였으니, 그 정상(情狀)이 가련하고 가소롭다. 그들이 처음 천주학을 좋아하여 배운 것은 오로지 화복에 마음이 흔들렸기 때문이다. 그들은 이해(利害)의 갈림길에 서게 되자 이내 앞 다투어 투항해서 행여나 사람들이 자신을 천주학도로 지목하지 않을까 두려워했으니, 이는 필연적인 결과이다. 지난번에 내가 말한 대로 된 것이 기뻐서 글 뒤에 이렇게 다시 기록한다.

「又記答人之語」

謹按程子曰 老子書 其言自不相入處如氷炭 其初意欲談道之極玄妙處後來却入做權詐者上去 如將欲取之 必固與之之類 然老子之後有申韓 看申韓與老子道甚懸絶 然其要乃自老子來 蘇秦張儀則更是取道遠 初秦儀學於鬼谷 其術先揣摩其如何然後捭闔 捭闔旣動然後用鉤鉗 鉤其端然後鉗制之 其學旣成 辭鬼谷去 鬼谷試之爲張儀說所動 如入庵中 說令出之之類 然其學甚不近道 人不甚惑之 孟子時已有置而不足論也 夫鬼谷儀秦其術易以動人 故當其馳騁之時 七國之君 皆從風而靡 天下振動 名流後世 此非趑趄者醜也 而孟子以爲妾婦之道 程子以爲甚不近道 人不甚惑蓋其揣摩捭闔之術 雖足以鉤取當世一時之功名 險詭鄙陋之言 亦不能陷溺天下後世之人心 非如楊墨老佛之愈出愈近 易以惑人者 故曰不足論也今此所謂天主學者 奚翅甚不近道 直可謂全不成說 其所謂尊奉天主 雖欲依倣於經傳中昊天上帝等語 而以無聲無臭之載 欲求之形像模畫之中 此不可以欺竈間老婢也 其所謂天堂地獄 雖欲祖述於貝葉間輪回報應之說而粗淺庸俚 反不能窺其藩籬 殆甚於小兒之塵飯塗羹 人誰信之 至於棄父子之倫 斥聖賢之訓 胡叫亂嚷 備盡無數醜惡底光景 又有狂夫醉漢之所不敢道者 余雖不見其書 聞人傳說 其學不過如此 誠不曉今世人之何爲而始或不能無入於其中也 然當自起自滅 置而不論可也

【역문】「다른 사람에게 답한 말을 또 기록한다.」[57)]

정자(程子)가 말하였다. "『노자(老子)』의 내용 중에는 차가운 얼음과

57) 「又記答人之語」: 「다른 사람에게 답한 말을 또 기록한다.」는 「문고」 책1에 「벽사론」에 이어 실려 있다.

뜨거운 숯처럼 서로 모순되어 양립할 수 없는 부분이 있다. 처음에는 도(道)의 지극히 현묘(玄妙)한 점을 말하려고 했으나 뒤에 가서는 권모술수와 속임수로 변질되어 갔기 때문이니, 예컨대 '장차 취하고 싶으면 반드시 먼저 주어야 한다.[將欲取之 必固與之]'라는 말 따위가 그 예이다. 노자 뒤에 신불해(申不害)와 한비자(韓非子)가 나왔는데, 신불해와 한비자의 주장이 노자의 도와 현격히 다르기는 하나 그 근원은 노자에게서 나왔다. 소진(蘇秦)과 장의(張儀)는 더욱 다른 길로 빠졌다. 처음에 소진과 장의는 귀곡자(鬼谷子)에게서 배웠는데, 그들이 배운 유세술(遊說術)은 먼저 상대방의 뜻이 어떤지를 헤아린 뒤 경우에 따라 분열책과 연합책을 적절히 쓰고, 분열책과 연합책이 먹혀든 뒤에 통제를 가하되 그럴 만한 꼬투리를 잡아챈 뒤에 견제를 가하는 것이었다. 이들이 유세술을 다 배우고 나서 귀곡자를 떠날 때 귀곡자가 이들을 시험하려다가 도리어 장의의 유세에 넘어갔으니, 예컨대 귀 곡자가 구덩이 속에 들어가서 소진과 장의에게 자신을 설득하여 나오게 해 보라고 시험한 일 따위가 그 예이다. 그러나 이들의 학문은 그다지 도(道)에 가깝지 않아서 사람들이 심하게 현혹 되지는 않기에 맹자 때 이미 그냥 놔두었으니, 굳이 논할 것 없다." 귀곡자와 소진, 장의의 학술은 사람들의 마음을 쉽게 움직였다. 그래서 이들이 활약할 당시에 일곱 나라의 임금들[58]이 모두 바람에 휩쓸리듯 경도된 나머지 천하가 진동하여 후세에 이름이 전해졌으니, 이들은 녹록한 무리가 아니었다. 그런데도 맹자는 '첩과 부인의 도[妾婦之道]'[59]라고 하였고, 정자(程子)는 "그다지 도에 가깝지 않아서 사람들이 심하게 현혹되지는 않았다." 라고 하였다. 이들이 상대방의 뜻을 헤아려 경우에 따라 분열책과 연

58) 일곱 나라의 임금들 : 중국 전국시대(戰国时代, BC 403~221)에 강대했던 일곱 제후국(諸侯國)인 진(秦)·초(楚)·연(燕)·제(齊)·조(趙)·위(魏)·한(韓)의 제후.
59) '첩과 부인의 도[妾婦之道]: 시비를 가리지 않고 남의 말에 맹종(盲從)하는 방식.

합책을 적절히 쓴 방법이 당대에 공명(功名)을 낚기에는 충분하였으나, 음험하고 저속한 말이라서 천하 후세 사람들의 마음을 빠져들게 할 수는 없었다. 이 때문에 양주와 묵적, 노장과 불가가 가면 갈수록 도(道)에 가까워져 사람들을 쉽게 현혹하는 것과는 같지 않았다. 그래서 논할 가치도 없다고 했던 것이다. 지금 이른바 천주학이란 것으로 말하면 어찌 그저 도에 가깝지 않을 뿐이겠는가? 말도 되지 않는다. 저들이 받든다는 '천주(天主)'는 경전 속의 '호천(昊天)'·'상제(上帝)' 등의 말을 본떠서, 소리도 없고 냄새도 없는 하늘의 일을, 모사할 수 있는 형상적 존재에서 찾은 것이니, 부엌데기 늙은 계집종조차 속일 수 없다. 저들이 말하는 천당·지옥은 불경의 윤회설(輪回說)·응보설(應報說)을 따른 것이지만 천박하고 속되어서 오히려 윤회설과 응보설의 근처에도 못 미친다. 그 유치함이 어린애들이 흙먼지를 모아 밥이라 하고 진흙을 물에 개어 국이라 하는 것보다 심하니, 대체 누가 그대로 믿겠는가?

부모 자식 사이의 윤리를 저버리고 성현의 가르침을 배척하여 마구 고함치고 소란을 피우는 등 추악한 광경을 무수히 만들어내는 것으로 말하면 또 미치광이와 취한(醉漢)도 감히 입에 담지 못할 정도이다. 내가 비록 저들의 책을 보지는 못했지만 사람들이 전하는 말을 들어 보면 천주학은 이와 같을 뿐이다. 그런데도 지금 세상 사람들이 간혹 처음에는 불가항력적으로 그 속으로 빠져드는 경우가 있으니, 정말이지 그 까닭을 알 수 없다. 그러나 이러한 풍조는 저절로 일어났다가 저절로 사그라질 것이니, 논하지 말고 그냥 놔두는 것이 좋겠다.

「家禁」

-(上略)- 或又謂余曰 子之所論列 上下乎貧富窮達 反復乎公私利害 切中時俗之病 要作針砭之資 豈獨子之後世奉承遵守以爲家禁哉 實一世之所宜惕然警勑者也 然而子於貧窮 備嘗之矣 亦嘗仕而立于朝矣 其能一一踐履 無愧於屋漏乎 萬一有夫子未出於正之言則奈何 曰吾言行無素 不能見孚於人 眞所謂無名氏也 然君子不以人廢言 使其言不乖於理 則豈可以人而廢之乎 子疑吾言之徒言也 則請略擧吾平生以質之 吾雖無狀 汚不至跖行而夷言 吾性拙而狷 拙故一念畏愼 狷故有所不爲 -(中略)- 但內剛太過 雖不欲恩讐分明 而亦存匿怨友之恥 雖不欲揚人之惡 而亦有如探湯之心 故頃年洋學之汎濫也 有地處才華者率多染汚 而一聞其被人指目 則雖平日相親之間 輒絶之 其於對應製策及詩文之類 辨闢之不遺餘力 而亦未嘗立標榜以取名 吾之平生大槩 亦如斯而已 寧有過人之行與才 而以之垂訓於家庭 則亦庶乎不至於心怍而面騂矣 苟能壹遵此規模 無犯乎斯禁 則亦不失爲拙修之士矣 豈羨夫高大門閭之客哉

【역문】「집안의 금계」[60]

-(상략)- 어떤 사람이 또 나에게 말하였다. "자네가 길게 논한 것은 빈부(貧富)와 궁달(窮達)을 오르내리고 공사(公私)와 이해(利害)를 반복하여 시속(時俗)의 병폐에 절절히 맞고 사람을 일깨우는 바탕이 될 만

60) 「家禁」: 「집안의 금계」 「문고」 책6에 수록된 글로 무명자가 67세인 1807년(순조 7)에 지었다. 후손들에게 주는 경계(警戒)의 글로 양반으로서 지켜야 할 규범과 하지 말아야 할 금기를 제시하였다. 양반 사회의 윤리에 관련되는 것부터 관직 진출 후 공직자의 자세에 이르기까지 사대부가의 전반에 걸친 덕목 20여 조목을 제시하고 있다.

하니, 어찌 유독 자네 후손들만 받들고 지켜서 집안의 금계(禁戒)로만 삼을 것이겠는가. 실로 온 세상 사람이 척연(惕然)히 경계하고 삼가야 할 것이네. 그러나 자네는 빈궁(貧窮)에 대해서도 두루 맛보았거니와 벼슬하여 조정에 나간 적도 있는데, 혹 하나하나 실천하여 옥루(屋漏)에 부끄러움이 없었던가. 만일 '아버님의 행위도 정도(正道)에서 나오지 않습니다.[夫子未出於正]'라는 말에 비춰본다면 어떠하겠는가?" 나는 다음과 같이 대답하였다. "내가 평소에 언행을 신중히 하지 못하여 남들에게 신뢰를 받지 못했으니, 참으로 무명씨(無名氏)이네. 그러나 '군자는 어떤 이에 대해 사람이 시원찮다고 하여 그 사람의 좋은 말까지 버리지는 않는다.[君子不以人廢言]' 하였네. 가령 내 말이 사리에 어긋나지 않는다고 한다면 어찌 나란 사람의 됨됨이를 들어 나의 말까지 무시할 수 있겠는가. 그대가 내 말을 두고 듣기에만 그럴듯한 빈말이라고 의심하니 내가 평소에 한 일을 들어 증명해 보고자 하네. 내가 변변치 못하지만 아무리 낮추어 잡아도 도척(盜跖)[61]의 행실을 하고 오랑캐의 말을 하는 데에는 이르지 않았네. 나는 천성이 졸렬하면서 고집스럽다네. 졸렬하기 때문에 일념으로 두려워하고 조심하였으며, 고집스럽기 때문에 죽어도 하지 않는 바가 있었네. -(중략)- 다만 내면이 너무 지나치게 강하여 은혜와 원수를 따지려 들지는 않았으나 원망을 감추고 벗하는 것을 부끄러워하였고, 남의 악행을 들추어내려 하지는 않았으나 끓는 물을 만지듯 싫어하였네. 그러므로 연전에 양학(洋學)이 범람했을 때도 처의 재주 있는 자들이 대부분 물들었는데, 사람들에게 지적받았다는 소문을 한 번만 들으면 평소 절친했던 사이라도 곧바로 절교하였네. 대책(對策)과 응제(應製) 및 시문류의 글에서

61) 도척(盜跖) : 부하 9천 명을 거느리고 천하를 횡행하며 제후국을 약탈하고, 태산(泰山) 기슭에서 사람의 간을 회로 썰어 먹었다고 전하는 춘추시대 노(魯)나라의 전설적 도적.

힘껏 양학(洋學)을 분변하고 물리쳤지만, 스스로 표방하여 명예를 취하지는 않았네. 내 평생의 대략이 또한 이와 같을 따름이네. 남보다 뛰어난 행실과 재주가 있어서 가정에 가르침을 드리웠다면 마음이 부끄럽고 얼굴이 붉어지는 지경에는 이르지 않았을 테지. 그렇지만 한결같이 이 규범을 준수하고 이 금계를 범함이 없다면 또한 졸수(拙修)의 선비가 되는 데에는 문제없을 것이니, 어찌 저높고 큰 집안의 객(客)을 부러워하겠는가."

「俗學之弊- 辛亥應製」

王若曰 甚矣俗學之弊也 自有明末清初諸家噍殺詖淫之體出 而繁文剩簡 爍然苕華 詼諧劇談 甘於飴蜜 目宋儒爲陳腐 嗤八家爲依樣者 且百餘年矣 競尙奇詭 日甚月盛 以孜孜於譁世炫俗之音 浮念側出于內 流習交痼于外 經義之學也 則以俳偶訶虞書 以重複訾雅頌 石經托之賈逵 詩傳假諸子貢 而非聖誣經之風作焉 淹博之學也 則察於名物 泥於考訂 耽舐雜書曲說 而倡恣穿之風作焉 文章之學也 則典冊之金匱琬琰 讀之必詆讕簿錄之兔園飣餖 見之輒嘈囋 所矜者蟲刻 所較者雞距 而裨販剽賊之風作焉 而其三家者流 各分派裔 以其書行于世 繆種膠結 駸駸矻矻 一人之筆可以窮溪藤 一方之書 可以充屋棟 嗚呼不亦醜乎 弊帚漏巵 雖己則寶 其視魯弓郜鼎 千載之定論如何哉 夫學術之所賴而維持者書籍 而至其附贅懸疣 非惟不足維持 反有以汨亂之滓穢之 所謂秦人焚經而經存 漢儒箋經而經殘者 此之義也 予於近日 諸臣之力斥西洋說也 惓惓以明正學爲闢異端之本 而又嘗以明末淸初之書 爲正學之榛蕪 彼俗學之闒闟不知恥者 豈但曰識不逮而見太卑而已乎哉 誠欲使反而求諸就實之學 寢廟於六經 堂奧於左史 門墻於八家 則津涉浩如烟海 披剝紛如縷絲 斗筲之力量 不得不望洋回首 於是乎旁占一條便宜之逕 爲可以粉飾塗澤 大言不慙 而前人之瑣細而不屑爲者 依俙若偶有遺檢 竊竊然自以爲知 叫囂揶揄 羣起而蓦蹋之 唉哉由識者觀之 其不殆井蛙之相跨峙也乎 予雖否德 忝在君師之位爲之建旗鼓申誓命 黜陟於眞僞 格量其是非而一代之文風士趨 改澆漓歸敦朴 職固宜然 是以有明末清初諸家雜書購貿之禁 而禁貿猶末也 何以則人踏實地 俗厭小品 無事於禁而並絶不經非法之書與言 純然用工於堯舜禹湯文武周公孔子之道歟 矯世衛道之一大機括 其在是也 其在是也 子大夫其悉意條陳 予將親覽焉 辛亥應製 三下魁 臣對 臣於近日所謂西洋之學 竊不勝憂歎憤慨 微殿下言之 固將奮螳臂於車轍 況殿下發其端而導之

使言乎 臣請不循常臼 極言而明辨之可乎 蓋殿下以明正學闢異端爲己任 至禁雜書之購貿 又發策於首善之地 欲聞矯世衛道之方 甚盛擧甚盛擧 此實難得之機會也 雖然臣愚死罪 竊以爲殿下終不能闢異端也 何者 以殿下近日刑政及今日親策知之也 臣請先言洋學之難禁 後及闢異之宜嚴 惟殿下試垂察焉 嗚呼 夫所謂異端也者 非聖人之道而別爲一端者也 是故爲異端者 必主其所以爲說 與吾道角立而爭衡 楊者自以爲楊之道是也 墨者自以爲墨之道是也 老者自以爲老之道是也 佛者自以爲佛之道是也 莊列申韓百家之徒 皆自以爲是也 故雖以夷之之援儒入墨 推墨附儒 陳相之托於神農 頋爲聖氓 而猶不足以文其姦 時則有若鄒夫子得以因其言執其迹而闢之廓如 雖以楊雄之爲大儒 佛說之彌近理 而猶不足以逃其罪 時則有若程子朱子得以原其心窮其弊而斥之不暇 此所以孟子之功 不在禹下 而程朱之功 又不在孟子之下也 向使夷之陳相之徒 陰祖墨許之說而陽若爲孟子之道 梭山象山之類 內述禪家之旨而外似爲朱子之學 人有斥之以異端則曰我無是也云爾 則孟子距詖行之辯 朱子辨太極之書 何由而爲天下後世之所宗信乎 臣竊聞今之所謂天主學者 其妖術邪說 眞蔑倫悖常 無父無君 亘萬古所無之賊徒凶黨 而以其有年前邦禁也 故修於室而揜於市 堅於心而閉於口 潛相敎授 轉益詿染 思以易天下 使西土高於中夏 瑪竇賢於仲尼 已爲識者之所隱憂永嘆 而至於近日尹權兩賊出 則渠輩亦自知其不爲聖世之所容貸 信之雖篤而諱之愈固 內則雖行而外則若絶 人有言之者則輒曰我何嘗爲是哉 爲此言者 必包藏禍心 欲網打士類而然也 人之不知其然者 亦從而疑之 攻之者亦無以自解 則其弊將必至於一世皆化而無人敢言 甚至於父戒其子 兄詔其弟 以爲不如不攻之爲愈 是則彼諱其學者固尹權之罪人 而斥之者亦無所容其喙矣 此臣所謂難禁之端 而殿下所以治之者 不過以作怪已發之兩賊 付之道伯而已 此固不足以拔本塞源 大畏民志 而伏見聖策 又只以俗學之弊爲言 有若濫觴於明末淸初之繁文 而不免於井蛙之見者然 是乃俗學鄙陋之責 而非異端邪說之目也 殿下何其假

之太寬而恕之太恩也 臣竊恐如此則彼爲其學者 擧將揚眉相賀 以爲莫敢誰何 而眞箇士類 反不免於網打之患矣 豈不大可懼哉 臣謹按中庸曰脩道之謂敎 而朱子釋之曰敎若禮樂刑政之類 然則刑政固人君脩道行敎之具而至於末世邪說惑世誣民之流 則尤不可不齊之以刑政 舍刑政而欲以言語明其不然 使之自改 臣恐無是理也 臣竊不自揆 輒因淸問 妄論至此 固知無所逃罪 而請爲殿下畢其說焉 臣伏讀聖策自甚矣俗學止此之義也 臣雙擎百拜 有以知我殿下愍俗學之盛意也 臣竊伏惟念世敎旣降 俗學有弊蓋學有聖人之學而世俗之學 則有不治聖人之學 學有先王之學而流俗之學 則有不遵先王之學 由是而背吾道者 滔滔皆是 由是而鶩異途者 比比皆然 若是乎俗學之有乖於聖學也 是以一入於俗學 則鮮有能自拔而歸正者焉 一染於俗學 則罕有能自新而克己者焉 初若不甚乖於理 而其流之弊則有不可勝言者矣 始若無大害於世 而其末之患則有不能勝救者矣 俗學之弊 豈不甚哉 雖然徒知俗學之弊 而不嚴加攻斥 使悉歸於正 則烏乎可也 韓愈有言曰人其人火其書 惟殿下念哉 臣請演聖敎而陳之 自夫明末淸初諸家之體出 而梔其言蠟其文 膚於實溢於華 其音噍殺 其辭詖淫 宋儒之道學而目之以陳腐 八家之文章而嗤之以依樣 誇奇鬪靡 尙詭務異 動浮念於驚世 痼流習於眩俗 以言乎經義之學 則訶虞書訾雅頌者有之 托賈逵假子貢者有之 此非非聖誣經之風乎 以言乎淹博之學 則泥於名物考訂 耽於雜書曲說 此非倡恣穿鑿之風乎 以言乎文章之學 則詆讕琬琰 嘈囋飣餖矜雕蟲之篆 較鬪雞之距 此非裨販剽賊之風乎 斯三家者 各分其派 競傳厥裔 族藤禿毫 充棟汗牛 享金之帚無當之巵 自以爲寶 而比諸魯弓郜鼎不啻遠矣 嗟乎書所以載道 則學術之所賴者惟此書也 而彼贅疣者流 豈惟不足賴哉 乃反以汩亂滓穢 百弊俱興 眞所謂經存於秦焚 經殘於漢箋者也文勝之弊 若是其甚 而詖辭邪行 職此之由 是豈不爲之愍痛而亟講矯捄之策乎 臣伏讀聖策自予於近日止其在是也 臣雙擎百拜 有以知我殿下闢異端之誠心也 臣竊伏覩殿下必以明正學爲闢異端之本 雖於諸臣之力斥洋

說也 未嘗不以此爲先務 又必以明末淸初之書 爲正學榛蕪之歎 閔俗學之卑陋 欲實地之反求 使之由八家左史 歸宿於六經 而烟海有難津筏 絲縷未易分析 旁占便宜 粉飾斗筲之姿 大言不慙 掇拾瑣細之物 自以爲獨得妙逕 爭起而蹋摹之不暇 其亦井鼃之適適者歟 猗歟我殿下位居君師 麾勿旗於眞僞之辨 作表準於是非之際 要使文風士趨回澆返淳 先申購雜書之禁 必期黜小品之美 庶幾爲矯俗衛道之機 而前頭丕變之效 臣未敢質言者亦不無愚見之揣量 蓋其斥之也不嚴則邪說增氣 待之也太恕則異論得志反以禍心陷人等語 把作鉗一世之資斧 而陰以濟其無忌憚之心 安得並絶不經之書非法之言 而純用工於堯舜禹湯文武周孔之道也哉 今殿下敎之曰禁貿猶末也 殿下旣知其爲末 則何必捨目前燎原之禍 而遠咎鑽火者乎方今洋學遍行 所在成俗 蚩氓愚婦 奔走頂禮 矯誣呪幻 褻雜淫穢 夷混名分 侮誚聖賢 以生爲辱 以死爲榮 而其書滿家 眞諺翻印 聚首聽戒 速於置郵 夫好生惡死 人之常情 而今乃反之 苟不畏死 亦何所不至哉 臣以爲若不能人其人火其書 則其惑世誣民之禍 必至於使數千里讀春秋之地 一朝淪胥於夷狄禽獸之域 古今天下 寧有是耶 然而火其書 猶之易也 人其人爲難 蓋所謂其人 要非敎化所能人之也 必也隨現發大懲創然後 方可收效 彼雖曰樂禍慕死 其亦血肉之身 困苦旣切 豈不知戒 臣又聞今之攻彼學者 始雖嚴而終必解體 有若觀望謀避者然 此非好消息也 孟子曰 能言距楊墨者 聖人之徒也 蓋邪說害正 人人得而攻之 不必聖賢 如春秋之法亂臣賊子 人人得而誅之 不必士師 故孟子之言 至於如此 聖人救世立法之意 若是其切 而苟以此義推之 則不能攻討 而又唱爲不必攻討之說者其爲邪詖之徒亂賊之黨 可知矣 是故朱子曰 如人逐賊 有人見之 若說道賊當捉當誅 這便是主人邊人 若說道賊也可恕 這便喚做賊之黨 若使孟子朱子觀今之世 則其所以排闢之嚴 又當如何哉 聖賢甚麽樣大力量 能補得天地缺釁處 直有闔闢乾坤之功 而惜乎徒作紙上之空言 任他鬼蜮之情狀而莫之與京 以殿下之聖明 苟能夬揮乾剛 嚴立科條 人之火之 期於一號

令之間 則其功又豈下於孟朱哉 然臣之此言 亦非謂必皆比而誅之也 但當嚴覈其人 無敢掩諱 雖有舊染 苟能自新 則不必理會科斗時事 而若終爲彼學死守 則亦必屛諸四裔 不與同中國 又有如尹權之自作孽不可活 則懸之藁街 斷不饒恕然後 庶或爲懲戢遷改之一助 此臣所謂人其人者也 而亦必先火其書然後 可以議此耳 若向者不齒士類之罰 彼固不欲與吾徒齒 眞所謂適中其願 烏可以此而止之哉 故臣愚願殿下毋患俗學之爲弊 而惟患禁邪之不嚴 毋憂諸家之爲祟 而惟憂其書之或存 明聖學以正人心 誅邪類以放淫辭 嚴用三尺之法 廓淸孽牙之妖 則自有改澆漓歸敦朴 踏實地厭小品之美矣 豈有無事於禁而自絶之理乎 惟殿下念哉 臣伏讀聖策自子大夫止親覽焉 臣雙擎百拜 有以知我殿下詢蕘之聖念也 臣旣以火其書人其人爲矯捄之第一義 而闢異端之道 在乎明聖學 明聖學之術 在乎扶元氣 扶元氣之方 實在於眞知林下讀書之士而禮用之 蓋處山林而讀聖人之書 篤其行而善其身者 必能任世道之責而辦闢異之功 苟欲明正學 以斥邪說 而至誠旁求 則豈患無其人哉 亦惟在乎察其實而已 惟殿下念哉 臣草野狂妄言不知裁 倘聖上不以人廢之 則非臣之幸 實吾道之幸也 臣謹對

【역문】「속학의 폐단 - 신해년 응제(應製)」[62]

왕[63]이 말하였다. 심하도다. 속학의 폐단이여. 명말 청초에 초쇄(噍殺)하고 불온한 제가들의 문체가 출현하고부터 번잡한 문장과 너저분

---

62) 「俗學之弊 - 辛亥應製」: 「속학의 폐단. 신해년 응제(應製)」 1791년(정조 15) 전시(殿試)에 낸 책제로 「문고」 책9에 수록된 전책(殿策) 23편 중 마지막 논설. '문장에서 소품문의 대두', '경학에서 고증학의 습속 만연', '학술에서 주자학의 침체와 천주교 성행'을 문제 삼았다. 윤기는 당시 51세의 성균관 유생으로 이 시험에서 장원하여 승문원 정자(承文院正字)에 제수되었다. 특히 이 해에 일어난 진산사건(珍山事件)을 강력히 처리할 것을 주장하고 있다.

63) 왕 : 정조(正祖).

한 글이 화려하게 꽃피워, 회해(詼諧)와 극담(劇談)을 조청이나 꿀보다 달콤하게 여기며, 송나라 선비를 지목하여 진부하다 하고 당송팔대가를 비웃어 판에 박은 듯 상투적이라고 한 지가 거의 백여 년이 되었다. 기괴함이 남보다 못할세라 안달하는 꼴이 나날이 심해지고 다달이 융성해져, 세상을 시끄럽게 하고 시속을 현혹하게 하는 글을 부지런히 지어 내니, 부박한 생각이 안에서 마구 나오고 속된 버릇이 밖에서 고질이 되었다. 그들의 경학은 문장에 대우(對偶)를 맞추었다는 이유로 우서(虞書)를 비판하고, 중복된 표현이 있다는 이유로 아송(雅頌)을 나무라며, 석경(石經)의 경문은 가규(賈逵)를 핑계대고, 『시경』의 전수는 자공(子貢)을 가탁하니, 성인을 비난하고 경전을 속이는 풍조가 일어났다. 그들의 박물학은 사물의 이름에 집착하고 고증(考證)에 빠져 잡스러운 책과 왜곡된 설을 탐닉하니, 방자하고 천착하는 풍조가 일어났다. 그들의 문장학은 금궤(金匱) 속의 주옥같은 고전을 읽으면 반드시 헐뜯고, 토원(兎園)처럼 이것저것 주워 모은 문서를 보면 번번이 요란하게 떠든다. 자랑으로 여기는 것은 화려하게 수식한 문장이고, 겨루는 것은 며느리발톱처럼 쓸모없는 것이니, 거래하고 표절하는 풍조가 일어났다. 지금 이 삼가(三家)의 부류가 각각 학파가 나뉘고 책이 세상에 유행하여, 그릇된 학문끼리 교착·결탁하기를 끊임없이 부지런히 한다. 한 사람의 붓이 귀한 종이를 다 소비하고 한 방면의 서적이 세상에 넘쳐나니, 아, 뻔뻔하지 않은가. 닳아빠진 빗자루와 밑이 빠진 술잔이 자기에게는 귀한 보물처럼 여겨질지라도 노궁(魯弓)과 고정(郜鼎)[64]에 비교한다면 천 년의 정론이 어떠하겠는가? 학술은 서적에 의지하여 유지된다. 그러나 혹이나 사마귀 같은 군더더기의 경우에는 유지할 수 없을 뿐만 아니라 도리어 서적이 학술을 어지럽히고

64) 노궁(魯弓)과 고정(郜鼎) : 노나라에서 만든 활과 고나라에서 만든 큰 정(鼎). 오래된 국가 보물의 대명사.

더럽힐 수 있다. 이른바 '진인(秦人 진 시황)이 경전을 불태웠으나 이 때문에 경전이 오히려 보존되었고, 한나라 선비들이 경전에 전주(箋注)를 달았으나 이 때문에 경학이 오히려 망했다.'라고 한 말이 이러한 뜻이다. 나는 근래 여러 신하들이 서양 학설을 힘껏 배척하는 것과 관련하여 간곡하게 정학을 밝히는 것을 가지고 이단을 물리치는 근본으로 삼고 있다. 또한 명말 청초의 서적을 가지고 정학을 해치는 잡초로 간주하고 있다. 제 걸음을 잃고 엉금엉금 기어가면서도 부끄러운 줄을 모르는 속학의 무리들을 두고 어찌 다만 지식이 모자라고 식견이 비속하다고만 하고 말겠는가. 돌이켜 실질로 나아갈 수 있는 학문을 구하여, 육경을 침묘(寢廟)로 삼고 『춘추좌씨전』과 『사기』를 방으로 삼고 팔대가를 문과 담장으로 삼고자 하더라도, 건너가려 해도 안개 낀 바다처럼 망망하고 헤쳐가려 해도 뒤엉킨 실타래처럼 어지러우니, 됫박만 한 작은 국량으로 큰 바다 앞에서 고개를 돌릴 수밖에 없었을 것이다. 이에 옆으로 난 한 줄기 편리한 지름길을 차지하여 꾸미고 치장함직한 것이라고 여겨 부끄러운 줄도 모르고 큰소리를 친다. 그리고 옛사람들이 자질구레하다고 달갑잖게 여기던 것 중에서 어쩌다 우연히 검증을 놓친 것이 어렴풋하게나마 있으면 '옳다구나.' 하고 스스로 안다고 여겨, 나불거리고 야유하며 떼거리로 일어나 모방하고 본받으니 한심스럽다. 식견 있는 사람의 관점에서 본다면 우물 안의 개구리가 높이 뛰려 다투는 꼴에 가깝지 않겠는가. 내 비록 덕이 없으나 군사(君師)의 지위에 있으니 이를 위하여 깃발과 북을 세우고 맹세의 명령을 내려, 진위를 가려내고 시비를 헤아려 한 시대의 문풍과 선비의 추향을 경박한 데에서 돈후하게 바꾸는 것은 직분상 의당 해야 하는 일이다. 이런 까닭에 명말 청초에 활동한 제가(諸家)의 잡서(雜書)에 대해 구매를 금지하였다. 그러나 구매를 금지하는 것은 근본적인 대책이 아니다. 어떻게 하면 사람들이 실질을 따르고 시속이 소품(小

品)을 싫어하여, 애써 금지하지 않아도 경전이 아닌 서적과 법이 아닌 말이 아울러 단절되어, 순전히 요·순·우·탕·문·무·주공·공자의 도를 공부할 수 있게 하겠는가? 세태를 바로잡고 도를 보위할 수 있는 관건이 분명코 여기에 있을 것이다. 그대 사대부들은 마음을 다하여 조목조목 진술하라. 내 친히 열람하리라. - 신해년(1791) 응제·삼하·장원 - 신은 대답합니다. 신은 근래 서양의 학문이란 것에 대해 우려와 개탄을 금할 수가 없습니다. 전하의 말씀이 있지 않더라도 분연히 나서서 그 기세를 막아야 할 것인데, 하물며 전하께서 단서를 열어 말하도록 인도해 주신 터에야 어떠하겠습니까? 신은 상투적인 말씀을 올리지 않고 할 말을 끝까지 다하여 분명히 분변하고자 하오니, 그래도 되겠습니까? 전하께오서는 정학을 밝히고 이단을 물리치는 것을 소임으로 삼아 잡서의 구매를 금지하기까지 하셨습니다. 또 성균관에 책제(策題)를 내려 세태를 바로잡고 도를 보위할 방도를 듣고자 하였습니다. 매우 성대한 거조이니, 이는 실로 만나기 어려운 기회입니다. 그러나 어리석은 신은 죽을죄를 무릅쓰고 말씀드리옵건대, 삼가 전하께오서는 끝내 이단을 물리치실 수 없을 것이라 생각합니다. 왜 그런가 하면 다음과 같습니다. 전하께서 근래 시행하신 형정(刑政)과 오늘 친히 내리신 책제를 보면 알 수 있습니다. 신은 먼저 서양의 학문을 금하기 어렵다는 것을 말씀드린 후 이단을 물리치는 것을 마땅히 엄하게 해야 한다는 것에 대해 말씀드리고자 하오니, 전하께오서는 살펴 주옵소서. 아, 이단이란 성인의 도가 아니고 별도로 한 갈래가 된 것입니다. 이런 까닭에 이단을 배우는 자는 반드시 학설의 정당성을 주장하여, 우리 유가와 대립하여 우열을 다툽니다. 양주(楊朱)를 배우는 이들은 스스로 양주의 도가 옳다고 여기고, 묵적(墨翟)을 배우는 이들은 스스로 묵적의 도가 옳다고 여깁니다. 노자를 배우는 이들은 노자의 도가 옳다고 여기고, 불가를 배우는 이들은 불가의 도가 옳다고 여깁니다. 장주(莊周)와 열어구(列禦寇), 신불해(申不害)와 한비자(韓非子) 등 백가의 무리들도 모두 제 스스로 옳다고 여기고 있습니다. 그렇기 때문에 이지(夷之)가 유가의 논리를 가져가 묵가의 논리로 해석하고 묵가의 논리를 미루어 유가의 논리에 접목시키려 하였으며, 진상(陳相)이 신농(神農)에게 의탁하여 성인의 백성이 되기를 원한다고 하였지만 오히려 자신의 간사함을 꾸밀 수 없었으니, 당시에 맹자같은 분이 계시어 그들의 말을 근거로 삼고 행적을 근거로 삼아 깨끗이 물리쳤기 때문입니다. 또 양웅(楊雄)이 대유처럼 여겨지고 불가의 설이 이치에 매우 가까웠지만 오히려 자신의 죄를 숨길 수가 없었으니, 이 당시에 정자나 주자같은 분들이 계시어 그들의 마음을 따지고 폐단을 궁구하여 여지없이 배척하였기 때문입니다. 이것이 바로 맹자의 공로가 우 임금보다 못하지 않고, 정자와 주자의 공로가 또 맹자보다 못하지 않은 이유입니다. 그 옛날 이지와 진상의 무리들이 속으로는 묵자와 허행(許行)의 말을 조종으로 삼으면서 겉으로는 맹자의 도를 행하는 것처럼 하고, 육사산(陸梭山)과 육상산(陸象山)의 부류가 안으로는 선가(禪家)의 종지를 계승하면서 밖으로는 주자의 학문을 배우는 체하여, 사람들이 이단으로 지목하여 배척하면 '나는 그런 일이 없다.'라고 했다고 가정해보겠습니다. 그렇다면 맹자가 궤변을 물리치고 주자가 태극서를 분변한 것이 어떻게 천하후세에 존신 받을 수 있었겠습니까? 신은 삼가 듣건대 오늘날 사람들이 말하는 천주학이란, 요망한 술법과 사악한 언설로 인륜을 능멸하고 오상을 어그러뜨리며, 아버지를 업신여기고 임금을 업신여기니[無父無君], 만고에 없던 적도(賊徒)요 흉당(凶黨)입니다. 이 때문에 연전에 국금이 있었습니다만, 집안에서만 믿고 저자에서는 숨기며, 마음속으로만 단단히 믿고 입은 닫아버린 채 몰래몰래 전파하여 갈수록 잘못 물듭니다. 천하 사람들의 인식을 바꾸어 서양을 중국보다 높이고 이마두(利瑪竇)를 공자보다 어질게 만들려고 생각하니, 식견 있는 자들의 우환과 한탄이 되었습니다. 근래에 윤지충(尹持忠)과 권상연(權尚然) 두 적도가 출현한 이후[65]로는 그들 또한 스스로도 성세에 용서받지 못할 죄라는 것을 알아, 믿음이 독실할수록 더욱 단단히 숨기고 안으로 행하면서도 밖으로는 관계를 단절한 듯이 하였습니다. 혹 지적하는 사람이 있으면 번번이 '내가 어찌 이런 짓을 하였겠는가. 이런 말을 하는 자는 필시 화심(禍心)을 감추고 사류(士類)를 일망타진하고자 하여 그런 것이다.'라고 합니다. 그런 줄을 모르는 사람은 또한 그 말을 따라 '그런가 보다.'하고 의심하고, 공격하는 자도 스스로 해명할 수가 없습니다. 이렇게 되면 그 폐단의 결과로 온 세상이 모두 변질되어 감히 말을 꺼내는 사람이 아무도 없는 지경에 이를 것이고, 심지어는 아버지가 자식을 경계하고 형이 아우를 타일러 '공척하지 않는 편이 더 낫다.'라고 말하게 될 것입니다. 이러한 상황이라면 자신의 학문을 숨기는 자들은 실로 윤지충과 권상연의 죄인이요, 공척하는 자들도 입을 댈 수가 없습니다. 이것이 신이 금하기 어렵다고 한 단서입니다. 그런데 전하께서 다스리는 방법은, 괴이한 짓거리가 훤히 드러난 두 도적을 관찰사에게 맡겨 처리하도록 한 것에 불과할 뿐입니다. 이는 실로 발본색원하거나 백성들의 마음을 징계하기에 부족합니다. 삼가 성상의 책제를 읽어 보매 속학의 폐

65) 윤지충(尹持忠)과 권상연(權尚然) 두 적도가 출현 : 1791년(정조 15)에 일어난 윤지충, 권상연의 신해진산사건(辛亥珍山事件). 1791년 전라도 진산의 양반 교인 윤지충이 모친상을 당하자 외종사촌 권상연과 함께 제사를 폐하고 신주를 불태워 땅에 묻고(廢祭焚主) 천주교 의식으로 장례하였다. 이 사건이 서울에까지 알려지자 공서파(攻西派 : 서학 내지 천주교를 공격하는 세력)는 무부무군(無父無君)의 불효·불충이며 전통적 유교사회질서를 파괴하는 패륜이라고 신서파(信西派 : 천주교를 신봉 또는 묵인하는 세력)를 공격하며 이를 정치문제로 확대시켰다. 윤지충과 권상연은 체포되어 사교(邪敎)를 신봉하고 유포시켜 강상을 그르쳤다는 죄명으로 사형되었다. 이 사건으로 공서파는 천주교 박해의 주요 구실명목을 찾았고 이는 이후 100여 년 동안 천주교 박해의 근거가 되었다.

단이라고만 하였으니, 명말청초의 번화한 문장에서 근원하여 우물안 개구리의 소견을 면치 못해서 그러한 것이라고 여기시는 듯합니다. 이는 비루한 속학에 책임을 떠넘기는 것이요 이단과 사설을 지목한 것이 아닙니다. 전하께서는 어찌하여 이다지도 너그럽게 용서하시고 관대하게 큰 은혜를 내리신단 말입니까? 신은 삼가 생각건대, 이렇게 하면 저 서학을 하는 자들은 모두 기쁜 낯빛으로 축하를 하며 '누구도 감히 따지지 못할 것이다.'라고 할 것이고, 참된 선비들이 일망타진되는 우환을 면치 못할 것입니다. 어찌 크게 두렵지 않겠습니까? 신은 삼가 살펴보건대, 『중용』에 '도를 품절하는 것이 교이다.[修道之謂敎]'라고 하였고, 이에 대해 주자는 '교는 예악형정의 유속이다.[敎若禮樂刑政之類]'라고 해석하였습니다. 그렇다면 형정(刑政)은 임금이 도를 품절하고 교화를 행하는 도구이니, 말세에 사설로 혹세무민하는 부류에 이르러서는 더더욱 형정으로 다스리지 않아서는 안 됩니다. 그런데 형정을 버리고 말씀으로 옳지 않음을 밝혀, 그들로 하여금 스스로 고치게 하고자 하신다면, 신은 이럴 이치는 없을 것이라 생각됩니다. 신은 삼가 제 주제도 헤아리지 못하고 성상의 질문에 따라 망녕되이 논하기에 이르렀으니, 죄를 면할 길이 없음을 잘 알고 있습니다. 그러나 전하를 위하여 말을 마저 하고자 하옵니다. 신은 삼가 성상이 내리신 책제를 '심하도다, 속학의 폐단이여[甚矣俗學]'에서 '이러한 뜻이다[此之義]'까지 읽었습니다. 신은 두 손을 들어 백배(百拜)를 올리오니, 속학을 염려하시는 우리 전하의 성대한 뜻을 알겠사옵니다. 신은 삼가 다음과 같이 생각합니다. 세교가 쇠퇴해진 뒤로 속학에 폐단이 생겼습니다. 학문에 성인의 학문이 있는데 세속의 학문은 성인의 학문을 연구하지 않고, 학문에 선왕의 학문이 있는데 시속의 학문은 선왕의 학문을 따르지 않습니다. 이런 까닭에 온 세상이 유교를 등지고, 이런 까닭에 줄줄이 이단의 길로 달리니, 속학이 성학과 이처럼 어긋납니다. 그러므로 한번 속학에 빠져들면 스스로 헤어 나와 정학으로 돌아갈 수 있는 자가 드물고, 한번 속학에 물들면 스스로 혁신하여 자기를 극복할 수 있는 자가 드뭅니다. 처음에는 이치와 그리 어긋나지 않을 듯하지만 말로의 폐단은 이루 말할 수 없고, 시작될 때에는 세상에 크게 해가 없을 듯하지만 종당의 병폐는 도저히 구제할 수가 없으니, 속학의 폐단이 어찌 심하지 않겠습니까. 속학의 폐단을 인지하기만 할 뿐 엄하게 공척하여 모두 정학으로 돌아가게 하지 않는다면, 어찌 폐단을 바로잡을 수 있겠습니까? 한유가 '그 사람을 올바른 사람으로 만들고, 그 책은 불태운다.[人其人火其書]'하였으니, 전하께서는 유념하옵소서. 신은 삼가 성상의 말씀을 부연하여 아뢰고자 합니다. 명말청초에 제가의 문체가 나오고부터 말과 문장을 번지르르하게 꾸며[梔言蠟文] 부화무실하게 되었으니, 음조는 초쇄하고 문사는 부정합니다. 그럼에도 송유의 도학을 진부하다 지목하고 팔대가의 문장을 판에 박은 듯 상투적이라 비웃어, 기이하고 화려한 것을 다투고 궤휼하고 특이한 것을 숭상합니다. 부화한 생각에 들떠 세상을 놀라게 하고, 말류의 습속에 병들어 풍속을 현혹합니다. 경학으로 말하면 〈우서(虞書)〉[66]를 나무라고 아송(雅頌)[67]을 비방하는 자도 있고, 가규(賈逵)[68]를 핑계대고 자공을 가탁하는 자도 있으니, 이것이 바로 성인을 비난하고 경전을 무함하는 풍조가 아니겠습니까? 박물학으로 말하면 명물고증에 매몰되고 잡서와 곡설에 탐닉하니, 이것이 방자하고 천착하는 풍조가 아니겠습니까? 문장학으로 말하면 주옥같은 문장을 비방하고 이것저

66) 〈우서(虞書)〉 : 『서경(書經)』의 편명으로 「요전(堯典)」과 「순전(舜典)」.

67) 아송(雅頌) : 『시경(詩經)』에 들어 있는 아(雅)와 송(頌). 아(雅)는 정악(正樂)의 노래이고, 송(頌)은 조선(祖先)의 공덕을 찬양하는 노래.

68) 가규((賈逵, 175?~228?) : 후한(後漢)의 학자로 경학, 문학, 천문학 등 분야에 방대한 저서를 남겨 학자들이 그를 '통유(通儒)'라 일컬었다. 『중국역대 인명사전』, 이화문화사, 2010 참조.

것 주워 모은 문장을 칭찬하며, 아로새기는 기교를 자랑하고 싸움닭의 며느리발톱[69]을 비교하니, 이것이 바로 거래하고 표절하는 풍조가 아니겠습니까? 이 세 무리가 각각 분파하여 그들의 후학에게 앞다투어 전수하여 종이가 다하고 붓이 몽그라지도록 수많은 저술을 남겼습니다. 그리고는 천금의 몽당빗자루와 밑 빠진 옥잔을 제 스스로 보배라고 여기니, 노궁(魯弓)이나 고정(郜鼎)과 멀 뿐만이 아닙니다. 아! 서적이 도를 실을 수 있는 까닭은 학술이 오직 이 책에 의존하기 때문입니다. 그러나 저 군더더기 문장 따위는 어찌 학술이 의존하기에 부족할 뿐이겠습니까. 도리어 어지럽히고 더럽혀 온갖 폐단이 모두 일어나니, 참으로 '진나라의 분서에서 경전이 보존되었고, 한나라의 전주에서 경전이 잔멸되었다.'는 것입니다. 문이 지나친 폐단이 이처럼 심합니다. 이단의 학설과 사특한 행실이 여기에서 비롯되니, 통탄스럽게 여겨 속히 바로잡을 대책을 강구하지 않아서야 되겠습니까? 신은 삼가 성상께서 내리신 책문을 '나는 근래[予於近日]'에서 '여기에 있을 것이다[其在是]'까지 읽었습니다. 신은 두 손을 들어 백배(百拜)를 올리노니, 이단을 물리치려는 전하의 참된 마음을 알았습니다. 신은 삼가 보건대 전하께서는 기필코 정학을 밝히는 것으로 이단을 물리치는 근본을 삼았습니다. 여러 신하들이 양학의 설을 힘껏 배척하는 것을 급선무로 삼지 않은 적이 없었고, 또 명말청초의 서적 때문에 정학이 황폐해진다고 탄식하여 속학의 비루함을 안타까워하고 실지를 돌이켜 구하고자 하여, 팔대가와 『춘추좌씨전』·『사기』를 경유하여 육경에 돌아가 안착하도록 하고자 했습니다. 그러나 안개 낀 바다는 뗏목으로 건너기가 어렵고 뒤얽힌 실타래는 가닥가닥 간추리기 쉽지 않습니다. 옆으로 편리한 길을 차지하여 국량 적은 자질을 꾸미고, 부끄러운 줄

69) 싸움닭의 며느리발톱 : 몽당붓. 붓이 닳도록 많은 글을 써 냈으나 쓸모없는 글이라는 뜻

모른 채 큰소리를 치며 쇄세한 물명들을 주워 모으고는, 제 스스로 홀로 묘경(妙逕)을 터득했다고 여겨 앞다투어 일어나 쉴 새 없이 베끼니, 그 또한 우물 안에서 득의양양해하는 자라 하겠습니다. 아, 우리 전하께서는 군사의 지위에 오르시어 진위(眞僞)의 분변에서 물기(勿旗)를 휘두르시고, 시비의 사이에서 표준이 되시어, 문풍(文風)과 사추(士趨)를 경박한 데에서 순후한 데로 돌아가게 하고자 하였습니다. 그리하여 먼저 잡서 구매의 금법을 선포하고 기필코 소품(小品)을 축출하려는 미풍(美風)을 기약하셨으니, 풍속을 바로잡고 도를 보위하는 계기가 되기에 가깝습니다. 그러나 앞으로 크게 변혁할 효과를 신이 감히 단언하지 못하니, 이는 또한 어리석은 소견으로 헤아리는 바가 있어서입니다. 배척하기를 엄하게 하지 못하면 사설이 더욱 기승을 부리고, 대처하기를 관대하게 하면 이단이 마구 횡행하는 법입니다. 도리어 '화심을 품고 남을 함정에 빠뜨린다'라는 등의 말을 가지고 한 시대 사람들의 입에 재갈을 물리는 도구로 삼아 암암리에 기탄없는 마음을 이루려 하니, 어떻게 불경한 서적과 불온한 말을 일체 근절하고 요·순·우·탕·문·무·주공·공자의 도를 순전히 공부할 수 있겠습니까? 전하께서는 '서적 구입을 금하는 것은 오히려 지엽적인 것이다.'라고 하셨사옵니다. 전하께서 그것이 지엽적이란 걸 알고 계셨다면, 무엇 때문에 굳이 들불처럼 번지는 눈앞의 화를 외면하고 멀리 불씨를 만드는 자를 허물하십니까. 지금 서양의 학문이 천하에 널리 유행하여 곳곳마다 풍속을 이루었으니, 어리석은 남녀노소가 달려가 예를 바칩니다. 주장이 거짓되고 허황하며, 잡스럽고 음란하며, 명분을 어지럽히고 성현을 모독하며, 삶을 치욕으로 여기고 죽음을 영광으로 여깁니다. 그들의 서적이 집집마다 그득하여 한문과 언문으로 번역하여 간행하였으며, 한 곳에 모여 설교를 듣는 행태가 파발로 전하는 것보다 빨리 퍼지고 있습니다. 삶을 좋아하고 죽음을 싫어하는 것은 사람들의 공통된 정리입니다. 그런데 그들은 반대로 말하고 있으니, 정말로 죽음을 두려워하지 않는다면 무슨 짓인들 못하겠습니까? 신은 생각하옵건대 그들을 올바른 사람으로 만들고 그들의 책을 불태우지 않는다면, 혹세무민의 화가 반드시 『춘추』의 의리가 보존된 삼천리 강토를 하루아침에 오랑캐와 금수의 땅으로 몰락시키는 지경에 이를 것입니다. 고금 천하에 어찌 이런 일이 있단 말입니까? 그들의 책을 불태우는 것은 그나마 쉬운 일이지만 그 사람들을 올바른 사람으로 만들기란 어렵습니다. 이른바 그 사람들이란 요컨대 교화를 통해 사람답게 만들 수 있는 자들이 아니니, 반드시 나타나는 대로 크게 징벌한 연후에야 비로소 효과를 거둘 수 있을 것입니다. 저들이 '고난을 달게 여기고 순교를 영광으로 여긴다.'라고 말하지만, 그들 역시 피와 살덩이로 이루어진 몸입니다. 괴로움이 절박하면 어찌 경계할 줄을 모르겠습니까? 신은 또 듣건대 오늘날 서학을 공격하는 자들이 처음에는 엄하지만 종당에는 느슨해져 관망하거나 회피하기를 꾀하는 자인 양 행동한다고 하니, 이는 좋은 소식이 아닙니다. 맹자가 "양주와 묵적을 물리치는 말을 하는 자는 성인의 무리이다.[能言距楊墨者 聖人之徒也]"하였습니다. 사설이 정도를 해치는 것에 대해서는 사람마다 누구나 공격할 수 있어 꼭 성현일 필요가 없습니다. 예컨대 『춘추』의 법은 난신적자에 대해 누구나 주벌할 수 있어 꼭 법관만이 주벌할 수 있는 것이 아닌 것과 같습니다. 그러므로 맹자의 말이 이러한 데에 이른 것이니, 세상을 구제하고 법을 세우는 성인의 뜻이 이처럼 간절합니다. 이 의리를 가지고 미루어보자면, 공격하고 성토하지도 않고, 게다가 '굳이 공격하고 성토할 것 없다'라는 주장을 주창하는 자는 그가 바로 이단의 무리요 난적의 패거리란 것을 알 수 있습니다. 이런 까닭에 주자는 이렇게 말하였습니다. "도적을 추격하는 사람을 예로 들어보자. 어떤 사람이 도적을 보았을 때 '도적은 잡아서 처벌해야 마땅하다.'라고 한다면 이는 주인 편의 사람이고, '도적을 용서해줄 수도 있다.'라고 한다면 이는 도적 편의 사람이다." 가령 맹자나 주자가 오늘날의 세상을 본다면 서학을 물리치는 엄함이 과연 어떠하였겠습니까? 성현의 어마어마한 대역량은 천지의 흠결처를 보충하였으니, 바로 천지를 개합(開闔)한 공로입니다. 그런데 애석하게도 한갓 종이 위의 빈말이 되어, 저 귀신과 도깨비같은 정상(情狀)을 버려둔 채 기승을 부리도록 버려두고 있습니다. 전하의 성명함으로 강건한 결단을 내리시어 엄정하게 과조(科條)를 세우사 올바른 사람으로 만들고 서학서를 불태울 것을 한 번 호령하는 사이에 기약하신다면, 그 공이 어찌 맹자나 주자보다 못하겠습니까. 그러나 신이 올리는 말씀은 반드시 모든 사람을 잡아다 줄줄이 죽이라는 말이 아니오니, 다만 그 사람을 엄히 핵실하여 숨김이 없게 하라는 것입니다. 서학에 오래 물든 사람이라 할지라도 스스로 거듭날 수 있다면 굳이 지난 일을 따질 것 없지만, 끝내 서학을 목숨 걸고 지킨다면 반드시 변방으로 귀양 보내어 나라 안에 두지 말아야 합니다. 또 윤지충과 권상연처럼 스스로 화얼(禍孼)을 만들어 도저히 살려줄 수 없는 사람이 있다면 고가(藁街)[70]에 매어달아 결단코 용서하지 않은 뒤에야 징계하고 개과천선하는 데에 일조할 수 있을 것입니다. 이것이 신이 말씀드리는 바 '그 사람들을 올바른 사람으로 만든다.'라는 것입니다. 하지만 이 또한 먼저 서학서를 불태운 뒤에야 이 일을 의논할 수 있습니다. 지난날 사류(士類)에서 삭출한 벌과 같은 것으로 말하면, 저들도 우리와 나란히 있고 싶어 하지 않으니 참으로 그들의 소원대로 들어준 격입니다. 어찌 이렇게 하는 것으로 서학의 확산을 막을 수 있겠습니까. 그런 까닭에 못난 신은 바라옵건대, 전하께서는 속학이 폐해가 되는 것을 근심하지 마옵시고 오직 사교를 금

---

70) 고가(藁街) : 중국 한(漢) 시대에 장안성(長安城) 남문 안에 외래 이민족(蠻夷)들이 살던 거리 이름. 죄인을 참수하여 이 거리에 효시(梟示) 하였다.

함이 엄하지 못할까를 근심하시옵소서. 명말 청초의 제가가 빌미가 되는 것을 우려하지 마시옵고 부디 그 책이 보존되는 것을 우려하옵소서. 성학을 밝히시어 인심을 바로잡고, 사교(邪教)를 주벌하여 불온한 말을 축출하시오며, 국법을 엄히 시행하시고 요얼(妖孽)을 말끔히 쓸어내소서. 이렇게 하신다면 절로 경박하고 야박한 풍속이 바뀌어 돈후하고 순박한 데로 돌아갈 것이며, 실질을 실천하고 소품을 싫어하는 아름다움이 있을 것입니다. 어찌 엄금하는 일 없이 절로 단절될 이치가 있겠습니까. 전하께오서는 유념하소서. 신은 삼가 성상이 내리신 책제를 '그대 사대부들아[子大夫]'에서 '친히 열람하리라.[親覽]'까지 읽었습니다. 신이 두 손을 들어 백배를 올리노니, 천한 나무꾼에게도 물으시는 전하의 성념(聖念)을 알았습니다. 신은 앞서 '그 책을 불태우고 그 사람들을 올바른 사람으로 만든다.'라는 것으로 시대를 바로잡고 세상을 구제하는 제일의로 삼았습니다. 이단을 물리치는 도는 성학(聖學)을 밝히는 데에 있고, 성학을 밝히는 방법은 원기(元氣)를 부양하는 데에 있으며, 원기를 부양하는 방도는 실로 재야에서 독서하는 선비를 참으로 알아서 예우하여 등용하는 데에 있습니다. 산림에 은거하여 성인의 책을 읽고, 행실을 독실하게 하여 몸을 선하게 가지는 이는 틀림없이 세도(世道)의 중책을 맡고 이단을 물리치는 공을 힘쓸 수 있습니다. 정학을 밝히고 사설을 배척하고자 하여 지극정성으로 사방에서 구한다면 어찌 적임자가 없을까 걱정이겠습니까. 또한 실질을 살피는 데 있을 뿐이니, 전하께오서는 유념하소서. 신은 초야의 광망한 사람으로 말을 다듬을 줄을 모릅니다. 성상께서 못난 사람이라 하여 저의 말을 버리지 않으신다면, 신의 다행이 아니라 실로 우리 유가의 다행입니다. 신은 삼가 대답합니다.

「峽裏閒話」

[治曆之事] 黃帝以前無稽焉 按通鑑外紀及曾史 -(中略)- 今則用西洋曆法 未知果合於天 而或有曆旣行 而以不合於皇曆 故月之大小 節之進退 輒改而從之 其故何也 無知曆者而徒法不能以自行也 但置閏之法 則自黃帝至于今 遵而無違 又必行夏之時 此帝堯與孔子之言 爲萬世法也 嗚呼微聖人 後世其無曆 又何以定四時成歲乎 然花開知春 葉落知秋 暑雨知夏 冰雪知冬 則此天所以示曆也 望杏勸耕 瞻蒲勸穡 大火中而種黍菽 虛中而種宿麥 則此民所以爲曆也 然則此其曆法之大者乎

[惑世誣民之說] 佛家以爲人雖有彌天之罪惡 苟能一念經一施舍 則可以滅罪資福 受無量極樂之報應 近世有爲洋學者以爲苟能專事天主 篤行其術 則雖以極惡大罪 顯被刑戮 亦必升天堂享快樂 此固惑世誣民之說 而今之所謂地師則乃以爲無論所行之善不善 苟能得大地以葬 則可以壽富貴多子孫 世致卿相 此豈理也哉 信如斯言 不必致孝於生前 但當求地於死後而已 此世所以日趨於夷狄禽獸之域 而不顧父母之養 惟欲以葬而發福 迎致地師 待之以禮 贈之甚厚 務得其驩心 如以爲吉地 則不計村家之主山 他人之先塋 不但新窆 又遷柩而偸埋 甚或終身汲汲 遭發掘而不顧至敗亡而不悔者也 噫 聖人之言 未嘗不以殃慶爲驗 而人之信之 反不如地師之言 不亦愚之甚而蔽之甚乎

[晉人丁蘭刻木爲親像而事之若生] 晉人丁蘭 自以不及養親 刻木爲親像 事之若生 鄰人張叔妻從蘭妻有所借 蘭妻跪拜木人 木人不悅 不敢借 張叔醉罵木人 以杖叩其頭 蘭歸卽奮劒殺張叔 縣嘉其孝奏之 詔圖其形像 夫丁之殺張雖過 而人子爲親之孝 如人臣爲君之忠 過於忠者 未始不爲忠 則過於孝者 亦未始不爲孝也 木像猶然 況親在而人犯之乎 故時君嘉之 後人稱之 以爲孝而不以爲妄焉 今也則不然 人有與己爭錐刀之利 銜睚眦之怨 則疾之害之 視作必報之讎 而若有辱其親而加之以惡逆之名 誣其親

而構之以虛無之辭 則其心以爲無與於己 而或因而結交 或因而益親 親所讎之 而己則不讎 親所絶之 而己則不絶 是故或有甘作下官者 或有以爲座主者 或有與之連姻者 此其風俗敦厚 不明恩讎而然耶 抑亦彝倫斁絶只計利害而然耶 春秋最惡忘親釋怨 朱子論周平王事 謂其忘親逆理而得罪於天 亦已甚矣 其深惡而痛絶如此 何嘗以忘讎爲可乎 近世有西洋學以忘讎爲貴云 世之匿怨而友者 無乃陰襲其心法耶 夫爲君則人皆自許以主辱臣死 而自以爲見無禮於其君 如鷹鸇之逐鳥雀 爲親則乃反忘讎而昧恥 其義何居 古所謂求忠臣於孝子之門者 是耶非耶

【역문】「산골에서의 한담」[71]

[역법을 제정하는 일] 역법을 제정하는 일은 황제(黃帝) 이전에는 상고할 길이 없고, 『통감외기(通鑑外紀)』와 증선지(曾先之)의 『십팔사략(十八史略)』을 살펴보면 황제 이후의 역법은 다음과 같다. -(중략)- 지금은 서양의 역법을 사용하고 있는데 이것이 과연 천상(天象)에 맞는지는 알 수 없다. 더러 서양력을 시행하기도 하는데 음력인 황력(皇曆)과 합치하지 않기 때문에 월(月)의 크기와 절기의 진퇴를 그때마다 번번이 고쳐서 따르니, 그 까닭은 무엇인가? 역법을 아는 자가 없이 법만으로는 시행될 수 없기 때문이다. 그러나 윤달을 두는 법은 황제(黃帝) 때부터 지금까지 준행하여 어기지 않고 있을 뿐 아니라, 또 반드시 하(夏)나라의 역법을 시행하고 있으니, 이는 제요(帝堯)와 공자의 말씀이 만대의 법이 된 것이다. 아, 성인이 아니면 후세에 역법이 없

71) 「峽裏閒話」: 「협리한화」는 '산골에서의 한담'이라는 뜻으로 일상에서 보고 들은 일화나 사건에 대해 기록한 것이다. 『무명자집』「문고」 책12에 24화, 책13에 65화를 실어 모두 89화로 구성되어 있다. 1815년 저자 75세 때 처가인 경기도 양근(楊根) 산골로 이사한 후 지었다.

었을 것이니, 또 무엇으로 사시를 정하고 한 해를 이루었겠는가. 그러나 꽃이 피면 봄이 온 것을 알며, 낙엽이 지면 가을이 온 것을 알며, 더위가 오고 비가 내리는 것을 보고서 여름이 온 것을 알며, 얼음이 얼고 눈이 내리는 것을 보고서 겨울을 아니, 이것은 하늘이 역법을 보여주는 것이다. 또 살구꽃이 피는 것을 보고 경작을 서두르고, 창포싹이 나온 것을 보고 농사를 서두르며, 대화심수(大火心宿)가 초저녁에 남쪽 하늘 중앙에 나타나는 것을 보고 기장과 콩 씨앗을 뿌리고, 허수(虛宿)가 초저녁에 남쪽 하늘 중앙에 나타나는 것을 보고 보리 씨앗을 뿌리니, 이것은 백성이 역법으로 삼는 것이다. 그렇다면 이것이 아마도 역법의 큰 줄기일 것이다.

[세상을 미혹시키고 사람을 속이는 말] 불가(佛家)에서는 사람이 비록 하늘에 닿고도 남을 죄를 짓더라도 독경 한 번 하고 보시 한 번 하면, 죄를 없애고 복을 받아서 무량(無量)한 극락의 보응(報應)을 받을 수 있다고 한다. 근래 양학(洋學)을 하는 사람 중에도 참으로 천주(天主)만을 오로지 믿고 그 교리를 독실하게 행하기만 하면, 아무리 극악한 대죄(大罪)를 지어 공개적으로 형륙(刑戮)을 당했다 하더라도 마찬가지로 반드시 천당에 가서 복락(福樂)을 누리게 된다고 하니, 참으로 세상을 미혹시키고 사람들을 속이는 말이다. 그런데 지금의 지관(地官)이란 자들은 한술 더 떠서, 소행이 선하냐 선하지 않느냐와 상관없이 좋은 땅을 구해 장례를 치르기만 하면 장수하고 부귀를 누리며 자손이 많고 대대로 경상(卿相)을 지낼 수 있다 하니, 이것이 어찌 이치에 맞는 말이겠는가. 이 말대로라면 생전에 굳이 효도할 것 없이 사후(死後)에 그저 좋은 땅만 구하면 될 것이다. 이 때문에 세상이 날로 오랑캐나 금수 같은 세계로 치달려서 부모 봉양은 돌아보지도 않고 오로지 매장만 잘해서 발복(發福)하기를 원하여, 지관을 청해와 융숭한 예(禮)로 대하고 후하게 예물을 주며 그의 환심

사기를 힘쓴다. 그리하여 길지(吉地)라고 하면 촌가(村家)의 주산(主山)이든 남의 선영이든 따지지 않으며, 새로 장사 지낼 때만 그러는 것이 아니라 널을 옮겨 몰래 매장하기까지 한다. 심한 경우에는 종신토록 이 일로 급급하여 도로 파내지게 되어도 상관하지 않고, 패가망신에 이르러도 후회하지 않는다. 아, 성인께서 말씀하실 때마다 재앙과 경사를 징험으로 삼지 않은 적이 없건마는 사람들은 오히려 지관의 말만큼도 믿지 않으니, 또한 지극히 어리석고 어두운 것이 아니겠는가.

[한나라[72] 정란이 나무를 깎아 어버이 상을 만들어 살아 계신 것처럼 섬긴 일] 한(漢)나라의 정란(丁蘭)은 스스로 미쳐 어버이를 봉양하지 못했다고 생각하여 나무를 깎아서 어버이의 형상을 만들고 살아 계신 것처럼 섬겼다. 이웃에 사는 장숙(張叔)의 처가 정란의 처에게 물건을 빌리러 왔는데, 정란의 처가 목인(木人)에게 무릎을 꿇고 절하였으나 목인이 기쁜 기색이 없자 감히 빌려 주지 못하였다. 장숙이 술에 취하여 목인을 욕하며 지팡이로 그 머리를 때렸는데, 정란이 돌아와 이를 알고 격분하여 장숙을 찔러 죽이고 말았다. 현(縣)에서 그 효성을 가상히 여겨 임금에게 아뢰자, 임금은 조서를 내려 그 형상을 그리도록 하였다. 정란이 장숙을 죽인 것은 비록 지나치지만, 부모에 대한 자식의 효(孝)는 임금에 대한 신하의 충(忠)과 같다. 충에 지나친 것이 일찍이 충이 되지 않은 적이 없었고 보면, 효에 지나친 것도 효가 되지 않은 적이 없는 것이다. 목상(木像)도 그럴진대, 하물며 어버이가 살아 계실 때 다른 사람이 이를 범함에 있어서겠는

---

72) 한나라 정란 : 저본의 원문은 진나라 사람 정란(晉人丁蘭)이다. 그러나 각종 문헌에 의하면 정란은 후한 사람이므로 역자가 바로잡아 번역하였다. 강민정, 『무명자집』, 한국고전번역원 한국문집번역총서, 성균관대학교 대동문화연구원, 2013 인용.

가. 그러므로 당시의 임금이 이를 가상히 여긴 것이고, 후세 사람도 이를 칭찬하여 효성스럽다 하고 망령되다고 하지 않은 것이다. 지금은 그렇지 아니하여 누가 자기와 눈곱만 한 이익을 다투거나 털끝만 한 원망이라도 있을라치면 미워하고 해쳐서 반드시 보복해야 할 원수로 여기지만, 자신의 어버이를 모욕하여 악역(惡逆)이란 죄명을 붙이거나 모함하여 황당무계한 말로 얽어매면, 그 마음에 자신과는 상관없는 일이라고 여겨서 혹은 이 때문에 교분을 맺기도 하고 혹은 이 때문에 더욱 친하게 지내기도 한다. 어버이가 원수로 여기는 사람인데도 자신은 원수로 여기지 않고, 어버이가 절교한 사람인데도 자신은 절교하지 않는다. 이 때문에 기꺼이 그의 하관(下官)이 되는 사람도 있고, 그를 좌주(座主)로 삼는 사람도 있으며, 그와 사돈이 되는 사람도 있는 것이다. 이것은 풍속이 돈후하여 은혜와 원수를 분명하게 구분하지 않아서 그런 것인가, 아니면 이륜(彝倫)[73]이 멸절되어 단지 이해만 따져서 그런 것인가. 『춘추(春秋)』에서는 '어버이를 잊고 원한을 풀어버리는 것[忘親釋怨]'을 가장 미워하였으며, 주자(朱子)는 주평왕(周平王)의 일을 논하여 "그 어버이를 잊고 이치를 거슬러 하늘에 죄를 얻음이 또한 너무 심하다."라고 하였다. 매우 미워하여 통렬히 끊은 것이 이와 같으니, 어찌 원수 잊는 것을 괜찮다고 한 적이 있단 말인가. 그런데 근세 西洋學에서는 원수를 잊는 것을 귀하게 여긴다고 하니, 세상에 원한을 감추고 원수와 벗하는 자들은 그 심법(心法)을 은연중 계승한 것인가. 무릇 임금을 위해서는 사람마다 모두 임금이 모욕을 받는 것은 신하의 죽을죄라는 것을 스스로 받아들여, 자신의 임금에게 무례한 자를 보면 마치 매가 새를 뒤쫓아가듯 해야 한다고 여기지만, 어버이를 위해서는 도리어 원수를 잊고 치욕

73) 이륜(彝倫) : 사람으로서 지켜야 할 떳떳한 도리(道理).

에 어두우니, 이것은 무슨 의리인가. 옛날에 이른바 '충신은 효자의 가문에서 구한다.[求忠臣於孝子之門]'라는 말은 과연 맞는 것인가.

「論廟室」

嘗見人有記創始者 曰祀享則由於神農之作蜡 郊祀見五帝 享先著三代 宗廟則唐虞立五廟 夏后氏世室 殷人重屋 周人辨廟祧 社稷則顓頊祀神農 十二世孫句龍爲社 炎帝別子柱爲稷 湯爲旱遷柱 代以周棄 神室則三代已 設 惟國家行之 程子小其制 士庶通行 据此則立廟在唐虞 立室在三代 而 此有不然者 旣立廟則不立室而祭於空廟乎 然則立室當在立廟之時矣 禮 曰有虞氏禘黃帝而郊嚳 祖顓頊而宗堯 舜典曰受終于文祖 註云文祖堯始 祖之廟 未詳所指爲何人 又曰歸格于藝祖 註云藝祖疑卽文祖 或曰文祖藝 祖之所自出 大禹謨曰受命于神宗 註云神宗堯廟也 甘誓曰用命賞于祖 註 云禮曰天子巡狩 以遷廟主行 然則天子親征 必載遷廟之主與其社主以行 以此觀之 則堯時已有廟 有廟則有主 但未知神農以後立室 的在何時 而 啓之時 已用載遷廟主之禮 武王伐紂 亦載木主 卽遵此禮 則唐虞之前 已 有立廟立主之制 而非始設於三代也 疑神農作蜡之時 已定祀享之禮而立 廟立主 至虞而禘郊祖宗之禮 乃大備也 朱子家禮曰 君子將營宮室 先立 祠堂於正寢之東 爲四龕以奉先世神主 於是爲家廟之圖祠堂之圖 其制三 間外爲中門 中門外爲阼階西階 皆三級 階下隨地廣狹 以屋覆之 令容家 衆敍立 又爲遺書衣物祭器庫及神厨於其東 繚以周垣 別爲外門 常加扃閉 又爲神主及櫝韜藉式 而載程子之言曰 作主用栗 取法於時日月辰 趺方四 寸 象歲之四時 高尺有二寸 象十二月 身博三十分 象月之日 厚十二分 象日之辰 其取象甚精 可以爲萬世法 然竊嘗有極未安至難處者 人家形勢 財力 皆能依此立廟奉主 以禮享祀 則豈不誠恔於人心乎 然而其如救死不 贍 欲遵禮而不能 何哉 此朱子家禮序所謂困於貧窶者 尤患其終不能有以 及於禮也 是故家禮爲祠堂之制 而又曰若家貧地狹 則止立一間 不立厨庫 而東西壁下 置立兩櫃 西藏遺書衣物 東藏祭器亦可 正寢謂前堂也 地狹 則於廳事之東亦可 凡祠堂所在之宅 宗子世守之 不得分析 其爲後世慮

可謂至矣 而但恨其止爲家貧地狹者地 而不又爲蔀屋土窨及無家者地耳 夫所謂貧者亦有千萬層 有止立一間 置立兩櫃之貧 有不能一間兩櫃 而止奉主於壁檅之貧 有無壁檅而奉于小架上 以小簾或布片遮前之貧 又下於此則褻辱破壞 無所不至 此所謂禮生於有而廢於無也 今之士夫家 或世遠冠冕 或名在仕籍 而貧殘不能自存者 多其身之不能庇於一間屋 而依人廡下 不避風雨 朝不食夕不食 夏不葛冬不綿 尙何祠堂之可論 又何正寢廳事之可言哉 雖有家者 其所謂家曾不如人之溷廁 如斗之房 四壁傾圮 無門無籬 又不能苫蓋 雨則床床無乾 何以奉其主乎 是故俗語每相戲曰懸神主於雞塒之傍溺盆之上 語雖俚褻 勢所必然 每見人家神主 或藁覆於空山或顚倒於路傍 令人掩目而皆非無子孫者也 到此地頭 其不能行祭 無足可怪 又何可以不能奉主責之乎 然則神主非所以追遠盡誠 事死如生也 其爲辱孰甚焉 然而雖至窮流離之勢 遭喪則恐得罪於禮 被人之譏 又以近日洋學之棄主廢祭 或恐爲人指目 必艱辛求得主材 或買諸市以立主 而旋卽無處安置 以此言之 立主豈不爲窮家大弊端乎 余見陽智 有班名而窮窶者多不立主 而忌日則紙榜以祭 祭畢燒去云 如此者比諸立主而棄之者 豈不愈乎

【역문】「묘와 신주에 대하여 논하다」[74]

일찍이 어떤 사람이 창시에 대해 다음과 같이 기록한 것을 본 적이 있다. "제사[祀享]는 신농(神農)이 납제사[蜡]를 만든 것에서 비롯되었

74) 「論廟主」: 「문고」 책13에 수록된 논(論) 4편 중 하나. 이 글은 1819년 저자 79세 때 쓴 것으로 추정된다. 묘(廟)와 신주, 제사의 유래, 『주자가례(朱子家禮)』의 사당과 신주 제도를 소개한 뒤 빈한한 사대부들이 남의 눈이 두려워 형식적으로만 신주를 만들 뿐 제대로 모시지 못할 바에야 차라리 신주를 만들지 말고 제사 때 지방(紙榜)을 쓴 뒤 태워 버리는 것이 낫지 않겠느냐고 하였다.

다. 교사(郊祀)는 오제(五帝) 때 보이며, 선조에게 제사 지내는 것[享]은 삼대(三代)에 보인다. 종묘(宗廟)는 요(堯)와 순(舜)이 오묘(五廟)를 세웠고, 하후씨(夏后氏)는 세실 (世室)을, 은(殷)나라 사람은 중옥(重屋)을 두었으며, 주(周)나라 사람은 묘 (廟)와 조(祧)를 구분하였다. 사직(社稷)은 전욱(顓頊)이 신농의 12세손인 구룡(句龍)을 토지신[社]으로 제사하였고, 염제(炎帝)인 별자(別子) 주(柱)를 오곡신[稷]으로 제사하였다. 탕(湯)은 가뭄 때문에 주(柱)를 체천(遞遷)하고 대신 주기(周棄)를 제사 지냈다. 신주는 삼대(三代) 때 이미 설치하였으나 오직 국가에서만 이를 행하였는데,송(宋)나라 때 정자(程子 정이(程頤))가 그 제도를 작게 여기면서 사서인(士庶 人)까지 두루 행하게 되었다." 이에 따르면 묘(廟)를 세운 것은 요 임금과 순 임금 때이고, 신주를 세운 것은 삼대 때이다. 그러나 여기에는 옳지 않은 부분이 있다. 이미 묘를 세웠다면 신주를 세우지 않고 빈 묘에 제사를 지냈단 말인가. 그렇다면 주독을 세운 것은 의당 묘를 세웠던 때가 되어야 할 것이다. 『예(禮)』에 이르기를, "유우씨(有虞氏)는 체(禘) 제사 때 황제(黃帝)를 배향하고, 교(郊) 제사 때 제 곡(帝嚳)을 배향하였으며, 종묘의 제사에서는 전욱(顓頊)을 시조로 삼고 요 (堯)를 종(宗)으로 삼아 배향하였다." 하였다. 『서경』〈순전(舜典)〉에 이르기를, "문조에서 제위를 물려받았다.[受終于文祖]" 하였는데, 주(注)에 이르기를, "'문조'는 요 임금의 시조의 묘이다. 누구를 가리키는지 자세하지 않다." 하였다. 「순전」에 또 이르기를, "사악(四岳)의 순수(巡狩)에서 돌아와 이를 고하기 위해 예조의 묘에 이르렀다.[歸格于藝祖]" 하였는데, 주석에 이르기를, "'예조'는 문조(文祖)인 듯하다. 혹자는 예조를 문조가 말미암아 나온 근원 이라고도 한다." 하였다. 『서경』, 「대우모(大禹謨)」에 이르기를, "신종에서 명을 받았다.[受命于神宗]" 하였는데, 주석에 이르기를, "'신종'은 요 임금의 묘이다." 하였다. 『서경』〈감서(甘誓)〉에 이르기를, "명을 따르는 자는 조묘(祖

廟)에서 상을 내린다.[用命 賞于祖]"하였는데, 주석에 이르기를, "『예』에 이르기를 '천자가 순수할 때에는 가장 최근에 태묘(太廟)로 체천 되어 온 신주[遷廟主]를 모시고 간다.'라고 하였다. 그렇다면 천자가 친정(親征)할 때에는 반드시 가장 최근에 체천한 신주와 토지신의 신주[社主]를 싣고 가는 것이다." 라고 하였다. 이로써 본다면 요 임금 때 이미 묘(廟)가 있었으니, 묘가 있었다면 신주도 있었다는 것이다. 단지 신농 이후에 신주를 세운 것이 정확히 언제인지를 모른다는 것뿐이다. 그러나 하(夏)나라 우(禹) 임금의 아들 계(啓)가 제위에 있을 때 이미 체천한 신주를 수레에 싣고 가는 예(禮)를 썼으며, 주 무왕(周武王)이 은(殷)나라 주왕(紂王)을 정벌할 때에도 나무 신주를 싣고 갔으니 바로 이 예를 따른 것이다. 그렇다면 요 임금과 순 임금 이전에 이미 묘를 세우고 신주를 세우는 제도가 있었다는 것이며, 삼대 때 처음 설치된 것은 아니다. 어쩌면 신농이 납제사를 만들었을 때 이미 제사 지내는 예를 정하여 묘를 세우고 신주를 세웠으며, 순임금 때 이르러 체(禘)·교(郊)·조(祖)·종(宗) 등의 배향하는 예가 마침내 크게 갖추어진 것은 아닐까. 『주자가례(朱子家禮)』에 이르기를, "지위가 있는 사람이 집을 짓고자 할 때에는 먼저 사당을 정침(正寢)의 동쪽에 세우고, 네 개의 감실(龕室)을 만들어 조상의 신주를 모신다." 라고 하였다. 그리하여 가묘지도(家廟之圖)와 사당지도(祠堂之圖)를 만들었는데, 그 제도는 3칸이다. 밖에 중문(中門)을 만들며, 중문 밖에 조계(阼階)와 서계(西階)를 만드는데 모두 3층으로 만든다. 계단 아래에는 땅의 넓이에 따라 지붕을 덮어서 집안사람들이 차례로 설 수 있도록 한다. 또 유서(遺書)·의물(衣物)을 보관하는 곳과 제기고(祭器庫) 및 신주(神廚)를 그 동쪽에 건립한다. 담장을 둘러친 뒤 별도로 외문(外門)을 만들어 항상 빗장을 걸어 닫아 둔다. 또 신주식(神主式) 및 독식(櫝式)·도식(韜式)·자식(藉式)을 만들고, 정자(程子)의 말을 다음과 같이 싣고 있다. "신주는 밤나무를 사용한다. 그 법식은 사시(四時)·30일·12월·12시진에서 취하여, 신주의 받침[趺]은 사방 4치로 하여 한 해의 사시를 형상하고, 높이 는 1자 2치로 하여 열두 달을 형상하며, 너비는 30푼으로 하여 한 달의 날수 를 형상하고, 두께는 12푼으로 하여 하루의 12시진을 형상한다." 그 형상을 취한 것이 매우 정밀하니 만세의 법으로 삼을 수 있지만, 나는 이 가운데 지극히 온당치 못하고 행하기 어려운 부분이 있다고 생각한 적이 있다. 사람마다 집안 형편과 재력이 모두 이러한 법식에 따라 사당을 세우고 신주를 받들어 예로써 제사를 모실 수 있다면 어찌 사람들 마음에 참으로 기쁘지 않겠는가. 그러나 생계마저도 넉넉지 않아 예를 준수하고자 해도 할 수 없는 사람은 어찌한단 말인가. 이것이 『주자가례』 서문에서 말한 "특히 가난으로 곤고(困苦)한 사람은 끝내 예를 따를 수 없을까 근심한다."라는 것이다. 이 때문에 『가례』에서는 사당의 제도를 만들면서 또 이르기를, "만약 집이 가난하고 땅이 좁으면 사당은 한 칸으로 한다. 신주(神廚)와 제기 고(祭器庫)는 세우지 않고, 동쪽과 서쪽 벽 아래에 궤 두 개를 세워 서쪽에는 유서와 의물을 보관하고 동쪽에는 제기를 보관하는 것도 괜찮다. 정침(正寢)은 전당(前堂)을 말하는데, 땅이 좁으면 청사(廳事)의 동쪽에 있어도 괜찮다. 무릇 사당이 있는 집은 종자(宗子)가 대대로 지켜서 나뉘지 못하게 한다." 라고 하였으니, 그 후세를 위한 염려가 지극하다 하겠다. 다만 집이 가난하고 땅이 좁은 자의 처지만을 고려했을 뿐, 오막살이·움막살이를 하거나 아예 집조차 없는 자의 처지는 고려하지 않은 것은 유감스럽다. 이른바 '가난'이라는 것 또한 천차만별이다. 단지 한 칸짜리 사당과 궤 두 개를 세워두는 가난이 있고, 한 칸짜리 사당과 궤 두 개도 마련할 수 없어 그저 벽장에 신주를 모시는 가난이 있으며, 벽장도 없어 작은 시렁 위에 모시고 작은 발이나 천 조각으로 그 앞을 가리는 가난이 있고, 또 이보다 심한 경우는 욕되게 하고 파괴하는 것이 그 끝을 알 수 없을 정도이다. 이것이 이른바 "예는 풍요에서 생겨나고 빈곤에서 없어진다.[禮生於有而廢於無]"라는 것이다. 지금 사대부 집안 중에 벼슬살이한 조상과 세대가 많이 떨어지거나, 이름은 사적(仕籍)에 들어 있지만 가난하여 생계유지도 어려운 자들은 몸을 가릴 집 한 칸도 없어 남의 행랑 아래 더부살이하면서 비바람도 피하지 못하며, 아침을 못 먹고 저녁을 못 먹으며, 여름에는 갈의(葛衣)를 입지 못하고 겨울에는 솜옷을 입지 못하는 자가 대부분인데 무슨 사당을 논할 여유가 있겠으며, 무슨 정침이니 청사니 말할 여유가 있겠는가. 비록 집이 있는 자라 할지라도 그 '집'이라고 하는 것이 남의 측간만도 못하여 한 말이나 겨우 들어갈 비좁은 방에 사방 벽은 무너지기 직전이고, 대문도 울타리도 없으며, 또 이엉도 제대로 얹지 못해 비가 오면 자리마다 마른 곳이 없으니, 어떻게 그 신주를 모시겠는가. 이 때문에 속어(俗語)에서는 우스개로 늘 "신주를 닭이 올라가는 횃대 옆이나 요강 위에 매달아둔다."라고 하는데, 그 말은 비록 상스럽고 속되지만 현 상황에서는 그럴 수밖에 없다. 매번 다른 집의 신주가 깊은 산속에 덤불로 덮여 있거나 뒤집혀서 길가에 나뒹굴고 있는 것을 볼 때마다 눈을 가리게 되는데, 모두 자손이 없는 자들이 아니다. 이 지경까지 이르렀다면 제사를 지내지 못하는 것이 이상할 것도 없으니, 또 무슨 신주를 잘 모시지 못했다는 것으로 책망할 것이 있겠는가. 그렇다면 신주는 조상을 그리워하며 정성을 다해 제사드리는 대상이 아니요, 죽은 조상을 살아 있을 때와 같이 섬기는 대상도 아니니, 그 욕됨이 어떤 것이 이보다 더 심하겠는가. 그러나 비록 몹시 곤궁하여 떠돌아다니는 형편일지라도 상을 당하면 예(禮)를 제대로 차리지 못해 남의 비난을 받을까도 두렵고, 또 신주를 버리고 제사를 없앤 근래 서양의 학문(천주교)을 믿는다고 남의 지목을 받을까도 두려워, 반드시 어렵게라도 신주에 쓸 재목을 구하거나 시장에서 사서 신주를 세운다. 그러나 돌아서면 곧 신주를 안치할 곳이 없으니, 이것으로 말한다면 신주를 세우는 것이 어찌 가난한 집의 큰 폐해가 되지 않겠는가. 내가 보니 양지(陽智)[75]에서는 양반이란 이름은 있지만 몹시 가난한 자들은 대부분 신주를 세우지 않고, 기일이 되면 지방(紙榜)을 써서 제사를 지낸 뒤 제사가 끝나면 태워버린다고 한다. 이처럼 하는 것이 신주를 세웠다가 버리는 것에 비한다면 어찌 낫지 않겠는가.

〈주석 : 장정란〉

75) 양지(陽智) : 지금의 경기도 용인시(龍仁市) 내사면(內四面) 지역에 있었던 현(縣).

『省齋集』

「上華西先生」

朱箚校整 不至徹住否 隨選隨解 正合從簡示久之意 節要酌海意各有取不得不參從規例 而又合有更商處矣 雨村金丈向輯近思注釋 已成部帙 辨異端末章注 欲圈入近世邪詖之辨 而洋學一貫 在前賢 曾無已定手筆 而在當世 尤爲蠱心窩窟 此須有先生一通說話始得 頃嘗仰稟函筵 或已留意下筆否 恐匪細故也 近或有一二游從 討問及此 只爲自家元未有知言基本無緣究極源委 痛辨偏蔽 只得以臆見約綽折之曰 彼所以衒耀張皇 愚衆惑世者 不過曰術數之高妙 技藝之精巧而已 此則吾固不謂其無是也 但其所謂術者 非吾所謂行仁由義之術 而出於形氣象數之末 其所謂藝者 非吾所謂濟道輔德之藝 而出於聲色臭味之流也 此則雖以彼之巧黠 亦不能以自文矣 惟其高渺精巧者 專在乎形氣而不在乎性命 所以其流乃至於背却君

* 『성재집』 : 성재(省齋) 유중교(柳重敎, 1832~1893)의 문집이다. 화서학파(華西學派)의 한 사람이다. 화서학파는 이항로가 개창한 이후 김평묵(金平默, 1819~1891), 성재 유중교에게 이어지고 면암(勉菴) 최익현(崔益鉉, 1833~1906)을 거쳐서 의암(毅菴) 유인석(柳麟錫, 1842~1915)이 계승하였다. 이들은 조선 시대 말기 시대적 위기에 대처하여 도학적 전통에 따른 소명의식으로 유학과 성리학에 입각한 화이론(華夷論)과 위정척사론을 이론적으로 정립하면서 정치적 실천적 활동을 전개하였다. 화서학파에서 유중교가 차지하는 위치는 김평묵 및 유인석과의 심설(心說) 논쟁을 통하여 볼 때, 화서학파가 지향했던 성리학의 이론적 전개에 핵심 역할을 했다고 할 수 있다. 위정척사론과 연관하여 그는 이항로의 위정척사론을 이론적으로 발전시켜서 최익현과 유인석에 이르는 중간 매개 역할을 했다. 특히 그의 위정척사론은 최익현과 유인석에 이르러서 항일 무장 독립 의병 투쟁의 이론적 근거가 되었다고 할 수 있다.(한국고전번역원, 『성재집』 해제.)
* 번역문: 한국고전번역원 (http://db.itkc.or.kr/dir/pop/transWriter?dataId=ITKC_ BT_0646A)

父大倫紀 壞却貨色大堤防 而不恤其滔天沉陸之禍也 蓋緣唐虞故城精一心法久晦 而皇明之末 重以衒奇鬪巧之習 充滿一世矣 於點乎此等邪說得以乘機而入也 爲吾徒者 苟能推明精一之傳 形氣性命大小輕重 截然而不可亂 則彼說之謬不難辨 而亦不患其爲吾病矣 如此說破 不至大悖否

【역문】「화서 선생께」[1]

『주자대전차의집보(朱子大全箚疑輯補)』의 교정은 젖혀 두지는 않으셨는지요? 글을 뽑는 대로 즉시 해설하시는 것이 간명하게 하여 후대에 오래 보여 준다는 뜻에 정말 합당합니다. 『주자대전차의집보』가 『주자서절요(朱子書節要)』와 『주문작해(朱文酌海)』의 뜻을 각각 취했기 때문에 이 책들의 규례를 참고하여 따르지 않을 수 없으며, 또다시 생각해야 할 곳도 있을 것 같습니다.

우촌(雨村) 김장(金丈)이 전부터 『근사록(近思錄)』의 주석을 편집하여 이미 책이 완성되었습니다. 그 책의 〈변이단(辨異端)〉 마지막 장의 주에 근세의 사악하고 편벽된 무리를 논박하는 글을 넣고 싶어 하는데, 양학(洋學)에 관하여 과거의 현인이 쓴 글이 전혀 없습니다. 양학은 이 시대에 와서 더욱 마음을 어지럽히는 소굴이 되었습니다. 그래서 이 문제에 관하여 선생님의 말씀을 한 번 들어야 한다고 생각하고 전에 뵈었을 때 말씀드린 적이 있습니다. 혹 이미 마음먹고 써 두셨는지요? 이것은 작은 일이 아닙니다. 근자에 한두 친구와 토론하다가 이 문제를 언급하게 되었는데, 저희들 스스로 기본 지식이 없기 때문에 그 근원과 결말을 끝까지 탐구하여 그 치우침과 폐단을 통렬히 논변

1) 「화서 선생께」: 『성재집』 권03에 수록. 유중교의 스승인 화서 이항로(李恒老, 1792~1868)에게 올리는 편지이다.

하지 못하고 억측으로 나약하게 다음과 같이 잘라 말했습니다. “저들이 가식과 과장으로 혹세무민하는 수단이 ‘학술이 교묘하고 기술이 정교하다.’라는 것일 뿐이다. 이러한 것이 우리에게도 없다고 할 수 없다. 다만 그들이 말하는 학술이라는 것이 우리가 말하는 ‘인을 행하고 의를 따르는 것’이 아니라 형기(形氣)와 상수(象數)의 말단에서 나온 것이고, 그들이 말하는 기예라는 것이 우리가 말하는 ‘도를 추구하고 덕을 도우는 것’이 아니라 소리, 색, 냄새, 맛 따위에서 나온 것이다. 저들이 비록 교활해도 이러한 점을 스스로 가릴 수 없다. 오직 그 교묘함과 정교함은 전적으로 형기에 있지 성명(性命)에 있지 않다. 그래서 결국 임금과 아버지라는 큰 윤리를 저버리고 재물과 여색에 대한 큰 제방을 파괴하고도, 하늘까지 가득 차고 땅이 꺼지는 화를 걱정도 하지 않는 것이다. 대개 요순이 옛날 경계(警戒)시킨 정일(精一)의 심법(心法)이 오래되어 희미해지고 게다가 명나라 말에는 기이한 것을 자랑하고 교묘함을 다투는 습속이 한 시대에 충만했기 때문에, 그 시점에 이러한 사설(邪說)이 기회를 타고 들어올 수 있었다. 우리 문도들이 진실로 정일의 가르침을 미루어 밝혀서 형기와 성명의 대소와 경중이 엄중히 구분되어 어지럽힐 수 없게 되면, 저 사설의 그릇됨을 분별하기가 어렵지 않으며 또 그것이 우리의 병이 될까 걱정하지 않아도 될 것이다.” 이렇게 설파했는데, 크게 틀리지 않았는지요?

「上華西先生 壬戌十二月」

景尹近寄所謂地球圖一本來 蓋出西人之手 而今翻刻廣布於街市上矣 地球上下背面陰陽體勢 及去極遠近日景長短之差 姑以臆見推之 恐其或如此 至其所記道里國界人類物産之詳 則却不無做出天主姓名一流手法耳 但中庸言聖人聲化之所曁 旣曰洋溢中國 施及蠻貊 而又必言舟車所至 人力所通 以至日月所照 霜露所墜 則可見千百世後 陸海交通 而聖化浸廣 至於繞地一匝 而與日月同其明 亦必有其日矣 未知然否 語類論火臟一條 依敎錄上 因便追上 不備

【역문】「화서선생께 올림. 임술 12월」[2)]

경윤(景尹) 이정식(李定植)이 최근에 보낸 소위 〈지구도(地球圖)〉 한 본이 왔습니다. 서양인이 만든 것인 듯한데, 지금 번각되어 시중에 널리 유통되고 있습니다. 지구의 상하와 앞뒤, 음양과 형세, 그리고 남북극으로부터의 거리와 일영(日景)의 장단의 차이 등은, 제 얕은 견해로 미루어 볼 때 이 지구도가 맞을지 모르겠습니다. 그러나 여기 기록된 도로의 이수(里數), 국가의 경계, 인종, 물산 등의 상세함은 '천주(天主)'라는 이름을 만들어낸 것과 같은 수법이 없지 않습니다. 『중용(中庸)』에서 성인(聖人)의 성명(聲名)과 교화(敎化)가 미치는 곳이 '중국(中國)에 넘쳐서 오랑캐에 미친다.'라고 말하고, 또 반드시 '배와 수레가 이르는 곳과 사람의 힘이 통하는 곳으로부터 해와 달이 비추는 곳과 서리와 이슬이 내리는 곳'까지 말했으니, 천세와 백세후에는 육지와 바다 길이 통하여 성인의 교화가 점점 넓어져 지구를 한 바퀴 돌고

2) 『성재집』 권04

해, 달과 그 밝음을 함께 할 날이 반드시 있을 것입니다. 잘 모르겠지만 그렇지 않습니까? 『주자어류(朱子語類)』에서 '화장(火臟 심장)'을 논한 한 조목을 말씀 하신대로 기록하여 올립니다. 인편이 있어 추가로 써 올리며, 이만 줄입니다.

「與李黃溪」

時事轉益寒心 日前得見嶺儒疏本 大體旨意極爲正大 使人不覺氣湧而神爽 信乎晦退諸賢遺風 有不墜地者矣 重菴老爺作一書 遣人致意 用附古人呼太平之意 重敎及同社老少若而人 亦列名於書尾 此於括囊時義 或有少違 而吾輩於此箇義理 旣有所受 始終主張 小小形迹之嫌 有不暇顧 今亦不能昧然無事 聊以此少伸區區之懷 不識尊意以爲如何

疏辭大體誠極正大 然隨事責備 則又不無一二處不滿人意者 如說及我國事淸處 便作君臣正倫 略無涕出事大之意 此其尤者也 然此等處 其見識之所蔽 亦非一朝一夕之故 豈可專責之於今人耶 至若邪敎勝於周孔之云 雖若非彼書本指 而却不至爲大病 蓋彼書旣以耶蘇之敎 爲勸人爲善傳之無害 而與周孔之道 比並較量 則此已侮聖之大者 其孰勝孰負之間本指如何 又何足深論也 要之當河漫海決之日 思欲捧土以塞流者 其志足以有辭於天下矣

【역문】「이만채에게」[3]

시국이 갈수록 한심해집니다. 일전에 영남 유생들의 상소문을 보았는데, 전체적인 뜻은 매우 공명정대하여 사람들로 하여금 자신도 모르게 기운을 솟구치게 하고 정신을 상큼하게 만듭니다. 참으로 회퇴(晦退 회재 이언적과 퇴계 이황) 등 여러 현인들의 유풍이 땅에 떨어지지 않았습니다. 중암 선생은 글 한 통을 작성하여 사람을 보내어 자신의 뜻을 전달하면서 옛날 사람들이 태평을 외쳤던 뜻을 첨가하였습

3) 『성재집』 권09

니다. 저도 같은 모임의 노소(老少) 몇 명도 역시 글 말미에 이름을 올렸습니다. 시국의 견해에 입을 다물어야하는데 간혹 조금은 위배됨이 있더라도 우리들은 이러한 의리에 대해 이미 받은 가르침이 있어 시종일관 주장하여 소소한 혐의가 있는 자취는 돌아볼 겨를이 없습니다. 지금 또한 멍하니 손 놓고 지낼 수도 없어서 중암 선생이 올린 글 속에 저희들의 생각을 조금이나마 펼쳤는데, 존의(尊意 상대방의 생각)는 어떻게 생각하실지 모르겠습니다. 영남 유생 상소문의 대체는 지극히 공명정대합니다. 하지만 일마다 완전하기를 바란다면 사람들의 뜻에 불만스러운 점이 한두 곳 없는 것도 아닙니다. 예를 들어 "우리나라가 청나라를 섬겨야한다."라고 언급한 곳을 설명하자면, 곧 임금과 신하 관계가 설정되는데도 눈물을 흘리면서 강대국을 섬긴다는 뜻도 없으니 이것이 그들이 더욱 잘못한 것입니다. 그렇지만 이러한 곳에서 그들의 견식이 꽉 막힌 것 또한 역시 하루아침의 일이 아닙니다. 어찌 오늘날의 사람들에게 전적으로 책임을 지울 수 있겠습니까? 사교(邪教)가 주공과 공자보다 낫다고 운운한 대목은 비록 그들 상소문의 본래 뜻은 아니더라도 큰 병통에 이르지는 않은 것은, 그들의 상소문에는 야소교(耶蘇教 예수교)가 사람들에게 선을 행하도록 전하므로 전파하여도 해가 없으니 주공과 공자의 도와 함께 비교할 수 있는 것이라고 여겼기 때문입니다. 이러한 말은 성인을 크게 모독한 것으로 누가 이기고 누가 지든 간에 본래 취지는 어떠하며 또한 어떻게 심도 깊게 논할 수 있겠습니까? 요컨대 황하가 넘실거리고 바닷물이 터져 나오는 날에 흙을 끌어안고 흐르는 물줄기를 막으려고 생각을 한다면 그런 의지는 천하에 너끈히 할 말이 있을 것입니다.

「答金士綏」

敢問若眞主掃除清虜 則清主必以爲東韓有君臣之義 逋逃求入矣 我國若許受 則爲其所制而無以從眞主矣 若拒而不受 則虜必怒我之不守節 雖其敗亡之餘 勢尚足蹂躪我土矣 如之何則可也 寧以國斃 不可受 洋敎只是貨色二者而已 人之情欲 莫切於此 故擧世蠱惑 有土崩之勢 其禍十倍於清虜毁裂冠冕 則任斯道者 正當明目張膽 不可少緩之時也 然出不得掃其氛沴 入不得拯其陷溺 空言無施 而無所補於事 當如之何 有其位者闢之以政 無其位者闢之以言 今以空言爲無施 則是欲手援天下耶 經正則斯無邪慝 明聖學淑人心 其急不在繕兵鍊武立法設禁之後也 大學新民章作新民章句曰 言振起其自新之民 及考或問 則却曰使之振奮踴躍 以去其惡而遷於善 捨其舊而進乎新也 二說似相矛盾何耶 窃以康誥本意考之 武王之封康叔也 以商之餘民 染紂汚俗而失其本心 故作是書以誥之 則此時豈有不待振起而自新之民耶 由是觀之 或問云云 似據本書正意言之 而章句有若斷章取義者然 然則大學新民 必以自新之意釋之然後 爲得本經之意何耶 且或問何不明言其故 而泛然有此二歧之論耶 年前小子以此奉稟于老先生 則曰若以作新之意看 則上文湯之盤銘 全沒落着 惟以自新屬民然後完備矣 或問云云 說作字之意而已 恐不當作二義看云云 依此思繹 終未釋然 豈鈍根不能領會敎意耶 伏乞明賜剖敎 明明德則必因其德之所發而遂明之 新民則必因其民之自新而新之 此大學之要旨也 或問云云 終覺與章句不合 豈或出於未定時說耶 恨未及再質丈席也

【역문】「김사수에게 답한다.」[4)]

문 감히 여쭙건대, 만약 참 주인이 오랑캐 청나라를 쓸어버린다면 청나라 군주는 분명히 우리나라에는 군신(君臣) 관계의 의리가 있다고 생각하고 도망하여 우리나라로 들어오려 할 것입니다. 우리나라가 만약 허락하여 받아들인다면 청나라 군주에게 통제받아 참 주인을 따를 길이 없어집니다. 만약 거절하고 받아들이지 않으면 오랑캐는 분명히 우리가 절개를 지키지 않는다고 성낼 것입니다. 청나라가 비록 패망한 나머지라 할지라도 세력은 오히려 우리 국토를 유린하기에 충분할 것이니 어떻게 하는 것이 옳겠습니까?

답 차라리 나라가 넘어갈지라도 받아들여서는 안 됩니다.

문 서양이 가르치는 것은 단지 재물과 여색 두 가지 뿐입니다. 사람의 정욕(情欲)은 이것보다 절실한 것이 없습니다. 그러므로 온 세상이 홀려 정신을 못 차리고 흙이 무너지듯이 넘어갔으니, 그 재앙은 갓과 면류관을 헐고 찢은 오랑캐 청나라보다 열배는 더합니다. 그렇다면 이는 사도(斯道)를 맡은 자가 바로 두려워하지 말고 용기를 내어 조금도 느슨하게 해서는 안 될 때입니다. 그런데 밖으로는 그 흉악한 기운을 제거하지 못하고 안으로는 그 함정에 빠진 이들을 구제하지 못하며, 큰 뜻을 펼 곳이 없어 일에 도움이 되지 못하니, 어떻게 해야 합니까?

답 그 지위를 가진 자는 정치로써 열어젖히고 그 지위가 없는 자는 말로써 열어젖힙니다. 이제 큰 뜻을 펼 곳이 없다고 생각한다면 이는 손으로 천하를 구원하려는 것입니까? 경(經)이 바르면 곧

4) 『성재집』 권19

사특이 없어지며, 성인의 학문을 밝히고 사람의 마음을 맑게 하는 일은 그 급함이 무기를 고치고 무예를 단련하며 법을 세워 금령을 마련하는 일보다 뒤에 있지 않습니다.

문 『대학』 신민장(新民章)의 '작신민(作新民)'에 대하여 『대학장구』는 '그 스스로 새롭게 한 백성을 떨쳐 일으킨다는 것을 말한다.'라고 하였는데, 『대학혹문』을 살펴보니 도리어 "떨치고 뛰어오르게 하여 그 악을 버리고 선으로 옮겨가게 하며 그 옛것을 버리고 새로운 데로 나아가게 한다."라고 하였습니다. 두 가지 설이 서로 모순된 듯한 것은 무엇 때문입니까? 제가 〈강고(康誥)〉의 본의로 그것을 살펴보니, 무왕(武王)이 강숙(康叔)을 봉할 적에 상(商)의 남은 백성이 주(紂)의 더러운 습속에 물들어 그 본심을 잃었으므로 이 글을 지어서 그들에게 알려주었습니다. 그렇다면 이때에 어찌 떨쳐 일으켜 주지 않아도 스스로 새롭게 하는 백성이 있었겠습니까. 이것을 말미암아 보자면 『대학혹문』에서 말한 것은 본래의 경서인 『서경』의 바른 뜻에 근거하여 말한 것 같고, 『대학장구』에는 단장취의(斷章取義)한 것이 있어서 그런 것 같습니다. 그렇다면 『대학』의 '신민(新民)'은 반드시 '스스로 새롭게 한다.'는 뜻으로 해석한 뒤에야 본래의 경서인 『서경』의 뜻이 무엇인지를 알 수 있다는 것은 왜입니까? 또한 『대학혹문』은 어찌하여 그 까닭을 분명히 말하지 않고 데면데면하게 이런 두 갈래의 의론이 있게 하였습니까? 몇 년 전에 제가 이것을 노선생께 여쭈었더니, "만약 '새롭게 만든다.[作新]'는 뜻으로 보면 위의 글 탕(湯)의 반명(盤銘)은 전혀 붙을 곳이 없으니, '스스로 새롭게 한다.[自新]'를 백성에게 직접 연결시킨 뒤에야 온전하게 갖춰진다. 『대학혹문』에서 말한 것은 작(作)자의 뜻을 설명했을 뿐이다. 아마도 두 가지 의미로 보는 것은 마땅하지 않다."고 하셨습니다. 이 말씀대로 생각하면 끝내 석연치가 않습니다. 아마도 둔한 자질이 가르쳐주시는 취지를 깨닫지 못한 것이니, 해결하는 가르침을 밝게 내려 주시기를 바랍니다.

답 밝은 덕을 밝히는 것은 반드시 그 덕이 드러나는 것을 따라서 마침내 그것을 밝혀야 합니다. 백성을 새롭게 하는 것은 반드시 그 백성이 스스로 새롭게 하는 것을 따라서 그들을 새롭게 해야 합니다. 이것이 『대학』의 요지입니다. 『대학혹문』에서 말한 것은 끝내 『대학장구』와는 부합하지 않는군요. 아마도 확정되지 않았을 때에 나온 설인 것 같습니다. 안타깝게도 아직 다시 스승께 질문하지 못했습니다.

「禹下柳公行錄」

公諱 字公元 柳氏高興人 居楊根之禹揖山下 自號禹下居士 上祖高麗僉議政丞高興伯諱濯 仕恭愍朝 直諫死 入我朝光海時 吏曹參判夢寅 以文章顯 仁祖靖社 節行卓然 正廟贈吏曹判書 謚曰義貞 義貞有兄子諱潚弘文舘副提學 討昏朝五賊 卽公八世祖也 曾祖諱雲漢 贈承政院左承旨祖諱璟僉知中樞府事 贈戶曹參判 考諱棨五兵 曹參判 妣貞夫人任氏 貫豊川 學生容白女 公以正宗乙卯八月二十八日生 天稟忠信寬厚 處事有範圍 見世俗鄙薄之人 如不欲與語 兒時 參判公命就學于故縣監簡齋沈公弘模 沈公性度簡重 學術甚正 見公器之 其敎之必以繩墨 公自是知古人自修之方 居家好讀中庸心經等書 黃承旨基天 文章傾一世 與參判公友善嘗過之見公所讀 不喜曰 以若之才 專意治詞翰 世間功名 可探囊取之 何乃自外如此 公笑而無辨 心甚不服也 及長治擧子業 一再發解 遂廢不理純祖丁亥 參判公言時事忤權 貴 竄遠島 尋放還 盡室入楊根山中 始僉樞公治命 子姓從事正學 參判公承訓不忘 遍交當世有識之士 至是聞同郡有華西李先生隱居講道 往與之遊 公與弟洛隱公龜 將車從之 李先生見公德性敦厚 爲加禮敬 許以心契 春秋相來往 行鄉飮酒禮 輪講四子三經及程朱之書 禮儀甚盛 李先生挽公詩所謂大雪窮經夕 深山習禮年 盖識平日遊從之樂也 又睡翁南公啓來 嘗以詩屬參判公云弟兄聯白髮 父子讀朱書 亦此時事也 弟指公叔父通德公 李先生每與公相對話說亹亹 竟日忘倦 語及洋夷事 未 嘗不憂形於色 相與浩歎不已 有若禍在朝夕者然 李先生嘗以書及之曰 西洋之敎 如砒礵鴆酒 近唇則五臟裂坼 百脉沸溢 不可復救 盖其窮凶絶悖 瞞不得人 然或浸漬迷眩而不知反者 爲其曆筭醫藥器物製造精巧 非中國所及 幷與其說而師之 然其所長 亦不過禽蟲之偏智曲技耳蜜子之造甘 非易牙所及 鮫人之產珠 非魯般所能 豈其智不若哉 禽自禽人自人 工匠自工匠 道德自道德 合而同之得乎 公深悅其言 以爲近世諸

公闢邪說者甚衆 其肯綮所在 一斧劈下 未有若此論之痛切也 自是持論益嚴正 凡係洋物世人所茶飯聽用者 一不近身焉 公從李先生遊 凡十五年讀其書聽其說 而察其心迹之微 嘗歎曰 華翁所蘊 吾固不足以知之 觀其表裏洞徹 無一毫雜覇 古所謂眞儒 殆其人也 非遊從之久 察識之深者 鮮不以吾言爲妄矣 公事親克孝 自僉樞公歿後 公繼幹家事 不令參判公累其心 凡親意所欲爲 雖甚難 無不極力成就 南公宿德長老 與參判公襟期相得 公致敬奉迎 同處一堂 寢處飮食 一如事參判公者八九年 其家甚貧 又繼給以物 以安其心 李先生高弟金重庵平默 時年尙少 篤志 力學 顧家貧不能自給 參判公欲延接之 公割庄爲治生事 三年如一日 嘗謂華翁之學傳之者衆 則吾道之幸 但有志於學者 每患力不贍 無以自致 責江榭得千金謀置一庄於其書社之傍 未及下手而卒 士友至今恨之 宗族環墻下而居者十餘家 公資其産業而收敎其後進如一室 遠近有以急來告者 酬應如流 士大夫家居鄕 不謹刑憲 侵虐小民者 疾之若浼焉 公沒數十年 鄕人猶誦慕不已 有一農夫乏糧失耕 釀涕語婦子曰 使柳公而在 必不至如此 此重敎之所目睹云 公性好禮 平居多聚本朝諸先 正禮說 手不停披 鄕人有以疑禮來問者 爲之悉心指敎 務令得正 家中吉凶之禮更定者甚多 至如衣服之節 深衣必用李先生攷定本 嘗言行禮者 必冠屨衣帶四者具然後 其服乃備今於致敬之地 只着冠衣帶 而於屨則畧之 殊非禮意 招工依家禮製黑履每於家廟行禮時用之 公之歿 在憲廟己酉九月三日 是年十月 葬加平之高峴 明年春 移厝于春川冠川里艮坐原 實承旨公墓階下也 孺人鄭氏貫溫陽承旨澤孚女 性勤幹周詳 愛人喜施 凡公之事親奉先 接賓友撫宗族 藉夫人之內助 得如意焉 後 公十七年卒 基同兆 二男長重善 次重鎭 三女適李烇, 李寅韶, 李佖 重善取族子麟錫爲後 女適李載熙 重鎭取族子鳳錫爲後 外孫李烇男時翊 李寅韶女壻某某 餘幷幼 上之四年丁卯四月日 不肖從姪重敎謹識

【역문】「우하 유공 행장」[5)]

공은 휘가 갑이고 자가 공원(公元)이며, 고흥 유씨(高興柳氏)이다. 양근(楊根)의 우읍산(禹揖山) 아래에 살며 자신을 우하거사(禹下居士)라고 불렀다. 상조(上祖)는 고려 첨의정승 고흥백(僉議政丞高興伯) 휘 탁(濯)인데, 탁은 공민왕(恭愍王)의 조정에서 벼슬을 살며 직간하다가 죽었다. 우리 조선에 들어와서, 광해군(光海君) 때에 이조 참판 몽인(夢寅)이 문장으로 현저하였고, 인조(仁祖)가 사직을 편안하게 하자 지조 있는 행실이 우뚝하였으며, 정조(正祖)가 이조 판서로 추증하고 시호를 '의정(義貞)'이라 하였다. 의정공의 형의 아들 중에는 휘 숙(潚)이 있었는데, 숙은 홍문관 부제학(弘文館副提學)을 지냈고, 혼조(昏朝 광해군)의 오적(五賊)을 성토하였으니, 곧 공의 8대조이다. 증조는 휘가 운한(雲漢)으로 승정원 좌승지(承政院左承旨)에 추증되었고, 조(祖)는 휘가 경(璟)으로, 첨지중추부사(僉知中樞府事)를 지냈으며, 호조 참판(戶曹參判)에 추증되었다. 고(考)는 휘가 영오(榮五)로, 병조 참판을 지냈다. 비(妣) 정부인(貞夫人) 임씨(任氏)는 본관이 풍천(豊川)이고, 학생 용백(容白)의 따님이다. 공은 정조(正祖) 을묘년(1795, 정조19) 8월 28일에 태어났다. 천품이 충신(忠信)하고 관후(寬厚)하며 일처리에 절도가 있어, 비루하고 천박한 세상 사람을 보기를, 더불어 이야기를 나누고 싶어 하지 않는 듯이 했다. 공이 어렸을 때에, 참판공이 고(故) 현감(縣監) 간재(簡齋) 심홍모(沈弘模) 공에게 나아가 배우도록 명하였다. 심공은 성정과 도량이 소탈하고 중후하며 학술이 아주 발랐는데, 공을 보고는 그릇으로 여기고 반드시 법도에 맞게 가르쳤다. 공은 이때부터 옛날 사람들이 스스로 수양하던 방법을 알아, 한가로이 집에 있을 때에는 『중용』과 『심경』 등의 서적을 즐겨 읽었다. 승지(承旨) 황기천(黃基天)은 문장으로 한 시

5) 『성재집』 권42

대에 명성을 날렸으며, 참판공과도 벗으로서 친하게 지냈다. 황승지가 일찍이 참판공의 집에 들렀다가 공이 글을 읽는 것을 보고 기뻐하지 않으면서, "너의 재능으로 전념하여 문장을 전념하여 공부하면 세상의 공명은 주머니 속을 더듬는 것처럼 얻을 수 있을 것인데, 어찌 이렇게 자신을 소외시키는가?"라고 하였다. 공은 웃기만하고 아무 말도 하지 않았으나, 마음으로는 받아들이지 않았다. 장성해서 과거 시험공부를 하여 한두 번 향시(鄕試)에 합격했으나 마침내 그만두고 더 이상 공부하지 않았다. 순조(純祖) 정해년(1827, 순조27)에 참판공이 시국사건을 말한 것이 권문귀족의 심기를 거슬러 먼 섬으로 귀양갔다가, 이윽고 풀려나 돌아와 전 가족을 데리고 양근의 산 속으로 들어갔다. 처음에 첨추공이 바른 학문에 종사하라고 자손들에게 유언하신 후로부터, 참판공은 그 가르침을 받들어 잊지 않고 당세에 식견을 갖춘 선비들과 두루 교유하였다. 이때에 이르러 양근에 화서(華西) 이 선생이 은거하며 도를 강론한다는 말을 듣고, 찾아가서 교유하였다. 공은 아우 낙은공(洛隱公) 조(鼂)와 함께 수레를 타고 따라갔다. 이 선생은 공의 덕성이 돈후한 것을 보고 예절과 공경을 더하고 마음을 터놓고 사귀기를 허락하여 봄과 가을에 서로 왕래하며 향음주례를 행하고, 사서삼경과 정자와 주자의 글을 돌아가며 강론하며, 예의가 매우 성대하였다. 이 선생이 공을 애도하는 만사에, "큰 눈 내리는 가운데 경서를 연구하던 저녁"과 "깊은 산에서 예를 익히던 해"라고 한 것에서 평소에 교유하던 즐거움을 알 수 있다. 또 수옹(睡翁) 남계래(南啓來) 공이 일찍이 시를 참판공에게 보내어, "형과 아우가 흰 머리카락 나란히 하고, 아버지와 아들이 주자의 글을 읽네[弟兄聯白髮 父子讀朱書]"라고 하였으니, 또한 이때의 일을 읊은 것이다. 아우는 공의 숙부 통덕공(通德公)을 가리킨다. 이 선생은 공과 대화할 때마다 끊임없이 하루 종일 하고도 피곤한 줄을 몰랐다. 양이(洋夷)의 일을 말할 때면 얼굴에 근심하는 빛이 드러나지 않은 적이 없었으며, 마치 재앙이 조만간 닥칠 것처럼 서로 탄식을 멈추지 못하였다. 이 선생이 일찍이 편지를 보내 이렇게 말하였다. “서양의 가르침은 마치 비상(砒礵)이나 짐주(鴆酒)와 같아 입술에 가까이 대면 오장이 찢어지고 갈라지며 모든 맥이 들끓어, 다시는 구제할 수 없다. 그러므로 그들의 끝없는 흉악과 패역은 기만으로 사람을 얻을 수 없다. 그러나 혹 거기에 물들고 미혹되어 되돌아올 줄 모르는 자가 그들의 역산(曆算 일력(日曆)과 산술), 의약, 기물의 제조에 정교함을 중국이 따라잡을 수 없다고 여겨, 그들의 학설까지도 인정하여 스승으로 삼는다. 그러나 그들의 장점은 또한 금수나 곤충의 치우친 지혜나 작은 기술에 불과할 뿐이다. 벌이 꿀을 만드는 것은 역아(易牙)가 미칠 수 있는 것이 아니고, 인어가 진주를 만드는 것은 노반(魯般)이 할 수 있는 것이 아니다. 그러나 어찌 역아와 노반의 지혜가 벌과 인어만 못하겠는가? 금수는 본래 금수이고 사람은 본래 사람이며 기술은 본래 기술이고 도덕은 본래 도덕인데, 합쳐서 같은 부류로 보려고 하면 되겠는가?” 공이 이 말씀에 매우 기뻐하며 이렇게 말하였다. “근세에 여러분이 사설(邪說)을 물리치는 글을 많이 지었으나, 그 복잡하게 얽힌 부분을 단칼에 쪼개버린 것이 이 논설처럼 통렬하고 절실했던 것은 없었다.” 이때부터 지론을 더욱 엄정하게 하여, 세상 사람이 다반사로 받아들이고 쓰는 서양과 관계된 물건은 하나도 몸에 가까이 하지 않았다. 공이 이 선생과 교유한 기간이 모두 15년인데, 그 글을 읽고 그 설을 들으며 그 마음의 은미한 자취를 살펴보고는 일찍이 탄식하며 이렇게 말하였다. “화옹이 온축한 것에 대하여, 나는 본래 알아보기에 부족한 사람이다. 그러나 그 겉과 속을 살펴보면 투명하여 패도가 조금도 섞인 것이 없으니, 옛날에 이른바 ‘참된 유자(儒者)’가 아마도 이 분일 것이다. 오래 종유하여 깊이 살펴 알아본 자가 아니면 나의 말을 망녕되다고 여기지 않는 이가 드물 것이다.” 공은 부모를 섬기며 효도를 다

했다. 첨추공이 세상을 떠난 후부터는 공이 이어서 집안일을 주관하여, 참판공이 마음을 쓰지 않도록 했다. 부친이 하고 싶어 하는 것은 매우 어려운 일이라도 힘을 다하여 성취하지 않은 것이 없었다. 남공(南公)이 큰 덕이 있는 어른으로서 참판공과 뜻이 맞았으므로, 공은 공경을 다하여 맞이하여 참판공과 함께 한 집에 모시며 침식을 참판공을 섬기는 것과 같이한 것이 8, 9년이었다. 남공의 집이 매우 가난하였으므로, 또 물품을 계속 대주어 그 마음을 편안하게 해주었다. 이 선생의 고제(高弟) 중암 김평묵이 당시에 나이가 오히려 어린데도 뜻을 독실하게 하여 배움에 힘썼다. 그러나 집이 가난하여 생활을 자급할 수 없었으므로, 참판공이 집 가까운 곳으로 맞이하여 도와주고자 하였다. 그래서 공이 농장을 갈라주어 생계를 잇게 해주었는데, 삼년을 하루와 같이 하였다. 일찍이 이렇게 말하였다. "화옹의 학문을 전수하는 자가 많으니, 우리 도로서는 다행이다. 다만 배움에 뜻을 둔 자가 매번 재력이 넉넉하지 못한 것을 근심하여 노력을 다하지 못하니, 강가의 정자를 팔아 천금을 얻어서 서사 옆에 농장을 하나 장만해 둘 생각이다." 그러나 일을 시작하지도 못하고 돌아가시어, 사우들이 지금까지 한스러워하고 있다. 담장 아래에 빙 둘러 사는 친척이 십여 가구 있었는데, 공은 그들의 생업을 도와주며 한 집안처럼 그들의 자제를 거두어 교육시켰다. 원근에서 급한 일로 와서 말하는 자가 있으면, 물 흐르듯이 응대하며 도와주었다. 사대부의 집안으로서 향리에서 법을 지키지 않고 백성을 함부로 학대하는 자를 자신을 더럽히는 듯이 미워하였다. 공이 돌아가신 지 십수 년이 지났지만 향리의 사람들은 여전히 공을 칭송하고 그리워하고 있다. 양식은 모자라고 농사는 망친 한 농부가 눈물을 흘리며 처자식에게 이렇게 말했다. "만약 유공이 계셨다면 이런 지경에는 분명히 이르지 않았을 것이다." 이것은 중교가 직접 본 일이다. 공은 성품이 예의를 좋아하였다. 한가로이 집에 있을 때에는 본조의 여러 선정(先正)의 예설(禮說)을 많이 모았으며 책 읽기를 멈추지 않았다. 예절에 대한 의문을 갖고 와서 묻는 향리의 사람에게는 마음을 다하여 가르쳐주어 바른 예절을 알게 하도록 힘썼으므로 집안에서 지켜온 길흉의 예식을 고친 자가 매우 많았다. 의복의 절차와 같은 것에 이르러서, 심의(深衣)는 이 선생의 고정본(考定本)을 반드시 따랐으며, 일찍이 이렇게 말하였다. "예를 행하는 자는 모자와 신발과 의상과 허리띠 4개를 반드시 갖춘 뒤에야 그 예복이 완비된다. 지금은 공경을 다해야 하는 상황에서 모자와 의상과 허리띠만을 착용하고 신발은 생략하니 전혀 예의의 뜻이 아니다." 그리고 기술자를 불러 『가례』에 의거하여 검은 신발을 제조하게 하고, 매번 가묘에서 예를 행할 때에 신었다. 공은 헌종 기유년(1849, 헌종15) 9월 3일에 돌아가셨고, 그해 10월에 가평의 고현(高峴)에 안장했다. 내년 봄에 춘천 관천리(冠川里) 간좌(艮坐)의 언덕에 이장하는데, 실은 승지공의 묘소 아래다. 유인(孺人) 정씨(鄭氏)는 본관이 온양(溫陽)이고 승지 택부(澤孚)의 따님인데, 성품이 근면하고 꼼꼼하며 사람을 사랑하여 베풀기를 좋아하였다. 공이 부모를 섬기고 선조의 제사를 받들며 빈객을 대접하고 종족을 어루만진 것은 부인의 내조에 힘입어 뜻대로 할 수 있었다. 부인 정씨는 공보다 17년 후에 돌아가셨고, 묘는 합장했다. 아들은 둘인데, 장남이 중선(重善)이고 차남이 중진(重鎭)이다. 딸은 셋인데, 이전(李烇)과 이인소(李寅韶)와 이필(李佖)에게 각각 시집갔다. 중선은 친족의 아들 인석(麟錫)을 취하여 후사를 삼았고, 딸은 이재희(李載熙)에게 시집갔다. 중진은 친족의 아들 봉석(鳳錫)을 취하여 후사를 삼았다. 외손자는, 이전의 아들 시익(時翊)과 이인소의 사위 모모가 있고, 나머지는 모두 어리다. 상(上 고종)의 4년 정묘년(1867) 4월 일에, 불초 종질(從姪) 중교가 삼가 쓰다.

〈주석 : 배주연〉

『星湖全集』

「簡仲綏」

梁山太守勤念人 昨有械封靉靆同 知我衰遲眼眵昏 兩規玻瓈落便風 精思肇自歐羅巴 巧制遠求日出東 老子遮瞳忽驚疑 蠅頭變大如發蒙 暗室燈懸四壁明 滄海月出氛翳空 故人眞有住年術 金篦括膜還非工 老馬爲駒乃今驗 喜氣迴發神明通 傳聞嶺外多古書 編摩薈稡寧非公 暇日黃堂錦贉集 泝洄今古心無窮 余髮星星君亦均 不有此物難爲功 願言收拾飽飫後 因風寄與星湖翁

【역문】「간중수」[1]

양산의 군수[2]가 애써 마음을 써 주어서 梁山太守勤念人
지난번 편지에다 안경을 동봉하였네 昨有械封靉靆同

* 『성호전집』은 이익(李瀷, 1681~1763)의 문집이다. 이익은 조선 영조 때 실학자로, 자는 자신(子新), 호는 성호(星湖)이며 본관은 여주(驪州)이다. 둘째 형 이잠(李潛)이 당쟁으로 옥사한 후 벼슬을 단념하고 평생 첨성리에 칩거하며 학문에 몰두해 성리학을 바탕으로 천문·지리·율산·의학에 이르기까지 두루 능통하였으며, 서학에도 관심을 가졌다. 이이(李珥)와 유형원(柳馨遠)의 영향을 받아 당시 사회제도를 실증적으로 분석하고, 개편하기를 주장하였다. 저서로 『성호사설』, 『곽우록』, 『이선생예설』 등이 있다.
* 번역문 : 한국고전번역원(http://db.itkc.or.kr/dir/pop/transWriter?dataId=ITKC_BT_0489A).
* 모든 각주는 한국고전번역DB 번역문의 원 각주를 재인용하였다.

1) 『성호전집』 卷04
2) 양산의 군수 : 김이만을 말한다.

내가 늙어 두 눈이 침침한 걸 알고서	知我衰遲眼眵昏
두 개의 안경알을 인편에 부쳐 온 것	兩規玻瓈落便風
안경 만들 생각은 구라파서 시작되어	精思肇自歐羅巴
정교한 제품 멀리 동방에서도 구하네	巧制遠求日出東
노인들 눈에 끼면 경이로운 일이 생겨	老子遮瞳忽驚疑
시야가 확 걷힌 듯 작은 글자 커지지	蠅頭變大如發蒙
암실에 등불 걸면 사방 벽이 환해지고	暗室燈懸四壁明
창해에 달이 뜨면 어둔 기운 가시듯이	滄海月出氛翳空
친구 실로 나이 멈추는 기술을 가졌으니	故人眞有住年術
금비로 망막 긁는 수술도 별것 아니네[3]	金鎞括膜還非工
늙은 말이 망아지로 변한 게 증명됐고[4]	老馬爲駒乃今驗
서기가 크게 발하여 신명이 통했어라	喜氣迴發神明通
듣건대 영남에는 고서가 많다 하니	傳聞嶺外多古書
찬집하여 모으는 일 어찌 공무 아니랴	編摩薈稡寧非公
한가한 날 관아에서 서적[5]들을 모아 놓고	暇日黃堂錦贉集
고금을 탐구하면 마음 절로 무궁하리	泝洄今古心無窮
내 머리털 성성하고 그대도 그러하니	余髮星星君亦均
이런 책이 없으면 공 이루기 어렵지	不有此物難爲功

3) 친구 ~ 아니네 : '나이 멈추는 기술'이란 안경을 쓰면 눈이 밝아지기 때문에 그렇게 말한 것이고, '금비(金鎞)로 망막 긁는 수술'이란 고대 인도에서 금비라는 기구로 눈의 망막을 긁어 맹인의 눈을 밝게 한 것을 말한다. 금비로 수술을 하지 않고도 안경을 쓰면 바로 눈이 밝아지므로 그런 수술도 별것이 아니라고 한 것이다.

4) 늙은 ~ 증명됐고 : 『시경』 「각궁(角弓)」에 "늙은 말이 도리어 망아지가 되어서, 뒷일 아니 돌아보고 힘을 쓰누나.[老馬反爲駒 不顧其後]" 하였는데, 여기서는 늙은이가 젊은 사람처럼 눈이 밝아짐을 비유한 것이다.

5) 서적 : 원문의 '금담(錦贉)'은 서책의 권축(卷軸)이나 권수(卷首)에 붙이는 비단 헝겊인데, 여기서는 서책의 뜻으로 쓰였다.

바라건대 거두어 충분히 음미한 뒤	願言收拾飽飫後
인편에 부쳐서 나에게도 보내 주길	因風寄與星湖翁

「靉靆歌」

野翁衰朽明欲喪 人力能敎老變少 玻瓈雙錢角爲匡 持暎昏眸發天巧 羣書滿案炯相對 一一可辨蠅頭小 借問何從得此物 初來遠自歐羅巴 歐羅巴人創新制 金篦括瞙還同科 暗室明月豈虛語 寒門燭龍應非過 癡人錯疑眼孔大 少年戲與秋毫爭 吾聞聖人竭目力 繼之規矩傳後名 嗚呼至寶靉靆鏡厥功更大千金輕

【역문】「애체가」[6]

촌 늙은이 노쇠하여 눈이 침침해졌는데	野翁衰朽明欲喪
인력으로 늙은이 젊게 바꾸어 놓는구나	人力能敎老變少
동전 같은 두 유리알 짐승 뿔로 만든 테	玻瓈雙錢角爲匡
침침한 눈에 걸치니 묘한 힘을 발하네	持暎昏眸發天巧
책상 가득 쌓인 책 밝게 대하여 읽으니	羣書滿案炯相對
파리 머리 같은 글자 하나하나 구분되네	一一可辨蠅頭小
묻노니 어디에서 이 물건을 얻었는가	借問何從得此物
머나먼 구라파에서 처음 들여온 거라네	初來遠自歐羅巴
구라파 사람들이 처음 만든 이 물건	歐羅巴人創新制
금비로 망막 긁어 수술한 것과 같네[7]	金篦括瞙還同科

6) 『성호전집』 卷04

7) 금비(金篦)로 ~ 같네 : 금비는 고대 인도에서 눈병을 치료하던 화살처럼 생긴 의료 기구인데, 그것으로 눈의 망막을 긁어 맹인의 눈을 밝게 했다고 한다. 『열반경(涅槃經)』 권8에 보면, 부처로 상징되는 양의(良醫)가 지혜를 상징하는 금비로 무지(無智)를 상징하는 중생의 안막(眼膜)을 제거한다는 비유가 나온다. 여기서는 안경을 쓰자 마치 금비로 수술을 한 것처럼 다시 눈이 밝아진 것을 말한다.

암실에 밝은 달빛 어찌 허황된 소리랴	暗室明月豈虛語
내 집에 촉룡 왔대도 과장이 아니라네[8]	寒門燭龍應非過
어리석은 사람은 눈이 커졌나 의심하고	癡人錯疑眼孔大
소년들은 장난삼아 털끝 다투며 논다네[9]	少年戲與秋毫爭
내 들으니 성인이 눈의 힘을 다 써서	吾聞聖人竭目力
법도를 전해 주어 이름을 남겼는데[10]	繼之規矩傳後名
아아, 이 안경은 지극한 보배거니	嗚呼至寶靉靆鏡
천금보다 그 공이 더 크다 하리라	厥功更大千金輕

8) 내 집에 ~ 아니라네 : 촉룡(燭龍)은 촉음(燭陰)이라고도 하는데, 종산(鍾山)의 용신(龍神)으로 사람의 얼굴과 뱀의 몸을 지니고 있으며, 그가 눈을 뜨면 낮이 되고 눈을 감으면 밤이 된다고 한다. 그리고 숨을 들이마시면 겨울이 되고 숨을 내쉬면 여름이 된다고 한다.(『山海經 海外北經』) 이 구절의 뜻은 안경으로 눈이 다시 밝아진 것이 마치 광명을 주는 촉룡이 다시 찾아온 것이라고 해도 과장이 아니라는 말이다.

9) 소년들은 ~ 논다네 : 소년들은 안경, 즉 돋보기로 작은 것들을 비춰 보며 얼마나 크게 보이는지 놀이를 한다는 말이다.

10) 내 들으니 ~ 남겼는데 : 원문의 '성인갈목력(聖人竭目力)'은 『맹자』「이루 상(離婁上)」의 "성인께서 자신의 시력을 최대한 활용하시고서 그림쇠, 곱자, 수준기, 먹줄 같은 도구를 만들어 이어지게 하였기 때문에, 네모, 원, 수평, 직선을 그려서 이루 다 쓸 수 없게 되었다.[聖人旣竭目力焉 繼之以規矩準繩 以爲方員平直不可勝用也]"라는 구절에서 나온 말이다. 여기서는 안경을 만든 서양 사람들의 공력을 성인과 같은 공력으로 인정해 주고자 말한 것이다.

「答安百順 丁丑」

-(上略)- 歐羅巴天主之說 非吾所信 其談天說地 究極到底 力量包括 蓋未始有也 姑擧一事 蓋天之論 蔡邕非之 朱子從之 北朝崔靈恩合渾蓋爲一 而世儒棄之 其說無傳 至通憲出而無所不合 曆道始明 豈可以外國而少之哉 歷年考 吾心力無以及此 使其兒較勘添刪 得至完成 亦其死者之幸 何必以人與己嫌礙耶

【역문】「답안백순 정축」[11]

-(상략)- 구라파(歐羅巴)의 천주(天主)에 대한 설은 내가 믿는 바는 아니지만, 하늘과 땅을 설명한 말은 이치가 철두철미(徹頭徹尾)하고 공력(功力)이 결집되어 있으니, 전에 없던 말입니다. 우선 한 가지를 들어 보자면, 개천설(蓋天說)을 채옹(蔡邕)은 틀렸다고 하였고, 주자(朱子)는 그 설을 따랐습니다.[12] 북조(北朝)의 최영은(崔靈恩)[13]은 혼천설(渾

11) 『성호전집』 권26
12) 개천설(蓋天說)을 ~ 따랐습니다 : 개천설은 둥근 삿갓 모양의 하늘이 네모난 땅을 덮고 있다는 설로, 북극(北極)이 갓의 중심이 된다는 학설이다. 『서경집전』 「순전(舜典)」에 수록되어 있는 주희(朱熹)의 주석에 "「천문지(天文志)」에서 '천체를 말한 것이 삼가(三家)이니, 첫 번째는 주비(周髀)이고 두 번째는 선야(宣夜)이고 세 번째는 혼천(渾天)이다. 선야설은 스승으로 전해 오는 학설이 전혀 없으니, 그 내용이 어떠한지 알 수 없다. 주비설은 하늘이 엎어 놓은 동이와 같다고 하였다. 그리하여 두극(斗極)을 중앙으로 삼으니, 중앙은 높고 사방 가장자리는 낮은데 해와 달이 옆으로 운행하여 돌아가는바, 해가 가까워서 보이면 낮이고 해가 멀어서 보이지 않으면 밤이다.'라고 하였는데, 채옹(蔡邕)은 '천상(天象)을 상고하고 징험함에 위배되고 맞지 않는 것이 많다.'라고 하였다."라고 되어 있는 것을 가리킨다. 여기서 말한 주비설이 바로 개천설이다.
13) 북조(北朝)의 최영은(崔靈恩) : 최영은은 중국 남조(南朝) 양(梁)나라 사람으로, 오경(五經)을 깊이 연구하였으며, 특히 삼례(三禮)와 삼전(三傳)에 정통하였다.

天說)과 개천설을 합하여 하나의 학설로 만들었으나, 세상의 선비들이 그 학설을 버려서 전해지지 않았습니다. 『혼개통헌도설(渾蓋通憲圖說)』[14]이 나오자 합치되지 않는 것이 없어서 역법의 이치가 비로소 밝아졌으니, 어찌 외국이라고 하여 소홀히 여길 수 있겠습니까. 『접왜역년고(接倭歷年攷)』[15]는 나의 심력이 미칠 수 없어서 아이로 하여금 교감하고 첨삭하게 하여 완성에 이르렀으니, 또한 망자에게 다행입니다. 어찌 꼭 누가 지은 것인지에 구애될 필요가 있겠습니까.

국자박사(國子博士)를 지냈다. 저서로 『집주주례(集注周禮)』, 『삼례의종(三禮義宗)』, 『좌씨경전의(左氏經傳義)』 등이 있다.(『中國歷代人名大辭典』, 上海古籍出版社, 1999) 본문에서 '북조(北朝)'라고 한 것은 성호가 잘못 기록한 것으로 보인다.

14) 『혼개통헌도설(渾蓋通憲圖說)』 : 명나라의 학자 이지조(李之藻, 1565~1630)가 이탈리아 출신의 예수회 선교사 마태오 리치(利瑪竇, Matteo Ricci, 1552~1610)와 함께 서양의 천문서(天文書)를 번역하여 편찬한 책이다. 서양에서의 천구(天球) 제작에 대한 여러 학설을 소개하고 천구 제작의 발전 과정을 다루고 있는데, 입체적으로 그려진 여러 가지 그림과 도표 등이 본문과 함께 수록되어 있다.

15) 『접왜역년고(接倭歷年攷)』 : 성호의 아들 이맹휴(李孟休, 1713~1751)가 지은 책이다. 제목으로 보아 왜(倭)와의 외교 관계를 기록한 책으로 추정되나 전하지 않아 자세한 내용은 알 수 없다.

「答鄭玄老」

鄙人自月前輪行毒喘之後 神精昏瞢 雖聞哀有晝地之戹 筆役艱難 不克奉書探候 今承札始審尙不脫舍 驚歎難勝 况先丈祥祀迫臨 兼之身上宿證重爲之慮念 官事固是難了 寵與辱隨 有若是矣 瀷老篤不死 居世何況 自先丈棄朋友之後 尤覺單子 時有心思 無處質問 若適他國而中道失伴也 家有一卷外邦書交友論者 有云友者第二我也 身二而心一 交際之味 失之後愈覺 其在時如將失 旣亡如猶在 讀之儘是刺骨之談也 居然再期而杜門癃廢 無緣一哭靈席 展此區區俗情 柰柰何何 其書又云孝子繼父之交 如承受產業 其言亦實實可思 吾子不幸已亡 而向年一紙哀書尙在篋 大有幽明之感 果得身後知己 遺草雖多見者 口誦而心未必深諭 未有若哀之眞知也 冥中有知 渠亦必玩繹一篇農圃說耳 說禮又家學也 奉奠之暇 能不廢舊業 溫習有緖耶 更須勉旃 益彰先訓 亡子早有蒼臺源流一篇 晩又有許多說 亦非草草 今閱陳箱 恨其用意太苦 有以祟疾也 方來哀必看破得失 又有居官居縣錄者 耳聞目寓 凡關於時用者 必思所以通變之 有不可沒者在 方爲人所借 早晩將入哀照 其他經說及接倭考等議論深遠 要待知者而知之 僕生命窮獨 四顧無與話心 朝晝只對小孫 懷往事悵然爾 僿說編帙浩穰 要非數十餘卷不可了辦 紙札雖具 年少輩留心者盖寡 而傳錄役鉅 故每爲走脚底話 不肯著實下手 尙猶不成 僕朝夕入地 終恐不見其卒業矣 南雅晦近報何如 黃得甫比自北路還 云關外頗有騷屑 其俗與彼境接 或者有由然耶 不無杞人之閒愁 加之惡獸遍山 白日噉人 此又何象 俄又聞原峽塋下虎攫守奴 汎除無託 私分之憫歎更切

【역문】「답정현로」[16]

나는 지난달에 유행하는 독감에 걸린 뒤로 정신이 혼몽하여 그대가 감옥에 갇혔다[17]는 소식을 듣고도 붓을 잡기 어려워 편지로 안부를 묻지 못했습니다. 이번에 편지를 받고서 아직도 옥사(獄舍)에서 나오지 못하고 있다는 것을 알고는 놀라움을 금치 못했습니다. 하물며 선친의 대상(大祥)이 임박한 데다 신상(身上)의 묵은 병까지 겹쳐 더욱 염려가 됩니다. 벼슬살이란 제대로 마치기가 어려운 법이라 총애와 치욕이 함께 따라다니는 것이 이번의 경우와 같습니다. 나는 늙은 몸으로 죽지 못해 살아가고 있으니 세상살이에 무슨 재미가 있겠습니까. 선친께서 벗들을 버리고 떠나신 후로 혼자 남아 있음을 더욱 느낍니다. 때때로 떠오르는 생각이 있어도 질문할 곳이 없어 마치 다른 나라를 여행하다 도중에 동반자를 잃어버린 것과 같은 꼴입니다. 집안에 『교우론(交友論)』[18]이란 외국 서적이 있는데, 그 속에 "벗이란 제2의 나이다. 몸은 둘로 떨어져 있지만 마음은 하나이기 때문이다. 벗을

16) 『성호전집』 卷29, 書

17) 그대가 감옥에 갇혔다. : 1753년(영조29) 9월 19일 전라도 고을을 감찰하고 돌아온 어사(御史) 한광회(韓光會)에 의해 함평(咸平) 지역의 비리가 보고됨에 따라 이듬해인 1754년 윤4월 4일에 과거 함평 현감을 지낸 정항령(鄭恒齡)이 다른 전직 현감들과 함께 의금부에 구속된 일을 가리킨다. 『承政院日記』, 英祖 29年~30年.

18) 『교우론』 : 중국에서 활동한 예수회 선교사 마태오 리치[利瑪竇; Matteo Ricci, 1552~1610]가 저술한 책으로, 서양인들의 우정에 대한 개념을 간결한 대화체로 서술하였다. 1595년 풍응경(馮應京)과 구여기(瞿汝夔)가 서문을 붙여 남창(南昌)에서 1권 1책으로 간행하였고, 1603년 북경에서 재판되었다. 1629년 이지조(李之藻)가 편찬한 『천학초함(天學初函)』 속에 수록되었으며, 청(淸)나라 건륭제(乾隆帝) 때 편찬된 『사고전서총목제요(四庫全書總目提要)』 잡가류존목(雜家類存目)에 소개되기도 하였다. 이 중에서 북경판은 이수광(李睟光)이 『천주실의(天主實義)』와 함께 가지고 들어와 조선에 소개하였으며, 『지봉유설(芝峯類說)』에서도 이 책의 내용에 대해 언급하였다.

사귀는 진정한 맛은 상대방을 잃은 뒤에 더욱 잘 알게 된다. 벗이 살아 있을 때는 장차 잃지나 않을까 걱정하고 죽고 나서는 여전히 살아 있는 것처럼 생생하게 떠오르는 법이다."라는 내용이 있는데, 이 글을 읽어보니 진실로 뼈에 사무치는 말입니다. 어느덧 두 번째 기일(忌日)이 되었습니다만 병든 몸으로 집안에 갇혀 지내는 신세라 영전(靈前)에 곡(哭)을 하여 구구한 나의 정회를 펼 길이 없으니 어찌하면 좋겠습니까. 그 책에 또 이르기를 "효자가 부친의 교우관계를 계승하는 것은 마치 생업을 이어받는 것과 같다."라고 하였으니, 그 말 역시 참으로 생각해 볼 만합니다. 내 아들이 불행히도 세상을 떠난 후 지난해에 책상자 속에서 그대가 보낸 편지 한 장이 나왔는데, 그 편지를 통해 그대가 저승의 아들에게 큰 감명을 받았다는 사실을 알았으니 정말로 사후(死後)의 지기(知己)를 얻었다 하겠습니다. 아들이 남긴 초고를 본 사람들이 많기는 하지만 입으로 외기만 할 뿐 마음으로 반드시 깊게 이해한 것은 아니어서 그대처럼 진정으로 알아주는 사람은 없었습니다. 저승에서도 지각이 있다면 아들도 틀림없이 농포(農圃)[19]의 학설

19) 농포 : 정상기(鄭尙驥, 1678~1752)로, 자는 여일(汝逸), 호는 농포자(農圃子)이다. 1749년(영조25)에 아들 정항령(鄭恒齡)이 사헌부 지평에 제수됨에 따라 첨지중추부사(僉知中樞府事)의 벼슬을 받았다. 그는 젊어서 과거 공부를 단념하고 학문에만 몰두하였다. 특히 지리학에 관심이 높아 『동국지도(東國地圖)』를 제작하였으며, 이때 처음으로 백리척(百里尺)을 이용한 축척법을 사용하였다. 즉 100리를 1자로, 10리를 1치(寸)로 표시한 축척법에 의거하여 세밀한 대축척 지도를 그림으로써 지도의 정확성을 높였다. 『동국지도』에 대하여 성호는 "나의 친구 정여일(鄭汝逸)이 세밀히 연구하고 정력을 기울여 백리척을 만들고 정밀한 측량을 거쳐 지도 8권을 제작하였는데, 멀고 가까운 거리와 높고 낮은 지형까지 모두 실제 모습과 같게 묘사되었으니, 정말 진귀한 보물이다."라고 평가하였다. 그 밖에도 『인자비감(人子備鑑)』, 『농포문답(農圃問答)』, 『심의설(深衣說)』, 『도잠편(韜鈐篇)』, 『향거요람(鄕居要覽)』, 『치군요람(治郡要覽)』 등 많은 저술을 남겼다. 『星湖全集 卷64 農圃子鄭公墓誌銘』 『星湖僿說 卷1 天地門 東國地圖』 『承政院日記 英祖 25年 12月 4日』

한 편 정도는 연구하고 있을 것입니다. 예법을 연구하는 것은 또한 그대 집안의 가학(家學)이니, 제사를 받드는 여가에 옛 가업을 이어 받아 공부할 수 있겠습니까? 더욱 노력하여 선친의 가르침을 빛내야 할 것입니다. 죽은 아들이 어린 나이에 『창대원류(蒼臺源流)』[20] 1편을 저술하였고, 그 뒤에도 여러 설들을 지었는데 그 또한 대충대충 쓴 것이 아닙니다. 이번에 묵은 책상자에 담긴 글들을 읽어 보고는 그가 너무나 신경을 많이 써서 병이 났구나 하는 생각에 안타까운 마음이 들었습니다. 앞으로 그대가 틀림없이 그 설들의 득실(得失)을 간파해 낼 것입니다. 또 『거관록(居官錄)』과 『거현록(居縣錄)』[21]이 있는데, 그가 귀로 듣고 눈으로 본 것 가운데 시용(時用)에 관계된 것이 나오면 반드시 변통할 것을 생각하여 만든 책으로서 없어져서는 안 될 내용들이 그 속에 담겨 있습니다. 지금은 다른 사람에게 빌려 주었으니 조만간 그대에게 보내드리겠습니다. 그밖에 경설(經說)과 『접왜고(接倭考)』[22] 등은 논의한 내용들이 심오하여 지식이 있는 사람이라야 이해할 수 있습니다. 나는 의지할 데 없이 외롭게 살아가는 몸으로 사방을 둘러보아도 마음을 터놓고 대화를 나눌 사람이 없어 낮이면 어린 손자[23]와 마주하고서 지난 일을 생각하며 슬퍼만 할 뿐입니다. 『사설(僿說)』

---

20) 『창대원류』 : 이맹휴(李孟休)가 20세 이전부터 예(禮)를 연구하여 옛 주소(註疏)에 구애받지 않고 자신의 견해를 밝힌 책이다. 『星湖全集』 卷67 「亡子正郞行錄」

21) 『거관록』과 『거현록』 : 『거관록』은 이맹휴가 조정의 관리로 근무하면서 남긴 일록(日錄)이고, 『거현록』은 현령으로 재임하면서 남긴 일록이다. 『星湖全集』 卷67, 「亡子正郞行錄」

22) 『접왜고』 : 이맹휴가 예조 정랑으로 있던 1744년(영조20)경에 왜인(倭人)과 야인(野人)을 접대하는 전객사(典客司)의 일을 기록하고 자신의 견해를 붙인 책으로 원제(原題)는 『접왜역년고(接倭歷年攷)』이다. 『星湖全集』 卷67 「亡子正郞行錄」

23) 어린 손자 : 이구환(李九煥, 1731~1784)으로, 자는 원양(元陽), 호는 가산(可山)이다. 성호의 장손이자 이맹휴의 장자이다. 1774년(영조50) 생원시에 합격하였다. 『驪州李氏世譜』 권2, 驪州李氏尙書公派宗親會, 1992

은 권질이 방대하여 요컨대 수십여 권이 아니면 다 정리할 수가 없을 것입니다. 등사할 종이가 다 갖추어져 있다 하더라도 여기에 관심을 둔 젊은이들은 적고 옮겨 써야 할 일은 많아서 매번 피해나가려는 말만 하고 착실하게 일을 하려 하지 않아 지금까지도 완성을 보지 못하였습니다. 나는 조만간 죽게 될 몸이라 이 작업이 끝을 보지 못하게 될까 염려스럽습니다. 남아회(南雅晦)의 근래 소식은 어떻습니까? 황득보(黃得甫)[24]가 근래 북로(北路 함경도)에서 돌아와서는, 관외(關外)가 매우 소란스럽다고 하였는데, 그 지방 풍속이 저들과 국경을 접하고 있어 아마도 이 때문에 그런 것은 아닐는지요? 부질없는 걱정이 없지 않습니다. 게다가 맹수가 온산에 출몰하여 대낮에 사람을 물어 가곤 하니 이는 또 무슨 현상입니까. 얼마 뒤에 또 원주(原州)의 선영 아래에서 호랑이가 묘지기를 물어 가서 관리를 맡길 사람이 없다고 들었으니, 나의 근심이 더욱 심합니다.

24) 황득보 : 황운대(黃運大, ?~1757)로, 득보는 그의 자이다. 황운대의 본관은 창원(昌原)이며 동지중추부사(同知中樞府事)를 지낸 황집(黃埰)의 아들이다. 경기도 남양(南陽)에 거주하였으며 성호의 문인으로 벼슬에 나아가지 않고 가난하게 살면서 학문에만 전념하였다. 특히 천문학에 정통하였다. 스승 성호와 학문을 논한 편지가 『성호전집』에 다수 수록되어 있으며, 그가 쓴 유산시(遊山詩)에 대해 성호가 서문을 써 주기도 하였다. 『順菴集』 卷20, 黃得甫哀詞, 韓國文集叢刊 230輯 ; 『星湖全集』 卷52, 「黃得甫遊山詩序」

「答秉休問目」

-(上略)- 凡日月之行 東西同度 南北同道然後蝕也 朔望必同度 而南北不同道 故不蝕也 日大而地毬小 其影之所觸 漸遠漸小 若地毬大而日小 亦漸遠漸大矣 月天最下 所以能蝕 其在月天之外者 影皆未及矣 西洋曆法云地毬大於月輪三十八倍 又三分之一 日大於地毬一百六十五倍 又八分之三 用此推究 語類朱子曰望時是月與日正相向 如一箇在子 一箇在午 皆同一度 謂如月在畢十一度 日亦在畢十一度 雖同此度 卻南北相向云云 臆意望時日月正東西相向 豈有南北相向之理 未可曉 朱子又曰星自有光 非受日光而明 此亦然否 月蝕在中天則南北相向矣 衆星自有光 亦與西曆不同 意者彼自有驗耳

【역문】「답병휴문목」[25]

-(상략)-

문 「일월식변(日月蝕辨)」에서 서양 사람들이 주장하는 땅 그림자설[地影說]을 가지고 전칙(典則)을 삼으셨습니다. 그러나 저의 생각은 다릅니다. 해와 달이 서로 마주 보고 땅이 그 사이에 처하면 달이 땅 그림자에 가려져서 식(蝕)이 생긴다니 그렇다면 보름에는 반드시 식이 생기는 것이 당연합니다. 그러나 보름에 혹 식이 생기기도 하고 생기지 않기도 하는데 그것은 무슨 이유입니까? 만약 보름에 해와 달이 반드시 정확하게 땅의 가운데 자리하는 것은 아니기 때문에 능히 식(飾)을 만들지 못한다고 한다면 달도 혹 마땅히 땅 그림자에 가려지지 않을 수도 있

25) 『성호전집』 卷35

을 것이며 그렇게 되면 하늘에 가득한 별들 중에 땅 그림자에 가려지는 것이 반드시 있을 것입니다. 그러나 일찍이 성식(星蝕)이 있지는 않았으니 이것은 또한 무슨 까닭입니까? 『어류』에서 주자가 말하기를 "해의 빛은 땅의 아래에서 사방으로 솟구쳐 올라와 달과 더불어 서로 비추는데 땅이 그 중간에 있어 저절로 가려져서 빛이 지나가지 못하는 것이다."라고 하였습니다. 이 말은 서양 사람들이 주장하는 말과는 맞지 않습니다. 그러나 보름에 식(蝕)이 생기지 않는 경우는 어찌 땅 그림자에 가려서 빛이 지나가지 못하는 것 때문이 아니겠습니까?

답 무릇 해와 달의 운행이 동서로는 도(度)가 같고, 남북으로는 도(道)가 같은 다음에야 식(蝕)이 발생한다. 초하루와 보름에는 반드시 도(度)가 같은데 남북으로는 도(道)가 같지 않기 때문에 식이 생기지 않는 것이다. 태양은 크고 지구(地毬)는 작으니 그 그림자가 비추는 곳이 멀어질수록 점점 작아지는 것이다. 만약 지구가 크고 태양이 작다면 멀어질수록 커질 것이다. 월천(月天)은 가장 아래에 있어서 능히 식(蝕)이 생기는 것이니, 월천 밖에 있는 것에는 그림자가 모두 미치지 못하는 것이다. 서양의 역법에 이르기를 "지구의 둘레는 달보다 38배와 3분의 1만큼 더 크고, 해는 지구보다 165배와 8분의 3만큼 더 크다고 하였으니, 이것을 가지고 미루어 연구해 보도록 하라.

문 『어류』에서 주자가 말하기를 "보름에는 달과 해가 똑바로 서로 마주 보고 있으니, 예를 들어 하나가 북쪽에 있으면, 하나는 남쪽에 있어서 모두 동일한 도(度)에 있다. 말하자면, 만약 달이 필(畢)을 기준으로 11도에 있으면, 해도 또한 필을 기준으로 11도에 있어서 비록 이 도수(度數)는 동일하지만 곧 남북으로 서로 상대하여 있는 것이다."라고 운운하였습니다. 제 생각에 보름에는 해와 달이 정확하게 동서로 서로 바라보니, 어찌 남북으로 서로 바라볼 이치가 있겠습니까. 이해하지 못하겠습니다. 주자가 또 말하기를 "별은 스스로 빛을 가지고 있으니 햇빛을 받아서 빛을 내는 것이 아니다."라고 하였습니다. 이 또한 그렇습니까?

답 월식(月蝕)은 하늘 가운데서 있으니 남북으로 서로 바라보는 것이다. 모든 별을 본래 빛을 가지고 있는데, 또한 서양의 역법과는 같지 않다. 생각건대 저들은 본래 징험(徵驗)한 것이 있었을 것이다.

「北極高不說」

唐玄宗開元九年 遣太監南宮說等 測日晷及極星 夏至日中 立八尺之表 同時候之 南至朗州 晷長七寸六分 極高二十九度半 北至蔚州 晷長二尺二寸九分 極高四十度 南北相距三千六百八十八里九十步 晷差一尺五寸三分 極差十度半 又南至交州 晷出表南三寸三分 以此推步 蓋三百五十一里八十步而差一度 則周地上下合十二萬八千三百里四十五步也 自地平至頭上中高九十一度強 則自蔚州又北至一萬七千九百有餘里則爲戴極之地矣 人居地面 常見半天一弧 故其北至戴極處日軌出赤道 北則無夜南則無晝 據唐史骨利幹在瀚海北 煮羊胛適熟日沒復出 此以夏至之候言也 彼雖窮北之地 猶未至於無夜處 故爲地角所障而然也 羊胛卽夷中候驗之物 恐如中國之香篆 據宋史寧宗嘉定十三年 蒙古耶律楚材進庚午曆 灼羊胛以符之 其制雖不可考 灼以爲符 意者不過時刻之頃 若極辰漸高 距中高十數度之近則其勢豈不然乎 又皇明永樂八年 帝親征漠北 次長淸塞夜望北斗 已在南矣 北斗之距極已二十三度半 則其在蔚州 斗之距地爲六十三度半也 若自蔚州北出萬里則斗之南見 無足怪也 據西洋曆法 天只有三百六十度 中國合爲方六千里之地 距南北二百五十里則差一度 與此論異矣 然天之度地之里 皆與中國不同 各自有驗 其理則大較相近也 又按七緯考靈耀云地厚三萬里 則圜止於九萬里 卻與西法合 由此觀之 推步之術 古自有人 其精若此 彼七緯書亦何可少之耶

【역문】「북극고불설」[26)]

당(唐)나라 현종(玄宗) 개원(開元) 9년(721)에 태사감(太史監) 남궁열

26) 『성호전집』 卷41

(南宮說) 등을 보내서 일표(日表)의 그림자와 북극성을 재게 하였다. 하짓날 한낮에 8척의 일표를 세우고 동시에 관측하게 하였다. 남쪽으로 낭주(朗州)에 이르러서는 그림자의 길이가 7촌 6분이었고, 북극의 높이는 29도(度) 반이었다. 북쪽으로 울주(蔚州)에 이르러서는 그림자의 길이가 2척 2촌 9분이었고, 북극의 높이는 40도였다. 남북의 거리는 3,688리(里) 90보(步)이고 그림자의 차이는 1척 5촌 3분이고, 북극의 차이는 10도 반이었다. 또 남쪽으로 교주(交州)에 이르러서는 그림자가 일표 남쪽으로 3촌 3분이 나왔다. 이것으로 추산하면 대체로 351리 80보이고 1도 차이가 나니, 땅의 둘레는 상하를 합치면 12만 8300리 45보이고, 지평(地平)에서부터 두상(頭上)까지 중고(中高) 91도 남짓이니, 울주에서 또 북쪽으로 1만 7900여 리에 이르면 대극(戴極)의 땅이 된다. 사람이 지면(地面)에 있으면서 항상 천구(天球)의 절반을 보기 때문에 북쪽으로 대극의 땅에 이르고 해의 궤도는 적도(赤道)를 따라 나오게 되어 북쪽은 밤이 없고 남쪽은 낮이 없게 된다. 『구당서(舊唐書)』에 "골리간국(骨利幹國)은 한해(瀚海)의 북쪽에 있는데 양의 어깻살[羊胛]을 삶아서 고기가 익을 때쯤이면 해가 졌다가 다시 뜬다."라고 하였으니, 이것은 하지(夏至)에 관측한 것으로 말한 것이다. 그곳이 북쪽 끝에 해당하는 지역이라고 하더라도 아직은 밤이 없는 곳까지는 이르지 않았기 때문에 지각(地角)에 막혀서 그런 것이다. 양갑(羊胛)은 이적(夷狄) 지역에서 기후를 살피는 것으로 중국의 향전(香篆)과 같을 듯하다. 『송사(宋史)』의 영종(寧宗) 가정(嘉定) 13년(1220)에 몽고의 야율초재(耶律楚材)가 경오력(庚午曆)을 올리면서 양갑을 태워서 부(符)를 하였는데, 그 제도가 어떤 것인지는 알 수 없다. 그러나 태워서 부(符)로 삼았다는 것은 내 생각에 시각(時刻)이 경과한 사이에 불과할 것이다. 만약 극신(極辰)이 점점 높아져서 중고(中高)와 10여 도 가까이 왔다면 그 형세가 어찌 그러하지 않겠는가. 또 명나라 영락(永樂) 8년

(1410)에 성조(成祖)가 막북(漠北)을 친정(親征)할 때 장청새(長淸塞)에 주둔하면서 밤에 북두(北斗)를 보았는데 이미 남쪽에 있었다. 북두가 북극과의 거리가 이미 23도 반이면 울주에서는 북두가 땅에서 63도 반인 것이다. 만약 울주에서부터 북쪽으로 1만 리를 갔다면 북두가 남쪽에 보이는 것은 이상할 것이 없다. 서양(西洋)의 역법(曆法)에 의거하면 하늘은 단지 360도이고, 중국의 면적은 의당 사방 6000리가 되어야 하며, 남북 간의 거리가 250리이면 1도의 차이가 생겨야 하니 이 의론과는 다르다. 그러나 하늘의 도(度)와 땅의 리(里)는 모두 중국과 같지 않고 각각 증거가 있으나 그 이치는 대체로 서로 가깝다. 또 칠위(七緯)의 「고령요(考靈耀)」[27]에 "땅의 두께는 3만 리이니 둘레는 9만 리에 그친다."라고 하였으니, 도리어 서양의 역법과 합치된다. 이것으로 보면 추산하는 법은 예로부터 그 학문을 한 사람이 있어서 그 정밀하기가 이와 같으니, 칠위의 책 또한 어찌 무시할 수 있겠는가.

27) 칠위(七緯)의 「고령요(考靈耀)」: 일곱 가지의 위서(緯書)를 통칭하는 말로, 『역위(易緯)』, 『서위(書緯)』, 『시위(詩緯)』, 『예위(禮緯)』, 『악위(樂緯)』, 『춘추위(春秋緯)』, 『효경위(孝經緯)』를 가리킨다. 「고령요(考靈耀)」는 이 중에서 『위상서(緯尙書)』 인 『서위』의 편명이다.

「潮汐辨」

論潮汐而不詳渾蓋則末矣 地居天內 人在地面 無上無下 無左無右 莫不同然也 以北極距地高下驗之 從北至南進退二百五十里而差一度 以日月交食之所驗之 從東至西進退二百五十里而差一度 天大約有三百六十度有奇 每三十度而當一時 地圍九萬里則七千五百里而差一時也 從東土日出寅正 西距七千五百里則日猶未出而方當丑正 若距四萬五千里之遠則子午相反也 月行亦然 從東土見月已高而西土猶未昇 然而環地上下 潮之運行 莫不隨月 則其麗地左轉 亦如日月星辰之與天左旋也 日月星辰非自運也 乃氣行如此 而與氣同運 故潮之東西 亦不過氣至則涌 氣退則息 息而復涌 無一刻之停也 日月之行 常近赤道 赤道者天腹也 其行最疾 漸北漸緩 以至於極則有常靜不動者矣 水亦當赤道下者最疾 北至於戴極之地則水亦必不動矣 從赤道南至於南極則其勢同然也 潮之隨月 東西皆同而南北亦然乎 曰否 吾聞西國之言 月在卯而潮生 在午而滿 至酉而退 止而又生 此從洋中當赤道者言也 假使西土月初上而潮生 東距二萬二千有餘里則正是月午而潮滿 至西土之月午潮滿則已是東土之月落潮退矣 信乎環地上下 潮與月同候也 若以南北言之 其勢有不同 水自洋中左右布散激蕩之勢 迤及遠近 故近者先而遠者後也 我國之海 去洋中最遠 故月在卯而潮滿 至午而退 至酉而復滿 正與洋中之候相反也 蓋洋中之潮 月午而滿 左右激蕩 猶未及此 至月酉此方滿而洋中則已退矣 何以知其然也彼西士者周覽親歷 不應誣辭 而所論與吾目覩相反 則其理不過如斯也 且我國之海 南北只是千有餘里之地 潮之生落 隨處各異 則大地夐遠 宜其有不同也 證之以前賢之論則余安道嘗候於東海候於南海 其期不同 丘處機云北海潮上則江淮以南皆潮滿 南海潮上則江淮以北皆潮下 此以月上則彼以月午 此以月午則彼以月下 莫有同也 然則潮之應月 候於東西則同而候於南北則不同也 可見水隨氣涌 與月左轉 而北海之潮不過其左右激

蕩者也 是以論潮 必觀于赤道之海 方窺其涯涘 若各以一隅偏見 妄測天心 奚啻望洋向若也乎 其一日兩潮何也 氣之貫過也 天地之內 氣盛于東則貫過于西 氣盛于南則貫過于北 故月臨而潮滿 月對而汐漲 彼感而此應氣之所至 地不能隔 今以指南針驗之 置磁石於鐵套之下 氣未嘗礙也 其有盛衰何也 去來由月而盛衰則由日也 朔也日與月合 故日臨於潮 望也日與月對 故日臨於汐 水火相射 所以極壯 潮壯則汐爲應 汐壯則潮爲應 亦其勢也 其漲大尤在於朔望之後何也 水之激蕩 不得不爾也 今置水於器以漸推軋則水爲之涌起 至於器欲定而水益激 可以驗矣 我國之東 有無潮之海何也 不但此也 佗邦亦然 凡潮從海中看 迤東迤南 必有或高大 迤西迤北必無 西方有地中海若大澤然也 其潮亦然 我國之東 卽海之迤西者故所以無也 中國之東 獨非海之迤西而有潮何也 此則大海之潮 自東南直射 無有礙也 我國則不然 其地勢自東北迤向西南 末復至於東南 其東則日本也 日本之地 其原與中土相連 始南而迤西 或起或伏 彌亘五六千里而末與我國東南角相對 中間便成三千有餘里之大湖 其無潮亦與地中海等 故日本之西亦有潮也 此皆赤道以北之地 故天腹在南而氣必自東 所以海之東南有潮 是以海貫云潮自東南而西北 風急則潮必勢縮也 然漸北則漸微 至最北則雖東南亦無矣 何以知其然也 窮北有水 其名曰冰海 恒有積冰 至盛暑方解 可見其無潮矣 近有奉使日本者言日本之東 其潮極微何也 西士云各方海潮不同者 由海之濱地有崇庳曲直之勢 海底之洞有多寡大小故也 余據萬國全圖 日本之地亦多岐別 其一角遮蔽東南 島嶼羅絡於海門 參之以西士之言則其理可推也 此其大較也 外此存乎思而得之

【역문】「조석변」[28]

조석(潮汐)을 논하면서 혼개(渾蓋)[29]에 대하여 자세히 언급하지 않는다면 그것은 드러난 현상만 말하는 것이다. 땅[地]은 하늘의 안에 있고 사람은 땅 위에 있다. 위도 없고 아래도 없으며, 왼쪽도 없고 오른쪽도 없어서 모든 것이 똑같다.[30] 북극(北極)이 땅과의 거리의 높고 낮음으로 증험해 보면, 북쪽에서 남쪽으로 250리를 나가거나 물러날 때마다 1도의 차이가 생긴다. 해와 달의 일식과 월식이 생기는 위치로 증험해 보면, 동쪽에서 서쪽으로 250리를 나가거나 물러날 때마다 1도의 차이가 생긴다. 천구(天球)는 대략 360도 남짓이며, 매 30도는 한 시진(時辰)에 해당한다. 땅의 둘레는 9만 리이므로 7천 5백 리에 한 시진의 차이가 있다.[31] 동쪽 땅에서 해가 정확히 인방(寅方)에서 뜰

28) 『성호전집』 卷42
29) 혼개(渾蓋) : 혼개는 혼천설(渾天說)과 개천설(蓋天說)을 통칭한 것이다. 이 두 가지 설은 중국 고대의 대표적 천체관이다. 혼천설은 천지가 새의 알과 같은 형태를 가지고 있다고 보는 것이다. 즉 천체는 구(球)의 형태를 가지고 있으며, 난황이 곧 땅이 된다. 하늘의 반은 땅 위에 있고, 반은 땅의 아래에 있는데 남북으로 고정되어 있어서 일월성신이 남북을 축으로 하여 동서로 회전한다고 본다. 개천설은 하늘을 삿갓과 같은 형태를 가지고 있으며 땅은 그 삿갓에 덮인 소반과 같다고 생각한다. 하늘은 위에 있고 땅은 아래에 있으며, 일월성신은 하늘을 따라서 운행하는데 동쪽에서 떠서 서쪽으로 지는 이유는 멀고 가까운 데 기인하는 것이지 그것들이 땅의 아래로 들어가는 것은 아니라고 한다.
30) 땅[地]은 ~ 똑같다 : 혼천설에 의한 저자의 천체에 대한 견해를 설명한 것이다. '위도 없고 아래도 없고 왼쪽도 없고 오른쪽도 없다'는 말은 천구(天球)와 지구(地球)가 원구(圓球)의 형태라는 것을 표현한 것이다. 이 말은 『직방외기(職方外紀)』의 양정균 서문에 "하늘과 땅은 여러 겹으로 된 둥근 물체이므로 시작도 없고 끝도 없으며, 가운데도 없고 가장자리도 없다."라고 한 것과 같은 의미이다.
31) 천구(天球)는 ~ 있다 : 시진(時辰)이란 하루 24시간을 12단위로 나눈 것을 말한다. 한 시진은 두 시간에 해당하는데, 12지(支)로 시간을 부른다. 즉 밤 11시에서 새벽 1시까지가 자시(子時)이며 낮 11시에서 오후 1시까지가 오시(午時)이다. 한 시진당 태양이 옮겨가는 땅의 거리는 7500리가 되는데, 이를 계산식으로

때 서쪽으로 7천 5백 리 떨어진 곳은 오히려 해가 아직 뜨지 않고 정확히 축방(丑方)에 있는 것이다.[32] 만약 떨어진 거리가 4만 5천 리라면 자방(子方)과 오방(午方)으로 정반대에 있는 것이다. 달의 운행도 또한 그러한데 동쪽 땅에서 이미 높이 뜬 달을 본다면 서쪽 땅에는 아직 달이 뜨지 않은 것이니 그렇게 땅의 위와 아래를 도는 것이다. 조수(潮水)의 운행(運行)[33]은 항상 달의 운행에 따른다. 즉 땅을 비추면서 왼쪽으로 도는데, 이는 또한 일월성신(日月星辰)이 하늘과 함께 왼쪽으로 도는 것과 같다. 그러나 일월성신이 스스로 도는 것이 아니며 바로 기(氣)가 운행하는 것이 그와 같은 것이다. 기와 함께 운행하기 때문에 조수가 동서로 운행하는 것은 다만 기가 이르면 솟구치고 기가 물러가면 가라앉아서 한시도 쉼 없이 솟구치고 가라앉는 현상에 지나지 않는 것이다.[34] 해와 달의 운행은 항상 적도(赤道)에 가까우니 적도는 바로 천복(天腹)이다. 적도에 있을 때 그 속도가 가장 빠르며 북쪽으로 갈수록 점점 느려져서 극점에 이르게 되면 항상 고요하여 움직이지 않는다. 조수의 운행도 역시 적도의 아래에 있는 바다가 가장 빠르며 북쪽으로 극점(極點)의 아래에 이르면 조수도 또한 반드시

나타내면 다음과 같다. 90000리÷12시진=7500리.

32) 동쪽 ~ 것이다 : 360도를 12지지로 나누면 각 지지에 30도가 배정된다. 따라서 자방에서 30도(1시진)를 가면 축방이 되는 것이다. 천동설에 입각하여 해는 동쪽에서 떠서 천복(天腹)을 돌아서 서쪽으로 진다. 따라서 내가 있는 곳에 막 해가 떴다면 해가 가는 서쪽으로 7500리, 즉 30도가 떨어진 곳에서는 아직 해가 뜨기 1시진 전이라는 말이다.

33) 조수(潮水)의 운행(運行) : 조수의 운행이란 만조의 발생을 말한다. 즉 달이 움직이는 것에 따라 만조가 발생하기 때문에 전체적인 측면에서 만조도 역시 달에 따라 운행하는 것이라는 말이다.

34) 조수가 ~ 것이다 : 조수의 운행이 마치 달처럼 동쪽에서 서쪽으로 가는 것이 아니라 달의 운행에 따라서 물이 그 자리에서 끊임없이 솟구치고 가라앉는 현상이 동쪽에서 서쪽으로 이동하는 것을 말하며, 해류(海流)와는 근본적으로 다른 현상이다.

움직이지 않을 것이다. 또 반대로 적도로부터 남쪽으로 내려가 남극(南極)에 있어서도 그 형세가 똑같을 것이다. 조수가 달에 따르는 것은 동서(東西)가 모두 같은데 남북(南北)도 또한 그런 것인가? 그렇지 않다. 내가 서국(西國)의 말을 들어보니 달이 묘방(卯方)에 있을 때 조수가 시작되고 오방(午方)에 있을 때 만조(滿潮)가 되며 유방(酉方)에 이르면 물러가는데[35], 그쳤다가 다시 생긴다고 하였다. 이는 적도에 위치한 바다의 중심을 가지고 말한 것이다. 가령 서쪽 땅에서 달이 처음 떠서 조수가 발생하였다면, 동쪽으로 2만 2천여 리가 떨어진 곳은 바로 그때 달이 오방에 있어 만조가 된다. 서쪽 땅의 달이 오방에 있어서 만조가 되면 이미 동쪽 땅은 달이 져서 조수가 물러가니, 달이 땅의 위와 아래를 돌아서 조수가 달과 동조(同調)한다는 것은 참으로 맞는 말이다.[36] 남북을 가지고 말하자면 그 형세가 같지 않다. 물은 본래 바다의 중심에서부터 좌우로 퍼져 있는데, 물결이 일렁이는 형세가 가깝고 멀리 미치는 것이다. 따라서 가까운 데에 먼저 미치고 먼 데는 나중에 미치는 것이다. 우리나라의 바다는 중심에서 가장 멀리

35) 서국(西國)의 ~ 물러가는데 : 묘방은 동쪽, 유방은 서쪽을 말하며, 오방은 남쪽인데 여기서는 달이 자오선에 온 것을 말한다. 다시 말해서 달이 남중할 때이다. 즉 동쪽에서 뜰 때 조수가 발생하고, 남중할 때 만조가 되며, 서쪽에 질 때 간조(干潮)가 된다는 것이다. '물러간다'는 것은 간조, 즉 썰물을 말한다.

36) 가령 ~ 말이다 : '달이 처음 떠서 조수가 발생한다'는 것은 바로 간조, 즉 썰물 때를 말한다. '2만 2천여 리'라는 것은 세 시진, 즉 여섯 시간의 차이를 말한다. 시진(時辰)이란 하루 24시간을 12단위로 나눈 것을 말한다. 한 시진은 두 시간에 해당하는데, 12지(支)로 시간을 부른다. 즉 밤 11시에서 새벽 1시까지가 자시(子時)이며 낮 11시에서 오후 1시까지가 오시(午時)이다. 한 시진당 태양이 옮겨가는 땅의 거리는 7500리가 되는데, 이를 계산식으로 나타내면 다음과 같다. 90000리÷12시진=7500리. 달이 뜨는 곳과 달이 남중하는 곳, 그리고 달이 지는 곳은 모두 각각 6시간의 차이가 있게 된다는 것이며, 따라서 조수의 발생 - 만조 - 소멸이 12시간을 한 주기로 하며, 이는 달이 뜨고 지는 것과 같이한다는 뜻이다.

있다. 그런 까닭에 달이 묘방에 있을 때 만조가 되고 오방에 이르게 되면 간조(干潮)가 되며 유방에 이르면 다시 만조가 되니, 바다의 중심에서 생기는 현상과 정확하게 상반된다.[37] 대개 바다 중심의 조수는 달이 오방에 있을 때 만조가 되어 좌우의 바다가 영향을 받기는 하지만 아직 우리나라의 바다까지 미치지 못한 것이며, 달이 유방에 이르면 우리나라의 바다도 바야흐로 만조가 되고, 바다의 중심에는 조수가 이미 물러간 것이다. 무엇으로써 그런 줄을 아는 것인가? 저 서양(西洋)의 학사(學士)가 두루 돌아보고 직접 겪은 것이니 응당 속이는 말이 없으며, 그들이 논한 바가 내가 눈으로 본 것과 상반되니 그 이치는 이와 같은 데 지나지 않는다.[38] 또 우리나라의 바다는 남북으로 다만 천여 리임에도 조수가 생기고 없어지는 것이 곳에 따라 각각 다르다. 따라서 먼 곳 넓은 땅에서 같지 않은 것은 당연한 것이다. 전현(前賢)의 논설(論說)을 가지고 증명해 보면, 여안도(余安道)는 일찍이 동해(東海)와 남해(南海)에 가서 살펴보았는데 그 주기(週期)가 같지 않았으며,[39] 구처기(丘處機)는 "북해(北海)에 조수가 올라오면 강회(江淮) 이

---

37) 우리나라의 ~ 상반된다 : 묘방은 동쪽, 유방은 서쪽, 오방은 남중하는 것을 말한다. 우리나라에서는 동쪽에서 뜰 때 만조가 되고 남중할 때 간조가 된다. 이는 적도의 바다에서는 남중할 때 만조가 되고 서쪽에서 질 때 간조가 되는 것과 상반된다.

38) 그들이 ~ 않는다 : '그들이 논한 바'라는 것은 서양 천문학 서적의 주장으로, 적도는 남중할 때 만조가 된다는 설명이며, '내가 눈으로 본 것'은 저자 이익이 직접 겪은 것으로, 우리나라는 남중할 때 간조가 됨을 말한다. 즉 저자가 서해안에서 본 조석(潮汐)이 달과 동조하는 현상은 서양 천문학 서적의 설명과는 상반된다. '그 이치가 이와 같다'는 것은 조수의 영향이 가까운 곳부터 미치고 차례로 먼 곳까지 미치는 것이 당연한 현상이므로, 적도 바다부터 조수가 시작되어 그 영향이 우리나라 바다까지 오는 데 시간이 걸린다는 것을 의미한다. 즉 남중할 때 적도에서는 만조이고 우리나라는 간조로 상반되는 것은 적도 바다부터 조수가 시작되어 시간의 차이를 두고 그 영향이 우리나라 바다까지 오기 때문이라는 것이다.

북[40]이 모두 만조가 되며, 남해에 조수가 올라오면 강회 이북은 모두 조수가 내려간다."라고 하였다. 즉 이쪽은 달이 뜨는 것으로 조수가 발생하는데, 저쪽은 달이 남중(南中)하는 것으로 조수가 발생하며, 이쪽은 달이 남중하는 것으로 조수가 발생하는데 저쪽은 달이 지는 것으로 조수가 발생하니 전혀 같지 않은 것이다. 따라서 조수가 달에 응(應)하는 것은 동서를 살펴보면 같고 남북을 살펴보면 다르니 바닷물이 기에 따라 솟아오르고 달과 더불어 왼쪽으로 돌며, 북쪽 바다의 조수는 그 좌우에서 물결이 일렁이는 것에 지나지 않는다는 것을 알 수 있다. 따라서 조수를 논함에 있어서는 반드시 적도의 바다를 살펴보아야 하며 그 다음에 주변을 보아야 하는 것이다. 만약 각각 한 지역의 현상을 가지고 편벽된 견해로서 망녕되이 하늘의 뜻을 추측한다면, 어찌 다만 그 좁은 소견이 약(若)을 보고 탄식한 하백(河伯)에 비할 정도이겠는가.[41] 그렇다면 하루에 두 번 조석이 생기는 이유는 무엇인가?[42] 기가 뚫고 지나가기 때문이다. 천지간(天地間)에 기가 동쪽에

39) 여안도(余安道)는 ~ 않았으며 : 여안도의 「해조도서(海潮圖序)」에 나온다.(『古今事文類聚 前集』 卷15 「地理部」 海) 여안도는 북송(北宋) 때 집현원 학사, 광서체량안무사 등을 역임한 여정(余靖, 1000~1064)으로 안도는 그의 자이다. 저술로 『무계집(武溪集)』 20권이 있으며, 『사고전서』에 수록되어 있다.

40) 강회(江淮) 이북 : 원문은 '江淮以南'인데, '南'은 '北'의 오자이므로 바로잡아 번역하였다. 이 설명은 남북으로 된 북해와 동서로 된 남해를 대비한 것으로 강회 이북은 강회지역을 말하는 것으로 기준점이기 때문이다. 동일한 내용이 수록된 명나라 양신(楊愼)의 문집인 『승암집(升菴集)』과 『단연총록(丹鉛總錄)』에는 모두 '北'으로 되어 있다.

41) 좁은 ~ 정도이겠는가 : 『장자(莊子)』 「추수(秋水)」에, "강물이 엄청나게 불어나자[涇流之大] 이 세상에서 자기가 최고라고 하백이 뻐기다가, 바다를 보고는 자신의 왜소함을 깨달은 나머지 북해의 신인 약(若)을 보고 탄식을 했다.[望洋向若而歎]"라는 이야기가 나온다.

42) 그렇다면 ~ 무엇인가 : 하루에 두 번 조수가 생기는 것은 간단히 설명하자면 달의 영향과 지구의 자전에 따른 것이다. 즉 한 번은 달의 중력에 의한 것이고, 한 번은 지구 자전에 따른 원심력에 의한 것이다. 따라서 대략 12시간마다 한

서 왕성하면 서쪽으로 뚫고 지나가고, 기가 남쪽에서 왕성하면 북쪽으로 뚫고 지나가는 것이다. 그런 까닭에 달이 뜨면 조수가 가득해지고 달이 하늘의 가운데로 오면 조수가 불어난다.[43] 저에 감(感)하여 이에 응(應)하는 것이니 기가 이르는 곳에는 땅도 능히 막지 못하는 것이다. 이제 지남철을 가지고 증명해 보면, 지남철을 쇠틀 속에 두어도 기가 방해를 받지 않는 것과 같은 것이다. 그 성쇠(盛衰)가 있는 것은 무엇 때문인가? 가고 오는 것은[去來] 달에 연유하지만 성하고 쇠하는 것은 해에 연유한다.[44] 초하루에는 해와 달이 합해지기 때문에 아침에 해가 뜨면 조수가 발생한다. 보름에는 해와 달이 서로 마주 보는 까닭에 저녁에 해가 지면 조수가 발생한다. 물[水]과 불[火]이 서로 쏘니 그 기가 극히 굳세어진다.[45] 아침에 조수가 굳세면 저녁의 조수가

번씩 발생한다.

43) 천지간(天地間)에 ~ 불어난다 : 조수가 하루에 두 번 발생하는 것을 기(氣)의 발생과 흐름으로 이해한 것이다. 즉 적도의 바다에서 달의 영향에 따라 기가 발생하면 천구(天球)의 회전에 따라 서쪽으로 영향을 미치며, 물결의 전파에 따라 북쪽으로 영향을 미친다고 이해한 것이다. 그러나 달이 동쪽에서 뜰 때[月臨]와 남중(南中)할 때[月對]에 각각 조수가 가득해지고[潮滿], 불어난다[汐漲]라고 하였는데, 달이 떠서 남중할 때까지는 대략 6시간 정도이며, 따라서 6시간 만에 다시 만조가 되는 것으로 설명한 점은 이해하기 어렵다. 또 하루에 두 번인 이유를 남북으로 동서로 가는 기의 흐름 때문이라고 하였는데, 달의 움직임과 연결시킨 부분도 잘 이해되지 않는다. 원문에 어떤 오류가 내포된 것인지, 아니면 해석상에 문제가 있는 것인지 알 수 없어서 궐의(闕疑)하고 원문대로 번역을 하였다.

44) 그 성쇠(盛衰)가 ~ 연유한다 : 하루에 두 번씩 간조와 만조가 생기는 것(밀물과 썰물)은 거래(去來) 즉 가고 온다고 표현하였고, 간만의 차이가 변해가는 것은(사리와 조금)은 성쇠라고 표현하였다. 다시 말해서 하루의 밀물과 썰물은 달에 의해 발생하고, 한 달간 간만의 차이가 계속 변해가는 것은 해에 의해 발생한다는 뜻이다.

45) 물과 ~ 굳세어진다 : 물은 음기 즉 달을 의미하며, 불은 양기 즉 해를 의미한다. 서로 쏜다는 것은 삭망에 달과 해가 일직선상에 있는 것을 말한다. 기가 극성해지기 때문에 사리가 된다는 뜻이다.

호응하며, 저녁의 조수가 굳세면 아침의 조수가 호응하니 이것 역시 형세이다. 가장 큰 조수가 초하루와 보름의 이후에 있는 것은 무슨 이유인가? 물이 일렁이는 것은 부득이 그렇게 될 수밖에 없는 것이다. 이제 그릇에 물을 담아서 조금씩 밀어 보자. 그릇이 삐거덕거리면 물은 위로 솟아오른다. 그러다가 그릇이 멈추려고 할 때 물은 더욱 크게 일렁거린다. 이를 보면 위 사실이 증험이 된다.[46] 우리나라의 동쪽에 조수가 없는 바다가 있는 것은 무슨 까닭인가? 우리나라 동쪽만 그런 것이 아니라 다른 나라에도 또한 그렇다. 무릇 조수를 바다의 중심으로부터 보자면, 동쪽으로나 남쪽으로는 반드시 조수가 발생하며 혹은 그 규모도 높고 크지만, 서쪽으로나 북쪽으로는 조수가 발생하지 않는다. 이는 서방(西方)에는 마치 커다란 연못 같은 지중해(地中海)가 있어서 조수도 또한 그런 것이다. 우리나라의 동쪽은 바로 바다 중심에서 서쪽에 해당한다. 그렇기 때문에 조수가 없는 것이다. 그렇다면 중국의 동쪽은 정확하게 바다의 서쪽에 해당하는데도 조수가 있는 것은 무슨 까닭인가? 이것은 커다란 바다의 조수가 중간에 아무런 장애도 없이 동남쪽으로부터 직접 올라오기 때문이다. 우리나라는 그렇지 않으니 지세(地勢)가 동북에서 시작하여 서남쪽으로 향해 가는데 끝에 다시 동남에 이르니 그 동쪽은 바로 일본이다. 일본의 지세는 본래 중국의 땅과 연결되어 있으며, 남쪽에서 시작하여 서쪽으로 가면서 혹은 일어나기도 하고 혹은 엎어지기도 하여 거의 오륙천 리를 뻗어 있

46) 가장 큰 ~ 된다 : 조수간만의 차가 가장 큰 사리가 왜 삭망의 후에 발생하는가를 기(氣)의 작용으로 설명한 것이다. 이런 기의 작용과 현상을 물을 담은 그릇에 비유하였다. 그릇을 민다는 것은 기가 점차로 증가되는 것을 말한다. 그릇 안의 일렁거림은 바로 조수 현상을 말한다. 그릇이 멈추었다는 것은 기의 증가가 멈추었다는 뜻이다. 즉 그릇을 밀고 있을 때가 아니라, 밀다가 막 멈추었을 때 물의 일렁거림이 가장 커지는 것을 보면 기가 가장 왕성한 삭망의 직후에 사리가 생긴다는 것을 알 수 있다는 것이다.

다. 그 끝이 우리나라 동남쪽의 모서리와 서로 마주 보고 있어서 그 사이가 곧 삼천여 리가 되는 커다란 호수가 되어 버려 지중해와 같이 조수가 없는 것이다. 따라서 일본의 서쪽도 또한 조수가 없는 것이다.[47] 이는 모두 적도 이북의 땅이므로 천복이 남쪽에 있어서 기는 반드시 동쪽으로부터 오니 바다의 동남쪽에서 조수가 시작되는 이유이다. 이 때문에 해상(海商)들이 "조수는 동남쪽으로부터 오니 서북풍이 빠르게 불면 조수는 반드시 세력이 위축된다."라고 하였다. 그러나 조수는 북쪽으로 갈수록 미약해지며 최북단에 이르면 비록 동남쪽이라도 역시 조수가 없다. 어떻게 그렇다는 것을 아는가? 북쪽의 끝에는 물이 있는데 그 이름이 '빙해(氷海)'이다. 항상 적빙(積氷)이 있으며 한여름[盛暑]에야 비로소 녹으니 조수가 없는 것을 알 수 있다. 근자에 일본에 사행을 다녀온 사람이 "일본의 동쪽에는 조수가 극히 미약한데 그 이유가 무엇입니까?"라고 물었다. 서양의 학사들이 말하기를 "각각의 지역에 해조(海潮)가 같지 않은 것은 해변(海邊)의 지형에 차이가 있기 때문이며, 해저(海底)의 깊이가 다르기 때문이다."라고 하였다. 내가 「만국전도(萬國全圖)」[48]에 근거하건대, 일본의 땅은 또한 여

47) 따라서 ~ 것이다 : 원문은 '故日本之西 亦有潮也'인데, 번역하면 "따라서 일본의 서쪽도 또한 조수가 있는 것이다."이다. 그러나 이는 논리적으로 모순이 있다. 일본의 서해가 언급된 것은 우리나라 동해에 조수가 없다는 것을 설명하기 위해서이다. 우리나라 동해는 일본의 도서에 둘러싸여 있어서 마치 지중해와 같고 그래서 동해에 조수가 없다고 설명한 것이며, 따라서 일본의 서해도 조수도 없다고 해야 논리적으로 맞는다. 그러나 위에서 보인 바와 같이 '무조(無潮)'가 아니라 '유조(有潮)'라고 하여 오류가 있는 것으로 판단되며, 본고에서는 맥락에 따라 '무조(無潮)'로 바꾸어 번역하였다.

48) 『만국전도(萬國全圖)』 : 줄리오 알레니(Giulio Aleni, 1582~1649)가 1623년에 편찬한 『직방외기(職方外紀)』의 권수(卷首)에 수록된 그림 중의 하나를 말한다. 『직방외기』에는 「만국전도」 외에도 「북여지도(北輿地圖)」, 「남여지도(南輿地圖)」, 「아세아도(亞細亞圖)」, 「구라파도(歐羅巴圖)」, 「이미아도(利未亞圖)」, 「남북아묵리가도(南北亞墨利加圖)」가 수록되어 있다. 알레니의 중국 이름은 애유략(艾儒略)으

려 갈래로 나누어져 있고, 그 한쪽 모서리가 동남쪽을 가로막고 있으며, 많은 섬들이 바다의 입구에 벌려져 있으니 서양 학사들의 말을 참고하면 그 이치를 추측해 볼 수 있을 것이다. 그러나 이는 개략적인 것이며, 이 밖의 나머지는 깊이 생각하여 스스로 터득하는 데 달려 있다.

로 명나라 말기에 중국에 들어온 이탈리아 선교사이다. 『직방외기』는 1631년 진주사 정두원(鄭斗源)에 의해서 우리나라에 수입되었으며, 이익은 이 책을 읽고 발문을 썼다.

「璣衡解」

-(上略)- 又按朱子曰言天者三家 周髀宣夜渾天宣夜 絶無師說 周髀之術以爲天似覆盆蓋 以斗極爲中 中高而四邊下 日月旁行繞之 日近而見之爲晝 日遠而不見爲夜 蔡邕以爲考驗天象 多所違失 遂棄而不用 以余觀之 未見違失 夫地居天內 水包地外 其無水處皆地 有地則有人 人皆以天爲上 以地爲下 試爲懸空總說 天當以斗極爲中 則觀象之論 亦當從戴極者而說起也 今人居地之一旁看 故日月果横繞上下 若從戴極者看則所謂天如覆盆而日月旁行者 豈不是信然乎 其所謂遠近晝夜者 横繞上下 近則晝遠則夜 若戴極處半歲爲晝 半歲爲夜耳 然渾天言其全 周髀言其半 其說長不可卒旣 試略言之 北極出地三十六度者 以九州之中言之 以衡候極則每二百五十里差一度 北進五千里則極高五十六度 極高一度則赤道低一度 以今人頭上嵩高處看則北距北極爲五十五度 南距赤道爲三十六度 北極旣高五十六度 則距頭上嵩高爲三十五度之近 而赤道之距嵩高已是五十六度之遠也 以五千里之地推之如此 若又北進八千七百餘里 則北極正當嵩高 而赤道旁繞者無疑矣 唐史云骨利幹之地 煑羊胛適熟 日已復出 此乃近極之地 夏至之候 近極尙然 戴極可知 今人誤疑地下之物 至地墜下而不能成人居 殊不覺地自處中而未曾墜下也 又疑人將倒立 殊不覺九州之內 嵩高漸移 則人已有幾分斜立而不自知也 此孩童之見 不察耳目之外者也 何足辨哉 昔梁崔靈恩合渾蓋爲一 蓋者蓋天也 周髀之別名也 意者深契古人之旨 而世旣不尙 術亦泯焉 及西洋利氏之徒至 而其說遂行焉 漢趙爽周髀筭經云周髀者何 古時天子治周 此數望之從周 故曰周髀 髀者表也 註言周都河南 爲四方之中 故以爲望 主用其行事故曰髀 由此捕望故曰表 此謂立表於天下之中也 然其書中都無蔡邕之所評 則其必別有一書在也 宋趙緣督革象新書 卻以周爲周圍 髀爲股 以圓中之直髀 別於句股 故稱髀 與趙解不同 偶有所考並錄焉

【역문】「기형해」[49]

내가 또 살펴보니, 주자가 말하기를 "천체에 대하여 언급한 것이 세 학파인데, 주비(周髀), 선야(宣夜), 혼천(渾天)의 설이다. 선야는 명목만 남아 있을 뿐 그에 대한 설이 전혀 계승되지 않았고, 주비의 학설에서는 하늘은 엎어진 동이와 같다고 하였다. 대개 북두성(北斗星)을 중앙으로 삼는데 가운데는 높고, 사방의 가장자리는 낮다. 해와 달이 그 주위를 가로로 빙 둘러서 운행하는데 해가 가까워져서 드러나면 낮이 되고 해가 멀어져서 드러나지 않으면 밤이 된다."[50]라고 하였다. 채옹(蔡邕)[51]은 "이 설을 실제로 천문 현상에 적용해 보니 맞지 않는 것이 많다."라고 하면서 드디어 주비의 학설을 폐기하고는 사용하지 않았다. 하지만 내가 보기에는 어긋나고 잘못된 부분이 없는 듯하다. 무릇 땅은 하늘의 안에 있고, 물은 땅의 겉을 싸고 있으며, 물이 없는 곳이 모두 땅이다. 땅이 있으면 사람이 있으니 사람은 모두 하늘로 위를 삼고 땅으로 아래를 삼는다.[52] 시험 삼아 머릿속에 그리면서 총괄적으

---

49) 『성호전집』 卷43

50) 주비의 ~ 된다 : 주비설이 주장하는 천구의 모양은 삶은 계란을 가로로 잘라 놓은 모양과 같다. 즉 지금의 천구에 반이 없는 모양이다. 땅은 엎어진 노른자와 같고 해는 땅을 중심으로 동서를 가로질러 옆으로 돈다. 따라서 해가 보이는 쪽은 낮이 되고 해가 보이지 않는 쪽은 밤이 되는데, 이럴 경우 극점에서는 하루 종일 해가 지지 않는 것에 대한 설명이 된다. 그런 점에서 비록 채옹(蔡邕)은 주비설이 틀렸다고 하였지만, 저자 이익은 이 설이 어긋나고 잘못된 부분이 없다고 말한 것이다.

51) 채옹(蔡邕, 132~192) : 중국 동한 사람으로, 문학, 서법, 경사, 천문, 음률에 두루 능통했으며, 특히 사부(辭賦)에 뛰어났다. 영제(靈帝) 시에 동관(東館)에서 교서(校書)를 하였다.

52) 무릇 ~ 삼는다 : 중력이라는 개념이 없던 당시에는 지구의 구 개념을 이해하기 어려웠으며, 사람이 거꾸로 서 있는데도 떨어지지 않는다는 것은 더욱 이해하기 어려웠다. 그러나 저자는 이에 대하여 '땅 - 사람 - 하늘', 혹은 '땅 - 바다 - 하늘'이라는 공간적 단위 개념으로 이해하여 이를 설명하고 있다.

로 토론해 보자. 당연히 하늘의 중심은 북두성이므로 천문의 관측을 논함에 있어서도 또한 마땅히 북두성을 머리에 이고 있는 사람을 기준으로 이야기하여야 할 것이다. 지금 사람들은 자기가 살고 있는 한쪽 지역에서 하늘을 본다. 따라서 해와 달이 정말로 동에서 서로 돌아가면서 뜨고 진다. 그러나 만약 북극에 있는 사람이 본다면 이른바 하늘은 엎어 놓은 동이와 같아서 해와 달이 옆으로 빙 둘러서 운행한다는 말이 어찌 미덥지 않겠는가. 이른바 멀고 가까움에 따라서 낮과 밤이 된다고 한 것은 가로로 빙 둘러서 운행하며 뜨고 지니 가까우면 낮이고 멀면 밤이 된다는 것이다. 만약 북극에 있다면 반년은 낮이 되고 반년은 밤이 될 것이다.[53] 그러나 혼천설은 그 전체를 말하고 주비설은 그 반을 말한 것이니 그 논설이 매우 길어서 갑자기 끝낼 수가 없으므로 시험 삼아 간략히 언급한 것이다. "북극출지[54]가 36도이다.[北極出地 三十六度]"라고 한 것은 구주(九州)의 가운데를 기준으로 말한 것이다.[55] 옥형(玉衡)으로 북극을 관측하면 250리마다 1도의 차이가 난

53) 반년은 낮이 ~ 것이다 : 북극점에서 본다면 춘분 이후에는 해가 적도선의 위로 올라와서 계속 낮이라고 한 것이며, 추분 이후에는 해가 적도선의 아래로 내려가서 계속 밤이 될 것이라는 뜻이다. 그러나 이는 맞는 말이 아니다. 이른바 백야 현상이 생기는 것은 지구의 자전축이 23.5도가 기울어져 있기 때문이다.

54) 북극출지 : 북극고도(北極高度)라고도 한다. 지면에서 북극성을 바라본 각도, 즉 북극성의 고도(북극성에서 오는 별빛과 지면이 이루는 각도)로 오늘날 위도의 개념과 비슷하다. 왜냐하면 북극성이 북극의 꼭짓점 위에 있기 때문에 북극에 근접할수록 지면과 수직에 가깝게 되기 때문이다. 위도는 적도를 기준으로 북극까지 90도로 나눈 것이다. 따라서 적도에서는 북극성의 고도가 0도에서 10도 사이에 있겠지만, 위도는 0도가 된다. 『국조역상고(國朝曆象考)』 권1 「북극고도(北極高度)」에서는 한양의 북극고도와 팔도 각지의 북극고도를 측정한 사실과 그 값을 기재했다.

55) 북극출지가 ~ 것이다 : 북극성의 고도는 지역에 따라 다르다. 따라서 중국의 경우는 대부분 중원의 한가운데라고 할 수 있는 낙양을 기준으로 하였다. 저자가 말한 '구주(九州)의 가운데'라는 것도 바로 이 낙양의 동남쪽에 있는 양성(陽城)을 기준으로 한 것이라는 뜻이다.

다. 따라서 북쪽으로 5천 리를 올라가면 북극 고도가 56도가 된다. 북극 고도가 1도가 높아지면 적도(赤道)는 1도가 낮아진다. 이제 어떤 사람이 숭고(嵩高)를 머리 위에 두고 있는데 그 사람의 자리에서 보면 북쪽으로 북극까지의 거리가 55도이며, 남쪽으로 적도까지의 거리가 36도이다. 어떤 위치에서 북극 고도가 56도라면 숭고를 머리 위에 두고 있는 사람까지의 거리는 35도로 가까워지고, 적도에서부터 숭고까지의 거리는 이미 56도로 멀어진 것이다. 5천 리의 거리로 추산한 것이 이와 같으므로 만약 또 북쪽으로 8700여 리를 간다면 북극은 바로 숭고에 해당하며,[56] 적도가 옆을 두르고 있다는 것에 의심이 없을 것이다.[57] 당(唐)나라 사서(史書)에 이르기를, 골리간(骨利幹)[58] 지역에서는 양(羊)의 어깨 고기를 구워서 겨우 익을 때가 되면 해가 이미 다시

---

56) 북쪽으로 ~ 해당하며 : 250리가 1도이므로 8700÷250=34.8이다. 따라서 북극고도 56도가 되는 위치에서 북쪽으로 8700리를 가는 것은 34.8도를 더하는 것과 같다. 따라서 56+34.8=90.8이므로 바로 지평과 91도가 되므로 바로 숭고에 해당한다. 따라서 북극에서 보면 적도가 횡으로 둘러져 있다는 것이다.

57) 북극출지가 ~ 것이다 : 이 부분은 『서경집전(書經集傳)』의 주석 "그 하늘이[其天]"에서부터 "이것이 그 대략이다.[此其大率也]"까지의 내용을 설명한 것이다. 중국의 지역 중 북극고도가 36도가 되는 지점인 양성(陽城)을 기준으로 하면 북극고도가 36도이므로 숭고까지의 도수는 55도가 된다. 북극성의 고도는 지역에 따라 다르다. 따라서 중국의 경우는 대부분 중원의 한가운데라고 할 수 있는 낙양을 기준으로 하였다. 저자가 말한 '구주(九州)의 가운데'라는 것도 바로 이 낙양의 동남쪽에 있는 양성(陽城)을 기준으로 한 것이라는 뜻이다. 참고로 『원사(元史)』 권48 「사해측험(四海測驗)」에 나오는 북극출지를 보면 북경(北京) 42도, 성도(成都) 31.5도, 대명(大名) 36도, 하남 양성(陽城) 34도 등으로 되어 있다. 적도까지는 91도가 되고, 동지 때의 황도까지는 거기에 24도(자전축의 경사각도)를 더한 115도가 되며, 반대로 하지 때의 황도는 67도가 된다.

58) 골리간(骨利幹) : 골리간은 옛날 부족의 이름이다. 한해(瀚海)에서 활동하였는데, 지금의 바이칼호 북쪽이다. 바이칼호는 러시아의 시베리아 남쪽에 위치하며, 북위 53.30도이다. 이 정도의 위치이면 대략 위에서 언급한 8700리를 북쪽으로 올라간 것이다.

떠 있다고 하였다. 이는 북극에 가까운 지역의 하지(夏至) 때 기상(氣象)인데, 북극에 가까운 지역도 오히려 이러하니 북극 지역은 말할 것도 없다. 요즘 사람들이 지평 아래 지역에 대하여 잘못 이해하여 심지어 땅이 아래로 쏟아져 내려서 사람이 거주할 수가 없다고 의심하니, 땅[地球]이 본래부터 천구의 중심에 위치하여 일찍이 한 번도 쏟아져 내린 적이 없다는 것을 도무지 깨닫지 못하고 있는 것이다. 그들은 땅의 아래쪽으로 가면 사람이 거꾸로 서 있게 될 것이라고 의심하는데, 구주의 안에서 숭고에서 조금씩 옮겨가기 때문에 따라서 사람들이 이미 어느 정도는 비스듬히 서 있지만 스스로 알지 못한다는 것을 도무지 깨닫지 못하고 있는 것이다. 따라서 사람이 거꾸로 서 있게 된다는 것은 어린아이들과 같은 소견으로 자신이 직접 보고 들은 것밖에는 살피지 못하는 것이니, 설명해 줄 가치조차 없는 것이다. 예전에 양(梁)나라 최영은(崔靈恩)[59]이 혼천(渾天)과 개천(蓋天)을 합하여 한 가지 설로 만들었는데 개천이란 주비(周髀)의 다른 이름이다.[60] 생각건대 최영은이 깊이 옛사람의 뜻을 깨달았지만 세상에서 이미 존중하지 않아서 그 학술이 또한 민멸되었다. 그런데 이제 서양의 이씨(利氏)[61]의

---

59) 최영은(崔靈恩) : 남조 양(梁)나라 동무성(東武城) 사람으로, 어려서부터 학문에 독실하여 오경(五經)을 깊이 연구하였으며, 특히 삼례(三禮)에 정통하였다. 저서로는 『모시주(毛詩注)』, 『주례집주(周禮集註)』, 『삼례의종(三禮義宗)』 등이 있다. 『梁書』 卷48, 「儒林列傳」, 崔靈恩.

60) 예전에 ~ 이름이다 : 『양서(梁書)』에 의하면, "이보다 앞서 유자들이 하늘에 대하여 논하였는데, 서로 혼천과 개천의 두 가지 설을 서로 주장하여 개천설은 논하면 혼천과 맞지 않았고, 혼천설을 논하면 개천과 맞지 않았다. 그러자 영은이 관점을 확립하고 혼천과 개천을 통합하여 하나로 만들었다.[先是儒者論天 互執渾蓋二義 論蓋不合于渾 論渾不合于蓋 靈恩立義 以渾蓋爲一焉]" 하였다. 『梁書』 卷48, 「儒林列傳」, 崔靈恩.

61) 서양의 이씨(利氏) : 이마두(利瑪竇), 즉 마태오 리치(Matteo Ricci)를 말한다. 이탈리아의 예수회 수사(修士)로서 명(明)나라 말기에 중국에 입국하여 서양의 학술·종교 서적을 한문으로 번역 출판하여 서구 문명의 수입에 크게 공헌하였다.

무리가 이르자 그 학설이 드디어 통행되었다. 한(漢)나라 조상(趙爽)이 찬한 『주비산경(周髀算經)』[62]에서 말하는 주비(周髀)[63]란 어떤 것인가? "옛날에 천자가 주나라를 다스렸다. 따라서 천문에 관한 모든 수치(數値)는 주나라 지역에서 관측한 것이다. 때문에 주비라고 한 것이니, 비(髀)는 표(表)이다."[64]라고 하였다. 그리고 주석에서는 "주나라의 도읍은 하남으로서 사방의 중심[65]이 된다. 따라서 관측의 기준이라고 한 것이며, 그것을 이용하여 일을 했기 때문에 비라 했고, 이로 말미암아 수치를 얻었으므로 표라 한 것이다.[周都河南 爲四方之中 故以爲望主 用其行事故曰髀 由此捕望故曰表]"라고 하였으니, 이는 천하의 가운데 표를 세웠다는 말이다.[此謂立表於天下之中也]그러나 그 책 가운데 채옹

저서로는 『천주실의(天主實義)』, 『교우론(交友論)』, 『변학유독(辨學遺牘)』, 『기하원본(幾何原本)』, 『만국여도(萬國輿圖)』 등 20여 책이 있다.

62) 주비산경(周髀算經) : 중국에서 가장 오래된 천문수학서 중의 하나이다. 대략 기원전 1세기경에 만들어졌는데, 찬자는 분명하지 않다. 당나라 때 국자감 산학 제생이 반드시 공부해야만 하는 '십부산경(十部算經)' 중의 하나였다. 삼국 시대 조상(趙爽, 조영(趙嬰)이라고도 함), 남북조 시대 견란(甄鸞), 그리고 당나라 때 이순풍(李淳風)의 주석이 있다. 이 책에는 당시의 우주론인 개천설이 주장되었고, 윤달을 네 계절에 적절히 배치하는 사분역법(四分曆法)이 소개되었다. 특히 태양의 고도를 측정하고, 일정 표목의 그림자로 거리를 측량하는 방법 등이 제시되었는데, 그중 구고법(句股法)은 피타고라스의 정리와 동일한 방식이다.

63) 주비(周髀) : 주비에 대한 설명은 여러 가지가 있다. 우선 개천설(蓋天說)의 대명사로 쓰였다. 이는 개천설이 『주비산경』에서 주장되었기 때문이다. 두 번째는 천문을 관측하는 일종의 기구[儀器]라고 하였는데 대략 직각삼각형의 모양을 가지고 있다고 하였으며, 대개 유의(遊儀)와 함께 사용되었던 것이라고 하였다. 마지막으로 천체의 거리나 각도를 측정하는 방식을 말하기도 하였다.

64) 옛날에 ~ 표(表)이다 : 『주비산경』 권상에 나온다.

65) 사방의 중심 : 주나라의 도읍인 낙양을 말한다. 정확하게는 낙양에서 좀 더 떨어진 양성(陽城)을 말한다. 북극성의 고도는 지역에 따라 다르다. 따라서 중국의 경우는 대부분 중원의 한가운데라고 할 수 있는 낙양을 기준으로 하였다. 저자가 말한 '구주(九州)의 가운데'라는 것도 바로 이 낙양의 동남쪽에 있는 양성(陽城)을 기준으로 한 것이라는 뜻이다.

(蔡邕)이 평한 말들은 전혀 없으므로 반드시 이와는 별도로 한 책이 있었을 것이다. 송나라 조연독(趙緣督)의 『혁상신서(革象新書)』에서는 주비의 주(周)를 원주(圓周)로 해석하고 비(髀)는 고(股)라고 하면서, 이는 원(圓)의 직경으로서, 직각삼각형의 변과 구별하기 위하여 비라고 호칭한 것이라고 하였다. 이는 위의 조상(趙爽)이 해석한 것과는 다른 설로서, 내가 우연히 문헌에서 찾았기에 여기에 함께 기록한다.

「日月蝕辨」

朱子語類 出於門人之雜記 未必皆得其實 而或一時偶言未及照管者 學者不可不勘以正之 朱子曰月掩日內則爲日蝕 日掩月內則爲月蝕 夫日蝕於朔 月蝕於望 望者相對也 豈有日掩月而蝕哉 又曰日在內月在外則不蝕 如秉燭者在內 執扇者在外 扇不能掩燭 此指日之當蝕不蝕 而日輪本高 月輪本下 豈有月在外時節耶 又曰火日外影 其中實暗 到望時恰撞著其中暗處 故月蝕也 此古來曆家所遵用 而謂之暗虛者是也 火雖內暗 光之被物 未見有撞著黑暗處 則何獨月之受日爲然哉 曆家又從而爲說曰 日之相對處 必有一物在 所以蔽也 若然滿天星斗何限 而一不能蔽 獨能蔽月何哉 今考歐邏巴人天問 略云天有十二重 月居最下 日居第四重 卽七緯之中也 地球大於月三十八倍 又三分之一 日大於地一百六十五倍 又八分之三 然則日大於月 乃六千二百七十餘倍也 以其月近而日遠 故望之無甚相懸 其實不相侔如此 由其無甚相懸 故月亦能蔽日而蝕也 月受日之光而始明 故地遮於中 影之所射者爲月蝕 其說皆有典則 使人悅而信從 有不敢疑也 地影之說 昔宋濂已有此論 蓋不待西士也 然理得而術有未精 故中士多瞠然爲疑 何孟春難之曰月蝕或有日未沒時 或有日已出時 亦可謂地影乎 愚謂月蝕必於望 望者兩曜正相對也 若日未下山 月已升東 月未下山 日已升東 則是不及望也 不及望而蝕 寧有是理 設或有如此者 是特別有變事 非與於日月交蝕之論也 曆家所謂暗虛亦必對望而後撞著 恐未有不及望而先去撞著 此何獨地影爲非 而暗虛獨是哉 往在十數年前 譯官某赴京回 買西洋人湯若望所著日月蝕推步一書以獻 其人死骨朽已久矣 而推之於前 無不驗 引之於後 又從今四十餘年 已有定籌 莫不昭晣 其精微至此 古今史策所載 或當蝕不蝕 或不當蝕亦蝕 或晦而先蝕 皆以陰陽盛衰爲占 到今思之 莫非疇人之失職 使知者見之 豈非大可笑耶 不知其人觀其行 不知其術 觀其跡 嗚呼豈易言哉

【역문】「일월식변」[66]

『주자어류(朱子語類)』는 문인(門人)들의 잡기(雜記)를 바탕으로 만들어진 것이니 모든 것이 반드시 맞는 것이라고 할 수는 없다. 따라서 선생께서 미처 관심을 가지고 살펴보지 못한 채 혹 한때 우연히 언급한 것은 학자(學者)들이 조사하여 바로잡지 않을 수 없다. 주자가 "달이 해의 안쪽으로 들어와 가리는 것이 곧 일식(日蝕)이 되고 해가 달의 안쪽으로 들어와 가리는 것이 곧 월식(月蝕)이 된다."[67]라고 하였다. 무릇 일식은 초하루에 있고 월식은 보름에 있는데 보름에는 해와 달이 서로 마주 보고 있으니 어떻게 해가 달을 가려서 식(蝕)이 일어날 수 있겠는가.[68] 또 말하기를 "해가 안쪽에 있고 달이 바깥쪽에 있

66) 『성호전집』 卷43

67) 달이 ~ 된다 : 주희는 일식과 월식의 발생 원인과 전개 과정에 대해서 다음과 같이 설명하고 있다. 저자의 언급은 이 설명을 축약하여 인용한 것이다. "일식과 월식은 다만 해와 달이 서로 만나는 곳이니, 둘이 밀접하게 만남에 그 빛이 가려져 매몰되는 것이다. 초하루에는 일식이 되고 보름에는 월식이 된다. 이른바 '앞쪽이 넓어지고 뒤쪽이 줄어들어 4분의 1은 가까이 있고 4분의 3은 멀리 있다.'라고 한 것은 달이 동쪽에서 떠서 서쪽으로 가는데 점차로 서로 가까워지는 것과 같은 것이다. 혹 해가 달의 옆으로 지나가거나 혹 달이 해의 옆으로 지나가서 서로 가리지 않으면 식(蝕)은 일어나지 않는다. 오직 달이 해의 바깥쪽을 돌고 있다가 안쪽으로 들어와 해를 가릴 때 일식이 일어나고 해가 달의 바깥쪽을 돌고 있다가 안쪽으로 들어와 달을 가릴 때 월식이 일어난다. 식이 되는 정도도 또한 가리는 정도의 다소로 미루어 짐작한다.[日月薄蝕 只是二者交會處 二者緊合 所以其光掩沒 在朔則爲日食 在望則爲月蝕 所謂紓前縮後 近一遠三 如自東而西 漸次相近 或日行月之旁 月行日之旁 不相掩者皆不蝕 唯月行日外而掩日於內 則爲日蝕 日行月外而掩月於內 則爲月蝕 所蝕分數 亦推其所掩之多少而已]" 『朱子語類』 卷2, 理氣下, 天地下.

68) 무릇 ~ 있겠는가 : 이 말은 위의 주희 말에 대한 반론이다. 즉 보름은 해와 지구와 달이 일직선상에 있는 것을 말하는데 그때는 나를 중심으로 해와 달이 마주 보고 있게 된다. 그렇다면 해가 달을 먹어 들어가서 월식이 된다는 설명은 틀렸다는 뜻이다. 보름과 초하루에 대한 주희의 설명은 다음과 같다. "달은 차고 이지러지는 것이 없다. 사람이 보기에 차고 이지러지는 것이다. 대개 그믐날에는

으면 식이 일어나지 않는다. 예를 들어 촛불을 든 사람이 안쪽에 있고 부채를 쥔 사람은 바깥쪽에 있을 때, 내가 서 있는 곳에서 본다면 부채는 절대 촛불을 가릴 수가 없는 것이다."[69]라고 하였다. 이 말은 식

달과 해가 서로 완전히 겹쳐진다. 초사흘에 이르러 바야흐로 조금씩 서로 떨어져 나간다. 사람은 아래쪽에서 비스듬히 보게 되어서 그 빛이 이지러지는 것이다. 보름이 되면 달과 해가 똑바로 마주 보고 사람은 중간에서 똑바로 보게 되어 그 빛이 바야흐로 둥그렇게 되는 것이다.[月無盈闕 人看得有盈闕 蓋晦日則月與日相疊了 至初三方漸漸離開去 人在下面側看見 則其光闕 至望日則月與日正相對 人在中間正看見 則其光方圓]" 『朱子語類』 卷2, 理氣下, 天地下.

69) 해가 안쪽에 ~ 것이다 : 이 말은 아래 인용 부분을 저자가 축약하여 제시한 것이다. 이 말은 『어류』에 실린 것이 아니라 편지인데, 이는 주희가 직접 쓴 것을 의미하며 이를 통해서 일식과 월식에 대한 주희의 인식 정도를 가늠할 수 있다. "해와 달이 움직이는 길에 관한 설명은 인용한 것이 모두 맞습니다. 해가 남쪽에 있기도 하고 북쪽에 있기도 하여 비록 같지 않지만, 모두 황도를 따라 움직일 뿐입니다. 달이 운행하는 길도 비록 같지 않지만, 또한 항상 황도를 따라 해의 곁으로 나올 뿐입니다. 초하루에는 해와 달이 같이 하나의 도(度)에 있습니다. 보름에는 해와 달이 극히 멀어져 서로 마주 보고 있습니다. 상현과 하현에는 해와 달의 위치가 가까운 쪽은 4분의 1이 되고 먼 쪽은 4분의 3이 되는 것입니다. 예컨대 해가 남쪽에 있을 때 달이 동쪽에 있거나 혹은 서쪽에 있는 것과 같은 것입니다. 그러므로 초하루[合朔]에 해와 달이 동서로 비록 같은 도에 있더라도 달길[白道]이 혹 남북으로 해로부터 조금 멀어지면 식(蝕)은 일어나지 않는 것입니다. 또 남북으로 비록 서로 가깝더라도 해는 안쪽에 있고 달이 바깥쪽에 있다면 식은 일어나지 않습니다. 이는 바로 촛불을 든 사람과 부채를 든 사람이 서로 교차하여 지나가는데, 안쪽에 있는 사람이 볼 때 그 두 사람 간의 거리가 조금 멀다면 비록 부채가 안쪽에 있고 촛불이 바깥쪽에 있더라도 부채가 촛불을 가리지 못하는 것입니다. 또 촛불 든 사람이 안쪽에 있고 부채 든 사람이 바깥쪽에 있다면 비록 서로 가까워도 부채는 역시 촛불을 가리지 못하는 것입니다. 이것으로 추측해 보면 대강 알 수 있습니다. 이 설은 『시경』 「시월지교」에 있습니다. 공영달의 소에 말한 것이 대단히 자세합니다. 이우중이 인증한 것도 또한 넓으니, 아울러서 검토하여 보시면 마땅히 그 설을 알 수 있을 것입니다.[日月道之說 所引皆是 日之南北雖不同 然皆隨黃道而行耳 月道雖不同 然亦常隨黃道 而出其旁耳 其合朔時 日月同在一度 其望日 則日月極遠而相對 其上下弦 則日月近一而遠三(如日在午 則月或在卯 或在酉之類 是也) 故合朔之時 日月之東西雖同在一度 而月道之南北或差遠于日 則不蝕 或南北雖亦相近 而日在內 月

이 당연히 일어나야 하는데 일어나지 않는 경우를 지적한 것이지만, 본래 해의 궤도는 높이 있고 달의 궤도는 낮게 있으니 어떻게 달이 해의 바깥쪽에 있는 시기(時期)가 있을 수 있겠는가.[70] 또 "불[火]과 해[日]는 기(氣)가 바깥으로 뻗어나가서 그 중앙은 실로 캄캄하다.[火日外影 其中實暗] 보름이 되어서 해 중앙의 캄캄한 부분에 흡사 달이 부딪치듯 하기 때문에 월식이 생긴 것이다."[71]라고 하였다. 예로부터 역가

在外 則不蝕 此正如一人秉燭 一人執扇相交而過 一人自內觀之 其兩人相去差遠 則雖扇在內 燭在外 而扇不能掩燭 或秉燭者在內而執扇者在外 則雖近 而扇亦不能掩燭 以此推之 大略可見 此說在詩十月之交篇 孔疏說得甚詳 李迂仲引證亦博 可幷檢看 當得其說]"『朱子大全』卷45, 答廖子晦.

70) 이 말은 ~ 있겠는가 : '당연히 일어나야 하는데 일어나지 않았다'는 것은 해와 달이 일직선상에 있으면 당연히 일식(日蝕)이 일어나지만 해가 안쪽에 있고 달이 바깥쪽에 있다면 비록 일직선상에 있더라도 일식이 일어나지 않는다는 설명이고, '본래 해의 궤도는 높이 있고 달의 궤도는 낮게 있다'는 것은 지구상에서 보았을 때의 높낮이로 설명한 것으로서, 거리로 보면 해의 궤도는 멀리 있고 달의 궤도는 가까이 있다는 말이다. 따라서 결코 해가 달의 안쪽으로 들어오는 경우는 없다는 뜻이다.

71) 불[火]과 ~ 것이다 : 이 부분은 주희의 월식에 대한 이해를 잘 보여 주는 대목이다. 다음에 인용한 부분은 『주자어류(朱子語類)』의 전문을 축약하여 인용한 것이다. "하늘에는 황도가 있으며, 또 적도가 있다. 하늘은 마치 하나의 둥그런 상자와 흡사하다. 적도는 위 상자와 아래 상자가 만나는 부분의 하늘 가운데에 있다. 황도의 반은 적도의 안쪽(위쪽)에 있으며, 나머지 반은 적도의 바깥쪽(아래쪽)에 있다. 동서의 두 곳에서 황도와 적도가 만난다. 도(度)는 바로 하늘을 가로로 잘라서 수많은 도수(度數)로 만든 것이다. 그믐에는 해와 달이 황도와 적도가 십자로 교차하는 교차점에서 서로 마주 보며 부딪친다. 보름에는 달이 해와 똑바로 서로 마주 보는데 하나가 북쪽에 있으면 하나는 남쪽에 있어서 모두 동일한 도수에 위치한다. 예를 들어 달이 필(畢 28수 중 19번째 별자리로서 황도의 제2궁도인 황소자리를 말함)의 11도에 있으면 해도 역시 필의 11도에 있는 것을 말한다. 비록 동일한 도(度)에 위치하고 있지만 남북으로 서로 마주 보고 있는 것이다. 해가 초하루에 일식이 된다는 것은 달은 항상 아래에 있고 해는 항상 위에 있어서 서로 만나게 되면 달이 아래에서부터 해를 가려가는 까닭에 식(蝕)이라고 부른다. 보름에는 월식이 생기는데 진실로 이는 음이 감히 마치 양을 대적하듯 하는 것이다. 역술가들은 또 이를 암허(暗虛)라고 불렀다. 그

(曆家)[72]들이 추종하여 암허(暗虛)라고 불렀던 것이 바로 이 설이다. 그러나 불[火]이 비록 그 속은 캄캄하지만 그 빛[光]이 사물을 비출 때 흑암(黑暗) 부분에 부딪치는 경우를 보지 못했으니 어찌 유독 달만이 해의 빛을 받으면서 그렇게 되겠는가.[73] 역가들이 또 그것을 이어서

이유는 불[火]과 해[日]는 기(氣)가 밖으로 뻗어나가서 그 가운데가 실로 어둡기 때문이다. 보름이 되었을 때 해의 가운데 캄캄한 부분에 흡사 달이 부딪치듯 하기 때문에 월식이 생긴 것이다. [天有黃道 有赤道 天正如一圓匣相似 赤道是那匣子相合縫處 在天之中 黃道一半在赤道之內 一半在赤道之外 東西兩處與赤道相交度卻是將天橫分爲許多度數 會時是日月在那黃道赤道十字路頭相交處冢撞着 望時是月與日正相向 如一箇在子 一箇在午 皆同一度 謂如月在畢十一度 日亦在畢十一度 雖同此一度 卻南北相向 日所以蝕於朔者 月常在下 日常在上 旣是相會 被月在下面遮了日 故日蝕 望時月蝕 固是陰敢與陽敵然 曆家又謂之暗虛 蓋火日外影 其中實暗 到望時恰當着其中暗處 故月蝕]" 『朱子語類』 卷2, 理氣下, 天地下.

72) 역가(曆家) : 중국을 비롯한 동아시아의 전통적인 천문학은 주로 역의 계산에 많은 비중을 두었기 때문에 단순히 천문학자라기보다는 역 계산의 전문가라는 의미가 강하다. 천쭌궤이(陳遵嬀)는 중국의 천문학자는 동시에 수학자[算學家]라고 하였다.

73) 그러나 ~ 되겠는가 : 이 부분은 저자가 주희의 주장을 비판한 것이다. '부딪치다[撞着]'라는 의미가 정확하게 월식의 현상을 어떻게 설명하고 있는 것인지에 대하여는 주희의 설명이 충분하지 않다. 아마도 주희는 월식도 일식과 같은 원리에 의하여 발생하는 것이라고 생각하였으나, 보름에는 해와 달이 서로 마주보고 있다는 사실과 모순되므로 부득이 '흡사 부딪치는 듯하다.'라는 모호한 표현을 사용한 것이 아닌가 생각된다. 암허설에 대해서는 오히려 아래 『성리대전』에서 주희의 말이라고 인용한 부분에 더욱 명료하게 설명되어 있다. 다만 이 부분은 『주자대전(朱子大全)』이나 『주자어류(朱子語類)』에는 나오지 않는다. 그 부분을 전재하면 다음과 같다. "월식은 어떤 것인가 하고 물었다. 지극히 밝은 것 가운데 암허가 있는데 그 암(闇)은 지극히 미묘하다. 보름에 암허가 한 치도 틀림없이 정확하게 달과 정반대로 마주하면 달이 암허의 쏘인 바가 되어 식(蝕)이 생긴다. 비록 이는 양이 음을 이긴 것이지만 끝내는 좋지 않은 것이다. 만약 음에게 물러나 피하는 의도가 있었다면 서로 대적하지 않아서 식이 발생하지 않을 것이다.[問月蝕如何 曰至明中有暗虛 其暗至微 望之時 月與之正對 無分毫相差 月為暗虛所射 故蝕 雖是陽勝陰 畢竟不好 若陰有退避之意 則不相敵 而不蝕矣]" 『性理大全書』 卷27, 理氣2. 이 글로 보면 결국 일월식을 음양의 충돌로 이해하고 있다는 것을 알 수 있다.

설을 만들기를 "해의 반대편에 반드시 한 사물이 있어서 가리는 것이다."라고 하였다. 만약 그렇다면 하늘 가득한 별들이 끝이 없이 많은데 그것들 가운데 하나도 가리지 못하면서 유독 능히 달만 가리는 것은 무슨 까닭인가.[74] 이제 구라파 사람이 지은 『천문략(天問略)』[75]을 상고해 보니, "하늘은 열두 겹으로 되어 있는데 달은 가장 아래에 있고, 해는 네 번째에 있으니 즉 칠위(七緯)의 가운데이다. 지구(地球)는 달보다 38배와 3분의 1만큼 크고, 해는 땅[地]보다 165배와 8분의 3만큼 크다. 따라서 해는 달보다 큰데 무려 6270여 배이다. 그런데 달은

74) 해의 ~ 까닭인가 : '해의 반대편에 사물이 있다'는 것은 '해 - 관찰자(지구) - 물체 - 달'의 형태로 생각하는 것이다. 바로 어떤 물체가 달을 가리기 때문에 월식이 생긴다고 설명하는 것이다. 이는 월식이 여전히 달을 무엇인가가 가리기 때문에 발생한다고 보는 것이다. 그렇다면 그 물체는 달뿐만 아니라 하늘을 운행하는 수많은 별들에게도 식(蝕)과 같은 현상을 만들어 내야 하는데, 유독 달에만 만들어 내는 것은 무슨 까닭이냐고 물은 것이다. 다시 말해 그 설이 성립되지 않는다는 의미이다.

75) 『천문략(天問略)』 : 포르투갈 출신의 예수회 선교사 디아스(陽瑪諾, Emmanuel Junior Diaz, 1574~1659)가 저술한 천문역산서(天文曆算書)로 1615년 북경에서 단권으로 간행되었다. 디아스의 자서와 주희령(周希令) 등의 서문이 있다. 내용은 23장 천문도설(天文圖說)과 함께 명(明) 대의 수도인 북경 남경과 함께 13개 중국 지역의 해돋이 해넘이, 낮과 밤의 길이 등을 모두 표로 작성하여 수록하였다. 르네상스 시대의 천문학자인 브라헤(Tycho Brahe, 1546~1601)가 주장한 천동설과 지동설의 중간적인 우주 체계에 입각한 천문서라고 할 수 있다. 즉 서양 중세 천문학의 12중천설(十二重天說) 체계를 핵으로 하고, 브라헤의 관측 성과를 받아들여 재편된 서양의 천문학 소개서이다. 12중천설은 하늘이 12개의 얇은 막으로 구성되어 있으며, 달은 최하위인 제1중천에 태양은 제4중천에 위치하여 본천의 움직임에 따라 운행된다는 주장이다. 이 책은 천문학의 입문서인 기독교적 종교성도 가지고 있다. 즉 제12중천은 하느님과 여러 성인이 머무르는 하느님의 나라라고 소개하면서 이곳으로 가는 길잡이가 되는 것이 이 책의 저술 의도라고 하였다. 이 책이 조선에 전래된 것은 1631년(인조9) 역관 이영준(李榮俊)이 중국에 머물며 이 책을 독파한 것으로부터 시작되었다. 특히 저자는 이 책을 열독하고 「발천문략(跋天問略)」을 쓰는 등 지대한 영향을 받았다. 『사고전서』에 수록되어 있다.

가깝고 해는 멀기 때문에 그렇게 큰 차이가 없어 보이는 것이지 실제로는 비교할 수 없는 것이 이와 같다. 바라봄에 서로 큰 차이가 없기 때문에 달이 또한 능히 해를 가려서 일식이 생기는 것이다. 달은 해의 빛을 받아서 비로소 빛을 낸다. 그러므로 땅[地]이 그 사이를 막아서 땅 그림자에 쏘이는 것이 월식이 된다." 하였다. 그 설에는 모두 법칙이 있어서 사람들을 깜짝 놀라게 하며, 믿고 따르게 만들어서 감히 의심을 하지 못하게 한다. 땅 그림자 설[地影說]에 대해서는 예전에 송렴(宋濂)이 이미 이런 주장을 했으니, 서양 사람의 설이 들어온 다음에 안 것은 아니다. 그러나 원리에 대해서는 터득하였지만 기술이 정미롭지 못하였기 때문에 중국의 많은 사람들이 눈을 휘둥그레 뜨며 의심하였다. 그래서 하맹춘(何孟春)[76]은 힐난하기를 "월식이 혹 해가 지기 전에 생기기도 하고 혹 해가 이미 뜨고 나서 생기기도 하니 이것을 땅 그림자라고 할 수가 있겠는가."[77]라고 하였다. 내 생각은 다음과 같다. 월식은 반드시 보름에 생기는데, 보름이라는 것은 해와 달이 정확하게 서로 마주 보는 것이다. 만약 해가 미처 지지 않았는데 달이 이미 동쪽에서 뜨고, 달이 미처 지지 않았는데 해가 이미 동쪽에서 뜬다면 이는 보름이 되지 않아 월식이 생긴 것이니 어찌 그럴 이치가 있겠는가. 설사 그런 경우가 있다고 하더라도 그것은 특별한 이변(異變)이지 일식과 월식에 대한 논란에 해당하는 것은 아니다. 역가의 이른바 암허라는 것도 또한 반드시 보름이 된 이후에 부딪친다고 하였으니, 아마도 보름이 되기 전에 달이 먼저 가서 부딪치는 경우는 없을

---

76) 하맹춘(何孟春, 1474~1536) : 명대의 문학가로, 자는 자원(子元)이고, 호는 연천(燕泉)이다. 공부, 이부시랑을 역임하였다. 저서로는 『여동서록(餘冬緖錄)』이 있다.

77) 월식이 ~ 있겠는가 : 월식이 땅 그림자라고 한다면 반드시 해가 뜨자마자 생겨서 해가 지면 없어져야 하는데 그렇지 않다는 말이다. 그런데 하맹춘의 이런 비난을 저자가 어느 문헌에서 확인했는지는 알 수 없다.

것이다. 그렇다면 어떻게 땅 그림자로 설명하는 것은 잘못된 것이고 암허로 설명하는 것은 옳은 것이겠는가.[78] 지난 십 수 년 전에 역관(譯官) 모씨가 북경에 갔다가 돌아오면서 서양인 탕약망(湯若望, Adam Schall von Bell)[79]이 지은 『일월식추보(日月蝕推步)』[80] 한 책을 사다가 바쳤는데, 그 사람은 죽어서 뼈가 이미 썩은 지 오래되었다. 하지만 그의 계산 방식을 가지고 이전에 발생했던 일월식에 대하여 추산(推算)해 보면 맞지 않는 것이 없었으며, 향후의 일월식에 대하여 추산함에 있어서도 그가 죽은 지 40여 년이 된 지금에 이미 정해진 계산방식이 있어 명료하지 않은 것이 없으니 그 정밀한 것이 이런 정도였다. 고금의 역사책에 실려 있는 "마땅히 식(蝕)이 있어야 하는데 없었다."라든가 혹 "마땅히 식이 없어야 하는데 있었다."라든가 혹 "그믐이 되었는데 먼저 식이 있었다."라고 하는 것은 모두 음양(陰陽)의 성쇠(盛衰)를 가지고 점을 치는 것으로서 지금에 와서 생각해 보면 하나같이 천문을 관장하는 관원이 직무를 제대로 수행하지 못하여 생긴 것이니

---

78) 그렇다면 ~ 것이겠는가 : 이 말은 하맹춘이 송렴의 지영설(地影說)을 비판한 것에 대한 반론이다. 즉 월식이 지구의 그림자로 인해서 발생한다는 설이 옳지 않다고 한다면 역가(曆家)의 암허설(暗虛說)도 옳지 않다고 해야 한다는 뜻이다. 이는 지영설이나 암허설이나 모두 월식은 보름에 발생한다고 주장하고 있기 때문이다.

79) 탕약망(湯若望) : 아담 샬 폰 벨(Adam Schall von Bell, 1591~1666)이다. 독일 출신의 예수회 선교사이자 천문학자로, 중국에 건너와 서양의 천문 역법을 소개하고, 망원경, 총포의 제작 기술을 전파하였다. 1645년에는 흠천감을 맡아서 『시헌력(時憲曆)』을 저술해 중국의 역법을 크게 발전시켰으며, 서양 천문학 백과사전이라고 불리는 『서양신법역서(西洋新法曆書)』 100권을 저술하였다. 소현세자가 북경에 있을 때 교분을 맺어 과학기술서와 자명종 등을 선물해 조선에 유입되기도 하였다.

80) 『일월식추보(日月蝕推步)』 : 이 책에 대해서는 분명하지 않다. 아담 샬의 저술 목록에서 보이지 않는다. 추보란 천문학적인 계산을 말한다. 일식과 월식에 대한 여러 가지 계산 방식에 대한 저술로 보인다.

천문에 대하여 아는 사람으로 하여금 보게 한다면 어찌 크게 웃지 않겠는가. 그 사람에 대하여 모르겠거든 그의 행동을 볼 것이고 그 기술(技術)에 대하여 모르겠다면 그 실적(實跡)을 보라고 했으니, 아아, 그런 것을 보지도 않고 어찌 쉽게 이야기하겠는가!

「論水利」

磻溪柳先生曰民生所賴 莫如水利 如金堤之碧骨堤 古阜之訥堤 益山全州之間黃登堤 前世極一國之力而成者 今皆廢壞 若修此三堤 蘆嶺以上可無凶年矣 余未及目覩而知其利害 然凡陂堰之若大若小 廢缺不修者 處處皆有 今人之憚小力而昧大利如此 可勝嘆哉 蓋水利有三 陂堰貯水一也 穿渠引水二也 作械挈水三也 貯水之論 磻溪備矣 至穿渠則亦國不理會 往往人出私力 略成壩閘 財殫而功敗者十八九 如挈水之器 愚氓智不及此 旱乾爲災 固其宜矣 蓋田以水耕非古也 井田溝洫 不過蓄泄 以防旱澇而已 則稻亦陸種也 今有一區之地 可以水可以陸 大約種稻一斗之地 可種春麥二斗 夏菽一斗 又蕎蘇雜穀間之 其生穀之數 比種稻必優 而功力則倍省 然水穀貴而陸穀賤 貴者雖少 反勝於賤而多 故人必易陸田爲水田 而價亦倍售 大槩言之 人必日再食 一食一杅之外 無所用也 美穀亦然 賤穀亦然 殘氓貧戶 充腹是大 不必以貴美爲重也 以一人論則得其貴美 可以優於賤者 以一國論則域中之穀必減 而民有不得其食者 兼之旱乾爲災 水田爲偏 有或全不收者矣 此水田之害也 惟其汙泥下濕不可以陸者 方可言水利也 今不能然 平原廣野 苟可以導水引泉者 莫非水耕 不可以卒革也 朝廷宜申飭所司 使重臣掌之 修堤穿渠 不憚力役 不令私戶專其利 其補民裕財 豈淺尠哉 說者必以水悍難遏爲諉 然如中國河淮之大 莫不旁通 而渠瀆縱橫 豈因水力之微耶 惟挈水之術 古今傳者多般 未有若西洋之龍尾車者 其利普洽 若能營之 可與堤渠比並 不可不知

【역문】「논수리」[81]

반계(磻溪) 유 선생(柳先生)[82]은, "백성들이 의지하는 것은 수리(水利)만 한 것이 없다. 김제(金堤)의 벽골제(碧骨堤), 고부(古阜)의 눌제(訥堤), 익산(益山)과 전주(全州)의 사이에 있는 황등제(黃登堤)는 전조(前朝)에서 온 나라의 힘을 기울여서 완성한 것들이다. 지금 모두 무너져 버렸지만, 만약 이 세 제언(堤堰)을 수리하면 노령(蘆嶺)[83] 위로는 흉년이 없을 것이다." 하였다. 내가 직접 눈으로 보지 못하였지만 그 이익에 대해서는 알고 있다. 그러나 무릇 크고 작은 제언들이 무너지고 터져서 수리하지 않은 것이 곳곳에 널려 있다. 지금 사람들이 조그만 노력을 꺼려해서 큰 이익에 어두운 것이 이와 같으니 참으로 탄식이 그치지 않는다. 대개 수리에는 세 가지가 있다. 둑을 쌓아서 물을 담아 두는 것이 첫 번째이다. 도랑을 뚫어서 물을 끌어오는 것이 두 번째이다. 기계를 만들어서 물을 퍼 올리는 것이 세 번째이다. 물을 담아 두는 것에 대해서는 반계가 자세히 말하였다. 도랑을 뚫어서 물을 끌어오는 것에 대해서는 역시 나라에서 이해를 하지 못한다. 왕왕 사람들이 사재를 내어서 대략 도랑둑과 수문을 만들기도 하지만 재산을 탕진하고 실패하는 경우가 열에 여덟아홉은 된다. 물을 퍼 올리는 기계 같은 것에는 어리석은 백성의 지혜가 이에 미치지 못하니 가뭄이 들면 재앙으로 여기는 것이 진실로 마땅하다. 대개 논에 물을 대어서 농사를 짓는 것은 옛날의 방법이 아니다. 정전(井田)에 있는 구혁(溝

---

81) 『성호전집』 卷45

82) 반계(磻溪) 유 선생(柳先生) : 유형원(柳馨遠)으로, 반계는 그의 호이다. 저자는 일찍부터 『반계수록(磻溪隧錄)』을 접하고 간행에 간여하며, 서문(『星湖全集』 卷50, 「序」)까지 쓰는 등 깊은 관심을 기울였다. 이 글에 인용된 것은 그 출전이 대부분 『반계수록』이다.

83) 노령(蘆嶺) : 전라북도 정읍시 입암면과 전라남도 장성군 북이면 사이에 있는 고개이다.

洫)은 물을 모아 두거나 터서 가뭄이나 홍수에 대비하는 것에 불과하며, 당시에 심었던 벼는 또한 밭에다 파종하는 것이었다. 지금 한 구역의 땅을 논으로 할 수도 있고 밭으로 할 수도 있다. 대략 벼 한 말을 파종할 수 있는 땅에는 봄보리[春麥] 두 말과 여름 콩[夏菽] 한 말을 파종할 수 있고, 그리고 메밀과 차조[蕎蘇] 등 잡곡을 사이사이에 파종한다. 거기서 나오는 곡식의 수량이 벼를 파종하는 것에 비하여 반드시 많지만 공력은 반밖에 들지 않는다. 그러나 논곡식은 귀하고 밭곡식은 천하다. 귀한 것은 적은 수량으로도 도리어 많은 수량의 천한 것보다 나으므로 사람들이 반드시 밭을 논으로 바꾸며, 값도 또한 배나 받고 판다. 대강을 말하자면, 곡식이란 사람들이 하루에 두 끼를 먹는데 한 번 먹을 때 한 그릇 말고는 소용이 없는 것이다. 좋은 쌀도 그런 것이며, 천한 보리도 또한 그런 것이다. 빈궁한 백성에게는 배를 채우는 것이 중요한 일이니 귀하고 좋은 것을 중요하게 여길 필요가 없는 것이다. 한 사람을 놓고 말하자면 귀하고 좋은 곡식을 빈천한 사람보다는 많이 먹겠지만, 한 나라를 놓고 보면 나라 가운데 곡식은 반드시 줄게 되어서 백성 중에는 굶주리는 자도 있게 될 것이다. 거기다 가뭄이라도 들어 버리면 논은 더욱 피해가 많아서 혹 아무 것도 수확하지 못하기도 하니, 이것이 논의 폐해이다. 오직 땅이 질고 습하여 밭으로 할 수 없는 경우가 되어야 비로소 수리를 이야기할 수 있는 것이다. 그런데 지금은 그렇게 못 하고, 넓고 평평한 땅으로서 진실로 물을 끌어와서 댈 만한 곳이라면 모조리 논농사를 짓는다. 그러나 이것을 갑자기 바꾸는 것은 안 될 일이다. 수리에 대해서는 조정에서 마땅히 해당 관사에 신칙하여 중신(重臣)이 담당하도록 한다. 제방을 수축하고 도랑을 뚫는데 백성들에게 노역시키는 것을 꺼리지 말아서 한 개인이 그 이익을 독점하지 못하도록 한다. 이렇게 하면 백성을 돕고 재물을 넉넉히 하는 것이 어찌 적겠는가. 말하는 사람들은 반드시 빠른 물길은 제방으로 막기 어렵다고 핑계를 댈 것이다. 그러나 중국처럼 커다란 강과 하천도 사방으로 통해 있고 도랑과 개천들이 종횡으로 뚫려 있는데 이것은 물의 힘이 약해서 그런 것이겠는가. 다만 물을 퍼 올리는 방법에 대해서는 고금에 전하는 것이 여러 가지이지만 서양의 용미거(龍尾車)[84]만 한 것은 없다. 널리 이용할 만하니, 만약 능히 이것을 운용할 수 있다면 그 이익이 제언에 맞먹을 것이니 반드시 그 기계에 대해서 알아야 할 것이다.

84) 용미거(龍尾車) : 서양에서 전래된 수차이다. 『연려실기술(燃藜室記述)』에서 이마두(利馬竇, 마태오 리치)가 전한 서양의 수리법이 모두 기이하고 교묘하여 비할 데 없는데, 그중에도 용미거는 그 둘레가 거의 두 아름이나 되고, 물을 잦아 솟구쳐 두 길이나 올리는데, 세 바퀴가 서로 연접한 것을 소[牛]로 굴리면 하루 동안에 천여 섬지기의 땅을 관개할 수 있어 중국에서는 도처에서 모두 쓰고 있다고 하였다. 『燃藜室記述』 卷11, 政敎典故, 堤堰.

「送宋德章 序」

余嘗遠遊南北各千里 東西傅海 每至佳山水沃壤樂土 輒有受廛之願 及歸心焉有得 把作生世一大事 而彼兔窟貉丘 有不足守以終焉 後得華夏方輿圖 其山河之壯 幅員之廣 便覺瞠乎目駭乎心而嗒焉自喪 指點于東北一隅 其一點黑子 卽我三韓提封 余向所遊歷 杳微乎棘端芒角而莫之可尋討也 旣而得西洋人萬國全圖 就中間卷土 乃大明一統之區 其大小廣狹之分如東土之於華夏 而史傳所見畸人逸士大觀而遐矚者 又不過如余向所遊歷數千里之近 於是益歎夫所見者小而氣消意怠 無復遠近優劣之較矣 夫太陽亭午 爝火不售 夏虫須臾 堅冰難諭 賢不肖之相去 奚啻九牛毛也 由是言之 凡居宇內者 行亦非行 止亦非止 等是爲浮萍之在水 終日行動 不離於汙澤 顧何足以相訾相詡爲哉 然則不獨遷移不括 遊行爲能者 未必爲不非 彼懷土襲安 有三宿之戀者 又安得爲全是 吾友宋君某 居于安有歲非鄕也 將搬移于忠之某丘 問其程則齎三日粮也 詰其土則又非有絶源勝境 可以歆動也 其言曰吾非陋此而逃彼 詓詓而止 不有繫也 吁吁而往 不有擇也 今而後 視居于忠 亦猶夫居于安 不亦可乎 余聞其言而善之曰 人亦異品 事亦多般 有交臂而九疑 千里而几席者矣 人固異麋鹿之聚首 子則行矣 篋中尙有一幅山河障 子惟憑是而向想 視其行 亦猶夫不行 抑未爲不可也

【역문】「송송덕장 서」[85]

내가 일찍이 멀리 남북으로 각각 천 리, 동서로 바닷가까지 유람하였다. 매양 아름다운 산수와 비옥한 낙토(樂土)에 이를 때마다 땅을 얻

85)『성호전집』卷51

어 살고 싶은 바람이 있었다. 집에 돌아올 때에는 마음에 깨달은 것이 있어 이 세상에서 한번 해 볼 큰일로 삼았으며, 저 토끼 굴과 오소리 언덕[86]을 고수하며 생을 마치지 않기로 하였다. 뒤에 중국의 방여도(方輿圖)를 얻으니, 그 산하의 웅장함과 면적의 광대함에 나도 모르게 눈이 크게 뜨이고 가슴이 놀라서 멍하니 넋을 잃게 되었다. 동북 한 귀퉁이를 짚으니 까만 점 하나가 바로 우리나라 삼한(三韓) 봉토였다. 내가 전에 유람하여 지났던 곳은 가시나 바늘 끝처럼 너무 미세해서 찾을 수가 없었다. 얼마 뒤에 서양인의 만국전도(萬國全圖)를 얻었는데, 중간의 일부 땅이 바로 대명일통(大明一統 중국)의 지역이었다. 크기와 넓이가 우리나라와 중국처럼 차이가 났다. 그리고 사전(史傳)에 있는, 기인(畸人), 일사(逸士)들이 널리 관람하고 멀리 두루 보았던 곳이 또한 내가 지난날 유람하였던 곳처럼 고작 수천 리 거리에 불과하였다. 이에 본 것은 적은데 기운과 의욕이 감퇴되어 더는 원근과 우열을 가릴 수 없게 된 것을 더욱 한탄하였다. 대저 태양이 정오에 오면 횃불을 쓸 데가 없고, 여름 곤충은 잠깐 살다 가므로 단단한 얼음에 대해 가르쳐 주기 어렵다. 현인과 불초한 자의 차이가 어찌 구우모(九牛毛)의 차이[87]일 뿐이겠는가. 이로 말미암아 말하면 모든 우주 내에 사는 사람은 가도 가는 것이 아니며 멈춰도 멈추는 것이 아니다. 똑같이 물에 떠 있는 부평초(浮萍草)이니 종일 움직여도 못에서 떠나지 못

86) 토끼 ~ 언덕 : 토끼 굴은 편안한 은둔처를 말하고 오소리 언덕은 동류끼리 모여 사는 것을 비유한다. 『戰國策』, 齊策4; 『漢書』 卷66, 楊敞傳, 楊惲. 여기서는 모두 고향을 지칭하였다.

87) 구우모(九牛毛)의 차이 : 차이가 월등하게 나는 것을 말한다. 진(晉)나라 때 어떤 사람이 화담(華譚)에게 묻기를 "속어(俗語)에 사람 사이의 거리가 아홉 마리 소의 털처럼 차이가 많이 난다고 하니, 어찌 이럴 리가 있겠는가?" 하니, 화담이 대답하기를 "옛날에 허유(許由)와 소부(巢父)는 천자의 존귀한 지위도 사양하였는데 저잣거리의 소인들은 반 전(錢)의 이익을 다투니 서로의 차이가 어찌 아홉 마리 소의 털처럼 많이 나지 않겠는가." 하였다. 『晉書』 卷52, 華譚列傳.

한다. 그런데 어찌 서로 비방하고 뽐내고 할 것이 있겠는가. 그렇다면 구애되지 않고 옮겨 다니며 여행하는 것을 능사로 삼는 자를 꼭 옳다고 할 수 없을 뿐만 아니라, 고향을 사랑하고 편안함에 젖어 그곳에 집착하는 마음을 가진 자를 또 어찌 완전히 옳다고 여길 수 있겠는가. 내 친구 송군 모가 안ㅁ(安ㅁ)[88]에 거처한 지 몇 년인데 고향은 아니었다. 장차 충ㅁ(忠ㅁ)[89]의 모 언덕으로 이사 가려고 하였다. 그 거리를 물으니 3일 치 양식을 싸 갈 거리라고 한다. 그 풍토를 물으니 또 뛰어난 절경이 있는 것은 아니지만 흔쾌히 마음을 움직일 정도는 된다고 하였다. 그가 말하기를, "나는 이곳이 누추하다고 여겨 저쪽으로 도망가는 것이 아닙니다. 가다가 멈추는 것은 매인 것이 있어서가 아니며, 훌훌 떠나는 것은 택한 바가 있어서도 아닙니다. 오늘 이후에는 충ㅁ에서 사는 것을 또한 안ㅁ에서 살던 것처럼 보면 또한 되지 않겠습니까." 하였다. 내가 그 말을 듣고 좋게 여기며 말하기를, "사람도 품성이 다르고 일도 가지각색이다. 가까이 있어 자주 만나도 속마음을 몰라 서로 의심하기도 하고[90] 천리 멀리 떨어져 있어도 함께 있는 듯한 경우도 있으니, 사람은 참으로 노루, 사슴이 떼 지어 사는 것과는 다르다. 그대는 떠나라. 책 상자 안에 항상 한 폭의 산하(山河) 병풍을 넣어 두고 그대가 오직 이것에 의지하여 상상한다면 떠나는 것 또한 떠나지 않는 것과 같다고 보는 것이 전혀 불가하지는 않을 것이다." 하였다.

88) 안□(安□) : 안산(安山)인 듯하나 분명하지 않다.
89) 충□(忠□) : 충주(忠州)인 듯하나 분명하지 않다.
90) 속마음을 ~ 하고 : 대본의 '九疑'를 번역한 것인데, 지금의 호남성 영원현(寧遠縣) 남쪽에 있는 아홉 봉우리로 이루어진 구의산(九疑山)에서 나온 말이다. 아홉 봉우리의 모양이 모두 같아서 보는 사람이 누구나 어느 봉우리가 어느 봉우리인지 어리둥절하여 의심을 내게 되므로 '구의'라고 이름했다 한다.

「跋職方外紀」

子思子語地曰振河海而不泄 蓋非海之負地 卽地之載海 溟渤之外 水必有底 底者皆地 故謂收載而不泄也 子思已十分說與 而後人罔覺 及西洋之士詳說以左契之 俗見猶以爲訝 不可卒了也 夫地居天圜之中 不得上下天左旋 一日一周 天之圍其大幾何 而能復於十二時之內 其健若此 故在天之內者 其勢莫不輳以向中 今以一圓枰 置物於內 用機回轉則物必推蕩至於正中而後乃已 此可驗矣 故地之不得墜下 與其不得挨上 均一勢也上下四傍 皆以地爲下天爲上 苟使地下之 天有物墜下 則亦必至於地矣海之麗也 如衣帶之被體 四周而無不通 故西洋之士 航海窮西 畢竟復出東洋 其迤行之際 窺測星文 天頂各異 是知地底之海 亦如地上也 且北極於瓊州 出地一十八度 北行二百五十里 北極出地一十九度 至開平則爲四十二度 瓊州見南界星 開平所未見者 開平見北界星 瓊州所未見者 又可見隨人所到 地平不同而然也 余又思之 中國地勢 北高南下 不啻相懸 青齊之海 不以是注下 北未嘗渴 南未嘗增 亦可證地球之皆以天爲上也 今按艾儒略職方外紀云大西洋 極大無際涯 西國亦不曾知洋外有地 百餘年前有大臣閣龍者 尋到東洋之地 又有墨瓦蘭者復從東洋 達於中國大地 於是一周 而子思之指 由此遂明 西士周流捄世之意 不可謂無助矣 或曰彼西洋輿圖 其信然乎哉 余謂有大可驗者 日本之地 本自胡地迤入海中 故其西北蝦夷之地 廣漠連陸 是於中原爲東北之國 而實在我邦之外矣 中原人只知其爲島夷 而不曾詳之 據輿地圖皆在東洋中 彼西士者若不身歷而目擊 何從而知其如此乎 以此推之 吾耳目之外 亦可斷其不全爲鑿空也但西國測天 以三百六十度爲式 歷地二百五十里 星文差一度 則地之周爲九萬里 自歐羅巴之西福島 至中國之東亞泥俺峽 恰爲一百八十度 則實四萬五千里而地之半周也 以地勢求之 福島與中國上下正當 從東從西 道里略相近也 然而此必謂之中 彼必謂之西者何也 據其說 亞細亞實爲天下第

一大州 人類肇生之地 聖賢首出之鄕 而中國又當其正心 故如堪輿家落穴相似 自此以西至地底一半皆爲西 以東至地底一半皆爲東 而大西洋一邊卽大東洋也 何以明之 孔子曰天地設位 易行于其中 易者不特爲中國設地以中國方六千里之地 而水皆東趨 以是取象曰天水違行 有訟之卦焉 其佗百十邦域 水各異道 而象則不變 可見其爲正中也 然則中國之士 比諸洋外列邦 固宜大有秀異者 而今於西士之志業力量 反有望洋向若之歎 何如其愧哉 又按萬國全圖 自中國西藩 距歐羅巴最東 不過六十餘度 則是萬五千里之程 而謂之八萬里風濤者 從各國起程 一年始聚于西邊一國 遂北過夏至線 復南過冬至線 見南極高三十餘度 復逆轉以東 達於中國 故若是之迤遠也 其事極異 故並錄之

【역문】「발직방외기」[91]

자사자(子思子)가 땅에 대해 말하기를 "하해(河海)를 거두어도 새지 않는다."[92] 하였는데, 이는 바다가 육지를 떠받들고 있는 것이 아니라 육지가 바다를 감싸 안고 있다는 말이다. 깊고 큰 바다 밖이라도 물에는 반드시 바닥이 있고 바닥이란 모두 땅이니, 하해를 거두어 싣고 있어도 새지 않는다고 말한 것이다. 자사가 이미 충분히 말해 준 것인데 후인들이 깨닫지 못하다가 서양(西洋)의 학사가 상세히 말하고 그를 증명하자 속된 견해로 오히려 의아하게 여기며 끝내 이해하지 못한

91) 『성호전집』 卷55, 題跋
92) 하해(河海)를 ~ 않는다 : 『중용(中庸)』에서 "이제 땅은 한 줌의 흙이 많이 모인 것인데 그 넓고 두터움에 미쳐서는 화산을 싣고 있으면서도 무겁게 여기지 않고, 하해를 거두고 있으면서도 새지 않으며, 만물이 실려져 있다.[今夫地一撮土之多 及其廣厚 載華嶽而不重 振河海而不洩 萬物載焉]"라고 하여 땅의 본질에 대해 설명하였다.

다. 무릇 땅은 둥근 하늘 가운데에 처하여 오르내리지 않으며, 하늘은 왼쪽으로 도는데 하루에 한 바퀴를 돈다.[93] 하늘이 둘러싼 그 크기가 얼마이든 12시진 내에 되돌아올 수 있으니, 하늘이 이처럼 굳세기 때문에 하늘 안에 있는 것은 그 형세가 중앙으로 모이지 않는 것이 없다. 이제 하나의 원반을 가지고 안에 물건을 놓고 기계를 써서 회전시키면 물건은 반드시 밀리고 휩쓸려서 한가운데에 이른 뒤에야 그치니, 이것으로 증험할 수 있다. 그러므로 땅이 아래로 떨어지지도 않고 위로 떠밀려 올라가지도 않는 것은 같은 이유이다. 상하 사방이 모두 땅을 아래로 여기고 하늘을 위로 여기는데, 진실로 땅이 아래에 있어서 하늘에 있는 물건이 아래로 떨어진다면 또한 반드시 땅에 이를 것이다. 바다가 걸려 있는 것은 마치 몸에 의대(衣帶)를 두른 것과 같아서 사방으로 빙 둘러 통하지 않는 바가 없다. 그러므로 서양 학사가 배를 타고 서쪽 바다 끝까지 갔는데 결국은 다시 동쪽 바다로 나오게 된 것이다. 바다를 구불구불 운행하는 즈음에 별자리를 관측하면 하늘의 모습이 각기 다르니, 바다 아래의 땅 또한 지상과 같음을 알 수 있다. 또 북극이 경주(瓊州)에서 지상 18도(度)에 있고 북쪽으로 250리(里)를 더 가면 북극이 지상 19도가 되며 개평(開平)에 이르러서는 북위 42도가 된다.[94] 경주에서 보이는 남계성(南界星)이 개평에서는 보이지 않으며 개평에서 보이는 북계성(北界星)이 경주에서는 보이지 않

93) 땅은 ~ 돈다 : 『직방외기』에 실린 천체관은 지동설(地動說)이 아닌 천동설(天動說)이다. 당시 교황청이 코페르니쿠스의 지동설을 공식으로 인정하지 않았기 때문에 여전히 프톨레마이오스의 십이중천설(十二重天說)을 근간으로 하여 지구가 중심에 있고 그를 중심으로 천체와 하늘이 돈다고 설명하였다.

94) 북극이 ~ 된다 : 중국의 위도(緯度)를 설명한 것이다. 『직방외기』「아세아총설(亞細亞總說)」에 의하면 "중국은 남으로는 북위 18도(度)인 경주(瓊州)에서부터 북으로 북위 42도인 개평(開平)까지 걸쳐 있어서 남북으로 24도를 차지하고 있으며 직선거리로 약 6000리가 된다."라고 하였다.

는 것은 또 사람이 가는 곳에 따라 지평(地平)이 같지 않기 때문에 그런 것임을 알 수 있다. 내가 또 생각해 보니, 중국의 지세는 북쪽이 높고 남쪽이 낮아서 그 차이가 매우 현격하다. 그러나 청주(靑州)와 제주(齊州) 등 북쪽 지역의 바다가 이것 때문에 아래로 쏟아져서 북쪽 바다가 마르거나 남쪽 바다가 더 늘어난 적이 없으니, 이것으로도 지구가 모두 하늘을 위로 삼고 있음을 증명할 수 있다. 이제 애유략(艾儒略, Giulio Aleni)[95]의 『직방외기』를 살펴보면 "대서양은 지극히 커서 끝이 없으므로 서국(西國)에서도 대양 너머에 땅이 있는 줄을 몰랐는데 100여 년 전 대신(大臣) 각룡(閣龍, Christopher Columbus)[96]이라는 자가 동양의 대륙을 찾아 도착하였고, 또 묵와란(墨瓦蘭, Ferdinand Magellan)[97]이라는 자가 다시 동양에서 중국 대륙에 도착하여 이에 세계일주항해를 하였다."라고 하였다. 자사가 한 말의 의미가 이를 통해 마침내 밝혀졌으니, 서양 학사가 세상을 두루 돌아다니며 구제하려는 뜻이 아무 도움 없다고 할 수는 없다. 혹자는 "저 서양의 여도(輿圖)라는 것을 어찌 믿을 수 있겠는가?"라고 하는데, 나는 분명히 증험할 수 있다고 생각한다. 일본 땅은 본래 호지(胡地)에서 바다 쪽으로 비스듬히 들어가 있다. 그러므로 그 서북쪽 하이(蝦夷)의 땅은 광막하고 육지와 연결되어 있는데 중원(中原)의 처지에서는 동북쪽 나라가

95) 애유략(艾儒略) : 줄리오 알레니(Giulio Aleni, 1582~1649)이다. 명나라 말기에 중국에 들어온 이탈리아 선교사이다. 세계지도인 만국전도(萬國全圖)를 작성하였고 『서학범(西學凡)』 등을 저술하였는데 특히 세계지리에 대해 쓴 『직방외기』 등이 우리나라에 수입되어 널리 읽혔다.

96) 각룡(閣龍) : 콜럼버스(Christopher Columbus, 1451~1506)이다. 이탈리아 탐험가로 서인도 항로를 발견하여 아메리카 대륙이 유럽의 활동 무대가 되는 계기를 마련하였다.

97) 묵와란(墨瓦蘭) : 마젤란(Ferdinand Magellan, 1480~1521)이다. 포르투갈 출신의 에스파냐 항해가로 최초로 세계일주항해를 한 자이다. 마젤란해협, 태평양 등을 명명하였다.

되니, 실로 우리나라의 바깥쪽에 있는 것이다. 중원인은 단지 그를 도이(島夷)라고만 알고 자세히 안 적이 없었는데, 여지도(輿地圖)에 의거해 보면 모두 동양 안에 포함되어 있다. 저 서양 사람들이 만일 직접 가 보아서 목격하지 않았다면 어떻게 이와 같은 줄을 알았겠는가. 이로 미루어 본다면 우리가 보고 듣지 못한 것이라고 해서 또한 전혀 근거 없는 것이 아님을 판단할 수 있다. 다만 서국에서는 하늘을 측정하여 360도를 표준으로 삼고 땅에서 250리를 갈 때마다 성문(星文)이 1도의 차이가 난다고 했다.[98] 그렇다면 땅의 둘레가 9만 리인데, 구라파(歐羅巴)의 서쪽 복도(福島)[99]부터 중국의 동쪽 아니엄협(亞泥俺峽)[100]에 이르기까지 꼭 180도가 되니 실로 4만 5000리가 되어서 지구의 반구(半球)가 된다. 지리적 위치로 찾아보면 복도는 중국과 위도(緯度)가 같아 상하의 위치가 딱 맞아서 동쪽에서든 서쪽에서든 거리가 대략 서로 비슷하다. 그렇다면 이것을 반드시 중앙이라고 말해야 하는데 저들이 반드시 서쪽이라고 말하는 것은 어째서인가? 그 설을 따르자면, 아세아(亞細亞)는 실로 천하에서 가장 큰 대륙으로 인류가 처음 발생한 지역이고 성현이 제일 처음 나온 곳인데 중국은 또 그 정중앙에 해당하기 때문이다. 곧 풍수지리가들이 말하는 낙혈(落穴)과 비슷하다. 여기부터 서쪽으로 땅덩어리의 반은 모두 서이고, 동쪽으로 땅덩어리의 반은 모두 동이니, 대서양(大西洋)의 한 편은 곧 대동양(大東洋)인 것이다. 어떻게 증명할 수 있는가? 공자가 "하늘과 땅이 자리를 잡으매 역(易)이 그 가운데에 행해진다."[101]라고 말하였다.

98) 서국에서는 ~ 했다 : 『직방외기』 「오대주총도계도해(五大州總圖界度解)」에 나온다.

99) 복도(福島) : 브리티쉬 아일랜드, 즉 지금의 영국을 말한다.

100) 아니엄협(亞泥俺峽) : 아메리카 대륙을 말한다.

101) 하늘과 ~ 행해진다 : 『주역』 「계사전 상(繫辭傳上)」에 "천지가 자리를 잡으매 역이 그 가운데 행해지니, 이루어진 성에 보존하고 보존함이 도의의 문호이다.

역이 단지 중국의 지형만을 두고 만들지는 않았겠지만, 중국 6000리의 땅에서는 강하(江河)가 모두 동쪽으로 흘러가므로 이로써 상(象)을 취하여 "하늘과 물이 어긋나게 행한다."[102]라고 하고, 이에 송괘(訟卦)를 지었다. 중국 외의 다른 여러 나라에선 강도 각각 길을 달리하겠지만 상은 변하지 않으니, 중국이 정중앙이 됨을 알 수 있다. 그렇다면 중국의 학사는 동서양 여러 외국에 비하여 진실로 크게 뛰어나고 특이한 점이 있어야 하는데, 지금 서양 학사의 지업(志業)과 역량(力量)에 대해 도리어 강이 크나큰 바다를 바라보고 탄식하듯 미치지 못하는 점이 있으니 어찌하여 그리 부끄럽게 되었는가. 또 「만국전도(萬國全圖)」를 살펴보면 중국의 서쪽 변두리에서 구라파의 가장 동쪽까지의 거리가 60여 도에 불과하니 곧 1만 5000리 정도이다. 그런데 8만여 리의 뱃길이라고 말한 것은, 이들이 각국에서 여정을 시작하여 1년이 지난 뒤에야 비로소 서쪽 어느 나라에 모였고, 마침내 북쪽으로 북회귀선(北回歸線)[103]을 지나고 다시 남쪽으로 남회귀선(南回歸線)[104]을 지나 남위 30여 도를 만났다가 다시 동쪽으로 방향을 바꾸어 중국에 도달하였으므로[105] 이처럼 멀리 돌아온 것이다. 그 일이

[天地設位 而易行乎其中矣 成性存存 道義之門]"라고 하여, 높고 낮은 천지의 자리가 잡히고 나면 역의 변화가 행해지는 것이, 마치 지(知)와 예(禮)가 성(性)에 보존되어 있으면 도의(道義)가 나오는 것과 같다고 보았다.

102) 하늘과 ~ 행한다 : 『주역』 「송괘(訟卦) 상(象)」에 "하늘과 물이 어긋나게 행하는 것이 송이니, 군자는 보고서 일을 하되 처음을 잘 도모한다.[天與水違行訟 君子以 作事謀始]"라고 하였다. 중국의 경우 물은 모두 동쪽으로 흘러가고 하늘은 좌선(左旋)을 하여 서쪽으로 운행하니, 하늘과 물의 길이 서로 어긋나는 셈이다.

103) 북회귀선(北回歸線) : 북위 23도와 27도를 연결하는 선으로, 태양이 하지에 이 선을 통과하기 때문에 하지선(夏至線)이라고도 한다.

104) 남회귀선(南回歸線) : 남위 23도와 27도를 연결하는 선으로, 태양이 동지에 이 선을 통과하기 때문에 동지선(冬至線)이라고도 한다.

105) 이들이 ~ 도달하였으므로 : 『직방외기』의 마지막 편인 「해도(海道)」에서 알레

매우 특이해서 아울러 기록해 놓는다.

니는 예수회 신부들이 각국에서 포르투갈로 모여서 중국에 오기까지의 여정을 자세히 적었다. 성호가 인용한 것은 이 부분의 내용이다.

「跋天問略」

萬曆四十一年 南京太僕少卿李之藻上西洋曆法十四事曰 邇來臺諫失職 推算日月交蝕時刻 虧分往往差謬 定朔定氣 由是皆舛 伏見大西洋國歸化陪臣龐迪我 龍化民 熊三拔 陽瑪諾等言 天文曆數 有我中國昔賢所未及道者 昔利瑪竇最稱博覽 超悟其學 未傳溘先朝露 今龐迪我等鬚髮已白 年齡向衰 失今不圖 恐後無人解 乞勅下禮部 亟開舘局 首將龐迪我等所有曆法 譯出成書 崇禎二年五官夏官正弋豐年等 奏擧李之藻 西洋人龍化民 鄧玉函 同襄曆事報可 三年徵西洋陪臣湯若望 又徵西洋陪臣羅雅谷供事曆局 蓋中國曆法 至元太史郭守敬最號精通 比諸西洋之書 未或測其皮膚 故及西洋之書出 而推算之術 幾於大成矣 夫聖莫聖於放勳 而其於授時別立賓餞之官 隨時測候 然後方有允釐之效 非智之有所未周 殆人文肇刱 法制未備 尚容有後出之愈工 若今之曆所謂坐致千歲之日至者也 自容成以後幾千萬年 猶不免有憾 賴西士曉以啓之 遂得十分地頭 豈非此道之明 有數存者耶 天問略者 卽陽瑪諾之條答中士也 其論十二重天 槩乎其至矣 而其言曰宜有全書備論 不復致詳 惜乎 其全書之不盡譯也 今以李之藻所上十四事看 則列宿之外 別有兩重之天 動運不同 其一東西差出入二度二十四分 其一南北差 出入一十四分 各有定算 其差極微 從古不覺 蓋之藻之親受者如此 而其略在於書中也 余昔與曆家論 妄謂天圓回轉 四時生焉 是必有四時所繫之天 今以古今中星之差 驗之列宿 天之上又必有一天 爲四時之符者也 聽者或未契悟 今其言曰有一重東西歲差之天 恰與符合 而但南北之差 中國未曾覺也 恨不能聞其定算如何也 夫西洋之於中土 未之相屬 各有皇王君主域內 彼特以救世之意 間關來賓 故官之而不肯拜 惟費大官之廩 卽一客卿之位耳 中土君臣 方且沾其賸馥而尊奉之不暇 然猶見聞局於卑狹 敢爲井底語曰陪臣某 豈不爲達識之所嗤也 良爲秉史筆者惜之

【역문】「발천문략」[106]

만력 41년(1613, 신종41)에 남경(南京)의 태복시(太僕寺) 소경(少卿) 이지조(李之藻)[107]가 서양의 역법(曆法) 14건을 올리고 아뢰기를, "근래에 대간(臺諫)이 직분을 수행하지 못하여 일식(日蝕)과 월식(月蝕)의 시각을 추산하는 데 분(分)이 어긋나 종종 착오가 있었으니, 정삭(定朔)과 정기(定氣)가 이로 말미암아 모두 어그러졌습니다. 삼가 보건대, 대서양(大西洋)의 나라에서 귀화한 배신(陪臣) 방적아(龐迪我, Didace de Pantoja), 용화민(龍化民, N. Longobardi)[108], 웅삼발(熊三拔, Sabbathin de Ursis), 양마락(陽瑪諾, Diaz Emmanuel) 등이 말하는 천문과 역수는 우리 중국의 예전 현인들도 미처 말하지 못했던 것입니다. 예전 이마두(利瑪竇)가 가장 학식이 넓어 천문(天文)을 깨우쳤다고 일컬어졌으나 미처 그 학문을 전하기 전에 갑자기 세상을 떠났습니다. 이제 방적아 등도 수염이 백발이 될 정도로 늙었으니, 지금 시기를 놓치고 도모하지 않으면 후세에 이해할 사람이 없을까 염려됩니다. 청컨대 예부(禮部)에 칙령을 내려 속히 국(局)을 개설하고, 먼저 방적아 등이 가지고 있는 역법을 번역해 책을 만들게 하소서." 하였다. 숭정 2년(1629) 오관(五官) 하관정(夏官正)[109] 과풍년(戈豐年) 등이 상주하여 이지조와 서

106) 『성호전집』 卷55, 題跋

107) 이지조(李之藻, 1565~1629) : 명나라 절강(浙江) 항주인(杭州人)이다. 자는 진지(振之)·아존(我存)이고, 호는 순암거사(淳庵居士)이다. 1598년 진사로 출사하여 공부원외랑, 태복시 소경을 지냈다. 서광계(徐光啓)와 함께 마태오 리치를 통해 천주교도가 되었다. 마태오 리치와 함께 『동문산지(同文算指)』, 『혼개통헌도설(渾蓋通憲圖說)』 등을 편찬하였고 역서(曆書)의 수정에 참여하였다. 『환유전(寰有詮)』, 『명리탐(名理探)』 등의 저서가 있다.

108) 용화민(龍化民) : 니콜라스 롱고바르디(Nicolaus Longobardi, 1559~1654)이다. 용화민(龍華民)이라고 쓰기도 한다. 이탈리아 출신 예수회 선교사로 중국에 와서 역법(曆法)의 개정을 맡았으며 『천주성교일과(天主聖教日課)』 등을 저술하였다.

109) 오관(五官) 하관정(夏官正) : 흠천감(欽天監)에 속한 관직이다. 오관은 당나라 때부

양인 용화민, 등옥함(鄧玉函, J. Terrenz)[110]을 천거하여 함께 역서(曆書)의 일을 돕게 할 것을 아뢰니, 재가하였다. 3년에 서양 배신(陪臣) 탕약망(湯若望, Adam Schall von Bell)[111]을 징소(徵召)하고 또 서양 배신 나아곡(羅雅谷, Jacques Rho)[112]을 징소하여 함께 역국(曆局)에서 종사하게 하였다. 대개 중국의 역법은 원(元)나라 태사(太史) 곽수경(郭守敬)[113] 때에 이르러 가장 정밀하고 통달했다고 말하지만 서양 책에 비하면 더러 그 껍질도 헤아리지 못하는 정도였다. 이 때문에 서양의 책이 나오자 추산하는 방법이 큰 성과를 이루게 되었다. 성인(聖人)은 요

터 역법을 맡은 직책을 칭하는 말로 쓰였는데, 명나라에서는 종6품의 벼슬로 춘관정(春官正), 하관정, 중관정(中官正), 추관정(秋官正), 동관정(冬官正)이 있었다.

110) 등옥함(鄧玉函) : 테렌쯔(J.Terrenz, 1576~1630)이다. 독일 출신의 예수회 선교사로 또 다른 이름은 등유망(鄧儒望)이다. 갈릴레이와 같은 아카데미 회원으로 천문학, 물리학, 생물학 등에 조예가 깊었다. 칙명으로 숭정역서(崇禎曆書)의 편찬에 참여하고 『기기도설(奇器圖說)』, 『인신개설(人身概說)』, 『측천약설(測天約說)』 등을 저술하였다. 이 중 『기기도설』은, 정조 때 정약용이 거중기(擧重機)를 제작하는 데 참고한 책으로 유명하다.

111) 탕약망(湯若望) : 아담 샬 폰 벨(Adam Schall von Bell, 1591~1666)이다. 독일 출신의 예수회 선교사이자 천문학자로, 중국에 건너와 서양의 천문 역법을 소개하고 망원경, 총포의 제작 기술을 전파하였다. 1645년에는 흠천감을 맡아서 『시헌력(時憲曆)』을 저술해 중국의 역법을 크게 발전시켰으며, 서양 천문학 백과사전이라고 불리는 『서양신법역서(西洋新法曆書)』 100권을 저술하였다. 소현세자가 북경에 있을 때 교분을 맺어 과학 기술서와 자명종 등을 선물해 조선에 유입되기도 하였다.

112) 나아곡(羅雅谷) : 자끄 로(Jacques Rho, 1593~1638)이다. 수학과 천문학을 공부한 뒤 중국에 들어와 서양의 과학 기술을 전파하였다. 저서에 『오위역지(五緯曆指)』가 있다.

113) 곽수경(郭守敬, 1231~1316) : 원나라 순덕(順德) 형태인(邢台人)이다. 자는 약사(若思)이다. 조부에게 수학과 수리(水利)를 배우고 원 세조(元世祖)에게 수운의 개통을 건의하여 제로하거제거(諸路河渠提擧)를 맡았다. 왕순(王恂) 등과 함께 『수시력(授時曆)』을 편찬하고 여러 천문기기를 제조하였다. 또 전국에 관측소를 개설하여 실제 관측을 통해 양충보(楊忠輔)의 '1년이 365.2425일'이라는 설을 증명하였다.

(堯) 임금보다 더 성명한 분이 없지만 그 역서를 반포하는 데 있어서는 별도로 빈전(賓餞)[114]하는 관원을 설치하여 철 따라 측량하고 살핀 뒤에야 비로소 잘 다스려지는 효과가 있었다. 이는 지혜가 주밀하지 못해서가 아니라 문화가 처음 창시될 때에는 법제가 미비하여 오히려 뒤에 나온 것이 더 정교할 수도 있으니, 지금의 역법은 천년 후의 일지(日至)까지 손쉽게 계산할 수 있다고 하는 것과 같은 경우이다. 용성(容成)[115] 이후로 몇 천만년 동안 오히려 부족한 점이 없지 않았는데 서양 학사가 깨우쳐 준 덕분에 계발하여 마침내 완전한 경지를 얻었으니, 어찌 이 도가 밝아지는 데 명수(命數)가 있는 것이 아니겠는가. 『천문략』의 내용은 양마락이 중국 학사의 질문에 조목별로 답한 것이다. 그 십이중천설(十二重天說)을 논한 부분이 매우 뛰어난데 "의당 전서(全書)에 상세히 논하였으므로 다시 자세히 싣지 않는다."라고 하였으니, 그 전서가 다 번역되지 않은 것이 애석하다. 이제 이지조가 올린 14가지 사안으로 보건대, 28수 밖에 별도로 두 겹의 하늘이 있는데 운동하는 형태가 달라서 그 하나는 동서로 차이가 2도 24분 남짓이고 또 하나는 남북으로 차이가 14분 남짓으로 각기 정해진 계산법이 있지만 그 차이가 극히 미세하여 예로부터 깨닫지 못하였다. 이지조가 직접 전해 받은 것이 이와 같은데 그 대략은 책 안에 있다. 내가 옛날에 역법가(曆法家)들과 논하면서 망녕되이 말하기를 "하늘이 회전하고 사시(四時)가 거기서 나오니 반드시 사시가 연계된 바의 하늘이 있을 것이다. 이제 고금 중성(中星)의 차이를 가지고 28수에 증험해 보면,

114) 빈전(賓餞) : 일월의 출몰을 실지로 관측하여 역서를 제작하는 직무이다. 희씨(羲氏)가 동쪽에서 해돋는 것을 맞이하고[賓], 화씨(和氏)가 서쪽에서 해와 달이 지는 것을 전송하게[餞] 하였다는 고사에서 유래된 말이다. 『書經』, 堯典.

115) 용성(容成) : 황제(黃帝)의 사관(史官)으로, 처음으로 역법을 만들었다고 전해지는 전설상의 인물이다.

하늘의 위에 반드시 또 하나의 하늘이 있어 사시와 부합하는 것이다." 했는데, 듣는 자들이 혹 깨닫지 못하였다. 그런데『천문략』에 이르기를 "동서 세차(歲差)의 하늘이 또 한 겹 있어서 흡사 부절(符節)처럼 꼭 맞는다. 다만 남북의 차이는 중국이 일찍이 알지 못했던 바이다." 하였는데, 그 계산법을 어떻게 정했는지 들을 수 없는 것이 한이다. 서양이 중국과 지역이 서로 붙어 있지 않고 각자 황제와 군주의 영역을 지니고 있는데, 저들은 단지 세상을 구원하겠다는 뜻으로 멀고 험한 길을 찾아온 것이다. 그러므로 관직을 주어도 받지 않고 오직 대관의 봉급만 받고 있으니 바로 한낱 객경(客卿)의 지위일 뿐인데, 중국의 군신이 바야흐로 그 영향을 많이 받아 존경하기에 겨를이 없었다. 그런데 오히려 견문이 낮고 좁은 이가 감히 우물 안 개구리 같은 말을 하며 그들을 배신 아무개라고 하니, 어찌 식견이 통달한 자의 비웃음을 사지 않을 수 있겠는가. 참으로 사필(史筆)을 잡은 자를 위하여 안타깝게 여긴다.

「跋天主實義」

天主實義者 利瑪竇之所述也 瑪竇卽歐羅巴人 距中國八萬餘里 自丑闢以來未之與通也 皇明萬曆年間 與耶蘇會朋友陽瑪諾 艾儒略 畢方濟 熊三拔 龐迪我等數人 航海來賓 三年始達 其學專以天主爲尊 天主者 卽儒家之上帝 而其敬事畏信則如佛氏之釋迦也 以天堂地獄爲懲勸 以周流導化爲耶蘇 耶蘇者西國救世之稱也 自言耶蘇之名 亦自中古起 淳樸漸漓聖賢化去 從欲日衆 循理日稀 於是天主大發慈悲 親來救世 擇貞女爲母無所交感 託胎降生於如德亞國 名爲耶蘇 躬自立訓 弘化于西土三十三年復昇歸天 其教遂流及, 諸國 蓋天下之大州五 中有亞細亞 西有歐羅巴卽今中國乃亞細亞中十分居一 而如德亞亦其西邊一國也 耶蘇之世 上距一千有六百有三年 而瑪竇至中國 其朋友皆高準碧瞳 方巾靑袍 初守童身不曾有婚 朝廷官之不拜 惟日給大官之俸 習中國語 讀中國書 至著書數十種 其仰觀俯察 推筭授時之妙 中國未始有也 彼絶域外臣 越溟海 而與學士大夫遊 學士大夫莫不斂衽崇奉稱先生而不敢抗 其亦豪傑之士也 然其所以斥竺乾之教者至矣 猶未覺畢竟同歸於幻妄也 其書云西國古有閉他卧剌者 痛細民爲惡無忌 作爲輪回之說 君子斷之曰其意美 其爲言未免玷缺 其說遂泯 彼時此語忽漏外國 釋氏圖立新門 承此輪回 漢明帝聞西方有教 遣使往求 使者半道 誤致身毒之國 取傳中華 其或有能記前世事者 魔鬼誑人之致 是因佛教入中國之後耳 萬方生死 古今所同 而佛氏之外 未有記前世一事也 中國先儒亦有此等說 唯以古今不同爲證 世之牿者猶瞠焉以爲疑也 今以八紘之表 同勘虛實 尤可著見之也 但中國自漢帝以前 死而還生者 幷無天堂地獄之可證 則何獨輪回爲非 而天堂地獄爲是耶若天主慈悲下民 現幻於寰界 間或相告語 一如人之施教 則億萬邦域 可慈可悲者何限 而一天主遍行提警 得無勞乎 自歐羅巴以東 其不聞歐羅巴之教者 又何無天主現迹 不似歐羅巴之種種靈異耶 然則其種種靈異 亦安知夫不在於魔鬼套中耶 抑又思之 鬼神者陰道也 人者陽道也 民生極熾而神迹寢微 理卽然也 以一日言則夜爲陰晝爲陽 故神見於夜而人作於晝 推之於一元之大 亦猶是也 其始未及生民 先有神理 逮夫民降之後 率多怳惚靈恠之事 或於傳記可驗 五帝三王之間 其迹猶昭昭然不可誣 善者福淫者禍 勸焉則趨 懲焉則懼 其見於詩書許多文字 定非幻語虛設 將有必然之應矣 以今論之 方當亭午之世 鬼神之理 亦已遠矣 人遂委曲解之曰古所謂降祥降殃 特以理推言 初非一符於事也 殊不知古人亦據實以發之耳 何以明之 金縢聖人之書也 其禱也欲使先靈擇其才藝而備使役 則定非有是理而無是應之謂也 使今俗卒然聽之 豈非疑駭之甚耶 以是究之 西國風化之所由者 亦略可識取矣 意者西國之俗 亦駸駸渝變 其吉凶報應之間 漸不尊信 於是有天主經之敎 其始不過如中國詩書之云 憫其猶不率也則濟之以天堂地獄之說 流傳至今 其後來種種靈異之迹 不過彼所謂魔鬼誑人之致也 蓋中國言其實迹 迹泯而愚者不信 西國言其幻迹 迹眩而迷者愈惑 其勢然也 惟魔鬼之所以如此者 亦由天主之敎 已痼人心故也 如佛法入中國 然後中國之死而復生者 能記天堂地獄及前世之事者也 彼西士之無理不窮 無幽不通 而尙不離於膠漆盆 惜哉

【역문】「발천주실의」116)

『천주실의(天主實義)』는 이마두(利瑪竇, Matteo Ricci)117)가 저술한 것

116) 『성호전집』卷55, 題跋

117) 이마두(利瑪竇) : 마태오 리치(Matteo Ricci, 1552~1610)의 중국식 이름이다. 이탈리아의 예수회 수사(修士)로서 1583년에 중국에 입국하여 광동에서 머물며 중국어를 습득하고 1594년에 사서(四書)를 라틴어로 번역하였다. 1598년 북경에 도착한 뒤 1601년에야 북경에 거주 허가를 받고 왕실에서 경비를 지원받아 중국의 학자, 관료와 교류하였다. 서양의 학술·종교 서적을 한문으로 번역 출판하여 서구 문명의 전파에 크게 공헌하였다. 저서에 『천주실의(天主實義)』, 『교

이다. 이마두는 바로 구라파(歐羅巴) 사람인데, 그곳은 중국에서 8만여 리나 떨어져 있어서 개벽한 이래로 통교한 적이 없다. 명나라 만력(萬曆) 연간에 야소회(耶蘇會)[118] 동료인 양마락(陽瑪諾, Diaz Emmanuel)[119], 애유략(艾儒略, Giulio Aleni)[120], 필방제(畢方濟, Sambiasi Franciscus)[121], 웅삼발(熊三拔, Sabbathin de Ursis)[122], 방적아(龐迪我, Didace de

---

우론(交友論)』, 『변학유독(辨學遺牘)』, 『기하원본(幾何原本)』, 『만국여도(萬國輿圖)』 등 20여 책이 전해지고 있는데, 특히 『천주실의』 등은 우리나라에도 일찍부터 전해져 많은 영향을 끼쳤다.

118) 야소회(耶蘇會) : 예수회(Society of Jesus)의 한문식 표기로, 예수회는 1540년 로욜라(Loyola)와 수사(修士)들을 중심으로 성립되어 교황청의 정식 인가를 받고 파리에 창설된 가톨릭 남성 수도회의 하나이다. 동양의 선교 활동에 힘써 1542년 사비에르가 일본에서 포교하고 1583년에 마태오 리치가 중국에서 활약하였다. 각 지역의 전통을 존중하여 공자와 조상숭배 전례(典禮)를 인정하였으나 교황청이 예수회의 활동을 중지시키고 원리주의를 고집하자, 아시아 각국에서는 선교사를 추방하고 포교 활동을 금지하였다.

119) 양마락(陽瑪諾) : 디아즈 엠마뉴엘(Diaz Emmanuel, 1574~1659)이다. 포르투갈 사람으로 예수회 선교사로서 북경에서 선교 활동을 하였는데, 천문학 서적인 『천문략(天問略)』과 복음성서를 해설한 『성경직해(聖經直解)』 등을 저술하였다. 『천문략』은 사고전서에도 실려 있다.

120) 애유략(艾儒略) : 줄리오 알레니(Giulio Aleni, 1582~1649)이다. 명나라 말기에 중국에 들어온 이탈리아 선교사이다. 세계지도인 만국전도(萬國全圖)를 작성하였고 『서학범(西學凡)』 등을 저술하였는데 특히 세계지리에 대해 쓴 『직방외기』 등이 우리나라에 수입되어 널리 읽혔다.

121) 필방제(畢方濟) : 삼비아시 프란시스코(Sambiasi, Franciscus, 1582~1649)이다. 이탈리아 출신의 예수회 선교사로 중국식 자(字)는 금량(今梁)이다. 1603년 예수회에 입회하여 1613년부터 북경에서 3년 동안을 전교(傳教)하다가 상해(上海)·송강(松江) 등지에서 전교하였다. 1649년 광동에서 사망하였다. 저서로는 『영언여작(靈言蠡勺)』, 『수답(睡答)』, 『화답(畫答)』 등이 있는데, 『영언여작』은 18세기 초에 조선에 전래되어 많은 학자들에게 읽혔고 신후담(愼後聃)의 『서학변(西學辨)』에도 비판적으로 인용되었다.

122) 웅삼발(熊三拔) : 사비아틴 데 우루시스(Sabbathin de Ursis, 1575~1620)이다. 이탈리아 출신의 예수회 선교사로 중국식 자는 유강(有綱)이다. 1606년 중국에 입국, 북경에 들어가 마태오 리치에게 중국어와 한문을 배운 뒤 천문역산서(天文

Pantoja)[123] 등 몇 사람과 함께 배를 타고 찾아와 3년 만에 비로소 도착하였다. 그 학문은 오로지 천주(天主)를 지존(至尊)으로 삼는데, 천주란 곧 유가의 상제(上帝)와 같지만 공경히 섬기고 두려워하며 믿는 것으로 말하자면 불가(佛家)의 석가(釋迦)와 같다. 천당과 지옥으로 권선징악을 삼고 널리 인도하여 구제하는 것으로 야소(耶蘇)라 하니, 야소는 서방 나라의 세상을 구원하는 자의 칭호이다. 스스로 야소라는 이름을 말한 것은 또한 중고(中古) 때부터이다. 순박한 이들이 점차 물들고 성현(聖賢)이 죽고 떠나자 욕심을 따르는 이는 날로 많아지고 이치를 따르는 이는 날로 적어졌다. 이에 천주가 크게 자비를 베풀어 직접 와서 세상을 구원하고자 정녀(貞女)를 택하여 어미로 삼아서 남녀의 교감 없이 동정녀의 태(胎)를 빌려 여덕아국(如德亞國 Judea)[124]에서 태어났는데, 이름을 야소라고 하였다. 몸소 가르침을 세워서 서토(西土)에 교화를 널리 편 지 33년 만에 다시 승천(昇天)하여 돌아갔는데, 그 가르침이 마침내 구라파 여러 나라까지 유포되었다. 대개 천하의 대륙이 5개인데 중간에 아세아(亞細亞)가 있고 서쪽에 구라파가 있으니, 지금 중국은 아세아 중 10분의 1을 차지하고 있고, 유태(猶太)는 또한 아시아 서쪽 나라 중의 하나이다. 야소의 세상에서 1603년이 지난 뒤에 이마두가 중국에 이르렀는데, 그 동료들은 모두 코가 높고 눈

曆算書)의 편찬에 참여하였다. 1616년 남경(南京)에서 박해가 일어나 북경에까지 그 여파가 미치자 마카오로 피신하였다. 1620년 마카오에서 사망하였다. 저서로 『태서수법(泰西水法)』, 『간평의설(簡平儀說)』, 『표도설(表度說)』 등이 있다.

123) 방적아(龐迪我) : 디다체 데 빤또하(Didace de Pantoja, 1571~1618)이다. 스페인 출신의 예수회 선교사로 중국식 자는 순양(順陽)이다. 1600년 마태오 리치를 따라 북경에 가서 전교하면서 천문역산서의 편찬에 참여하였고, 천주교의 교리와 수양에 대해 설명한『칠극(七克)』을 저술하였다. 1616년 남경에서 박해가 일어나자 마카오로 피신하였고, 2년 뒤 마카오에서 사망하였다.

124) 여덕아국(如德亞國) : 유대(Judea)의 한자 음차 표기로, 유태국(猶太國)이라고도 한다.

이 푸른색이며 네모진 두건에 푸른 옷을 입고 동자(童子)의 몸을 지키어 혼인을 한 적이 없었다. 조정이 벼슬을 주어도 배례(拜禮)하지 않았으며 오직 날마다 대관의 봉록을 지급받고 중국어를 익히고 중국책을 읽었다. 그들이 저술한 책이 수십 종(種)이나 되었는데, 천문(天文)과 지리(地理)를 관찰하고 역법(曆法)을 계산해 내는 오묘함은 중국에 일찍이 없던 것이다. 저가 머나먼 지역의 외신(外臣)으로서 먼 바다를 건너와 중국의 학사 대부들과 교유하였는데, 학사 대부들이 모두 옷깃을 여미고 높여 받들며 선생이라고 칭하고 감히 맞서지 않았으니, 그 또한 호걸스런 인물이다. 그러나 그가 불교의 가르침을 극도로 배척하면서 자신들도 결국은 똑같이 황당무계한 데로 귀결된다는 것을 도리어 깨닫지 못하였다. 그 책에 이르기를, "옛날 서국(西國)의 폐타와랄(閉他臥剌)[125]이라는 자가, 백성들이 거리낌 없이 악을 행하는 것을 통탄하여 윤회설(輪回說)을 만들어 내었는데, 군자가 단정하기를 '그 뜻은 좋지만 그 말은 하자가 없지 않다.'라고 하니, 그 설이 마침내 없어졌다. 그때 이 설이 홀연히 외국으로 누설되었는데 석가가 새로운 문호를 세울 것을 도모하면서 이 윤회설을 계승하였다. 한 명제(漢明帝)가 서방에 가르침이 있다는 말을 듣고 사신을 보내 가서 구하게 하였는데, 사신이 중도에 인도(印度)로 잘못 도착하여 그 설을 가져다 중국에 전하였다. 사람들이 더러 전세(前世)의 일을 기억할 수 있는 것은 마귀가 사람을 속인 소치이니, 이는 불교가 중국에 들어온 이후에 나타난 일일 뿐이다. 세계 만방의 생사는 고금이 다 같은데 석가 외에는

125) 폐타와랄(閉他臥剌) : 피타고라스(Pythagoras, 기원전 582?~기원전 497?)이다. 그리스의 종교가, 철학자, 수학자이다. 젊은 시절을 이집트와 바빌론에서 보내어 그 영향을 많이 받았는데, 후에 그리스의 크로톤 섬에 돌아와 철학 공동체를 창설하였다. 영혼의 윤회설과 사후의 응보를 주장하여 인간과 동물의 유사성을 강조하였으며, 육식을 금지하고 채식을 주장하였다.

전생의 일을 한 가지도 기억하는 이가 없다." 하였다. 중국의 선유(先儒)들도 이런 설을 주장하여[126] 오직 고금이 다르다는 것으로 증거를 삼아서 세상의 꽉 막힌 자들도 오히려 깜짝 놀라 의심스럽게 생각하였는데, 이제 온 세상이 함께 허실을 조사하여 더욱 분명히 드러날 수 있었다. 그러나 중국에 불교가 들어오기 전인 한나라 명제 이전에 죽었다가 살아 돌아온 자들 중에는 천당과 지옥을 증명한 이도 없었으니, 그렇다면 어떻게 유독 윤회설만 그르고 천당지옥설은 옳다고 할 수 있겠는가. 만일 천주가 백성을 불쌍히 여겨 모습을 바꾸어 이 세상에 나타나서 간혹 말을 고해 주는 것이 일체 인간이 가르침을 베푸는 것과 같다면, 억만의 백성이 사는 세상에 사랑하고 불쌍히 여길 자가 어찌 한이 있겠는가. 그런데 한 명의 천주가 두루 다니면서 이끌고 깨우치려면 힘들지 않겠는가. 구라파 동쪽으로 구라파의 교훈을 듣지 못한 자에게는 또 어찌하여 천주가 자취를 드러내어 구라파에서 했던 것처럼 여러 가지 기적을 행하지 않는가. 그런즉 여러 가지 기적 또한 상투적인 마귀의 술수에 빠진 것이 아니라고 어떻게 장담하겠는가. 또 달리 생각건대, 귀신은 음도(陰道)이고 사람은 양도(陽道)여서, 백성의 생활이 극도로 치열해지면 귀신의 자취는 점차 희미해지니, 이치가 그러한 것이다. 하루를 가지고 말하자면 밤은 음이고 낮은 양이니, 때문에 귀신은 밤에 나타나고 사람은 낮에 일한다. 크나큰 천하의 이치로 미루어 보더라도 이와 같다. 애초 사람들이 태어나기 전에 먼저

---

126) 중국의 ~ 주장하여 : 『소학』 「가언(嘉言)」에 "불법이 중국에 들어오기 전에도 진실로 죽었다가 다시 살아난 자가 있었을 텐데 무슨 이유로 한 사람도 잘못 지옥에 들어가서 이른바 시왕을 본 자가 없었던가? 이것으로 지옥이란 없고, 믿기에 부족하다는 것이 분명하다.[佛法未入中國之前 人固有死而復生者 何故 都無一人 誤入地獄 見所謂十王者耶 此其無有而不足信也 明矣]"라고 하여, 불교의 지옥설의 허구성에 대해 논증한 글이 나온다. 본 출전은 사마광(司馬光)의 『온공서의(溫公書儀)』이다.

신(神)의 이치가 있었고, 사람이 태어난 뒤에도 알 수 없는 기괴한 일들이 많았음을 전기(傳記)에서 증험할 수 있는데, 오제(五帝)와 삼왕(三王) 시대에도 그 자취가 오히려 분명하여 속일 수 없다. 선한 자는 복을 받고 방종한 자는 화를 받아서 권면하면 따르고 징계하면 두려워하였으니, 『시경(詩經)』과 『서경(書經)』에 보이는 허다한 내용은 분명 터무니없는 거짓말이 아니라 필연적인 응험이 있는 것이다. 지금 세상으로 말하자면 한창 정오의 밝은 세상에 해당하니 귀신의 이치 또한 이미 멀어졌다. 그런데 사람들이 마침내 이리저리 끌어대어 이르기를 "옛날에 상서(祥瑞)를 내리고 재앙을 내린다는 것은 단지 이치로 미루어 말한 것이지 애초 하나도 사실에 부합하는 것은 아니었다." 하니, 고인이 또한 사실에 근거하여 말하였다는 것을 전혀 모른 것이다. 이는 다음 사례로 증명할 수 있다. 『서경』의 「금등(金縢)」은 주공의 글인데, 기도하여 선왕의 신령에게 재주 있는 자신을 선택하여 사역(使役)으로 부리기를 바랐으니[127], 그렇다면 결코 이런 이치만 있고 이런 응험이 없다고 볼 수 없다. 하지만 지금 세상에서 갑자기 듣는다면 어찌 매우 의아하고 놀라운 일이 아니겠는가. 이렇게 따져 보면 서양의 교화가 생겨난 연유도 대략 이해할 수 있다. 생각건대, 서양의 풍속도 차츰 투박하게 변해서 그 길흉의 인과응보에 대해 점차 믿지 않게 되었을 것이다. 이에 천주경(天主經)의 가르침이 생겨났는데, 그 처

127) 금등(金縢)은 ~ 바랐으니 : 금등은 『서경』의 편명이다. 주나라 무왕(武王)이 병들어 위독했을 때, 주공(周公)이 자신이 재주가 많아서 신령의 사역(使役)이 될 만하니, 무왕 대신 자기를 죽게 해 달라고 선왕(先王)께 기도하고, 그 기도한 글을 금으로 봉함한 궤에 넣어 두었는데, 그다음 날에 무왕의 병이 쾌유되었다. 후에 무왕이 죽고 주공이 섭정을 할 때 관숙(管叔)과 채숙(蔡叔)이 주공을 모함하는 유언비어를 퍼뜨려 의심을 받자 교외에 나가 있었는데, 마침 태풍이 불어 벼가 쓰러지고 나무가 뽑히는 변고가 발생하니, 성왕(成王)이 금등의 글을 열어 보고는 주공을 의심했던 마음을 반성하고 다시 불러들였다는 내용이다. 여기서는 사람과 귀신이 서로 감응하는 이치가 있다는 예로 든 것이다.

음엔 중국의 『시경』과 『서경』의 말씀 같은 데 불과하였으나 사람들이 오히려 따르지 않을까 염려하였으므로 곧 천당과 지옥의 설을 보익하였다가 지금까지 전해진 것이다. 그 후의 여러 가지 신령한 기적은 바로 저들이 말한 대로 마귀가 사람을 속인 소치에 불과하다. 대개 중국은 그 실제 자취만을 말하여서 자취가 사라지자 어리석은 백성이 믿지 않게 되었는데, 서국(西國)은 그 허황한 자취를 말하여 자취가 허황될수록 미혹된 자가 더더욱 미혹되니, 그 형세가 그런 것이다. 마귀가 이렇게 하는 까닭 또한 천주교가 이미 인심을 병들게 했기 때문이니, 마치 불법이 중국에 들어온 연후에 죽었다가 다시 살아난 자들이 천당과 지옥 및 전생의 일을 기억할 수 있게 된 것과 같다. 저 서양은 무슨 이치든 궁구하지 않은 것이 없고 깊은 이치도 통달하지 않은 것이 없는데 오히려 고착된 관념에 빠져 벗어나지 못하니, 안타깝다.

「跋虛舟畫」

西洋利氏之論畫云畫小使目視大 畫近使目視遠 畫圜使目視球 畫像有坳突室屋 有明闇也 比年使燕還者多攜西國畫 其殿闕簾陛 人物器用 稜隅方圓 宛若眞形 其言槩不誣矣 見者疑其爲南海之蚌淚 沃焦之山石 幻藥眩眼之類 殆非也 察之則只烟煤印本皆然 柳子久云此不過遠近曲直細大隱見之勢分數明故也 東人之善畫 奚獨不爾 今觀李虛舟八景圖 依然洞庭瀟湘之間 斯又畫家七分境界 獨不曉視大視球之爲何術

【역문】「발허주화」[128)]

서양인 리씨(利氏)[129)]가 그림에 대하여 논하기를 "작은 물체를 그릴 때는 우리 눈이 큰 물체와 비교할 수 있게 그리고, 가까운 물체를 그릴 때는 멀리 있는 물체와 비교할 수 있게 그리며, 둥근 물체를 그릴 때는 둥근 공과 비교할 수 있게 그려야 한다. 초상화를 그릴 때는 돌출된 곳과 파인 곳을 구분하여 묘사하고, 집을 그릴 때는 밝은 곳과

128) 『성호전집』 卷56, 題跋
129) 리씨(利氏) : 리마두(利瑪竇), 즉 마태오 리치(Matteo Ricci, 1532~1610)를 가리킨다. 리서태(利西泰)라고도 한다. 이탈리아 예수회 소속의 선교사로 1582년 마카오를 거쳐 북경에 들어가 천주교회를 건립하였다. 그는 중국에서 선교하기 위해서는 독서인층의 신임을 얻어야 한다고 믿고 서양의 학술을 중국어로 번역하였는데, 그중에서도 가장 유명한 것이 유클리드 기하학의 역서인 『기하원본(幾何原本)』, 세계지도 위에 각종 천문학적 지리학적 설명을 덧붙인 『곤여만국전도(坤輿萬國全圖)』이다. 그밖에 세계지도인 『산해여지전도(山海輿地全圖)』가 있다. 이러한 학문은 중국 지식인층의 관심을 끌어 서광계(徐光啓), 이지조(李之藻) 등의 유력한 관료도 개종(改宗)하여 그의 선교에 큰 도움을 주었다. 저서에 『천주실의(天主實義)』, 『교우론(交友論)』 등이 있는데, 『천주실의』는 한국의 천주교 성립에 결정적인 영향을 끼쳤다.

어두운 곳을 구분하여 묘사한다."[130]라고 하였다. 근년에 연경(燕京)에 사신으로 다녀온 사람들 가운데 서양화를 가지고 온 이가 많았는데, 전각의 구조, 인물과 기물, 모서리의 방원(方圓) 처리 등이 완전히 실제 모습과 똑같이 그려져 있어 그 말이 대체로 거짓이 아니었다. 보는 이들이 그것을 두고 남해(南海)의 방루(蚌淚)나 옥초산(沃焦山)의 돌[131]처럼 눈을 어지럽히는 환약(幻藥)을 쓴 것이 아닌지 의심하기도 하지만, 이는 그렇지 않다. 자세히 살펴보면 단지 연필로 그리거나 인쇄된 그림들도 모두 마찬가지이다. 유자구(柳子久)[132]가 말하기를 "이것은 원근과 곡직(曲直), 세대(細大)와 은현(隱現)의 형세를 묘사함에 있어 각각의 치수가 분명하기 때문이다."라고 하였는데, 우리나라 사람이 그린 훌륭한 그림들도 어찌 이와 같지 않겠는가. 이번에 이허주(李虛舟)[133]의 「팔경도(八景圖)」를 보니 동정호(洞庭湖)와 소상강(瀟湘江)의

130) 작은 ~ 묘사한다 : 이 말은 『기하원본』 서문에 나오는 내용으로, 서양화의 원근법, 입체법, 명암법을 설명한 것이다.

131) 남해(南海)의 ~ 돌 : 방루(蚌淚)는 조개의 내부에서 분비되는 액체로서, 진주로 응결되기 이전의 이 분비물을 채취하여 안료와 섞어서 그림 재료로 사용한다. 옥초산(沃焦山)은 중국 동쪽 바다에 있는 큰 돌산으로 둘레가 4만 리이고 두께가 4만 리이며 화기(火氣)로 가득하여 바닷물을 다 빨아들여 증발시킨다고 한다. 전설에 의하면, 송나라 태종(太宗) 때 이지(李至)가 소 그림 한 폭을 진상하였는데, 낮에 보면 우리 밖에서 풀을 뜯는 소의 모습이 나타나고 밤에 보면 소가 우리 안에 돌아와 누워 있는 모습이 나타나는 신기한 그림이었다. 함께 있던 사람들이 아무도 그 원리를 알지 못하였는데, 승려 찬녕(贊寧)이 그 원리에 대해 말하기를 "이것은 환약(幻藥)으로 그린 그림입니다. 남해의 왜국(倭國)에서 방루가 생산되는데 이것을 안료에다 섞어서 그림을 그리면 낮에는 보이고 밤에는 보이지 않습니다. 그리고 옥초산의 돌을 갈아다가 안료와 섞어서 그림을 그리면 낮에는 보이지 않고 밤에만 보입니다."라고 하였다 한다. 『山堂肆考』 卷166, 晝見夜隱.

132) 유자구(柳子久) : 자구는 유덕장(柳德章, 1675~1756)의 자이다. 유덕장은 성호의 절친한 벗으로, 대나무 그림을 잘 그려 중국인들도 그의 그림을 구입하여 보고는 그 예술성을 칭찬하였다고 한다. 『星湖全集』 卷65, 峀雲柳公墓誌銘.

경치를 있는 그대로 묘사하여 실제 경치의 상당 부분은 사실과 일치하게 그려 놓았다. 다만 원근법과 입체법이 무엇인지에 대해서 이해하지 못하였을 뿐이다.

〈주석 : 배주연〉

133) 이허주(李虛舟) : 허주는 이징(李澄, 1581~?)의 호이다. 이징의 자는 자함(子涵)이고 본관은 전주(全州)이며, 문인화가 이경윤(李慶胤)의 서자이다. 도화서 화원으로 1609년(광해군1) 원접사의 수행 화원으로 동행하였으며, 1623년 위항문인(委巷文人) 유희경(劉希慶)을 위해 실경산수화인 「임장도(林莊圖)」를 그렸다. 만년에는 소현세자를 따라온 중국인 화가 맹영광(孟永光)과 교유하였다. 허균(許筠)은 그를 산수화, 인물화, 초충도 등에 모두 뛰어난 당대 제일의 화가라 평가하였다. 작품으로 「연사모종도(煙寺暮鐘圖)」, 「이금산수도(泥金山水圖)」, 「노안도(蘆雁圖)」 등이 전한다.

『順菴集』

「挽艮翁李判尹」

-(上略)- 一朝倏忽仙驂遠 不死踽涼淚眼辛 異敎喧豗今漸熾 正論闢廓更誰人 寥寥獨我成瘖嘿 濟濟羣賢說道眞 豈意三韓君子國 居然化作竺西民

---

* 『순암집』은 안정복(1712~1791)의 저작으로 목활자본 27권 15책이다. 황덕길(黃德吉)이 교정·편집하고, 5대손 종엽(鍾曄)이 간행하였다. 권1에는 시(詩), 권2~9에는 서(書), 권10에는 동사문답(東史問答), 권11~17에는 잡저(雜著), 권18에는 서(序)·기(記)·발(跋), 권19에는 제후(題後)·잠(箴)·명(銘)·찬(贊)·전(傳)·자사(字辭)·설(說), 권20에는 축문(祝文)·제문(祭文)·애사(哀辭), 권21에는 묘갈(墓碣)·묘표(墓表), 권22~24에는 묘지(墓誌), 권25~27에는 행장(行狀)·유사(遺事) 등을 수록하였다. 연보(年譜)와 행장을 실은 별책까지 합하여 모두 27권 15책이다. 안정복의 본관은 광주(廣州). 자는 백순(百順), 호는 순암(順庵)·한산병은(漢山病隱)·우이자(虞夷子)·상헌(橡軒). 제천(提川) 출신. 고려조에 태조를 도와 가문을 연 안방걸(安邦傑)로부터 대대로 중앙의 고급관료를 지냈으나, 선조에 이르러 남인의 정치적 입지로 영락하였다. 이익은 안정복의 사상에 커다란 변화를 주었다. 특히 윤동규(尹東奎)·이병휴(李秉休) 등은 동료나 선배로서, 권철신(權哲身)·이기양(李基讓)·이가환(李家煥)·황덕일(黃德壹)·황덕길(黃德吉) 등은 후학 또는 제자로서 이때부터 연을 맺은 인물들이다. 이들과의 교류에서 어느 정도 사상적인 영향을 주고받기도 하였다. 『동사강목(東史綱目)』, 『열조통기(列朝通紀)』를 저술하는 한편, 1753년에는 스승 이익의 저술인 『도동록(道東錄)』을 『이자수어(李子粹語)』로 개칭해 편집하였다.1762년에는 이익이 일생 정열을 바쳐 저술한 『성호사설(星湖僿說)』의 목차·내용 등을 첨삭, 정리한 『성호사설유선(星湖僿說類選)』을 편집하였다. 1785년(정조 9)에 『천학고(天學考)』와 『천학문답(天學問答)』을 저술해 천주교의 내세관(來世觀)이 지닌 현실부정에 대해 비판하였다.
* 번역 : 한국고전번역DB.
* 모든 각주는 한국고전번역DB 번역문의 원 각주를 재인용하였다.

【역문】「만간옹이판윤」[1)]

-(상략)-

하루아침 갑자기 신선 되어 떠나다니	一朝倏忽仙驂遠
죽지 못한 외로운 신세 눈물이 절로 나네	不死踽涼淚眼辛
이교가 지금 점점 번지며 떠드는데	異敎喧㷊今漸熾
그를 물리칠 정론을 누가 다시 펼 것인가	正論闢廓更誰人

공이 전에 서학(西學)을 배척한 글을 썼으므로 한 말이다.

나는 홀로 외로이 벙어리가 되었는데	寥寥獨我成瘖嘿
많은 현자들은 참된 도라 말한다오	濟濟羣賢說道眞
생각이나 했겠는가 삼한의 군자 나라가	豈意三韓君子國
금시에 천축국과 서양으로 변할 줄을	居然化作竺西民

1)『순암집』卷01, 詩

「聞天學大熾 吾儕中以才氣自許者 皆入其中 遂口號一絕 示元心」

天堂地獄說荒唐 自有吾家不易方 若使此言眞不妄 惡歸地獄善天堂

【역문】「문천학대치 오제중이재기자허자 개입기중 수구호일절 시원심」[2)]

천당이니 지옥이니 그 무슨 황당한 소리	天堂地獄說荒唐
바꿀 수 없는 법이 우리 쪽에 있잖은가	自有吾家不易方
만약에 그 말이 허튼 말이 아니라면	若使此言眞不妄
지옥으로 악은 가고 천당으로 선이 가리	惡歸地獄善天堂

2) 『순암집』 卷01, 詩

「次丁思仲 來贈韻」

故人忽來枉 投袂出門左 饋我一壺酒 三杯卽醉卧 青眸兩相對 頓忘腹空餓 法語多警切 洗我胸中涴 小智昧道原 不識乾坤大 君能耽墳籍 提携不離坐 異學方誤人 羣聚牢不破 在他固無奈 且當求吾過 君子秉素志 勇往終不挫 一部西山訣 對討警昏惰

【역문】「차정사중 내증운」[3]

친구가 뜻밖에 찾아주어	故人忽來枉
털고 일어나 문 밖을 나갔더니	投袂出門左
내게 술 한 병을 주기에	饋我一壺酒
석 잔으로 그만 취해 떨어졌지	三杯卽醉臥
반가운 눈빛으로 서로 대하니	青眸兩相對
배가 비어 고픈 것도 모르겠고	頓忘腹空餓
절실하고 바른 충고가 많아	法語多警切
내 가슴 속 더러움을 씻어 주었지	洗我胸中涴
작은 지혜는 도의 근원에 어두워	小智昧道原
건곤이 큰 줄을 모르는데	不識乾坤大
그대는 전적을 탐독하고	君能耽墳籍
후학 이끌며 자리 뜨지 않지	提携不離坐
이단의 학문이 사람들을 그르쳐	異學方誤人
깰래야 깰 수 없이 뭉쳐 있는데	群聚牢不破
남이야 어쩔 수 없는 일이지만	在他固無奈

3)『순암집』卷01, 詩

내 허물은 당연히 내가 고쳐야지	且當求吾過
군자라면 평소 먹은 마음으로	君子秉素志
꺾이지 않고 용감히 나가야지	勇往終不挫
한 부(部) 서산의 가르침[4]을 놓고	一部西山訣
뜻을 찾아 읽으며 혼침과 나태함 일깨우네	對討警昏惰

4) 서산의 가르침 : 진서산(眞西山)이 엮은 『심경(心經)』을 말함. 『심경』은 거경(居敬) 공부를 위주하여 마음의 혼침과 나태함을 일깨우는 내용이 많음.

「歎時」

春林百卉正芬菲 吐紫含紅各衒奇 惟有老松巖下在 靑靑能保歲寒姿 西來一術頗靈神 濟濟羣賢說道眞 固陋未蒙提撕力 天臺審判悔無因【其言以爲人之靈魂不死 詣天主臺下 審判功罪 善者陞天堂 享萬世快樂 惡者墮地獄 受萬世毒刑 諸君以此誘導 而終未覺悟 死後其不有悔乎 是以末句云】

【역문】「탄시」5)

봄이 드니 초목들이 제각기 무성하여	春林百卉正芬菲
자색 홍색 피고 머금고 제 자랑들 한창인데	吐紫含紅各衒奇
다 늙은 소나무는 바위 아래 있으면서	惟有老松巖下在
추운 겨울 이겨내는 푸르름을 갖고 있네	靑靑能保歲寒姿
서양에서 온 도술이 퍽이나 신령하다고	西來一術頗靈神
허구많은 현자들이 참된 도라 말한다네	濟濟群賢說道眞
고독한 이 사람은 가르침을 받지 못하니	固陋未蒙提撕力
천대에서 심판 받을 때 후회하지나 않을지	天臺審判悔無因

【그들 말이, 사람의 영혼은 죽지 않고 천주(天主)의 대 아래로 가서 심판을 받게 되는데, 선한 자는 천당으로 올라가 만세토록 쾌락을 누리고 악한 자는 지옥으로 떨어져 만세토록 혹독한 형을 받게 된다고 한다. 제군들이 나를 그 방법으로 유도하고 있어도 끝내 깨닫지를 못하고 있으니 죽고 나면 후회되지 않겠는가. 그리하여 마지막 구절에서 이렇게 말한 것이다.】

5) 『순암집』 卷01, 詩

「上星湖先生別紙【丁丑】」

古禮 人臣爲君制衰 以終三年 不如後世白衣笠之制也 君諒陰三年 而冢宰攝政 則亦以衰服行事耶 衰絰旣不可以行事 羣臣盖別有其服矣 曾子問 有君喪服於身 不敢私服之訓 以我國事言之 惟守陵官可以當之 餘雖貴近居官者 恐不可如此 古今雖有不同 古之人豈以泛然任官之人 在君喪之中 不行親喪可乎 近觀西洋書 其說雖精覈 而終是異端之學也 吾儒之所以修己養性 行善去惡者 是不過爲所當爲 而無一毫徼福於身後之意 西學則其所以修身者 專爲天臺之審判 此與吾儒大相不同矣 其天主實義曰 天主怒輅齊拂兒 變爲魔鬼 降置地獄 自是天地間 始有魔鬼 始有地獄 按此等言語 決是異端 天主若爲輅齊拂兒設地獄 則地獄還是天主私獄 且此前人之造惡者 不受地獄之苦 天主之賞罰 更於何處施之耶 又畸人篇云額勒卧略代人受地獄之苦 按天主之賞罰 不以其人之善惡 而或以私囑 有所輕重 則其於審判 可謂得乎 若然 不必做善 諂事天主一私人可矣 又辨學遺牘者 卽蓮池和尙與利瑪竇論學書也 其辨論精覈 往往操戈入室 恨不與馬鳴達摩諸人對壘樹幟 以相辨爭也 先生其已見之否 實義第二篇 又曰有君則有臣 無君則無臣 有物則有物之理 無此物之實 卽無此理之實 此所謂氣先於理之說 此果如何

【역문】「상성호선생별지【정축】」[6]

고례(古禮)에 신하가 임금을 위해 최복을 입고 삼년상을 마쳤으니, 후세에 백의(白衣)를 입고 백립(白笠)을 쓴 것과는 같지 않습니다. 임금은 3년 동안 상주 노릇만 하고 총재(冢宰)가 임금 대신 모든 정무를

6) 『순암집』 卷02, 書

처리할 경우 역시 상복 차림으로 집무를 하는 것입니까? 최질(衰絰) 차림으로는 일을 볼 수가 없으니 신하들은 별도로 복이 있었을 것입니다. 증자문(曾子問)에 보면, 몸에 임금의 복(服)을 입었으면 감히 다른 사적인 복을 입지 못한다고 되어 있는데, 우리나라의 실정으로 말하면 수릉관(守陵官)만이 이러한 예에 해당할 수 있을 뿐, 나머지는 아무리 고관과 근신(近臣)이라 할지라도 아마 이와 같을 수는 없을 것입니다. 옛날과 지금이 비록 다르기는 하지만 옛 사람들이 어찌 범연(泛然)히 그렇게 했겠습니까. 관직을 맡고 있는 사람이 임금의 상중(喪中)에는 친상(親喪)을 행하지 못하는 것이 옳겠습니까. 근대에 서양서(西洋書)를 보았더니 말들은 정밀하고 확실했으나 역시 이단(異端)의 학문이었습니다. 우리 유자(儒者)들이 몸을 닦고 성품을 기르고 선을 행하고 악을 버리는 것은 당연히 해야 할 일을 하는 것에 불과할 뿐 털끝만큼도 죽은 뒤에 복을 바라는 뜻은 없는데 반해, 서양(西洋)은 자기 몸을 닦는 목적이 오로지 천대(天臺)의 심판에 대비하기 위한 것이니, 그 점이 우리 유학과는 크게 다른 것입니다. 그들의 『천주실의(天主實義)』에 의하면, "천주가 노제불아(輅齊拂兒)[7]에게 화를 내어 그를 마귀로 변신시켜 지옥으로 보낸 후로 천지 사이에 처음으로 마귀가 생겼고 처음으로 지옥이 생겼다."고 합니다. 이러한 말들을 볼 때 그들의 학문은 이단임이 분명합니다. 천주가 만약 노제불아 때문에 지옥을 만들었다면 그 지옥은 천주의 사옥(私獄)에 불과한 것이고 또 그 이전의 악한 짓을 한 자들은 지옥의 고초를 받지 않은 셈이 되는데, 그렇다면 그 때 천주는 상과 벌을 어떻게 썼다는 것입니까. 또 기인편(畸人篇)[8]에는, 액륵와략(額勒臥略)이 남을 대신해서 지옥의 고초를 받았

7) 노제불아(輅齊拂兒) : 천사 루시퍼의 한역(漢譯)이다. 원래 천사였으나 하느님을 시기하다가 타락해서 사탄이 된 존재로 천사일 적에 가지고 있던 이름이 루시퍼이다.

다고 했는데, 천주의 상과 벌이 그 사람의 선악에 의한 것이 아니고 혹 사사로운 촉탁으로 경중이 정해진대서야 그게 무슨 옳은 심판이 되겠습니까. 만약 그렇다면 선한 일을 할 필요도 없이 천주 일 개인에게 아첨만 잘하면 될게 아니겠습니까. 또『변학유독(辨學遺牘)』이 있는데, 바로 연지화상(蓮池和尙)[9]이 이마두(利瑪竇)[10]와 학문을 토론한 글로서 그 변론이 정밀하고 확실하여 왕왕 상대의 논점(論點)을 여지없이 간파하여 굴복시키기도 하였습니다. 그가 마명(馬鳴)·달마(達摩)[11] 같은 사람들과 서로 맞서서 각기 기치를 세우고 서로 쟁변해 보게 하지 못한 것이 유감스럽습니다. 선생께서는 이 책을 보셨는지요?『천주실의(天主實義)』 2편에는 또, "임금이 있으면 신하가 있고 임금이 없으면 신하도 없는 것이다. 물건이 있으면 그 물건의 이치가 있는 것이고 그 물건이 실(實)이 없으면 그 이치도 실이 없는 것이다." 했으니, 이는 이른바 기(氣)가 이(理)보다 먼저라는 주장이 아니겠습니까. 이 주장이 과연 어떠한지요?

---

8) 기인편(畸人篇) : 마태오 리치가 지은『기인십편(畸人十篇)』의 준말이다.

9) 연지화상(蓮池和尙) : 명(明)나라 때 항주(杭州) 운루사(雲棲寺)의 승려로, 본래 성은 심씨(沈氏)이고 이름은 주굉(袾宏)이며 자(字)는 불혜(佛慧)이다. 운루대사(雲棲大師)라고도 한다. 처음에는 유교를 배우다가 불문에 들어가 승려가 되었다. 우리나라에서는 주로 운루 주굉(雲棲 袾宏)이라 불린다.

10) 이마두(利瑪竇) : 마태오 리치(Matteo Ricci)의 중국식 이름이다. 그는 이탈리아의 예수회 수사(修士)로서 명(明)나라 말기에 중국에 들어와서 서양의 학술, 종교 서적을 한문으로 번역 출판하였다. 저서에『천주실의(天主實義)』,『교우론(交友論)』,『변학유독(辨學遺牘)』,『기하원본(幾何原本)』,『만국여도(萬國輿圖)』등 20여 책이 있다.

11) 마명(馬鳴)·달마(達摩) : 마명(馬鳴)은 보살(菩薩)의 이름으로, 석가가 열반한 지 5, 6세기 뒤에 태어나 중인도(中印度)에 살았다. 처음에는 바라문교(婆羅門敎)를 받들다가 불교로 귀의하였으며, 대승불교(大乘佛敎)를 일으켰다. 달마(達摩)는 인도의 고승으로 양(梁)나라 때 중국에 들어와 소림사(少林寺)에서 면벽하여 선종(禪宗)을 개창했다고 한다.

「上星湖先生書【戊寅】」

-(上略)-

別紙

鬼神之說 以繫辭祭義及濂洛諸先生之說觀之 其情狀可見而終有所疑 其等有三 有天地之鬼神 有人死之鬼神 有百物之鬼神 人死之鬼神 其理最難明 後世論說有三 儒者謂氣聚則生 散則死而歸於空無 西士謂氣聚爲人 旣而爲人之後 別有一種靈魂 死而不滅 爲本身之鬼神 終古長存 佛氏謂人死爲鬼 鬼復爲人 輪廻不已 若如儒者之說 則聖人立祭祀之義 明有祖先鬼神來格之理 若徒爲孝子順孫思慕之心而設 則是不幾於虛假戱玩而不敬之甚者乎 雖云祖先子孫一氣相連 故有來格之理 祖先之氣 已散而歸於二氣之本然 則惟漂散虛空 與原初不異 復有何氣更來乎 誠有來格者則其別有不散者存明矣 若如西士之說 則人無論善惡 皆有靈魂 有天堂地獄之報 亘古恒存 其鬼至多 所謂天堂闊曠 或有可容之理 所謂地獄 地周九萬里 其經三萬里 三萬里之中 豈能容許多鬼神 假或容之 地有形質 窒塞無空 鬼神雖云無形 亦何以容之耶 謂之散有遲速則可 謂之永世不散則不可矣 如佛氏之說 則其說尤爲誑惑 不可專信 而其中亦有可疑者矣 夫天下之道非一 而儒外皆異端也 儒者之道 語常不語變 變固不可測 語變不已 則將荒誕不經而歸於異端之無忌憚也 是以聖人不語怪而已 怪未嘗無也 以詩書觀之 君臣交戒 必以上帝祖考神靈言之 若無其實 則聖人何爲以人所不見怳惚難信之事 誑譎于人 而人亦信從之乎 明有是事 故其言亦如是矣 殷人尙鬼 豈若後世愚民之誘惑于巫覡者爲也 是必多有實事之可言 而安知非焚滅之餘亡而不傳耶 後世語常之道勝 若一語一事 稍涉于不見不聞 則輒歸語怪之科 是故立教者 愼之而不發 守常者只欲依倣先儒之說而終未能晰然無疑也 竊嘗思之 人之生死 以大體言之 儘由於氣之聚散 如火滅烟散 騰空而消滅者 其中亦或有不散者 如西士之說 如眞金入

火 混體消融 而一點精光 猶有存焉 其中亦或有輪廻 如釋氏之說矣 若有未散之氣 則其聚而復生 亦不異矣 人之生也 以氣之聚 則鬼神非氣乎 以史傳言之 如識環記井 其類甚多 以今世人家所傳觀之 亦多可疑 若是之類 證之以必然則妄 諉之以一切不然則太拘 其勢但不語而已 易云遊魂爲變 不獨爲遊散而已 至於爲變 則盖無所不有矣 張子以遊魂爲變 爲輪廻之說非則何敢更爲論說 而其疑終未亡也 程朱之說 亦多有引而不發者 徒增後人之疑 程子曰 死生人鬼之理 一而二二而一者也 ○語類朱子曰 鬼神死生之理 定不如釋家所云 世俗所見 然必有其事昭昭 不可以理推者此等處 且莫要理會 又曰 識環記井之事 此又別有說話 ○大全答王子合書曰 天地之陰陽無窮 則人物之魂魄無盡 所以有感必通 尤不得專以陰滯未散 終歸於盡爲說矣 又答董叔重曰 鬼神之理 聖人難言之 謂眞有一物固不可 謂非眞有一物 亦不可 若未能曉 闕之可也 ○按此等議論 皆非可疑者乎 花潭鬼神論 與利氏說合 而利氏則謂自有生人以來 其鬼長存 徐氏謂有久速之別 徐說似優矣 李子嘗非徐說 則不敢復有所疑 而終有可疑者存 則不可以語涉異教爲懼而含糊不發 不就正於有道矣 天堂地獄之說言語貌像 終是異端 然而果有未散之靈魂 則必有主張者存 有主張者存則賞善罰惡 或不怪矣 然而末梢賞繁刑重 主張者將何以區處耶 是其說之終有窒礙處也 西士魔鬼之論 恐其俗或然也 凡人之善惡 由於形氣性命之分 魔鬼何能導人爲惡耶 此論誠棄之當矣 魂魄合而爲人 人死則魂升魄降魂固有神 以傳記所存言 則墓亦有鬼 是魄亦有神矣 是一人而有魂魄之別其神有二也 三魂七魄之說 出於道家 其言難信 朱子言之曰 三七是金木之數 然則一人之死 而魂魄分爲十箇神 不其多乎 醫書 肝藏魂肺藏魄 肝木而肺金 洛書之位 三東而七西 故朱子之言 盖出於此 而以金數爲七則不可知也 竊謂魂魄不可以二之 左氏謂心之精爽 是謂魂魄 西士所謂靈魂是也 人之神一而已 而有在陰在陽之別 故有魂魄之名 不可別爲二物也

【역문】「상성호선생서【무인】」[12)]

-(상략)-

○ 별지

귀신(鬼神)의 설에 관해 계사(繫辭), 제의(祭義) 그리고 염락(濂洛)의 여러 선생들의 학설에 의거하여 보았을 때 그 정상(情狀)은 그렇겠다 싶으면서도 끝내 풀리지 않는 의심이 있습니다. 그 종류가 셋인데, 천지(天地)의 귀신이 있고, 사람이 죽어 된 귀신이 있고, 또 백물(百物)의 귀신이 그것입니다. 그 중에서 사람이 죽어 된 귀신의 정체를 밝히기가 가장 어려운데, 그에 대해 후세의 논설이 세 가지로 되어 있는 것입니다. 즉 유자(儒者)의 주장은, 기운이 모이면 생명이 있고 기운이 흩어지면 죽어 아무 것도 없는 상태로 돌아간다고 하고, 서양 사람들은, 기운이 모여 사람이 되는데 일단 사람이 되고 나면 또 다른 일종의 영혼이라는 것이 있어 사람이 죽어도 없어지지 않고 그 사람 본신의 귀신이 되어 영원히 존재한다고 하고, 불씨(佛氏)는, 사람이 죽으면 귀신이 되고 그 귀신은 다시 사람이 되고 하여 계속 윤회한다는 것입니다. 만약 유자의 말대로라면 성인이 제사 제도를 만들 때 분명히 선조의 귀신이 온다는 이치를 인정한 것 아니겠습니까. 만약 그런 것 없이 다만 효자 순손(順孫)의 사모의 마음만을 생각해서 만든 제도라면 그것은 거의 허깨비 장난에 가까운 일로서 너무나 불경한 일이 아니겠습니까. 조상과 자손은 같은 기운으로 서로 연결되어 있기 때문에 감응하여 오는[來格] 이치가 있다고는 하지만 조상의 기운은 이미 흩어져서 음양 본연의 상태로 돌아가 버렸으니, 그 기운은 허공에 분산되어 벌써 원초적 상태와 전혀 다를 바가 없는데 다시 무슨 기운이 있어

12)『순암집』卷02, 書

또 오겠습니까. 만약 오는 것이 있다면 그것은 흩어지지 않고 별도로 존재하는 것이 있음이 분명합니다. 그리고 만약 서양 사람들 말대로라면 사람은 선악에 관계없이 영혼이라는 것은 다 있고 또 천당과 지옥이 있다는데, 옛날부터 죽 있어온 그 귀신은 또 얼마나 많을 것입니까. 이른바 천당은 텅 비고 넓어서 혹 수용이 될는지 몰라도 소위 지옥이라는 곳은 땅 둘레가 9만 리이고 그 지름이 3만 리라니 그 3만 리 속에 그렇게 허구많은 귀신을 어찌 다 수용할 것이며 가사 수용한다고 하더라도 땅이라는 것은 형질(形質)이 있어 공간이 없이 꽉 차 있는데 귀신이 아무리 형체가 없다고 하더라도 무슨 수로 용납이 되겠습니까? 기운이 흩어지는 것이 지속(遲速)이 있다고 한다면 몰라도 영원히 흩어지지 않는다고 한다면 그것은 안 될 말입니다. 또 불씨의 말대로라면 그 말은 더욱 어처구니없어 전적으로 믿을 수 없으나 그 속에는 또 의심스러운 점도 있습니다. 대체로 천하의 도가 하나 뿐은 아니지만 유도(儒道) 외에는 모두가 이단(異端)입니다. 그렇기에 유자는 상(常)을 말하지 변(變)은 말하지 않지 않습니까. 변이란 예측할 수 없는 것인데, 그 변을 계속 말하다 보면 결국은 허황되고 정상에서 벗어나 거리낄 것 없이 마구 놀아나는 이단이 되어 버리고 마는 것입니다. 그렇기 때문에 성인이 괴(怪)를 말씀하지 않았을 뿐이지 괴가 꼭 없는 것은 아닙니다. 『시경』과 『서경』을 보면 임금·신하가 서로 경계하면서 반드시 상제(上帝) 아니면 조상의 영령을 들어서 말하는데, 만약 실제로 그것이 없다면 성인이 어찌하여 사람이 볼 수도 없고 황홀하여 믿기도 어려운 일을 가지고 사람들을 속였을 것이며, 사람들 역시 믿고 따랐겠습니까. 분명히 그러한 일이 있기 때문에 그렇게 말했던 것 아니겠습니까. 은(殷) 나라 사람들은 귀신을 숭상했다지만 어찌 후세의 어리석은 백성들의 짓거리에 유혹되는 것과 같겠습니까. 이는 필시 말할만한 실제 사실이 많이 있었을 것이지만, 진시황 때 다 불타고 없어져서 전해지지 못하게 되었는지 어떻게 알겠습니까. 후세에 와서는 상(常)만 말하는 경우가 많아 만약 말 한 마디 일 하나라도 보도 듣도 못한 것이 있으면 아무리 적은 것이라도 즉석에서 괴(怪)를 말한 것으로 간주해 버리기 때문에 가르치는 입장에서도 신중을 기하여 말하지 않고 상도(常道)를 지키는 이들은 그들대로 그냥 선유들의 말에 의거하려고만 하여 결국 의심이 석연히 풀리지 않고 있는 것입니다. 가만히 생각해 보면 사람의 생사는 대체적으로 말한다면 실로 기운이 모이고 흩어짐에 달려 있으니, 불이 꺼지면 연기가 흩어져 허공으로 올라가 소멸한다는 것과 같습니다. 그리고 그 중에는 또 혹 흩어지지 않는 것도 있으니, 서양 사람들 말처럼 마치 순금이 불에 들어가면 전체가 다 녹아 버리지만 한 점의 정광(精光) 만은 그대로 존재하는 것과 같습니다. 그리고 또 그 중에는 석씨(釋氏)의 말처럼 윤회의 법칙도 또 있을 수 있습니다. 흩어지지 않은 기운이 만약 있다면 그것이 모여 다시 태어나는 것도 그리 이상한 일은 아닙니다. 사람의 생명체가 기운의 모임이라면 귀신 역시 기운 아니겠습니까. 역사의 전설로 보면 지환을 알아보았다느니[13] 우물을 기억하고 있다거니[14] 하는 유들이

---

13) 지환을 알아보았다느니 : 진(晉)나라의 명장(名將)인 양호(羊祜)의 고사이다. 양호가 5세 때에 자기 유모에게 자기가 가지고 놀던 금가락지를 가져다 달라고 하였다. 유모가 "너에게는 금가락지가 없었다." 하자, 양호가 즉시 이웃 이씨(李氏) 집으로 가서 동쪽 담장 곁의 뽕나무 속에서 금가락지를 찾아내었다. 그 주인이 놀라며 말하기를 "이것은 우리 죽은 아이가 잃어버린 물건인데, 왜 가져가느냐?" 하므로, 유모가 그 사실을 자세히 말하자 이씨가 매우 슬퍼하였다. 당시 사람들은 이씨의 아들이 바로 양호의 전신(前身)이었다고 여겼다고 한다. 『晉書』 34권, 羊祜傳.

14) 우물을 기억하고 있다거니 : 포정(鮑靚)은 자(字)는 태현(太玄)인데 동해(東海) 사람이다. 나이 5세 때 자기 부모에게 말하기를 "나는 본래 곡양(曲陽)의 이씨(李氏) 집 사람인데 9세 때 우물에 빠져 죽었다."하였다. 그 부모가 곡양의 이씨 집에 가서 확인해 보니 모두 그 말과 부합하였다. 『蒙求集註』 上卷.

매우 많고, 지금 세상 사람들의 자기 집안 전설을 들어봐도 의심스러운 것들이 많이 있는데, 그러한 유들을 놓고 꼭 그렇다고 한다면 그는 망녕된 일이고, 그렇다고 또 일절 그렇지 않다고 하는 것도 너무 집착된 일이므로 그 경우 말을 않는 것이 제일이지요. 『역(易)』에 이르기를, "혼(魂)이 떠도는 것이 변(變)이 된다." 했는데, 그냥 흩어져 버리는 것이 아니고 변함이 될 정도이면 그 혼이 어디에고 없는 곳이 없는 것입니다. 장자(張子)가 "혼이 떠도는 것이 변이 된다."는 것을 근거로 윤회설을 부정하였으니 어찌 감히 다시 논설할 것이 있겠습니까만은 그 의문은 끝내 풀리지 않고 있습니다. 그리고 정주(程朱) 학설도 시작만 해 두고 결론을 내리지 않은 것들이 많아 후인들의 의심만 더 증폭시키고 있습니다. 정자가 이르기를, "죽음과 삶, 사람과 귀신 그것은 하나이면서 둘이요 둘이면서 하나이다." 하였다. ○『어류(語類)』에 주자가 이르기를, "귀신·생사의 이치는 불가에서 한 말이나 시속에서 생각하고 있는 것과는 다르다. 그러나 틀림없이 그러한 일이 있긴 하지만 분명하게 이치로 미루어 알 수가 없다. 따라서 이러한 것들은 꼭 알려고 할 필요가 없다." 했고, 또 이르기를, "지환을 알아보고 우물을 기억하고 한 일들은 그것대로 따로 얘기가 있다." 하였다. ○『대전(大全)』의 왕자합(王子合)에게 답한 서한에는, "천지의 음양이 끝이 없으면 사람과 만물의 혼백도 끝이 없는 것이다. 그래서 느낌이 있으면 반드시 통하기 마련이니, 음이 막혀 흩어지지 않고 있다가 결국에는 다 없어지고 만다고 말해서는 더더욱 안 될 말이다." 했고, 또 동숙중(董叔重)에게 답하기를, "귀신의 이치는 성인도 말하기 어려워했다. 참으로 어느 물건 하나가 있다고 해도 안 되고, 참으로 어느 물건 하나가 있는 것이 아니라고 해도 안 될 말이다. 만약 분명히 모르겠으면 젖혀 두는 것이 좋다." 하였다. ○이상의 얘기들 모두는 다 의심을 남긴 것들이 아니겠습니까. 서화담(徐花潭)의 귀신론(鬼神論)[15]이 이씨(利氏)[16]의 설과 합치되고 있는데, 이씨는, 인류가 있은 이후로 그 귀신들이 계속 존재하고 있다고 하고, 서씨는, 오래 가는 귀신도 있고 빨리 없어지는 귀신도 있다고 하여 서씨의 설이 더 우세한 것 같으나 이자(李子)는 서씨의 설이 틀렸다고 했으니[17] 감히 다시 이에 대해 의심을 두어서는 안 되겠습니다. 그러나 끝내 의심이 풀리지 않고 있으니, 그렇다면 이교(異敎)를 말한다는 혐의를 받을까 두려워서 어물어물 넘어가 버리고 아는 이에게 질정(質正)하지 않아서는 안 될 것입니다. 천당·지옥설은 그 말 모양부터가 별 수 없이 이단이지만 그러나 흩어지지 않은 영혼이 있다면 틀림없이 그를 맡은 이가 있을 것이고, 일단 맡은 이가 있으면 선한 자에게 상을 내리고 악한 자는 벌을 주는 일도 있을 수 있는 일 아니겠습니까. 그러나 끝에 가서 그 많은 상 그 많은 벌을 맡은 이가 어떻게 다 담당하고 처리할 것입니까. 그래서 그 학설도 결국은 막힌 데가 있는 것입니다. 서양 사람들의 마귀 얘기는 아마 그들 풍속이 그런가 봅니다만. 대체로 사람의 선악은 그의 형기(形氣)와 성명(性命)에 따라 좌우되는 것인데 마귀가 어떻게 사람을 악으로 인도할 수 있겠습니까. 그 논리는 참으로 버려 마땅합니다. 혼(魂)과 백(魄)이 합쳐져서 사람이 되었다가 사람이 죽으면 혼은 올라가고 백은

---

15) 서화담(徐花潭)의 귀신론(鬼神論) : 화담은 서경덕(徐敬德, 1489~1546)의 호이다. 그의 자는 가구(可久)이고 관향은 당성(唐城)이다. 개성(開城)의 동문(東門) 밖 화담에 은거하여 하군에 전념하였다. 시호는 문강(文康)이다. 귀신론(鬼神論)은 『화담집(花潭集)』 2권에 「귀신사생론(鬼神死生論)」이란 제목으로 실려 있다.

16) 이씨(利氏) : 마태오 리치를 가리킨다.

17) 이자(李子)는 서씨의 설이 틀렸다고 했으니 : 이자(李子)는 퇴계(退溪) 이황(李滉)을 가리킨다. 퇴계가 화담의 귀신론(鬼神論)에 대해 비판하기를 "화담은 참으로 있어서 그것이 모이면 사람이 되고 그것이 흩어지면 허공에 있어 이루어졌다 무너졌다를 반복하되 이것은 영원히 소멸하지 않는다 하였으니, 이것이 하나의 불교의 윤회설(輪回說)과 무엇이 다르겠는가?"하였다. 『退溪集』 14권, 答南時甫.

내려온다고 합니다. 혼에는 물론 신(神)이 있겠지만 전기(傳記)에 있는 것을 보면 무덤에도 귀신이 있는 것으로 되어 있는데, 그렇다면 백도 신이 있는 것 아닙니까. 사람은 하나인데 혼과 백이 따로 있으면 그것은 신이 둘 있는 폭입니다. 삼혼칠백(三魂七魄)은 도가(道家)에서 나온 말로 믿기 어렵습니다. 주자가 이에 대해 말하기를, "삼과 칠은 금(金)과 목(木)의 수다."라고 했습니다. 그렇다면 한 사람이 죽었을 때 혼과 백이 열 개의 신으로 나누어진다는 것인데, 너무 많지 않습니까. 의서(醫書)에 보면 간(肝)은 혼을 간직하고, 폐(肺)는 백을 간직한다고 했는데 간은 목에 속하고, 폐는 금에 속하며, 낙서(洛書)[18] 방위도 삼은 동쪽이고, 칠은 서쪽이기 때문에 주자는 그를 기준하여 하신 말이겠지만 금의 수가 칠이라는 것은 모를 일입니다. 제 생각에는 혼백을 둘로 나누어서는 안 될 일입니다. 좌씨(左氏)는, 마음의 정상(精爽)을 혼백이라고 한다고 했는데, 서양 사람들이 말하는 영혼이라는 것이 바로 그것입니다. 사람의 신은 하나뿐이지만 그것을 음과 양으로 구별하기 때문에 혼백이라는 이름이 있는 것이지 그것을 두 물건으로 쪼개 보아서는 안 될 일입니다.

18) 낙서(洛書) : 하(夏)나라 우(禹)임금 때에 낙수(洛水)에서 나온 거북이 등에 찍혀 있는 한 개로부터 아홉 개까지의 점으로 『서경(書經)』의 홍범구주(洪範九疇)가 바로 이것의 이치를 밝힌 것이라 한다. 『주역(周易)』 「계사상(繫辭上)」에 "하수(河水)에서 도(圖)가 나오고 낙수(洛水)에서 서(書)가 나왔다." 하였다.

「答艮翁李參判夢瑞 書【己酉】」

俯示天學問答 莊玩重複 辭嚴義正 文章簡潔 不任欽賞 彼所謂不知其妙處者 妙處指何事 不過堂獄現世後世而已 吾聖人不語怪神 何嘗有此等說話 而吾儒之學 光明正大 當於現世 爲所當爲而已 曷嘗爲惝怳倏忽之言 塗蔽愚俗乎 大抵氣數流行 已過午會 天壤之間 陰氣漸盛 別種異端之賊吾道 固其然矣 所可惜者 聰明才學有擔負之望者 率入其中 迷而不悟牢不可破 至以爲吾先生亦嘗云爾 誣及師門 豈不寒心 是何異於伊川學靈源 退之師太顚之語乎 今則不必與之呶呶爭辨 姑置之度外 莫若歐公所謂脩其本而勝之而已 盛諭謂右此學者 非但害道賊義 又非養壽命之道 此意誠然 常常注心於蕩蕩虛空之地 與吾儒操存之工不同 可謂魂不守宅而壽命能久乎 亦有一二人力行此學 學未成而妙年奄忽 兄言驗矣 -(下略)-

【역문】「답간옹이참판몽서 서【기유】」[19]

보내 주신 천주교[天學]에 관한 문답은 읽고 또 읽어도 문장이 간결하고 내용이 근엄하고 뜻이 정중하여 너무도 흠탄하여 마지않았습니다. 그들이 말하기를, 그 오묘한 곳을 모르고 있다고 한다지만 그 오묘한 곳이라는 게 무엇을 가리켜 말하는 것이겠습니까. 불과 천당과 지옥 그리고 현세와 내세 정도가 아니겠습니까. 우리 성인(聖人)은 원래 괴이하고 신비한 말은 하지 않는데, 이러한 설화를 하실 까닭이 있으며, 또 우리 유학은 광명정대해서 현세에 내가 해야 할 일을 할 뿐이지 그 무슨 듣기 황홀한 말을 하여 우매한 속세를 더 깜깜한 세계로 만들겠습니까. 대체로 유행하는 기수(氣數)가 이미 오회(午會)[20]를 지

19)『순암집』卷05, 書

났기에 하늘 땅 사이에는 음기(陰氣)가 점점 성해 우리의 갈 길을 해치는 별스러운 이단(異端)이 생겨나는 것은 당연합니다. 다만 애석한 것은 이 세상을 책임지고 나갈 재주와 학식이 있는 총명한 자들이 거의 그 와중으로 빠져들어 가면서 미혹에 빠져 깨닫지를 못하고, 이미 굳어져서 어쩔 수 없는 지경에 이른 것입니다. 심지어는, 우리 선생께서도 일찍이 그렇게 말씀하셨다고 하면서 사문(師門)까지 속이고 있으니 그 아니 한심할 일입니까. 이는 정이천(程伊川)이 중 영원(靈源)에게서 배우고[21] 한퇴지(韓退之)가 중 태전(太顚)을 스승으로 모셨다[22]는 터무니없는 말과 다를 바 없는 것이니, 지금 와서는 꼭 그들과 시끄럽게 입씨름할 것도 없이 그냥 치지도외하고 구공(歐公)[23]이 말했던 것

20) 오회(午會) : 송(宋)나라 소옹(邵雍)이 천지(天地)가 순환하는 기간을 수리(數理) 추정한 원회운세(元會運世)에서 온 말이다. 즉 30년을 일세(一世)로 보고, 십이세(十二世)인 360년을 일운(一運)으로 삼으며 삼십운(三十運)인 1만 800년을 일회(一會)로 삼고, 십이회(十二會)인 12만 9600년을 일원(一元)으로 삼는다. 일원은 즉 천지가 창조된 시각부터 계속해서 순환하다가 다시 원시상태로 복귀하는 기간, 즉 일기(一期)이다. 십이회는 또 십이지간(十二地支)에 대입하여 자회(子會)로부터 해회(亥會)에 이르기까지 1회(會)마다 1만 800년씩으로 되어 있다. 사회(巳會)는 건괘(乾卦)에 해당하는 시기로 인류의 문명의 가장 융성하는 기간이고, 오회(午會)는 십이회(十二會)의 한 중앙에 위치하여 양(陽)의 기운이 왕성하면서도 일음(一陰)이 처음 생겨 양(陽)이 쇠퇴하기 시작하는 기간으로 『주역(周易)』의 괘(卦)로는 구괘(姤卦)에 해당한다.

21) 정이천(程伊川)이 중 영원(靈源)에게서 배우고 : 영원(靈源)은 송(宋)나라 때 승려인데 이천(伊川) 정이(程頤)가 그에게 배웠다는 말이 있었다. 『주자어류(朱子語類)』 126권에 "영원(靈源)이 심자진(潘子眞)에게 보낸 편지를 지금 사람들은 모두 이천(伊川)에게 보낸 편지로 간주하여 이천의 학문이 영원에서 나왔다고들 한다."라고 하였다.

22) 한퇴지(韓退之)가 중 태전(太顚)을 스승으로 모셨다 : 퇴지(韓退之)는 당(唐)나라 문호 한유(韓愈)의 자이다. 한유가 「논불골표(論佛骨表)」를 올렸다가 헌종(憲宗)의 노여움을 사서 조주자사(潮州刺史)로 좌천되었을 때 그곳에서 선사(禪師) 태전(太顚)과 교유하였는데, 세상에서는 한유가 태전에게 불법(佛法)을 배웠다는 소문이 났다. 『朱文公校昌黎先生文集』 17권, 與孟尙書書.

처럼 근본을 닦아 그들을 이기는 도리 밖에 없겠습니다. 하신 말씀 중에, 이 천주학(天主學)을 숭상하는 자는 도(道)를 해치고 의(義)를 해칠 뿐만 아니라 수명을 보호하는 길도 아니라고 하셨는데, 사실이 그렇습니다. 우리 유학의 조존(操存) 공부와는 달리 마음을 늘 공허한 곳에 쓰고 있어 넋이 집을 지키고 있지 않다고 할 수 있는데 수명인들 길 턱이 있겠습니까. 그리고 또 한두 사람 천주학에 정열을 다 쓰다가 공부가 이루어지기도 전에 묘령으로 갑자기 죽은 자도 있는 것을 보면 형의 말씀이 맞는 말입니다. -(하략)-

23) 구공(歐公) : 송나라 구양수(歐陽脩)를 말한다.

「與樊巖書【丙午】」

前歲 嶺儒黃君泰熙來傳斥天學老益壯之教 今春 洪上舍錫疇又傳軒記推去之諭不衰二字 台監何以聞知耶 此果出於聖上之寵褒 -(中略)- 向聞吳聖道言 台監以記中有斥天學之語 恐爲少輩之所指目而不輕出云 果然否 噫 是何言也 非吾二人斥之 而有誰爲之耶 爲長者當痛斥而禁呵之 何必爲顧瞻畏屈之態耶 豈非風霜震剝之餘 恐又生一敵而然歟 大無是也 大無是也 伏枕艱倩 不宣

【역문】「여번암서【병오】」[24]

지난 해 영남 선비 황군 태희(黃君泰熙)가 와서 저를 두고, "천주교[天學]를 배척하는 것을 보면 노익장이더라."라고 하신 말씀을 전하고, 금년 봄에는 또 홍 상사 석주(洪上舍錫疇)가, "불쇠헌기(不衰軒記)를 찾아가라."고 하신 말씀을 전하였는데, 불쇠(不衰) 두 글자에 대해 대감께서 어떻게 듣고 아셨습니까? 그 일은 과연 성상(聖上)께서 저를 총애하시고 또 포양(褒揚)하시는 뜻이었지요.

-(중략)-

지난번에 오성도(吳聖道)의 말을 들었더니 대감께서 그 기(記) 내에 천주교를 배척한 내용이 있어 그것이 젊은 층들에게 지목될까 염려하여 함부로 내놓지 못하신다고 하더라는데 그게 과연 사실입니까, 아닙니까? 아 그게 무슨 말씀입니까. 천주학을 우리 두 사람이 물리치지

24) 『순암집』 卷05, 書

않으면 누가 그 일을 할 것입니까. 어른으로서 당연히 절대 물리치고 금해야지 뒤돌아보고 머뭇거리며 물러서는 태도를 취할 까닭이 뭐랍니까. 그렇잖아도 모진 풍상(風霜)을 겪고 있는 터에 또 하나의 적이 생길까 두려워서 그러시는 것입니까. 절대 이런 이치는 없습니다. 절대로 없습니다. 베개에 엎드려 남을 시켜 근근히 씁니다. 이만 줄이겠습니다.

「答權旣明書【甲辰①】」

原書云 向承談經論禮雲消霧散之敎 不覺惕然于中 哲前日之纏繞文義無所實得 得爲大罪 自念朝夕救過不暇 何敢更有論說耶 以此向來迷見箚錄者 一併毁棄 未死之前 惟嘿以自修 毋陷大惡 恐爲究竟法耳 承喩公書大異前日規模 頗帶伊蒲塞氣味 公何爲而有此言耶 聖遠言湮 惟有遺訓後學讀此而窮其義 爲踐行之實 自是吾儒法門也 纏繞文義無所實得 是於明善誠身之義 不加實功而然矣 若知其爲病 則只當灑脫於考求訓詁之間實然用力於四勿三貴之目 而積累之久 自當心與理一 心不待操而存 義不待精而明者 庶乎其近之矣 豈可以此而棄經學之功 而自分爲大罪耶 來書又云未死之前 嘿以自脩 毋陷太惡 爲究竟法 此何異於少林面壁 朝夕念阿彌陁佛 懺悔前過 懇乞佛前 得生天堂 求免墮落地獄之意耶 愚於此誠不知公之有此言也

【역문】「답권기명서【갑진①】」[25)]

권기명의 서신에 이르기를, "지난번에, '경서 얘기하고 예문 논하고 하는 일을 말끔이 치워버리자.'고 하신 서신을 받고 저도 모르게 가슴이 덜컹했습니다. 전일에 실지 소득은 없이 공연한 문의(文義)에만 얽매여 큰 죄를 짓고 말았으니, 저 자신으로서는 조석으로 허물을 고치기에도 겨를이 없다고 생각하고 있는데 무슨 논설을 감히 또 하겠습니까. 그리하여 그 동안 저의 미욱한 소견을 기록해 두었던 것을 전부 찢어버리고, 이제 죽기 전까지 오직 입을 다물고 자신의 수양이나 하면서 대악(大惡)에 빠지지 않는 것이 최상의 방법이 아닐까 생각합니

25) 『순암집』 卷06, 書

다.” 하였다. 공의 서신을 받고 보니 전일과는 아주 딴판으로 선가(禪家)의 냄새가 물씬 풍기는데 공이 어찌하여 이런 말을 하는 것인가? 성인이 가신 지가 오래고 그의 말도 다 없어져 오직 남아 있는 것이라곤 유훈(遺訓)뿐이니, 후학들로서는 이것을 읽고 그 뜻을 캐내어 실천하는 것이 바로 우리 유자들의 법문(法門)이 아니겠는가. 문의(文義)에만 얽매여 실지 소득이 없는 것은 명선(明善)·성신(誠身)의 실지 공부를 소홀히 해서 그렇게 된 것이지. 그것이 병임을 알았으면 당연히 훈고(訓詁)나 찾던 그 습관을 청산하고 사물(四勿)이나 삼귀(三貴) 같은 항목에 실지 노력을 기울이어 오래도록 공부를 쌓으면 자연히 마음과 이치가 하나가 되어 마음을 챙기지 않아도 마음이 있고, 의리도 자연히 밝아질 수가 있을 것인데, 어찌해서 그 때문에 경학(經學) 공부를 포기하고 큰 죄인으로 자처한단 말인가. 또, 죽기 전까지 입 다물고 자신의 수양이나 하면서 대악(大惡)에 빠지지 않는 것이 최고의 방법이라고도 했는데, 이는 소림사에서 벽을 향해 앉아 조석으로 아미타불을 외우면서 지난 허물을 뉘우치고, 부처 앞에서 천당(天堂)에 태어나고 지옥(地獄)으로 떨어지지 말게 해 달라고 간곡히 비는 것과 무엇이 다르겠는가. 공이 이렇게 말한 뜻을 나로서는 참으로 이해 못하겠구려.

「答權旣明書【甲辰②】」

頃者公書 大異前日 此僕所以有伊蒲塞之語也 繳繞文義 自是儒學之所不免 公引以爲大過何也 終無實得 是自己之過也 旣知其病 則旋下其藥自是吾家法門 以公善究覈善辨析之才 不爲回頭於明善誠身 交致其工之業 而有此默以自脩 無陷大惡之語耶 頃者聞嶺儒之言 復見士興來借七克心竊疑之而謂之曰 七克是四勿註脚 雖或有刺骨之談 何取於斯耶 其後轉聞洋學大熾 某某爲首 某某次之 其餘從而化者 不知幾何云 不勝驚怪 旣已浪藉於人 則不必掩遮於相好之間矣 老佛楊墨 以其道之不同於吾儒 故其弊也歸於虛無寂滅 無父無君之敎 此所以爲異端也 今所謂天學 是佛氏之變其名者爾 愚亦畧觀大意 天堂地獄一也 魔鬼一也 齋素一也 無君臣父子夫婦之倫一也 十誡與七戒不異 四行與四大亦同 其餘不能枚擧 而大抵以救世爲言 鳩摩羅什 達摩尊者 皆以救世 涉重溟到中國 以宣其化 利瑪竇等 亦不過如是而已 古人謂釋氏自私欲超脫生死而然也 今爲天主之學者 晝夜祈懇 祈免墮於地獄 是皆佛學也 諸君平日常斥佛而今束手於此則必有別般文字可以動人者而然也 是故前書之請有以也 今聞德操抱多少書而進去 今者過此不見 未知其故也 豈以其道不同而不相謀耶 天主導人爲善之意 必不如此也 然聖人明明德於天下者 其救世之意 爲如何哉何必捨名敎之樂地而求生天堂乎 所謂聞用夏變夷 未聞變於夷者此也 幸諒更敎之也

【역문】「답권기명서【갑진②】」[26]

지난번 공의 서신이 다른 때와는 딴판이기에 그래서 내가 불가 냄

26) 『순암집』 卷06, 書

새가 풍긴다고 했던 것일세. 문의(文義)에 얽히는 것은 유학(儒學)을 하려면 면할 수 없는 과정인데, 공은 그것을 왜 자신의 큰 죄라고 여기는가? 실지 소득이 없는 것이야말로 자기의 잘못이니, 그것이 병임을 알았으면 곧 약을 쓰는 것이 우리들 법문(法門) 아니던가. 연구 잘하고 분석 잘하는 공의 그 재주로 명선(明善)과 성신(誠身) 양 쪽에 모두 주력하는 공부에 머리를 돌리지 않고, 어찌하여 입을 다물고 자신의 수양이나 하여 큰 악에 빠지지 말아야겠다는 말을 하는 것인가? 지난번 영남 유생들에게 들으니, 또 사흥(士興)이 와서 『칠극(七克)』[27]을 빌려갔다고 하기에 마음속으로 의아하게 여겨, "『칠극』은 사물(四勿)에 대한 주석이나 다름없는 것이니, 비록 뼈를 찌르는 듯한 절실한 내용이 더러 있기는 하지만 이 책에 무슨 취할 점이 있겠는가." 했더니, 그 후 들리는 말에, "양학(洋學)이 크게 번져 아무 아무가 주동자이고, 아무 아무는 그 다음이고 그밖에도 따라서 동화되어 간 사람들이 얼마나 되는지 모른다."고 하기에, 너무나 놀란 적이 있지만 기왕 남의 입에 낭자하게 올랐다면 서로 좋아하는 사이에 숨기고 감출 것이 뭐가 있겠는가. 노(老)·불(佛)·양(楊)·묵(墨)은 그 길이 우리 유도(儒道)와는 다르기 때문에 그 폐단이 결과적으로 허무(虛無)·적멸(寂滅)·무부(無父)·무군(無君)이 되어 결국 이단(異端)이 된 것 아닌가. 지금 이른바 천주학(天主學)이라는 것은 바로 이름만 바꾼 불씨(佛氏)인 것으로 나도 대략 본 일이 있는데, 그 대의가 천당·지옥이라는 것이 같고, 마귀라는 것이 같고, 재소(齋素)도 같고, 군신·부자·부부의 인륜이 없는 것도 같고, 십계(十誡)와 칠계(七戒)도 다를 것이 없고, 사행(四行)과 사대(四大)도 같네. 그 밖에도 이루 다 들 수가 없지만 대체적으로 그들

27) 『칠극(七克)』: 책 이름. 명(明)의 방적아(龐迪我)가 지은 천주교(天主敎)에 관한 것으로 내용에 복오(伏傲)·평투(平妬)·해탐(解貪)·식분(熄忿)·색도(塞饕)·방음(坊淫)·책태(策怠) 등 일곱 가지 금기 사항이 있음.

이 주장하는 것은 구세(救世)이지. 구마라집(鳩摩羅什)과 달마존자(達摩尊者)가 다 구세를 내세워 큰 바다를 건너 중국까지 와서 자기들 교화를 폈듯이 이마두(利瑪竇) 무리들도 역시 그러한 자들에 불과하다네. 옛 사람 말에 의하면, 석씨(釋氏)는 자기 스스로 생사(生死)의 경지를 초탈하기 위하여 그랬다고 하는데, 지금 천주학을 하는 자들도 밤낮으로 기도하면서 지옥으로 떨어지는 것을 면하게 해달라고 하는 것이 모두가 불학(佛學)인 것일세. 제군들이 평소에 그렇게도 불교를 배척했으면서 지금 천주학에는 꼼짝 못하는 것을 보면 틀림없이 사람을 감동시킬 만한 별다른 문자가 있어서 그럴 터이지. 이런 까닭에 전번 서신에서 청했던 것은 까닭이 있어서였는데 지금 들으니 덕조(德操)가 얼마간의 서책을 가지고 갔다는데 이곳을 지나면서도 나를 찾아보지 않고 그냥 지나쳐 버린 그 까닭을 알 수 없군. 아마 공부의 길이 달라 서로 얘기할 것이 없기 때문이었을까? 남을 선으로 인도한다는 천주의 뜻은 틀림없이 그렇지 않을 것일세. 그러나 명덕(明德)을 천하에 밝히려는 성인의 구세 뜻은 그 얼마나 거룩한 것인가. 그 명교(名敎)의 안락한 곳을 굳이 버려두고 천당을 찾는 것인지? 이른바, 중국의 법도로 오랑캐를 변화시킨다는 말은 들었어도 오랑캐에 의해 변화된다는 말은 듣지 못했다고 한 것이 바로 이런 경우가 아니겠는가. 내 뜻을 이해하고 다시 답을 주기 바라네.

「與權旣明書【甲辰③】」

不審辰下侍履如何 日前再度候書 畧攄鄙意 或見答而不答所問之實事 或不賜答 似以事故之悤悤 行人之忙遽而然也 竊有微意 又申前見而索言之 亶出箴規之意 不以老耄之囈語而麾斥之 試屈意而垂聽焉 朋友之義 貴在規箴 若不規箴而徒以諛佞爲意 則是果朋友相與之義耶 世所稱朋友 所謂面朋 非同志爲友之友也 僕之於公 安忍以面朋爲期 而惟其言之是從乎 僕本不才 知見鹵莽 不敢與論於講討之末 前已與公言之矣 豈敢復此煩聒 而盖有不得已而爲也 公自少爲學 至此已多年矣 可謂年高德卲而終無定規 務出新意而少信服先儒之意 考究同異而無沉潛縝密之工 不用力於涵養之實而本源不固 不遵行於已定之訓而私意橫出 以是之故 隨遇而變 見物而遷 人曰主敬之義非也 公亦曰非也 人曰未發之訓非也 公亦曰非也 人曰人心道心之語 非舜辭也 公亦曰非舜辭也 聞人好異之論 不復深究體察而從而和之 公之受病 全在於以主敬未發爲非而不能致力於本源之致也 今又聞西士之學 公未免爲浮躁諸少輩之所倡導 今世斯文之期許 知舊之倚重 世人之屬目 少輩之宗主 捨公而誰 而忽焉爲異學之歸 是果何爲而然乎 以愚觀之 西士之言 雖張皇辯博 而都是釋氏之粗迹 半不及於禪家精微之論 寧從達摩慧能識心見性之言 豈可爲西士晝夜祈懇 無異巫祝之擧乎 爲此而果免地獄 志士必不爲也 況爲吾儒之學者乎 是爲聖門之怪魅 儒林之蟊賊 亟黜之可也 今聞某某輩 相與結約 攻習新學之說 狼藉去來之口 此皆公之切友與門徒也 公如有禁抑之道 豈至此橫騖 而不惟不能禁抑 又從而推波助瀾何哉 向者菊孫過此 畧道此事 余語其不然而强辨不已 余已知其出於家庭之論耳 夫道家之尊老君 釋氏之尊釋迦 西士之尊耶蘇 其義一也 三家之學 皆當其人爲之耳 非吾儒之所學也 西士之學後出 而欲高於二氏 託言於無上之天主 使諸家莫敢誰何 挾天子令諸侯之意 其爲計亦巧矣 余畧觀其書 瘡疣百出 書中言論妄誕 詆斥聖賢之意

不一而足 以爲皆不識眞道之所在何如 是無忌憚也 爲吾儒者 不能明辨而痛斥之 乃反斂袵而束手焉 未知有何實然的知之理而然乎 蓋其人固多異類 聰明才辯 技藝法術 非中國之所及者 故人多屈服於此 幷與其學而信之云 豈其然哉 其學之荒誕靈怪 實與二氏無異 今之儒者斥二氏爲異端而反以此爲眞學 人心之惑溺 一至於此 此正世道汙隆 士學邪正之一大機也 噫 天下之生久矣 氣化嬗運 醇漓樸散 治日少而亂日多 君子道消 小人道長 正學泯而邪說張 世愈降而漸趨於下 豈不可悶 西士耶蘇之名 卽救世之義 而所尊者天主 勸善懲惡 而有天堂地獄之說 與二氏同 其誦言誘導者 天主也天堂也地獄也 大義只此而已 余依其說而解之曰 彼曰有天主 吾亦曰有天主 天主卽上帝也 詩書之言上帝 聖人之言天 明有其文 則豈無其實而假託以言耶 彼曰有天堂 吾亦曰有天堂 詩云文王陟降 在帝左右 又曰 三后在天 書曰 多先哲王在天 旣有上帝 則豈無上帝所居之位乎彼曰有地獄 吾乃曰地獄之刑 異於聖王制刑之義 甚可疑也 聖王之刑 制之於未然 何如其仁也 地獄之刑 生時任人爲惡 死後追論靈魂 不幾於罔民乎 今見其書 所謂地獄之刑 殆非人世可比 豈以上帝至仁之心 何如是慘毒乎 且言人之靈魂 終古不散 受善惡之報 此理茫昧 不能質言 先儒散有久速之說 似然矣 若如其說 則寅生以後人類至多 地獄天堂 雖云閒曠何處容其靈魂乎 以人道推之 則自古及今 人皆長生不死 則人數至繁 其能容於此世乎 嘗見佛書 一鉢上 容六十萬菩薩 其果如是耶 是其說之妄也 然姑因其說而不斥之曰 旣有賞善之天堂 則亦有罰惡之地獄 其或然矣然天堂地獄 誰能見之乎 至若傳記之所存 氓俗之所傳 終歸荒誕 闕之可也 晉書王坦之與僧竺法師 爲名理之交 嘗疑天堂地獄之說 約以先死者來報 一日竺師來見曰 我已歸化 地獄之說不然 而但當勤修道德 以躋上昇耳 此亦以地獄爲無也 然而此不足說也 其有無 不必多辨 但聖人不語怪力亂神 怪是希有之事 神是無形之物 指希有無形而語之不已 則其弊何所至底耶 是以聖人不語也 以吾儒事上帝之道言之 上帝降衷之性 天命之性

皆禀於天而自有者也 詩曰 上帝臨汝 無貳爾心 曰對越上帝 曰畏天命 此非天地有形之天 卽天主之天也 無非吾儒戒懼謹獨 主敬涵養之工 尊事上帝之道 豈過於是 而不待西士而更明也 所可痛者 西士以上帝爲私主 而謂中國人不知也 必也一日五拜天 七日一齋素 晝夜祈懇 求免罪過而後可爲事天之實事 此何異於佛家懺悔之擧乎 吾儒之學 光明正大 如天地之高濶 日月之照耀 無一毫隱曲怳惚難見之事 何不爲此而反以彼爲眞道之所在耶 其學曰 此世現世也 現世之禍福暫耳 豈若爲後世天堂地獄之禍福萬世之受苦樂乎 愚於此亦有言曰 天主上帝之造此三界 有上中下之分 上界有上界之事 中下界各有其事 所謂上界下界之事 非人之所可測量者也 如以中界人事言之 爲人之道 不過修己治人而已 修己治人之事 具在方冊 若依而行之 則自有可行之道 所謂西學救世之術 豈過於是哉 名雖救世 其實專爲一己之私 無異道佛之敎也 其所謂救世 與聖人明德新民之功 公私大小之別 爲如何哉 其流之弊 必將指無爲有 指虛爲實 擧一世而歸於幻妄之域 人心煽動 後世所謂蓮社彌勒之徒 必將接迹而起 爲妖賊之嚆矢 而亂未有已 作俑之罪 其必有歸矣 吾人旣生此現世 則當從現世之事 求經訓之所敎而行之而已 天堂地獄 何關於我哉 日前于四來宿 語到此學 乃曰 西國嘗禁此學 誅殺不啻千萬人 而終不能禁 日本亦禁此學 誅殺亦數萬人云 安知我國亦無此事乎 况此黨議分裂 彼此伺釁 掩善揚惡之時 設有人爲一網打盡之計 而受敗身汚名之辱 則到此之時 天主其能救之乎 竊恐天堂之樂未及享 而世禍來逼矣 可不愼哉 可不懼哉 公輩旣溺于此 則不能洗心旋踵 以祛此習 反謂之曰 地獄之設 正爲某丈 愚於此甘受而不忍爲此態也 昨日柳玉卿錄示錢牧齋景敎考一節 其言曰 大秦今西洋夷僧之黠通文字者 膏唇拭舌 妄爲之辭 雖有妙解可取 其所行敎 不過西夷之事 明是竺敎之一支下乘最劣者 其言正與鄙說合 錢是當世人 則豈無所見而云然耶 以此言之 中國儒士必不尊信此敎可知 而其所信從者 不過市井閭巷之愚氓也 公輩不能從中國儒士之學 而乃與其愚氓同歸 豈不羞吝

哉 此正大是非大利害間 故不憚煩而求敎 幸夬賜至論 以破愚迷之見 至可至可 天學設問 欲爲錄送 而書出甚難 不得送呈 于四謄去 則似有可見之路 然皆妄說 何能動公輩已定之成學耶 士興之聞問久阻 或有安信之可聞耶 如有便 此書貽送 見後焚裂之意 亦告之如何 不宣

【역문】「여권기명서【갑진】③」[28)]

요즘 어버이를 모시고 지내는 근황이 어떠한가? 일전에 두 차례나 서신을 띄워 을 띄워 내 뜻을 대충 전달했으나 혹은 답을 하면서도 내가 물은 사실에 대하여는 답을 않거나 혹은 아예 답을 주지 않았는데, 아마 하시는 일이 바쁘고 길 떠나는 사람이 너무 바삐 서두르는 통에 그런 것이겠지? 나는 나대로의 생각이 있어 전자의 말을 다시 되풀이하면서 또 한 번 말하고자 하니 이는 오로지 서로 경계하자는 뜻일세. 이를 늙은이 잠꼬대로 보아 물리치지 말고 꼭 참고 들어주기 바라네. 붕우 사이는 서로 경계하는 것이 좋은 것이지. 만약 서로 경계하지 않고 피차 아첨이나 하려고 하면 그게 과연 서로 돕는 붕우의 도리이겠는가. 세상에서 말하는 붕우란, 이른바 얼굴 친구이지 뜻을 같이하는 벗은 아닐세. 그러나 내가 공에게까지 어찌 차마 얼굴 친구로만 상대하여 말하는 대로 그대로 따를 것인가. 나는 원래 재주가 부족하고 식견도 보잘것없어 감히 학문을 토론하는 말석에도 끼일 수 없다는 것은 전에 이미 공에게 말한 바 있는데, 어찌 감히 다시 이렇게 떠들 수 있겠는가마는 지금 부득이해서 다시 말하는 것일세. 공이 젊어서부터 지금까지 학문에 종사하였으니 얼마나 많은 햇수가 쌓였는가. 그야말로 나이가 높고 덕이 높다고 할 것인데, 아직도 일정한 틀이 없이 새

28)『순암집』卷06, 書

로운 뜻 발견하기에만 힘쓰고 선유들 말은 믿고 따르려 들지 않으며, 같은지 다른지만 찾으려 하고 침착 면밀한 공부는 하지 않고 있네. 그리하여 함양(涵養) 공부에 힘을 쓰지 않기 때문에 본원(本源)이 확고하지 못하고, 이미 정해져 있는 성현의 교훈을 따르지 않고 자기 멋대로 생각하는 것이지. 그렇기 때문에 금방금방 변하여, 남이 주경(主敬)의 뜻이 틀렸다고 하면 공도 따라서 틀렸다고 하고, 남이 미발(未發)의 해석이 틀렸다고 하면 공도 덩달아 틀렸다고 하며, 남이 인심(人心)·도심(道心)의 말을 순(舜)이 한 것이 아니라고 하면, 공도 그렇다고 하는 것이지. 이렇게 색다른 것을 좋아하는 남의 말만 들으면, 다시 깊이 연구해 보고 몸소 체험해 보지는 않고 덮어놓고 동화되는데, 공의 그 병이 전적으로 주경(主敬)·미발(未發)을 틀렸다고 하면서 본원 공부에 치중하지 않은 데 있는 것일세. 그런데 지금 또 듣자하니, 공이 서양의 천주학에 있어 경망하고 철없는 젊은 것들의 앞잡이가 되고 있다는데, 지금 세상에 사문(斯文)이 기대를 걸고, 친구들이 믿고 소중히 여기고, 세상 사람들의 주목을 끌고, 후배들의 종주(宗主)가 될 사람이 공 말고 누가 있단 말인가. 그런데 이렇게 갑자기 이학(異學)으로 가버리다니 과연 어찌해서 그러한 것인가? 내가 보기에는, 서양 사람들이 말을 제아무리 장황하게 해도, 그 모두가 석씨(釋氏)가 거치고 간 조잡한 발자취들로서 논리의 정미성에 있어서는 오히려 석씨 쪽의 절반도 못 미치고 있네. 차라리 식심(識心)이니, 견성(見性)이니 하는 달마(達摩)·혜능(慧能)의 말을 따랐으면 따랐지, 밤낮 기도로 무당이나 다름없는 짓을 하는 서양의 그것들을 왜 따를 것인가. 그 짓을 해서 과연 지옥행을 면한다 하더라도 뜻 있는 사람이면 하지 않을 것인데, 하물며 우리 유학을 하는 사람들이겠는가. 그들이야말로 성문(聖門)의 도깨비들이요, 유림(儒林)의 해충들로서 하루 빨리 내쫓아야 할 것들일세. 지금 들리는 말에 아무 아무가 서로 약속을 하고 신학(新學)을 공부하고 있다고 하는 소문이 파다한데, 그들 모두가 공의 절친한 벗 아니면 공의 문도들 아닌가. 공이 만약 금하고 억제했으면 이렇게 날뛸 리가 있겠는가. 공은 그들을 금지하지 않았을 뿐만 아니라, 오히려 물결을 조장하여 더 일으키고 있으니 이게 무슨 일인가. 언젠가 국손(菊孫)이 이곳을 지나면서 그런 말을 대강 하기에, 나는 그렇지 않을 것이라고 하였으나 그는 계속 강변하여 마지 않았네. 나는 그것이 이미 집안에서 듣고 하는 말인 것을 알고 있었네. 도가(道家)가 노군(老君)을 존경하는 것이나, 석씨들이 석가를 존경하는 것이나, 서양의 사람들이 예수[耶蘇]를 존경하는 것이나 매한가지가 아니겠는가. 이 삼가(三家)의 학문은 다 그들이 배울 학문이지 우리 유자가 배울 것은 아니지 않은가. 서양 학문이 뒤에 나왔으면서도 노씨(老氏)·석씨보다 더 높은 자리를 점거하고 싶어서 그야말로 무상의 천주(天主)를 내세워 마치 천자(天子)를 끼고 제후(諸侯)들을 호령하듯이 하여, 아무도 무슨 소리를 못하게 만들려고 하는 그 계략이 교묘하기는 하지. 그러나 내가 대충 그들의 경서를 보았더니, 흠집 투성이이고 그 주장이 망녕스럽고 허탄(虛誕)하여 성현을 헐뜯은 곳이 한두 군데가 아니더군. 그러면서 하는 말이, 참된 길이 어디에 있는지를 다 모르고 있다고 하고 있으니 이는 바로 기탄없는 짓을 하고 있는 것일세. 우리 유자들이 이를 분명히 변석하여 여지없이 배척해야 할 것인데 그렇게 하지 못하고 도리어 옷깃을 여민 채 손을 묶고 앉아 있으니, 거기에서 무슨 확실하고 분명한 이치를 보았기에 이러한 것인가? 대체로 서양 사람들이 실로 이류(異類)가 많아 총명과 재변, 기예(技藝)와 법술(法術)에 있어 중국으로서는 따라갈 수 없기 때문에, 사람들이 많이 거기에 굴복이 되어 그들의 학문까지 믿게 되었다고 하지만 그럴 이치가 있겠는가. 그들의 학문이 황당무계하고 괴상망측하기로는 사실 저 노씨와 석씨 이가(二家)와 조금도 다를 것이 없는데, 지금의 유자들이 저 이가는 이단으로 배척하면서 도리어 이 쪽을 진학(眞學)이라고 하고 있는 실정일세. 사람들이 이 정도로까지 마음의 현혹을 느끼고 빠져 들고 있으니, 이는 바로 세도(世道)의 부침(浮沈)과 학문의 사정(邪正)이 나뉘는 하나의 큰 전기라 하겠네. 아! 세상에 인류가 서식한 지 이미 오래이네. 기화(氣化)의 운행에 따라 청탁후박(淸濁厚薄)이 늘 변함에 태평한 날은 적고 혼란한 날이 많으며, 군자의 도(道)는 소멸하고 소인의 도가 자라며, 정학(正學)은 꺼져 가고 사설(邪說)이 판을 쳐, 시대가 흐르면 흐를수록 점점 더 아래로만 내려가고 있으니 이 얼마나 답답한 일인가. 서양의 예수란 이름은 바로 세상을 구제한다는 뜻이지. 그들이 높이 받드는 이는 천주이고, 선을 권장하고 악을 징계한다는 뜻으로 천당 지옥의 설을 만들어 놓은 것은 저 노씨·석씨와 같은데, 그들이 인류를 유도하기 위해 하는 말은 기껏 천주·천당·지옥 그것뿐이 아닌가. 나도 그들의 말에 따라 해명해 보겠네. 그들이 천주가 있다고 하면 우리도 천주가 있네. 천주는 상제(上帝)를 말하는 것일진대, 『시경』·『서경』에서 상제를 말했네. 성인이 하늘을 말한 것은 분명한 명문(明文)이 있으니, 어찌 사실이 없는 것을 가상적으로 말했겠는가. 그들이 또 천당이 있다고 하지만 우리도 천당이 있는 것이네. 『시경』에 이르기를, "문왕(文王)이 오르내리며 상제 곁에 계신다네." 했고, 또 "삼후(三后)가 하늘에 계신다."고도 했으며, 『서경』에도 "많은 선대 철왕(哲王)이 하늘에 계신다."고 했으니, 이미 상제가 있는 바에야 어찌 상제가 살고 계시는 곳이 없겠는가. 또 저들이 지옥이 있다고 하는데, 나로서는 지옥형(地獄刑)이 성왕이 형법을 만든 뜻과는 달라 매우 의심이 가는 것이네. 성왕은 미연에 방지하기 위해 형벌을 둔 것이니, 그 얼마나 인자한가. 그러나 저 지옥형은 살았을 때는 무슨 짓을 하든지 내버려 두었다가 죽은 뒤에야 그 영혼에게 죄를 소급하여 묻는 것이니, 백성을 그물질하는 것과 무엇이 다르겠는가. 그들의 책을 보면, 이른바 지옥형이라는 것이 자못 인간 세상의 형벌과는 비교가 안 되는데, 지극히 인자해야 할 상제의 마음이 어쩌면 그렇게도 참혹하고 모질단 말인가. 그들은 또, "사람 영혼이 영원히 존재하면서 선악의 보복을 받는다."고 말하는데, 이러한 영혼의 이치는 아득하여 무어라 잘라 말할 수는 없지만, "사람이 죽은 뒤 혼백이 빨리 흩어지기도 하고 늦게 흩어지기도 한다."는 선유의 설이 오히려 타당성이 있을 듯하네. 만약 그들의 주장대로 하면, 인류가 지구상에 태어난 이후 그 수가 너무나도 많은데 지옥과 천당이 제아무리 넓다 해도 그 영혼들을 어디에다 다 수용할 것인가? 인간 세상을 두고 말하더라도 그 옛날부터 지금까지 사람들이 다 죽지 않고 장생한다면 그 많은 수가 어떻게 이 세상에서 살아갈 것인가. 언제가 불서(佛書)를 보았더니, "발우(鉢盂) 하나 위에 보살(菩薩) 60만을 수용한다."고 했는데, 그게 과연 가능이나 한 일인가. 물론 망녕된 말이지만, 굳이 배척할 것 없이 그들의 말을 따라서 말해 보겠네. 선한 자에게 상을 내리는 천당이 있으면 악한 자에게 벌을 내리는 지옥도 있다는 것은 혹 그렇다고 치세. 그러나 그 천당, 지옥을 본 자가 누구라던가? 그것이 전기(傳記)에 남아 있는 정도, 민속으로 전해오는 전설 정도라면, 결국 황당무계한 말로서 젖혀 두어야 옳을 것이네. 『진서(晉書)』에 보면, 왕탄지(王坦之)가 중 축법사(竺法師)와 신분을 초월한 친구였는데 늘 천당과 지옥에 대한 의심이 있어 먼저 죽은 자가 와서 알려 주기로 서로 약속을 했던 바, 하루는 축법사가 와서 하는 말이, "내가 이미 죽었는데, 지옥이라는 것은 그렇지 않고 다만 해야 할 일은 도덕을 부지런히 닦아 하늘로 오르는 일이오." 하더라고 했네. 그렇다면 지옥이 없다는 말 아니겠는가. 그러나 그것이 있고 없고를 굳이 따질 것 없이, "성인은 괴력난신(怪力亂神)을 말하지 않는다."고 했는데, 괴(怪)란 드물게 있는 일을 말하고, 신(神)은 무형의 물체를 말한 것으로 드물게 있는 일이나 무형의 물체를 계속 말하게 되면 그 폐단이 어디까지 갈 것인가. 성인이 그래서 말씀하지 않았던 것일세. 그리고 우리 유자들이 상제를 섬기는 도리로 말하면 상제가 내려 주신 성품, 하늘이 명하신 성품, 그 모두가 다 하늘에서 받은 것으로서 나의 고유의 것이 아닌가. 『시경』에, "상제가 네 곁에 계시니 네 마음에 의심을 두지 말지어다" 했고, "상제를 대한 듯이 하라"고 했고, "천명(天命)을 두려워하라"고도 하였으니, 이것은 천지 형체를 말하는 하늘이 아니고 바로 천주의 하늘을 말한 것임 이 모두가 우리 유자들의 계구(戒懼)·근독(謹獨)·주경(主敬)·함양(涵養)의 공부가 아님이 없네. 서양 사람들의 말을 들을 것도 없이 상제를 높이 받드는 일 치고 이보다 더한 것이 어디 있겠는가. 가장 가슴 아픈 것은, 서양인들이 상제를 자기들의 사주(私主)로 생각하고 중국 사람들은 상제를 모른다고 하는 것이다. 그들은 꼭 하루에 다섯 번 하늘에 예배하고, 7일에 한 번 재소(齋素)하고, 밤낮으로 기도하여 지은 죄를 용서해 달라고 해야지만 비로소 그것이 하늘을 섬기는 일이 된다는 것이니, 불가에서 참회하는 일과 다를 것이 뭐겠는가. 우리 유가의 학문은 광명정대하기가 마치 높고 넓은 하늘과 땅 같고, 천지를 비치는 해와 달 같아 털끝만큼도 가리워져 있거나 보기 어려울만큼 황홀한 것이 전혀 없는데 왜 이 길을 두고 도리어 참된 길이 저쪽에 있다고 하는 것인가? 그들은 주장하기를, "이 세상은 현세(現世)인데 현세의 화복(禍福)은 잠시이니 만세를 두고 고락(苦樂)을 받는 후세의 천당·지옥의 화복에 비하면 아무것도 아니다."라고 하는데, 이에 대해 나는 이렇게 말하고 싶네. "천주 상제가 이 세상에다 상·중·하 삼계(三界)를 만들어 상계(上界)에는 상계대로의 일이 있고, 중계·하계도 각각 일이 따로 있는데, 상계와 하계의 일은 인간으로서 측량할 바가 못 된다. 중계에서 사람들이 하는 일로 말하면, 인간 노릇 하는 길이 수기(修己)·치인(治人) 그것뿐이고 수기·치인하는 일들은 모두 책에 있으니, 그대로만 하면 될 것이다.

이른바 세상을 구제한다는 서양 학문이라도 그 방법이 이보다 더할 수야 있겠는가. 그리고 그들이 명색은 비록 구세(救世)를 한다지만 내용은 오로지 개인의 사욕을 위한 것으로 도교나 불교와 다를 것이 없다. 그들이 말하는 구세란 성인의 명덕(明德)·신민(新民)의 일과는 공사(公私)·대소(大小)의 차이가 이만저만이 아닌 것이다. 그 흐름의 폐단은 장차 없는 것을 있다고 하고, 허(虛)한 것을 실(實)하다고 속여 온 세상을 환망(幻忘)의 영역으로 몰아넣고 말 것이다. 이에 인심은 선동되어 후세에 이른바 연사(蓮社)[29]·미륵(彌勒) 같은 무리들이 꼬리를 물고 일어나 요적(妖賊)의 효시가 되어 난리가 그칠 날이 없을 것이니, 그 때 가면 그 못된 짓을 창안한 죄를 반드시 받게 될 것이다." 우리가 이미 이 현세에 태어났으면 당연히 현세의 일을 하고 경전에서 가르친 대로 따라 행하면 그뿐이지, 천당과 지옥이 나에게 무슨 관계가 있을 것인가. 일전에 우사(于四)가 와서 유숙하면서 얘기가 천주학에 미치자 그가 말하기를,"서양에서도 이 학(學)을 금하려고 죽인 사람이 천 명, 만 명이 넘었으나 끝내 금하지를 못하였고, 일본에서도 이 학을 금하려고 수만 명을 죽였다고 하는데 우리 나라라고 그런 일이 없으리라는 법이 어디 있겠습니까. 더구나 지금 당론이 분열되어 피차 틈만 노리면서 상대편의 좋은 점은 가리고 나쁜 점만 들추어 내는 판국에, 가령 누가 이를 빌미로 상대편을 일망타진하려는 계책이라도 세우는 날에는 몸을 망치고 이름을 더럽히는 욕을 당하고 말 것입니다. 이렇게 되면 그 때 가서 천주가 어떻게 손을 쓸 수 있겠습니까. 천당의 즐거움을 미처 누리기도 전에 세화(世禍)가 닥칠 염려가 있으니 삼가하지 않을 수 있겠으며 두려워하지 않을 수 있겠습니까."라 하

29) 연사(蓮社) : 동진(東晉) 때 혜원법사(慧遠法師)가 혜영(慧永), 유유민(劉遺民), 뇌차종(雷次宗) 등 18명과 여산(廬山)의 동림사(東林寺)에서 결성한 극락정토 왕생을 발원하는 신앙 단체인 백련사(白蓮社)를 가리킨다.

였네. 그러나 이미 천주학에 빠져버린 공들이 마음을 씻고 발길을 돌려 그 폐습을 털어 버리지 않고 도리어 나를 지칭하여, "지옥은 바로 아무 어른을 위하여 만들어진 것이다."라고 한다면, 나는 이 말을 달게 받아들여 더이상 차마 이러한 추태를 부리지 않겠네. 어제 유옥경(柳玉卿)이 전목재(錢牧齋 목재는 청(淸) 나라 전겸익(錢謙益)의 호)가 쓴 경교고(景敎考) 한 대목을 적어 보냈는데, 거기에 말하기를, "대진(大秦)[30]은 지금 서양 오랑캐 중으로서 문자깨나 안다는 자인데, 입술에다 기름칠을 하고 혀를 닦으며 망녕되이 한 말들이 묘한 풀이로는 취할 만한 것들이 있어도 그들이 하는 교(敎)는 서양 오랑캐들이 하는 일에 불과한 것이다. 이는 분명 불교의 한 지류 중에서도 하승(下乘)에 속하는 가장 졸렬한 교리이다."했는데, 그의 말이 바로 내 주장과 합치하네. 전겸익은 그 당시 사람인데 아무 본 것 없이 그렇게 말했을 이치가 있겠는가. 그렇게 본다면 중국에서도 유자들은 이 교(敎)를 믿지 않는다는 것을 알 수 있고, 믿는 무리들이란 시정(市井) 마을의 어리석은 백성들에 불과했던 것이네. 그런데 공들은 중국 유자들의 학문은 따르지 않고 그 어리석은 백성들과 같은 꼴이 되고 있으니 이 얼마나 부끄러운 일인가. 이 문제야말로 큰 시비(是非), 큰 이해(利害)가 걸려 있는 문제이기 때문에 번거로움도 마다 않고 공의 의견을 구하는 것이니, 속히 지론(至論)을 내려 이 우매한 견해를 속 시원히 깨뜨려 주면 고맙겠네. 천학설문(天學設問)을 베껴 보내고 싶었으나 베껴 쓰기가 너무 힘들어 보내지 못하네. 우사가 등사해 갔으니, 어쩌면 볼 수도 있을 것일세. 그러나 모두가 망발이니, 어떻게 이미 굳게 자리 잡힌 공들의 학(學)을 움직이게 할 수 있겠나. 사흥(士興)과도 소식이 오래 끊겼는데 혹시 안부나 듣고 있는지? 만약 인편이 있으면 이 서신

30) 대진(大秦) : 중국 한(漢)나라 때 로마제국을 일컫던 말이다.

을 그에게로 보내되, 보고 나서 불태워 버리라는 말도 함께 전해 주기 바라네. 이만 줄이네.

「答南希顔 書」

胤君葬已數月 音容永閟 冥冥遠矣 存想其人 痛切心肝 今觀來書 字字哀句句哀 讀之哽咽 殆不成聲 天鍾之情 安得不然 雖外若寬譬 而一曲之結 終不得解 僕所經歷者然 將奈何 嘗謂親喪 當以不忘爲主 手下之慽當以忘爲主 願公着工於一忘字也 公亦衰矣 衰老之際 雖有奉養之厚 心志之樂 無補於衰 況以一箇方寸地 煎熬於悲哀之中 些些血氣 幾何而不摧殘以盡也 公存而後 大事之在前者 次第可行 雄麟兄弟 雖不目見 畧聞之 非可棄之姿 擇師而敎之 使堂構有紹 存亡之願也 誌文之託 豈容歇後其文不多 當待病間圖之耳 士良之喪 令人傷痛 今世之善人亡矣 近來天學有邦禁 而秋官善處 不至連累 可幸 此學多出於切緊間 故前日頗費辭斥之 蓋出於相愛之血忱 而反生疑阻 顯有疎外之漸 其不幸大矣

【역문】「답남희안 서」[31]

맏아드님을 장사지낸 지 이미 몇 달이 되었는데, 말소리와 용모를 영원히 감추었으므로 까마득히 멀어졌습니다. 그 사람을 상상해 볼 적에 간장(肝腸)까지 아팠는데, 지금 공의 서신을 보니 글자마다 슬프고 구절마다 애달파서 읽을 적에 목이 메어 제대로 소리가 나오지 않았습니다. 하늘이 부여한 성정(性情)이 어찌 그렇지 않을 수 있겠습니까. 비록 겉으로는 너그럽게 빗댄 것 같았으나, 한 부분에 맺힌 것은 결국 풀지를 못했군요. 제가 지내온 바가 그러한데 어찌한단 말입니까? 제가 일찍이 말하기를 “어버이의 상(喪)은 마땅히 잊지 않는 것을 위주로 삼아야 하고 손아랫사람의 상은 마땅히 잊는 것을 위주로 삼

31) 『순암집』 卷07, 書

아야 한다."고 하였습니다만, 공께서도 하나의 잊을 망(忘) 자에 대해 공부하였으면 합니다. 공께서도 노쇠하였습니다. 노쇠할 적에는 비록 잘 봉양 받고 마음이 즐겁더라도 노쇠해가는 데는 도움이 없습니다. 그런데 더군다나 하나의 마음이 슬픔의 속에서 찌든다면 미약한 혈기(血氣)가 얼마 안 가서 꺾이고 말라 없어지지 않겠습니까? 공이 살아 계셔야만 눈앞에 있는 대사(大事)를 차근차근 해낼 수 있을 것입니다. 웅(雄)·린(麟) 형제는 비록 제가 직접 보지는 못했으나 대략 들은 바에 의하면 버려서는 안 될 자질이라고 하니, 스승을 선택하여 가르쳐 그들로 하여금 가업(家業)을 잇게 하였으면 하는 것이 저의 생사(生死)간에 소원입니다. 부탁하신 맏아드님의 묘지(墓誌) 글은 어떻게 소홀히 할 수 있겠습니까. 그 글은 많지 않으니 병이 조금 수그러들 적에 지어 보겠습니다. 사량(士良)의 죽음은 사람으로 하여금 매우 슬프게 하였는데 금세의 선인(善人)이 없어졌습니다. 근래에 천주교(天主敎)를 나라에서 금지하고 있습니다만, 형조(刑曹)에서 선처(善處)해 주어 다른 사람까지 연루되지 않았으니 다행스럽습니다. 천주교를 믿는 사람이 저와 절친한 사람들 사이에서 나오기 때문에 전일에 많은 말을 하여 배척하였습니다. 이는 대체로 서로 아끼는 정성에서 나온 것인데, 반대로 의심하여 현연(顯然)히 소외하는 기미가 있으니 큰 불행입니다.

「答李士興書」

天學一節 出於切緊之間 而其學異於吾儒貌象 故先入爲主 恐其爲索隱行怪之歸 畧以迷見 有所質問於執事及鹿菴 而終未見一字所答 其爲高明輩所棄信矣 然事之是非姑舍 有問無答 自非相絶之外 無是事也 何爲而至於是耶 惟此一心 不知其迷而不悟 恐或有錯 前後畧貢愚見 出於血忱而近來從京外親知之去來者及或書尺間有所聞見 則以此老漢爲惹起事端之一禍首 其言狼藉 而自有此事以後 果然尊尚此學者 自生疑阻 不求此漢之一片心事 而多有疎外之漸 若以此爲咎 則朋友間講問是非 都歸虛地而惟以諛佞相從可矣 天下之義理無窮 人心之異同固然 今以一言之不合至於此境 未知於古有之乎 抑恐西士之學 必不如是也 耶蘇救世之名也既云救世 則指導其昏愚 使之開悟可也 何必有所問而不答 掩其書而自秘不使昏愚者有所開悟 其果爲天主救世之意耶 先儒謂釋氏之學 不過一私字 豈以天主之學 同歸於釋氏私己之套耶 果是眞道 則高明無自私焉 快賜一通文字 以解迷見 覺不覺 在此而不在於執事矣 鄙物之於執事 相從幾多年矣 前後瞽說 亦不知幾多語句 而相信之心 無異金石 則其是其非豈無領會處耶

【역문】「답이사흥서」[32)]

나와 절친한 사람이 천주학을 하고 있는데, 그 학설은 우리 유가(儒家)와 다르기 때문에 선입관(先入觀)이 마음 속에 자리잡아 이상한 것이나 찾고 괴상한 행동을 하지나 않을까 염려되어 대략 저의 견해로 그대와 녹암(鹿菴)에게 질문하였으나 끝내 한 자의 답장도 받아 보지

32) 『순암집』 卷08, 書

못하였으니, 틀림없이 그대들에게 버림을 받은 것입니다. 그러나 일의 시비는 고사하고 질문에 답하지 않은 것은 본디 관계를 끊지 않은 사이에서는 있을 수 없는 일입니다. 어찌하여 이 지경에 이르렀단 말입니까. 오직 나의 일심(一心)은, 그들이 미혹되어 깨닫지 못하다가 잘못되지나 않을까 몰라서 전후의 편지에 대략 충심의 소견을 말한 것입니다. 그런데 근래 서울이나 지방을 오고 가는 친지나 편지를 통해 들은 바에 의하면 이 늙은이를 사건을 야기시키는 하나의 화근(禍根)거리 괴수로 삼는다는 말이 파다하였습니다. 이 일이 있은 뒤로 천주학을 숭상하는 사람들이 저절로 의심이 생겨 이 늙은이의 일편 심사(一片心事)를 따져 보지도 않은 채 대부분 멀리하는 기미가 있습니다. 만약 이것으로 허물을 삼는다면 벗 사이에 시비를 강론하고 질문하는 것을 모두 허구로 돌리고 오직 아첨으로 상종해야 할 것입니다. 천하의 의리는 무궁하므로 인심(人心)이 제각기 다른 것은 당연한 것입니다. 그런데 지금 말 한 마디가 맞지 않았다고 하여 이 지경에 이른 일이 옛날에도 있었습니까? 아니 서양의 학문을 하는 사람도 필시 그렇게 하지는 않을 것입니다. 예수[耶蘇]라는 것은 세상을 구제한다는 명칭입니다. 이미 세상을 구제한다고 하였으니만큼 어리석은 사람을 지도하여 깨닫도록 해야 할 것입니다. 무엇 때문에 질문해도 답하지 않고 그 책을 덮어 감추면서 어리석은 사람으로 하여금 깨닫지 못하게 한단 말입니까? 그게 과연 천주(天主)가 세상을 구제하는 뜻입니까? 선유(先儒)가 말하기를 "석씨(釋氏)의 학문은 하나의 사사로운 것에 불과하다."고 하였는데, 아니 천주의 학문도 자신의 이익만 챙기는 석씨의 습관과 똑같은 것이 아닙니까? 그게 과연 참된 도(道)라면 그대는 사적인 것으로만 여기지 말고 시원스럽게 한 통의 편지를 보내주어 나의 어두운 견해를 풀어주어야 할 것입니다. 깨닫고 못 깨닫고는 나에게 달려 있지 그대는 상관이 없습니다. 제가 그대와 여러 해 동안

상종하였으므로 제가 전후로 한 말도 얼마나 많은지 모를 정도인데다 서로 믿는 마음이 금석(金石)과 다름이 없었으니, 그것에 대한 시비를 어찌 모르겠습니까.

「答李注書休吉 書」

今從來訪 兼承手畢 慰荷慰荷 僕鬼窟中公然飽喫多少光陰 已迫八旬之年 非幸伊辱 留吉雅飭之操 自前知之 而但其汩於貧病 多有有志未就之歎 看甚悶然 大抵今世學術歧異 古人云佛老之害 甚於楊墨 今則天學之害 甚於佛老 俗學之害 甚於天學 士之爲學 當觀時弊而矯之 凡天下之義理 本出一源 豈有二孔哉 後世義理 隨時各異 此所謂胡廣之中庸 而非聖門眞正義理也 枉尺直尋 行險僥倖 必今世之所許也 於此猛省而有得焉 則庶無負於吾學矣 公策名榮途 前程甚遠 故以此老生迂濶之言告之 其不笑之而揮擲否 幸諒之

【역문】「답이주서휴길 서」[33)]

그대의 종제(從弟)가 나를 찾아보았고 아울러 그대께서 손수 쓰신 편지를 받아 보니 매우 감사하였습니다. 저는 귀굴(鬼窟) 속에서 부질없이 많은 세월만 만끽(滿喫)하여 이미 나이 팔순(八旬)에 육박하였으니 다행이 아니라 욕됨이었습니다. 유길(留吉)이 평소 행실을 가다듬는 지조는 그전부터 알고 있었습니다. 다만 그가 가난과 질병에 시달려 뜻을 성취하지 못하여 많은 탄식을 하고 있으므로 볼 적마다 매우 민망하였습니다. 대체로 금세의 학술(學術)은 여러 갈래로 나누어졌습니다. 고인(古人)이 말하기를 "부처와 노자(老子)의 해가 양주(楊朱)와 묵적(墨翟)보다 더 심하다."고 하였는데 지금은 천주교(天主敎)의 해가 부처와 노자보다도 더 심하고 속학(俗學)의 해가 천주교보다도 더 심하니, 선비가 학문을 할 적에 그 당시의 폐단을 보아 바로잡아야 할

33) 『순암집』 卷08, 書

것입니다. 천하의 의리는 본디 하나의 근원에서 나옵니다. 어찌 두 개의 구멍이 있겠습니까. 후세의 의리는 때에 따라 각각 다르니, 이는 이른바 호광(胡廣)의 중용(中庸)이지 성문(聖門)의 진정한 의리가 아니며, 한 자를 펴기 위해 여덟 자를 굽히거나 위험한 일을 하면서 요행을 바라는 것은 반드시 금세 사람들이 허용하는 것입니다. 이를 깊이 성찰하여 터득한다면 우리 유학(儒學)을 저버리지 않을 것입니다. 공은 영예의 길에 이름이 올라 앞길이 매우 원대하기 때문에 이 늙은이가 사정(事情)에 어두운 말로 고해 드립니다만, 공께서 비웃고 물리치지 않으실는지요. 양해해 주시면 다행이겠습니다.

「答李仲章 書」

-(上略)- 今世吾道殆將絶矣 此中染於異學 非我隻手可障 惟冀山南諸友益懋大業 以幸吾道 死生之望

【역문】「답이중장 서」[34]

-(상략)- 금세에 우리 유도가 끊기게 되었습니다. 이곳은 이단(異端)에 물들고 있는데 나의 손으로는 막을 수 없으므로 오직 산남(山南)의 여러 벗들이 더욱 대업(大業)에 힘써 우리 유도를 다행스럽게 해 주는 것이 나의 생사간(生死間)에 바라는 바입니다.

34) 『순암집』 卷08, 書

「答黃莘叟 書」

-(上略)- 先生以明睿之姿 加勤篤之工 所尊者孔孟程朱 所斥者異端雜學 經義多發未發之義 異學必摘其眞贓而使無所逃 某人斥之以西學云 不覺一笑 余於天學考 已辨之 君未曾見否 玆不復言 有若呶呶爲分解計也 大抵西學明於物理 至若乾文推步 籌數鍾律 制造器皿之類 有非中國人所可及者 是以朱子亦以此等事 多歸重於西僧 然則朱子亦爲西學而云然耶 有可廢之人而無可廢之言 此君子知言之義也 -(下略)-

【역문】「답황신수 서」[35)]

-(상략)- 성호 선생은 명철한 자질에다 독실한 공부까지 하였습니다. 그가 존중한 사람은 공맹정주(孔孟程朱)였고, 배척한 것은 이단(異端)과 잡학(雜學)이었습니다. 경서(經書)에서도 선유(先儒)들이 발견하지 못한 뜻을 많이 발견하였는가 하면 이학(異學)에 대해서는 반드시 그 진상을 적발하여 도피할 수 없도록 하였습니다. 그런데 모인(某人)이, 성호 선생은 서학(西學)을 하였다고 배척하였다 하니 나도 모르게 웃음이 나왔습니다. 내가 『천학고(天學考)』에서 이미 변론해 놓았는데 그대는 본 적이 없습니까? 이제부터 다시 이에 대해 말하여 시끄럽게 변명하는 것처럼 하지 않겠습니다. 대체로 서학(西學)은 물리(物理)에 밝은데다 천체의 계산, 수학, 음률이나 기계를 제조하는 유에 있어서는 중국 사람들이 따라갈 수 없습니다. 그 때문에 주자(朱子)도 이러한 일은 대부분 서방에서 온 승려에게 비중을 두었습니다. 그렇다면 주자도 서학을 하였기 때문에 그렇게 말한 것입니까? 폐기할 사람은 있

35) 『순암집』 卷08, 書

어도 폐기할 말은 없는 것이니, 이게 군자(君子)가 말을 알아듣는 뜻입니다. -(하략)-

「答吳聖道 書」

頃承辱覆 今又委札 連審旱炎侍履安重 慰仰慰仰 僕一味澌頓 求死不得 支離此世 亦足羞悶 美台累經風霜 畏約例也 欲以是相勉以忠孝大節而書尺邊幅人事絶已久矣 又能不挫於新學云 此老之倔強如此 但恐與僕未免地獄之苦 如或相見 幸傳此意也 天學問答之傳示令從 亦余意也 公旣見一通 則何無可否耶 是菀 借乘依教 鄙鬣亦公鬣也 牽去可也 不必有多少語也 不宣

【역문】「답오성도 서」[36]

엊그제 그대의 답장을 받고 또 보내 주신 편지를 받아 가뭄의 더위 속에 부모님을 모시고 건강하게 지내신다는 것을 연이어 살피고 나니 매우 위안이 되었습니다. 저는 한결같이 탈진(脫盡)되어 죽고 싶어도 죽지 않으니 이 세상에 지리하게 살고 있는 것도 부끄럽고 딱하기만 합니다. 미태(美台)는 누차 풍상(風霜)을 겪었으니만큼 으레 두려워 움츠러들 것이므로 이에 충효대절(忠孝大節)로써 서로 권면하고자 합니다만, 상투적인 편지글이나 쓰게 되니 인사(人事)가 끊긴 지 이미 오래 되었습니다. 그런데도 불구하고 신학(新學)에 굽히지 않았다고 하니, 이 늙은이가 그처럼 굳건합니다. 다만 나처럼 지옥의 고초를 면치 못할까 염려되니, 혹시 그를 만나면 이 뜻을 전해 주기 바랍니다. 천주교(天主敎)의 학문에 관한 문답을 그대의 종제(從弟)에게 보인 것도 나의 의도였습니다. 공께서 이미 한 통을 보셨는데 어찌하여 가부의 말씀이 없으십니까? 답답합니다. 말을 빌려주라고 하셨는데 분부대로

36) 『순암집』 卷09, 書

하겠습니다. 저의 말은 곧 공의 말이므로 끌어가도 괜찮으니, 여러 말씀 할 필요가 없습니다. 이만 줄입니다.

「天學考」

西洋書 自宣廟末年 已來于東 名卿碩儒 無人不見 視之如諸子道佛之屬 以備書室之玩 而所取者 只象緯句股之術而已 年來有士人隨使行赴燕京 得其書而來 自癸卯甲辰年間 少輩之有才氣者 倡爲天學之說 有若上帝親降而詔使者然 噫 一生讀中國聖人之書 一朝相率而歸於異教 是何異於三年學而歸 而名其母者乎 誠可惜也 今取傳記之所存 爲天學考 使知此學之至中國已久 至東方亦久而非自今始也 艾儒畧職方外記 如德亞國卽古大秦國 亦云拂菻 卽天主下降之國也 利瑪竇天主實義 漢哀帝元壽二年庚申冬至後三日 擇貞女託胎降生 號爲耶蘓 耶蘇救世之稱 弘化西土三十三年 復昇歸天 此天主實蹟云云 按大秦之名 自後漢始 卽前漢之犂靬國 ○漢書武帝時 安息國獻犂靬眩人 又云烏弋山離國西與犂靬條支接 師古曰 眩人卽今呑刀吐火 植瓜種樹 屠人截馬之術 ○列子曰 周穆王時 西極之國 有化人來 入水火貫金石 反山川移城邑 千變萬化 不可窮極 變物之形 易人之慮 按化人 卽眩人也 盖犂靬去中國四萬餘里最西之地 其人善幻多技能 西域諸國皆慕效之 其通中國 盖已久矣 ○通典後漢書 大秦國前漢時犂靬國 後漢時始通焉 桓帝延嘉初 國王安敦遣使 自日南徼外獻貢 國在條支西渡海四萬里 去長安四萬里 按此以陸路言 其地平正 人居星布 東西南北各數千里 其王無常 簡立賢者 其人長大平正 有類中國 故謂之大秦 或云本中國人也 有諸香金銀奇寶珍禽異獸幻人 與安息諸胡交市 拂菻國在苦國西 亦曰大秦 其人顔色紅白 王城方八十里 四面境土各數千里 勝兵百萬 在大食西界 常與大食相禦 後爲大食所幷 其法不食猪狗驢馬等肉 不拜國王父母之尊 不信鬼神 祀天而已 其俗每七日一暇 不買賣不出納 惟飮酒謔浪終日 又曰 大食國在波斯之西 士女瓌偉長大 衣裳鮮潔 容止閑麗 無問貴賤 一日五時禮天 又有禮堂 容數萬人 每七日王出禮拜 登高坐 爲衆說法曰 人生甚難 天道不易 姦非刦窃 細行謾言

安己危人 欺貧虐賤 有一於此 罪莫大焉 凡有征戰 爲敵所戮 必得生天 殺其敵人 獲福無量 率土稟化 從之如流 又曰 大食波斯諸國之俗禮天 不食自死肉及宿肉 苦國在大食西界 亦大國 人多魁偉 衣裳寬大 有似儒服 又曰 高昌國俗事天神 兼信佛法 焉耆國俗事天神 漕國卽漢時罽賓國也 葱嶺山 有順天神者建祠 儀制甚華 金銀爲屋 以銀爲地 又曰 國中有得悉神 自西海以東諸國 幷敬事之 又曰 康居國俗事天神 崇敬甚重云 神兒七月死 失骸骨 事神之人 每至其月 男婦三五百人 號哭散在草野 求天兒骸骨 七日便止 又曰 滑國 車師之別種也 俗事天神火神 每日出戶祀神而後食 跪一拜而止 按事天之學 非徒大秦一國 自古諸國 大抵皆然矣 又曰 漢班超遣椽甘英 使大秦抵條支 臨大海欲渡而安息西界 船人曰 海水廣大 逢善風三月乃渡 若遇惡風 亦有三歲者 英聞而止 又曰 天竺國有神人名沙律者 漢哀帝元壽元年 博士弟子景匿 受大月氏使浮屠經 所載與老子經相出入 蓋昔老子西出關 過西域之天竺而敎之 ○北史 大秦國一名犂靬 從條支西渡海曲一萬里 去代三萬九千四百里 地方六千里 居兩海之間 王城分爲五城 王居中城 城置八臣 主四方 而王城亦置八臣 分主四城 謀事四城集議 有訴訟冤枉者 當方之臣 小則責讓 大則黜退 令擧賢以代 其人端正長大 衣服車旗 儀擬中國 故外域謂之大秦 隋開皇中 國人撒哈八撒阿的斡葛思入中國 其敎以事天爲本 始傳其敎 ○資治通鑑 唐武宗會昌五年 僧尼及幷大秦穆護祆神 皆勒歸俗 胡三省註 穆護釋氏外敎 卽摩尼之類 摩尼者 唐會要憲宗元和元年 回紇僧摩尼來 置寺處之 其敎與天竺異 卽其所謂明敎僧也 祆胡烟反 胡神也 按大秦之俗 削髮不畜妻 與僧無異 但事天事佛不同 開皇以後 其敎行乎中國 築舘居生 與道觀佛刹無異 使主其敎而已 會昌以後 其敎遂絶 ○鴻書原始秘書曰 回紇人所奉者 只知有一天 其他神佛皆不奉 雖曰神曰佛 謂皆是天生他也 拜天求天求道 方得爲神爲佛 天不敎他做 他如何得做 是知生我養我皆是天 萬物皆是天生 故所奉者天也 若別拜奉神佛 是有二心 與人不忠不孝一般 其敎門只知奉

天 故每歲自正朝日起 晨昏叫福 以面背其壁曰目不視邪色 以指掩其耳曰耳不聽淫聲 方擧首叫天 謂之叫福 兩手捧之曰接福 以手如得物狀 揣入懷內曰天賜福矣 然後拜謝 是謂叫福 世俗以叫佛傳之謬矣 故有叫福樓是也 按回紇者 非唐所謂回紇也 卽後世所稱回回 西域諸國 別有尊事天神今所謂回部是也 非一國之名 芝峯亦曰回紇 非唐之回紇也 卽古之大食國也 ○明嘉靖間 鄭曉吾學篇云 西域有默德那邦 卽回回國 初國王摹罕驀德生而靈聖 臣服西域諸國 諸國尊爲別諳援爾 華言天使也 國中有佛經三十藏 凡三千六百餘卷 書兼篆隷草楷 西洋皆用之 其地接天方國 一名天堂 風景融和 四時如春 田沃稻饒 居民樂業 有陰陽星曆醫藥音樂諸技藝俗重殺 不食猪肉 器最精巧 宣德中 隨天方國朝貢 ○明史神宗萬曆二十九年辛丑春二月 天津稅監馬堂進大西洋利瑪竇方物 禮部言大西洋不載會典 眞僞不可知 且所貢天主女圖 旣屬不經 而囊有神仙骨等物 夫仙則飛昇 安得有骨 宜給冠帶 令還其國 不報 ○錢牧齋景教考曰 大秦今西洋夷僧之黠通文字者 膏唇拭舌 妄爲之辭 雖有妙解名數之可取 其所行敎不過西夷之事天地日月水火諸神者 明是竺教之一支下乘最劣者 按景敎者 卽西士景淨所撰碑 其書眞道自訂曰 明天啓三年 關中起土 獲一碑於敗墻下 碑約記聖敎之理 勒傳聖敎之士七十二人 唐貞觀九年 入中國 建碑之時 係唐建中二年正月 錢所撰卽此也 錢是當時人 與西士從遊而習知之 則其言尤可信也 ○淸儒顧炎武日知錄曰 大秦國始見於後漢書西域傳在海西地方數千里 有四百餘城 小國役屬者數十 又云天竺國西與大秦國通 今佛經皆題云大秦鳩摩羅什 譯謂是姚興國號非也 又曰 唐玄宗開元七年 吐火羅國王 獻解天文人大慕閣 問無不知 請置一法堂 依本敎供養 不許 此與今之利瑪竇天主堂相似 而不能行於玄宗之世 豈非其時在朝多學識之人哉 按此言 亦以天主說爲非矣 ○芝峯類說曰 大西國 有利瑪竇者泛海八年 越八萬里風濤 居東粤十餘年 所著天主實義 首論天主始制天地主宰安養之道 次論人魂不滅 大異禽獸 次辯輪回六道之謬 天堂地獄善惡

之報 末論人性本善而敬奉天主之意 其俗謂君曰敎化皇 不婚娶故無世襲嗣 擇賢而立之 又其俗重友誼 不爲私畜 著重友論 焦竑曰 西域利君以爲友者第二 我此言奇甚云 事詳見續耳譚 ○星湖先生天主實義跋文略曰 天學實義者 利氏瑪竇之所述也 卽歐邏巴人 萬曆間 與耶蘇會朋友陽瑪諾艾儒畧 畢方濟熊 三拔龐迪我等數人 航海來賓三年始達 其學專以天主爲尊 天主者 卽儒家之上帝 而其敬事愼畏信則佛氏之釋迦也 以天堂地獄爲勸懲 以周流導化爲耶蘇 耶蘇者西國救世之稱也 自言耶穌之名 亦自中古起 淳樸漸漓 聖賢化去 從欲日衆 循理日稀 於是天主大發慈悲 親來救世擇貞女 無所交感 托胎降生於如德亞國 名爲耶蘇 弘化三十三年 復昇歸天 其敎遂流及歐邏巴諸國 耶蘇之世 上距一千有六百有三年 而利氏至中國 著書數十種 其仰觀俯察 推數授時之妙 中國未始有也 然其所以斥竺乾之敎者至矣 猶未覺畢竟同歸於幻妄也 但中國自漢明帝以前 死而還生者 幷無天堂地獄之可證 則何獨輪廻爲非而天堂地獄爲是耶 若天主慈悲下民 現幻於寰界間 或相告語 一如人之施敎 則億萬邦域 可慈可悲者何限 而一天主遍行提警 得無勞乎 自歐邏巴以東 其不聞歐邏巴之敎者 又何無天主現跡 不似歐邏巴之種種靈異耶 然則其種種靈異 亦安知夫不在於魔鬼套中耶 意者西國之俗 亦駸駸渝變其吉凶報應之間 漸不尊信 於是有天主經之敎 其始不過如中國詩書之云 憫其猶不率也 則濟之以天堂地獄之說 流傳至今 其後來種種靈異之跡 不過彼所謂魔鬼誑人之致也 蓋中國言其實跡 跡泯而愚者不信 西國言其幻跡 跡眩而迷者愈惑 其勢然也 惟魔鬼之所以如此者 亦由天主之敎已痼人心故也 如佛敎入中國然後 中國之死而復生者 能記天堂地獄及前世之事者也 彼西士之無理不窮 無幽不通 而尙不離於膠漆盆中 惜哉 按先生之言如此 而今爲此學者間或曰先生亦嘗爲之 欲伸己說 因而爲重 而不覺自歸於誣師之科 豈不寒心哉其學術之差 別具于問答

【역문】「천학고」37)

서양(西洋)의 글이 선조(宣祖) 말년부터 이미 우리나라에 들어와서 명경 석유(名卿碩儒)들이 보지 않은 사람이 없었으나, 제자(諸子)나 도가(道家) 또는 불가(佛家)의 글 정도로 여겨서 서실(書室)의 구색으로 갖추었으며, 거기서 취택하는 것은 단지 상위(象緯)와 구고(句股)의 기술에 관한 것뿐이었다. 연래에 어떤 사인(士人)이 사행(使行)을 따라 연경(燕京)에 갔다가 그에 관한 책을 얻어 가지고 왔는데, 계묘년(1783, 정조 7)과 갑진년 어름에 재기(才氣)있는 젊은이들이 천학(天學)에 관한 설을 제창하여 마치 상제(上帝)가 친히 내려와서 일러주고 시키는 듯이 하였다. 아아, 평생을 두고 중국 성인의 글을 읽어놓고 하루아침에 무리를 지어 이교(異敎)로 떨어져 버리고 마니, 이것이 어찌 '3년을 배우고 돌아와서 그 어머니 이름을 부른다.'는 말과 다르겠는가. 참으로 안타까운 일이다. 그래서 지금 남아 있는 전기(傳記)를 취하여 천학고(天學考)를 만들어서 그들로 하여금 이 학문이 중국에 이른 것이 이미 오래이고 우리나라에 들어온 지도 오래이며 지금에 시작된 것이 아니라는 것을 알게 하는 바이다. 알레니[艾儒略]의 『직방외기(職方外記)』에 보면, "여덕아국(如德亞國)은 옛날의 대진국(大秦國)인데 불림(拂菻)이라고도 하니, 곧 천주(天主)가 하강(下降)한 나라이다." 하였고, 마태오 리치[利瑪竇]의 『천주실의(天主實義)』에는, "한(漢) 나라 애제(哀帝) 원수(元壽) 2년인 경신년(B.C. 1)의 동지 후 3일째 되는 날 동정녀(童貞女)를 택하여 태반을 빌어서 탄생하였다. 이름을 예수[耶蘇]라 하였는데, 예수는 구세주(救世主)란 뜻이다. 서토(西土)에서, 33년간 널리 교화를 펴다가 다시 올라가서 하늘로 돌아갔다. 이것이 천주님의 실적이다……."하였다. 살펴보건대, 대진이란 이름은 후한(後漢) 때

37) 『순암집』 卷17, 雜著

부터 시작된 것으로, 바로 전한(前漢) 때의 이간국(犂軒國)이다. ○『한서(漢書)』에, 무제(武帝) 때에 안식국(安息國)에서 이간(犂軒)의 현인(眩人)을 바쳤다고 하였고, 또 말하기를, "오익산리국(烏弋山離國)은 서쪽으로 이간·조지(條支)와 접하였다."하였다. 안사고(顔師古)는 말하기를, "현인(眩人)은 곧 오늘날 칼을 삼키고 불을 토하며 오이를 세우고 나무를 심으며 사람을 끊고 말을 자르는 등의 술수를 부리는 사람이다."하였다. ○『열자(列子)』에 말하기를, "주(周) 나라 목왕(穆王) 때 서쪽 끝에 있는 나라에서 화인(化人)이 왔는데, 물과 불 속으로 들어가고 쇠와 돌을 뚫고 산천(山川)을 뒤집어 놓고 성읍(城邑)을 옮기는 등 천변만화하는 재주가 무궁무진하였으며, 물건의 모양을 바꾸고 사람의 생각을 바꾸었다."하였다. 살펴보건대, 화인은 곧 현인이다. 대개 이간국이 중국으로부터 4만여 리의 거리에 있으니, 가장 서쪽의 땅이다. 그 나라 사람들이 환술(幻術)을 잘하고 재주가 많았으므로 서역의 여러 나라들이 모두 이를 사모하여 본받았으니, 그것이 중국에 전해진 것은 이미 오래된 일이다. ○『통전(通典)』에 보면, "『후한서(後漢書)』에 나온 대진국은 전한 때의 이간국으로서 후한 때에 비로소 교통한 것이다. 환제(桓帝) 연가(延嘉) 초에 국왕 안토니우스[安敦]가 사신을 보내어 일남(日南)의 국경 밖에서 조공을 바쳤다. 그 나라가 조지(條支) 서쪽에 있는데 바다를 건너는 것이 4만 리이며 장안까지가 4만 리이다. 살펴보건대, 이것은 육로(陸路)를 말한 것이다. 땅이 평탄하여 사람들이 널리 분포해서 사는데, 동서남북이 각각 수천 리이다. 그 임금은 일정하게 정해진 것이 아니고 현명한 자를 뽑아서 세운다. 사람들이 장대(長大)하고 평정(平正)한 것이 중국과 비슷한 점이 있으므로 대진(大秦)이라 하는 것이다. 혹자는 본래 중국 사람이라고 말하기도 한다. 갖가지 향과 금·은 등 신기한 보물, 진귀한 금수와 환인(幻人)이 있으며, 안식(安息) 및 여러 호인(胡人)들과 교역한다. 불림국(拂林國)은 고국(苦

國) 서쪽에 있는데, 대진이라고도 한다. 사람들의 얼굴색이 붉고 희다. 왕성(王城)은 사방이 80리이며, 사면의 영역이 각각 수천 리이고 강력한 군대가 백만이다. 대식국(大食國)의 서쪽 경계에 있어서 항상 대식국과 겨루다가 나중에 대식국에 병합되었다. 그 법이 돼지·개·나귀·말 등의 고기를 먹지 않으며, 임금이나 부모 등 높은 자에게 절하지 않고, 귀신을 믿지 않아 하늘에만 제사지낼 뿐이다. 그들의 풍속은 7일마다 하루씩 쉬는데, 그날은 물건을 사고 팔지 않고 출납하지도 않으며, 오직 하루 종일 술이나 마시고 떠들며 노닥거린다." 하였다. 또 말하기를, "대식국은 파사(波斯)의 서쪽에 있는데, 사람들이 헌칠하고 장대하며 의복이 깨끗하며 태도가 조용하고 우아하다. 귀천을 따지지 않고 모두 하루에 다섯 차례 하늘에 예배를 드린다. 그리고 예당(禮堂)이 있는데 수만 명을 수용할 수 있다. 매 7일마다 왕이 나와서 예배를 올리는데, 높은 자리에 올라가서 대중들을 위하여 설법하기를, '사람이 살아가기란 매우 어렵고 하느님의 길은 쉽지 않다. 간사하고 잘못된 일이나 겁박(劫迫)하고 훔치는 일, 잔단 행동이나 쓸데없는 말, 자신의 안녕을 위해 남을 위태롭게 하는 일, 가난한 자를 속이고 천한 자를 학대하는 일 중에서 어느 하나라도 범하면 그 죄가 더할 수 없이 크다.' 한다. 무릇 전쟁이 있을 때에 싸우다가 적에게 죽임을 당하면 반드시 하늘나라에 태어나서 그 적을 죽이고 무한한 복을 받는다고 하는데, 온 천하가 이에 교화되어 마치 물 흐르듯이 따른다." 하고, 또 말하기를,"대식과 파사 여러 나라의 풍속은, 하늘에 예배하며 저절로 죽은 고기와 묵은 고기를 먹지 않는다. 고국(苦國)은 대식의 서쪽 경계에 있는데, 역시 대국이다. 사람들이 대개 헌칠하며, 의상이 헐렁하고 커서 유복(儒服)과 비슷하다." 하고, 또 말하기를, "고창국(高昌國)은 그 풍속이 천신(天神)을 섬기며 불법(佛法)도 아울러 믿는다. 언기국(焉耆國)은 풍속이 천신을 섬긴다. 조국(漕國)은 곧 한(漢) 나라 때의 계빈국

(罽賓國)이다. 총령산(葱嶺山)에 천신을 받드는 자가 있어서 사당을 세웠는데, 그 의제(儀制)가 매우 화려하여 금은으로 집을 짓고 은으로 바닥을 만들었다."하였고, 또 말하기를, "나라 안에 득실신(得悉神)이 있는데, 서해(西海) 동쪽의 나라들은 전부 이를 공경하여 섬긴다." 하였고, 또 말하기를, "강거국(康居國)은 풍속이 천신을 섬겨 떠받들어 공경하기를 매우 극진히 한다고 한다. 신아(神兒)가 7월에 죽어서 그 해골을 잃어버렸으므로, 신을 섬기는 사람들이 매양 그 달이 되면 남녀가 삼삼오오 무리를 지어 100명이 울부짖으며 들판에 흩어져서 천아(天兒)의 해골을 찾다가 7일 만에 그친다고 한다."하였고, 또 말하기를, "골국(滑國)은 거사(車師)의 별종이다. 풍속이 천신과 화신(火神)을 섬기는데, 매일 문밖에 나가서 신에게 제사한 뒤에 식사를 하되, 꿇어앉아서 한 번 절하고 그친다." 하였고, 살펴보건대, 하늘을 섬기는 학문은 대진 한 나라뿐만이 아니며, 예로부터 여러 나라들이 대개 다들 그러하였다. 또 말하기를, "한(漢) 나라의 반초(班超)가 연속(掾屬)인 감영(甘英)을 대진에 사신으로 보냈다. 감영이 조지(條支)에 이르니 큰 바다가 나왔다. 이를 건너서 안식(安息) 서쪽으로 가려고 하니 뱃사람이 말하기를, '바다가 넓기 때문에 선풍(善風)을 만나야 석 달에 건널 수 있고, 만일 악풍(惡風)을 만난다면 3년이 걸릴 수도 있다.' 하였으므로 감영이 이 말을 듣고 그만두었다."하였고, 또 말하기를, "천축국(天竺國)에 신인(神人)이 있으니 사율(沙律)이라 불리우는 자이다. 한(漢) 나라 애제(哀帝) 원수(元壽) 원년(B.C. 2)에 박사 제자(博士弟子) 경닉(景匿)이 대월지(大月氏) 사자의 불경(佛經)을 받았는데, 내용이 노자경(老子經)과 더불어 공통되는 것이 있었으니, 대개 옛날에 노자가 서쪽으로 관(關)을 나가서 서역의 천축을 지나다가 가르쳤던 것이다."하였다.

○ 『북사(北史)』에 보면, "대진국은 일명 이간이라고도 하는데, 조지(條支)로부터 서쪽으로 바다를 건너 1만 리이며, 대국(代國)으로부터 3

만 9400리이다. 지방이 6천 리이며 두 바다 사이에 있다. 왕성(王城)은 5개의 성으로 나뉘어 있는데 왕은 중성(中城)에 산다. 성에는 팔신(八臣)을 두어서 사방을 주관하게 하며, 왕성에도 역시 팔신을 두어서 사성(四城)을 나누어 맡아 주관하게 하되, 일을 계획할 때는 네 성이 모여서 의논한다. 소송에서 억울함을 당한 자가 있으면, 소소한 경우에는 그 지방을 맡은 신하를 꾸짖고 중대한 경우에는 내쫓은 다음에 현명한 자를 뽑아서 대신한다. 사람들이 단정하고 장대하며, 의복과 거기(車旗)가 중국의 제도를 모방했기 때문에 외부에서는 대진이라고 부른다. 수(隋) 나라 개황(開皇) 연간에 그 나라 사람 살합팔(撒哈八)·살아적(撒阿的)·간갈사(幹葛思)가 중국에 들어왔다. 그 교는 하늘을 섬기는 것으로 근본을 삼는데, 처음으로 그 교를 전하였다." 하였다. ○『자치통감(資治通鑑)』에 보면, "당(唐) 나라 무종(武宗) 회창(會昌) 5년에 승니(僧尼)와 대진의 목호 현신(穆護祆神)을 모두 강제로 귀속(歸俗)시켰다." 하였는데, 호삼성(胡三省)의 주에, "목호(穆護)는 석씨(釋氏)의 외교(外教)인데 곧 마니(摩尼)의 종류이다." 하였다. 마니란, 『당회요(唐會要)』에, "헌종(憲宗) 원화(元和) 원년에 회흘(回紇)의 중 마니가 왔으므로 절을 짓고 거처하게 하였는데, 그 교는 천축(天竺)과는 다르다." 하였으니, 곧 이른바 명교(明教)의 승려였던 것이다. 현(祆)은 음이 호(胡)와 연(烟)의 반절(反切)로, 호신(胡神)을 일컫는 말이다. 살펴보건대, 대진의 풍속에 머리를 깎고 아내를 두지 않는 것은 중과 다름이 없다. 다만 하늘을 섬기는 것과 부처를 섬기는 것이 서로 같지 않을 뿐이다. 개황(開皇) 이후로 그 교가 중국에 유행하였는데, 관사(館舍)를 지어서 사는 것이 도관(道觀)이나 불찰(佛刹)과 다름이 없었으나, 그 교만 주관하게 했을 뿐이었고, 회창(會昌) 이후로는 마침내 그 교가 끊어졌다. ○ 홍서 원시비서(鴻書原始祕書)에 말하기를, "회흘인(回紇人)이 받드는 것은 오로지 하나의 하늘을 알 뿐이며 기타의 신이나 부처는 모두 받들지 않는다. 비록 신이니 부처니 하더라도 말하자면 모두 하늘이 그들을 낳은 것이다. 하늘에 예배하고 하늘에 기구하면 구하는 도를 얻을 것인데, 신을 위하고 부처를 위하니 하늘이 그들에게 능력을 주지 않았거늘 그들이 어떻게 하겠는가. 이러고 보면 나를 낳고 나를 길러 주는 것은 모두 하늘이다. 만물이 모두 하늘로부터 태어났기 때문에 받들어 모시는 것이 하늘이다. 그런데도 만약에 따로 신이나 부처를 예배한다면 이것은 두 갈래의 마음으로서 사람들의 불충(不忠)이나 불효(不孝)와 일반인 것이다. 그 교문(敎門)은 오직 하늘을 받드는 것만 알기 때문에, 매년 정조(正朝)부터 매일 일어나서 새벽과 저녁으로 복을 비는데[叫福], 벽에서 얼굴을 돌리면서 '눈으로는 사특한 것을 보지 않는다.' 하고, 손가락으로 귀를 막으면서 '귀로는 음란한 소리를 듣지 않는다.' 한다. 바야흐로 머리를 쳐들고 하늘에 부르짖으면서 복을 빈다고 하고, 두 손으로 받들면서 복을 받는다 하고, 손으로 마치 물건을 받은 형상을 하여 품 안에 집어넣으면서 하늘이 복을 주었다고 한다. 그런 뒤에 감사의 예배를 올리는데, 이것이 규복(叫福)이라는 것이다. 세속에서 규불(叫佛)이라고 하는 것은 잘못 전해진 것이다. 그래서 규복루(叫福樓)라는 것이 있으니, 바로 이것이다." 하였다. 살펴보건대, 회흘은 당(唐) 나라에서 말하던 회흘이 아니고 바로 후세에 회회(回回)라고 불리우던 것이다. 서역의 나라들은 별도로 천신(天神)을 높여서 섬겼는데, 지금의 이른바 회부(回部)가 이것으로서, 한 나라의 이름이 아니다. 지봉(芝峯)도 말하기를, '회흘은 당 나라 때의 회흘이 아니고 곧 옛날의 대식국(大食國)이다.' 하였다. ○ 명(明) 나라 가정(嘉靖) 연간에 정효(鄭曉)가 지은 『오학편(吾學篇)』에 이르기를, "서역에 묵덕나(默德那)라는 나라가 있는데 곧 회회국(回回國)이다. 처음에 국왕 모한맥덕(摹罕驀德)이 태어날 때부터 영성(靈聖)하여 서역의 나라들을 신복(臣服)시켰으므로, 이들 나라들이 높여서 별암원이(別諳援爾)를 삼았으니 중국말로 천사(天使)란 뜻이다. 나라 안에 불경 30장(藏)이 있는데 모두 3천6백여 권이다. 글은 전서(篆書)·예서(隷書)·초서·해서(楷書) 등이 혼합되어 있는데, 서양이 모두 이것을 사용한다. 그 땅이 천방국(天方國)에 접해 있는데, 일명 천당(天堂)이라고 한다. 풍경이 융화(融和)하고 네 계절이 봄과 같으며, 토지가 비옥하고 곡식이 풍성해서 사는 사람들이 생업을 즐거워한다. 음양·성력(星曆)·의약·음악 같은 기예를 가지고 있고, 풍속이 살생을 중히 여겨 돼지고기를 먹지 않으며, 기구가 매우 정교하다. 선덕(宣德) 연간에 천방국을 따라 조공을 바쳤다." 하였다. ○ 『명사(明史)』에 보면, "신종(神宗) 만력(萬曆) 29년인 신축년 2월에 천진(天津)의 세감(稅監)인 마당(馬堂)이 대서양(大西洋)의 마태오 리치[利瑪竇]의 방물(方物)을 올렸다. 예부(禮部)가 아뢰기를, '대서양은 『회전(會典)』에 올라있지 않으니 그 진위(眞僞)를 알 수 없습니다. 또 조공으로 바친 천주녀도(天主女圖)라는 것이 이미 온당한 물건이 아니며, 주머니에 신선골(神仙骨) 등속의 물건이 들었는데, 대저 신선이라면 하늘로 날아 올라가 버렸을텐데 어찌 뼈가 남아있겠습니까. 관대(冠帶)를 주어서 그들 나라로 돌려보내야겠습니다.'하였는데, 회답하지 않았다." 하였다. ○ 전목재(錢牧齋)의 『경교고(景敎考)』에 말하기를, "대진(大秦)은 지금의 서양 오랑캐이다. 승려 중에 영리하여 문자에 통달한 자가 입술과 혓바닥에 침을 발라서 망녕되이 말을 만들었으니, 비록 명수(名數)에 대해서 잘 해석하여 취할 만한 것이 있더라도 그들의 행교(行敎)는 서역 오랑캐들의 것에 불과하다. 천지·일월·수화(水火)에 관한 여러 신(神)들은 분명 축교(竺敎)의 한 지파로서, 그 중에도 가장 용렬한 하승(下乘)이다." 하였다. 살펴보건대, 경교(景敎)란 서사(西士) 경정(景淨)이 지은 비문이다. 그의 책 『진도자정(眞道自訂)』에 기록하기를, '명 나라 천계(天啓) 3년에 관중(關中)에서 땅을 파다가 허물어진 담장 밑에서 비석 하나를 얻었는데, 비에 성교(聖敎)의 교리를 간략하게 기록하였으며, 성교의 인사(人士) 72인을 새겨서 전하였다. 당(唐) 정관(貞觀) 9년에 중국에 들어왔으며, 비석을 세운 때는 당 건중(建中) 2년 1월에 해당된다.' 하였다. 그러니 전목재가 찬술한 것은 바로 이것이다. 전목재는 당시의 사람으로서 서사(西士)와 종유(從遊)하여 이에 대해서 잘 알았을테니, 그의 말은 더욱 믿을 만하다 하겠다. ○ 청(淸) 나라의 선비 고염무(顧炎武)의 『일지록(日知錄)』에 말하기를, "대진국은 『후한서』 서역전(西域傳)에 처음으로 보이는데, '바다 서쪽에 있고 영토가 사방 수천 리이며 4백여 개의 성이 있고 복속된 작은 나라가 수십이다.' 하였고, 또 이르기를, '천축국은 서쪽으로 대진국과 통한다.' 하였다. 지금 불경에 모두 제(題)하기를, '대진의 구마라습(鳩摩羅什)이 번역한 것이다.' 하였는데, 이것은 요흥(姚興)이 세운 나라 이름이니 잘못된 것이다." 하였고, 또 말하기를, "당(唐) 현종(玄宗) 개원(開元) 7년에 토화라(吐火羅) 국왕이 천문(天文)을 해독하는 사람 대모사(大慕闍)를 바쳤는데, 물으면 모르는 것이 없었다. 법당(法堂)을 하나 설치하고 본교(本敎)의 교리에 따라서 공양하기를 청하였으나 허락하지 않았다. 이것은 지금의 마태오 리치의 천주당(天主堂)과 비슷한 것인데 현종 시대에는 시행될 수 없었으니, 어찌 당시 조정에 학식 있는 사람들이 많았기 때문이 아니겠는가." 하였다. 살펴보건대, 이 말은 역시 천주설(天主說)이 그르다는 말이다. ○ 『지봉유설(芝峯類說)』에 말하기를, "대서국(大西國)에 마태오 리치란 자가 있었는데, 바닷길을 나선 지 8년 만에 8만 리의 파도를 건너서 동월(東粤)에 와서 10여 년을 살았다. 그가 지은 『천주실의(天主實義)』에는, 첫머리에서 천주가 처음으로 천지를 창조하여 안양(安養)을 주재하는 도리에 대하여 논하고, 다음으로 사람의 영혼이 불멸하는 것이 금수와는 크게 다른 것임을 논하고, 그 다음으로 육도(六道)를 윤회한다는 말이 잘못된 것임과 천당과 지옥이 선악의 과보(果報)임을 변파(辯破)하고, 끝으로 사람의 품성이 본래 선하여 천주를 공경하여 받드는 뜻을 논하였다. 그들의 풍속은 임금을 '교화황(敎化皇)'이라고 부르는데, 장가를 들지 않기 때문에 세습하여 잇는 일이 없고 현명한 자를 택하여 세운다. 또한 그들의 풍속이 우의(友誼)를 중히 여겨 사사로이 저축하지 않으며, 『중우론(重友論)』을 지었다. 초굉(焦竑)이 말하기를, '서역의 리치군[利君]이 「벗이란 제 2의 나다.」 하였는데, 이 말은 참으로 기이한 것이다.' 하였다. 자세한 것은 『속이담(續耳譚)』에 보인다." 하였다. ○ 성호 선생의 『천주실의』 발문(跋文)에 대략 말하기를, "'천학실의'란 이씨(利氏) 마두(瑪竇)가 지은 것이다. 그는 구라파(歐邏巴) 사람인데, 만력(萬曆) 연간에 예수회[耶蘇會]의 친구인 양마락(陽瑪諾)·애유략(艾儒略)·필방제(畢方濟)·웅삼발(熊三拔)·방적아(龐迪我) 등 몇몇 사람과 함께 바다를 건너와서, 3년을 나그네로 지내면서 비로소 그 학문에 통달하였다. 오로지 천주(天主)만을 높였는데, 천주란 곧 유가에서 말하는 상제(上帝)이지만, 경건히 섬기고 조심하고 두려워하고 믿는 것은 불씨(佛氏)의 석가이다. 천당과 지옥을 들어서 권면하고 징계하며, 널리 돌아다니면서 인도하여 교화하는 것을 예수[耶蘇]라 한다. 예수란 서국(西國)의 구세주를 말하는 것이다. 예수란 이름을 말하기 시작한 것은 또한 중고(中古) 시대부터였는데, 순박하던 인심이 차츰 각박해지고 성현이 떠나가 버려 욕망을 추구하는 자들은 날로 늘어나고 이치를 따르는 자들은 점점 드물어 갔으므로 이때 천주가 크게 자비심을 발하여 친히 내려와서 세상을 구하게 된 것이다. 동정녀(童貞女)를 택해서 남녀간의 교감(交感)이 없이 태반(胎盤)을 빌려 여덕아국(如德亞國)에 강생(降生)하고는 이름을 예수[耶蘇]라 하였고, 33년간 세상을 널리 교화한 뒤 다시 올라가서 하늘로 돌아갔다. 그리하여 그 교가 마침내 구라파 여러 나라에 전파되었는데, 예수가 살았던 때는 1603년 전이 된다. 이씨(利氏)가 중국에 와서 수십 종의 책을 지었는데, 천문을 관찰하고 지리를 살펴서 운행을 계산하여 역법(曆法)을 만든 우수함은 일찍이 중국에 없던 바이다. 그렇지만 그가 축건(竺乾)의 교를 배척한 것이 대단한 일이기는 하나 필경에는 자신의 교도 환망(幻妄)으로 귀결된다는 사실을 오히려 깨닫지 못하였다. 중국 사람들이 한(漢) 나라 명제(明帝) 이전까지는 죽었다가 다시 살아난 자가 모두 천당과 지옥을 경험하지 못했는데, 어찌 유독 윤회설만 잘못된 것이고 천당과 지옥에 관한 주장은 옳단 말인가. 그리고 만약 천주가 지상의 백성들을 사랑하여 인간 세상에 환생(幻生)해서 사람들에게 일러주고 말해주기를 사람이 사람을 가르치는 것처럼 해야 하는 것이라면, 수많은 나라에 자비를 베풀어야 할 사람들이 어찌 한정이 있겠는가. 그런데 한 사람의 천주가 두루 다니면서 깨우쳐 주려면 너무 수고롭지 않겠는가. 또 구라파의 교를 전해 듣지 못한 구라파 동쪽의 사람들에게는 어찌하여 구라파처럼 온갖 영이(靈異)스러운 천주님의 기적이 나타나지 않는 것인가. 그렇다면 그런 온갖 영이한 자취들이 또한 마귀에 덮어씌어서 그런 것이 아닌지를 어떻게 알겠는가. 내 생각으로는, 서국(西國)의 풍속 또한 급속히 변하여 길흉의 응보를 점점 믿지 않게 되자 부득이 천주경(天主經)의 가르침이 있게 되었던 것이니, 처음에는 중국의 『시서(詩書)』와 같은 것이었다. 그런데도 오히려 따르지 않을 것을 염려하여 천당이니 지옥이니 하는 설을 보태어서 지금까지 전해온 것이며, 그 이후의 허다한 영이의 자취는, 저들이 이른바 마귀나 광인(誑人)의 소치에 불과한 것이다. 대개 중국에서는 사실의 자취에 대하여 말하므로 자취가 없으면 어리석은 자들이 믿지 않고, 서국(西國)은 허환(虛幻)의 자취에 대하여 말하므로 그 자취가 어지러울수록 미혹한 자들이 더더욱 빠져드니, 그 형세가 그러한 것이다. 그런데 마귀에 대한 미혹이 이와 같은 것은 또한 천주교가 이미 사람의 마음에 고질이 되었기 때문이다. 이것은 불교가 중국에 들어온 뒤에야 중국 사람들이 죽었다가 다시 깨어나면 천당이나 지옥, 그리고 전세(前世)의 일들을 기억해 내는 것과 같은 것이다. 저 서사(西士)들이 탐구하지 않은 이치가 없고 통달하지 못한 미지의 세계가 없으면서도 그 고착된 고정 관념에서 깨어나지 못하고 있으니 애석한 노릇이다." 하였다. 살펴보건대, 선생의 말이 이와 같다. 그런데 지금 이것을 공부하는 자들이 간혹 '선생도 일찍이 이것을 배웠다.' 하면서 자기의 견해를 주장하여 정당화하려고 한다. 그러면서도 자신이 스승을 무함(誣陷)하는 죄에 빠져들어간다는 것을 깨닫지 못하니, 어찌 한심하지 않겠는가. 그 학술의 차이점을 문답(問答)으로 정리한다.

「天學問答」

或問 今世所謂天學 於古有之乎 曰有之 書曰 惟皇上帝 降衷下民 若有恒性 克綏厥猷 詩曰 惟此文王 小心翼翼 昭事上帝 又曰 畏天之威 于時保之 孔子曰 畏天命 子思曰 天命之謂性 孟子曰 存心養性 所以事天也 吾儒之學 亦不外於事天 董子所謂道之大原 出乎天是也 或曰 吾儒之學 果不外於事天 則子斥西士之學何也 曰 其所謂事天則一也 而此正彼邪 此吾所以斥之也 或曰 彼西士之童身制行 非中國篤行之士所能及也 且其知解絶人 至於天度推步 曆法籌數 制造器皿 若洞貫九重之天 八十里火炮之類 豈不神異 我仁祖朝 使臣鄭斗元狀啓 西洋人陸若漢制火器 能作八十里之火炮 若漢 卽利瑪竇之友 其國之人 又能周行大地 入其國則未幾而能通其言語文字 測量天度 一一符合 此實神聖之人也 旣爲神聖則烏不可信乎 曰 是果然矣 然以天地之大勢言之 西域據崑崙之下而爲天下中 是以風氣敦厚 人物奇偉 寶藏興焉 猶人之腹臟 血脉聚而飮食歸 爲生人之本 若中國則據天下之東南而陽明聚之 是以禀是氣而生者 果是神聖之人 若堯舜禹湯文武周孔是也 猶人之心臟居胸中 而爲神明之舍 萬化出焉 以是言之 則中國之聖學其正也 西國之天學 雖其人所謂眞道聖敎 而非吾所謂聖學也 或問何謂也 曰 惟此一心 本乎天性 若能操存此心 保有其性 無忘吾上帝所賦之命 則事天之道 無過於是 何必如西士朝晝祈懇赦其舊過 求免地獄 如巫祝祈禱之事 一日五拜天 七日一齋素然後 可以盡事天之道乎 或曰 世有三敎 曰儒曰釋曰道 今西士以天名學 其意何居 曰 聖人之道一而已 豈有三敎乎 三敎之名 後世俗見之累也 佛是西方之敎而絶滅倫理 道是世外之敎而無關世道 豈可與儒敎比而同稱乎 西士之以天名學 意已僭妄矣 盖西域一帶 自古異學蝟興 佛氏之外 諸敎亦多 觀於傳燈等書 可知矣 西士之言天者 其意以爲莫尊者天 言天則諸敎豈敢相抗 是則挾天子令諸侯之意 其計亦巧矣 吾儒之敎則聖人繼天而立 代天工

而治天下 叙秩命討 莫不由天 則是皆天命之流行也 何必以天名學而後爲眞道聖敎乎 或曰 西士之外 更無言天者乎 曰 墨子有天志篇 其言曰順天意者 兼相愛交相利 必得賞 反天意者 別相惡交相賊 必得罰 三代聖王禹湯文武 順天意而得賞者也 桀紂幽厲 反天意而得罰者也 其事上尊天中事鬼神 下愛人 天之所愛 兼而愛之 所利兼而利之 此墨子之言天 而兼愛兼利 其大義也 西士忘讐愛仇之說 與兼愛無異 其約身攻苦 與尙儉相同 但其異者 墨子言天以現世 西士言天以後世 比之墨氏 尤爲詭誕矣 大抵西學之言後世 專是佛氏餘論 而兼愛尙儉 墨氏之流 是豈學周孔者所習者乎 今之所謂儒者 嘗斥道佛堂獄之說 墨氏兼愛之論 而至於西士之語不復下別 直曰此天主之敎也 中國聖人雖尊 豈有加於天主乎 其猖狂妄言無所忌憚 至於如此矣 或曰 耶蘇救世之名也 與聖人行道之意 似不異矣曰 是何言也 耶蘇救世 專在後世 以天堂地獄爲勸懲 聖人行道 專在現世以明德新民爲敎化 其公私之別 自不同矣 假使信有堂獄 如彼之說 人在現世 爲善去惡 行全德備 則必歸天堂 去善爲惡 行虧德蔑 則必歸地獄人當於現世之內 孶孶爲善 毋負我降衷之天性而已 有何一毫邀福於後世之念 程子曰 釋氏超脫死生 專爲一己之私 天學之祈免地獄 非爲一己之私乎 或曰 古今言天學者 不無其人 於古有鄒衍 於我朝有許筠 願得其實曰 鄒衍談天 滉洋難測 無所歸宿 不如西士之論天度地毬 鑿鑿符合 筠則聰明能文章 專無行檢 居喪食肉産子 人皆唾鄙 自知不爲士流所容 托迹於佛 日夜拜佛誦經 求免地獄 倡言曰 男女情慾天也 分別倫紀 聖人之敎也 天尊於聖人 則寧違於聖人 而不敢違天禀之本性 以是當時浮薄有文詞爲其門徒者 倡爲天學之說 其實與西士之學 霄壤不侔 不可比而同稱也大抵學術之差 皆歸異端 不可不愼也 老佛楊墨 皆必神聖之人 而末梢終歸於虛無寂滅無父無君之敎 王陽明大倡儒學 而其實異端 是以其徒顔山農者 以一欲字爲法門 何心隱者 以一殺字爲宗旨 皆曰我先生良知之學以心爲師 心之所出 皆良知也 我則從吾心之所出 末乃與南蠻連結作亂被

誅 以此言之 學者當下於爲學原頭而察此末流之弊也 或曰 西士之說 異於是 只是爲善去惡 則有何流弊之可言乎 曰 是何言也 善之當爲 惡之不當爲 是愚智賢不肖之所同知也 今有人於此 其人至惡也 然而又有人稱之曰子是善人也 則其人喜 曰子是惡人也 則其人怒 善惡之別 雖惡人已知之矣 世豈有爲惡去善之學乎 是以從古異端 皆以爲善去惡爲敎 今此西士爲善去惡之言 獨西士言之而已乎 吾所憂者 以其流弊而言也 其學不以現世爲言 而專以後世堂獄之報爲言 是豈非誕妄而害聖人之正敎乎 聖人之敎 惟於現世 爲所當爲之事 光明正大 無一毫隱曲慌惚之事 是以孔子不語怪力亂神 怪是稀有之事 神是不見之物 若以稀有不見之事 言之不已則人心煽動 皆歸荒誕之域 以其大者言之 漢之張角 唐之龐勛黃巢 宋之王則方臘 元之紅巾賊 明末之流賊 皆其流也 其他小小妖賊 稱彌勒佛 白蓮社之徒 在在蝟興 史傳不誣 至若我英宗朝戊寅 新溪縣 有妖巫英武者自稱彌勒佛 列邑輻湊 謂之生佛出世 合掌迎拜 令民盡除神社雜鬼之尊奉者曰 佛旣出世 豈有他神之可奉者乎 於是民皆聽命 所謂祈禱神箱神缸之屬 率皆碎破而焚之 不數月之內 自海西及高陽以北嶺東一道 靡然從之西士所謂天主之敎 其從化之速 豈過於是乎 其時自上送御史李敬玉按誅之 而其妖彌月不定 人心之易動難定 易惑難悟 大抵如是矣 今世爲此學者 其言曰一心尊事上帝 無一息之停 比之吾儒主敬之學也 又曰飭躬薄食無踰濫之念 比之吾儒克己之工也 實爲此學者 雖其門路異而爲善則同 豈不可貴 但世道巧僞 人心難測 設有一箇妖人 假冒倡言東有一天主降 西有一天主降 民心習於誕妄 以爲實然而風從矣 當此之時 爲此學者 其能曰我正而彼邪 我實而彼僞乎 自不覺爲聖學之蟊賊 亂賊之髇矢而甘心焉哀哉哀哉 或曰 現世後世之說 可得聞乎 曰 現世者 卽今吾生現在之世後世者 死後靈神不滅 善者受天堂萬世之快樂 惡者受地獄萬世之虐刑是也 或曰 吾子以現世爲重 果不違於吾中國聖人之敎 無可改評 其所謂靈神不死及堂獄之說 亦實然無疑乎 曰 是不可以質言於無形慌惚之事 而以

理推之 以經書之所言傳記之所記言之 似不難知矣 我輩學孔子者也 但以子路問孔子之事言之 子路問事鬼 子曰 未知事人 焉知事鬼 問死 曰 未知生 焉知死 聖人所答 糢糊不分明 其不幾於圖呑棗乎 子路是聖門高弟 異於新學後進 今此之問 似當曰人之生 全受天主生養之德 當以事天主爲工 人之死 雖肉身澌滅 靈神長存 生時善惡 死後靈神 受堂獄之報 以此明白言之 則豈不痛快乎 設有是事 聖人之意 不過不語怪神而然矣 況未必可知乎 若然則聖人之學 異於天主救世之學 聖人法天則豈有違天而行敎乎 此吾所以斥之爲異學也 或曰 西士之斥現世 不過其學異也 子何斥之甚邪 曰 吾何甚 但明其不然而已 吾生也 旣生此現世 則當盡現世之事如上所云 有何更加之工乎 試以西士之言言之 其言曰今世勞苦世也 又曰現世暫世也 又曰現世非人世也 禽獸之所本處也 又曰此世禽獸世也 是以其國有賢士黑臘者恒笑 笑世人之逐虛物也 德牧者恒哭 哭因憐之耳 此獨西士知之乎 大禹曰 生寄死歸 後人莫不以此世爲逆旅 則豈長久可戀之物乎 其言則是 而但所謂禽獸世者 大不然 惟我上帝 造此三界 巍然而天尊於上 頹然而地處於下 陽氣下降 陰氣上升 氤氳交媾 萬物化生 上帝以其得氣質之最淸淑者 命之爲人 參爲三才 指天而曰天 指地而曰地 萬物之可畜者畜之 可殺者殺之 可用者用之 莫非吾人宰成輔相之道 今曰禽獸之所本處 曰禽獸世者 其果成說乎 其說之妄 不必多卞 而愚者惑焉何哉 若如西士之說 則其流也必以不生爲善 若使人類盡滅 則天地之間 空蕩爲禽獸之場乎 或曰 西士之言 謂人有三仇 己身一也 以其聲色臭味怠惰放恣偸佚 闇溺我于內矣 世俗二也 以其財勢功名戱樂玩好 顯侵我于外矣 魔鬼三也 以其倨傲魅惑 誑我眩我 內外伐我 是言豈不切實乎 曰 子之惑甚矣 己身爲仇之說 其悖倫大矣 人有此身 則不無形氣之慾 吾儒克己之說所以立也 今若以此身之生爲仇 則此身從何生乎 此身之生 由於父母 是以父母爲仇矣 且旣生此世 則富貴貧賤窮通利害 勢當然矣 不知所以省察克治之工 而以世俗爲仇 則君臣之義亦絶矣 若魔鬼之說 尤不近理 人有

此形氣 則形氣之慾 雖聖人不能免 而但聖愚之判 在于過不及之間耳 是以吾儒克己之工 以自己天性本有之心 治形氣之慾 節之而不使過中而已 魔鬼誰能見之 假使有之 是外物也 以外物之誘 而喪自己之性 容或有之 人之不善 由於形氣之慾 豈皆魔鬼之事乎 其內外致工之術 不同儒者克己之工由於內 西士之言 舍形氣而謂由於魔鬼 內外緊歇之別 自不同矣 此不足卞也 或曰 其言曰西國古經 天主闢天地 卽生一男名亞黨 一女名阨襪 是爲世人之祖 然乎 曰 以理推之 此亦不然矣 天主神權 何所不爲 然而其闢天地也 陰陽二氣 升降交媾 化生萬物 而得其淸淑之正氣者爲人 得其穢濁之偏氣者 爲禽獸草木 今以目前事言之 蝨之化生 由於人乎 由於衣乎 此有澡潔其身 無一點垢膩 着新製衣袴 服未數日 必衣有數箇蝨 袴有數箇蝨 此蝨從何出乎 必是人與衣氣相蒸鬱而生 此非氣化乎 此又有一畚土 無一草根木實 無一虫蟻 而置之空架之上 風鼓雨潤 濕氣壅鬱 亦未幾何 必有草木蟲蟻生于其中 亦非氣化而然乎 氣化以後 因以形化 其類漸繁 人之生 何異於是 大地齊民 皆爲亞黨一人之子孫 其果成說乎 若如其說 則禽獸草木 其初只有一箇物繁生 若此之說 不必深究 亦不足信也 或曰 爲西學者 有原祖再祖之說 可得聞歟 曰 原祖卽上所云亞黨也 再祖今所稱天主耶蘇也 實義云開闢初 生人無病 常是陽和 常甚快樂 鳥獸萬彙 順聽其命 循奉上帝而已 由人犯天主命 萬物亦反背于人 萬禍生焉 爲其子孫者 相率而習於醜行 又其書所云眞道自證曰 天主生原祖 爲天下萬民之祖 特恩縱之 性善情美 萬理具照 天地萬物 遵若主命 邪魔忌而謀去之 而天主乘此欲試原祖 邪神誘之 失本忘恩 從魔以方命 天主仁慈 轉爲義怒 死得地獄之苦 世世子孫 同受其罰云 噫 是何言哉 上帝造出亞黨 以爲人類之祖 則其神聖可知矣 焉有上帝聽魔鬼之譖 潛使魔鬼試其心之眞僞乎 若使亞黨設有僭妄之心 上帝當更敎勵 使之改革 若賢父之於子 良師之於弟子可也 豈以上帝而有是事乎 爲此言者 其慢天之罪 可勝言哉 假使亞黨有罪 罪止其身而已 亦安有萬世子孫 同受其罰之理乎

先王之政 罰不及嗣 況至萬世而苦其子孫乎 實義 中士曰 善惡有報 不於本身 必於子孫 不必言天堂地獄 西士曰 王霸之法 罪不及冑 天主捨本身而惟冑是報耶 以此條所言言之 則其說自相矛盾 亦甚可笑 或復問再祖之事 曰 其說至繁 難以言旣 姑擧其畧 實義言亞黨自致萬禍 子孫相率以習醜行 淳樸漸漓 聖賢化去 從欲者衆 循理者稀 天主大發慈悲 親來救世 漢哀帝元壽二年 擇貞女爲母 無所交感 托胎降生 名耶蘇 耶蘇卽救世也 弘化西土三十三年 復昇歸天云 據此親來降生之說而言之 則當此之時 天上其無上帝耶 又眞道自證曰 聖經言天主於原祖子孫中 再立一人 爲人類之再祖 又稱天主聖子 無異眞天主 與親來降生之言不同 其學之不可信有如此者 又曰 耶蘇以萬民之罪爲己任 損己之寶命 被釘於十字架而死云 旣曰上帝親降 又曰無異眞天主云 則敢曰被釘而死 不得考終耶 其愚昧無知 侮慢尊嚴甚矣 此等言語 其可謂十分停當而信從之乎 或曰 若子之言則其說皆妄矣 曰 以我中國言之 邃古之初 所傳言語 率多荒怪 而聖人出然後 皆歸刪黜之科爾 安知西土古初 亦豈無荒怪之語乎 其言曰開闢以後文字 至今皆存 謂之聖經而尊信之 蓋有一種神聖之人作 而作爲此等說勸誘人民 是亦神道設敎之意也 但不如我中國聖人之出而能正之耳 若女媧之鍊石補天 后羿之射中九烏 皆歸剛正之科 耶蘇之事 雖甚奇異 亦不過佛氏顯聖顯靈之類耳 此果是上帝眞天主親來而作此等靈怪之事乎 其學之原頭 決是異端無疑矣 或曰 三仇之說 果是妄駭 無忌憚之甚也 若以己身爲仇 則是身生於父母 父子之倫已悖矣 以世俗爲仇 則聖人行道致澤之功 皆歸虛幻 而君臣之倫乖矣 其學以童身爲貴 而七克書有禁婚之語則夫婦之倫絶矣 人生此世 以此三倫爲貴 而皆謂之暫世而無所恤 惟以堂獄爲重 此佛氏之流也 且其魔鬼之說 尤爲荒怪 非吾儒之所言 則吾子之斥去也宜矣 但西士所謂天學工夫如何 曰 此已畧言於前後 其言曰每朝目與心偕 仰天籲謝天主生我養我 至敎誨我無量 次祈今日祐我 必踐三誓毋妄念毋妄言毋妄行 至夕又俯身投地 嚴自察省本日所思所言所動作 有

妄與否 否則歸功天主 叩謝恩祐 若有差爽 卽自痛悔 禱祈天主慈恕宥赦 其大體如斯而已 此比吾儒誠身之學 而今爲此學者 等視儒學而謂此爲眞何哉 且其擧措貌樣 與吾聖訓 同乎異乎 或曰 西士謂佛氏偸其國之敎 自立門戶 然乎 曰 佛氏釋迦生於周昭王時 天主耶蘓生於漢哀帝時 則先後之別 不容多卞 或曰 西士言其國 有開闢以後史記 至今皆存 凡三千六百卷 耶蘇之生 皆預言其期 不若中國史之泯滅不存 虛僞相雜 然乎 曰 非吾見則不可言其不然 而假使有之 今其書所引經文 卽其語也 必擇其精者言之 而今使有眼者見之 其與吾中國聖人之語 孰優孰劣 子若見之 可以知之矣 或曰 其人專以行敎爲重 越滄溟八九萬里 經啗人戕人之國而不知懼 罹鮫鱷虎狼之患而不知避 若非所見之的實力量之絶人 能如是乎 曰以史考之 姚秦之鳩摩羅什 蕭梁之達摩 皆自大西國 涉重溟而至 是亦欲行其敎於中國 此何以異是 二僧之所傳 不過今行佛書 使西士之學 雖欲行於中國 此亦不過其類行之 如今佛書而已 豈可使吾儒舍周孔之道而從之乎 或曰 西士之言 自耶蘇之敎行後 至今千七八百年 而化行鄰國 無簒弑之事 無侵伐之害 西國累萬里 至今猶然 中國聖人雖多 代興代滅 則可知中國之敎 不探其本而然也 爲吾儒者聞之 茫然自失 反以中國聖人之敎謂不及於彼 其果然乎 曰 西域一方 風氣敦厚 人心淳樸 不甚如中國之巧僞 則容或有之 然是皆夸大之語也 嘗觀歷代諸史 漢哀以後 大西諸夷之侵伐幷合者多 史豈誣說乎 是不足取信 且倭國始祖狹野 卽其所謂神武天皇也 立國當周平王之時 至今一姓相傳 其制國之術 封建之法 亦非今中國之所可比 則豈可以此而謂過於中國乎 是皆知天學而然耶 或曰 耶蘓救世 被釘於架 能震撼天地萬物 而不傷一釘己之人 此非至仁而然耶 曰 此上所謂忘讐愛仇者也 畸人書曰 天主敎士 以德報讐 不以讐報讐 凡讐有兩般 若害我之讐 古君子之若是者多矣 若以君父之讐 而以此爲敎 則其害義大矣 此吾所以謂墨子兼愛之流而此其甚者也

或曰 西士斥中國之人 不知上帝造此天地萬物 而周子太極圖 言理爲物

之原 朱子又曰 天卽理也之說如何 曰 上帝主宰之稱 而爲萬物之總主 吾儒已言之矣 人之稱天有二 一是主宰之天 曰天命之性 曰畏天命之類 是天卽理也 一是形氣之天 是天卽物也 周子之圖 本於孔子太極生兩儀之言 以有主宰而言之則曰上帝 以無聲無臭而言之則曰太極曰理 上帝與太極之理 其可貳而言之乎 其言曰 但聞古先君子敬恭于天地之上帝 未聞有尊奉太極者 又曰 理是依賴者 有物則有物之理 無物則無物之理 有君則有臣 無君則無臣 若以虛理爲物之原 是無異乎佛老之說云 此等言語 其果成說乎 上帝爲理之原 而造此天地萬物 天地萬物不能自生 必有天地萬物之理 故生此天地萬物 安有無其理而自生之理乎 此卽後儒氣先於理之說不足卞矣 孔子曰 太極生兩儀 又曰 一陰一陽之謂道 道卽理也 若如西士之言 則是幷與孔子而斥之也 爲吾儒者 當明目張膽 排擯之不暇也 或曰 觀實義畸人等書 西士所言 中士莫不斂衽信從者何哉 曰 此等書 皆西士設問而自作 故如是耳 若與識道之儒士言之 豈有斂衽信從之理乎 或曰 天主之稱 或有見中國之書者乎 曰 經傳不見 但史記封禪書祀八神 一曰天主祠天 漢書霍去病傳 元狩元年 得休屠王 祭天金人 金日磾傳 休屠作金人祭天主 天主之名 見於此 如淳註曰 祭天 以金人爲主 師古註曰 作金人 以天神之像而祭之 今之佛像 是其遺法 漢武故事曰 昆耶殺休屠王來降 得金人之神 上置之甘泉宮 金人者皆長丈餘 其祭不用牛羊 惟燒香禮拜 上使依其國俗祀之 據此諸說 顔註雖謂之今佛 而以天神二字觀之與佛異矣 疑以金作天主而祭之 如今爲此學者 爲天主畫像而禮拜之 此古今之變也 匈奴右賢王西通西域 疑得其敎而祭之也 又其書眞道自證曰 耶蘇之生 聖母抱之往聖殿 獻於天主臺前云 則天主之名 已在於漢哀之前而非耶蘇爲天主也可知 或曰 列子 商太宰問孔子以聖曰 丘其聖歟 答曰吾何敢 又問三皇五帝三王 皆曰聖則吾不知 商曰 然則孰爲聖 曰 西方有聖者 不治而不亂 不言而自信 不化而自行 蕩蕩乎民無能名焉 爲佛者以爲指佛而言 然以今觀之 似指天主而言也 曰 列子荒唐之文 何足取信 孔

子稱堯曰 蕩蕩乎民無能名焉 與西方之聖同而謂五帝非聖 豈其然乎 或曰 今聞爲其學者 以敎師爲代父 天主爲大父 故代天而施敎 謂之代父 設天主位 學者以三尺淨布掛項 以手洗頂 瑪竇所謂聖水 所以洗心垢者也 又明燭 學者俯伏 盡說從前過咎 以致悔悟之志 又陳八敎以後不復犯過之意 而又定別號云 此意如何 曰 此事是佛氏羕子也 佛氏有法師律師 燃臂懺悔灌頂之節 此何異焉 是以吾以爲其俗爲之 非吾中國習聖人之敎者所可行也 或曰 利瑪竇言魂有三 生魂覺魂靈魂 草木之魂 有生無覺無靈 禽獸之魂 有生有覺無靈 人之魂 有生有覺有靈 生覺二魂 從質而出 所依者盡則生覺俱盡 靈魂非出於質 雖人死而不滅自在也 此說何如 曰 吾中國亦有之 荀子曰 水火有氣而無生 草木有生而無知 禽獸有知而無義 人有氣有生有知有義 故最爲天下貴也 此語眞西山表出於性理大全中 西士之言與此大同 而但靈魂不死之言 與釋氏無異 吾儒之所不道也 或曰 近有上舍生將參釋奠 其友之爲此學者止之曰 凡假像設祭 皆魔鬼來食 豈有孔子之神來享乎 人家祭祀亦然 余則雖未免從俗行之 而心知其妄 故必仰天嘿奏于天主 不得已爲之之意然後行之 悖禮毁敎 孰甚於此 曰 此亦西士之言 爲其言者曰 祖先之善者在天 必無來享之理 惡墮地獄者 雖欲來得乎 此與聖人制祭禮之義不同 吾子悖禮毁敎之憂 信然信然 亦有可笑者 今爲此學者 揭天主而禮拜禱祈焉 此亦假像則亦一魔鬼也 星湖先生所謂其種種靈異 安知不在於魔鬼套中者 先生已知其然矣 然則魔鬼之變幻莫測 亦有假善而惑世者 以愚下民 而西士惑之而尊崇 豈不可笑哉 聞其說 有僞天主 是亦魔鬼之幻弄也 假稱僞天主 則其不能依附於假像乎 或曰 道佛二敎及西士盛稱魔鬼 魔鬼果是何神 而天主不能禁遏 使之行惡耶 曰 其說言厥初天主命生純神 其性絶美 品分九等 以供王令 故曰天神 又有鉅神 傲慢自足 自絶於主 爲惡神之魁 天主使之墮在地獄 名曰魔鬼 天主暫放之 以煉善人之功 以癉惡人之罪 煉善人之功者 謂天主使魔鬼 誘善人使爲惡 以驗工夫之 以下缺 或曰 今聞吾子之言 其爲異端無疑 吾儒明德

新民之功 皆以現世而言也 西士爲善去惡之事 皆爲後世而言也 人旣生此現世 則當盡現世之事 求其至善而已 豈可有一毫邀福於後世之意乎 其學之入頭門路 與吾儒大錯 而其意專出於一己之私 吾儒公正之學 豈如是乎 自今當以吾子之言爲正 余聞而笑之 客退而書其問答 爲此文 庶幾或有補於世敎耳 乙巳嘉平日 虞夷子書

附錄

或之退也 復問曰 今之爲此學者 多言吾星湖先生亦嘗爲之 其信然乎 余曰 余於丙寅歲 始謁于先生 先生與之談論經史諸說 可謂無所遺矣 末梢至西洋學 先生曰 西洋之人 大抵多異人 自古天文推步 製造器皿 筭數等術 非中夏之所及也 是以中夏之人 以此等事 皆歸重於胡僧 觀於朱夫子說 亦可知矣 今時憲曆法 可謂百代無弊 曆家之歲久差忒 專由歲差法之不得其要而然也 吾常謂西國曆法 非堯時曆之可比也 以是人或毁之者以余爲西洋之學 豈不可笑乎 余因問洋學有可以學術言之者乎 先生曰 有之矣 因言三魂之說及靈神不死天堂地獄之語曰 此決是異端 專是佛氏之別派也 當時所聞如此 其後余復有所問 答曰 天主之說 非吾所信 鬼神之有淹速之別 非箇箇同然也 又曰 七克之書 是四勿之註脚 其言盖多刺骨之語 是不過如文人之才談 小兒之警語 然而削其荒誕之語而節略警語 於吾儒克己之功 未必無少補 異端之書 其言是則取之而已 君子與人爲善之意 豈有彼此之異哉 要當識其端而取之可也 先生又作天學實義跋 見上攷文 今以先生與余問答之語及此跋文觀之 其果尊信之乎 此不過無識少輩以其自己之陷溺 幷與師門而實之 可謂小人之無忌憚也 幸以我今生存 能下其是非而已 我若已死 則後生輩亦必信其言矣 豈不爲斯文之大可羞吝者乎 或又問曰 星湖先生嘗謂利瑪竇聖人也 此輩之藉此爲言者多 其信然乎 余聞之 不覺失笑曰 聖有多般 有夫子之聖 有三聖之聖 不可以一槩言也 古人釋聖字曰通明之謂聖 與大而化之之聖 不同矣 先生此言 余未有

知 或有之而余或忘之耶 假有是言 其言不過西士才識 可謂通明矣 豈以吾堯舜周孔之聖 許之者乎 近日人多以某人爲聖人 某人余所見也 先生雖有此言 是不過某人之類耳 豈眞聖人也哉 噫嘻 吾道不明 人各以自己斗筲之見 自以爲是而不能覺焉 至於誤後生而不知 誠足憐悶 他尙何言 是日復題

【역문】「천학문답」[38)]

어떤 사람이 묻기를, "근래의 이른바 천학이라는 것이 옛날에도 있었습니까?" 하므로, 대답하기를, "있었다. 『서경(書經)』에 말하기를, '위대하신 상제(上帝)께서 지상의 사람들에게 참된 진리를 내리셨으니, 그 변함없는 본성을 따라서 그 올바른 도리를 실천한다면' 하였으며, 『시경(詩經)』에 말하기를, '문왕(文王)께서는 삼가고 조심하여 상제를 잘 섬긴다.' 하였고, 또 말하기를, '하늘의 위엄을 두려워하여 이 유업(遺業)을 보전하리라.' 하였으며, 공자(孔子)는 '천명(天命)을 두려워한다.' 하였으며, 자사(子思)는 '하늘이 명한 것을 일러 성(性)이라 한다.' 하였으며, 맹자(孟子)는 '마음을 보존하여 본성(本性)을 배양하는 것이 하늘을 섬기는 일이다.' 하였다. 우리 유자(儒者)의 학문 또한 하늘을 섬기는 것에 불과하다. 동중서(董仲舒)가 이른바 '도(道)의 큰 근원은 하늘에서 나온 것이다.'는 것이 이것이다." 하였다. 어떤 사람이 말하기를, "우리 유자의 학문이 진정 하늘을 섬기는 것에 지나지 않는다면 그대가 서사(西士)의 학문을 배척하는 것은 무엇 때문입니까?" 하므로, 대답하기를, "이른바 하늘을 섬기는 점에 있어서는 동일하지만 이쪽은 정당하고 저쪽은 사특하다. 그래서 내가 배척하는 것이다." 하였다.

---

38) 『순암집』 卷17, 雜著

어떤 사람이 말하기를, "저 서사(西士)가 동정(童貞)의 몸으로 수행을 하는 것은 중국의 행실이 독실한 자들도 능히 미칠 수 있는 바가 아닙니다. 또 지식과 이해가 뛰어나서 하늘의 도수를 관측하고 역법(曆法)을 계산하며 기계와 기구를 만들기까지 하였는데, 아홉 겹의 하늘을 환히 꿰뚫어 보는 기구와 80리까지 날아가는 화포(火炮) 따위는 어찌 신비스럽고 놀랍지 않겠습니까. 우리나라 인조(仁祖)때 사신 정두원(鄭斗元)이 장계하기를, "서양사람 육약한(陸若漢)이 화기(火器)를 만드는데, 80리 떨어진 곳까지 날아가는 화포를 만들 수 있습니다." 하였다. 약한은 바로 이마두(利瑪竇)의 친구이다. 그 나라 사람들은 또 능히 온 세계를 두루 다니는데, 어느 나라에 들어가면 얼마 안 되어서 능히 그 나라의 언어와 문자를 통달하고, 하늘의 도수를 측량하면 하나하나가 부합하니, 이는 실로 신성한 사람들이라 하겠습니다. 이미 신성하다면 왜 믿을 수 없단 말입니까?" 하기에, 대답하기를, "그것은 과연 그렇다. 그러나 천지의 대세(大勢)를 가지고 말한다면, 서역은 곤륜산(崑崙山) 아래에 터를 잡고 있어서 천하의 중앙이 된다. 그래서 풍기(風氣)가 돈후하고 인물의 체격이 크며 진기한 보물들이 생산된다. 이것은 사람의 배안의 장부(臟腑)에 혈맥이 모여 있고 음식이 모여서 사람을 살게 하는 근본이 되는 것과 같다. 그런데 중국으로 말하면, 천하의 동남쪽에 위치하여 양명(陽明)함이 모여드는 곳이다. 그러므로 이런 기운을 받고 태어난 자는 과연 신성한 사람이니, 요(堯)·순(舜)·우(禹)·탕(湯)·문(文)·무(武)·주공(周公)·공자(孔子) 같은 분들이 이들이다. 이것은 사람의 심장이 가슴 속에 있으면서 신명(神明)의 집이 되어 온갖 조화가 거기서 나오는 것과 같다. 이를 미루어 말한다면, 중국의 성학(聖學)은 올바른 것이며, 서국(西國)의 천학은 그들이 말하는 진도(眞道)와 성교(聖教)일지는 몰라도 우리가 말하는 바의 성학은 아닌 것이다." 하였다. 어떤 사람이 묻기를, "무슨 말입니까?" 하므로, 대답하기를, "오직 이 하나의 마음만이 천성에 근본을 둔 것이다. 만약 이 마음을 붙잡아 보존하여 그 본성을 보지(保持)함으로써 우리 상제(上帝)께서 부여한 천명(天命)을 잊어버리지 않는다면, 하늘을 섬기는 도리가 여기에서 벗어나지 않을 것이다. 그런데 어찌 굳이 서사처럼 밤낮으로 기도하고 간구하며 지난 잘못의 용서를 빌고 지옥에 떨어지지 않게 해달라고 기구하기를 무당이 기도하는 듯이 하면서 하루에 다섯 번 하늘에 예배하고 7일에 하루를 재소(齋素)를 해야만 하늘을 섬기는 도리를 다할 수 있단 말인가." 하였다. 어떤 사람이 말하기를, "세상에는 세 가지 교가 있으니, 유교와 불교와 도교입니다. 그런데 지금 서사가 '천(天)'으로 그 학(學)을 이름한 것은 그 뜻이 어디에 있습니까?" 하므로, 대답하기를, "성인의 도는 하나일 뿐인데 어찌 세 가지 교가 있을 수 있겠는가. 삼교(三敎)란 이름은 후세의 속견에 끌린 것이다. 불(佛)은 서방의 교로서 인간의 윤리를 끊어 없앴고, 도(道)는 현세를 벗어난 교로서 세상을 살아가는 도리와는 무관하다. 그런데 어찌 유교와 함께 비교하여 같은 차원에서 말할 수 있겠는가. 서사가 천으로 그들의 학을 이름지은 것은 그 뜻이 이미 참람하고 망령스럽다. 대개 서역 지방에서는 예로부터 이학(異學)이 마구 일어나서 불씨(佛氏) 이외에도 갖가지 교가 많았으니,『전등록(傳燈錄)』등의 책을 보면 알 수 있다. 서사들이 천이란 말을 쓴 뜻은, 더할 수 없이 높은 것이 천이므로 천이라고 말하면 다른 교들이 감히 겨룰 수 없다고 여겼기 때문인바, 이는 마치 천자(天子)를 끼고 제후를 호령하려는 것과 같은 의도로서, 그 계산이 또한 교묘하다 하겠다. 우리 유교로 말하자면, 성인이 하늘의 뜻을 이어서 천자가 되어 하늘이 할 일을 대신하여 천하를 다스리는 것으로서, 질서를 세우고 토벌을 명하는 일들이 하늘로부터 나오지 않는 것이 없으니, 모두가 천명(天命)의 유행(流行)이다. 어찌 굳이 '천'이란 말을 써서 그 학(學)에다 이름을 붙여야만 진도(眞道)가 되고 성교(聖教)가 되겠는가." 하였다. 어떤 사람이 말하기를, "서사 이외에는 다시 천을 말한 자가 없습니까?" 하므로, 대답하기를, "『묵자(墨子)』에 천지편(天志篇)이 있는데, 거기에 말하기를, '하늘의 뜻을 따르는 자는 모두들 서로 사랑하고 서로 이득을 주어서 반드시 상을 받게 되고, 하늘의 뜻을 거스르는 자는 각자 서로를 미워하고 서로 해를 끼쳐서 반드시 벌을 받게 된다. 삼대(三代)의 성왕(聖王)인 우·탕·문·무는 하늘의 뜻에 순종하여 상을 받은 자이며, 걸(桀)·주(紂)·유(幽)·여(厲)는 하늘의 뜻을 거역해서 벌을 받은 자들이다. 그 일로 말하자면, 위로는 하늘을 높이고 중간으로는 귀신을 섬기며 아래로는 사람을 사랑하는 것이다. 하늘이 사랑하는 것을 다 같이 사랑하고, 하늘이 이롭게 하고자 하는 것을 다 같이 이롭게 한다.' 하였으니, 이것이 묵자가 하늘에 대하여 말한 것으로서, 다 같이 사랑하고 다 같이 이롭게 한다는 것이 그 근본 강령이다. 서사의 '원한을 잊고 원수를 사랑하라.'는 말은 다 같이 사랑하라[兼愛]는 것과 다름이 없으며, 자신을 단속하여 고통을 견디는 것은 묵자의 상검(尙儉)과 서로 같다. 다만 서로 다른 것은, 묵자는 현세(現世)로써 하늘을 말하였고 서사는 후세(後世)로써 하늘을 말하였으니, 묵자에다 비교한다면 한층 더 궤탄(詭誕)하다. 대개 서학(西學)에서 후세를 말한 것은 전적으로 불씨(佛氏)의 여론(餘論)이며, 사랑과 검박(儉朴)을 말한 것은 묵씨의 지류(支流)이다. 이것이 어찌 주공(周公)과 공자(孔子)를 배운 자가 익힐 바이겠는가. 오늘날의 이른바 유자(儒者)는 일찍이 도불(道佛)의 천당·지옥에 관한 설과 묵씨의 겸애론(兼愛論)을 비판하였으면서, 유독 서사의 말에 대해서만은 변별(辨別)하지도 않고서 곧장 말하기를, '이것은 천주를 모시는 교이다. 중국의 성인이 비록 존귀하지만 어찌 천주를 능가할 수 있겠는가.' 한다. 미치광이처럼 거리낌 없이 함부로 말하는 것이 이런 지경에까지 이른 것이다." 하였다. 어떤 사람이 말하기를, "예수[耶蘇]

는 세상을 구제하는 사람을 이름한 것이니, 성인이 도를 행한 뜻과 다른 점이 없을 듯합니다." 하므로, 대답하기를, "그게 무슨 말인가. 예수의 세상에 대한 구원은 전적으로 후세에 관한 것으로서 천당과 지옥의 설을 통하여 이를 권면하고 징계하지만, 성인이 도리를 행하는 것은 전적으로 현세에 관한 것으로서 덕을 밝히고 백성을 새롭게 하는 것을 통하여 교화를 펼쳐나간다. 그러니 그 공사(公私)의 차이가 자연히 같을 수 없는 것이다. 설사 그들이 말하는 것처럼 실제로 천당과 지옥이 있다고 하더라도, 사람이 현세에 살면서 선을 행하고 악을 제거하여 행실이 온전하고 덕이 갖추어진다면 틀림없이 천당으로 갈 것이며, 선을 버리고 악을 행하여 행실이 옳지 못하고 덕이 없다면 틀림없이 지옥으로 갈 것이다. 그러니 사람이 현세에 사는 동안에 열심히 선을 실천하여 하늘이 내려준 나의 참된 천성을 저버리지 않는다면 그뿐이지 어찌 털끝만큼인들 후세의 복을 바라는 마음을 가질 필요가 있겠는가. 정자(程子)가 말하기를, '석씨(釋氏)는 사생(死生)을 초탈하여 오로지 자기 개인의 사적인 일만 추구한다.' 하였으니, 천학(天學)이 지옥을 면하기를 기구하는 것은 자기 일신만을 위하는 행위가 아니라고 할 수 있겠는가." 하였다. 어떤 사람이 말하기를, "고금에 천학을 말한 자가 없지 않습니다. 옛날에는 추연(鄒衍)이 있었고 아조(我朝)에 와서는 허균(許筠)이 있었으니, 그 내용에 대하여 듣고자 합니다." 하므로, 대답하기를 "추연의 하늘에 대한 논의는 너무 한만(汗漫)하여 헤아리기가 어렵고 귀결되는 곳이 없어서 서사들의 천도(天度)와 지구(地毬)에 대한 논의가 착착 들어맞는 것 같지 않다. 허균은 총명하고 문장에 능했으나 행실이 전혀 없어서 거상(居喪) 중에 고기를 먹고 아이를 낳았으므로 사람들이 모두 침을 뱉으며 비루하게 여겼었다. 그래서 스스로 사류(士流)에게 받아들여질 수 없음을 알고 불교에 귀의하여 밤낮으로 부처에 예배하고 불경을 외우면서 지옥을 면하기를 기구하였다. 그러면서 부르짖기를, '남녀 간의 정욕은 하늘이 준 것이고, 윤리와 기강을 분별하는 일은 성인의 가르침이다. 하늘은 성인보다 높으니, 차라리 성인의 가르침을 어길지언정 하늘이 준 본성을 거스를 수는 없다.' 하였다. 이래서 당시에 그의 문도(門徒)가 된 문사(文詞)깨나 하는 경박한 자들이 천학에 대한 설을 제창했으니, 그 실체가 서학과는 하늘과 땅처럼 달라서 같이 비교하여 말할 수 없는 것이었다. 대개 학술에 차질이 빚어지면 모두 이단으로 떨어지게 되므로 조심하지 않을 수 없다. 노담(老聃)·불씨(佛氏)·양주(楊朱)·묵적(墨翟)이 모두 틀림없이 신성한 자들이었지만 끝에 가서는 결국 허무적멸(虛無寂滅)하고 무부무군(無父無君)한 교리로 귀결되고 말았다. 왕양명(王陽明)은 유학을 크게 창도(倡道)했지만 그 내면은 실제로 이단이었다. 그래서 그의 문도인 안산농(顔山農)이란 자는 한 개의 '욕(欲)'자로 법문(法門)을 삼았고, 하심은(何心隱)이란 자는 한 개의 '살(殺)'자로 종지(宗旨)를 삼았었다. 그러면서 다들 말하기를, '우리 선생님의 양지(良知)의 학문은 마음을 스승으로 삼는 것이니, 마음에서 나오는 것은 모두가 양지이다. 그러니 나는 내 마음에서 나오는 것을 따르겠다.' 하였다. 그러다가 끝에 가서는 남만(南蠻)과 연결하여 반란을 일으키다가 주살(誅殺)되고 말았다. 이를 가지고 말한다면 배우는 자는 응당 학문을 하는 첫머리에 잘 변별해서 이와 같은 말류의 폐단이 생기지 않을까를 살펴야 할 것이다." 하였다. 어떤 사람이 말하기를, "서사의 학설은 이와는 달라서 단지 선을 행하고 악을 버리는 것인데, 무슨 유폐라고 말할 만한 것이 있겠습니까." 하므로, 대답하기를, "그게 무슨 말인가. 선은 행해야 하고 악은 행하지 말아야 한다는 것은 어리석거나 지혜롭거나 현명하거나 불초하거나 간에 모두가 다 아는 바이다. 지금 여기에 어떤 사람이 있는데 그는 지극히 악한 사람이라고 하자. 그러나 누가 그를 보고 '그대는 착한 사람이다.'고 칭찬을 하면 그는 기뻐할 것이고,

'그대는 악한 사람이다.'고 하면 그는 성을 낼 것이다. 그러니 선악에 대한 구별은 비록 악인이라도 이미 알고 있는 것이다. 그런데 어찌 세상에 악을 행하고 선을 버리는 학문이 있단 말인가. 이 때문에 예로부터 이단들이 모두 선을 행하고 악을 버리는 것으로써 가르침을 삼았던 것이다. 지금 서사가 착한 일을 하고 악한 일을 하지 말라고 하는 말이 서사들만 하는 말이란 말인가. 내가 걱정하는 것은 그 말류의 폐단으로써 말한 것이다. 그 학문이 현세에 대하여 말하지 않고 오로지 후세의 천당과 지옥의 응보에 대해서만 말하니, 이 어찌 허탄하고 망령되어 성인의 올바른 가르침을 해치는 것이 아니겠는가. 성인의 가르침은 오직 현세에서 의당 해야 할 일을 하는 것이기 때문에 광명정대하여 조금도 감추어지거나 왜곡되거나 흐릿한 것이 없다. 그래서 공자는 괴(怪)·력(力)·난(亂)·신(神)에 대하여 말하지 않았으니, 괴란 드물게 있는 일이고, 신(神)이란 보이지 않는 사물이다. 만약 드물게 있는 일이나 보이지 않는 사물을 가지고 끝없이 말한다면 사람들의 마음이 선동되어 모두 황탄(荒誕)한 곳으로 빠져들고 말 것이다. 그 중에 큰 예를 들어 말하자면, 한(漢)의 장각(張角), 당(唐)의 방훈(龐勛)과 황소(黃巢), 송(宋)의 왕칙(王則)과 방납(方臘), 원(元)의 홍건적(紅巾賊), 명말(明末)의 유적(流賊) 따위가 모두 그러한 부류이다. 기타 소소한 요적(妖賊)들로는 미륵불(彌勒佛)을 일컬은 백련사(白蓮社)[39]의 무리들이 곳곳에서 무수히 일어났으니, 사전(史傳)은 이를 엄정히 전하고 있는 것이다. 우리나라에서는, 영종조(英宗朝) 무인년에 신계현(新溪縣)의 요무(妖巫) 영무(英武)란 자가 미륵불로 자칭하였는데, 여러 고을의 사

39) 백련사(白蓮社) : 원(元) 나라 때 한산동(韓山童) 부자(父子)가 만든 백련교(白蓮教)를 말하는 듯함. 진(晋) 나라 때 혜원법사(慧遠法師)가 결성한 백련사는 미륵불이 아닌 미타불(彌陀佛)을 모셨으며, 순수한 종교 단체로서 반란을 일으킨 일이 없음.

람들이 몰려들어 생불(生佛)이 세상에 나왔다고 하면서 합장하여 맞이하고 예배하였다. 백성들로 하여금 받들어 모시던 모든 신사(神社)와 잡귀들을 모조리 제거하도록 하면서, '부처가 이미 세상에 나왔는데 어찌 모실 다른 신이 있단 말인가.'라고 하였다. 이렇게 되자 백성들이 모두 그 말을 따라서 이른바 기도니 신상(神箱)이니 신항(神缸)이니 하는 것들을 모조리 깨뜨리고 불태워버렸다. 그리하여 몇 달 만에 황해도에서부터 고양(高陽) 이북과 강원도 전체가 휩쓸리어 그를 따랐던 것이다. 서사의 이른바 천주교라는 것이 따라서 교화되는 속도에 있어서 어찌 이보다 더 빠르기야 하겠는가. 그때 상께서 어사 이경옥(李敬玉)을 보내어 조사하여 처벌하였지만 그 소동은 한 달이 넘도록 진정되지 않았으니, 사람의 마음이 동요하기는 쉽고 진정되기는 어려우며, 미혹하기는 쉽고 깨닫기는 어려운 것이 대개 이와 같다. 지금 세상에서 이 학(學)을 하는 자들이 '한결같은 마음으로 상제를 받들어 섬기기를 잠시도 쉬지 않는다.'고 하면서 우리 유가의 주경(主敬)의 학에다 비교하고, 또 '몸을 단속하고 거친 밥을 먹으면서 분수에 넘치는 생각을 하지 않는다.' 하면서 우리 유가의 극기(克己) 공부에 비유한다. 사실 이 학을 하는 자들이 비록 문로(門路)는 다르지만 선을 행함에 있어서는 마찬가지이니, 어찌 귀하지 않겠는가. 다만 세상의 도리는 거짓되고 사람의 마음이란 측량하기 어려운 것이다. 가령 어떤 요사스러운 사람이 나와서 '동쪽에도 한 분의 천주(天主)가 내려왔고 서쪽에도 한 분의 천주가 내려왔다.'고 거짓으로 떠들어 댄다면, 사람들의 마음이 탄망(誕妄)한 것에 익숙하여 실제로 그럴 것이라고 여겨서 바람에 휩쓸리듯 이를 따를 것이다. 이때에 가서 이 학을 하는 자들이 '나는 정당하고 저쪽은 사특하며, 나는 진실하고 저쪽은 거짓이다.'라고 말할 수 있겠는가. 성학의 모적(蟊賊)이 되고 난적(亂賊)의 화살이 되는 것도 스스로 깨닫지 못하면서 여기에 만족해하고 있으니, 슬프고 슬픈 일이다." 하였다. 어떤 사람이 말하기를, "현세와 후세에 대한 설명을 들을 수 있겠습니까?" 하기에, 대답하기를, "현세란 바로 지금 우리가 살고 있는 현재의 세상을 말하며, 후세란 죽은 뒤에 영신(靈神)이 없어지지 않아서 착한 일을 한 자는 천당에 가서 영원한 쾌락을 누리고 악한 일을 한 자는 지옥에 가서 영원히 모진 형벌을 받는다고 하는 것이 그것이다." 하였다. 어떤 사람이 말하기를, "그대가 현세를 소중히 여기는 것은 과연 우리 중국 성인의 가르침에 어긋나지 않으므로 고쳐서 평할 것이 없겠습니다. 그런데 이른바 영신이 죽지 않는다는 것과 천당이니 지옥이니 하는 설은 또한 실제로 그러하여 의심할 것이 없는 것입니까?" 하기에, 대답하기를, "이것은 형체도 없고 분명하지도 않은 것에 대하여 단정적으로 말할 수 없는 일이다. 그러나 이치로써 미루어 보고 경서(經書)의 말이나 전기(傳記)의 기록을 가지고 말해본다면 알기가 어렵지 않을 듯하다. 우리는 공자(孔子)를 배우는 자들이니, 다만 자로(子路)가 공자에게 물은 것을 가지고 말해 보겠다. 자로가 귀신을 섬기는 일에 대하여 묻자 공자가 대답하기를, '사람 섬기는 일을 모른다면 어찌 귀신 섬기는 일을 알겠는가.' 하였으며, 죽음에 대하여 묻자 대답하기를, '삶을 알지 못한다면 어찌 죽음을 알겠는가.' 하였다. 이처럼 성인의 대답이 모호하고 분명하지 않으니, 곤륜탄조[40]에 가까운 것이 아니겠는가. 자로는 성문(聖門)의 고제(高弟)로서 후진의 신학(新學)과는 다르다. 그러니 지금 이 질문에 대해서 의당 대답하기를, '사람이 태어남은 전적으로 천주의 양생(養生)의 덕을 받은 것이니, 당연히 천주를 섬기는 것으로 과업을 삼아야 한다. 사람이 죽

---

40) 곤륜탄조 : 홀륜탄조(囫圇呑棗)의 잘못인 듯하다. 홀륜(囫圇)은 물건의 온전한 상태를 말하는데, 대추를 씹지 않고 통째로 삼키면 그 맛이 단지 쓴지 알 수 없듯이, 어떤 학설이나 학문을 받아들임에 있어 그 내용이 어떤 것인지를 분석 파악하지 않고 막연한 상태로 받아들이는 것을 홀륜탄조라 함.

으면 육신은 없어지더라도 영신(靈神)은 길이 남아서 살았을 때의 선악에 따라 죽은 뒤의 영신이 천당이나 지옥의 응보를 받게 된다.' 해야 할 듯하니, 이렇게 명백하게 말한다면 어찌 통쾌하지 않겠는가. 그러나 설사 이런 일이 있다 하더라도 성인의 뜻은 괴신(怪神)에 대하여 말하지 않고자 하여 그런 것일 뿐이다. 더구나 반드시 알 수는 없는 일임에랴. 만일 그렇다면 성인의 학은 천주교의 구세(救世)의 학과는 다른 것이다. 성인은 하늘을 법받았으니 어찌 하늘을 거스르면서 가르침을 행하였겠는가. 이것이 내가 저들을 배척하여 이학(異學)이라고 하는 것이다." 하였다. 어떤 사람이 말하기를, "서사가 현세를 배척하는 것은 단지 그 학의 차이점에 불과합니다. 그런데 그대는 어찌 그리 심하게 배척하는 것입니까?" 하기에, 대답하기를, "내가 왜 심하게 배척하겠는가. 다만 그것이 그렇지 않다는 것을 밝히려는 것뿐이다. 내가 이미 이 현재의 세상에 살고 있는 이상 의당 현세의 일에 대하여 진력하기를 위에서 말한 바대로 해야 할 것이니, 여기에 다시 더 보탤 일이 무엇이 있겠는가. 서사의 말을 가지고 한 번 말해보자. 그들은 말하기를, '지금의 세상은 괴로운 세상이다.' 하고, 또 '현재의 세상은 잠시 머물러 가는 세상이다.' 하고, 또 '현재의 세상은 사람의 세상이 아니라 금수(禽獸)의 근거지이다.' 하고, 또 '이 세상은 금수의 세상이다.' 한다. 이 때문에 그들 나라의 현사(賢士) 흑랍(黑臘)이라는 자는 항상 웃기만 하는데, 세상 사람들이 허물(虛物)을 좇아다니는 것을 웃는다는 것이며, 덕목(德牧)이라는 자는 항상 곡을 하는데, 그들이 불쌍해서 곡한다는 것이다. 이것이 유독 서사(西士)만 아는 것이란 말인가. 대우(大禹)가 말하기를, '삶은 나그네 살이이며 죽음은 본래의 곳으로 돌아가는 것이다.' 하였다. 후세 사람들이 누구나 다 이 세상을 여인숙(旅人宿)으로 여기니, 어찌 장구히 연연해 할만한 것이겠는가. 그들의 말은 옳지만, 이른바 금수의 세상이라고 하는 것은 절대로 그렇지 않다. 상제(上帝)께서 이 삼계(三界)의 세상을 만듦에 위로는 외연(巍然)히 하늘이 높고 아래로는 퇴연(頹然)히 땅이 놓여 있다. 하늘의 양기는 밑으로 내려오고 땅의 음기는 위로 올라가서 서로 섞이어 합쳐져서 만물이 화생(化生)하는데, 상제는 그 중에서 가장 청숙(淸淑)한 기질을 받은 자를 사람으로 명해서 삼재(三才)에 참여시켰다. 이 사람이 하늘을 가리켜 하늘이라 하고 땅을 가리켜 땅이라 하며, 만물 중에서 사육할 만한 것은 사육하고 잡아먹을 만한 것은 잡아먹고 이용할 만한 것은 이용하니, 어느 것도 우리 사람들이 상제를 도와서 이루어주는 도리가 아닌 것이 없다. 그런데 지금 '금수의 근거지이다.' 하고, '금수의 세상이다.' 하니, 그것이 과연 말이 되는가. 그 말이 엉터리라는 것은 굳이 여러 말로 따질 필요조차 없다. 그런데도 어리석은 자들이 미혹한 것은 무엇 때문인가. 만약 서사의 말대로라면 그 유폐가 필시 살지 않는 것을 선(善)이라고 하는 데까지 이를 것이다. 만약 모든 인류가 다 없어지도록 한다면 이 천지간이 텅텅 비어서 정말 금수의 세상이 되지 않겠는가." 하였다. 어떤 사람이 말하기를, "서사들이 말하기를, '사람에게는 세 가지 원수가 있다. 자기 몸이 첫 번째 원수로서 성색(聲色)·취미(臭味)·게으름·방자함·안일 등을 가지고 남몰래 내면으로부터 자신을 빠뜨린다. 세속(世俗)이 두 번째 원수로서 재물·권세·공업(功業)·명예와 즐거운 놀이나 진기한 노리개 등을 가지고 바깥으로부터 드러내놓고 자신을 침범하며, 마귀(魔鬼)가 세 번째 원수로서 거만하면서도 매혹적인 수단을 통해 나를 속이고 어지렵혀서 안팎으로 자신을 공격한다.' 하니 이 말이 어찌 절실하지 않겠습니까." 하기에, 대답하기를, "그대의 미혹됨이 심하구나. 자기 몸이 원수라는 말은 윤리에 크게 어긋나는 것이다. 사람에게 이 몸이 있는 이상 형기(形氣)의 욕망이 없을 수 없으니, 이것이 우리 유자(儒者)들이 극기(克己) 공부에 관한 설을 세운 까닭이다. 지금 만일 이 몸의 존재를 원수라고 한다면 이 몸이 어디에서 태어났는가. 이 몸이 태어남은 부모로부터 말미암은 것이니, 이렇게 되면 부모를 원수로 여기는 것이다. 또 이 세상에 태어난 이상 부귀와 빈천, 궁통(窮通)과 이해(利害)가 따르는 것은 형세상 당연한 일이다. 그런데 이를 성찰하여 극복하는 노력에 대해서는 알지 못하고서 이 세속을 원수라고 한다면, 임금과 신하 사이의 의리 또한 끊어지게 된다. 마귀에 관한 설은 더욱 이치에 닿지 않는다. 사람이 형기(形氣)를 가지고 있는 이상 그 형기의 욕망은 성인이라도 면할 수 없는 것이다. 다만 성인과 우인(愚人)의 나뉨은 지나치거나 미치지 못하는 데 달려 있을 뿐이다. 그러므로 우리 유자(儒者)의 극기 공부는, 자신이 천성적으로 가지고 있는 본래의 마음으로 형기의 욕망을 다스려 절제하여 중정(中正)을 넘지 않도록 하는 것에 지나지 않는다. 마귀를 누가 보았겠는가. 설사 마귀가 있다 하더라도 이것은 외물(外物)이다. 외물에 유혹되어 자신의 본성을 잃어버리는 일이 더러 있기는 하지만, 사람이 선하지 못한 것은 형기의 욕망 때문인데 이것이 어찌 모두 마귀의 일이겠는가. 안팎으로 공부하는 방법에 있어서 둘은 서로 같지 않다. 유자의 극기 공부는 내면적인 것인데 반하여, 서사의 말은 형기를 도외시하고 마귀에서 연유한다고 하니, 안과 밖, 긴하고 헐함에 있어서 둘은 자연히 서로 같지 않다. 이것은 굳이 논의할 필요도 없다." 하였다. 어떤 사람이 말하기를, "저들이 말하기를, '서국(西國)의 옛 경(經)에, 「천주가 천지를 개벽하고 즉시 남자 하나를 낳아 이름을 아당(亞黨)이라 하였고, 여자 하나를 낳아 이름을 액말(阨襪)이라 하였다.」 했으니, 이것이 세상 사람의 시조이다.' 하는데, 실제로 그렇습니까?" 하기에, 대답하기를, "이치로 따져보건대 이 또한 그렇지 않다. 천주의 신권(神權)으로 무엇인들 하지 못하겠는가. 그러나 천지가 개벽하던 때 음과 양 두 기운이 올라가고 내려가서 서로가 결합하여 만물을 화생(化生)함에 있어서 맑고 선량한 정기(正氣)를 얻은 것은 사람이 되고 더럽고 탁한 편기(偏氣)를 얻은 것은 금수와 초목이 된 것이다. 지금 목전의 사례를 가지고 말해보자. 이[蝨]가 생겨나는 것은 사람에서인가, 옷에서인가. 몸을 깨끗이 씻어서 한 점의 때도 없게 한 다음에 새로 만든 옷을 갈아입어도 며칠 안 되어서 반드시 저고리에도 몇 마리의 이가 생기고 바지에도 몇 마리의 이가 생기니, 이 이는 어디에서 나오는 것일까. 필시 사람과 옷의 따뜻한 기운이 서로 상승 작용을 해서 이것을 만들어 내는 것일테니, 기(氣)가 변화한 것이 아니겠는가. 또 한 삼태기의 흙을 풀뿌리 하나 나무 열매 하나 없고 벌레나 개미 한 마리 없는 상태로 빈 시렁 위에 얹어 둔다고 하자. 바람이 불고 비가 적시어서 습기가 서리면 역시 얼마 안 되어 틀림없이 초목이나 벌레가 그 속에서 생겨나오니, 또한 기가 변화하여 그런 것이 아니겠는가. 기화를 한 이후에 그로 인하여 형체가 변화하여 그 숫자가 자꾸만 번성하는 것이다. 사람의 태어남 또한 이것과 무엇이 다르겠는가. 이 지구상에 사는 사람들이 모두 아당 한 사람의 자손이라고 한다면 과연 말이 되겠는가? 만일 그 설과 같다면 금수나 초목도 처음에는 단지 하나만 있다가 이렇게 번성했다는 말이 된다. 이런 설들은 굳이 깊이 탐구할 것도 없고 믿을 것도 못 된다." 하였다.

어떤 사람이 말하기를, "서학을 하는 자들이 원조(原祖)니 재조(再祖)니 하고 말하는데, 그것이 어떤 것입니까?" 하기에, 대답하기를, "원조는 바로 위에서 말한 아당이며, 재조는 지금 말하는 천주 예수[耶蘇]이다. 『천주실의』에 말하기를, '천지가 개벽한 처음에는 사람이 살아가는 데 병이 없고 언제나 날씨가 따뜻하며 항상 매우 즐거웠다. 새와 짐승 등 만물이 모두 그들의 명에 순종하여 따랐으므로 상제만을 받들어 모시면 되었다. 그런데 사람이 천주의 명을 거스르자 만물도 사람을 배반하여 온갖 재앙이 생기게 되었으며, 그들의 자손들이 모두 더러운 행동에 익숙하여지게 되었다.' 하였으며, 또 그 글에서 말한 『진도자증

(眞道自證)』에 말하기를, '천주가 원조를 낳아 천하 만인의 조상으로 삼고 특별히 은혜를 베풀어서 자유롭게 놓아주었다. 이 원조는 성품이 착하고 인정이 아름다우며 만 가지 이치를 다 비추어 보므로 천지간의 만물이 그의 명을 천주의 명처럼 따랐다. 사악한 마귀가 시기하여 그를 제거할 궁리를 하자 천주는 이 기회에 원조를 한번 시험해 보고자 하여 사신(邪神)을 시켜 유혹하게 하였다. 그랬더니 원조는 근본을 상실하고 은혜를 잊어버린 채 마귀를 좇아 천주의 명을 거역하였다. 그래서 천주의 인애(仁愛)가 의분(義憤)으로 바뀌어 죽은 뒤에 지옥의 고통을 받게 되었으며, 그의 자손들도 영원히 그 벌을 함께 받게 되었다.' 하였다. 아, 이 무슨 말인가. 상제가 아당을 만들어서 인류의 조상으로 삼았다면 그 신성함을 알 수 있다. 그런데 어찌 상제가 마귀의 거짓말을 곧이 듣고 마귀를 시켜서 아당의 마음의 진솔성 여부를 시험하였겠는가. 설사 아당이 참람되고 망령된 마음을 가지고 있었다 하더라도 상제로서는 의당 다시 주의를 주고 권면하여 고치게 하기를 훌륭한 아버지가 자식에게 하듯이, 좋은 스승이 제자에게 하듯이 했어야 할 것이다. 그런데 어찌 상제로서 이런 일을 하였겠는가. 이 말을 한 자는 하늘을 업신여긴 그 죄를 이루 다 말할 수 있겠는가. 또 설사 아당에게 죄가 있다고 하더라도, 죄가 그 자신에게서 끝나면 그뿐이지 어찌 만세토록 자손들이 그 벌을 같이 받아야 하는 이치가 있는가. 선왕(先王)에 대한 징벌은 그 사왕(嗣王)에게 미치지 않았다. 그런데 더구나 만세에 이르면서까지 그 자손을 괴롭힌단 말인가. 『천주실의』에서 중사(中士)가 '선악에 대한 응보가 본인에게 없으면 반드시 자손에게 있으니 굳이 천당과 지옥을 말할 필요가 없다.'라고 하고, 서사(西士)가 '왕패(王覇)의 법에서도 죄가 아들에게 미치지 않는데 천주가 본인을 두고 아들에게만 갚겠는가.' 하였으니, 이 조항에서 한 말을 가지고 말하자면 그 설이 서로 모순된다. 이 또한 매우 가소롭다." 하

였다. 어떤 사람이 다시 재조(再祖)의 일에 대하여 묻기에, 대답하기를, "그 설이 지극히 복잡하여 말하기가 어렵다. 이미 그 대략에 대해서는 대충 말하였다. 『천주실의』에, '아당이 스스로 온갖 재앙을 불러들임에 자손들이 서로 이끌고서 더러운 짓을 하여 순박하던 습속은 점점 엷어지고 성현(聖賢)은 죽어서 떠나게 되었다. 그리하여 욕망을 따르는 자는 많아지고 이치를 따르는 자는 드물어갔으므로 천주가 크게 자비심을 발휘하여 친히 내려와서 세상을 구원하였다. 한(漢) 나라 애제(哀帝) 원수(元壽) 2년에 동정녀를 택하여 어머니로 삼고, 남녀 간의 교감(交感)이 없이 태반을 빌려 강생(降生)하였다. 이름을 예수[耶蘇]라 하였는데, 예수란 바로 세상을 구원하는 사람이다. 서토(西土)에서 33년간 널리 교화를 펼치다가 다시 올라가 하늘로 돌아갔다.' 하였다. 친히 내려와서 강생하였다는 이 설에 의거하여 말한다면, 이 때에 천상에는 상제가 없었던 것인가? 또 『진도자증』에, '성경에 「천주께서 원조(原祖)의 자손 중에서 한 사람을 다시 세워서 인류의 재조(再祖)로 삼았다.」 하였고, 또 「천주의 성자(聖子)로서 진짜 천주와 다르지 않다.」 하였다.' 하여 친히 강생하였다는 말과 같지 않으니, 그 학을 믿을 수 없는 것이 이와 같다. 또 말하기를, '예수는 모든 사람들의 죄를 자신의 책임으로 여겨 자신의 생명을 버리고 십자가에 못 박혀서 죽었다.' 하였다. 이미 상제가 친히 강생하였다고 하고 또 진짜 천주와 다름이 없다고 했으면서, 감히 '십자가에 못 박혀 죽어 천수(天壽)를 다 누리지 못했다.'고 한단 말인가. 그 우매하고 무지하여 존엄한 천주를 업신여기는 것이 심하다 하겠다. 이런 종류의 말을 십분 온당하다고 여겨 믿고 따를 수 있겠는가." 하였다. 어떤 사람이 말하기를, "그대의 말대로라면 그들의 설은 모두 망령된 것이겠습니다." 하므로, 대답하기를 "우리 중국으로 말하면, 먼 옛날에는 전하는 말들이 대개 허황되어 신빙성이 없었는데, 성인이 나온 뒤에야 이런 것을 모두 삭제하여 버렸던 것일 뿐이다. 그러니 서토(西土)라고 해서 그 옛날에 허황되고 괴상한 말이 없었으리라는 것을 어떻게 알겠는가. 그들이 말하기를, '천지가 개벽한 이후의 문자가 모두 지금까지 남아 있다.'고 하면서 이것을 성경(聖經)이라 하며 믿고 받든다. 이것은 대개 어떤 신성한 자의 작품으로서, 이러한 설을 만들어서 사람들을 권면하고 달래었던 것이니, 이 또한 신도(神道)로써 가르침을 베풀려는 뜻이었다. 다만 우리 중국에서 성인이 나와 능히 바로잡은 것보다 못할 뿐이다. 예를 들면, 여와(女媧)가 돌을 불리어 뚫어진 하늘을 보수했다거나, 후예(后羿)가 아홉 개의 해를 쏘아 맞혔다거나 하는 이야기들은, 모두 삭제하여 바로잡은 것들이다. 예수의 일은 비록 매우 기이하기는 하지만, 또한 불교에서 말하는 현성(顯聖)이니 현령(顯靈)이니 하는 부류에 지나지 않는다. 이것이 과연 상제가 진짜 천주로서 친히 와서 이런 영괴(靈怪)한 일들을 하였겠는가. 따라서 그 학의 원두(原頭)가 분명 이단(異端)이었음을 의심할 여지가 없다." 하였다. 어떤 사람이 말하기를, "세 가지 원수에 관한 설은 과연 매우 망령되고 기탄함이 없는 것입니다. 만일 자기 몸을 원수라고 한다면 이 몸이 부모에게서 태어났으니 부자간의 윤리가 이미 어그러지는 것이며, 세속(世俗)을 원수라고 한다면 성인이 도를 행하여 은택을 다한 공이 모두 허사가 되어 군신(君臣) 간의 윤리가 괴리되어 버립니다. 그 학이 동정(童貞)의 몸을 귀히 여기고 『칠극(七克)』 책에 금혼(禁婚)에 관한 말이 있으니, 그렇게 되면 부부간의 윤리가 끊겨 버립니다. 사람이 이 세상에 살면서 이 세 가지 윤리를 귀하게 여기는데, 이들 모두 순간적인 것이라 하여 관심을 두지 않고, 오로지 천당과 지옥만을 중히 여기니, 이것은 불씨(佛氏)의 유파입니다. 또 그 마귀의 설은 더욱 허황되고 괴이하여 우리 유자(儒者)가 말할 바가 아니니, 그대가 배척하는 것은 당연한 일입니다. 다만 서사들이 말하는 천학(天學) 공부라는 것은 어떤 것입니까?"

하므로, 대답하기를, "이것은 이미 전후로 대략 말한 바이다. 그들이 말하기를, '매일 아침에 눈과 마음으로 하늘을 우러러, 천주께서 나를 낳아주고 길러주고 가르쳐 주기까지 한 무한한 은혜에 대하여 감사한다. 그리고는 오늘 하루 나를 도와서 망령된 생각을 하지 않고 망령된 말을 하지 않으며 망령된 행동을 하지 않는다는 세 가지 맹세를 꼭 실천할 수 있도록 해 달라고 기도한다. 그리고 저녁이 되면 땅바닥에 엎드려서 그날 자신이 한 생각, 말, 행동이 망령되지 않았는지를 엄밀하게 성찰한다. 그 결과 잘못이 없으면 그 공을 천주에게 돌려 은혜롭게 도와주신 것에 머리를 조아려 감사하며, 만약 조금이라도 잘못이 있으면 곧 아프게 뉘우치고는 용서하여 주기를 천주께 기도한다.' 하였으니, 그 대체가 이와 같을 뿐이다. 이것은 우리 유자(儒者)의 성신(誠身)의 학과 비슷한 것인데, 지금 이 학문을 하는 자들이 유학과 대등한 것으로 보아 이것이 참된 것이라고 하니 어찌된 것인가. 또 그 거조나 모양이 우리의 성훈(聖訓)과 같은가, 다른가." 하였다. 어떤 사람이 말하기를, "서사가 말하기를, '불씨(佛氏)가 우리나라의 가르침을 훔쳐서 따로 문호(門戶)를 세웠다.' 하는데, 사실이 그렇습니까?" 하므로, 대답하기를, "불씨의 석가는 주(周) 나라 소왕(昭王) 때에 태어났고, 천주교의 예수는 한(漢) 나라 애제(哀帝) 때에 태어났으니, 선후의 분별에 대해서는 여러 말로 따질 필요도 없다." 하였다. 어떤 사람이 말하기를, "서사가 말하기를, '우리나라에 개벽 이후의 사기(史記)로서 지금까지 남아 있는 것이 전부 3,600권이다. 그런데 예수의 출생에 대해서도 모두 시기가 예언되어 있으니, 중국의 사기가 민멸되어 없어지거나 거짓이 뒤섞여 있는 것과는 같지 않다.'고 하는데 실제로 그렇습니까?" 하므로, 대답하기를, "내가 보지 않았으니 그렇지 않다고 말할 수는 없다. 그러나 가령 있다고 한다면 지금 그 책에서 인용한 경문(經文)이 바로 그 말일 것이다. 필시 그 중에서도 좋은 것만을 골라서 인용했을텐데, 지금 안목이 있는 사람으로 하여금 이를 보게 한다면 우리 중국 성인의 말씀과 비교하여 어느 것이 낫고 어느 것이 못하다고 할 것인가. 그대가 만약 본다면 알 수 있을 것이다." 하였다. 어떤 사람이 말하기를, "그들은 오로지 가르침을 베푸는 것만을 중히 여겨서 8, 9만 리 되는 바다를 건너 사람을 잡아먹고 사람을 죽이는 나라들을 지나면서도 두려워 할 줄을 모르고, 상어·악어·호랑이·이리를 만나도 피할 줄을 모릅니다. 소견(所見)이 확실하고 역량이 뛰어난 자가 아니고서야 이럴 수 있겠습니까?" 하므로, 대답하기를, "역사를 상고해 보면, 요진(姚秦)의 구마라습(鳩摩羅什)과 소량(蕭梁)의 달마(達摩)가 모두 대서국(大西國)에서 바다를 건너 왔는데, 이들도 역시 중국에 그들의 가르침을 베풀고자 하여 온 것이니 저들과 무엇이 다르겠는가. 그러나 이들 두 중이 전한 것은 지금 유행되는 불서(佛書)에 불과하였다. 그러니 서사의 학문을 중국에 유행시키고 싶다고 하더라도 이 또한 그런 유에 불과하니, 시행하는 것이 지금의 불서 정도에 그칠 것이다. 그런데 어찌 우리 유자들로 하여금 주공(周公)과 공자(孔子)의 도를 버리고 그들을 따르도록 할 수 있겠는가." 하였다. 어떤 사람이 말하기를, "서사가 말하기를, '예수가 가르침을 편 이후로 지금까지 1천 7, 8백 년이 되는데, 가르침이 이웃 나라에 전파되어 찬탈하고 시해하는 일이나 남의 나라를 침략하는 해가 없어져서 서국(西國)의 수만 리 지역이 지금까지도 그러하다. 중국에는 성인이 많기는 하지만 한 대(代)가 일어났다가는 없어지고 마니, 중국의 가르침이 그 근본을 탐구하지 못해서 그런 것임을 알 수 있다.' 합니다. 우리 유자들이 이런 말을 듣고는 망연자실하여 도리어 중국 성인의 가르침이 저들만 못하다고 하는데, 과연 그렇습니까?" 하기에, 대답하기를, "서역 일대가 풍속이 돈후하고 인심이 순박하여 중국처럼 교묘한 수단으로 속임수를 일삼지 않는다면 그럴 수도 있을 것이다. 그러나 이것은 모두 과장하여 부풀린 말이다. 일찍이 역대의 역사책을 보건대, 한(漢) 나라 애제(哀帝) 이후로 대서(大西)의 오랑캐들이 서로 침략하여 병합한 경우가 많았으니, 역사책이 어찌 거짓말을 하였겠는가. 이것은 믿을 것이 못 된다. 또 왜국(倭國)의 시조 협야(狹野)는 곧 그들의 이른바 신무천황(神武天皇)으로서, 주(周) 나라 평왕(平王) 때 나라를 세워 지금까지도 한 성씨가 계속 이어오고 있으며, 나라를 다스리는 방법이나 봉건의 제도 또한 지금의 중국과는 비교할 수 없다. 그렇지만 어찌 이것을 가지고 중국보다 낫다고 할 수 있겠는가. 그리고 이들이 모두 천학을 알아서 그런 것인가." 하였다. 어떤 사람이 말하기를, "예수가 세상을 구원하려고 십자가에 못박혔는데, 능히 천지 만물을 흔들어 움직이면서도 자신을 못박은 사람을 하나도 상하게 하지 않았으니, 지극한 인(仁)이 아니고서야 그럴 수 있겠습니까?" 하기에, 대답하기를, "이것은 위에서 이른바 '원수를 잊고 원수를 사랑하라.'는 것이다. 『기인서(畸人書)』에, '천주가 사람들에게 덕으로 원수를 갚고 원한으로 원수를 갚지 말라고 가르쳤다.' 하였다. 그런데 원수에는 두 종류가 있다. 만약 나를 해친 원수라면 옛날의 군자 가운데 이렇게 한 자가 많이 있었다. 그러나 임금이나 아버지의 원수를 두고 이런 식으로 가르친다면 의리를 해치는 바가 클 것이다. 이것이 내가 겸애(兼愛)를 주장하는 묵자(墨子)의 부류라고 말한 까닭인데, 이들이 더 심한 자들이다." 하였다. 어떤 사람이 말하기를, "서사는, 중국인들이 상제가 이 천지와 만물을 만들었다는 사실을 알지 못한다고 배척합니다. 그런데 주자(周子)는 태극도설(太極圖說)에서 '이(理)가 만물의 근원이다.'라고 하였으며, 주자(朱子)는 또, '천(天)이 곧 이이다.' 하였는바, 이 설은 어떻습니까?" 하기에, 대답하기를, "상제는 주재(主宰)에 대한 호칭으로서 만물의 총체적인 주재자라는 말인데, 우리 유자가 이미 말한 것이다. 사람들이 하늘을 일컫는 데는 두 가지가 있다. 그 하나는 주재하는 하늘로서, '하늘이 명한 성(性)'이라고 하거나 '천명을 두려워한다.'고 하는 것들인데, 이 하늘은 곧 이(理)이다. 하나는 형기(形氣)의 하늘로서, 이 하늘은 곧 물(物)이다. 주자(周子)의 그림은 '태극(太極)이 양의(兩儀)를 낳는다.'는 공자(孔子)의 말에서 근본한 것으로, 주재한다는 관점에서 말하면 상제(上帝)이지만, 무성무취(無聲無臭)의 측면에서 말하면 태극이며 이(理)이니, 상제와 태극의 이를 둘로 나누어 말할 수 있겠는가. 그들이 말하기를, '옛날의 군자가 천지의 상제를 공경했다는 말은 들었지만 태극을 받들어 모셨다는 말은 듣지 못하였다.' 하고, 또 말하기를, '이(理)는 의뢰하는 것으로서, 사물이 있으면 그 사물의 이치가 있고 사물이 없으면 그 사물의 이치도 없으며, 임금이 있으면 신하가 있고 임금이 없으면 신하도 없다. 이와 같이 공허한 이(理)를 가지고 사물의 근원이라고 한다면 이것은 불로(佛老)와 다를 것이 없다.'고 하는데, 이와 같은 말들이 과연 말이 되는 것인가? 상제는 이의 근원으로서 이 천지 만물을 만들었다. 천지 만물은 저절로 생겨날 수 없고 반드시 천지 만물의 이치가 있기 때문에 이 천지 만물이 생겨난 것이다. 어찌 그 이치가 없으면서 저절로 생겨날 수가 있겠는가. 이것이 바로 후유(後儒)들이 주장하는 기(氣)가 이에 앞선다는 설이 따질 거리가 못 되는 까닭이다. 공자가 말하기를, '태극이 양의(兩儀)를 낳는다.' 하였으며, 또 말하기를, '한 번 음(陰)이 되고 한 번 양(陽)이 되는 것을 일러 도(道)라 한다.' 하였으니, 도는 곧 이인 것이다. 만일 서사가 말하는 대로라면 공자까지도 아울러 배척하는 것이 된다. 그러므로 우리 유자(儒者)는 응당 눈을 밝게 뜨고 정신을 가다듬어 곧장 배척하여 물리치기에 겨를이 없어야 할 것이다." 하였다. 어떤 사람이 말하기를, "『천주실의』나 『기인(畸人)』 등의 책을 보면, 서사의 말에 대해 중사(中士)는 누구나 할 것 없이 옷깃을 여미고서 믿고 따르는 것으로 되어 있는데, 이는 어째서 그렇습니까?" 하므로, 대답하기를, "이런 책들은 모두 서사가 물음을 만들고 자답(自答)한 것이므로 이런 것일 뿐이다. 만약 도리를 아는 유사(儒士)와 함께 더불어 말한다면 어찌 옷깃을 여미고서 믿고 따를 리가 있겠는가." 하였다. 어떤 사람이 말하기를, "천주(天主)라는 칭호가 중국의 글에도 더러 보이는 일이 있습니까?" 하므로, 대답하기를, "경전(經傳)에는 보이지 않는다. 다만 『사기(史記)』 봉선서(封禪書)를 보면, 팔신(八神)에 제사지낸 기사가 나오는데, '첫째는 천주(天主)로서 천제(天齊)에 제사했다.' 했으며, 『한서(漢書)』의 곽거병전(霍去病傳)에는 '원수(元狩) 1년에 휴도왕(休屠王)이 하늘에 제사하는 금인(金人)을 얻었다.' 하였고, 김일제전(金日磾傳)에는 '휴도왕이 금인을 만들어 천주(天主)에게 제사하였다.' 하였으니, 천주라는 명칭이 여기서 보인다. 이에 대해 여순(如淳)은 주를 달기를, '하늘에 제사할 때 금인(金人)을 신주로 삼은 것이다.' 하였다. 안사고(顔師古)는 주를 달기를, '금인을 만들어 천신(天神)의 상(像)으로 삼아서 제사한 것인데, 지금의 불상(佛像)이 그 유법(遺法)이다.' 하였으며, 『한무고사(漢武故事)』에 말하기를, '곤야왕(昆耶王)이 휴도왕을 죽이고 와서 항복하였다. 그에게서 금인의 신상(神像)을 얻었는데, 상(上)이 이를 감천궁(甘泉宮)에 두었다. 금인은 모두 길이가 1장(丈)이 넘는다. 그들은 제사 때 소나 양 등을 쓰지 않고 단지 향을 피우고 예배만 하였는데, 상이 그들 나라의 풍속에 따라서 제사하게 하였다.' 하였다. 이런 여러 설들을 근거해 보건대, 안사고의 주에서는 비록 지금의 부처를 이른다고 했지만, '천신(天神)'이란 두 글자로 미루어 보면 부처와는 다른 것이다. 아마도 금으로 천주(天主)를 만들어서 제사하기를 오늘날 이 학문을 하는 자들이 천주의 화상을 그려 놓고 예배드리듯이 한 듯하니, 이것이 고금의 변화이다. 흉노의 우현왕(右賢王)이 서쪽으로 서역과 교통하면서 그 교를 받아들여 제사한 듯하다. 또 그들의 책 『진도자증(眞道自證)』에, '예수가 태어나자 성모(聖母)가 안고 성전(聖殿)으로 가서 천주대(天主臺) 앞에 바쳤다.' 하였으니, 천주란 명칭은 한(漢) 나라 애제(哀帝) 이전부터 이미 있었던 것인바, 예수가 천주가 아니라는 것을 알 수 있다." 하였다. 어떤 사람이 말하기를, "『열자(列子)』에, '상태재(商太宰)가 공자에게 성인에 대하여 물으면서 「구(丘)는 성인이십니까?」 하니, 대답하기를, 「내 어찌 감히 성인이라고 하겠는가.」 하였다. 또 삼황(三皇)·오제(五帝)·삼왕(三王)에 대하여 묻자, 모두에 대하여 「성인인지 나는 모르겠다.」 하였다. 상(商)이 말하기를, 「그렇다면 누가 성인입니까?」 하자, 대답하기를, 「서방(西方)에 성자(聖者)가 있는데, 다스리지 않아도 어지럽지 않고, 말을 하지 않아도 스스로 믿으며, 교화하지 않아도 저절로 행하여지니, 너무나 위대하여 사람들이 무어라고 이름을 붙여 형용하지 못 한다.」 하였다.' 했는데, 부처를 믿는 자들은 이것이 부처를 가리켜 한 말이라고 합니다. 그렇지만 오늘날의 관점으로 보면 천주를 가리켜 한 말인 듯 합니다." 하므로 대답하기를, "황당한 『열자』의 내용을 어찌 믿을 수 있겠는가. 공자가 요(堯) 임금을 칭송하기를, '너무나 위대하여 사람들이 무어라고 이름을 붙여 형용할 수가 없다.' 하였으니, 서방의 성인에 대한 것과 같다. 그런데 오제(五帝)를 성인이 아니라고 하였으니, 그것이 어찌 그렇겠는가." 하였다. 어떤 사람이 말하기를, "지금 듣건대, 그 학을 하는 자들이 교사(敎師)로 대부(代父)를 삼고, 천주가 대부(大父)이므로 천주를 대신하여 가르침을 베푸는 자를 대부(代父)라고 하는 것이다. 천주의 자리를 설치해 놓으며, 배우는 자들이 목에다 석 자 되는 깨끗한 천을 걸고는 손으로 정수리를 씻는데, 이것이 마태오[瑪竇] 리치가 말한 성수(聖水)로서 마음의 때를 씻는 것이라고 합니다. 또 촛불을 밝히고는 배우는 자들이 엎드려서 지금까지의 잘못을 모조리 열거하면서 뉘우치는 뜻을 전하고, 또 입교(入敎)한 이후에는 다시는 잘못을 저지르지 않겠다는 뜻을 말하며, 또 별호(別號)를 정한다고 합니다. 이런 것들은 어떻습니까?" 하므로, 대답하기를, "이것은 전적으로 불씨(佛氏)가 하는 양태이다. 불씨에 법사(法師)니 율사(律師)니 하는 것이 있으며, 팔을 그을려서 참회하거나 관정(灌頂)하는 의절(儀節) 등이 있으니, 이것과 무엇이 다른가. 그래서 내가 그들의 습속은 성인의 가르침을 익힌 우리 중국 사람들이 행할 것이 못 된다고 여기는 것이다." 하였다. 어떤 사람이 말하기를, "마태오 리치가 말하기를, '영혼에는 세 가지가 있으니, 생혼(生魂)·각혼(覺魂)·영혼(靈魂)이 그것이다. 초목은 생혼만 있고 각혼과 영혼은 없으며, 금수는 생혼과 각혼은 있으나 영혼은 없는데, 사람에게는 생혼·각혼·영혼이 다 있다. 생혼과 각혼은 형질(形質)에서 나오는 것이므로 의존하던 형질이 없어지면 생혼과 각혼이 함께 없어지지만, 영혼은 형질에서 나오는 것이 아니기 때문에 사람이 죽더라도 없어지지 않고 그대로 남아 있다.' 하였는데, 이 설은 어떻습니까?" 하므로, 대답하기를, "우리 중국에도 그런 설이 있다. 『순자(荀子)』에, '물이나 불은 기운은 있지만 생명은 없고, 초목은 생명은 있지만 지각은 없으며, 금수는 지각은 있지만 의리는 없다. 그런데 사람은 기운·생명·지각·의리를 모두 가지고 있으므로 세상에서 가장 귀중한 존재가 된 것이다.' 하였는데, 이 말을 진서산(眞西山)이 『성리대전(性理大全)』에 표출(表出)하였다. 서사의 말은 이것과 대체로 같지만, 영혼이 죽지 않는다는 말은 석씨와 다름이 없는 것으로서, 우리 유자가 말하지 않는 바이다." 하였다. 어떤 사람이 말하기를, "근래에 어떤 상사생(上舍生)이 석전(釋奠)에 참석하려고 하자 천학을 하는 그의 친구가 말리면서 말하기를, 무릇 거짓 형상을 설치해 놓고 지내는 제사는 모두 마귀가 와서 먹는다. 어찌 공자의 신이 와서 먹을 수 있겠는가. 인가(人家)의 제사도 역시 그렇다. 나는 비록 풍속에 따라서 하고는 있지만, 마음으로는 그것이 망령된 것임을 알기 때문에 반드시 하늘을 우러러 어쩔 수 없이 하고 있다는 뜻을 천주에게 묵묵히 아뢴 뒤에야 지낸다.' 하였다고 하니, 예(禮)를 거스르고 가르침을 무너뜨림이 이보다 심한 것이 어디 있겠습니까?" 하므로, 대답하기를, "이 역시 서사의 말이다. 그런 말을 하는 자는, '조상 중의 선한 자는 하늘에 있으니 결코 제사를 먹으러 올 리가 없고, 악하여 지옥에 떨어진 자는 비록 오고 싶다 하더라도 올 수 있겠는가.'라고 말한다. 이것은 성인이 제례(祭禮)를 제정한 뜻과는 같지 않으니, 그대가 예를 거스르고 가르침을 무너뜨릴 것을 걱정한 말은 참으로 옳다. 또 하나 가소로운 것은, 지금 이 학을 하는 자들이 천주의 형상을 걸어놓고 예배하고 기도하는데, 이 또한 하나의 거짓 형상이니 역시 일종의 마귀인 셈이다. 성호 선생이 이른바 '갖가지 영이(靈異)한 일들이 마귀에게 덮어씌인 데서 나온 것이 아님을 어떻게 알겠는가.'라는 말은, 선생이 이미 그런 사실을 알고 있었다는 것을 입증한다. 그렇다면 변환(變幻)하여 헤아리기 어려운 마귀라는 것도 선을 가장하여 세상을 미혹하게하는 자가 있어서 이로써 낮은 백성들을 우롱하는 것인데, 서사가 여기에 현혹되어 높이 떠받들고 있으니 어찌 가소롭지 않겠는가. 그들의 말을 들으면 거짓 천주가 있다고 하는데, 이 또한 마귀의 환롱(幻弄)일 것이다. 거짓 천주라고 가칭하였다면 거짓 형상에 의탁하지 못 할 것이 있겠는가." 하였다. 어떤 사람이 말하기를, "도교(道教)·불교 및 서사들이 마귀란 말을 많이 하는데, 마귀는 과연 어떤 신이기에 천주도 막지 못하여 악을 행하도록 내버려 두는 것입니까?" 하므로, 대답하기를, "그 설은 이렇다. 처음에 천주가 명하여 순신(純神)을 만드니 그 품성이 지극히 아름다웠다. 이를 아홉 등급으로 나누어 천주의 명령을 받들도록 했기 때문에 이름을 천신(天神)이라 하였다. 또 거대한 신이 있었는데, 오만하고 자신이 제일인 양하여 천주와의 인연을 끊고 악신(惡神)의 괴수가 되었으므로 천주가 지옥에다 떨어뜨리고 이름을 마귀라 하였다. 그런데 천주가 그를 잠시 놓아주어서 선인의 공력을 단련시키고 악인의 죄를 응징하도록 한 것이다. 선인의 공력을 단련시킨다는 것은 천주가 마귀를 시켜서 선인을 유인하여 악한 일을 하라고 시켜보아서 그 공부가 어떤가를 시험한다는 …… 이하 원문 빠짐"하였다. 어떤 사람이 말하기를, "지금 그대의 말을 들어보니 천학이 이단인 것은 의심할 여지가 없습니다. 우리 유학의 명덕(明德)과 신민(新民)의 공부는 모두 현세를 가지고 말한 것인데, 서사(西士)의 선을 실천하고 악을 버리는 일은 모두 후세를 위해서 말한 것입니다. 사람이 이 세상에 태어난 이상 응당 현세의 일에 힘을 다하여 그 최선을 추구할 따름이지, 어찌 털끝만큼이라도 후세의 복을 기대하는 마음을 가져서야 되겠습니까. 그들의 학으로 들어가는 문로(門路)는 우리 유학과 크게 달라서 그 뜻이 전적으로 한 사람 개인의 사적인 욕망에서 나온 것이니, 우리 유자의 공정한 학문이 어찌 이와 같겠습니까. 이제부터는 응당 그대의 말로써 표준을 삼겠습니다." 하므로, 내가 듣고 웃었다. 손이 물러간 후에 그와 문답한 것을 써서 이 글을 만들었으니, 혹시라도 세상의 교화에 보탬이 있을까 하는 바람에서이다. 을사년(1785, 정조 9) 가평일(嘉平日)에 우이자(虞夷子)가 쓰다.

천학문답(天學問答) 부록(附錄)

어떤 사람이 물러갔다가 다시 와서 묻기를, "지금 이 학을 하는 자들이 흔히 성호 선생도 이 학을 했다고 하는데 그것이 사실입니까?" 하므로, 내가 대답하기를, "내가 병인년(1746, 영조 22)에 처음으로 선생을 찾아뵈었는데, 선생이 경사(經史)의 여러 설에 대하여 담론한 것은 빠뜨린 바가 없다고 할 만하였다. 끝에 가서 서양학(西洋學)에 대하여 말하였는데, 선생이 말씀하기를, '서양 사람들 중에는 대체로 이인(異人)이 많아서 예로부터 천문(天文)의 관측, 기기(器機)의 제조, 산수(算數) 등의 기술은 중국이 따라갈 수 없었다. 그래서 중국인들이 이런 일들을 모두 호승(胡僧)에게 비중을 두었으니, 주자(朱子)의 설을 보더라도 이를 알 수 있다. 지금의 시헌역법(時憲曆法)은 백 대가 지나더라도 폐단이 없을 것이라 말할 수 있는데, 세월이 오래 지나면서 역가(曆家)의 역수(曆數)에 차이가 생기는 것은 전적으로 세차법(歲差法)에 대한 요지를 터득하지 못해서 그런 것이다. 나는 항상 서국의 역법은 요 임금 때의 역법에 비할 바가 아니라고 생각해 왔다. 이 때문에 더러 헐뜯는 자들이 나를 보고 서양학을 한다고 말하니, 어찌 가소롭지 않은가.' 하였다. 내가 인하여 묻기를, '양학(洋學)도 학술로써 말할 만한 것이 있습니까?' 하니, 선생이 '있다.'고 하고, 이어서 삼혼(三魂)의 설 및 영신(靈神)이 죽지 않는다는 설, 천당과 지옥의 설에 대하여 말하였다. 그리고는 말하기를, '이것은 분명 이단으로서 전적으로 불씨(佛氏)의 별파(別派)이다.' 하였다. 당시에 들은 것이 이와 같다. 그 뒤에 내가 다시 물은 일이 있었는데, 대답하기를, '천주의 설을 나는 믿지 않는다. 귀신도 지속(遲速)의 차이가 있으므로 하나 하나가 같은 것이 아니다.' 하였으며, 또 말하기를, '『칠극(七克)』은 바로 사물(四勿)의 각주(脚註)와 같은 것이다. 그 말 가운데 대개 폐부를 찌르는 말이 많기는 하지만, 이것은 단지 문인(文人)의 재담(才談)이나 아이들의 경어(警語)에 불과한 것이다. 그러나 그 황탄(荒誕)한 말들을 제거하고 경어만을 요약한다면 우리 유자(儒者)의 극기(克己) 공부에 얼마간의 도움이 없지는 않을 것이다. 이단의 글이라 하더라도 그 말이 옳으면 취할 뿐이다. 군자가 사람들과 더불어 선을 행하는 데에 있어서 어찌 피차의 구별을 두겠는가. 요는 그 단서를 알아서 취해야 할 것이다.' 하였다. 그리고 선생이 또 『천학실의(天學實義)』의 발문을 지었다. 위에 보인 글을 참고하라. 지금 선생이 나와 더불어 문답한 말 및 이 발문을 가지고 본다면 과연 선생이 천학을 존신(尊信)하였다고 할 수 있겠는가. 이것은 무식한 젊은 자들이 자신들이 빠져들어갔다는 것 때문에 사문(師門)까지 끌어다가 이를 합리화하려는 것이니, 거리낌이 없는 소인들이라 할 수 있겠다. 다행히 내가 지금 살아 있어서 그 시비를 가릴 수 있었기에 망정이지, 나마저 죽었더라면 후생들이 틀림없이 그 말을 믿었을 것이다. 그랬더라면 어찌 사문(斯文)의 큰 수치가 아니었겠는가." 하였다. 어떤 사람이 또 묻기를, "성호 선생이 일찍이 마태오 리치[利瑪竇]를 성인이라고 했다 하여, 이들 무리 중에 핑계 삼아 말하는 자들이 많습니다. 그것이 사실입니까?" 하므로, 내가 듣고 나도 모르게 실소(失笑)하면서 대답하기를, "성인에도 여러 유형이 있는바, 부자(夫子)와 같은 성인도 있고 삼성(三聖)과 같은 성인도 있으므로 한 마디로 뭉뚱그려 말할 수가 없다. 옛사람이 성(聖)자를 풀이하기를, '통명(通明)함을 일러 성이라 한다.' 하였으니, 광대(光大)하여 화성(化成)하는 성과는 서로 같지 않다. 선생이 그런 말을 했는지 나는 모르겠으니, 혹시 했는데 내가 잊어버린 것인가? 그러나 가령 했다고 하더라도 그것은 서사의 재식(才識)이 통명(通明)하다고 이를 만함을 말한 것에 불과하다. 그것이 어찌 요순(堯舜)·주공(周公)·공자(孔子)와 같은 성인으로서 허여한 것이겠는가. 근일에 사람들이 흔히 모인(某人)을 성인이라고 하는데, 그 모인은 나도 본 사람이다. 선생이 설사 그런 말을 했다고 하더라도 그것은 모인의 유에 불과한 것이다. 어찌 진짜 성인이겠는가. 아아, 우리의 도가 밝혀지지 않아 사람들은 각자 자기의 좁은 소견을 가지고 스스로 옳다고 여기면서도 깨닫지 못한다. 그리하여 후생(後生)을 그르치기까지 하면서도 이를 알지 못하니, 참으로 안타까운 노릇이다. 달리 무슨 말을 더 하겠는가." 하였다. 이날에 다시 쓴다.

「權君□墓誌銘」

-(上略)- 世重科名 而能知科名之外 有爲己之學 喜從先輩遊 日取鄒魯濂洛書讀之 務窮實義 視世之衒奇而爲能 多言而爲學者 若將浼己 顔其所居之堂曰龜伏 蓋取韜晦藏六之義 而用工之篤 未嘗有忽也 數年以來有所謂天學者出 而世多波靡而從之 君始疑而終覺其非 與其友金君源星力持正論 不少撓屈 未嘗有所染汚也 此皆君之大節也 天假之年而能充其操 則成就當如何哉 -(下略)-

【역문】「권군□묘지명」41)

-(상략)- 세상에서는 과거에 급제하여 이름을 내는 것을 중하게 여겼으나 군은 과거에 급제하여 이름을 내는 것 외에 자신의 심성을 닦는 학문[爲己之學]이 있음을 알고, 선배들을 따라 배우기를 즐거워하여 날마다 공자·맹자와 송대 학자들의 책을 취하여 읽었다. 참다운 뜻을 궁리하기에 힘써서, 세상에 기이한 것을 자랑하면서 능하다 하고 말이나 많이 하면서 학문한다고 하는 사람을 보면 마치 자신이 더럽혀질 듯이 하였다. 사는 집에 편액을 붙이기를 귀복당(龜伏堂)이라고 했으니, 대개 거북이가 머리와 네 발과 꼬리를 감추듯 자신의 광채를 감추고 숨긴다는 뜻을 취한 것인데, 공부를 독실하게 하여서 소홀한 적이 없었다. 수 년 이래로 이른바 '천학(天學)'이라고 하는 것이 나와 세상에서 휩쓸려 들어가 따르는 사람이 많았으나 군은 처음에는 의심하다 마침내는 그름을 깨달아 그의 벗 김군 원성(金君源星)과 정론을 주장하여 조금도 꺾이거나 굽히지 않아 일찍이 오염됨이 없었다. 이상

41) 『순암집』 卷23, 墓誌

은 모두 군의 대절(大節)인데 하늘이 수를 늘려 주어 능히 그 뜻을 다 하게 했더라면 성취가 마땅히 어떠했겠는가. -(하략)-

「權傐墓誌銘」

-(上略)- 乙巳春 肄業北漢山寺 寢疾而還 疾甚 黃君來問 生語及西學之誤人 歎咤良久曰 異端橫鶩 惟當扶植吾道 盍相勖哉 此屬纊前三日也 衛道之心 至死不已 生可謂篤信好學 守死善道者也 竟以二月九日歿 生之文辭識解 方日泉達 負斯文之託 而不幸夭折 良可慟惜 翌月丁丑 葬于長湍坎巖先塋酉坐原 士友之相從者 如哭親戚 多輓誄以吊之 -(下略)-

【역문】「권호묘지명」[42]

-(상략)- 을사년(1785, 정조 9) 봄에 북한산 절에서 공부를 하다가 병이 들어서 돌아왔다. 병이 심하게 되었을 때 황군이 와서 문병을 했는데, 생의 말이 서학(西學)이 사람을 그르치는 것에 미쳐서는 오랫동안 혀를 차고 탄식하며 말하기를, "이단이 멋대로 치달리니 오직 마땅히 우리 유도를 부식해야만 할 것이다. 어찌 서로 힘쓰지 않겠는가." 하였으니, 이는 숨이 끊어지기 사흘 전이었다. 도를 보위하는 마음이 죽기에 이르도록 그치지 않았으니, 생이야말로 『논어』에 이른바 '믿음을 돈독히 하고 학문을 좋아하며 죽음으로 지켜 도를 선하게 하는 이'라고 할 수 있겠다. 마침내 2월 9일에 죽었다. 생의 문사와 식견은 바야흐로 샘의 원천에 닿아 물줄기가 솟을 듯하여 사문(斯文)을 의탁할 만했으나 불행히도 요절하고 마니 참으로 통석한 일이다. 다음 달 정축에 장단(長湍) 감암(坎巖) 선영 유좌(酉坐) 언덕에 안장하였다. 상종하던 사우(士友)들은 친척을 잃은 듯이 통곡하며 많이들 만사와 제문을 지어 조상하였다. -(하략)-

42) 『순암집』 卷24, 墓誌

「卲南先生尹公行狀」

-(上略)- 有遺稿若干卷藏于家 樑頹以後 士學日歧 而先生之歿 今又十三歲矣 大義乖而微言絶 有所謂天學者 實佛氏之下乘最劣者 而今世之以才學自許者 多入其中 使西土尊於華夏 瑪竇賢於仲尼 謂眞學在是 士趨之失正 人心之陷溺 一至於此 而不能救而正之 鼎福於此益慕先生之德 而亦恐負我師門傳授孔孟程朱之正訓耳 先生之孫愼 痛先生言行久而泯也 謂鼎福於先生 爲同門後進 而受知於先生 幾三十年 知先生事 莫如鼎福 使爲狀以請銘於作者 鼎福雖不文 義不敢辭 畧依權斯文龜彦所記原狀 兼叙平日聞見以記之 鼎福雖無似 豈敢以溢辭 浼先生之德哉 謹具如右以俟採擇焉

【역문】「소남선생윤공행장」43)

-(상략)- 유고(遺稿) 몇 권이 집에 소장되어 있다. 선생이 별세하신 이후 사자(士子)의 학문이 날로 분열되었고 별세하신 지가 지금 또 13년이 지났는데, 대의(大義)가 어긋나고 미언(微言)이 사라지고 있다. 이른바 천주학(天主學)이란 것은 실로 불씨(佛氏)의 하승(下乘)의 설만도 못한 것인데도 현시대의 재주와 학식이 훌륭하다고 자부하는 사람들이 대부분 그 속에 빠져들어 서양이 중국보다 더 높아지게 하고 마두(瑪竇)가 중니(仲尼)보다 더 훌륭해지게 하면서 "진정한 학문이 천주학에 있다." 고 한다. 사자의 추향(趨向)이 올바르지 못하고 사람의 마음이 나쁜 데로 빠져들어 이러한 경지에까지 이르러서 구제하여 바로잡을 수 없게 되었으니, 이에 나는 선생의 덕을 더욱더 사모하는 한편

43) 『순암집』 卷26, 行狀

또한 우리 사문(師門)이 전수한 공자(孔子), 맹자(孟子), 정자(程子), 주자(朱子)의 바른 교훈도 저버릴까 염려된다. 선생의 손자 윤신(尹愼)은 선생의 언행(言行)이 오랜 세월이 지나 민멸되는 것을 애통해한 나머지 내가 선생에게 동문의 후배이고 선생에게 알아줌을 받은 지가 근 30년이었으므로 선생의 사적을 아는 사람으로는 나만한 사람이 없다고 여겨 나에게 행장을 지어 받아 다른 작자(作者)에게 묘지명(墓誌銘)을 청하려고 하였다. 이에 내가 비록 문장을 잘하지는 못하지만 의리상 사양할 수 없기에 대략 권귀언(權龜彦)이 기술한 원장(原狀)에 의거하고 아울러 평소 나의 문견을 서술하여 이 행장을 기록한다. 내가 비록 형편없는 인물이지만 어떻게 지나친 말로써 선생의 덕을 손상할 수 있겠는가. 삼가 이상과 같이 갖추어 기록하여 작자가 채택하기를 기다린다.

「順菴先生年譜」

-(上略)-上星湖先生書 論西洋學術之非 書畧曰 近觀西洋書 其說雖精覈 而終是異端之學也 吾儒之所以修己養性 行善去惡者 是不過爲所當爲而無一毫儌福於身後之意 西學則其所以脩身者 專爲天臺之審判 此與吾儒大相不同矣 天主實義曰 天主怒輅齊拂兒 變爲魔鬼 降置地獄 自是天地間 始有魔鬼 始有地獄 按此等言語 决是異端 天主若爲輅齊拂兒 設地獄 則地獄還是天主私獄 且此前人之造惡者 不受地獄之苦 天主之賞罰更於何處施之耶 又畸人篇云 額勒卧畧 代人受地獄之苦 按天主之賞罰不以其人之善惡 而或以私囑 有所輕重 則其於審判 可謂得乎 若然 不必做善 諂事天主一私人可矣 又辨學遺牘者 卽蓮池和尙與利瑪竇論學書也其辨論精覈 往往操戈入室 恨不與馬鳴達摩諸人 對壘樹幟以相辨爭也 -(中略)- 九年乙巳 先生七十四歲 ○二月 撰邵南尹公行狀 ○三月 作天學考 天學問答 天主之學 出自西洋 流入中國 已多年矣 而其書又自中國至于我東 年少後進 多入其中 先生憂之 叙其來歷之所自而作天學考 辨其學術之非正 而作天學問答以示之 凡累千言 ○其與人書畧曰 西士之言雖張皇辨博 而都是釋氏之粗迹 反不及於禪家精微之論 寧從達摩 慧能識心見性之言 豈可爲西士晝夜祈懇 無異巫祝之擧乎 爲此而果免地獄 志士必不爲也 况爲吾儒之學者乎 是爲聖門之怪魅 儒林之蟊賊 亟黜之可也夫道家之尊老君 釋氏之尊釋迦 西士之尊耶蘇 其義一也 西士之學後出而欲高於二氏 托言於無上之天主 使諸家莫敢誰何 挾天子令諸侯之意 其爲計亦巧矣 余略觀其書 瘡疣百出 書中言論妄誕 詆斥聖賢之意 不一而足 以爲皆不識眞道之所在 何如是無忌憚也 爲吾儒者 不能明辨而痛斥之乃反斂衽而束手焉 未知有何實然的知之理而然乎 盖其人固多異類 聰明才辯 技藝法術 非中國之所及者 故人多屈伏於此 幷與其學而信之云 豈其然哉 其學之荒誕靈怪 實與二氏無異 今之儒者斥二氏爲異端 而反以此

爲眞學 人心之惑溺 一至於此 此正世道汚隆 士學邪正之一大機也 噫 天下之生久矣 氣化嬗運 醇漓樸散 治日少而亂日多 君子道消 小人道長 正學泯而邪學張 世愈降而漸趨於下 豈不可悶 西士耶蘇之名 卽捄世之義 而所尊者天主 勸善懲惡而有天堂地獄之說 與二氏同 其誦言誘導者 天主也天堂也地獄也 大義只此而已 余依其說而解之曰 彼曰有天主 吾亦曰有天主 天主卽上帝也 詩書之言上帝 聖人之言天 明有其文 則豈無其實而假托以言耶 彼曰有天堂 吾亦曰有天堂 詩云文王陟降 在帝左右 又曰三后在天 書曰多先哲王在天 旣有上帝 則豈無上帝所居之位乎 彼曰有地獄 吾乃曰地獄之刑 異於聖王制刑之義 甚可疑也 聖王之刑 制之於未然 何如其仁也 地獄之刑 生時任人爲惡 死後追論靈魂 不幾於罔民乎 今見其書 所謂地獄之刑 殆非人世可比 豈以上帝至仁之心 何如是慘毒乎 且言人之靈魂 終古不散 受善惡之報 若如其說 則寅生以後 人類至多 地獄天堂 雖云閒曠 何處容其靈魂乎 以人道推之 自古及今 人皆長生不死 則人數至繁 其能容於此世乎 嘗見佛書 一鉢上容六十萬菩薩 其果如是耶 是其說之妄也 然姑因其說而不斥之 曰旣有賞善之天堂 則亦有罰惡之地獄 其或然矣 然天堂地獄 誰能見之乎 至若傳記之所存 氓俗之所傳 終歸荒誕 闕之可也 晉書 王坦之與僧竺法師 爲名理之交 嘗疑天堂地獄之說 約以先死者來報 一日竺師來見曰 我已歸化 地獄之說不然 而但當勤脩道德以躋上昇耳 此亦以地獄爲無也 然而此不足說也 其有無 不必多辨 但聖人不語怪力亂神 怪是希有之事 神是無形之物 指希有無形而語之不已 則其弊何所至底耶 是以聖人不語也 以吾儒事上帝之道言之 上帝降衷之性天命之性 皆禀於天而自有者也 詩曰 上帝臨汝 無貳爾心 曰對越上帝 曰畏天命 無非吾儒戒懼謹獨 主敬涵養之工 尊事上帝之道 豈過於是 而不待西士而更明也 所可痛者 西士以上帝爲私主 而謂中國人不知也 必也一日五拜天 七日一齋素 晝夜祈懇 求免罪過而後 可爲事天之實事 此何異於佛家懺悔之擧乎 吾儒之學 光明正大 如天地之高濶 日月之照耀 無一

毫隱曲忼愡難見之事 何不爲此 而反以彼爲眞道之所在耶 其學曰此世現世也 現世之禍福暫耳 豈若爲後世天堂地獄之禍福 萬世之受苦樂乎 愚於此亦有言曰 天主之造此三界 有上中下之分 上界有上界之事 中下界各有其事 所謂上界下界之事 非人之所可測量者也 以中界人事言之 爲人之道不過修己治人而已 脩己治人之事 俱在方策 若依而行之 則自有可行之道 所謂西學捄世之術 豈過於是哉 名雖救世 其實專爲一己之私 無異道佛之教也 其所謂救世 與聖人明德新民之功 公私大小之別 爲如何哉 其流之弊 又將指無爲有 指虛爲實 擧一世而歸幻妄之域 人心煽動 後世所謂蓮社彌勒之徒 必將接跡而起 爲妖賊之嚆矢而亂未有已 作俑之罪 其必有歸矣 吾人旣生此現世 則當從現世之事 求經訓之所教而行之而已 天堂地獄何關於我哉 設有人爲一網打盡之計 而受敗身汚名之辱 則到此之時 天主其能救之乎 窃恐天堂之樂 未及享而世禍來逼矣 可不愼哉 可不懼哉 -(中略)- 閏月 與蔡樊菴書 蔡公名濟恭 樊菴對儕友 數稱先生斥天學 老而益壯 又言吾撰其不衰軒記 備言吾道不衰之意 而恐爲少輩所指目云 先生與之書 畧曰 前歲嶺儒黃君泰熙傳斥天學老益壯之敎 今春洪上舍錫疇又傳軒記 推去之諭不衰二字 台監何以聞知耶 此果出於聖上之寵褒 獨於老臣有慰問之諭 褒以二字 及退而同僚齊賀 書扁額而送之 歸後思之 顧此衰癃殘質 更無餘地 聖諭如此 終非實事 旋念有可言者 故妄有拙句曰 自歎筋力逐年衰 天語丁寧諭不衰 不是臣身能不衰 要令志氣不隨衰 今之所自勵者 唯在志氣 而志氣亦衰 奈何 幸乞次示 以生華門之光色也 近來吾黨小子才氣自許者 多歸新學 靡然從之 寧不寒心 不忍目覩其陷溺之狀 畧施規箴 出於赤心 反以禍心言之 至有不敢絶而敢絶者 勇則勇矣 亦一世變 當此黨議橫流之時 安知無傍伺而下石者乎 其勢必亡而後已 今則任之 而硯匣書磨兜堅三字 以自警耳 聞台監以記中有斥天學之語 恐爲少輩之指目云 果然否 非吾二人斥之 有誰爲之耶 風霜震剝之餘 恐又生一敵而然歟 大無是也 大無是也 -(中略)- 十二年戊申 先生七十七歲 ○六月

答黃生德壹書 時有徐祖修者作反僿說 多有毁星湖先生之語 德壹書告于先生 先生答書略曰 示諭多少 出於尊師衛道之盛意 何等欽賞 然而彗日之虹 障天之霧 何損於明且大乎 孔北海曰 今之少年喜謗前輩 此等惡習從古已然 論語雜記聖人言行 至爲精約 而使饒舌者言之 必不無妄加雌黃處矣 某人之誚毁 專在於僿說云 執此說而斷人之平生 厚加誣辱則妄矣先生以明睿之姿 加勤篤之工 所尊者孔孟程朱 所斥者異端禪學 經義多發未發之義 異學必摘其眞贓而無所逃 某人斥之以西學云 不覺一笑 余於天學考已辨之 玆不復言 -(中略)- 十五年辛亥 先生八十歲 ○正月 挽良翁李公 李公名獻慶 挽詩曰 一朝倏忽仙驂遠 不死踽凉淚眼辛 異敎喧豗今漸熾 正論闢廓更誰人 寥寥獨我成瘖嘿 濟濟羣賢說道眞 豈意三韓君子國居然化作竺西民 盖李公曾有斥西學文故云 -(中略)- 純宗大王元年辛酉九月 特贈資憲大夫議政府左參贊兼知義禁府事五衛都摠府都摠管廣成君是年□月 掌令鄭澣上疏疏略曰 嗚呼 明正學熄邪說 卽我先大王苦心也惟其闡明正學之道 必自崇奬正學之人而始之 故廣成君臣安鼎福 卽先朝冑筵之臣也 其學問則經經而緯史 其門路則濂洛而關閩 讀書七十年 菀然爲當世之大儒 先大王顧問於雷肆之席而知其然也 奬詡眷待之音 屢形於絲綸之間 是以後生學者莫不矜式而宗師 及夫洋書始出 慨然異敎之肆行人類之盡化 著書而辨之 則有天學考 天學問答等書 嚴下而斥之 則不以姻親而容之 餘風遺韻 至今尙存 而一種士類之能知拒詖放淫者 未必非其力也 今若崇奬而表章之 則亦可爲明正學熄邪說之一助 臣謂故廣成君臣安鼎福 亟施褒贈之典宜矣 答曰 詢大臣處之 大臣回啓曰 安鼎福讀書衛道 力排邪學 曾聞其名 實合嘉奬 然而朝家贈職 係是重典 事難擅議於一臺臣之言云云 傳曰 安鼎福贈職事 言固可用則何待衆人之言而聽施 況當此闢邪之日 宜有表異之擧 故同知中樞府事安鼎福特贈正卿 以示奬勵之意 遂贈左參贊

【역문】「순암선생연보」[44]

-(상략)- ○ 성호 선생에게 편지를 올리다. 서양(西洋) 학술(學術)의 그름에 대해서 논하였는데, 그 편지는 대략 다음과 같다. "근래에 서양의 책을 보았더니, 그 말은 정밀하고 확실하였으나, 역시 이단(異端)의 학문이었습니다. 우리 유자(儒者)들이 몸을 닦고 성품을 기르며 선을 행하고 악을 제거하는 것은 당연히 해야 할 일을 하는 데 불과할 뿐으로, 털끝만큼도 죽은 뒤에 복을 바라는 마음은 없습니다. 그런데 반해 서양의 학문은 자기 몸을 닦는 목적이 오로지 천대(天臺)의 심판을 받는 데 대비하기 위한 것으로, 이것이 바로 우리 유학과 크게 다른 점입니다. 그들의 『천주실의(天主實義)』에서 말하기를, '천주가 노제불아(輅齊拂兒)에게 화를 내어 그를 마귀로 변신시켜 지옥으로 보냈는데, 그 뒤로 천지 사이에 처음으로 마귀가 생겼고 처음으로 지옥이 생겼다.'고 하였습니다. 이러한 말들로 볼 때 결단코 이는 이단의 학문입니다. 천주가 만약 노제불아 때문에 지옥을 만들었다면, 그 지옥은 천주(天主)의 개인 감옥에 불과한 것이고, 또 그 이전에 악한 짓을 한 자들은 지옥의 고초를 받지 않은 셈이 되니, 천주의 상과 벌을 어디에다 썼단 말입니까. 또 『기인편(畸人篇)』에는 말하기를, '액륵와략(額勒臥略)이 남을 대신해서 지옥의 고초를 받았다.'고 하였는데, 천주의 상과 벌이 그 사람 본인의 선과 악에 의해서 내려지는 것이 아니라, 혹 사사로운 청탁으로 경중이 정해진다면, 그것이 올바른 심판이라 할 수 있겠습니까. 만약 그렇다면 선한 일을 할 필요 없이 천주 한 개인에게만 잘 아첨하여 섬기면 될 것입니다. 또 『변학유독(辨學遺牘)』이란 것이 있는데, 바로 연지화상(蓮池和尙)[45]이 이마두(利瑪竇)[46]와 학

44) 『순암집』, 「順菴先生年譜」
45) 연지화상(蓮池和尙) : 명 나라 항주(杭州) 운서사(雲棲寺)의 승려로, 운서대사(雲棲大師)라고도 칭한다. 처음에는 유교를 배우다가 불법으로 귀의하였다.

문을 토론한 글로서, 변론이 정밀하고 확실하여 왕왕 상대의 논지를 여지없이 간파하여 굴복시켰습니다. 그로 하여금 마명(馬鳴)[47]이나 달마(達摩)[48]와 같은 사람들과 맞서서 각각 자기의 주장을 내세우면서 서로 쟁변해 보게 하지 못한 것이 한스럽습니다." -(중략)- 정종대왕(正宗大王) 9년 을사(1785), 선생의 나이 74세. ○ 2월에 소남 윤동규의 행장(行狀)을 찬하다. ○ 3월에 천학고(天學考)와 천학문답(天學問答)을 짓다. 천주학(天主學)이 서양(西洋)에서 나와 중국으로 흘러든 지가 이미 여러 해가 되었으며, 또 그에 관한 서적이 중국으로부터 우리나라로 전해짐에 나이 어린 후배들이 그 속으로 많이 빠져드니, 선생이 이를 걱정스럽게 여겼다. 이에 천주학의 내력을 서술하여 천학고를 짓고, 천주학의 시비(是非)를 변석하여 천학문답을 지어 보여 주었는데, 모두 몇 천 마디이다. 다른 사람[49]에게 보낸 편지는 대략 다음과 같다. "서양 사람들이 제아무리 장황하게 말하여도, 이는 모두가 석씨(釋氏)가 밟고 지나간 조잡한 발자취로서, 논리의 정미함에 있어서는 도리어 석씨 쪽에도 미치지 못하고 있네. 그러니 차라리 달마(達摩)나 혜능(慧能)의 식심(識心)이니 견성(見性)이니 하는 말을 따를지언정, 어찌 밤낮없이 간절히 기도하기를 무당이나 다름없이 하는 서양 사람들이 하는 짓을 따라서야 되겠는가. 그렇게 해서 과연 지옥(地獄)가는 것을

---

46) 이마두(利瑪竇) : 이탈리아의 전도사 마태오 리치를 말한다. 마태오 리치는 명나라 만력(萬曆) 8년에 광동(廣東)에 이르러서 이서태(利西泰)라는 중국 이름으로 바꾸었고, 그 뒤에 북경으로 들어가서 천주교당을 세우고 포교 활동을 하였으며, 서광계(徐光啓), 이지조(李之藻) 등 중국의 대신들과 친교를 맺었다. 저서에 『건곤체의(乾坤體義)』, 『기하학원본(幾何學原本)』 등이 있다.

47) 마명(馬鳴) : 보살(菩薩)의 이름으로, 부처가 죽은 지 5, 6세기 뒤에 태어나 중인도(中印度)에 살았다. 처음에는 바라문교(婆羅門敎)를 받들다가 불교로 귀의하였으며, 대승불교(大乘佛敎)를 일으켰다.

48) 달마(達摩) : 양(梁) 나라 고승의 이름으로, 선종(禪宗)을 개창하였다.

49) 다른 사람 : 권철신(權哲身)이다.

면한다고 하더라도 뜻이 있는 선비는 하지 않을 것이네. 그런데 더구나 우리 유학(儒學)을 하는 사람들이겠는가. 이는 성문(聖門)의 도깨비요 유림(儒林)의 해충들로서 하루 속히 쫓아내야 할 것이네. 무릇 도가(道家)에서 노군(老君)을 존경하는 것이나, 석씨들이 석가(釋迦)를 존경하는 것이나, 서양 사람들이 예수[耶蘇]를 존경하는 것이나, 그 뜻은 다 한 가지이네. 서양 사람들의 학문이 뒤에 나왔으면서도 도가나 석씨보다 더 높은 자리를 차지하고 싶어서 무상(無上)의 천주(天主)를 내세웠네. 그리하여 제가(諸家)들로 하여금 아무 소리 못 하게 하면서 천자(天子)를 끼고 제후(諸侯)를 호령하듯이 하고 있으니, 그 계책이 역시 교묘하기도 하네. 내가 그들의 책을 대충 보았더니 흠집투성이라서 책 안에 있는 말들이 망녕스럽고 허탄스러워 성현을 헐뜯은 것이 한두 군데가 아니었네. 그러면서 하는 말이 참된 길이 어디에 있는지 아무도 모르고 있다고 하고 있으니, 어쩌면 이렇게도 꺼림이 없단 말인가. 그런데도 우리 유자들이 이를 분명하게 변석하여 배척하지 못하고, 도리어 옷깃을 여민 채 손을 묶고 앉아 있으니, 모르겠거니와 거기에 무슨 확실하고 분명한 이치가 있어서 그런 것인가. 대개 서양 사람들은 실로 이류(異類)가 많아서 총명과 재변, 기예와 법술에 있어서 중국으로서는 따라갈 수 없기 때문에, 사람들이 많이 거기에 굴복되어 그들의 학문까지 믿게 되었다고 하지만, 어찌 그럴 리가 있겠는가. 그들의 학설이 황당무계하고 괴상망측하기로는 실로 저 노씨와 석씨 이가(二家)와 조금도 다를 것이 없네. 그런데 지금의 유자들은 노씨와 석씨는 이단(異端)으로 배척하면서도 도리어 이쪽은 참된 학문이라고 하고 있네. 사람들의 마음이 미혹되어 빠져드는 것이 이 지경에까지 이르렀으니, 이는 바로 세도(世道)의 부침(浮沈)과 학문의 사정(邪正)이 나뉘어지는 하나의 큰 전기라고 하겠네. 아, 이 세상에 인류가 살아온 지 이미 오래이네. 그런데 기화(氣化)의 운행에 따라 풍속이 각박해지고 인심이 야박해져서, 태평한 날은 적고 혼란한 날은 많으며, 군자의 도는 소멸하고 소인의 도가 자라며, 정학(正學)은 꺼져 가고 사설(邪說)이 판을 치네. 그리하여 시대가 흐르면 흐를수록 점점 더 못된 데로만 내려가니, 이 얼마나 답답한 일인가. 서양의 예수[耶穌]란 이름은 바로 세상을 구제한다는 뜻인데, 높이 떠받드는 것은 천주이고, 선을 권장하고 악을 징계함에 있어서 천당과 지옥의 설을 만들어 놓은 것은 저 노씨나 석씨와 같네. 그들이 사람들을 꾀어내기 위해 하는 말은 기껏해야 천주, 천당, 지옥으로, 큰 뜻은 단지 이것일 뿐이네. 이제 내가 그들의 말에 따라 해명해 보겠네. 저들이 천주가 있다고 하면 우리에게도 천주가 있네. 천주는 상제(上帝)를 말하는 것일진대, 『시경』, 『서경』에서 상제를 말하였네. 성인(聖人)이 하늘을 말한 것은 분명한 문(文)이 있으니, 어찌 실제로 없는 것을 가상해서 말한 것이겠는가. 그들이 천당이 있다고 말하면 우리에게도 천당이 있네. 『시경』에 이르기를, '문왕이 오르내리며 상제 곁에 계신다네.[文王陟降 在帝左右]'라고 하였고, 또 '삼후가 하늘에 계시는도다.[三后在天]'라고 하였으며, 『서경』에도 이르기를, '많은 선대의 어진 임금들이 하늘에 계신다.[多先哲王在天]'라고 하였네. 이미 상제가 계신 바에야 어찌 상제가 사는 곳이 없겠는가. 또 저들이 지옥이 있다고 하는데, 나로서는 지옥의 형벌이 성왕(聖王)이 형벌을 만든 뜻과는 달라 몹시 의심이 가네. 성왕은 미연에 방지하기 위하여 형벌을 두었으니, 그 얼마나 인자한가. 그런데 저 지옥의 형벌이란 것은, 살았을 때는 무슨 짓을 하든지 내버려 두었다가 죽은 뒤에야 그 영혼에게 죄를 소급해서 따지니, 이는 백성들을 죄망(罪網)으로 그물질하는 것과 무슨 다름이 있겠는가. 지금 그들의 책을 보건대, 이른바 지옥의 형벌이란 것이 자못 인간 세상의 형벌과는 비교가 안 되네. 지극히 인자하여야 할 상제의 마음이 어쩌면 그리도 참혹하고 모질단 말인가. 그들은 또 '사람들의 영혼은 영원히 존재하면서 선악을 행한 데 따른 보복을 받는다.'고 하는데, 만약 그들의 주장대로라면 인류가 지구상에 태어난 이래로 그 수가 아주 많은데, 지옥과 천당이 제아무리 넓다고 해도 그 영혼들을 어디에 수용할 것인가. 인간 세상을 두고 미루어 말하더라도, 그 옛날부터 지금까지 사람들이 다 죽지 않고 살아 있다면 사람들의 숫자가 아주 많을 것인데, 이 세상에 다 수용할 수 있겠는가. 일찍이 불가의 서적을 보니 '바리[鉢] 하나 위에 보살 60만을 수용한다.'고 하였는데, 그것이 과연 이와 같다는 것인가. 이것은 물론 망녕된 말이네. 그러나 굳이 배척할 것 없이 그들의 말에 따라 말해 보겠네. 선한 자에게 상을 내리는 천당이 있으면 역시 악한 자에게 벌을 내리는 지옥도 있다는 것은 혹 그럴 수도 있네. 그러나 천당과 지옥을 그 누가 보았는가. 전기(傳記)에 남아 있다거나 민속(民俗)에 전해지는 것과 같은 데에 이르러서는, 이는 결국 황당무계한 말이니 논외로 쳐야 할 것이네. 『진서(晉書)』에 보면 왕탄지(王坦之)가 승려 축법사(竺法師)와 학문을 가지고 사귀는 친구로 지냈는데, 일찍이 천당과 지옥에 대한 의심이 있었네. 이에 먼저 죽은 자가 와서 알려 주기로 서로 약속하였는데, 하루는 축법사가 와서 하는 말이 '나는 이미 죽었다. 지옥에 관한 설은 사실이 아니다. 그러니 다만 부지런히 도덕을 닦아 하늘로 올라가는 것이 마땅하다.' 하였네. 그렇다면 이는 지옥이 없다는 말이 아니겠는가. 그러나 이것은 말할 만한 것이 못 되네. 지옥이 있고 없는 것에 대해서는 많은 말이 필요 없고 단지 '성인은 괴력난신(怪力亂神)을 말하지 않는다.'고 한 말만 있으면 되네. 괴(怪)란 드물게 있는 일을 말하고, 신(神)이란 무형의 물체를 말한 것으로, 드물게 있는 일이나 무형의 물체에 대해 계속 말하게 되면 그 폐단이 장차 어디에 이르겠는가. 이 때문에 성인이 이에 대해서 말하지 않았던 것이네. 우리 유자(儒者)들이 상제를 섬기는 도리로써 말하면, 상제가 내려주신 성품과 하늘이 명하신 성품은 모두 하늘에서 품부받은 것으로서, 나에게 고유한 것이네. 『시경』에 이르기를, '상제가 네 곁에 계시니 네 마음에 의심을 두지 말라.[上帝臨汝 無貳爾心]' 하였고, 또 '상제를 대한 듯이 하라.[對越上帝]'고 하였고, 또 '천명을 두려워하라.[畏天命]'고 하였는바, 이 모두가 우리 유자들의 계구(戒懼), 근독(謹獨), 주경(主敬), 함양(涵養)의 공부가 아닌 것이 없네. 상제를 높이 받드는 도가 어찌 이보다 더한 것이 있겠는가. 이는 서양 사람들의 말을 기다릴 것도 없이 자명한 일이네. 가슴 아픈 일은 서양 사람들이 상제를 자기들의 사주(私主)로 생각하면서 중국 사람들은 상제를 모른다고 하는 것이네. 그들은 반드시 하루에 다섯 번 하늘에 예배하고 7일에 한 번 재소(齋素)하고, 밤낮으로 기도하여 지은 죄를 용서해 달라고 비는데, 그런 다음에야 비로소 하늘을 섬기는 실제적인 일이 되니, 이는 불가(佛家)에서 참회(懺悔)하는 일과 다를 것이 뭐가 있는가. 우리 유가의 학문은 광명정대하기가 마치 높고 넓은 천지(天地)와 같고, 천지를 비추는 해나 달과 같아서 털끝만큼도 가리워져 있거나 보기 어려울 만큼 모호한 것이 전혀 없네. 그런데 어찌하여 이 길을 버려두고 도리어 참된 길이 저쪽에 있다고 하는 것인가. 그들의 학설에 말하기를, '이 세상은 현세인데, 현세의 화복(禍福)은 잠시일 뿐이다. 어찌 만세(萬世)를 두고 고락(苦樂)을 받는 후세(後世)의 천당과 지옥의 화복에 비하겠는가.'라고 하는데, 나는 이에 대해서도 할 말이 있네. 천주가 이 세상에 상계(上界), 중계(中界), 하계(下界)의 삼계(三界)를 만들어 상계에는 상계대로의 일이 있고, 중계와 하계에도 각각 일이 따로 있네. 이른바 상계와 하계의 일은 인간으로서 헤아릴 수 있는 일이 아니네. 중계에서 사람들이 하는 일로 말하면, 인간 노릇을 하는 길은 수기(修己)와 치인(治人) 그것뿐이고, 수기와 치인하는 일은 모두 책에 있네. 만약 그에 의지하여 행한다면 자연 행할 만한 도리가 있을 것이네. 그러니 이른바 서학에서 말하는 세상을 구제한다는 술법이 어찌 이것보다 낫겠는가. 그들은 명분은 비록 세상을 구원한다고 하지만, 속 내용은 오로지 개인의 사욕을 위한 것으로, 도교나 불교와 다를 것이 없네. 그들이 말하는 세상을 구원한다는 것은 성인의 명덕(明德)이나 신민(新民)의 일과는 공사(公私), 대소(大小)의 차이가 과연 어떠한가. 그 말류의 폐단은 장차 없는 것을 있다고 하고 허한 것을 실하다고 속여 온 세상을 환망(幻妄)의 영역으로 몰아넣고 말아 인심을 선동할 것이네. 그리하여 후세에는 이른바 연사(蓮社) 같은 무리들이나 미륵불(彌勒佛)을 사랑하는 자들이 반드시 꼬리를 물고 일어나서 요적(妖賊)의 효시(嚆矢)가 되어 난리가 그칠 날이 없게 될 것인바, 못된 짓을 창안한 죄를 반드시 받게 될 것이네. 우리가 이미 이 현세에 태어났으면 당연히 현세의 일을 하면서 경전에서 가르친 대로 따라 행하면 그만이네. 천당과 지옥이 나에게 무슨 상관이 있겠는가. 설령 어떤 사람이 이들을 일망타진할 계책을 세워서 몸을 망치고 이름을 더럽히게 될 경우, 그때 가서 천주가 능히 구원할 수 있겠는가. 아마도 천당의 즐거움을 미처 누리기도 전에 이 세상의 화가 먼저 이를 것이네. 그러니 삼가지 않을 수 있겠으며, 두려워하지 않을 수 있겠는가." -(중략)- ○ 윤달에 채번암(蔡樊菴)에게 편지를 보내다. 채공의 이름은 제공(濟恭)이다. 채번암이 여러 친구들에게 선생이 천주학을 배척하는 것이 늙을수록 더욱 장하다고 자주 칭찬하였으며, 또 말하기를, "내가 찬한 불쇠헌기(不衰軒記)에서 오도(吾道)가 쇠해지지 않았다는 뜻을 갖추어 말하였으니, 아마도 연소배들의 지목을 받을까 염려스럽다."고 하였는데, 선생이 그에게 보낸 편지는 대략 다음과 같다. "지난해에 영남(嶺南)의 유생 황태희(黃泰熙)가 와서 '천주학을 배척하는 것이 늙을수록 더욱 장하더라.'고 하신 말씀을 전하고, 금년 봄에는 상사(上舍) 홍석주(洪錫疇)가 와서 또 '불쇠헌기를 찾아가라.'고 하신 말씀을 전하였는데, '불쇠(不衰)' 두 글자에 대하여 대감께서는 어디서 들으셨습니까? 그것은 과연 성상께서 총애하고 포장(褒奬)하는 뜻에서 나온 것입니다. 그 날 유독 이 늙은 신하에 대해서만 위로해 주시면서 '불쇠' 두 글자를 내려 포장하시었습니다. 이에 물러나옴에 미쳐서는 동료들이 모두 축하하였고 편액(扁額)에 써서 보내 주기까지 하였습니다. 돌아온 뒤에 생각하니, 이 늙고 병든 약한 몸이 다시는 아무것도 할 수가 없는데, 성상께서 이렇게 유시하시었으니, 이는 실상에 맞지 않는 일입니다. 그러나 한 마디 말할 만한 것이 있기에 망녕되이 졸렬한 시구를 하나 읊었는데, 그 시에,

갈수록 근력 쇠해 나 자신은 한탄인데	自歎筋力逐年衰
성상께선 쇠하지 않았다고 하시네	天語丁寧諭不衰
신의 몸이 쇠하지 않은 것이 아니라	不是臣身能不衰
지기마저 나이 따라 쇠하지 말라는 게지	要令志氣不隨衰

하였습니다. 지금 와서 저 자신을 가다듬는 것은 오직 지기(志氣)에 있는데, 지기 역시 쇠해지고 있으니 어쩌면 좋겠습니까. 저의 시를 차운하시어 저의 초라한 문이 빛나게 해 주시면 다행이겠습니다. 근래에 와서 평소에 재기(才氣)를 자부하던 우리 쪽 나이 어린 사람들이 새로운 학문 쪽으로 많이 쏠려 너도나도 그 쪽으로 휩쓸리고 있으니, 어찌 한심한 일이 아니겠습니까. 그 쪽으로 빠져드는 꼴을 차마 눈 뜨고는 보지 못하겠기에 대충 경계를 하였습니다. 이것은 저의 진심에서 나온 말이었는데도 도리어 화를 일으키려는 마음에서 그랬다고들 하면서, 심지어는 저와는 절교하지 못할 사이인데도 절교하는 자까지 있습니다. 그들의 행동이 용감하기는 용감합니다만, 이 역시 세상 변고의 하나인바, 지금처럼 당의(黨議)가 횡행하는 때를 당하여 곁에서 엿보고 있다가 돌을 던지는 자가 없을 줄을 어찌 알겠습니까. 그 형세가

반드시 망한 뒤에야 그칠 것입니다. 지금은 모든 일을 되는 대로 내맡긴 채 벼룻집에 말을 삼가라는 뜻으로 '마두견(磨兜堅)' 세 글자를 새겨두고서 저 스스로를 경계하고 있습니다. 듣건대 대감께서 지은 불쇠헌기(不衰軒記) 가운데 천주학을 배척한 말이 있어서 연소배들의 지목을 받을까 염려한다고 하는데, 그것이 사실입니까? 우리 두 사람이 천주학을 배척하지 않으면 그 누가 배척하겠습니까. 풍상을 모질게 겪은 나머지 또 하나의 적이 생길까 염려해서 그런 것입니까? 절대 그럴 리는 없을 것입니다." -(중략)- 정종대왕(正宗大王) 12년 무신(1788), 선생의 나이 77세. ○ 6월에 황덕일(黃德壹)의 편지에 답하였다. 이 때 서조수(徐祖修)란 자가 반새설(反僿說)을 지어 성호 선생의 설을 많이 헐뜯으니, 황덕일이 선생에게 이 사실을 고하였다. 선생이 답한 편지는 대략 다음과 같다. "보내 준 편지에서 말한 것은 스승을 높이고 우리 도를 지키려는 성대한 뜻에서 나온 것이기에 몹시 흠앙하면서 읽었네. 그러나 해를 가리는 무지개나 하늘을 가리는 안개가 있다한들 해의 밝음과 하늘의 큼에 무슨 손상이 있겠는가. 공북해(孔北海 공융(孔融)을 말함)가 말하기를, '지금의 나이 어린 자들은 선배들을 비방하기를 좋아한다.'고 하였는데, 이러한 나쁜 습관은 예로부터 그러하였네. 『논어』와 잡기(雜記)에 나오는 성인의 언행(言行)은 지극히 정밀하고도 간략한데, 말 잘하는 자로 하여금 그에 대해 말하게 하면 반드시 함부로 뜯어고치는 곳이 없지 않을 것이네. 아무개가 헐뜯는 것이 오로지 새설(僿說)에 있다고 하는데, 이 설 하나를 가지고 다른 사람의 평생을 단정하면서 함부로 욕하고 헐뜯는다면, 이는 망녕된 것이네. 선생님께서는 밝고 뛰어난 자품을 타고나신데다 부지런하고 독실한 공부를 더하셨으며, 높인 바는 공자, 맹자, 정자, 주자이고 배척한 것은 이단(異端)과 잡학(雜學)이었네. 그리하여 경전(經典)의 뜻에 있어서는 미처 발현하지 못하였던 뜻을 많이 발현하였으며, 이단의 학문에 대해서는 반드시 그들의 속셈을 지적하여 드러내 도망칠 수 없게 하였네. 그런데 아무개가 이를 서학(西學)이라고 배척하였다 하니, 나도 모르는 사이에 웃음이 나네. 이에 대해서는 내가 천학고(天學考)에서 이미 변석하였으므로 다시 말하지 않겠네." -(중략)- 정종대왕(正宗大王) 15년 신해(1791), 선생의 나이 80세. ○ 1월에 간옹(艮翁) 이공(李公)의 만사(挽詞)를 짓다. 이공의 이름은 헌경(獻慶)이다. 만시(挽詩)에,

하루 아침 갑자기 신선 되어 떠남에	一朝倏忽仙驂遠
죽지 못한 외로운 신세 눈물이 절로 나네	不死踽涼淚眼辛
이교의 떠들어 댐 점점 치성해지는데	異教喧豗今漸熾
물리칠 정론을 누가 다시 펼치리오	正論闢廓更誰人
외로운 나는 홀로 벙어리가 되었는데	輮輮獨我成瘖嘿
많고 많은 현자들은 참된 도라 말을 하네	濟濟群賢說道眞
생각이나 했겠는가 삼한의 군자국이	豈意三韓君子國
어느 사이 천축국과 서양으로 변할 줄을	居然化作竺西民

하였는데, 대개 이공이 일찍이 서학을 배척하는 글을 지었으므로 이렇게 말한 것이다. -(중략)- 순종대왕(純宗大王) 원년 신유(1801). ○ 9월에 특별히 자헌대부(資憲大夫) 의정부 좌참찬(議政府左參贊) 겸 지의금부사(知義禁府事) 오위도총부 도총관(五衛都摠府都摠管) 광성군(廣成君)에 추증하다. 이 해 아무 달에 장령 정한(鄭瀚)이 상소하였다. 그 상소에 대략 말하기를, "아, 정학(正學)을 밝히고 사설(邪說)을 지식(止息)시키는 것은 바로 우리 선대왕께서 고심하였던 부분입니다. 정학을 천명하는 방도는 반드시 정학을 하는 사람을 장려하여 높이는 데에서 시작됩니다. 고 광성군 안정복은 바로 선조(先朝)의 서연관(書筵官)으로 있던 신하입니다. 그의 학문은 경전(經典)을 날줄로 삼고 사서(史

書)를 씨줄로 삼았으며, 문로(門路)는 염락(濂洛)을 거쳐 관민(關閩)에 이어졌습니다. 70년 동안 글을 읽어 성대히 당세의 대유(大儒)가 되었습니다. 선대왕께서 서연을 여는 자리에서 그의 그러한 점을 알고는 장려하고 우대하는 말을, 교서를 내리는 즈음에 여러 차례 표하였습니다. 이에 후배 학자들이 모두들 모범으로 삼으면서 종사(宗師)로 대우하였습니다. 서양의 서적이 처음 유입됨에 이르러서는 이교(異敎)가 널리 행해져 사람들이 모두 그에 빠져드는 것을 개탄스럽게 여겼습니다. 글을 지어서 이를 변석함에 있어서는 천학고(天學考), 천학문답(天學問答) 등의 글이 있으며, 엄하게 변석하고 배척함에 있어서는 인척이라 하여 용납하지 않았습니다. 그의 풍모와 목소리가 지금까지도 아직 남아 있는바, 한 무리의 사류(士類)들이 천주학의 교활함을 막고 음란함을 내쫓을 수 있는 것은 모두가 그의 덕분입니다. 지금 만약 그를 장려하여 높이고 드러내어 밝힌다면 정학을 밝히고 사설을 지식시키는 데 일조가 될 것입니다. 신은 고 광성군 안정복에게 속히 포상을 내려 증직하는 은전을 베푸는 것이 마땅하다고 여깁니다." 하였는데, 답하기를, "대신에게 물어서 처리하겠다." 하였다. 대신이 회계하기를, "안정복은 글을 읽으면서 유도(儒道)를 지키고 온 힘을 다해 사학(邪學)을 배척하여 일찍이 그 이름을 드날렸는바, 가상하게 여겨 포상하는 것이 실로 합당합니다. 그러나 조정에서 증직하는 것은 중한 은전이어서 한 대신(臺臣)의 말로 인해 함부로 의논하기는 어려운 점이 있습니다." 하니, 전교하기를, "안정복에게 증직을 내리는 일에 대해서는, 말이 참으로 쓸 만하다면 어찌 여러 사람들의 말을 듣고서 시행할 필요가 있겠는가. 더구나 지금 사설(邪說)을 물리치는 때를 당하였으니, 특별히 표창하는 거조가 있는 것이 마땅하다. 고 동지중추부사 안정복에게 특별히 정경(正卿)을 추증해서 장려하는 뜻을 표하라." 하였다. 이에 드디어 좌참찬에 추증된 것이다.

「順菴先生行狀[黃德吉]」

-(上略)- 今上元年 特贈左參贊 時西學黨旣誅 臺臣奏先生嘗排邪說以正學術之謬 有是命 -(中略)- 近世學術漸衰 爲士者近則溺於訓詁 入耳而出口 遠則流於新奇 反道而倍經 旣皆不足以眞實踐履 能造吾儒之域 至其愈下 則一曰文章之學 二曰功利之學 旣未有推其言之未始不本於理 理之未始不該於事 而去道益遠矣 又繼而異端者作 先生常以斯世斯道之責爲己任 論學則躬行心得爲宗旨 循塗守轍爲法門 論事則辨義利於毫釐之差 判心跡於天壤之隔 若異端之亂眞 則亦爲拔本塞源 必反經而後已 盖其憂之也深 慮之也遠 -(中略)- 其論俗學之害 則曰天下之義理本於一 而後世隨時各異 枉尺直尋 行險僥倖 此所謂胡廣之中庸 非聖門眞正義理 今則天學之害 甚於老佛 俗學之害 甚於天學矣 先是西洋書 自燕肆闖入東方 大有害正之漸 先生著天學考 天學問答 究源委証是非 闢之廓如也 于時從學者 往往有叛去 人心益壞 謗議朋起 先生距之愈嚴 而爲能其愛惡 辨之益明 而不至於矯激 其言曰 道家尊老君 佛氏尊釋迦 西士尊耶蘇 其義一也 西學後出 欲高於二氏 托言於無上之天主 使諸家莫敢誰何 其意巧矣 吾儒言上帝降衷 天命之性 皆禀於天者也 曰上帝臨汝 曰對越上帝 曰畏天命 無非戒愼謹獨之工而尊事上帝之道也 彼以上帝爲私主 晝夜祈懇 求免罪過 何異於佛家之懺悔乎 聖人不語怪神 若語之不已 其流之弊 將擧一世歸幻妄之域 人心煽動 後世所謂蓮社彌勒之徒 必將接跡而起 作俑之罪 必有所歸 况此黨議分裂 彼此伺釁 設有人爲網打之計 則竊恐天堂之樂遠 而世禍來逼矣 -(中略)- 至於衛正道闢邪說 明先聖之法而道之 使斯世之人 不迷於夷狄禽獸之域者 其誰之功歟 昔陽明之說行 而退溪始闢其亂賊 泰西之書出 而星湖首斥其幻妄 繼繼傳述 至先生而益明 其揆一也 退溪之道 待先生而傳 星湖之學 得先生而著 先生盛德大業 可謂集羣儒之成矣 -(下略)-

【역문】「순암선생행장[황덕길]」[50)]

-(상략)- 금상 원년에 특별히 좌참찬을 추증하였다. 이 때 서학(西學)의 무리들이 이미 주살되었는데, 대신(臺臣)이, 선생이 일찍이 사설(邪說)을 배격하여 학술(學術)이 글러지는 것을 바로잡았다고 아뢰어서 이러한 명이 있었던 것이다. -(중략)- 근세에 들어와 학술이 점차 쇠미해진 탓에, 선비들이 가까이로는 훈고학(訓詁學)에 빠져들어 귀로 듣고 입으로만 말하고, 멀리로는 새롭고 기이한 데로 흘러들어가 도(道)와 경(經)을 어겼다. 그리하여 진실되게 실천하여 우리 유도(儒道)의 영역으로 나아가기에는 이미 모두가 부족하였다. 더욱 아래로 내려옴에 이르러서는 하나는 문장학(文章學)이라 하고 하나는 공리학(功利學)이라 하였는데, 이들 학문은 이미, 말은 애당초부터 이치에 근본하지 않음이 없고, 이치는 애당초부터 일에 갖추어져 있지 않음이 없다는 이치를 추구(推究)하지 않은 탓에 도(道)와의 거리가 더욱 멀어졌다. 그런데다 또 계속해서 이단(異端)의 학문이 일어났다. 선생은 항상 이러한 세상에 유도를 지켜나가는 것을 자신의 책임으로 여겼다. 이에 학문을 논함에 있어서는 몸소 실행하고 마음속에 얻는 것을 종지(宗旨)로 삼고 선유들의 학설을 따르면서 지키는 것을 법문(法門)으로 삼았으며, 일을 논함에 있어서는 털끝만한 차이 속에서 의리(義利)를 판별하고 천양지차의 간격 속에서 심적(心跡)을 판별하였다. 이단의 학설이 진리를 어지럽힐 경우에는 역시 발본색원하여 반드시 바른 도리로 돌려놓은 다음에야 그만두었다. 이는 대개 걱정하는 것이 깊고 염려하는 것이 멀었던 것이다. -(중략)- 또 속학(俗學)의 폐단에 대하여 논하면서는 말하기를, "천하의 의리는 하나에 근본하는데, 후세에는 시대를 따라서 각각 다르게 되었다. 이에 한 자[尺]를 구부려서 여

50) 『순암집』, 「順菴集行狀」

덟 자를 펴고 특이한 짓을 하면서 요행수를 구하려고 하는데, 이것은 이른바 호광(胡廣)의 중용(中庸)[51]으로, 성문(聖門)의 참되고 바른 의리가 아니다. 지금 천주학의 폐해는 노씨(老氏)나 불씨(佛氏)보다도 더 심하고, 속학의 폐해는 천주학보다도 더 심하다." 하였다. 이에 앞서서 서양의 서적이 연경(燕京)으로부터 우리나라로 마구 들어와 정도(正道)를 해칠 조짐이 크게 있었다. 이에 선생은 천학고(天學考)와 천학문답(天學問答)을 지어 본말(本末)을 궁구하고 시비(是非)를 판별하여 분명하게 이를 막았다. 이에 선생을 따라 배우던 자들이 왕왕 선생을 등지고 떠나가서 인심이 더욱더 무너지고 비방이 여기저기서 일어났다. 그런데도 선생은 더욱더 엄하게 이들을 물리쳤는데, 미워하는 가운데서도 사랑하는 마음을 가지고 더욱더 밝게 변석하였으나, 지나치게 과격하게 하는 데에는 이르지 않았다. 그러면서 이르기를, "도가(道家)에서 노군(老君)을 존경하는 것이나, 석씨들이 석가(釋迦)를 존경하는 것이나, 서양 사람들이 예수[耶蘇]를 존경하는 것이나, 그 뜻은 다 한 가지이다. 서학(西學)은 뒤에 나왔으면서도 도가나 석씨보다 더 높은 자리를 차지하고 싶어서 무상(無上)의 천주(天主)를 내세워 제가(諸家)들로 하여금 아무 소리도 못하게 하니, 그 계책이 교묘하다. 우리 유가(儒家)에서 말하기로는, 상제(上帝)가 내려주신 성품과 하늘이 명하신 성품은 모두 하늘에서 품부받은 것이다. 『시경』에 '상제가 네 곁에 계시니[上帝臨汝]'라고 하였고, 또 '상제를 대한 듯이 하라.[對越上帝]'

51) 호광(胡廣)의 중용(中庸) : 그때그때 상황에 따라 적당히 대처하기만 하면서 일정한 원칙을 가지고 있지 못한 것을 말한다. 호광은 후한 사람으로, 자(字)가 백시(伯始)이다. 『후한서(後漢書)』 호광전(胡廣傳)에, "호광은 성품이 온순하고 부지런하였고, 말과 안색을 항상 공손히 하였으며, 일의 체모를 잘 알고 조장(朝章)에 밝았다. 비록 굳세고 강직한 풍모는 없었으나 여러 차례 임금의 잘못을 바로잡았다. 이에 경사(京師)의 속담에 '만사가 다스려지지 않음을 백시에게 물으니, 천하의 중용이 호광에게 있다.'는 말이 있었다."하였다.

고 하였고, 또 '천명을 두려워하라.[畏天命]'고 하였는바, 이 모두는 계구(戒懼)와 근독(謹獨)의 공부가 아닌 것이 없고, 상제를 높이 떠받드는 도가 아닌 것이 없다. 서양 사람들이 상제를 자기들의 사주(私主)로 생각하여 밤낮으로 기도하면서 지은 죄를 용서받기를 구하는데, 이것은 불가(佛家)에서 참회(懺悔)하는 일과 뭐가 다른가. 유가의 성인(聖人)은 괴이한 일과 귀신의 일에 대해서는 말하지 않았는바, 이에 대해서 말하기를 그치지 않을 경우 그 말류의 폐단은 장차 온 세상 사람들을 환망(幻妄)의 영역으로 몰아넣으면서 인심을 선동할 것이다. 그리하여 후세에는 이른바 연사(蓮社)[52]와 같은 무리들이나 미륵불(彌勒佛)을 사칭하는 자들이 반드시 꼬리를 물고 일어날 것으로, 못된 짓을 창안한 죄를 반드시 받게 될 것이다. 더구나 지금은 당의(黨議)가 분열되어서 피차간에 서로 틈을 엿보고 있으니, 혹시라도 어떤 사람이 상대편을 일망타진할 계책을 세울 경우, 아마도 천당의 즐거움을 미처 누리기도 전에 이 세상의 화가 먼저 이를까 염려된다." 하였다. -(중략)- 정도(正道)를 보위하고 사설(邪說)을 물리치면서 선성(先聖)의 법을 밝혀 인도하여 이 세상 사람들로 하여금 이적(夷狄)이나 금수의 지경으로 빠져들지 않게 한 것은 그 누구의 공이겠는가. 예전에 양명학(陽明學)의 학설이 행해짐에 퇴계가 그 난적(亂賊)을 물리쳤고, 태서(泰西)[53]의 서적이 들어옴에 성호 선생이 먼저 그 요망함을 배척하였는데, 그 전통이 계속 전해져서 선생에게 이르러 더욱 밝아졌으니, 그 도(道)는

---

52) 연사(蓮社) : 백련사(白蓮社)를 말한다. 원(元) 나라 때 한산동(韓山童) 부자가 백련회(白蓮會)라는 것을 창설하여 민간에게 포교하다 관가에 잡혀 피살되었으며, 그 뒤 명(明) 나라 천계(天啓) 연간에 왕삼(王森)이란 자가 도당을 모아 백련교라고 칭하고 백성들을 미혹시키다 피살되었는데, 그의 잔당인 서홍유(徐鴻儒)가 산동(山東)에서 모반하다가 피살되었다. 그 후 백련교의 잔당들이 중국 각지에 뿌리박고 있으면서 계속해서 조정을 괴롭혔다.

53) 태서(泰西) : 극서(極西)의 뜻으로, 유럽의 여러 나라를 지칭함.

하나인 것이다. 퇴계의 도는 선생을 기다려서 전해지고 성호의 학문은 선생을 얻어서 드러났으니, 선생의 성대한 덕과 큰 업적은 여러 유자(儒者)들을 집대성한 것이라 할 수 있다. -(하략)-

〈주석 : 배주연〉

『餘窩集』

「金福壽傳」

金福壽者 濟州金寧郵人也 世隷吏籍 福壽幼孤 善事母 頗壯健 略通文字 家近海 資漁採爲生 一日颶作 舟漂九晝夜閣岸 同舟者皆死 福壽亦病不能興 人有見而哀之 挈之以歸 問其地安南云 福壽歸路旣絶久 益與土人相習 轉相寄傭 會有琉球採珠女子漂至 福壽遂強耦焉 旣居室 治生益力 貲日益饒 有男女各三人 然日夜思戀母 値父死日 輒東向哭終日 如是者積四十年 一夕忽夢哭其母 覺而大慟曰 吾母殆不諱歟 吾以三歲孤童 廉幾山樵海漁 以歿母之世 而漂寄異國 生無以養 死不得聞 天乎天乎 遂發喪如訃至 喪禮一如朝鮮 見者嘖嘖曰禮義哉 朝鮮之爲國也 孝哉福壽之爲子也 國無禮義者 斯焉取斯 自是安南人有喪 多取法焉 福壽之所至 必延以上客之禮 遇諸塗必拜 居久之 安南將通使日本 以福壽行義高 且有膂力 與之俱 以重其行 行至半洋 遇大風漂 轉到浙東界 見五六人偶坐岸上 憔悴有羇旅之色 而貌類朝鮮 福壽趨而問之 其中二人前對曰儂等居在濟州 漂至杜登島 適値島人出陸買米 附其船至此 冀遇便風返國 彼四人者杜登島人也 福壽驚曰果吾同州人也 家法金寧村幾里 仍具告前後事 且

---

* 『여와집(餘窩集)』 : 목만중의 저서로 18책 9권의 필사본이다. 목만중(1727, 조 3~1810, 조 10)의 본관은 사천(泗川). 자는 유선(幼選), 공겸(公兼), 호는 여와(餘窩).1759년(영조 35) 별시 문과에 병과로 급제하였다. 1786년(정조 10) 도사(都事)로 재직 중 문과 중시에 장원급제하여 돈녕도정(敦寧都正)에 임명되었다. 1789년 태산현감(泰山縣監)으로 있으면서 불법을 자행하다가 체포되어 문초를 당하였다.1801년(순조 1) 신유사옥 때, 대사간으로서 당시의 영의정 심환지(沈煥之)와 함께 남인시파(南人時派) 계열의 천주교도들에 대한 박해와 탄압을 주도하였고 이후 판서에 이르렀다.

曰吾無他兄弟 來時家有老母及乳下兒名哲者 秖今存沒未可知 二人爲之慘然曰 金寧儂近里 里中有金哲者 奉祖母母以居 鄕鄰稱其孝 往年哲祖母以天年終 哲以其父漂海不返 終身不乘舟 不意今者逢丈人於此 福壽出囊中夢記驗之 悲泣不自勝 急作家書附之而返 舟人恠其久詰之 福壽詭曰彼有善於占候者 就而詢行事 不知日之移晷也 曰彼云幾時風利 復詭曰明日 翌果風作 一日涉千里 衆皆驚異之 旣抵日本 有歐羅巴使者適至 服裝詭異 國書贄以法書十二卷 與之語 遺棄人倫 詆譏儒術 而言必稱天主 動以堂獄誘人 福壽從傍聽 固心駭之 安南使欲購其書以歸 福壽怒罵曰君謂聖賢書不足讀歟 彼西國之人 其道則悖逆滅倫 夷狄之所不忍爲 其法則鄙媟慢天 人類之所不忍行 其所指爲魔鬼 正渠自道也 天地所不容 人神所共殛 君持此歸 將使安南之人化爲異物乎 使者聞其言 懼而不敢購 及歸向安南 隨風迤轉中洋 有山忽突然當帆而出 福壽望之 心知其爲漢拏山 驚喜欲脫身歸 紿舟人曰行遲速未可卜 久恐水乏而病 山下必有淸泉 吾欲取以歸 衆從之 福壽撑小艓獨行 旣登陸 棄艓疾走 走至故居 荒村古木依然可辨 直入其家呼曰吾還矣吾還矣 然衣巾殊制 語音已訛 家人不能識 相詰良久 有一老叟能辨之 福壽旣還 有故鄕妻子之奉 而眷係安南 不勝懷妻戀子之情 時時登山 南望作歌以寫意 其音甚悲 居十餘歲老死 始漂海時年二十四 當仁孝間 野史氏曰耽羅在洋海中 其人以舟楫爲事 往往値風濤 漂流至海外諸國 不死而還者十百而僅一二 然亦豈無經歷覩記之奇詭可述者 而俗椎陋無文字 不能傳布於世 惜乎 若福壽者 豈不誠奇偉哉 漁商流離之子 而以禮義聳動殊俗 爲人所重 且泰西者敢以四海萬邦億兆人公其之天 攫爲一己之私 侮弄褻慢 何所不至 而強自號曰敬天奉天 一種人迺尊師而學習之 福壽乃能創聞而力排焉 吾未知其敎之尙不流入蠻方 而安南之人雖俎豆金生 家家而尸祝之可也 姜君浚欽得其事於耽羅人掌令邊景祐記以示余 余讀之而歎曰福壽不忍終身之不服母喪 踐夢起義禮之屬也 斥洋學之妖 折蠻使禁購書 智之明也 安南之樂 不減鄕國 而決

絶其所愛 脫身而返 義之勇也 一人之身而三德具焉 倘所謂雖曰未學吾必謂之學矣者非耶 遂就而略刪爲傳

【역문】「김복수전」[1]

그들이 일본에 도착했을 때 구라파 사신들이 마침 이르렀다. 복장이 괴상하였고, 도서(圖書)에 법서(法書) 12권을 폐물로 가져왔다. 그들과 이야기를 나눠보니 인륜을 팽개치고 유학을 욕하고 헐뜯었다. 천주(天主)를 들먹이며 툭하면 천당과 지옥의 설로 사람을 꾀었다. 복수가 곁에서 듣고서 속으로 해괴하게 여겼다. 안남 사신이 그 책을 사서 돌아가려고 하자 복수가 화가 나서 꾸짖었다. "그대는 성현의 책이 읽기에 부족하다고 여기는 것이오? 저 사방 나라 사람들의 도리는 패역하여 인륜을 무너뜨리니 오랑캐도 차마 하지 않는 짓이며, 그 법은 비루하여 하늘을 가볍게 보니 인류가 차마 행할 수 없는 짓입니다. 이는 하늘과 땅도 용납하지 않을 바이고 사람과 귀신이 함께 잡아 죽일 바입니다. 그대는 이 책을 가지고 돌아가서 안남 사람들을 괴물로 만들 작정이십니까?" 사신이 그의 말을 듣고서 두려워 감히 사지 못했다. 안남으로 돌아갈 때가 되어 바람을 따라 바다 한 가운데로 나왔는데 문득 갑자기 산 하나가 돛대 너머로 보이기 시작하였다. 복수가 멀리서 바라보고 속으로 한라산임을 알아차렸다. 놀라고 기뻐서 몸을 빼쳐서 되돌아가고자 하여 뱃사람을 속여서 말하였다. "뱃길이 빠를지 느릴지 지레 알 수 없거니와, 오래되면 물이 부족하여 병이 날지 모른다. 산 아래에 반드시 맑은 샘물이 있을 터이니 내가 떠서 오겠다." 모두 그 말에 수긍하니 복수가 작은 배를 저어 혼자서 갔다. 육지에 오

1) 『여와집』 권16, 傳

르자마자 배를 버리고 빨리 달려서 옛 집으로 갔다. 도착해보니 황폐한 마을의 오래된 나무를 여전히 분간할 수 있었다. 곧장 집으로 들어가 "내가 돌아왔다! 내가 돌아왔다!" 라고 외쳤다. 그러나 옷과 두건의 모양이 다르고 말씨가 벌써 달라져 집안사람이 알아보지 못했다. 한참을 다투던 중 한 노인이 있어 그를 알아보았다. 복수는 집에 돌아온 후 고향의 처자식에게 봉양을 받았다. 그러나 안남에 두고 온 가족이 마음에 걸려 아내와 자식을 그리워하는 심정을 견딜 수 없었다. 때때로 산에 올라 남쪽을 바라보며 노래를 지어 불러 속마음을 풀어냈으니 그 소리가 매우 구슬펐다. 복수는 십여 년을 더 살다 늙어 죽었다. 처음 표류한 때의 나이가 스물네 살로 인조와 효종 연간이었다. 야사씨(野史氏)는 말한다. 탐라는 바다 가운데에 있다. 그곳 사람들은 배와 노를 직업으로 삼으므로 왕왕 큰 파도를 만나 표류하여 해외 여러 나라에 닿기도 하는데 죽지 않고 돌아오는 자는 열 사람 백사람 가운데 겨우 한둘이다. 그러나 또한 그들의 체험과 견문 가운데 기록할 만한 기궤(奇詭)한 일이 어찌 없겠는가? 다만 풍속이 거칠어 문자를 구사하는 이가 없으므로 세상에 널리 전하지 못한다. 애석하구나! 복수와 같은 이는 참으로 기이하고도 위대하지 않은가! 어상(漁商)으로 떠돌던 사람이 예의로 풍속이 다른 나라를 놀라게 하였고, 사람들로부터 존중을 받았다. 저 태서(泰西)는 감히 사해만방의 억조창생이 공유하는 하늘을 움켜 빼앗아 자기 사적인 것으로 만들었다. 희롱하고 방자하여 못하는 짓이 없으면서도 하늘을 공경하고 하늘을 떠받든다고 억지로 자칭한다. 어떤 부류는 마침내 그들을 스승으로 존경하고 배웠지만 복수는 그 말을 처음 듣고도 힘써 배척하였다. 나는 태서의 종교가 아직 야만의 지방에 유입되지 않았는지는 모르겠지만, 안남 사람들은 김복수를 제사지내고 집집마다 모셔도 좋을 것이다. 강준흠(姜浚欽)[2] 군이 탐라 사람인 장령(長嶺) 변경우(邊景祐)[3]로부터 그에 관한 이야기를 듣고서 기록하여 내게 보여주었다. 나는 읽어보고 감탄하여 이렇게 말했다. "복수가 차마종신토록 어머니 상례를 치르지 않을 수 없어서 꿈속의 일을 실천하여 의리를 일으켰으니 예의의 무리요, 서양학문의 요망함을 배척하여 야만의 사신이 책을 구입하는 것을 막았으니 지혜가 밝은 것이며, 안남에서의 행복이 고국보다 덜하지 않건만 사랑하는 이를 결단코 끊어 몸을 빼내 돌아왔으니 의리가 용맹한 것이다. 한 사람의 몸으로 세 가지 덕을 갖추었으니, 이른바 '배우지 않았다 해도 나는 반드시 배웠다고 하리라'는 경우가 아니겠는가. 드디어 그 기록을 줄이고 깎아서 전을 짓는다.

〈역주 : 배주연〉

2) 강준흠(姜浚欽, 1769~?) : 조선 후기의 문신·서예가. 본관은 진주(晉州). 자는 백원(百源), 호는 삼명(三溟). 강학(姜欅)의 증손이다.1794년(정조 18)에 정시문과에 병과로 급제한 뒤 지평·교리 등을 지냈다. 1805년(순조 5)에 영조의 계비인 정순왕후(貞純王后)의 죽음을 알리는 고부사(告訃使)의 서장관으로 청나라에 다녀왔다. 1813년에 수안군수로 있을 때 군적(軍糴)의 폐단을 논하고 새로운 화폐의 주조를 건의하였으나 받아들여지지 않았다. 이어 부사직을 거쳐 1817년에 사간이 된 뒤 승지에 이르렀다. 벽파(僻派)의 일원으로 1801년 윤행임(尹行恁)의 축출에 앞장섰으며, 1813년 정약용(丁若鏞)의 석방을 반대하였다. 또, 남인의 영수 채제공(蔡濟恭)을 비난하였다.

3) 변경우(邊景祐)는 1793년 6월 25일 사헌부 장령에 임명되었는데 그해 7월 26일 정조는 멀리 떨어져 있는 제주에는 임금의 교화가 미치지 못할 것이니 백성들의 고충과 섬 생활의 폐단을 낱낱이 전달하라고 하였다.『국역 일성록』정조 17년 기사 (http://db.itkc.or.kr)

『燕巖集』

「答巡使書」

兵營旨意有不難知 故依其甘辭捧招之際 諭示丁寧 而厥漢以非渠首實之本意 反生疑懼以爲如是納供 則永作難明之眞贓 至請諺飜報牒 自執一券 其自爲後慮者 若是其深切 亦非可自官反示不誠 此其兵營所以致憾之由也 此猶細事 無足多辨 而至於風敎之一大關棙 不得不爲世道一誦焉 大抵自古異端其始也 何嘗自命爲邪學哉 民之秉彝 莫不有樂善好賢之心 而惟其擇之不精 下之不早 故仁義之差而爲楊墨 其無父無君之禍 已驗於釋氏矣 今之禁邪者 縛致此等愚民而庭跪之 直以桁楊而臨之曰 爾胡爲邪學也 彼以片言遮截曰 小人曾莫之邪學也 爲長吏者 旣不識其學之所以爲邪 則究詰無稽 先自啞謎 因其所對 而姑認輸服 强捧侤音 其黠者反笑其不誠 其愚者滋惑於心曰 吾所樂者善 而所敬者天也 如之何遏我善而禁吾敬也 此無他 原頭之未劈而欲澄末流 窩窟之徒尋而自迷路陌 或急於制服徑施榜擊 或威劫匪道 譬說乖方 或逼令其詛盟耶蘇指斥天主 以驗其畔倍

---

* 『연암집』은 조선 후기의 문신 학자 박지원(朴趾源, 1737~1805)의 시문집이다. 자 미중(美仲), 중미(仲美), 호 연암(燕巖), 연상(煙湘), 열상외사(洌上外史). 『연암집』은 1932년 박영철(朴榮喆)이 박지원의 아들 종의(宗儀)와 종채(宗采)가 편집한 필사본 57권 18책을 저본으로 『열하일기(熱河日記)』와 『과농소초(課農小抄)』를 합해 활자본 17권 6책으로 간행하였다. 그중 제1권부터 제10권까지가 일반 시문, 제11권부터 제15권까지는 『열하일기』, 제16권과 제17권은 『과농소초』이다. 『연암집』에 수록된 작품은 통틀어 시(詩) 42수, 문(文) 237편이다. 『연암집』, 한국고전번역원, 2005. 김명호 해제 참조.
* 『연암집』 역문: 김명호, 신호열, 한국고전번역원, 2000
* 『열하일기』 역문: 이가원, 한국고전번역원, 1968

以觀其誠僞 彼所矯假立號 雖是禦口忌器之資 而遂有愚民若爲之伏節死義者然 誣惑至此 則其自謂得制勝之要者 旣輕之爲刑威 而又失於言語也 是豈聖世化民敦俗之至意也哉 今欲其誅絶 而其徒寔繁 此不載之漏船泛之湖海 則亦末如之何耳 凡在輔世長民之列者 何莫非承流宣化之職哉 正己率民 自作砥柱 亟明其秩叙命討之所以然 詖淫邪遁之所由分 使其舊染新蔓之俗 自瀜於金膏玉燭之下 無迹於太虛過雲之中 此其上也 計功較利褻用國威 使斯民疑信相半 官民互角 雖取勝一時 所傷更多 如易師之否臧皆凶 此其下也 縱莫效徐辟之轉告夷子 昌黎之序贈文暢 亦安可自損威信 因人自贖之資 而爲功於已降哉 此所以彌禁而彌不服也 下官之日夜憧憧 其憂深思遠 未遑於災荒一年之患 伏惟明公聰明絶世 器度邁倫 凡世間之人情物態 莫逃於眉睫氣色之間 區區所以仰成於節下者 夫豈獨一路俵災之公 萬民卹飢之勞而已哉 此特一有司職耳 先憂後樂 不以奇功近效而自多 必有所素期於冲襟者 愚不於節下而告之 而尙誰與語乎

從古異端之爲天下亂久矣 楊墨學仁義者 處士歸之 老佛彌近理也 故高明者逃焉 然孟程朱子必辭而闢之廓如也者 特以本原有毫釐之差 而末流之弊 將至於無父無君故也 况今所謂西洋之學 非楊非墨非老非佛 直一無義理 妖邪悖說 不待至於末流 而其弊之爲禍 不啻甚於洪水猛獸而已矣 蓋其火氣水土之說 靈魂帝旁之說 不過是佛氏糟粕之糟粕也 而若其所謂父母模質等句語 極其悖倫 無所逃於綱常之罪 雖使孩提之童 聽之猶知恥罵而呵斥之 然獨其爲說也刱新而驚奇 爲道也膚淺而易曉 爲行也淫悖而無忌 爲法也踈財而貴黨 以此之故 一種麤黨之尙新而惡拘檢者 犂然而悅之 愚夫愚婦之苦貧窮而樂財利者 靡然而從之 甚至於子背其父而逃焉 女棄其夫而奔焉 上自縉紳章甫 下至臺隷賤氓 如獸走壙 殆已半國 非無朝家之禁令 而其杀失之太寬 誅殛只加於一二窮賤之類 外補適足爲十百滋蔓之階 如水益深 如火益熾 不出數年 將見擧一國而皆歸 末之何其禁止矣 噫 彼邪學之類 本以麤悖之性 厭故常而好奇 樂放肆而憚檢 淫褻貪鄙

卽其伎倆也 學問義理 素所背馳也 則今日之尊尙是學 以其性相近也 況其淵源之有自來乎

野乘仇羅婆之國 有道曰伎利但者 方言事天也 有偈十二章 許筠之使中國 得其偈而來 然則邪學之東 蓋自筠而倡始矣 顧今學邪之輩 自是筠之餘黨也 其言論習尙 一串貫來 宜乎其邪說之酷好而偏惑也 吾且聞之 其法斁敗倫綱 不顧名教 男女混處 上下無別 而輕生樂死 以兵死刑戮 暴骨原野 爲第一因果 且以一人敎十人爲大功 以此推之 一人敎十人 十人敎百人 百敎千 千敎萬 徒黨之衆 不知至於幾萬萬矣 又有所謂紅米妖術 能以呪章幻無爲 有眩惑愚民 無異於張角之符水療病 則夫以寔繁之徒 挾惑民之術 以樂死之心 行斁倫之事者 其畢竟禍變 將無所不至 而無一人爲深長慮者何哉 噫 漢武帝元光二年 漢以聶壹爲間 約單于入塞 單于攻亭得鴈門尉史 欲殺之 尉史告漢兵所在 單于大驚 乃引兵還出塞曰 吾得尉史天也 以尉史爲天主 天主二字 始見於此 吾以爲卽今中國所有天主堂西洋人雖精於曆法 皆幻人也 西南夷傳 幻人能變化 吐火自支解 易牛馬頭 自言海西人 海西卽大秦也 註今按大秦 卽武帝時犂軒國 今謂之拂林又漢安帝時 永寧元年 永昌徼外檀國王雍曲 調遣使者 獻樂及幻人 邪學所謂伎離施端四字 不知是人名術號 而大抵極妖恠也 初居日本之島原 以耶穌之學倡敎 於是日本民衆一聽其說 靡然心死 視其形骸 若浮査斷梗遺落世事 不知有生之可樂 兵死刑戮 反爲身榮 或曰 伎離施端者 非人名乃其事天之號也 小西行長學其術 爲關白源家康所誅 行長家臣五人 坐行長被謫于島原 復煽動邪敎 其黨至數萬人 襲殺肥前州太守 家康剿捕盡殲之 移書契我國告之 故約沿海詗捕餘黨 其後加藤淸正謀叛 事覺 家康使之自盡 淸正辭以自奉耶穌敎者 自裁則靈魂不得陞天 願得釰解 遂斬之行長淸正俱倭之梟將 壬辰之來寇也 最爲凶殘 實我國萬世之讎 而竟逭天誅 神人之寃憤莫雪 而末乃自陷邪敎 共就斧鑕 神理昭著 有不可誣者 臺疏中彼家煥亦聖世中一物 乃敢恃天常而梗聖化 胡至此極 蓋家煥之得此

指目久矣 偏被恩造何如 而不悛舊習 誠若臺章 則三苗之誅 烏可逭乎 邪學本以昇天之說 誑誘愚民 本出柔然 柔然可汗伏名敦之妻 侯陵呂氏 生伏跋可汗及阿那瓌等六子 伏跋旣立 忽亡其幼子祖惠 有巫地萬言 祖惠今在天上 我能呼之 乃於大澤中施帳幄 祀天神 祖惠忽在帳中 自言恒在天上 伏跋大喜 號地萬爲聖女 立爲可賀敦 祖惠浸長 語其母曰 我常在地萬家 上天者 地萬敎我也 其母以告 伏跋不信 旣而地萬譖祖惠殺之 侯陵呂氏 遣其大臣具列等 殺地萬 此柔然亂亡之始 父母模質等句語凶穢絶悖不欲泚筆 其原 始見於漢書禰衡傳中 蓋搆捏之辭甚矣 誣人何恨 無辭而絶悖 乃爾卒爲邪學之作俑 -府君在沔陽時 與監司往復有討邪文字 因復論邪學源委 凡幾條 並附于此 時沔陽多染邪 府君憫之 隨聞摘發 縻之官隷之役 每衙罷招致一二輩 反復開諭 不勞刑威 而皆得感悟歸正 至有悔恨垂涕者 及辛酉大獄 沔境晏然 其時曉告諸條 親自隨錄於日記中 明白竗悟 令愚民易曉 今遺失不得附載 痛惜 男宗侃 謹書

【역문】「순찰사에게 답함」[1])

병영의 취지는 알기 어렵지 않았으므로, 그 감결의 사연에 의거하여 공초(供招 범인의 진술)를 받으면서 신신당부하며 타일렀던 것입니

---

1) 「答巡使書」: 「순찰사에게 답함」은 『연암집』 권2 「연산각선본 서(煙湘閣選本○書)에 수록되어 있다. 연상각(煙湘閣)은 연암이 경상도 안의(安義)의 현감으로 재직 시(1792~1796) 세운 정각(亭閣)의 하나다. 안의현감으로 부임한 연암은 1793년 『열하일기』로 문풍(文風)의 타락을 초래한 잘못을 속죄하는 뜻에서 순정(純正)한 문체로 글을 지어 바치라는 정조의 하교를 받고 새로 글을 지어 바치는 대신 옛 작품 약간 편과 안의에서 지은 글 몇 편을 합쳐 몇 권의 책자로 만들어 두었다. 진상 목적으로 연암 자신이 정선한 글들만을 모은 자찬(自撰) 문집이 「연상각선본」인 것으로 추정된다. 김명호, 신호열, 『연암집』, 한국고전번역원, 2005. 김명호 해제 참조.

다. 그러나 그자(김필군(金必軍))는 제가 자수한 본의가 아니라는 이유로 도리어 의구심을 내어, 제 딴은 '이렇게 공초를 올리고 보면 영원히 해명하기 어려운 진짜 증거들이 된다.'고 생각하고, 심지어 보첩을 언문으로 번역하여 자신이 한 쪽을 갖겠다고 청하였습니다. 그 스스로 후일을 염려하는 것이 이와 같이 심각하고 절실한데, 관에서 도리어 불성실을 보일 수는 없는 것입니다. 이 점이 바로 병영에서 유감을 품게 된 이유인 것입니다. 이것은 오히려 사소한 일이라 시비를 가릴 가치도 없지만, 풍속 교화에 중대한 관건이 되는 문제에 대해서는 세상의 도의를 위하여 한 번 공언(公言)하지 않을 수 없습니다. 대저 예로부터 이단(異端)이란 그 시초에는 어찌 자처하여 사학(邪學)이 된 적이 있었겠습니까? 백성은 천부적인 양심이 있어 선행을 즐기고 어진 이를 좋아하는 마음이 누구나 다 있는데, 오직 가리기를 정확히 못 하고 분변하기를 일찍 못한 까닭으로, 인의(仁義)가 살짝 어긋나 양주(楊朱)·묵적(墨翟)의 무리가 되었으며, 그 아비도 무시하고 임금도 무시하는 재앙은 이미 불교에서 증험이 되었습니다. 오늘날 소위 사교(邪敎 천주교)를 금단하는 자들이 이런 어리석은 백성들 을 잡아 묶어다가 관청 뜰아래 꿇리고 곧장 차꼬를 채우고 내려다보면서, "네가 왜 사학(邪學)을 했느냐?" 하면, 그자는 한마디로 가로막아 말하기를, "소인은 사학을 한 적이 없습니다." 하지요. 그런데 명색이 관장이 된 자가 이미 그 학(學)이 어째서 사(邪)가 되는지도 모르니, 추궁하는 것이 조리가 없어서 먼저 스스로 알쏭달쏭하게 말하게 되며, 그들이 대답하는 바에 따라 우선 복종한 줄로 인정하고 억지로 다짐을 받을 뿐입니다. 그러므로 그중 교활한 놈은 성실치 못하다고 도리어 비웃고, 어리석은 놈은 더욱 의혹이 불어나 마음속으로 말하기를 '내가 즐기는 것은 선행이요 공경하는 바는 하늘인데, 어떤 까닭으로 나의 선행을 막으며 나의 공경을 금하는가?' 하게 됩니다. 이는 다름 아니라, 근원을 타파하지 못하고서 말류(末流)를 맑게 하고자 하며, 소굴만 찾을 뿐이지 스스로 길을 잃은 격입니다. 그래서 혹은 강제로 굴복받기에 급하여 지레 태형(笞刑)을 가하고, 혹은 엄포를 놓는 것이 적절하지 못하고 알아듣게 타이른다는 것이 방법상 잘못되었으며, 혹은 윽박질러 야소(耶蘇 예수)를 저주하고 천주(天主)를 배척하게 하여 그 배반을 시험하고 그 진위를 관찰합니다. 저들이 하늘을 사칭하여 '천주'라는 이름을 만든 것은, 비록 그렇게 함으로써 입막음과 방패막이의 수단으로 삼자는 것이었으나, 마침내 어떤 우매한 백성들은 마치 그를 위한 절개를 지키는 것이 의(義)를 위해 죽는 것인 양 생각하고 있습니다. 그 속아서 현혹됨이 이 지경에 이르고 보면, 제압하는 요령을 얻었다고 스스로 생각하는 자들은 이 점을 경시하고 형벌로 굴복시키려 들 뿐 아니라 또 언어까지 실수하고 맙니다. 이 어찌 성세(聖世)의 백성을 교화하고 풍속을 도탑게 하려는 지극한 뜻과 부합된다고 하겠습니까? 지금 그들을 죽여 없애고자 해도 그 무리가 실로 많으니, 이는 물건을 싣지 못할 물 새는 배를 호수나 바다에 띄운 격이라 어떻게 할 수 없는 것입니다. 무릇 임금의 통치를 돕고 백성을 키우는 반열에 있는 자는 어느 누군들 임금의 교화를 받들어 선포하는 직분을 맡고 있지 않겠습니까? 자기 몸을 바르게 하여 백성을 인도함으로써 스스로 지주(砥柱)[2]가 되어, 임금이 질(秩)·서(敍)·명(命)·토(討)[3]하게 된 까닭과 천주교의 피(詖)·음(淫)·사(邪)·둔(遁)[4]의 말이 진실과 다른 바를 빨리 밝

2) 지주(砥柱) : 중국 하남(河南) 삼문협(三門峽) 동북쪽 황하 중심에 있는 산 이름. 황하의 물결이 아무리 거세게 흘러도 이 산을 무너뜨리지 못하고 이 지점에서 갈라져 두 갈래로 산을 싸고 흐른다. 흔히 난세에 지조를 지키는 선비의 비유로 쓰인다.

3) 질(秩)·서(敍)·명(命)·토(討) : 『서경』「대우모(大禹謨)」에 나오는 천서(天敍), 천질(天秩), 천명(天命), 천토(天討)를 이른다. 백성들을 전례(典禮)로써 교화하고 신하들에게 상벌을 공정하게 시행하는 것을 뜻한다. 『연암집』 주석 참조.

히어, 전부터 물들었거나 새로 퍼져 가는 나쁜 풍속이 금고옥촉(金膏玉燭)[5] 같은 임금의 교화 아래 저절로 사라지고, 허공을 거쳐간 구름인 양 자취가 없게 하는 것이 상책(上策)입니다. 공리(功利)만을 헤아려 나라의 위엄을 함부로 사용하여 우리 백성으로 하여금 반신반의하게 하고 관과 민이 서로 각축한다면, 비록 한때의 승리는 거둘망정 상처 입은 것은 더욱 많아, 『주역(周易)』 사괘(師卦)에서 '이기든 지든 모두 흉하다'고 한 것과 같이 되는 것은 하책(下策)입니다. 비록 서벽(徐辟)이 이자(夷子)에게 전해 알려 주고[6], 한창려(韓昌黎)가 서(序)를 지어 문창(文暢)에게 주었던 것[7]을 본받지는 못할망정, 어찌 스스로 위신을 손상하여, 남이 스스로 속죄하려는 자료를 이용해서 이미 항복한 자에 대해 공을 세우려 해서야 되겠습니까? 이러기에 금하면 금할수록 더욱 복종하지 않는 것입니다. 하관(下官 연암의 자칭)은 밤낮으로 조마조마하며 우려가 깊어지면서 흉년으로 인한 한 해의 재난을 구하기에 겨를이 없습니다. 그러나 삼가 생각하건대 명공(明公 순찰사의 경칭)께서는 세상에 드물게 총명하시고 도량이 무리에서 뛰어나서, 무릇 세간의 인심과 세태에 대해 눈빛이나 안색만 보고도 간파하시

4) 피(詖)·음(淫)·사(邪)·둔(遁) : 『맹자』「공손추(公孫丑)」上에 나오는 피사(詖辭), 음사(淫辭), 사사(邪辭), 둔사(遁辭)를 이른다. 각각 편벽된 말, 음탕한 말, 간사한 말, 회피하는 말을 뜻하며, 정사(政事)에 해를 끼치는 이단사설(異端邪說)을 가리킨다. 『연암집』 주석 참조.

5) 금고옥촉(金膏玉燭) : 밝은 등불과 촛불.

6) 서벽(徐辟)이 이자(夷子)에게 전해 알려 주고 : 『맹자』「등문공(滕文公)」上에 나오는 고사. 서벽은 맹자(孟子)의 제자이고, 이자는 묵가(墨家)를 추종한 인물이다. 이자가 서벽을 통해 맹자를 만나보고 싶어 하자 서벽이 그 사이에서 맹자의 말을 전달하여 이자를 깨우쳐 주었다. 『연암집』 주석 참조.

7) 한창려(韓昌黎)가 서(序)를 지어 문창(文暢)에게 주었던 것 : 당 나라 문장가 한창려 곧 한유(韓愈)가 한유와 동시대의 승려 문창에게 「송부도문창사서(送浮屠文暢師序)」에서 유가의 도가 아닌 불교의 설로써 서(序)를 써 준 사람들을 비판하고, 유가의 도의 훌륭함을 설파하였다. 『연암집』 주석 참조.

니, 하찮은 이 몸이 절하(節下)의 처분을 바라는 바가 어찌 한 도(道)에서 표재(俵災)를 공정히 하고 굶주린 백성을 구휼하는 노고를 하는 데에 그치오리까? 이것은 다만 담당 관리의 한 직책에 불과합니다. 남보다 먼저 근심하고 남보다 나중에 즐거워하며 특이한 공과 빠른 효험을 자랑으로 삼지 않을 것은 반드시 평소에 마음속으로 기약한 바 있으실 터이니, 저로서는 이 문제를 절하에게 고하지 아니하고 뉘와 더불어 말하오리까? 예로부터 이단이 천하를 어지럽힌 지 오래였다. 양주(楊朱)와 묵적(墨翟)은 인의(仁義)를 배운 자라서 처사(處士)들이 그들의 학설에 귀의하였고 노자(老子)와 석가(釋迦)는 더욱 이치에 가까웠기 때문에 고명한 자들이 그리로 도피하였다. 그러나, 맹자, 정자, 주자가 반드시 논파하여 시원스레 물리쳐 버린 것은, 특히 본원(本源)에 털끝만 한 차이가 있음으로써 말류(末流)의 폐해가 장차 아비도 임금도 무시하는 지경에 이르게 된 때문이다. 하물며 지금 이른바 서양의 학술이란, 양주도 아니요, 묵적도 아니요, 도가도 아니요, 불교도 아니요, 전혀 의리를 갖추지 못한 요사스러운 패설(悖說)에 불과한 것이니, 말류에 이르기를 기다릴 것도 없이 그 폐단이 화를 이룰 것은 홍수나 맹수보다 더 심한 데 그칠 뿐만이 아니다. 대개 저들의 화기수토(火氣水土)의 설[8]이나 영혼제방(靈魂帝旁)의 설[9]은 이야말로 불교의 찌꺼기 중의 찌꺼기에 불과한 것이다. 그리고 저들의 이른바 '부모모질(父母模質)'[10] 등의 어구와 같은 것은 너무도 패륜이 심해 강상(綱常)의 죄를

---

8) 화기수토(火氣水土)의 설 : 세상 만물은 불·공기·물·흙의 네 원소(元素)의 결합으로 형성되었다는 사행설(四行說)로, 이는 고대 그리스의 헤라클레이토스가 처음 주장한 것으로, 플라톤의 저작을 통해 천주교 신학에 수용되었다. 불교의 지수화풍(地水火風) 사대설(四大說)과 흡사하며, 유교의 오행설(五行說)과 배치된다.

9) 영혼제방(靈魂帝旁)의 설 : 영혼의 불멸과 승천설(昇天說).

10) '부모모질(父母模質)' : 인류의 원조(元朝) 아담과 이브의 원죄설(原罪說).

벗어날 수 없다. 비록 어린아이들에게 이를 따르라 할지라도 오히려 수치스러움을 알아 꾸짖고 배척하게 될 것이다. 그러나 유독 그 학설로 삼은 것이 새것을 지어내고 기이하기를 힘쓰며, 도(道)로 삼은 것이 얄팍하여 알기 쉽고, 수행으로 삼은 것이 음란하고 패악하여 거리낌이 없으며, 법으로 삼은 것이 재물을 소홀히 하고 교도(敎徒)를 귀히 여긴다. 이런 까닭에, 일종의 덜렁꾼들로 신기한 것을 숭상하고 구속받기를 싫어하는 자들이 흐뭇하게 여기며 좋아하고, 어리석은 남녀들로 빈궁을 괴로워하고 재리(財利)를 즐거워하는 자들이 휩쓸리듯이 따라가서, 심지어는 자식이 그 아비를 등지고 도망하고, 계집이 그 남편을 버리고 달아나며, 위로는 벼슬아치와 선비들로부터 아래로는 노예와 천한 백성까지 짐승이 광야를 달리듯이 하여, 하마 그 무리들이 나라의 절반을 차지하였다. 이에 대하여 조정의 금령(禁令)이 없는 것은 아니었으나, 그 금령이 너무도 관대하여 참형이 한두 사람의 비천한 부류에 가해졌을 뿐이며, 외보(外補)[11]는 마침 열배 백배로 넝쿨처럼 불어나는 기회가 되기에 충분하여, 물이 더욱 깊어지고 불이 더욱 치성해지듯이 되니, 두어 해를 못 가서 온 나라가 다 그리 쏠리고 말 것이며, 그때 가서는 금지하려야 금지할 길이 없을 것이다. 아! 저 사학(邪學)의 무리들은 본래 거칠고 패악한 성질로서, 오래된 상도(常道)를

11) 외보(外補) : 지방 관직에 임명하는 것. 여기서는 1795년 중국인 신부 주문모(周文謨)의 밀입국 사건에 편승하여 공조판서 이가환(李家煥)을 천주교도로 몰아 공격한 박장설(朴長卨)의 상소가 파문을 일으키자, 정조(正祖)가 이가환을 특별히 충주 목사로 보임한 사실을 가리킨다. 당시 충청도 많은 지역에 천주교가 전교되었는데 충주가 그중 가장 심했으므로, 정조는 이가환을 특별히 그곳 수령으로 보내 천주교를 금하게 함으로써 사태를 무마하고자 했다. 그때 이가환의 무리로 지목된 정약용(丁若鏞)도 금정 찰방(金井察訪)으로 내쫓겼다. 연암은 이러한 조치가 지나치게 관대할 뿐 아니라, 천주교가 융성한 지역에 천주교 비호 수령을 임명함으로써 더욱 이를 조장할 것이라고 비판한 것이다. 『연암집』 주석 참조.

싫어하고 신기한 것을 좋아하며, 방종을 즐기고 구속을 꺼린다. 음란하 고 더럽고 탐욕스럽고 야비한 것이 바로 저들의 장기요, 학문이나 의리와는본래 배치되는 바라, 오늘날 이 사학을 존숭하는 것은 그들의 천성이 서로 가 깝기 때문이다. 더구나 그 연원에 유래가 있음이리오. 야사(野史)[12]에 의하면 구라파(仇羅婆 유럽)란 나라에 기리단(伎利伹)[13]이란 도(道)가 있는데, 그 나라 말로 하느님을 섬긴다는 뜻이다. 12장(章)의 게(偈 찬송가)가 있는데, 허균(許筠)이 사신으로 중국에 갔을 적에 그 게를 얻어 가지고 왔다고 한다. 그렇다면 사학이 우리나라로 들어온 것은 아마도 허균에서 시작된 것이다. 현재 사학을 배우는 무리들은 자동적으로 허균의 잔당이다. 그 언론과 습관이 한 꿰미에 꿴 듯이 전해 내려왔으니, 그들이 사설(邪說)을 유달리 좋아하고 지나치게 혹하는 것은 당연한 일이다. 나는 또 듣자니, 그 법이 삼강오륜을 무너뜨리고 명교(名敎)[14]를 돌아보지 않으며, 남녀가 섞여 앉고 위아래도 구별이 없으며, 삶을 가벼이 여기고 죽기를 즐거워하여 칼에 죽거나 형(刑)에 죽어 들판에 시신이 버려지는 것을 천당에 갈 수 있는 첫째가는 인과(因果)로 삼는다. 또 한 사람이 열 사람에게 전도하는 것을 큰 공으로 삼는다. 이로써 미루어 보건대 한 사람이 열 사람을 전도하고, 열 사람이 백 사람을, 백 사람이 천 사람을, 천 사람이 만 사람을 전도하면 그 도당의 수효는 몇 억에 이를지 알 수 없다. 또 이른바 홍미(紅米)[15] 요술이란 것이 있는데, 이는 능히 주문으로 환술을 부려 없던 것도 있게 함으로써 어리석은 백성을 현혹시키니, 장각(張

12) 야사(野史) : 유몽인(柳夢寅)의 『어우야담(於于野談)』을 가리킨다.
13) 기리단(伎利伹) : 『어우야담』에는 '기례달(伎禮怛)'로 표기되어 있다. '기리시단(伎離施端)', '길리시단(吉利施端)', '길리지단(吉利支丹)' 등으로도 표기하는데, 그리스도교인(christian)을 뜻한다. 『연암집』 주석 참조.
14) 명교(名敎) : 유교에서 정한 가르침
15) 홍미(紅米) : 오래 묵어서 붉게 변색된 쌀.

角)[16]이 부적을 태워 물에 타서 마시게 함으로써 병을 낫게 한 것과 다름이 없다. 그런즉 실로 많은 무리들이 백성을 현혹하는 술수를 믿고 날뛰며, 죽기를 즐거워하는 마음으로써 윤리를 무너뜨리는 일을 하고 있으니, 필경에는 그 화가 미치지 않을 곳이 없을 텐데, 한 사람도 깊이 염려하는 자가 없는 것은 웬일인가? 슬프도다! 한 무제(漢武帝) 원광(元光) 2년(기원전 133)에 한 나라가 섭일(聶壹)[17]을 첩자로 삼아서 선우(單于 흉노의 왕)를 요새로 들어오도록 약속한 일이 있었다. 선우가 정(亭 국경 초소)을 공격하여 안문(鴈門)의 위사(尉史)를 잡아 죽이려고 하니, 위사는 한 나라 군사가 잠복해 있는 곳을 알려 주었다. 선우는 크게 놀라 군사를 끌고 돌아가 요새를 벗어나서 말하기를 "내가 위사를 사로잡은 것은 천행(天幸)이다."하고서 위사를 천주(天主)로 삼았다.[18] '천주'라는 두 글자는 여기서 처음 나타난 것이다. 내가 보기에, 지금 중국에 있는 천주당(天主堂)의 서양 사람들은 비록 역법(曆法)에는 정통하지만 모두 요술쟁이이다. 서남이전(西南夷傳)에 "요술쟁이가 능히 변화하여, 불을 뱉어 내고, 스스로 사지를 묶었다가 풀어 버리며, 소와 말의 머리를 옮겨다 바꾸는데, 스스로 말하기를 '나는 해서인(海西人)이다.'라 하였다. 해서는 바로 대진(大秦)[19]이다." 했고, 주

16) 장각(張角) : 후한(後漢) 때 인물로 태평도(太平道)란 종교의 창시자이다. 부적과 물로 병을 치료하는 방법으로 종교를 전파하여 10여 년 사이에 그 신도가 수십만이 되었다. 이들은 중국 각지에 분포하여 184년에 이른바 황건적(黃巾賊)의 난을 일으키고, 장각은 천공장군(天公將軍)이 되어 이를 지휘하였으나 얼마 후 병으로 죽었다. 『연암집』 주석 참조.

17) 섭일(聶壹) : 중국 산서성(山西省) 북부 안문군(鴈門郡) 마읍현(馬邑縣)의 토호. 『資治通鑑』 卷18 「漢紀」10 世宗孝武皇帝 上之下 元光 2年. 『연암집』 주석 참조.

18) 위사를 천주(天主)로 삼았다 : 이 기록의 전거인 『史記』, 『前漢書』등에는 위사를 천왕(天王)으로 삼았다고 기록하였다. 연암이 천왕을 천주로 잘 못 읽은 듯하다. 『연암집』 주석 참조.

19) 대진(大秦) : 로마제국.

(註)에는 "지금 살펴보면 대진은 바로 무제(武帝) 때 이간국(犂軒國)[20]으로 지금은 불림(拂菻)[21]이라 이른다."라고 하였다. 또 한 나라 안제(安帝) 때인 영녕(永寧) 원년(기원후 120)에 "영창군(永昌郡)[22]의 변새 밖에 있는 탄국왕(撣國王)[23] 옹유조(雍由調)가 사자를 보내어 풍악과 요술쟁이를 바쳤다."했다. 사학의 이른바 '기리시단(伎離施端 크리스천)'이란 네 글자는 사람의 이름인지 법호인지 모르겠으나, 대저 극히 요망하고 괴이한 것이다. 처음에 일본 시마바라[島原][24]에 살면서 야소(耶蘇 예수)의 학으로써 선교하였다. 이에 일본 민중들이 그 설을 한 번 듣고서 염세적인 생각에 휩쓸리어 제 몸뚱이 보기를 표류하는 뗏목이나 부러진 갈대 줄기처럼 여겨, 세상일에 구애받지 않고, 사는 것이 즐거운 줄도 모르며, 칼에 죽거나 형(刑)에 죽는 것을 도리어 자신의 영화로 여겼다. 어떤 이는 말하기를 '기리시단이란 사람 이름이 아니라, 바로 하느님을 섬기는 호칭이다.'라고 한다. 고니시 유키나가[小西行長]가 그 술법을 배워 관백(關白) 미나모또 이에야스[源家康 도쿠가와 이에야스(德川家康)]에게 죽음을 당했다. 유키나가의 가신(家臣) 다섯 사람도 유키나가의 죄에 연좌되어 시마바라로 귀양을 갔는데 다시 사교(邪敎)를 선동하여 그 도당이 수만 명에 달하자, 히젠주[肥田州]를

20) 이간국(犂軒國) : 『한서(漢書)』「서역전(西域傳)」에 소개되어 있다. 『사기』「대원열전(大宛列傳)」에는 '여헌(黎軒)', 『한서(漢書)』「장건전(張騫傳)」에는 '이간(犛軒)', 『후한서』「서남이전(西南夷傳)」에는 '이건(犁鞬)'이라 표기되어 있다. 『연암집』 주석 참조.

21) 불림(拂菻) : 동로마제국

22) 영창군(永昌郡) : 한나라 안제(安帝) 때 익주(益州)에 설치했던 군으로 운남성(雲南省) 지역에 있었다. 『자치통감』기사를 인용하였다. 『연암집』 주석 참조.

23) 탄국왕(撣國王) : 탄국(撣國)은 후한(後漢)에 조공을 바쳤던 서남이(西南夷)의 한 국가이다. 『자치통감』기사를 인용하였다. 『연암집』 주석 참조.

24) 시마바라[島原]: 일본 큐슈(九州) 나가사키 현(長崎縣) 남동부에 있는 반도. 일본 초기 천주교 본거지이던 이곳에서 1637년 압정을 견디지 못한 농민들이 반란을 일으켜 성을 함락했으나 도쿠가와 막부(德川幕府) 정벌군에 의해 몰살당했다.

습격하여 태수를 죽이니, 이에야스가 토벌하고 체포하여 다 죽여 버리고, 우리나라에 서계(書契)를 보내 통고하였다. 그래서 바닷가를 순시하여 잔당을 염탐해 체포하기로 약속하였다. 그 후에 가또오 기요마사[加藤淸正]가 반역을 꾀하다가 일이 발각되자 이에야스가 기요마사에게 스스로 목숨을 끊게 하니, 기요마사가 마다하며 '스스로 야소교를 받드는 자가 자살한다면 영혼이 하늘로 올라가지 못하니 원컨대 칼날에 죽여 달라.' 하므로, 마침내 베어 죽였다. 유키나가와 기요마사는 모두 왜놈의 날랜 장수로서, 임진년에 우리나라를 침략해 왔을 적에 가장 흉악하고 잔인하였다. 실로 우리나라로서는 자손 만대의 원수인데도 마침내 천벌을 모면하게 되어 죽은 원혼이나 살아남은 사람들의 원한과 분노를 씻을 수 없었는데, 끝내 스스로 사교에 빠져 모두 참형을 당했으니, 신령의 이치가 너무도 밝아서 속일 수 없는 것이 이와 같다. 대신(臺臣 사헌부 관원)의 상소 중에 "저 가환(家煥)도 역시 성군(聖君)이 다스리시는 세상에 사는 일개 인물인데, 감히 천륜을 허물어뜨리고 임금의 교화를 가로막음이 어찌 이 지경까지 이를 수 있습니까."라고 하였다.[25] 대개 가환이 이와 같은 지목을 받은 지가 오래였다. 치우치게 성은을 입은 것이 어떠했는가? 그런데도 묵은 버릇을 고치지 아니하니, 진실로 대신의 상소대로라면, 삼묘(三苗)와 같은 처형[26]을 어찌 모면할 수 있으랴! 사학은 본시 천당에 올라간다는 설을 가지고서 어리석은 백성을 속이고 꾀었는데, 이 근본은 유연(柔然)[27]에서 나왔다. 유연의 타한가한(他汗可汗)이 복고돈(伏古敦)의 아내

25) 1795년 행 부사직(行副司直) 박장설(朴長卨)이 이가환(李家煥)을 천주교도로 공격한 상소 중의 내용을 인용한 것. 이 상소로 인해 박장설은 정조의 노여움을 사서 조적(朝籍)에서 삭제되고 시골로 쫓겨났다. 『正祖實錄』 19年 7月 7日 조. 『연암집』 주석 참조.

26) 삼묘(三苗)와 같은 처형 : 중국 요순(堯舜) 시대 사흉(四凶)의 하나인 악인 삼묘에게 행한 처형을 뜻한다.

후려릉씨(候呂陵氏)를 맞아들여 복발가한(伏跋可汗)과 아나괴(阿那瓌) 등 여섯 아들을 낳았다. 복발이 즉위한 뒤 갑자기 그 어린 아들 조혜(祖惠)를 잃어버렸는데, 무당 지만(地萬)이 말하기를, "조혜가 지금 천상에 있으니, 제가 불러올 수 있습니다." 하고, 드디어 큰 늪 속에다 장막을 치고서 천신(天神)에게 제사하니, 조혜가 갑자기 장막 속에 나타나서 '항시 천상에 있었다'고 말했다. 복발은 크게 기뻐하여, 지만을 이름하여 성녀(聖女)라 하고 가하돈(可賀敦)으로 삼았다. 조혜가 차츰 장성하자, 제 어미에게 말하기를, "나는 항시 지만의 집에 있었고, 천상에 있었다는 말은 지만이가 나에게 그렇게 하라고 시킨 것입니다." 하니, 그 어미가 복발에게 고했으나 복발은 믿지 않았다. 이윽고 지만이 조혜를 참소하여 죽이니, 후려릉씨가 대신(大臣) 이구열(李具列) 등을 보내어 지만을 죽였다. 이것이 유연이 내란으로 망하게 된 시초였다. '부모모질(父母模質)'등의 어구와 같은 것은 흉하고 더럽고 패악스러워서 붓끝에 올리고 싶지 않다. 그 근원은 『한서(漢書)』 예형전(禰衡傳)에 처음 나타났는데, 이것은 대개 심하게 날조한 말이다. 사람을 속이는 데 한이 있으리오만, 주저하지 않고 이처럼 몹시도 패악스럽더니, 마침내 사학의 나쁜 선례가 된 것이다. -부군(府君)이 면천(沔川)에 계실 적에 감사와 더불어 왕복한 편지에 사학을 성토하는 글이 있었으며, 그 기회에 다시 사학의 본말을 논했는데 무릇 몇 조문이다. 그것을 아울러 여기에 부록한다. 당시 면천은 사학에 물든 자가 많았으므로, 부군이 우려하여 듣는 대로 적발해서 관하인(官下人)의 천역에 붙들어 매고, 매양 공무가 파하면 한두 놈을 불러 놓고 반복하여 타이르니, 형벌을 쓰지 않고도 다 감복하여 깨달아 바른길로 돌아오게 되었으며, 심지어 그중에는 후회하고 한탄하여 눈물을 흘리는자까지 있

27) 유연(柔然) : 4세기 중반부터 6세기 중반까지 몽골지방에 자리 잡고 살던 유목민족국가.

었다. 급기야 신유년(1801)에 큰 옥사[28]가 일어났지만, 면천 경내에는 아무 일이 없었다. 그 당시 깨우치도록 타이른 여러 조문들은 친필로 일기 중에 그때마다 기록하였는데, 명백하고 깊이 깨달은 내용이라 어리석은 백성들로 하여금 깨우치기 쉽게 되었다. 지금 유실되어 부록으로 싣지 못하니 몹시 애석하다. 아들 종간(宗侃)이 삼가 쓰다.

28) 신유년(1801)에 큰 옥사 : 1801년의 천주교에 대한 신유박해.

「答巡使書」

疏草堇堇搆出 不免踈略 未知合用而能無後時之歎否也 綿思多日 自致稽滯 非但筆墨焦涸 無以暢敍 蓋緣事情回互 措辭實難 此囚積年頑化之餘 要丐殘命 目下輸款 雖似革心 日後反覆 難保無他 其與憫旱慮囚 軆段不同 則遽請全釋 有駭物情 喉舌言議之地 其所峻斥 勢所必至 當之者只自深引而已 尤安敢分疏下綦 有若對擧者然哉 節下之意 豈不曰今此邪學 多出於聰明藝術之中 其爲巨魁自在於簪纓世閥之間 而薄罰只勘於外補 禁書莫露於內蓄 崇秩旋敘 眞贓暗傳 華啣依舊 邪說益熾 逋主淵藪孰大於此 而懲討不嚴 孰甚於此 惟彼下鄕村氓 至迷至蚩 目不知書 其所學習 無非諺繹 囫圇口授 轉相詿誤 此實邪學之糟粕 異端之末流 而執一愚氓 則輒以巨魁目之 詗一麄迹 則便以窩窟稱之 明目張膽 聲討先加 可謂本末倒置 議律乖當也 向來狀請 果出於此 而意雖嚴峻 跡涉寬縱 則似此本旨 誰復諒燹 此所以難於措辭 而自引之中微帶是意也 未知如何

附監司自劾疏草 臣頃以邪學久囚李存昌放釋事狀請 蒙 允矣 聖德好生神武不殺 臣方欽頌攢仰之不暇 而仄聽物議沸騰 謂臣緩於懲討 堤防不嚴以至憲章終屈 末俗難靖 臣誠駭悉震懍 靡所容措 踈率之罪 臣實有之 恭俟鄆罰 安敢自解 臣猥以無似 忝按一道 顧其職則承流宣化之地也 凡所以對揚萬一者 有如刑法未一 民志莫定 亦豈非其責歟 竊伏念 朝家於此等愚民 本期牖迷覺非 不煩刑政 率服 聖化 而斁倫悖常之如權尹 則亟正典刑 革心改過之如必恭 則輒酬當寀 春生秋殺 莫非 造化 信乎魑魅之伏赫曦 氷雪之遇熏風 何物存昌 乃敢迷藏鄕曲 不悛舊習 而尙容於覆載之間乎 頃於收議之日 莫不以湖西巨魁目之 邪學窩窟稱之 而執法之論 孰不曰可殺 臣亦嘗意其爲人必是至凶至憯 而稍有地閥 傑然爲一鄕之望 不然則必是言貌足以動人 識慧足以惑衆 且聞其徒寔繁 迭相顧存 酒食淋漓給養贍厚 其所憂憤實同輿情 此不顯戮 則其於王章何 其於民俗何 及臣

按道以來 嚴加考覈 密布採探 則目下所見 頗殊傳聞 向來遙度 多是過慮 聽言察貌 卽一蚩蠢編氓 巨魁之目 太不襯着 五年牢犴 無人資給 一縷尙延 仰餕他囚 窩窟之稱 於渠卽濫 細究本情 乃是窮民之稍黠者 蓋其爲士則族微不齒 爲農則佃作無力 爲工則手劣 爲商則資乏 四民之中 無處着身 縱羡浮屠 而妻子爲累 寧學穿窬 而羞惡猶存 粗解文字 爲厥身災 左道邪徑 乃是捷路 則僥倖發貧 誑誘爲事 本罪之外 此固罔赦 而似此等類亦復何限 迺於申禁之下 首先被捉 故遂作凶渠 或急於制服 徑施榜擊 或威刦匪道 譬說乖方 或逼令其指斥詛盟 以試其向背眞僞 彼矯假立號 大是不敬 而以若愚民 則滋惑於心曰 吾所樂者善 而所敬者天也 如之何遏我善而禁吾敬也 遂以益堅其邪心 而若爲之伏節死義者然 誣惑至此 則桁楊徽墨 徒爲虛器 爲命吏者 惟當欽奉 聖世化民敦俗之至意 亟明其秩叙命討之所以然 詖淫邪遁之所由分 使其舊染新蔓之俗 自消於金膏玉燭之下 無跡於太虛過雲之之中 夫何得一寒乞 屹然若大敵 褻用國威 欲以力制 及其事到難處 則因以推上 朝廷 章皇若是哉 臣之頃者所請 果是信心徑行 而淺深輕重之間 亦有所斟量矣 前後服習者 雖是一串邪學 而士族與微匹 不無差殊 專門與詿誤 亦有等分 惟彼存昌 比之兩賊 則旣無干紀之跡 比之必恭 則頓有覺迷之心 由前則合施差等之律 由後則宜同參恕之科 觀其書納爰辭 雖不成文理 追悔刻骨 願作 聖世之平民 辭意哀切 有足感人 國家於此等詿誤 有獲輒戮則已 苟覺其迷 則且許其不死矣 如其痛悔信若渠言 國家不過得一平民 如其不然 則誅之殛之 無俾易種 不過刑政之一事 如得其情 則所謂哀矜而勿喜之而已 若爲情僞難悉 反覆是慮追究旣往 窮尋宿處 置之不生不死之地 而長在非人非鬼之關 向臣所謂刑法未一 民志莫定 非細故也 非但前此首服之輩 轉生疑懼 抑亦後來感化之類 當懷顧望 此臣所以日夜憧憧 恐負朝家所期之風化也 與其使斯民疑信相半 寧失不經於一存昌 臣之區區愚見 果在此而不在彼也

【역문】「순찰사에게 답함」[29)]

상소의 초안은 근근이 얽어내어 소략함을 면치 못했으니, 쓰시기에 합당치 못하며 때에 맞추지 못한 한탄이나 없을는지 모르겠습니다. 여러 날을 두고 구상하여 절로 지체된 것은 비단 필력이 고갈되어 술술 표현할 수 없어서만이 아니라, 사정이 이리저리 꼬여 말 만들기가 심히 어려워서였습니다. 이 죄수[30)]는 여러 해를 두고 교화되지 않고 버티던 끝에 다 죽어 가는 제 목숨을 구걸하려고 지금 자백했습니다. 비록 마음을 고친 것 같기도 하나 후일에 번복하는 그런 일이 없으리라 보증하기도 어렵습니다. 그리고 가뭄을 걱정한 끝에 죄수를 풀어 주는 것과는 사체(事體)가 같지 않사온즉, 갑자기 완전 석방을 요청하신 것은 민심을 놀라게 할 뿐더러, 정원(政院)과 언관(言官)의 입장에서 그에 대해 준절히 나무랄 것은 형세상 필연적인 일입니다. 해당되는 자는 그저 깊이 자신을 인책할 따름이지, 어찌 감히 변명하기를 대질하여 따지듯 할 수 있습니까? 절하(節下 순찰사)의 뜻은 어찌 다음과 같지 않겠습니까. "지금 이 사학의 무리는 총명하고 경술(經術)에 밝은

---

29) 「순찰사에게 답함」 : 『연암집』 卷二, 煙湘閣選本○書에 수록. 박지원이 면천(沔川) 군수로 재임 중인 1797년부터 1800년 사이 작성한 글로 추정된다.

30) 이 죄수 : 조선 천주교회 초기 지도자 이존창(李存昌, 1752~1801)을 가리킨다. 이존창은 충청남도 예산의 학자로, 조선 천주교회 설립자 중 한 사람인 권일신(權日身)에게서 교리를 배워 입교하였다. 가성직제도(假聖職制度)하에 신부가 되어 충청도 지방을 맡아 전교에 힘써 '내포(內浦)의 사도'로 불렸다. 1791년 신해박해 때 체포되어 고문에 못 이겨 일시 배교하였으나 곧 뉘우치고 더욱 열심히 전교함으로써, 내포와 그 인근지방은 다른 어느 고장보다도 천주교가 가장 성하였다. 1795년 주문모 신부 입국 후 다시 체포되어 고향에서 6년간 구금 생활 중 1801년 신유박해가 일어나자 체포되어 서울로 압송되었고, 4월 8일 사형선고를 받아 공주감영으로 이송, 참수되었다. 이 글의 작성 시기는 연암이 면천(沔川) 군수로 재임 중이던 1797년부터 1800년 사이 이존창이 체포 구금되어 있던 때로 추정된다.

사람들 속에서 많이 나왔으며, 그 괴수된 자는 대대로 벼슬하는 문벌의 사이에 건재해 있어서, 가벼운 처벌은 겨우 외보(外補)로 마감되고 금서(禁書)는 감춰진 채 드러남이 없으며, 높은 벼슬이 금방 제수됨으로써 진장(眞贓)[31]이 암암리에 전수되고, 화려한 직함이 그전대로 있음으로써[32] 사설(邪說)은 더욱 치성한 형편입니다. 달아난 죄인들이 숨어 있는 소굴로 이보다 큰 것이 어디 있으며, 징계와 토벌이 엄하지 못한 것으로 이보다 더함이 어디 있겠습니까? 반면에 저 먼 시골 백성들은 지극히 미욱하여 눈을 뜨고도 글자 한 자 볼 줄 모르며, 배운 것이라고는 모두 언문으로 풀이한 것이요, 애매모호하게 입으로 전하다가 도중에 잘못되어 버린 것입니다. 이는 실로 사학의 찌꺼기요 이단의 말류인데도, 어리석은 백성 한 놈만 잡으면 선뜻 괴수로 지목하고, 조금 수상한 자취 하나만 염탐해 내게 되면 바로 소굴로 일컬어, 눈을 부릅뜨고 기염을 토하며 성토를 먼저 가하니, 이른바 '본말이 거꾸로 되고 논의 판결이 정당성을 잃었다'는 것입니다." 지난날 장계를 올려 석방을 청한 것도 과연 여기에서 나왔는데, 뜻은 비록 엄준하지만 행동은 너그럽게 풀어 주는 것이 되니, 이와 같은 본뜻을 누가 다시 양찰하여 알아내리이까? 이러기에 말 만들기가 어려운 것이었으며, 스스로 인책하는 가운데도 슬며시 이 뜻을 비친 것입니다. 어떻게 생각하실는지 모르겠습니다.

부(附) 감사의 자핵소(自劾疏)[33] 초본

신(臣)은 지난번에 사학의 무리로 오랫동안 수감되었던 이존창(李存

---

31) 진장(眞贓) : 범행의 확실한 증거물. 곧 천주교 책자나 그림 등.

32) 화려한 직함이 그전대로 있음으로써 : 1795년 공조판서 이가환(李家煥)을 천주교도로 공격한 박장설(朴長卨)의 상소에도 불구하고, 정조(正祖)가 이가환을 특별히 충주 목사로 보임한 사실을 거론한 것이다.

33) 자핵소(自劾疏) : 자신의 잘못을 스스로 탄핵하는 상소.

昌)을 석방하는 일로써 장계를 올려 청하여 윤허를 받았습니다. 성군(聖君)의 덕은 생명을 살리기를 좋아하고 신묘한 무위(武威)는 죽이지 않는지라,[34] 신은 바야흐로 손 모아 우러르며 공경하고 칭송하기에 겨를이 없는데, 어렴풋이 듣자니 물의가 비등하여, 신이 벌주어 다스리기를 느슨히 하고 미연에 방지하는 것마저 엄하지 못하여 법이 마침내 제대로 적용되지 못하고 말세의 풍속이 정화되기 어렵게 되었다고 합니다. 신은 진실로 놀랍고 부끄럽고 두렵고 떨리어 몸 둘 바를 모르겠으며, 소홀하고 경솔한 죄는 신에게 실로 있으므로 책망하고 처벌하시기를 공손히 기다릴 뿐 어찌 감히 스스로 해명하오리까? 신은 외람되게도 변변치 못한 주제에 한 도(道)를 황공하게 맡았으나 그 직분을 생각하면 임금의 교화를 받들어 선포하는 처지에 있습니다. 무릇 만에 하나라도 왕명을 선양해야 할 몸으로서 형벌이 한결같지 못하여 민심이 안정되지 못하는 일이 있다면 이 역시 제 책임이 아니겠습니까? 엎드려 생각하건대, 조정이 이런 어리석은 백성들에게 본시 바라는 것은 미혹과 잘못을 깨닫게 하여 형정(刑政)을 번거롭게 아니 하고도 성상의 교화에 복종하게 만들자는 것입니다. 그러므로 윤상(倫常)을 무시하고 무너뜨린 권가(權哥)와 윤가(尹哥)[35]같은 놈은 서슴없이 사형을 가하였으나, 마음을 잡고 허물을 고친 필공(必恭)[36] 같

34) 『주역』「계사전(繫辭傳)」上에 나오는 말로, 총명하며 슬기로운 임금은 형살(刑殺)을 사용하지 않고도 신묘한 무위(武威)로 만민을 복종시켰다는 뜻. 여기서는 정조(正祖)의 통치법을 일컫는다.

35) 권가(權哥)와 윤가(尹哥) : 1791년 진산사건의 주모자 권상연(權尙然)과 윤지충(尹持忠).

36) 필공(必恭) : 최필공(崔必恭, 1744~1801). 초기 천주교회 지도자 김범우(金範禹)에게 교리를 배워 1790년 천주교에 입교하였다. 이듬해 신해박해 때 체포되었으나 가족의 강요로 배교 후 석방되었다가 곧 다시 신앙생활에 전념하였다. 1799년 다시 체포되어 정조의 국청(鞫廳)에서 조금도 굽힘없이 천주교 교리를 설명하였으므로 이에 감동한 정조는 극형을 주장하는 대신들을 설득해 석방시

은 놈은 곧 적당한 벼슬자리로 보답을 주었습니다. 봄철에 살려 주고 가을에 처형하는 것은 모두 성상의 권능이니, 정말로 도깨비가 태양을 피해 숨고 얼음과 눈이 훈풍을 만난 것과 같을 터입니다. 그런데 존창은 어떤 놈이기에 감히 시골 구석에서 숨바꼭질하며 처박혀서 옛 버릇을 고치지 않았는데도 여전히 천지 사이에 용납한단 말입니까? 지난번 조정에서 신하들의 의견을 수합하던 날에, 충청도의 괴수로 지목하고 사학의 소굴이라 지칭하지 않은 이가 없었으니, 법을 집행하기로 논하자면 누구인들 그자를 죽여야 한다고 아니 하리까? 신 역시 일찍이, '그자의 사람됨은 필시 지극히 흉악하고 참람하지만 약간의 지체와 문벌이 있어 한 고을에서 걸출하게 명망이 높든지, 그렇지 않으면 필시 언어와 외모가 사람을 움직일 만하고 식견과 지혜가 대중을 현혹시킬 만하리라.'추측했습니다. 또한 듣건대 그 무리가 실로 많아서, 서로 번갈아 방문하며 술과 음식을 가득 차려 내오고 양식도 넉넉히 대 주었다 합니다. 이를 근심하고 분해하는 것은 실로 여론과 같으니, 이런 놈을 공공연히 처단하지 않는다면 국법이 어찌 되며 민속이 어찌 되겠습니까? 급기야 신이 이 도를 맡은 이래로 엄밀히 조사하고 물샐틈없이 염탐했더니 직접 본 것이 전해 들은 것과 사뭇 달랐으며, 지난날 멀리서 추측했던 것은 대개 지나친 염려였습니다. 그자의 말을 들어 보고 얼굴을 살펴보았더니 바로 무식한 일개 평민이고, 괴수라는 지목은 너무도 들어맞지 않았습니다. 5년을 옥에 갇혀 있는 동안에 아무도 뒷바라지하는 자가 없었으며, 실낱같은 목숨을 여전히 이어 가면서 딴 죄수가 먹다 남은 찌꺼기를 바라고 있었으니, 소굴이란 지칭은 그놈에게는 곧 과분한 말입니다. 자세히 그 실정을 추구해 보면, 그는 곧 곤궁한 백성 중에 조금 교활한 자입니다. 추측건대 선

켰다. 그러나 정조 사후 일어난 신유박해 때 가장 먼저 체포되어 서소문 밖 형장에서 참수되었다.

비가 되기에는 일족이 미약하여 그 축에 끼이지 못하고, 농민이 되자니 농사지을 힘이 없고, 바치가 되자니 솜씨가 모자라고, 장사치가 되자니 밑천이 없고 해서, 사민(四民) 가운데 어디고 몸을 붙일 곳이 없었으며, 설령 중을 부러워한들 처자가 거추장스럽고, 차라리 도둑질을 배우자니 양심은 그래도 남아 있었을 것입니다. 글자를 좀 안다는 것이 그놈에게는 재앙이요, 좌도(左道)와 사경(邪徑)[37]이 지름길인즉, 요행으로 가난에서 벗어나기를 바라서 속이고 꾀는 것으로 일을 삼았습니다. 본죄를 제외하고 이것만으로도 확실히 용서할 수 없으나, 이와 같은 부류가 또한 어찌 이놈뿐이겠습니까? 그런데 금령이 내린 뒤에 제일 먼저 잡혀 왔기 때문에 마침내 괴수로 만들어져, 혹은 강제로 굴복받기에 급하여 지레 태형을 가하고, 혹은 엄포를 놓는 것이 적절치 못하고 알아듣게 타이른다는 것이 방법상 잘못되었으며, 혹은 윽박질러 야소를 저주하고 천주를 배척하게 하여 그 향배(向背)와 진위를 시험해 왔던 것입니다. 저들이 하늘을 사칭해서 '천주'라는 이름을 만든 것은 너무도 불경스러우나, 이따위 어리석은 백성들로서는 더욱 저들의 마음에 의혹이 생기기를 '내가 즐기는 것은 선행이요 공경하는 바는 하늘인데, 어찌하여 나의 선행을 막으며 나의 공경을 금한단 말인가?' 하여, 드디어 그 사심(邪心)을 더욱더 굳히며, 마치 그를 위하여 제 몸을 바치는 것을 당연한 것처럼 생각하고 있습니다. 속고 혹함이 이 지경에 이르고 보면, 차꼬나 오랏줄 따위는 한갓 헛된 물건일 뿐입니다. 그렇다면 명리(命吏 조정에서 임명한 관리)된 자로서는 마땅히 성세(聖世)의 백성을 교화하고 풍속을 도탑게 하려는 지극한 뜻을 공경히 받들어, 임금이 질(秩)·서(敍)·명(命)·토(討)하게 된 까닭과 피(詖)·음(淫)·사(邪)·둔(遁)의 말이 진실과 다른 바를 빨리 밝혀, 전부터

37) 좌도(左道)와 사경(邪徑) : 좌도와 사경은 모두 사교(邪敎)를 뜻한다. 여기에서는 천주교.

물들었거나 새로 퍼져 가는 나쁜 풍속이 밝은 등불과 촛불 같은 임금의 교화 아래 저절로 사라지고, 허공을 거쳐 간 구름인 양 자취가 없게 해야 할 것입니다.[38] 무슨 까닭으로 한 놈의 거렁뱅이 같은 놈을 붙잡으면 마치 대적(大敵)이 우뚝 마주 선 것같이 여겨, 나라의 위엄을 함부로 사용하여 힘으로 억제하려 들다가, 급기야 일이 난처한 지경에 다다르면 곧 조정에 떠넘기며 이와 같이 당황한단 말입니까? 신이 지난번에 요청한 일은 과연 제 마음대로 곧바로 실행한 것이나, 그 천심(淺深)과 경중(輕重)에 대해서는 나름대로 요량한 바 있었던 것입니다. 전후로 사학을 배우고 익힌 자들이 비록 한 꿰미에 꿴 듯하지만, 사족(士族)과 천민은 차등이 없을 수 없고, 전문적으로 한 자와 그에 의해 오도된 자도 역시 등분이 있습니다. 저 존창은 권가와 윤가 두 역적에 비하면 강상(綱常)의 죄[39]를 범한 흔적이 없을 뿐더러, 필공에 비하면 미혹을 깨친 마음이 상당히 있사옵니다. 전자로 따지면 차등의 형률을 적용함이 합당하고, 후자로 따지면 마땅히 참작하여 용서하는 죄목에 해당됩니다. 그가 써서 바친 자술서를 보면 비록 문리는 제대로 통하지 않으나 뉘우침이 뼈에 사무쳐, 성세(聖世)의 평민이 되기를 소원하는 말뜻이 너무도 애절하여 사람을 족히 감동시키고도 남습니다. 국가가 이런 오도된 자들에 대해서도 잡히는 대로 바로 처단한다면 그만이겠으나, 만약 그 미혹을 깨닫는다면 죽이지 않을 것을

38) 질(秩)·서(敍)·명(命)·토(討)는 『서경』「대우모(大禹謨)」에 나오는 천서(天敍), 천질(天秩), 천명(天命), 천토(天討)로 백성들을 전례(典禮)로써 교화하고 신하들에게 상벌을 공정하게 시행하는 것을 뜻한다. 피(詖)·음(淫)·사(邪)·둔(遁)은 『맹자』「공손추(公孫丑)」上에 나오는 피사(詖辭), 음사(淫辭), 사사(邪辭), 둔사(遁辭)로 각각 편벽된 말, 음탕한 말, 간사한 말, 회피하는 말을 뜻하며, 해를 끼치는 이단사설(異端邪說)을 가리킨다. 이는 위의 '순찰사에게 답함(答巡使書)' 첫째 편지에도 동일한 구절이 나온다.

39) 강상(綱常)의 죄 : 삼강(三綱)과 오상(五常) 곧 사람이 지켜야 할 도리(道理)를 어긴 죄.

허락해야 마땅할 것입니다. 만약 그자의 쓰라린 뉘우침이 진실로 그 말과 같다면, 국가로 보자면 평민 한 명을 얻는 것에 불과합니다. 만약 그렇지 못한 경우에 죽여 없애 착한 사람들이 물들어 변하지 않도록 하는 것은 형정(刑政)의 한 가지 일에 불과합니다. 만약 그 죄상을 찾아냈다면 이른바 '불쌍히 여겨야지 기뻐하지 말라'고 할 따름입니다. 만일 진위를 알기 어렵고 번복할 것이 염려스럽다 하여, 기왕지사를 깊이 캐어 들어가고 기어이 소굴을 찾아내어, 사는 것도 아니요 죽는 것도 아닌 처지에 몰아넣고 사람 세상도 귀신 세상도 아닌 경계 지대에 길이 가두어 둔다면, 이는 지난번 신이 말한 '형벌이 한결같지 못해 민심이 안정되지 못한다'는 경우이니, 사소한 일이 아닙니다. 이렇게 된다면 비단 전날에 자복한 무리들이 의구심을 일으키게 될 뿐 아니라, 또한 뒷날에 감화될 무리들도 당연히 주저하는 생각을 품게 될 터입니다. 이것이 신이 밤낮으로 마음을 놓지 못하고, 조정에서 기대하는 풍속 교화를 저버리게 될까 두려워하는 바입니다.

우리 백성으로 하여금 반신반의하게 하기보다는 차라리 일개 존창에 대해 법을 제대로 적용하지 못한 실수를 하는 편이 나을 것이니, 신의 구구한 어리석은 소견은 과연 후자에 있었던 것이지 전자에 있었던 것은 아닙니다.

「正宗大王進香文」-代撰

-(上略)- 御製百卷 聖謨洋洋 學宗程朱 統接羲黃 地負海涵 吾道其東 叫都良切 黜霸正鼉 剔鐵簸糠 列聖家法 式遵尊攘 一部陽秋 手提天綱 赤子龍蛇 示我周行 今之西學 甚於墨楊 火其邪書 人吾黔蒼 辭廓孟闢 功侔禹荒 繼往開來 燕詒 元良 九如頌騰 四重歌長 堯舜一花 銀印在床 謂千萬年 永受色康 胡寧一夕 遽遐雲鄉 地坼天崩 率土如喪 奉諱南服 長號北望 頓顙八埏 宇宙茫茫 山哀海哭 血淚盈眶 驗昔深仁 觀此巨創 -(下略)-

【역문】「정종대왕 진향문[40]」- 대신하여 지은 것이다[41]

-(상략)-

친히 지은 백 권 문집[42]

성스러운 방략 원대하여라

정주 학문 으뜸 삼고

복희(伏羲) 황제(黃帝) 법통 이어

대지 같고 바다 같은 학문으로

동방에 유교를 전파하셨네

40) 진향문 : 조선시대에 국상(國喪)의 빈전(殯殿) 또는 빈궁(殯宮)에 제전(祭奠)으로 올리던 글.

41) 「正宗大王進香文」- 代撰 : 정조 24년(1800) 6월 정조가 승하하자 충청 감사가 당시 면천(沔川) 군수로 재임(1797년부터 1800년까지 봉직) 중이던 연암을 진향문 제술관(進香文製述官)으로 차출했으므로, 충청 감사를 대신해 이 글을 지었다. 『연암집』 주석 참조.

42) 친히 지은 백 권 문집 : 조선 제22대 왕 정조의 시문집 『홍재전서(弘齋全書)』 100책을 가리킨다.

세도(勢道) 물리치고 속악(俗樂) 바로잡기
쇠를 긁어내고 쭉정이 솎아 내듯
열성조(列聖朝) 가법 따라
존화양이(尊華攘夷)[43]준수하고
춘추대의(春秋大義) 따라
손수 조정의 기강 이끄시니
백성 중의 비범한 인물들
임금께 대도(大道) 보였도다
오늘날의 서학(西學)이란
양주(楊朱) 묵적(墨翟)보다 심하기에
사서(邪書)를 불태우고[44]
우리 백성 사람 되게 하셨네
맹자(孟子)처럼 사설(邪說)을 물리치니
우 임금처럼 크신 공로
선왕의 사업 잇고 앞길 개척해
세자 위해 좋은 계책 전했으니
구여[45] 칭송 드높고
사중[46] 노래 길었도다

---

43) 존화양이(尊華攘夷) : 중국을 존중하고 오랑캐를 물리친다는 뜻. 조선의 국제 관계에 대한 기본 존명배청(尊明排淸) 정책.

44) 사서(邪書)를 불태우고 : 1791년 진산사건을 계기로 정조가 11월 홍문관(弘文館) 소장 한문서학서 24종을 불태운 것을 말한다,

45) 구여 : 여(如) 자를 아홉 개 써서 임금의 덕을 송축해서 구여라 하였다. 곧 산 같이(如山)·언덕 같이(如阜)·산등성이 같이(如岡)·구릉 같이(如陵)·시냇물이 바야흐로 흘러오듯이(如川方至)·달이 기울면 항상 차듯이(如月恒)·태양이 떠오르듯이(如日升)·언제나 있는 남산(南山) 같이(如南山壽)·언제나 무성한 송백같이(如松柏茂) 등. 『시경(詩經)』「소아(小雅) 천보편(天保篇)」에 나온다.

46) 사중 : 법도가 있는 신중한 말(重言)·덕이 있는 신중한 행동(重行)·위엄이 있는

요순의 도 한번 꽃피우리라
은인을 용상(龍床) 앞에 두시더니[47]
천만년 지나도록
강녕(康寧) 길이 받으시리 믿었는데
어쩌자고 하루저녁
하늘나라로 떠나셨소
하늘이 무너지고 땅이 꺼진 듯
온 세상 사람들 부모를 여읜 듯이 여기네
남방에서 부음 듣고
북을 향해 통곡하네
팔도 백성 모두 엎디어 절하며
천지 일월 아득아득
산과 바다도 슬피 울고
피눈물이 눈에 가득
지난날 깊은 인덕(仁德)
이 큰 슬픔 보니 알겠도다 -(하략)-

무게 있는 외모(重貌)·볼만한 점이 있는 장중한 기호(重好)를 말한다.

47) 은인을 용상(龍床) 앞에 두시더니 : 영조 말년 왕세손으로 대리청정 할 때 정조는 영조에게 상소를 올려 『승정원일기』에서 자신의 생부(生父)인 사도세자 관련 기사를 세초(洗草)해 줄 것을 간청하자 영조는 이를 허락하고 정조에게 유서(諭書)와 함께 '효손(孝孫)'이라 새긴 은 도장을 하사하였다. 그 후 정조는 조회나 행차 때 항상 이 유서와 은인(銀印)을 앞에 두었다고 한다. 이 같이 정조는 영조와 사도세자에게 효도를 다하고자 했으므로, 『정조실록』 행장에서도 『맹자(孟子)』의 "요순의 도는 효제일 따름이다(堯舜之道 孝悌而已矣)"를 인용하여 정조의 효를 예찬하였다. 『연암집』 주석 참조.

「忘羊錄」[48]

-(上略)- 余問歐邏銅絃小琴 行自何時 鵠汀曰 不知起自何時 而要之百年以外事也 亨山曰 明萬曆時 吳郡馮時可 逢西洋人利瑪竇於京師 聞其琴 又有所持自鳴鍾 已自有記 盖萬曆時 始入中國也 西人皆精曆法 其幾何之術 爭纖較忽 凡所製造 皆用此法 中國累黍反屬麤莽 且其文字 以聲爲義 鳥獸之音 風雨之響 莫不審於耳而形于舌 自謂能識八方風 能通萬國語 亦自號其琴爲天琴 -(下略)-

【역문】「양을 잊었다」[49]

-(상략)- 나는, "구라파의 동현(銅鉉) 소금(小琴)은 어느 때부터 나왔던가요?" 했더니, 곡정[50]은, "어느 때부터 시작되었는지는 모릅니다만 아마 백년이 넘어서부터지요." 한다. 형산은, "명(明)의 만력(萬曆) 때 오군(吳郡)에 사는 풍시가(馮時可)가 서양사람 리마두(利瑪竇)[51]를 북경에서 만났을 때 그 거문고 소리를 들었고, 또 자명종(自鳴鍾)[52]을 가지

48) 이하 열하일기 역문은 이가원 번역문이다. 이가원(역), 『열하일기』, 한국고전번역원, 1968.

49) 「忘羊錄」: 『연암집』 卷十三, 熱河日記에 수록. 연암이 청나라 통봉대부(通奉大夫) 대리시경(大理寺卿)을 지낸 형산(亨山) 윤가전(尹嘉銓, 당시 70세)과 거인(擧人) 곡정(鵠汀) 왕민호(王民皥, 당시 54세)를 따라 수업재(修業齋: 열하 태학 명륜당 오른편에 있는 집 이름)에 들어가 악기(樂器)를 훑어보고 돌아오다가 형산의 처소에 들렀더니 윤가전이 연암을 위해 양을 통째로 쪄 놓았는데 악률(樂律)을 이야기하느라 음식 차려 놓은 것을 잊었다. 이 때 음악에 관해 필담한 것을 모아 「망양록(忘羊錄)」에 담았다. 『열하일기』「망양록 서(忘羊錄序)」 참조.

50) 곡정 : 이가원 역문에서는 鵠汀의 '鵠'을 '혹'으로 썼다. 그러나 일반적으로 '곡'을 옳은 읽기로 인정하므로 모든 원문을 '곡'으로 교정하였다.

51) 리마두(利瑪竇) : 마태오 리치(1552~1610).

고 있었던 것이 이미 기록에 남아 있으니, 대개 만력 시대에 처음으로 중국에 들어왔을 것입니다. 서양 사람들은 모두 역법(曆法)에 정통하고 기하(幾何)를 아는 데는 세밀하고 자세해서, 무엇이나 물건을 제조하는 데는 모두 이 방법을 쓰고 있답니다. 중국에서 기장낱을 포개 놓고 크기를 측량하는 일 같은 것은 도리어 추잡한 노릇입니다. 또 그들의 문자는 소리로 뜻을 삼아, 새와 짐승의 소리나 바람과 빗소리까지도 귀로 분별하지 못하는 것 없이 혀로 이것을 형용해 냅니다. 저들은 스스로 말하기를, '능히 팔방(八方)의 풍속을 알고 만국 말을 통한다.' 하는데 이 거문고를 천금(天琴)이라 하고 있습니다." 한다. -(하략)-

52) 자명종(自鳴鍾) : 정해진 시각에 자동으로 소리를 울려 시각을 알려주는 서양 시계.

「鵠汀筆談」

-(上略)- 鵠汀曰 吾儒近世頗信地球之說 夫方圓動靜 吾儒命脈 而泰西人亂之 先生何從也 余曰 先生則何信 鵠汀曰 雖未能手拊六合之背 頗信球圓 余曰 天造無有方物 雖蚊腿蚕尻雨點涕唾 未嘗不圓 今夫山河大地 日月星宿 皆天所造 未見方宿楞星則可徵地球無疑 鄙人雖未見西人著說 嘗謂地球無疑 大抵其形則圓 其德則方 事功則動 性情則靜 若使太空安厝此地 不動不轉 塊然懸空 則乃腐水死土 立見其朽爛潰散 亦安能久久停住 許多負載 振河漢而不洩哉 今此地球面面開界 種種附足 其頂天立地 與我無不同也 西人旣定地爲球 而獨不言球轉 是知地之能圓而不知圓者之必轉也 故鄙人妄意以爲地一轉爲一日 月一匝地爲一朔 日一匝地爲一歲 歲 歲星 一匝地爲一紀 星 恒星 一匝地爲一會 看彼貓睛 亦驗地轉 貓睛有十二時之變 則其一變之頃 地已行七千餘里 志亭大笑曰 可謂兎嘴乾坤 猫眼天地 余曰 吾東近世先輩 有金錫文 爲三大丸浮空之說 敝友洪大容 又刱地轉之論 鵠汀停筆向志亭云云 似傳洪字與號也 志亭問湛軒先生 乃金錫文先生弟子否 余曰 金歿已百年 非可師授 鵠汀曰 金先生字號並有著書幾篇 余曰 其字號並不記憶 亦未曾有所著 洪亦未曾著書 鄙人嘗信他地轉無疑 亦嘗勸我代爲著說 鄙人在國時 卒卒未果 前夜偶同奇公賞月 對月思朋 因境起興 不知所以裁之 大約西人不言地轉者 妄意以爲若一轉地則凡諸躔度 尤難推測 所以把定此地 妥置一處 如揷木橛然後便於推測也 鵠汀曰 敝素昧此學 曾亦一二窺斑 如服七椀茶 不復勞精 今先生所論 亦非西人所發 則吾不敢遽信爲然 亦不敢遽斥爲非 要之渺茫難稽 而先生辯說甚精 如高麗磨衲鍼孔線蹊 一一明透

志亭曰 如何是三大丸 如何是一小星 余曰 浮空三丸者 日地月也 今夫說者曰 星大於日 日大於地 地大於月 信斯言也 惟彼滿天星宿 都不與此地相干 獨此三丸 自相隣比 爲地所私 立號日月 資日爲陽 資月爲陰 譬

如人家求火東鄰 丐水西舍 自彼滿天星宿 視此三丸 其羅點太空 自不免瑣瑣小星 今吾人者坐在一團水土之際 眼界不曠 情量有限則乃復妄把列宿 分配九州 今夫九州之在四海之內者 何異黑子點面 所謂大澤礨空者是也 星紀分野之說 豈非惑哉 志亭自信斯言 至瑣瑣小星亂圈之 鵠汀甚稱奇論快論 發前人所未發

余曰 鄙人萬里閒關 觀光上國 敝邦可在極東 歐羅乃是泰西 以極東泰西之人 願一相逢 今遽入熱河 未及觀天主堂 自此奉勅東還 則不可復入皇都 今幸忝遊大人先生之間 多承教誨 雖適我大願 然於泰西遠人 無路相尋 是爲鄙人所恨 今聞西人從 駕亦在是中云 願蒙指敎 或有相識 幸爲紹介 鵠汀曰 此等元係監中奉勅 道不同不相爲謀 且駐蹕之地 摠是日下人山人海 尋覓自難 不必枉勞 志亭辭晩 間有冗 先起收談草五六頁而去

鵠汀曰 洪湛軒先生 頗能曉占乾象否 余曰 不是不是 曆象家與天文家不同 夫以日月暈珥彗孛飛流芒角動搖 預斷休咎者 天文家也 如張孟, 庾季才是爾 在璿璣玉衡 曆象日月星辰 以齊七政者 造曆家也 如洛下閎, 張平子是爾 漢書藝文志 有天文二十餘家 曆法十數家 判然爲二 敝友頗能留心幾何 欲識躔度遲疾而未能也 嘗斥宋景三言 熒惑退舍 處士加足客星犯座 爲史家傅會 鵠汀曰 古之號精渾儀者 閎, 張以外 有蔡伯喈 吳之王番 劉曜光初中 有孔定 魏太史令晁崇 皆得璣衡遺法 而宋元祐中 蘇子容爲宗伯時 參攷古器 數年而成 及西術之來中國 儀器盡屬笨伯 但其學術淺陋可笑 耶蘇者 如中國之語賢爲君子 番俗之稱僧爲喇嘛 耶蘇一心敬天 立教八方 年三十遭極刑 而國人哀慕 設爲耶蘇之會 敬其神爲天主入其會者 必涕泣悲痛 不忘天主 自幼立四條信誓 斷色念 絶宦慾 有敷教八方 願無更還故土戀名 雖闢佛 篤信輪回 明萬曆中 西土沙方濟者 至粤東而死 繼有利瑪竇諸人 其所爲教 以昭事爲宗 修身爲要 忠孝慈愛爲工務 遷善改過爲入門 生死大事 有備無患 爲究竟 西方諸國奉敎已來千餘年 大安長治 其言多夸誕 中國人無信之者 余曰 萬曆九年 利瑪竇入中國

留京師二十九年 稱漢哀帝元壽二年 耶蘇生于大秦國 行敎於西海之外 自漢元壽至明萬曆一千五百餘年 所謂耶蘇二字 不見於中國之書 豈耶蘇出於絶洋之外 中國之士未之或聞耶 雖久已聞之 以其異端而史不之書耶 大秦國 一曰拂菻 所謂歐羅巴 乃西洋摠名耶 洪武四年 捏古倫 自大秦國入中國 謁高皇帝而不言耶蘇之敎 何耶 大秦國未始有所謂耶蘇之敎 而利瑪竇始託天神 以惑中國耶 篤信輪回 爲天堂地獄之說 而詆排佛氏 攻擊如仇讐 何耶 詩云 天生烝民 有物有則 佛氏之學 以形器爲幻妄 則是烝民無物無則也 今耶蘇之敎 以理爲氣數 詩云 上天之載 無聲無臭 今乃安排布置 爲有聲臭 這二敎孰優也 鵠汀曰 西學安得詆釋氏 釋氏儘爲高妙 但許多譬說 終無歸宿 纔得悟時 竟是一幻字 彼耶蘇敎 本依俙得釋氏糟粕 旣入中國 學中國文書 始見中國斥佛 乃反效中國斥佛 於中國文書中討出上帝主宰等語 以自附吾儒 然其本領 元不出名物度數 已落在吾儒第二義 彼亦不無所見於理者 理不勝氣者 久矣 以堯霖湯旱 爲氣數使然 敝友介休然先生 頗信氣數之論 以爲氣數如此 本一理也如此 介號希菴 字太初 又字北宮翁伯 學貫天人 有翁伯談藪一百卷 北里齊諧一百卷 又有羊角源五十卷 今年六十餘 尚不廢著書 羊角源一書 尤深天根月窟之理 地轉之說 如或有之否也 其解說之如鳶飛戾天 信足握固 魚躍于淵 恃膘硼漲 萬物莫不附地重心 地重心者 如雹自包 其不動處 如輪有軸 此等皆其玅處 敝年少時 不肯細心一讀 只觀其多少題目 到今亦忘其大旨 -(下略)-

【역문】「곡정과의 필담」[53]

-(상략)- 곡정은 또, "우리 유학자 중에서도 근세에 이르러선 저들 지구의 설을 제법 믿는 모양이어 요. 대체로 땅이 모나고 고요하여 하늘이 둥근 채 움직인다 함은 우리 유학자의 명맥임에도 불구하고 저 서양 사람들이 이러한 혼란을 일으켰다고 봅니다. 이에 대하여 선생은 어떤 학설을 좇으려 하십니까." 한다. 나는, "선생은 어떤 것을 믿으십니까." 하고 반문했더니, 곡정은, "전 비록 손으로 육합(六合)[54]의 등마루를 어루만지지는 못했습니다만 자못 지구가 둥글다는 설을 믿지요." 한다. 나는, "하늘이 만든 것 치고 어떤 물건이고 간에 모진 것은 없다고 생각됩니다. 비록 저 모기 다리, 누에 궁둥이, 빗방울, 눈물, 침 등과 같은 것이라도 둥글지 않은 것은 없다고 생각됩니다. 이제 저 산하·대지와 일월·성신들도 모두 하늘의 창조였으나, 우리는 아직 모난 별들을 본 적이 없은즉 지구가 둥근 것은 의심 없는 일이라 생각됩니다. 그리고 나는 비록 서양 사람들의 저서를 읽어 본 적이 없으나 일찍이 지구가 둥근 것은 의심 없다고 생각하였거든요. 대체로 지구의 꼴은 둥그나 그 덕(德)인즉 모나며, 그의 사공(事功)은 동(動)하는 것이나 그 성정(性情)은 정(靜)한 것이니, 만일 저 허공이 땅덩이를 편안히 한 곳에 정착시켜 놓고, 움직이지도 못하며 구르지도 못한 채 우두커니 저 공중에 매달려 있기만 하게 하였다면, 이는 곧 썩은 물과 죽은 흙인 만큼 잠깐 사이에 그는 썩어 사라져 버릴지니, 어찌 저다지

---

53) 「鵠汀筆談」 : 『연암집』 卷十四, 熱河日記에 수록. 열하 태학관에서 주로 곡정 왕민호와 더불어 우주와 천체 및 물체의 본질, 생물의 기원 등 자연과학부터, 철학, 종교, 정치, 문화, 역사 등 인문과학에 이르기까지 다양한 분야를 주제로 자유롭게 필담한 것을 정리한 기록. 주로 연암이 묻고 곡정이 대답하는 형식을 취하고 있다.

54) 육합(六合) : 천지(天地)와 사방(四方). 즉 하늘과 땅과, 동·서·남·북.

오랫동안 한 곳에 멈추어 있어서 허다한 물건을 지고 싣고 있으며, 하(河)·한(漢)[55]처럼 큰 물들을 담고서도 새나가지 않게 하였겠습니까. 지금 이 지구는 면면마다 구역이 열리고, 군데군데 발을 붙여서 그 하늘로 머리 솟고, 땅에 발을 디딤은 나와 다름 없으리라 생각됩니다. 그리고 서양 사람들이 벌써 땅덩어리를 구(球)로 인정했는데도 불구하고 지구가 구르는 데 대해서는 말한 적이 없으니, 이는 땅덩어리가 둥근 줄은 알면서 둥근 것이 반드시 구를 수 있음은 모르는 셈입니다. 그러므로 저는 저 땅덩어리가 한 번 구르면 하루가 되고, 달이 땅덩어리를 한 바퀴 돌면 한 달이 되며, 해가 땅덩어리를 한 바퀴 돌면 한 해가 되고, 세(歲) 세성(歲星)이 땅덩어리를 한 바퀴 돌면 일기(一紀 12년)가 되며, 성(星) 항성(恒星) 이 땅덩어리를 한 바퀴 돌면 일회(一會 1만 8백 년)가 된다고 생각했던 것입니다. 뿐 아니라 저 고양이의 눈동자를 보고서 역시 지전(地轉)을 증험할 수 있겠으니, 고양이의 눈동자가 열두 시간을 따라 변함이 있은즉, 그 한 번 변하는 순간에 땅덩어리는 벌써 7천여 리나 달리는 것입니다." 했다. 지정[56]은,

"이야말로 토끼 주둥이에 달린 건곤이요, 고양이 눈에 돌아가는 천지라고 이를 만합니다." 하고는 크게 깔깔댄다. 나는, "우리나라 근세 선배에 김석문(金錫文)[57]이 처음으로 큰 공 세 개가 공중에 떠 논다는

55) 하(河)·한(漢) : 황하(黃河)와, 양자강의 가장 큰 지류인 한수(漢水).

56) 지정 : 학성(郝成)의 자(字). 호는 장성(長城). 무인(武人). 관직은 산동도사(山東都司). 곡정(鵠汀) 왕민호(王民皥)의 친구로, 지정과 곡정 두 중국학자는 성경(盛京, 현재 瀋陽)에서 연암과 밤낮으로 필담을 나누었다.

57) 김석문(金錫文, 1658~1735) : 최초로 지전설(地轉說)을 주장한 조선 후기 학자이다. 그의 지전설은 명 왕조 말기에 활동한 서양 선교사 로(Rho J., 羅雅谷, 1592~1638)의 『오위역지(五緯曆指)』에 소개된 내용에 영향을 받은 것으로 보인다. 여기에 프톨레마이오스(Claudius Ptolemaios, 85?~165?)의 지구 중심설과 티코 브라헤(Tycho Brahe, 1546~1601)의 우주관이 소개되어 있었다. 그러나 김석문의 지전설은 직접적 천문 관측을 통해 자연과학적 논리로 얻은 것이 아니고

학설을 했고, 저의 벗 홍대용(洪大容)[58]이 또 지전설(地轉說)을 창안했던 것입니다."했더니, 곡정이 붓을 멈추고 지정을 향해서 무어라고 하되 마치 홍(洪)의 자와 호를 말하는 듯하였다. 그러더니 지정은, "담헌 선생(湛軒先生)은 곧 김석문 선생의 제자이십니까." 하고 묻는다. 나는, "아뇨. 김(金)은 돌아간 지 벌써 백 년이나 되었으니 서로 사수(師授)할 터수가 못됩니다."했더니, 곡정은, "김 선생의 자와 호는 무엇이며, 아울러 저서는 몇 편이나 있습니까."한다. 나는, "그의 자와 호는 모두 기억되지 않소이다. 그리고 그는 이에 대한 저서도 없거니와 홍도 역시 저서가 없고 다만 제가 일찍부터 그의 지전설을 깊이 믿었으므로, 나에게 자기를 대신하여 저서하기를 권했던 일은 있습니다. 그러나 내가 국내에 있을 때, 그럭저럭 하지 못했더니 어제 저녁에 우연히 기공(奇公)[59]과 함께 달을 구경하다가 달을 보고는 친구 생각이 난 것이니, 이는 곧 곳에 따라 생각이 솟은 것인 만큼 저절로 진정하지 못했던 것입니다. 대체로 서양 사람들이 지전을 말하지 않은 것은 저가 생각하건대 그들의 생각에는 만일 땅덩어리가 한 번 구른다면 모든 전도(躔度)[60]야말로 더욱 추측하기 어려울 것이므로, 이 땅덩어리를 붙

그의 저서 『역학도해(易學圖解)』서문에서 밝혔듯 성리학의 미비점을 보충하기 위한 설명의 하나로 우주관을 설명한 것이었다. 한국지구과학회(편), 『지구과학사전』, 2009 참조.

58) 홍대용(洪大容, 1731~1783) : 조선 후기 실학자이며 과학사상가. 특히 지전설(地轉說)과 우주무한론(宇宙無限論)을 주장했는데, 이 자연관을 근거로 화이(華夷)의 구분을 부정하여 민족의 주체성을 강조하고, 인간도 대자연의 일부라는 주장을 펼치기도 하였다. 1765년 초 북경(北京) 방문을 계기로 서양 과학의 영향을 깊이 받아서 가능해진 것이다. 저서 『담헌서(湛軒書)』는 거의가 북경에서 돌아온 후 10여 년 동안 쓴 것이다. 연암 박지원과 깊은 친분이 있었다. 한국학중앙연구원, 『한국민족문화대백과』 참조.

59) 기공(奇公) : 기풍액(奇豊額). 자는 여천(麗川). 연암이 만났을 때 37세. 원래 조선 사람으로 본래 성은 황씨이며 중국에 산 지 4대째였다. 당시 현직은 귀주(貴州) 안찰사(按察使).

들어서 한 곳에다 안정시켜 놓되, 마치 말뚝을 꽂은 듯이 한 연후에 측량하기에 편리하리라는 것이 아니겠습니까." 했더니, 곡정은, "전 본래부터 이런 학문에는 어두웠으나 역시 한두 가지의 엿본 것이 없음은 아니었습니다. 그러나 이제는 마치 일곱 잔 차[茶]를 마신 듯이 다시 정신을 허비 하지 않았더니, 이제 선생의 말씀은 저 서양 사람들의 발명한 바도 아닌 만큼 저 는 감히 꼭 그렇다고 하기도 어렵거니와, 역시 감히 갑자기 그르다고 배격하기 도 어렵고, 요컨대 아득히 상고할 곳이 없더니 이 선생의 변설은 몹시 정밀하여 마치 고려에서 만든 송납(松衲)[61] 꿰매는 바늘 구멍처럼 되어서 그 둘린 선과 길이 하나하나가 투명하군요." 한다. 지정은 또, "어떤 것을 '큰 공 세 개'라 하고 또 어떤 것을 '하나의 작은 별'이라 하십니까." 하고 묻는다. 나는, "공중에 떠도는 '큰 공 세 개'란 곧 해와 땅과 달을 이른 것입니다. 지금 대체로 이에 대해서 논하는 이는 말하기를, 저 별은 해보다 크고 해는 땅보다 크며 땅은 달보다 크다 하였으니, 만일 그들의 말과 같다면 저 공중에 가득찬 별들은 모두 이 땅과는 상관이 없는 채, 다만 이 세 개의 공이 서로 가까운 이웃에 있어서 그 둘이 땅덩어리의 사유물처럼 되자, 그의 이름을 '해'니 '달'이니 하고서 해를 양이라 하고 달을 음이라 일컫되, 예를 들면 마치 어떤 살림집에서 동쪽 이웃에 불을 빌리고 서쪽 집에 물을 꾸는 것과 같아서, 저 공중에 가득히 박힌 별들로서 이 세 공을 본다면 저 태공에 얽혀 붙은 것이 저절로 쇄쇄(瑣瑣)한 작은 별들에 지나지 않을 것임에도 불구하고, 이제 우리들이 한 둘레의 물과 흙 어울음에 앉아서 시야가 넓지 못하고 생각이 한계가 있은즉, 그제야 망령되이 저 열수(列宿)[62]들을 갖고 구주(九州)[63]에다 분배(分

60) 전도(躔度) : 천체 운행의 각도나 횟수.
61) 송납(松衲) : 소나무겨우살이로 만든 여승(女僧)이 쓰는 모자.
62) 열수(列宿) : 하늘에 떠 있는 무수한 별.

配)시킨 셈이니, 이제 저 구주가 사해 안에 있음이 마치 검은 사마귀가 얼굴에 찍혀 있음과 무엇이 다르겠습니까. 이는 곧 이른바 큰 못에 뚫린 작은 구멍이란 것이 아니겠습니까. 그리고 별이 제각기 분야(分野)를 맡았다는 설이야말로 어찌 의심스럽지 않겠습니까." 했더니, 지정은 워낙 이 말을 믿었으므로 쇄쇄한 작은 별들이라는 구절에 이르러선 어지럽게 동그라미를 쳤고, 혹정도, "이는 참으로 기이한 이론이며, 상쾌한 이론이어서 전인이 발명하지 못한 것을 발명하였습니다." 하고는, 몹시 칭도하였다. 나는 또, "저는 만리나 머나먼 길을 걸어서 귀국에 관광하러 온 것입니다. 그런데 우리나라는 극동에 있고 구라파는 곧 서양인만큼 이 극동과 서양의 사람으로서 평소에 한 번 만나기를 원했더니, 이제 갑자기 열하에 들어왔으나 아직 천주당(天主堂)을 구경하지 못했은즉 이로부터 칙명을 받들고 동쪽으로 돌아간다면 아마 다시 연경에 들어올 가망이 없을 것입니다. 그런데 이제 다행히 외람되이 대인·선생들과 교제하여 많은 가르침을 받았사오니, 비록 나의 큰 원을 덜었으나 다만 저 멀리에 사는 서양 사람들은 서로 만날 길이 없사오니, 이것이 나의 한스러운 바이었습니다. 이제 들은즉 서양 사람도 대가(大駕)를 모시느라고 이곳에 머물러 있다 하니, 원컨대 가르침을 받고자 하니 혹시 그들과 아시거든 소개해 주시길 바랍니다." 했더니, 곡정은 "이런 일은 워낙 관서에 매인 일인 만큼 길이 같지 않으면 서로 꾀하지 않는 법일 뿐더러, 또 이 행재(行在)한 곳은 모두 일하(日下 수도(首都))로서 인산 과 인해인 만큼 그들을 찾기가 곤란할지니 헛수고하실 필요가 없을 것 같습니 다." 하고, 지정은, "저는 저녁에 잡무가 있습니다." 하고는, 먼저 일어나 담초(談草) 오륙 장을 거두고 가 버렸다. 곡정이 또 묻되, "홍담헌 선생은 건상(乾象)을 점칠

63) 구주(九州) : 중국 영토를 뜻한다. 옛날 중국을 9주(州)로 나누어 설정하였다.

줄 아십니까." 하기에, 나는, "아니, 아뇨. 역상가(曆象家)와 천문가(天文家)는 같지 않소이다. 대체로 해와 달의 무리와 꼬리별이 떨어질 때에 그 빛의 움직임을 보아서 길흉을 예측할 수 있는 것은 천문가였으니, 장맹(張孟 한(漢) 때의 천문가)·유계재(庾季才 수(隋) 때의 천문가) 등이 이에 속하는 바요, 선기옥형(璿璣玉衡)으로서 일월과 성신을 살펴서 칠정(七政)[64]을 다스림은 역상가였으니, 낙하굉(洛下閎 한(漢) 때의 태사)·장평자(張平子 동한 때의 역상가) 등이 이에 속하는 것이 아닙니까. 『한서(漢書)』 예문지(藝文志)에서도 천문가 20여 명과 역법가(曆法家) 10여 명을 둘로 나누지 않았습니까. 저의 벗도 자못 기하학(幾何學)에 관심을 갖고서 그 전도(躔度)의 느리고 빠름을 알고자 했으나 이룩하지 못했던 것입니다. 그러나 그는 일찍이 송 경공(宋景公)의 세 마디 말에 형혹성(熒惑星)이 물러가고, 처사(處士)가 임금의 몸에 발을 올리자 객성(客星)이 제좌(帝座)를 범하였다는 이야기는 사학가들이 부회한 것이라 하였답니다." 하였더니, 곡정은, "옛날의 혼의(渾儀)[65]에 정통한 자로서는 낙하굉과 장평자 이외에도 채백개(蔡伯喈 동한 때의 채옹(蔡邕), 백개는 자)와 오(吳)의 왕번(王蕃)이 있었고, 유요(劉曜 전조(前趙)의 임금)의 광초(光初) 연간의 공정(孔定)과 위(魏)의 태사령 조숭(晁崇) 등은 모두 선기옥형의 옛 법을 얻었으며, 송의 원우 연간에, 소자용(蘇子容)이 종백(宗伯)이 되어서 옛 의기(儀器)를 참고하여 수년 만에 이룩하였더니, 서양 학술이 중국에 들어오자 저 의기는 모두 쓸 곳이 없게 되었습니다만, 그러나 그 학술이 천루하여 가소로울 뿐이었고, 저 이른바 야소(耶蘇)는 마치 중국 말에 현인을 군자(君子)라 함과 번속(番俗)에 승려를 나마(喇嘛)라 함과 마찬가지였습니다. 그리고 야

64) 칠정(七政) : 해(日)와 달(月), 그리고 화(火)·수(水)·목(木)·금(金)·토(土) 오성(五星).
65) 혼의(渾儀) : 천문관측에 사용되었던 혼천의(渾天儀)·선기옥형(璇璣玉衡). 세종대왕기념사업회(편), 『한국고전용어사전』, 2001 참조.

소는 온 마음껏 하느님을 공경하되 온 팔방에 교리를 세웠으나, 나이 서른에 극형을 입었으므로 그 나라 사람들이 몹시 애모하여 야소회(耶蘇會)를 설립하고는 그의 신(神)을 높여서 천주(天主)라 하였답니다. 그리고 그 교에 들어간 자는 반드시 눈물지며 슬퍼하여 잊지 않는다고 합니다. 또 천주는 어릴 때부터 네 가지의 신서(信誓)를 세웠으니, 첫째로는 색념(色念)을 끊을 것, 둘째로는 벼슬 생각을 버릴 것, 셋째로는 팔방을 다니며 선교하되 다시 고국으로 돌아옴을 원하지 말 것, 넷째로는 헛 이름을 연모하지 말 것 등이었고, 그는 비록 부처를 배격했으나 다만 윤회(輪回)의 설을 독신하였다고 합니다. 명(明)의 만력 연간에 서양 사람 사방제(沙方濟)[66]라는 이가 월동(粤東)[67]에 이르러서 죽었고, 그 뒤를 이어서 이마두(利瑪竇) 등 모든 사람들이 들어왔던 것입니다. 그들의 교리는 일을 밝힘으로써 종지를 삼고, 몸 닦기로써 요체(要諦)를 삼고, 충효와 자애로써 공부를 삼으며, 천선(遷善)과 개과(改過)로써 입문(入門)을 삼고, 생사와 같은 큰 일에 대해서 예비하여 걱정이 없게 함을 극치로 삼는답니다. 그리하여 서방의 모든 나라들이 이 교를 신봉한 지 벌써 천여 년이 되매, 나라가 아주 편안해졌답니다. 그러나 그 말이 너무 과장스럽고 허탄한 편이어서 중국 사람들은 믿는 이가 없답니다." 한다. 나는, "만력 9년(1581년)에 이마두가 중국에 들어와 수도에 머물러 산 지 29년이나 되었는데,[68] 그는 이르

66) 사방제(沙方濟) : 프란시스코 하비에르(Francisco de Xavier, 方濟各沙勿略, 1506~1552). 스페인의 가톨릭 사제. 이냐시우스 로욜라(Ignatius Loyola, 1491~1552)와 더불어 1540년 예수회를 설립하고, 1542년 인도 고아(Goa)를 거쳐 말레이반도, 몰루카(Moluccas) 제도 등지에서 선교 후, 1549년 일본 가고시마(鹿兒島)에 상륙해 일본에 최초로 그리스도교를 전교하였다. 1552년 중국 전교를 위해 광동성(廣東省) 상천도(上川島)를 근거지로 입국을 시도했으나 실패하고 12월 20일 병사하였다.

67) 월동(粤東) : 중국 광동성(廣東省)

68) 수도에 머물러 산 지 29년이나 되었는데 : 저자의 오류이다. 마태오 리치는

기를, 한 애제(漢哀帝) 원수(元壽) 2년(기원전 1년)에 야소가 대진국(大秦國 로마 제국(帝國))에서 나서 서해 밖을 다니면서 교를 선전했다 하였으나, 한의 원수로부터 명의 만력까지 이르기에는 1천 5백여 년이나 되었는데도 불구하고, 이른바 '야소'라는 두 글자마저 중국 서적에 나타나지를 않았으니 이는 아마 야소가 저 절량(絕洋)의 밖에 났으므로 중국 선비들이 그의 이름을 듣지 못했는지 또는 비록 들어서 안 지가 오래되었으나, 그가 이단(異端)이므로 역사에 기록되지 않았는지는 모르겠습니다. 대진국의 또 한 가지의 이름은 불림(拂菻)[69]이라고도 하고, 그의 이른바 구라파는 곧 서양의 총칭이 아닌가 합니다. 홍무(洪武) 4년(1272년)에, 날고륜(捏古倫 미상)이 대진국으로부터 중국에 들어와서 고 황제(高皇帝)를 뵈었으나, 야소교(耶蘇敎)에 대해서는 말하지 않았으니, 이는 무슨 까닭일까. 대진국에는 애초에 이른바 야소교란 것이 없었던 것을 이마두가 비로소 천신(天神)에게 의탁하여 중국 사람들을 의혹시킨 것이 아니겠는가 합니다. 그는 어째서 윤회(輪回)의 설을 독신하여 천당과 지옥의 설로써 불씨를 비방하며 공격하되 마치 원수나 다름 없었음은 무슨 까닭입니까. 『시경(詩經)』에 이르기를,

하늘이 사람 내시니 天生烝民
사물 있으면 법칙 있네 有物有則

라고 하였는데, 대체로 불씨의 학문은 형기(形器)로써 환망(幻妄)이라 하였으니, 이는 곧 모든 백성에게 사물과 법칙이 없음이었고, 또 야소교는 이(理)로써 기(氣)라 하였는데 『시경』에 이르기를,

---

1582년 중국에 입국하여 1610년 사망 때까지 29년 동안 중국을 떠나지 않았으나, 북경에는 1601년 입경하여 사망 때까지 10년간만 체류하였다.

69) 불림(拂菻) : 고대 동로마제국, 곧 비잔틴 제국.

하늘의 모든 일은	上天之載
소리 냄새 다 없고녀	無聲無臭

라고 하였는데, 이제 야소교에서는 안배(安排)와 포치(布置)로써 소리와 냄새라 하였으니, 이 두 가지의 교에서 어떤 것이 낫겠습니까." 했더니 곡정은, "그야 서학(西學)이 어찌 불씨를 헐뜯을 수 있으리까. 불씨는 참 고묘(高妙)하기 짝이 없지 않습니까. 다만 그에는 수많은 비유의 말이 많아서 아무런 귀숙(歸宿)시킬 곳이 없다가 겨우 깨달아 보았자 결국은 한 개의 환(幻) 자만 남음이 결점이었으나, 저 야소교는 애당초 정확치도 않게 불씨의 조박만을 얻어 가지고는 중국에 들어오자 곧 중국의 서적을 배워서 비로소 중국 사람들이 불씨의 배격함을 알고서, 곧 중국을 본받아 불씨를 같이 배격하되 중국 서적 중에서 상제(上帝)니 주재(主宰)니 하는 말들을 따서 우리 유학에 아부하였을 뿐이었으나, 그 본령인즉 애초부터 명물(名物)과 도수(度數)의 범위에서 벗어나지 않은 만큼 이는 벌써 우리 유학에서의 제이의(第二義)에 떨어진 것이었으나 그도 역시 '이(理)'[70]에 대해서 아무런 본 바가 없음은 아닌가 싶습니다. '이'가 '기(氣)'[71]를 이기지 못한 지도 오랜지라, 요(堯) 때의 장마와 탕(湯) 때의 가뭄도 역시 기수(氣數)에 의해서 그렇게 된 것이라 합니다. 나의 친구 개휴연 선생(介休然先生)도 자못 기수에 대한 이론을 믿어서 일찍이 이르기를, 기수와 '이'는 본래 한 속으로서 기수가 이렇게 되면 '이'도 역시 이와 같은 것이다 하였으니, 개(介)의 호는 희암(希菴)이요, 자는 태초(太初)이며, 또 자를 북궁(北宮)·옹백(翁伯)이라고도 하였답니다. 그리고 그의 학문은 천리와 인사를 겸통하여 『옹백담수(翁伯談藪)』 1백 권과 『북리제해(北里齊諧)』 1백 권과 『양각

70) 이(理) : 형이상학적(形而上學的) 불변의 원리. 『열하일기』 주석 참조.
71) 기(氣) : 형이하학적(形而下學的) 후천적 현상. 『열하일기』 주석 참조.

원(羊角源)』 50권을 지었는데, 올해 그의 나이는 60여 세나 되었으나 오히려 저서를 중지하지 않았답니다. 그리고 양각원에는 더욱이 천근(天根)과 월굴(月窟)의 이치에 깊었다 하였은즉, 지전설(地轉說)도 혹시 그 속에 있을지 모르겠습니다. 그의 해설(解說) 중에 솔개가 하늘을 날 때에 발을 움켜쥐고 뒤로 뻗었으며, 물고기가 물에 뛰놀 때에는 부레를 믿고서 버티는 것과 같이 만물이 모두 땅에다가 중심(重心)을 붙이지 않는 것이 없으니, 이 땅의 중심이란 마치 우박이 제 몸을 스스로 싼 것과 같고, 그 움직이지 않는 곳이 마치 수레바퀴에 굴대가 있는 것과 마찬가지다 하였으니, 이런 것들이 모두 그의 오묘한 이론들이었습니다. 제가 일찍이 나이 어릴 때에 세심히 읽지 못하고는 다만 그 대략의 제목들만을 엿봤을 뿐이었더니, 이제 와서는 벌써 그 대지(大旨)까지도 잊어 버렸습니다." 한다. -(하략)-

「銅蘭涉筆」

-(上略)- 吳郡馮時可蓬牕續錄 聚頭扇卽摺疊扇 貢於永樂間 盛行於國東坡謂高麗白松扇 展之廣尺餘 合之只兩指 倭人所製 泥金面烏竹骨 卽此 余至京 有外國道人利瑪竇 贈余倭扇四柄 合之不能一指 甚輕而有風又堅緻云 由此觀之 中國初無摺疊扇 扇皆團扇 類我東所稱尾扇 蓋見之古畵 如蕉葉桐葉白羽之類是也 我東器什多倣日本 則摺疊扇 高麗學之日本中原學之高麗歟 中國大扇名高麗扇 製甚樸 傅東紙油黃 細書畵 頗珍之

歐邏鐵絃琴 吾東謂之西洋琴 西洋人稱天琴 中國人稱番琴 亦稱天琴此器之出我東 未知何時 而其以土調解曲 始于洪德保 乾隆壬辰六月十八日 余坐洪軒 酉刻立見其解此琴也 槪見洪之敏於審音 而雖小藝 旣系刱始 故余詳錄其日時 其傳遂廣 于今九年之間 諸琴師無不會彈 吳郡憑時可 始至京得之 利瑪竇以銅鐵絲爲絃 不用指彈 只以小板案 其聲更淸越云 又自鳴鍾 僅如小香盒 精金爲之 一日十二時 凡十二次 鳴亦異云云幷見篷牕續錄 蓋此兩器 皇明萬曆時 始入中國也 余山中所有洋琴 背烙印五音舒記 製頗精好 故今來中國 爲人應求 遍覽所謂五音舒 而竟未得-(中略)- 皇明萬曆九年 西洋人利瑪竇入中國 留北京二十九年 中國人無信之者 獨力主其曆法者 徐光啓一人 遂爲萬歲曆法之祖宗 則萬曆記年乃利瑪竇入中國之兆 -(下略)-

【역문】「동란섭필」[72)]

-(상략)-오군(吳郡) 풍시가(馮時可 명(明)의 학자)[73)]의 『봉창속록(篷牕續錄)』에, "취두선(聚頭扇)은 곧 겹쳐 개는 부채로서, 영락(永樂) 연간에 중국에 공물로 들어가 국내에 많이 유행되었다. 동파(東坡)는 말하기를, '고려의 백송선(白松扇)은 펴면 넓이가 한 자가 넘고 접으면 불과 두 손가락 정도밖에 안 된다 하였으니, 왜인들이 만든 검정대 뼈에 금색으로 면을 칠한 것이 곧 이것이다. 내가 북경에 닿으니 외국 도인(道人) 이마두(利瑪竇)가 나에게 왜선(倭扇) 넉 자루를 보냈는데, 합치면 손가락 하나의 부피도 못 되는데 매우 가볍고 바람이 잘 나고 또 든든했다.'하였다." 했으니, 이것으로 본다면 중국에서 처음에는 이런 부채가 없었고, 모두 단선(團扇)[74)]으로서 우리나라에서 말하는 미선(尾扇)이었던 것이다. 대개 옛 그림에 보이는 파초잎·오동잎·흰깃 같은 것으로 만든 것이 이것이다. 우리나라 기물로서 일본의 것을 모방한 것이 많이 있으니, 접는 부채도 고려는 일본에서 배웠고 중국은 고려에서 배워 갔는데, 중국에서 큰 부채를 '고려선(高麗扇)'이라 부르면서 만든 품이 질박하고 조선 종이에 기름을 먹여 가는 서화를 그린 것을 자

---

72) 「銅蘭涉筆」: 『연암집』 卷十五, 熱河日記에 수록. 박지원은 편목을 동란섭필로 정한 연유를 「동란섭필서(銅蘭涉筆序)」에서 밝히고 있다. "내가 유황포(兪黃圃) 세기(世琦)를 찾았더니, 책상 위에 무늬 있는 돌로 만든 연병(硯屛)이 놓였고, 연병 옆에는 난(蘭) 한 포기가 있었다. 자세히 보니 구리를 부어서 만든 것인데, 봉 같은 눈이 바람을 맞으며 자줏빛 이삭이 이슬에 젖었으니, 참으로 기이하게 만들었다. 나는 며칠 동안 빌려다가 내가 거처하는 방 동쪽 벽 밑에 놓고, 편액(扁額)을 '동란재(銅蘭齋)'라 하였다.".

73) 풍시가(馮時可) : 출생 사망 미상. 자는 민경(敏卿), 호는 무성(無成). 명말의 문신 학자로 『춘추』에 뛰어났다. 저서에 『좌씨석(左氏釋)』, 『좌씨토(左氏討)』, 『좌씨론(左氏論)』, 『역설(易說)』, 『상지잡식(上池雜識)』, 『우항잡록(雨航雜錄)』 및 시문집 등이 있다. 임종욱(편), 『중국역대인명사전』, 이회문화사, 2010 참조.

74) 단선(團扇) : 비단이나 종이 따위로 둥글게 만든 부채.

못 진기롭게 여기었다. 구라파 철현금(鐵絃琴)[75]은 우리나라에서는 '서양금(西洋琴)'이라 부르고, 서양 사람들은 '천금(天琴)'이라 부르고, 중국인들은 '번금(番琴)' 또는 '천금'이라 부른다. 이 악기가 어느 때 우리나라에 나왔는지 알 수 없으나, 향토 곡조를 여기에 맞추어 풀어내기는 홍덕보(洪德保)[76]로부터 시작되었다. 건륭 임진년(1772년) 6월 18일에, 내가 홍덕보의 집에 앉았을 때 유시(酉時 하오 6시)쯤 되어 그가 이 악기 해득하는 것을 나는 목견했다. 대개 홍은 음악 감상에 예민해 보였고, 또 이것이 비록 작은 예술이지만 벌써 그것이 맨 처음으로 된 발견이므로, 나는 그 일시(日時)를 자세히 기록했던 것이다. 그것이 전(傳)한 지 이제 9년 사이에 넓게 퍼져서 금사(琴師)로서 이를 탈 줄 모르는 자가 없었다. 오군 풍시가(馮時可)가 처음 북경에 와서 이마두로부터 이것을 얻어 가졌는데, 구리 철사로 줄을 만들어 손으로 타지 않고 작은 나무쪽으로 건드리면 그 소리가 한층 더 맑았다고 했으며, 또 자명종(自鳴鍾)은 겨우 작은 향합만 한데 정밀한 쇠로 만들어서 하루 열두 시간에 열두 번을 치니 역시 이상하다고 하였는데, 이 말은 모두 『봉창속록(篷牕續錄)』에 실려 있었다. 대개 이 두 가지 기계는 명(明)의 만력 연간에 처음으로 중국에 전했다고 한다. 내가 있는 산중의 양금(洋琴)은 등에 『오음서기(五音舒記)』라고 낙인(烙印)이 찍혔는데, 만든 것이 매우 정밀하였으므로, 이번 중국에 온 김에 남의 부탁을 위하여 이것을 구해 보고자 두루 돌아다니면서 구경했으나, 소위 『오음서기』는 끝내 얻지 못했다. -(중략)- 명(明)의 만력 9년(1581년)에 서양 사람 이마두(利瑪竇)가 중국에 들어와 북경에 머무른 지 29년에 중국

75) 철현금(鐵絃琴) : 동선 혹은 철선의 현이 달린 서양 현악기. 중국에는 처음으로 1601년 마태오 리치가 신종(神宗) 만력제(萬曆帝)에게 헌상하였고, 아울러 수신적(修身的) 내용의 한문 가사 『서금곡의팔장(西琴曲意八章)』을 지어 올렸다.

76) 홍덕보(洪德保) : 홍대용(洪大容). 덕보는 홍대용의 별호이다.

사람으로서는 한 사람도 그를 믿는 자가 없었고, 다만 그의 역법(曆法)을 주장한 자는 서광계(徐光啓)[77] 한 사람뿐으로 드디어 그는 만세력(萬歲曆)의 조종(祖宗)으로 되었은즉 '만력(萬曆)'이란 연호는 이마두가 중국에 들어올 조짐이었던가.[78] -(하략)-

77) 서광계(1562~1633)는 중국 명 왕조 말기의 사대부, 학자이며, 이지조(李之藻) 양정균(楊廷筠)과 함께 중국 천주교회 삼대주석(三大柱石)으로 일컬어진다. 마태오 리치에게서 천문, 역법. 지리, 수학, 수리(水利) 등 서양의 기술과 학문을 배우고, 리치를 보필하여 중요 한문서학서를 편찬 간행함으로써 서학 전파에 크게 공헌하며 17세기 동서문화교류의 선구적 역할을 하였다. 특히 그의 저서 다수가 조선에 전해져 조선 실학자들에게도 많은 영향을 끼쳤다. 대표 저술로 『농정전서』60권이 있다.

78) 만력(萬曆)이란 연호가 만세력(萬歲曆)을 응한 참언(讖言)이라는 것.

「金蓼小抄序」

吾東醫方未博 藥料不廣 率皆資之中國 常患非眞 以未博之醫命 非眞之藥 宜其病之不效也 余在漢北 問大理尹卿嘉銓曰 近世醫書中 新有經驗方 可以購去者乎 尹卿曰 近世和國所刻小兒經驗方 最佳 此出西南海中荷蘭院 又西洋收露方極精 然試之多不效 大約四方風氣各異 古今人禀質不同 循方診藥 又何異趙括之談兵乎 正績金陵瑣事 亦多錄入 近世經驗 又有蓼洲漫錄 又苕翡草木注, 橘翁草史略, 寒溪胎敎, 靈樞外經, 金石同異考 岐伯侯鯖醫學紺珠 百華精英 小兒診治方 俱近世扁倉所錄 京師書肆中 俱可有之 余旣還燕 求荷蘭小兒方及西洋收露方 俱不得 其他諸書 或有粵中刻本云 書肆中俱不識名目 偶閱香祖筆記 得其所錄 金陵瑣事及蓼洲漫錄 其元書 未必皆醫方 而貽上所錄 俱係經驗 余故拈其數十則錄之 餘外誌記及古方雜錄之載筆記中者 併爲抄錄 目之曰金蓼小抄 余山中無醫方 併無藥料 凡遇痢瘧 率以臆治 而亦時偶中 則今併錄于下以補之 爲山居經驗方 燕巖氏題

【역문】「금료소초서」[79)]

우리나라 의학(醫學) 지식은 그다지 넓지 못하고 약 재료도 그다지 많지 못하므로, 모두 중국의 약재를 수입해다 쓰면서도, 항시 그것이 진품이 아닌 것을 걱정하였다. 이와 같은 넓지 못한 의학 지식을 가지고, 또 진품이 아닌 약재를 쓰고 있으니, 병은 으레 낫지 않는 것이다. 내가 열하에 있을 때에 대리시경(大理寺卿) 윤가전(尹嘉銓)에게, “요즘

79) 「金蓼小抄序」: 『연암집』 卷十五, 熱河日記에 수록. 중국 의서에서 본 치료요법이나, 자신이 가장 효험을 본 민간요법을 모은 기록.

의서(醫書)들 중에, 새로운 경험방(經驗方)으로 사서 갈 만한 책이 있습니까."하고 물었더니, 윤경(尹卿)은, "근세의 일본(日本) 판각 『소아경험방(小兒經驗方)』이 가장 좋은 책인데, 이책은 서남 해양 중에 있는 하란원(荷蘭院)[80]에서 나왔다고 합니다. 또 서양의 『수로방(收露方)』이란 책이 극히 정미로우나, 시험해 보니 그다지 효력이 없었는데, 이는 대체로 사방의 기후와 풍토가 다르고, 옛날과 지금 사람들의 기품과 성질이 다른 까닭입니다. 방문만 따라서 약을 준다는 것은, 조괄(趙括)의 병법(兵法) 이야기[81] 나 무엇이 다르겠습니까. 『정속금릉쇄사(正續金陵瑣事)』에는 역시 근세의 경험들을 많이 수록하였고, 또 『요주만록(蓼洲漫錄)』이란 책이 있고, 또 『초비초목주(苕翡草木注)』·『귤옹초사략(橘翁草史略)』·『한계태교(寒溪胎敎)』·『영추외경(靈樞外經)』·『금석동이고(金石同異考)』·『기백후청(岐伯侯鯖)』·『의학감주(醫學紺珠)』·『백화정영(百華精英)』·『소아진치방(小兒診治方)』등은 모두 근세의 저명한 학자들이 지은 책이어서, 북경 책사에서는 무엇이나 구할 수 있을 것입니다." 하였다. 나는 연경으로 돌아와 하란(荷蘭)의 『소아방(小兒方)』과 서양의 『수로방』을 구해 보았으나 모두 얻지 못하고, 그 밖에 여러 가지 책들도 더러는 광동(廣東) 지방 각본(刻本)들이라 말했으나, 책사들에서도 모두 그 명목조차 몰랐다. 우연히 『향조필기(香祖筆記 청의 왕사진(王士禛) 저)』를 들추다가 그 중에서 『금릉쇄사(金陵瑣事)』와 『요주만록』의 기록을 발견했으나, 그 원서(元書)는 모두가 의학 관계의 내용은 아니었고, 『이상(貽上 왕사진 저)』의 기록은 전부가 경험에 관계되는 기록이었으므로, 나는 수십 종의 법을 따서 베끼고, 이 밖의

---

80) 하란원(荷蘭院) : 네덜란드의 (어느) 부속기관.
81) 조괄(趙括)의 병법(兵法) 이야기 : 중국 전국 시대 조(趙)의 장수인 조괄은 그의 아버지 조사(趙奢)의 병법(兵法)을 잘 외우기는 하나, 이용 변통할 줄은 몰랐다는 고사.

잡지와 필기 중에 실린 옛날 방문과 잡록들을 아울러 초록하여, 〈금료소초〉라 이름하였다. 내가 살고 있는 산중에는 의서도 없고 약제도 없으므로, 가다가 이질이나 학질에 걸리면 무엇이든 가늠으로 대중하여 치료를 하는데, 때로는 맞히는 것도 있기에 역시 아래에 붙여 산골 속에서 쓰는 경험방을 삼으려 한다. 연암(燕巖)은 쓰다.

「口外異聞」

順濟廟 東西洋考 五代時 閩都巡檢林願之第六女 生于晉天福八年 以雍熙四年二月二十九日昇仙 常衣朱衣 飛翻海上 里人祠之 宋宣和癸卯給事中路允迪使高麗 中流遇風 鄰舟俱溺獨路舟 神降于檣無恙 使還奏于朝 特賜廟號順濟 今天主堂所畫朱衣女像 飛翻海雲間 似爲其神也

【역문】「구외이문」[82]

순제의 사당-『동서양고』[83]에 보면, "오대(五代) 때에 민(閩 복건성)의 도순검(都巡檢) 임원(林願)의 여섯 째 딸은 진(晉 후진)의 천복(天福 고조 석경당(石敬瑭)의 연호) 8년(943년)에 태어났는데, 옹희(雍熙 송(宋) 태종의 연호) 4년(987년) 2월 29일에 신선이 되어 올라갔으며, 그는 늘 붉은 옷을 입고 바다 위로 날아다니기 때문에 동네 사람들이 사당에다 모셨더니, 송(宋)의 선화(宣和 송(宋) 휘종의 연호) 계묘년(1123년)에 급사중(給事中) 노윤적(路允迪)이 사신이 되어 고려(高麗)로 가는 도중에, 바람을 만나서 이웃 배들은 모조리 빠졌으나 다만 노윤적이 탄 배만 귀신이 돛대에 내려서 아무 탈이 없었으므로, 사신을 마치고 돌아와 이 일을 조정에 아뢰었더니, 특별히 순제(順濟)라는 묘호(廟號)

82) 「口外異聞」: 『연암집』 卷十四, 熱河日記에 수록. 열하에서 들은 이야기나 연암이 직접 겪은 이야기들을 짧은 잡기 형식으로 모아놓은 기록.

83) 『동서양고』: 중국 명말(明末)의 문장가 장섭(張燮, 1574~1640)이 1616년 총12권으로 간행한 동서교류 개설 소개서. 「서양열국고(西洋列國考)」4권 15개국, 「동양열국고(東洋列國考)」1권 7개국, 기타 「향세고(餉稅考)」와 「세당고(稅璫考)」 「주사고(舟師考)」각 1권, 「예문고(藝文考)」2권, 「일사고(逸事考)」1권으로 구성되었다. 「동서양고」는 중세 말엽 동서양 무역과 동·서방 제국 연구의 중요 문헌 중 하나이다. 정수일(편), 『실크로드 사전』, 창비, 2013 참조.

를 내렸다." 하였다. 요즘 천주당(天主堂)에 그려 붙인 붉은 옷을 입은 여상(女像)이 구름바다 사이로 날아다니곤 한다. 이것이 곧 그 귀신인 것 같다.

「黃圖紀畧」

天主堂 余友洪德保嘗論西洋人之巧曰 我東先輩若金稼齋, 李一菴 皆見識卓越 後人之所不可及 尤在於善觀中原 然其記天主堂 則猶有憾焉 此無他 非人思慮所到 亦非驟看所可領略 至若後人之繼至者 亦無不先觀天主堂 然恍忽難測 反斥幽恠 是眼中都無所見者也 稼齋詳于堂屋畫圖 而一菴尤詳于畫圖儀器 然不及風琴 葢二公之于音律 不甚曉解 故莫能彷彿也 余雖耳審其聲 目察其制 然又文不能盡其妙 是爲大恨也 因出稼齋所記共觀焉 堂之東壁 有二層朱門 而上二扉下四扉 次第開之 其中有筒如柱如椽者簇立 大小不一而皆金銀雜塗之 其上横置鐵板 其一邊鎖穴無數 一邊如扇形 刻方位及十二時 俄見日影到其方位 則臺上大小鍾 各撾四聲 中央大鍾 撾六聲 鍾聲纔止 東邊虹門內 忽有一陣風聲 如轉衆輪 繼以樂作 絲竹管絃之聲 不識從何而來 通官言此中華之樂 良久而止 又出他聲 如朝賀時所聽 曰 此滿州之樂也 良久而止 又出他曲 音節急促 曰 此蒙古之樂也 樂聲旣止 六扉自掩 西洋使臣徐日昇所造云 稼齋記止此 德保讀已大笑曰 是所謂語焉而不詳也 中有筒如柱如椽者 鍮鑞爲管 其最大之管如柱椽 簇立參差 此演笙簧而大之也 小大不一者 取次律而加倍之 隔八相生如八卦之變 而爲六十四卦也 金銀雜塗者 侈其外也 忽有一陣風聲如轉衆輪者 爲地道宛轉相通而皷槖以達氣如口吹也 繼以樂作者 風入城道 輪囷輥轅而簧葉自開 衆竅嗷噪也 其皷槖之法 聯五牛之皮 柔滑如錦袋 以大絨索懸之樑上如大鍾 兩人握索奮躍 懸身若掛帆狀 以足蹋槖 槖漸蹲伏 而其腹澎漲 虛氣充滿 驅納地道 於是按律掩竅 則無所發洩 乃激金舌 次第振開 所以成衆樂也 今吾略能言之 而亦不能盡其妙 如蒙國家發帑命造 則庶幾能之云 德保所談止此 今吾入中國 每思風琴之制 日常憧憧于中也 旣自熱河還入燕京 卽尋天主堂 宣武門內 東面而望 有屋頭圓如鐵鐘 聳出閭閻者 乃天主堂也 城內四方 皆有一堂 此堂乃西天

主也 天主者 猶言天皇氏盤古氏之稱也 但其人善治曆 以其國之制 造屋以居 其術絶浮僞 貴誠信 昭事上帝爲宗地 忠孝慈愛爲工務 遷善改過爲入門 生死大事 有備無患爲究竟 自謂窮原溯本之學 然立志過高 爲說偏巧 不知返歸於矯天誣人之科 而自陷于悖義傷倫之臼也 堂高七仞 無慮數百間 而有似鐵鑄土陶 皇明萬曆二十九年二月 天津監稅馬堂 進西洋人利瑪竇方物及天主女像 禮部言 大西洋不載會典 其眞僞不可知 宜量給衣冠令還本土 勿得潛住京師 不報 西洋之通中國 蓋自利瑪竇始也 堂燬于乾隆己丑 所謂風琴無存者 樓上遠鏡及諸儀器 非倉卒可究 故不錄 追思德保所論風琴之制 悵然爲記

洋畫 凡爲畫圖者 畫外而不能畫裡者 勢也 物有隆坎細大遠近之勢 而工畫者不過略用數筆於其間 山或無皴 水或無波 樹或無枝 是所謂寫意之法也 子美詩 堂上不合生楓樹 恠底江山起烟霧 堂上非生樹之地 不合者理外之事也 烟霧當起於江山 而若於障子 則訝之甚者也 今天主堂中墻壁藻井之間 所畫雲氣人物 有非心智思慮所可測度 亦非言語文字所可形容 吾目將視之而有赫赫如電 先奪吾目者 吾惡其將洞吾之胸臆也 吾耳將聽之而有俯仰轉眄 先屬吾耳者 吾慚其將貫吾之隱蔽也 吾口將言之 則彼亦將淵默而雷聲 逼而視之 筆墨麤疎 但其耳目口鼻之際 毛髮腠理之間 暈而界之 較其毫分 有若呼吸轉動 蓋陰陽向背而自生顯晦耳 有婦人膝置五六歲孺子 孺子病羸白眼直視 則婦人側首不忍見者 傍側侍御五六人 俯視病兒 有慘然回首者 鬼車鳥翅 如蝙蝠墜地宛轉 有一神將 脚踏鳥腹 手擧鐵杵 撞鳥首者 有人首人身而鳥翼飛者 百種恠奇 不可方物 左右壁上雲氣堆積 如盛夏午天 如海上新霽 如洞壑將曙 蓬滃勃鬱 千葩萬朶 映日生暈 遠而望之 則綿邈深邃 杳無窮際 而群神出沒 百鬼呈露 披襟拂袂 挨肩疊跡 而忽令近者遠而淺者深 隱者顯而蔽者露 各各離立 皆有憑空御風之勢 蓋雲氣相隔而使之也 仰視藻井則無數嬰兒 跳蕩彩雲間 纍纍懸空而下 肌膚溫然 手腕脛節 肥若緣絞 驟令觀者 莫不驚號錯愕 仰首張手 以

承其驟落也

【역문】「황도기략」[84]

천주당[85]- 내 친구 홍덕보(洪德保)는 일찍이 서양 사람들의 기교를 논하면서, "우리나라의 선배들로 김가재(金稼齋)[86]와 이일암(李一菴)[87] 같은 이들은 모두 식견이 탁월하여 후세 사람들로서는 따를 수 없는 바요, 더구나 중국을 옳게 본 데도 쳐줄 바가 없지 않다. 그러나 그들의 천주당(天主堂)에 대한 기록들은 약간의 유감이 없지 않다. 이는 다름이 아니라 사람의 생각으로는 잘 미칠 수 없는 것이고, 또 갑자기 얼핏 보아서는 알아낼 수도 없었던 것이다. 뒷날 계속해서 간 사람들에게 이르러서는 역시 천주당을 먼저 보지 않을 자가 없지마는 황홀난측하여 도리어 괴물 같이만 알고 이를 배척하였으니, 이는 그들의 안중에 아무 것도 보지를 못한 까닭이다. 가재는 건물이나 그림에만 상세하였고, 일암은 더욱이 그림과 천문 관측의 기계에 자세하였으나 풍금(風琴) 이야기에는 미치지 못했다. 대체로 이 두 분이 음률에 이르러는 그리 밝질 못했으므로 잘 분별을 못했던 것이다. 내가 비록 귀로 소리를 밝게 들었고 눈으로 그 만든 솜씨를 살폈다 하더라도 이를 다

---

84) 「黃圖紀畧」 : 『연암집』 卷十五, 熱河日記에 수록. 북경의 명승지와 건물에 대한 내력과 묘사. 황성(皇城)의 구문(九門)에서 화조포(花鳥鋪)까지 38종의 문관(門館)·전각(殿閣)·도지(島池)·점포(店鋪)·기물(器物) 등에 관한 기록이다. 천주교 성당과 서양화에 대한 내용도 나온다.

85) 천주당 : 이 소제목이 여러 본에는 「풍금(風琴)」으로 되어있으나 이가원은 수택본을 좇아 「천주당」이라 하였다.

86) 김가재(金稼齋) : 조선 후기의 문인이자 화가 김창업(金昌業, 1658~1721). 가재는 김창업의 호인데 또 다른 호로 노가재(老稼齋)도 있다.

87) 이일암(李一菴) : 조선 후기 학자 이기지(李器之, 1690~1722)의 호.

지금 글로써 그 오묘한 곳을 다 옮길 수는 없고 보니 정말 이것이 유감스러운 일로 되었던 것이다." 하면서, 곧 가재의 기록을 끄집어내어 나와 함께 보았다. "방안 동편 벽에는 두 층계의 붉은 문이 달렸는데 위에는 두 짝이요, 아래에는 네 짝이다. 순차로 열리면서 그 속에는 기둥이나 서까래처럼 생긴 통(筒)이 총총하게 섰는데, 크기가 같지 않았다. 모두 금은빛으로 섞어 칠을 발랐고, 그 위에는 철판을 가로 놓고 그 한쪽 가에는 수없이 구멍을 뚫고 다른 한쪽 가에는 부채 형상으로 되어 있는데, 방위와 12시(時)의 이름을 새겼다. 잠시 보니, 해 그림자가 그 방위에 이른즉 대 위에 놓인 크고 작은 종(鍾)이 각각 네 번씩 울고 복판에 있는 큰 종은 여섯 번을 쳤다. 종소리가 잠시 그치자 동쪽 변두리 홍예문(虹霓門) 속에서 갑자기 바람 소리가 쏴 하면서 여러 개의 바퀴를 돌리는 것 같았는데 계속해서 관·현·사·죽 등의 별별 음악 소리가 들렸다. 어디로부터 이 소리가 나는지 알 수 없다. 통관이 말하기를, '이것은 중국 음악입니다.'한다. 얼마 아니 되어서 소리는 그치고 또 다른 소리가 나는데 조회 때 들은 음악 소리와 같이 들렸다. 이는 '만주 음악입니다.'한다. 조금 있다가 이 소리도 그치고 또 다시 다른 곡조가 들리는데 음절이 촉급하였으니, '이는 몽고 음악입니다.' 한다. 음악 소리가 뚝 그치고는 여섯 짝 문이 저절로 닫혔다. 이는 서양 사신 서일승(徐日昇)[88]이 만든 것이라 한다." -가재의 기록이 여기에 이르러서 그쳤다. 덕보는 다 읽고 나서 한바탕 크게 웃으면

88) 서일승(徐日昇) : 포르투갈 출신 예수회 선교사 페레이라(Thomas Pereira, 1645~1708). 음악에 조예가 깊어 강희제(康熙帝)의 총애를 받고, 칙명에 따라 이탈리아 라자로회 선교사 페드리니(Pedrini, 德理格, 1670~1747)와 함께 중국의 대표적 음악이론서 『율려정의(律呂正義)』를 저술하였다. 또한 페레이라는 대형 풍금을 만들어 천주당에 비치하고, 황궁 내에 소규모 서양악단을 조직해 수석악사를 맡기도 하였다. 이가원 역문에 쓴 서일승(敍日昇)의 '敍'는 오류이며 '徐'가 옳다.

서, "이야말로 이야기는 하면서도 자세하진 못하다는 말이구료. 속에 기둥이나 서까래처럼 생겼다는 통은 유기로 만들었는데 제일 큰 통은 기둥이나 서까래만큼씩 하여 크고 작게 총총하게 섰는데 이는 생황(生簧) 소리를 내기 위하여 크게 한 것이다. 크기가 같지 않은 것은 다음 틀을 취하여 곱절로 더 보태고 8율(律)씩 띄어 곧장 상생(相生)케 하여 8괘(卦)가 변하여 64괘(卦)가 되는 것이나 같다. 금은 빛을 섞어 바른 것은 거죽을 곱게 보이기 위함이요, 갑자기 한 줄기 바람 소리가 여러 개 바퀴를 돌리는 소리 같이 난다는 것은 땅골로부터 구불구불 서로 마주 통한 데서 풀무질을 하여 입으로 바람을 불 듯이 바람 기운을 보내는 것이요, '연방 음악 소리가 났다.'는 것은 바람이 땅골을 통하여 들면 바퀴들이 핑핑 재빨리 돌아 생황 앞이 저절로 열리면서 뭇 구멍에서 소리가 나게 된다. 풀무 바람을 내는 법식은 다섯 마리의 쇠가죽을 마주 붙여서, 부드럽기는 비단 전대처럼 만들고, 굵은 밧줄로 들보 위에 큰 종처럼 달아 매어서 두 사람이 바를 붙잡고는 몸을 치 솟구어 배 돛대를 달듯 몸뚱이가 매달려 발로 풀무 전대를 밟으면 풀무는 점차 내려앉으면서 바람주머니배는 팽창되어 공기가 꽉 들어찬다. 이것이 땅골로 치밀려 들면서 이때야 틀에 맞추어 구멍을 가리우면 어디고 바람은 새지 않고 있다가 쇠 호드기 혀를 부딪쳐서 순차로 혀는 떨려 열리면서 여러 소리를 내게 되는 것이다. 이제 내가 대강 이렇게 말할 수 있으나 역시 그 오묘한 데를 다 말할 수는 없다. 만일에 국가에서 돈을 내어 이것을 만들라고 명령을 내린다면 될 법도 하지." - 덕보의 이야기는 여기에서 끝났다. 하였다. 이제 내가 중국에 들어와서 풍금 만드는 법식을 생각할 때마다 언제나 마음속에 잊히지 않았다. 이미 열하로부터 북경으로 돌아와 즉시로 선무문(宣武門) 안 천주당[89]을 찾았다. 동쪽으로 바라다본즉 지붕 머리가 종처럼 생겨 여염 위로 우뚝 솟아 보이는 것이 곧 천주당이었다. 성내 사방에서는 다 한

집씩 있는데 이 집은 서편 천주당이다. 천주라는 말은 천황씨(天皇氏 중국 전설에 나오는 최초의 임금)니 반고씨(盤古氏 중국 전설에 나오는 최초의 임금)니 하는 말과 같다. 이 사람들은 역서(曆書)를 잘 꾸미며 자기 나라의 제도로써 집을 지어 사는데, 그들의 학설은 부화(浮華)함과 거짓을 버리고 성실을 귀하게 여겨 하느님을 밝게 섬김으로써 으뜸을 삼으며, 충효와 자애로써 의무를 삼고, 허물을 고치고 선을 닦는 것으로써 입문(入門)을 삼으며, 사람이 죽고 사는 큰 일에 준비를 갖추어 걱정을 없애는 것을 궁극의 목적으로 삼고 있다. 저들로서는 근본되는 학문의 이치를 찾아내었다고 자칭하고 있으나 뜻한 것이 너무 고원하고 이론이 교묘한 데로 쏠리어 도리어 하늘을 빙자하여 사람을 속이는 죄를 범하여 제 자신이 저절로 의리를 배반하고 윤상을 해치는 구렁으로 빠지고 있는 것을 모르고 있다. 천주당 높이는 일곱 길은 되고 무려 수백 칸인데 쇠를 부어 만들거나 흙을 구워 놓은 것만 같았다. 명(明)의 만력(萬曆) 29년(1601년) 2월에 천진감세(天津監稅) 마당(馬堂)이 서양사람 이마두(利瑪竇)의 방물과 천주 여상(女像)을 바쳤더니 예부(禮部)에서 이르기를, "대서양(大西洋)이란 회전(會典)[90]에 실려 있지 않으므로 참인지 거짓인지 알 길이 없으니, 적당히 참작해서 의관을 내려 주어 본국으로 돌아가게 하고, 몰래 북경에 숨어 있지 못하도록 하라." 하고는, 황제에게는 보고하지도 않았다. 그리하여 서양이 중국과 서로 통한 것은 대체로 이마두부터 시작되었다. 건륭(乾隆) 기축년(1769년)에 천주당이 헐렸으므로 소위 풍금이란 것은 남은 것이 없었고, 다락 위의 망원경과 또 여러 가지 표본기들은 창졸간에 연구할 수 없으므로, 여기 기록하지 않는다. 이제 덕보의 풍금 제도에 관한 이야기를 추억하면서 서글픈 심정으로 이 글을 쓴다.

89) 선무문(宣武門) 안 천주당 : 북경의 4천주당 중 남당(南堂).
90) 회전(會典) : 명(明) 왕조의 법률서인 『명회전(明會典)』.

양화[91]-무릇 그림을 그리는 자가 거죽만 그리고 속을 그릴 수가 없음은 자연의 세(勢)이다. 대체로 물건이란 불거지고 오목하고, 크고 작고, 멀고 가까운 그 세(勢)가 있음에도 불구하고, 그림에 능한 자는 붓대를 대강 몇 차례 놀려 산에는 주름이 없기도 하고, 물에는 파도가 없기도 하고, 나무에는 가지가 없기도 하니, 이것이 소위 뜻을 그린다는 법이다. 두자미(杜子美 두보(杜甫). 자미는 자)의 시(詩)에 이르기를,

마루 위의 단풍나무 이것이 어인 일고	堂上不合生楓樹
강과 뫼에 내가 이니 괴이키도 한저이고	怪底江山起煙霧

라 하였으니, 대체로, '마루 위'란 나무가 날 데가 아니요, '어인 일고'란 말은 이치에 맞지 않음을 이름이었으며, 내는 응당 강과 뫼에서 일어나겠지마는 만일 병풍에서 일어난다면 매우 괴이쩍은 일이 아닐 수 없을 것이다. 이제 천주당 가운데 바람벽과 천장에 그려져 있는 구름과 인물들은 보통 생각으로는 헤아려 낼 수 없었고, 또한 보통 언어·문자로는 형용할 수도 없었다. 내 눈으로 이것을 보려고 하는데, 번개처럼 번쩍이면서 먼저 내 눈을 뽑는 듯하는 그 무엇이 있었다. 나는 그들(화폭 속의 인물)이 내 가슴속을 꿰뚫고 들여다보는 것이 싫었고, 또 내 귀로 무엇을 들으려고 하는데, 굽어보고 쳐다보고 돌아보는 그들이 먼저 내 귀에 무엇을 속삭이었다. 나는 그것이 내가 숨긴 데를 꿰뚫고 맞힐까봐서 부끄러워하였다. 내 입이 장차 무엇을 말하려고 하는데 그들은 침묵을 지키고 있다가 돌연 우레 소리를 내는 듯하였다. 가까이 가서 보매 성긴 먹이 허술하고 거칠게 묻었을 뿐, 다만 그 귀·눈·코·입 등의 짬과 터럭·수염·살결·힘줄 등의 사이는 희미하게

91) 양화 : 수택본에는 이 소제목 「양화」가 「천주당화(天主堂畫)」로 되어서 목차에만 실려 있고, 원전(原典)에는 소제의 「천주당화」는 물론, 궐문(闕文)이 많다.

그어 갈랐다. 터럭 끝만한 칫수라도 바로잡았고, 꼭 숨을 쉬고 꿈틀거리는 듯 음양의 향배가 서로 어울려 절로 밝고 어두운 데를 나타내고 있었다. 그림에는 한 여자가 무릎에 5·6세 된 어린애를 앉혀 두었는데, 어린애가 병든 얼굴로 흘겨서 보니, 그 여자는 고개를 돌리고 차마 바로 보지 못하고 있는가 하면, 옆에는 시중군 5·6명이 병난 아이를 굽어보고 있는데, 참혹해서 머리를 돌리고 있는 자도 있었다. 새 날개가 붙은 귀신 수레는 박쥐가 땅에 떨어진 듯, 그림이 슬그머니 돌아 웬 신장(神將)이 발로 새 배를 밟고, 손에는 무쇠 방망이를 쳐들고 새 머리를 짓찧고 있었다. 또 사람 머리, 사람 몸뚱이에 새 날개가 돋아 나는 자도 있으며, 백 가지가 기괴망측하여 무엇이 무엇인지 분간해 낼 수도 없었다. 좌우 바람벽 위에는 구름이 덩이덩이 쌓여 한 여름의 대낮 풍경 같기도 하고, 비가 갓 갠 바다 위 같기도 하며, 산골에 날이 새는 듯 구름이 끝없이 뭉게뭉게 피어오르고, 수없는 구름 꽃봉오리가 햇발에 비치어 무지개가 뜨고, 멀리 바라뵈는 데는 까마득하고도 깊숙하여 끝간 곳이 없는데, 뭇 귀신들이 출몰하고, 갖은 도깨비가 나타나 멱살을 붙들고 소매를 뿌리치며, 어깨를 비비고 발등을 밟아서 가까운 놈은 멀리 뵈기도 하고, 얕은 데는 깊어 보이기도 하며, 숨은 놈이 드러나기도 하고, 가렸던 놈이 나타나기도 하여 뿔뿔이 따로 서 있으니, 모두가 허공에 등을 대고 바람을 모는 형세이었다. 대체로 구름이 서로 간격을 두어 이렇게 보이는 것이었다. 천장을 우러러 보니 수없는 어린애들이 오색구름 속에서 뛰노는데, 허공에 주렁주렁 매달려 있는 것이 살결을 만지면 따뜻할 것만 같고, 팔목이며 종아리는 포동포동 살이 쪘다. 갑자기 구경하는 사람들이 눈이 휘둥그래지도록 놀라, 어쩔 바를 모르며 손을 벌리고서 떨어지면 받을 듯이 고개를 젖혔다.

「盎葉記」92)

利瑪竇塚-出阜成門 行數里 道左列石柱四五十 上架葡萄方爛熟 有石牌樓三間 左右對蹲石獅 內有高閣 問守者 乃知爲利瑪竇塚 而諸西士東西繼葬者 總爲七十餘塚 塚域築墻 正方如碁局幾三里 其內皆西士塚也 皇明萬曆庚戌 賜利瑪竇葬地 塚高數丈 甎築墳 形如甗瓦 四出遠簷 望如未敷大菌 塚後甎築六稜高屋 如鐃鍾 三面爲虹門 中空無物 樹碣爲表曰 耶蘇會士利公之墓 左旁小記曰 利先生諱瑪竇 西泰大西洋意大里亞國人 自幼眞修 明萬曆辛巳航海 首入中華衍敎 萬曆庚子來都 萬曆庚戌卒 在世五十九年 在會四十二年 右旁又以西洋字刻之 碑左右樹華表 陽起雲龍 碑前又有甎屋 上平如臺 列樹雲龍石柱爲象設 有享閣 閣前又有石牌樓石獅子 湯若望紀恩碑

【역문】「앙엽기」

이마두 무덤-부성문(阜成門)을 나와서 몇 리를 가니 길 왼편으로는 돌기둥 4·50개를 쭉 늘여 세우고, 위에는 포도 시렁을 만들어 포도가 한창 익었었다. 돌로 만든 패루(牌樓) 세 칸이 있고, 좌우에는 돌로 깎은 사자(獅子)가 마주 쭈그리고 앉았다. 그 안에는 높은 전각이 있는데 수직군에게 물어서 비로소 이마두(利瑪竇)의 무덤인 줄을 알았다. 모든 서양(西洋) 선교사(宣敎師)들의 무덤으로서 동서 양쪽에 계장(繼葬)한 것이 모두 70여 분이나 되었다. 무덤 둘레는 네모로 담장을 쌓아

92) 「盎葉記」: 『연암집』 卷十五, 熱河日記에 수록. 북경 안의 기타 종교 유적들을 둘러보고 쓴 기록. 감나무 잎(葉)에 글을 써서 항아리 안에 넣었다가 책으로 엮었다는 고사에서 따서 「앙엽기」편명을 지었다.

바둑판처럼 되었는데, 거의 3리나 되니, 그 안은 모두 서양 선교사들의 무덤이었다. 명(明)의 만력 경술년(1610년)에 황제[93]는 이마두의 장지를 하사하였는데, 무덤의 높이는 두어 길이나 되고 벽돌로 쌓았다. 무덤 꼴은 시루같이 생겼는데 기왓장이 사방으로 처마 끝까지 멀리 나왔다. 바라보면 마치 다 피지 못한 커다란 버섯처럼 생겼다. 무덤 뒤에는 벽돌로 높다랗게 싼 육모 난 집이 섰는데, 마치 철종 같아 보였다. 삼면으로는 홍예문을 내었고, 속은 텅 비어 아무것도 없었다. 빗돌을 세워 글을 새기기를 야소회사이공지묘(耶蘇會士利公之墓)라 하였고, 왼편 옆에는 잔 글씨로, "이 선생(利先生)의 휘(諱)는 마두다. 서태(西泰) 대서양(大西洋) 이태리아국[意太利亞國] 사람으로서 어릴 때부터 참다운 수양을 하였다. 명의 만력 신사년(1581년)에 배를 타고 중화(中華)에 들어와 교를 널리 펴고 만력 경자년(1600년)에 북경에 와서 만력 경술년(1610)에 죽으니 세상을 누린 지가 쉰다섯 해에 교회에 있는 지는 마흔 두 해이다." 라고 하였고, 오른쪽에는 또 서양 글자로 새겼다. 빗돌 좌우에는 아름답게 조각한 돌기둥을 세우고, 양각(陽刻)으로 구름과 용의 무늬를 새겼다. 빗돌 앞에는 또 벽돌집이 있는데, 지붕은 평평하여 돈대와 같았다. 구름과 용의 무늬를 새긴 돌기둥을 쭉 늘여 세워 석물로 삼았다. 제사 받드는 집이 있고, 그 앞에는 또 돌로 만든 패루와 돌사자가 있으니, 이는 탕약망(湯若望)[94]의 기념비(紀念碑)이다.

〈주석 : 장정란〉

93) 황제 : 명 신종(神宗) 만력제(萬曆帝, 재위: 1573~1619).
94) 탕약망(湯若望) : 아담 샬(Johann Adam Schall von Bell, 1592~1666)

『一庵集』

「西洋畫記」

天主堂壁上 畫天主像 一人朱衣 立雲中 旁有六人 出沒雲氣中 或露全身 或露半身 或披雲露面 亦有身生兩翼者 眉目鬚髮 直如生人 鼻高口陷 手脚墳凸 衣摺而垂 若可攀攬 雲氣敷鬆如彈綿 而披雲露面者 深若數丈 初入堂中 仰面乍見 壁上有大龕 龕中滿雲氣 雲中立五六人 渺渺恍惚 若仙鬼變幻 而審視則貼壁之畫耳 不謂人工之能至此也 又畫天主堂棟梁 交錯掩暎 高深廉角 側轉如可隱身 圓柱簇立 中高邊殺 而圓體分明 如可捫抱 畫天主側卧雲上手撫大珠狀 鬢髮鬆然 眼光照人 其珠大如人頭而青色 炯然玲瓏 若琉璃水晶 透見一邊 設彩之神奇不可解矣 畫天神足踏一鬼 以四稜鐵槍舂其頭 目睛射地 勃勃若生 身不貼壁而槍稜墳高 如刀刃向外 其畫禽獸虫魚者 物物酷肖生者 雖微細之物 如蝶蜂之屬 皆畫數十種 粉蝶, 繡蝶, 壺蜂, 蜜蜂之類 種種形色 爭毫分異同 而必窮其類之數 嘴眼鬚眉 各極其態 雖不書名 一見可知其爲某虫某獸 猝然開卷 虫魚蠢動飛走 如可手掬 畫城邑人家者 畫僅一二尺 而若登高俯視 滿城人家 但見其屋甍 蓋以墨之濃淡淺深 作明暗隱見之色 能令人看作高低遠近之狀也 卓上

---

* 『일암집』은 조선 후기의 학자 이기지(李器之)의 시문집이다. 2권 2책. 활자본. 1768년(영조 44) 아들 봉상(鳳祥)의 편집을 거쳐 조영순에 의해 간행되었다. 권1에 시, 권2에 서(書), 서(序) 5편, 기(記) 9편, 제문 5편, 애사 1편, 고문(告文) 1편, 부록에 묘표 등이 수록되어 있다. 『한국민족문화대백과』 참조.
* 역문 : 이기지 저, 조융희·신익철·부유섭 옮김. 『일암연기』, 한국학중앙연구원, 2016.
* 『일암집』 기(記) 편에 실린 작품 중 「西洋畫記」, 「渾天儀記」는 『일암연기』에서 일별로 다루었던 내용을 요약적으로 제시하여 연행록 원문과는 차이가 있다.

側立圓木板 以五采雜抹 縱横散亂 漫無條理 或有似鳥頭者 或有似鳥翼者 僅可指名而已 離木板三尺許橫立 圓筒一頭帖水晶而多作廉稜 一頭有四小孔僅如針竅 以眼著小孔 透水晶而視板畫 則向之散亂者 皆湊成一物 或鶴啄松枝 或鸂鶒浮水 箇箇如生物飛動 而板上之畫 終莫辨何者爲頭何者爲足 蓋水晶廉稜 能離合人視物 故隨其離合之勢 而湊合一板之點畫以成完畫 匠心之妙 可奪神巧 北壁門開 而有狗露面門扉 引頸窺外 諦視則元無門焉 但畫門扇於壁 作半開狀而畫狗其下 筆畫塗抹 甚不精細 而近視則畫也 却立十步外觀之 則分明是生狗 而門扇之內 甚爲深邃 若暎見一壁 尤可異也

【역문】「서양화기」[1]

천주당 벽 위에 천주상이 그려져 있었는데 한 사람이 붉은 옷을 입고 구름 속에 서 있는 모습이었다.[2] 그 옆에는 여섯 사람이 구름에 가려져 있기도 하고 구름 밖에 모습으로 드러내기도 하였다. 어떤 이는 온 몸을 다 드러냈고, 어떤 이는 몸을 반만 드러냈으며, 어떤 이는 구름을 헤치고 얼굴을 드러내기도 하였다. 또한 몸에 두 날개가 돋은 이도 있었는데 그들의 얼굴과 머리카락의 형상은 마치 살아 있는 사람 같았다. 코는 높이 솟고 입은 들어갔으며 손발은 도톰하게 나와 있었다. 주름진 옷은 아래쪽으로 드리워져 구름을 휘감은 듯한 모습이었다. 머리카락은 솜을 탄 듯이 더부룩하게 풀어져 있었는데 몇 장정도 깊숙한 곳에서 구름을 헤치고 얼굴을 드러내고 있는 자가 있었다.

1) 『일암집』 권02, 記
2) 천주당 벽 위에~서 있는 모습이었다. : 예수 그림을 말한다.

처음에 천주당 안에 들어가 고개를 들어 보니 벽 위에 커다란 감실이 보였다. 감실 안은 구름이 가득하고 구름 속에 5~6인이 서 있었는데 아득하고 황홀하여 마치 신선과 귀신이 변환한 듯하였다. 자세히 보니 벽에 붙인 그림일 뿐이었으니 사람의 솜씨로 이런 경지에 이를 수 있으리라 여겨지지 않았다.

또한 천주당 용마루와 대들보가 엇갈리게 배치되어 빛을 가린 채 높고 깊어 보였으며, 모퉁이 옆으로 돌아가면 마치 몸을 숨길 수 있을 듯하였다. 둥근 기둥이 늘어서 있는데 그 가운데는 불룩하고 주변으로 갈수록 낮아지면서 그 둥근 모양이 선명해져 마치 손으로 만지거나 안을 수 있을 듯 했다. 그림에서 천주는 구름 위에 옆으로 누워 손으로 커다란 구슬을 어루만지고 있었으며, 수염이 덥수룩하고 눈빛으로 사람을 바라보았다. 그 구슬은 크기가 사람 머리만 하였으며 푸른 빛이 유리와 수정처럼 영롱하였는데 한쪽을 투시해 볼 수 있도록 만든 신기한 채색이 어떻게 이루어진 것인지 이해할 수 없었다. 천신을 그렸는데 발로 귀신 하나를 밟고 있었다. 네모난 철창(鐵槍)으로 머리를 찧고 있었는데 눈동자는 땅을 쏘아보며 마치 살아있는 것 같았다. 몸이 벽에 붙은 것이 아니라 창 모서리가 튀어나와 있어 마치 창의 칼날이 밖을 향하고 있는 듯하였다.

짐승이나 벌레, 물고기 등을 그린 것은 모두가 살아 있는 것 같아 비록 나비와 벌 따위의 아주 작은 동물일지라도 반드시 수십 종을 그렸다. 흰나비·무늬나비·말벌·꿀벌 등의 경우 각각의 모습과 색깔에 나타나는 털끝만한 차이라도 따져가며 반드시 그 부류에 속하는 것들을 다 그렸다. 부리, 눈, 수염, 눈썹까지도 각각 그 모양을 지극히 묘사하였기에, 비록 각각의 이름을 적지 않았더라도 한번 보면 그것이 어떤 벌레이고 어떤 짐승인지를 분명히 알 수 있었다. 책을 펼치면 갑자기 벌레와 물고기가 움직이고 날아올라 마치 손에 잡힐 듯하였다.

성읍(城邑)·인가(人家)를 그린 것은 그림이 겨우 2척이지만 꼭대기에 올라가 내려다보면 성에 가득한 인가들이 단지 그 기와지붕만 보일 것이다. 대개 먹의 농담을 통해 색상이 드러나거나 감추어지도록 명암을 표현하여 사람들로 하여금 원근과 고저의 모습 그대로 볼 수 있게 하였다.

탁자 위에는 둥근 목판이 비스듬히 세워져 있었는데 목판 위에는 오색을 종횡으로 산만하게 섞어 칠하여 일정한 무늬를 이루지 않았다. 새의 머리 모양 같은 것도 있고, 새의 날개 모양 같은 것도 있었는데, 이는 그저 내가 이름 붙여 본 것이다. 목판에서 3척쯤 떨어진 곳에 원통이 비스듬히 세워져 있고, 원통의 한 쪽 끝에 수정이 달려 있었다. 수정은 가운데가 불룩하고 모서리 진 곳이 많았다. 다른 한 쪽 끝에는 조그만 구멍 네 개가 있었는데, 겨우 바늘구멍만 하였다. 사람이 그 조그만 구멍에 눈을 갖다 대고 수정을 투과하여 목판의 그림을 보면 아까 산만하게 흩어져 보였던 것들이 모두 모여들어 하나의 사물을 이루었다. 학이 소나무 가지를 쪼기도 하고 오리가 물에 떠다니기도 하여 그림마다 마치 살아 있는 것들이 날아 움직이는 듯하였다. 그렇지만 목판 위의 그림을 가지고는 어떤 것이 머리가 되고 발이 되는지 끝내 분간할 수 없었으니, 참으로 기이하였다. 수정의 모서리를 통해 사람이 보는 물건의 색을 이합(離合)시키기 때문에 그 이합의 형세에 따라 그림이 만들어지며, 목판에 그려진 점과 획을 모여들게 하여 완전한 새의 모양을 이루었다. 장인의 기묘한 정신으로 신의 기교를 빼앗았다고 할 만하다. 북쪽 벽에 문이 열려있고 출입문 앞에 개가 있어 고개를 빼 자세히 살펴보니 본래 문은 없었다. 다만 벽에 반쯤 열린 출입문을 그리고 그 아래에 개를 그려 놓은 것이었다. 그림이 조잡스러워 정밀하고 자세하지 않아 가까이에서 보면 그림이다. 하지만 열 걸음 정도 밖에서 본다면 이는 분명 출입문 안에 있는 살아있는 개였다. 심오함이 심하여 마치 한쪽 벽을 비추어 보는듯하니 더욱 기이하였다.

〈주석 : 배주연〉

『靑泉集』

「外俗」

長崎島屬肥前州 非使行歷路 雖不得目見 而實爲海外諸國都會之區 南京商賈杭海而來者 或狎倭女生子來往 故倭人以此得中國事情 亦通漢語 然所學語音 乃蘓杭閩浙福建以下 故與我人北京譯差異 又有南蠻諸種羣集貿販 問其服色 椎結箕踞 尙有尉佗舊俗 而阿蘭陀國人 最爲異常 頭髮不長 而從後綰之 着紅錦氊笠珠履 其衣皆奇錦 夾窄僅容身 袴亦堇容兩脚而不可屈伸 人人必夾一胡床而行 有坐 輒據床伸足 俗無文書 但以長短緩急之晝 爲凡事遲速之令 百物奢靡 衣不點汚 性情貪淫 來必與倭女相狎 晝夜耽弄 長崎倡屋則每接異國人得珍貨云 余問國法旣無交通之禁 彼其耽弄者 亦或載去否 通事曰 此雖無禁 但不令載去 所生男女 終爲日本人矣 又問西洋國人利瑪竇 盖亦異人 其所經歷記述 雖不可盡信 而自有天地以來 爲此說者 獨有利瑪竇 余固怪異之 今聞西洋國人亦通長崎島云 或有所傳於其人行蹟否 曰 彼其來販於長崎者賈人無識 別無問答之可憑 而但聞有一船來泊於日本南海 而其人自稱西洋國教主 以其君命 教導萬國云云 其所謂教 以利瑪竇爲聖人 而語皆無倫 自國設禁 不使人相通 遂怒而歸去云 ○琉球國有大小二種 皆在日本西南海中 其小者曰中山王

* 『청천집』은 조선 후기의 문인 신유한(申維翰, 1681~1752)의 시문집으로 6권 3책이다. 신유한은 본관은 영해(寧海). 자는 주백(周伯), 호는 청천(靑泉)이며 1705년(숙종 31) 진사시에 합격하고, 1713년 증광문과에 병과로 급제하였다. 1719년 제술관(製述官)으로서 통신사 홍치중(洪致中)을 따라 일본에 다녀왔으며, 봉상시첨정에 이르렀다. 문장으로 이름이 났으며, 특히 시에 걸작품이 많고 사(詞)에도 능하였다. 저서로 『해유록』·『청천집』이 있다.

自古朝貢於日本 問其服色言語 與倭略同 而但使臣有職者所着烏帽 若我國紗帽而差小 公服亦圍領之制 三年一朝貢 自薩摩州登陸至江戶 行禮而去 余與雨森東問琉球土風人物 東曰 昔大明高皇帝勑送中國二十四姓居之 其人子孫 今有十餘姓 而世修文學爲官 官人服色 尙保中華餘俗 而平民則與日本無異 但着長衣而無袴 俗尙技巧 百工各聚一區 不相混居 其所工作 必皆精妙 今日本所用玳瑁梳及重茅席 多出琉球云云 因指館中一席曰 此乃琉球人手織也 觀其制度 與倭席長短不差 而茅色深黃 柔靭堅密 可以年久不敝矣 記余在國時見京中一褐夫 自云曾於濟州海上 漂風至琉球 見百工所居 各有部落 而渠在皮工之區 留得一歲 男女衣服飮食言語 一如日本 聞其國朝貢於日本 故國君送至日本 乃得傳到於東萊云 今與雨森東所言相符 又問於東曰 琉球官人之識字者 或有傳詩文否 答曰 聞有程寵乂者至中國西湖 有詩云西子湖頭唱竹枝 不堪往事繫人思 波濤白晝錢王弩 風雨蒼山陸相祠 衣濕雲香三筑路 囊餘柳色六橋詩 難將東海勞臣意 說與栽梅處士知 有雪堂燕遊草一卷行于世云

【역문】「외속」[1]

장기도(長崎島)는 비전주(肥前州)에 속하여 사신행차가 지나는 곳이 아니기에 비록 눈으로 보진 못하나 실로 해외 여러 나라 사람들이 모여드는 구역으로 중국 남경(南京)의 장사치들로 항해하여 온 자들이 간혹 일본 여자와 관계를 맺어 자식을 낳고 왕래한 나머지 일본인들이 중국사정을 알고, 중국말도 배워서 할 줄 안다. 그러나 배운 말씨와 발음이 중국의 소주(蘇州), 항주(杭州), 절강(浙江), 복건(福建) 이하 지역이어서 우리나라에서 배운 북경말과 차이가 있다. 또한 남만(南

1) 『청천집』 권7, 「海游聞見雜錄」 下

蠻)의 모든 나라사람들이 몰려와 무역을 함에 있어서, 듣자하니 그 옷차림이 머리털을 뭉쳐 매었으며. 걸터앉아 아직도 위타(尉佗)[2]의 옛 풍속이 있고 아란타국(阿蘭陀國) 사람들은 정말 이상하게도 머리털이 그리 길지 않음에도 뒤에서부터 얽어매었으며, 붉은 비단 전립(氈笠)[3]을 쓰고, 구슬 신을 신었으며, 옷들은 모두 기이한 비단옷인데, 꽉 끼어 겨우 몸을 움직일만하고 바지도 겨우 두 다리를 낄 수 있을 만큼 밀착되어 허리를 굽힐 수 없어 사람마다 호상(胡床)[4] 하나씩을 갖고 다니다가 앉을 일이 있으면 의자를 펴고 걸터앉아 다리를 편다. 풍속은 문서가 없어 길고 짧고 느리고 급한 획으로 부호(符號)를 그리고, 온갖 지닌 물건이 사치스럽고, 복장은 점 하나 없이 깔끔하며, 성정이 많이 음란하여 오기만 하면 반드시 일본 여자와 관계를 갖고 밤낮으로 희롱하기를 즐겨 장기(長崎)의 창옥(倡屋)에서는 매양 외국인을 접하여 진기한 보물들을 얻는다고 한다. 내가 "일본의 국법은 기왕에 외국인과의 교통을 금하지 않으니 외국인이 일본여자를 좋아하여 혹 싣고서 자국으로 데려갈 수도 있는가?" 물었더니 통사(通事)가 말하기를, 비록 금하지는 않으나 배에 실어 데려갈 수는 없다 하고, 그들이 낳은 자녀들은 마침내 일본인이 된다 말하였다. 또한 묻기를 "서양국 사람으로 이마두(利瑪竇)라는 자는 아마도 기이한 사람으로 보이는데, 그의 기록된 경력을 비록 다 믿을 수는 없지만 천지가 생긴 이래 그와 같은 설(說)[5]을 하는 사람은 이마두 한 사람 뿐이라서 괴이하게 여겨진다.

---

2) 위타(尉佗) : 본래 중국 진나라가 망한 후 남월왕(南越王)에 책봉된 인물 조 무왕(趙 武王) 조타(趙佗)를 지칭하는데, 남월국을 통칭하여 쓰인 것으로 보인다. 남월은 B.C 203~B.C 111년에 걸쳐 5대 93년 동안 중국 남부에서 베트남 북부에 존재한 왕국이다.

3) 전립(氈笠) : 북방의 호족으로부터 유래했다는 무관이 쓰는 모자를 말한다.

4) 호상(胡床) : 등받이가 있는 접이의자를 말한다.

5) 설(說) : 설교(說教), 종교적인 가르침을 의미한다.

지금 듣기로 서양국 사람들도 장기도와 교통한다 하니 혹시 그 사람의 행적에 대하여 전해 듣지 못하였는가? 라고 물었다. 대답하기를, 장기에 와서 물건을 팔고 사며 무역하는 사람들은 무식하여 별로 신빙할만한 문답은 없었지만, 다만 들은 바로는, 일본 남해에 배 한 척이 들어와 정박한 적이 있는데, 그 사람이 스스로 자신을 서양국의 교주(教主)라 칭하면서 자기 나라 임금이 명하여 만국을 가르쳐 인도한다고 운운하였다는데, 이른바, 그 교(教)는 이마두를 성인(聖人)이라 하였다. 말이 모두 인륜이 없어 일본 사람들로 하여금 서로 교통하지 못하도록 금하였더니, 마침내 돌아가고 말았다고 했다. 유구국(琉球國)은 대소(大小)의 두 나라가 있는데 모두 일본 서남바다 가운데 있다. 그 작은 것을 중산왕(中山王)이라 하는데, 옛 부터 일본에 조공하였다. 그 옷 빛깔과 말씨가 일본 사람과 대략 같으나, 단지 사신으로 온, 관직을 가진 자는 검은 모자를 쓰고, 우리나라 사모(紗帽)[6]와 같지만 더 작고, 공복(公服)은 또한 단령(團領)[7]의 제도(制度)가 있어, 3년에 한 번씩 조공하러 와서 살마주(薩摩州)라는 곳으로 부터 상륙하여 강호에 이르러 예를 행하고 간다 하였다. 내가 우삼동에게 유구국의 풍속과 인물에 대해 물었더니, 우삼동이 말하기를 "옛적에 명나라 태조(太祖)가 중국의 스물넷 성(姓)의 사람들을 보내어 유구국에 살게 하였는데, 그 자손이 지금 십여 성이 남아 있어, 대대로 문학을 하여 관리가 되고 관인의 복색은 아직도 중국의 옛 풍속을 보존하고 있다고 하였다. 평민은 일본과 다름이 없어 다만 긴 옷만 입고 바지는 없으며, 풍속이 기교를 숭상하여 모든 공인(工人)이 모두 한 구역에 모여 서로 섞여 살지 않고, 만든 물건들이 정묘(精妙)하여 일본에서 쓰는 대모소(玳瑁梳)[8] 나 중모석(重茅席)[9] 이 모두 유구국에서 나옵니다."하고, 사관(使

6) 사모(紗帽) : 관복을 입을 때에 쓰던 검은 베 모자를 말한다.
7) 단령(團領) : 깃을 둥글게 한 公服을 말한다.

館) 안에 있는 돗자리 하나를 가리키면서 "이것이 유구사람의 손으로 짠 것입니다." 하여, 어떻게 짜인 것인지 살펴보니, 일본에서 만들어진 돗자리와 길고 짧은 것은 차이가 없으나 띠[茅] 빛깔이 매우 누렇고, 부드럽고 질기면서 단단하고 촘촘하여 오래도록 해지지 않게 생겼다. 내가 본국의 서울에 있을 때 한 허름한 천인이 스스로 말하기를 "제가 일찍이 제주 바다에서 풍파를 만나 표류하다가 유구국에 이르렀는데 온갖 공인이 사는 부락이 각각 정해져 있어, 저는 피혁공(皮革工)이 사는 구역에서 1년을 머물렀습니다. 그 곳 남녀의 의복과 음식, 언어 등은 한결같이 일본과 같았으며, 그 나라에서 일본에 조공(朝貢)한다고 해서 임금이 저를 일본으로 보내어 일본으로 갔다가 거기서 다시 동래(東萊)로 왔었습니다."라고 했던 말이 기억났다. 지금 우삼동이 말한 바와 서로 부합하는 것이었다. 또 우삼동에게 묻기를, "유구 관인(官人)의 글을 아는 사람으로서 혹 전해지는 시문(詩文)이 있는가요?" 하였더니, 답하기를, "듣자하니, 정총예(程寵乂)라는 사람이 있었는데, 중국 서호(西湖)에 이르러 시를 지어

> 서자호수머리에서 죽지사(竹枝詞)를 부르니　　西子湖頭唱竹枝
> 지나간 옛 일에 마음 매여 견디기 어렵다.　　不堪往事繫人思
> 대낮의 파도는 전왕[10]의 활, 쇠뇌[11]요　　波濤白晝錢王弩
> 푸른 산 비바람은 육수부(陸秀夫)[12]의 사당(祠堂)이라

---

8) 대모소(玳瑁梳) : 대모빗을 말한다.
9) 중모소(重茅席) : 겹돗자리를 말한다.
10) 전왕(錢王) : 중국 5대 10국(五代十國) 때, 오월(吳越)의 왕 전씨(錢氏)를 말하며. 그 시조는 전유(錢鏐), 태조 무숙왕(武肅王, 895~932)으로, 그의 손자 굉숙(宏俶, 충의왕忠懿王)이 송(宋)에 항복하기까지 3세 5주(三世五主), 84년간 왕을 일컫는다.
11) 뇌(弩) : 여러 개의 화살이나 돌을 잇달아 쏘는, 큰 활을 말한다.

風雨蒼山陸相祠

옷에는 삼축(三竺)[13]으로 가는 길의 구름향기 배이고

衣濕雲香三竺路

행장행랑엔 버들 빛 육교(六橋)[14]가 시(詩) 되어 남았네

囊餘柳色六橋詩

험한 동해 바닷길을 오느라 고생한 사신(使臣)의 뜻을

難將東海勞臣意

매화나무 심는 처사에게 말한들 알겠는가. 說與栽梅處士知

라고 읊었다 하였다 합니다. 『설당유연초(雪堂燕遊草)』란 책 한권이 전해지고 있습니다." 라고 하였다.

〈역주 : 배주연〉

---

12) 육수부(陸秀夫) : 중국 남송이 멸망할 때 재상을 지냈던 인물(1236~1279)로 1276년 몽골군에게 송나라가 패한 후, 진의중(陳宜中), 장세걸(張世傑) 등과 함께 송나라 왕실을 지키려 하였다. 1279년 공격을 받자 배로 도망하다가 위왕을 업고 바다로 투신하여 목숨을 버려 후에 나라를 위해 절의를 지킨 인물로 칭송받았다.

13) 삼축(三竺) : 중국 항저우(杭州) 영은산(靈隱山) 비래봉(飛來峰) 동남쪽에 천축산(天竺山) 이 있는데, 여기에 있는 사원이 상천축(上天竺), 중천축(中天竺) 하천축(下天竺)이다. 이를 합칭하여 삼천축(三天竺)이라 하고, 이를 간략히 칭하여 삼축(三竺)이라 하고, 그 사원들을 일컬어 천축사(天竺寺)라 한다.

14) 육교(六橋) : 소제(蘇堤 : 서호를 둘러싼 제방으로, 중국의 시인 蘇東坡가 제방을 쌓았다 하여 제방을 칭할 때 소동파시인의 蘇자를 붙여 소제라고 부름) 위에 있는 여섯 개의 다리, 즉 영파(映波,) 쇄란(鎖瀾), 망산(望山), 압제(壓堤), 동포(東浦), 과홍(跨虹)을 말한다.

『弘齋全書』

「斥邪學教」

賞罰 爲有國聳人勵人之端 有賞無罰 何異於擧直而不錯枉乎 此箇事理 右相曾有筵奏 此所以樂聞而默運於施措之際者 以目下鬧端言之 西洋之書 出來於東國者 已數百餘年 史庫玉堂之舊藏 亦皆有之 不啻幾十編帙之多 年前特命收取出置 卽此可知購來之非今斯今 而故相忠文公入燕 與西洋人蘇霖戴往復 求見其法書 而其言以爲對越復性 初似與吾儒無異 不可與黃老之淸淨 瞿曇之寂滅 同日而論 然彷彿牟尼之生反取報應之論 以此易天下 則難矣云云 故相之言 可謂詳辨其裏面 而亦或純然攻斥者有之 故察訪李瀷詩 則至以爲夷人傳異學 恐爲道德寇 大抵近日以前 博雅之士 未嘗不立言評騭 而其緩其峻 無足有無於其時 而今也正學不明也 故其爲弊害 甚於邪說 浮於猛獸 爲今日捄弊之道 莫過於益明正學 而且就世人另行彰善癉惡之政 然後庶可責其功 刑戮之於矯俗 末也 况厥學乎 昨旣擢用崔獻重 以扶正而斥邪也 年前購來之李承薰 無論有情無情 其可不損一毫 敢使息偃渠家 有關於刑政者大矣 承薰之父焚書之證 其後承薰著文訟罪一款 亦發於公家文蹟 而革心自革心 犯手自犯手 名旣登於公車 則

---

* 『홍재전서』는 조선 22대 국왕인 정조(正祖, 1752~1800, 재위: 1775~1800)의 시문(詩文)을 규장각(奎章閣)에서 편찬하고 간행한 책이다. 정조의 이름은 이산(李祘), 자는 형운(亨運), 호는 홍재(弘齋)이다..
  『홍재전서』는 정조가 세손으로 있던 1765년에 지은 시에서부터 시작하여 그가 사망한 1800년까지 남겼던 시문을 글의 종류에 따라 분류 편집하여 수차례 정리를 거쳐 1814년 184권(春邸錄 4권과 詩文集 180권) 100책의 활자본으로 간행되었다. 권두에 총목이 있고, 각 권마다 목록이 있다.
* 역문 : 임정기 등, 『홍재전서』, 한국고전번역원, 1998~2003

不卽處分 亦非人其人之義 前縣監李承薰 投之禮山縣 外此下里編戶 設有可賞可罰之類 此則有司存 廟堂提飭有司 苟能誠心勸懲 而不激不隨 勿忘勿助 則其效可以時日期月待 如是敷示之後 更以厥學事爲酬應 則其可曰有朝廷乎

【역문】「사학(邪學)을 배척하라는 하교」[1]

상을 주고 벌을 주는 것은 나라에 있어 사람을 고무시키고 격려하는 단서이니, 상만 주고 벌을 주지 않는 것은 곧은 이를 들어 쓰기만 하고 잘못된 이를 내치지 않는 것과 무엇이 다르겠는가. 이러한 일의 이치에 대하여 우상이 일찍이 연석에서 아뢰었으니, 이 때문에 이를 기꺼이 듣고 조처하는 즈음에 묵묵히 행하게 된 것이다. 현재 시끄러운 일로 말하자면, 서양의 서적이 우리나라로 들어온 지가 이미 수백 년이나 되었다. 이에 사고(史庫)와 옥당(玉堂)에 예전부터 소장해 오던 것 중에도 모두 들어 있었는데, 무려 몇십 편질(編帙)을 훨씬 넘는 것이었다. 그래서 연전에 특명으로 이것들을 모두 거두어다 내다 버리라고 하였는데, 이것만으로도 서양의 책을 구입해 온 것이 오늘날 시작된 것이 아님을 알 수 있다. 고(故) 재상 충문공(忠文公 서명선(徐命善))[2]이 연경(燕京)에 가서 서양인 소림(蘇霖, Saurez, J.), 대진현(戴進賢, Kögler, I.)[3]과 왕복하면서 그 법서(法書)를 구해 본 일이 있었는데,

1) 「斥邪學敎」 : '교(敎)'는 국왕이 신하들에게 내린 명령이나 선포문으로 정조의 '교' 총 223편은 『홍재전서』 권30~36에 모아 실었다. 1795년 반포한 「斥邪學敎(사학을 배척하라는 하교)」는 권34에 수록되어 있다.
2) 충문공(忠文公 서명선(徐命善), 1728~1791) : 조선 후기의 문신.
3) 한국문집총간 번역 원문에 소림대라 하였으나 오류이다. 소림(蘇霖, Saurez, J.)과 대진현(戴進賢, Kögler, I.)으로 역문 본문에 임의로 바로잡아 수정하였다. 사우레즈(蘇霖)는 포르투갈출신 예수회 선교사로 흠천감에서 봉직하였다. 쾨글러(戴進

이에 대하여 말하기를, "상제(上帝)와 대면한 가운데 자신의 본성을 회복한다는 점에서는 애당초 우리 유학과 다를 것이 없는 것 같다. 따라서 청정(淸淨)을 논하는 황로(黃老 도가(道家))나 적멸(寂滅)을 주장하는 구담(瞿曇 불가(佛家))과는 같은 차원에서 논할 수 없다. 그러나 석가모니의 삶과 방불(彷佛)하고 도리어 보응(報應)에 관한 논의를 취하고 있으니, 이로써 천하를 바꾼다는 것은 어려운 일이다."하였으니, 고 재상의 말이 그 이면을 상세히 변론하였다고 할 만하다. 그런데 혹 순전히 공격하며 배척한 경우도 있었으니, 고(故) 찰방 이서(李漵)[4]의 시(詩)에서는 심지어 "오랑캐가 전한 이단의 학문이 도덕을 해칠까 두렵네."라고까지 하였다. 대개 근일 이전에는 박학하고 단아한 선비들이면 모두 주장을 내세워 평정(評定)하는 말들을 하였는데, 완곡하게 하든 준엄하게 하든 간에 그 당시에는 별로 영향을 주는 일이 없었다. 그런데 지금은 정학(正學)이 밝혀지지 않고 있기 때문에 그 폐해가 사설(邪說)보다도 심하고 맹수보다도 더하다. 오늘날 폐단을 구제할 방도로는 정학을 더욱 밝히는 것보다 나은 것이 없다. 또한 세상 사람들에 대해서도 특별히 착한 일을 표창하고 악한 일을 징계하는 정사를 행한 후에야 그런 효과를 거둘 수 있게 될 것이다. 형륙(刑戮)은 풍속을 바로잡는 데 있어 가장 말단적인 방법인데, 더구나 그 학술에 대해서야 말할 것이 있겠는가. 어제 이미 최헌중(崔獻重)을 발탁해 등용함으로써 정학을 일으켜 세우고 사학을 물리치도록 하였다. 연전에 서양 책을 구입해 온 이승훈(李承薰)[5]에 대해서는 그가 의식적으로 그렇

賢, 1682~1746)는 독일출신 예수회 선교사로 1717년 중국 입국 후 바로 강희제의 명으로 북경 흠천감에서 종사하였고 1725년(雍正 3년) 흠천감감정(欽天監監正)에 임명되어 1746년 사망 때까지 봉직하였다.

4) 이서(李漵, 1662~ ?) : 조선 후기의 문신. 이익(李瀷)의 조카로 아버지는 이익의 형인 대사헌 이하진(李夏鎭)이다.

5) 이승훈(李承薰, 1756~1801) : 조선 후기의 문신. 한국인 최초의 천주교 영세자이

게 했건 무의식적으로 했건 따질 것 없이 그를 털끝 하나도 다치지 않게 하면서 감히 그의 집에서 편안히 지내게 해서야 되겠는가. 이는 형정(刑政)에 관계되는 바가 크다. 이승훈의 아비가 책을 불사른 증거와 그후에 이승훈이 글을 지어 자기 죄를 털어놓은 한 가지 조목은 또한 공가(公家)의 문적(文蹟)에 드러나 있다. 그렇기는 해도 마음을 고쳐먹은 것은 고쳐먹은 것이고 그런 짓을 저지른 것은 저지른 것인 만큼 이름이 이미 상소문에 올라와 있는데도 즉시 처분하지 않는다면 또한 그 사람을 사람답게 대우하는 의리에 어긋날 것이다. 전 현감 이승훈을 예산현(禮山縣)으로 귀양 보내도록 하라. 이 밖에 서민들 가운데 상을 주고 벌을 줄 만한 무리가 있다면 이는 유사(有司)가 처리할 일이니, 묘당에서 유사를 신칙하도록 하라. 실로 성심껏 권면하고 징계하되 요동시키지도 말고 따라가기만 하지도 말며 잊지도 말고 조장하지도 않는다면 그 효과를 가까운 시일 내에 볼 수 있게 될 것이다. 이와 같이 내 뜻을 다 펼쳐 보인 이후에도 다시 그 학술에 관한 일로 수응(酬應)하게 된다면 조정다운 조정이 있다고 할 수 있겠는가.

며 한국천주교회 창설자의 한 사람. 1783년 동지사 서장관 아버지 이동욱(李東郁)을 따라 북경에 약 40일간 머물며 선교사들로부터 교리를 배워 그라몽(Gramont) 신부에게 세례를 받았다. 1784년 교리서적 수십 종과 십자고상(十字苦像), 묵주. 상본 등을 가지고 귀국하여 이벽, 이가환, 정약종 형제 등에게 세례를 주고 명례방(明禮坊) 김범우(金範禹)의 집을 신앙집회소로 정하여 정기적 신앙 모임을 가짐으로써 비로소 한국천주교회가 창설되었다.

「左議政蔡濟恭斥邪學箚批」

卿於小報 見昨日臺批乎 異端云乎者 非獨老爲然 佛爲然 楊爲然 墨爲然 荀爲然 莊爲然 申爲然 韓爲然 凡諸子百家有萬其類之書 少拂於正經常道而非先王之法言 皆是也 故孔子之世 邪說之橫流 不至如孟子之時 孟子則斥之以洪水猛獸亂臣賊子 孔子只似泛說其爲害者 蓋所遇之不同而易地則必皆然 今人以小人之腹 度聖人之心 認之 若湯誓泰誓 裕與迫之各有間然者然 可謂太不識孔子 幷與諸子百家 未入於眞箇異端者流 猶且刱立異端之目 揭訓而預防 論語本旨 何嘗不尤嚴而愈厲於好辯章耶 況今去孔孟爲千有百年 其所闡發闢廓之責 不在於吾黨之小子乎 予嘗語筵臣曰 欲禁西洋書之學 先從稗官雜記禁之 欲禁稗官雜記 先從明末淸初文集禁之 大抵正其本者 若迂緩而易爲力 捄其末者 雖切至而難爲功 今予所欲禁者 未必不爲正本之一助 若使孔子得位而行道 諸子百家之說 不得與經傳竝行 則孟子何苦而費盡多少大說話 以取時人好辯之譏哉 適因卿箚 更申臺批未罄之輪囷 卿居廟堂籌謨之地 須以明末淸初文集及稗官雜記等諸冊 投之水火當否 與諸宰爛加講究 而此若以令不便爲嫌 赴燕使行購雜書之禁 在所申明 卿意云何 至於所謂西洋學之爲痼弊 卿箚中至以嫉其學 如嫉仇讎 作書而明辨 對人而切戒云爾 則卿之以不早正人心明聖學反以爲自引 誠過且過矣 予在君師之位 尙不能先事導迪 化行俗美 何有於卿 何有於卿 又若洪樂安輩私書中 一二取譬之句語 昨於臺啓果見之爲念四方聽聞之起惑 勿須於具書 使卽釐改年少新進利口之病 卿何乃一任之 此則還爲之慨然于卿 自餘在造朝日面討

【역문】「좌의정 채제공(蔡濟恭)이 사학(邪學)을 배척하는 차자에 대한 비답」[6]

경은 소보(小報)에서 어제 대간에게 내린 비답을 보았는가? '이단(異端)'이라고 하는 것은, 노자(老子)나 석가모니나 양주(楊朱)나 묵적(墨翟)이나 순자(荀子)나 장자(莊子)나 신불해(申不害)나 한비자(韓非子)뿐만 아니라 무릇 제자백가(諸子百家)의 수많은 부류의 책들 중에 조금이라도 정경(正經)과 상도(常道)에 어긋나고 선왕의 법언(法言)이 아닌 것들은 모두가 그것이다. 그런 까닭에 공자의 세상에는 사설(邪說)이 횡류(橫流)한 정도가 맹자의 때처럼 심하지 않았다. 맹자는 그것들을 홍수(洪水), 맹수(猛獸)와 난신적자(亂臣賊子)라고 배척하였으나 공자는 단지 그 해로움만을 범연히 말한 것은 그 처한 바가 똑같지 않았기 때문이고 처지를 바꾸었으면 반드시 모두 그렇게 하였을 것이다. 요즘 사람들은 소인(小人)의 심보로써 성인(聖人)의 마음을 헤아리면서, 마치 탕서(湯書)[7]와 태서(泰書)[8]의 글이 각기 여유 있고 각박한 차이가 있는 것처럼 인식하니, 공자가 제자백가로서 아직 진짜 이단에 들어가지는 않은 부류들까지도 오히려 이단의 명목을 처음으로 만들어 교훈을 보여 주고 미리 막으려 했던 것을 너무도 모른다고 할 수 있다. 『논어(論語)』의 본지(本旨)가 어찌 『맹자』의 호변장(好辯章)보다 더욱

---

6) 「左議政蔡濟恭斥邪學箚批」 : '비(批)'는 신하들이 올린 상소(上疏)나 차자(箚子)에 대한 국왕의 답변이다. 정조의 '비' 총 214편은 『홍재전서』 권42~46에 모아 실었다. 「左議政蔡濟恭斥邪學箚批(좌의정 채제공이 사학을 배척하는 차자에 대한 비답」)은 권43에 수록되어 있다.

7) 탕서(湯書) : 『서경(書經)』「상서(商書)」 탕서(湯書)편. 은(殷)나라 탕왕(湯王)이 하(夏)나라 걸왕(桀王)을 치기 위해 군사를 일으켰을 때 모든 사람들에게 맹세한 글.

8) 태서(泰書) : 『서경(書經)』「주서(周書)」 태서(泰書」편. 주(周)나라 무왕(武王)과 주공(周公)이 은나라 폭군 주왕(紂王)의 정벌을 위해 행군 중 맹진(孟津) 나루터에 이르러 혁명의 정당성과 명분을 밝히며 여러 제후와 병사들을 격려한 글.

엄하고 더욱 매섭지 않은 것이겠는가. 더구나 지금은 공자, 맹자 시대와의 거리가 천 몇백 년이나 되니, 그것을 드러내어 밝히고 넓히는 책임은 우리 젊은이들에게 있지 아니한가. 내 일찍이 연석의 신하에게 말하기를, "서양 학문을 금지하고자 하면 먼저 패관잡기(稗官雜記)부터 금지하고, 패관잡기를 금지하고자 하면 먼저 명말 청초(明末清初)의 문집[9]부터 금지시켜야 할 것이다."라고 하였다. 대체로 근본을 바로잡는 것은 마치 우원(迂遠)한 듯하나 힘을 쓰기가 쉽고, 말단을 바로잡는 것은 비록 절실한 듯하나 공을 이루기 어려운 법이다. 지금 내가 금지하려고 하는 것은 반드시 근본을 바로잡는 일에 일조(一助)가 안 되는 것은 아닐 것이다. 만약 공자로 하여금 지위를 얻어 도를 행하게 하여 제자백가의 설을 경전(經傳)과 나란히 행해지지 못하게 하였더라면, 맹자가 어찌 고생을 해 가며 많은 이야기를 해서 당시 사람들이 변론을 좋아한다고 기롱하는 것을 취하였겠는가. 마침 경의 차자로 인하여, 대간에게 내린 비답에서 다하지 못한 심정을 다시 말하는 바이다. 경은 묘당에서 국가의 대계를 세우는 자리에 있으니, 부디 명말 청초의 문집 및 패관잡기 등 여러 책들을 물이나 불 속에 던져 버리는 일이 합당한지의 여부에 대해 여러 재신들과 더불어 익히 강구하도록 하라. 이 일을 만약 영(令)이 불편한 것으로써 혐의한다면, 연경(燕京)에 간 사행(使行)이 잡서(雜書)를 사 오는 것을 금지시키는 문제를 추진해야 할 것으로 보는데, 경의 뜻은 어떠한가? 이른바 서양학(西洋學)이 고질적인 폐단이 되는 것으로 말하자면, 경의 차자 가운데 그 "학설을 미워하기를 마치 원수를 미워하듯 하여 글을 지어 명확히 변론하고 사람을 만나면 간절히 경계하였다."고까지 하였으니, 경이 일찍 인심을 바루고 성학(聖學)을 밝히지 않은 것으로써 도리어 자신의 책

---

9) 명말 청초(明末清初)의 문집 : 서양 선교사들의 한문서학서(漢文西學書)를 지칭.

임으로 여기는 것은 진실로 지나친 일이고 잘못된 것이다. 내가 군사(君師)의 지위에 있으면서도 오히려 일에 앞서 제대로 올바르게 이끌지 못하였으니, 교화가 행해지고 풍속이 아름다워지는 것에 대해 경에게 무슨 책임이 있겠는가. 경에게 무슨 책임이 있겠는가. 또 홍낙안(洪樂安)[10] 무리가 사적인 글 중에 한두 마디 취하여 비유한 어구로 말하자면, 어제 대간의 계본(啓本)에서 과연 보았는데, 사방에서 듣고 의혹을 일으킬까 염려되기에 드러내 써서 반포하지 말고 즉시 바로잡아 고치도록 하였다. 나이 젊은 신진(新進)들이 말주변만 번지르르한 병폐를 경은 어찌 이렇게 방치하는가. 이 점은 도리어 경에 대해 개탄스럽게 여기는 바이다. 이 외의 일은 조정에 나오는 날에 면전에서 토론하였으면 싶다.

10) 홍낙안(洪樂安, 1752~ ?) : 조선 후기 문신으로 서학(西學)을 반대하는 공서파(攻西派)에 속해 천주교 박해 사건들에 관련되었다. 곧 1787년 이승훈(李承薰) 정약용(丁若鏞) 등이 성균관 근처 반촌(泮村)의 김석태(金石太) 집에 모여 서학서(西學書)를 강습한다고 이들을 고발해 정미반회사건(丁未泮會事件)을 일으켰고, 1791년에는 윤지충(尹持忠) 권상연(權尙然)이 천주교 식에 따라 윤지충 모친의 신주를 불태우고 제사를 폐지했다는 소문에 따라 진산군수 신사원(申史源)과 좌의정 채제공(蔡濟恭)을 독촉해 신해진산사건(辛亥珍山事件)을 일으켰다.

「修撰崔獻重論邪學疏批 二首 ○附註 都憲李義弼投北敎」

近於言事論思之列 徒見搏擊之習 未聞願忠之人 間有求言 風波隨其後 因噎廢食 失於矯枉 任他撕壞 無異推墜 却顧鄭重 不知何者爲眼底兩便之長策 際見爾萬言之章 起結於異端之毒正亂常 而說弊捄弊 本諸君心惓惓 以清化源之功 抗辭責難 其云予民之未新 謂予學未至於明明德 其云吾國之不歸仁 謂予工未篤於克復 涵養之虧欠 文勝之爲害 程試之蔑效 士趨之少實 亦皆謂之表不端而影不直 請予反諸躬而求諸心者 爾言可謂節節藥石 勝似一貼淸涼散 曷不樂而受言 歸之肺腑之用 外此雜書之弊 尤屬切中 勿觀雜書 恐分精力 朱夫子之言也 矧伊奇詭詖邪之書 正合爲灰爲燼 內府之藏 凡以稗官小說爲名 則幷與舊在編籍 祛之丌架之間者 已爲數十年 出入邇列之人 莫不聞覩 但搜括私藏 秉畀炎火 恐或徒擾而令不立矣 爾又以招徠林下之士 俾有觀感 知所趨向爲言 言愈著證 當深留意焉 明淸曲士所著文字之內而五部 外而八域 一切黜去 無敢家置 有不率敎者 用朱夫子所論黃蘗僧明正典刑之律事 許使廟堂稟處 大抵求言將以納言 納言將以用言 用言之後 宜加褒賞 故曰明王賞諫臣 予雖否德所期汙不在昏 特擢爾以司諫院大司諫 以示翕受之意 風憲之長 爲任顧何如 而乃敢爲此偏黨之習 偏黨猶屬餘事 搆罪言者 尤爲驚心 借使獻重 眞有譏諷之心 如都憲疏語 可怒在彼 於我何有 而今乃以叵測之目 極口嘖薄 依然又出一箇柳星漢 自此言事之章 一涉礙眼 則著之以禍帽 擠之於危穽 皆將無所難焉 此路一開 其爲凜然寒心者 甚於西書洋說之乍起旋熄 所惜者 以言爲名 近日一政一事 惟以一反習俗爲心 諸臣所共知 則都憲此疏 可謂言路之鴆毒 大司憲李義弼遞差 火其疏於院庭 投其人於有北 以寓惡惡而能去之義 投李義弼於有北 豈或爲爾地者 一則矯習正俗 一則祛黨息詖 設令爾懷無狀之心 試不測之計 外藉內逞 口然心否 名之曰言疏 而匡救君德 指陳時政云爾 則其心且置之 其言當假借 況爾之疏辭何

有於譏諷 古者設誹謗之木 士誹之 庶人謗之 而除非幽厲之時 不使衛巫監之 爾或眞箇譏諷如義弼之云 譏方誹 諷比謗 淺深輕重 不翅尋丈 古猶立法而誠求 今請拿鞫而正刑 義弼以名家子 乃爲此無稽蔑識之說 所可懼者 人心之陷溺如彼 彼義弼何足深誅 大抵君人者 司命而造命 泛應曲當於與奪斡旋之際 然後道之所存 師亦在焉 風行草偃 其國庶幾 而何物所謂洋學 南不入濮鉛 北不入無棣 東出于鴨江東 而學則斁亂 權顚殺活 人類而禽獸 冠裳而鬅面 然而流播二百年 東閣其書 不先不後 熾行於近日 其機凜然 浮於羸豕 只諉之於斯文之一大劫運 而不以回挽之功 反以蘄之衮躬方寸之地 則是誠吾君不能謂之賊也 爾是責難於予者 爾果聖人所謂賊乎 恭乎 然則恭者當正刑乎 賊者當拿鞫乎 此箇義理皎如晝夜 惟此申申 正在爲萬世深長之猶

【역문】「수찬 최헌중(崔獻重)이 사학(邪學)을 논하는 상소에 대한 비답 - 2수(二首) ○ 대사헌 이의필(李義弼)을 북쪽으로 귀양 보내는 하교를 부주함」[11]

근래에는 일을 말하고 논사(論思)하는 반열에 있는 자들이 한갓 남을 공박하는 버릇만 보이고 충성을 바치려는 사람이 있다는 것을 들어 보지 못하였다. 간간이 구언(求言)한 적이 있으나 풍파가 그 뒤를 따른다. 그러나 목이 메었다고 해서 밥 먹는 일을 폐하는 것은 잘못된 것을 바로잡지 않는 것이 되고, 그들이 무너뜨리는 대로 내버려 두는

11) 「修撰崔獻重論邪學疏批(수찬 최헌중이 사학을 논하는 상소에 대한 비답)」: 이단의 폐단을 말하고 그 폐단을 바로잡는 방도를 말한 최헌중의 상소에 대한 비답이다. 기괴하고 사악한 글들은 불에 태워 없애야 하고, 중국에서 간행된 서학서들을 들여오지 말 것을 지시한 내용이다. 말미에 대사헌 이의필(李義弼)을 북쪽으로 귀양 보내는 하교가 부수되어 있다. 1795년 문서로 「홍재전서」 권44에 수록되어 있다.

것은 구렁에 밀어 넣는 것이나 다름이 없다. 아무리 곰곰이 생각해 봐도 어느 것이 지금 양쪽 다 좋은 방책인 줄을 알지 못하겠다. 이러한 즈음에 그대의 만 자나 되는 긴 글을 보건대, 이단(異端)이 정도를 해치고 인륜을 어지럽히는 점에서부터 시작하여 폐단을 말하고 폐단을 바로잡는 방도를 제시하면서 그 근본을 임금 마음의 지성스러움에 두고 교화의 근원을 맑게 하는 일에 애쓰도록 직간하며 요구하였다. 우리 백성이 새로워지지 않는 것은 나의 학문이 아직 밝은 덕을 밝히는 데에 이르지 못해서라고 하였고, 우리나라가 인(仁)으로 귀결되지 못하는 것은 내가 극기복례(克己復禮)하는 데에 독실하지 못해서라고 하였다. 그리고 함양하는 공부가 부족하고 지나친 겉치레가 해가 되고 정시(程試)는 효과가 없으며 선비들의 추향에 내실이 적은 것들도 모두 의표(儀表)가 단정하지 못하여 그림자가 곧지 않노라고 하고서 나에게 자신의 몸에 반성하여 마음에서 찾기를 청하였으니, 그대의 말은 구구절절 약석(藥石)이어서 한 첩의 청량산(淸涼散)보다 낫다고 이를 만하다. 어찌 기꺼이 말을 받아들이어 가슴속 깊이 새겨 두지 않을 수 있겠는가. 이 밖에 잡서(雜書)의 폐단에 대해 말한 것은 더욱 정곡을 찌른 것이다. "잡서를 보지 말라. 정력(精力)이 분산된다."는 말은 주 부자(朱夫子)[12]의 말씀이다. 더구나 기괴하고 사악한 글들은 그야말로 불에 태워 재로 만들어야 마땅하다. 내부(內府)에 소장된 책 가운데 무릇 패관소설(稗官小說)로 불리는 것들은 모두 예전에 있던 편적(編籍)과 더불어 서가 사이에서 없애도록 한 지가 이미 수십 년이 되었는데, 가까운 반열에 출입한 사람들은 듣고 보지 않은 자가 없을 것이다. 다만 사적으로 소장한 것까지 뒤져 찾아내어 모두 불에 태우는 것은 한갓 소요만 일어나고 명령이 시행되지 않을 듯하다. 그대는 또

12) 주 부자(朱夫子) : 주자(朱子).

초야의 어진 선비를 초빙하여 남들이 보고 감화되어 추향할 바를 알도록 하자고 말하였는데, 말이 갈수록 더욱 증험(證驗)이 드러났다. 깊이 유념하겠다. 명(明) 나라와 청(淸) 나라의 비뚤어진 인사들이 지은 문자를 안으로는 오부(五部)와 밖으로는 팔역(八域)에 이르기까지 모두 없애고 감히 집에 두지 못하게 하되, 교시를 따르지 않는 자가 있으면 주 부자가 황벽승(黃蘗僧)[13]을 논하면서 전형(典刑)을 밝혀 바로잡던 형률(刑律)을 적용하는 일을 묘당으로 하여금 품지하여 처리하도록 하라. 말을 구하는 것은 장차 말을 받아들이려는 것이고 말을 받아들이는 것은 장차 말을 시행하려는 것이니, 말을 시행한 뒤에는 마땅히 포상(褒賞)해 주어야 한다. 그러므로 옛말에 "명철한 임금은 간하는 신하에게 상을 준다."고 하였던 것이다. 내가 비록 부덕하기는 하나 의도하는 바는 어두운 임금이 되지 않으려는 데에 있으니, 특별히 그대를 사간원 대사간에 발탁함으로써 기꺼이 받아들이는 뜻을 보이는 바이다. -풍헌(風憲)의 장관(長官)[14]은 그 책임이 얼마나 막중한가. 그런데 도리어 감히 이렇게 편당(偏黨)하는 짓을 한단 말인가. 편당을 지은 것은 오히려 여사(餘事)에 속한다. 말한 사람을 무함하여 죄에 얽어 넣는 것이야말로 더욱 놀라운 일이다. 설령 최현중이 정말 기롱하고 풍자하는 마음을 가진 것이 대사헌의 상소 내용과 같다고 할지라도 성낼 일은 저 사람에게 있으니 나와 무슨 상관이 있겠는가. 그런데 지금 그만 헤아릴 수 없는 죄목으로 극구 비난하였으니, 예전처럼 또 하나의 유성한(柳星漢)이 나온 셈이다.[15] 이제부터 일을 말하는 소장(疏章)이

13) 황벽승(黃蘗僧) : 황벽선사(黃蘗禪師, ?~850). 중국 당 시대의 유명 선승(禪僧)으로, 중국 선종 오가(五家)의 하나인 임제종(臨濟宗)을 창시한 임제선사(臨濟禪師, ?~857)의 스승이다.

14) 풍헌(風憲)의 장관(長官) : 사헌부(司憲府) 대사헌(大司憲)을 이르는 말.

15) 유성한(1750~1794)은 조선 후기의 문신이다. 1785년(정조 12)에 사헌부지평으로서 상소하여 임금의 학문정진과 사도세자(思悼世子)의 원수 갚을 일, 사치의

조금이라도 눈에 거슬린다 싶으면 화앙(禍殃)의 모자를 씌우고 위태로운 우물에 밀어 넣는 짓을 모두 장차 어려워하는 바가 없이 하게 될 것이다. 이 길이 한번 열리면 오싹하게 가슴 떨릴 일이 잠시 일어났다가 금세 도로 사라질 서양 책의 학설보다 더 심할 것이다. 애석한 점은 언관(言官)이라는 이름이다. 근일에 일정(一政) 일사(一事)를 오로지 모두 습속을 되돌리려는 마음으로 하고 있음은 여러 신하들이 다들 알고 있는 바이다. 그렇다면 대사헌의 이 상소는 그야말로 언로에 독약이라고 할 만하니, 대사헌 이의필(李義弼)을 체차[16]한 다음 그 상소를 정원의 마당에서 불에 태우고 그 사람은 북쪽에 귀양 보냄으로써[17] 악을 미워하여 제거하는 뜻을 부치도록 하라.- 이의필을 북쪽에 귀양 보낸 것이 어찌 혹시라도 그대의 처지를 위해서 그랬겠는가. 하나는 습속을 바로잡자는 의도였고, 하나는 당파와 사설(邪說)을 제거하려는 의도였다. 설령 그대가 못된 마음을 품고 불측(不測)한 꾀를 시험하여 겉으로는 빙자하고 속으로는 제멋대로 하며 입으로는 긍정하고 마음속으로는 부정하였을지라도 이름을 '언소(言疏)'라고 하여 임금의 덕을 바로잡고 시정(時政)을 지적하여 아뢰었다고 하면 그 마음은 차치(且置)하고라도 그 말은 마땅히 너그럽게 봐줘야 할 것이다. 더구나 그대의 상소 내용에 기롱하고 풍자한 것이 뭐가 있었는가. 옛적에

폐단을 단속할 것을 주청하였다. 1792년에는 사간원정언으로서 상소하여 제왕의 학문을 논하고 임금의 과실을 지적했는데, 이 상소 중 사도세자에게 저촉되는 말이 있다 하여 성균관유생들과 사간원으로부터 성토를 당했던 일을 비유한 것이다. 한국학중앙연구원, 『한국민족문화대백과』 참조

16) 체차 : 다른 사람으로 갈아서 임명함.

17) 이의필(1738~1808)은 조선 후기 문신으로 성품이 강직해 언행에 과격한 면이 있었으나 정조 시대 청백리(淸白吏)에 들었다. 대사헌으로 재직하던 1795년 천주교인의 처벌을 강경하게 고수했는데 대사간 최헌중이 천주학 배척에 가탁(假托)해 왕을 비방한다며 처벌을 주장하다가 도리어 편당(偏黨)으로 몰려 단천으로 유배당한 정황을 서술한 것이다.

비방(誹謗)하는 나무[18]를 설치하니 선비가 비방을 하고 일반 사람들이 비방을 하였는데, 유왕(幽王)과 여왕(厲王) 같은 폭군의 시기를 제외하고는 위무(衛巫)로 하여금 감시하게 하지 않았다. 그대가 혹시 진짜 기롱하고 풍자하기를 이의필이 말한 것처럼 하였을지라도 기롱과 풍자는 비난과 비방에 비해 그 깊이와 경중(輕重)이 크게 차이가 있다. 예전에는 오히려 법을 세워 진정 비방하는 말을 구하였는데, 지금은 나국(拿鞫)하여 사형에 처하라고 청한다. 이의필은 명가(名家)의 아들로서 도리어 이 근거 없고 무식한 말을 하였으니, 걱정되는 점은 인심이 이렇게까지 함닉(陷溺)되었다는 것이다. 저 이의필 따위야 깊이 꾸짖을 것이 뭐가 있겠는가. 임금 된 사람은 명령을 맡고 명령을 만드는 자이니, 생사여탈을 결단하는 때에 모든 것이 곡진하고 타당해야 한다. 그런 뒤에라야 도가 존재하게 되고 군사(君師)의 지위도 확립되어, 바람이 부는 대로 풀이 쓰러지듯 나라가 거의 제대로 다스려지게 되는 것이다. 그런데 소위 '양학(洋學)'이라는 것은 무슨 물건이기에 남쪽으로 복연(濮鉛 남극 지방)에 들어가지 않고 북쪽으로 무체(無棣 북극 지방)에도 들어가지 않고서 우리 압록강 동쪽으로 나왔단 말인가. 그 학문은 인륜을 어지럽게 하고 권세는 죽이고 살리는 것을 멋대로 하여, 사람들을 짐승으로 만들고 의관 문물을 오랑캐의 차림으로 만든다. 그런데 우리나라에 전파된 지 200년 동안 그 서적이 시렁에 묶여 있다가 공교롭게도 근일에 성행(盛行)하니, 그 기미의 오싹함이 파리한 돼지[19]보다도 더하다. 그런데도 단지 사문(斯文)의 일대 액운이라

---

18) 비방(誹謗)하는 나무 : 요(堯)임금 때 나무 판을 교량 위에 세워 놓고 잘못된 정치를 쓰게 하며 반성했다고 한다. 일설에는 대궐 문에 방목(謗木)을 설치해 두고 두드리게 하였다고도 한다. 『홍재전서』주석 참조.

19) 현재는 힘이 약하지만 장차 큰 환란을 야기 시킬 우려가 있는 것을 상징한다. 『홍재전서』주석 참조.

고만 핑계 댄 채 만회하는 노력으로써 임금의 마음을 되돌리려는 기대도 하지 않으면, 이는 진실로 "우리 임금은 어쩔 도리가 없다고 말하는 것을 적(賊)이라고 한다."는 말에 해당되는 것이다. 그대는 나에게 더욱 힘쓰라고 요구했는데 그대는 과연 성인이 말한 적(賊)인가, 공(恭)인가. 그렇다면 공경하는 자를 사형에 처해야 하는가, 해친 자를 잡아들여 국문해야 하는가. 이러한 의리는 뚜렷하기가 낮과 밤처럼 분명하다. 이렇게 거듭거듭 말하는 것은 바로 만세토록 변치 않을 깊고 장구한 계획을 위해서이다.

「俗學 － 抄啓文臣[20]親試及泮儒應製」

王若曰 甚矣 俗學之弊也 自有明末清初諸家 噍殺詖淫之體出 而繁文剩 爛然苕華 詼諧劇談 甘於飴蜜 目宋儒爲陳腐 嗤八家爲依樣者 且百餘年矣 競相奇詭 日甚月盛 以孜孜於譁世炫俗之音 浮念側出于內 流習交痼于外 經義之學也 則以排偶訶虞書 以重複呰雅頌 石經託之賈逵 詩傳假諸子貢 而非聖誣經之風 豐坊孫鑛輩 爲之倡焉 淹博之學也 則察於名物 泥於考證 耽舐雜書曲說 而猖恣穿鑿之風 楊愼李本輩爲之倡焉 文章之學也則典冊之金匱琬琰 讀之必詆讕 簿錄之兔園飣餖 見之輒嘈囋 所矜者蟲刻 所較者雞距 而裨販剽賊之風 七子五子輩 爲之倡焉 今其三學源流之以其書行于世者 欲擧十之一二而言之 豐坊孫鑛之派 有若王畿之龍溪語錄 王艮之心齋語錄 羅洪先之冬遊記 朱得之之宵練匣 胡直之胡子衡齊 羅汝芳之會語錄 周汝登之王門宗旨 毛元淳之尋樂篇 詹在泮之微言 毛奇齡之經說之屬是已 楊愼李本之派 有若張燧之千百年眼 徐伯齡之蟫精雋 支允堅之梅花渡異林 郭子章之六語 曹臣之舌華錄 鈕琇之觚賸 周亮工之因樹屋書影 張潮之檀几叢書 陸烜之奇晉齋叢書之屬是已 七子五子之派 有若李贄之大雅堂集 虞淳熙之德園集 徐渭之文長集 三袁之白蘇中郎珂雪集 鍾惺之伯敬集 譚元春之友夏集 文翔鳳之太青集 李紱之穆堂稿 毛先舒之思古堂集 沈德潛之歸愚集之屬是已 繆種膠結 駸駸矻矻 一人之筆 可以窮溪藤 一方之書 可以充屋棟 嗚呼 不亦醜乎 敝帚漏巵雖己則寶 其視魯弓郜鼎 千載之定論 如何哉 夫學術之所賴而維持者書籍 而至其附贅懸疣 非惟不足維持 反有以汨亂之滓穢之 所謂秦人焚經而經存

20) 초계문신(抄啓文臣) : 정조(正祖) 때 인재 양성을 목적으로 규장각에 특별히 마련된 교육 및 연구과정을 밟던 37세 이하의 문신을 일컫는다. 정조 5년 1781년 시작되어 1800년 정조가 죽을 때까지 10차에 걸쳐 138인이 배출되었다. 한국학중앙연구원, 『한국민족문화대백과』 참조.

漢儒箋經而經殘者 此之義也 予於近日諸臣之力斥西洋說也 惓惓以明正學 爲闢異端之本 而又嘗以明末淸初之書 爲正學之榛蕪 彼俗學之匍匐不知恥者 豈但曰識不逮而見太卑而已乎哉 誠欲使反而求諸 就實之學 寢廟於六經 堂奧於左史 門墻於八家 則津涉浩如烟海 披剝紛如縷絲 斗筲之力量 不得不望洋回首 於是乎旁占一條 便宜之逕爲可以粉飾塗澤 大言不慙 而前人之瑣細而不屑爲者 依俙若偶有遺檢 則竊竊然自以爲知 叫囂揶揄 羣起而摹搨之 唉哉 由識者觀之 其不殆井鼃之相跨峙也乎 予雖否德忝在君師之位 爲之建旗鼓申誓命 黜陟於眞僞 格量其是非 而一代之文風士趨 改澆漓 歸敦朴 職固宜然 是以有明末淸初 諸家雜書購貿之禁 而禁貿猶末也 何以則人踏實地 俗厭小品 無事於禁 而幷絶不經非法之書與言純然用工於堯舜禹湯文武周公孔子之道歟 矯世衛道之一大機括 其在是也 其在是也 子大夫 其悉意條陳 予將親覽焉

【역문】「속학(俗學) 초계문신(抄啓文臣)의 친시(親試) 및 반유(泮儒)[21]의 응제(應製)」[22]

왕은 말하노라. 속학의 폐단이 심하다. 명나라 말년, 청나라 초기로부터 제가들의 초쇄(噍殺)하고 간교한 문체가 출현하고부터 번잡한 문장과 여분의 글들이 찬란하게 꽃을 피워 해학과 극담을 꿀처럼 달게 여기고 송나라 선비를 진부하다고 지목하며 당송(唐宋)의 팔가(八家)를 고정된 형태를 따르는 것이라고 비웃은 지가 어느덧 100여 년이 되었

21) 반유(泮儒) : 성균관(成均館)에 유숙하면서 공부하는 유생(儒生).

22) 「俗學 - 抄啓文臣親試及泮儒 應製」 : 규장각 초계문신과 성균관 유생들에게 국정에 대한 대책(對策)을 써내게 하기 위해 제시한 문제인 책문(策問)이다. 『홍재전서』에는 총78편의 책문이 권48~52에 실려 있는데 「속학」에 관한 책문은 권50에 수록되어 있다.

다. 서로 다투어 기괴하게 하기를 나날이 심하게 하고 다달이 성하게 하여 부지런히 세상을 시끄럽게 하고 시속을 현란하게 하는 소리를 만들어 내니, 들뜬 생각은 속에서 함부로 나오고 습성의 유행은 밖에서 교차되어 고질이 되고 있다. 경의(經義)의 학문이라는 것은 짝을 맞추어 배열한 것이라며 우서(虞書)를 꾸짖고, 중복되었다고 아송(雅頌)을 욕하며, 석경(石經)은 가규(賈逵)의 작품이라고 하고, 『시전(詩傳)』은 자공(子貢)을 가차한 것이라고 하니, 성인을 비난하고 경전을 속이는 풍조는 풍방(豐坊)[23]과 손광(孫鑛)[24]의 무리가 창도하였다. 해박한 학문이라는 것은 사물의 이름을 관찰하고 고증(考證)에 얽매이며 잡서와 곡설(曲說)에 탐닉하니, 방자하고 천착하는 풍조는 양신(楊愼)[25]과 계본(季本)[26]의 무리가 창도하였다. 문장학이라는 것은 고전의 금궤

23) 풍방(豐坊, ?~1576) : 명나라 가정(嘉定)년간의 문신으로 재주가 뛰어나고 박학하였다. 서예 5체를 두루 구사하고, 전각(篆刻)도 일가를 이루었으며 산수화도 그렸는데, 옛 사람을 본받지는 않았다. 한 번 붓을 들면 1천 언(言)도 거침없이 써 나갔고, 13경(經)에 따로 참신하고 특이한 훈고(訓詁)를 달았다. 성격이 자유분방해서 세상을 희화적으로 보았다. 수 만권 장서를 보유했으나 빈곤과 질병에 시달리다 죽었다고 한다. 임종욱(편), 『중국역대인명사전』, 이회문화사, 2010 참조.

24) 손광(孫鑛, 1542~1613) : 명나라 만력(萬曆)년간의 문신. 위의 사전 참조.

25) 양신(楊愼, 1488~1559) : 명나라 중기 가정(嘉靖)년간의 문신으로 경연강관(經筵講官)과 한림학사(翰林學士)에 올랐다. 계악(桂萼) 등이 등용될 때 반대의견을 직간하다가 황제 앞에서 곤장을 맞고 사형될 뻔했는데, 사면을 받고 유배되어 30여 년 동안 시와 술로 세월을 보내며 재능을 숨기고 살다가 유배지에서 죽었다. 많은 책을 읽고 경학과 시문이 탁월했으며 박학하기로 이름이 높았다. 많은 저술을 남겼다. 위의 사전 참조.

26) 계본(季本, 1485~1563) : 명나라 중기 정덕(正德)년간의 문신으로 건녕부추관(建寧府推官)에 임명되고 어사(御史)로 뽑혔다. 이때 잘못된 언사로 게양주부(揭陽主簿)로 유배되었다. 여러 관직을 거쳤으나 후에 벼슬을 그만두고 절에 들어가 20여 년 동안 강학하였다. 왕수인(王守仁)을 사사하여 양명학을 전승했으며 많은 저술을 남겼다. 위의 사전 참조.

(金匱) 속 구슬 같은 글을 읽고는 반드시 꾸짖고 헐뜯으며 문서 기록 같은 『토원책(兎園冊)』[27]의 주워 맞춘 것을 보았다 하면 떠들썩하다. 자랑으로 삼는 것은 충각(蟲刻)이고 비교하는 것은 계거(鷄距)이니, 비판(裨販)[28]에 표절하는 풍조는 칠자(七子)와 오자(五子)의 무리가 창도하였다. 지금 이 경의, 해박, 문장 세 학파의 원류로 그 책이 세상에 행하는 것을 열에서 한두 가지를 들어 말한다면, 풍방과 손광의 학파로는 왕기(王畿)의 『용계어록(龍溪語錄)』, 왕간(王艮)의 『심재어록(心齋語錄)』, 나홍선(羅洪先)의 『동유기(冬遊記)』, 주득지(朱得之)의 『소련갑(宵練匣)』, 호직(胡直)의 『호자형제(胡子衡齊)』, 나여방(羅汝芳)의 『회어록(會語錄)』, 주여등(周汝登)의 『왕문종지(王門宗旨)』, 모원순(毛元淳)의 『심락편(尋樂篇)』, 첨재반(詹在泮)의 『미언(微言)』, 모기령(毛奇齡)의 『경설(經說)』 등속이 그것이다. 양신과 계본의 학파로는 장수(張燧)의 『천백년안(千百年眼)』, 서백령(徐伯齡)의 『담정전(蟫精雋)』, 지윤견(支允堅)의 『매화도이림(梅花渡異林)』, 곽자장(郭子章)의 『육어(六語)』, 조신(曹臣)의 『설화록(舌華錄)』, 유수(鈕琇)의 『고잉(觚賸)』, 주양공(周亮工)의 『인수옥서영(因樹屋書影)』, 장조(張潮)의 『단궤총서(檀几叢書)』, 육훤(陸烜)의 『기진재총서(奇晉齋叢書)』 등속이 그것이다. 칠자와 오자의 학파는 이지(李贄)의 『대아당집(大雅堂集)』, 우순희(虞淳熙)의 『덕원집(德園集)』, 서위(徐渭)의 『문장집(文長集)』, 삼원(三袁)의 『백소중랑가설집(白蘇中郎珂雪集)』, 종성(鍾惺)의 『백경집(伯敬集)』, 담원춘(譚元春)의 『우하집(友夏集)』, 문상봉(文翔鳳)의 『태청집(太青集)』, 이불(李紱)의 『목당고(穆堂稿)』, 모선서(毛先舒)의 『사고당집(思古堂集)』, 심덕잠(沈德潛)의 『귀우집(歸愚集)』 등속이 그것이다. 잘못된 종류와 투합되어 부지런히 노력하여 한 사람의 붓으로 한 지방의 종이를 다 소비시키고 한 종류

27) 『토원책(兎園冊)』: 속된 말로 쓰인 홍미위주의 비속한 책.
28) 비판(裨販): 소상인(小商人).

의 서책으로 집 안을 가득 채울 수도 있으니, 아, 뻔뻔하지 않느냐. 낡은 비와 깨진 술잔이 자기에게는 비록 보물이지마는 노궁(魯弓)과 고정(郜鼎)[29]에 비교하면 천 년의 정론이 어떠하냐? 대체로 학술이 의지하여 유지하는 것은 서적이고, 그곳에 혹처럼 붙인 것은 비단 유지할 수 없을 뿐만 아니라 도리어 문란하게 하고 더럽힐 뿐이다. 이른바 진나라에서 경전을 불태운 것이 경전을 보존하는 것이 되고 한 나라 선비들이 경전에 전주(箋注)를 가한 것이 경전을 쇠잔하게 한 것이라는 말이 이러한 뜻이다. 내가 근일에 제신이 서양 학설을 애써 배척하는 것을 보고 정성으로 정학을 밝히는 것이 이단을 물리치는 근본이 된다고 여기고 있다. 또한 일찍이 명나라 말기, 청나라 초년의 서책[30]에 대하여 정학을 거칠게 하는 것이라고 하였다. 저들 속학의 포복하면서도 수치를 모르는 것이 어찌 다만 지식이 모자라고 견해가 비속하다고만 할 수 있을 뿐이겠느냐. 진실로 돌이켜 실용할 수 있는 학문을 찾아서 육경을 침묘(寢廟)로 삼고 『좌전』, 『사기』를 당오(堂奥)로 삼고 팔대가를 문장(門墻)으로 삼으려고 한다면, 건너야 할 나루는 호호탕탕하여 안개 낀 바다와 같고 헤쳐 나가야 할 길은 어지럽기가 실타래 같으니, 두소(斗筲)[31]의 작은 역량으로 어쩔 수 없이 대양을 바라보고 머리를 돌리지 않을 수 없다. 이리하여 곁으로 한 가닥 편이한 경로를 선택하여 분을 발라 꾸미고 윤기 나게 하여 수치도 모르고 큰소리치고 있다. 옛사람들이 자질구레하다고 달갑게 여기지 않던 것이 어쩌다 우연히 검색에 빠진 것이 있을 것 같으면 스스로 알았다고 출랑대

29) 노궁(魯弓)과 고정(郜鼎) : 중국 노나라에서 만든 활과 고나라에서 주조한 큰 솥(鼎). 귀한 물건을 뜻한다.
30) 명나라 말기, 청나라 초년의 서책 : 서양 선교사들의 한문서학서(漢文西學書)를 지칭하는 것이다.
31) 두소(斗筲) : 두(斗)는 한 말. 소(筲)는 한 말 두 되들이 참대그릇[竹器]. 짧은 재주와 얕은 도량을 뜻한다.

고 떠들고 빈정거리며 떼로 일어나 본을 받으니 고약하다. 지식이 있는 사람이 이것을 본다면 우물 안의 개구리가 서로 높이 올라간다고 자랑하는 것과 꽤나 비슷하지 않겠느냐. 내 비록 덕이 없으나 군사(君師)의 지위에 있으니 이를 위하여 깃발을 세우고 맹세의 명령을 내려 진위를 가리고 시비를 헤아려 혼탁한 일대의 문풍과 선비의 취향을 개정하고 돈박하게 되돌리는 것은 직분상 당연한 것이다. 이리하여 명말 청초의 제가의 잡서를 구매하는 것을 금지시켰다. 그러나 구매를 금지시키는 것으로는 오히려 부족하다. 어떻게 하면 사람들이 실지를 이행하고 시속은 소품(小品)을 싫어하여 금지하지 않아도 경전이 아닌 책과 법이 아닌 말이 모두 단절되고 순수하게 요·순·우·탕·문·무·주공·공자의 도를 공부하게 하겠느냐? 세태를 바로잡고 도를 보호할 수 있는 큰 계책이 여기에 있을진저. 자대부는 뜻을 다하여 조목조목 진술하라. 내 친히 열람하리라.

「唐玄宗」

-(上略)- 蓋天廢而渾天興 及漢順帝時 始造水運 綴日月幹晝夜 制作侔神明 術數窮天地 可謂後出者愈巧 而若其注水激輪則不如信都芳之銅扇自動 絡在天外則不如張平子之龍口承丸何也 當是時一行推大衍之數引以伸之 編青觀之新曆 制黃道之游儀 洛下閎生聖之期 膺之八百年之後則其創物之智 可以駕軼於信都諸子 而製造之法 反有遜焉 以至橢圓之喩淸蒙之說 曾不假象器 而坐致千歲之日至 則曾謂一行之智 又出湯梅之下哉 然而一行之法 傳之數千載而無弊 湯梅不過十數年而第谷噶呢之徒 更相訾窳 則星曆家妙諦 惟一行獨悟 而太初則本於律 大衍則本於易 一行之舍律而取易 抑何義歟

生員申泌對 水運渾天儀之制 可謂發前人未發 西洋人以形謂之橢圓 以氣謂之淸蒙 其術雖似超越 要不出一行範圍 乃知一行之大衍曆實爲星曆家妙諦 而又況舍律取易 豈不以大衍之數 最合於推占而然歟 -(下略)-

【역문】「당 현종」[32]

-(상략)- 개천설(蓋天說)이 폐기되자 혼천설(渾天說)이 성행하였다.[33]

---

32) 「唐玄宗」: 『홍재전서』 권117, 經史講義 54편, 綱目 8에 실려 있다. 「경사강의」란 정조와 신하들 간에 경서(經書)와 사서(史書)를 강의하고 토론한 내용이다. 『홍재전서』 권64~119에 수록된 총56권으로, 그 분량이 본 문집 삼분의 일에 해당하도록 방대하다. 「近思錄」에 관한 문답 2권, 및 「心經」1권, 「大學」4권, 「論語」5권, 「孟子」4권, 「中庸」4권, 「詩經」9권, 「書經」8권, 「易經」5권에 관한 강의, 경서 전반의 의문점에 관한 문답인 「總經」 4권, 「資治通鑑綱目」 10권 강의와 성균관 유생들과의 문답인 「資治通鑑綱目」 10권 등 총 56권이다.

33) 개천설(蓋天說)이 폐기되자 혼천설(渾天說)이 성행하였다. : '개천설'은 하늘은

한 순제(漢順帝) 때에 이르러 비로소 수운(水運)을 만들고 일월을 매달아 밤낮을 표시하였는데, 제작한 솜씨가 신명(神明)과 짝하고 술수(術數)가 천지를 다하였으니, 뒤에 나온 것일수록 더욱 뛰어나다고 하겠다. 그러나 물을 부어서 바퀴를 돌리는 것은 신도방(信都芳)[34]이 만든 동(銅)으로 된 날개가 저절로 움직이게 한 것만 못하고, 줄이 하늘 밖에 있는 것은 장평자(張平子)[35]가 만든 용의 입이 구슬을 받들고 있는 것만 못하니, 어째서인가? 이 당시에 일행(一行)이 대연(大衍)의 수를 추보(推步)하고 응용하여서 청관(靑觀)의 신력(新曆)을 편찬하고 황도(黃道 태양이 지나는 길)의 유의(游儀 움직임을 형상한 기계)를 제작하였다.[36] 그는 낙하굉(洛下閎)[37]이 성인이 태어날 것이라고 한 800년의

둥글고 땅은 모나서 하늘이 땅을 덮고 있다는 설로, 하늘이 북극을 중심으로 회전한다고 보아 계절의 변화와 밤낮의 교차도 태양의 움직임을 가지고 설명한다. 주대(周代)에 형성된 우주관으로 가장 많이 알려진 유교적 우주관이다. '혼천설'은 우주는 마치 계란 같아서 하늘이 땅을 덮고 있는 것은 계란껍질이 노른자위를 싸고 있는 것과 같은데 하늘이 끊임없이 돌고 그 위에 일월(日月)과 성신(星辰)이 실려 있다고 본다. 역문 주석 참조.

34) 신도방(信都芳) : 중국 남북조시대의 산술가(算術家) 역법가(曆法家)이며 공학자(工学者).

35) 장평자(張平子) : 장형(張衡, 78~139). 평자(平子)는 장형의 자(字). 중국 후한(後漢)의 과학자 겸 문신으로 혼천의(渾天儀)를 비롯해 지진계(地震計)인 후풍지동의(候風地動儀)를 만들었다.

36) 일행(683~727)은 중국 당나라의 선승(禪僧)이며 천문역법가이다. 721년 현종(玄宗)의 명으로 새로운 달력 편찬에 착수하여 천체를 관찰하는 황도유의(黃道遊儀)를 만들어 태양, 달, 5행성의 운행 및 항성의 위치를 측정하였다. 또한 수력으로 움직이는 천구의를 제작하였다. 724년에 역법(曆法) 개정을 시작하여 역법에 역(易)의 형이상학을 결합한 『대연력(大衍曆)』52권을 완성하였다. 이 역법에 의해 계산된 태음력은 729년부터 중국전역에 배포되었다. 한국인문고전연구소(편), 『중국인물사전』 참조.

37) 낙하굉(洛下閎) : 전한 무제(武帝) 때 천문, 지리, 역수(曆數)에 능했던 과학자이다. 등평(鄧平) 등과 함께 『전욱력(顓頊曆)』을 개정하고 『태초력(太初曆)』을 만들었다. 임종욱(편), 앞의 사전 참조.

기한에 응하였으니 그 물건을 만들어 내는 지혜가 신도방 등 여러 사람보다 훨씬 뛰어나야 할 텐데 제조법은 도리어 그보다 못한 점이 있다. 서양 사람들의 타원(橢圓)의 비유와 청몽(淸蒙)[38]의 설은 형상을 본뜬 기구를 빌리지 않고도 앉아서 천 년 후의 동지(冬至)를 알아맞혔으니, 그렇다면 일행의 지혜가 또 탕매(湯梅)[39]만 못하다는 것인가? 그러나 일행의 역법은 수천 년 동안 전해져오면서 폐단이 없었으나, 탕매의 역법은 수십 년에 불과한데도 제곡(第谷)[40], 갈니(噶呢)[41]의 무리들이 다시 서로 흠잡고 비난해 댔다. 그러고 보면 성력가(星曆家)의 비결은 오직 일행만이 깨달은 것이다. 그리고 태초력(太初曆)은 율(律)에 근본한 것이고 대연력(大衍曆)은 역(易)에 근본한 것인데, 일행이 율을 버리고 역을 취한 것은 무슨 뜻에서인가?

[생원 신필(申泌)이 대답하였다.] 수운과 혼천의(渾天儀)의 제도는 참으로 옛사람들이 발명하지 못한 것을 발명한 것이라 하겠습니다. 서양인들은 형체를 타원이라고 하고 기(氣)를 청몽이라고 부르는데, 그 술법이 비록 대단히 뛰어난 것 같으나 요컨대 일행의 범주에서 벗어나지 못한 것이니, 이에 일행의 대연력이 실로 성력가의 비결임을 알 수 있습니다. 또 더구나 일행이 율을 버리고 역을 취한 것은 어찌 대

38) 청몽(淸蒙) : 서양에서 밝힌 지구의 대기(大氣)를 의미한다.

39) 탕매(湯梅) : 湯若望과 梅文鼎으로 추정한다. 탕약망(Adam Schall von Bell, 1592~1666)은 독일 출신 예수회 선교사로 명말 『숭정역서(崇禎曆書)』와 청초 『서양신법역서(西洋新法曆書)』 편찬에 참여하였고, 청 건국 원년인 1644년 흠천감감정이 되어 시헌력(時憲曆) 시행을 주도하는 등 중국 역법개정에 지대한 역할을 하였다. 매문정(梅文鼎, 1633~1721)은 청 강희(康熙)년간의 역산가(曆算家)로 한문서학서를 통해 서양 역법과 수학에도 능통해서 전통 수학과 조화시켰다. 『숭정역서(崇禎曆書)』를 처음 알게 되면서 40년간 벼슬하지 않고 연구에만 몰두하여 새로운 학설을 담은 천문 역산 관련 저술 80여 종을 남겼다.

40) 제곡(第谷) : 티코 브라헤(Tycho Brahe, 1546~1601).

41) 갈니(噶呢) : 갈릴레오 갈릴레이(Galileo Galilei, 1564~1642).

연의 수가 역법을 계산해 내는 데 가장 적합했기 때문에 그런 것이 아니겠습니까. -(하략)-

「全羅道珍山郡尹持忠, 權尙然獄」

持忠, 尙然信邪學 焚其父母祠版

本 道啓 忘父母惑左道 犯綱常焚祠版

○ 刑曹回啓 依下敎 問議大臣 則左議政蔡濟恭以爲卽斬無倫之賊 俾知邪學之 禁 臣等以爲一依毁屍律 令道臣正法 判 依所照律施行 刑曹堂上入侍時 判書金尙集啓 有待時不待時 何以擧行 予曰 依大臣議施行可也 金尙集啓 正律不可遲緩 結案卽爲擧行 予曰 依爲之 金尙集啓 兩人今旣用大辟 中外宜痛禁邪書 予曰 依爲之 火其書 豈待卿言 而年前禁西學事 備局回啓判付中 名曰火其書 一有見遺 反損法紀爲敎者 出於令出惟行之意 而今則近於干戚 瞀不知畏 烏可不用重典 當別下傳敎定制 自卿曹爲先知委京中限二十日 諸道各計令到後二十日之限 家藏者告官焚之 昧爽以後 若有現發於匿置者 自有當律 卿其嚴飭坊曲 俾無不聞知之弊 外方一體行會 限後犯科 監司守令竝當坐論 亦爲分付可也 傳曰 湖南囚尹持忠, 權尙然用大辟 旣從獄官之議律 而渠之絶悖至兇 無係乎不埋葬一款之浪傳 毋論焚與埋 用意下手於祠中之版者 是可忍孰不可忍 猶屬歇語 以今民志之日渝 正學之日蕪 猶不料有此蔑倫敗常之擧 亦豈但曰不遜而不悌乎哉 戊寅海西之事 特不過村氓野婆輩不知沒恥之犯 而權尹兩竪 尤與賤類自別 則其爲彝常之變 當如何 此所以判下曹案也 先以治化之未敷 瞿然發歎者 其在明天倫正人心之道 宜有別般懲惡之典 事屬綱常何拘格例乎 全羅道珍山郡 限五年降縣 置之五十三官之末 該守令任其作罪 其敢曰在官不知乎 不可以渠先摘發 有所寬恕 日前臺啓 亦以待決末處之爲批 該郡守先罷其職 仍令該府拿問 照法重勘 至於火其書之請 其從刑官筵奏 而使之火之 寧有徒法自行之理乎 家藏者告官自首 自首者勿問 仍自今日屬之昧爽 更以所謂厥冊現發於昧爽以後者 施以重辟 竝家長勘罪 斷不饒貸事 載之金石之典 而自廟堂先自部內坊曲 嚴明知委 外方

一體頒示 今則處分旣嚴 而所謂邪學事 可謂出場 復以如此如彼之登徹於公車 致煩酬應 反非不事之義 以此分付 向於臺啓相須之批 申申以衛正學三字 爲闢邪說之急務 言似迂遠 意實深長 今於兩竪用大辟之後 其所扶植闡發之策 不可以迂遠而忽之 昨見抄啓文臣對策中 有一券之以林下隱迹者 先試郞潛邑吏爲捄措 此說深有槪焉 欲待査事出場而用其言矣 珍山見窠 以抄選人中差遣事 分付銓曹 又於筵席 語到端本之方 大臣請以學習經傳 尊尙程朱 固窮不染於流俗者 拔例晉擢 大臣之言 誠好矣 令廟堂抄選讀書之士以啓 式年不遠 此其時也 道內飭躬修行之士 亦令廟堂嚴飭諸道方伯 勿循前套 實心對揚 先試郞潛而可堪 次試字牧而可合 推以至於備顧問 亦足當其任者 式年原薦外 雖一二人 各加搜訪 期於歲前登聞事 分付承政院

【역문】「전라도진산군윤지충, 권상연옥」[42]

권상연과 윤지충(尹持忠)이 사학(邪學)인 천주교를 믿어 자기 부모의 신주를 불살랐다.

[본 도의 계사] 부모를 망각하고 사도(左道)에 빠졌으며, 강상(綱常)을 범하여 신주를 불태웠습니다. [형조의 계사] 좌의정 채제공은 "즉시 인륜을 무시한 역적을 참수하여 사학을 엄금하는 뜻을 알게 해야 합니다."하였습니다. 신 등은, 한결같이 시체를훼손한 율문에 따라 도신

42) 「全羅道珍山郡尹持忠, 權尙然獄」은 『홍재전서』 권150 「審理錄」16에 실려 있다. 「심리록」이란 정조가 세손으로 대리청정을 맡은 이후부터 처리한 전국 각지 죄수들의 옥사에 대한 판례집이다. 도(道) 별로 묶고 지역 별로 분류하여, 옥안(獄案)의 핵심 사항, 원인, 해당 도의 장계(狀啓), 형조의 계사(啓辭), 신하들의 논의, 판결문 등 순서로 기술하였다. 「심리록」은 총 26권으로 『홍재전서』 권135~160에 수록되어 있다. 당시 사회사 연구의 중요 자료이다.

으로 하여금 사형을 집행하도록 해야 한다고 생각합니다. [판부] 조율(照律)한 바에 따라 시행하라.

형조 당상 입시 때 판서 김상집(金尚集)이 아뢰기를 대시(待時)[43]와 부대시 (不待時) 중 어느 쪽으로 거행합니까?

[내(정조)가 말하기를] 대신의 논의에 따라 시행하라.

[김상집의 계사] 사형을 늦출 수가 없으니, 결안한 즉시 거행하겠습니다. [내(정조)가 말하기를] 아뢴 대로 하라.

[김상집의 계사] 두 사람에게 지금 이미 사형을 시행하였으니, 마땅히 중외에 사교서(邪教書)를 엄중히 금해야 합니다.

[내(정조)가 말하기를] 아뢴 대로 하라. 그 서적을 불사르는 일을 어찌 경의 말을 기다릴 것까지 있겠는가. 그러나 연전에 서학(西學)을 금지하는 일로 비변사(備邊司)가 회계(回啓)한 데 대해서 판부하면서 "명색이 그 책을 불사른다고 하고서 하나라도 빠트리는 것이 있게 되면 도리어 법기(法紀)에 손상이 된다."고 하교한 것은, 명령이 내려지면 반드시 시행되어야 한다는 뜻에서 나온 것이었다. 지금은 간척무(干戚舞)[44]를 추어 감화시키려는 것에 가까워 백성들이 억세어서 두려워할 줄을 모르니, 어찌 중한 벌을 시행하지 않을 수있겠는가. 마땅히 특별히 전교를 내려 제도를 정할 것이다. 경의 조(曹)에서는 우선 알려서 서울은 기한을 20일로 하고, 여러 도에는 각기 명령이 도착한 뒤로부터 20일을 기한으로 하여, 집에 보관하고 있는 것들을 관에 고하여 소각하게 하되, 매상(昧爽)[45] 이후에 만약 감추어 둔 것이 발각되는 경우

---

43) 대시(待時) : 만물이 생장하는 춘분(春分)과 추분(秋分)사이 기간을 피해 사형수 처형을 가을까지 기다리던 일. 이 때 사형을 시행하면 자연의 화기(和氣)를 손상시킨다고 믿었다. 세종대왕기념사업회, 『한국고전용어사전』, 2001 참조.

44) 간척무(干戚舞) : 대가(大駕)나 군중(軍中)의 앞에 세우는 둑기(纛旗)에 드리던 제사인 둑제(纛祭)의 초헌례(初獻禮) 때 방패[干]와 도끼[戚]를 들고 추는 춤. 세종대왕기념사업회, 『한국고전용어사전』, 2001 참조.

에는 해당되는 율문에 따라 처벌한다고 알리라. 경은 방방곡곡에 엄중히 신칙하여 이 명을 들어서 알지 못하는 폐단이 없게 하고, 외방에도 일체로 행회(行會)하여 기한이 지난 뒤에 죄를 범하는 자가 있을 경우에는 감사와 수령을 모두 논죄한다는 내용도 아울러 분부하는 것이 좋겠다.

[전교] 호남의 죄수 윤지충과 권상연에 대해 사형을 시행한 것은 이미 옥관(獄官)이 논의한 율문에 따른 것이나, 그의 더없이 패려하고 흉악함은 '매장하지 않았다'는 낭설과는 무관하다. 태웠거나 매장했거나를 따질 것 없이 의도적으로 사당에 있는 위패에 손을 대었으니, "이런 짓을 할 수 있다면 무슨 짓인들 못하겠는가."라고 하는 것은 오히려 느슨한 말이다. 지금 민심이날로 변하고 정학(正學)이 날로 황폐해지고 있지만, 그래도 이러한 윤리와 강상을 무너뜨리는 행위가 있을 줄은 미처 생각도 못하였으니, 또한 어찌 다만 '공손하지 못하고 친애하지 않는다'는 말로 표현하겠는가. 무인년 황해도의 사건[46]은 단지 시골의 천한 백성들이 무지하고 부끄러운 줄을 모르고 범한 행위에 불과했지만, 권상연과 윤지충 두 놈은 더욱 천한 부류들과는 본디부터 구별이 있는바, 그 인륜과 상도의 변고를 마땅히 어떻다고 하겠는가. 이 때문에 형조의 문안에 대해 판부하면서 먼저 덕치의 교화가 두루 펴지지 못한 것을 두려워하여 탄식한 것이다. 천륜을 밝히고 인심을 바로잡는 법도에 있어서 특별히 악을 징치하는 조치가 마땅히 있어야 할 것이다. 더구나 강상에 관계된 일을 어찌 격식이나 관례에 구

45) 매상(昧爽) : 날이 새려고 먼동이 틀 무렵. 여기서는 새 금지법이 발효되는 때를 뜻한다.

46) 무인년 황해도의 사건 : 무인년(1758, 영조34)에 황해도 평산(平山) 등지에 요녀(妖女)들이 생불(生佛)이라 칭하면서 백성들을 현혹시켰으므로 어사 이경옥(李敬玉)을 보내 요녀들을 잡아 죽인 사건. 역문 주석 참조.

애될 것인가. 전라도 진산군(珍山郡)은 5년 동안 현(縣)으로 강등하여 53개 고을의 마지막에 두고 그 고을 수령은 그런 죄를 짓도록 방임했으니 그가 감히 "관아에 있어서 몰랐다."고 말할 수 있겠는가. 그러니 그가 먼저 적발했다고 해서 너그러이 용서한다는 것은 불가하다. 일전에 대간(臺諫)의 논계에 대해서도 결말을 기다려 처리할 것이라고 비답하였으니, 해당 군수를 먼저 파직시킨 뒤, 해당 부로 하여금 잡아다 심문하고 법조문에 비추어 중하게 다스리도록 하라. 그 서적들을 불사르라고 청한 문제에 있어서는, 이미 형관(刑官)이 연석(筵席)에서 아뢴 바에 따라 불사르도록 했으나, 어찌 한갓 법만으로 저절로 시행될 리가 있겠는가. 집에 보관하고 있는 자는 관에 고하여 자수하게 하고, 자수한 자는 불문에 부치되, 그 기간은 금일부터 매상(昧爽) 때까지로 하라. 이른바 그 책이 매상 이후에 다시 발견될 경우에는 중한 벌을 시행할 것이며, 가장(家長)도 아울러 죄를 주어 단연코 용서하지 않겠다는 사실을 법전에 기재하고, 묘당(廟堂)에서 먼저 한성부 내의 동네에 엄중히 알리고 외방에도 일체로 반포하라. 지금 처분이 이미 엄중하여, 이른바 사학(邪學)의 문제는 결말이 났다고 하겠으니, 다시 이러저러한 말로써 소장(疏章)을 올려 응답하기만 번거롭게 하는 것은 도리어 일삼지 않는 도리가 아니다. 이것을 가지고 분부하라. 지난번 대간의 계문과 재상의 차자(箚子)에 대한 비답에서 거듭 "정학을 보위하라.[衛正學]"는 말을 가지고 사설(邪說)을 물리치는 급선무로 삼았는데, 말은 오활한 듯하나 실로 뜻은 의미심장한 것이다. 지금 두 놈을 처형한 후 정학을 부식하여 발전시키는 방책을 오활하다고 해서 경홀히 할 수는 없다. 지난번 초계문신(抄啓文臣)의 대책문(對策文)을 보니, 그중 한 시권(試券)에 "초야에 자취를 숨긴 자들을 먼저 낭청의 서리나 읍리(邑吏)로 시험하여 바로잡는 조치로 삼아야 한다."고 하였는데, 이 말이 매우 타당한 점이 있어 사건의 조사가 끝나기를 기다려 그 말을 채용하려고 하였다. 진산 군수의 빈자리는 선발된 인원 중에서 뽑아 보내도록 전조(銓曹)[47]에 분부하라. 또 경연 석상에서 근본을 바로잡는 방도에 말이 미치자, 대신이 "경전(經傳)을 학습하고 정주학(程朱學)을 존숭하며, 세속에 물들지 않은 곤궁한 자들을 관례에 구애되지 말고 발탁하소서."라고 요청하였는데, 대신의 말이 진실로 좋다. 묘당으로 하여금 독서하는 선비를 가려 뽑아 아뢰도록 하라. 식년시(式年試)가 멀지 않았으니 지금이 그 시기이다. 또한 묘당으로 하여금 각도의 방백에게 엄중히 신칙하여 도내의 몸소 행실을 닦는 선비들을 전례를 따르지 말고 진실된 마음으로 왕명에 부응하여, 먼저 낭청의 서리로 시험하여 그 직임을 감당할 만하고 다음에는 수령으로 시험하여도 합당하며 미루어 근시(近侍)하는 고문(顧問)으로 올려도 충분히 그 직임을 담당할 수 있는 자를, 식년에 추천하는 원래의 정원 외에 비록 한두 사람이라도 더 찾아내어 연말까지를 기한으로 하여 보고하도록 승정원에 분부하라.

47) 전조(銓曹) : 조선시대 문관(文官)의 전형을 맡던 이조(吏曹)와 무관(武官)을 맡던 병조(兵曹)를 두루 이르던 말.

「文學(二)」

-(上略)- 西洋邪學 幾遍諸道 而獨不入於嶺南海西 當此闢廓之時 宜有奬勸之道 嶺南則李退溪遺風 猶有存者 海西則李栗谷之過化 亦可見矣 故收錄其裔 蓋有微意 然爾惑於邪學之類 人或以緩治爲言 而是有不然 彼惑者 卽如中酒之人 醒則好做常人 若因其醉而徑用法律 不開後悔之路 則是謂罔民 予豈爲是哉 昔孫樵序西南夷 以新羅南詔之知禮節 至謂世之言唐瑞 徒知肉角駱六穗稼 樵曰二國文學也 予亦以爲今日邪學之人 丕變歸正 不害爲上瑞也 -(下略)-

【역문】「문학 (2)」[48]

-(상략)- 상이 이르기를, "서양(西洋)의 사학(邪學)이 전국에 두루 퍼졌는데도 영남(嶺南)과 해서(海西) 지방만은 파고들지 못하였으니, 이단을 물리쳐서 사도(斯道)를 환히 열어 놓으려는 지금 마땅히 장려하는 방도가 있어야 하겠다. 영남은 이퇴계(李退溪)의 유풍(遺風)이 지금까지도 남아 있고, 해서는 이율곡(李栗谷)이 베푼 교화(敎化)의 영향을 또한 볼 수 있다. 그러므로 그 후예를 거두어 임용(任用)한 것은 은미한 뜻이 있어서였다. 그러나 사학에 현혹된 부류를 너무 느슨하게 다스린다고 말하는 사람이 있는데, 이는 그렇지 않다. 사학에 현혹된 자는 술에 취한 사람과 같으므로 깨어나면 보통 사람으로 돌아가는 데 아무 문제가 없는 것이다. 만약 그가 취하였을 때 지레 법률을 사용하

48) 「文學(二)」: 『홍재전서』, 日得錄에 수록된 문학편이다. 「일득록」이란 정조의 어록(語錄)을 수록한 것으로, 경연에 참여한 신하들이 각각 기록해 둔 어록을 「문학(文學)」5권, 「정사(政事)」5권, 「인물(人物)」3권, 「훈어(訓語)」5권 등 네 분야로 분류해 실었다. 정조의 학문관, 역대 인물관, 정치관 등을 파악할 수 있다.

여 뉘우치는 길을 열어 주지 않는다면 이는 이른바 망민(罔民)[49]이니, 내 어찌 그렇게 하겠는가. 옛날에 손초(孫樵)[50]의 '서서남이(序西南夷)'[51]에서는 신라(新羅)와 남조(南詔)[52]가 예절을 안다고 하고, '세상에서 당(唐) 나라의 상서(祥瑞)를 말할 때 육각의 담비[肉角貂[53]]와 여섯 개의 이삭을 가진 벼[六穗稼]가 있는 줄만 아는데, 나는 두 나라의 문학이 상서라고 생각한다'라고까지 하였다. 나 또한 오늘날 사학에 물든 사람들을 크게 변화시켜 바른 도로 돌아오게 한다면 으뜸가는 상서가 되는 데 해롭지 않을 것이라고 생각한다." 하였다. -(하략)-

---

49) 망민(罔民) : 일반 백성들은 일정한 생활 근거가 없으면 일정한 마음을 갖지 못한 나머지 못할 짓이 없게 되는데, 이들이 죄에 빠진 연후에 따라가서 처벌한다면 이는 '백성들을 그물로 잡는 것[罔民]' 이라는 말. 『맹자(孟子)』 양혜왕 상(梁惠王上)에 나온다.

50) 손초(孫樵) : 중국 당 시대 문인으로 고문(古文)에 뛰어났다. 저서에 『손가지집(孫可之集)』이 있다. 그가 지은 『독개원잡보(讀開元雜報)』는 중국 최초의 신문 보도 형태 기록물이다. 임종욱(편), 앞의 사전 참조.

51) '서서남이(序西南夷)' : 손초의 문집인 『손가지집(孫可之集)』권7에 실려 있는 글. 역문 주석 참조.

52) 남조(南詔) : 649년 중국 운남(雲南)지방에 티베트·버마 계통 민족이 세운 왕국. 8세기 후반 전성기를 구가하였으나 내부 반란으로 902년 멸망하였다. 수도는 대리(大里)이다.

53) 육각의 담비[肉角貂] : 고대 전설 속의 기린. 머리에 뿔(肉角)이 있어서 육각초로 불렸다.

「文學(四)」

-(上略)- 年前西學之弊 今則庶不至漸染 而邪說之肆行 由於正道之晦塞 苟欲扶植而講明 莫如先正其本 夫子觀於鄉飮酒而知王道之易 昨年慶辰 以鄉約事 略及於綸音 日前傳敎 又以三綱行實刊行事言之 以今俗習雖似平城干戚 而此卽本原也王道也 今人之患 惟在於不迂遠 -(中略)- 西洋之學 學而差者也 小品之文 文而差者也 原其始 豈欲自陷於詖淫邪遁之地 一轉而甚於洪水猛獸 且其勢必自小品 浸浸入於邪學 路脈雖殊 線絡相引 今之攻文者 畏小品如畏邪學 然後可免夷狄禽獸之歸也【原任直提學臣李秉模丁巳錄】敎筵臣曰 近來以西洋邪學之漸熾 多有攻斥之人 而此亦不識治本之道也 譬如人之元氣旺盛 則外邪自不得侵 苟使正學修明 使人皆知此甚可樂而彼不足慕傚 則雖使之歸邪學 決不爲也 在今之道莫如諸士大夫各飭其子弟 多讀經傳 沉潛其中 勿使外騖 則所謂邪學 不待攻斥而自期止熄也 -(下略)-

【역문】「문학 (4)」[54)]

-(상략)- 상이 이르기를, "연전에 있었던 서학(西學)의 폐단은 지금은 거의 점점 물들어 가지 않을 정도가 되었지만, 사설(邪說)이 마구 번져 나가는 것은 정도(正道)가 어두워지고 막힌 데서 비롯된다. 만약 정도를 붙들어 세우고 강구하여 밝히고자 한다면 먼저 근본을 바로잡는 것이 가장 좋다. 공자(孔子)는 향음주(鄕飮酒)[55)]를 보고 왕도(王道)

54) 『홍재전서』 권164, 日得錄 4

55) 향음주(鄕飮酒) : 향촌의 선비·유생들이 나라 안의 어진 사람을 대접하는 것. 향음주의 예절을 가르쳐야 어른 존중(尊長), 노인 봉양(養老)을 알며, 효제(孝悌)의 행실도 따라서 실행할 수 있고, 귀천의 분수도 밝혀지며, 주석(酒席)에서는 화

의 쉬움을 알았다고 하였다. 작년에 경신(慶辰)을 맞이하여 향약(鄕約)에 관한 일을 윤음(綸音)에서 대략 언급하였고, 며칠 전 전교에서 또 『삼강행실(三綱行實)』을 간행하는 일을 말하였다. 지금의 습속을 가지고 보면 비록 평성(平城)이 포위된 위급한 상황에서 간척무(干戚舞)를 추는 것과 비슷한 격[56]이지만, 이것은 본원(本原)이고 왕도(王道)이다. 지금 사람들의 병통은 오직 먼 길로 돌아갈 줄 모르는 데 있다." 하였다. -(중략)-상이 이르기를, "서양(西洋)의 학문은 빗나간 학문이고, 소품(小品)의 문장[57]은 빗나간 문장이다. 처음 시작할 때를 기준으로 생각해 본다면 어찌 스스로 편파적이고 방탕하고 부정하고 도피하는 곳으로 빠져 들고자 하였겠는가마는, 한 번 변하면서 그 피해가 홍수나 맹수보다도 더 심하게 되어 버렸다. 또 그 형세는 반드시 소품에서 비롯되어 점차 사학(邪學)으로 빠져 들게 되니, 길은 비록 다르지만 맥락은 서로 연결되어 있다. 오늘날 문장을 공부하는 자들은 사학을 두려워하는 것처럼 소품을 두려워해야만 오랑캐나 금수(禽獸)로 귀결되는 것을 면할 수 있을 것이다." 하였다. - 원임 직제학 신 이병모(李秉模)[58]가 정사년[59]에 기록한 것이다. 연신(筵臣)[60]에게 하교하기를, "요

락하지만 지나침이 없게 되어 자기 몸을 바르게 해 국가를 편안하게 하기에 족하게 된다고 한다. 한국학중앙연구원, 『한국민족문화대백과』 참조.

56) 평성의 포위는 한 고조(漢高祖)가 평성에서 흉노(匈奴)에게 포위되었던 일을 말한다. 간척무는 고대 무기의 일종인 방패와 도끼를 손에 들고 추는 춤이다. 순(舜)임금 당시 유묘(有苗)가 복종하지 않았는데, 순임금이 덕정(德政)을 닦으며 간척을 들고 춤을 추자 3년 만에 유묘가 와서 복종했다고 한다. 여기에서는 습속을 바로잡는 것이 한시가 급한 상황에서 『삼강행실』을 간행하여 교화시키려는 것은 비현실적이고 요원한 방법으로 보일 수도 있다는 말이다. 『홍재전서』 주석 참조..

57) 소품(小品)의 문장 : 중국 명·청(明淸)시대에 유행한 산문의 한 형식. 대체로 글의 길이가 짧고 일상적 소재를 많이 취하여 개인의 서정을 표출한 글이 많았다. 정조(正祖) 문체반정(文體反正)의 대상이 되었다.

58) 이병모(李秉模, 1742~1806) : 조선 후기의 문신으로 정조 치하에서 이조좌랑, 이

사이 서양의 사학(邪學)이 점차 치성해지는 것에 대해 공격하고 배척하는 사람이 많은데, 이 또한 근본을 다스리는 방법을 모르는 것이니, 비유컨대 사람의 원기(元氣)가 왕성하면 병균이 바깥에서 침범하지 못하는 것이다. 진실로 정학(正學)을 제대로 밝혀서 사람들이 모두 '이것은 매우 좋아할 만한 것이고 저것은 사모하여 흉내 낼 만한 것이 못된다'는 사실을 알게 한다면, 비록 사학으로 돌아가게 하더라도 절대로 하지 않을 것이다. 지금 상황에서 할 수 있는 제일 좋은 방도는, 여러 사대부들이 각자 자기 자제에게 주의를 주어서 경전을 많이 읽어 그 속에 침잠하고 바깥으로 치달리지 않게 하는 것이다. 이렇게 한다면 이른바 사학이라는 것이 공격하거나 배척하지 않아도 저절로 없어질 것이다." 하였다. -(하략)-

조참의, 대사간, 예조 및 병조판서, 홍문관제학, 우의정, 영의정 등을 두루 역임하였다.

59) 정사년 : 1797년.

60) 연신(筵臣) : 경연에 참석한 신하.

「文學(五)」

利瑪竇倡所謂耶穌之敎 爲吾道之蟊賊 而獨我國以禮義之邦 士大夫尊信孔孟而不爲異端所惑 近有一種邪學 傅會其說 傷敎而敗倫 殘民而害生 其禍至憯也 而其所謂廢祭之說 尤有不忍言者 然則論語所稱祭如在 祭神如神在者 其將束閣之耶 闢異端之道 莫如正學之扶植 此今日士大夫之所當怵畏而勉焉者也 原任直閣臣南公轍丁巳錄

【역문】「문학 (5)」[61]

상이 이르기를,

“마태오 리치[利瑪竇;Matteo Ricci]가 이른바 야소교(耶穌敎)를 부르짖어 사도(斯道)를 좀먹는 해충이 되었으나, 우리나라만은 예의(禮義)의 나라로서 사대부들이 공자와 맹자를 높이고 신봉하여 이단(異端)에 현혹되지 않았다. 근래에 와서 일종(一種)의 사학(邪學)이 그 설(說)에 부회(傅會)하여 가르침을 손상시키고 인륜을 무너뜨리고 백성들을 해치고 있는데, 그 화가 지극히 참혹하다. 그중에서도 그들의 이른바 제사를 폐지해야 한다는 설은 더욱이 차마 말할 수 없는 것이다. 그렇다면 『논어(論語)』에서 일컬은 ‘제사를 지낼 적에는 선조(先祖)가 계신 듯이 하며 신(神)에게 제사 지낼 적에는 신이 계신 듯이 한다’는 말씀은 장차 무시해 버리겠다는 말인가? 이단을 물리치려면 정학(正學)을 붙들어 세우는 것보다 좋은 방도가 없으니, 이것이 오늘날 사대부들이 마땅히 두려워하며 힘써야 할 바이다.” 하였다. – 원임 직각 신 남공철(南公轍)이 정사년[62]에 기록한 것이다.

---

61) 『홍재전서』, 권165, 日得錄 5

62) 정사년 : 1797년.

「訓語(四)」

-(上略)- 唐學有三種 有多蓄明淸間小品異書者 有專尙西洋曆數之學者 有衣飾器皿之喜用燕市之物者 其弊則一也 -(下略)-

【역문】「훈어 (4)」[63]

-(상략)- 당학(唐學)[64]에는 세 종류가 있는데, 명청(明淸) 시대의 소품(小品)과 기이한 책들을 많이 쌓아 둔 사람이 있으며, 서양의 역수학(曆數學)을 오로지 숭상하는 사람이 있으며, 옷치장과 그릇에 있어서 북경(北京)의 물건을 쓰기 좋아하는 사람이 있으니, 그 폐단은 한가지이다. -(하략)-

〈주석 : 장정란〉

63) 「訓語(四)」 : 『홍재전서』 日得錄에 수록된 「훈어(訓語)」5권 중 권4에 수록되어 있다. 「훈어」는 임금의 직책과 사대부의 의리·기질에 대한 반성과 질책, 문풍(文風)의 혁신들이 주요 내용이다. 여기에서는 소위 중국의 학문(唐風)을 본뜨려 하는 조선 사람 유형을 정조가 세 부류로 분류하여 비판 훈계하고 있다.
64) 당학(唐學) : 중국의 학문.

『晦屛集』

「天學宗旨圖辨」

衰病索居中 因士友來往 聞近日京洛異端新起 所謂天主之學 來自中州 都下學士大夫有聰明者 多中其毒 是蓋自西洋國來 轉入中國云 其法大抵與佛相似 而近理亂眞 有甚於佛 朝廷嘗詰治嚴防 而有難痛絶其根 余聞其說 不覺悼心失圖 愕然驚歎 以爲聖遠道喪 百怪競起 犬戎僭據之後 先王之禮樂文物 盡入腥羶 中國蓋無可論而我東今日 治敎休明 列聖之培養已久 諸賢之遺風尙存 孔孟程朱之統 焯如日月 不意聖明之世 有此妖魑之作 此實係民心淑慝 國家興亡 而爲吾道盛衰之一大機括 有志之士 所當深憂遠慮 挺身奮發 必要其嚴辨痛斥 鳴鼓建幟 一快廝殺而後已 恨無緣究其詳而得其要也 其後乃得見順菴安公所爲天學設問十條 李爾雅齋獻慶所爲天學問答一篇 吾友晩谷趙聖紹所爲雲橋問答一通 皆所以辨斥天學 設爲答問 究極源委 不遺餘力 雖其文章有高下之殊 氣象有彊弱之別 然而大率扶正道闢邪說 憫時俗病焚溺 慨然自立於頹波之中 而欲以隻手障川潰者 三君子之言 如出一口 非所謂深憂遠慮挺身奮發 欲必嚴辨而痛斥之者耶 自司寇詰治之後 乃有正論之繼發於下 而相與戮力聲討 故其

* 『회병집』은 조선 후기의 유학자 신체인(申體仁, 1731~1812)의 시문집으로 12권 6책이다. 신체인은 자는 자장(子長), 호는 회병(晦屛), 본관은 아주(鵝洲)이다. 어려서 화장산(華藏山) 초당에서 공부하였으며, 30세 즈음부터는 경전(經傳) 및 천문지리(天文地理)·의술(醫術) 등을 두루 섭렵하였다. 퇴계 학문을 이어받은 대산(大山) 이상정(李象靖)의 문하에서 공부하던 280여 명의 사람들로 이루어진 호문학단(湖門學團)에서 도학(道學)을 연구하며 호문학단의 6군자 중 한 사람으로 일컬어졌다. 벼슬길에는 뜻을 두지 않은 채 공손히 행동을 삼가고 이치를 탐구하여 『숭경록(崇敬錄)』을 저술하였다.

泛濫橫流之勢 未必不由是少沮 其功亦云不少矣 雖然 闢邪斥奸之道 自有深淺精粗 不必窮詰於其說話形像之易辨易知處 而莫若先就其本根深奧處傾倒囊橐 剔發肝臟 拈出其所謂要旨 而尋討病根 使其心術綻露 情狀昭晰 不容少有遮掩逃匿 然後庶見其摧沮惶縮 消散就滅 有不敢更肆其氣 余嘗得見安李二公說一冊 而其卷端空處 有所謂天學宗旨圖者 未知是圖乃亦出於利瑪竇者歟 抑其徒相與祖述而爲之者歟 表章宗旨 提爲名目 則可料其三昧秘訣 無有深於是者 噫 名爲天學圖 而圖之上面 只特書私慾二字 則是便爲私慾圖而有不得爲天學圖者矣 人之一心 本具天理 而私慾紛挐 迭起以侵 故吾儒心學 必以存天理遏人慾爲務 前後聖賢相傳旨訣 蓋不出此 而今是圖乃以私慾二字 爲一圖之主張面目 略不提及天理 則是人之一心 只是一團私慾窠臼 而本無天理矣 其學之無本領無主宰 於是可驗 而直孟浪爲異端虛妄之歸 其大頭腦 固已錯矣 克治存養 相須共成 如內修外攘之不可偏廢 必如是然後可以扶竪大本 剗除邪私 永保無虞 而以慾制慾 其慾益熾 天理本體 無復可尋 其學似高而實卑 其術似深而實淺 只出於釋氏之脚下而掇拾其糟粕而已 謂之甚於佛者 亦過矣 釋氏大抵近理 而此則無一端近理處 釋氏有足亂眞 而此則蓋無足亂眞者 不待更究其詳 而觀於此圖 足以得其大要矣 三君子之答問論斥也 恨不以此圖有以發其奸而摧其喙 所謂明其爲賊 敵乃可服者 其不在斯耶 蓋順菴之說 其攷据甚博 證明端的 大體可謂得正 而其說亦未免有病 若所謂聖人所訓 皆天主之敎 又謂西士之學 言言皆實 事事皆實 比諸老佛 空寂有間 而特其言語貌樣擧措 終是異端云者 卻似斥其表而許其裏 又謂或如世間官長之有長貳 使之宣化西土者 其說可疑 未知此翁嘗何以看認 而卻稱說如是耶 爾雅之說 其筆力條暢 議論切實 若所謂上帝無耳目口鼻之可以圖象 魂魄精爽之可以廟祀 而其曆法之得明一曲 此猶鵶鵲之知風 狐狸之知雨 有不足信其知道 又謂佛老陷天下於夷狄禽獸 而天學溺天下於魑魅魍魎云者 其說煞有精采 而其論釋氏地獄之說 原其心則出於勸善 寂滅之敎 本其意

則在於澄慮者 未免過於假借 末段之欲明吾道以敎之者 爲得反經救弊之道 而但未能的指下手處 蓋明道立敎之責 有不必專在君上 而爲吾徒者所當自勉 苟非知所下手 眞實用力 則曷足以明道而立其敎哉 故必反諸六經而講究體驗 深造得力 義精理明 不爲他技所惑 如朱子嘗自說 將所謂禪權倚閣 起取聖賢書讀之 讀來讀去 漸漸有味 卻回頭看釋氏說 漸漸破綻罅漏百出 然後吾道庶幾可明 而後學庶幾可敎 恨不能痛快說此 使聽者有以興起 晩谷之說 其詞氣頓挫 辨證宏博 有足警發 而且幷說毛學之弊 一擧而兩討之 其志固亦偉矣 然而其篇末一轉語 反若謙退 無始終力撑意象良可恨也 先儒謂聖人本天 釋氏本心 而爲天學之說者 又謂西學本諸天此其說若相近而實相懸 晩谷蓋已力辨 而必參以爾雅之辨 然後當相發以明 若爾雅所謂 在事物則當然之理是上帝也 在人心則所賦之性卽上帝也者 可以發明聖人本天之義 而與西學所稱怳惚有形像之天主不同矣 大抵其學 動說天主 往往可駭 卽此一圖 可以洞見情狀 而聰明才智之士 乃不免風靡影趨 載胥及溺 不亦異哉 傳曰 得其情則哀矜而勿喜 朱子曰 彼之迷昧爲可憐 夫以搢紳名家之子 一朝被異說誑誘 至滅絶倫理而不自覺 非可哀可憐之甚者乎 或謂變速禍少 徐當泡解電滅 無以作菑於宇宙間 其言亦似有見 而山東之鼠竊狗偸 亦未嘗不爲秦患 則直自恃吾道之中正而忽於防患者 豈君子周于德之意乎 慮不在千里之外者 患必生几席之下 此不可不戒也 竊居翫討之餘 不勝過計之憂 僭不自揆 畧述瞽見 爲天學宗旨圖辨 而欲以足補三說之缺 豈敢自擬於其鳴鼓建幟 一快廝殺者耶 恨不與三君子對榻而一論之也 歲辛亥孟秋月日 晦屛書

【역문】「천학종지도변(天學宗旨圖辨)」[2]

늙고 병들어 홀로 지내던 중에, 사우(士友)들의 왕래를 통해 들으니 "근래 서울에 이단이 새롭게 일어났으니 이른바 '천주(天主)의 학문'이다. 중국에서 유래하여 도하(都下)의 학사대부(學士大夫)들 중에 총명한 자들이 대부분 거기에 중독되었는데, 이는 대개 서양의 나라에서 유래하여 중국에 들어온 것이다."라고 하였다. 그 법(法)이 대체로 불교와 비슷하면서도 이치에 가깝고 참됨을 어지럽히는 데 있어서는 불교보다 더 심한 점이 있어, 조정에서 일찍부터 조사하여 다스리고 엄중하게 막았으나 그 뿌리를 완전히 끊어내는 것은 어려웠다. 내가 그 설(說)을 들어보니 나도 모르게 마음이 아프고 어쩔 줄을 몰라 경악하고 탄식하며 생각하기를, '성인이 멀어지고 도가 사라져 온갖 괴설(怪說)이 다투어 일어나니 견융(犬戎)이 멋대로 중국을 차지한 뒤로 선왕(先王)의 예악문물(禮樂文物)이 다 비린내에 물들어 중국은 논할 것도 없지만, 우리 동방은 오늘날에 치교(治敎)가 빛나 열성(列聖)의 배양(培養)이 이미 오래되었고 제현(諸賢)의 유풍(遺風)이 아직 남아 있어 공자, 맹자, 정자, 주자의 도통(道統)이 일월처럼 환하다. 성명한 세상에 이런 요괴(妖怪)가 나타날 줄은 생각도 하지 못하였으니, 이는 실로 백성의 선악과 국가의 흥망이 달려있으며 오도(吾道)의 성쇠(盛衰)의 관건이 된다. 그러므로 뜻이 있는 선비가 마땅히 깊이 근심하고 멀리 염려하는 마음으로 몸을 빼어 분발하여, 반드시 엄격히 분변하고 통렬히 배척하여 북을 울리고 기를 세워 한 번 통쾌하게 박살낸 뒤에 그치려고 해야 한다.'하였다. 그 뒤에 곧 순암(順菴) 안공(安公)이 지은 「천학설문(天學設問)」 10조(條)와 이아재(爾雅齋) 이헌경(李獻慶)이 지은 「천학문답(天學問答)」 한 편과 내 벗 만곡(晩谷) 조성소(趙聖紹)[3]가 지

2) 『회병집』 권06, 雜著

은 「운교문답(雲橋問答)」 한 통을 보니, 모두 천학을 분변하고 배척하려고 문답(問答)을 가설하여 시말(始末)을 끝까지 연구하여 여력을 다 쏟아 부은 것이었다. 비록 문장이 고하(高下)의 차이가 있고 기상(氣象)이 강약의 구별이 있으나, 대체로 정도(正道)를 부지하고 사설(邪說)을 막으며 시속(時俗)을 걱정하고 분닉(焚溺)을 근심하여 개연히 무너지는 파도 가운데서 스스로 우뚝 서서 한 손으로 쏟아지는 물결을 막고자 하였다. 세 군자(君子)의 말이 마치 한 사람의 입에서 나온 것 같으니 이른바 '깊이 근심하고 멀리 염려하는 마음으로 몸을 빼어 분발하여, 반드시 엄격히 분변하고 통렬히 배척하고자 하는 사람'이 아니겠는가? 형조(刑曹)에서 조사하여 다스린 뒤로 정론(正論)이 아래에서 이어져 나와 서로 힘을 모아서 성토하였다. 때문에 범람하고 멋대로 흘러가는 형세가 조금 진정되지 않은 것은 아니니 그 공이 또한 적지 않다고 하겠다. 그러나 사설(邪說)을 물리치고 간인(奸人)을 배척하는 방법은 원래 깊이나 정조(精粗)의 차이가 있다. 그들이 설명하고 형상화하는 것들 중에 쉽게 분변할 수 있고 쉽게 알 수 있는 것은 꼭 끝까지 따질 필요가 없고, 근본의 심오한 지점에 나아가 주머니를 뒤집고 간장(肝臟)을 발라내듯 그 이른바 요지(要旨)를 끄집어내어, 병의 근원

3) 조성소(趙聖紹) : 대산의 문인인 조술도(趙述道, 1729~1803)를 가리킨다. 성소는 그의 자이다. 호는 만곡(晩谷)이고, 본관은 한양(漢陽)이며, 경상도 영양(英陽)에 거주하였다. 젊어서는 한유(韓愈), 유종원(柳宗元) 등 문장가의 글을 섭렵하였다. 향시에는 합격하였으나 대과에는 합격하지 못하였다. 함께 응시하였던 동생 조진도(趙進道)는 문과에 급제하였으나 할아버지 조덕린(趙德隣)의 옛 상소가 빌미가 되어 급제가 취소되는 일이 발생하자 과거 시험의 뜻을 접고 학문에 전념하였다. 김종덕(金宗德), 유장원(柳長源), 이종수(李宗洙), 정종로(鄭宗魯) 등과 교유하였고, 월록서당(月麓書堂)을 창건하여 강학에 힘을 쏟았다. 대산에게 식견이 넓고 박식한 선비로 인정을 받았다. 문집으로 17권 9책의 『만곡집(晩谷集)』이 있으며, 대산에게 보낸 편지 9통이 실려 있다. 『定齋集 卷31 晩谷先生趙公行狀, 韓國文集叢刊 298輯』 『晩谷集, 韓國文集叢刊 續92輯』 『高山及門錄 卷1』

을 찾아 그 심술을 탄로 나게 하고 정상을 환히 드러나게 하여 조금도 가리거나 도망하지 못하게 하는 것이 최선이다. 그런 뒤에 꺾이고 당황하며 흩어지고 사라져 감히 그 기운을 멋대로 펴지 못함을 볼 수 있을 것이다. 내가 일찍이 안공(安公)과 이공(李公)이 설(說)한 책을 보았는데, 그 권 끝의 빈 곳에 이른바 「천학종지도(天學宗旨圖)」가 있으니, 모르겠으나 아마도 또한 리마두(利瑪竇)에게서 나온 것이 아닌가? 아니면 그의 무리가 서로 조술(祖述)하며 만든 것인가? 종지(宗旨)를 표장(表章)하여 끌어다 명목(名目)으로 삼았으니 삼매(三昧)의 비결도 이보다 깊을 수 없음을 알 수 있다. 아! 천학도(天學圖)라고 이름하고 그림의 상면에 단지 사욕(私慾) 두 글자만 써 놓았으니, 이는 곧 사욕도(私慾圖)가 되는 것이지 천학도는 될 수가 없는 것이다. 사람의 한 마음에 본래 천리(天理)가 구비되어 있으나 사욕이 어지럽게 잡아당기고 서로 침범한다. 그런 까닭에 우리 유가(儒家)의 심학(心學)에서 반드시 천리를 보존하고 인욕을 막는 데 힘쓰니 전후의 성현(聖賢)이 서로 전해온 지결(旨訣)이 대개 이를 벗어나지 않는데, 지금 이 그림은 사욕 두 글자로 한 그림의 주장을 삼아 전혀 천리를 언급하지 않으니 이는 사람이 한 마음이 다만 한 덩어리 사욕의 구덩이어서 본래 천리가 없다고 본 것이다. 그 학문에 본령(本領)이 없고 주재(主宰)가 없음을 여기에서 징험할 수 있어서, 의미 없게 허망한 이단으로 귀결될 뿐이니 그 요지(要旨)에 진실로 이미 착오가 있는 것이다. 사욕을 극복하는 것[克治]과 마음을 보존하여 본성을 기르는 것[存養] 이 두 가지가 서로를 필요로 하여 함께 완성되니, 안으로 닦고 밖으로 물리치는 것을 한쪽이라도 폐할 수 없는 것과 같다. 반드시 이렇게 된 뒤에야 대본(大本)을 수립하고 사사(私邪)를 제거하여 길이 근심이 없을 것을 보장할 수 있는데, 욕망(慾望)으로 욕망을 제어하여 그 욕망이 더욱 치성해지니 천리의 본체를 다시는 찾을 수 없다. 그 학문이 높은 듯하나 실제는 낮고 그 술법이 깊은 듯하나 실제는 얕아, 단지 석가(釋迦)의 발밑에서 나와 그 찌꺼기들을 주워 모은 것일 뿐이니 불교보다 심하다고 한 것도 지나친 말이다. 석가는 대체로 이치에 가까운데 이것은 조금도 이치에 가까운 부분이 없고 석가는 참됨을 어지럽히기에 충분한데 이것은 참됨을 어지럽히기에 충분한 부분이 없으니, 다시 상세하게 연구하기를 기다릴 것도 없이 이 그림을 보면 충분이 그 대요(大要)를 알 수 있다. 세 군자가 문답을 통해 논척함에 이 그림을 가지고 그 간사함을 드러내고 그 주둥이를 막지 않은 게 한스러우니, 이른바 "그가 난적(亂賊)이라는 것을 밝혀야 적(敵)을 굴복시킬 수 있다."라는 것이 여기에 해당하지 않겠는가. 순암(順菴)의 설은 그 근거가 매우 해박하고 증명이 분명하여 대체(大體)의 측면에서 보자면 바름을 얻었다고 하겠으나 그 설이 또한 문제가 있음을 면하지 못하니, "성인이 가르친 바가 모두 천주의 가르침이다."라고 한 것과, 또 "선교사(宣教師)의 학문은 말마다 모두 참되고 일마다 모두 참되어 허무하고 적막한 도교와 불교에 비한다면 차이가 있는데, 특별이 그 언어와 모양과 행동은 끝내 이단이다."라고 한 것은 도리어 그 겉은 배척하고 속은 인정하는 것이다. 또 "혹여 세간에 관장(官長)의 장이(長貳)가 있다면 그로 하여금 서양의 나라에 교화를 펴게 하겠다."라고 한 것은 그 설이 의심스러우니 이 어른이 일찍이 무엇을 보고 도리어 이렇게 말한 것인지 모르겠다. 이아헌(爾雅軒)의 설은 그 필력이 조리가 있고 의론이 절실하니 이른바 "상제(上帝)는 도상(圖象)으로 표현할 수 있는 이목구비가 없고 사당에 제사할 수 있는 혼백과 정신이 없으며, 그 역법(曆法)의 한 부분만 밝음은 오히려 까마귀가 바람이 불 징조를 알고 여우가 비가 올 징조를 아는 것과 같으니 그들이 도를 안다고 믿기에 부족하다."라고 한 것과, 또 "불교와 도교가 천하 사람들을 이적과 금수로 만들었는데 천학이 천하 사람들을 귀신으로 만들었다."라고 한 것은 그 설이 매우 정채(精彩)가 있다. 그러나 석가의 지옥의 설을 논함이 본심이 선을 권하는 데 있고 석가의 적멸의 교리를 논함이 본의가 정신을 맑게 하는 데 있지만, 차용했다는 잘못을 면하기는 어렵다. 그리고 말단에서 오도(吾道)를 밝혀 가르치고자 한 것이 경서로 돌아가 폐단을 구제할 방도가 될 수 있으나 손을 댈 곳을 분명하게 제시하지 못하였다. 대개 도를 밝히고 가르침을 세우는 것은 꼭 군상(君上)에게만 책임이 있는 게 아니어서 우리 유자가 마땅히 스스로 힘써야 할 바인데, 진실로 손을 댈 곳을 알아 참되게 힘을 쓰지 않는다면 어찌 도를 밝혀서 가르침을 세울 수 있겠는가? 그런 까닭에 반드시 육경(六經)으로 돌아가 강구하고 체험하여, 깊이 나아가고 힘을 얻으며 의리를 정밀하게 하여 이단에 미혹되지 않기를 마치 주자(朱子)가 일찍이 스스로 말한 "선학(禪學)을 일단 내버려두고 성현의 책을 가져다 읽으니 읽어 갈수록 점점 맛이 있는데, 다시 머리를 돌려 석가의 설을 보니 점점 파탄이 나서 허술한 부분이 많았다."라고 한 것처럼 한 뒤에야 오도(吾道)를 거의 밝힐 수 있고 후학을 거의 가르칠 수 있는데 이렇게 통쾌하게 설명하여 듣는 사람을 흥기시키지 못한 게 한스럽다. 만곡(晩谷)의 설은 그 사기(詞氣)가 억양(抑揚)이 있고 변증(辨證)이 굉박하여 경발(警發)하기에 충분하고 또 모기령(毛奇齡)[4] 학문의 폐단을 아울러 설명하여 한 번에 양쪽을 성토하였으니 그 뜻이 진실로 또한 훌륭하다고 하겠다. 그러나 그 편의 말단에 전환하는 말이 도리어 겸손하고 물러나는 듯하여 처음부터 끝까지 힘써 지탱하는 의상(意象)이 없으니 참으로 한스럽다. 선유(先儒)가 "성인은 하늘에 근본하고 석가는 마음

4) 모기령(毛奇齡) : 1623~1716. 자는 대가(大可)·우일(于一)·제우(齊于), 호는 초청(初晴)·만청(晩晴)이다. 청나라 고증학의 선구자로 주희(朱熹)의 경서 주석을 신랄하게 비판하였으며, 경학(經學)과 역사, 지리 등에 관한 많은 저술을 남겼다. 저서로 『서하집』이 있다.

에 근본한다."라고 하였는데 천학(天學)의 설을 하는 자들도 "서학(西學)은 하늘에 근본한다."라고 한다. 그 설이 서로 가까운 듯하나 실제는 서로 현격하다는 것을 만곡이 이미 힘써 분변하였으나 반드시 이아현의 분변을 참고한 뒤에야 드러내어 밝힐 수 있다. 이아현이 이른바 "사물로 보자면 당연한 이치가 곧 상제(上帝)이고 사람으로 보자면 부여된 본성이 곧 상제이다."라고 한 것은 '성인은 하늘에 근본한다.'는 의리를 밝히기에 충분하여 서학에서 일컫는 '황홀하게 형상이 있는 천주'와는 다르다. 대저 그 학문에서 걸핏하면 천주를 들먹여 이따금 놀라울 때가 있지만 이 한 그림을 보면 정상을 환히 볼 수 있거늘, 총명하고 지혜로운 선비들이 휩쓸려 서로 구렁텅이에 빠짐을 면치 못하니 또한 이상하지 않은가. 『논어(論語)』에서 "실정을 알면 애처롭고 불쌍하게 여기고 기뻐하지 말아야 한다."라고 하였고 주자는 "저들의 마음이 미혹되고 어두운 것이 불쌍하다."라고 하였는데, 진신(搢紳)과 명가(名家)의 자제로서 하루아침에 이설(異說)에 속임을 당해 윤리를 멸절하고서도 스스로 깨닫지 못하는 데 이르니 심히 애처롭고 불쌍한 것이 아니겠는가. 혹자가 말하기를 "변화가 빠르고 화가 작으니 천천히 사라져 세상에 재앙을 일으키지는 않을 것이다."라고 하였다. 그 말이 또한 일리가 있는 듯하나 산동(山東)의 좀도둑이 끝내 진(秦)나라의 화가 되었으니,[5] 다만 스스로 오도(吾道)의 바름을 믿고서 근심을 막는 데 소홀하는 게 어찌 군자가 덕을 주밀하게 갖추는 뜻이겠는가. 천리 밖을 근심하지 않는 사람은 반드시 근심이 궤석(几席)의 아래에

5) 산동(山東)……되었으니 : 산동(山東)의 좀도둑은 진(秦)나라 말기에 산동에서 반란을 일으킨 진승(吳廣)과 오광(吳廣)을 가리킨다. 이들이 세력이 미약할 때 이세 황제(二世皇帝)가 보고를 받았는데, 이세 황제의 심기를 거스를까 걱정한 숙손통(叔孫通)은 반란이 아니고 도적에 불과하다고 하였다. 때문에 진압할 시기를 놓쳐 진나라가 멸망하는 단초가 되었다. 『史記 卷99 劉敬叔孫通列傳』

서 일어나는 법이니 이는 경계하지 않을 수 없다. 내가 홀로 지내며 살피고 탐구하던 차에, 지나친 우려를 이기지 못하고 참람하게도 스스로를 헤아리지 않고서 대략 나의 견해를 서술하여 「천학종지도변」을 지어 세 사람의 설에서 부족한 부분을 메우고자 하였으니 어찌 감히 스스로 북을 울리고 기치를 세워 한 번 통쾌하게 박살내는 사람에 비기겠는가? 세 군자와 더불어 한 자리에서 함께 의논하지 못한 것이 한스럽다.

신해(辛亥)년 맹추(孟秋)에 회병(晦屏) 씀.

〈역주 : 배주연〉

한국연구재단 토대연구지원사업 총서

조선시대 서학 관련 자료 집성 및 번역·해제 5-1

초판 1쇄 | 2020년 3월 10일
초판 2쇄 | 2021년 8월 10일

지 은 이 동국역사문화연구소 편
역 주 인 배주연, 송요후, 장정란
발 행 인 한정희
발 행 처 경인문화사
편 집 김지선 유지혜 박지현 한주연 이다빈
마 케 팅 전병관 하재일 유인순
출판번호 406-1973-000003호
주 소 경기도 파주시 회동길 445-1 경인빌딩 B동 4층
전 화 031-955-9300 팩 스 031-955-9310
홈페이지 www.kyunginp.co.kr
이 메 일 kyungin@kyunginp.co.kr

ISBN 978-89-499-4876-8 94810
978-89-499-4871-3 (세트)
값 48,000원